諾言

上

尚本 著

長江出版傳媒 | 长江文艺出版社

图书在版编目（C I P）数据

诺言 / 尚本著. -- 武汉 : 长江文艺出版社,
2018.12
ISBN 978-7-5702-0025-2

Ⅰ. ①诺… Ⅱ. ①尚… Ⅲ. ①长篇小说－中国－当代
Ⅳ. ①I247.5

中国版本图书馆 CIP 数据核字(2017)第 294509 号

责任编辑：杜东辉　　　　责任校对：陈　琪
封面设计：水墨方　　　　责任印制：邱　莉　　胡丽平

出版：长江出版传媒 | 长江文艺出版社
地址：武汉市雄楚大街 268 号　　　　邮编：430070
发行：长江文艺出版社
电话：027—87679360
http://www.cjlap.com
印刷：武汉市首壹印务有限公司

开本：700 毫米×1020 毫米　　1/16　　印张：61.375　　插页：6 页
版次：2018 年 12 月第 1 版　　　　2018 年 12 月第 1 次印刷
字数：913 千字

定价：150.00 元（全三册）

题　记

人类进化了几百万年，来自何方，去往何处，无人知晓。未知自己来去何如的人类，何以要在高远浩渺的宇宙这无边无际的空间和无始无终的时间之中，世世代代、无穷无尽地彼此斗争？

也许人类自己永远都找不到答案。

作为人类的一员，我无意菲薄自己的同类，我只想告诫世人：切莫过高地期许自己，因为人的命运并不由自己所掌握；更不要去轻许诺言，因为诺言是开启天堂和地狱的同一声咒语。

作者声明

本小说假借了诸多真实的地名和机构，然人物故事完全虚构，荒诞之处，请读者诸君一笑了之，切莫自以为是，妄加猜度。

第一章

1

六月天，下雪雹，千年百年难遇到！
连天雨，夹雷暴，每年六月都难逃！
龙卷风，再呼啸，山山水水任飘摇！
小百姓，命不好，岁岁年年受煎熬！
老天爷，不害臊，何年何月是公道？

这是九龙冲的村民们几百辈子传唱的歌谣。

鬼使神差，一语成谶。公元 1976 年夏天，这首代代相传的无端歌谣，真就应验在九龙冲东山头白龙寨村民的头上。窈窈冥冥之中，凄凄惶惶之下，天、地、人似乎都在饱受因果轮回的煎熬。

好在对于九龙冲的村民来说，承受灾难早已是生存的必然。自远古时代老祖宗们在东山结草为庐、兽处群居开始，万千年间寒暑燥湿，相呴相沫，共生共死，从来就没有停息过同天地自然的生存较量。日复一日，年复一年，代代相继，生生不息。

九龙冲地处大汉口的东北地带，距汉口仅百公里之遥，接大别山余脉，方圆百里之内大小十道山梁，形成九条西向而出的川系，浑似九条潜龙出谷，故名九龙冲。

九龙冲很美，美得令人心动。春夏时节，川内平畴相望，良禾相连；山上佳木葱翠，百鸟和鸣。到了秋冬之季，又是另一方景象，川内水明草劲，稻菽盈畴；山上红梅洗雪，玉树临风。一年四季，山上川内，各显姿态，相映成趣。

九龙冲逆大地西高东低之序，合黄老“水贵西流”之舆，一遇雷雨风暴，川内水流湍急，山上松涛怒吼，九条潜龙瞬间勃发，自东向西奔腾咆哮，一路裹长堰，汇滠水，荡武湖，滚入长江。

九龙冲的村寨岗湾，大多散落在每条川系的上、中、下段，依山傍水互通往来。几千年来繁衍生息，薪火相传，从最初的刀耕火种，到今天的深耕细耨，历经了几百代之久。相传始祖轩辕黄帝在涿鹿大败蚩尤后，蚩尤的八十一个熊罴兄弟中，有一人南逃至九龙冲，相中了这方风水宝地，蛰居在东山脚下，隐姓埋名，休养生息，企图东山再起。可惜这位老兄含恨而殁后，后代一代不如一代，既没有祖宗的王道，又缺少先辈的威猛，只得一代接一代隶作跌宕王朝的安分子民。由于恪守民道，所以春秋战国时期的四百年之乱、魏晋南北朝时期的三百五十年之变、五代十国的百年之扰，以及宋、明末的异族入侵，九龙冲都幸免了灭族之灾。自始至今，瓜瓞绵绵，代代相继，网罗繁衍。到清末民初之际，抱拥一方水土，方圆百里之内，遍布了近百个村寨，缘分了几十个姓氏，养民达五万之众。

东山位于九龙冲的东南角，是九龙冲的最高峰，海拔千米。人立山顶，举目眺望，百里之内的山川田畴，村寨岗湾，尽收眼底。

东山头上的白龙寺闻名遐迩。相传老子当年出函谷关之前，曾来此结草为庐，修隐三年。佛教净土宗的始祖慧远法师，进庐山前也曾到此悟道。宋代大儒张载也多次到此净心明理，受佛道两家的启发，秉承孔圣人的遗志，自感受命于天，提出了“为天地立心，为生民立命，为往圣继绝学，为万世开太平”的入世名训。使得其后历代硕儒们，一触及民生民权的命题，就喟然长叹，气冲云霄。

东山脚下的白龙寨，因白龙寺而得名，在九龙冲有着特殊地位，受到所有村落的向往瞻拜，是九龙冲芸芸众生的根脉所在。

白龙寺始建于公元402年东晋末安帝元兴元年，由当时白龙寨主以祭祀佛祖、道祖、儒祖的名义，向官府呈建。其时，大遭三家信众的一致反对，认为儒、释、道不能合而为一。后经寨主说明，乃假藉三教之名，实为祭祀列祖列宗之实，才得以勉强通过。又因时主重佛，投其所好，命名白龙寺，寺内付设孔子、老子两圣殿堂。自建之初，灵光远播，信众云集，晨钟暮鼓，响彻四方。

其后逢天下太平，则香火鼎沸，遭灾年世乱，则庙宇圮毁。一千多年间，遭殃累累，不堪言说。明崇祯十六年（1643）冬，农民起义军首领张献忠率众转战蜀川，兵过东山时夜聚白龙寺生天火取暖，慌乱撤兵中引发兵燹，顷刻之间，将个千年古寺化为灰烬。清乾隆年间，白龙寨科考出了位进士，后晋升为翰林学士，曾帮乾隆爷撰拟过"承旨"，受过乾隆老佛爷的恩宠。致仕回乡后，备感天恩，造福丛林，将白龙寺拓展重建，修葺一新。于是乎，僧侣清客、四众弟子、善男信女、老幼山民，都得以重结善缘，沐蒙天恩，祈祷太平。

可惜，好的愿望没带来好的结果，其后近二百年间，战乱连年，民不堪苦。鸦片战争、太平天国革命、甲午战争、义和团运动、辛亥革命、军阀混战、抗日战争、解放战争，一个一个接踵而至。白龙寺不仅没能给四方信众带来平安，反而在每次战乱中，不是成为战争指挥所，就是成为难民收容站。白龙寨和九龙冲的村民，更是首当其害，战乱中乞哀告怜，啼饥号寒，历难后哀鸿遍野，凄风苦雨。

一九四九年新中国成立，苦难深重的贫苦农民翻身得解放，人民政府对九龙冲进行社会主义改造，砸烂一切旧的封建枷锁，建立新的农村体制。人人成为当家做主的新农民，个个走上社会主义的康庄大道，共同接受无产阶级专政的洗礼。

一九五八年"九龙冲人民公社"宣告成立。饱受沧桑巨变的贫苦农民，敲锣打鼓，燃鞭放炮，欢天喜地地迎接这一划时代的大事变。过惯了一户一农、聊生待日、安居乐俗的村民，抛弃了几千年老祖宗的遗俗，在伟大的中国共产党领导下过上了共同致富的集体生活，团结一心奔向共产主义的美好明天。

其后，九龙冲相继成立了十八个生产大队和一百五十个生产小队。

白龙寨被光荣地命名为“九龙冲人民公社东山大队第一生产小队”。第一任队长是位苦大仇深的老贫农，新中国成立前跟地主卖苦力当长工，新中国成立后又在四乡八邻帮别人撮短水打短工，上任队长后才真正扬眉吐气当家做了主人。可惜福浅命薄，不到几年，一病呜呼。

第二任队长叫李德正，是九龙冲的名人。他家祖上在宗族中属最小辈分，六十年风水轮流转，几个轮回下来到他这一辈转成最高辈分。白龙寨以李姓为主，所以在寨中他见人可以骂三句，被骂者不仅不生气，反而笑脸相迎以满足他的虚荣。当然，有两人他是绝不敢骂的：一个是备受族人尊敬的李传道老人，因老人是清朝乾隆年间翰林大学士的嫡传后人，又是民国初期北京大学的高才生，饱读诗书，才高八斗，学问博瞻，在村民中极具威望；另一位不敢骂且有点畏怯的，是他婆娘张桂珍。张桂珍是原公社书记的小女，大手大脚大嗓门。李德正 1956 年参军之前就相识，1962 年他在边境战斗中光荣负伤，带着半条假腿荣归故里后，张桂珍主动找上门来，要求嫁给他。按她自己的说法，这叫“美女配英雄”，感动得这位战斗英雄结婚后主动要求给她端水洗脸洗脚。不到三年，战斗英雄就被她夹磨成家庭狗熊，见了她比第一次见到印度鬼子还心怯。

李德正在家中忍气吞声，在九龙冲却扬眉吐气。自从 1964 年上任队长 12 年来，白龙寨在历次阶级斗争和路线斗争中，始终走在运动最前列，坚定不移跟党走，多次受到各级领导的通报表扬。在农业学大寨的生产运动中，更是成绩斐然。开垦了近千亩的荒地，改造了五百多亩的良田，开挖了二十公里长的渠道，人均分值从 1958 年的三角七分，攀升为 1975 年的七角三分，成为社、县、省三级农业学大寨的旗帜，五花八门的锦旗，挂满了队委会的墙壁。一夜之间，李德正和九龙冲白龙寨的大名传遍大江南北，几千万荆楚儿女的目光，瞬间聚焦到这方神奇的土地……

2

农历夏至这天，沉夜未醒，天庭未开，九龙冲人民公社一年一度的农田“双抢”战斗，拉开了序幕。

“轰隆隆……”随着几声山炮轰响，七湾八岗，九寨十村，呼啦之间沸腾起来，将黑暗笼罩下的百里山川，搅得竟天响。

晨曦乍现，夜幕徐启，只见田边地头红旗展动，湾前村后人喊牛嘶。“农业学大寨”、“抓革命，促生产”、“贫下中农一声吼，地球也要抖三抖”、“把无产阶级文化大革命进行到底”等标语口号，刷满各村寨岗湾最显眼的高墙阔壁。县里、公社下派干部，早在芒种节前后就分头蹲村住寨，人人争先恐后，个个斗志昂扬，确保自己蹲点的生产队，提前结束这场“双抢”战斗。几百辈子生活在川上川下、冲东冲西的勤劳农民们，在住队干部的带领下，不得不打破老祖宗日出而作、日落而息的旧习俗，比鸡起得早，比狗睡得晚，定要抢在八月一日之前，把胜利的红旗插上村头。

太阳好像受到地上这群人的热情鼓动，释放出的热量比铁锅蒸馒头开气还要灼人。早上它从东山头刚露出红彤的脸庞，热气就在山川内弥漫。待它冉冉爬上川顶，红脸变成了火球，炙人的热浪滚滚而下，将下面劳作的人们及一切光照到的生命都炙烤得喘不过气来。

烈日下，一条绵长的水渠，发源自东山脚下，绕过白龙寨村头缓缓西流，一路蠕动喘息着，淌过寨西一望无垠的千亩良田。渠道两旁的南北田畈里，热浪蒸腾，炙气迷荡，雾茫茫灼人眼球。

李德正顶着烈日，一跛一瘸地走在水渠上，边甩汗边哈气向插秧田赶去。他不时抬头眯一眼火辣辣的太阳，浓眉凹眼在强光的直射下，瞬间蹙拧成倒三角形状，骂一声继续前行。他偶尔停下来跪在水渠边搓把脸，狮鼻方嘴直喷热气，将水中自己的倒影吹得稀烂。

他这是早上第五个来回，扯秧苗的姑娘们他不担心，这帮插秧的婆娘们一刻也不放心，眨个眼就跟挑秧的男人打情骂俏，消磨时光。前几天公社王书记亲自来寨传达革委会指示，明天在白龙寨召开全公社“双抢”战斗现场动员大会。要他这两天不吃不喝，抢插上100亩秧苗向大会献礼。他不能让书记失望，更不能给白龙寨这面农业学大寨的旗帜抹黑。昨夜他几乎一夜没合眼，晚饭没放筷就被住队干部拉去开会，深夜归家婆娘养的老母猪突犯神经，在屋里东跑西窜，急得婆娘床上床下折腾了五六个来回，害得他在床上翻来覆去，三个多小时不得安神。寅时未尽又出门，挨家挨户连叫带骂，催男的女的下床干活。没办法，这婆娘关心老母猪，比关心自己男人上心。

插秧的婆娘们，早已被太阳蒸得裸衫捋袖，袒胸露怀。这些外来的媳妇们，在娘家做姑娘时大都芝兰玉树，紧守廉耻，一嫁到白龙寨不几天，就变得粗野泼辣，河东狮吼，管男人的妙法一套又一套。此风气嚆矢于何朝何代，无从考证。不过，这些娘们干起活来，却是一把好手，风风火火，麻麻利利。只是时间长了有些耐不住，趁李德正不在田边，叽叽咕咕，扯东拉西，张长李短地磨起洋工来。

"这鬼天气把人都蒸熟了，我去方便方便，有哪位婆娘一起去？"邀伴的女人叫王细翠，身材苗条，声音溜脆，边邀伴边甩手，起身向田埂走去。黄灿灿的草帽下，一双大而黑的辣眼闪闪发光，清丽略显消瘦的脸上，几行不知是汗水还是泥水的滚珠，沿褐红的面额直往下落。她是公社会计的女人，常出头露脸，仗男人的势当了妇女队长。娘们常看她的眼色行事，听她一喊，睃一眼田头来回挑秧的汉子，开始三三两两，拖泥带水，蹭上田来。先到田头水桶边伸伸懒腰，再舀口水喝，然后找个隐避处屙泡尿，你来她去，络绎不绝。

挑秧的男人们，百多斤的担子，从两公里外秧苗处一趟来回，黑粑似的脊背上，保护肩胛骨的垫肩早已汗透。田埂上担子一卸，三把两下将秧苗垛子朝女人屁股后一甩，嘴霸长的，借机坐下找女人喑天，不想说话的，死眼盯着田里满是泥水的翘屁股发呆。

"你们这些狗鸡巴肏的，眨个眼就撂下担子，在这里屄聊屌聊的，跟老子听好：今天上午，不挑完五十担，别想跟老子吃饭。"李德正早料到这群狗男女会背着他偷懒，人还没拐过山坡嗓子就扯了起来。他边跛边骂边甩汗，穿了几年的破背心，肚脐眼正好露在外面，远远看去，发黄的白背心一衬，圆圆的肚子上，像长了个屁眼。这屁眼去年夏天就挂在他肚上，正好去年婆娘养的老母猪下崽，没心思管男人，一门心牵挂在十几个猪崽上。今年老母猪又怀上了，又一门心牵挂在老母猪上，也就懒得顾及自己男人的"破屁眼"。

男人们一听李德正的嗓音蛮大，操起担子就走。女人们见他一颠一歪地骂过来，赶紧跳下田翘起屁股猛插起来。

“我说……细翠……”李德正跛到田边，气没喘完就开训，“看看你是怎么带的队……啊？看看太阳都什么时辰……啊？再看看你们这些娘们插了几行……啊？转个身不是喝水就是屙水，上面不进下面怎么会出呢……啊？我可告诉你们：今天这100亩不插完，这一，中饭和晚饭莫想痛痛快快地吃，我会在路上拦住送饭的。这二，今晚莫想好好回家睡觉。还有……明天你男人，也要回来开现场会，我会叫王书记把他带走，你莫想他在家过夜。”

“我说……队长大人……”王细翠直起腰，甩了甩手上的泥水，学着李德正的口气，“你是冇生伢不知屄疼……啊？下来看看，哪个女人的裤头没湿透……啊？谁的腰没酸……啊？你也看看这毒太阳，田里的水都烤干了。你再问问春花嫂，昨天来的月经今天就累跑了，别在家里受了婆娘的气，跑在外面找别人的老婆出？”她一口气出得差不多，语气慢悠悠道：“至于我男人嘛，他明天在不在家过夜，你说了不算，王书记说了也不算，哼……我说了算。”

“停！停！停！你莫白萝卜胡萝卜地乱扯，实话实说，晚八点能不能完事？完不了，我好安排夜工，有么困难尽管提。”李德正不想跟她磨嘴皮，这女人他从来没有说赢过。

“好！”王细翠提高声调，“既然你说到这个份上，我就直来直去。这一，秧等人，人不能等秧，让男人多跑几趟，把秧挑足。这二，及时把开水和饭菜送到田头，只能提前不能拖后。这三，准备些人丹和十滴水。做到这三点，我保证八点前收工。”

“好！”李德正放心了，他知道这些女人的能耐，一年一度的双抢，她们是主力，田里、地里，哪样也离不开她们。忙完了外面忙家里，烧火煮饭，拖儿带女，有时还要伺候婆婆公公。白龙寨这几年的光荣，他个人所得的荣誉，哪一样不是靠她们的汗水干出来的？想到这里，他一阵心热：“你们都听好，我知道你们很热、很累，可谁又不热不累呢？挑秧的、扯秧的，都在抢时间，我跛去跛来又是为什么？不都是在执行公社革委会的指示？今天不插完，明天的现场会，叫我怎么向王书记交代？”说到这，他抬眼扫了扫这些平时在男人面前指手划脚的娘们，此时一个个耷拉着头，身上溅满了泥浆，豆大的汗珠不住地下落，猛地想起了自己死去的母亲，心里一阵酸楚。

“记住！”他抹了把额上的汗水，声音嘶哑，“你们不是为哪一个人抢时间，是为你们自己，为白龙寨，为将来你们的儿女能过上好日子。我是个跛子，不能像你们那样好手好脚去干，但我内心总想把事情干好，既要对得住死去的先人，又要对得住未来的子孙。”他常作报告，语调时高时低，似乎面对的不是这帮娘们，而是来自四方的观众，停了停，最后大声道：“刚才细翠的承诺，你们都听到了，相信你们不会让她失望，更不会让白龙寨的父老乡亲失望。这里，我先代表老少爷们谢你们了。我这就去落实细翠的要求，也不让你们失望。”说完，假脚一顿，好脚一转，一瘸一拐沿来路走去。

王细翠好半天呆立着，眼里不知是汗珠还是泪水，李德正离去的背影一片模糊。嫁到白龙寨十年，就没见队长好好休息过一天。

“婆娘们都听好！”她突然大声喊道，“上午屙泡尿，下午屙泡尿，中饭十分钟，晚饭十分钟。除此之外，脚不离田，手不离秧，就是热死、累死在田里，也要抢在八点前完成任务！”

3

六月天气昼长夜短，晚七点多，太阳才徐徐落山，大地依然闷热，天边一片殷红。王细翠和她带的婆娘们，没有让李德正失望，提前完成了任务。李德正让负责送饭的李传道老人和自己的婆娘，额外冲了一桶糖水给她们补身子，请她们先回家休息半个时辰，再去西畈割夜谷。现在他和李传道老人，一同走在去稻场的路上，心中略感轻松，可双脚一高一低，怎么也迈不动，两人只得就个坡地坐了下来。

“九哥，”李德正捏了捏麻木的肉腿，问道，“您老看……今年这秋季稻的收成如何？”

李传道老人兄弟九个，祖上是九龙冲的大家旺族，今年整76岁，是寨上年岁最大的老人。八个兄长五位客死他乡，两位去了台湾，一位至今杳无音信，身边就一个侄媳带一个侄孙三代人相依为命，寨上人都叫老人“九爹”。李德正比他小整三十岁，辈分却比他上一辈，见面时总以“九哥”相称，无论大小事情都向他请教。

老人没有及时回答，双目遥视远方，沧桑岁月的消磨，使得原本苍凉的面容更加枯槁，夕阳的余晖洒在道道褶皱上，如刀刻般凝重。良久才答非所问：“我问你，知道今年的天气为何这热吗？”

“不知道，我正想问您，这天热得太不正常！”

“是啊。这就是我所担心的，我知道今年上面又给你加了任务，可人算不如天算，我们李家的老祖宗老子说：‘人法地，地法天，天法道，道法自然’……天道不可违啊！所谓天地顺位，四时顺序，万物育焉，就是这个理。你看这天，刚入夏至比三伏还热，这就有悖四时之序。我担心今夏怕有洪灾，到时，这白龙寨大几百口人吃饭都难，何谈交任务？所以说，德正，你要心中有数啊！”

李德正一阵心跳。他懂这话分量，九龙冲最怕洪涝，史上曾多次暴发山洪，其景惨不可言，素有“山洪一发，饿殍满冲”之谚。

“起风了！”没等李德正回答老人的话，远处一声惊呼，接着如同燃鞭放炮般炸响，惊呼之声此起彼伏，一声压过一声，向四方传递。受酷热煎熬的人们，有如接受上帝沐赐般欢呼雀跃。惊呼之声未息，一阵疾风扑面而至，仰俯间，地上尘土飞扬，天上乌云翻滚，天地间霍然暗黑下来。

“快！去稻场，怕是暴雨来了！”李传道起身就跑。李德正一阵心慌，稻场上正在收谷围堆，准备明天现场会参观。本来前几天他要进库，公社王书记指示等现场会后，这暴雨一浇……他不敢多想，跟在李传道老人后面，一跛一颠向稻场奔去。

狂风和乌云，将整个白龙寨的男女老幼，从四面八方召集到了稻场，自觉地投身到一场与暴风雨争夺劳动果实的战斗。这是白龙寨的传统，代代相传——只要是遇上风云聚会、电闪雷鸣时，无论是寨东寨西，还是巷南巷北，也不管是黄童白叟，抑或是鳏寡孤独废疾者，都倾门而出，抢收尚未进库的粮食。

中国几千年的农耕社会，农民视土地和粮食如命根子。

李德正二人赶到时，稻场上已开始紧张地战斗。女人收谷装包，男人扛包进库，老幼封包清场。三百多人你追我赶，上喊下叫，狂风吹起的草根，不时抽打在奔跑者的脸上，草屑尘土四处飞扬。浸满汗臭的破衣烂衫在疾风中翻卷，满眼都是飞奔的身影。这是一场前所未有的人与天道之间争分夺秒的较量。每个人的心都提到嗓子眼上，每一个动作都火急火燎。时间仿佛被凝固，黑暗开始蔓延。

战斗进行了一个多小时，待最后一袋谷子封包，天已大黑，风也吹跑了。李德正一屁股坐在稻场边的碾磙上，头昏耳鸣，精疲力竭，他想求口水喝，可嗓子喊不出来。此时，三百多号人，在黑暗中席地而坐，鸦雀无声，寨中不时传来几声老牛饥渴的呜呜声。他知道，这些勤劳的村民们，在等他发号施令，安排下一步的活干。他想告诉大家：回家去好好洗个凉水澡，美美地困上一觉。

李德正感到胸闷难耐，眼前一团漆黑，他极力想站起来，找婆娘扶他回家，可双脚难以挪动，刚一动身一头栽向了地面……

张桂珍也在寻找李德正的声音，男人一晚没合眼，她有点心疼，偷偷地煮了个鸡蛋，想趁黑塞给他。同时想劝说他，今晚不要开夜工，让大家早点回家睡觉，人是肉生的，不是铁打的。

“这死鬼，跛到哪去了？”张桂珍心里嘀咕着，决定去找找，人站了起来，刚要迈步，豆大的一颗什子，砸在脸上一阵生疼。正要开骂，又一颗砸来，她感觉不对，摸一下脸，有些冰凉。正疑惑时，耳边响起一声惊恐的嚎叫：“天啦……下雪了！”

有如一声惊雷在黑夜中炸开，人群哗啦一声都蹦起来，惊慌失措，一身的疲惫惊得九霄云散。几百人不分东南西北四处乱窜，豆大的冰粒，砸在身上嘣嘣作响，裹挟的雪花，飞扑在脸上瞬间冰凉。

“大家不要惊慌，这是下冰雹。”李传道大声喊道，“年轻力壮的照顾好老的小的，手牵手沿机耕路往家跑，有上衣的把头裹好。先回的，赶紧找个手电筒来。”更大声喊道，“李德正，你在哪？”

“李德——正——”张桂珍憋在胸口的一口气，经李传道老人一喊，终于脱口而出，变成了李德正的名字，紧接着，又声嘶力竭地喊道，“你这死鬼，跛到哪去了？”喊毕，止不住泪如泉涌。

她这一喊，跑在后面的几人停了下来，李传道赶紧吩咐：“快！分头寻找，看是不是靠在哪里睡着了?!”

李传道慢慢朝稻场边的碾磙摸去，他记得抢收完谷后，李德正是往那边跛去。

快到碾磙时，他隐隐约约感到地上躺了个人，冰粒打在身上一动也不动。他心一缩，伸手一摸，正摸在李德正的半条假腿上，一手冰凉，陡然又一阵心慌，再往上身摸去，感觉体温还在，心宽松了些。那边，张桂珍还在苦喊，他没有叫她，用耳贴近李德正的鼻孔一探，心完全放了下来。赶紧脱下自己的上衣，盖在他的身上，这才大声道：“快……过来几个人，他在这里。”

张桂珍第一个冲了过来，见这情景抱着李德正就叫，李传道拦住：“别叫，他是劳累过度晕过去了，你放心，不会有事，赶紧抬回家，休息个把时辰就好。来……你们几个，帮忙把队长抬回去。”

“别抬!”张桂珍立马蹲了下来，“放在我背上，这样他舒服一些。”背上后，急忙向家奔去。

黑暗中，上十人围护着这对生死夫妻，忍受着六月天千百年难遇的一场冰雹袭击，艰难地行走在归家的路上。身前身后，尽是冰雹砸地的噼啪声响，远处，几道手电筒的光亮，穿过漆黑的夜幕，在冰雹的密林中，闪射出微弱的光点……

4

白龙寨有近两百户人家，分东、西两条巷子进出。东巷过去住的都是地主富人，西巷全是穷人。新中国成立后，打土豪分田地，富人全赶到西巷，穷人都搬到东巷。李传道老人的家，在西巷最后面的右边，是一座三间的平瓦房。他等李德正醒后，安慰了几句才告辞回家，出东巷进西巷，一路凄苦哀叹，踽踽独行。

冰雹早已停了，满地的冰粒开始融化，天上几颗星星在闪烁，整个寨子一片寂静。大概劳苦一天的寨民，不堪狂风冰雹的侵袭，希冀在梦中得到安宁。随着一步一步的脚步声，老人的心，也一阵一阵地难受——这场冰雹的突袭，未收的稻谷恐怕难收几颗，刚插下的秧苗必定遭毁。刚才李德正醒来，连口水都不喝就要去查看稻谷和秧苗，被他按住，他理解他的心情，但不忍心让他今天再伤心难过。

快到家门他一愣！破瓦缝露出几条光线来，心想：侄媳妇在家已卧病三天，现在爬起来一定有事？他急迈几步，推门一看，眼前陡然一亮，侄孙李远方神情兴奋，笑盈盈地迎了上来。

“幺爹，我正要去接您老人家！”

“好小子！”李传道一阵激动，每次见到这个侄孙，他都心怀怜爱，今天的感觉，更非平常，表面上却不动声色，问道，“你今天怎么回家了？你娘病了，问候没有？”

李远方一面搬凳子，一面小声道：“问候了，刚喝了几口清汤，好多了，已经睡下了。”

“你这一回，她好得更快！说，学校怎么回事？今天不应该是回家的日子？”李远方在县城读高中，三十多里路程，十天半月回一次，每次回来，李传道都要详细询问他的学习情况。

李远方恭敬地等幺爹坐下，双手捧过茶汤，放在老人面前，这才道：“学校提前放暑假参加‘双抢’战斗，我们的毕业考试已结束，8月28日拿毕业证，明天学校要留十几名学生，参加批林批孔和反击右倾翻案风的运动，我不想参加，所以今天就收拾东西跑回来。没想到路上遇到下冰雹，在前面黎家湾躲了一阵，真是千百年难遇，居然被我在路上遇上了！”说完，坐下一动不动地等幺爹继续问话。

李传道没再问下去，他实在是忧心忡忡，喝了口茶不想再喝，抬起头，也一动不动地盯着李远方，心中升起无边的惆怅。看着眼前这个十七岁的高中毕业生，眉清目明，朱唇皓齿，五官端庄俊秀，浑身充满活力。他想起了自己的青少年时代，想起了自己的八位兄长，想起了自己的严父慈母，想起了自己这个家族两百年来的兴衰沉浮。眼前这个青少年，是他们家族的唯一传人，也是他多少年来的精神寄托。从他身上，他感觉到了列祖列宗的流风余韵，体认到了李氏家祖的片羽吉光，他对这个侄孙舐犊情深。现在，这个芳兰竟体的年轻人，就坐在他面前，明天就是一名地地道道的农民，他的人生道路该怎么走？未来的生活该怎么安排？十七岁啊。正是青春焕发、日月入怀的大好年华。他哪知人命危浅，世态炎凉，天台路迷。他太想让他继续学习，一步一步引导他立高远鸿志，怀周孔情思，走光明大道。然而，现时代对他和这个家族来说，这只能是痴心妄想，白日做梦！

想到这里，他一阵心堵，刚见李远方时的好心情，一扫而光，慢慢道："你先去睡吧，走了这远的路，早点休息，明早起来后，先把你娘的药煎好，再到队里看一看，我今天实在是疲惫不堪，明天再说吧。"说完，起身准备洗漱睡觉。

"幺爹！"李远方也站起来，他非常敬重这个幺爹，看着他一脸的愁绪，大胆要求道，"我想明天就出工，您老年纪这大，娘又有病，以后都不要出工了。我一人，完全可以挣工分养活你们。"

老人突然站住，满怀深情地再一次注视着李远方，无奈道："明天再说，还不知明天会发生什么事呢？"

"是！"李远方没再坚持，默默收拾桌子。

"另外……"老人边动身边皱眉道，"你明天去一趟大队小学，找肖畅把收音机借回来，送给德正爹听一个月，好收听这段时间的天气预报，我担心今年会发洪水。"

"好的！"李远方答应着，轻轻摸进自己的房间，和衣躺下，黑暗中两眼微闭，期盼着明天的到来……

第二章

1

一场突发的冰雹，使得九龙冲近五万亩良田受灾，原定在白龙寨召开的"双抢"战斗现场动员大会被迫取消。公社革委会决定：全民动员，战天斗地，把冰雹造成的损失夺回来。各中小学、社办金属加工厂、服装厂、榨油厂、供销社、医疗站、农机站、供电站、文化站等，除病残留守外，一律下队参加救灾战斗。

东山大队小学在接到提前放假参加救灾战斗的通知后，老师人人愁眉苦脸，学生个个欢呼雀跃。从一年级到五年级的教室里，学生们扒窗户、踢板凳、揪头发、摔书本、作怪脸、做鬼叫，好不哄闹，真如花果山开猴宴，热闹成一团。

一年级班主任肖畅一走进教室，里面立即鸦雀无声。她手握一支三尺长的竹条，这是她的教鞭。学生们都非常喜欢这位美丽的小老师，又最怕她手中的竹条。她高兴时，像大姐姐一样同他们疯疯闹闹，一生气，不管三七二十一左手按屁股，右手挥教鞭，一顿猛抽。

现在，她在教室门口一站，里面个个正襟危坐，屁股一动也不敢动，两眼都盯着那支三尺长的教鞭，大气也不敢喘一下。

肖畅是武汉下放知青，两年前高中毕业，响应“知识青年到农村去，接受贫下中农再教育”的号召来到白龙寨。当时父母想留她在城，但按政策每家只能留一名子女，她姐姐已安排在街办工厂。父母到处求人告保依然没着落，不得已又四处找农村的关系，想投亲靠友离武汉近一些。最后算是攀上了白农寨的一位远房表亲，一打听，还是大队干部，赶紧大包小包，把女儿送了下来。

刚下来半月，肖畅什么都觉新奇好玩，一月后，就开始想家哭鼻子，三个月后，经常一人关在房内，不停地向父母写信，诉说广阔天地的苦难。没办法，父母只得求大队干部照顾，正好去年大队小学一名当民办教师的知青回城，于是，她就顶替进校，接任一年级班主任。当民办教师对肖畅来说就如同进天堂，不用参加各种繁重的农耕劳动，每天的工分从原来的六分加到十分，跟大男劳力一样，每月还有十一块钱的额外补助。只是有一点不太完满，那就是放寒暑假，必须回队参加劳动，对肖畅来说，这比上刀山下火海还难受。

一脸不高兴的肖畅，慢慢走上讲台，手中的教鞭，轻轻敲打台面，她今天穿了一件粉红色短袖衬衫，两条乌黑的长辫，绾在头顶，俏丽清朗的脸上，一双杏眼神采飘扬，站在一群破衣烂衫的孩子面前，有如荷花出水，艳丽照人。她本想找个学生出气，一看个个腰挺得笔直，小脸蛋热得绯红，心软了下来，语气柔和道：“同学们，刚才胡校长给你们布置的任务，记得吗？”

“记得！”稚嫩的童音整齐悦耳，小嘴巴一张一合甚是动人。肖畅每天要听多少遍这声音，从来都不感到厌烦。

“很好!”她接着道，“大家要记住，放假期间，每天跟爸爸妈妈一起起床出工。你们呢，到田里拾失落的稻穗，整理被冰雹砸歪的秧苗，给爸爸妈妈送饭送水，牵耕牛喝水吃草，知道吗?”

“知道……”又是一片悦耳的声音，肖畅正准备宣布放假，一个小手举了起来，“报告肖老师，每天我爸爸先起床，妈妈后起床，我是跟爸爸一起起床，还是跟妈妈一起起床?”

“报告，我也是!”“肖老师，我也是!”“报告，我爸是我妈骂起床的!”还没等肖畅回答，几个声音跟着嚷了起来。

“停!”肖畅一声令下，又鸦雀无声。她想了想，“那就跟妈妈一起起床，记住9月1日来学校报到，现在放假回家。”

“肖老师再见。”一群破衣烂衫，向门外拥去。

看着这些孩子挤门而出，肖畅一阵迷茫，待最后一名孩子出门后，她关好门窗，慢慢回到办公室。

办公室里，胡校长正在精心擦他的上海产“永久”牌自行车，其他民办教师都已回家。

胡校长是东山小学唯一的公派老师，不到六十岁，身材偏高，满脸清瘦，浑身上下只见骨头不见肉。他家住北冲大队，老婆孩子都是农村户口，两年多来，有一大一小两件心事总折磨着他。一是大儿子快三十的人，还没结婚，多次找领导申请，想内招到教育系统当工人，可上面不批，拖了两年无消息。这一大事让他食不甘味，夜不安寝。小事就是去年买了这辆自行车后，每天牵肠挂肚地要细心擦几遍，刮风下雨，宁可自己把它骑在肩上，也不让它沾半点泥水。

胡校长见肖畅进来，边擦车边问：“肖老师，暑假是回白龙寨，还是在校睡?要在校，我把钥匙交给你，不然我就加锁封门。”

肖畅想了想，来校之前，队上一直安排她住在李远方家，因他在县城读书不常回，她正好跟他娘做伴，还可以帮两位老人干点杂活。两年多来，她非常喜欢这三代三人的单一家庭，喜欢他们善良的品德，一段时间不见，就止不住想念他们。昨天李远方来借收音机，她一阵激动，内心期盼着早点同三人团聚。想到这里答道：“我回寨上睡，您稍等一下，我清几件东西就走。”说完，急步出门，到寝室快速清好衣物，匆匆向白龙寨而去。

正午的日头异常毒辣，肖畅出校走了不到一里地，就全身汗透，走上渠堤她有点心动。渠道的两边都是白龙寨的水田，烈日下女社员正在抢收被冰雹砸倒的稻谷，男社员正在分头犁田、挑秧。队长李德正一跛一拐地在田头指挥，两杆红旗插在稻田的两端遥相呼应。远远看去，热浪中人影浮动，大地蒸腾，一幅“烈日农耕”图景。

肖畅取下肩上的挂包，在堤边一片树荫处坐了下来。她想起刚来这里时，正是春回大地，万物复苏的时节。田里稻花飘香，山上野花怒放，早晨鸡鸣狗叫，傍晚人喊牛欢。一切都是那么的新鲜、舒畅、神奇。两年过去了，现在这种感觉，怎么也找不到，相反，一种惆怅、怜悯的苦楚，时时袭上心头。

“怎么你一人坐在这里，不去参加‘双抢’战斗？”随着一声诘问，肖畅从回想中清醒过来。抬头一看，一位四十多岁体魄健壮的中年男人，来到了她的身边，她有点面熟，一时想不起来。

正思索间，中年人却认出了她，马上改口关心：“哦……你是下放知青，叫肖畅，在小学教书，是吧？怎么不认识我？看来是我的工作没做好哇！”说完面带微笑，两眼注视着肖畅。

肖畅迟疑了一下，认出来了，赶紧站起来惊呼：“您是公社知青办的罗主任，对吧？怎么来我们这里了？”

罗主任点点头，满脸堆笑：“下派到你们东山领导‘双抢’战斗，这热天，你一人坐在这干吗？哦！今天学校放假，明天好参加劳动。记住，有么事，晚上来大队部找我，别忘了，我可是你的直接领导啊！”说完，在肖畅的背上轻轻拍了拍，大步而去。

经罗主任一提醒，肖畅顿觉热浪扑鼻，她背起挂包，抹了抹头上的汗水，挺了挺胸，又开始向白龙寨走去。

东方天边，几堆白云正上下翻滚，变幻出各种奇妙的图案。一阵热风随即吹来，身边的水渠里，泛起阵阵涟漪，杂草在水上飘动，热气从水上升腾，天陡然暗下来。六月天气，风到雨也到。

“看来要变天！”肖畅加快步伐，一面自言自语，“这鬼天，前天突下冰雹，今天莫不要突下暴雨？最好等我到家后再下。”

肖畅的步伐再快，也比不上风云的翻滚快，刚到寨口，奇妙的白云，早已翻滚成了整片的集雨乌云，铺天盖地般压了过来。旋即，黑幕垂天，太阳湮没，罡风乍起。还没等下面的人回过神来，一道迅疾无比的闪电，利剑般自北而南刺破云天，蛇光彻空。紧接着，霹雳一串奔雷滚轰，撼山震岳，摄人心魄，倾盆大雨自天而下。

暴风雨真的来了……

2

暴风雨来得太快太猛，老天爷像是被谁激怒，雷霆大发，在天庭上摔桌打椅，砸缸拆灶，东摧西炸，天地间被搅得昏天黑地。人们猝不及防，抢收的稻谷上了垛的胡乱遮盖一下，来不及堆上去的，只得暂时堆放场边，任风吹雨打。插下和未插下的秧苗，撒落在水中任其自我飘摇。几百号人落汤鸡似的，在狂风、暴雨、奔雷的交加中，高一脚浅一步，踩空踏虚地朝家狂奔。归家后，依然心惊肉跳，赶紧关门闭户，各自龟缩在家不敢轻举妄出。

李远方最后一个归家，他先把娘背回屋，又冲进风雨，找到幺爹和德正爹，将他们搀扶到寨，顺路先扶幺爹进门，再送德正爹回去。等再转回到自家时，早已是上下湿透，泥巴满身。

“快!”肖畅早备了一盆热水，见他进来，催道，“洗澡换衣。”

“我娘怎么样？”

“还我娘呢？”肖畅嗔怪道，“知道她病没完全好，为什么不拦住她跑去出工？这又被雨淋病了，看你怎么说？”

“我能怎么说？先说好不去，后来自己跑去，还硬说病好了。”

“好了，不说了。”李传道打断他们，坐在桌边对李远方道，“快拿根长篙子，把漏水的破瓦顶一下。”

李远方一看，屋里叮叮咣咣已有几个盆子接着屋漏水，赶紧找了根长篙，把几处漏瓦顶起，上下均匀梭动几下，漏滴马上小了下来。这才去洗澡换衣，出来后走到桌边，陪幺爹和肖畅姐坐下来。

屋外，老天爷怒气正恶，雷声在寨顶滚来炸去，震得桌椅不停抖动。巷内渍水滚涌，骤雨打在渍水之上，开锅般爆响。疾风一阵赶一阵，在屋顶呼来啸去。风声、雨声、雷声，在房前屋后交相轰鸣，如万马狂奔，似虎啸龙吟，天似乎要塌下来。

肖畅自出生到现在十九年来，第一次遭遇如此罕见的风雨雷电，见李传道老人一脸凝重，胆怯地问："九爹，您老见多识广，这种作恶的天气，以前碰到过吗？"

老人抹了一把脸，恢复了常态，但语气沉重："我正在想这事，近一点是1954年，也是这个季节，同样是这大的风雨雷电，当时下了近三十天，引发山洪，整个九龙冲田地尽淹，房屋遭毁。站在东山头放眼西望，洪水一望无际，直通长江，一个月才退尽。远一点是1931年，那一年半个武汉被淹，情景跟今天如出一辙……"

没等老人说完，轰的一声焦雷，又在屋顶炸响，震得三人一阵耳鸣，老人又是一脸的凝重。李远方接着问："幺爹，如此看来，今年恐怕难逃洪涝之灾？"

"是啊。更让人难以琢磨的是，前天突下冰雹，今天又突下暴雨，这就是古人所说的'暑极生寒，寒极生暑'，太反常了。如果今年不发洪涝也罢，真要发，后果不堪设想。老子说过'希言自然，飘风不终朝，骤雨不终日'，看看明后天的情景再说，我担心的就是明后天……暴雨依然下个不停。"

"九爹，老子这话什么意思？"肖畅问。

"老子是说，狂风不会刮一个早晨不停，暴雨不会下一整天不止，天地是有自然规律的，人干任何事，都不能违背自然规律。"

"幺爹。"李远方追问，"这'希言自然'我不太懂。"

老人看了看两位青年人，心中涌起一股热流。他本想说，老子的意思，是告诉人们要少说一些违背自然的话，少干一些违背自然的事，更不能发布有悖自然规律的命令，否则，将会遭到大自然无情的报复。但他不能把此话说给这两位年轻人听，于是，淡淡道："以后你们会懂的，大自然有很多奥妙，是人类所无法解密的，有太多的魔力，也是人类所无法征服的。你们想一想：人类都进化了几百万年，到今天连自己是从哪里来的都不知道，何况这无边无际、无始无终的宇宙？相比之下，人类太渺小，我们任何一个人，都无法决定自己未来的命运……‘人能弘道，无如命何’！”

刚说到这里，大门哐当一声被推开，王细翠连人带水闯了进来，上气不接下气：“九爹……快去看一下，‘大黄’被雷……打死了，远治……这死鬼，今天又没回，我不知……怎么处置。”

“大黄”是一头三岁的黄牯牛，是队上耕田的主力，这几天轮班归她家喂养。远治是她男人，本来昨天开现场会要回的。

“别急，慢慢说，是么回事？是在屋里还是在外面打死的？”李传道问道，他清楚细翠是怕扣工分，找他拿主意，队上规定：耕牛在谁家生病，都要扣工分。农民历来把牛的命，看得比人命贵重。

“当然是在屋里，平时好天好时的，我都拴在屋，何况这种鬼天气？当时我正帮‘黑牛’洗澡，轰隆一声，炸雷在屋顶炸响，就听‘大黄’在偏房大嚎一声后，没有动静。跑过去一看，倒在地上一动不动就死了。”说到此，眼里竟落下泪来。

“黑牛”是她儿子，正名李忠国，是肖畅的学生，长得又黑又壮，寨里男女老少都喜欢叫他“黑牛”。久而久之，混名叫成了正名。

“这样，”李传道示意李远方拿雨具，一面吩咐王细翠，“你先去找队长，说明情况，把他带到你家看看，我随后就来。”

王细翠一阵风似的又奔了出去，大门来不及关上，狂风裹着暴雨，呼啦一下飚了进来，水珠飞溅到三人的脸上，一阵刺痛，墙上张贴的几张年画，也被风吹落，李远方赶紧上前将门关好。

“肖老师，”李传道穿好雨衣，大声道，“在家照顾好病人，远方跟我出门。”又喟然一声长叹：“老天爷真的是发怒了……”

3

李传道老人最怕发生的事，还是发生了。

从 6 月 24 日“大黄”被雷电击死起，至 8 月 13 日太阳再次爬上东山头，整整 50 天，暴雨连发、狂风大作、雷电交加。九龙冲方圆百里之内，一片渺茫，山上山洪倾泻，冲内急流汹涌。九股交汇的洪流，如九条脱缰的蛟龙，怒吼滚荡，奔腾咆哮，自东向西狂奔。所过之处，卸石裹木，摧枯拉朽，田地尽淹，房屋尽毁。

这期间，全国又突发了两件震惊世界的大事：一是备受全国人民爱戴的全国人大朱德委员长，于7月4日在北京逝世，举国上下万民含悲，沉痛哀悼。二是7月28日，河北省唐山市发生7.8级大地震，举国上下又万众一心，众志成城，抗震救灾。所以，县革委会指示：九龙冲的洪涝灾害，由公社自行组织人力物力，赈灾自救。

天一放晴，李德正就接到公社书记赈灾自救的通知，他"轰"的一声，大脑一片空白，茫然不知所措，两眼模糊，一步一拐朝家走去。回家后，自己下厨炒了一盘花生米、一碗小白菜、一碟咸萝卜，一口气将两大碗老白干，连酒带泪吞了下去，一头倒在床上不省人事。

"水……"深夜醒来，蒙眬中婆娘张桂珍泪眼婆娑地守在床边，他想喝水，挣扎着坐了起来。张桂珍递上掺了醋的大碗凉茶，李德正捧在手里，一口气咕噜倒下肚去。刚要递碗，一阵心慌，一股强大的物流直涌喉头，来不及说话，头向床边一伸，大口一张，呼啦啦酒水挟带着花生米、咸萝卜、小白菜俯冲而出。接着又是一阵抽搦，苦水一口接一口，向外呕吐。他无力地垂下头去，手一松，碗掉在地上，泪水也不自主地向下滴落，一滴一滴，溶进吐出的那滩苦水中。

张桂珍心头一阵绞痛，这段时间，男人身上摸不出肉来，骨头一根比一根撑手。她把他扶正躺好，含泪一声不吭地打扫房间，打扫完，又坐在床头，两眼望着男人发呆。她懂男人的心，想安慰他几句，又不知从何说起，跟了他十几年，第一次看他如此难受。她拿起床头柜上的时钟一看，快深夜两点。这钟是李德正从部队复员时的纪念品，当队长后，就一直放在床头。

"几点？"李德正有气无力。

"深夜两点，你醉了十几个小时。"

"是啊。要是能醉上十年、二十年更好，最好是一醉不起，直接醉入黄土，醉入坟墓。"

"说得倒轻巧，想一死了事，两个儿子交给谁？我怎么办？再说这寨上几百口人，都看着你呢。”

李德正心一颤，想这婆娘认真了。他醉眼盯着她，只见以前她最引以为自豪的满头乌发，早已泛黄，两鬓更是斑白。松弛的眼袋，像两条吸满血的蜱虫，坠在一双干枯凄迷的呆眼下。黄而瘦的长脸上，左右布满了褐色的斑点……李德正心里一阵自责：“她这都是为了我，为了这个家，操劳过度。十五年来，无怨无悔，默默奉献，我对她有愧啊！”想到此，李德正一声长叹，强忍住心中的愧疚，故意挑逗着接过她的话：“儿子和村民嘛……交给党和政府，至于你……反正这辈子，只有跟跛子的命，西巷口的李二拐……想女人都想了几十年，不如做好事，把你送给他，只是这辈分上不太……”

没等李德正说完，张桂珍右手拧住他耳朵，左手在身上乱捶，咬牙切齿道：“看来你这死鬼是真想死，我让你先不得好死。”捶着骂着一头扑在他身上，放声大哭起来。十几年的委曲加上对男人苦愁的同情，转化为鼻涕眼泪，在李德正满是排骨的身上，尽情地涂抹。

“好了，好了……莫把儿子哭醒了，我没死也被你哭死！”

张桂珍止住了哭，揉了揉眼，揪了揪鼻，爬上床来，双手把男人紧紧地搂在怀里，生怕他突然离去，泪水依然止不住流淌。

李德正一动不动地任她悲伤，酒已完全醒了，头却愈来愈沉重，刚才婆娘的话，像刀子捅在他心里。寨上几百口人，往后的日子怎么过？田地尽毁，就连堆放在稻场来不及脱粒进库的稻谷，也被水冲走。看来，又要过三年自然灾害时扒树皮、挖观音土充饥的苦日子。

想到这里他推了推张桂珍，小声道：“别哭了，你明天早点起来，去西巷叫远方过来，扶我上东山一趟，顺便通知九哥和会计远发，下午在细翠家等我。好了，别哭，睡吧。”说完，顺手关灭房灯，又是一声长叹，一头扎进张桂珍的怀里，任黑夜将二人吞没。

第二天，近百天没露脸的烈日，重现昊天后大发神威，巨大的能量，勃发出 40 度的高温，威照山河，九龙冲的百里山川，处在水深火热之中，东山现在变成了火焰山。

李远方搀扶着李德正，一路走走停停，艰难地登上东山头，二人早已是大汗淋漓、气喘吁吁，一壶水还没到山顶就喝得罄干。举目四望，只见远处水天相连，苍茫一片，近处洪水涌冲，流波浩荡。远近十道山梁，在烈日的蒸腾下，如同大海中的小岛，迷迷茫茫。

“完了。这洪水……恐怕一月都难退去，九龙冲这回……真的是龙潭深渊。”李德正一脸茫然，声音悲切。

“德正爹，先坐下休息会，车到山前必有路，总会有办法的。”李远方边安慰边搀扶着李德正，在一棵小树下坐下。

“说起来容易，做起来难啊。据说……这次整个华中地区都受了灾，损失仅次于唐山大地震，能有什么好的办法？天灾人祸啊。想必毛主席他老人家，在北京城也吃不好睡不安啦！”

“那是肯定的，元月 8 日，周恩来总理去世，这 7 月 4 日，朱德委员长又走了。左膀右臂都断了，全国各地每天该要发生多少大事，他老人家，哪顾得过来！”

“你们操心得太远了，还是想一想怎么度过眼前这道坎吧！”随着声音望去，李传道老人在肖畅的搀扶下，也爬上山来。

“幺爹，您老怎么也来了？这热的天！”李远方迎了上去。

“一听你们上东山，九爹他老人家就坐不住了，一个劲地催我煎好药，给你娘喝下就赶来。”肖畅一面回答，一面指着山下，“你们看，乡亲们也都上山来了。”

李德正站起来，朝山下一看，几百号人拖儿带女，跛前踬后，结成一溜长蛇阵，向山上逶迤而来，脚步快的已经爬上山头。

“九哥！”他一阵激动，“来……您老先坐一坐，歇口气，再看看这水势，我真不知如何是好，您老看有什么办法吗？”

李传道没有坐，他在李远方和肖畅一左一右的搀扶下，手搭凉棚，西向而眺。许久，才从惊愕中转过神来，找一棵树荫地坐下，擦了擦汗，沉思片刻后这才慢慢道：“天生天杀，天命不可违，如此灾潦相连，岂是人力所能抗，你我又能有什么办法？也只有听天由命了！”长叹一声：“九龙冲繁衍了几千年，遭遇过多少天灾人祸、荒时暴月，还不是一代接一代地……传承到了今天，尽人力而为吧！”

长蛇阵渐渐向山头盘踞，几百号村民开始在山头聚集，男的径直朝李传道、李德正这边靠拢。女的大多向王细翠、张桂珍那边拥去，小孩们则到处乱窜。随即人群开始大呼小叫起来，惊叹之声不绝于耳，热浪一浪高过一浪，炙人鼻息。整个东山头，就如同火山爆发。

很快，火山开始熄灭，惊叹声，呼叫声都停了下来。人群被眼前的场景所震慑，像着了魔法般，一动不动地伫立着，一个个神色忧郁，表情呆滞。几个年长的女人，泥塑般的脸上，泪水和着汗水直往下滑落。王细翠两手紧紧抓住“黑牛”的双肩，上牙紧咬下唇，不让泪水涌出。张桂珍一手牵一个儿子，张开的口中，涎水向外滴挂。肖畅和李远方一前一后站在李德正的身边，都感受到了他的心跳。伴着他一口赶一口的喘息，二人的心也一步一步地下沉。

李德正一阵紧一阵的心慌、胸闷、口干、舌燥。昨晚他酒醒后，再也没有合眼，黑暗中，冥思苦想了大半晚。天刚麻亮，就催张桂珍起床出门叫人。随后爬起来煮了一锅水糆，准备婆娘儿子过早，又灌了一军用水壶白开水，抓了几把米炮红苕片，预备和李远方中午在山上填肚。原打算下午找李传道老人和细翠、远发，商量一个办法，晚上好开村民大会，没想到他这一上山，整个村民都跟了来。

现在几百号人聚集在一起，顶着40度的高温，在烈日下煎熬。他感到如堕火海，窒息难耐，眼前金光乱跳。他大口喘着粗气，努力使自己的心境镇静下来，双手使劲攥紧拳头，指甲掐进肉里，汗水从指缝里渗了出来。好一会，他才定下神来，看着山头上这一堆惊愕的人群，感到自己肩上的担子，有千斤之重。

“大伙都听好！”李德正突然大声道，“这洪水大家都看到了，现在全体到前山头白龙寺去，我们临时开个村民大会。那里有树，有石头，有井水，大伙去后，各自找树荫处坐好，口渴的先喝口水，我跟大伙通报几个决定。”说完，一跛一拐朝前山头拐去，李远方赶紧上前搀扶，肖畅也把李传道老人扶起，紧跟其后。

人群开始骚动，你推我攘自觉地向两边分开，待四人过后，都紧跟其上，向前山头白龙寺开拔……

4

东山自东向西绵延达二十公里之远，山顶嵯峨险峻，亦自东向西延伸有五公里之长，中间陡然生出几百米低凹地段，将整个山顶劈为两个山头，所以有东山头和西山头之分。又因东山头与东山重名，故称前山头和后山头。前山头树木葱郁，风景幽谧，看日出时意境高远，是历代高人修身养性的得意之所。后山头空荡贫瘠，石乱树寡，送落日时晚境凄凉，是落魄山人的失意之地。一山之巅，两公里之内，天地玄黄、鬼斧神工，竟造化出两重天地来。

白龙寺就掩映在前山头的树木丛中，因为太有名，1967 年“文化大革命”时期，被从县城专程赶来的红卫兵小将砸乱摧毁，一千多年的文明标记，瞬间消失殆尽。现在的白龙寺就是一片残垣断壁，满地碎石破瓦，荒榛断棘。唯一使人产生联想的是巨大的破壁上，众佛陀的残存浮雕，在向世人诉说着往日的辉煌和尘世间的无边苦海。

几百号人在白龙寺前的树林里各自就座，年纪大的一脸茫然，年幼的满脸懵懂。说来也巧，人群一进入树林后，天上大片的云朵，开始自西南向东北飘动聚集，一片接一片的阴影，不时地掠过山梁，树林中微风拂面，酷热渐失。

李德正站在一堆乱石上，双眼在这群惊慌失措的老幼身上扫来扫去，心中充满惆怅。12 年的队长生涯，每天的朝夕相处，几乎每个人都被他骂过。今天，当巨量的灾难摆在他们面前时，他心怀苦痛，表情庄重，声音凄然，一字一句都流露出无奈的酸楚：“各位父老乡亲，刚才大家在后山头，看到了今年的洪水态势，昨天，我接到了公社的通知，要我们抗灾自救。说老实话，从下冰雹的那一天起，我就在想办法，可直到现在，我也没想出什么好办法来。”

说到这，他长长地叹了口气，又慢慢道：“刚才在来白龙寺的路上，同九哥、细翠、远发三位小队干部商量决定时，九哥开导我天灾不可抗，尽人力而为。可人是肉长的，不是铁打的，一天三餐要吃要喝，粮食从哪来？是我们用自己的双手，一粒一粒从田地中收获来的。可现在……

两千多亩的田地尽毁，我们想干老天不让我们干，我们库存的粮食，不够半年吃，这还得留下明年的种子。所以，我现在通报第一个决定。”他示意李远方和肖畅记下：“我们白龙寨369口人，男劳力152人，女劳力133人，60岁以上39人，10岁以下45人。明天分粮到户，男劳力每人100斤，女劳力每人80斤，60岁以上和10岁以下的，每人50斤，吃奶的不算在内。”

人群开始议论，恨天怨地的，长吁短叹的，喊爹叫娘的，一声接一声。会算账的，开始帮左邻右舍记账，不会算账的，东问一下，西问一声，一脸的不放心。

“第二，”李德正加重了语气，人群立马安静下来，“从明天起，所有的男女劳力，在洪水没有退出田地之前，上山砍柴。记住两点，一是不要砍伤任何一棵树苗，二是不要越过山界。柴草按每家每户劳力进行分配，劳力多的多分，少的少分。第三，洪水退后，男劳力筑坝造田，女劳力挑土整地，抢在冬播之前，把两千多亩田地整理出来。这期间，老人和小孩负责烧火做饭，放牛送水。”他停了停，最后强调道：“我就说这三点，这是我们第一阶段的任务，我希望大伙遵照伟大领袖毛主席的最高指示，‘下定决心，不怕牺牲，排除万难，去争取胜利’。我们白龙寨是全省农业学大寨的一面红旗，决不能让它倒下，要让它高高飘扬。接下来由细翠、远发和九哥，跟大家具体分派事情，大伙有什么意见和困难，晚上分头找队干部反映。”说完，一步一拐，走到一块大石上，坐了下来。

王细翠说话干事向来大大咧咧，干净利索。133名女劳力谁跟谁一组、哪跟哪一班；轻活累活、干活湿活；年纪大的干什么、年轻的干什么；有孩子的干什么、没孩子的干什么、喂奶的又干什么……她一口气放鞭炮般噼噼啪啪分配完毕，井井有条，滴水不漏。

李远发原是武汉锅炉厂的工人，1959年“三年自然灾害”时，羡慕农民一担红苕折他两月工资，主动要求回老家当农民。哪知还没过上几年好日子，城乡差别拉大，工人农民的地位有云泥之别，又反过来羡慕城市生活。可再想回城，比登天还难，在家长期受婆娘的辱骂和儿女的夹磨。他1964起年当会计12年来，说话干事轻言细语，谨小慎微。加之常年患有哮喘的毛病，所以说起话来吞吞吐吐，咳咳嘎嘎。他从寨东讲到寨西，咳一阵；从大户讲到小户，又咳一阵；从今年讲到去年，再咳一阵；最后从拖儿带女的讲到鳏寡孤独，还是要咳一阵。不过谁家多少人口，争了多少工分，该分多少钱粮，又借了多少钱粮，几笔流水账，边咳边嘎，讲得清清楚楚，明明白白。

等他一席话讲完，下面听讲的各户主，早已急得手心流汗，额头冒气。其他人大都有气无力，东倒西歪，直到看见李传道老人一步一步迈上台阶准备讲话，才都打起精神，认真倾听。

李传道老人本不想讲话，可一到白龙寺触景生情，就心有攸归，难以自已。他一步一步迈上破台阶，心情一阵一阵地沉重。看看眼前这几百号茫然的村民，再看看李远方、肖畅一左一右两个不谙世事的青年，更是情有所系，激切之言，愤然而出："我今年整76岁，经历了几个朝代，遭受了太多的天灾人祸，体会了太多的世态炎凉，现在离死恐怕不是太远。死……不足惜！可离开这个世界之前，借今天这个机会，有几句贴心话要送给大家。"

人们慢慢站了起来，向他身边聚拢，李德正也站了起来，他感到老人今天话中有话。李远方和肖畅站在老人的身边，心中油然而生敬意，同时向他靠近一步，以便更清晰地聆听老人的明教。

"什么是天灾？"李传道老人大声道，"大家刚才看到的滔滔洪水，就是天灾。什么是人祸？大家再看看眼前白龙寺这堆乱石破瓦，这就是人祸。我们李姓家族，在这九龙冲东山脚下，生活繁衍了几千年，这白龙寺是我们白龙寨的根脉所在。它供奉的，不仅是大慈大悲的观世音菩萨，还有老子和孔子。老子也好，孔子也好，都是我们民族的圣人，都是倡导仁义道德的先知先觉，都希望我们老百姓能过上好日子，释迦牟尼更是恩泽万民，普渡众生……"说到此，看了看身边的几名小孩，拍了拍李远方的肩头，继续道："老子是我们李家的老祖宗，可我们李家遵循的，却是孔子的仁德与忠孝精神……'仁德传家远，忠孝流世长。千秋存道义，万代耀荣光。'这二十个字，是我们李氏家族的传承辈分，一代又一代传承了几千年。你们要把这二十个字，牢牢地铭刻在心。这是我们李氏家族的传世根本。将来无论发生多大的天灾人祸，无论世道怎么巨变，千万记住……不要数典忘祖。我们的根不能断，本不能忘，而且，还要一代接一代地传承下去，要让李氏家族……历千万祀，长乐未央。”

他一阵激动，苍老的脸上，两眼精光四射。几百双眼睛，一动不动地盯着他。头顶，滚动的阴云，已经遮掩了烈日；山上，忽南忽北的旋风，阵阵袭来；林中，树叶一阵接一阵的飒飒作响。他稳了稳自己的情绪，继续道：“天灾不可怕，人祸也不可怕，不作为才是真可怕。所以圣人说‘天行健，君子当自强不息’。什么是自强不息？有作为就是自强不息。什么是有作为？我们一不是圣人，二不是君子，我们是地地道道的农民。我们农民的作为，就是要与天地为伍，要顺天地之道，养天地之气，立天地之德。《易经》上说‘关乎天文，以察时变，关乎人文，以化成天下’，就是要我们农民遵循天道，把握好二十四个节气，教化好自己的人德，种好自己的田，耕好自己的地，一代一代的薪火相传，繁衍生息，这就是我们农民的作为。”

说到此，他一手指天：“什么是天道？天道就是天地间的自然规律，我们遵循天道，就是遵循自然规律。你们看，这漫天的乌云朝东北翻滚，我敢说，只会刮风不会下雨。因为‘云往东，一场风，云往北，一场黑’。这是我们先人几千年来，总结出天道运行的自然规律，谁违背了天道的自然规律，谁就会得到苍天的报应。”

话音刚落，一阵旋风扫过，人群一片惊愕，他长长地透了一口气，如卸重荷，又继续道：“刚才德正他们把事情分派得很细，只要我们大家拧成一股绳，没有迈不过的坎，克服不了的困难。今天，我们的田地被洪水冲毁，明天，我们再一寸一寸地把它培养出来。这田地是我们祖先，遗传给我们的命根子，我们不能眼睁睁地看它在我们手上毁掉。我们不仅要把它耕种好，还要一代一代传给我们的子孙，让这方田地，世世代代结出劳动的果实来。”

最后，他抬头看了看天：“看这天，怕要刮大风，我看还是早点回寨，准备明天的事吧。”说完，望了望李德正，神情黯然，步履沉重，走下白龙寺残存的几步千年台阶。

“走，回寨。”李德正一声令下，人群涌动，刚刚涌出树林，跑在前面的“黑牛”大声惊叫：“看啦！天上有飞龙。”人群立即停止了涌动，几百双眼睛，同时望向远方的天空。

正北方，天地间，两条乌龙迎风飞舞，上下滚动。所过之处，流云飞旋，水柱冲天，树木杂物上下翻转，真如动画般壮美至极。两条飞龙一前一后，时高时低，径直向东山飞来。

李传道大惊失色，高声吼道：“快，回树林，每人抱一棵大树，闭上眼睛，死也不能放手，这是龙卷风！”人们如梦方醒，瞬间方寸大乱，呼爹喊娘，抓儿拽女，回转身拼命向树林奔去。

李远方和肖畅，搀扶着李德正和李传道二人，刚刚找好两棵大树抱死，龙卷风呼啸而至。片刻间天地昏眩，杂草横飞。他赶紧闭上眼睛，只觉得脸上似钢刀削刮，身上如乱鞭抽打，人和树干左右摇晃。整个东山头，有如一叶孤舟，在怒海般的狂风巨浪中颠簸。

几分钟过后，风势渐弱，树木杂物从天四坠，林里林外一片噼啪声响。李远方睁开双眼，眼前一片狼藉，触目惊心。大树上断枝倒挂，片叶尽去。地上杂草皆薙，碗口粗小的树木大都连根拔起，东倒西歪。抬头望天空，依然是乌云蔽日，漫天的杂草树叶，飞旋扶摇直上。

再看看人群，一个个惊魂未定，呆若木鸡。有几人身上的衣衫随风卷走，裸露的肌肤，被飞旋的树枝，抽打得浑身青紫。其余的人，大多衣衫破碎，遍体鳞伤，几个小孩开始哭泣。

李远方移动双脚，只感到浑身麻木。忽然一个半圆形的破锅盖，映入他的眼帘，他意识到这是被狂风搅上天后，飘落到山上来的。倏然间，他想起自己的娘，还卧病在床，一阵心揺，来不及多想，大声喊道：“肖畅姐，你照顾好幺爹和德正爹，我先回寨看我娘。”话音未落，人发狂般向山下飞奔而去。人们经李远方这一喊，才从噩梦中醒来。轰的一声，又大哭小叫，呼三喊四。几百号人，左抓右拉、你踩我压，一窝蜂似的朝山下白龙寨方向，拼命狂奔。

肖畅搀扶李传道、李德正二人，慢慢走在最后，三人都步履沉重，到了后山头，都不由自主地停下来。举目西望，天地间依然是苍茫一片。头顶上，乌云开始疏散，光明乍现，一道金光穿过云罅直射到山顶。三人都身披金光，茫然地伫立在这苍茫浩渺的天地之间。

肖畅好不心酸，这水天相隔的尽头就是汉口，那里有她的家，有她生命相连的亲人。她无法拧断自己的思念，企盼回到亲人身边的强烈愿望涌上心头。青春俏丽、凄苦迷惘的脸上，两颗难以抑制的泪珠滚出眼帘，在金光的照射下，晶莹剔透，闪闪发光……

第三章

1

东山脚下，冲东尽头，有一座方圆近三公里的小山，依东山而立，枕溪流而卧。此山虽不高大，却长年累月芳草馥郁，山花烂漫。山上树木葱翠，百鸟旋居。山川交合处涌泉滚动，水津草长。也不知哪朝哪代何年何月哪位先人出于何种冥想将此山冠名为龙珠山。

龙珠山是白龙寨的祖坟所在地。

李氏家族遗训：凡李姓族人，无论是生老病死，还是天灾人祸客死他乡，也不管是子孙满堂，抑或是鳏寡孤独废疾者，死后均可长眠于这龙珠山上。一族一家，依脉而葬，辈分高的在上，辈分低的在下，嫡传长子居中，其他左右分列。如此一代一代，从山头向四下伸展，几千年下来，龙珠山上，坟头鳞次栉比，墓碑漫山林立。

李远方的娘，就葬在龙珠山西坡，她丈夫李家明的坟边。这对夫妻，在生离死别整十七年后，终于又在地下团圆。

东方破晓，曙光显现，云霞飘逸，龙珠山秋天的早晨，阵阵清凉。树上栖鸟惊飞，草里秋虫窸窣。李远方紧跟在幺爹的身后，左右穿行在乱坟堆中，急步来到了他父母的坟前。今天是他娘七七祭日，天不亮他就起床，烧水煮粥，准备了二十刀黄表纸钱和其他祭祀物品，要在列祖列宗面前，聆听幺爹向他诉说家史。

对李远方来说，这七七四十九天，真比四十九年还要漫长。

刮龙卷风那天，他一口气跑回寨时，出现在他眼前的情景，令他目瞪口呆。整个白龙寨东西两巷的房屋，都遭受了龙卷风袭击，西巷更是无一幸免，轻一点的片瓦不存，重的房倒墙塌。

当他冲到自己家时，如遭五雷轰顶，瞬间五内俱焚。娘端坐在倒塌的墙壁之下，左手紧攥着一张白纸条，右手死握一支圆珠笔，双手按着胸前，两眼凝视苍天，额头上涌出的鲜血洒满全身，白纸条上一片殷红——原来她强忍悲痛，爬出废墟，写下遗言，含悲而去。

李远方一头栽倒在娘的面前，放声痛哭，头不停地撞击碎石瓦砾，双手猛捶自己的胸膛，直至晕死过去。等他醒来时，幺爹老泪纵横地将他抱在怀里，他又抱住幺爹放声大哭。

其后，他神情恍惚，整天呆坐在娘临终时端坐的墙壁下，滴水不进，凝视苍天，黯然泪流。第三天送娘上龙珠山，入殓后当清脆的开路锣声响起，招魂幡迎风飘动，驱鬼炮对天鸣叫，他才猛然醒悟，从地上跳起，发疯似的扑在娘的棺材之上，号啕大哭，死也不放手。当肖畅把他拉开时，他双眼一瞪，再一次晕死过去。

后来的日子，他完全变成另外一个人，整天不言不语。李德正将他们三人安顿到东巷仓库住下，他依然每天来到老屋，坐在娘临死前端坐过的墙壁下发呆——过度的悲痛，使他迷失了心智。

9月10号，国家人民广播电台传来一声惊雷：全国人民的伟大领袖、中国共产党的伟大缔造者、世界东方的巨人、中华人民共和国中央人民政府主席毛泽东，于1976年9月9日在北京逝世。

9月11日，九龙冲人民公社在公社大院举行沉痛的哀悼仪式。全公社所有的村民，以大队为单位依次分批进入大院，向伟大领袖的遗像三鞠躬。遗像旁边，公社唯一一台黑白电视机，不间断地播放国家电视台的哀悼节目，低回的哀乐声响彻大院内外。人群都低头蠕动，缅怀伟大领袖的丰功伟绩，寄托无尽的哀思。

当李远方随着人群，对伟大领袖的遗像三鞠躬时，眼前一片金光闪耀。仰俯间遗像变成了娘凝视苍天的凄苦面容，一股巨大的悲痛伴随着耳边哀乐的轰鸣袭上心头，他扑通一声扑倒在地，放声痛哭。

人们被深深感动，如电击般都齐声哭喊起来，几万人的哭声交汇在一起，震天动地。公社王书记激动得双手颤抖，亲自将李远方扶起，叮嘱宣传委员，将这一动人情景上报县委。

从公社回后，李远方心智复明，记起了娘手里紧攥着的纸条，向幺爹询问。老人等夜深人静时，关上仓库大门，在他娘的灵台前，焚上三炷香，命他跪下叩头。然后两眼逼视，一语千钧地对他叮嘱道："这是你娘留给你的临终遗言，今天在你娘的灵台前，你必须对列祖列宗发誓，并许下诺言：将来无论天涯路远，山高水长，也不管是登堂入室、显贵尊荣，还是芒鞋竹杖、露宿荒野，都不能有悖你娘的遗言，更不能违背你今天的诺言。"

李远方颤抖着从幺爹手中接过遗言，泪眼凝望，只见上面写道：

远方儿，看来想最后见你一面，已不可能，我只有祈祷苍天，保佑你将来能幸福地度日，合理地做人。

好儿子，你刚来到这个世界不到三月，就永远失去了自己的亲生父亲，来到这个世界后，又没过上一天安稳的日子，娘对不起你，也对不起你死去的父亲，更对不起李氏家族的列祖列宗。

现在，我就要去见你父亲，我会告诉他，你是多好的一个孩子，你将来一定不会使他失望，一定会给李家的列祖列宗争荣耀。

好儿子，以后你就要自己照顾自己了，更要照顾好幺爹，要让他老人家安度晚年，他老人家这一辈子太苦了。

儿啊！我们李家几百年来，诗书传家，仁德待人，忠孝面世，你是我们家族唯一的传人，你要把家族的传统，一代接一代地传承下去，上不愧于列祖列宗，下不怍于子孙后代。

我的儿……娘就要走了，我会从另外一个世界，每天来东山头上看你一眼，会在另外一个世界，默默地为你祈福。请记住娘最后的遗言：光宗耀祖，传宗接代……永远爱你的娘亲！

接下来，是娘写给李传道老人和肖畅的两句话："幺叔，媳妇不能尽孝先走一步，方儿就交给您老了。求您老传授知识给他，向他诉说我们家族的历史，帮他早日立志成人。肖畅姑娘，你来我们家两年多，对不起，让你受苦了。你是一个好姑娘，将来一定大有前途，拜托你照顾一下你苦命的远方弟弟，他一定不会忘记你的大恩。好了……我该走了……我的亲人们！

"娘……"李远方声泪俱下，心如刀绞。许久，他停止了抽泣，慢慢抬起头来。刹那间，红肿的双眼闪射出坚毅的目光，苍白的脸上激发起神圣的豪情，他庄严而坚定地承诺道：

"娘！请您放心，孩儿一定铭记您的遗言，从今后，无论天涯路远，山高水长，在人世间做一个顶天立地的男子汉，上不愧于列祖列宗，下不怍于子孙后代，定要光宗耀祖，传宗接代！"

承诺完毕，他站起身来，在娘的灵台前，拈起三炷香，焚好插进香炉，退身跪下，连叩三个响头。再站起身来，走到幺爹的面前，又跪下拜了三拜，再站起身来，饱含热泪道："幺爹您老放心，孙儿不会让您老失望的。"

"好孩子，"李传道一把抓住他，老泪纵横，"你明白了就好，这段时间苦了你，幺爹已经从你身上……看到了希望。"

自此后，李远方强忍着巨大的悲痛，每天宵衣旰食，穷日落月，不分白天黑夜地参加各项繁重的劳动。人晒黑了，皮磨破了，回家后又烧水煮饭，下地种菜，一声不吭地承担起养家糊口的重任。

李传道老人看在眼里，疼在心里。然而，老人感到无比的欣慰，常常暗自喟叹："李氏家族的列祖列宗啊……保佑这个苦命的孩子吧！苍天啊……愿否极泰来，降大运于斯人吧……"

2

二十刀纸钱燃起的火焰，将原本晦暗的龙珠山西坡照得通亮，火星上下飞舞，烟雾四处弥漫。火苗自上而下错落有致，同时跳动，蔚为壮观。

火堆下方，祖孙二人将米粑、水果等祭品分别摆上，再拿出水酒，撒在祭品的四周，撒完后焚香磕头，一前一后同时跪下。

"列祖列宗在上！"李传道双手作揖，两眼泪闪，苍老的脸上由于火焰的照射红光绽放，声音因激动而高浊，"不孝子李传道，携孝孙李远方稽首叩拜！我李氏家族自太上祖于1790年乾隆年间，晋封翰林大学士以来，二百年间，秉承祖宗家训，诗书传家，礼仪待人，仁德面世。其家风垂范，美名流播，恩被桑梓。然世道沧桑，1840年外夷入侵后，我太祖、高祖、曾祖、祖父及生父五代先人，历经国势颓败，内忧外患，灾延一百余年。传道辈弟兄九人，立志兴国齐家，惜八位兄长，五位相继罹难，三位音信杳无，唯传道一人，苟延残喘，以待天时。”说到此，老人看了看李远方，继续道：“喜列祖列宗阴德庇护，显鲁殿灵光，展吉光片羽。有后孙辈李远方，承接家脉，诺言光宗耀祖，传宗接代。今传道稽颡叩拜列祖列宗，祈求祖上神灵庇佑，保佑远方儿心想事成。传道誓于有生之年，倾毕生之力，导其秉性、励其意志、养其雄才、鼓其正气、攻其弊病、助其功成。虽披肝沥胆，在所不辞，惟鞠躬尽瘁，死而后已。”

一轮红日从东山头上冉冉升起，天地间陡然明亮。李传道站起身来，遥望长天，深深地舒了一口气，回头深情地看了看李远方，激动道：“起来，孩子，我们先从你娘说起。”

二人来到坟前，火焰已经熄灭，李传道神情凝重，声音幽然：“孩子啊！记住：一个人的命运，一个家族的命运，是和国家民族的命运紧密相连的。自你出生以来，我和你娘从不向你诉说家史，是希望你健康成长，不受家族的羁绊。现在你已长大成人，肩负着振兴家族的重任，为此，幺爹今天特向你一一述说。”说到这里，他两眼凝视着远方娘的墓碑，慢慢回忆道：“清光绪年间，湖南浏阳出了两位名人，号称‘浏阳二杰’，一个是谭嗣同，一个是唐才常。这唐才常出生官僚世家，19岁参加科考，县、府、道三级都是第一名，连中三元，一时在浏阳传为美谈。后入长沙岳麓书院和武昌两湖书院求学，中日甲午海战后，不堪外强凌辱，回长沙办《湘学报》，追随康有为、梁启超、谭嗣同等主张维新变法。戊戌政变后，创立‘正气会’，后改名‘自立军’，公开与慈禧太后的北京朝廷分庭抗礼，一度席卷南方各省。可惜，功亏一篑，后被清廷镇压，死时年仅33岁。”

老人停了下来，看了看李远方，两眼噙泪：“我想你已经有所悟，你娘就是唐才常家族一脉相传的后人，和我们家族原系世交。本世纪初，我们两家都家道败落，加之战祸连年，为了维系家庭的生活，两家在汉口和长沙，合伙开了两家皮货店铺，聊以度日。我们家由我八哥，也就是你的亲祖父负责打理，唐家则由你外祖父负责打理。二人长期穿梭于汉口与长沙之间，同出同进，同甘共苦，情同手足。后二人效法三国时刘、关、张桃园结义，结为生死兄弟。”说到此，他仰望天空，叹息道：“后二人又同一天结婚，可巧同一天生子，更巧是一龙一凤，有龙凤呈祥之兆。于是，二人又结为儿女亲家，愿世代永结同心。可人算不如天算，1937 年抗日战争全面爆发，不到一年东北及华北大片国土丧失。1938 年 5 月徐州失守后，为延缓日军西进，国民政府最高军事会议秘密决定炸开黄河大堤，以水阻敌。6 月 9 日，新八师蒋在珍部在黄河花园口掘开大堤，因担心决口太小，又用两门平射炮连射近百发炮弹，决口扩至 370 多米。黄河随即改道，汹涌的黄水一泻千里，由十几公里扩展到一百多公里宽，在人口稠密的大平原上横冲直撞，涌入淮河。洪水夺淮后，又溢出两岸，继续泛滥，河南、安徽、江苏三省 44 个县，5.4 万平方公里范围内，尽受灭顶之灾,1250 万人流离失所,89 万人死于滔滔洪水。”说到此，老人停下来，长满老茧的双手，在李远方父母的墓碑上来回抚摸，默不作声。

“幺爹，”李远方不禁问道，“这段历史我学过，可这跟我祖父和外祖父有何关系？”

“生死攸关啦！”老人继续道，“整个中华民族，都处在生死存亡的边缘，何况一家一口？洪水没能阻挡日军南下的铁蹄，7 月汉口会战，为逃避战祸，你祖父关掉店铺，举家逃往长沙，会同你外祖父共度国难。谁料 10 月汉口失守，11 月日军进逼长沙，蒋介石又秘密指示湖南省主席张治中‘长沙如失陷，务将全城焚毁’，实行‘焦土抗战’。11 月 13 日凌晨，南门某处失火，警备团士兵误以为是放火信号，便开始四下放火，冲天大火连烧了三天三夜，千年长沙古城竟成焦土，近三万平民百姓葬身火海。”

李远方一阵心跳，见幺爹老眼泪流，神情愤懑，赶紧一把扶住，关心道：“幺爹，您老坐下休息会。”一面搀扶老人坐了下来。

“真是亘古难见的人祸啊！”老人继续道，“你祖父想避难，结果自投火海。当时你父母不到5岁，士兵将大火燃向店铺时，你祖父他们还在梦中。情急之中，让一名从汉口带去的伙计，先把你父母带出，其他人想抢点货物。你想一想……自然失火都跑不及何况放火？结果无一幸免。伙计只得把你父母带回汉口，寄养在长堤街他家里，然后四处寻找我的下落。当时你曾祖父、曾祖母已经去世，四位叔祖也已先后离世。另外三人，两位在国民党的抗战前线，一位在共产党的抗战前线。而我远在云南昆明的'西南联大'教书，直到一年后才联系上我。我当即辞掉工作回到汉口，将你父母接到，给了伙计家一笔寄养费，然后带你父母回到白龙寨老家。"

听到此，李远方已经是泪流满面，老人继续感叹："从此，我们三人相依为命，我既当爹又当妈，每天晚上还要关起门来，教他们学文化，给他们述说两家的历史。好在你娘冰雪聪明，一点就通，十三岁上诗词歌赋样样精通，更难得的是她小小年纪，就勤劳孝顺，明理诚信。1949年解放时，你娘不到十六岁，能歌善舞，蕙心兰质。原本要选送到县文工团培养，一查家庭背景是官僚世家，文工团没去成，三人倒成了专政对象。好在后来查出你七叔祖在共产党某部当军长，如此，我家才划分为中农。"他又伸手摸了摸墓碑："此后，你娘安心务农，承担了全部的家务劳动，从没半点怨言。真是天不怜才，像你娘这样聪慧的女子，可说是万里挑一。1957年，本想给你父母办喜事，可我又打成'右派'。1958年人民公社成立后，由大队开证明公社批准，你父母才结婚,第二年你就来到了这个世界。"

"我爸真是饿死的？"李远方若有所思。

"孩子，你来到这个世界，真生不逢时啊。"李传道叹了口气，"1959年10月你出生时，为了给你们母子增加营养，你爸自你娘怀你后，就每晚一人去冲里捞鱼摸虾，常常是晚上出去，深夜回来，有时甚至天亮才归家。大多是十去九空，有时带点水藻、野菱角、棉线坨回来。"他擦了擦泪水："记得是1960年元旦的前一天，你爸晚上出去后，直到第二天的上午还没回来。我预感到不妙，沿冲里各水塘寻找，最后在三公里外一个水塘找到了他……人都僵了，手里还死死抓着一条小鱼。我当时一见，瘫倒在地，欲哭无泪。后来我把他从水塘捞起来背在身上，走一段，放下来抱在怀里哭一气，又走一段，又哭一气，三公里路走了整整两个时辰，那个凄凉啊！现在想起来依然是……剜心刳肺之痛！”

李远方默默站起，来到父母坟前双膝跪下：“爸！娘！今生今世，孩儿绝不辜负你们的期望，东山有平期，我心无绝时！”

“说得好，孩子！”李传道也站起来，“不愧是我们李家的后人。走，我们上走一步，我向你述说你几位叔祖的情况……”

3

秋阳已爬上川顶，天空碧落湛蓝，大地阳光普照，龙珠山上，树木扶疏，秋风宜人。李远方父母坟墓的上方几米处，九棵挺拔的松柏，并排整齐划一，迎风舒展，树根处，纸钱燃烧的灰烬，随风四处飘散。李传道老人伸出双手，在每棵树干上上下抚摸，沉聚了七十多年的思绪，随着双手的滑动，在脑海中来回翻滚。

“这九棵树，”老人回忆道，“都是我亲手所栽，每栽一棵，我心里都要痛哭一场。你大叔祖名叫李传恩，依次下来为传泽、传来、传天、传际、传思、传想、传育、传道整九位弟兄。你曾祖父在你大叔祖还没出世前，就计划要养育十个儿子，做个十全十美的完人。他提前把儿子们的名字都起好，连起来正好是一句诗：‘恩泽来天际，思想育道明’，所以，在我的下面，应该还有一个李传明。大概他老人家有感于我家世代为官，备受天恩，想泽被万代，故而有如此愿望。加之他本人的令名，又叫李德厚，更激起了他老人家的遐想。他一生娶了两位夫人三位姨太太。可惜他老人家忘记了《道德经》所言‘知足不辱，知止不殆，可以长久’的德训。”示意李远方给他倒杯水，边喝边道：“老子说‘知人者智，自知者明。胜人者力，自胜者强’，我这几位兄长，都饱读诗书，学有所为。只可惜都知人而不自知，胜人而不自胜。五位死于非命，尸骨无存。三位至今下落不明，只有我现在还苟延残喘，垂垂老矣。”又激动道：“每得到一位兄长的噩耗，我就在这祖坟山来栽上一棵松柏。栽了四棵之后，我感到兵荒马乱，国难当头，生死系于瞬间。就干脆一次把余下的五棵都栽上，将来无论生死，都让这九棵松柏，成为我们九兄弟灵魂的归属！”

他声音哽咽，两眼噙泪，停了停，清了清嗓子，擦了擦眼泪，苍老的声音又愤懑而出：“中国近代的百年历史，从1840年以来，大小发生了近千次战争。你几位叔祖，都死于这些战争。老子说‘治大国若烹小鲜，以道莅天下，其鬼不神’，孟子提出‘民为贵，社稷次之，君为轻’的治世哲学，墨子更是痛斥‘杀一人，谓之不义，必有一死罪矣’。若以此说，枉杀十人，十重不义，必有十死罪矣。杀百人，百重不义，必有百死罪矣。而一次战争，死人何止百千？”又停下来，将杯中水一口饮尽，长长地叹息一声。

“所以说，”他把杯子交给李远方，“孩子，你一定要学好历史，历史这门学问思接千载，视通万里，可以明心励志。你娘为什么要我向你诉说家史，因为家史最能激发一个人的意志。历史有三种历史，一是政权历史，二是文化历史，三就是家族历史，三史互为关联，融会贯通。司马迁‘究天人之际，通古今之变’，是为了‘成一家之言’，这是他的伟大之处。唐太宗‘以史为鉴’，是为了巩固他的李唐江山，这是他的狡猾之处。以后我向你讲授历史时，你一定要有所悟，要从历史的本质中悟出天理。明末清初的王夫之，有一句很著名的话：‘天理即在人欲之中，无人欲则天理亦无以发现。’这句话就是弘扬人性的光辉。记住：人是世界的主宰，人类的生存高于一切！”

李传道愈说愈激愤，声音嘶哑，李远方赶紧打断他：“幺爹，您老说得这些太深奥了，我一时理解不了，还是坐下休息会吧。”

“不休息，”老人坚持道，“我们一棵树一棵树的……向后诉说，千万记住，幺爹今天向你诉说得家史，你只能深藏在心底，不可以对任何人说起，将来，会有你说起它的时候。”

李远方一阵心动，热血翻腾。

“这第一棵树，”老人道，“是为你大叔祖所栽。你大叔祖死于1900年八国联军入侵北京，他当时在北京礼王府银库任职，八国联军侵入北京，大肆烧杀抢掠，德国兵冲入银库抢银200多万两。你大叔祖惨遭枪杀，死时年仅25岁，没有留下一点血脉。”他来到第二棵树前：“你二叔祖死于1911年的辛亥革命，他当时是驻汉阳的新军首领，追随孙中山、黄兴加入同盟会在湖北的文学社、共进会，起义时是黄兴的得力干将，后来死于炮火之下，死时年仅33岁，有没有留下血脉不得而知。”他又来到第三棵树下：“你三叔祖死于1919年的‘五四’爱国运动，他当时是北京大学、北京高师、汇文大学等高校的学生运动联合会领袖之一，在街头演讲时，死于北洋政府军警的乱枪之下，年仅29岁，也没留下后人。”他抚摸着第四棵树：“你四叔祖死于1927年北伐战争中著名的汀泗桥战役，是北伐军中最优秀的教官之一，死时年仅35岁，同样没有留下血脉。”他又来到第五棵树和第六棵树之间：“你五叔祖和六叔祖二人感情最深，一同入黄埔军校，一同加入国民党。后来又一同追随蒋介石去了台湾，至今杳无音信。八十多的人了，恐怕早已客死他乡，将来只有相见于黄泉之下了！”他指着第七棵树：“你七叔祖参加过‘八一’南昌起义，是朱德的下级，一直紧跟共产党打天下。刚解放时，划分家庭成分，政府查找过他，他也派人为我家成分一事找过政府，当时是解放军某部的首长。我一直不明白：他为什么不回家来看一看，现在也不知是死是活？”

老人一口气将几位兄长的生平讲完，长长地嘘了一口气，接着道：“你这七位叔祖都是热血男儿，都想光宗耀祖、显亲扬名、名垂青史，可惜四位英年早逝，魂荡天涯。二位客居孤岛，生死未卜。一位至今音信杳无。唯有我平淡处世，宠辱不惊，眷恋故土，落叶归根。所以，我每年清明节，都要来这九棵树下，焚香祈祷，祈愿他们在黄泉路上，一路走好，早日魂归故里！”

李远方心中波澜起伏，没想到自己出生在这样一个轰烈的家庭，十七年来，他曾无数次地问过幺爹和娘，他们都避而不谈，现在，他完全明白了他们的良苦用心。

接下来，幺爹向他述说曾祖、高祖、太祖、太上祖的历史，他一边倾听，一边却思绪萦绕。娘多年来无微不至的呵护历历在目，临死前凝视苍天、血洒废墟的惨景，更是如影相随，挥之不去。

他想起了五岁时的一天，天不亮娘就带着他在寨里拾猪狗粪肥田，二人在黑暗中摸索，他不小心摔破了头。回家后，娘把他搂在怀里流着眼泪叮嘱他：将来无论是白天和黑夜，走路都要小心，不然就要摔跤。

在未来的人生路上更要小心谨慎，人生路上摔了跤爬起来就很难了。那一晚，他第一次懂得——原来人生是在走一条路。

现在，听了幺爹的述说，他的心情异常沉重，心里默默自问：“列祖列宗啊……我李远方的人生路，又该走向何方……”

第四章

1

“嘀嘀！嘀嘀答……”一阵破喇叭的嘶哑声，刺破九龙镇镇口迷荡的天空，一下就将镇上居民的耳朵刺醒。随即，镇中那条L型街道两旁，三三两两的男女老幼，相互催叫着同时涌出家门，整衣服搂胳膊，吹胡子瞪眼睛，拥前挤后，夹道张望。

从汉口新华路长途客运站开往九龙冲人民公社的客车，满屁股冒着滚黑的尾气，一路摇摆轰鸣着徐徐驶进街来。喜欢看热闹的居民，赶紧丢下手中的活计，疾步向车站涌去。

说是车站，其实就两间歪房子，一间是办公室，一间是售票室。旁边围了一个偌大的院落，院子里，撑起一方歪棚子，放上几条破长凳，外加一排横七竖八的乱石头，算是候车大厅。

这条线路，开通于一九六三年，逢年过节，发两班车，平时就一班。两头的车站为了多赚钱，嫌少不怕多，四十多个座位的车厢，恨不得塞进100人。常常是座位上人摞人，站着的又人挤人。进站后，车还没停稳，两边的车窗上，就趴满了舍命抢位子的小伙子。一时车上车下，你推我搡，大呼小叫，晴天搅得一身灰，雨天溅得一身泥。镇上的居民像签了合同般每天定点在这一时刻涌到车站大院，磨嘴嚼牙，打情骂俏，比看猴把戏还兴奋。

肖畅被上下车的人群，左推右搡，好不容易挤了出来，正要出车站大院，被人一把从身后拉住。

“你干吗？”她回头大声吼道。

“别这大声吼，别人还以为我抢劫。”

“吴春生！”肖畅一惊，“你不是招工回城了，怎么还在这？”

“别提了，这狗日的罗主任不是东西，烟酒送了几趟，城里乡下跑断了腿，就是不盖章。这不，又回汉口开证明。唉……我要是个女的就好了，女的一个月就办完，男的半年下来还没着落，真他妈不是人！”骂完，他把肖畅拉到一边，“你怎么样？赶快叫家里找关系回城，这日子可怎么过啊！你真想在广阔天地干一辈子？”

吴春生是公社知青点的知青，肖畅对他颇有好感，人长得帅气，也很豪爽。平时知青点的一帮人，深更半夜地偷鸡摸狗，他总要弄一只半只鸡，或一条半条狗腿，给她送来打牙祭。再说他也是要回城的人，自己的事，跟他说一说倒也无妨。

“哪能不想办法？”肖畅道，“老头老娘，到处烧香拜佛，算是搞了一名内招指标，我这就去找罗主任，申请办理。”

“太好了！那你赶快去办，我要赶车，记住过几天到知青点找我，我们好好谈谈。”说完，转身几步跑向车窗，双手一扒，两脚一提，身子一拱，人插了进去。

肖畅疾步向公社大院走去，今天是远方娘的七七祭日，她要抢在中饭前赶回白龙寨。她原计划参加“双抢”后，九月一日回校开学，谁知一个多月暴雨的侵袭，加上一场龙卷风的狂扫，整个学校坍塌，桌椅板凳不知去向，开学推迟到春节后。九月八号，汉口开往九龙冲的客车一通，她就请假回了家。谁知第二天，伟大领袖毛主席去世，武汉三镇大街小巷挂满黑纱，到处回荡着哀乐声，各单位都在举行哀悼活动。所以，她每天也不出门，一个人关在家里，愁眉苦脸，唉声叹气，脑子里，怎么也忘不了远方娘临死时的情景。一时又想起坍塌的学校，想起自己的学生，再不就是九爹和远方的影子，不时在脑海里浮动，眼泪常常是不由自主地暗流。父母见她如此，也是黯然心酸。好在姐姐谈了位爸爸在市里一轻局当科长的男友，看在未来儿媳妇的分上，科长钻窟窿打洞搞了一名内招指标。一家人这才面露喜色，赶紧办理接收函件，她正好抢在远方娘七七祭日这天回乡。

罗主任满脸堆笑，把肖畅让进屋，端茶倒水。可看了她的招工函后，笑不见了，脸阴了下来，清了清嗓子道："我说小肖，你这份招工函可不行，这只是一个单位同意接收你，市里劳动局没有签字盖章，知青办也没有签字盖章。我们县劳动局和知青办，同样没有签字盖章，恐怕办不了。"说到这里，从抽屉拿出上十份函件，往肖畅面前一摊："你看，这些跟你的情况一样，都没有办理。"说完，身子往后一靠，两眼在肖畅脸上扫来扫去。

肖畅听得心里咚咚直跳，结结巴巴道："罗主任……在办理接收函时，说是先办好……公社这边同意放人的手续，再一级一级地往上办……汉口那边的……手续，您看……"

"那是骗你的，上面接收的不办好，下面怎么敢放？再说，就是我下面办好了，上面要不批，岂不是白白浪费了指标？所以……你最好是先把上面的手续办好，再来找我。"

肖畅又一阵心慌，忽然想起刚才吴春生的话，慌慌张张从挎包拿出两瓶"黄鹤楼"酒、两条"星火"香烟放在桌上，依然结结巴巴："罗主任，这……是我的一点心意，您看……我都下放两年多了，也符合回城条件。再说……又是自己搞的内招指标，您就高抬贵手，帮帮忙，你的大恩大德，我一定报答。"说到此，站起来就鞠躬。

"别！别！怎么搞这一套，把我当成什么人了？快把东西收好，为你们办事是我的职责，不过……"他起身伸手把肖畅按在座位上，眉头微蹙，"这样吧，你先把函件放在这里，我跟县知青办活动活动，看有没有可能，下个礼拜你来一趟，我告诉你活动的情况。不过，你不要抱太大希望，别说你只下放两年多，1968 年下来的，都没有走呢，你明白我的意思吗……啊？"

肖畅一听，心里又燃起希望："我懂！我懂！谢谢！谢谢！那罗主任……我先回寨了，下礼拜再来。"

"那好。烟酒你还是拿走，这样不好嘛，啊？"

"见笑！见笑！"肖畅赶紧起身，疾步向门外而去。

"肖……畅！"罗主任收好烟酒，顺手拿起肖畅的招工函，端详了半天，长长地吐了口气，脸上露出诡秘的笑……

2

肖畅没能赶在中饭前回到白龙寨，无法上龙珠山去叩拜，只得在远方娘的灵位前，焚香磕头，算是遂个心愿。

后来的日子大出她的意料，回寨不到几天，北京粉碎了王、张、江、姚“四人帮”反党集团，举国上下开展声势浩大的庆祝活动。她回城的事，罗主任借故一拖再拖，每次从罗主任的眼神中，她都感到他有所图，常常不寒而栗。后来去了几次知青点，得知吴春生和另外两名内招的都没走，也就不再多想，只得每天参加生产队的劳动，顺便帮李远方做做家务，心却早已飞了，怎么也平静不下来。

这天，李德正安排她和李远方二人在家写一份批判“四人帮”的发言稿，准备过几天参加县里举行的批判大会。早上喝了碗稀饭，刚把纸笔准备好，李远方坐来过了。

“肖姐，我来写，德正爹是看你近来很累，让你休息一天。”

“好吧！”肖畅刚起身，门外“黑牛”跑了进来。

“肖老师，有个大姐姐找你。”

她一惊。出门一看，原来是知青点的杨柳。人如其名，身材高挑，面目清秀，自上而下骨感十足。走路左右摆动，说话娇气无力，活脱脱一棵营养不良的病柳。

“哎呀，算是找到你了，累死我了。”杨柳来到肖畅面前，双手一搭，一头扑在她身上直喘气。

“我说杨柳，你怎么来了？快坐下！快坐下！”

“先给我倒杯水。”

李远方已经把水递上来了。

“谢谢！”她歪头看了一眼李远方，接过水，笑了笑，“你就是李远方吧？肖畅说过你，果然长得像个俏姑娘。”

“我从吴敏那来！”喝完水，杨柳抬头冲肖畅道，“前几天去了王丽、蔡小霞、徐诗慧那里，你这里是最后一站，来跟你辞行，我要回城了。”又对李远方道：“麻烦再倒杯水。”

这杨柳为了秀身材，平时很少吃饭，长期大量喝水。

九龙冲的下放知青近百人，农村有关系的分到各大队，没关系的，全部安排在公社知青点。住大队的有亲戚照顾生活好一点，知青点的无人管自谋生路。结果是田地荒废，温饱无着落，只得到处偷鸡摸狗，懒散度日。常常是十几人结伴而行，路过各村寨港湾，顺手牵羊，明拿暗要，无人敢拦。这帮小青年都很团结，你来我往互相照应，谁要招工回城，必定要到各大队辞行。

肖畅又是一惊：这杨柳比她后办的，怎么先走？她一把把她拉起来："走，到我房间坐，这里远方要写稿子。"

来到房间，她急切道："你这快就办好，给罗主任多少好处？"

"好处？你又不是不知道，我娘常年卧病在床，老头一个人养活八口，哪有好处给他？我们好姐妹，我就实话告诉你，这事要说难可真难，你就是每天给他送东西，也不见得办得下来，要说简单又太简单了。"说到这里停了下来，两眼死盯着肖畅。

肖畅心提到了嗓子眼："怎么个简单？"

"在他面前把裤子一脱，就这简单。"说着低头泪水涌了出来。

肖畅一屁股坐在床上，两眼发呆，半天说不出话来。其实她早猜到是这么回事，只是不愿相信。

"我这也是没办法。"杨柳抬头道，"知青点哪一位回城的姐妹，能逃过这一关？除非你有关系，或者不想离开这个鬼地方。"说着止不住又抽泣起来。

"你真傻！"肖畅站起来，递上手帕给她，"你就不怕……将来你男朋友，说你不是处女，不要你？"

"我才没那傻。提前谈了位男朋友，先把童贞交给他，再找那畜生，知青点的姐妹，大多是这样。"

肖畅又一屁股坐回床上，如堕五里迷雾，心里像倒了五味料瓶，好不难受，又问："那以后……你男朋友谈不成怎么办？"

"那就只有认命，看你抓不抓得住他。再说如今这年头，只有女的甩男的，哪有男的甩女的？所以……我建议你赶紧找个男朋友，我看吴春生对你就很有意思，只是你瞧不瞧得起他。"

肖畅没有作声，脸涨得绯红，慢慢站了起来，在房间里来回沉思。她太想回城了，杨柳的话，激起了她心中的巨澜。她也非常喜欢吴春生，可终身大事岂能草率而行？脑海里，不时浮现罗主任鹰隼般的眼神，让她毛骨悚然。她无法使自己平静下来，一时难以决断。想到这里，伸手把杨柳一挽："走！我带你到野外去转一转，顺便挖点野菜，中午给你煮个野菜汤，我们这里的野菜可真香！"

中午饭确实很香，一大盆野菜鸡蛋汤，十几个蒸红苕，一碗小白菜，外加一碟咸萝卜。野菜的清香、红苕的甜香、萝卜的脆香，满屋子交相飘溢，撩人鼻息。

四人落座，李传道坐上首，李远方在下方，肖畅和杨柳一左一右。肖畅实在是吃不下去，但杨柳大老远来，哪有主人不动筷，坐看客人吃的道理？只得强装欢颜："来，杨柳，恭喜你，今天算是给你饯行。"边说边给她盛了一碗汤，声音有点不自在，手也有点颤抖。

"不敢当！不敢当！"杨柳这几天属兴奋期，对别人的神情不太在意，接过菜汤就喝。一口下去，赞叹不已，"啊……真香！"

李远方给每人面前放个红苕，又特地给幺爹和肖畅盛上汤，见肖畅满脸忧愁，安慰道："肖姐，喝点汤，野菜汤有清心的功效。"

肖畅呷了一口，勉强笑道："你自己吃好，招呼好客人。"

"真是高汤。"李传道喝了一口，感觉满口清爽，看了看眼前的三位年轻人，精神大振，"我说你们两位小知青回城后，可别忘了我们白龙寨的野菜汤啊……我们白龙寨的一草一木都养人啦！"

"九爹！"肖畅苦笑道，"是杨柳一人，您老说错了！"

"当然是说你们二人，我说肖畅，你不要发愁，在我看来，长则一年，短则半年八个月，你就要离开白龙寨。就是我们远方，恐怕两三年之内，也要走出这九龙冲去。"

三人都不约而同地停了下来，杨柳瞪大眼睛："九爹。听肖畅说，您老无所不知，无所不晓，给我们讲讲您老的神通吧！"

"什么神通，不过比一般人多了点思想，多看了一步。"

"幺爹！"李远方对幺爹的话向来深信不疑，知道老人是想开导肖畅，于是，也请求道，"您老有何高见，给我们开导开导吧！"

“好吧！我姑且信口雌黄，你们也就姑妄听之。人类社会的进步是有其发展规律的，我们的先人为此进行了不懈的探索。孟子说‘五百年必有王者兴，其间必有名世者’，是说社会的兴衰，以五百年为一轮回。纵观我们中华民族五千年的文明史，大都是五百年一大变，基本上无出其左右。司马迁分得更细，他说三十年为一世，五十年为一小变，一百年为一中变，五百年为一大变。看一看我们近代的历史，从1840年的鸦片战争，到1949年的解放战争，正好在百年之间。其间的太平天国革命，辛亥革命等，都在三至五十年之间爆发。”

“九爹，这孟子和司马迁是干什么的，这么神？”杨柳问。

“都是大学问家！”李传道继续道，“这就说到我们的中华文化，我们中华文化，起源于尧、舜、禹三代，发展于夏、商、周三代，形成于春秋战国时期，主要由孔子和他的弟子们，整理成完整的思想体系，而影响了其后两千多年的社会进步。也就是我们今天所批判的孔孟之道、儒家思想。当然，在先秦以前还有道、墨两家并存，汉以后则演变成儒、佛、道三家并存。而儒家一直是处于领袖地位，也就是说儒家思想，是我们中华民族的文化之根。”

“九爹，这么说，现在批判孔子批错了？”肖畅一脸迷茫。

“不尽然，该批判的没批判，该继承的没继承。”

二个青年人都瞪大了眼睛，半天不作声响。

“幺爹，”李远方有所悟，“我多次听到您老赞扬孔孟之道，仁者爱人，君轻民贵。既然儒家思想对中国文化的影响如此深远，那为什么还要批判它呢？”

李传道看了看他，满意地点点头：“这是个大问题，以后我会慢慢告诉你。简要说这其实是儒家思想的弊端，两千多年来，儒家以入世为自己的思想根本。但始终走的是依附权贵的臣道路线，也就是说靠历代统治者来推行和实践自己的思想，极力标榜尧、舜、禹、汤、文、武的盛德，希望其后的历代帝王像尧、舜一样施行仁政，即所谓的‘致君尧舜’。所以，历代统治者也就看中了儒家思想的弊端，需要利用时歌颂它，不需要时批判它。可笑的是几千年来，历代的大儒们，不仅认识不到这一点，相反彼此之间你争我吵，甚至诋毁谩骂，都以为自己是正宗的儒学领袖，都想得到主子的恩宠。”

“九爹,我越听越糊涂，您老还是说说我们现在是怎么回事吧!”杨柳一句也没听懂，边喝汤边要求。

李传道笑了笑，拿起汤碗喝了第二口，继续道：“我们现在处在一个瞬息万变的大变革时期，历史的车轮即将重新启动。而你们这些年轻人，也即将迈入一个新的时代。新的应该发展壮大，旧的应该让它彻底死亡，这才是人类发展的正道。而你们此时，正处于这种新旧交替的希望之中。所以，你们一定要牢记将来无论遭到何等沉重的打击，都不能失去希望。而对于每个人来说，只要活着，即有希望!”

“九爹，”肖畅一阵激动，“您老的意思是说，我们将来的命运，会发生巨大的变化?”

“对!”李传道点点头，“但是，你们必须清楚地记住，我刚才说的，只是大的社会变革，你们要想改变自己的命运，还得靠自己抓住机遇，机遇是无时而不在而又无时而不去的。”

“九爹,那我们应该怎样抓住机遇呢?”杨柳追问。

“首先，你们要寻找机遇，九龙冲是没有机遇的，只有政治、经济、文化发达的大城市，像武汉、北京、上海等，才有好的机遇。其次，要有驾驭机遇的能力，这就需要你们有广博的知识，坚强的意志和必胜的信心。所以《易经》上说‘天行健，君子当自强不息；地势坤，君子以厚德载物’。厚德载物就是说，你必须具备崇高的品德和广博的知识，才能堪以重任。”

“我完了!”杨柳泄了气，“我这个初中生跟文盲差不多!”

肖畅和李远方都没做声，心里思考着自己未来的命运。

李传道拿起碗喝了第三口，又继续道：“古希腊有位叫塔列斯的哲学家，有句名言：‘人啊，认识你自己!’所以你们要了解自己，充分地相信自己，给自己厘定一个长远的人生目标，从现在做起，一步一个脚印地走下去。像老子说的‘合抱之木，生于毫末；九层之台，起于累土；千里之行，始于足下’。没文化不要紧，从头再学。记住：学业在我，富贵在时，在我者不得不勉，在时者笑以俟之。现在，新的时代，已经向你们敞开了大门，那就勇敢地走进去。”

三个年轻人，都默不作声，低头吸吮着野菜的清香，都一脸的沉重，各自怀想着自己的未来。

杨柳这辈子最大的愿望，只想回城当一名工人，找个听话的男人，帮父亲多承担点家务。她母亲卧病在床已经五年，爷爷奶奶七十多岁的人，痴不痴呆不呆的，吃喝拉撒都要人伺候。三个妹妹还在上学，一家八口人的生活，全压在父亲一人身上。刚五十岁的人，脸上皱纹，比七十多岁的老爹还多。听了九爹的话，她一阵茫然，心灰意冷，想到自己家里窘迫的生活，眼泪不由自主地滑落下来。

李远方近来在幺爹耳提面命的苦心教诲下，人生观和世界观发生了质的变化，明白了儒家所倡导的“物格而后知至，知至而后意诚，意诚而后心正，心正而后身修，身修而后家齐，家齐而后国治，国治而后天下平”的垂世根本。听了幺爹的话，更坚定了他修身齐家、出人头地、光宗耀祖的信念。

肖畅下放前，受父母姐姐的娇宠，性格上任性好强，生活上散漫娇气，从不知愁为何物。下放两年多来，方知人世间的酸甜苦辣，悲欢离合，艰难困苦。遭受洪暴和龙卷风的袭击后，特别是亲历了远方娘罹难的惨景，更是觉得亲情的可贵。听了九爹的话，她内心极度亢奋，恨不得立即生出翅膀飞回汉口，忘掉这两年多的风风雨雨，重新开始一段新的人生旅途。她相信自己的能力，将来一定会过上令人羡慕的生活，为了将来的美好生活，眼下做点牺牲，又何尝不可？

想到这里，她将剩下的菜汤一口气喝下去，感觉好不爽口，向李传道老人求道：“九爹，麻烦您老代我跟队长请天假，我下午同杨柳去知青点办点急事，明天晚饭前，一定赶回。”说完，起身来到门外，抬头仰望蓝天，强忍着内心的酸楚，不让泪水涌出眼帘。

湛蓝的天空上，几朵白云随风飘荡，自东向西悠然而去……

3

肖畅第二天晚饭前，没有如她所说得一定赶回。晚饭后，天已大黑，仍未见人影。李传道老人有些担心，叫李远方借个手电筒，沿路去接。

李远方疾步出门，心中祈祷肖畅平安归来。

此时肖畅正一步一泪，孤苦落魄地行走在回寨的路上。她头重脚轻，左右飘忽，不时地停下来大口呕吐，伴随酒水裹挟着两天来的宿食，扯肠刮肚般向外喷发，口水、鼻涕、眼泪溅满全身。昨天下午去知青点的情景，梦魇般在脑海中浮现，让她心如刀绞。

昨天她到知青点后，同吴春生很情迷地交谈了几个小时，晚饭更是在一帮人的欢歌笑语中度过。可晚饭后，吴春生却显得心神不宁，魂不守舍，一个劲地催杨柳带肖畅回寝室睡觉。肖畅躺在床上辗转反侧，怎么也难以入睡，既兴奋又有点恐慌，最后下定决心，趁杨柳睡熟慢慢摸向吴春生的寝室。到了寝室门口，她双脚不自主地停了下来，心一阵狂跳——她听到了一个女孩的哭啼声，接着是吴春生压低嗓子连骂带吼的恐吓声。她大脑轰地一下，明白了吴春生魂不守舍的缘由，本想冲进去痛骂他一顿，可一想又不太合情，只得高一脚低一脚，自己魂不守舍地回到床上，躺在黑暗中独自流泪。

早上起来，她没有找吴春生，径直敲开了成大姐的房门。

成大姐 1971 年下放，比吴春生早一年，是知青点受人尊敬的大姐。她把肖畅让进房，倒了杯水，关切道：“小肖，你就是不来找我，我也要找你好好谈一谈。看得出，你很喜欢吴春生，可婚姻大事，关系到自己一生的幸福，千万马虎不得，更不能被外表和甜言蜜语所迷惑，将来后悔可就来不及啊！”

“谢谢大姐！我这不是来向你请教吗？”

“请教可不敢当，我见你跟其他姑娘不一样，所以向你提个醒：吴春生这人，可不是什么好货色。下放四年来，自以为长得帅气，谈了不下十个女朋友，每次把人家糟蹋后，就一脚踢开。近来又引诱邻村的一个高中生，你说这样的男人，能跟你厮守一辈子吗？”

肖畅好半天没作声，心里说不出是什么滋味，想到自己满怀激情而来，竟然陷入如此尴尬的境地，真是悔恨交加。见成大姐一脸的期待，马上站起来告辞：“谢谢大姐的关心，我知道如何处理这事，顺便问一下，那高中生是哪村的？”

“就前面张家湾的，叫张小芳，今年刚毕业，你不坐一下？”

“不了，我好久没来了，想四处转一转。”

半个小时后，肖畅找到了张小芳。

“你是?”张小芳正在田里施肥，被肖畅叫过来有些迷茫。

“我是吴春生的表妹。”肖畅自我介绍，一面打量着对方。

张小芳属健康漂亮型的清纯少女，圆圆的脸，白里透红，大而黑的眼睛充满温情，只是眼眶有些浮肿，显然是昨晚过度伤心所致。她站在肖畅的面前，有些不好意思，低头不语。

“你跟吴春生……我表哥，谈了多长时间的朋友?”肖畅不想耽搁时间，单刀直入。

“半年多。”

“他是不是答应同你结婚?”

“是的，不过……先答应后又不同意。”说着泪水夺眶而出。

“好了，小妹妹，你不必伤心，这对你来说是好事。我来找你没其他的意思，只是想劝劝你，对他不要抱什么幻想，他也不值得你去爱。我就直话相告：他是绝不会要你的，你不要被他的甜言蜜语所蒙蔽，你还年轻，又漂亮，将来找个好婆家，别毁了自己。”

“可我已经被他毁了!”没等肖畅说完，张小芳蹲下身，抱头嘶声痛哭起来，“我怀了……他的孩子。”

肖畅心猛地一抽，瞪大了眼睛，好半天才惊醒过来，不知道如何去安慰她，长叹一声，转身默默而去。

知青点的中午餐，比过年还热闹。早上，吴春生一声令下，一帮男青年狼奔豕突般四处奔窜。不到一个时辰，鸡鸭鱼肉、花生坚果、红酒白干，搜罗了满满一筐回来。一帮人又拼桌摆椅、生火煮饭，忙碌中你丢我甩、东喊西叫，真如开婚宴般喜气洋洋。

原来吴春生私下告诉大家：今天是他和肖畅的定情喜宴。

这帮青年，平时无天管无地管，有事无事总要打打闹闹，疯疯癫癫，难得如此良机。所以，不论男的女的都异常兴奋，酒过三巡，满屋子一片狼藉，三三两两开始挤眉弄眼，眉目传情起来。

杨柳回武汉的行李都收拾好了，兴奋得手舞足蹈，昨天在白龙寨的忧愁，早已抛向爪哇国去了。她右手提瓶，左手端杯，见人就抓，抓了就干。几个来回下来，扯都扯不起肉来的肚皮里，整整灌下两瓶红酒，最后，一头趴在成大姐的大腿上，娘呀妈呀地乱叫。

吴春生喝得心花怒放，想起昨天肖畅含情脉脉芳心缠绵的情景，人早已醉了大半，也不管是红酒白酒，来者不拒，一口见底。他第一次见肖畅时，就被她的美貌所吸引，曾在心底暗暗祈愿：如果肖畅做他的老婆，这辈子发誓只爱她一个，绝不沾任何女人。这几年之所以到处拈花惹草，遗情留恨，按他自己的说法，主要是没有遇上像肖畅这样的可心人。现在，这种美好的愿望就要实现，他才真正体会到，幸福来得太突然的感觉。昨天晚上他来不及阻止张小芳的到来，以超凡的克制力，拒绝了张小芳的柔情蜜意，并以铁石般的心肠和快刀斩乱麻般的手段，宣布同她断绝一切关系。他决心要重新做人，痛改前非，做一个让肖畅可信赖、可依靠的好男人。

肖畅终于体会到了喝苦酒的滋味，她实在是没有半点心情下咽，可面对这帮兄弟姐妹们火样的热情，又不得不一杯一杯地往肚里吞。她本想从张小芳那里回来痛斥一顿吴春生后立马走人，可一见这帮人为她脱衣卸带的忙前忙后，又不忍心扫大家的兴，只得强作欢颜左右周旋。让她难受的是，这帮人居然在碰杯中，把这顿饭称作为她和吴春生的定情喜宴。最可气的是，面对这一切，她一次又一次把怨恨的目光射向吴春生，可对方每次都错误地以为这是爱的传递而报之动情的微笑。她真想哭，恨自己昨天受杨柳的蛊惑，太轻率向吴春生动心。想到这里，她打开一瓶白酒，来到了吴春生的面前。

“吴春生！”肖畅醉眼微闭，声音悠扬，所有的人都停止了嬉闹，目光投向二人。

吴春生酒喜醒了一半，从肖畅半醉半醒的神态中，又错误地以为她想近距离地有所表白，赶紧起身，一手挪凳，一手扶人。

“别碰我！”肖畅怒目而视。

吴春生酒又惊醒了一半，只得松开手，不知所措，嗫嚅道：“你这是……什么意思？”

肖畅冷笑一声：“你真喜欢我？”

吴春生酒完全醒了，看了看其他人都盯着自己，豪气又冲了上来，微笑道：“当然、当然！何止是喜欢，我可以为你干任何事情。”扭头对几个小伙子眨眼道，“是不是，弟兄们？”

“对！对！”几个小兄弟马上附和，站在吴春生旁边的瘦侯七，更是嬉皮笑脸，“肖姐姐，吴哥说得是真心话，他白天黑夜都愿意为你干任何事，就是累死在你怀里，也在所不惜，是吧，吴哥？”

一帮人哗的一阵哄笑，酒菜喷了一地。

“那好！”肖畅猛地把酒瓶往桌上一竖，起哄声停了下来。

“你先把这瓶酒喝了，我再说事。”肖畅盯着吴春生。

“这……你看。我已经喝了一斤多，再喝恐怕……”

“是啊！你再喝恐怕就有生命危险，所以你不敢喝，对吧？也就是说，你才说话不算数，对吧？我可告诉你，吴春生，别把我当成张小芳，我可没她那么傻……被你的甜言蜜语所哄骗！”

所有的人，被这突然出现的一幕搞迷糊了，都瞪大了眼睛不作声。吴春生更是如堕酒缸，开口闭口都是晕。

肖畅又冷笑一声，转身道：“各位兄弟姐妹，先谢谢大家的盛情。实在对不起，扫了大家的兴，我这也是不得已。说实话，我一直对吴春生有好感，也确实想跟他厮守一辈子。就在昨晚，我甚至想把一个姑娘最宝贵的东西，奉献给他。”她眼泪滚了出来，嘶哑道：“老天有眼，让我无意之中看清了他的真面目。现在我很坦白地告诉大家，像吴春生这样的男人，永远也别想当我肖畅的丈夫。为了证明我说话算数，这瓶酒，我干了！”拿起瓶子，咕咚咕咚就往肚里灌。

成大姐一看，急忙推开鼻涕虫似的杨柳，上前一把夺过酒瓶，朝门外甩去，转过身来一把将肖畅揽在怀里。

“傻丫头……你这又是何苦呢？”

“大姐……”肖畅一阵抽泣，“我看错了人……心里难受！”

大多数人都垂下了头，瘦侯七睃了一眼吴春生，正处于半痴半呆状。杨柳被成大姐一把推醒，迷迷蒙蒙不知发生了什么事，正想找人问一问，肖畅已挣开了成大姐的双手，来到了她的面前。

“杨柳，回汉口后，别忘了给我来信，一定要记住，我们姐妹这几年，在九龙冲所遭受的苦难。”说完，头也不回向门外跑去。

身后，传来杨柳急切的追问声："肖畅……你说什么？我没听清楚……请你再说一次……"

4

一轮明月，从东山头朗朗升起，天空深邃浩渺，地上柔媚朦胧。水渠里，明月的倒影，随着涟漪飘动，翩翩起舞。

肖畅飘飘然脱下外套来到渠边，伸出双手掬起一抔水，她看见月亮居然在手心荡漾，一阵激动，慢慢将月亮送上唇，一口将它吸了下去。一缕清凉直入丹田，火烧火燎的五脏六腑顿时清爽了许多。她忍不住又掬起一抔水，捂上滚烫的面颊，感到浑身上下一阵舒适，人像在天空飘荡。她松开双手，只见水中的月亮，化作了一名妩媚婀娜的少女，微笑着向她伸出双手。她也微笑着伸出双手，想牵住这双美丽的小手，可怎么也牵不上。她感到自己随着少女在天空飘荡，想喊少女等她，可怎么也发不出声来，只得使出浑身气力向少女追去。

许久，少女飞到一座巍峨壮观、美轮美奂的宫殿前停下。殿前古木参天，祥云绕壁。少女微笑着将她引进殿内，只见到处金碧辉煌，流光溢彩。她抬头一看，恍恍惚惚看见正殿的壁檐上，悬着一块大匾，上书四个鎏金大字"幽明永隔"。再往下看，一副对联映入眼：

前世有缘，入此门了却无限凡根，
后天有分，来是处再开至上慧心。

她不明白什么意思，低头思忖间，少女带她一起在殿前跪了下来，脆声道："启奏圣母，九龙冲小龙女带到，是否如约送去南海龙宫婚配于龙王九太子？"

"暂且不去，适才南海龙王飞鱼传书，九太子在回宫路上，与巡天将相斗负伤在身，婚期延至千禧之年，你将此女且送归家。"

肖畅一惊，声音耳熟，像是远方娘的声音，抬起头想看一看，可只闻其声未见其人，正疑惑间，少女起身将她带至殿外。她想问一问少女，这是什么地方，圣母是谁？回头一看，少女已不知去向，宫殿门徐徐关上，门楣之上赫然三个大字“幽明宫”。没等她回过神来，一阵狂风乍起，她随即被卷了起来，上下翻飞。她感到浑身酷寒，头昏目眩，五脏六腑在体内翻来倒去。她想喊爸妈救命，刚一张口，大口大口的苦水，向外喷涌，她只得紧闭双眼，任自己在痛苦煎熬中颠来倒去，渐渐地她感到四肢麻木，大脑一片空白。

不知又过了许久，她感到四周一片寂静，四肢不再麻木，脸上凉风拂面，全身软弱无力，人好像躺在一堆软绵绵的麦草之中，她慢慢睁开了双眼。

只见天空皓月当空，大地光华如水，自己真被一堆麦草覆盖着。再一看，旁边麦草中，一个人头，一动不动地看着自己。她心一颤，正要尖叫，人头说话了：“肖姐，你总算醒过来了，我……”话没说完，竟哭了起来，泣不成声。

肖畅一下子被他哭到了现实之中，认出是李远方，茫然道：“远方，这是怎么回事？我们怎么会在这里？”

李远方停止了哭泣，抹了抹眼泪，这才道：“你昨天下午去知青点，说今天晚饭前一定赶回来。可天黑之后还不见你回家，幺爹不放心，让我沿路来接你。我急匆匆赶路时，在渠堤上发现了你的外套，四下叫喊不见回应，幸亏你吐了不少的酒水在水里，鱼在争食时闹的水响，我用手电筒一照，你已经沉到了水底。”

“后来呢？怎么不说？”她记起来了，下午跑出知青点后，不到两里地她就开始呕吐。于是走一段，停下来吐一气，又坐一阵。走走，停停，坐坐，直到月亮升上东山头，才走到渠堤上，因心里酒烧发燥，所以脱下外套，下渠喝水，不知怎么就沉到了水底。

“我把你救起时，你已不省人事，不得已我只得按书上说的，对你进行人工施救，先压出你肚里的水，再对你进行人工呼吸，直到你最后长长出了口气来。对不起，肖姐，我是不得已，请你原谅。”

泪水顺着肖畅的面额，一滴接一滴地落到身下的麦草上，她慢慢伸出手来，替李远方抹去脸上的泪水：“好弟弟，快别这么说，姐姐的命，都是你捡的，你是姐姐的救命恩人，姐姐……”一阵哽咽，泪水又涌泉般往外流淌。

“别伤心，肖姐……以后千万不要多喝酒。”

“姐姐不伤心，姐姐是激动，有你这么好的弟弟，姐姐也不枉来白龙寨这几年。”她想起了吴春生，想起了罗主任，想起父母，想起了白龙寨的男男女女、老老少少。再看看月光下，这个他母亲在惨死前留下遗言拜托自己照顾的弟弟，真是百感交集。

“怎么到麦草里来了？”她不愿多想，有点好奇。

“你回过气来后，因衣服都湿透了，加之现在已进入冬天，离寨还有几里路，怕背你回去冻病了。正好稻场就在旁边，所以就把你在麦草里先捂一捂，等你醒过来再走，顺便我也捂一捂身子。”

肖畅摸了摸自己的身子，依然是湿的，身下的麦草也浸湿了。她完全清醒了过来，长长地叹了一口气，将这两天发生的一切，从头到尾梳理了一遍，最后想到了梦幻般的“幽明宫”……莫非自己真是这九龙冲的小龙女？莫非李远方就是巡天将，无意中救了自己？

倏然间，一个大胆的想法掠过心头，她不敢想下去，内心急剧跳动。眼前这个年轻人，将永远成为她生命中的一部分，她将永远把他看做是自己的亲弟弟，她要在成为他亲姐姐前，把自己最宝贵的贞操献给他。然后，再一步一步去实现自己的人生目标，她已是死过一次的人了，再也不会有什么顾及。她不仅要为自己，也要为身边这个即将成为自己弟弟的青年人，去开创一个崭新的天地。

她下定了决心，悠然道：“远方，麻烦你再铺两个窝，我下面的草已经湿了，好冰凉，你下面，恐怕也湿了。”

李远方很快就铺好，肖畅关心道：“把湿衣服脱掉，只穿条短裤，这样舒服些，把湿衣放在草里，我们躺一个时辰就可回去。”

李远方有些迟疑，肖畅催道：“快点脱，免得冻病了，这大的人，还害什么羞，我又不是外人？”

李远方顺从地脱了，钻进了草窝。

肖畅一阵激动，心怦怦直跳，一面在草里脱去湿衣，一面道：“把眼睛闭上，我要脱衣服。”

她从草里慢慢爬了出来，趁李远方闭着眼，迅速钻进了他的草窝，双手猛地将他紧紧地搂在怀里。

“肖姐，这……”李远方惊恐得浑身颤抖，语无伦次。

“别怕……听姐姐说！”肖畅迈出了第一步，心平静了许多，哽咽道，“好弟弟，别怕，你是姐姐最亲最亲的亲人，姐姐的命都是你救的。没有你，姐姐现在已是黄泉路上的人了。姐姐是心甘情愿，把自己最宝贵的东西交给你，从明天早上起，你就是我的亲弟弟。”说到这里，触动了心中的凄苦酸楚，竟大声哭泣起来。

李远方依然浑身抖个不停，不知如何是好，像梦幻般难以把握自己。肖畅第一次进他家门，他就把她当作大姐而尊敬她，就是把她救过来后，想都没想要得到她的回报。现在，肖畅一丝不挂地把他抱在怀里，声泪俱下地向他敞开心扉，他难以自已，只得在她怀里不停地颤抖道：“肖姐，我不能……做对不起你的事，你在我心里……是神圣不可侵犯的，是圣洁无比的。看到你……这么痛苦，我比你还难受，可又不知……怎么安慰你，我……”

肖畅见他平静了一些，松开紧搂他的双手，在他背上轻轻抚摸，温柔道：“好弟弟，别怕，你只要在心里，永远铭记今天晚上发生的事，就是对姐姐最大的安慰，姐姐同样会把它铭记在心。”

说到这里，她慢慢仰身而躺，使劲把他搬扶到自己的身上来。

李远方依然浑身颤抖，做梦般任她摆弄。

“别怕！好弟弟，你即将……成为一个大男人，你将来的生活，会多姿多彩，要对自己有信心，姐姐会帮助你的。”

肖畅把他扶上身后，双手抚摸着他的头，然后又轻轻地向背下滑去，慢慢帮他把短裤褪去，她一阵战栗，双手交叉着抱住了他的屁股，猛力地向下一使劲。

“啊……”两个人同时叫了起来。

肖畅下身一阵剧痛，浑身更加战栗不止，她双手牢牢地抱紧李远方的屁股，泪水涌了出来，失声而泣。

李远方如遭电击，浑身血脉膨胀，人完全清醒了过来，看到肖畅泪流满面，意识到刚发生的事情，人一阵晕眩，瘫软在肖畅的身上，也失声痛哭起来：“姐……我……”

肖畅松开紧抱李远方屁股的双手，又慢慢抱住了他的头，轻轻地拉向自己的泪脸："好弟弟，别伤心……姐姐这是激动的泪水。"

两个人都停止了哭泣，情不自禁地拥抱着。

肖畅深情地仰视着天空那轮皎洁的明月，浑身热血沸腾……

第五章

1

岁月其徂，时光飞度，转眼就是1977年的新年。

春节一过，肖畅就接到罗主任的通知，如愿内招回了武汉。由于年轻漂亮加之准姐夫的卖力，被安排在隶属商业局的武汉工艺美术服务大楼，当了一名营业员，成为大汉口万众瞩目的对象。

她每半月就给李远方写封信，叮嘱他照顾好幺爹，鼓励他好好学习，向他叙说每天发生在身边的大小事情。第一个月领到工资后，一分不留汇给李远方，让他用这点钱，给他娘立块好的墓碑。

李远方不忘自己在母亲灵台前所立下的诺言，一如既往地参加生产队各项繁重劳动，每天聆听幺爹的谆谆教诲。按照肖畅的嘱托，在清明节前，把父母及列祖列宗的坟墓，都修葺一新。

他发誓：将来一定要报答肖畅姐的恩情。

正如李传道老人所预言，社会已开始发生大的变革，闹腾了整十年由伟大领袖毛主席亲自发动的无产阶级文化大革命宣告结束。新一代的党和国家领导人，出台了一系列新的旨在振兴中华民族的重大举措。这其中有一项，就是恢复高等学校招生考试制度，全国有五百七十万青年，怀揣一个共同的目标，参加了考试。

李远方有幸成了这一制度首批受益的近百万学子中的一员。他被武汉师范学院历史系录取，一步从白龙寨迈进了大汉口，由一名地地道道的青年农民，一夜之间变成了时代的骄子。

由于是"文革"后第一次高考，1977年的考试、入学均有所滞后，新生直到1978年元旦后才陆续入校。李远方入学的前两晚，父老乡亲都来送行，仓库里灯火通明，几百号人来来往往，热闹非凡。

大厅正中四方桌上，摆放着糖果、瓜子和香烟。李传道老人春风满面，独坐上方。李德正、李远治、李远发、李家畅、李家清、李家成等几位有头有脸的族人三方围坐，聆听老人的连珠妙语，不时发出爽朗的笑声。李远方在旁边端茶倒水，细心伺候。

张桂珍养的老母猪，连同它肚里的猪娃，洪灾后被她忍痛卖掉，将六十元钱和两张前年老母猪下崽后的照片，包好锁进箱底，计划来年收成好再养两头。李德正让她送十元给远方作路费，她一听，赶紧取出二十元，亲自带着两个儿子陪同男人一起送来。

王细翠比主人还热情，三天前就吩咐男人，务必今天从公社送十斤糖果、二条“游泳”牌香烟回来。她和“黑牛”在仓库里来回穿梭，见男的她发一支烟，见女的“黑牛”发三颗糖。母子俩走到哪笑声就回荡在哪。她每经过李远治身边时，总要借故停下来，嗔怪男人不是衣服没穿整齐，就是皮鞋弄脏了，搞得堂堂的公社会计，在大庭广众之下哭笑不得。“黑牛”则每发完一人的糖后，又偷偷地从糖袋内再拿出一颗，放进自己的口袋计数。

“大家静一静。”李德正见时候不早，站起来走到大厅中间，高声招呼，人群安静了下来。

“我当了十三年多的队长，”李德正激动道，“今天特别高兴，远方是白龙寨解放以来，考出去的第一个大学生，他为我们白龙寨的父老乡亲们增光添彩了。这孩子是我看着一天天长大的，是在苦水中泡大的苦孩子，是个非常好的孩子。古人说苦尽甘来，希望他进入大学后好好学习。不要忘了白龙寨的一山一水，一草一木。不要忘了自己是在东山脚下泥巴中滚出来的，是农民的儿子。”

他有些哽咽，拉过李远方到自己身边，继续道：“相信他将来，一定会成为国家的有用之才。所以，今天我向他表示衷心的祝贺。当然，我更要向九哥表示感谢，是他老人家为我们白龙寨培养出了这么好的后人。在此，我要告诉远方：你就放心地学习，学好本领将来为国家作贡献。九哥他老人家，从明天起我们生产队作为‘五保户’把他赡养起来，不让你有后顾之忧。另外，借今天这个机会，希望我们白龙寨的每一位孩子，要以远方为榜样，用心学习，力争早日走出白龙寨，到更广阔的世界去，开创自己的事业。”

说到这里，他看了看站在婆娘张桂珍身边的两个儿子，眼里闪着泪光：“孩子们是我们白龙寨的未来，也是我们农民的希望，我们都是养孩子的人，谁不希望自己的孩子有出息？我不多说了，远方，好孩子，来，你跟乡亲们说几句。”

李远方向前迈了几步，来到大厅中央，转身深深地向幺爹鞠躬，又转过身来长长地向乡亲们鞠躬，抬起头时已是泪流满脸。他抹了抹眼泪，肺腑之言油然而出：“想说的话太多，不知从何说起。德正爹说得好，我是在泥巴中滚大的，是农民的儿子。请乡亲们放心，将来无论我走到哪里，无论我去往何方，我永远是农民的儿子，我的根永远深扎　　在九龙冲东山脚下白龙寨中……”

李传道老人陷入了深深的沉思之中。这雕梁画栋的仓库，原本是他家祖祖辈辈生活繁衍的家园，土改时大厅及几间内房用作了仓库。眼前的一幕，让他想起了60年前，也是在这个大厅，他面对列祖列宗，面对严父慈母和一大群族人，同样是眼含热泪，发誓要光宗耀祖、显亲扬名。然后一个人上北大求学，寻求救国救民的真理。60年啊……整整一个花甲子，沧桑巨变，物是人非。一百多口人的大家望族，现在就剩下他祖孙二人相依为命，老天不公啊！想到这里，不禁悲从心来，黯然神伤。

送行的人陆续回家，祖孙二人清点了一下，总计得礼金55元，另外，“圆球”牌香烟一条，是李远治孝敬李传道老人的。外加一个崭新的旧皮箱，是李远发从汉口带回的，一直舍不得用。他是抱着物有所值的美好愿望，送给李远方的，所以不得不收下。

“方儿！”李传道老人依然沉浸在往事之中，慨然道，“这都是乡亲们的苦心，是滴水之恩啊，你可要牢记于心啦！”

“是，幺爹！”李远方深情道，“我想把德正爹的二十元钱退给他，这是桂珍奶来年买猪的本钱。”

“好！难得你想得仔细，拿出来，我明天送给她。这母猪可是她的命，不是洪灾闹饥荒，她怎么舍得卖她的猪？另外，记住到汉后，首先去看肖畅父母，我们欠她家太多。”

“您老放心，我都知道，这几天您老教导我的家训，我已烂熟于心了，时候不早了，累了一天，您老先睡吧，我清完场子就睡。”

“好吧，你也早点睡，明早还要赶县城早班车。”

李传道老人确实有点累，他无法从遥远的记忆中挣脱出来，躺上床后，又怀想起了那逝去的峥嵘岁月……

李远方清完场子后没有睡觉，一个人在黑暗中静坐深思，十八年来的艰难岁月，一幕接一幕，浮现眼前。等鸡叫头遍后，他到灶房拿了几个蒸红苕，装进口袋，再拿出二十元钱放在桌上，又给幺爹留下十五元，这才提起皮箱，轻轻出门，径直朝龙珠山而去。

龙珠山上，北斗高悬，晨月如钩，没有了春天百鸟鸣晓的情景，寒冷、寂静、荒凉。九棵挺拔的松柏，在寒风中瑟瑟作响。

李远方双膝跪在父母坟前，表情庄重，声音昂然：“爸！娘！列祖列宗……孩儿李远方给你们叩头辞行来了。”连续磕了三个响头，接着道：“孩儿就要远离生我养我的白龙寨，去汉口开始新的人生旅途，这是孩儿人生的第一步，我会铭记娘在我五岁时教导我的话，走好人生的每一步。将来无论是天涯路远，山高水长，也不管是显贵尊荣，还是芒鞋竹杖，我一定牢记自己是李氏家族的后人，一定不忘李氏家族的家训，定要为李氏家族增光添彩，祈求爸妈、列祖列宗在天之灵……给我力量，保佑我早日实现自己的诺言！”

祈祷完后，他默默地站起来，再行三拜九叩之礼。礼毕，提起皮箱向东山头疾步而去。他要翻过东山，抄近路徒步走进大汉口。

刚刚爬上东山头，一轮朝阳喷薄而出，天空光芒四射，大地霞光普照。李远方临风而立，情不自禁地再一次眺望故乡的山河。晨曦中，这个孤独青涩的小伙子俊秀的脸上潮红绽放，英气毕现。

“娘！”他心中默默念道，“您再也不必每天来这东山头看我，孩儿会经常回来，给您和爸叩头请安的，我这就离你们而去，去大汉口开创自己新的生活，去追求自己心中的梦想。”

一阵晨风掠过，李远方顿感精神爽朗，他提起箱子，背上行囊，大步朝山下走去，很快，矫健的身影淹没在霞光之中……

2

汉口北郊岱家山检查站，号称是大武汉400万人的北大门。

检查站是一幢两层楼房，楼房前一座公路石桥，是进出车辆和行人必经之路。桥上横着一条红白相间的栏杆，栏杆前竖立着一块醒目的黄底黑字招牌，招牌上斗大的“检”字在冬夜昏黄的路灯下显得异常肃穆，提醒进出车辆及行人，必须接受例行检查。

李远方站住了，左右看看无人，只得来到楼房前，朝有光线的窗口一看，四个值班的正围坐在煤炉前烤火聊天。

他敲了敲玻璃，出来了一人，不耐烦道：“干什么？”

“我要进城。”

“进城就进城，敲什么玻璃，找死？”

“不检查吗？”

来人疑惑地看了看李远方，摇头道：“进来吧。”

四个人正无聊之间，难得有一人自己送上门来检查。平时行人大都自己钻栏而过，只有车辆不得不停下接受检查。

带班的一看快晚上十点，盯着李远方拖腔拿调道：“从哪里来？上哪里去？这么晚了……提着个箱子，是干什么的？”

“从农村来，上中山大道亲戚家去。”

“农村，哪个地方？”

“九龙冲公社。”

“九龙冲……不对吧？九龙冲的班车，下午五点就进城了，怎么你现在……”他吩咐刚才出门的人，“‘半吊子’，打开箱子检查。”

“半吊子”拿过李远方手中的箱子开始检查，带班的继续道，“亲戚叫什么名字？在哪里上班？你叫什么？来汉口干什么？”

李远方脸涨得通红，不想说出肖畅的名字，小声道：“我叫李远方，考上了武汉师范学院，是来入学的。因为前年家里遭了洪灾缺粮缺钱，所以是徒步走出来的。”边说边从身上拿出入学通知书。

四人不约而同地上下打量着李远方，带班的接过通知看了看，脸上平和起来，拍了拍李远方肩膀：“难为你，一百多公里，亏你走啊。告诉我，亲戚在中山大道多少号？中山大道可有几十里路长。”

“1348号。”

“1348……好像在三阳路一带，这样。你顺着马路往前走十几分钟，到新马路堤角边，搭10点半最后一班4路车，正好终点是三阳路。快，时间蛮紧，‘半吊子’，帮李大学生把箱子提过栏杆去。”

“不必，我自己来。”李远方提过箱子，疾步而出。

四个人又开始坐下烤火聊天，带班的一脸感慨道：“你们只当我冇放屁的，这小伙子……将来有出息！”

李远方赶到新马路堤角边，正好4路车到站，因为是最后一班，等车的人蜂拥而上。好不容易挤到车门，前面一位六十多岁的老头，怎么也挤不上去。李远方一手紧抓箱子，一手扶住老头，想帮他挤上去。正要扒进门，后面四五个壮小伙呼啦一声挤了过来。老头手一松，人被撞倒在地上，李远方顾不得自己上车，赶紧把老头扶起。

“你们这些小狗日养的……流氓杂种们，有娘生无娘教的王八蛋！”老头气得浑身发抖，大声叫骂。

“嘿，你个老狗日养的敢骂人？兄弟们……打！”

没等李远方明白过来，几个人劈头盖脸地将他和老头一阵乱打。他只觉得拳脚雨点般落在身上一阵生疼，眼前金星乱窜。正想喊人，听见发动机响，公汽启动。

“走，弟兄们，车动了，赶快抢住车门，别让它关上。”几个人这才收住手脚，转身奔向车门。

李远方慢慢睁开眼，只见老头躺在地上，大口喘气，嘴角血流。再看看自己，箱子踢到了一边，身上衣服踢破了两块，脸上好一阵麻木，手一摸，鼻血满手。

他站起来，一手捡起箱子，一手捂住鼻子，来到老头身边，把他扶起来，问道：“老爹，不要紧吧？”

“这帮小狗日养的流氓杂种们，每天死人怎么不死他们？你怎么样？小伙子，没事吧？”老头一边骂，一边打量着李远方。

“没事！”

“你是从农村来的吧？唉……都要像你这么好就好了。这是什么世道？年轻人都不学好，哎哟……车没挤上，人反被打……什么世道？我说小伙子，你到哪里？”

“我到三阳路。”

“那可不近，我住江岸车辆厂，你干脆跟我慢慢走到我家，洗个热水脸，让我老伴帮你把衣服补一补，明早再去三阳路，行不？”

“谢谢老爹，我先送您老回家再说吧。”李远方想喝水，十几个小时赶路，就吃了几个红苕，在路边喝了几次生水。挨打之后口渴得要命，想趁送老人回家讨口水喝。

“来，我这有块手帕，你先把鼻血擦擦。”老头关心道。

“谢谢老爹，我有。”李远方从口袋拿出手帕，是送肖畅回城时，她送给他的，本不想擦血，见老爹如此，只得拿了出来。

“看你这个样子，像是来汉口读书的吧？”老头又问。

“是，我是来上武汉师范学院的！”

“太好了！”老头大为兴奋，“真是不挨打不相识，告诉你，小伙子，你可是我小儿子的同学，他也考上了武汉师范学院，是体育系。这不……我来肉联厂找大儿子拿钱，给他明天去上学，不想碰上这帮小杂种，要是被我小儿子碰上，非打死他们不可。”说到这里，又瞅了瞅李远方：“你是个好小伙，以后多帮帮我小儿子，他可没你这么好，我小儿子叫杨帆，你叫什么名字？”

“杨帆！”李远方一阵激动，没想到一走进汉口，就碰上了同学的父亲。这个杨帆同学，一听名字就令人钦佩，说不定前世还是自己的兄弟呢——兄弟俩一起“杨帆”去“远方”。但愿这一世，我们也情同手足，胜似兄弟。

想到此，李远方大声答道：“老爹，我叫李远方，和您小儿子的名字很有缘分，我们一起‘杨帆’去‘远方’！”

“是吗？这可太好了！”

一老一少会心地笑起来，刚才的一场苦痛烟消云散……

3

正如李远方所想，杨帆高大帅气，和他一见如故。当晚强行留他同床共枕，没迈入校门一步的两位同学，彻夜长谈，畅想未来。

更让二人惊喜的是，入校后居然分在同一寝室。学校为了照顾家在农村的学生，有意安排城市和农村的同住一室。李远方和杨帆虽不在一个系上课，可二人每天同出同进，同吃同喝，惬意非凡。

武汉师范学院坐落在长江以南、武昌车辆厂宿舍区后，距和平大道仅百米之远。有时礼拜天，李远方过江到肖畅家探望，二人又一同前往，再一同去杨帆家过夜，真情同手足，亲如兄弟。

只不过这兄弟二人的性格大相径庭，一柔一刚，迥然有异。

李远方性格温顺，学习刻苦，生活勤俭。杨帆被学院录取的主要原因，是他高中时得过市里中学生长跑冠军，身强体壮，豪爽仗义，可生活懒散，学习松懈。加之高大帅气，喜欢猎艳。

日居月诸，乌飞兔走，转眼三年多的时间一晃而过。

三年多来，李远方靠刻苦认真、勤于思考，取得好的成绩。

杨帆靠灵活矫健的身手，也取得好的成绩。

这期间，李远方因好学赢得了不少女生的芳心，鉴于自己所肩负的责任，他断然关闭了心中的爱情之窗。杨帆靠英雄救美、打抱不平，也俘获了不少的芳心，先后同四位女生，建立过恋爱关系。

兄弟二人有难同当，有福同享，两相合宜。

然而，进入大四下学期，兄弟二人都面临着各自的烦恼。

李远方的烦恼，是大学毕业后，按政策“哪里来哪里去”，要分回农村学校教书。杨帆的烦恼，是他最终选定的未来妻子人选，一夜之间投入到别人的怀抱。

好不容易又是礼拜六，李远方决定放学后，过汉口找肖畅商量毕业分配问题。一年多来，有位局长的公子在拼命追求她，李远方想找她活动活动，说不定这棵石榴树提前开花结果。

一进寝室，杨帆正在等他。

"今天不过汉口，明早再过去，你晚上同我一起办点急事。"

"什么事这么急？"李远方不解。

"别问，晚上就知道了，现在我们去司门口喝酒。"

司门口是武昌区最繁华地带，中华路过江码头、长江大桥桥头堡、武昌电影院、武昌公园、生香酒楼、大中华酒楼、显真楼照相馆、司门口商业大楼、武昌百货大楼等人流聚集场所，都分布其间。另外，1路、4路、6路、8路电车，10路、11路、12路、14路、15路、16路公共汽车，都在其地带内来往穿梭。加之进入1980年代，政府允许各种小摊小贩，晚上在路边摆摊设点。所以，傍晚华灯初放，司门口一带，已是车水马龙，人声鼎沸。

二人来到江边中华路码头对面一个小摊点坐了下来，摊主是位三十多岁的妇女，一个人忙前忙后，甚是灵光。

"老板娘，二十块臭干子，一盘油炸花生米，两碗藕汤，先上两碗白酒，搞快点。"杨帆点好酒菜，不停地催。

"只要一碗，给我来瓶啤酒。"李远方很少喝白酒。

"两碗都留下，再加瓶啤酒，你不喝我喝。"

"你今天有点不对劲，到底出了什么事？"

酒菜很快就上来了，杨帆喝了一大口酒，吃了两块臭干子，精神也上来了："嗯，味道真不错，又臭又香。"他盯着李远方："现在告诉你，也没什么事，只是在此等一个人。"

"谁呀？搞得如此神秘，是不是背着辛雅娟，又找女朋友？"

"你这回可猜错了，等的就是辛雅娟！"

"那你把我拉来干什么？你们两个谈情说爱，我像个讨饭的，跟来跟去，这不是害我吗？"

"别……"杨帆一口酒喷了出来，好半天道，"别这么想，实话告诉你：她近来倒是背着我，又找了一个男友，其实也无所谓，我当初不也是从别人手上把她夺过来的吗？只是咽不下这口气，想来真可笑，我都打算同她喜结百年之好，这女人变心比炸臭干子还快。炸臭干子还要翻个身，她连气都不换一口，就倒在别人怀里去了！"

"你是要我找她谈谈？我可不善于搞这个工作！"

“你又错了，已经无可挽回，我是要你一起看看，她这个新男友，到底是怎样的一个家伙，如此了得！”

“你不会又要打人吧？”李远方焦急起来，“我可告诉你，很快就要毕业了，你千万不要冲动。”

“你放心，只是看看，不会有事的，来，一口干了！”

“不对？”李远方有些疑惑，“她怎会同时……约你们两人见面？这也太狂热了吧？”

“真是个书呆子。”杨帆笑了笑，“我现在是被抛弃的对象，她躲我都躲不及，怎么会约我？我牺牲了一下色相，搞掂了她的同‘寝室’，打听出她这几个礼拜六，在武昌桥头堡下的江边约会。”

话未听完，李远方头轰地一下。他太了解这个兄弟，一句话不对就要出手。何况这种熬心的事，别看表面上轻松无所谓，心里肯定像火烧，加之又喝了烧酒。

想到这里，他说道：“她同‘寝室’要是骗你呢？未必我们等一晚上不成？所以，我们还是过汉口去为好。”嘴上这么说，他心里却一个劲地祈祷辛雅娟，今晚千万不要来。

“你又错了，看身后……她已经下车了。”

李远方回头一看，辛雅娟刚从公汽下来，款步朝桥头堡方向走去。婀娜的身段、轻盈的步伐、俏丽的面容、飘逸的黑发，加上高扬的神采，在华灯下分外迷人，引来无数惊叹的目光。

辛雅娟是湖北艺术学院声乐系学生，也是今年毕业。老家是宜昌地区长阳土家族自治县。她民歌唱得好，又是少数民族，1977年恢复高考时特招进艺术学院。刚进校时又土又笨，经过几年艺术的熏陶，丑小鸭变成了白天鹅。她在和杨帆谈朋友前谈过几位男友，跟杨帆建立关系，一是看上杨帆长得高大帅气，主要原因是看中了杨帆的家在武汉。她发誓要不惜一切代价留在武汉，绝不再回到长阳清江古巴人的发源地。在同杨帆的父母和哥嫂见了几次面后，发现他家的家庭背景太差，无力留她下来，一时心里烦躁。正好上月参加一次汇演，被一位领导看中，领导在兴奋之余，给自己从部队转业的儿子当起了红娘。她一听，真如白天鹅般立马从杨帆的“帆船”上，飞向了那位高干子弟的怀抱。

“老板娘，结账。”杨帆站了起来，准备动身。

李远方也只得跟了起来，一个劲地叮嘱：“我说老兄，千万记住！千万记住！一定要克制！克制……懂吗？”

“你放心吧……他死不了！”

李远方一听，头一蒙，心里叫苦不迭……

4

事实证明，李远方的担心完全是多余的。辛雅娟的新任男友，尽管没有他的前任高大帅气，可比他的前任要威猛得多。加之在部队特务连练就的一身擒拿硬功夫，正好在心上人面前施展一番。所以三拳两脚，就把自己的情敌打得鼻青脸肿，趴在地上动弹不得。接着以饿虎扑食之势，骑上身乱拳出击。如果不是李远方舍身相救，辛雅娟最后出面制止，特种兵非将他的前任置于死地不可。

李远方将杨帆拉到中华路医院，检查无大碍后，也无心再过汉口，赶紧带他回学校休息。

“耻辱啊……兄弟，此仇不报，我枉为八尺男儿！”二人回到寝室，杨帆捶桌打椅，怒不可遏。

“哎呀！”李远方安慰道，“大英雄韩信，尚且受胯下之辱，这又算得了什么，古人不是有‘唾面自干’的警语吗？”

“你别安慰我，古人的话你能相信？这些老家伙们都是自己安慰自己，都是放他娘的狗屁。古人还说过要‘睚眦必报’呢？”说到这里，他掏出五元钱给李远方，“给，帮忙跑点路，到服务部，一瓶‘小黄鹤楼’、两包兰花豆、一包‘游泳’烟。”

“别喝了，还是早点洗了睡，明天还要过江呢！”

“没事，我醉了正好睡觉,眼下这种心情，你叫我怎么睡得着？”

李远方一想也是，转身而出。回来后待杨帆的酒刚刚喝完，正准备服侍他睡觉，学校保卫科的人找上门来。

原来特种兵回家后，利用他老爸的专线电话，给学校所在地派出所打了个电话，指名道姓举报武汉师范学院体育系大四学生杨帆，晚上在武昌桥头江边抢劫一对恋人。派出所马上派警官找到学校保卫科，保卫科不敢马虎，连夜找上门来了解情况。

看来特种兵是一定要将自己的前任置之死地而后快。

此时杨帆说话舌头打战，天上一句，地上一句，不知所云。来人一看，这种状态怎么能见警察？见李远方主动要求去说明情况，无奈，只得先带李远方回去应付差事。

李远方来到保卫科，将事情的来龙去脉，前因后果，一点一滴说得清清楚楚，明明白白。警察一听，明白了是情敌之间的一场战斗，且高干子弟得人又得势，大学生挨打又失人。不得已只得将李远方带回派出所，写了一份笔录材料，好向上面交差。

李远方从派出所出来，已是深夜 12 点多，他感到身心疲惫，迈着沉重的步子向学校走去。他想到了近四年来，杨帆和自己之间的深情厚谊，理解这位好兄弟此时的沮丧心情，深为他而难过。想起第一次见杨帆二人彻夜长谈的情景，真恍如昨天。一时又想起了自己的未来，想起了入学前乡亲们对自己的期望，想起了幺爹对自己的谆谆教诲，想起了李氏家族的家训和自己在父母坟前的诺言。四年的大学生活，使他变得非常成熟，他必须面对现实抛弃幻想。如果毕业真分配到农村教书，自己该怎样调整好心态，以适应新的环境？

最后自然而然地想到了肖畅，眼泪不由自主地在眼眶打转——四年来，肖畅对他学习与生活的关爱，无微不至，难以言说。

进入学校大门后，他倏然意识到，自己的心灵已被幺爹、肖畅、杨帆三人所占有，再也难以容下其他人。幺爹是他思想的灯塔，给他指明了人生的目标。肖畅是他生命的源泉，带给他无尽的希望。杨帆则是他生活的依靠，为他聚集了无穷的力量。

礼拜六的夜晚，校园异常寂静，家在武汉的都回了家，外地的大多也去投亲靠友，只有少数无依无靠的留守在校。快到寝室楼前，李远方大惊失色，心一下跳到嗓子眼，他看到三楼自己寝室的窗口，浓烟翻滚，火光跳动。他来不及细想，飞身进楼，一脚踹开管理员的房门，大声吼道：“快！叫人上三楼救火！”转身朝楼上奔去。

三楼走道已经浓烟弥漫，令人窒息难耐。李远方冲进寝室，杨帆早已烂醉如泥瘫倒在床，手上还捏着半包“游泳”烟，床单被子已经起火，床架烧得噼啪声响。他屏住呼吸，紧咬牙关，顶着浓烟，一把将杨帆拖起，边拍打他身上的火焰，边蹲下身将他扯上背，背起来就往外面跑。楼道里已经有人起来叫喊，他一口气把杨帆背到管理员房间，往地上一放，发现他身上还在冒烟，顺手拿起洗脚盆，接了一盆冷水，朝他头上泼去，旋即手拿脚盆又奔上三楼。

杨帆被李远方一盆冷水泼醒，但依然处于迷糊状。他似乎觉得自己一下在火里，一下又在冰里。他努力睁开眼，感觉眼前金光闪耀，用手一抹，原来是水珠在灯光的照射下闪闪发光。这一抹，人又清醒了许多，慢慢坐起来四下一看，不禁一惊：怎么自己到了一楼管理员的房间？怎么浑身湿透躺在地上一摊水里？

这一惊，人完全清醒了过来，抬头一看墙上的挂钟，已是深夜一点多。他定了定神，隐约听见楼道上有人跑来跑去，像是在开展什么消防演练，还不时传来叫骂声和议论声。议论声一句接一句，随着议论声不断的清晰，他完全明白了今夜所发生的可怕事件，陡然一下从头顶凉到了脚尖。

三天后，学校大门边贴出一张醒目的告示，全校上万名男女同学进出时无不驻足观看。

告　示

77级体育系大四学生杨帆，严重违反校规校纪及社会治安条例，在校期间多次殴打他人。本月4日晚该生先在武昌大桥头江边与社会青年发生斗殴，回寝室后又饮酒作乐，醉酒后吸烟引发火灾，致使男生宿舍3号楼3楼14号寝室内床架、桌椅及其他一切物品焚烧殆尽。鉴于该生一贯的恶劣行径，及此次火灾事件所造成的严重后果，学校党委决定勒令其退学，并开除学籍，遣返回家。

另：同寝室77级历史系大四学生李远方，在此次火灾事件中负有连带责任，教务处对其做出记大过一次的处分，并责令其做出深刻检讨，以观后效。

希望全体在校学生，以此为戒，从中吸取教训，努力学习，积极上进，以优异的成绩报效祖国。

特此公告。

教务处

一九八一年四月八日

第六章

1

对学习向来不感兴趣的杨帆，这次终于彻底摆脱了学习的苦恼，尽管以极不光彩的方式走出校门，然而阵痛之后，内心并不十分难过。唯一不可接受的是，把自己从死亡线上背出来的好兄弟李远方无辜受牵连。为此他找学校和教委，几次申诉均无结果，只得带着一颗破碎的心，同李远方暂别，回到家里接受父母及两个哥哥的训斥。

然而，“塞翁失马，焉知非福”。后来三个多月，在他身上所发生的变化，给他带来的人生感悟，比他三年多在学校所接受的高等教育更有教益，使他真正明白了“祸兮福相倚”的人生哲学。

回家后不到一月，大哥所在的肉联厂职工足球队，勇夺市里职工联赛冠军。为了保持这一荣誉，厂党委决定足球队招兵买马。作为中层干部的大哥，在厂长面前一推荐，加之杨帆试赛中一记精彩的倒勾射门，为他勾开了进入这一市里名牌企业的大门。杨帆很快就成为肉联厂的一名正式职工，司职足球队的主力前锋。更让他兴奋的是，一名有“肉花”（肉联厂厂花）美称的靓女，向他频送秋波。所以，有事无事，有人无人，他常暗自感叹：“塞翁失马，焉知非福！”

这期间，他去学校看过李远方几次，李远方深为他工作安排而高兴。每次两人都依依不舍、不忍分开，时间愈久，这种别情愈浓。

正好又是休息天，杨帆拒绝了“肉花”的约会。一大早就去菜市场买肉回家，吩咐老娘煨汤，自己跑过江去接李远方。

中午，二人慢斟细酌，畅叙友情。杨老爹更是殷勤款待。直至晚上8点，李远方要去肖畅家打听分配一事，想赶9点半最后一班轮船过江，才不得不起身告辞。

火灾之后，李远方每日勤奋谨慎，不敢有半点松懈。他必须以优异成绩结束四年的大学生活，不辜负亲人们的期望，给白龙寨父老乡亲们一份满意答卷。前几天系主任找他谈心，让他做好回农村教书的思想准备。他暗自决心：无论分配到什么艰苦地方，一定认真工作，然后再继续学习，争取一年后参加研究生考试。

晚9点差几分，从肖畅家出来，李远方一路小跑，赶往滨江公园的粤汉码头，刚刚进入公园码头向候船室奔去，一声汽笛长鸣，轮船离岸。他无奈只得转身上岸，茫然不知所措地在公园内徘徊，心里盘算道：去杨帆家太晚，再说明天还要参加学校的考试，万一两人又夜谈不休，岂不影响考试成绩？去肖畅家更不行，她姐姐生了个儿子，这几天正回娘家，四个大人被个小祖宗哭闹得晕头转向，叫苦不迭。想找个招待所住一晚，一没带证件，二没带足够的钱。

正无奈间，突然想起了唐人张继“月落乌啼霜满天，江枫渔火对愁眠”的名句，感同身受。找了一棵靠江边最近的大树，搬了一块大石头，背靠大树面对大江坐了下来。

盛夏的江城之夜，热风拂面，公园内，对对情侣缠绵。背后的树丛中，不时传来阵阵嗲声嘻语，忘情者更是弄得衣带窸窣声响。长江两岸灯火阑珊，上游处万里长江第一桥横跨龟蛇二山，桥上两排橘黄色的路灯在夜空中光辉闪耀，美轮至极。江中，一艘五层楼巨型客轮正逆江而上，楼上楼下灯火通明，来往旅客依稀可见。抬头苍穹高远，星光灿烂，如梦似幻。

李远方上学四年来，无数次路过滨江公园江南江北穿梭往来，今天第一次如此寂静地欣赏长江夜景，心中油然而生无边遐想。他想起了历代文人墨客，把人类历史比作一条流淌的河流，止不住在心里问道：历史的长河，真如这冥冥漠漠，浩浩荡荡的长江吗？又想起“子在川上曰：‘逝者如斯夫，不舍昼夜’”，不由心怀激荡。

一时又想起朱熹诗："昨夜江边春水生，艨艟巨舰一毛轻。向来枉费推动力，次日中流自在行。"心里感叹："五千年来，人类不知枉费了多少力量。只有这滔滔不息的江水，才能托起人类的航船，在中流上自由自在地前行。在历史的长河中，人何其渺小，就如这滚滚江水中一滴水、一粒沙。几十年的时光弹指一挥间，看一看中国几千年的历史，有哪一位囊括四海、包举宇内、并吞八荒、手撑时代的大人物，能长生不死？何必要在庙堂之上、殿壁之间，如此残酷地你争我夺？难道真能永远地让天下奉一人、一人而享天下吗？人类真太不自量了，只有这不舍昼夜的江水，才真正是奔腾不息。"

他又想起人死后，到底是上天堂还是入地狱？好像古今中外所有的文明和宗教都崇拜天堂，信仰上帝。可是一个非常简单的真理是：天堂到底在哪里？上帝是个什么样子？上下五千年，纵横几万里，先知先觉，天黄贵胄，芸芸众生……谁也不知道。正因为人世间没一人知道，所以，古今中外一切宗教执掌者，都把天堂描绘得无比美好，把上帝吹嘘得无所不能，以此蛊惑人心。正如托尔斯泰所言："少数人需要一个上帝，因为他们除了上帝之外，什么东西都有了；多数人也需要一个上帝，因为他们除了上帝之外，什么东西也没有。"

人啊……都是在自己欺骗自己，然后再去欺骗别人。

"起来，起来，派出所巡查，都快12点了，还不回家？都到这边站好，接受检查。"

随着几声吆喝，打断了李远方的遐想，原来是派出所巡逻的联防队员进公园夜查。这些联防队员，都是因派出所警力不够，从辖区各单位抽调上来的青壮小伙子。其实都是各单位不好好上班、吊儿郎当的落后分子，说话粗声大气，行为粗暴无理。

树丛里几道手电光扫来扫去，情侣们赶紧起身整衣准备接受检查。李远方慢慢起身，不知何事。正犹豫，那边嚷起来，过去一看，几名联防队员围住一对情侣在争吵，四周聚了一群出园的游人。

"你们这是以制度的名义，干非法勾当。"女青年怒目而视，言辞犀利没有半点胆怯。她相貌端庄，身材匀称，穿一套深灰色夏装，齐肩的黑发在路灯照射下油光流动，一双闪亮的大眼充满智慧，自上而下彰显出一种不可侵犯的尊严。男青年手推一辆崭新“凤凰”牌26型全链盒自行车，看上去没有半点当家做主的样子。

“我们……是在执行公务，保证辖区内的安全，也是为了……你的安全。”大概联防队很少遇上她这样被盘问的对象，不知其背景如何，带队的语气明显有些不自在。

“哼，执行公务，你们就这样执行公务？一不出示证件，二不说明情况，上来就隔离、搜身、审问。请问我们犯了什么法？还美其名曰是为了我们的安全，我们有什么不安全？太平盛世我们安全得很，碰上你们才是我们最大的不安全。”她余怒未消，语气刺人。

“别跟她紧啰唆，先带回所再说，明天通知她单位的领导来领人，太狂了。”刚才盘查这对情侣的两位队员不耐烦，鼓动带队的带人回派出所，一面看着带队的眼色，随时准备动手。

带队的比其他几位年长，经验老到，不理会两人的鼓动，笑了笑：“对不起！你有可能不知道，我们每夜要巡逻五次，步行几十个街口，外加这公园江滩，如果见人都像你说的拿证件给他看，那不成了讨饭的？别人还会说我们犯神经，你说是吧？”说到这里，从身上拿出证件：“这是我的证件，你看清楚，反面盖有章子你也看清楚，不是伪造的。”突然严肃道：“现在麻烦你把证件拿出来，我要检查检查，这是例行公事。”说完，皮笑肉不笑地盯着对方。

“哼！”女青年冷笑了一声，“对不起，没带证件，不过可以告诉你：我叫周丽，回去问一问你们分局的王局长，他会告诉你，我证件所在单位。”转身吩咐男青年：“走，上车，回家！”

男青年赶紧骑上自行车，这周丽手往后座上一搭，轻盈地跳了上去，二人头也不回，扬长而去。

联防队员个个目瞪口呆，许久，带队的大声骂道：“还不跟老子走，一个个站在这里，像你妈的个苕。”

“周丽！”李远方咀嚼这个名字，心中升起异样的感觉。

人渐渐散去，没有人搭理李远方，他感到一阵寂寞孤独，又回到了刚才那棵大树下。眼前的长江一片沉寂，岸边趸船上，两盏昏黄的路灯，一前一后死死照护着一上一下两排跳板，让人感到时光都静止凝固。李远方又慢慢坐下，抬头间一轮朗月光耀天空，这是月末的月亮，半夜才从黑暗中升起，是如此皎洁明亮，漫天星光，被她的光辉所淹没。李远方心中一阵怡然自慰：只有漏夜在外奔波劳作的人们，和他这样无家可归的游子，才有幸享受到如此的良辰美景。明早，当他登船渡江时，更会欣赏到一幅日月同辉的壮丽景色。

他闭上眼睛，一个人孤寂地企盼着明早的到来……

2

肖畅这两天很烦，为李远方安排工作之事，未婚夫文达生没有明确的答复。提了近三个月，这家伙每次见面，都闪闪烁烁忽左忽右言及其他，一气之下肖畅把他臭骂了一通，这两天连人也不敢来见。

离下班还有两个多小时，肖畅跟主任打声招呼，请假提前下班，她决定亲自去找一找未来的公爹。

参加工作四年多，肖畅工作上可谓一帆风顺，步步得意。站柜台第一年，由于人美态度好，个人营业额高居榜首，深受领导赞许。第二年出任柜长，整个柜组的营业额又名列第一。第三年无可争议地委派到市电大学习，同时荣升办公室副主任，可谓春风得意。

爱情上却磕磕绊绊难如人愿。当营业员第一年，收到近百封顾客写的感谢信。写信者都一个年龄段：二十至三十岁之间，表达的都同一个意愿：借写感谢信的名义，向她倾吐爱慕之情。第二年亲戚朋友、同学同事，左拉一个、右拽一个，看了上十个，没一个令她满意。第三年父母姐姐、单位领导，又出面精心物色了几名候选人，同样是左看不顺眼、右看不顺心。一气之下，只要是有人介绍男朋友，她就装病推脱，弄得最后一听男朋友这三个字就头疼。

文达生是肖畅电大的同学，平平常常一个男生，在市经委上班，看不出有什么特别的地方。可这小伙子人聪明，有心计，又有家庭背景。第一次见肖畅，就抱定非她不娶，所以开学的上半年，有事无事总主动找肖畅讨论学习课题，从不涉及其他内容。下半年讨论的重点，又转移到当代人的生活上来，同样不涉及其他内容。第二年上半年，又将重点转移到将来事业的发展上来，照样不涉及其他内容。再下半年，全身心毫不掩饰地向她表达自己的坚贞爱情，并付诸一切可实施的情感行动，最终赢得美人芳心。用他自己的话说，就是凭借自己的聪明才智，在短短两年时间内，追求到了终身的幸福。

文达生的父亲，是市里某局局长，母亲是中学教师，两个哥哥，一个在市无线电研究所，一个在市教委政策研究室。一个研究人，一个研究物。两个嫂子，都是哥哥的同事，家庭背景都算得上是门当户对。后结婚的小嫂子，生了个姑娘，先结婚的大嫂至今未孕。大哥是家庭妇男，二哥是家庭保姆。所以他父母两个媳妇都不喜欢，他和肖畅关系明确后，带她见过父母两次，都很满意。肖畅让他找父亲活动李远方留武汉工作一事，他哪敢不照办？只是见了父亲有点胆怯，说话吞吞吐吐不敢明说，加之又不是肖畅亲弟弟，只说是一个朋友的弟弟，父亲既没推辞也没答应。他自己也不便紧催，以至于拖了近三个月还没结果，被肖畅一顿臭骂后，两天不敢见她。

两天不见肖畅，他实在控制不了对她的牵挂，决定今晚就是断绝父子关系，也要让老爸明确答复，他明天好见心上人。不曾想心上人先他一步，直接在下班之前，找到了他父亲的办公室。

“你找谁？”秘书在走廊里拦住了肖畅。

“找文局长。”

“找文局长……你是他什么人？”

“亲戚。”

“亲戚……请等一会，我去通报一声，请问你贵姓？”

“肖畅。”

秘书很快出来，面带微笑：“肖小姐，我们局长有请！”

文局长五十多岁，中等稍胖身材，满脸红光，两道浓眉，给人既亲切又威严的感觉。一见肖畅进来，马上从座位上站了起来。

“哎呀，肖畅！稀客，稀客！快坐，快坐！听达生说，你都当上副主任了，看来，你比这小子可强多了！”

肖畅在文局长对面坐下，见秘书送上茶水，站起接过，等他走出门，这才又坐下，笑道：“不好意思，文叔，很冒昧地找你。”

“看你说的？自家人怎说两家话，是不是有什么为难之事？”

“是的，”肖畅不想占用太多时间，直言道，“我下放时，住在一家非常善良的人家，这家三代就三人，幺爹、母亲、儿子。母亲不幸在76年夏遭龙卷风袭击罹难，她临终前写下遗言要我照顾她儿子，认他为弟弟。一次我不慎掉进水渠，是他把我救起。不然，我四年前就不在人世了！”说到此，悲从心起，一阵哽咽，眼泪流了出来。

“你别伤心……慢慢说。”文局长大受感染，他估计肖畅是要他把这个弟弟，从农村招工到武汉来，内心已决定帮她这个忙。

“后来，”肖畅掏出手帕擦了擦眼泪，“这个弟弟一人承担了全部的家庭重担，劳动之余发奋读书。77年恢复高考，考上了武汉师范学院。现在马上要毕业分配，想找文叔帮忙留在武汉。”说完，长长地舒了口气，抬头以期盼的目光，注视着未来的公爹。

“哦……”文局长也长长地舒了一口气，说道，“我记起来了，是不是达生所说的……叫李远方的学生？”

“是的！”

“这臭小子，怎么不说清楚是你弟弟，我负责安排好，给他找个好的单位，你就放心吧！”

“那我先谢谢文叔！”

“谢什么谢，跟你说了，一家人不要这么客气嘛。以后再不许这样，啊？还有，以后也不许叫叔叔，要叫爸爸，明白吗？”

肖畅脸一阵绯红，站起告辞，本想谢声叔叔，一想不妥，叫爸爸一时又难启口，干脆什么也不叫，客气道：“那我告辞了！”

“先别走，”文局长道，“马上下班，我在江汉饭店有个饭局，你一起去，正好把你弟弟的事定下来。”走到门外吩咐秘书备车。

肖畅一听，不再说话，愉快地跟着未来的公爹出门，来到大门口，上了一辆墨绿色的“上海”牌小轿车……

3

“上海”牌小轿车很快就驶达目的地，服务员将二人引入饭店餐厅包房，待二人坐下，端上茶水点心。

肖畅今天第一次如此亲近地接触未来的公爹，又是位高级干部，先有点紧张，一阵交谈慢慢就放松下来。趁等人的机会，又拿出当营业员的热情和办公室副主任的精明，全心同他交流，很快就进入角色。文局长脸上不时绽放出轻松愉快的笑容。

大约二十分钟左右，一位约莫六十岁上下秃顶的慈祥老人，在服务员的引领下，微笑着走了进来。文局长赶紧起身相迎："我说老首长，您老可又迟到了？"转身叫过肖畅，"来，认识你韩伯伯！"

老人睁大眼睛，看看肖畅，又看看文局长："我说文局长，这是谁呀？怎么我又冒出来这么一位漂亮的侄女？"边说边哈哈大笑。

文局长笑得更开心："我说老首长，您不是到处抢认侄女吗？多一个岂不更好？"一面吩咐服务员上菜。

三人落座，文局长这才介绍："这是老三的未婚妻，叫肖畅，正好有事找您老，所以让她来给您老敬酒。"

"是吗？太好了！达生这小子有福气，我说文局长，不是我当面夸这小肖，给你们文家可添彩了。达生这小子，怎么不来见我？"

肖畅正要说明，文局长抢道："这事跟他无关，我不让他来。"

"哦……那我们先干两杯，再说话。"

酒菜很快就摆满了一大桌，肖畅先帮两位斟满酒，然后自己斟上一杯，恭敬地举了起来："韩伯伯，侄女先敬您老一杯，您老随意。"说到此，两眼注视手中的酒杯，慢慢移到唇边，轻启玉齿，杏眼微闭，缓缓地将满满一杯茅台酒吸了进去。

两人大为惊诧，韩伯伯兴奋道："我说文局长，今天我请客，这个侄女我也认定了。肖侄女，你先坐下，我们边吃边谈。"

"老首长，"文局长道，"您老布置的任务，我可圆满完成了，今天请您老吃饭，一是向您老交差，二是您老这侄女，有个弟弟大学毕业，想交给您老培养培养。"说到此，对肖畅道："肖畅，你把弟弟的情况介绍介绍。"

"先别介绍，先替我敬你公爹一杯，感谢他的帮助！"

"好，那您老作陪！"肖畅马上站起来斟酒。

“看！看！还没过门就为公爹说话，好，我作陪，一起干！”

三人站起同时举杯，落座后肖畅把李远方的情况，又简单地介绍一番。韩伯伯听后沉思半天道：“现在用人的单位很多，缺的就是大学生，把他留在市里就是了。”

“谢谢韩伯伯！”

“别谢我，谢你公爹，你弟弟有什么选择？想从事什么职业？”

肖畅冰雪聪明，想起刚才公爹介绍时说过交给他培养的话，看了一眼文局长，笑道：“没有任何选择，一切由韩伯伯做主！”

韩伯伯一听，也是一脸的笑：“我说文局长，老三结婚可别忘了请我喝喜酒啊。你这个幺媳妇，可比那两个强！”

文局长一听，赶紧敬酒，满脸堆笑。

肖畅帮二人斟满酒，想好了借机道：“韩伯伯，有一事必须跟您老说明，我弟弟在学校记大过一次……”于是，把杨帆酒后发生火灾一事的前因后果，绘声绘色加以叙说。她朱唇皓齿，音润气畅，表情典雅，述说时如珠走玉盘周延涵盖，两位听众大为心动。

韩伯伯道：“你弟弟是一位很优秀的学生，助人为乐，舍己救人，应该表扬才对，学校怎么能这么处理？”

“也许……学校是为了警示全体同学以此为戒，这辛雅娟也太风流了，那位新任男友更不像话，高干子弟怎能如此行事……如果没有他的举报，怎么会发生火灾？”文局长大为不平。

“这没什么，”韩伯伯安慰道，“不会影响你弟的前途，主要靠他自己以后的表现。表现好，学校记过，我给他记功。”

肖畅一听，一阵激动，眼圈也红了，站起端起酒杯，动情道：“我代弟弟谢谢韩伯伯，还有……”看了看文局长，一时语塞，鼓了鼓勇气：“还有……我爸爸。”说完脸一阵绯红，一口饮尽杯中酒。

文局长一阵窃喜，浓眉上扬，刚入口的一块五香牛肉半天才吞下肚去，赶紧拿起杯呷口酒，掩饰内心的喜悦。

韩伯伯拍了拍光头：“文局长，你这个侄女我可不敢认，以后还是少见她的面为好，让我多活几天，我受不了她的煽情。”

肖畅知道他们还有事商量，她该退场，笑了笑：“不好意思，韩伯伯，我跟达生约好商量点事，先告辞，您老和爸爸慢慢喝。”

“既然是和达生有事，那我就不留你，下次我可不饶你。”

“你先走吧，转告你弟弟以后努力工作。”文局长提示道。

“是！”肖畅恭敬地向两位点头致意，含笑退了出去。

“文局长，”等肖畅出门后，老首长不无感慨道，“这三媳妇，是个人才，你得另眼相看啊！”

“是啊……您老也知道，那两位都不如意，一个至今不孕，一个生了个女孩，而且都另立门户。我就指望这老三，给我养个一男半女，我好卸甲归田，在家含饴弄孙，享受天伦！”

“想得倒美，才多大年纪，就想归田？告诉你吧，正是大干的时候，你要做好思想准备啰！”

“老首长不是玩笑吧？”

“不说这了，到时你自然知晓，我问你，这肖畅在哪上班？”

“在工艺大楼办公室当副主任。”

“有文凭吗？”

“电大刚毕业，是达生的同学。”

“那好，给她换个地方。”

“老首长，我也这么想……”

4

由于韩伯伯的一声招呼，李远方顺利地分配到市里上班，成为一名令人羡慕的机关工作人员。他感到无比兴奋，对前途充满信心，决心努力工作，力争早日实现自己心中的诺言。

重阳节这天，肖畅邀请李远方和杨帆，前往白龙寨看望李传道老人，顺便攀登东山头，她想带两位兄弟，登高望远，极目骋怀。

清晨，秋高气爽，惠风和畅，姐弟三人意气风发，乘坐着肖畅的北京吉普向白龙寨进发，不到两小时就到达目的地。李传道老人异常兴奋，不惧高龄，坚决要同三人一起攀登东山，畅抒胸怀。

金秋的东山红叶层染，疏林如画，野菊怒放，丹桂飘香。三人搀扶着李传道老人，边欣赏美景边向老人汇报各自的学习和工作情况，最后来到白龙寺前，在残垣断壁中一块大方石上坐了下来。

李传道老人已是八十有三的高龄，皓首苍髯，神情高朗。看着几位意气风发的年轻人，他无比欣慰，想起了六年前，自己在这里对几百号父老乡亲们所发的感慨，情景目现，声音耳熟。

“肖畅啊，”老人问道，“你还记得六年前的情景吗？”

“九爹，刻骨铭心！”

“是啊，”老人感叹道，“我想你这辈子是不可忘记的，特别是远方儿，切记不可忘记灾难带给你的人生启示。我已是耄耋之年，随时都可能弃你而去，你的路才刚刚开始，可说是云程发轫，任重而道远。今天我借重阳节登高望远之际，要你们上白龙寺来，有两个心愿向你们表达。”说到此，看了看肖畅和杨帆，继续道：“你们三人都是褎然举首同侪中的骄子，从今后要心往一处想，血往一处流，团结一心开创共同的事业。古人曰：‘兄弟同心，其利断金，’时代的发展变化势如洪流，要抓住这千载难逢的机遇，闯出 片自己的天地来。要勇敢地去面对所遇到的一切艰难困苦，摔倒了，爬起来继续向前走。要树立王安石所信奉‘天变不足畏，人言不足恤，祖宗不足法，圣贤不足师’的鼎新精神。现在你们都走上了人生大道，我祈愿你们有一个美好的未来，过上幸福的生活，这是我的第一个心愿！”

三人不由一阵心动，老人发自肺腑之言，一字一句，叩击着灵魂，震撼之余，咀嚼品味，沁人心脾，催人奋发。

老人站了起来，面对白龙寺的残垣断壁久久凝望，微风中皓首望天，苍髯抖动，老泪横流：“这白龙寺有1580年的历史，自建成以来，多次惨遭圮毁。两百年前，我家先人曾于清朝乾隆年间将其修葺一新，我希望你们在有生之年，将其拓展重建，造福丛林，再结佛缘。”看了看三位年轻人，接着道，“这是我的第二个心愿，时代有古今，文化无古今，佛教文化在中国传播了两千多年，你们一定要让其发扬光大。”略为沉思了一下，继续道：“白龙寺不光信奉佛教，同时也信奉儒学和道教。你们记住重建之日，一定要把孔子和老子同释迦牟尼一起供奉起来，这是建白龙寺的初衷，还历史的本来面目。儒学和道教是中国文化的根，一个国家，一个民族，不怕灭亡，因为灭亡了可以再重建。最最可怕的是把自己的文化给毁灭，毁灭了文化就是把民族的根挖断了。你们年轻人是我们民族的希望，要弘扬我们民族文化精神，这是你们的责任，也是全体国人的责任。所以，圣人说‘大道之行，天下为公’，天下是所有天下人的天下，责任也是所有天下人的责任。国家天下，尽在其中，概莫如是。”

李远方学的就是历史专业，幺爹的话有如醍醐灌顶，幺爹的心愿使他心潮激荡，幺爹的心愿其实就是自己的心愿。四年来，他每年清明节回来给父母上坟，都要聆听幺爹的明教，每次都受益匪浅，这一次感觉大不同前。他现在是市里一名工作人员，时代向他敞开了大门，正如幺爹所言，自己肩负着振兴家族的重任，任重而道远。肖畅和杨帆是他生命中的伴侣，二人在他心目中的地位，是任何人所无法替代的。在他心中，肖畅有时像母亲、有时像姐姐、有时又像恋人，他无法阻止自己对她的依恋。杨帆和他同窗共读了四个春秋，留下的记忆，几生几世都难以抹去。

白龙寨是肖畅的第二故乡，每年她都要陪李远方回来，给他娘上坟，尽一个女儿的孝心。这里的一山一水、一草一木，都留下了她生命的足迹。在这片土地上，她体验了生活的磨难，懂得了生命的价值，明白了人生的意义。李远方在她生命中的地位，胜过了她自己存在的价值。九爹的话语使她这种愿望更加强烈，她坚信自己在某种程度上，是为李远方而活着，没有李远方就没有她的今天。

杨帆这是第三次来白龙寨，他没有李远方、肖畅二人的切身感受，只是对李远方的深情厚谊，才使得他渐渐地热爱这方土地。九爹的心愿，使他突然醒悟：他这一生一世，再也离不开这片热土，他不敢妄想自己将来有多大出息，但有一点他非常清楚，他的命是李远方从火海中背出的，为了李远方的前途，他心甘情愿奉献自己的一切。

三位年轻人在一位耄耋老人的感召下，抚今追昔，畅怀理想。肖畅拿出带来的熟食罐头、果品饮料，四人就在这千年古寺前共进野餐。四颗不同的心凝聚到了一起，像白龙寺前黄灿灿的金钱菊，在同一片天地间同时绽放，散发出同一种醉人的芬芳。

“圣经说……”吃完野餐，李传道老人最后道，“阳光下面无新事，曾经发生的事，日后依然还会发生，我希望你们牢记历史，把握未来。”说完，慢慢站起来，一声长叹，示意大家回家。

姐弟三人赶紧起身，搀扶着老人向山下走去……

第七章

1

晚饭李德正宴请大家，老少八人四方就座，李传道、李德正坐上席，李远发、司机坐左席，肖畅、王细翠坐右席，李远方、杨帆坐下席。张桂珍主厨，两个儿子李传前、李传进和“黑牛”负责传菜上饭斟酒上茶。院子里觥筹交错，欢声笑语此起彼伏。

王细翠见不得人多，人多她话多，更见不得喝酒时人多，那她一个也不放过。她从李传道老人开始，每人干一杯，七八杯酒下来，已是眉眼饧涩，舌头打卷，说话纠缠不清。杨帆也见不得热闹，见她如此豪爽，主动敬她一杯。她一见非缠着杨帆连干三杯不可。杨帆正要干，黑牛拦住道：“杨叔！你别干，你干了她还要跟你干，会没完没了的。”杨帆一听，只得推辞：“王大姐，我实在是不行。”

“我说杨……”王细翠一听不愿意，“杨……兄弟。你……是不是李远方的好……好朋友？”

“是的。”

“那你把……把这三杯干……干了。”

“为什么？”

“因……因为我……我是他嫂子，也……也是你嫂子。嫂子发话，你敢不听？我……我扣你三……三斗红高粱。”

全桌的人都哄堂大笑，肖畅解劝道：“王大姐！这样，你跟我们讲一讲远治哥借钱的事，我保证杨帆连干三杯，好不好？”

“那……那你说话算数？”

“算数！”

“那……那杨兄弟同不同意？”

“同意！”杨帆赶紧回答。

“那好！黑……黑牛，给……给老娘倒……倒杯水来。”

李传进递上一杯掺了醋的凉茶给她，她一口倒下肚去。

“好舒服，再来一杯。”

“快讲，快讲，不要钱的茶紧喝。”张桂珍在一旁笑道。

两杯醒酒茶喝下，她清醒多了，对着李传道老人道：“九爹，不好意思，高兴，喝……喝得多点。”

“快讲，快讲，莫尽扯野棉花。”肖畅也催道。

“好，我讲，那我讲后杨兄弟喝不喝？”

“当然喝，他就是不喝，我喝，可以吧？我被你这个婆娘，都急出尿来了。”李德正骂道。

“好，我讲……我讲。事情是这样……前年五月份，‘死鬼’发工资那天，我去镇上看他。”她乜着眼问杨帆，“杨……兄弟，‘死鬼’你晓得……是哪一个吗？”

“不知道！”杨帆故意答道。

“那好，我告诉你……你以后就知道了……懂吗？‘死鬼’是黑牛他爸，也就是我男人……懂吗？他不叫‘死鬼’，他叫……李远治，懂吗？李远治不是‘死鬼’，‘死鬼’才是李远治，懂吗？”

“懂……懂！”杨帆笑得一口气差点憋死，肖畅趴在桌上直颤，李传道老人一口茶喷得自己一身，张桂珍正蹲在旁边捶猪食料，一榔头把自己的脚捶得乱叫。

“晚……上，”王细翠吃了块红烧肉，继续道，“死鬼把工资交给我后，在床上……唉声叹气睡不着，我一见，气……不打一处来，骂道……你这死鬼，要死不活的，还要不要……老娘睡的？死鬼一听我骂，吓得马上装……死去了地睡着。过一会……这死鬼，又翻来覆去……叹气起来，我发现不对，这死鬼肯定在外面……干了什么见不得人的……勾当，就一把把他……拉起来，逼问是……怎么回事？”说到这里，又问杨帆：“你知道……是么回事吗？”

“不知道。”

“告……诉你。死鬼被我一逼，马上坦白交代，原来这……死鬼背着我……找王书记……借了50元钱，明天就是还钱的日子。本来发工资要还的，不想我去了……怕我骂……只得先交给我……想向我要，又不敢开口，所以就在床上……唉声叹气！”

“那你是不是第二天帮他还了？”李远方问。

“我一听，赶紧穿衣……去找王书记，王书记开门后……我问他：‘王书记，是不是……我家死鬼找你……借了50元钱，答……应明天还你？’王书记一听，以为我来……还钱，马上客气道：‘是啊！你这么急还……干什么？明天再还嘛……啊？’”她学着王书记的样子，一手叉腰，一手摸头，一桌人笑得前仰后倒。

“你当时怎么说？”肖畅笑问。

“我当时说：‘对……不起，王书记，明天没钱还，什么时候还，等我家死鬼……有钱再说，看你以后还借不借钱……给他。’说完，我转身就走。回来后，死鬼跟在我……屁股后，一个劲问……是不是帮他还了？我安慰他：‘你安心睡吧，现在归王书记……睡不着了！’死鬼一听，轰的一头倒在……床上，半天……憋不出气来。”说到此，她自己一头趴在桌上，一声不吭，一动不动。

“结果怎样？快说！”肖畅推她道。

“结果，”李德正笑道，“结果是王书记急得一晚上没有睡着，他也是背着老婆把钱借给这死鬼的。”

一屋的人又忍禁不住，哄堂大笑。

“桂珍，把她扶在你床上去休息一下。”李传道吩咐道。

“求您老做点好事，别吐我一床，我可没时间洗。”张桂珍怕她下“猪娃”，吩咐黑牛道，“黑牛，走，我和你一起送她回家。”

“真烦人，每次喝酒都要抬回去。”黑牛极不情愿，噘着嘴同张桂珍一左一右，把她搀扶着出门而去。

待三人出门后，屋里安静下来，李远方问李德正：“德正爹，这两年分田到户，收成么样？”

“比前强多了，每家每户粮食吃不完，卖的余粮都是现钱，不像以前打白条，再加上副业收入，这日子可是一日胜似一日。你看你桂珍奶，养了三头老母猪，一年卖三十多头小猪，光这一项我家每年就一千多元的进项。还有，现在家家烧煤球，不像以前，山都被砍光烧光。现在交通发达了，公路通到家门口。”

“是啊！”李传道接着说，“千好万好，老百姓能吃饱饭才是最好。我们中华民族，从尧、舜、禹远古三代开始，就奠定了农业社会的基础，发展成就了几千年来以农业立国的民族经济体系。国家如果尊重、提倡这种体系精神，我们农民的日子就好过，如果违背这种精神，我们农民就要遭殃。”

“九爹，”李远发道，“我是经历过新旧两个社会的人，当过工人和农民，住过城市和农村，我是知道老百姓的苦的。”

“你们只知其当然，不知其所以然。”李传道不无感慨，“辛亥革命，只是把几千年封建帝制的形式打破了，但封建帝制的思想并没有改变多少，依然根深蒂固。后来的‘五四’运动、新民主主义运动，都想改变这种专制思想……”

说到此，老人长长地叹了口气，继续道：“1949 年取得全国胜利之后，在反封建专制思想的任务并没有彻底完成的情况下，我们就大踏步地向社会主义、共产主义迈进，出现了大跃进……人民公社的问题以及‘文化大革命’的十年浩劫。这些很值得深思啊！”说到这里，他站了起来，“现在，国家提倡思想解放，言论自由，我们才有机会说这些话。好了，今天到此结束，他们几位还要回汉口，肖老师，你们早点启程吧！”

“等一下，等你桂珍奶回来再走。”李德正道。

“回来了，”话音刚落，张桂珍端着一盆鸡蛋进来，“这是细翠送给肖畅和杨帆的，给你们的父母打汤喝。”把盆交给李远方，自己进屋拿了两袋生花生和两袋红苕出来：“我们农村只有这些土特产，一点心意莫嫌少。传前、传进，你们两个，把这些送到车上去。”

一帮人送到寨口，天已黑下来，吉普车旁围了一群孩子。

“远方，”李德正站在车边，对李远方道，“传前、传进，明后年都要高考了，你放在心上。”

“是!”

“杨帆,”张桂珍拉住杨帆的手，“我以后的猪养多了，往你们肉联厂送，你可要帮我。”

“行!”

“肖畅啊,”李传道老人叮嘱肖畅，“远方的终身大事，你可要多操心，要以贤惠为上。”

“好!”

“另外……听远方说，你准备春节结婚，九爹不能亲临恭贺，就先祝福你一声吧!”又问，“是在家办喜酒，还是在酒店?”

“九爹,”肖畅心一热，“谢您老关心……男方决定在老贵宾酒楼办酒，到时，一定让远方来接您老去坐一坐。”

“心意我领了,”老人笑道，“人就不去了，一大把年纪，老气横秋，还得要人伺候，影响他人吃喝。”说完挥了挥手：“去吧!”

随着一声喇叭声响，吉普车离开白龙寨向武汉进发，两束强烈的灯光刺破黑夜，将前方的道路照得通亮。车上，二位年轻人都默默无言，任自己的思绪追随着车前的光束，在黑夜中飞驰……

2

老贵宾酒楼是市里最高档的酒楼之一，坐落在汉口最繁华的六渡桥三民路地段，一楼经营各色早点饮食，二楼是宴会大厅，可同时接待几百人就餐，三楼以上为宾馆招待所。得天独厚的黄金地段，加之自身的金字招牌，以及公认的美味佳肴和热情服务，使得老贵宾酒楼在市民中享有崇高的声誉。

酒楼门前，右边是中山大道，左边是国父孙中山先生铜像，孙先生平执手杖，两眼凝视前方，几十年来任风吹雨打绝不动摇。

孙先生背面，是三条以他著名的“民族、民生、民权”三民主义命名的道路，直通长江北岸的集家嘴、王家巷和武汉关。

紧挨老贵宾酒楼右边，还有一座汉口的老字号酒楼——德华酒楼，以特色年糕闻名于世。出德华酒楼再右行入中山大道，右边有品芳照相馆、东来顺回民馆和旧汉口最著名的民众乐园。左边则有六渡桥百货大楼、新华电影院及同仁堂大药房。

对五百万市民来说，婚庆时能在老贵宾酒楼摆上几桌喜酒，是很值得骄傲的资本。

老贵宾酒楼的经理姓朱，本名朱建宝，职工给他取了个诨名叫“猪见跑”。这“猪见跑”无论走到哪都是昂首挺胸，精神抖擞，满脸神气。五十岁的人，见了三四十岁的后生，常常主动叫哥，令对方感动不已。他平时很少坐办公室，家就几步路，呆在家里正好休养生息。

进入腊月，“猪见跑”每天必来酒楼，这是他一年中最忙的月份。

“朱经理，有人找。”这天他屁股还没坐热，值班的声音跟了进来。

“嗯，让他进来。”

“哎呀……朱经理，一年多不见，您还这么精神，真是越来越年轻。”“猪见跑”话音刚落，来人就惊呼着走了进来。

“哦……是赵哥，什么风把你吹来了？坐，找我有何贵干？”

来人把两条“永光”牌香烟往桌上一放，在对面沙发上坐下，说道：“找您能有什么事，肯定是麻烦您哪，我有位表哥的儿子，腊月二十二结婚，想在您这里订几桌喜酒，麻烦您安排一下。”

“你这不是开玩笑？今天都腊月初五，一个月前就订满了！”

“所以才麻烦您嘛！我老早就跟表哥说过，要想在老贵宾办酒，得提前二个月订才行！”

“对啊！”

“可他也没法，女方昨天才松口，这不，今早就来麻烦您！”

“我也没法，你想一想，这1983年是‘寡妇年’，谁不想抢在年内完婚？要不……你到隔壁德华去看看？说不定还有位置。”

“女方要求在您这里办，有么法呢！您知道的，现在是抬头嫁姑娘低头娶媳妇，您帮帮忙想想办法，到时再好好谢您。”

“朱经理……有人找。”值班的声音又叫了起来。

“这样吧，赵哥，你先回去跟你表哥商量商量，看能不能改个日子，腊月二十二是绝对不行的，定好后早点通知我，我好安排。”

“那好！那好！我先走了，您忙！”

后脚还没出门，两个人走了进来。“猪见跑”一看，跳了起来，兴奋道：“哎呀……马主任！您怎么亲自来了？我这两天正准备去向您汇报工作。快，请坐！请坐！”亲自倒茶递烟。

马主任是“猪见跑”的直接上级，饮食公司的一把手。他慢慢坐下，示意一同来的青年坐下，介绍道：“老朱啊，这是吴秘书，钱主任的儿子年前要结婚，想在你这里订喜酒，你安排安排，啊！”

“哎呀！太好了！这真是我们老贵宾的荣耀！请问吴秘书，是那一天的日子？订中餐还是晚餐？一共多少桌？”

“农历十二月二十八日，中餐，28 桌。”

“太好了，真是个大吉大利的好日子，一九八二年农历十二月二十八日，又是吉利的 28 桌。‘二十八’就是‘儿死发’，将来钱主任这个儿子，会发达到顶。请问吴秘书，多少的标准？”

“你这里最高标准是多少？”

“每桌 480 元，酒水自带。”说到此，以询问的目光看着马主任。

“我看这样，老朱。”马主任发话了，“钱主任是我的老领导，你按最高标准安排，收成本费就可以，酒水我来安排。”

“太好了！太好了！”

“另外，”马主任强调，“二楼大厅，楼上楼下，要张灯结彩，大厅要拉上祝愿新人的横幅，大门口，要竖两块祝愿的牌子。”

“这是自然，请领导放心，麻烦吴秘书把新人的名字告诉我。”

“你拿笔记下，”吴秘书道，“钱思鸣先生和辛雅娟小姐。”

“钱是命？”“猪见跑”有些迟疑。

吴秘书赶紧补充：“金钱的钱，思想的思，鸣叫的鸣——钱思鸣先生。辛苦的辛，雅典的雅，婵娟的娟——辛雅娟小姐。”

“太好了！请钱主任放心，一定使他满意！”

“那好，”吴秘书站起来，“马主任，我回去，今天要帮钱主任准备个发言稿，你是就我的车回办公室，还是……”

“就你的车，我也走，年终了，忙得很，每天都是会。”他站起来又叮嘱道，“老朱，一定安排好啊！”

“等一下，我送你们。”“猪见跑”赶紧从抽屉拿出两条“永光”烟，连同桌上的两条一起装好，一边道，“马主任，过年了，一点小意思，请您跟吴秘书笑纳。”满脸堆笑在前开路，直送到小轿车远去，才转身上楼，路过值班室严肃道：“把严副经理叫到我办公室来。”

一支烟的功夫，严副经理进来了。“猪见跑”问道：“腊月二十八的中餐，有几家婚宴？”

“有四家，”严副经理是分管二楼大厅的，业务很熟，“一家10桌，两家8桌，还有一家6桌，一共32桌，最里面加了2桌。”

“都是些什么人？”

“10桌是街道办事处杨副主任的姑娘出嫁；8桌一个是百货公司张经理的儿子结婚，另一个是电车公司邵副经理的儿子；6桌的是市里下面一个工作人员订的，说是他姐姐出嫁。”说到此，提醒道，“朱经理，过年过节，一般是不打折。”

“你通知这四家，叫他们改日子，或者换到其他酒店。”

“这不大好吧？”

“是不大好，可必须得改，不给他们改换日子，恐怕就要改换我们二人的位子。刚才公司的马主任亲自来吩咐，腊月二十八，钱主任的儿子完婚，整个二楼大厅都包给他了。”

“原来是这样……那我赶快去分头通知。”

“慢……那个市里工作人员，叫什么名字？”

“叫……叫李远方。”

“李远方？”“猪见跑”蹙眉道，“……好像没听说过这人，估计不是什么大人物，就这样……你赶紧去通知。”

“是……我立马去打电话。”

李远方一接到贵宾酒楼的电话，赶紧给肖畅去电话说明。

“怎么能这样？”肖畅一听，气愤道，“过十分钟我给你打过来，你等一下。”她立马给公爹通电话说明情况。

“怎么能这样？”文局长正准备下班，一听也很气愤，想了想，“我先问一下情况……你十分钟后再打来。”

文局长这段时间非常兴奋，国庆节前，主要领导找他谈话，让他作好担负更大担子的思想准备。

兴奋之中他跟老伴商量：要她上肖畅家同她父母做做工作，想抢在年前给小儿子完婚。他想烈火烹油，锦上添花！

好事往往越想越好，有时也真就是好上加好！

老伴一出马，双方一拍即合，择阴历二十八吉日办事。老两口在花桥宿舍，为小两口安排了一套二室一厅的新房，又在自己家里也布置了一间新房，预备将来添孙子三代人住在一起。两边的新房里，彩电、冰箱、洗衣机、自行车及其他一切生活用品一应俱全。

老两口忙进忙出，眉开眼笑。小两口无所事事，闲若旁人。

“怎么能这样？”文局长又念叨起来，想给饮食公司的马主任挂个电话，转眼一想不太妥：自己马上要上任新职位，还没上任就出面说事，恐怕将来不好开展工作，还是低调点为好。本身这次儿子结婚也没声张，就双方的亲戚朋友参加。再说，肖畅马上也要到新岗位，将来会经常同服务行业打交道。

想到这里，他拿起话筒，拨通了肖畅的电话：“肖畅啊……你通知李远方，去拿回定金，就到隔壁德华酒楼定算了，估计德华还有位置。只要人高兴，不要去赶什么时髦，懂吗？跟你父母解释一下，另外，叫李远方不要说明我们的身份，让他顺便打听一下，到底是什么活动。我们现在行事，一定要低调，明白吗？”

“明白，”肖畅小声道，“我通知他下午就去办理，爸爸您就放心吧。”挂断电话后，她立即给李远方回话。

“明白，”李远方道，“退一步，海阔天空。”

挂断电话，李远方立马给杨帆打电话，想请他一起去，一面心里笑道：“这家伙最善于搞这种工作……”

3

杨帆今天没心思训练，这几天他被“肉花”勾引得魂不守舍，两人都恨不独处。赶巧单身宿舍有一哥们提前回黄陂过年，杨帆孝敬了两瓶小“黄鹤楼”，说有时中午到他房间小息，这哥们很慷慨就把钥匙交给他，并叮嘱他正月初四上班前一定把房间收拾干净，因他老婆要来住上十天半月。这哥们是厂里的杀猪能手，老婆是黄陂副食品公司的卖肉标兵，结婚三年来一直两地分居，双方领导关心职工，两边都安排了一间房，给他们牛郎织女相会，小日子过得有滋有味。他要知道杨帆在他蜗居同“肉花”幽会，非把二人当猪杀了不可。

一进入训练场，杨帆按主教练的意思，将队员分成两组进行对抗比赛，他自己一马当先，猛冲猛踢，边跑边指点喊叫，全体队员在他的带领下打得有声有色，有板有眼，很快双方都有破门。领队和主教练在场外看得不住点头称赞。

“今天练得很好，老早就该这样练。”

“杨帆这家伙踢得好，是个可造之才，有前途。”

可惜好景不长，上半场还没踢完，杨帆被抬了下来。

“怎么啦？”两位领导都关心地问。

“哎哟……不好意思，两位领导，怕是韧带扭伤了。”

“哎呀！伤得真不是时候，过两天就要参加比赛，这不是添乱吗？”领队埋怨道。

“其他人继续练习，要有杨帆这种拼搏精神，谁他妈要是偷懒，我取消他的参赛资格。”主教练吼道。

中午食堂开饭时，杨帆手拄拐杖，出现在“肉花”面前。

“怎么啦……受伤了？”“肉花”瞪大眼睛。

“借一步说话！”二人来到无人走动处，杨帆小声道，“记住：单身宿舍3号楼2楼1号，你吃完饭后去那，我在那等你。”

“肉花”脸唰地通红，关心道：“你的伤不要紧吧？”

“假的，为了见你。”

“是吗？”

“对！”

“宋红雨……快点来，我没带饭菜票！”一位“肉花”的同伴，跑出来冲她喊叫——原来这“肉花”叫宋红雨。

“你先去等我！”宋红雨对杨帆嫣然一笑，转身就跑。

二十分钟不到，宋红雨如约而来。

“请坐！”杨帆把房里早收拾得干干净净。

“不坐！”

“站客难留嘛。”

“我喜欢站！”

杨帆把她拉过来，按在床沿坐下，手却不离开她的肩膀。

“把手……拿开！”

“拿不开……见了你手不听使唤！”

“你可要想好，放在上面，将来要付出……代价的！”

“早想好了！”

“再……想！”

两人都喘着粗气，杨帆顺势把她向后一扒，侧身压了上去，嘴唇死死地盖在她的嘴唇上，疯狂地吮吸起来。

“你……”宋红雨拼命抵抗，牙关紧咬，两脚在下面猛蹬，双手在他背上乱捶。渐渐地手脚不动了，牙关松开，慢慢闭上了眼睛。杨帆趁机将舌头伸进她的嘴里，来回搅动。她一阵战栗，猛地双手抱住杨帆的头，也忘情地吮吸他的舌头。

一阵吮吸之后，杨帆一手伸进她的内衣，在她坚挺的双乳上左右抚摸，又慢慢向下滑动，直滑到腰间开始拉扯她的裤子。宋红雨猛地将他一推，坐了起来，怒目道：“你想干什么？”

“对……对不起，情有所钟，不能自已！”

“说得好听，听别人说……你在大学，谈了好几个女朋友，谈一个甩一个，是不是？”

“那都是别人糟蹋我的，你别听，我对感情最专一！”

“怎么不糟蹋别人……专糟蹋你？”

“这非常简单，因为我喜欢行侠仗义，帮人的同时肯定得罪另一人，所以做的好事越多得罪的人也多，自然糟蹋我的人也多！”

“这是什么混账逻辑！”宋红雨一笑，“你把我当三岁小孩，我可告诉你，我不比其他女孩。你可想好，现在退缩还来得及，从今后如发现你跟别的女孩眉来眼去、勾勾搭搭，我会让你生不如死！”

“你放心，我再也装不下别人！”又抱住疯狂地亲嘴摸乳。

宋红雨被搓揉得俏脸绯红，娇喘绵绵，杏眼微闭，有如一朵即将盛开的玫瑰，芬芳诱人。杨帆一见，浑身血脉膨胀，心里火烧火燎，恨不得一口把她吞下，又不敢鲁莽行事，只得强压欲火，关心道："红雨……我们上床……偎在被子里说话，好不好？下面好冷！"

"嗯。"

两人脱掉外套，钻进被子，相拥而卧。杨帆无法控制自己，想强行施暴。宋红雨拼命挣扎，情急中在他颈上猛咬一口，杨帆哎哟一声松开双手，宋红雨趁机跳了起来，含泪怒目而视。

杨帆无可奈何，只得哀求道："对不起！我太冲动了，请你原谅，我保证再不敢，你赶快进被子来，免得冻病了，好不好？"

宋红雨含泪道："你是真冲动，还是假冲动我不管，如果真想要也很简单，什么时候带我见你父母，我什么时候就给你！"

杨帆一听，又爱又恨，人软了下来："好，我尊重你的决定，绝不再妄想。你赶快进来，冻病了我会心疼死的，哎哟！"

宋红雨一溜又钻进被子，依偎在杨帆怀里，温热的嘴唇，轻吻着他颈上被自己咬伤的牙印，呢喃道："活该！"

杨帆长长地叹了口气，把她搂在怀里："你不是人，你完全是个鬼，我这一辈子算是见到鬼了！"

"杨帆……杨帆！"外面突然传来两声喊叫，杨帆一听，是足球队的两位队员，二人赶紧缩进被子，不敢作声。

不一会，脚步声到门口。

"咚！咚！咚！"来人开始敲门，依然无人应声。

"不对啊！门房的曹老头说，看他进了二楼一号就没出去，怎么没人？"一个家伙自言自语。

"你问清楚了没有？"另一个家伙提示道，"会不会是曹老头看错了，或者又出去了？"

"不会的，曹老头说他看得清清楚楚，说是后来还来了位女的，会不会这哥们……在里面快活，不理我们？"

宋红雨在被子里恨得使劲掐杨帆。

又听门外一个家伙建议："要不我扶你扒上门窗看一看？说不定睡着了，不在，我们就走人。"

外面开始扒门，正要伸头张望，只听里面一声怒吼：“滚！”

轰的一声，人掉了下去。

“哎哟……我说哥们，你这不是杀人吗？哎哟！”

“什么事？快说了滚蛋！”杨帆在里面吼道。

“有你的电话，”一个家伙答道，“你他妈的真不够意思，哥们找了一大圈，差点被你吓死！”

“皇帝老子的电话也不接，告诉对方明天再打过来。”

“是，是，你有狠，我真服了你……哎哟！”

“起来……走吧！”二人好像相互搀扶着下楼去了。

“应该问一下谁打的，这样不好！”宋红雨在被子里小声道。

杨帆爬起来开门向楼下问道：“‘苏牛逼’……是谁打的？”

“一个叫李远方的同学，”苏牛逼在下面答道，“让你给他打过去，说有急事，不然我也不会倒这个霉了……哎哟！”

杨帆转身进房，边穿衣服边道：“你就在这里休息，出去时把门带上就可以，我去见同学，明天或者后天带你去见我父母。”

宋红雨满脸狐疑，不解道：“这个李远方，在你心目中可真有地位，我们第一次约会，好像也是为了过江接他，被你取消了！”

“说得太对了！”杨帆在她脸上亲了亲，“他在我心目中的地位胜过我自己，你以后见了他千万要记住这点。”说完转身带门而去。

“李远方……”宋红雨躺在被窝里不停地念叨着这个名字……

第八章

1

中山大道和胜利街是汉口比较著名的两条街道，两条街道在同一点与一元路交汇。三路交汇处的周围，棋布着江汉饭店、武汉电影院、解放电影院、市里礼堂、人民剧院、滨江公园、大智门火车站、车站路百货商场等夜游人乐于光顾流连的处所。而武汉电影院对面的“美的咖啡厅”，则为这些夜游人提供了一方休闲谈心的静地。

“美的咖啡厅”是典型的欧式小洋楼，系十九世纪末洋人所建。新中国成立前是巨贾名媛、红男绿女、倡叶夭桃们怡情悦性之地，现在则是平头百姓们经常出入的场所。

肖畅一踏进“美的咖啡厅”大门，就看见李远方和杨帆坐在右边最后一张桌上，她疾步走了过去。

“肖姐，”刚坐下，李远方就向她说明情况，“酒席已在德华酒楼订好了，再不会有变化。需要向你说明的是，老贵宾楼这天并不是省里有么事活动，而是被一位钱姓领导为儿子办喜酒给包了！”

“哦……”肖畅有所醒悟，但还是不太明白李远方叫她来的意思，“你叫我来，就为这？这好像跟我们关系不是很大，再说……别人有这个权……”

“表面上是没有什么关系，可背后的关系太大了，你还记得杨帆是怎么被开除的吗？”

“当然记得！”肖畅瞟了一眼杨帆，他正低头沉思。

“是啊！”李远方突然满脸凝重，愤然道，“我永远也忘不了那晚的凄惨情景，二年来，我只要接触‘长江’二字，脑海中就浮现出杨帆在江边被特种兵暴打的情景，只要听到哪里失火，就想到杨帆醉卧在烈火中的惨状。如果没有辛雅娟就不会发生这一切，如果不是特种兵举报陷害，学校也不会开除杨帆，这对狗男女欺负我兄弟还不算，现在居然阴魂不散又欺负到我姐姐头上来！”

肖畅瞪大了眼睛：“这钱主任是辛雅娟的公爹？”

“对！”李远方不平道，“特种兵名叫钱思鸣，阴历二十八这一天，老贵宾酒楼二楼宴会大厅，将会张灯结彩，为钱思鸣先生和辛雅娟小姐举行隆重的新婚大典！”

肖畅低头思索，三人一阵沉默。许久，肖畅道：“你们不要冲动，三思而后行，要克制。九爹希望我们三人干番事业，不要为这些恩怨所左右，古人不是有‘泰山不与顽石比高低’的警语吗？”

“古人还有一句警语，叫‘怀友情而至者，兄弟相待；抱敌意而来者，兵刃相见’！”李远方接着道。

"对，我也是这个意思！"杨帆补充道。

"可他们并不知道，我们也是这天在老贵宾办酒？"

"这就更不可轻视，"李远方气愤道，"这就像一把无形的达摩克利斯之剑，高悬在我们头上，你不知道它什么时候会突然挥下来，你永远都在它的阴影之下。哪有这么巧的事，只要出现他们的影子，我们就发生不愉快的事，一定要把这把利剑从我们头上除掉！"

"你们给我听好！"肖畅慎重道，"作为你们的姐姐，我必须警告你们不要玩火，钱思鸣和辛雅娟虽不是我们的朋友但也不是仇人。我不希望你们发生什么不愉快的事，何况这天也是我的好日子，我也不希望自己怀着一颗忐忑不安的心当新娘……你们明白吗？"

"你理解错了，肖姐！"李远方解释道，"我们绝对不会干出违法乱纪的事，我们只不过是换一种方式'祝贺'他们。"

"说出来我听听。"肖畅有些心动。

"勤俭节约，勤政为民，是中华民族的美德。古代帝王都提倡'与民更始'的精神。封建衙门前，还立有'尔俸尔禄，民脂民膏'的警示牌。现在国家三令五申提倡廉政建设，他们如此行为岂不是有悖国家精神，特别是作为领导干部更应该自律。"

"你说得有道理，可你们位卑言轻，怎么去伸张正义？"

"我们确实是言微职小，可我们可以利用一切关系，把他们的勾当了解得一清二楚，然后找个有话语权的人来出面。"

"说具体一点。"

"我和辛雅娟最好的同学李芸，有些勾搭。"杨帆道。

"该打！"肖畅瞪他一眼。

"我通过她做深入细致的调查工作，先把事情的来龙去脉搞清楚，然后再商量下一步的行动。"杨帆继续道。

"我会利用新闻单位的同学和朋友关系，对钱氏父子进行全方位的调查，然后写出内参向上反映。"李远方补充道。

肖畅又陷入沉思之中，公爹在电话中叮嘱她的话在耳边回响，两位兄弟其实也是在为她鸣不平。尽管没见过辛雅娟和钱思鸣，但从李远方上次对火灾事件的叙述中，她感到此二人决非等闲之辈。李远方的一段修论，她难以苟同，但的确激起了她的斗志。

想到此，她说道：“我不反对你们的行动，这构成不了太大的后果，但你们必须处处小心谨慎，随时向我通气。”

“你不必担心，就安心度你的蜜月，我们会把握好每一步，而且这事跟你毫无干系。”李远方道。

肖畅笑了笑：“只要有杨帆参与的事，我都要担心，而且最怕的是办事过程中出现女性公民。”

“肖姐就要当新娘，怎么还用老眼光看我？我现在对爱情很专一，找了位‘肉花’，她像鬼一样缠死我，想越轨都不行。”

“肉花？”肖畅一脸迷雾。

“就是我们肉联厂的厂花，简称‘肉花’。”

肖畅扑哧一笑：“我还以为……你找了一位杨贵妃般的美人呢，原来是这样的一朵‘肉花’。”

“肖姐，”李远方道，“幺爹来信，要我转达对你的祝贺。”

“老人家真过细，”肖畅激动道，“我已收到了他的贺信，还叮嘱你转达。”又突然兴奋道：“走，我请你们到车站路吃夜宵去。”

“好哇！”三人都一阵兴奋，迅速结账，大步出门……

2

“‘成事在天，谋事在人’，真至理名言啊！”

老贵宾酒楼的“猪见跑”，这几天深谙这句谚语的个中三昧。

钱思鸣先生和辛雅娟小姐的新婚庆典，在马主任莅临指导下，经他一手操办，热闹非凡，盛况空前，整个六渡桥地区为之轰动。婚礼最后在过往行人驻足翘首、叹为观止中圆满落幕。此次筹办，深得钱主任和一对新人的赏识与夸奖。

阴历二十八这天中午，老贵宾酒楼犹如一片欢乐的海洋，酒楼门前，祝愿“钱思鸣先生和辛雅娟小姐百年好合”的横幅高挂，礼仪小姐笑脸相迎。一对新人站在摆满鲜花的地毯上接受来宾的祝贺，主客双方都笑逐颜开。来宾在礼仪小姐的引领下，款款上楼进入宴会大厅。大厅里，五彩缤纷，流光溢彩，令人赏心悦目。环绕立体音响中，反复播放着台湾歌手邓丽君的流行金曲“月亮代表我的心”、“何日君再来”，邓小姐玉音缠绵，醉人心耳。席间马主任带领“猪见跑”逐桌碰杯，一一相贺，一“猪”一“马”，一前一后，情真意顾，好不热情。钱主任大为感动，亲自给二人斟酒，热情介绍其他贵宾与其相认，许诺日后提携，以便光大前程。

相比之下，隔壁几步之遥的德华酒楼，也在举行几场新婚喜宴，其冷清之状，“猪见跑”不忍卒看。

从大年初一开始，钱主任即邀请他和马主任参加各类新年庆典活动。“猪见跑”在这些活动中，结识了诸多的政府要人、社会名流，钱思鸣更是同他结为忘年之交。于是，这“猪见跑”于飘飘然中眼界大开，志气大张。

今天是大年初五，上班的第一天，他来到自己的办公室，心情一时难以平静，看着窗外孙中山先生的铜像，不免又心生感慨：“成事在天，谋事在人，真至理名言啊！”

“朱经理，有人找。”

随着一声叫唤，“猪见跑”眼前一亮，一位身材高挑、凤眼流波、面目俏丽、肌肤白腻、气质俊秀的小姐，猫步走了进来。

“你……找谁？”

“哎呀！朱经理，真是贵人多忘事，才几天就不认人？要不，我走了，原本就不该来，真是……”转身就要走。

“别……别！”“猪见跑”赶紧拦住她，“对不起，这几天酒喝得太过，一时想不起来，请你别见怪。请坐！请坐！”突然间眼前冒出个天使来，他哪能轻易放她飞回天堂。

“原来如此，看来我还得自我介绍，宋丽丝……宋朝的宋，美丽的丽，丝丝小雨的丝。参加辛雅娟婚礼时我们碰过杯，你还赞美我的名字很美，是朱经理你让我开年后，一上班就来找你的咧。”

宋丽丝就是宋红雨，她是受杨帆指使来套取情报的。前天她特地跑到老贵宾酒楼来晃了一圈，见到了橱窗中“猪见跑”的照片，目的是怕今天来有他人在场认错人，不想就“猪见跑”一人，所以说谎轻松自如。

宋丽丝是杨帆起的，谐音是“送你死”：送“猪见跑”他们一伙去死。

“哦……想起来了，你看我这鬼记性。看来以后要少喝酒，七不害人，八不害人，‘酒’害人。”“猪见跑”心里一阵窃喜。其实几百号人碰来碰去，加之他又喝得昏天黑地，怎么可能记得？好在这宋丽丝先自我介绍一番才不至于露馅。于是继续道：“我当时好像祝你新年快乐，对吧？”其实这几天每个人听得最多的一句话，就是“祝你新年快乐”，他估计这宋丽丝不可能人人都记得，所以如是说。

果然收到了效果，宋红雨笑道：“看来，朱经理那天，还没有完全喝醉，还记得祝贺我新年快乐的话。”

“这要看对谁，像宋小姐这么漂亮……打死我也不敢忘！”

“骗人！”宋红雨故作害羞，满脸绯红。

“怎会骗你，我刚才说得是不是事实？好了……你今天来，不仅仅是来印证我的记性吧？”他想套出这宋丽丝今天来的目的。

宋红雨深情地注视着“猪见跑”，两眼泪光闪闪，充满着无限的柔情。“猪见跑”浑身酥软，人醉了一半。

“朱经理……我准备‘五一’节结婚，想在你这里办几桌喜酒，不知你……愿不愿意帮忙？”

“当然愿意！”“猪见跑”大喜，这叫什么忙，对他来说小菜一碟。

宋红雨低下了头，羞羞答答：“朱经理……我和男朋友，是青梅竹马，他爱我，我也爱他！可两家经济条件都很差，想把婚礼搞得热闹一些，只是……”抬头看了一眼“猪见跑”，低头默不作声。

“你不用说了，你的意思我明白，既然你是辛雅娟的朋友，我就帮忙到底，只像是帮她的，对不对？你准备办几桌？”

宋红雨脸上绽开了笑容，激动得几乎掉下泪来：“朱经理……我先谢谢你了，怪不得辛雅娟一个劲地夸你是个大好人。俗话说‘富在高山招远亲，穷在街头无人问’，像我们这样的家庭，能有几个亲戚朋友？不可能像辛雅娟那样气派，就办三桌。”

“才三桌？”“猪见跑”暗自兴奋，“这样吧，你象征性每桌交200元，我每桌按480元给你安排，酒水也按最高标准搭配。就当我送你的结婚之礼，这可是按辛雅娟的标准，给你安排的哟……明白吗？以后可别忘了谢我啰？”说着走到宋红雨身边，捏了捏她的肩膀：“你长得这么漂亮，以后我有什么活动请你一起参加，你不会反对吧？比方说……打打麻将，看看电影，跳跳舞什么的。”

“看朱经理说的！”宋红雨脸一红，顺手把“猪见跑”的手一推，推的过程中一捏，“你帮了我这么大的忙，我哪能不谢你？像你这样的能人，叫我干什么我都愿意，就怕你过后……把我忘了！”

“不会，不会！”“猪见跑”又顺势把手放在宋红雨的肩上，声音颤抖，“哪个人……没几个真心朋友呢……是吧？只要你愿意，我愿意长期帮助你……做你的……知心朋友！”

“看你说的，我求之不得！”宋红雨这次把“朱经理”三字去掉了，“猪见跑”一听魂飘了起来，想进一步动作，毕竟是第一次见面，不知她的底细，又怕她急，主要是不知她和辛雅娟的交情有多深。想到此，无话找话：“宋小姐，你对辛雅娟的酒席还满意吧？”

“说实话，我都羡慕死了，不过……朱经理，我想问一下，你这样做，不怕上级说你吗？你可别为我的事挨批评咧！”

“这你就放心吧！”“猪见跑”兴奋地从抽屉里拿出一打票据来，“这都是批条，哪一年我这贵宾楼，不招待几十万元的‘关系’。就这次辛雅娟的二十八桌，你看这条子，三万多呢！别说你这区区三桌，就是再加三桌，还不是我一句话。”

“你们上级真就不说你？”宋红雨又故作惊讶。

“说什么说？那不是自己打自己的嘴巴。告诉你，都是上级领导自己请客送礼，我只不过是具体执行罢了。就辛雅娟这次，还不是马主任给他的老首长送人情……”

于是，二人开始亲密交谈，“猪见跑”吩咐值班室不要放人进来打搅。宋红雨一阵窃喜，借开手提包拿镜子补妆之机，按下微型录音机的开关，遵照杨帆事先交代的要点，开始问东问西，“猪见跑”耐心地一一解答。宋红雨时而柔情显露，时而又故作正经，挑逗得“猪见跑”站也不是，坐也不是，想动手又不敢，不进一步发展，心又不甘。

二人就这样卿卿我我、坎坎离离，近两个小时很快就过去了。

“哎呀！一晃十点多了，朱经理，我要走了，你可别忘了带我参加活动哟，我等你的通知……啊？”说着站起来准备走人。

“等一等！”“猪见跑”急忙问，“我怎么跟你联系？”

“你打电话通知辛雅娟就可以，我是她的师妹，她随时都可以通知我。再说……我还要来找你呢！”说完，几步就迈出门去。

“猪见跑”还没回过神来，她又跑转来丢下一句话：“‘猪经理’，你可别再忘了，我叫‘送你死’！千万记住啰！”

“打死我也不会忘！”“猪见跑”心里一阵窃喜……

3

由“武汉关”进入江汉路，向中山大道前行不到200米处，右边鄱阳街口，耸立着一栋高大古典的银灰色大楼，这就是著名的“红旗大楼”——晚报社所在地。

李远方如约来到三楼最里面的一间办公室前。

“请进！”敲门后，里面传来一声清脆的声音。

李远方推门走了进去，正是午休时间，办公室就周记者一人。他一见不由一阵惊喜，原来这周记者，就是他在滨江公园见识过的同联防队员争吵的那个周丽。

“请坐！”周丽边给李远方倒水边道，“理论部的陈凡，是你的同学吧？他转来了你写的内参稿件，写得非常好，紧跟当前国家的精神，我们领导很赏识，指示我具体负责调查组稿。只是发表这种稿件，要经过有关方审查，还要和当事方通气，所以约你来具体谈一谈。记住，以后可不能随便搞录音这一套，会给你们带来麻烦的。”

“周记者，”李远方笑了笑，“我写此稿有两个目的：一是经过‘文革’十年浩劫，我们国家百废待兴，满目疮痍。现在国家提倡思想解放，提出坚持四项基本原则、坚持改革开放、以经济建设为中心的指导方针。这是振兴中华民族的大事变，如此巨大的改革洪流，难免泥沙俱下，出现些许的不和谐音。你看这几年社会上出现的种种奇怪现象，就不难理解我的良苦用心，我只是想给兴奋中的国人敲敲警钟。”他呷了口水，看了看周丽，继续道：“按理说这跟我毫无关系，我只是一介草民，上有国家领导，下有地方政府，还轮不上我站出来说话，其实我完全是为了第二个目的，我想出口怨气。”

“这怎么说？”周丽大感兴趣。

李远方站了起来，在房间里来回踱步，他理了理自己的思路，决定敞开心扉，向眼前这位曾给他留下深刻印象的女人交心谈心。

“事情是这样的。”他开始谈自己的童年、谈九龙冲、白龙寨，再从白龙寨谈到肖畅、从肖畅谈到杨帆、从杨帆谈到辛雅娟、从辛雅娟谈到钱思鸣、从钱思鸣谈到老贵宾酒楼、从老贵宾酒楼谈到马主任和“猪见跑”、最后谈到自己今天的到来……

随着李远方层层深入浅出的叙述，周丽仿佛进入了一个神奇的世界。她认真端详着眼前这位青年——神情庄重，谈吐高妙，面目俊雅，有龙章凤姿之态，似乎早就认识且神交已久。更可贵的是他有思想，善于思考，且德行出众，乐于助人。她第一次见到这么坦荡的男人，听到这么率真的话语，她极力掩饰内心的喜悦，芳心随着李远方时高时低、抑扬顿挫的语调，在胸口跳上跳下。

人很怪，一个人瞬间的遐想，往往决定其一生的命运。

最后，李远方话锋一转：“对不起，冒昧问一句，您结婚了吗？”

周丽大感意外：“你问这干什么？和你的稿件有关系吗？”

“大有关系，因为我第一次见你时，发现你是一位有思想、正直且特立独行的女性，所以我才敞开心扉向你叙述这一切。”

“你以前见过我？”周丽瞪大了眼睛。

“见过，一个让人不思量自难忘的夜晚，我孑然一人在滨江公园游荡，见到了你同几名联防队员的争吵。”

“哦……”周丽笑了笑，“怪不得你问我有没有结婚，原来心中藏着这段姻缘，既然你如此直率，我就直言相告：本人至今待字闺中，无有探花之人。说实话，现在只要一提‘爱情’二字，我就头晕，真正是‘千两黄金容易得，人生知己最难逢’。你看到的那位，就三天的缘分，他现在什么样子，我都记不清了。”说到这里，凝视着李远方：“看来，你对那晚的情景，真是不思量自难忘，难得你有这份心，也许我们二人，对爱情的理解有很多共同点……你觉得呢？”

李远方没有马上回答，他慢慢走到窗前，看着江汉路上熙熙攘攘的人群，这才道：“周记者，谁都想得到美好的爱情，我的身份和我的处境，决定了我不可能过早地接触这个主题，我更多考虑的……是我的事业和我所肩负的家庭责任。”说到此，大声吟道：“‘昨夜西风凋碧树，独上高楼，望尽天涯路’！”

“‘衣带渐宽终不悔，为伊消得人憔悴’！”周丽也来到窗前。

两人情不自禁地凝视对方，不约而同地脱口而出：“‘众里寻他千百度，蓦然回首，那人却在灯火阑珊处’！”

两人默默无语，伫立窗前，墙上自鸣钟清脆地敲了两下，将二人从浮想中惊醒。周丽马上来到桌前，写下自己的电话号码，递给李远方：“我下午有个采访任务，这是我的电话，欢迎你随时来找我。内参之事，我会尽职尽责，随时同你沟通联系，相信我们一定会合作得很愉快。走，我送你下楼。”

“不了，我找陈凡还有点事。”李远方边答话边走出房门。

“那好，我先走了。”周丽拎起挂包，带上门，朝李远方嫣然一笑，一阵风似的下楼而去。

李远方站在过道上，深情地端详手中的纸片，将上面的号码默记于心，他的确是想跟这号码的主人，长期愉快地合作……

4

时光飞逝，眨眼间“五一”国际劳动节到了。

“五一”节前，文局长如愿升职，赶上改革开放的大好时代，正是他施展才能的大好时机。所以，他每天效法古人握发吐哺，枵腹从公，一馈十起，深受上下级的赞扬。更让他心欢的是，自从肖畅进门后，家里每天都充满了欢声笑语，百事都称心如意，这真印证了“家和万事兴”的俗语。所以对这个儿媳妇他是喜爱有加，百依百顺，其关爱之情，胜过了自己的亲生儿子。

肖畅现在是接待办的副主任，她做事认真，小心做人，对方方面面的来宾和客人，都悉心关照，热情接待，深得各级领导及来宾的夸奖。

杨帆近来对宋红雨爱得死去活来，自从上次带她见了父母后，这“肉花”不分白天黑夜地在他身边开放，使他求生不得，求死不能，每天围在她的屁股后面，大献殷勤。不过，他脑海中时不时会掠过辛雅娟的倩影，心中不免有所牵挂。

李远方同周丽的合作，充满诗情画意，两人都达情显怀，不藏不掖，情意沛然，爱情之花在两颗心中悄然绽放。

生活是如此美好，美好的生活又是如此令人陶醉。

当然，不是每个人都生活在美好中，比如老贵宾酒楼的“猪见跑”，还有他的老上级马主任、马主任的老首长钱主任。

老贵宾酒楼的“猪见跑”没能像他想象的那样，投靠了钱主任后春风得意，步步高升。相反却一步一跌，从总经理的宝座上，跌落到烧锅炉的地步，他致死恐怕也不明白——这到底是为什么？

那天宋丽丝走后，他欣喜若狂，企盼着她再一次从天而降，发誓无论如何，下一次决不轻易放她飞回天堂。可十天过去了不见她的芳影，二十天过去了仍不见她的到来。他有些耐不住，又不好意思主动给辛雅娟去电话询问。最后十几天了，借安排酒菜的名义，给辛雅娟打电话，正好她度蜜月刚回，气鼓鼓道：“什么师妹宋丽丝？那是‘送你死’懂吗？”他一阵迷糊，丈二和尚摸不着头。接着第二天马主任阴森着脸，送来三万元钱，让他开一张去年阴历二十八的发票，然后不声不响地走了。再过几天他被通知下伙房配菜，又没几天接到上级通知，到锅炉房烧锅炉。不仅如此，连马主任也被调离饮食公司，到煤炭公司出任副经理，接受一个女人的直接指挥。

这一切来得太突然。他不知道哪个环节出了问题，打了几次电话给钱主任，对方一听是他立马就把电话挂了。无奈只得每天靠在锅炉房的破椅子上，边喝闷酒边回忆过去的快乐时光。

马主任也很难受，做梦也没想到，有人会举报他违法乱纪。几十年来，他勤勤恳恳，任劳任怨，上下关系都处理得相当好，临退休降半级调离使用，他同样不明白是哪个环节出了问题。最后还是钱主任转告他：有个刚参加工作不久、不知天高地厚的青年人，看不惯他们铺张浪费，联合新闻界的几位愤青在省里参了他们一本。

钱主任比马主任更难受。他18岁参加革命，跟随老一辈革命家打天下，经历过抗日战争和解放战争。他结过三次婚，第一任妻子由双方父母包办，他没见面就跑出来闹革命，对方后来羞愧过度忧郁而死。第二任妻子认识在抗战胜利后一次欢庆活动中，结婚没几天就分开各自参加解放战争。解放战争胜利后，幸福地度过了一年多的美好时光。朝鲜战争爆发，二人又一同奔赴朝鲜前线，她和伟大领袖毛泽东的大儿子毛岸英死于同一次美军的轰炸之下。第三任妻子是他转业到地方后，经组织安排结合的，她的前夫也是牺牲在朝鲜战场，两人都珍惜来之不易的幸福生活。1955年大儿子降临不幸夭折，1957年女儿出生，1959年钱思鸣出生时遭遇难产，几乎把第三任妻子的命搭上，自此后夫妻二人决定再不要小孩。这钱思鸣上初中前，活泼可爱，温顺听话，夫妻二人视为心肝宝贝，一味怂恿包庇，任其胡作非为，信马由缰。上初中后，钱思鸣开始轻狂放荡，倚仗父母权势，专横跋扈，聚众斗殴，欺压同学。高中时，女朋友换了一个又一个，老同事、老战友都得罪光了。高中毕业后，夫妻二人把他送到部队锻炼，转业后又安排在派出所上班，他依然故我，急得老夫妻二人食不甘味，夜不安寝。最后只得老两口亲自出马，到处帮儿子物色对象，想早一点拴住这匹野马。好在辛雅娟不负二老厚望，没几天就把这匹脱缰的野马调教得服服帖帖，安分守己。所以老夫妻一商量，决定大喜之日大宴宾客，以遂心愿。不想还没高兴几天，钱主任就被上级找去谈话，严厉批评他的这种行为。特别指出老贵宾酒楼28桌喜酒的结账问题，让他深刻反省。他只得推脱是老部下一手操作，自己一概不知，回家后赶紧取出三万块钱，让老伴送给马主任取回发票，才算给上级搪塞了事。他利用关系查出事情的来龙去脉，他告诉马主任，以后一定要密切注意这个不知天高地厚、叫李远方的青年人。

辛雅娟和钱思鸣度完蜜月一回到家，就被告知所发生的一切，二人气不打一处来。钱思鸣当即就要去找李远方算账，被辛雅娟拦住。辛雅娟一听，明白了事情的原委，她知道这李远方是杨帆的生死之交，上次钱思鸣打杨帆，李远方也在场，一定是报仇雪恨来的。听说后来杨帆被学校开除，李远方也受到牵连，怎么到了市里上班？说不定他们背后有什么大人物撑腰？也许还不止一人？她不便跟钱氏父子明说，暗自决定先找到杨帆摸清真相。其实这些年来，最让她心动的还是杨帆，跟钱思鸣结婚完全是为了留在武汉。现在，她已是歌舞剧院的一名歌唱演员，她一定要问一问杨帆：不能做爱人，难道就不能做朋友？为什么要如此行事……

5

辛雅娟一觉醒来，床头柜上的时钟正指向上午十点。窗外烈日炎炎，盛夏的阳光透过落地窗，直射到她的脸上，滚烫刺眼，她伸了伸懒腰，浑身酸疼。钱思鸣昨夜在她身上颠来倒去折腾了大半晚，早上五点醒来，又压上身火急火燎耕云播雨一番后才起身出门赶火车。这是他的习惯，每次出差前都要在她身上拼命发泄一番。

结婚半年来，钱思鸣的床上功夫，一天比一天厉害，兴趣一天比一天浓烈，花样不断翻新且乐此不疲。她有时甚至怀疑，这家伙是不是肉长的？仔细一观察，原来他背着自己在吃各种人补药，再一留心，公爹公婆也在不断给儿子提供各类营养补品，稍不注意放在床头柜的避孕药就不翼而飞。认真一想，她明白了：这家人想延续香火，盼她早点开怀，给钱家添丁添口。一气之下她也如法炮制，背着他们把避孕药藏在养生药瓶中偷着服用。结婚前她同钱家有过协议，为了她的歌唱事业，三年内不要小孩，没想到这家人都口是心非。

每想到此她禁不住好笑：有本事你们自己怀去。

今天辛雅娟休息，上礼拜天她去汉口，到歌舞剧院见同学李芸，想邀她一起去找杨帆。不想李芸一听杨帆的名字就破口大骂，原来春节期间，杨帆情意缠绵地勾引了她半月后突然一去无影踪，忍不住找到肉联厂，结果被一个自称杨帆女朋友、叫“送你死”的姑娘，带领一帮择猪毛的姐妹，连羞带骂地把她轰了回来，气得她银牙紧咬，蛾眉斜竖。辛雅娟一听“送你死”的名字，半天说不出话来，她意识到，李远方和杨帆这次是有目的有计划的报复行为。二人后面不仅只几个小记者，肯定还藏有什么厉害的人物。于是，两个好同学又都是受害者一起合计，决定联合起来，以其人之道还治其人之身。

一个为名誉损失而战！一个为金钱损失而战！

辛雅娟起床洗漱完毕，来到客厅刚坐下，小保姆端了碗冰镇银耳莲子汤放在她面前。她一口气喝下感觉浑身清润凉爽，正考虑要不要再来一碗，公爹从书房走了出来。

她一见，赶紧迎了上去："爸，您老今天怎么没去办公室？"一面把公爹扶在沙发上坐下。

钱主任示意辛雅娟挨他坐："今天下午要开个急会，所以在家准备一下。你妈一大早就去你姐家了，正好跟你了解点情况，听说你们前几天演出时发生群殴事件，还打死了人，有这事吗？"

"有，哪一次演出不闹事，现在社会治安太乱了！"

"是啊，"钱主任若有所思，"改革开放后，我们引进了西方先进的思想和科学技术，资产阶级腐朽的东西也随之而来。在这股开放的浪潮中，难免鱼目混珠，泥沙俱下，不断侵蚀我们社会的肌体。"

"爸，听思鸣说，国家要下决心整顿社会治安，是吗？"

钱主任没有马上回答，两眼凝视自己亲自选定的爱媳，心中无比欣慰，语重心长："这是国家的英明决策，'从严、从重、从快打击一切危害社会安定的犯罪分子'。我可告诉你，千万不要对其他人透露这一消息，我们自己人，也只能关在家里说一说。"说到此，头往沙发上一靠，历经沧桑布满皱纹的老手，依然不停地抚摸着辛雅娟的嫩手，继续叮咛："方便的话，告诉娘家的亲戚朋友，这段时间在家安分守己，不要到人多的地方去，以免发生不必要的麻烦。听思鸣说，你以前有个男朋友，叫什么杨帆的对吧？喜欢打架闹事……是吧？顺便也关照他一声，不能成为夫妻，也可当朋友吗……啊！"说完闭上眼睛，陷入沉思之中。

"爸！"辛雅娟心里一阵窃喜，身子靠得更近，顺手挽住了公爹的手臂，"这个事我一直没有跟您老说，怕您老难过。我自己这段时间心里也很难受，您老还记得那个李远方吗？"

"我上大学时，李远方的好友杨帆他三天两头跑到学校来找我，并威胁我：如果不和他谈恋爱，就在我们学校到处张贴广告，败坏我的名誉。我……我怕影响自己的学习，只得先答应了他。"边说边抽泣起来。

"你怎么这傻？为何不报告学校？"钱主任气愤不平，又自言自语，

“也难怪你……一个弱女子，遇上这种事，能有什么办法。”

“再后来，”一见效果达到，辛雅娟停止了抽泣，道，“他逼我跟他去见他父母，又逼我答应他毕业后结婚。我实在是被他逼得没法，只得每天放学后，一人跑到江边呆上几个小时，避免跟他见面。他到学校看不见我，就找同寝室的李芸，又逼她追问我的去向。我们班上有几个男生知道后，气不过都以我男朋友的身份找他论理，想逼他退出，结果都被他打了。”说着开始抽茶几上的纸巾。

“这就是改革开放带来的负面影响。”钱主任愤慨道，“大学生不好好读书，整天谈情说爱。国家花那么多钱培养，不思进取，将来怎么为国家做贡献？现在他在哪里？”

“他现在是武汉肉联厂足球队的一名队员，李远方是他最好的朋友。上大学时，两人同出同进，形影不离，经常一起在马路上嬲姑娘。我跟思鸣谈朋友时，一次在武昌桥头谈心，他们两人从背后突然冲上来就打，好在思鸣身手不凡，反过来把他们打趴下。”说到此，又挽住公爹的手臂，“爸，这些事李芸都知，思鸣我也跟他说过，怕您老担心没告诉您。现在，想起他们凶巴巴的样子，我就后怕！”

钱主任又说：“李远方、杨帆……你不用怕他们，他们这种行为都在打击之列。等思鸣出差回来后，你把李芸叫过来，你们合计合计，他们一定会受到法律的制裁。”说着慢慢站起身来：“你好好休息去吧，我回书房，看来我的发言稿，还要加点内容进去。”

刚走几步，又回头叮嘱：“记住，小娟……你们这不是打击报复，是为社会除害，明白吗？”

“明白，爸，我这就找李芸去。”

快步回到卧室后，辛雅娟一阵窃喜，坐到梳妆台前，开始精心打扮，见镜子里自己如花的面容，油然而生自豪之感。一面在心里得意道：“杨帆啊杨帆，到时非要你跪地求我不可，我可以轻而易举地收拾你，同样，也可以毫不费力地放你一马。还有李远方、肖畅、周丽，外加一个择猪毛的野丫头，叫什么‘送你死’。我要让你们见识见识，到底是你们有能耐，还是我辛雅娟厉害……”

第九章

1

东湖风景区，是市里最著名的旅游景点，一颗镶嵌在华中大地上的璀璨明珠。风景区近90平方公里，是杭州西湖的五倍之多。

东湖沿岸曲折参差，港汊交错，素有99湾之称。湖东岸，丘岗绵延，丛林飞翠。南岸，层峦叠翠，起伏隐显。北岸，地势平坦，荻芦含碧。西岸则是主要游览区域，建有水云乡、听涛轩、行吟阁、频湖画廊、屈原纪念馆、长天楼等。整个风景区，亭台楼阁，金碧耀眼，酒楼水榭，翠瓦飞檐，园林花圃，争芳竞艳。

朗日，风和日丽，湖面平滑似镜，涟漪微漾，如彩如画。湖岸翠盖如云，如诗如歌。

大风起处，湖面波涛万顷，湖岸惊涛拍石。湖上湖下，浑然天成，其势如飞雪漫卷，其声如钟鼓擂鸣。

置身如此多姿多态的湖光山色之中，游人自会感到爽气扑面，胸怀坦荡，神思飞扬。

东湖的夏天，是年轻人的天堂。树丛里，花红柳绿，卿卿我我。圃坛边，千娇百媚，柔情蜜意。山坡下，夭桃秾李，鸾翔凤集。画舫内，燕语莺声，脂粉气烈。到处美颊俊目，顾盼风流。

一辆面包车缓缓停在碧波酒楼前，车门徐徐打开，肖畅款款而下。她上穿玫瑰色短袖衬衫，下配黑底百花长裙，头上乌发高绾，手上金表闪耀，脚下皮履流光，浑身上下暗香飘溢，神采奕奕，车门口一站，真如玫瑰摇枝，迎风绽放。

接着，周丽亦款款而下。她今天米黄色套装，手提黑色挎包，脚踏棕色皮鞋，看上去淡雅俏丽，神情高贵，风采秀人。

再接着，宋红雨跳下车门，一套洁白连衣纱裙，胸前两朵枫叶小花，长发飘逸，面含微笑，恰似芙蓉出水，莲花吐蕊。

紧跟着，李远方、杨帆、文达生三位俊男鱼贯而出。三人一色的浅白色短袖运动衫、藏青色白条运动裤、白色蓝边运动鞋。看上去都英气勃发，风流倜傥。

六人成前、中、后三对，结伴向酒楼而入，两旁所有的目光，都投向他们，羡慕的神色随着六人脚步移动，在无数张脸上显现。

六人径直朝二楼大厅走上去，大厅里已有十几桌人在就餐，欢声笑语此起彼伏。六人来到临窗一张圆桌坐下，凭窗远眺，但见湖上帆影浮现，舟楫往来，行云碧水，一览无余。

今天是肖畅 27 岁生日，几人相约在东湖碧波酒楼为她庆生。

酒菜很快上齐，大菜是清蒸武昌鱼、荷叶糯米蒸排骨、红烧板栗仔鸡、东湖爆椒酱板鸭。小菜有黄陂香葱豆腐、江夏蒜泥菠菜、汉阳糖汁黄瓜、新洲凉拌粉丝。外加一大碗珍珠芸豆肚片汤，两盘东湖橘颂饼，全是地地道道的湖北地方特色佳肴。

杨帆有些急不可耐，笑道："远方兄，你是今天的召集人，赶紧发表祝酒词，我好开怀痛饮。"

"想得美……三杯为敬，你今天只能喝三杯。"宋红雨手掐杨帆大腿，一脸的娇气。

李远方站起来，看了一眼肖畅，又看了看大家，畅然道："曹操说：'对酒当歌，人生几何？'今天我们相聚在这东湖碧波酒楼，为肖畅姐庆贺生日，把酒临波，畅抒情怀，真人生一大幸事。就我个人而言，多年来，得到了肖畅姐无私的关怀和帮助。其恩情，有如涸辙之鲋，喜逢雨露，是言语所无法表达。在座的都是我生命中的至亲挚友，我衷心地希望大家，在未来的日子里，同心同德，相亲相爱。"说着拿起酒杯，"我提议，为肖畅姐的生日，为肖畅姐和文大哥的夫妻恩爱，为我们大家将来的共同事业和美好生活，干杯！"

"干杯！"六人共同举杯，都一饮而尽。

肖畅满脸挂笑，待大家坐下吃菜时，站起给每人斟满酒，说道："我今天非常激动，感谢大家为我庆贺生日。说实话，自我记事以来，还没有好好地过个生日。能有今天，除要感恩自己的父母之外，最要感谢的，就是身边这两位男人：一个是我的弟弟李远方，是他在我人生最苦难的时刻，把我从死亡的边缘救起，给了我第二次生命，才使我有了今天的快乐生活。”又看了看文达生：“第二个是我的丈夫文达生，是他给了我多姿多彩的生活，带给我一个美好的世界。在此，我借这杯酒，祝愿二人身心愉快。同时，也祝愿周丽、宋红雨和杨帆，幸福快乐！”说完，拿起酒杯一饮而尽。

文达生慢慢站起帮肖畅斟酒，然后拿起自己的酒杯，充满深情道：“第一杯，献给我最亲爱的爱人，因为有她我的生命才有意义，今生今世我们永结同心。来……我们二人，共同干一杯！”

二人碰杯而干，文达生又斟满酒：“第二杯酒，我们三位男士一起干，希望我们能像爱护自己的生命一样，爱护身边的爱人。”

三人也碰杯而干，文达生再斟满酒：“第三杯酒，献给三位女同胞，希望你们也像爱护自己生命一样，爱护自己的男人。”

四人也碰杯而干，杨帆帮每人都斟满酒，笑道：“美好的语言，都被你们说完了……这有点不公平，以后这种场合，我先发言。”

五人一阵喷笑，宋红雨笑着捶他一拳。杨帆接着道：“要说的话很多，我觉得人生既漫长又短暂，我希望在有生之年，能过好每一天，吃好、喝好、玩好。来，为了过好每一天，我们一起干！”自己先一饮而尽，待众人饮毕，示意宋红雨发言。

宋红雨满脸兴奋，看着杨帆，脆声道：“杨帆说的，就是我要说的，我只加一句，我希望杨帆这辈子只爱我一个！”也一饮而尽。

“完了，完了……我这一辈子，算是撞到鬼了！”杨帆捶胸顿足，其他人笑得前仰后翻。

“自找的！”宋红雨娇嗔道。

周丽站起来，自己斟满酒，先看一眼李远方，再看看大家，这才道：“很高兴参加今天的聚会，我相信，这将是我非常值得怀念的日子。自从认识李远方后，从你们身上感受到了人间真情，这是我以前所不曾有过的。我曾无数次地问自己，人到底为何而活？这段时间我终于明白，人不只是为自己而活，人更多的是为他人而活，为他人而活，才更有意义。”说到此，充满憧憬道，“就像刚才几位所希望的，我也希望在未来的日子里，我们能友好相处。这种愿望将激励我加倍珍惜同你们的友情。我不敢说，我跟李远方将来的结果如何，但作为一名新闻记者，我将记下同他相处的美好时光，记下同大家共同建立的牢固友情，我相信我记下的不只是我们几个人的生命历程，更是我们这个时代的步伐。我提议，为我们的真情干杯！”

“干杯！”六人举杯相碰，一饮而尽。

于是，六人开始你请我敬，男斟女酌，彬彬有礼，客客气气。

“听我说，”酒过三巡，杨帆有些憋不住，高声道，“今天是为肖畅姐庆祝生日，你们搞得太严肃，我有点受不了。不如我们轮流唱唱歌，说说笑话，快活快活，大家说怎么样？”

“好，我赞成！”宋红雨马上附和。

“不行！”肖畅立即反对，“这是公众场合，不能影响别人。”

“这样吧！”周丽建议道，“尽管生长在武汉，我难得来一次东湖，对东湖的历史不太了解，李远方是学历史的，不如请他给我们讲讲东湖的历史，怎么样？”

“好！”大家都赞成。

“你这是给我出难题，”李远方笑道，“这都是些记问之学，跟历史关系不大，哪能记得？我只知道对面的珞珈山，现武汉大学所在地，原名叫‘落驾山’，相传楚王曾在此山落驾。山上冈峦林立，佳木交碧，摇苍飞翠，很是幽静。再就是我们身后的磨山，是东湖沿湖群山中的主要山脉，三面环水，六峰逶迤，长达八里，民间有‘十里长湖，八里磨山’之说。磨山上松林苍翠，奇石峥嵘，古洞幽邃。磨山六峰又以东峰最为秀丽，此峰形圆如磨，故名磨山。”说到此，扫了大家一眼，止不住兴奋道：“两千多年来，东湖是历代文人骚客怡情悦性之地，我们今天在此开怀畅饮，也算是不虚此生。对面省博物馆旁边的‘梅岭一号’，就是毛主席住过的地方，据说马上要对外开放，可见伟人也喜欢东湖这方宝地。”

“是吗！”宋红雨惊道，“难怪上一次，我们几个姐妹要进去，被卫兵拦住，原来如此，说不定现在就有名人在里面喝酒呢！”

“真有可能，”周丽接过话，“不过……一个人在里面住，也太没意思，远不如我们平民百姓自由自在好，无拘无束天地宽。”说着拿起酒杯举到李远方面前：“还是你们李家的太白酒仙说得好：‘古来圣贤皆寂寞，唯有饮者留其名，’来……我们干一杯！”

“李白真不愧是酒仙，”放下酒杯，李远方也感叹，“他的‘将进酒’中还有两句名言：‘人生得意须尽欢，莫使金樽空对月’、‘天生我才必有用，千金散尽还复来’，真是千古绝唱！”

“停！既然谈到诗，”肖畅兴奋道，“我就喜欢听诗朗诵，今天你们每人给我朗诵一首诗，算是……”

“我反对！”不等肖畅说完，杨帆哀求道，“好姐姐，你饶了我吧！你这完全是……出我的洋相！”

“我坚决支持杨帆。”宋红雨举手。

“反对无效！”肖畅笑道，“今天我为大，我说了算，背不到随便朗诵点什么都行。”

“好姐姐……这不是赶鸭子上架吗？”

“什么这……那的？再讲条件就罚酒。”肖畅眼一瞪，又指着文达生，“文达生……你先来。”

文达生站了起来，慢悠悠道：“为了讨好我亲爱的夫人，同时给大家助兴，我就破锣先敲，权当抛砖引玉。”

“哎呀！”肖畅不耐烦，“快朗诵吧。又不是个文化人，这么文绉绉、酸溜溜的干吗？”

“是、是，遵命，遵命！”文达生搓搓手，咬了咬嘴唇，“我朗诵一首‘野有蔓草’，听我奶奶说，这是我爷爷送给她的定情诗，后来我爸也以此诗赠送我妈。我和肖畅同桌读书时，趁她不注意夹在她笔记本内，也以此诗相赠，也算是我给她的定情诗吧！”

“哎呀呀！”周丽感叹道，“三代人同一首定情诗，这太浪漫了，怪不得肖姐喜欢诗朗诵的。”

文达生自豪地清了清嗓子，学爷爷摇头晃脑的样子：“野有蔓草，零露漙兮。有美一人，清扬婉兮。邂逅相遇，适我愿兮。野有蔓草，零露瀼瀼。有美一人，婉如清扬。邂逅相遇，与子偕臧。”朗诵完，冲肖畅一笑，坐了下来。

“好！”大家一起鼓掌。

“什么意思？杨帆，我不太懂。”宋红雨一脸茫然。

“我也没听懂，好像是把肖畅姐比作什么……草，达生哥看到后，向她求爱什么的，好像还要和肖畅姐一起藏起来。”

“哦……”宋红雨越听越糊涂，“原来是这样，为什么不比作花呢？情人应该像花才对。”

“我一直都不太懂。”肖畅笑道，“叫文达生讲……他也似懂非懂的讲不明白，远方，你给我们讲一讲。”

李远方边沉思边道：“我记得不是很清楚，好像是《诗经》里的一首爱情诗。描写一位男子在野外草丛中，见到一位漂亮的姑娘，对她一见钟情。于是向她倾诉爱慕之情，发誓终生相伴。这种求爱方式的原始性，反映了那个时代的婚姻习俗，非常感人。”

“是啊！”周丽也感叹起来，“相比之下，我们祖先远远比现代人质朴率真，没有今人的虚情假意。这恐怕是达生哥的爷爷所向往追求的。”说到此，站起来对肖畅粲然一笑：“肖姐，我突然有个不太合时宜的要求，不知能否向你提出来？”

“先朗诵诗，”肖畅不知她要求何在，估计跟李远方有关，心想：如果李远方真能同她终生相伴，不仅我放心，九爹也一定会放心，于是，爽快道：“只要不过分，今天满足你的一切要求。”

“好！”周丽也爽快道，“我先朗诵一首古人的词。”看了一眼李远方，高声朗诵道：“把酒祝东风，且共从容。垂杨紫陌洛城东，总是当时携手处，游遍芳丛。聚散苦匆匆，此恨无穷。今年花胜去年红，可惜明年花更好，知与谁同？”朗诵完毕，谦逊地冲大家点点头，又一言不发地看着肖畅。

肖畅被她看得一头雾水，不解道：“怎么不提要求？”

“是这样，”周丽突然严肃起来，“跟李远方交往这长时间，一直想知道他对列祖列宗许下的诺言，可总没有机会启齿，难得今天是个机会，我想请他朗诵一遍，或许对我们大家不无裨益！”

肖畅心一动，说实话，她也想听。这多年来，心里一直牢记着远方娘的遗言，还真没认真听过李远方许下的诺言。一个人深藏内心的誓言，绝不会轻易示人，即使是自己最亲近的人，也要思虑再三。看来，这周丽冰雪聪明，不愧是新闻记者，知道今天这种场合，只有我提出来，李远方才不会拒绝。

想到这里，她盯着李远方，也严肃起来："正如你刚才所说，这里都是你的至亲挚友，没人会小看你，大家只会帮助你努力去实现诺言，所以……我希望你，满足周丽的要求。"

李远方心猛一抖，做梦也没想到周丽会提这个要求，他感到措手不及，心理上一时难以接受。可他无法拒绝这要求，看着大家期待的目光，特别是肖畅姐信任的眼神，心潮难以平静。"诺言"这两个字就像千钧重的巨石，一下砸进自己的心海，激起万丈波澜。儿时的梦想、青春的呼唤、生命的力量、未来的希望，加上母亲的呐喊、幺爹的心愿，瞬间在胸中凝聚成一股巨大的热流，涌上心头。

李远方努力克制住内心的激动，深情地看了周丽一眼，表面上却故作平静道："恐怕要令大家失望，说起来你们不太相信，总结起来，其实就八个字——'光宗耀祖，传宗接代'！"

"就这么简单？"大家大失所望，你看我一眼，我看你一下，都默不作声，每个人心中都认为绝不会这么简单。可细细一想，这八个字又不太平常，的确拥有千钧重的力量。

"既然这么简单，"杨帆打破沉寂，"我也可以对列祖列宗，立下诺言，然后轻而易举地去实现它。"

"好哇……说出来听听。"气氛一下活跃起来。

"我想在2000年到来之前，买套房子、买辆车子。"他温情地抚摸着宋红雨的乌发，"再同宋红雨一起，生个儿子，把儿子培养成人，延续我们杨家的香火。"

"这是什么诺言？"宋红雨笑道，"这就是一个生活目标。"

"好！"肖畅突然来了精神，"这目标好，实实在在。你们也不必念诗了，每个人说说，到2000年要达到什么生活目标，让我高兴高兴，算是今天送给我最好的生日礼物！"

"好！"大家一阵兴奋，开始厘定自己的目标。

"对不起，"文达生正准备率先发言，一位满脸红光、体形臃肿、身穿短白汗衫的中年人走了过来，满脸堆笑道，"几位，的确对不起，打扰了。我是酒楼的经理，提醒一下，外面在下雨，我们也准备午休，可否早点收场？”说完，点头诺诺而退。

六人一看，大厅里已经人去楼空。再看看窗外，硕大的雨点由远而近噼噼啪啪而来，天地间迷蒙幽暗，湖面上白茫茫一片。

“这下完了，”宋红雨失望道，“下午我们登不了磨山了。”

“这天变得好快，”杨帆惊道，“刚才阳光普照，眨眼暴雨倾盆！”

“今天到此结束！”肖畅吩咐道，“三位男士听好，各自将千禧年的目标，以书面形式呈报给三位女士，我们好监督你们去实现。”

“是！”三人异口同声，肖畅示意文达生结账走人。

“杨帆，”李远方把杨帆拉到一边，望着窗外如注的暴雨，提醒道，“自然天象说变就变，现实生活又何尝不是瞬息万变？我们永远都无法预知下一刻会发生什么。我提醒你：可能有大的严打行动，千万不要撞在枪口上，我不想你有什么不测，明白吗？”

“放心吧，我都准备结婚了，谁不想过幸福安乐的生活？”

两人凝视着对方，双手紧紧相握。

窗外，狂风大作，暴雨正骤……

2

武汉被喻为中国的“火炉”之一，进入盛夏时节，几乎天天上午烈日暴晒，中午雷雨滚发，下午热浪蒸腾。

大街上，车辆都着满屁股带火的尾气，噼噼啪啪，呼啸来去。烈日下，除了公交车站有几个人在叉腰散汗呆头哈气外，难得瞥见行人的踪影。街道两旁，也只有冷饮店的冰镇汽水、酸梅汤前，可见三三两两的路人光顾，其他商店大多门可罗雀，生意清淡。柜台内女营业员都聚在吊扇下，边抹汗边撩衣，看上去都两眼呆滞，精神恍惚，有气无力。整个武汉三镇几百万市民，不得不在近 40 度的酷暑中煎熬，人人燥热难耐，个个汗不干身。

太阳一落山，像赶集一般，各家各户，男女老幼，倾巢而出。于是，大街小巷两边，楼顶平台之上，到处竹床躺椅成排，凉席草垫密布。有烦躁不安捅娘骂老子的；有打情骂俏你扯我拉的；有含饴弄孙幼嘻老笑的；有好喝两口慢斟细酌的；有劳累一天瞌睡遇到枕头立马鼾声如雷的；有夫妻共榻男嫌女热女骂男烧的；有孤家寡人拼命摇扇长吁短叹的；更有一帮游手好闲、无所事事的小哥们，扎堆在一起天南海北、神东鬼西、云里雾里、天上人间一把乱吹。

杨帆像玩杂技般一手举一张竹床，成三角状架在头顶，摇摇晃晃哼着小调出了门。一套蓝色运动背心、短裤，套在身上肌肉凸现，人字形拖鞋靸在脚上，一步一搭，压着口中节拍，吧嗒声响。

“哎呀，杨帆兄弟，又玩杂耍啦？”对门的胖二嫂正好扛着躺椅出门，立马扭动肥胖的身子，跟在杨帆后面问道，“怎么这几天没见你的‘肉花’来？是不是又被你甩了？”

“怎么可能呢？胖嫂！她现在每晚上补习班，想在文化上征服我，我们都准备结婚了，想甩也甩不掉，她像鬼一样缠死了我。这辈子，我只能始终如一、一心一意、一如既往地爱‘肉花’。”

“我的天！这真是太阳从西边出，没想到这‘肉花’如此厉害，能把我们杨兄弟夹磨得服服帖帖。唉……好像以前辛雅娟，在这方面可差得远，就是管不住你，对吧？”

“别提那个骚货，怎能跟‘肉花’比。胖嫂，这都是你的功劳，‘肉花’说第一次见面，你就向她传授管男人的妙法，是不是？”

“没有的事，我只是向她介绍我和你二哥谈朋友的经历。”

“这就是了……我的胖嫂，你和二哥谈朋友的经历，就是管男人的经过，她一听那还不学上身？”

“鬼话，”胖嫂笑得浑身肉抖，“要说管男人的经验，你胖嫂我确实有一套，要不要我跟‘肉花’再谈一谈？”

“哎哟！”杨帆一听，竹床从头上掉了下来，正好砸在自己的腿上。此时二人刚好走到解放大道，乘凉的街坊邻居一见，都笑得竹床躺椅拍得山响。胖嫂更是笑得蹲在地上一阵猛搐。

“我说胖嫂，”杨帆忍不住笑道，“你这不是把我往火坑里推吗？你看看二哥见了你那个眼神，就像唐僧见了白骨精，腿都打颤。想我的腿也颤，是吧？长期颤下去，我怎么踢球混饭吃？”

“不要紧，杨兄弟！”隔壁的“雷三顿”，正在竹床上喝第三顿酒，笑得酒喷了一地，花生米在竹床上乱滚。他一边追着花生米往口里送，一边笑道，“踢不了足球把‘肉花’当肉球踢，你是我们车辆厂宿舍最帅气的小伙子，还怕找不到老婆！”

“这话有理！”“雷三顿”旁边的“金麻秆”躺在躺椅上，二郎腿跷得比头还高，猛吸一口烟，接过话，“像我们杨帆这样的小伙子，一表人才，又孝敬父母，又助人为乐，又行侠仗义，哪个姑娘见了不爱得心慌？为什么非要抱着个‘肉花’不放？”

“你们晓得个屁！”胖嫂又笑道，“这叫爱情，懂吗？告诉你们，这‘肉花’身上带电，男人一摸就像被电击，舒服得不得了……书上说得‘放电’，就是指这，不信你们问一问杨兄弟，是不是这样？”

话还没说完，一街的人笑得捶胸顿足。

突然间，所有的人都止住了笑容，只见从街对面边三轮摩托车上，下来三个精壮小伙，径直来到杨帆的面前。

“你是肉联厂的杨帆？”

“对！”

“我们是公安局的，跟我们走一趟。”

三人不由分说，将杨帆反手铐上，一人掏出手枪，举过头顶大声喊道：“都给我让开！公安局执行公务，让开！”

很快，杨帆被三人按在边三轮的边斗中，摩托车呼啸而去。

所有的人被这突发的一幕惊得目瞪口呆。

有人赶紧给杨老爹报信，老人一听，顾不得多想，给老伴交代一声，拔腿就往肉联厂大儿子的家奔去。

宋红雨下班后，兴冲冲来找杨帆，一听发生的事，人瞬间蒙了，顾不得跟二老打招呼，向李远方的宿舍奔去。

一路上，她心惊肉跳，泪水夺眶而出……

3

此时，李远方和周丽正手挽手出政府大院，向江边走去。

傍晚时分，长江两岸的沿江大堤和江滩，向来是恋人们谈情说爱的怡情之地，这是江城夏夜的一道美景。

落日的余晖，洒在江面波涛之上，粼光点点，荡人心魄。妙曼的薄雾飘荡在江滩上，如梦似幻，令人神往。一对对相依相偎的恋人，身披漂流的余晖，穿行在薄暮之中，温情款款，爱意浓浓。一张张青春靓丽的脸上，挂满甜蜜的笑容，使得各自心藏着的爱情之花，不惧盛夏的酷暑，竞相在微风中绽放。

有情人不惧天热，天热心更热。

周丽挽着李远方的手臂，漫步在江滩上。细腻的皮肤，套上白色的短衫短裙，在晚霞的映衬下洁白如玉，婀娜动人。两人今天都很兴奋，李远方前天当了副科长，周丽昨天被任命为文艺部副主任。两人怀着一个共同的心愿——执子之手，与子偕老。

“你知道我为什么喜欢你吗？”周丽边走边问。

“不知道，吾非鱼焉知鱼之乐。”

“狡黠，你这不成了庄惠的濠梁之辩吗？想不想知道？”

“想！”

“告诉你吧，你使我又回到了我的高中时代，跟你在一起时，好像又回到了我的语文老师身边。”

“什么意思？”李远方诧异。

“不要紧张嘛……听我慢慢说。我出生书香门第，从小家教甚严，启蒙亦早，五岁就上学。上初中时，成绩总是前三名，所以不仅很自负，也很骄傲自满。上高中时依然故我，甚至连老师也不放在眼里。我们语文老师是位四十岁的老单身汉，曾经打成右派，讲课时一板一眼，吞吞吐吐，有时讲一半留一半，我很是看不惯。一天上语文课时，老师讲解‘文武之道，一弛一张’，他轻描淡写地解释这句成语，就是比喻生活或工作，要合理安排，有紧有松，有张有弛。”

“是这个意思，他并没有讲错。”

“可我不愿意，我觉得他讲得太简单。于是就站起来大声道：‘老师，您讲得不太全面，这句成语中的文是指周文王，武是指周武王。弓上弦叫张，弓卸下弦叫弛。’并卖弄地引用古人‘张而不弛，文武弗能也；弛而不张，文武弗为也，一张一弛，文武之道也’。”

“你当时一定觉得很自豪吧？”

“何止是自豪，简直是沾沾自喜，有几位同学竟热烈鼓掌。”

“他当时一定很尴尬吧？”

“他当时满不在乎，嘲讽地笑了笑，反问我：‘你知道这段话，是出于何处吗？’”

“你答不出来，是吧？”

“对，他见我答不出来，又笑了笑‘回去问一问你爷爷就知道了，记住，生有涯学无涯，做学问不仅是学无止境，同时还学有所时。也就是说，有些学问是受时代制约的，在某一时代给你带来荣耀，换一个时代，有可能就给自己带来灾难，要活学活用，明白吗？’”

“你回去问爷爷了？”

“我回去把这事跟爷爷一说，爷爷大有感慨：‘就你这点知识，和你们老师比，可谓云泥之别，居然敢诘问老师？’原来我们语文老师是我爷爷的学生，是‘文革’前市里高考的文科状元之一。这句成语出自《礼记·杂记下》，当时全国上下正在轰轰烈烈批林批孔批周公，老师是怕自己和学生受连累才不予详细讲解。我一听无地自容，明白了老师所说的学有所时，活学活用的道理。”

“后来你就开始崇拜他了，是吗？”李远方有些不自在。

“后来，我经常单独找他问一些刁钻的难题，他从来都是旁征博引、剥茧抽丝般地给我层层讲解。渐渐的我觉得他就像大海、像高山、像一个捉摸不透的神奇世界。于是，我感觉自己一刻也离不开他，每天不见他就心里堵得慌，我发现自己爱上他了。”

“后来呢？怎么不说了？”李远方停下来，凝视着她。

夜幕已经降临，周丽俊俏的脸上模糊不清，没有表情。李远方隐约看到，两颗泪珠从她深邃的眼眶中滚了下来。他一把将她揽在怀里，声音颤抖：“告诉我，周丽，后来怎样？”

周丽感觉到了他急促的喘息，慢慢昂起头来：“你不要激动，这只是我的单相思。后来，我实在是克制不住自己的情感，向他写了一封长长的情书，倾诉自己的相思之苦。”

“他怎么面对你？”李远方平静下来。

“他对我避而不见，我忍不住主动去找他，他又打击我不谙世事，幼稚可笑，劝我把心思用在学习上。就这样我在痛苦中煎熬了近一年的时间，学习成绩急剧下降。好在那时政治挂帅，我是学校的文艺委员，学校并不在乎我成绩的好坏，依然把我当作又红又专的‘三好’学生。1975 年我高中快毕业，人也快被他急疯了，‘五一’劳动节，我把他约到这长江边上，威胁他不答应我，就跳江！”

“跳了吗？”李远方惊恐道。

“他劝我要理智，不要一时冲动，被感情所左右，说我们之间相差二十二岁，这是非常荒唐的爱情，是一种被扭曲的畸情。我一气之下，大骂他是懦夫，说孙中山大宋庆龄还不止二十二岁。我完全失去了理智，真的就往长江跳。”

李远方下意识地紧紧抱住她，周丽继续道：“我们在这江滩上扯了起来，后来，联防队把我们带到派出所并通知学校，再后来，学校以玩弄女学生的罪名，将他开除公职。”说着，她止不住双手抱住李远方的腰，头埋在他怀里忘情地哭泣起来，哽咽道：“是我……害了他！”

李远方一阵战栗，他想起了小时候娘一次又一次把自己抱在怀里的温馨岁月，想起了肖畅那天晚上把自己抱在怀里的难忘时光，不禁也眼泪直流。他长这么大，就只被这三个女人忘情地抱过：一个是把他当生命的希望；一个把他当救命的恩人；一个把他当终身伴侣。他明白了“情有所钟，不能自已”的苦衷。

两人一动不动相拥而泣，天上群星闪耀，身边江水东流。

许久，李远方安慰道：“我完全理解你，明白你为什么恨联防队员，我是多么希望也能得到你的这份真情，我知道我无法和他相比，但我会努力去爱你，就像身边这滚滚流淌的江水，永不停息。”说到此，双手捧起她的脸，小声道：“你后来……为什么不找他？”

周丽没有回答，扬起头，闭上眼：“吻我！”

李远方忘情地抱住她，两人都拼命地吮吸对方的嘴唇。

一阵激吻之后，周丽遥望漫天的星辰，幽然道：“他悄无声息地走了，没有人知道他在哪里……就像这满天的星辰可望不可及。我找遍了可能找到他的地方，终究是不见踪影。八年了，我无法使自己不去想他，可每次又不得不残酷地面对现实。参加工作后，我曾一度近乎疯狂地谈情说爱，想摆脱这种苦恼，可怎么也抹不去他的影子，直到那一天，你出现在我的面前。”她深情地看着李远方：“你的言谈举止，为人处事的风格，同他如出一辙。”

“原来你把我当他的影子来爱，是吧?”

“错了，你现在在我心中的地位，比他高，你跟他一样优秀，比他年轻英俊。他是我梦幻般的初恋，你是我实实在在的爱人。我这一辈子，心里再不会装下第三个男人。”

李远方再一次捧起她的脸，忘情地吮吸着她的香唇。

幸福像江水一样在二人心中流淌。

“带我……到你宿舍……我今晚要做你……精神与肉体上真正的爱人!”周丽猛地把他一拉，快速向宿舍走去。

来到宿舍门口，二人大吃一惊，宋红雨蹲在地上啜泣。

“怎么啦?”二人同声脱口而出。

一见二人，宋红雨放声大哭：“杨帆……被公安局抓走了。”

“为什么?哪个派出所?”李远方脑袋轰地一炸。

“不知道……没人知道!”

“快走，我们去他家。”李远方顾不得多想，拉起二人就跑。

一路上，他心慌意乱，全身大汗淋漓……

4

没有人知道杨帆是被哪个分局、派出所抓走的，家属和肉联厂也没有接到有关方传票。李远方、周丽、肖畅、文达生四人，利用一切关系拉网式地打探均无结果。直到第五天上午，周丽才打探出杨帆的下落，顾不得吃中午饭，四人在周丽的办公室商量营救办法。

“我先把打探的情况说一下。”周丽给每人一瓶冰镇汽水，示意大家自便，说道，“这次是全国性的严打行动，自上而下都成立严打专案组，由公、检、法三家联合组成。杨帆是 12 号晚被抓的。”

“谁报的案?为什么?”三人异口同声。

周丽看了看三人，愤慨道：“杨帆的老情人……辛雅娟，而且定的是……流氓强奸罪。”

三人大为震惊，李远方沮丧道：“看来，杨帆这次在劫难逃。”

“恐怕是的，”周丽慢慢道，“更不好的消息是，钱主任和钱思鸣，都极力支持辛雅娟。”

“这家人是借机报老贵宾的仇来了。”李远方蹙眉紧锁。

“真是岂有此理！”肖畅气愤道。

“何止是岂有此理，简直就是卑鄙无耻！”周丽继续道，“据专案组的人介绍，钱思鸣亲自插手此案。刚开始时，想把我们几人都牵扯进去，后来一了解背景不敢，就一心想把李远方做进去。每天对杨帆进行审讯，好在杨帆从不低头。不然李远方现在恐怕就不会坐在这里了。”

“现在还打……吗？”肖畅泪眼婆娑，激动得站了起来。

“应该不会，我持有市里有关部门的批条，加之刚才又跟检察院、法院的朋友打了招呼，我想他们应该有所顾忌。”

“有没有问一下会是什么结果？”李远方关心道。

“问了……这一次从严、从重、从快，他的流氓强奸罪已经成立，不仅有辛雅娟的报案材料，还有她同寝室一个叫李芸的证明材料，按当前的严惩条例，杨帆有可能被判无期或者……死刑！”

肖畅又一屁股跌坐在椅子上，睁大眼睛道：“这不是草菅人命吗？这怎么能算强奸？都两年多了，当时为什么不报案？有点头脑的人都知道是冤枉，怎么不调查清楚再定案？”

“专案组也认为有点冤枉，可现在已成事实，无可挽回。唯一可帮上忙的，就是想办法争取免去死刑，或者少判几年。据专案组一位法官的口气，这两天有可能就要宣判。”

“你说具体点！”李远方心怦怦直跳。

“两条途径：一是找有关人员出面说情；一是报案人修改报案材料，承认是通奸不是强奸。这两条都很难，如果不是自己的亲儿子，谁愿意为这种事情出面？至于报案人修改报案材料，你们想辛雅娟会吗？即使她同意，钱思鸣恐怕也不会同意。”

“这样，”李远方站起来，神情凝重，“肖畅姐和达生哥分头找人，这一次一定要动员他们出面。我和周丽先找专案组做工作，尽量往后拖宣判时间，再找辛雅娟，我就不信她的心是冰雕的。时间太紧，我们现在就走……记住再晚，也到我宿舍碰头。”

“等一下，”肖畅站起来，“我要台车，抢时间，救人如救火。”

“不用了，”周丽道，“我找报社要台采访车，以采访的名义到省歌舞剧院，找辛雅娟比较方便。”

“那好，走！”四人急速出门，分头行动。

李远方和周丽从专案组出来，已快下午五点，又马不停蹄奔省歌舞剧院，想赶在下班前堵住辛雅娟，等赶到时，正好六点差一刻。

剧院办公室主任一见周丽的名片，立马要通知院长，好安排晚餐接受采访。周丽赶紧拦住，说明是专程来采访辛雅娟个人的。

“哦……”办公室主任一听，明白了是辛雅娟通过关系找记者来宣传她自己，赶紧满脸堆笑，“哎呀，周记者，真不凑巧，辛雅娟今天在剧场演出，提前下班了。对不起，是我们工作没做好，应该提前通知报社来采访，真对不起，让你们跑了这远的路。”

“不要紧，我们直接去剧场，感受现场气氛。”二人起身告辞。

“等一下！”主任殷勤道，“你们没票，进出不方便，我写个便条，直接到后台找她更方便。”边说边写好便条，递给周丽。

“太感谢主任了！”周丽接过便条，道谢而出。

两人赶到阅马场湖北剧场旁，找了一个小吃店，请司机吃了顿便餐。又来到售票口买了份节目单，一看辛雅娟第四位出场，决定等辛雅娟演出完后再找她，以免影响她的演出效果。

晚七点半，演唱会准时开幕。李远方和周丽站在演出大厅的出口处观看，便于进出。大厅内你呼我叫，人声鼎沸。

一声钟响，主持人款款而出，大厅立即安静了下来。

“各位领导、各位来宾、观众同志们：大家晚上好！”主持人青春靓丽，未发声时先露笑，她玉音飘荡，清脆悦耳。她一一介绍了今晚莅临演唱会的各级领导，推介了演出的演员阵容，最后预祝大家度过一个美好的夜晚，一鞠躬款款而退。

紧接着，灯光暗淡，帷幕徐开，观众都屏住呼吸，翘首期盼。

猛然间，音乐乍起，布景花开。随即，台上男歌女唱，红飞翠舞，一片欢腾。大厅内，歌声滚发，大气鼓荡，福音飞旋。

第一曲歌舞声毕，整个剧场掌声雷动。

待第三位男高音演唱完“男子汉宣言”，主持人又款款而出，珠圆玉润道：“我们每个人都有一颗爱人的心，每一颗爱人的心，都希望奉献给最心爱的人。爱像高山、爱像大海。然而，不是每个人都能享受这份真挚的爱，请听女高音独唱‘说声不想再爱你’，演唱者：省歌舞剧院女高音歌唱家——辛雅娟。”报幕毕，又款款而退。

音乐声缓缓而起，凄婉清丽，幽怨悠长，舒缓中使人爱从心升。

辛雅娟一袭桃红长裙拖地，满脸桃花灿烂，步步莲花绽开，在音乐的伴奏下，光彩飘溢，妩媚袭人。

观众席上耳语声起，惊叹不息。就听辛雅娟纵情歌唱道：

想牵你的手，拉着你浪天涯一起往前走。可是为什么？我每次抓住的，都是无尽的忧愁。想留你的爱，守着它不后悔我心有幽幽。可是为什么？我日夜看到的，唯有自己泪在流。

说声不想再爱你，春去花谢伤心人瘦因为梦未熟。说声不愿再爱你，夏来星落并蒂莲萎那堪凄雨骤。说声不必再爱你，秋凉影孤藕断叶残怎奈悲风幽。说声不想再爱你，冬长月冷眼枯泪干风月债难酬。

啊……说声不想再爱你，对于你，我已不再有所求……

辛雅娟声情并茂，泪光闪闪，一曲唱完，掌声经久不息。李远方和周丽被深深打动，二人情不自禁两手相握……

5

辛雅娟一进后台，剧务就告诉她办公室有记者等她采访，她一听，兴奋得不及卸妆就疾步而至，一见李远方大为惊讶。

“是你！”她站不是，走也不是，不知如何是好。

“你好！”李远方主动站起，“这是报社的周记者，想采访采访你，希望占用你一个小时的时间，我们单独谈一谈。”

“好吧，”辛雅娟马上恢复了平静，笑道，“我先卸妆，十分钟后，你们在出口处等我。”说完转身低头信步而去。

一刻钟后，三人走进了彭刘杨路大中华酒楼正对面的“一品香”茶舍，找了处僻静的台位坐了下来。

辛雅娟很知趣地坐在二人的对面，她先冲周丽笑了笑，然后对李远方道：“我们有两年多没见面了吧？杨帆怎么没来？”

二人不由一愣！没想到辛雅娟会先发制人，劈头就是一支冷箭。周丽第一次见辛雅娟，又如此近距离的注视，心中一阵酸溜，嫉妒之情油然而生：这女人太美了，感官上无法找出她身上的缺点，如果不是事先知道了她的作为，周丽真想和她以朋友相待。

李远方不想纠缠下去，开口直奔主题：“我不想浪费你的时间，杨帆为什么不来，你比我们更清楚？我只想向你表明三点：首先，正如你刚才在歌里所唱的，爱人和被人爱，都是崇高的情感，杨帆是爱你的。他多次在我面前流露出对你的思念，不管以前你们之间有什么恩怨，也不论你是为什么目的离开他，我今天可以毫不掩饰地告诉你：他内心深处一直祈盼着‘天上人间爱心永驻与你共求’。”说到这里，停下来观察着辛雅娟的表情变化。

泪水在辛雅娟眼眶里打转，“天上人间爱心永驻与你共求”，是以前杨帆对她的爱情表白。李远方见她眼含泪水，继续道：“其次，老贵宾酒楼的事，是我一手策划实施的，我之所以这样做也是事出有因，谁会无缘无故去得罪人？这一切与杨帆没有任何关系，他只是因为是我的好朋友，所以才路见不平拔刀相助。我今天郑重向你说明，并通过你转告你公爹及丈夫：千万不要为此再加害杨帆，要出气，要报仇，冲着我李远方来。”说到此，异常激动，停了下来。

周丽见他满头的汗水，赶紧掏出手帕帮他擦去，又拿出包里一本杂志在他背后摇动，深情地望着他：“慢点说，别激动。”

辛雅娟看着周丽的一举一动，嫉妒之情油然而生。她以前也有过如此行为去爱抚杨帆，只有心爱的人，才会如此真情表露。她想起了和杨帆在一起的幸福时光。可是，她必须面对现实，死也要留在武汉，内心的苦衷她无法向人倾诉。杨帆无法将她留在武汉，所以她才借助钱思鸣的力量。想留在武汉也是想跟杨帆终身厮守，原本是背着杨帆同钱思鸣来往，暗中打算等留下后，再同钱思鸣断绝关系，同杨帆结婚。没想到如意算盘被杨帆自作聪明、暗中盯梢、一场暴打随江水东逝，杨帆自己也落得被开除学籍的下场。这次抓杨帆，她只是想借机教训他和李远方，以此炫耀自己的能耐。现在看到李远方和周丽如此恩爱，更勾起她对杨帆的思念，像杨帆这样帅气潇洒的小伙子还真不多见。如果杨帆此时坐在身边，她一定会千娇百媚地同他耳鬓厮磨，把眼前这个端庄秀丽的周丽比下去。她想起了每次钱思鸣趴在自己身上，像猪一样乱啃时，她无不厌恶到极点。有时还不得不想象是杨帆趴在自己身后，以迎合钱思鸣牛一样的丑陋动作。

想到此，她拿起手帕拭了拭额上的汗珠，示意李远方继续。

“最后一点，”李远方继续道，“也就是今天我们来找你的目的，刚才，我们已经去了专案组，按照现在从严、从重、从快的惩处条例，杨帆极有可能被判处无期徒刑或者死刑。”

“什么？你说什么？没搞错吧？”辛雅娟瞪大了眼睛。

李远方和周丽大为惊诧，李远方一看辛雅娟并不像在演戏，于是加重语气：“会被判处死刑或无期徒刑，这信息绝对可靠，我们从内部得到的消息，而且见你之前，特地到专案组找人沟通过。”

“我明白了。”辛雅娟不停地擦汗，她显然没料到事情会发展到这一步，有些后悔当初的冲动，明白了钱氏父子的用心。她显然被这一老一少给利用，当初钱思鸣答应她，只是关几天教训教训就放人，最坏拘留15天，以报老贵宾之仇，不然她也不会写举报材料。

想到这里，辛雅娟激动道：“杨帆是咎由自取，他太玩世不恭了，自己背着我跟李芸勾勾搭搭还不算，居然还找个择猪毛的‘送你死’，去勾引别人老贵宾的朱经理。不过，我们毕竟朋友一场，我还是愿意帮助他，你说，我能做些什么？”

二人大感意外，李远方赶紧道：“办案人说，只要你重新写一份材料，证明他并不是强奸，是你自愿的，有可能保住他的命。”

“怎么只保住他的命？难道不放人？我本身就是自愿的！”

李远方仿佛看到了希望：“这一时无法跟你解释，方方面面的因素太复杂，恐怕还有你公爹和丈夫的因素在里面。”

“这跟他们有什么关系？”辛雅娟故作不解。

“以后再向你解释。”李远方不想捅破这层纸，“现在，急需要的是你的证明材料。”

“好吧，你带了纸笔吗？”

“带了！”

辛雅娟很快写好证明，找服务员要了印泥，郑重地摁上手印，交给李远方，又问道：“他关在那里，知道吗？”

“不知道！”

“是不是挨了打？吃了很多苦？”

“回去问你老公，他会告诉你的。”

辛雅娟脸一红，没再问下去，站了起来：“恕我不能久留，方便的话请转告杨帆：人都难免犯错，有些事不是我们所能支配的，这都是自己的命，人是无法同命运抗衡的。我辛雅娟的心，他终有一天会明白的，请他自重。我相信你们有能力救他出来，如果专案组需要我核实材料，请随时给我打电话。”说完写下自己的电话号码。

周丽趁机插嘴道：“还有一点，你如果方便的话，可否也做做公爹和丈夫的工作？说不定会有更好的结果！”

辛雅娟看着周丽，很认真地点点头，默默把号码交给李远方，然后直接走到收银台，买完单急急出门而去。

“她这是自责还是奚落杨帆？”周丽苦笑道。

李远方久久地看着辛雅娟的证明，摇了摇头苦笑道：“我现在终于明白了，什么是把性命当儿戏。杨帆兄，你现在在哪？但愿这次你能逢凶化吉，免除牢狱之灾，都是我害了你啊！”他感觉一阵心酸，眼前一片模糊，猛抓住周丽的手，低头迈步而出，任泪水簌簌下流……

一个月后，杨帆被判处有期徒刑十年……

第十章

1

1986年的清明节，是个晴朗的天气，艳阳高照，春风骀荡，九龙冲的百里山川内，山清水秀，草长花香，芬芳袭人。

龙珠山上鳞次栉比的墓碑前，一拨赶一拨的孝子贤孙们，虔诚地作揖烧香，磕头谢恩。山上山下，碑前墓后，笼罩在一片烟雾之中，鞭炮声此起彼伏，钱纸屑漫天翻飞。

今年是李远方娘去世整十年，年前李远方回寨时，留下两万元钱，拜托德正爹把整个祖坟山修葺一番。清明节前半月，李传道老人就叮嘱李德正，带一帮大劳力上山开工，拓宽了上山的道路，更换了年久被风雨剥蚀的墓碑，每家每户依人脉传承、辈分大小栽种了不同品种的树木。每排坟前树边，设立了许多石凳便于人多休息，入山口更是耸立一大牌坊，上书“风水宝地、源远流长”八个遒劲魏碑大字，是由李传道老人亲书请地方名家刻制的。

太平盛世，国泰民安，政府鼓励老百姓追宗祭祖，以孝传家。

李传道老人依然精神矍铄，86岁的耄耋高龄仍旧步履稳健，满脸红光。待鞭炮声息，他拒绝了肖畅的搀扶，第一个焚香祭扫。接下来，李远方带未婚妻周丽，肖畅夫妇带儿子文华，宋红雨代表杨帆，依次焚香磕头。再其后，先祭扫完自家祖坟的李德正夫妇带儿子传前、传进，李远治夫妇带独子黑牛，李远发夫妇带三个儿女，外加寨上其他族人有感于李远方的善举，都依次前来给他父母磕头谢恩。

李远方站在列祖列宗的坟茔前感慨万千，十年了，他忘不了母亲临死前的凄惨情景，抹不去母亲存留在他心灵深处的血迹，更忘不了自己跪在列祖列宗面前许下的千钧诺言。十年来，无声的诺言高悬在头顶，像千钧重担压得他喘不过气来。他矻矻以求，常常是一人茕茕孑立，形影相吊。他彷徨过、伤心过、流泪过、饮恨过、倾诉过，也兴奋过、呐喊过、狂奔过、大笑过。今天，他终于走出了人生的一大步，尽管这一步消磨了整整十年的青春岁月，然而，毕竟是迈上了一个新台阶。春节前，当他把两万元钱交给德正爹后，他暗自流泪了，不是自豪的泪水，是伤心的泪水——他为自己而哭泣。

1983年8月杨帆被判刑后，李远方好长时间才从阵痛的颓废中走出。他无法接受这个残酷的事实，懊悔自己一时冲动造成了好朋友的终身痛苦。这使得他对自己的人生观、价值观，进行了重新审视，对历史的发展和社会的进步进行了更深刻的再认识。在征得幺爹、周丽及肖畅的同意后，他申请调离政府机关。1984年底，韩伯退居二线，上任兴华总公司武汉分公司董事长，李远方随其出任公司发展部经理。不到两年时间，公司在韩董事长的大手笔运作下，发展迅速，利润高翻，麾下衍生出五大分公司，分别从事社会福利彩票发行、科技文化开发、进出口贸易，生产资料销售、国家计划内和计划外物资销售等业务。李远方如鱼得水，春风得意，充分施展了各方面的才智，1985年喜得年终奖人民币三万元。

现在他每天上下班有专车接送，办公室有专业秘书，闲暇时，更有恋人相伴。他真正体认到了孟郊及第时“春风得意马蹄疾，一日看遍长安花”的得意情怀。

周丽在1985年晚报扩版时，从日报调任晚报文艺部负责人，每天同一帮文艺界名人打交道，工作有声有色、得心应手。这期间受上级的指派，还真给辛雅娟发过专访文章。她同李远方的感情稳定牢固，两人彼此信任，情意缠绵。计划等远方娘十年忌日过后，举行结婚仪式，喜结百年之好。

肖畅1984年下半年生下儿子文华，在文家的地位如日中天。文达生去年被任命为副处长，小夫妻在大树底下乘凉，惠风阵阵，意气风发。

宋红雨自杨帆出事后，每天牵肠挂肚，直到半年后收到杨帆第一封发自新疆的来信才略微安心。杨帆在信中，多次劝她另择高枝，以免耽误她的青春年华。杨帆父母也劝她不要等他，尽早另择佳婿，过平安的幸福生活。她在给杨帆的回信中，表示决不变心，安慰他安心服刑，争取早日回归社会同亲人团聚。她每星期必去杨帆家看望二老，两位老人常常是以泪相送。春节期间杨帆来信告知，今年是李远方娘去世十年，委托她一定在清明节替他到坟头烧香磕头，所以，这天天不亮她就赶到周丽处，一同回乡许愿。

李德正现在没有了过去的忙碌，一天比一天清闲，一日三餐与酒为乐。婆娘张桂珍却一天比一天匆忙，开办了一个生猪养殖场，赫然成了场长，名气远远超过自己男人。两个儿子高中毕业都没能考上大学，正好帮她打理生意，一个负责内部管理，一个负责外面销售。1985 年纯收入近三万五千元，成为九龙冲镇的首位万元户。

李远治在九龙冲人民公社改制为九龙冲镇人民政府时，被任命为分管镇办企业的副镇长。王细翠从会计夫人一夜之间变成了镇长夫人，不到半年又安排在镇办服装厂任办公室主任。黑牛今年高中毕业，学习成绩长期名列县一中高三班全年级前三名，他立志考上全国最好的大学。一家三口各自忙碌，其乐融融。

李远发被聘为镇办服装厂会计，两个女儿也都在服装厂上班，婆娘儿子打理自留田地，五口人家常常自娱自乐，欢声绕梁。

现在，一群人围在李传道老人身边，有说有笑，蓄意承欢。

“黑牛，”李传道见黑牛在碑林中沉思，喊道，“你过来！”

黑牛现在长得身材高大，体魄壮实，一头浓密的黑发随风飘动，两只深邃的大眼，镶嵌在长满青春痘的黝黑脸上炯炯有神。他跑步来到李传道的面前：“九爹，您老有何吩咐？”

“你在墓碑前来回看什么？”

“我在推算我家祖上每代人的平均寿命。”

“有何发现？”

“只是看出凡太平盛世人就高寿，逢兵荒马乱就过早夭折。”

“难得你有这份心思。”李传道叹道，“这其实不是什么发现，这是人类历史发展的规律，我问你，想报考哪所大学？”

“我学的是理科，想报考北京大学生命科学专业。”

“有志气，如果北大的分数不够，上武汉大学也行，武大的生命科学也很有名。”

“明白！”

“我听说，自从你和你娘搬到镇上后，两人团结一心，共同欺负你爸，有这回事吗？”

一群人轰地笑起来，黑牛脸一红："九爹，不是欺负我爸，是为他好，他每天喝得昏天黑地，身体喝坏了不说，主要影响工作。"

"哦……"李传道笑了笑，"那你管得对，不过，以前你娘也经常喝得昏天黑地，你为什么不管？"

"此一时，彼一时，九爹……那时他们夫妻两地分居，生活没规律，我娘心烦，所以借酒消愁。现在一家人团圆了，就应该珍惜生活，爱惜身体，我娘现在就很少喝酒。"

"你娘怎么管你爸？给九爹汇报汇报。"肖畅笑道。

黑牛脸又一红，不好意思地看了看王细翠："肖老师，你问我娘好了，我才不上你的当。"说完，走到李远治身边，要求道："爸！走，给我讲一讲，祖上下南洋的故事。"

待李远治同黑牛走后，李传道对王细翠道："远治现在是镇长，喝酒也是为了工作，不得已而为之，你不要太给他下不了台。"

"放心吧，九爹！"王细翠笑道，"您老不知，医生打了几次招呼，肝脏有阴影，您老看他脸色又黑又黄！"说着眼圈红了起来。

"哦……"李传道若有所思，"那不能掉以轻心，我等下也要嘱咐他不要多喝。"说完慢慢站起来，对李远方道："远方，我这把老骨头有点望秋先零，来一次祖坟山不容易。走，带我到九棵松下去转一转，近来我经常想起，你几位叔祖来。"

刚要迈步，李德正道："等一下，九哥，山下来了三个人，像是聂镇长，说不定是来找远方和远治的。"

不到几分钟，果然是聂镇长带着两个陌生人找上山来。他跟李德正、李远治打完招呼后，来到李传道面前："恭喜您啊李老，这是省台办的袁主任、王主任，他们给您老带来了好消息。"又对来人道："这就是二位要找的李传道老人。"

袁主任上前一步："李老，是这样，现在海峡两岸企盼统一，旅居海外的炎黄子孙，也都企盼落叶归根。您老在台湾的两位兄长，李传际、李传思……"

"他们……还活着？"还没听完，老人激动得老泪纵横，刚开口说话，双手猝然抖动，脸色惨白，随即人左右晃动。李远方一见赶紧抱住，众人慌忙把他搀扶到石凳上坐下。

大约十分钟左右，老人才回过神来，脸恢复了常态，长长地舒了口气，慢慢道："袁主任……我没事，你说吧！"

袁主任定了定神："您老不要激动，您老的两位兄长，在十年前都不幸去世。是后人遵照二老的遗愿，通过有关方想把二老的骨灰，送回这白龙寨来。同时，寻找在大陆的亲人，想回故土来开办实业，造福桑梓。我们找到您老就是想征求您老的意见，可否同意？"

"让……他们回吧！"老人声音颤抖，"我们老哥们……也该相会了，我盼这一天……都四十年了！"

"李老，"袁主任提议道，"因为有许多手续要办，有关方还要层层批示，不是一天、两天说回就回，我们可否到您老府上详谈？"

"好，那赶紧回家吧！"

李远方和周丽一左一右搀扶着幺爹，跟在人群后慢慢向白龙寨走去，心情一时无法平静下来。这突然传来的消息，使他既兴奋又茫然：原来在宝岛台湾，还繁衍聚集着自己很多的骨肉同胞、兄弟姐妹。家道中兴、光宗耀祖，不再是他李远方一个人的愿望——是海峡两岸整个李氏家族的共同心愿。

他期盼着早日同这些骨肉同胞们团聚，梦想着李氏家族再度兴旺、再铸辉煌，真诚地祝愿海峡两岸早日完成统一大业。

李远方止不住一阵心动，泪水盈满眼帘，他又想起了自己的娘，想起了自己跪在列祖列宗坟茔前许下的千钧诺言……

2

一阵凉风从窗口吹进，将李远方从梦中吹醒。

他披衣起床，来到窗前，又是一阵清香扑鼻，爽气入怀。放眼向窗外一看，天光大亮。院子里几株法国梧桐，在晨风中摇曳，树上绿叶满枝，青翠欲滴。院前路上，早已水湿一片，路两旁土润草新。

原来拂晓时分，下了一场阵雨。

李远方一看时钟，赶紧盥洗净身，还没来得及过早，接他的车子已停在院口。他提包出门上车，一刻钟即到达新华饭店。

兴华公司在新华饭店八楼，他刚走进自己的办公室，秘书小苏告诉他：九点韩董事长在会议室召集开会。

会议室布置在楼层的最东头，整个东面是全壁式的落地玻璃镶嵌，清新舒适，宽敞明亮，坐在里面看日出，惬意非凡。

九点差五分，参加会议的各部门经理，毕恭毕敬地围坐在椭圆形会议桌前。会议桌中间空地上，摆放着三盆名贵君子兰、两株葱郁金钱橘和一棵婷容修态的日本大阪观赏松。北方墙壁上，悬挂着一块巨大匾额，上书“宏图大展”四个金光闪耀的隶书鎏金大字。

韩董事长端坐在“宏图大展”下，油亮的秃顶配上红润的脸庞，在春天骄阳的照耀下，同悬匾上的金光大字交相辉映，分外耀眼。他清了清嗓子，慢慢道：“今天跟大家通报一下前几天在北京总部和市里开会的精神，同时布置下一步的工作。”说完清了清嗓子：“改革开放以来，随着我国政治、经济、文化的快速发展，现有的相关政策亟待重新调整，特别是经济政策，难以适应当前我国经济建设的飞速发展。为此，国家决定在经济领域实行双轨制，以适应和满足国家建设的需要。对我们公司来说，这是一个难得的发展机遇，董事会为此制定了未来五年的发展蓝图。”顺手拿起桌上一本蓝皮册举过头顶，加大语气道：“请大家记住，今天是1986年4月8号，这个蓝图就命名为‘4·8蓝图’……1986、4、8，这是个非常吉祥的数字，寓意就是‘一走上发展的道路，事业就飞速发展’。未来五年内，我们公司将以此‘蓝图’为奋斗目标，办公室将尽快将‘蓝图’分发给各部门，各部门结合自己的工作重点，围绕‘蓝图’制定相应的目标，厘定具体的实施方案，五月一日前，呈报董事会审批。”

说到此，他停了下来，呷了口春茶，秃头往高背皮椅上一靠，扫了扫众部下，又抚摸了一下自己的圆肚，自豪道：“我们公司有别人无可企及的优势。我希望大家精诚团结，恪尽职守，力争早日实现‘4·8蓝图’。下面请胡总经理给大家具体说明‘4·8蓝图’的内容。”

胡总经理五十岁不到，稍瘦，精明练达，神情专注，笔挺的黑色西服、一头银发让人一看就精神焕发。他原是北京某国家机关最年轻的局级干部，“文革”中因袒护自己的恩师被关进牛棚，耽误了大好前程，一头黑发也被气白。恢复工作后，一不想当官，二不想成家，抱着觉悟人生的意愿，无论大小会上口无遮拦，一把乱说。恩师有感于他的忠心，给有关方打个招呼，将其下派到地方工作，正好兴华公司在武汉成立分公司，受命出任武汉分公司的总经理。

“同志们，”胡总经理站起来，表情严肃，满口京腔，格外养耳，“刚才韩董事长就当前我国的经济形势以及相关政策，作了明确的说明，相信大家有所领悟。下面我就‘4·8 蓝图’作具体解释。简而言之，‘4·8 蓝图’就是说，在未来的五年之内，我们将依靠四大支柱产业，确保每年完成 8 个以上的较大业务。力争第一年起步，第二年迈大步，第三年腾飞，第四年进入湖北省一百强，第五年进入全国五百强。为市里的经济建设作贡献，为湖北省的中部崛起作贡献，为我国的国民经济发展作贡献。”

他双手支撑桌面，目光犀利，脸放红光，声音清朗：“四大支柱产业这第一，就是合作发行彩票，确保每年在省里不低于五个亿的发行量。同志们，这是我们的阳光事业，是为中国千千万万残疾人谋福祉的慈善事业。为了鼓励我们开展这项造福于弱势群体的伟大事业，有关部门会给我们奖励。”

他喝了口茶继续道：“刚才韩董事长已经给大家说明，国家将实行双轨制。双轨制就是说国家为了加速经济发展，在流通领域内实行计划内价格和计划外价格。我们将充分利用公司的优势，为此，我们第二大支柱产业，就是从事国家计划内的各类物质销售，以利于推动国家的各项基础建设。譬如原油、钢材、煤炭、粮食、棉花等。第三就是开展各项进出口贸易，以满足国内各类市场的需求。譬如进口小轿车、彩电、冰箱等。第四就是开展各种大型公益文化活动，以丰富国民的精神文化生活。譬如同中央电视台和地方媒体联合举办大型公益演出，举办各类有益于社会进步的评奖活动等等。届时将邀请重要领导、国内外名流、社会活动家参加。”

他声情并茂，京腔极富感染力，加以部分肢体语言，所有参加会议的人都被深深打动。没做笔记的一动不动地倾听，做笔记的也听得入神，放下笔用耳朵默记。最后，他来回看了看大家："至于每年要完成的八个以上的大业务，董事会将在每年元旦前，根据当年的政治和经济形势，结合各部门的工作性质，分配给各部门逐步实施。另外，董事会研究决定：凡在我兴华公司工作满两年以上的工作人员，有一定业绩的，奖励小轿车一台、一室一厅住房一套；业绩突出的，奖励小轿车一台、二室一厅住房一套；有重大业绩的，奖励小轿车一台、三室一厅住房一套。在座的是各部门经理，是公司的中坚力量，任务完成得好，除以上奖励外，还有更高的现金奖励。希望大家拧成一股绳，努力工作，早日完成我们的'4·8蓝图'，不辜负上级领导对我们的期望。"说完，朝董事长点点头，神情庄重地坐了下来。

大家一阵骚动，兴奋之情飞上眉梢。

韩董事长咳嗽了一声，议论、耳语之声立即停了下来。他抬手看了看表："胡总经理的话希望大家牢记于心，散会后各部门要展开讨论，写出决心，开展竞赛。奖励一事，可以传达给每位员工，但不要对外宣传。这只是我们兴华公司内部奖励机制。同样，我们也有相应的惩罚制度，办公室会打印给各部门遵照执行。下面由曹副总经理，就今年我们公司要开展的几大业务，给大家具体部署。"

曹副总经理刚过五十岁，比韩董事长小比胡总经理大，身材比胡总经理胖没韩董事长肥。头发既没有韩董事长光，也没有胡总经理白，属花白稀发之列。他讲话时紧时慢，重点处多有重复，期期艾艾讲了一个多小时，将一年要开展的几大业务，作了详细部署。

接下来办公室苏主任，就当前公司的管理规范、下一步的工作思路，也作了具体说明。会议直至中午12点半才结束，大家群情振奋。

"李远方，到我办公室来一下。"李远方刚要离开，韩董事长叫住了他。来到办公室，韩董事长示意秘书带上门，对李远方道，"你这两天把工作交代一下，礼拜天跟胡总到北京出差。"

李远方一愣："韩伯……有何吩咐？"

韩董事长没有马上回答，喝了口茶，清了清嗓子，这才平静道："胡总在北京很有人脉资源，这次是专程到北京争取更多的计划指标。你要全方位负责好他的活动，既要完成任务，又要让他休息好，懂吗？更主要的是争取关键人的满意。胡总没想到的你要想到，所有的渠道我们要长期合作下去，不能断线，明白吗？”

“明白，请韩伯放心，一定不会使你失望。”李远方还没听完，就明白了董事长是要他监督胡总经理在北京的相关活动，同时接上他在北京的一切人脉关系。

“明白就好，你要大胆见机行事。”

“是！”李远方站起来，“我回办公室布置交代工作。”

“等一下，”刚走到门口，他又被叫住，“听说你准备今年结婚？”

“对，有这个想法，还没完全定下来。”

“哦……是这样，周丽是个好姑娘，你安心工作，力争事业、家庭双丰收。老领导和你肖畅姐都对你寄予厚望，明白吗？”

“是！”李远方转身出门，步履轻盈，回到办公室，立马吩咐苏秘书，“通知发展部的全体职员，下午两点准时到办公室开会。”

吩咐完，李远方一屁股坐在沙发之上，大脑急速飞转……

3

“五一”国际劳动节还有近十天，北京城已经显出节日的气氛。燕京饭店八楼六号房间里，李远方心神不宁，躺一会又坐一会，站一会又走一会，他在等胡总经理的电话。

来北京上十天，他几乎一步不离地跟着胡总转进转出，要完成的任务基本上算是大功告成。其间，他按韩董事长的交代，暗地将所有拜见人的地址、电话、职位以及所分管的项目一一记下来。

今晚，胡总要拜谒一位大人物，吩咐他带上贵重礼品，叮嘱他一步也不能离开房间，等他电话。他从下午四点一直等到快晚上十点，电话铃声依然一声不响。

李远方一个人在房间焦虑难耐，打开电视，从国家台到地方台找不到喜欢的节目。翻翻报刊，尽是些劳动模范的人物专访。走到凉台往下看，长安街上车水马龙，人声鼎沸，反增加了心中的烦躁。

“嘟……嘟……”电话终于响起来，他一把抓起，“喂……胡总，我到什么地方来见您？”

“什么我啊您啊来啊去啊！晕了？”周丽在电话里笑道。

“真晕了！”李远方也笑了起来，“怎么这么晚还想我？”

“想得美？是查你的岗，看你在北京干什么坏事。”

“能干什么坏事？在等胡总的电话，今晚要去见一位重要人物，都等了五个多小时……真烦，你怎么还不休息？”

“别烦，我们报社元旦前在北京请一位领导题词，都等了整一个礼拜才见上面，你这几个小时算什么。今晚我加班，准备‘五一’节的活动。告诉你，节日期间，我们报社邀请三十位电影明星来报社做客，同时举办几场文艺晚会。我想邀请你的朋友们参加，所以，打电话问你什么时候回。真以为我想你啊？”

“我坐 26 号晚的火车，你早上到南站接我。另外，我给你、肖畅姐和宋红雨，每人买了一件风衣，正好节日穿上风光风光。”

“好，就这样。我不打搅你了，免得耽误你们的大事。”

刚挂上，铃声又响了，李远方拿起话筒就调侃：“还没结婚就这么啰嗦，还有什么吩咐？我未来的周氏李夫人。”

“什么‘啰嗦’、‘搂死你夫人’？好小子。你背着未婚妻在外面找有夫之妇，这还了得？是不是遇上麻烦了啊？”

“韩伯！”李远方赶紧一屁股从床上跳起来，“我怎么敢，刚才是周丽来电话，不好意思我有点激动，把您当她了。”

“可以理解，跑的情况怎样？”

“向韩伯报告：从 11 号来京后，11 天来，胡总带着我马不停蹄地跑。您吩咐我做的我一点一滴都记下了。另外，今晚胡总带我见一位重要人物，我在房间等他电话。”

“是关键人物吧？”

“好像是，胡总说，只要此人点点头，我们的项目不难实施。”

“好，转告胡总抓紧时间，回后专程为他接风。”

“是，请董事长放心，一定完成任务。”

挂上电话，大约又等了半小时，胡总的电话终于进来了。

“喂，远方，你带好东西，打的到前门斜对面。现在十点三十五分，我十一点到，千万记住：只能提前，不能迟到，明白吗？”

“明白，您放心，我马上出门。”

十一点差十分，李远方就到了指定位置。北方四月天乍暖还寒，冷风一阵急似一阵，吹得人直打寒战。他紧了紧衣领，挺了挺胸膛，放眼向天安门广场望去，一股暖流涌上心头。

左前方，天安门城楼在华灯的照射下壮丽辉煌。斜对面，人民英雄纪念碑和毛主席纪念堂庄严肃穆。正对面，巍峨的大前门飞檐陡壁，直插苍穹。整个天安门广场如诗如画，美轮美奂。

李远方一阵心动：这就是伟大祖国的心脏，是十亿中国人民向往的圣地，今晚他——李远方，就站在这令世界瞩目的标点上。

他想起了远在白龙寨的艰苦岁月，想起了上小学时，老师指着天安门画片时的敬仰情景，更想起了上大学时的高远志向。现在当他置身向往了二十年的圣地，自豪之情难以抑制，无以言表。

“你过来，干什么的？”

随着一声吆喝，李远方从遐想中回过神来，两名全副武装的执勤战士，向他走了过来。他一惊，担心检查他的提包，边走边想怎么回答。来到面前，主动掏出自己的工作证递给对方，一边道：“我是武汉的，因为路线不熟，在此等人来接。”

两战士反复看了看证件，又上下打量了他两遍，边还证件边道：“这里不许久呆，早点回住地。”说完步伐整齐巡逻而去。

突然，一辆“红旗”轿车在身边戛然而止，轿车后座门打开，胡总探出头来：“远方，上车。”

李远方这才长长出了口气，急忙提起包钻进轿车，“红旗”随即启动，绕过天安门广场，拐进另一条街……

4

李远方坐在车里一声不吭，他还沉浸在刚才惊心的一幕中。一刻钟左右，“红旗”在一个庭院前停下，李远方和胡总在工作人员的带领下默默穿过庭院，被带到一个古色古香的客厅坐下，工作人员随即退出门去。旋即，从内室又走出一名工作人员，默默给二人上茶，然后又默默踅了进去。李远方端起茶杯，内心一阵紧张。

大约十分钟后，秘书终于从内室走了出来，小声道："胡总，请进，记住，只有十分钟的时间，拣重点汇报。"一面带领二人向书房走去。李远方一走进宽大的书房，只见主人满面红光，神采奕奕，坐在沙发上认真审阅文件，看上去非常精神。李远方一阵激动，油然而生敬意。

"武汉来的客人已到。"秘书一声报告，带上门出去。

"哦。"主人放下文件，站了起来，热情地同二人握手，李远方感到手心一阵温暖。

"请坐！"主人示意二人在他对面坐下，自己先坐了下来。

"对不起，这么晚来打搅您！"胡总小心道，"恩师孔老，让学生我代问您好。"

"感谢孔老的挂记，你们也代我向孔老问好。孔老同样是我的老前辈，是我们国家的栋梁之材。他给我来了两次电话，说明了你们的来意。你们的报告秘书也给我看了，觉得甚好，符合当前国家宏观上调控、微观上搞活的经济政策。不过，步子不能太快，恐怕欲速而不达。我们国家受'文革'的危害太深，走上正轨需要过程。"

"报告，"胡总道，"我们这个报告是由市里研究通过再报国家的。"

主人点点头，从烟盒中抽出一支烟，点上重重地吸了一口，继续道："你们省里提出了一个'中部崛起'的发展构想，非常好，有魄力。我建议你们跟省里好好沟通，求得他们的支持。"

"谢谢关怀！"胡总赶紧道，"我们已经跟省里沟通过了，省里非常支持我们的工作。"

"哦，"主人优雅地弹了弹烟灰，"如此甚好，省里也找过我，他们有他们的设想。你们公司是双重领导，要协调好关系。我再征求一下有关方的意见，如可行，我会支持你们的。"

"非常感谢您对我们工作的支持！"胡总一听放心了，他看了看表，时间已到，赶紧站起来，笑道，"孔老叮嘱我给您带来了一点礼品，敬请笑纳。"一面示意李远方将提包放在茶几下。

正好秘书推门进来，主人吩咐道："送客人出大院。"

秘书带二人出门上车，吩咐司机调头出院子。

“远方，”胡总望了望高不可测的夜空，兴奋道，“拦台的士，我带你到簋街喝夜酒去。”

“胡总，”李远方关心道：“十二点了，还是回饭店休息吧！”

“你想，我怎么睡得着？每次见领导，我都像孙子见爷爷，心里七上八下，说话小心谨慎。真是活见鬼。”

正好来了一台的士，李远方只得拦住，二人上车而去。

簋街是北京著名的饮食一条街，荟萃了全国各地的风味小吃，特色佳肴。二人找进一个东北酒楼，上二楼靠窗位坐了下来。

“服务员，”坐下后，胡总对跟过来的服务员吩咐道，“四斤涮羊肉，大盆东北乱炖，一盘老虎菜，一盘酱牛筋，外加一瓶‘牛栏山’高度二锅头。”今天他要开怀痛饮，一醉方休。

李远方有点拘谨，小心翼翼地轻酌慢饮，胡总却大发感慨，三杯酒下肚，口无遮拦的本性暴露无遗。他毫不保留地谈他的过去，谈他的青春理想，谈他的恩师，谈他的初恋，谈被关进牛棚的经历，谈对社会的看法，谈社会上的种种不平……谈着谈着就开始骂爹骂娘。满腹的牢骚，在烈酒的炙灼下转化为落拓不得志的粗语秽言。

李远方被他的情绪所感染，他发现这个满头白发的单身男人，是个非常坦然的汉子，只是内心深处藏着太多的痛苦和酸楚，所以才口无遮拦，无所顾忌。他有点自责自己在他背后所进行的行为，尽管这种行为是董事长的授意。

“胡总，”他不忍再听下去，用话岔开，“我不太明白为什么要我们同省里沟通，这对我们来说好像意义不大？”

“这还不明白？”胡总有点醉，“省里也在向国家要计划，要经费，也找了有关部门。来北京前韩董事长向我透露，说省里也成立了一个什么‘两湖’公司，跟我们公司的性质如出一辙。”

“哦……原来如此！”李远方有所悟：他想起周丽曾告诉他，在最近一次文化采访活动中，有记者问辛雅娟丈夫所从事的工作时，辛雅娟当时回答并不是在公安局，而是一个什么公司。原来这个“钱是命”，有可能跑到“两湖”公司去了。

想到此，李远方问道：“胡总，这么说，这个‘两湖’公司，是在同我们争计划、争指标、争项目。”

话没说完，一楼吵闹起来，打断了胡总的话语，紧接着，就听下面桌椅板凳乱摔，两拨人大打出手，一直扭打到街上，只听一人大声骂道：“你跟老子搞，老子打死你，就像踩死一只蚂蚁。”

李远方一听声音有点耳熟，站在窗口往下面一看，只见一人骑在另一人身上，一手按头一手抡重拳痛下杀手，几个人拼命拉扯。李远方定了定神，仔细一看，不由倒抽一口凉气。

“这不可能？真是阴魂不散！”李远方惊得半天说不出话来，他认出来了，骑在别人身上痛下杀手的正是钱思鸣。

“怎么啦？远方！”胡总也站起身来，跌跌撞撞，醉眼迷糊道，“好像是……你们武汉人在骂……街！”

“你说得非常对！”李远方叹了口气，“是个地地道道的武汉人，一个纨绔子弟，一个大大的混蛋……”

第十一章

1

由晚报牵头邀请的三十名电影明星演唱会，定于五月一日晚在体育馆隆重开演。为了使此次演唱会更加丰富多彩，举办方还邀请了地区知名艺术家、歌唱家联袂演出。各新闻媒体都抓住机会，大力宣传以提升影响力。电视台滚动播放明星们的得意之作及生活花絮，报纸则大幅刊登俊男靓女们的光辉形象，配以鼓吹文章。

从四月二十六号开始，明星就开始陆续到汉，组委会将他们安排在“惠济饭店”下榻。于是乎，“惠济饭店”内一帮娱乐记者们，像捉鱼摸虾般跟在明星屁股后到处乱窜，市民们则聚集在饭店大门口来回溜达，翘首以盼，想一睹明星风采。

作为此次活动的重要成员之一，周丽从第一名明星到汉，就进驻饭店，正好肖畅在饭店有间办公室，每天要来饭店安排工作，给周丽提供了很多的方便。二人更是利用有限的见面机会促膝谈心，交流治家之道。

周丽二十七号早到南站接李远方时，交给他十张五月一号的演出票，并告知活动期间不能陪他，让他自己安排节日活动。

李远方花了半天时间，向韩董事长汇报北京之行的详情，同时就“4·8蓝图”提出了自己的见解和建议，深得韩董事长赞赏。

明星演唱会五月一日晚如期在体育馆举行。体育馆是省里最大的室内体育馆，安装了最先进的音响设备，配置了最现代化的电子显示屏，省市诸多大型活动，都冀求在此举行。

上午八点，体育馆门口人头攒动，卖各种小吃的、倒卖高价票的、趁机伸三只手的、想有所艳遇的，都汇集这里各显其能。更多的是些少男少女们和一些婚外恋者，像潮水般推来搡去，你喊我叫，都挖空心思、削尖脑袋想求得两张入场券，以便场上场下情景交融。

周丽给李远方的十张票，他给胡总两张，苏秘书两张，自己留两张，肖畅有举办方赠票没要他的，余下四张全部给了宋红雨。

七点差一刻，李远方找到了自己的号位，一看除了周丽在忙采访外，其他人都来了，他礼貌地同众人招呼后坐了下来。

胡总今天带了位黑发披肩的中年妇女，大概有感于自己的满头白发，他每次换的女伴必定有一头乌亮的黑发。

苏秘书是同自己的妈妈一起来的，据她昨天接票时介绍：她妈是今天某位出场明星十几年的忠实崇拜者。

宋红雨特地邀请了三位姐妹，四人都打扮得花枝招展，兴奋得手舞足蹈，招惹得四周掠美的目光，不停地在她们身上扫来扫去。

七点整，照明灯同时熄灭，聚光灯同时亮起，悠扬悦耳的音乐同时奏鸣。众电影明星及武汉地区几名歌手艺人一起登台亮相，向观众挥手致意，整个体育馆内星光灿烂，掌声如潮。

紧接着，来自电视台的两位著名男女主持人，用激扬的声音朗诵晚会的主题词，依次介绍出场的明星。

观众席上，掌声一浪压过一浪，尖叫声此起彼伏。

演出正式开始，明星们逐一登台献艺。唱歌的，时而低吟时而高亢；

演小品的，时而假哭时而自笑；诗朗诵的，时而喟叹时而呐喊；再现电影片段的，时而捶胸时而顿足。人人声情并茂，个个装腔作态，都像是引领艺术潮流的先锋，仿佛世界因他们而精彩。

李远方有些失望，有几位他很欣赏的明星，在表演节目前的表白，说得前言不搭后语。有一位大明星，为了表现自己对湖北地区历史名人的稔熟，居然把“屈原大夫”说成是曾经当过“医生”。大概胡总经理也有同感，不停地长吁短叹。

辛雅娟出场了，一曲日本民歌《星》唱得荡气回肠，令人柔肠寸断。所有的人都被深深打动，就听辛雅娟最后高歌：“啊……星光灿烂，伴我迷途，给我光明。啊……星光引路，风之语，轻轻听。带着热情，我要找理想，理想是和平。寻梦而去，决意走崎岖险境。”

泪水从李远方眼眶涌了出来，他想起了杨帆。此时，他一定站在新疆荒漠，遥望星空，遥想亲人。

“远方，”胡总似乎也被打动，歪过头，“这辛雅娟气质高雅，歌声更美，回头让周丽联系一下，以后我们公司搞活动请她。”

“人家可是有夫之妇！”李远方答道，“您最好不要想心思，再说，您不怕身边富婆吃醋？”北京之行李远方和胡总之间增加了默契，胡总更是把他当成知心朋友，所以，他说话也就直来直去。

“是吗？”胡总兴趣来了，“这更增加了我的意趣，我并不想跟她结婚，只是追求一种崇高的感情交流，达到精神和肉体的高度统一。身边这位只有肉体，没有精神，我想追求更高境界。”

李远方不想聊下去，他想起了钱思鸣，不寒而栗。

演出进入尾声，周丽摸过来坐下，告诉李远方：她安排了一台车在大门口，让他演出结束后，带宋红雨她们一起上车，到“晴川饭店”吃夜宵，因今晚所有明星都下榻“晴川”。

演出结束，所有明星再次同时出场向观众挥手致意，体育馆内再次掀起尖叫的浪潮，有些青年人更是潮水般涌向台前。

青年人的心最热，对明星的向往也最执著。

李远方发现有几名男子围着宋红雨她们在说话，仔细一瞧，心一惊，他发现了钱思鸣，赶紧大声喊她，并挥手示意跟他一起出场。宋红雨一见，马上带着三名姐妹跟了出来。

去饭店的路上，四名美女意犹未尽，大谈各自对几名男星的评判。李远方一路倾听，不时也抒发同感。

“红雨，”车过长江大桥进入龟山脚下，李远方突然试探道，“刚才散场时，同你们说话的几人，你认识吗？”

“不认识，看上去很牛，非要请我们一起去夜宵。”

“个个色迷迷的，”一个姐妹道，“有一个恨不得拉宋红雨走。”

李远方判断出宋红雨不认识钱思鸣，不愿说破，告诫道：“以后遇见这种人不要理，现在社会上很乱，切莫上当受骗。”

小车很快就到了“晴川饭店”，周丽正在门口等他们。一行人跟着她，直上二楼餐厅。

“晴川饭店”是市里最高档的涉外宾馆，也是三镇最高的建筑物，二十四层高楼，建得方方正正，像一块顶天立地的丰碑，矗立于龟山脚下，长江之滨，晴川阁旁。

站在房间的凉台上，叹大江东去，惊长虹卧波，看百舸争流，真是红尘中情怀感发之地，天地间悲天恸地之所。

二楼餐厅装饰得富丽堂皇，周丽安排一行人在大厅临窗而坐，不时有明星从身边走过，四位美女惊喜得杏眼圆瞪，舌吐香唇。

突然，宋红雨惊道：“远方，你看，辛雅娟进来了，她身后几名男人，就是刚才找我们说话的人。”

李远方回头一看，脸一沉，无法再掩饰钱思鸣的身份，只得对宋红雨道：“你知道那位穿蓝色西服。长得很壮实的人是谁吗？”

“就是他，刚才要拉宋红雨一起走。”一个姐妹小声道。

宋红雨从李远方的神色中已有所悟：“不会是钱思鸣吧？”

李远方默默地点点头，两人都不作声，陷于沉思之中。

“红雨，”周丽走了过来，“请姐妹们吃好，别浪费，你看，这盘清炒小白菜二十四元，相当于你一个月的工资呢！”

“不会吧！”几人都啧啧称贵。

“周丽，”李远方请求道，“能不能安排我和辛雅娟单独谈谈？”

“这有何难，她现在巴不得有人采访她，我的同行都追捧电影明星去了。什么事？你搞得如此神秘兮兮的？”

“刚才散场时，钱思鸣死皮赖脸纠缠宋红雨。”

“哦……”周丽也惊叹，“这么巧？是了，钱思鸣并不认识我和宋红雨，坐在辛雅娟旁边穿蓝色西服的就是他吧？”

“对，就是他！”

周丽站起来出去了一会，回来对李远方道：“走，安排好了，我们坐电梯到十五楼六号房等她。”

二人来到房间不到五分钟，辛雅娟被工作人员叫了进来。她一看是李远方和周丽，大感意外。

“对不起，耽误你用餐。”李远方严肃道，“不得已为之，因为事关尊先生的名誉。”将钱思鸣的所作所为，详细告诉了她。

“谢谢你的提醒。”辛雅娟摇了摇头，苦笑道，“他是什么人，我比你们更清楚。这是我的命……以前还好些，现在到‘两湖’公司，跟一帮纨绔子弟在一起，更加肆无忌惮。”说完低下头长长地叹了口气，抬头对周丽道：“我真羡慕你！”

“他找任何女人，跟我们毫无关系。”李远方接着道，“可辛雅娟，你知道他今天纠缠的是谁吗？”

“谁？”

李远方两眼凝视窗外，愤慨道：“是杨帆的未婚妻，一个非常值得同情的好姑娘，我不想钱思鸣日后再纠缠她。”

“宋红雨？”辛雅娟瞪大了眼睛，好半天才回过神，“你们放心，我会教训钱思鸣的。”说完，疾步出门愤然而去。

李远方回到餐厅坐下对宋红雨道：“红雨，千万记住钱思鸣的样子，以后任何时候碰见他都要避而远之，明白吗？我这段时间在钢铁厂做生意，有什么事情赶紧打电话给苏秘书，她随时会通知我。”

“你错了！”宋红雨眼露怒气，银牙错咬，“刚才你不在时，我已找他要了电话，我要让他死在我手里！”说着，泪水涌了出来。

李远方脑袋轰地一炸，半天说不出话来……

2

钢厂外宾招待所，简称钢厂四招，是钢铁公司七十年代初兴建的高级招待所，楼高十二层，当时是市里最惹眼的建筑。

兴建四招的初衷，是为了给在钢厂工作的外国专家一个舒适的居住环境。随着市场经济的飞速发展，四招逐渐成为钢厂对外销售产品的窗口。凡来钢厂购买钢材的客户，大多下榻在这里，所以一年四季，招待所生意兴隆，宾客盈门。

钢厂是全国的大钢铁企业之一，其生产的热轧板、冷轧板、硅钢片代表全国最高水平。七十年代末，年产量在三百万吨左右，进入八十年代，达五百万吨上下，九十年代力争突破一千万吨。

作为国家重点企业，钢厂所生产的钢材，历来由国家统一计划分配，自主销售不到10%的额度，其销售价格由钢厂自行拟定，大都高出国家计划价近一倍之多。即使如此，这10%的自销额度，依然成为拿不到国家计划指标的中小企业拼命追逐的目标。需求量最大的是来自广东、江浙、福建等沿海集体、私营企业。这些企业不受国家条条框框的限制，财务管理比较灵活，要现金有现金，要汇票有汇票。只求有货，不谈价格，即使如此，依然是拿钱买不到货。所以，四招里一半以上入住的是广东、江浙、福建的客商。这些说起话来舌头打卷、鼻孔出气、声音转弯的“广仔”们，也就顾不得脸面，到处削尖脑袋、钻窟窿打洞、求爹告奶般抢购货源。

广东人喜欢8字，谐音就是“发”，预示着要发财，所以四招的8楼房间，全部被“广仔”们长年包租。能进住8楼的又是“广仔”中生意做得最好的大客户。那些小购小销的，只能在其他楼层暂栖，每天像上班一样定点到8楼来打探消息，求得一口残羹冷炙聊以维持生计。更有一些连外招也住不进的，也时不时地来8楼和其他楼层寻亲访友拉扯关系，以求得一线生机。天长日久，招待所几部电梯内的8字标识，被这些上上下下的“广仔”们双手触摸得模糊不清。

8楼8号房主叫阿洪，是位三十出头的矮胖子，本名洪海涛，广东汕头海边渔村长大，祖宗八代靠出海打鱼为生。据他介绍：娘生他时正站在海浪边望夫归来，所以起名叫海涛。“文革”中一家人穷得每天大眼瞪小眼连门也不敢出，一条破裤子兄弟五个抓阄上身出门觅食。“文革”后，阿洪毅然出门当兵，一次实弹演习飞身扑救了一名战友的命，得到上级嘉奖，转业后优先安排进了集体企业。本来只想老老实实当个工人，谁知时来运转，被他救过命的战友找上门来要帮助他。因战友父亲升任冶金部高官，单位就派阿洪到供销科，负责联系钢材货源。有战友的帮助，别人梦寐以求的货物，阿洪轻而易举就能搞到，不到两年升任科长。随着关系网不但扩大，他干脆辞职自己单干，一年下来，囊中收入近百万之巨，三年过后聚集了千万资产。这印证了隋炀帝的一句名言：“我本无心求富贵，谁知富贵逼人来。”

现在，阿洪四脚八叉地平躺在床上，身边围坐几名求他帮忙的老乡，你一言我一语附和着他聊天，打发时光。

“阿洪，”沙发上一位满脸横肉、四十多岁的中年人，一边掏火机点烟 边问，“你刚才说国家实行双轨制，那以后厂家为了赚钱会加大生产规模，货源会更充足，再不会像现在这么难买啦？”

“没那简单啦！”阿洪拖腔拿调，“你想一想，实行双轨制后，大家都有你这种想法，要货的厂家会成倍增加，货源会更紧张啦……比方说，现在十家出货，二十家要货，实行这个双轨制后，还是十家出货，可要货的可能有五十家啦……所以……以后会更难啦！”

“高见……高见！”几人马上一致赞同他的分析。

“阿洪，”一位坐在阿洪脚边满口黄牙、不到三十岁的瘦子，站起来接过中年胖子递上的烟，也边点火边问，“你刚才说，今年订单不到18000 吨，那比去年还少 2000 多吨，这是什么原因？”

阿洪愁眉道：“我说阿平，你怎么这么笨咧，这就是我刚才回答阿华的原因，要货的人多啦。你不见今年招待所进进出出的，出现了好多新面孔啦，都是来跟我们争货源的啦！”

“你去年给了我 1500 吨，今年可不能低于这个数啦！”原来这瘦子阿平，是担心自己的货源。

“阿洪，我们都是老关系，也不能少啦！”另外三位立即附和。

阿洪不想答应他们，闭上眼道："到时再说啦！"

"阿洪！"走廊里一声清脆的女声传来，阿洪立马坐了起来。

声到人也到，一位二十多岁、身材妖娆、气质风骚、西装短发、满脸花开的少妇，一阵风似的飘了进来。

"哎呀！胡经理，请坐……请坐！"阿洪眼睛笑成一条逢。

"坐你个头哇！"胡经理一屁股坐在阿洪身边，手里一把签字单往阿洪大腿上一搁，"给，四月份的餐费，一共36530元，30元的零头就抹了，你过目批个字，我好找小杨结账。"

"过什么目，你说了算啦！"阿洪伸手到她身后搓摸。

"老实点，"胡经理打开阿洪的手，一面问，"晚上安排酒吗？"

阿洪在总结账单上歪歪斜斜写上"同意，请付钱。洪海涛。1986.5.8"，一面答道，"晚上没客，就不要安排啦。明天中午安排两桌，销售部张科长的小姨子请客，我买单啦！"

"多少钱一桌？"

"晚上你来我房间，我单独同你商量啦！"阿洪把笔还给她，顺手又摸向她的屁股。

"鬼东西！"胡经理站了起来，"那我找小杨结账去？"

"去啦！"阿洪抹了抹胡子，"记住，晚上来我房间，我今晚要让你知道我阿洪的厉害啦！"

"就你那个'小泥鳅'？"胡经理屁股一扭，"哼……还没'见火'就蔫了！"说完，又一阵风似的出门而去。

房间里几人同时发出淫荡的笑声。

阿洪拿起床头电话，拨到一楼五号房："阿梁你上来。"

几分钟后，阿梁满脸迷糊，有气无力地靸着拖鞋走进房来。

这阿梁本名梁明，是阿洪的老乡，比阿洪大几岁，曾经当过阿洪几天的高中代课老师。想发财连教师也不当，刚出道时也发过小财，闯荡几年后闯得身无分文。老家连房子也抵押给别人，本来就不愿嫁他的老婆，很快暗中投入了别人的怀抱。无奈他只得厚着脸皮，投奔学生阿洪，完全靠阿洪养着。他每天的任务，就是帮阿洪跑腿问路，端茶倒水，附带洗衣抹桌，买酒叫菜，一并大小脏活累活无所不做。四十岁的旺年男人，看上去比六十岁的老头还缺阳气。

“阿梁，”阿洪吩咐道，“去到门口小酒店，安排八菜两汤外加两瓶白酒，让他们六点整送进来。顺便叫阿黄、阿杰上来，你自己就在酒店随便吃点什么。”说完，递上三百元钱。

阿梁接过钱，一声不吭地走了出去。

“阿洪，”阿华道，“这阿梁一脸的霉气，你未必真要养他一辈子？长期下去，恐怕会给你带来霉运啦！”

“是啊！”阿平附和着，“自从他来后，阿洪的生意就不顺心，要不，今年怎么少签2000多吨货啦！”

“没法啦！”阿洪摇摇头，“一个镇的老乡，又当过我几天老师，不说他，来！我们玩麻将，谁赢了，晚上歌舞厅买单啦……”

3

阿梁走进外招大院门口的小酒店，一看墙上的闹钟，已经过了五点，他拖沓着步来到最里面，找了一个小桌坐了下来。

老板娘是位三十多岁的稍胖女人，皮肤白皙，满脸油光，正坐在收银台低头嗑瓜子，抬头一见阿梁，赶紧笑了过来。

“哎呀，阿梁，几天不见，你看上去年轻多了！”扭头朝里面叫道，“小红，快出来，阿梁来了，上茶！”

小红并不小，看上去比老板娘略微年轻，可她身材苗条，确有几分姿色，浑身散发着肉香。她快步从里面走出来，左右摇摆。

两个女人一左一右把阿梁夹在中间，你问我答说相声般默契。

“小红，你看阿梁是不是年轻多了？”老板娘冲小红眨眼。

“我说老板娘，别把我们阿梁当三岁小孩，人只有越长越老，哪有越长越年轻的，是吧阿梁？不过，我们阿梁却越来越有精神！”

“真是咧！”老板娘瞪眼盯着阿梁，“越看越有精神，你看我这什么眼神？听说阿洪近来做了一笔大生意，一定是跟着他每天吃香的喝辣的，山珍海味猛撑，要不怎么这么有精神？”

“哎呀，老板娘，你还不知，里面餐厅的‘狐狸精’，每天跟在阿洪屁股后转来转去。阿梁，我没说错吧？你是阿洪的‘内务大臣’，叫他多光顾一下我们小店。他在里面吃一顿，折我们这里吃十餐，何必让个妖精把钱都骗走了呢？”

“是啊！这个‘胡……狐狸精’心狠手辣，从来不给我们阿梁一分钱的回扣。听小杨说，四月份又吃了五万多……是吧？”

“我说阿梁，阿洪这么有钱，你何不找他借个三万、五万，自己开个小酒店，我和老板娘，都去给你打工。”

“打个么工吵，我说小红，干脆把你那个懦弱的小木匠一脚踹了，就跟阿梁过日子算了。”

“好哇，就怕阿梁看不上我。”

“那就是阿梁不对咧！像小红这样的美人胚子，在武汉打着灯笼也找不着，你们两个抱在一起，那可是郎才女貌，天生一抱啊！”

“好了，你们别演戏啦！”阿梁被两个女人一推一搡搠得有点飘飘然。他慢慢掏出三百元大钞，故意在手上摆动，一边拉腔拉调，“八菜两汤，外加两瓶白酒，六点整送到 8 楼 8 号。顺便给我上两菜一汤，我在这里就餐。”一面说一面极不情愿地把钱递给老板娘。

老板娘和小红同时起身，一个进去通知厨师备菜，一个到收银台找钱。很快，老板娘拿过 30 元零钱塞给阿梁，又紧挨他坐下，轻言细语：“阿梁，隔壁发廊的姗姗，你昨晚是不是又叫去了？我告诉你：攒点钱不易，莫都塞到这些人身上去了，她们又不跟你讲感情。多拉些老乡到我这里，好处多着的吵，何乐不为呢？‘狐狸精’那里价格贵，服务又差。多照顾我们，我晓得招呼你的吵！”

“没办法，你这里条件太差，上不了档次，我们请的都是贵客啦！”阿梁口上这么说，心里却在苦笑，“我自己都是靠阿洪施舍过日子，哪能顾及你们！”继续道：“我倒是建议你开个高档的酒店，我保证每天拉个十桌、八桌不成问题啦。”

“这可是你说的？”老板娘来劲了，在阿梁身上擦来擦去，“我老早就准备开个高档的，只是资金不足，你跟阿洪做做工作，让他投资入股，你看怎么样？”

“阿洪对开酒店不感兴趣，等我有钱了给你投资吧！”

“太好了！”老板娘大为激动，刚要摸阿梁大腿，突然意识到自己是在浪费时间，像泄了气的皮球，“你什么时候有钱啦，等你有钱恐怕我都走不动路了！”说完，站起来回到收银台继续嗑瓜子。

“狗眼看人低！”阿梁心里骂道。

小红很快把酒菜上桌，阿梁一看，一盘回锅牛肉、一盘青椒肉丝、一碗鸡蛋番茄汤、一杯老白干。他赶紧放下茶杯，拿起酒杯先呷一大口，眼睛一亮，精神一振，筷子快速地伸向回锅牛肉。

喝了不到五分钟，一辆蓝色小轿车缓缓停在酒店门前，一个儒雅俊秀的青年人下车走了进来，跟进来的司机也是一个青年。老板娘一见，赶紧出来招呼二人坐下，一面大声吩咐小红上茶。

“炒两碗花饭，一盘腌菜肉丝、一碟盐水花生、一碗香菇肉片粉丝汤，快点。”青年人看也不看菜单。

“不喝酒？”老板娘有点失望，她对过路客向来是狠下杀手，酒喝得越多越高兴。

“不喝！”青年人答道，老板娘不再问，转身吩咐小红。

“老板娘，”刚要在收银台坐下，青年人叫道，“麻烦你过来一下，我问你，外招里的客人，是否经常到你这里来便餐？”

“对，没有我不认识的。”老板娘自豪道。

“那么最大的广东钢材老板，住在几号房间？”

“这……”老板娘看了看阿梁，不知来人何意，“你们？”

“别紧张！”青年人笑了笑，“只是想跟他讨教一下生意。”

老板娘一看，这人不像是公安局的，更不像坏人，马上笑道：“他是我的老顾客，生意做大了，找他的人太多，他也不轻易见生人，所以我多问了一句，你不要见怪。他叫阿洪，住 8 楼 8 号。”说着指了指阿梁：“他跟阿洪是一起的，叫阿梁，有么事可以问他，阿洪的业务都是他经手，外招住的‘广仔’他个个熟透！”

“是吗？”青年人看了看阿梁，有点不太相信，“你叫他过来坐，他今天的费用算我的。”

老板娘一听，马上大声道：“阿梁，过来坐，这位帅哥有事问你，快点，怎么像个麻木动也不动？”

"对不起，"阿梁只顾喝酒吃菜，头也不抬，"我这里坐得很好，再说，我又不认识他，过去干吗？"

老板娘苦笑了一下，无奈地摇了摇头。

"你告诉他，"青年人笑道，"他如果不想长期寄人篱下，想发大财出人头地，就快过来，过了这个村可就没有这个店。"

还没等老板娘再叫，阿梁自己走了过来，在青年人的对面坐下。老板娘赶紧把他的菜转移过来，自己也在桌边坐下。

"贵姓？"青年人问。

"不敢，梁明！"

"好名字，'良民'！一看你就是寄人篱下落拓之人，我这样说你可能接受不了，但恐怕我说的是事实，我们也算有缘。"说着他从身上拿出一张纸条，"我这里提了十几个问题，本来要找个老板逐条讨教，既然先碰上你，就把这个机会给你。对我来说，有可能比找你们老板更有效。你在三天之内，把它一一解答清楚，一定要真实可靠，不能有半点水分。特别是像你们整个广东省，一年总共需要多少吨钢材等等，这种数据绝对不能有假，明白吗？另外，我要求你秘密进行，不要让任何人知道。如果你按我的要求解答使我满意，我保证一年之内，让你成为百万富翁。"又看了看老板娘："如果老板娘有兴趣，也可利用你送菜的机会，把外招各房间的生意人都了解清楚，谁做什么生意，一年多大量等等，我保证你也会有惊喜。怎么样，二位？如果不想干，我找阿洪去，他一定会高兴得三天三夜睡不着！"

阿梁狡黠地笑了笑："现在骗子满天飞，凭什么相信你？"

青年人没作声，示意司机快吃。

阿梁跟老板娘相视一笑，都很羡慕二人的好胃口。

两人很快吃完，司机先走了出去。青年人拿出一百元大钞，交给老板娘："三人的，不用找！"又拍拍阿梁的肩膀："来，到我车边，我给个批文你看一看。"说完，大步走向小车。

阿梁不知去否，老板娘把他一推："快去吵，像个死人。"

老板娘本想过去，但又不敢，只得站在门边观望。只见青年人从车上拿出一个公文包，打开给阿梁看了几份文件，又递给他一张名片，然后，上车飞驰而去。

阿梁像木桩一样，一动不动地站在原地发呆。老板娘跑过去把他一推："他包里什么东西，你看了像呆子一样？"

"那不是包，"阿梁痴语道，"是一个银行！"

"你说什么……银行？"老板娘一把抢过阿梁手上的名片，念道，"兴华公司武汉分公司发展部经理……李远方。"

"这是哪路的财神？"她自言自语道……

第十二章

1

李远方加班处理完几桩急件，从办公室出来已是晚9点多，他吩咐司机直接送他到惠济饭店，肖畅今晚值夜班，电话约见他。

"李经理近来真是春风得意啊。"一进门，肖畅就讥讽道。

"什么意思？肖姐！"李远方一阵迷糊，他对肖畅有一种无法摆脱的情结，没见面时总想她，见了面又有点心怯。

"什么意思？你看……就这个意思。"肖畅从抽屉中拿出一封信，放在李远方的面前，柳眉杏眼逼视着他。

李远方一看，是幺爹写给肖畅的信，叮嘱她敦促自己完婚。他放下信："就这事，急急把我叫来，还以为出了什么大事呢！"

"请问李经理，什么是大事？"肖畅一板一眼。

"我已经跟周丽商量好了，等娘的祭日过后就开始办。"

"那好，你告诉我，具体是哪一天？十一、元旦、春节？"

"周丽出差还没回，等她回后，我们再商量最后定夺。"

"商什么量？"肖畅把信放回抽屉大声道，"我昨天还跟周丽通了电话，她说一切听你安排，她父母都在催问她的日子，你一个大男人不做主，难道要别人姑娘家逼婚不成？你给我听好，李远方，你现在就告诉我：定哪一天的日子？你忙你的无所谓，一切我和周丽去筹备。你把结婚当儿戏，人家姑娘可是一生的大事，你不准备聘礼，别人姑娘还要准备嫁妆，说，定哪一天？”

“那就定国庆节吧！”李远方被她说得不好意思。

“来得及吗，我的哥？”肖畅憋不住笑道，“真是开玩笑，今天都六月十五号了，演戏也没这么快！”

“那就元旦吧！”李远方有点犹豫。

“这可是你自己定的，我没有逼你啊。你听好，国庆节之前安心把工作搞好，把手头的事处理完。国庆节后重点转移到结婚上来。周丽说了，她想旅游结婚，到几个名胜古迹转一转，留个影，写点札记，浪漫浪漫。我的意思，一切以周丽为主，你的任务就是一路搞好服务，明白吗？另外，必须说明一点，出门之前，先回白龙寨热闹三天，这不光是我的意思，也是九爹和整个白龙寨父老乡亲们的意愿。”说到此，想起远方娘给自己的遗言，眼圈红了起来。

“肖姐，”李远方有点哽咽，“这世上除了幺爹，就你最亲，一切拜托你安排操心。说实话，我能有今天，完全是你的帮衬。你刚才所说得我都同意，只是国庆节后，正是我工作的关键时期，我不能给你脸上抹黑，必须在搞好工作的前提下……”

“这正是我要告诉你的第二件事。”没等李远方说完，肖畅就打断他，“昨晚韩伯来我家，他对你的工作非常满意。在他看来，你是最得意的帮手。不过，你也许早就看明白了，兴华公司是什么样的背景？每个人背后都有一棵大树，都跟北京有千丝万缕的关系。你是最没关系的，所以，韩伯的意思是……你不能锋芒太露，现在已有人在背后拱你的槽子。”

“哦！”李远方大感惊讶，“我只想做好工作，想都没想这些。”

“这就是你的可贵之处，也是韩伯看中你的原因之一，所以他想保护你。你想一想：你们公司的生意轻轻松松赚大钱，其中怕是大有文章？”

“肖姐，这些事，你……”李远方瞪大了眼睛。

“我们家每天进出的是些什么人，你难道不清楚？我就是个傻子也听明白了，何况有些事达生他爸还要听听我的想法。”

“你的意思是……要我做事悠着点？”

“不光是我的意思，也是韩伯他们的意思，他们是过来人，站得高，看得远，不想将来毁了你这个好人。”

李远方惊得半天说不出话来，大脑进入茫然状态。当初他拼命想留在武汉，好不容易留在市里，本想好好施展一下才华，开创一个壮丽的事业。可杨帆的判刑给了他当头一棒，使他彻底改变了人生观，思想也在痛苦中发生了嬗变。现在刚刚找到了自己的最佳位置，而且凭自己的能力，充分证明了自己的价值，又被自己最亲近的人和最信任的领导一盆冷水泼下，他不禁茫然，感觉内心好不酸楚。

“不过，”肖畅继续道，“韩伯说我们有可能是杞人忧天，‘天下本无事，庸人自扰之’。他让你不要有思想包袱，天塌下来有长子顶，未来的事谁也说不准，趁现在年轻有机会该干的干，该得的得。只是干任何事都要谨慎小心，不留后患……明白吗？”

李远方慢慢抬起头，他想起了在北京时，胡总酒席上说的话，三年来，发生在自己身上的巨大变化充分证明了这一切。他明白了自己只是一件被人利用的工具而已。就是韩董事长、胡总经理，恐怕也只是一只来回跳动的棋子。看来，他李远方被卷进了一个巨大的漩涡之中，他无法理清自己的头绪，心一下子沉了下去。

“肖姐，谢谢你的提醒，谢谢韩伯和文叔的关心，我会谨慎小心的。另外，拜托你找宋红雨谈心，不知效果如何？本来今天我要找她去的，处理了几桩急事，耽搁了。”

“这个疯丫头，你不提醒我差点忘了，她不让我告诉你，十几天前，她找了几个杀猪的，把钱思鸣打得半死。”

“什么！这岂不是种下祸根？”李远方大惊。

“你别紧张，这丫头完全应该去当导演。她约钱思鸣晚上到酒店吃西餐，事先安排五个杀猪的在旁边酒馆喝酒，定好八点派一人到酒店对面蹲点，见她招手就过来调戏她，其他人准备下手。”

李远方像听故事一样睁大了眼睛，肖畅继续道：“到了酒店见了钱思鸣后，一看钱还带个司机，她娇滴滴地向钱说打电话时，身边有个姐妹听说到酒店吃西餐，也想来开洋荤，因为没得到钱的同意不敢带来。钱思鸣一听，正好司机没人陪那还不同意，催她赶紧去打电话叫来。其实这都在她的导演之中，下午同钱思鸣打电话时，套出他不会开车，故意撒娇让他开车带她兜风。现在一听钱思鸣催她去叫姐妹正中下怀，赶紧喜滋滋去打电话，转来又甜蜜蜜转告钱说八点到门口接。八点差十分，钱思鸣就催她接人，她要求司机同她一起去。司机巴不得，于是两人就到门口等。你想：都是她一手导演的，时间掐算得分秒不误。”说着忍不住又笑道：“真是个天才的大导演，安排得天衣无缝。八点过五分姐妹准时在马路对面出现，她大声招手呼叫，姐妹还没走过来，一个高大的小伙子先跑过来，问她叫他有么事？她骂他耍流氓，他说她戏弄他。两人在门口吵了起来，你说这戏演得多精彩。司机一见对方的块头，赶紧飞身跑进餐厅叫出钱思鸣。你想一想：她硬是算出司机见了大块头会胆怯去叫钱思鸣。那钱思鸣还见得这种事情？一听立马冲了出来。你看她也硬是摸透了这钱思鸣的习性，于是，两个救美的‘英雄’，都掉进了美女设计的‘杀猪’陷阱。”

“后来什么样？”李远方被吸引住了。

“能怎么样，你想一想，五个杀猪的！”肖畅忍不住一口茶喷得满胸，便掏出手帕边拂拭边道，“钱思鸣就是三头六臂还不像猪一样被宰。精彩还在后头，两个弱女子一把鼻涕一把眼泪，求路人把二人抬到医院，又打电话报警。感动得钱思鸣暗地拉着宋红雨的手，表示就是为她死也在所不惜。好在她一直没暴露自己身份，骗姓钱的说自己没单位，没电话，在家待业。三天两头打个电话到钱思鸣公司，假意感谢实为探听消息，寻找机会好实施下步的‘杀猪’计划。可气的是钱思鸣和司机居然串通好，欺骗单位和家人，说是在路上遇见一帮流氓欺负一名残疾人，二人路见不平拔刀相助，因寡不敌众才被打伤。现在这疯丫头，准备从这上面寻找下步的‘杀猪’机会。”

“不行！”李远方站了起来，“必须制止宋红雨的行为，她这是跟老虎玩躲猫猫，我这就去找她。”说完，就要往外走。

“等一下，”肖畅从书柜拿出一套西装，“文达生从香港带回的，顺便带给她，好好跟她说，晓之以理，动之以情，她会明白的。”

李远方拿起衣服，大步出门而去。

肖畅叹口气，自言自语：“这疯丫头，不去当导演，真是中国电影界一大损失。应该把辛雅娟这坏女人，也算计算计……”

2

辛雅娟一走出南湖机场，就急急叫了一台出租车，直奔省医学院第一附属医院。她刚从北京参加完文化部的汇演回汉，这次汇演对她来说收益甚大，夺了个二等奖，结交了一大批演艺名人，有几位圈内前辈更是对她另眼相看。最使她兴奋的是，有位领导在活动中主动跟她搭讪，并将电话号码留给她，叮嘱她以后无论什么时候，到北京都可找他。从那位领导的眼神中她感觉到了机会。

去北京前，有一好一坏两件事交织在她心里，使得她的心情，也时好时坏，躁动不安。

好事就是一次偶然的机会，李远方介绍了一位兴华公司的胡总经理给她认识。胡总为人风趣幽默，见多识广，虽然谈不上帅气，但有一种成熟男人所无法抵挡的魅力，满头的银发更是给人梦幻般的遐想。胡总承诺兴华公司即将举行的福利彩票发行活动以及以后开展的其他活动，其主持人非她莫属，酬金丰厚无比。这承诺背后的意义，两人当然是心照不宣，第一次见面两人都有点依依不舍。

坏事就是老公钱思鸣在汉口办事时，同司机一起见义勇为被一帮流氓打成重伤。尽管她压根就不相信他会见义勇为，可两湖公司已经当好的典型进行嘉奖，她也就听之任之，反正对她来说意义不大。按理她应该在老公住院时守在他身边，可这次汇演对她太重要，她只有追求事业牺牲家庭。于是，钱家上下对她诘怨不已。

现在她对钱家越来越厌恶，老公钱思鸣不学无术，飞扬跋扈，每天纠合一帮纨绔子弟到处声色犬马，宿柳眠花。她有时怎么也想不通，这帮公子哥们难道就没人出面管一管？这次钱思鸣被打，她内心深处真有点幸灾乐祸。婆婆一心想抱孙子，有事无事总要在老伴和儿子面前数落她几句，抱怨老伴和儿子，太宠她这个只占窝不下蛋的鸡婆。有时甚至指桑骂槐，夹枪带棒，咸嘴淡舌的当面黜她。本来她是准备结婚三年后养孩子，现在她已暗下了决心，三十岁以后再说，要离婚她朝南头菩萨磕头。至于公爹……这老家伙当初就是想老牛吃嫩草，每次二人单独在一起时，一双老手抚摸她的同时，两只老眼都要流泪。她要想摆弄这老家伙，那还不是如同这路边的交通警察指挥车——叫停就停，叫走就走。

省医学院第一附属医院坐落在风景秀丽的东湖之滨，是各省直机关的对口医院。能住进该医院是身份和地位的象征。出租车很快就到了医院，辛雅娟在门口的公用电话亭给胡总打了个电话，向他通报北京之行的收获。胡总一听，坚决要为她接风洗尘，以示庆贺，二人约好，晚上七点酒店吃西餐。

辛雅娟的红色高跟鞋，一踏进住院部的水磨石地面，就发出有节奏的啪嗒声响，婀娜的身影、飞扬的神采、飘逸的长发，随着节奏声从一个病房门口，飘移到另一个门口。走廊里，医生和病人的目光，被这突然出现的美人所吸引，都投来羡慕的眼神。

钱思鸣住的是高干病房，一人一间，护士 24 小时轮流看护。他一见辛雅娟走进病房，想挣扎着坐起来，辛雅娟大步迈上将他按住："别动，你现在不能瞎动。"轻轻坐上床沿，右手抓住他的左手，俯下身左手抚摸他的额头："看，我离开一个礼拜，又瘦多了，怎么你老娘没来？"

"刚回去煨汤，你怎么样？演出还成功吧？"

"拿了个二等奖，其他人都名落孙山。唉，告诉你，我这次可开了眼界，见了很多一流的声乐教授，都夸奖我具有巨大潜力，不出几年，定会成为国内一流的歌唱家，你可要支持我的事业啊。"

"绝对支持，你想一想：我老婆成了名人，我不就是名人的老公吗？如果兴趣来了，我还要把名人摁在下面奸淫呢。"看了看门外，把辛雅娟的头拉到自己的嘴边，"你今晚来看护我，反正房间就我一人，护士让她休息去，我让你大打翻身仗……"

"你疯了？人都要死了还想歪心思？"辛雅娟心里顿生厌恶，结婚几年来，她之所以不要孩子，主要原因就是不想跟这个低俗的男人厮守一辈子，追求事业那只是扯由头罢了。口上却道，"我可告诉你：安心养伤，就是好了也要节制自己。而且我必须提醒你高度重视，你刚才表示支持我的事业，男子汉千金一诺。我决定 30 岁之前不要小孩，30 岁过后我向你保证，在家相夫教子，绝不食言。"

"这……"钱思鸣没想到她突然提出这个问题，后悔自己刚才回答太快。30岁之前、之后养小孩，对他来说也无所谓，只是父母背后催他太紧。主要原因是他怕这女人跑了，想养个孩子拴住她，等她成了名人，那就更难拴住。

想到此，他头往靠枕上一倒，长长地叹口气道："我绝对支持你，就是父母的工作我也帮你做。你知道，我对要不要孩子无所谓，每次你叫我戴套我马上就戴，从来都没违背你的意愿。我看这样行不行：现在暂时不把这事跟父母说，等我出院后，我们商量一个好的计划，一步一步实施好不好？"

"可以，你可说话要算数。"辛雅娟在他脸上吻了一下。

"不过……"钱思鸣故作沉思，"我一直不明白，养孩子和发展事业并不矛盾啊？而且我觉得养孩子对事业还有帮助。"

"怎么不矛盾？有什么帮助？"不等他说完，辛雅娟抢白道，"每天一个小蒂芭在你屁股后面跟进跟出，像个鼻涕虫一样，在你身上粘来粘去，像我这样充满母爱的女人，哪还有心思练声？在单位时牵挂家里，在家里又愁心单位。好了，我们不谈这个问题，我问你：这次受伤，真的是见义勇为吗？"说完，两眼直盯着他。

钱思鸣脑袋轰地一炸，脸涨得通红，瞪大眼睛："辛雅娟，你这是什么意思？未必我们还去骗一个奖励不成？你去问一问派出所，有笔录的，这种事能开玩笑？"

"别激动，别激动，我只是关心一下。"一看钱思鸣的表情，辛雅娟就明白是假的，也懒得去追究，"我才懒得去看什么笔录咧，再说，笔录都是你们自己说的，对方人都跑了……谁证明？看把你激动的。我只是要告诉你，以后不要去干这些好事，每天都有人被打，你见义勇为的过来吗？还不是自己吃亏？"

"好了，好了，我们不谈这。"钱思鸣心虚道，"你这次得奖回来，是不是要休息几天？院里有什么奖励？"

"我正要跟你说这事，院里给了五百元的奖金，批准我休息一个礼拜，我正好从明天起，来医院照顾你。下午，我先到歌舞剧院去找李芸一趟。去北京前，他们安排我一个节目上电视，因为现在要一心照顾你，只得放弃这个机会。所以，我必须去当面推辞，表示歉意，以后还要依靠别人，对不对？”

“那你现在就去，早去早回。”

“看你，怎么这么不知心疼自己的老婆？我跑这远的路，得回家休息休息，洗个澡，换个衣服什么的。”

正说着，钱思鸣的司机带一个三十多岁、又黑又胖又矮的男人走了进来，对钱思鸣道：“钱经理，洪老板找到办公室，非要见你不可，吴总让我把他送来。”说完，跟辛雅娟打招呼点头而退。

“哎呀！钱经理，怎么搞成这样啦？我昨天才知道你负伤了，听说你们两人，把七八个流氓打得如鸟兽散，真了不起。”接过辛雅娟送上的茶，“谢谢！这位是辛老师吧？幸会，大歌唱家啦！”

“阿洪，坐吧！”钱思鸣笑道，“搞这客气，还特地来看我。”对辛雅娟介绍道：“阿洪是广东有名的钢材大王，是钢厂王总介绍给我的客户，上月销往广东的几千吨钢材，就是他一手操办的。”

“哎呀！主要是靠钱经理帮忙啦！”见司机走远，走廊没人，阿洪从提包拿出一大纸包，双手递给辛雅娟，“不好意思，一点小意思啦……麻烦辛老师给钱经理买点补品啦！”

“这怎么好意思？”辛雅娟一看，至少三万，心想：广东人的钱，不收白不收，接过顺手放进了自己的提包。

钱思鸣瞪一眼阿洪，心里骂他，口上却说：“阿洪，太客气了，近来很忙吧？听办公室说，遇到了一点小麻烦，是吧？”

“哎呀，钱经理，你不知道，我下面出了一个叛徒。他妈的，我养他两年，给他吃、给他穿、给他找小姐……”突然意识到辛雅娟在场，立马打住，“他妈的这个王八蛋。”又看了一眼辛雅娟：“居然背着我跟一个什么兴华公司做起了交易，把我所有的客户和信息，都透露给了对方，损失可大啦！也不知这个兴华公司是什么来头，这大的动作？这不，这次 3000 吨的货，钢厂又先发给了兴华公司的下家，我们干等了多少天，现在这个季节，可是一天一个价啦！”

辛雅娟一听兴华公司，马上来了精神，装作很外行地问：“听名字这兴华公司……好像是一个医疗公司，怎么也做起钢材生意？”

“你不懂，”钱思鸣道，“阿洪啊，据了解，这个兴华公司，来头还不小。不过，管它什么背景，在省里哪家公司跟我们两湖公司相比？你不用担心，我要不了多少天就出院，出院后我跟吴总做做工作，让他找主要领导出面。我保证到时钢厂先发我们的货，把兴华公司压下去。”

“太好了！”阿洪满脸堆笑，“等先发完货，我再收拾叛徒，他妈的，忘恩负义，背后捅刀子的王八蛋。”

辛雅娟记住了胡总有后台，而且很有钱，她不想听二人谈话，站了起来：“我有点累，先回家休息，你们慢慢谈。”

两人都巴不得她快走，连连点头欢送。

辛雅娟走到门口又停下，对钱思鸣道：“今晚如果太晚，我就不回家，跟李芸呆一晚，明早直接来医院。”

“快去！快去！”看着辛雅娟出门，二人一阵窃喜……

3

七点钟的约会时间，胡总经理六点就到了大酒店，他将餐厅最豪华的一间包房包下，点了两份牛扒、两份西点、两份意大利空心粉、两瓶法国香槟，又吩咐服务员，按他的要求摆上鲜花、点上蜡烛、打开音响，播放世界名曲《归来》。

七点差十分，他就站在酒店大堂恭候。七点差两分，辛雅娟飘然而到。他迎上去绅士般地握手赞美一番，然后带她款款而入。

一走进包房，辛雅娟精神一爽。温馨的色调，跳动的烛光，舒缓的音乐……像梦幻般进入另外一个世界。

两人相对而坐，服务员按胡总的吩咐，带上门而出。现在，这里完全是两个人的世界。

“能同美丽高贵的辛雅娟女士共进晚餐，本人深感荣幸！”胡总举起酒杯，“对辛女士在北京所取得的巨大成功，本人深表祝贺，请接受我良好地祝愿，来……让我们举杯同庆，干了第一杯！”

“胡总，”辛雅娟慢慢饮干杯中酒，嫣然一笑，“对你的盛情，我非常感谢，真有点受宠若惊，我都担心你会把我宠坏了。说实话，今天本要拒绝你的邀请，按理我出差回来第一天，应该同老公呆在一起，可考虑到上次你送的礼我还没当面致谢，加之以后我们还要合作，所以我才来……我实话相告，你不会见怪吧？”

“你如此说我真兴奋不已！”胡总走过来，边给她斟酒边道，“看来你不仅美丽动人，而且真实感人。我也实话相告：我特别欣赏率真的女人，如果你允许的话，我想把椅子挪过来和你并排而坐。如此，既可以更好为你服务，同时我也会享受更多的温情。”

“行！”辛雅娟笑道，“你如此彬彬有礼，我还真有点难为情！”

胡总微笑着坐了过来，有条不紊地给辛雅娟分派牛扒、西点，调整好烛光，布置好餐巾。

一股暖流在辛雅娟身上滚动，相比之下，钱思鸣真是俗不可耐，没有半点雅兴，她举起酒杯：“胡总，来……我敬你一杯！”

二人四目凝视，会心而笑。接下来在烛光的照耀下，在音乐的伴奏下，开始杯来杯往，你干我清，两人都心领神会，情有所发。

两瓶法国大香槟很快喝完，胡总温柔道：“要不要再来一瓶？”

“不了，”辛雅娟满脸绯红，醉眼流春，“我已受不了啦！”

“是吗？”胡总声音也开始颤抖，“没想到……你这么不胜酒力，要不……到房间，你休息休息？”

“不了，我要回家，我老公还在家……等我。”边说头边靠向胡总的肩头，娇喘吁向他的耳根。

胡总顺势揽住她的香肩，嘴唇贴上她的耳朵：“你这个样子，怎好见老公？再说，我们还有合作事要商量，不是吗？”

“都是你……害我喝多了，我以后的歌唱事业可靠你了。”

“没问题，我会帮你做好一切工作。”

“不行……我真醉了！”

“走……我扶你……去房间休息！”

几分钟后，胡总将辛雅娟搀扶到了房间，他调暗床头的光线，房间内立即变得柔和温馨起来。

辛雅娟醉眼微闭，浑身酥软无力。

胡总把辛雅娟平放在床上，然后轻轻帮她脱衣。

“你好坏！”辛雅娟口中呢喃，身子却任他摆弄。

很快，辛雅娟像漂浮在幻境之中，她只觉得，一种从未有过的醉感弥漫全身。

“真是人间尤物，一沾芳泽，此生足矣！”胡总心中暗叹，慢慢跪在床前，双手抚摸她的双脚，辛雅娟开始发出呻吟……

狂风暴雨过后，辛雅娟像一摊泥瘫软在床上呻吟。胡总站在床边抚摸、揉搓着她白玉般的胴体，眼中放射出惊叹的目光。

“胡总，”辛雅娟呻吟道，“我还……不知你的……大名？”

胡总笑道：“‘文革’前我叫胡学伟——立志做学界伟人，‘文革’后改名叫胡学思——‘思’是‘死’的谐音，意思是：越学越死！”

“有意思，那我……是叫你‘学伟’还是‘学死’？”

“当然叫‘学死’，最好叫‘死人’，我最爱听女人叫我‘死人’。”

“不是你……喜欢叫‘死人’，是你把女人弄得求生不得，求死不能，我这辈子算是缠死你了。”

“别、别、别！我这辈子居无定所，朝秦暮楚，四处游荡。像你这样的绝色美人，跟着我活受罪……我岂不成了千古罪人？”

“看把你吓的？”辛雅娟边喘气边笑道，“我说……‘死人’，我跟你学做生意吧，做你的‘贤外助’……如何？”

“说什么？”胡总停下手，“跟我学做生意，歌唱家不当了？”

“不是不当歌唱家，是边唱歌边做生意。”

“这……倒是一条生财之道！”胡总用赞赏的目光看着她。

“实话告诉你：我老公在两湖公司做生意，我见他……钱像流水一样淌进淌出，所以也……”

“等等！等等！你老公在两湖公司？叫什么名字？”

“钱思鸣。”

“钱是命？”

辛雅娟忍不住笑道：“对，钱是命。他现在负责钢材、原油的销售业务，正同你们公司的李远方抢购钢厂的货源，好像有一位广东大客户的手下，已投靠了李远方。二人正商量收拾叛徒呢。”

“哦……”胡总点头道，“这人我知道，叫梁明。怪不得我说李远方怎么这快就把广东的事情办好，原来有这段公案。”

“要不……”辛雅娟眯眼看着胡总娇声道，“等他们收拾了叛徒，让我这个学徒，来顶替他……也许不比他差。”

“好哇！”胡总兴趣大发，“你这个徒弟，我收定了。来……让我们共同开创一个美好的天地。”

“等一下，”辛雅娟柔声道，“关上灯，这一次……我要在黑暗中，感受欲生欲死的滋味……”

第十三章

1

梁明将小红压在身下，两人一上一下，男的左耳贴女的右耳，浑身淌着臭汗脸贴脸面对着房门，摞在一起大口喘着粗气……

“老板娘！”房门外传来服务员姗姗的声音，她已经在门外等了近半个小时，大概听到小红的浪叫停止，才开口喊人。

小红被梁明擂得浑身有气无力，半天没答应，门外姗姗又叫了起来：“老板娘……是阿孙在酒店等阿梁有急事。”

梁明一听是阿孙找他，顾不得喘息，跳下床套上衣服就往外走。刚才顾不得一切，此时对他来说，生意比女人更重要。

原来梁明自钢厂外招门口小酒店碰上李远方后，命运发生了翻天覆地的变化。他没有使李远方失望，按照他的旨意，一步一个脚印地去执行他的宏大计划。工作做得有条不紊、有声有色，运作起来步步为营、处处开花，三个月下来协助他销售了近万吨的钢材。李远方没有亏待他，每吨给他三十元的好处。起先他还闪闪烁烁地回避阿洪，尝到甜头后干脆跟阿洪撕破脸皮，搬出外招，住进另一家饭店。

这家饭店尽管没外招条件好，可也是这里数一数二的饭店，交通方便，离钢厂更近。里面租住的也都是来钢厂做生意的客户，以前跟阿洪都有过来往，一见梁明咸鱼翻身手上有大批货源，生意人认货不认人，立马视阿梁为活佛转世，都聚集到他的麾下。当然，主要是看中有兴华公司这棵大树给他撑腰。所以，对梁明来说，离开阿洪，真如鱼得水，如鸟飞天。

有了钱后，梁明为了方便谈生意吃喝，在青山饭店靠和平大道边租赁了一个门面开了个小酒店，花钱不多，方便实惠。他又跑到外招门口小酒店找老板娘，动员她来承包，老板娘一看嫌小不干。

小红听老板娘一说，连铺盖都不要，立马跑过来要求承包。小红堂而皇之地一夜之间从小酒店服务员变成了老板娘。

梁明又把外招门口发廊里跟自己有一腿的姗姗，挖过来当服务员，一方面随时可以享受她的肉体，另一方面又利用她监督小红的行为。

生意做顺了后，梁明接受阿洪以前对自己"狗眼看人低"的教训，高薪聘请了一位稔熟业务、在钢厂很有关系叫孙步高的老乡给他打理事务，自己一心扑在同兴华公司保持互惠关系上。其他时间，则享受吃喝玩乐、嫖赌逍遥的滋润生活。

从小红租住的房子到酒店刚好十分钟的路程，一进门，阿孙满头大汗迎上来："阿梁，今天这批货钢厂停发了，十几台大卡车在厂前弯着，客户吵翻了天，都要求退款，我实在是没法才来找你。"

"怎么会啦？钱都交了，提货单也开了，怎会没货？"

"销售部说这个月货源紧张，供不应求，要我们排队等通知。"

"不会吧？"梁明很诧异，"兴华公司的货向来都是先发，从来不排队，我问你，给销售部各个关卡打招呼了吗？"

"早打招呼了。"

"其他单位的货在发吗？"

"问题就在这，如果其他单位的货都不发，客户也不会找我们扯皮，恰恰有一家在发货。"

"哪一家？"梁明瞪大眼睛。

"两湖公司，阿洪的东家！"阿孙看了看梁明，神秘道，"我们的客户，以前大都是阿洪的下家，看他这一出货，都吵吵嚷嚷要退款，我看事情有点棘手，不那么简单。"

"走，我们到厂前把情况了解清楚，再过汉口到兴华公司找李经理当面汇报。你现在就跟李经理打个电话先说明一下，我到银行去查查账，你在饭店门口等我。”说完，二人急急出门。

半小时后，二人在饭店门口拦上一辆的士，直奔厂前。

厂前是钢厂的大门，建有一个通向各厂区的圆形交汇广场，每天十几万人从这里进出上下班。最令人瞩目之处，就是广场中间矗立着一尊巨大的毛泽东主席雕像，一年四季无论刮风下雨，还是电闪雷鸣，也不管是风和日丽，还是寒天冻地，老人家都面带微笑，高举右手，一动不动地向来往车辆和进出人群挥手致意。

梁明和阿孙一钻出的士，立即就被十几人包围，不容二人分辩，你一言我一语大声叱问。人人撑脚勒手，个个怒气冲天。

“梁经理，这到底是他妈怎么回事？从昨天半夜排队排到现在，最后竟是这个结果，你跟我们说清楚，到底什么时候提货？我们可等不了。你干脆把钱退给我们算了，我们也不跟你扯皮。”

“阿梁，跟老子听好……老子现在不要货，也不想听你什么解释，把钱赶快退给老子，老子再去找阿洪还多少可以求点货，解个燃眉之急。下午五点前把钱准备好，不然，老子跟你不客气。”

“我说姓梁的……这天热得人要死，你在屋里凉快，把我们骗到这毒日头底下苕等……你他妈的还是不是人？”

“冇得么说的，拖到银行退钱，妈的，把人当傻子耍。”

这帮人都是老跑业务的，认钱认货不认人，大热天干等了十几个小时，一身的臭汗，满肚子的怨气，都认为梁明在钢厂的货源已走到尽头，再不会有多少油水可捞。加之阿洪本来打算等这批货提完，再寻找机会收拾叛徒，一见兴华公司的货停发，阿梁的这些下家这快就自己闹起来。这突然出现的机会，使他决定提前实施自己的除叛计划，将阿梁一次性置于死地。他暗中派人在这些本来就和自己有些瓜葛的客户中活动，散布流言蜚语：说兴华公司已经在钢厂失势，阿梁把他们的钱都卷走了，差钢厂一屁股的货款，不然钢厂怎么不发货？并承诺谁回头找他要货，他不计前嫌，见钱发货。于是，这帮人把以前同阿梁建立的业务交情，都抛到九霄云外，将二人围在中间扯衣拉包，推推搡搡，捶捶打打，恨不得一口吃下去。

“大家安静一下，”阿孙见广场上聚集了很多看热闹的人群，担心事情闹大不好收场，大声喊道，“等梁经理跟大家解释解释，何必吵吵嚷嚷，推推搡搡。”

“解释个屁！”一个满脸络腮胡子的赤膊大汉冲上来，一把拽住梁明的衣领，吼道，“你跟老子说清楚，是不是把老子们的钱都卷走了？不然钢厂为什么不发货？给老子还钱来……”猛的一拳朝梁明脸上打来，梁明一个后仰，人倒了下去。

人群开始骚动，阿孙赶紧扶起梁明。

“都跟老子听好，”梁明爬起来，突然大声吼起来，“有本事把老子打死，不就是要钱要货吗？不要老子的命吧？”

梁明也是多年闯荡江湖的主，经历过大风大浪，他这一吼，人群立马安静下来。他擦了擦鼻血，大声道：“我梁明跟你们做了这几个月的生意，有哪一次收了钱没有拉到货？啊？”从包里拿出几张银行票据：“这是我才从银行取出的进账单，上面一清二楚写明半个月前兴华公司的货款就进了钢厂的账户，你们不相信我……难道连钢厂和兴华公司也不相信？”他喘了喘气，继续道：“刚才我们来之前已跟兴华公司去了电话，我向大家保证，绝对有货给大家。”

“兴华公司怎么说？”有人开始相信。

“兴华公司具体负责人不在办公室，已经把情况报告给了他们，他们马上派人同钢厂联系，估计不会超过明天就可以提货。”

“你这说的完全是个屁话，估计明天？”大汉又吼道，“连负责人都没有联系上，凭什么保证我们明天提货？”

“对呀！凭什么保证我们提货？”

“他这是金蝉脱壳——想溜，别让他跑了！”

“我们这几天的损失怎么算？”

“直接把他拉到银行退款。”

“对，伙计们，直接把钱拿到手上最安全。”

“走，拖他去银行。”

“走！”随着一声召唤，十几人一哄而上，将二人连拖带拉就往车上拽。围观的人群也大声起哄，整个广场一片混乱。

突然，几辆警车呼啸着停在人群面前，所有的人都不作声，拖拉梁明二人的十几人也松开了手。

“搞么事？都给我站好！”二十几个钢厂保卫处的警察，拦住十几人，带队的严厉道，“谁叫你们在这里闹事啊？严重危害了我们钢厂的生产安全！”

“报告警察同志！”络腮胡子满脸堆笑，“我们十几人都是来钢厂提货的，并不想闹事，是这位广东老板收了我们的钱提不出货，我们叫他去银行退款他不去，所以就拉扯起来。”

“出了这事，为什么不到我们保卫处报案？在广场闹什么？”

“是，是，你们来得正好……正好为我们做主。”

带队的来到梁明跟前，厉声道：“是不是收了他们的钱？”

“是……这样……”梁明被一帮人七手八脚连拖带打，人早已晕头转向，气也喘不上来。本来要解释是怎么一回事，三个字一出口变成了“是这样”。后面还没来得及说出，带队的大声道：“把这二人戴上铐，，带回保卫处。”又对大汉道：“你们派两人一起去做笔录。”说完，一干人各自上车而去，人群也随之而散。

二十几分钟，警车将二人带到了江边保卫处，带队的走进巡警队长办公室，请示道：“队长，梁明和孙步高抓来了，关在哪？”

“先丢在‘大包房’，给他们吃点亏再说！”

等带队出去，队长拿起桌上电话，拨通了外招的总机：“接 8 楼 8 号！”接通后，阴森道：“阿洪，人已抓起来了，你看如何？”

“太好了！”阿洪在电话那头兴奋道，“听好，给我往死里打，不死也要终身残废，晚上我们过江，快活快活啦！”

“那就不去了，你安排‘狐狸精’陪我喝两杯就行！”

“明白，今天我让你人财两得啦……”

2

饭店餐厅五号包房内，觥筹交错，酒香飘溢，肖畅正宴请李远治一家三口。李远方、周丽作陪，六人都异常兴奋。

王细翠已经饧眼迷离，舌头打卷，摇摇摆摆从座位上晃到肖畅身边：

“我说……肖老师，你现在是大领导，将来我们家黑牛……从北大毕业，可要麻烦你……安排工作。”一手举杯：“来……我再代表黑牛，敬……老师一杯。”没等肖畅拿杯，自己先一饮而尽。

肖畅笑道：“刚才跟你说过多少次了，像黑牛这样的人才，将来肯定留在北京，不会回武汉，你就别瞎操心了。”

“不……行，我要他回……武汉，将来就在武汉结婚……生儿，我和他爸来……帮他带伢……做饭。”

“好了，”李远治把她扶回座下，“时候不早了，不要啰嗦，他们都陪了一天，晚上还有事，我们早点动身，免得误了车。”

“不要紧，远治哥！”李远方道，“让细翠嫂吃好喝好，她来一次不容易，我们三人今天的任务，就是要陪好你们。时间还早，从这里开车到南站，一个小时足够。”

“已经够麻烦你们了！”李远治道，“一大早就到车站接我们，又开车带我们游东湖，拜归元寺，上黄鹤楼。耽误了你们整整一天的工作，现在又这么丰盛地请我们，这么花费真有点不好意思。”

“我说黑牛……”王细翠趴在桌上迷糊道，“代表娘和爸再跟每人敬一杯，我们就出发。”说完一动不动，再不作声。

“趴一下就好了！”李远治感慨道，“自从接到黑牛被北大录取的通知，她几乎每天都醉。也亏了她，黑牛上高中这三年，我忙于工作，她一个礼拜雷打不动地跑三次县城。每次都是半夜起床煨汤炒菜，赶最早的一班车送到学校。见面不到五分钟，说不到三句话，就往回跑赶返回的车回镇上班，长年累月谁受得了？下午下班，又忙家里的生活，还要照顾我的衣食住行。”突然一阵哽咽：“你们看，这几年老成什么样了，刚过四十岁的女人……满脸皱纹，鬓生白发，本来把她接到镇上，是想让她过几天舒心的日子，谁知竟是苦了她。”说完看了看黑牛：“黑牛，到北京后一定要用功学习，别辜负了你娘的一片苦心，为了你，她是用尽了自己的心血……”止不住抽泣起来。

几个人除了王细翠外都低头抹泪，刚才的欢喜场面陡然消失。

李远方是看着王细翠花一样嫁到白龙寨来的，二十年的岁月煎熬，早已是铅华早谢，红颜似槁。他想起了自己的母亲，想起了白龙寨的所有女人，有谁又不是含辛茹苦，青春早逝。

肖畅第一次见到王细翠，也是在酒席上，那是她下放白龙寨的第二天，队委会几名负责人欢迎她入队。一大盆萝卜烧肉，几碗青菜咸菜，是几家凑上来的。那时的王细翠风风火火，一身的热情。看看现在趴在桌上的她，和十几年前判若两人。

周丽这是第二次见王细翠，印象最深的是她笑声爽朗，现在她明白了这笑声背后，隐藏着太多的辛酸。

“黑牛，”周丽打破了沉默，“这次回白龙寨，见了九爹没有？他老人家身体还好吧？”

“见了，”黑牛抬起头，“我每次回寨，必定去聆听老人家的教诲。他让我转告你们，国庆节忙就不要回去，等元旦结婚时再回。”

“九爹这次跟你嘱咐了些什么？”李远方也问。

“他老人家给我讲了天地人之道、处世之道、达人爱人之道，还有交友之道、心灵之道、君子之道等。叮嘱我做学问要有韧性、记性、悟性这三性，并强调这三性缺一不可，悟性最重要，要求我不要读死书，说读死书是害己，一开口就害人。同时给我讲北大的优良传统，讲燕园红楼的很多感人故事。讲了梁启超、陈寅恪、王国维、章太炎、蔡元培、胡适之、周树人、周作人、赵元任、梁漱溟、熊十力、刘文典等很多学人的趣事。他老人家还特地给我讲了陈独秀、李大钊二位共产党员的先驱，指出二位都是特立独行的大家。特别是陈独秀不仅特立独行，而且孤高傲世。听了九爹一席话，我醍醐灌顶，茅塞顿开。九爹是我遇见的最有思想的大学问家，可惜我不能长期侍奉他老人家。远方叔你是九爹一手调教出来的，学问可想而知。”

“你个人对人生事业，有何理解，说给我们听听，比方说为人之道。”李远方很认真地问。

黑牛沉思了一下，说道：“远方叔……这个问题太难回答了！人是万物之灵，九爹说从黄帝、颛顼、喾、尧、舜、禹、汤，到现在五千年的文明史，没有哪一位圣贤能说清楚什么是为人之道。他老人家说人类进化了几百万年，来自何方，去往何去，至今无人能说清楚。所以他老人家从不臆说为人之道。他老人家说，孔老夫子把人分为上智、中庸、下愚三等是错误的，有时下愚之人一句随意的谶语，能让上智之人探索一辈子，甚至痛苦一辈子。连九爹他老人家都困惑了一辈子的问题，我一个懵懂少年，岂敢妄谈为人之道？”

“你有这种想法就不简单！”李远方道，“说明你在用心思考，我的意思是，你用现有的思想来表达什么是为人之道。”

“就我的肤浅理解，”黑牛看了看大家，自信道，“珍惜自己的生命，热爱自己的亲人，关心自己的朋友，就是为人之道。”

“难得！”李远方感叹道，“我在幺爹身边近二十年，幺爹本来可以成为大学问家，可他为了照顾我父母，放弃了自己所热爱的教育事业，他这种精神其实就是为人之道。幺爹从我六岁起就跟我讲为人之道，从孔孟之道讲到程朱理学，从宋明理学讲到陆王心学，再讲到现代的新文化运动，讲冯友兰的‘新理学’、贺麟的‘新心学’，还有熊十力的‘新唯识论’等等，幺爹特别强调‘心即理、知行合一、致良知’。十五岁之前，我越听越激动，十五岁之后，却越听越灰心！”

“这是为什么？”周丽问，肖畅和李远治也都茫然。

“为什么？”李远方叹息道，“因为幺爹一直被为人之道所困惑，后来越讲越讲不清楚，而我也越听越糊涂。我就像被幺爹带进了思想的万花筒、迷魂阵。其实为人之道的确是没人能说清，正如黑牛所说，人是万物之灵，人心每时每刻都在变化，而这种变化就连本人自己也无法去把握，谁又有这个能耐用一个道理去概括？”

“有道理，”肖畅插嘴道，“看来为人之道的确难以说清。”

“何止是难以说清！”李远方道，“有时甚至是蛊惑人心，比方说，我所接触的所有历史书，都说是盘古开天地，可实际是谁开天地？恐怕没有人知道，因为在人类出现以前的多少亿万斯年就有天有地，哪来的一个叫盘古的巨人，去开天辟地？我们的先人用神话哄骗了我们几千年，难道还要我们一代一代哄骗下去吗？答案是肯定的，还要继续哄骗下去。这难道是我们所要遵循的为人之道吗？为人之道首先要求人要讲诚信、不说假话，可一句假话讲了几千年，而且还要继续讲下去，这难道是为人之道吗？顾颉刚在五十年前，就提出了‘层累地造成的中国古史’观，是对旧的古史系统的质疑，极大地动摇了有着整齐序列的诸如‘盘古开天’、‘三皇五帝’等概念构成的旧的古史系统，如果我们讲为人之道，就应该还历史本来面目。”

“远方，历史问题可不能瞎说！”李远治心里不安。

“没事，远治哥，自己人关门说一下无所谓，我的思想启蒙于幺爹他老人家，我相信幺爹胜过任何一本历史书籍。”

“远方叔，”黑牛疑惑道，“你这一说我也是越听越糊涂。”

“这就对了！”李远方高兴道，“别忘了你进入的是北京大学，是全国最好的学府，同时也是全国思想最激进的熟地，难免在你求学阶段不发生什么事。安心学你的专业，不要涉猎太多的学科，特别是像我们刚才讨论的为人之道，这类思想更不能过多去追究。如此，你将来一定会有所成就，这就是我对你的希望！”

“那九爹的思想……”黑牛瞪大了眼睛。

“九爹的思想太深奥，他老人家是用自己一生的经历，在诠释天、地、人之道，你一时难以理解，只能借鉴参考，绝对不能当自己的主流意识来遵循，明白吗？”

“不明白！”黑牛木头一样看着李远方。

这一次是李远方瞪大了眼睛。

“有人敲门！”王细翠慢慢抬起了头。

几人一惊，静听果然有敲门声，李远方站起开门，服务员笑道，“不好意思，李经理，前台有人找你。”

李远方来到前台，一看是苏秘书，赶紧问：“什么事？”

苏秘书急切道：“胡总找了你一下午，让你今天再晚也要去见他，说是钢厂停发了我们公司的货，你找的那位代理商梁经理被人打得半死，现在人还关在钢厂保卫处。”

“怎么人打得半死不送医院抢救倒关起来了？”

“不知道，你见了胡总就知道了。”

“好吧！”李远方问，“你吃了晚饭没有？”

“你别管我，我回家吃，今天是我妈生日！”急急出门。

“是谁？像是个姑娘！”肖畅跟了出来。

“是苏秘书，”李远方一脸惆怅，“肖姐，恐怕又要麻烦文叔了。”

肖畅一看李远方的神色，知道一定很急，马上道：“走，我们先送他们一家上火车，回头一起到我家。”

“等一下，”李远方拿出一个信封，“这五千元钱，刚才给远治哥，他死活不要，你在路上暗地塞进细翠嫂的口袋。”

肖畅接过信封，二人快速回到包房，相互交代后，六人一起出门上车，先送周丽到报社加班，再送李远治一家赶火车。

丰田面包车一路呼啸着，急速朝武昌南站飞驰而去……

3

从南站返回，李远方和肖畅一同先见了胡总，了解了事情的来龙去脉，又一同到肖畅家向文叔说明。文叔当即同钢厂的值班老总联系，通报所发生的事件，请求钢厂先放人后发货。从肖畅家出来，李远方又连夜驱车到钢厂保卫处，赶到时，已是深夜十二点多。保卫处长亲自到门口迎接，对所发生的事件深表歉意请求谅解，并亲自派车派人，吩咐将梁、孙二人送到青山饭店。

“请直接送到钢厂一医院。”李远方语气坚决。

“这……”处长有些为难，“李经理，恐怕……”

“费用跟你无关，你只负责把住院手续办好，如果为难，我现在就去找你们老总。”没等处长说出口，李远方一语中的。

“好，那就按李经理的意思办。”处长满口答应。

保卫处长一个电话，病人还没到医院，床位就安排好了。等医生护士给二人包扎好伤口吊上点滴后，李远方这才长长舒了一口气。他拿出胡总交给他的便条一看，不由眉头紧锁，上面写道：“鉴于梁明目前的身体状况，兴华公司决定中止同他的合作，另行指派他人代理钢厂的业务。特此决定，请通知梁明知晓。”

“李经理，”阿孙伤势没梁明重，头上绑着绷带尚可说话，“麻烦你了，事情没办好，请原谅！”

“这跟你们无关，”李远方安慰道，“是两湖公司背后搞鬼。”

“那我们的工作……”阿孙担心以后的事情。

"胡总另有安排，你们安心养伤，等伤好了再说。"

阿孙不再作声，慢慢闭上了眼睛。李远方轻轻带上房门，一个人默默走到住院部大门外。

夏末之夜，依然酷热难耐，冶金大道上照样有人深夜结伴而行，以消除在家中的炎热困苦。抬头仰望满天星辰，他想起了辛雅娟在体育馆演唱歌曲《星》时，如泣如诉的情景。继而又从辛雅娟联想到钱思鸣的嚣张，从钱思鸣的嚣张联想到胡总的放荡，从胡总的放荡联想到韩伯的深邃，从韩伯的深邃联想到文叔的谨慎，最后很自然地想到了好朋友杨帆。一种凄惘感袭上心头——同是八月酷暑天，骤然分离未谋面。他默诵自己和杨帆痛别后写下的一首诗："离别不见兄弟面，梦里垂泪执手行。故乡空隔三万里，遥把相思寄君心。"泪水一时难以抑制，走珠般滴落下来。

他从杨帆身上，回想到了辛雅娟和宋红雨，再从宋红雨想到了自己最亲近的肖畅和周丽。想到了十年来，发生在自己身边诸多悲欢离合、酸甜苦辣的往事，真如梦似幻，历历在目。

现在，他一个人孤独地遥望星空，感到前途一片黯淡，十年前站在东山头面对九龙冲的山水所抒发的雄心壮志，变得遥远迷茫。他感到心中有一种莫名的牵扯，在撕裂无奈的灵魂。他悲郁地一声长叹，心中再次想起辛雅娟如泣如诉的歌声："啊……星光灿烂，伴我同行，给我光明。啊……星光引路，风之语，轻轻听。带着热情，我要找理想，理想是和平。寻梦而去，决意走崎岖险径！"

一种悲怆之感油然而生，他快步朝停在大院外的面包车走去，他决意再走崎岖险径，继续追寻自己的梦想……

第十四章

1

宋红雨家住汉口黑泥湖地区，追根索源，隶属外来居民。

黑泥湖在唐宋时期名叫玉翠湖，地处市里北郊，现今属市里洪山区后湖乡管辖，是菜农聚集之地。

明朝以前，玉翠湖水阔草长，鹭飞鱼跃，明清如镜。春夏时节，莲荷竞放，田畦飘香。进入秋冬，网密鱼鲜，菱肥藕壮。

明清时期，汉口城区发展迅速，居民暴增，城区排放的污泥浊水，日复一日、年复一年，沿黄孝河向玉翠湖汇集。几百年下来，方圆几十里、水秀草长、清明玉翠之地，慢慢被污泥浊水侵蚀，成为整个汉口地区藏污纳垢之滩。一年四季，水浑泥黑，鱼腥藕臭。于是乎，织锦堆绣般丰美的玉翠湖，也就蜕变为臭烘烘的黑泥湖。

清末民初，战乱连年，四方难民云集汉口北郊，沿黄孝河向黑泥湖地区安棚扎寨苟延生息，黑泥湖渐渐成为湖南难民云集之所。

新中国成立后，人民政府将黑泥湖地区辟为蔬菜生产基地，难民翻身变为菜民。这些背井离乡的湖南菜民，以黑泥湖为家，填湖种菜、开荒建园，辛勤劳作、勤俭持家。几十年间，含辛茹苦，辛勤耕耘，将一个到处黑水横流的肮脏龌龊之地，逐步治理成为一方田地肥沃、藕肥鱼鲜、四季菜香、人丁兴旺的幸福大家园。

进入八十年代，随着现代工业的飞速发展，黑泥湖又渐渐被汉口城区各机关工厂征用，辟为生产基地和宿舍居住点。年轻的男女菜农，一夜之间摇身变为身穿各色制服的青年工人，黑泥湖也就逐渐演变为半农半工的嚣杂之地。

宋红雨的家就住在黑泥湖地区，在武汉第二煤球厂的西边、武汉伞厂的东边，距两厂均不到200米距离。她祖父母是湖南难民，父母都是二代菜农，1981年肉联厂在黑泥湖建宿舍征用菜地时，她被招工进厂，当了一名择猪毛的工人。

她今天请假没上班，准备到伞厂去联系购伞业务。李远方这段时间在筹办国庆节期间开展的残疾人福利彩券摸奖活动，给她提供一个赚钱的机会，让她联系五等奖的奖品。五等奖规定十元左右的物品，以日用消费品为主。她一想，自家旁边的伞厂生产的晴雨伞，在商店卖12元一把，就近先看伞。

伞厂是一个不到500人的小厂，属市里二轻工业局，建于五十年代末，六七十年代曾经红火一时，产品远销香港、东南亚等地，是二轻局的标杆单位。改革开放后，由于沿海一带日用品生产发展迅速，生产的小商品物美价廉，不到几年迅速抢占了各地的伞销市场，伞厂晴雨伞渐渐在市场上失势。如今的伞厂，连续三年亏损，1986年更是举步维艰，职工已经半年多没有领到工资。国庆节将近，几位厂领导急得像热锅上的蚂蚁，脚不沾地到处乱撞，想求得各方支援，借点资金聊以过节。近500名职工，更是像饥鼠一般，见到厂领导就围攻打劫，催命般要工资吃饭。纠缠得几位正副厂长不到万不得已是绝对不敢回自己的办公室。

宋红雨在伞厂旁边生活了二十多年，今天还是第一次进厂。以前黑泥湖地区的工厂是严禁菜农进门，以谨防有人顺手牵羊盗窃国家集体财物。

离伞厂大门还有二十几米，就听厂大院内人声嘈杂，叫骂声不绝于耳。推门一看，几百号人围着厂办公室吵嚷不休。

“喂！”门房老头见宋红雨蹑手蹑脚往内探，大声道，“你找谁？”

“我想找一找你们厂长。”宋红雨笑道。

“是不是来要货款？”老头擤了一把鼻涕，边揉鼻子边道，“赶巧，今天几位厂长都在，开分伞大会，你快去，迟了就没了！”

“分伞大会？”宋红雨疑惑不解。

“对，没钱发工资就用伞兑，你看这搞的么名堂？好端端的一个伞厂，硬是被这几个王八蛋搞得稀烂，不垮不罢休。”突然意识到宋红雨的来意，马上转换口气，“你最好回去，哪有钱给你？就是想把伞兑你的货款，职工一分发，哪还有外人的，你说呢？”

宋红雨一怔，心想也是，正犹豫不决，只听人群轰地一阵叫唤，随即一窝蜂似的朝仓库奔去，大概开始分伞。她一想还是见一见厂长问问行情也好，也许厂长能介绍其他生产厂家和其他产品，不枉来这一趟。正想跟老头打招呼进去，来不及开口，老头已健步如飞向分伞处奔去。她笑了笑，径直朝厂长办公室走去。

厂长是位四十岁上下的大胖子，正在办公室长吁短叹不停擦汗，一见宋红雨往里走立马粗声道：“直接去仓库分伞，杨厂长在负责分发，直接去找他，还进来找我搞么事？”

“我不是你们厂的，是来……”

“不是我们厂的进来搞么事？”没等宋红雨说完，厂长又没好气道，“谁叫你进来的啊？”

“我是来买伞的！”宋红雨加大了语气，怕对方听不清。

“买伞去商店，跑到厂里来搞么事？”

“我想多买点！”宋红雨提醒道。

“没有了，今天都分完了，到别处去买……”厂长突然意识到什么，瞪眼问道，“买……多少？”

“五万把！”

“多……少？”厂长声音有点不自然。

“五万把！”宋红雨大声肯定。

厂长瞪大的眼睛立马眯成一条缝，慢慢站起来呆呆地看着宋红雨，好半天才问道：“请问……你是哪个单位的？”

“我是肉联厂的，家就住这黑泥湖，想……”

“唉呀！”还没听完，厂长一屁股又坐回椅子，大声道，“你这不是开玩笑吗？肉联厂……五万把伞，求求你……赶紧回家去洗了睡，我已经够心烦的了……真是的！”

“是这么回事，”宋红雨笑道，“是我的朋友委托我来买的，他们国庆节搞摸奖活动，需要五万个五等奖的奖品。”

“哦……”厂长这回真呆了，结结巴巴道，“你朋友是……残联？还是……兴华公司？”他显然知道摸奖的个中奥妙。

“是兴华公司！”

“哎呀！”厂长又一屁股从椅子上跳起来，赶紧给宋红雨倒水，“快请坐……先喝杯茶，我们慢慢商量。”

还没等宋红雨坐下，五六个人抬着一位女人冲了进来。

“快……快！先把她放在沙发上躺一下。”

“怎么啦？”厂长问。

一人答道：“人多抢伞，把她挤得晕死过去了，躺一下就好，医务室的黄医生说没事。”

"真是的！"厂长大声埋怨，"这不是找麻烦吗？这个小杨也是的，成天减肥，减得像个病树枝，风一吹就倒，这一挤哪还能不晕？"指着一位小青年："你，去叫杨厂长停止分伞，分了的都收回来。叫厂领导都来办公室，开紧急会议，就说伞找到销路了，让职工回家听信。快去！快去！你们几个都走！都走！我看到心烦！"

宋红雨一看躺在沙发上的女子，脸色惨白，皮肤细腻，身材修长，瘦得一把骨头，一动不动地躺在沙发上，只见出气不见进气。

"厂长，她不要紧吧？"宋红雨担心道。

"不要紧，"厂长满脸堆笑，"也不是第一回，经常饿晕，减肥减的，要身材不要命。你先喝杯茶，他们马上就来。"

一杯茶没喝完，几位厂长大汗淋漓走了进来，厂长对宋红雨笑道："先自我介绍，我姓姚……叫姚思，姚文元的姚，思想的思，负责伞厂的全面工作。"指着一位四十多岁的精瘦男人："他姓杨，叫杨志霄，杨子荣的杨，志霄，就是志气冲云霄，是主管生产经营的副厂长。"又拉过一位三十岁左右身体壮硕的青年："他姓汪，叫汪星辉，汪精卫的汪，星辉，就是像星星一样闪光辉，是分管后勤的副厂长。"再拍了拍一位五十多岁、白头发的小老头："他姓周，叫周生阳，周恩来的周，生阳，就是生活充满阳光，是分管人事和教育的副厂长。"最后站到一位三十多岁风姿绰约的女同志身边："她姓李，叫李满丽，李宗仁的李，满意的满，美丽的丽，就是事事让你满意人又美丽，是工会主席兼团支部书记。"介绍完，又一屁股坐回到自己的椅子上，兴奋道："大家都请坐，这位小姐给我们带来了好消息。"

宋红雨微笑着跟每位厂长点了点头，心里飞快想到：这几位看上去都非常精明，名字听起来都很怪……姚思——"要死"，杨志霄——"每样产品都滞销"，汪星辉——"让人一望就心灰，周生阳——"一看就周身痒"，李满丽——"你一见就满身战栗"。看来我要小心应付，不能一下就把底牌亮出来。

想到这，她慢慢介绍道："我叫宋红雨，就住在这黑泥湖，受朋友之托想求购五万件产品，用于福利彩券摸奖活动，价格在五元钱左右，因为住在你们厂旁边，所以先来问一下。正好你们几位领导都在，我把有关事项跟你们说明，你们觉得可行，我们就往下说，不行，我好找其他厂家，也不影响你们的工作。”看了看外面：“你们的职工还等着分伞，我就长话短说。”故意停顿了下来。

几位厂领导都瞪大了双眼，静静等她长话短说。

“这第一，”宋红雨道，“价格不能超过五元钱，你们的晴雨伞，在商店卖12元一把，这个价你们能不能接受？”

几个人都面面相觑，最后目光都集中在姚思的身上。

“宋小姐，”姚思说道，“你刚才说在五元左右，也就是说六元、七元都在考虑之列，对吧？”他苦笑了一下：“宋小姐，刚才你也看到了，不怕你笑话，我们厂已几个月没发工资，如果能参加这一活动，我们求之不得。但你不能把价压得太低，我们每把伞的成本，都在七元以上，就是七元给你，我们也是亏本。既然你说五元左右，那么，最低不能少于七元，如果五元出手，我们向上向下都不好交代。”说完，眯起一双老鼠眼在其他几位身上扫来扫去。

“对！对！对！”几个人赶紧附和。

宋红雨后悔自己一时漏嘴，心想这“要死”好厉害，笑道：“姚厂长，是我没说清，我说得五元左右是指……上不高于五元五角，下不低于四元五角，这是我的底牌。而且，我只有这个权限，你们现在很困难，我非常理解，我们就高不就低，五元五角怎么样？”

几位厂长都目视姚思，宋红雨一看，神色都是在鼓励老板赶快答应下来，心里一阵窃喜。姚思长长地叹了口气，摇头道：“宋小姐，绝对不能低于六元，不然我真无法向上下交代。既然是搞福利摸奖，你只像是做善事，就加五角吧！我代表全体玉照厂的职工，向你表示衷心的感谢！”说着竟站起来，向宋红雨双手打躬作揖。

“别！别！”宋红雨心一软，准备同意，又一想，五角钱五万把就是两万五千元，折自己上十年的工资，于是，站起来道，“姚厂长，我刚才说了，我不能超过我的权限，对不起，打搅你们半天，看来我只有另找货主。”提脚就往外走。

“别！别！别！”“再商量！再商量！”几个人生怕撞进笼子的鸟飞了，加之外面职工又开始在闹，顾不得礼貌，几双手同时把宋红雨按在凳上，都用怨恨的眼光看着姚思，恨不得冲过去咬他一口。

“好吧，宋小姐！”姚思哭丧着脸，“就依你……你这完全是乘人之危，伤口撒盐！”说到此，“唉”的一声长叹，左手撑头，右手揉眼睛，真差点把眼泪揉出来了。

几个人同时松开了按住宋红雨的手，都长长地出了一口气，有两滴不知是汗水还是泪水，滴落在宋红雨的手上。

宋红雨又好气又好笑，心想：这一套班子可真行，怎么会把个伞厂搞亏损？又笑道：“这第二，先送货，等活动结束了再结账，没有定金，十月一日之前把五万把伞送到现场，派二十名年轻力壮的在现场发货，收一张五等奖的奖券发一把伞。三天活动完后，拿着奖券我同你们一起到兴华公司兑现款，行不行？”

“行！行！行！”“没问题！没问题！”几人异口同声。

“这第三，”宋红雨加大语气，“今天是九月五号，只有二十几天的时间，你们的货源能不能保证？如果到时摸奖人拿奖券兑不到伞，那可是政治问题，你们来不来得及？”

“这你尽管放心！”姚思道，“我们现有存货三万多把，二十五天内，生产两万把，时间绰绰有余。”

“那好，我明天就来签合同。”宋红雨一阵兴奋，她为自己的表达而高兴。其实这几条都是李远方教给她这么表达的，看着几人佩服的神情，一种成就感涌上心头。

“宋小姐，”姚思慢慢道，“请原谅，不是对你不相信，因为你毕竟只是个中间人，你最好现在给兴华公司具体负责人通个电话，证实一下他们同意我们的意向。我们明天一签完合同就开工，你看这样，不为难你吧？”

宋红雨一声不吭，走到桌边拿起电话，拨通了兴华公司的电话，几位领导都屏住呼吸，竖起耳朵，静听佳音。

“喂！您好，请问您找谁？”对方的声音听得一清二楚。

“麻烦你找一下李经理！”

“是发展部李远方经理吗？”

“对，就是他，李远方经理！”

很快，李远方接电话来了，电话筒拿起的声音都听得一清二楚。宋红雨将刚才商量的结果，一五一十地向他作了汇报，李远方肯定她的努力，告诉她明早去拿合同书。

“宋小姐，”刚放下电话，冷不丁躺在沙发上的女人开口了，一屋的人因紧张谈生意，几乎把她忘了，她突然一开口，就像鬼叫一样，吓得几个人都炸出一身的冷汗。

“请问宋小姐，”就听她又问道，“听声音，你这个朋友李远方，是不是九龙冲的，李远方？”

“是啊！”

“那他还有一位姐姐……叫肖畅，你也认识吧？”

“认识啊！”

二人这一问一答，不光是宋红雨，其他所有的人都从惊吓转为惊奇！只听她又开口道：“麻烦你……再拨通他的电话，告诉他：十年前的下放知青杨柳……要跟他说几句话。”

原来杨柳 76 年回城后，同肖畅保持了一年多的联系，后因母亲病情加重，爷爷奶奶相继去世，三个妹妹上学，一家人艰难竭蹶、困苦度日。她自己常常是攻苦食淡，有时甚至是并日而食。每天下班后不分白天黑夜操持家务，和肖畅也就慢慢疏远失去联系。后又忙于结婚，三年不到又离婚。再后来单位效益差，又想办法调单位。好不容易调到伞厂，不到一年又赶上亏损。她表面对别人说为了减肥，一天只吃一餐，实际是为了节约照顾家。刚才她苏醒后，听到宋红雨给李远方打电话，心想是不是肖畅下放时结拜的弟弟李远方？在几位厂长面前斗胆一问，居然就是。一高兴心情舒畅，精神也来了。

宋红雨又拿起电话，姚思等几位赶紧把杨柳搀扶过来。

一听李远方的声音，杨柳泪水夺眶而出，在场的两位女人也泪眼婆娑。四位男人则你看我，我看你，一言不发。

两个人讲了大约有十分钟，李远方问了她的情况，向她介绍了肖畅和自己的情况，以及同宋红雨的特殊关系。最后表示：晴雨伞的价格，每把追加五角定为六元钱一把，前提是每把必须给杨柳两角钱的提成，让她问一问厂长行不行？

“姚厂长，这样行吗？”杨柳胆怯地看着姚思。

“完全可以！”姚思比她还听得清楚，兴奋得跳起来，“我说杨柳，你有这么硬的关系，怎么不早说？我向你保证动完后，亲手交给你一万元现金。”转身对几位副厂长道：“赶紧去通知所有的人，明天全部开工干活，顺便向大家正式通知：杨柳从明天起担任厂办公室副主任，负责对外一切接待工作。”吩咐完，又一屁股坐到椅子上，长长地吐了口气：“我的天……真人生如梦啊！”

杨柳突然一阵抽搐，想起了十年来的辛酸困苦，悲从心来，转身扑倒在宋红雨身上，放声大哭起来……

2

李远方走进胡总办公室，向他汇报国庆节摸奖活动的筹办情况。胡总昨晚又同辛雅娟颠鸾倒凤温柔缠绵了一晚上,人逢喜事精神爽，一见李远方进来，马上笑脸相迎，亲自端茶倒水。

“胡总，”李远方坐下道，“这次活动已全部准备就绪，特向你汇报：一、活动总发行量计人民币二千万元，分五组发行，每组四百万；二、活动时间为三天，即1986年的十月一日至三日，计划第一天发行八百万，第二天发行七百万，第三天发行五百万。”

“等一下，”胡总问道，“为什么第一天和第三天相差这大？”

“是这样，”李远方解释道，“以前的发行活动，是三天平均分配数量，结果是第一天只大半天就售完，第三天直到晚上八点还没售完，不得不遗憾收场。我分析主要是人们心理在作祟，都认为第一天大奖机会多，第三天没有什么大奖。所以第一天来的人特别多，第三天人数锐减。为此，我这次特地把三天的数量作此调整，加大第一天数量，减少第三天数量。如此，即使第一天没发完也不要紧，可以第二天、第三天延发。再者，这次活动，我们还请了辛雅娟等明星到现场作鼓动宣传，我想第一天来的人数，一定比我们预料的要多。”

“哦……”胡总明白了，“如此甚好！”

“第三，”李远方继续道，“活动地点定在江岸区黄浦路解放大道至赵家条段，此路段平时车辆少，路面宽，便于活动。届时，区公安局、交通大队，将出动大批警力到现场维持秩序和疏导车辆。”

“第四，”见胡总手中的笔停下，李远方接着道，“此次活动设一至六等奖，中奖率为40%，奖品已全部落实。一等奖为彩色电视机一台，每组三台，由市电视机厂提供；二等奖为电冰箱一台，每组十台，由市电冰箱厂提供；三等奖为单缸洗衣机一台，每组十五台，由市洗衣机厂提供；四等奖为电风扇一台，每组五十台，由市电扇厂提供；五等奖为晴雨伞一把，每组一万把，由伞厂提供；六等奖为洗衣粉一袋，每组两万袋，由市洗衣粉厂提供。所有的奖品都已落实到位。”

“慢！”胡总以前的发行活动没有具体参与，这次因邀请辛雅娟现场助阵，所以问得很细，以免同辛雅娟谈心时出现语塞破坏自己的形象，又问道，“怎么五等奖和四等奖，数量相差这多？”

“是这样，”李远方答道，“奖品的数量和价位，均由中国残联出票以前就定好，五、六等奖的数量多主要是为了提高中奖率，末等奖的数量越多，中奖率就越高且成本越低。”

“哦……”胡总完全明白了，“你继续说。”

“第五，”李远方又继续道，“此次活动，市残联、区政府、公安局、民政局、工商局、交通大队及街道办事处，均予以大力支持。新闻媒体也进行了前期的宣传报道。届时，还将派专栏记者到现场采访中奖者，电视台将在国庆节期间黄金时段进行滚动轮播。另外，由于有明星现场助阵，特地搭建了一个巨大的颁奖台，上面摆上鲜花，扯上横幅，插上彩旗。同时，摸奖区也布满横幅和彩旗。”

“第六，”见胡总不住点头，李远方最后道，“负责销售彩券的工作人员，大部分由区民政局临时安排，主要是为了照顾家庭困难户，每发行一张彩票，给工作人员五分钱奖励。我们公司也安排了几十名进去。再者，邀请的明星，每人每天二千元酬金，主持人辛雅娟每天三千。”

“好！好！干得好！”胡总高兴道，“这段时间你辛苦了，等活动结束，我跟韩董事长提议给你嘉奖！”

“谢谢胡总！”李远方站起来准备告辞。

“另外，”胡总慢慢道，“辛雅娟联系的洗衣粉，厂价多少？”

李远方一听，就明白胡总是想知道辛雅娟此次活动赚多少，于是一点不漏地答道："出厂价每袋一元二角，像一万袋以上的大批量，不会超过一元钱甚至更低。我们公司以前给出的六等奖价格是二元，相关部门规定的结账价格不得高于三元、低于二元五角。"

"哦……"胡总若有所思道，"账面怎么平衡？"

"我们只需开一张总的平衡票值就可以，对提供奖品的厂家开实际的价票，中间的差价我们留存或者全部返给中间人。发行福利彩券是公益事业，税务局是免税的，不会稽查我们的账目。"

"以前怎么执行？"

"全部返给中间人，因为中间人都是我们公司的特殊关系。"

"哦……"胡总盯着李远方，"也就是说……我们可以在二元和三元之间，任选一个价格跟辛雅娟结账？"

"对，以前是曹副总说了算，从今后是胡总您自己说了算！"

"明白！"胡总彻底明白了，"你去吧，记住，国庆节这天早点去现场，放开手脚大胆指挥，力争最好的效果！"

"是！"李远方一阵激动，昂首阔步而出……

3

国庆节这天，黄浦路福利彩券摸奖现场人山人海，人们都幻想着突然从天上掉下个大馅饼，砸在自己头上，盼着花两元钱摸回一台近万元的彩色电视机，或者电冰箱、洗衣机、电风扇等。各机关单位的职员，以及工、农、商、学、兵外加出差在汉的流动人员，闲置在家的退休人员和无业游民，不分男女老幼，一拨赶一拨朝黄浦路涌来。有的甚至全家出动，分头去一碰运气。

运气好的一伸手，就摸到奖品，眨眼间抓到幸福。一位七十多岁的老太婆，颤巍巍掏出买菜的两元钱，一摸就是彩色电视机，还没来得及惊叫，人激动得倒地晕过去。一位二岁小男孩抱在妈妈怀里，伸出十元钱一抓，也抓到大奖。一对双胞胎姐妹，每人掏十元钱分头一摸，竟然摸出两个二等奖。当然，摸到最多的是五、六等奖，人群中迎面涌来和四处晃动的都是玉照牌晴雨伞和白云牌洗衣粉。

运气差的先掏几元碰碰运气，刮开一看中了一袋洗衣粉，精神来了。再掏五十元又中一把伞，精神大振。再掏一百元什么也没有，不服气再掏二百、三百、五百，直到身上掏空，也只添了几把伞和几袋粉。结果是怀揣千元欣欣而来，最后左手抱伞右手提粉怏怏而去。

倒霉的见别人二元、四元都摸到大奖，不顾后果地一百、二百、五百、八百往外掏，结果就摸两袋洗衣粉，甚至连个影也没有。

从上午八点开始，不到三小时，已经摸出了三台电视机、八台电冰箱、二十台洗衣机、一百六十二台电风扇、一万多把晴雨伞和几万袋洗衣粉。整个现场废票撒满地面到处飘舞，人们像疯了般一传十、十传百、百传千、千传万。摸到大奖的，欢天喜地扛东西回家，没有摸到的，依然赖在现场东跑西颠。整个黄浦路地段及周边居民区，叫喊声、惊呼声、吆喝声、哀叹声、后悔声、欢笑声，夹杂着宣奖声、领奖声、骂声、哭声、吼声……声声入耳，响彻天外。

高音喇叭里，不时传出辛雅娟清脆悦耳的鼓动声："每一位到来的朋友们，残疾人是我们的兄弟姐妹，是我们的骨肉同胞。他们同样有美好的理想和健康成长的愿望。他们同样可以成长为国家的栋梁之才，张海迪就是活生生的榜样。她的感人事迹，今天正鼓舞着千百万青年，为国家民族的富强贡献自己的青春热血。赶快行动吧，朋友们，伸出你关爱残疾人的双手，奉献你的一分爱心，拿出你身上二元钱，买一张中国残疾人福利彩券。对你来说，也许就是少吃一顿早餐，可对千千万万残疾人来说，就是实现一个美好的梦想。"

辛雅娟声音刚停，另外几名明星登台献艺，演唱歌曲"爱的奉献"、"阳光洒满人间"、"像张海迪那样奋斗"、"我的美丽梦想"等。

"我的美丽梦想"还没唱完，喇叭里突然传来辛雅娟声嘶力竭的叫喊："快看啦！又有一位小姑娘摸到了一等大奖 22 英寸彩色电视机，这真是人在路边走，喜从天上掉。这个五岁的小姑娘用她美丽的小手一抓，就抓到了一台彩色电视机。对这个小女孩来说，她抓到的不光是一台彩色电视机，而是一个五彩缤纷的美丽大世界。"

人群像海浪一样惊呼滚动。

宋红雨带领十名姐妹，在李远方的安排下，负责一组彩票的发行工作。十名姐妹一色的红色上衣，头上佩戴黄红色蝴蝶花结。人人面含媚意，个个嘴如蜜甜。远远看去花枝摇动，蝴蝶翻飞。

杨柳自无意中联系上肖畅和李远方后，命运发生了突变，不仅升了官，而且还将发点财。全厂的职工把她当恩人看待，几名备受钱荒折磨的厂领导更是对她呵护有加。这段时间，她同肖畅聚了两次，一起追想十年前的苦难岁月。肖畅除了关心她的工作生活外，更多是把她当作倾吐衷肠的朋友，两个女人的心像水一样明净。今天她带领二十名精心挑选的职工，在现场颁发五等奖品，工作做得有条不紊，井然有序。从姚思赞许的目光中，她体会到了什么是幸福的滋味。

辛雅娟今天风光无限，站在插满彩旗、摆满鲜花的巨大的颁奖台上，带领几名由她指挥的歌手，看着脚下几十万蠕动的人群，胜过国内任何一场大腕明星的演唱会。她感到无比荣光，自豪之情难以言说。这段时间胡总带给她精神和肉体上的享受，是结婚几年来所不曾体会过的。更让她激动的是，同胡总生意上的合作收到巨大回报。短短几月同钢厂做的几笔大买卖，她分得了近四十万的现金。这次摸奖获利又在十万以上。昨晚她极尽所能、媚态百转以迎合胡总的恣意耕作，心像花一样绽放。今天，她倾注了全部的热情，不光为了自己，更是为了讨好胡总这个“死人”。

周丽负责安排新闻记者现场采访，跑上跑下，来回穿梭，殷勤服务，生怕有所怠慢。她路过宋红雨和杨柳的工作点，总要调侃嬉笑几句以示关怀。

看见辛雅娟等几名歌手，在朗朗乾坤之下，大庭广众之中，忸怩作态、打情骂俏，她气又不打一处来。一天下来，她累得香汗淋漓，腰酸腿软，见了李远方后又是撒娇又是嗔怨。

李远方实际成了整个活动的“总指挥”，几位老总的精力，都花在同各协作单位负责人每餐必喝的酒筵上。胡总更是一步不离地陪伴在辛雅娟的身边专心伺候，对李远方请示的任何事情，只点头不过问。无奈，李远方只得自作主张，一手承天。

第一天，八百万的指标，在下午六点前就全部销售一空。第二、三天，均在预料之内圆满完成任务。第四、五天，所有参加活动的协作单位，全部聚集新华饭店，大家举杯同庆，按章分钱……

第十五章

1

新华饭店五楼四号房，是伞厂这两天开的包房，已是晚上十一点多，房间里依然秽声淫语，呼卢喝雉，麻将声声。

几位厂领导三公一母鏖战正酣，姚思上手坐的是杨志霄，下手坐的是李满丽，对面坐的是汪星辉，周生阳则四方来回观战。

姚思今天牌运极差，两个多小时冇开和，杨志霄和汪星辉也只和了几盘屁和，李满丽火气最旺，大和、小和一盘接一盘。这正好印证了一句术语："三公一母，荷包捅胂。"

三个大男人输一盘骂一盘，李满丽赢一盘笑一盘，打得三个男人每一次出牌之前，都要看一看李满丽的神色以免放炮。

姚思这一盘正好七对三摸一，手上一张白板、一张三筒、一张幺鸡。伸手一摸，上了一对幺鸡，七对听头了。他一阵激动，考虑是吊三筒还是吊白板，看看堂子里面，出了一张白板，三筒一个也没出。如果吊白板是熟张子，别人不会卡着不出，和的可能性非常大。可三筒是金张子，术语说"金三银七"，打出去怕别人和。瞟一眼李满丽面前，已经吃了三句牌下来，一句七八九万，一句五六七条，碰了三个东风，就是没下筒子。再睃一眼李满丽，脸上正抿嘴在笑，肯定是听头了，极有可能和筒子。再看看杨志霄和汪星辉，两个背时的专心在盯自己手上的牌，一看就知道还没听头。于是拿起白板决定吊三筒，可拿在手上又有点不甘心。放下，又拿起三筒，却担心放炮，又放下。两张牌交换着拿起放下，放下拿起，就是出不出去。

"喂！"李满丽催道，"快点出咧，拿在手上生儿？你放心，我还没听头，尽管出。是不是七对听了？要么张子我放炮给你！"

“说你个婆娘几好啰，放炮给我！”姚思边考虑边骂，“一晚上就你个婆娘和过去和过来，像个要饭的，见张子就吃。我好不容易七对听头了，这回要是给我戳了，非把你个骚婆娘强奸不可。”

“快出，快出啊！”另两人急于想摸牌听头，也催起来。

“催个屁！”姚思烦道，“你们冇见这个婆娘又听头了？屁和想戳我的大和，你们出牌注意点，莫又瞎鸡巴放炮！”

“她和么张子我们哪知道？”两人有点犯迷糊。

“这简单，”姚思提醒道，“她出么牌你跟么牌，保证不放炮。”

“难道我们听头也不和？”汪星辉反问道，“苍蝇蚊子都是肉，你和大和我们和小和，不要我们和干脆把钱直接送给满丽姐好了，还落个人情，是吧？”说着冲李满丽丢了个媚眼。

李满丽一个劲地抿嘴笑，先伸出右脚，在桌下面朝汪星辉的左脚使劲踢了一下，又伸出右手，在他大胯上使劲拧了一把。

“哎哟！”汪星辉叫道，“我说姐姐，你太狠心了吧？这么大的劲，等一下就我们两人单独一起时再使劲吵！”

“你知道这个女人的厉害吧？”姚思笑道，“等一下单独在一起时，她非把你吃了不可。”说完，使劲把牌往堂子里一拍：“三筒！”他决定赌一把——吊白板。

“对不起！”李满丽笑着把姚思打出的三筒拿过来，又从自家的牌中慢慢拿出一张二筒和四筒把三筒勘在中间，再把剩下的两张牌打出一个三万，留下最后一张在手金鸡独立全求人——单吊将。

姚思长长地松了一口气，杨志霄和汪星辉却紧张了，一个劲地埋怨姚思不该出三筒。

“哎呀！”杨志霄泄气道，“怎么把这好的金张子喂给她吃？喂成了金鸡独立全求人，屁和喂成了大和——清水变鸡汤。你这完全是害我们，只有拆句子跟她打，我们又和不成牌了。”

“我说你们……”汪星辉假装生气，“太露骨了吧？一男一女，一上一下，配合得这好！哪有这巧？莫不是先商量好，做我们的笼子吧！”

“快出牌啊！紧啰嗦个么吵！”姚思说道，“你们多少还和了几盘屁和，我到现在还冇开和。”

汪星辉怕放炮，只得跟了个三筒，姚思一见，骂道，“你个狗日的，我不打三筒你也不打。”

杨志霄为了安全起见，只得拆三个“发财”连着打。

姚思心中窃喜，李满丽只能和二、五、八单吊将，很难和牌，这两个家伙，已经拆句子没有和的希望，看来只有自己和牌的希望最大。瞅了瞅在杨、汪二人背后走动的周生阳，正跟他使眼色点头，暗示他有和牌。兴奋中又该他摸牌，伸右手一摸，左手“啪”的一声，照着自己的脸上就是一巴掌——原来是张三筒，骂道：“真是他妈背时，今天这个手，完全像是臭死了。”

李满丽笑得花枝乱颤，抖擞着手一摸，是个东风，“开杆！”她一声惊喜，手又伸向最后面摸牌开杆。

三个人大气也不敢喘，生怕她杠上开花，直到她笑道：“十杆九风”一声叹息，把一张西风出在堂子里，才都放下心来。

又该姚思摸牌，他慢慢伸出手，心里不住叫道：“白板！白板！”一摸感觉是万子，一看，这下真犯难了——原来是张两万。李满丽刚才出的是三万，不是吊两万就是五万，绝对错不了。“真是臭手！”他唉声叹气，只得忍痛将白板打出，留下两万，企望李满丽摸张其他的二、五、八子，将两万换出。

李满丽一摸，还没来得及出牌，人笑得趴在桌上乱抽。三个人又是一阵紧张，以为她自摸和了。只见她慢慢摊开手，姚思瞪眼一见，气得要找绳子上吊——原来是张白板。

姚思正要开骂，杨柳带李远方推门进来，四人刷地站起来。姚思把牌一推，大声道：“哎呀！李经理，这么晚还没回家？”

李远方笑道：“怎么把牌推了？你们继续玩，我马上就走。晚上我们公司开总结大会，结束后跟几家协作单位致谢。你们是最后一家，所以来晚了一点，请谅解。特来感谢你们伞厂，在这次摸奖活动中的大力支持。”说着给每人发烟。

“哎呀！”姚思满脸堆笑，“李经理是我们的大恩人，救我们于水火，我们都不知怎么谢你。怎好意思你亲自来谢，罪过！罪过！”

其他几位立马齐声附和：“李经理可真是年轻有为，青年才俊啦！”

“李经理真是贵人，前途无量啊！”“李经理这次指挥若定，真人中龙凤，大将风度呀！”

“是啊！”李满丽最后道，“李经理风流倜傥，万里挑一！”

“惭愧，惭愧。”李远方道，“你们继续玩，我回办公室写几份报告，告辞了。”说完，转身带门走了出去。

“怎么样？李经理怎么说？”李远方一走，几人围着杨柳问。

“李经理基本上同意了！”杨柳道，“他说，如果不出意外，下一次的五等奖，还是用我们的伞。”

“出什么意外？”姚思疑惑道。

杨柳答道：“李经理说，上一次摸奖时，订好的三等奖品是洗衣机，结果有位领导临时一个电话，换成了自行车。这次本来是自行车，结果一位领导打招呼，又把自行车换成了洗衣机。”

“哦……是这样！”姚思沉思道，“你那位朋友肖畅，不是很有来头吗？让她打招呼，不就万无一失？”

“对呀！”其他几位都兴奋起来。

“这……”杨柳蹙眉道，“就怕人家不听她的。”

“哎呀！”姚思一拍大腿，“我说你怎么这么糊涂，她会有办法的。”

“对呀！”其他几人又兴奋起来。

“好吧。”杨柳笑道，“我试一试，明天就去找她。”

“对！”姚思高兴道，“现在已经十二点了，今天到此结束，各自坐的士回家——公派。明天八点准时到厂办公室开会，杨柳留一下，我把一万元的奖金交给你。”

汪星辉悄悄牵了一下李满丽的手，耳语了几句，李满丽一阵脸红，顺手在他手上拧了一下，二人结伴先走了出去。

杨志霄对周生阳道：“老周，走，我带你到一个好地方去喝几杯，那里的藕汤，真是煨得地道。”二人也走了。

杨柳有点激动，一万元，从来没有见过这多钱，这辈子真要铭记李远方的恩情，她慢慢收拾麻将，掩饰着内心的喜悦。

“哎呀！”姚思一屁股坐在席梦思上，一面打开提包拿出钱，一面埋怨，“明天有服务员收拾，要你管个么咿，过来坐下。”

杨柳慢慢走过来，站在他面前，心里有点不自在，离婚几年了，还没有单独跟其他的男人关在一个房间这么近距离相处。

“哎呀！我又不是老虎，你又不是个小姑娘，怕么事？来，挨我坐下。”姚思一把将杨柳拉到身边坐下，顺手拿过她放在桌上的提包，把一包钱塞了进去。

杨柳坐下后，屁股不由自主地向姚思倾斜——原来姚思太胖，席梦思被他坐了一大窝，杨柳又太轻，压不住，屁股自然向窝底滑去。姚思顺手把她一把抱住，大肉嘴在她脸上乱啃。

“别……”杨柳拼命挣扎，可怎么也掰不动他的双手。

“哎……呀！”姚思喘着粗气，“你又不是大姑娘。再说……以后我们还要……长期合作，我会……关照你的，而且……我是真喜欢你……越看越动心。如果你嫌这一万元……太少，我还可以……另外奖励你。”一面快速拉扯杨柳的裤子。

杨柳大脑急剧晕眩，泪水夺眶而出，咬紧牙闭上眼……

2

辛雅娟将胡总交给她的十万现金存进银行后，拦住一辆的士向武昌大中华酒楼赶去。走进大中华二楼“黄鹤楼”餐厅，一家人早已就位。公公一见她进来满脸堆笑，吩咐钱思鸣开席。

钱思鸣每次出差之前，钱主任总要到大中华酒楼为儿子饯行，回来又接风，这是钱家的惯例。这次钱思鸣到海南出差，要呆上近一月的时间，所以连他姐姐、姐夫和小外甥女，也来为他送行。

婆婆本来同外甥女嬉笑，一见辛雅娟进来，气就不打一处来，嗔怪道：“思鸣明天就要出长差，一家人为他饯行，当妻子的也不早点来张罗，还让老的、小的等半天。”

辛雅娟不想顶她，帮公爹和老公斟满酒，自倒一杯。

钱思鸣的姐姐钱华，向来就不喜欢辛雅娟，一直嫉妒她比自己漂亮，一听母亲埋怨，马上讥笑：“妈，雅娟现在是明星了，每天的活动排得满满的，这个要求签名啦！那个请求拍照啦！哪有时间陪家人吃饭，是吧，雅娟？”又对女儿道：“小敏，等下吃完饭后，找舅妈签个名，说不定将来会成为收藏珍品咧！”

“嗯……开始吧！”钱主任哼了一声，钱华头一扭，要丈夫给她斟酒，故意嗲声嗲气，大秀恩爱。

辛雅娟强忍内心愤懑，一口将杯中酒倒进肚。婆婆一见气更上来了：“我搞了一辈子文艺工作，没见过像现在这种搞法，唱两首歌就成为明星，尾巴翘到天上去了，太不正常。你看上次体育馆的演出，有的明星连话都说不清楚，白话连篇，这种素质怎么能为人民服务？文化部长也不知是怎么当的。”

“市场经济嘛！”钱主任皱起了眉头，见老伴不再作声，平和道，“思鸣，这次到海南主要是干什么？”

“进口日本国的小轿车。”

“为什么要进口日本国的？”

“日本国的小车美观、便宜、节油、经济实惠。”

“哦……”钱主任似乎明白，“我退居二线就不管事，怪不得现在满街跑的都是日本车。”又问：“为什么非要到海南去进？”

钱思鸣看了一眼父亲，心想这老头越来越糊涂，口上答道：“国家为了扶持国产汽车工业，控制进口汽车，进口关税高达百分之几百。按正常进价，一辆丰田面包车得花四十万元，可从海南只要上十万元就能买到，所以全国各地的汽车商都涌向海南。”

“海南为什么这便宜？”钱主任还是不太明白。

“海南是特区，国家给优惠政策，免关税。”

“唉！”钱主任叹道，“怪不得百万大军下海南，原来，这些家伙们，都是些钻国家政策空子、发大财的投机分子。”

“哎呀，老爸！”钱华插嘴道，“喝酒就喝酒，谈什么钻空子？等思鸣下次带您老去转一趟，不就清楚啦！”

一家人开始喝酒吃菜，各想各的心思，各打各的主意。不到一个时辰就酒足饭饱，钱主任一声令下，各自打道回府。

从大中华回到家，一走进房间，辛雅娟就不寒而栗。她必须面对钱思鸣整晚上精神和肉体的双重折磨。自从去年钱思鸣到深圳出差带回一台录放机后，每次做爱之前他都要放一盘黄色录像带，作为平台期的感官刺激。然后将辛雅娟作为模仿对象，在她身上如法炮制、大肆发泄，且乐此不疲。每次都搞得辛雅娟苦不堪言、欲哭无泪。刚才在酒楼，辛雅娟憋了一肚子的气，她决心今晚不能让钱思鸣胡作非为。她早早洗完澡，钻进被窝，闭上眼睛，强迫自己尽量不去想钱思鸣的种种龌龊行径。可一闭上眼，就是他赤身裸体、丑态毕露的影子在脑海里回荡。这一刻，她强烈地感受到胡总的温柔体贴，暗自庆幸又有一个月的时间，可以毫无顾忌地同他缱绻缠绵。

钱思鸣打开录像机，很快荧屏上带子的序曲中，各种不堪的特写镜头重叠出现。他兴奋得两眼放光，快速脱掉内衣，钻进被窝，一把将辛雅娟抱进怀里。

“你干吗？”辛雅娟厌恶道。

“快看！”钱思鸣兴奋道，“全是人和动物性交，真过瘾！”

“滚开！”辛雅娟猛地挣脱他的双手，愤怒道，“你把我当畜牲？我告诉你，姓钱的，从今以后，别想沾我，我不是你的发泄工具！”跳下床，一屁股坐在沙发上，对钱思鸣怒目而视。

钱思鸣被她一喊，人蒙了。只得慢慢下床，关掉电视，来到她的面前，哀求道：“我这也是为了你能得到快乐，何必这么认真呢？我以后不放就是了。”一边动手拉她。

“别碰我！”辛雅娟甩开他的手。

钱思鸣不知如何劝说，一动不动地站在她面前，突然大声吼道：“我说过了……再不！你还要我怎样？”

“你吼什么吼啊！”辛雅娟毫不示弱，“最好把你父母都吼过来，让他们评评理！狗能改掉吃屎吗？”

钱思鸣软下来，坐在辛雅娟身边：“那你说我怎么做？”

“我刚才说了，从今以后不要沾我！”

“你再说一次？”一股怒气冲上钱思鸣的头顶，“别忘了，你是我老婆，我随时都可以肏你！”话没说完，也许是酒的躁动，钱思鸣猛地左手把她的头往沙发上一按，向她猛扑了过去。

辛雅娟不停地大叫，双手乱抓，两脚乱蹬。钱思鸣完全失去理智，疯了般双手按住她的两臂，两脚压住她的双腿。渐渐地辛雅娟双手双脚都停止了挣扎，惨叫声转变为痛苦的呻吟。

对面房间里，钱主任听见了辛雅娟的叫喊，不放心，对老伴道："好像在打架，要不……你去看一看？"

"大惊小怪！"老伴道，"小两口打情骂俏……叫床！我们年轻时，又不是没闹腾过？越老越神里神经的！"

果然不出老伴所料，渐渐听不到叫喊的声音。

"怎么样？"老伴关掉床头灯，嘀咕着，"我没说错吧？真是越来越不像话，叫得楼上楼下都听得到，也太放荡了吧？最可气的是干打雷不下雨，结婚几年不下蛋，养这种媳妇不如养鸡……"

3

滨江饭店，坐落在汉口胜利街七一路口的江边，原是总后勤部基地招待所，八十年代后改名滨江饭店对外服务。现在是一幢竣工不久、楼高二十多层的星级宾馆，它的四周都是庭院式的低矮建筑，坐在长江轮船上远远看去，大有鹤立鸡群之态。

肖畅在滨江饭店开完一个接待会议后，顺便在餐厅订了一个包房，分头邀请了李远方、周丽、宋红雨、杨柳共进晚餐。几位女同胞都非常喜欢吃这里的大闸蟹。

李远方现在是自己开车，第一个到，一见面就急切问："肖姐，有么事？这么急把我叫来。"

"我怕你是忙昏头了吧？"肖畅笑道，"难道没事我们就不能在一起吃餐饭？我有一个多月没见到你……是吧？"

李远方心一热，想起了小时候听见娘叫唤，总是跑过去问："娘，有么事？"娘也总是笑道："我们一起！"现在一见肖畅不由自主地脱口而出，只不过娘变成了姐。肖畅的一笑一答，特别是"我们一起"的用词，一下就把他拉回到二十年前同娘在一起的温馨时光。他不知如何回答，呆呆地看着肖畅，发现她比一月前更动人，浑身散发出一种逼人的高贵气息。他想起了十年前那个不眠之夜，庆幸自己的处男献给了这个像母亲般关心自己的姐姐，更刻骨铭心的是自己在那一刻也得到了她最宝贵的贞操。这个秘密将永远藏在他心里，像鲜花一样在胸中开放，像甘泉般滋润他的心田。为了这个有如母亲般关爱自己的姐姐的幸福，他愿意为她赴汤蹈火，不惜舍弃自己的生命。

“活动忙完了？”肖畅被他看得不好意思。

“忙完了！”李远方回过神来，“不过，下午胡总找我，要我过几天同他一起到海南出差，而且时间不短，大概一月左右。我想结婚的事，有你和周丽操心，应该没问题，就同意了。我向你保证，回后一心一意，准备结婚事宜。”低下头，一声不吭，等肖畅发话。

肖畅没有作声，默默地看着李远方，内心温情在急剧滚动。她发现近两月不见，这个弟弟突然变得英俊挺拔，不像以前秀里秀气，温顺听话。她想起了十年前那个不眠之夜，想起了那一轮皎洁的月亮，感激这个诚实的弟弟，给了自己第二次生命。她忘不了他们二人赤身裸体拥抱在一起的情景，那种感觉是无法用言语所能表达的。人生的第一次，是如此让人难以忘怀。从那一刻起她就发誓——此生此世，将义无反顾地为这个弟弟，奉献自己的一切。

二人默默地对坐着，都有满腹的话要说，都不愿开口。许久，李远方站起转身，将带来的一个提包放在肖畅面前，轻声道：“姐，这是我这几年的存款，给幺爹存了三万元，预备将来给他老人家办后事。留下了一万元，准备晚上送给杨帆父母，我自己留了几千应急，剩下的八万元，我全部交给你，拜托你帮我操心安排婚事。”

“坐下！”肖畅忍不住泪流，等李远方坐在自己身边后从包里拿出三万元放在他手里，哽咽道，“既然你把我当亲人，就听姐姐说几句知心话。结婚用不了这么多钱，周丽也不是斤斤计较的人，你多留一点在自己身边。一个人在外奔波，随时都会遇见意想不到的麻烦，身边又没人帮衬，我不放心！”

李远方眼前一片模糊，也哽咽道：“正因为周丽不计较，所以我才想把婚礼办得隆重一些。再说，我想把白龙寨的父老乡亲们都宴请一下……高兴几天，想让幺爹在以后的日子里，有一个令他老人家追想、回忆、难忘的喜事。”擦了擦泪水，又把钱推到肖畅的面前：“请姐帮我了结这个夙愿。”

“把钱收好！”肖畅也擦了擦泪，“我何尝不明白你的心？我的心跟你是相通的，这几年我也存了点私房钱，不多也不少，有五万，就是预备你结婚的。你放心，婚礼一定会办得比你想象的还好！”

“这不行，肖姐！”李远方急道，“我这辈子欠你太多，于情于理，都不能再让你为我用钱，难道你要让我背一辈子的感情债吗？”说到此，竟失声抽泣起来。

肖畅掏出手巾，边给他擦泪边道：“我们都有感情债，可我们姐弟之间的感情，不是拿钱来衡量的。感情这东西太金贵，我们都把它藏在心底，不让任何人窥见它，唯我们所独有。什么时候想它，就从心底掏出来看一看，好吗？”一阵激动，两眼满含温情。

李远方停止了抽泣，慢慢抬起头，迎着肖畅的目光，默默地点了点头，他满怀深情，心驰神往。

“我们先谈事！”二人很快恢复了常态，开始就结婚的具体事宜，详细讨论安排，正热烈时，周丽推门走了进来。

“快！”肖畅笑道，“你来得正好，有几个问题，必须征求你的意见，我跟远方的意见有分歧。”

“什么事？”周丽挨李远方坐下。

“还能有么事？你们俩的终身大事！”

“这事跟他无关！”周丽一把将李远方拉开，对肖畅道，“不要他掺和，我们有的是时间商量。肖姐，明天中南商业大楼开一个礼拜的商品展销会，老总给我发了邀请，只要我去所有的商品打对折，正好明天是礼拜天，我们一起去吧？”

“好哇！”一听逛中南商业大楼，肖畅精神大振，两个女人莺声燕语开始大谈购物消费之经。李远方一阵轻松，吩咐服务员上菜。

菜刚刚上齐，宋红雨挽着杨柳的手走了进来。

“肖姐，又有么喜事？”宋红雨看着满桌的大闸蟹惊呼道。

“当然是喜事，给李远方和周丽提前开婚宴。”

“是吗？”杨柳娇声叹道，“可惜今天我们二人没带贺礼，就只带有两张嘴、四只手，外加一声‘不客气’。”说完，二人坐下来，立马斟酒择蟹，真就不客气动起手来。

四个女人开始叽叽喳喳，执螯擒腿，大开脾胃。李远方又是分汤斟酒，又是夹菜分蟹，成了名副其实的服务生。

两瓶红酒饮完，只见满桌的残渣余孽。杨柳和宋红雨的面前，更是一片狼藉，惨不忍睹。

肖畅正准备问几位要不要再上几只，赶巧服务员进来请她签字，因隔壁还有一桌是她姐夫在请客，开席前她吩咐总台，一并算在她的接待费中。签完字后，肖畅吩咐道："再加二十只，分三份打包：一分八只，给这位周小姐；两份六只，给她们两位小姐，快点！"

"怎么又吃又拿？"宋红雨笑道，"搞习惯了，我每天缠着你请客，山珍海味地乱点，看你烦不烦！"

"只要你高兴，我餐餐请你。"

"可惜我没这个口福。"宋红雨叹道。

"杨柳，今天像有心事？"肖畅发现杨柳两眼浮肿，关心道，"是不是拿了 万元奖金，激动得 晚上没睡觉？"

杨柳的泪水，簌簌流了出来，她真想把姚思昨晚的兽行告诉她们，但她只得忍住，一家七口靠她支撑。今早当她把一万元钱，交给父亲时，她看到父亲眼里，闪烁出她儿时才见过的光芒。尽管一闪即逝，可她已二十多年没见过，她要让父亲眼里，经常重现这种光芒。想到此，苦笑道："你说对了。昨晚我高兴得哭了一晚上，这一切要感谢远方弟弟，我想起了十年前，在白龙寨同九爹我们四人一起，喝野菜汤的情景，真像是昨天才发生。"

几人大受感动，宋红雨突然放声大哭起来，接着抽泣道："我是来……同你们告别的，我要去新疆见杨帆，我好想他！"

"去新疆？"不等宋红雨说完，李远方惊道。

"上礼拜他回了封信，因为怕影响你搞活动，没告诉你。"

"是不是他出了什么事？"李远方心里一阵战栗。

"没出什么事，他信上说，现在监狱政策放宽，表现好可以减刑，而且透露只要花钱，还可办保外就医、假释，提前回家。"

"信呢？快给我看看！"李远方又一阵兴奋。

"在他父母家。"

"走!"李远方马上站起来，"我正好要去见伯父、伯母!"

"等一下，"宋红雨转身从包里拿出一包钱来，小声道，"这次活动赚了五万，给你三万结婚，我留两万去新疆。"

"都收起来!"李远方严肃道，"我这还有三万，你都带去新疆办事。"转身对肖畅道，"肖姐，不好意思，我俩先走一步。"

"快去吧!"肖畅道，"早点回来，直接到我家接周丽，先叫服务员把螃蟹拿上，另外，顺路把杨柳送回家。"

"我自己坐车回去，"杨柳对肖畅道，"我还要找你谈事!"

"那好吧!"肖畅又吩咐道，"你们快去，红雨到新疆后，需要我帮忙时，及时给我打电话，明白吗?"

"等一下!"二人正要出门，周丽叫住，"这种事不能性急，看了信后，找有关方把事情摸清楚再作决定。就是红雨去了新疆，更要处处小心，人生地不熟谨防上当受骗。特别钱不能随便露馅，当地人很野蛮，需要花钱时，最好先找汉人打探清楚再行动。"

"放心!"宋红雨眼里还噙着泪水，"我们厂有位职工的哥在新疆某建设兵团当副团长。我先到他家，由他一手安排我的活动。"

"那太好了，快去吧!"周丽催道。

李远方快速来到院里，心潮澎湃。他抬头仰望，满天星河灿烂。忽然间，一股热流袭上心头，他止不住又想起了辛雅娟如泣如诉的歌声："啊……星光灿烂，伴我迷途，给我光明。啊……星光引路，风之语，轻轻听。带着热情，我要找理想，理想是和平……"

"杨帆啦，"他在心里呼唤道，"好兄弟，我是多么想念你啊!四年了……我是无时无刻，不在思念中煎熬!"

他多么希望自己能亲自去一趟新疆，同好兄弟手牵手，心贴心，伫立在大西北的茫茫荒漠上，一起遥望星空……

第十六章

1

海南岛是我国第二大岛屿，仅次于宝岛台湾。位于我国南海之滨，隔琼州海峡与雷州半岛相望，亦称琼岛。

海南岛一年四季长夏无冬，风光绚丽迷人。天涯海角、大东海、亚龙湾、南山松、鹿回头、五指山、万泉河、红树林、南湾猴等自然风光，闻名遐迩，引人入胜。

历史上的海南岛，属荒蛮之地，同有“蓬莱”、“琉球”、“瀛洲”美誉之称的宝岛台湾有云泥之别，是历代统治者发配犯人之地。古人李密讨隋炀帝檄文——“罄南山之竹，书罪未穷；决东海之波，流恶难尽”，即指海南岛之南山东海。可见历史上的海南岛，何其恶劣。

十八世纪末十九世纪初，海南岛得以开发，一下子从半原始社会生态跳进现代社会的时空，岛人得以享受新时代的进化生活。

1950 年，海南岛获得解放，各少数民族又团结在共产党的旗帜下，一起奔向新社会。

“文化大革命”中，随着革命现代芭蕾舞剧《红色娘子军》的上演，洪常青的美名和南霸天的恶名，响遍长城内外、大江南北。

改革开放以来，海南岛大力开发旅游业，成为著名的旅游胜地，天涯海角成为伟大爱情的至高标点。

海南岛特区的设立，使得全国各地成千上万满怀抱负的热血青年，争先恐后抢渡琼州海峡，齐聚这方热土，形成百万大军下海南的狂热态势，都想闯荡天涯，铸造事业辉煌。

于是乎，安宁静谧的海南岛，一夜之间人海如潮。宽松的投资环境同时给各类投机分子提供了各种违法乱纪的犯罪渠道，很多人大肆从海南走私紧俏物资。

钱思鸣一走进海口君悦大酒店，心一缩，下意识地摸了摸身上的挂包，里面有五万现金。来海口二十天，每天泡在这君悦款待港商林总，钱像万泉河的水一样往深不见底的大海流淌。刚开始两天他还无所谓，十天半月就有点吃不消，心里不由暗骂这港商不得好死。

这次钱思鸣和吴总来海口，对公司上下名义上交代是考察，实际是二人私下合作，想把这笔大买卖私吞。来之前二人协商，吴总负责货源，货到汉后再视行情二人协商出手。大笔货款由吴总筹措，来海口的一切吃喝款待由钱思鸣负责，待生意完毕再从利润中扣除。动身前，在公司支取了六万元的考察费，装进吴总的腰包后用绳子都扯不出来。钱思鸣带的三十万现金昨天告罄，又无理由再找公司要钱。辛雅娟更不谈——出门前扬言要告他强奸。以前交给她的几十万算是打了水漂，无奈只得电话通知阿洪急汇十万备用。本来计划一天一万元的费用绰绰有余，哪知这个港商林总经理像个吃钱的机器，每天上午九点，准时到早餐厅喝早茶，中餐必定在“院子”厅享受茅台醇香，晚餐又必定到潮州厅吃潮州菜佐以洋酒开胃，晚上又必定去佳宁娜歌舞厅豪华包房找三陪。最可气的是这家伙在两岸三地有通天本领，人又极为好客，来访者川流不息。他又无论亲疏必定留下共进中晚餐以示关怀。所以每天人来人往客流不断。二十天过去了，三十万现金也花得精光，可一台车子的影子也没见，恨得钱思鸣真想把他砍了。

林总经理答应今天签合同，三天后验货，所以吴总吩咐钱思鸣今天多准备现金以防万一。钱思鸣起了个大早，赶到银行上班的第一时间提取五万元现金。一走进君悦酒店大厅他就一阵心疼，心想不到明天早上，这五万元现金恐怕就分头飞到别人的腰包去了。

九点钟一到，林总经理腆着个大肚，在十二名男女陪伴的簇拥下鱼贯而入，有如一匹老母猪拖着十二个猪仔，哼哼而来。

钱思鸣一见，心里暗骂不休，赶紧吩咐服务员上茶点。三个多小时内，两位老总侃侃而谈。另外的十几人，不敢插嘴只得闷着头拼命喝茶上小吃，偶尔觉得不好意思就抬头附和几声，或者讪笑两下以示不光在吃而且专心在听。钱思鸣一买单，一万元所剩无几。

中餐依然是十几人鱼贯而坐，所幸早点在各人胃里还没完全消化，菜点得不多，酒却喝得不少，六瓶茅台仅剩半瓶。钱思鸣一结账，不多不少整一万五千元整。

晚餐还没开始，钱思鸣有点耐不住，提前跑向吴总房间。钱思鸣每次和吴总出差，从不住在一个房间，每次都是给吴总开套间，自己开单间，便于二人晚上好私自进行另类活动。

按过门铃，一名长发美女飘然而出。钱思鸣无心欣赏美女，快步进卧室，急道："吴总，晚餐一吃今天可就去了，这林总像没有半点签合同的迹象，不会被骗吧？"

"放心吧！"吴总边整理衣服边道，"林总是重要人物一手引介的，错不了。他既然答应今天签合同，是不会食言的，你帮我把包拿着，里面有合同章，我们提前到潮州厅等他。"

二人来到潮州厅一喜，原来林总比他们来得更早，身边就带有一名助理和一名贴身女秘书，一共才三人，是签合同的架势。

"二位，快坐，快坐！"果然不出所料，见二人进来，林总马上笑道，"合同已起草完毕，吃饭之前你们二人先认真看看，不满意处尽管提出来，我们协商解决，你们看可好哇？"

吴总戴上眼镜，逐条细看，仔细斟酌，钱思鸣心中掠过一丝甜意，祈盼他早点取下眼镜再开口。原来吴总有个习惯，给他的报告如同意，他一定是先摘下眼镜再说话，不同意，一定是戴着眼镜答复你。

吴总看了足有一刻钟，既没摘下眼镜也没说话，钱思鸣开始紧张，许久，吴总才慢慢摘下眼镜低头沉思，钱思鸣这才舒了口气。

"林总，"吴总终于开口，"合同条款我都同意，只是付款方式需要再磋商一下。以前我们协商的意向是货到付款，即货到武汉后验货付款，你这合同上却注明货到海南付款，这就有点不妥。其一，货到海南付款，这个价格我们不能接受。其二，从海南到武汉，几千公里路程，几十道关卡，这么大一批车辆，拿什么保证安全？"

"吴总，"林总道，"此一时，彼一时，现在所有的走私货物，都是在海南验货付款，即使如此，货源依然紧张，因为贵国政府加大了海上缉私力度。至于价格我可以适当考虑下调，离港之前，各个方面也给我打过招呼，不能不给这个面子。至于路上关卡问题，请你放心，我们全部出具海关的合法手续。"

“林总，”吴总打断道，“一百多台车子，两千多万不是小数字，路上不稳定因素太多，谁也无法保证不出事。既然我们都是朋友，你看这样行不行？我们将货款加密存于你指定银行，待车辆全部安全抵达武汉验货后，再告知你密码取款。如果路上出事，风险我们双方承担。你看如此运作可以吗？”

钱思鸣暗自佩服吴总考虑周全，林总想了想道：“如此，也不失为一个两全其美的好办法，只是这运输费用我可不管。”

“运输费我们自行解决，”吴总提议道，“价格你必须每台下调一万，如此，才算公平合理！”

“最多下调五千！”林总语气坚决，“这一条再没商量余地！”

“林总，”钱思鸣见吴总无言以对，插嘴道，“你们香港人都讲发，你不如图个吉利，下调八千。八千的谐音就是‘8000——发总总总’，像林总这么大的老板，哪在乎这点小钱，是吧？”他其实是想每台加三千，就把他四十万元的前期费用赚回来。

“是吗？”林总笑道，“钱经理不说，我几乎忘了，你这个姓也姓得好，姓钱。你这一开口，可就是开金口，那就图个吉利，下降六千吧……六六大顺。我做生意最讲究顺利，不顺利怎么发，对不对？吴总，我看就这样，同意，我们就正式签合同，不同意，我们好说好散，依然是朋友，下次再寻找合作机会，怎么样？”

“好！”吴总兴奋道，“林总真性情中人，我们今天正式签合同，三天后验货毕，我保证全部货款三天内汇到你指定银行。货款到后，我们再办理运输事宜。”说完站起来，伸出双手向林总走去。

“好！”林总也站起迎上来，四只手紧紧地握在一起。握手毕，林总吩咐秘书按刚才的意思，重新去打印合同书。

“吴总，今天我们高高兴兴喝几杯，庆贺我们合作愉快。”林总大为兴奋，一面吩咐服务员安排晚餐，“红烧高汤大鲍翅、靓辽参、锦绣拼盘……外加两瓶人头马、五份潮州鱼饭。”

钱思鸣一听，心里骂道：“这老家伙真他妈会吃会喝，这哪是在吃海鲜，完全是在吃人！”转念一想，好在生意有了实质性的进展，如果这笔买卖做成，他和吴总可就是上千万的利润。想到此，竟有点飘飘然，决定晚上无论如何要在佳宁娜找两位小姐到自己房间来，他要大开杀戒，一泄出差前辛雅娟给自己的满肚怨气……

2

此时，在君悦酒店斜对面的滨海宾馆，李远方和胡总的遭遇堪称悲壮。就在钱思鸣大快朵颐时，李远方正同胡总迈着沉重的步子出宾馆大门，一个一声不吭，一个长吁短叹。

二人来海南半月，一步不离地陪台商花天酒地快活了十五天。本来按动身前同台商的意向，正好是今明两天签合同，三天后验货办理运输手续，十天后在武汉接货付款。可人算不如天算，今天早上台商突然告知：一百多辆小汽车在运输途中出了问题，无法再提供货源，只得中止交易。胡总听后叫苦不迭，二十多万元现金花光事小，反正由公司承担。可白白浪费了他十五天的时间，让他气愤不已，他恨不得将这个王八蛋台商丢进万泉河喂鱼喂鳖。

二十天前准备动身来海南时，辛雅娟突然一把鼻涕一把泪跑来向他诉说老公的兽行，心疼得他“心啊”“肝啊”地安慰了几天方才动身。本来想带她一起来，可又怕碰上她老公，只得每天长途电话诉说衷肠。原指望等这笔大买卖做成后，带她到东南亚周游一圈，谁知一觉醒来，谋划好的事情竟然变成了一场黄粱美梦。最可气的是这王八蛋台商失去了几千万的货物后，进进出出照样怡然自得，见了人依然笑逐颜开，两个小时后就不辞而别去澳门逍遥。

下午，胡总通过朋友打听出，这两天根本就没有缴获走私船这码事，方知被这台商耍了。想找人报复，无奈这台商关系非同一般。再说又没签合同，钱又是自己主动花的，怨不得别人。愤慨中，胡总邀李远方一起借酒消愁，可几杯酒下肚愁更愁，于是，又拉李远方上街，想在游荡中消除心中的怨气。

大街上人潮涌动，绮裳联袂，色彩斑斓，像一条流动的河流，波光滚动，漩涡回转。走进去，前后左右尽是些南腔北调、柔声柔气的声音。

“真是家门不幸啦！生出如此败类，无耻至极！”胡总边走边骂。原来这王八蛋台商也姓胡，名叫胡学贵，与他同姓同宗，五百年前是一家。昨天，二人还在酒席上互敬，表示等此次生意完毕，在武汉摆盛宴认祖归宗。

“胡总，”李远方暗自发笑，“古人言‘吃一堑，长一智’，这台商之所以甩掉我们，我估计肯定是有人出的价钱比我们高，他才就高不就低。我们何不即以其人之道，还治他人之身。”

“对呀！”胡总突然来了精神，盯着李远方，“说下去！”

“之所以出现今天的悲剧，”李远方把他拉到一棵棕榈树下站定，“诚然是由于台商不讲信誉，我看主要原因是你在价格上过于较真，即使有领导给他打招呼，可生意人认钱不认人。如果就他的价格无外乎少赚几百万，可毕竟还要赚七八百万。这一泡汤一分钱都赚不成，还要贴上二十多万的前期费用，孰是孰非，不言而喻。”

“一语中的！”胡总感叹，“为何先不提醒我，现在晚矣！”

“不晚！”李远方鼓动道，“东方不亮西方亮，黑了北方有南方。你再跟北京沟通沟通，继续寻找货主，我们无外乎多呆几天。”

一听多呆几天，胡总马上想起辛雅娟还在武汉苦盼他早归，有点不忍，转念一想精神来了：“有了，现成的货主就在对面，辛雅娟的老公钱思鸣和他们公司的吴总，也来海南买走私车，比我们先到几天，就住在对面的君悦。想必他们的货主还在，我们何不把他们的货主抢过来？如此我们既不虚此行，且还为辛雅娟报了一箭之仇！”

“报一箭之仇？”李远方好奇道。

“以后再告诉你，”胡总兴奋道，“这样，我今晚在电话里做辛雅娟的工作，叫她打探钱思鸣目前的详细情况，她一定会乐于干此事。你辛苦一趟，到君悦去，想尽一切办法弄清楚钱思鸣与客户的具体活动安排，最好能搞掂客户身边的某个人。我们这次把赚钱放在第二位，把商海的战斗放在第一位，在战斗中锻炼成长，怎么样？”

“好！”李远方也被他的斗志所感染，“我们这就分头行动，等我回房后，再实施下一步的抢车战斗。”

“好，我等你。”胡总转身就走，路灯下，满头银发闪闪发光。

李远方快速向君悦大酒店走去，进入大厅，观察了几分钟，没有发现钱思鸣的身影，这才向总服务台走去。

服务台四名收银员正来回忙碌，迎送顾客。李远方看准了一名年长一点、齐耳短发的，走过去，笑道："对不起，小姐，麻烦你帮我查一下，武汉的钱思鸣先生下榻在几楼几号？"

"好的！"齐耳短发立马查找，不一会抬头笑道，"钱先生登记了两个房间，5 楼 1 号和 5 楼 4 号。"

"谢谢！"李远方转身走向大堂公用电话间，分头拨打房间电话均无人接听，赶紧放下电话奔向电梯。

五楼走廊里很安静，服务台一名女服务生正神情专注地翻阅杂志，李远方来到她的面前浑然不知。

"不好意思，打搅你一下！"

服务生一惊，赶紧收起杂志，一看李远方微笑着站在面前，脸一红，站起来，羞涩道："请问，您……找谁？"

"我想问一下，赵先生在 1 号房间吗？"

"对不起，"服务生笑道，"您找错了，1 号房间客人不姓赵，姓吴，是不是您上错楼层了？"

"哦……"李远方拍了下头，"对不起，是我记错了，我把 4 号房间的钱先生记成了赵，这百家姓开头的赵、钱、孙、李害死人，我经常搞混淆……见笑！我是想问和吴先生一起的住 4 号房间的钱先生，现在是否在 1 号房间？"

服务生看了看挂钟，笑道："他们现在估计还在吃晚餐。"

"知道什么时候回吗？"

"很晚，他们吃完晚餐，还要上佳宁娜歌舞厅，您最好去那找。"

"太感谢你了！"李远方道，"知道他们在什么地方晚餐吗？"

"就在本酒店餐厅潮州包房。"

"再一次谢谢你！"李远方礼貌地微笑道，"小姐，你怎么这么清楚他们的行踪？不会是我们武汉的老乡吧？"

"不是，"服务生又满脸绯红，"我是湖南岳阳的，吴总出门时吩咐过，有人找去这两个地方。"

"哦，"李远方又一笑，"湖南、湖北是邻居，记住，下次我来，一定请你共进晚餐。”说完大步而去。

服务员一阵心跳，待电梯关上，从抽屉拿出镜子对着笑起来。

餐厅很温馨，四周摆满鲜花香草，客人都彬彬有礼，相互之间温情软语，你斟我酌，能进住君悦的客人非富即贵。服务员一色的玫瑰色旗袍，在中间大厅来回穿梭服务，两旁包房门口的则亭亭玉立，等候里面叫唤。整个宴会大厅，有如一个玫瑰花园。

潮州厅是豪华包房，门口配有沙发。李远方在沙发上坐下，顺手拿起一份报纸，一面看一面观察包房动静。

来得正是时候，不到五分钟，钱思鸣第一个开门出来，黑油油的脸涨得通红，如同猪肝般刺眼，看来酒喝得不少。钱思鸣出来后，一胖一瘦两位五十多岁的男人相继出门，出门后并排而行。胖的腆着大肚笑容满面，瘦的边走边说满脸愉悦，大概是吴总和外商。他们身后是一名四十岁不到的男子，一言不发跟在其后，估计是助理之类的角色。最后出来是一名小姐，二十七八岁，身材高挑，姿态丰媚，气质高雅。她手里挟着文件夹，神情庄重步履轻盈，一看就是外商的秘书。李远方赶紧站起来，跟在她身后向外走去。

走出餐厅后，四位男人径直朝斜对面佳宁娜歌舞厅走去，秘书却走向商务中心，李远方站在大堂思忖道：跟定秘书，先搞清外商住在几楼几号，再伺机打探、沟通。

秘书出商务中心后没去歌舞厅，直接走向电梯。李远方一见暗自欢喜，心想：一定是老板找小姐，撇下女秘书独守空房，迈大步跟了过去。电梯还没下来，秘书下意识地看了一眼身边的李远方，正好碰上李远方看她的眼神，两人都一惊，赶紧避开对方眼光。李远方一阵心慌做贼般不自然，秘书似乎感觉到李远方的窘态，忍不住又扭头瞟一眼，发现是位英俊秀气的小伙子，似乎面熟，顿生好感。

电梯很快下来，三位小姐从里走出，李远方侧身让过，然后谦逊地请秘书先进。秘书报以微笑，跨步而入。

“请问小姐，上几楼？”李远方跟进后小声问。

“9楼！”秘书点头微笑。

李远方赶紧按下9号标识按钮，然后一动不动站立。

"怎么，你也上9楼？"秘书问。

"不……我上10楼！"李远方有点紧张。

"是下榻还是找朋友？"秘书按下10号按钮，一面问。

李远方暗骂自己"混蛋"，脸一红："找朋友！"一看快到9楼，壮胆道："请问小姐住几号？我办完事，可否邀请你喝杯咖啡？"

秘书嫣然一笑，没有回答，大概经常遇到这种情况。李远方满脸通红，又暗骂自己不该给胡总出这种馊点子，害得自己像做鬼一样，此时恨不得电梯猛地下坠，一下钻进地心。

9楼到了，门一开，秘书走了出去，没等门自动关上，头也不回，大声道："我住9楼1号房间，你办完事打电话给我。"

李远方如蒙大赦，一摸额头满是汗水，还没回过神来，10楼到了，走出电梯后又意识到不该下来，无奈只得等电梯上去再转下来。心想：要是杨帆在就好，他就是找伊丽莎白女王搭讪也不会脸红。

"请问先生，您找谁？"女服务生见李远方出电梯后原地打转，晕头晕脑的样子，赶紧走过来关心问道。

"找我自己！"

服务生一听，快步回到服务台，一动不动地站着，双手攥紧拳头，随时准备呼叫逃跑。好不容易等李远方进电梯，这才坐下来大口喘气，自言自语："我的妈呀！这神经病，差点吓死我了……"

3

四十分钟后，李远方跟在秘书身后，进了一楼咖啡厅。

二人走到最里边，找了张情侣台坐下来。李远方一阵心动，台上鲜花飘香，耳伴靡音缭绕。

"请问，"李远方有点不自然，不敢正视对方，低头讪讪道，"是喝茶……还是喝咖啡？"

"咖啡！"秘书答道，一面示意服务生上她要的咖啡糕点。

待咖啡、糕点上齐，秘书两眼死死盯着李远方，满脸香气逼人，悠然道："说，你是干什么的？为什么想到要邀我坐一下？"

李远方定了定神，很快恢复了自信，示意对方边品尝咖啡边听他叙说。他礼貌地一笑："先自我介绍，我姓李，叫李远方，是武汉某公司的部门经理。来海南洽谈一笔大生意，结果被一名台商耍了，生意没做成，倒花费了二十几万，故而心里很烦闷。今天下午，一直想找一个人倾诉倾诉。"呷了口咖啡，继续道："我是第一次来海南，人生地不熟，不知找谁去倾诉。后突发奇想，心想如果谁无意中单独跟我相处几分钟，我就找谁倾诉。有缘在电梯里单独与你相处，又见你气质高雅，神情庄重，所以就冒昧地相邀于你。"

"有意思！"秘书点头笑道，"难得你如此诚实。我姓周，叫周敏，是香港新时代投资公司董事长的私人秘书。看上去你比我小，权当我的弟弟吧。告诉我，你是如何被台商耍的？也许我这个萍水相逢的姐姐能助你一臂之力。"

李远方一喜，且有点动容，他不想欺骗这个女人，何况还和周丽同姓。于是，他将十五天来所发生的一切，一五一十、一点不露地向她述说。他神情专注，表述清楚，偶尔沉思微笑，不时摇头叹息，整个叙述过程情感丰富，真实动人。

"这是大多数港台商人的做事风格，特别是台湾商人。"周敏感慨道，"以后跟他们打交道，一定要注意这点，商人嘛，认事认钱不认人。好了，跟姐姐谈一谈你的感情生活。"

李远方一惊，本想她听了叙述后，会谈到正题上来，谁知她竟提这个问题。怪不得杨帆说女人的心像秋天的云，千变万化，让你无法琢磨。没办法，只得沿着她的思路继续叙说下去。

"我的感情生活非常简单，"李远方抬头注视着她，眼里流露出凄苦的神情，"我的孩提和青少年时代非常贫困，绝对是你所无法想象的。我出生不到三月，父亲就在苦难中死于非命，母亲和我加上一个幺爹三人相依为命，艰难度日。十七岁时，母亲被一场龙卷风夺去了生命。"说到此，想起娘惨死的情景无法自控，泪水倏地流了下来，赶紧抽出桌上纸巾拭泪。周敏大为动容，也掏出纸巾捂脸。

"对不起。"李远方继续道，"母亲罹难前留下遗言，要我光宗耀祖，显亲扬名，为李氏家族争荣光。后来'文化大革命'结束，我在幺爹一手调教下，刻苦学习考上了大学，大学毕业后分配在市里工作，后又调到现在的公司。我能有今天，除了铭记母亲的遗言、幺爹的教诲和自我奋斗外，完全是依靠我的一位姐姐无私的帮助。她叫肖畅，另外，我的未婚妻周丽，也给予了我极大的帮助。同时，我还有一个生死兄弟，现在正在新疆监狱服刑。我的整个感情生活，完全是围着他们而动，有了他们我的生活才有意义，甚至可以说我的整个生命，也是为他们而存在。每当我遇到艰难险阻时，是他们给我力量。这两天，我无时无刻不在思念他们……"

"谢谢你如此信任我。"周敏完全被李远方的情感所吸引，"你能具体讲一讲你母亲、姐姐、未婚妻吗？"

"好吧！"李远方低头沉思着，慢慢抬起头，眼里噙着泪花，儿时的记忆跃上心头，"对每一位人来说，母亲是世界上最亲的人，没有母亲就没有自己的一切。我们最常见的是有人用'伟大'一词来比喻母亲。其实，我们所有的语言文字，是表达不了母子之间这种至爱亲情的。"他停下擦了擦泪水："记得我六岁时，正是盛夏插秧割谷的农忙季节，母亲每天半夜2点钟起床下田劳动——天亮之前割谷，天亮之后插秧。早上，各家各户给劳动的人送一些面粑或其他隔夜食物充饥。这天，幺爹卧病在床，我爬起床后想到幺爹不能下厨，母亲吃不到早点，就悄悄跑到伙房，先点上灶火，然后搬个小板凳放在灶前，舀上一瓢水，踏上凳子倒进锅里，再找出面粉也倒进去。你想一想是个什么结果——一个大面疙瘩，外面炕糊了里面还是白生生的。我端上碗盛起面疙瘩，就给母亲送去，翻过一座小山就是我们生产队的插秧田，前面插秧的人看见我后告诉我母亲说：'你儿子给你送早点来了。'我母亲不信，她知道幺爹卧床无法下厨，可抬头一看，真是我——正一双小手捧着个大瓷碗边跑边喊娘！"

说到此，李远方似乎回到了那个难忘的时刻，深情道："当时的情景我永生难忘……母亲丢下手中的秧苗，怕我摔倒一面大喊'儿啊……不要跑'，一面拼命从田中间忘情地奔向我。结果我没摔倒，母亲却一头滚倒在田里。母亲爬起来，不顾满身泥水奔到我的面前，一把将我搂在怀里，放声痛哭起来。她一面哭一面看着我为她做的面疙瘩，流泪道：

‘我的儿啊，你这不是给娘送早点，你这是来掏娘的心窝，娘的心给你掏碎了。’又一面端起我为她做的早点，糊的、生的、黑的、白的，和着泪水、泥水一起往口里咽，在场的人，都流下了眼泪。”说到此，感叹道：“这就是我的母亲，和所有的母亲一样，情愿自己的心碎，也不愿儿子……有半点不测！”

周敏无法控制自己的情绪，被这个外表英俊潇洒、内心充满亲情的青年人深深打动，尽管才刚刚见面，可似乎前生前世就在一起同甘共苦，相扶相依。她想起了自己的父母亲，泪水止不住往下流。她拭了拭泪，给李远方倒了杯清水，安慰道：“喝杯清水，如果感觉无法控制自己，就不要说，我已经知道你是怎样一个人了！”

“谢……谢！”李远方的确有点控制不住自己，但他还是继续道，“我的姐姐肖畅，是1974年响应毛主席的伟大号召，下放到我们生产队的知识青年，队上安排住在我家。你想想：一个少不更事的十几岁的城市女孩，突然离开父母，来到一个人生地不熟的贫穷山寨，无依无靠地独立生存，是什么感觉？那种心酸苦痛是你无论如何也想象不出来的。来到我们家后，我母亲对她比亲生女儿还好，这使她感受到了另一种母爱，这种在苦难中得到的爱，也是无法用言语表达的，在肖姐心里深深扎下了根。后来她回城，把这种母爱又转赠施舍到我的身上。现在，我一见到她，就像见到了逝去的母亲！”

“我将来一定要见见你这个肖畅姐！”周敏道，“她一定非常优秀，懂得怎样去爱你、关怀你，甚至为你做出巨大牺牲，对吧？”

“对！”李远方又恢复了常态，“肖姐正是这样一位优秀的、充满爱心的好姐姐，在我心中占住了别人所无法替代的位置。”深深叹了口气，又满怀深情：“我的未婚妻周丽也非常优秀，现在是晚报的著名记者，是我事业和生活上的双重伴侣。我相信你一定跟她很有缘分，这不仅因为你们是供奉同一个祖宗，更主要是你们二人有很多共同的优点，比方气质、神韵以及面相等。”

说到这里，他长长地舒了一口气，感到无比的轻松，两眼注视着对方：“我把我深藏的情感世界，毫不保留地向你倾诉，正如你所说，我把你也当成了我的姐姐。希望能得到你的理解！”

“我不仅理解你，”周敏也注视着李远方，“而且非常感谢你真诚的倾诉。说实话，今晚和你在一起，是我近十年来从没有享受过的情感交流。从你的言语中流露出的诚挚爱心，深深冲击着我的灵魂。十年来，我在商海中漂荡，见到的都是卑鄙龌龊的嘴脸和肮脏的交易。我不想让这些影响我们此时的氛围，所以，我请求你再陪我一个小时，一小时后我必须离开。”说到此，她向前倾了过来，双眼柔情流露，秀发几乎扫上李远方的脸面，柔声道：“我还想听一听你童年的记忆，这记忆像美酒一样，令我陶醉！”

李远方默默点头应允，二人相互凝视，都满怀感激之情……

一小时瞬息而过，周敏依依不舍站起来，认真道：“看来，我以后要经常听你述说童年的故事。你稍等一下，我现在就去拿一份合同书的复印件给你，你带回酒店同你们老总协商。如果在此合同现有各条款的基础上修改两点：一是每台车抬高两万元的价格；二是在海南验货后付全款，运输你们自己负责。能达到这二点，我保证这一百多辆小汽车，如数转卖给你们。接受不接受，你明晚八点来此告知我，记住，千万不要给我打电话。”说完，莞尔一笑，疾步而去。

李远方一阵激动，心怦怦直跳，感觉自己有点虚伪无耻，猛地头往沙发靠背上一倒，摇头叹道：“胡总啊胡总，这哪是在做生意，活生生的是在演戏……”

第十七章

1

李远方回到宾馆，已是十二点多光景，胡总一见他回来，泄气道：“老弟啊，此路不通，钱思鸣他们已经木已成舟，晚上刚签了正式合同。”又摇头道：“完了，晚了！晚了，完了！”

“到底是完了还是晚了？”李远方笑道。

“晚了就是完了，完了就是晚了！”胡总不住摇头。

“既没有晚了，也没有完了！”李远方把合同往桌上一丢，说道，“你先看了他们的合同再说！”

胡总拿起一看，惊诧道：“真有你的，连合同都搞到手了，快告诉我，是怎么搞到的？”

“演戏！”

“演戏？”

“对！”李远方回味道，“像演戏……不过的确是活生生的现实，而且绝对是真情流露，至少我是！好一曲感人至深的悲喜剧，精彩至极，你先看完合同我再告诉你。”

等胡总看完，李远方将所遇滴水不漏地向他做了汇报。

胡总马上进入沉思之中，好半天才道：“这第一条没问题，我们已有共识，别说一辆加两万……就是加三万、四万也无所谓。这第二条就有点麻烦，几千里路，几十道关卡，难保不出问题。昨天韩董事长来电说，现在国家形势有变，要我们谨慎从事。刚才辛雅娟在电话里说，她公爹也在帮钱思鸣疏通关系。”

“他们的动作也真快，签合同的庆祝舞会还没结束，就开始四处活动运输事宜。”李远方也感叹道。

“这是当然，”胡总道，“你没见合同上明确规定，路上出事由双方共同承担风险。”摇头笑道：“你知道为什么钱思鸣这急吗？”

“为什么？”

“钱思鸣和他们老总，这次是打着到海南考察的名义，合伙利用公司的牌子私自做这笔大买卖，想发不义之财。辛雅娟说前期的一切费用由钱思鸣垫付，说钱思鸣这几天急死，到处筹活动费。”

“她怎么在家跟你说这些？”李远方奇怪，“不怕公爹听见？”

胡总有点幸灾乐祸：“结婚之后，电话就装进小夫妻房间了，老夫妻只能白天借机用一下。这几天，钱思鸣晚上打给老爹的电话，都是辛雅娟传叫的，所以，她听得一清二楚……真是现报啊！”

“看来运输是个大问题。”李远方眉头紧蹙。

两人再次陷入沉思，许久，胡总若有所思：“辛雅娟说她公爹到处找关系，难道这其中……有什么玄机不成？”

"对呀！"李远方兴奋道，"能找到可靠的人，谁敢不让路？"

"是啊！"胡总附和道。

"胡总，"李远方回忆道，"上次在北京，你不是请了一位有关部门的朋友吃饭吗？这事可正好归他管。"

"对，"胡总道，"我正好也想到了他，而且这家伙又正是负责运输的，看来吉人自有天相……现在几点？"

"快深夜一点，明早再联系吧！"

"不行！"胡总走到床头，边拿电话边道，"这家伙像幽灵一样到处游荡，难得找到他，现在是找他的最佳时间！"呼叫酒店总机，报上电话号码，帮他连线北京的长途。

果然，放下电话不到十分钟，北京的长途转进来了。

"胡总吗？"对方的声音显然很兴奋，"你老兄怎么不打声招呼，就跑到海南去潇洒？也不通知我一声，太不仗义了吧……啊？"

"这不通知你吗？我可告诉你，海南现在可是人间天堂，你快赶来，一切费用我全包。我保证老弟你欲生欲死，乐不思蜀！"

"老兄别勾引我了！"对方在电话里叹道，"这几天开会开得头都是大的，元旦之前看来是没时间出京……下次再来吧！你老兄深更半夜找我，不光是邀我旅游吧？有何贵干快说……不会是找我帮忙找车皮吧？"

"对！对！"胡总惊诧道，"正是找你帮这个忙，老弟真有神通，真有神通，一语中的！"

"什么神通！"对方笑道，"这段时间，每天都有人找我，安排运输车辆支援地方建设，从海南拉物品，我一听就知道有问题。刚才就有人来电话，给一个什么两湖公司做说客。"

"是吗？"胡总又是一阵惊诧，担心道，"你安排了？"

"没有，除非是领导出面，其他人我一概拒绝。好处都被这些人得了，我担风险，我才不做这个冤大头。"

"我可不管你老弟风不风险，"胡总怕他拒绝紧接着道，"我每节车皮都给你留着好处费，你无论如何给我安排一趟专列。"

"你老兄就不一样了，"对方一听，回答道，"我们是兄弟嘛！至于好处费，你老兄是赚大钱的，不要白不要。"又问，"啥时要？"

“三天后！”

“这么急？我操作起来还得几天！”

“哎呀……我说老弟啊！你下点功夫就行了。”

“好吧，”对方轻松道，“你明天过海峡到湛江机场去一趟，找王明。现在正好有几趟专列停在湛江火车站。我明早就给他去电话说明。至于其他的，你自己去谈。”

“明白！”胡总挂断电话，在房间来回走动，一面兴奋地对李远方感叹，“老弟呀！我们这真是在打仗啊！这就是在演戏，不过，是一曲随时都有可能，走进监狱的人生大戏……”

2

次日，李远方独守空房，上午美美地睡了一觉，中午醒来，半月来的疲劳一扫而空。下午跟周丽、肖畅分头去了电话，二人都叮嘱他保重身体，尽早回汉。肖畅附带向他叙说了婚礼的筹备情况，要他安心。同时告知宋红雨从新疆来电，说杨帆有可能提前回家，请他放心。他感到心情有如窗外的碧海穹天，玉波荡漾，白云轻悠，想到了古人的名句：“海到尽头天做岸，山登绝顶我为峰。”他似乎已看到了大海尽头的天岸，何时再去“山登绝顶我为峰”，感受一览众山小的壮景，体会人生的至高境界，他企盼着这一天早日到来。

“嘟，嘟……”电话铃响了起来，他一看表，下午五点整，是胡总的电话——约好的通话时间。

“远方啊！”没等他开口，胡总就在电话里大声道，“事情很复杂啦！这里聚集了不下十家要专列的主子，而且我告诉你，两湖公司的吴总通过另外一条关系，也来到了机场。”

“是吗？”李远方诧异道，“看来他们抓得非常紧，也想一验完货就装车走人。可想而知，其他的主子都是这个心态。”

“对，竞争非常激烈，见王明比他妈的见国家元首还难，我直到下午两点才见到他。”

“他怎么说？”李远方急切问。

“既没答应，也没推辞，看来不动真格这家伙不会轻易松口。这种机会，他一辈子恐怕再难碰上，是不见兔子不撒鹰的。”

“那怎么办？”

“怎么办！我今天就呆在湛江机场招待所，刚才已经给公司通了电话，公司自有办法，不怕他不同意。老弟啊，周敏那边的事就靠你一人撑着啦，记住一点，满足她的一切条件。”

“胡总，”李远方担心起来，“周敏只是个秘书，万一她董事长不同意，岂不是两头失算？”

“老弟啊，”胡总笑道，“你太书呆子了，没把握她不会说出那么肯定的话！你没听说，找老板办事不如找女秘书，老板有时瞻前顾后，女秘书就不一样。女秘书的枕边风一吹，就是火坑老板也要往里跳，懂吗？你要使出浑身解数，哪怕牺牲色相也要把她搞掂。这次就是赔本，我们也要把事情办成，让她见识一下我们的能力。”

“这是什么鬼逻辑？”

“这不是逻辑，是经验！”胡总严肃道，“经验有时比什么都管用，明白吗？”又叮嘱道：“晚上12点我准时给你通电话，决定下一步的任务。”

李远方放下电话，在房间来回思忖：离八点还有近三小时，他想找个地方，一个人单独呆上一两个时辰，梳理一下纷乱的思绪，顺便给几位女同胞买点礼物。可思来想去，就是想不出半个多月来陪台商游历过哪方净土，无奈之中只得决定先买礼物再说。他拿起提包快步出门，叫了台的士向海口商厦疾驰而去。

刚到商厦，大门口被人群挤得水泄不通，走近一看，地上并排坐着一对小青年，十五六岁左右，都满脸泪痕，面无血色。一看不像是下海南的学生，倒像是讨饭的兄妹。仔细一看铺在两人前面的求救书，原来是一对追求婚姻自由、私奔在外、亡命天涯的小鸳鸯。

李远方心一酸，想给点钱他们，一时不方便拿，正踌躇，人群一阵惊呼，原来女孩饥饿过度昏迷过去。李远方不再犹豫，抽出五百元挤进人群。女孩已苏醒过来，男孩边哭边给她喂一位大娘送上的蛋糕。李远方蹲下身把钱交给男孩：“你们听好，这是我给你们的路费，明天就回老家，回到父母身边，听清楚了吗?”

男孩接过钱，哇的一声哭了起来，女孩挣扎着爬起来，一头跪倒在李远方面前。李远方扶起女孩，转身挤出人群进入商厦。

李远方给肖畅、周丽、宋红雨和杨柳买了四只最新款电子手表、四条珍珠项链，又给肖畅、周丽二人另买了两套日本西服，结完账已快七点，赶紧回转。刚出大门，就见刚才那对小鸳鸯，同几名巡逻队员拉扯在一起。女孩双手死死拽住一名队员的衣服，其他队员又拉住女孩，男孩则在女孩身边守护。一名队员踢了女孩一脚，围观的人群立即将几名队员围住，大声谴责。女孩死死不放手，巡逻队员想动手又惧怕愤怒的人群，双方就这样一动不动地僵持着。

李远方本不想管，忍不住又走过去。一问旁边的人，原来是几名巡逻队员发现男孩手上攥着一大把钱，怀疑是偷的，要带人走。

李远方一听，迅速钻进人群，走到女孩身边：“还认识我吗?”

“大哥!”女孩一见是李远方，松开手失声痛哭起来。

巡逻队员一见叫大哥，也都松开了手。

“怎么回事?”李远方问男孩。

“大哥!”男孩大口喘气，“你给我们的路费，他们几个硬说是偷的，非要带我们到派出所交代不可。”

“你们谁是带队的?”李远方想起第一次在滨江公园见到周丽时的情景，明白这种人欺软怕硬，故作严肃状。

“我是!”被女孩抓住的一个挺了挺胸，“你是干什么的?请不要干扰我们执行公务!”

李远方气陡地冲了上来，大声质问：“请问你执行的是什么公务?难道在光天化日之下，大庭广众之中，恃强凌弱是执行公务?”

“那你又凭什么说他们不是小偷?”

“岂有此理!”李远方道，“这钱是我给他们回老家的路费，赶巧我昨天数钱时，不小心将一滴墨水洒在一张十元的票面上，正好将女社员的头玷污了。”转身对男孩道：“把钱拿出来证实一下!”

“钱被他抢走了!”女孩又一把抓住带队的衣服。

李远方一听，横眉走到带队的面前，逼视道：“把钱拿出来!”

“把钱拿出来！”人群大声吼了起来。

带队的见群情激愤，只得哆嗦着把钱掏出来，交给李远方。李远方找出那张带墨水的，给带队的看了看：“看清楚，没骗你吧？”

“走！”带队的一挥手，几名队员灰溜溜而去。

李远方将两人带到一个僻静处，把钱交给女孩，嘱咐道：“记住，听大哥的话，明天一定回老家去，外面太危险，明白吗？”

“大哥！”女孩刷地跪了下来，男孩一见也跪下。

“快起来！快起来！”李远方不知所措。

“大哥！”女孩抽抽搭搭，“我们不能回去，回去……我爸就要把我……嫁给村东头的‘黄鼠狼’！”放声大哭起来。

“嫁给黄鼠狼？”李远方一面拉二人起来，一面不解。

“‘黄鼠狼’是黄三的诨名，”男孩解释道，“是我们村有名的赌鬼，今年快四十岁了，长得像黄鼠狼一样。”看了看女孩：“她爸差他一千元的赌债，就逼她嫁给他。”

“哦……”李远方叹道，“原来是这样，可你们不能长期在外面流浪，任何单位也不敢收留你们。再说，你们这么小，怎么能在一起同居？还是回老家找政府派出所。”

“不行，大哥！”男孩也哭起来，“派出所的所长是‘黄鼠狼’的表哥，专给‘黄鼠狼’撑腰，村里人都骂他们是狼……狈为奸。”

“大哥！”女孩哭道，“你是好人，你就收留我们吧！这一辈子我们给你当牛做马！”随即，扑通一声又跪下来。

“别！别！别！”李远方暗自叫苦，看来这对小鸳鸯就是死也不会回老家。他无计可施，摇头道：“这样吧，你们先到武汉，找这个人，她会想办法安排你们的。”掏出笔纸，写上周丽的名字和电话，又问男孩：“你们叫什么名字？”

“我叫黄二狗，她叫金银花。”

“真是黄金搭档！”李远方边感叹边把纸条交给男孩。

“给，钱还给你！”金银花突然拿出钱，又哭起来，“大哥，你这是不管我们了，把我们推给别人。”

李远方哭笑不得：“你放心，她是我未婚妻，你们赶快先去吃点东西，明早就去武汉，明白吗？”

“好！大哥，我们听你的！”金银花蜡黄的小脸上，终于露出了笑容，一排糯米般洁白的小米牙，真如金银花般在夕阳余晖中绽放。她拉起黄二狗，一起给李远方鞠了个躬，转身就跑。

李远方赶紧拦上一台的士，他必须赶在八点前坐进君悦大酒店咖啡厅的情侣包厢，等待周敏到来，他似乎对这个漂亮的女秘书情有所动，他要用真情打动她，鼓动她放弃同两湖公司的合作。

他乐意演这场戏，他要彻底打败对手钱思鸣……

3

钱思鸣走出房间，兴奋得眼泛红光，他迈着大步，急速朝佳宁娜歌舞厅赶去。他刚接完吴总的电话，得知湛江的专列已订好，只等明天林总的货到就可以验货启程回汉。今晚他要好好招待林总。

“哎呀，钱经理！”林总一见钱思鸣带几名美女进来，兴奋道，“你这是要我的老命啦！又带几个妖精进来！”

“林总！”钱思鸣道，“吴总来电说专列已定好，吩咐我今晚要让你尽兴，你就放开手脚挥舞你的‘金箍棒’，收拾这些妖精吧！”

“是吗？哈，哈……”林总开怀大笑。

经理一阵风似的跑进来，香唇凑上林总的耳朵，嘀咕了几句，转身摆动着硕大屁股，在音乐的伴奏下摇了出去。

林总慢慢睁开眼，站起来，左右捏了捏几位妖女的媚脸，说道：“我回房间接个电话，你们等我回来，先同他们两位疯狂疯狂。”说完，也不同两位打招呼，大步推门而出。

林总来到九楼房间，周敏正在等他，见他进来，赶紧把他扶到沙发坐下，一面给他捶背，一面向他汇报情况。

“林叔，”周敏道，“对方已经接受了我们的要求，每台车增加两万，验货后一次性付全款，运输我们概不负责。”

“太好了！”林总笑道，“真是有心栽花花不开，无心插柳柳成荫。”又问道：“兴华公司的背景，调查清楚没有？”

“兴华公司背景深厚，可靠度比两湖公司更强。”

“哦，这个总经理胡学伟何许人也？”

“胡学伟是‘文革’前北大的高材生，毕业后在国家机关任职，‘文革’中因保护自己的恩师被打入牛棚。此人心性高傲，桀骜不驯，口无遮拦，经常在公众场合大放厥词。不过，此人很有人脉关系，其恩师很有威望。胡学伟‘文革’后不愿在机关受缚，所以被恩师安排到兴华公司挂职。另外，此人思想上信奉独身主义，终身不娶，行动上却放荡不羁，到处拈花惹草，换女人比换衣还快。”

“可惜了！”林总叹息道，“以后多接触，来日大可利用。”

“明白！”周敏又问，“下一步如何操作？”

“你通知货船，从香港启程后直接停靠湛江码头，便于胡总他们起运货物。同时通知海关暗地将所有手续转送湛江海关。”

“吴总他们怎么打发？”

“按计划进行，等一下我去歌厅后，你请有关部门问责帮吴总联系专列的活动人，停止专列的发放。”示意周敏给他倒杯苏打水，继续道，“另外，明早你通知澳门何三，将他开往泰国的货船停靠海口港两小时，我明天带吴总他们上船验货。然后实施行动，等我们同胡总办完大事，再放他们出来重获自由。”

“中间人问及此事怎么答复？”

“就说吴、钱二人乃纨绔子弟，骄狂自大，鼠目寸光，商会期间心藏不轨，胸怀叵测。且二人不思精诚合作，沉迷酒色歌舞，天天狎妓嫖娼。因乖张招摇过度，公安边防联合缉私队早就暗中盯梢，致使在双方验货时被一举抓获。本公司本想追究其由此造成的经济损失，正是考虑到这层关系，才免于起诉。”

“完全明白！”周敏有点羞涩道，“林叔，我想等货到武汉后，去武汉考察游玩几天，你不反对吧？”

“好哇！我就是希望你到处玩一玩，不希望你成天跟在我的屁股后唠唠叨叨，怎么会反对？是不是这个什么……李远方打动了你的心？这倒是一大幸事，看来，我以后要好好地考验考验这个小子。”又兴奋道，“再倒杯苏打水，今天酒喝得有点多。”

“少喝点，”周敏关心道，“六十岁的人，不比年轻时。”

“是啊……眨眼就六十花甲了！”林总感叹，“敏敏啦，真是人生如梦啊！自我同你父亲结为生死兄弟，到现在整整在江湖闯荡四十年了。你都三十了吧？听叔一句话，如果这个李远方中意，就结婚吧！看到你一个人孤单地忙进忙出，叔叔我于心不忍啦！”

“放心吧，林叔，跟你在一起我很快乐，结婚是终身大事马虎不得，我会在适当的时候考虑的。”她一边回答一边想起了李远方俊秀的脸庞和优雅的神韵，心中盘算着等见了那个周丽再作打算。

林总没有注意她的表情，继续道：“我真怀恋和你父亲出生入死的岁月，我无法忘记他临死前把你托付给我的情景。好在我还没有辜负他的期望，你现在完全可以独立掌控公司，等明年我六十岁一过，就把担子交给你，我也该清闲几天了。”

他站起来伸了伸懒腰：“我该下去了，这个钱思鸣真是个人渣，叫人恶心。”走到门口又回头道：“曾贤安排的这个助手太令我失望，回港后把他开除，过不了女人这一关的男人，不配当我的助手。”

周敏陷入了沉思：能过女人这一关的男人，她还真没碰见，能过男人这一关的女人，又有多少呢？放眼望去，茫茫人海之中，不是男人就是女人——人类社会不就是由男人和女人所组成的吗？有多少男人，不是在为女人而拼搏？又有多少女人，不是为男人而活着？她周敏自己是为男人而活的女人吗？李远方又是怎样的一个男人呢？他真如自己所说得那么单纯吗？他将来愿意为我所用吗？

4

一切尽入林总彀中，吴、钱二人更是被其玩于股掌之上。

第二天中午，面对满满一船锃光瓦亮的高级车，吴、钱二人还没从飘飘然之中回过神来，即被海上缉私队一举抓获。

第三天，船靠湛江港，林总、胡总双方现场验车、点数、押款，干脆连合同文本都不要，直接拿两湖公司的合同原件充当双方的法律凭证，一旦将来有人举报其法律责任嫁祸于两湖公司。

第四天，王明指挥人将整船的汽车全部“缴获”入库。

待一切就绪，胡总和李远方伫立在湛江港货运码头，面对浩瀚无垠的大海，顶着南国腥臊的季风，开怀大笑。

“报应啊！”李远方气定神畅，以一种胜利者的口吻道，“可笑钱思鸣心怀不轨，幻想一夜暴富，且妄自尊大、自以为是，偷鸡不成反蚀把米，三十多万现金流入大海，尽入鲍鱼、海参之腹！”

“这吴总也是，”胡总也得意道，“手握公司大权，际逢宏图大展之机，竟贪不义之财，依靠狂悖之徒，贻害自咎，皮肉遭殃尚小，几乎酿成牢狱之灾，不谨慎啦！”

看着胡总洋洋自得的样子，李远方不由一阵心酸，想这人本来可以成为安邦定国的栋梁之才，不曾想命运弄人，竟安排如此一位疏放自喜、意气用事的儒生博弈于商海，居然还累战累胜，这印证了一句俗语——富贵险中求。

见李远方半天没作声，胡总大为动心：“老弟啊！这次你可是功不可没啊！我先代表辛雅娟谢谢你！”他情不自禁地揽住李远方的肩膀：“我这辈子认定你这个兄弟了，你是我接触过的最坦诚的男人，以诚信为己任，胸藏爱人之心，心怀乐善之志，难得啊！好在‘吉人自有天相’，老弟也不虚此行，即得‘黄金’之源，又有‘芳敏’之心，可谓春风得意，左右逢源。”

……

零点整，一声汽笛长鸣，划破南国夜空，专列满载“物资”向北驰去，每节平板车厢上都满盖油布，将货物遮盖得严严实实。油布上“专用物资”四个红色大字，在灯光下格外醒目。

很快，专列离开市区灯火照明地带，呼啸着冲入黑暗之中。

李远方坐在最后面的押运车厢里，心潮激荡，一时难以平静。胡总早醉成一摊泥，躺在前面软卧车厢内进入仙境。

透过车窗，李远方抬头仰望，只见漫天星辰，竞相闪耀。

他猛地想起了辛雅娟如泣如诉歌唱星光灿烂的情景，继而想到了杨帆，心里一阵激动：要不了几年，好朋友就要回到他的身边，从杨帆的身上，又想到了在海口商厦门口救助的“黄金搭档”——两位亡命小鸳鸯，心中充满深深的怜悯之情。

一会又从“小鸳鸯”想到了即将同自己结为连理的周丽，再从周丽想到了肖畅——正在为自己的婚姻忙碌，心中陡然一阵愧疚。最后想到了周敏这个让人无法琢磨的漂亮秘书，不由又是一阵心动。如果没有她的鼎力相助，此次海南之行必将是惨不可言，真不知日后该怎样面对这个令人心动的香港大小姐？

他一动不动地凝视着窗外的夜空，此时，北斗星正高，天狼星正亮。忽然想起了屈原《九歌·东君》中的名句“举长矢兮射天狼”，心情备感沉痛。屈原大夫不愧为后世中国文化人的楷模——忧国忧民，举世皆浊他独清，世人皆醉他独醒。可惜这屈原大夫终究没能拯救楚国灭亡于倒悬，反而落得个自投汨罗江的下场。这是屈原的人生悲剧，更预示了其后中国历代文化人的多舛命运。

他又从屈原的诗句中，想到苏轼《江城子·密州出猎》中的结尾句，倏然间豪情顿生，意气勃发，心中默默吟诵道：“会挽雕弓如满月，西北望，射天狼！”

李远方两眼精光闪耀，悲壮之情溢满胸膛……

第十八章

1

李远方从海南回汉后，不到一月，一百多台小车销售一空。公司为了奖励他为兴华公司所做的贡献，同时激励其他工作人员，特地奖励他一套三室一厅的新居，正好充当他元旦结婚时的新房。

进入十二月，李远方就没上班，每天跟在肖畅和周丽后面充当搬运工，采购物品，布置新房。大小事情一概由肖畅和周丽做主，他只负责出力，还没结婚就妇唱夫随。

黄二狗和金银花这对小鸳鸯来汉后，周丽将他们一分为二，让金银花到自己家帮父母做些力所能及的家务，顺便教她学文化。金银花聪明伶俐，深得周丽父母喜爱。

黄二狗被周丽安排到李远方的宿舍暂住，帮李远方清理家居，翻晒衣物。李远方回后将其带在身边使唤，决定结婚后把他送到白龙寨，一方面让幺爹教他学文化，另一方面让他伺候幺爹的衣食住行。等他二十岁时，再考虑是继续学习还是参加工作。

周敏在一个月后突然来到武汉，名义上是来考察武汉的投资环境，实际上是想看一看李远方的未婚妻周丽。胡总给予隆重接待，派专车专人伺候，亲自和李远方陪同她畅游武汉三镇，借机大献殷勤。可惜，周敏意在他人，开始对他敬而远之，渐渐显出不耐烦。无奈之下，胡总只得适可而止，知难而退。李远方深明周敏的来意，有意安排周丽、肖畅、宋红雨等同她欢聚，想化解她的柔情。

不料周敏同三位姐妹一接触，大有相见恨晚之意，不仅没能打消她的念头，反而激起了她的斗志。临走之前，她毫不掩饰地告诉李远方：不管他结婚与否，她一定要让他进入她的事业和生活。

李远方无法理清自己的思绪，找到肖畅，将海南所发生的一切一点一滴如实向她倾诉。肖畅一听，也激起了心中的斗志，告诉李远方：不管周敏是真投资还是假投资，暂时答应她的要求，同她姐弟相称。她要看看这位香港大小姐到底有多深的柔情，多大的道行。

李远方一听思绪更乱，希求周敏是一时的心血来潮，他每天跟在周丽屁股后，一个劲地祈祷元旦早日到来，他好同她一起新婚旅游，游览祖国的大好山河，暂作蝴蝶双飞，忘却眼前的烦忧。

肖畅自李远方去海南后，全身心为他筹办婚事，她同周丽有商有量，武汉几大商场来回转悠，严格筛选。一切家用电器、床上衾褥、厨卫设施、日常用品，都按最高标准购置。新房请广东装潢师精心设计装潢。十二月上旬，一切准备就绪，只等喜日一到，在汉口饭店大会亲朋，大宴宾客。又同李远方一起带上黄二狗亲赴白龙寨，向九爹通报婚礼筹办情况。然后留下三万元，拜托李德正提前杀猪宰牛，买酒进烟，计划从元月二日起大开酒席三天，所有白龙寨的父老乡亲，无论是黄童白叟、还是鳏寡孤独废疾者，一并入席受酺。同时，邀请地方楚剧团，来白龙寨唱大戏三天，以示庆贺。

元旦这天，婚礼如期在汉口饭店举行。李远方兴华公司的全体职员，周丽晚报的同仁，肖畅接待办的同事以及双方的亲朋好友，欢聚一堂，觥筹交错，共度幸福美好时光。

武汉说唱团两位著名相声演员充当司仪，二人风趣幽默，妙语连珠，整个婚礼庆典激情飞扬，超凡脱俗。

婚礼上高朋满座，新郎温文尔雅，风流俊秀，人中骐骥，傲视同侪。新娘杏脸桃腮，兰心蕙性，超群轶类，艳冠群芳。二人穿梭于酒席之间，荦荦大端，英姿焕发，卓尔不群。

酒筵完毕，一帮俊男靓女，又呼三叫四，邀哥拉妹，齐聚台北路新居，借机表情达意，拍照留念。然后，搬桌拿椅，点兵布阵，开局赌钱，直至通宵达旦。

第二天早上，来不及收拾残局，一帮人分乘十五辆小车，一字排开，浩浩荡荡向九龙冲进发。沿途路人咋舌，嗟呀不已。

车到九龙冲镇，突然鞭炮齐鸣锣鼓喧天。原来是李远治带领镇上几位领导，在镇口大道夹道欢迎，李远方一见赶紧下车。

“远治哥，这太张扬了吧？”李远方拉着李远治的手。

“什么张扬？”李远治现在当了镇上的一把手，看上去神采奕奕，说话声音比以前洪亮很多，“你现在是我们九龙冲的名人，这次给我们县里和镇上廉价买了几台小轿车，县委书记特地嘱咐我要好好为你庆贺婚礼。这不，我们镇上几位领导，都来给你捧场。走，我们快点赶往白龙寨，九爹他老人家恐怕早就站在村头眺望了。”

李远方赶紧给几位镇领导打招呼分发香烟，然后上车赶路。从镇上到白龙寨全是砂石路面，十七台小车一路鸣笛奔驰，所过之处鸡飞狗叫，嗟声不息。马路上尘土飞扬，延绵几里。

离白龙寨不到一公里，就见整个寨子口人流涌动，彩旗飘扬。人群正中央，九爹在黄二狗的搀扶下伫立眺望。

李远方心猛地一热，眼睛开始湿润，离开白龙寨整整十年，他从一个少不更事的小青年，成长为今天名扬四乡造福桑梓的名人，幺爹他老人家不知倾注了多少心血。

每次进入村口他都心动，母亲的遗言、李家的祖训、幺爹的期望、自己的诺言，像绵亘的东山，重重地横亘在他的心头。现在他又一次回到生他养他的东山脚下，身后是延绵蠕动花团锦簇的结婚车队，前方是翘首企盼、兴高采烈的欢迎人群。他明白，他已经迈出了人生的第二大步，心潮止不住汹涌澎湃。

小车缓缓停下，李远方努力克制心中的激情，走下车打开后门，将周丽抱了下来。然后，手牵手向李传道老人走去。

“幺爹！”来到老人面前，二人双双跪下。

老人喜极而泣，饱含热泪，左右凝视着这对新人，颤声道：“好孩子，终于等到你们了！走，我们回家去，让李家的列祖列宗看看……他们的后人，又玉树逢春、芝兰竟放了！”

十七台车陆续在寨头停下，鞭炮猝然轰鸣，糖果四下飞撒。人群开始欢呼雀跃，簇拥着新郎新娘，向东巷李家大院涌去。

欢迎人群很快进入东巷，李远方牵着周丽的手，走在幺爹身边。李家老宅分田到户后，大小十几间房屋外加祠堂大院，都归还给李传道老人，老人按七十多年前的原样修葺一新。

大院门口，一副喜联跃入眼帘，字体遒劲力拔，上联是“秦晋联姻风光好”，下对“凤凰比翼彩虹飞”，横联“佳偶天成”。

进入大院，里面张灯结彩，人头攒动，音响里播放着流行音乐。三十桌酒席上，中间排满鸡鸭鱼肉，四边摆放糖果饮料、红白喜酒。三十桌分四排布置，左边两排，右边两排，均是七上八下排列。祠堂大厅也布置六桌，上首并排两桌，左右上下各两桌。祠堂台阶走廊之上也排放四桌，预备各路司机和临时来客。进入祠堂，正壁上悬挂着一幅山水大写意，画上，一轮红日光照大地，千山万壑云蒸霞蔚。画两边也悬挂一副楹联：“旭日照华堂祥光普照百事顺；春风吹大地瑞气腾飞万代昌。”正壁下方一字排开放置着十把靠椅，靠椅上披红扎花，这是预备给贵客就座的上位。祠堂侧门直通内室，内室里布置了一个新房，房门上也贴有一副喜联：“一朝喜结千年爱，百岁不移半寸心。”门楣上横联“珠联璧合”。

“请大家安静！”李远治手拿话筒一喊，三百多号人立即静下来。他举目四望，大声道：“乡亲们，今天是值得庆贺的日子，这不仅因为我们迎来了1987年的新年，更主要是我们白龙寨李氏家族的优秀后人李远方，同市里的优秀女青年周丽，在昨天喜结良缘。从今天起，我们白龙寨将为这对新人，举行三天的欢庆活动。”

“好！”人群一阵欢呼，肖畅示意文达生用照相机拍下这激动的场面。文达生点头微笑，赶紧寻找多角度不停拍照。

“下面，”李远治大声道，“我宣布：李远方先生和周丽小姐新婚庆典开始，第一项，请新郎新娘参拜天地。”

李远方牵着周丽来到中堂前，行三叩九拜大礼。神龛上供奉着“天地君亲师”牌位。

“第二项，新郎新娘参拜列祖列宗。”

二人又在跪垫上对列祖列宗三叩九拜。

“第三项，新郎新娘叩拜双方父母、家长。首先，请德高望重的李传道老人上坐！”

黄二狗搀扶着李传道老人在正中间的靠椅上坐下。

“一叩首！”李远治喊道，二人来到老人面前叩拜。

“再叩首！”二人再叩拜。

“三叩首！”二人三叩拜。

“请肖复明和袁桂芳二位老人上坐！”李远治又喊道。

肖复明和袁桂芳是肖畅的父母，同时也是李远方的干爸干妈。二位老人在李传道老人左手位就座，黄二狗将拜垫移至二老面前。

“一拜……再拜……三拜！”

二位老人受拜后激动得热泪盈眶。

“请杨思立老人和汪长芝老人上坐！”李远治又喊道。

杨思立和汪长芝是杨帆父母，李远方上大学时被杨思立老人收为义子，算是李远方的义父、义母，二人紧挨肖畅父母坐下。

“一拜……再拜……三拜！”

二位老人受拜后也激动得老泪纵流。

“请周全景和刘丽雯老人上坐！”李远治又喊道。

周丽父母手牵手，走到李传道老人右手坐下，黄二狗又将拜垫从左边移到右边，放在老人面前。

“一拜……再拜……三拜！”

二位老人也饱含热泪，喜极而泣。

“第四项，”李远治激动道，“新郎、新娘二人对拜！”

李远方和周丽相对而立，开始鞠躬对拜。

“一拜……再拜……三拜！”

等二人拜完后，李远治又喊道：“请新郎新娘喝交杯酒！”

宋红雨笑盈盈地托着一个铺着红绸的瓷盘，上面放着二杯红酒。李远方和周丽各取一杯，相互交叉挽手而饮。

“父老乡亲们！”李远治又大声道，“这对新人已经喝了交杯酒，让我们用热烈的掌声祝愿他们相亲相爱、白头偕老、永结同心！”

“好！”祠堂内外掌声雷动，呼声鹊起。

“第五项，”李远治又喊道，“请证婚人讲话，欢迎接待办的肖畅主任讲话。”

肖畅接过话筒，款步来到新人身边，她先向上首的几位老人鞠躬，再转身面对人群，朗声道：“非常高兴参加今天的婚礼，此时此刻，我激动的心情的确难以形容。白龙寨是我的第二故乡，可以说，这里的一山一水、一草一木，已经深深地扎根在我的心中。今天，李远方和周丽喜结良缘，作为证婚人，我见证了他们从相识到相恋、相爱直至结为秦晋之好的全过程。我相信，他们彼此的心是真诚的，爱是真诚的。我同样坚信，这种真诚的情怀，将陪伴他们在未来的生活中，彼此坦诚相待，相敬如宾。在此，我也真诚祝愿他们鸳鸯比翼、夫妻同心、白头偕老。同时，也祝愿白龙寨所有的父老乡亲们，在这几天里吃好、喝好、玩好。谢谢乡亲们！”

“好！”大厅内外响起一片喝彩声。

“第六项，”李远治接过肖畅递来的话筒，又喊道，“请主婚人、晚报社工会的范主席讲话！”

“乡亲们好！”范主席是位四十多岁、身材稍胖的女同志，讲话声音干脆，“能来到美丽迷人的白龙寨我很高兴，能为李远方和周丽主婚我更激动。在我心中，他们是天生的一对、地造的一双，我衷心地祝愿他们白头偕老、相亲相爱！谢谢大家！”

“好！”人群又发出欢呼声。

“第七项，”李远治又喊道，“来宾代表讲话。请兴华公司办公室的苏主任讲话！”

苏主任今天讲话更干脆，一句话祝愿新人幸福美满。

第八项是亲属代表讲话，文达生代表亲属讲话，他慢条斯理地讲了几点，表达了亲属的美好祝愿。

第九项是新郎新娘再次给双方父母家长三鞠躬——感谢养育之恩，给参加婚礼的全体来宾三鞠躬——表达感激之情。

“第十项，”李远治高声道，“请新郎新娘表忠心！”

李远方接过话筒，先给几位老人深深鞠躬，又给全体来宾鞠躬，这才激动道：“感谢幺爹十年来对我的养育之恩，感谢干爸干妈、义父义母，多年来对我的厚爱之情。感谢岳父岳母长期来对我的关爱之心。更要感谢单位领导、亲戚朋友，以及白龙寨父老乡亲们，多年来对我的关怀和期望。此时此刻，我无以表达我的感恩之情，我只能说，只要我李远方一息尚存，绝不辜负亲人朋友们对我的殷切期望……”说到此，声音哽咽，再一次给大家深深鞠躬。等他再立身时，眼内已噙满感激的泪水，在场的人都被深深打动。

李远方定了定神，看了看身边的新婚妻子，继续道：“从第一次看到周丽，我就深深地爱上了她。在后来的相恋中，我发现了她很多高贵品德，在她身上，我学到了很多宝贵的东西，明白了人不仅要关爱自己，更多的是要去关爱他人。她不仅是我生活的伴侣，更是我事业的坚强后盾。在此，我向她庄严承诺：此生此世，只爱她一人，海枯石烂，永不变心！”说完，将周丽紧紧拥抱在怀里。

大厅内外响起雷鸣般的掌声，经久不息。

周丽意识到该自己说话了，她从李远方怀里昂起头，也不拿话筒，大声道：“李远方的话，也表达了我的意思。因为从现在起，我们两人的心已经融为一体！”还没说完，又一头扎进李远方怀里，双手死死抱住他，猛地抽泣起来，真正是喜极而泣。

“好！”人群大声欢呼。

“鸣炮奏乐！”李远治提高了嗓音，高声喊道，“请所有的亲朋好友，以及全体来宾入席，让我们举杯同庆！”

猛然间，鞭炮齐鸣，锣鼓喧天，所有人各自入席。大厅内，李传道老人、周丽父母、肖畅父母、杨帆父母、李德正夫妇坐了首桌。旁边一桌是范主席、苏主任、肖畅、杨柳等领导。左边两桌是李远治等镇上和大队干部。右边上桌是新郎新娘、伴郎伴娘及几位青年男女，下桌是文达生等武汉来的其他亲友。

大院里的三十桌，全部是白龙寨的父老乡亲们，祠堂台阶走廊上的四桌，安排刚赶到的县楚剧团演员们以及各路司机朋友。

“开席！”待锣鼓鞭炮声一息，李远治大声宣布酒筵开始。顷刻间，整个李家老宅大院一片沸腾，欢声笑语传扬天外……

2

李远治“开席”的口令一发，王细翠就在酒席间来回穿梭，查看各桌面的吃喝情况，她走到哪里，笑声就带到哪里，这个拉住她灌一杯，那个扯住她喂一口。她来者不拒，连吃带喝，兴奋了还要骂几声，风头远远压过自己当镇长的老公。

她是今天宴会的服务总指挥，三天前就从镇上回寨上任。手下挑选有三十名年轻劳力任她指挥。其中二十名女的，每人负责两桌席面的服务。主要任务就是按事先排好的名单，逐一将吃酒的人员落实到位，开席后负责招待他们的烟酒饮料并发送纪念品，宴会结束后再收拾碗碟杯筷。十名男的负责传送酒菜物品，开席前，将每桌的饮料、纪念品摆放好，开席后，随时听候女服务员的调遣。宴会结束后，协助女服务员收拾桌面，每一名男劳力负责应对两名女服务员。三十名年轻劳动力，实行包干负责制，各司其位，各负其责。又将四十桌酒席编好顺序，从1号到40号用四十张纸条注明，每一张纸条上写清楚十名吃酒人的具体名字，发放到每一名女服务员手中。

李传道老人安坐在首席之上，心情无法平静下来，眯眼朝大厅外凝视，只见无数人头晃动，吵吵嚷嚷，哄哄闹闹。抬头看看祠堂里面，依然还是雕梁画栋，龙飞凤舞。只是岁月的沧桑，使得大厅四壁到处斑驳剥离，没有了过去的光彩，尽管进行了装修依然显得苍老陈旧。他在脑海中搜索着，上一次这个大厅是什么时候举行过宴会，怅然中终于记起来——那是76年前的1910年，正是大清帝国坍塌的前夜，他整十岁，家道中落，为了挽救败落的命运，父亲强撑着为他张罗做十岁的生日，想以喜冲忧。那是一种什么样的情景啊？每个人脸上都挂满忧愁，父亲喝了不到一杯酒后，竟抱着他放声痛哭起来，泪水和着酒水洒满他稚嫩的脸庞。真是不可思议啊。同一个大厅，上一次和下一次的宴会，竟然相隔了整整76个春秋。

“九爹，”周丽的母亲见老人好半天没动筷，关心道，“您老喝点紫菜蛋汤，这汤有清心明目的功能。”

“谢谢，”老人点头道，“你们自己吃好，我太兴奋了，看着门外这些子孙们，心里一时平静不下来，快九十岁的人了，有生之年能在自己的宅院里，看到如此盛况，此生足矣！”

“九爹，”肖畅的父亲笑道，“您老身体还这么硬朗，恐怕要活上一百多岁呢？您老就等着抱重孙、玄孙吧！”

“是吗？”老人笑道，“那岂不是朽木一具，两眼枯竭，满脸枯槁，浑身枯瘪，手脚枯萎，不把孙子们吓跑才怪哩！”话未说完，自己哈哈大笑起来，又接着叹道：“我这一辈子，有远方这孩子就心满意足了，再不作他求！”

正说着，新人开始给每桌敬酒，二人首先来到他的面前。

“九爹，”宋红雨是伴娘，负责帮新娘斟酒，一边给周丽斟酒一边道，“今天这杯酒，您老可要一口干！”

老人慢慢站起来，拿起酒杯道：“我们这一桌就共饮吧！不要拘于礼节，外面还有几十桌等着你们去敬哩！小宋啊，可不能让新郎新娘喝过头。”说到此，吩咐李远方和周丽给其他八位都斟上酒，兴奋道：“来，我们一起干了此杯，为新人祈福！”

四对老夫妻赶紧站起来，大家一饮而尽。

“幺爹，”周丽关心道，“您老少喝点，晚上还要看戏，我还等着您老给我讲解楚剧的发展史呢！”

“你们放心去吧！记住一定要让乡亲们尽兴！”

肖畅父母这是第三次来白龙寨，每次都有不同的感受。第一次是送肖畅下放，那时的心情是沉重的。第二次是第二年夏天，肖畅生病时来看她，心情不仅沉重，更多的是酸楚和无奈。今天是第三次来到这里，心情和前两次迥然不同，可说是心花怒放。前两次也是同李传道老人一起吃饭，可那是在西巷的破瓦房，同今天的情景有天壤之别。现在，看着这宽敞明亮的大厅，回想破瓦房的凄惨，二位老人感慨万千。不难想象，李传道老人一生该是经历了多少的风霜雪雨。

周丽父母是中学教师，还是第一次来白龙寨。短短几个时辰的所见所闻，特别是跟李传道老人交谈后，明白了什么才是真正的家学渊源，何为大家子弟，深为爱女能同李远方结合而暗自庆幸！

杨帆父母的心情非常激动，特别是杨老爹，十年前偶尔路遇李远方，不曾想这孩子竟成为自己一家人的终身依靠。当时不经意的一句戏语，居然无意中领受了这孩子十年的孝心。婚礼上新郎新娘叩拜义父义母时，老人的泪水止不住从心里向外流淌。

宋红雨跟在李远方和周丽身边，一边帮他们斟酒一边心飞到了新疆，幻想有朝一日自己也能穿上婚纱，牵着杨帆的手走进结婚殿堂。她想起了此时杨帆一定又在参加繁重的体力劳动，不分白天黑夜地挑土背石。这次到新疆，通过关系她见到了杨帆，第一眼几乎认不出他，以前帅气的身材变得像座黑塔，英俊的脸庞和溜圆的光头黢黑发亮，浑身肌肉暴突。只是那双眼睛依然像以前炯炯有神，见到她后放射出狡黠的光芒。她哇的一声扑在他身上，放声痛哭起来。

后来的上十天，她四方活动，打通各个关节，花了三万多元钱，总算是为杨帆铺平了尽快回家的道路。

杨柳坐在苏主任身边，两人亲切交谈，不时发出爽心的笑声。杨柳近来停止了减肥，身体不像以前弱不禁风。三十岁的少妇几杯红酒下肚，满脸桃花开放，浑身丰韵撩人。苏主任去年妻子病逝，今年正四处寻找知音，想再结情缘。自上次杨柳到公司二人认识后，都有心接触对方，想再次焕发青春。今天天赐良机，触景生情，相互碰杯之间，心里早已碰出了爱情的火花。

肖畅昨晚夜不成寐，今天头有点晕。为李远方的婚事，操了几年的心，临到要画上句号却心神不宁。她又想起了十年前那个不眠之夜，看着李远方和周丽两情相悦，特别是婚礼上忘情相拥的情景，她由衷地感到欣慰，可又有一种说不出的情愫纠结在心中，使她难以割舍。她无法判定：这到底是一种姐弟之爱，还是男女之爱？

“肖主任，”身边的范主席打断了她的思绪，“听周丽说，你下放在白龙寨时，差点溺水身亡？”

“对！”肖畅感叹道，“是1976年的冬季，是李远方把我救起的，没有李远方，也就没有我肖畅！”

“怪不得你今天如此发达——正应了古人的名言‘大难不死，必有后福’，来，肖主任，我敬你一杯！”

“范主席，”干完杯，肖畅借机问道，“周丽应该算是大龄青年，结婚后，可以马上拿到生育指标吧？”

“很对，只要她愿意要孩子，随时可以申请计划生育指标，怎么？你这当姐姐的替弟弟着急？”

“很对！”肖畅笑道，“我是替九爹他老人家着急，想在他老人家有生之年，再来个锦上添花！”

“好！”范主席笑道，“这事就交给我，你就放心吧！”

“谢谢你！来……我也敬你一杯！”二人碰杯后，一饮而尽。

放下酒杯，肖畅的思绪，又回到了李远方身上，扭头一看，新郎新娘正在大院里不停穿梭，给每桌的乡亲们敬酒。整个大院内，欢声如潮，一浪高过一浪。

她一阵心动，双眼模糊起来……

3

盛大的婚庆宴会，从中午12点钟直闹到下午3点多才结束。结束后，从武汉来的一帮亲朋好友，除肖畅父母、周丽父母、杨帆父母以及肖畅和宋红雨二人外，其他人皆因明天要上班都启程返汉。李远治和其他镇上领导也因工作繁忙起身告辞。

李远方和周丽送走最后一批客人，回到新房还没坐上两分钟，金银花就跑进来请他们吃晚宴。二人只得又起身而出上桌陪客。好在晚宴不需要逐桌敬酒，二人也就专心陪幺爹和几对老父母交心谈心。

王细翠和宋红雨成了晚宴的主角。

王细翠在大院内，被二三百号父老乡亲扯来拉去，屁股不落凳，双手酒不停。开始时她有说有笑，不到一个时辰又唱又骂，最后歪进大厅，一头扑在张桂珍怀里，大叫“奶奶救人”。

宋红雨在学校是文艺委员，能歌善舞。晚宴同几名楚剧演员同桌，算是遇上知音。先是客气地向演员求教，几杯酒下肚，粘上了一位演红娘的花旦彼此开始对唱。最后她楚戏败下阵来歌曲却占了上风。招惹得一帮山村男女青年，想一展歌喉又不敢出声。

晚宴还没结束，李传前跑进来请示父亲李德正：寨东头广场大戏台前，其他村寨的社员群众已经陆续到场，抢占有利地势，是否马上派人摆上凳子占领最佳位置。

李德正一听，说道：“在第一排给九爹和汉口来的贵客摆上十几把靠椅，其他地方让其他村寨的社员群众自由摆放。”

“对！”李传道接着道，“我们白龙寨的传统，千百年来一向是先人后已，来的都是客，你去，拿上糖果香烟，见外村的人就发。”

“是！”李传前转身就走。

“等一下！”李传道又大声叮嘱，“安排几名小青年，提前在戏台上敲锣打鼓，燃放鞭炮，先把闹台打起来，迎接其他村民，让四乡八邻的乡亲们与我们白龙寨一起同欢共乐，共度新年！”

“明白，大戏开场！”李传前一阵风而去。

白龙寨东头广场，其实就是东山脚下一块比较平缓的坡地，人民公社成立时，队里略为平整了一下，在西边搭建了一个土台。台高两米，长十八米，宽十米，成为白龙寨召开社员大会和放电影唱大戏的场所。“文革”中则成为批斗“地、富、反、坏、右”的会场。

李远方同幺爹等来到广场时，广场上灯火通明人山人海。他们的到来立即引起巨大骚动，人群争相一睹新郎新娘的风采，呼喊声一浪高过一浪。台上剧团的人一见，甩开双臂，锣鼓敲打得震天响。

锣鼓声息，报幕员徐徐走到台中央，人群立马安静下来。

“各位父老乡亲，大家晚上好！今天我们木兰楚剧团，来到风景秀丽的白龙山寨，给战斗在生产第一线的广大社员群众献上几部传统楚戏。在此，我代表木兰楚剧团的全体演职员工，对邀请我们前来演出的李远方先生和周丽小姐，深表感谢！”说完深深鞠了一躬。

“好！”台下一片掌声。

“同时，真诚地祝愿李远方先生和周丽小姐新婚愉快！”

“好！”台下欢呼声又起。

“更要祝愿今天到场的父老乡亲们，新年快乐，万事如意！”

掌声、欢呼声同时响起。

“下面演出开始，今晚奉献给大家的是传统楚剧《三世仇》，希望能带给大家一个愉快的夜晚。”

台上板鼓声起，紧接着钹响锣鸣，台下肃然寂静。

李远方一阵心动，他想起了自己的娘，想起了他四五岁时因家里缺粮每天只吃一碗稀粥，睡觉之前再喝一碗米汤。他实在饿得受不了，跟在娘身后喊着哭着要吃饭。每当这时，娘总是把他搂在怀里，给他唱一段楚戏。娘的声音是那么动听，清雅秀美、韵味深长，他听着听着就忘记了饥饿。在后来的孤寂岁月中，只要遇上困苦，他就想起娘的声音。这声音令他心动，给他力量，催他奋发。此时，他端坐在戏台之前，备受父老乡亲们的礼遇，成为万众瞩目的焦点，又情不自禁地想起了娘的声音。然而，今天娘的声音回荡在他心中，却显得如此凄婉悲郁，令他有撕心裂肺之痛。

李远方闭上了眼睛，任泪水往心里流去。耳伴娘的悲音，却愈来愈清晰……“北风怒吼嘛雪花卷，小兰讨饭在外头……”这是楚剧《三世仇》里虎儿妈的一段悲哑腔。讲述一对儿女大年三十夜在风雪中讨饭，被万恶的地主毒打的凄惨情景。音悲声苦，如泣如诉，在李远方的脑海中回荡，叩击着他的灵魂。李远方心里一阵酸痛，默默念道：“人啊人，为何要历经苦难才能不断地成长壮大？岂不知人类之苦，十有八九都是人类自己造成的，但愿人类靠讨饭维持生命的日子不再重演！”

“娘！”想到此，他在心里呼喊道，“您的远方儿成家了，孩儿绝不辜负您的遗愿，定要光宗耀祖，显亲扬名……”

第十九章

1

第一天的庆典活动，晚上 12 点之前圆满结束。

第二天、第三天，照样是大酺乡民，大唱楚戏。

李德正对李远方、周丽和肖畅不无感慨道：“这是白龙寨千百年来从未有过的盛典，我代表全体父老乡亲们……谢谢你们！”

李远方的美名，从此传遍了九龙冲的每一个角落。

第三天下午，应张桂珍的邀请，肖畅、李远方、周丽、宋红雨和王细翠一行，参观她的养猪场。张桂珍特地嘱托宋红雨带上照相机，给她和小猪崽们合个影，动身前金银花强烈要求一同前往。

养猪场建在白龙寨北不到两里路的地方，半山坳间盖有一幢两层楼房，房侧是一排两米多高的院墙，沿山坡向西伸展近百米之长。

李传前、李传进兄弟俩站在门口笑嘻嘻迎接大家。进门一楼是客厅，客厅左边是厨房、卫生间，卫生间后面是楼梯。右边是老两口的卧室，卧室后面是杂物间，杂物间后开有一个小门直通院内。二楼则是兄弟俩的卧室加办公室。

张桂珍吩咐兄弟俩端茶倒水，肖畅道：“不喝了，酒都喝饱了，哪还喝得进水？快带我们参观你的猪崽要紧！”

“传前，”张桂珍问，“时间到了没有？”

“还差十分钟。”老大答道。

“传进，”她又喊老二，“今天贵宾参观，提前十分钟开饭！”

一群人被她逗笑，李传进打开侧门，大家进入院内。宋红雨因为要照相走在最前面，进院一看，大声叫道：“张奶奶，怎么一个猪也没有？这是什么养猪场？”

众人一看，也都大为疑惑，大院里空空荡荡，只有两匹狼狗见大家进来，摇头摆尾，汪汪乱吠，以示欢迎。认真一望，沿院墙脚根一个挨一个、一溜烟摆满了猪食槽，槽里已经添满了食物。大院里整理得干干净净、平平展展。中间是一条水沟，沟里的山泉是从山洞流出，流水潺潺，长年不断，自东南向西北贯穿大院流向墙外。再仔细一瞅，依山那一面院墙上，开有两个圆门，位置正好在水沟的一左一右，都用铁栅栏锁着。门洞里，黑黢黢直通山里面。

“嘟……”张桂珍猛地吹响一声铁哨，声音悠长，两匹狼狗一听，迅速跑到两个圆门前守候。就听圆门里，乱哄哄一片猪哼声，李传进迅速将两个铁门打开。

“嘟……”张桂珍第二声铁哨声起，哨音未息，猛地从两个圆门里冲出两头大母猪，后面拖着十几头小猪崽，径直朝猪槽奔去。紧接着，又是两头大母猪拖着十几头小猪崽冲出。一共冲出了十二头大母猪，一百多头小猪崽。两匹狼狗以水沟为界来回巡视监督吃食。一头母猪想越过水沟，被巡视的大花狗一口咬了回去。

众人被眼前一幕惊得目瞪口呆，王细翠大叫道：“我的奶奶啊！这哪是在养猪？这完全是在搞军事训练！”

宋红雨张大了嘴，半天说不出话来，照相机拿在手上忘了拍照。肖畅跑到她面前一跺脚：“死丫头，这好的画面，怎么不拍照？”她才如梦方醒，赶紧跑到墙边抢镜头。

周丽兴奋得双手不停捶打李远方的肩膀：“我的天啦！人间奇迹！人间奇迹！我一定要为此写篇文章登在报上。”

金银花拉住张桂珍的手，一个劲地叫：“张奶奶，您真伟大！”

李远方也非常兴奋，激动地问李德正：“德正爹，怎么想到在这里养猪？确实令人惊叹！”

李德正笑道：“这两个防空洞，是1970年响应国家的号召‘深挖洞、广积粮、不称霸’时开挖的，闲置了十几年。前年夏天异常炎热，热死了几头猪崽，冬天又冻死了几头。我一想，这防空洞冬暖夏凉，何不利用利用，就开始在这里整理扩建。”

李远方记起来，自己十几岁时冬天上山砍柴，经常跑进洞取暖。里面可以容纳四百多号人，是按白龙寨总人数挖定的。

“我带领传前、传进又把里面开挖出二十个小洞，每个小洞里住一头母猪带一窝猪崽，让它们相互之间不扯皮。”

“真是一个好的养殖创新！”李远方感叹道。

“这要感谢你桂珍奶！”李德正也感慨道，“是她不分白天黑夜把母猪一头一头往洞里赶，把猪食放在小洞。又一头一头往小洞里引，等每头猪记住了自己的洞穴之后，她又培训它们统一在外面定点定时进食。真难为她。”

“不容易！”李远方道，“这多猪崽，如此听话，真是奇迹。”

“这你就不太懂，”李德正道，“小猪崽只跟着母猪跑，只要把母猪训练好了就可以。”

“哦……”李远方领悟道，“看来只有多实践，才能出真知。”

“就是这个理。”

“怎么没见大狼猪？”李远方寻思道。

“房子后面建了个小院，”李德正解释道，“关在那里，单独喂养，因为要配种，吃的比这些母猪好。完全是按照营养科学调制饲料，哪头母猪发情了，就送到小院去交配。”

“哦……看来养猪也大有学问。”

一百多头猪很快就进食完毕，开始在院子里转悠。两匹狼狗坚守在水沟边来回巡视，有几头母猪在水沟里喝完水又自觉地踅回去。宋红雨不停地拍照，张桂珍分别抱了几头小猪崽合影留念，计划到时挂在客厅展示。肖畅、周丽、王细翠也都蹲下逗小猪崽玩耍，金银花一手抱一头，嚷着要宋红雨给她多拍几张。

“准备收兵！”张桂珍大声叫道。

大家赶紧跑到墙边站定，看这些猪崽如何回洞。

“嘟！嘟！嘟！”张桂珍这回的哨声急促，十二头母猪一听，都竖起耳朵昂起脑袋大声哼叫。一百多头小猪崽东奔西窜，各自向自己的“亲娘”奔去，很快都聚集到母猪身边。

“嘟！嘟！嘟！”张桂珍第二次急促的哨声吹响，老母猪开始慢慢悠悠，一头接一头带领小猪崽向洞里走去。有几头小猪崽还在到处乱窜，被两只巡视狗撵了进去。

李传进将铁栅栏一锁，所有的人都回到客厅。

“真是不可思议！”周丽依然兴奋。

“张奶奶，这么多猪在洞里怎么不打架？”金银花好奇道。

“我养了几十年猪，猪除了有时抢食外，从来不打架。它们就是吃了睡，睡了吃！”

“哦……”金银花点头道，“我明白了，猪最懒，只知道吃和睡，要不，不想干活的人，别人怎么骂他是个懒猪，是吧？”

“对！”张桂珍道，“不过，猪非常聪明，也很听话！”

“啊……噗！”李远方突然情不自禁笑起来，茶水喷了自己一身。

“你神经了？”周丽瞪大了眼睛。

李远方笑道：“我忽然想到……一个有关男人、女人和猪的三段论笑话，所以忍不住笑了。”

“李大哥，讲给我听一听！”金银花央求道。

“算了，是一个很无聊的笑话。”

“既然说了就讲吧！”王细翠也想听，其他人也都等他开口。

“好吧！”李远方大声道，“有人把男人、女人和猪，作了一个三段论的换算：其一，人=吃饭+睡觉+上班+玩；猪=吃饭+睡觉；代入：人=猪+上班+玩；即：人-玩=猪+上班；结论是什么呢？结论就是：不懂玩的人=会上班的猪！”

“这是谁这么损人？”肖畅笑道。

“其二，”李远方继续道，“男人=吃饭+睡觉+挣钱；猪=吃饭+睡觉；男人=猪+挣钱；猪=男人-挣钱；结论是：男人不挣钱等于猪！”

“这话说得倒是有道理！”周丽也笑道。

“其三，”李远方又道，“女人=吃饭+睡觉+花钱；猪=吃饭+睡觉；代入上式得：女人=猪+花钱；移项得：女人-花钱=猪；结论是：女人不花钱就是猪。”

“说这话的家伙，一定是个穷光蛋，他仇富，希望有钱的人，被女人把钱花光！”宋红雨也笑道。

“综上所述，”李远方最后道，“这家伙演绎出三个结论：一、男人为了让女人不变成猪而挣钱；二、女人让男人不变成猪而花钱；三、男人+女人=两头猪。”

几个人听完都大为愤慨，王细翠骂道：“绕来绕去，最后就是说人等于猪，这家伙就他妈的是个猪！”

“这是哪位文人被老婆整苦了，借此发泄。”肖畅道。

“错了！”张桂珍突然插嘴道，“这是个喂猪的说的，他每天跟猪在一起，所以才说得这么对。过一段时间，他肯定还要编一段故事，也绕来绕去，最后说猪变成了人！”

所有的人一阵哄堂大笑。

周丽说道：“怪不得有人说，在今天这个社会，两样东西是绝对不能相信的，一是女人的眼泪，另一个就是男人的嘴巴！”

“我就不明白，”张桂珍本来要进厨房，又走回来道，“伟人说话也有时不符合逻辑，说什么敌人我们的，那么我们不管做什么非要跟敌人不一样？”

“啪”的一声，肖畅正端着杯子往口里喝茶，来不及吞下去，连杯带水一起摔到地上，杯子摔得粉碎，水洒了一地。她边揉肚子边抽搐道：“我的猪……奶奶，你……差点要了我的命了！”

其他人早已是前仰后合。

李德正对张桂珍笑道：“赶快收拾一下，我们早点过去，今晚上是最后一出戏，我跟汤团长还有事商量。”

一行人离开养猪场，一路有说有笑。李远方心里一阵激动，明天就要给父母上坟，他心中有太多的话要对母亲诉说……

2

第四天，一行人准备给李远方父母上坟，肖畅天不亮就起床，洗漱毕，同宋红雨在房间密谈了近一小时。天大亮时才出房门，径直朝李传道老人的房间走去，离开前她要跟老人交代些事情。

李传道老人早已起床，正在房间静坐喝茶，见肖畅进来，关心道：“肖畅啊，怎么不多睡一下？这段时间可辛苦你了！”

肖畅挨老人坐下：“九爹，我睡不着，来跟您老聊一聊。”

“是不是远方和周丽委托你来的？”

“不是，”肖畅一惊，“这几天，他们根本就没有时间跟我谈心，是不是小两口给您老……出了什么难题？”

“昨晚他们送我回房时，一起做我的工作，要我到武汉去，同他们一起居住，被我拒绝了。”

“看来他们和我不谋而合。”肖畅笑道，“九爹，我也是来同您老商量这事的，您老可以不同他们住在一起，远方婚前的房子把它好好装修装修，您老就住在那里，让黄二狗照顾您。如此，一方面我们可以经常去看您，另一方面，您老上年纪的人有个三病两痛随时可以上医院，而且武汉的生活水平毕竟高出这里许多，您老想吃点什么也随时可以得到满足。如果您老想回白龙寨看看，我们随时可以开车送您老回来，九爹，您老说呢？”

“你们的心情我理解！”老人叹道，“肖畅啊！你们是想我吃好、喝好、身体好，想我多活几年，安度晚年。这想法是好的，人谁不想长存于世，蝼蚁尚且偷生，何况人乎？可人世间的万事万物，皆不由人的意志为转移。你想一想，我住在你们身边，你们能安心工作吗？上了年纪的人，谁没有个三病两痛？可一生病就摇铃打鼓，送医院，请医生，折腾来折腾去，我能安心吗？到时恐怕事与愿违啊！我现在尽管生活清淡一点，可同前几十年比，那可是天壤之别啊！这次，远方又给我买了一台电视机，我可以看看新闻，了解一下社会的发展。何况还有二狗子照应，你们更应放心。这孩子是穷苦人家长大的，能吃苦耐劳，也很投我的缘。正好我们祖孙二人一起扫地焚香，煮茶布道，其乐融融。”

说到此，老人站起来，在房间来回踱了几步，来到门前推开房门，凝视大院，大声自语道：“我现在每天跟土地为伍，同山水为伴，清风朗月之夜，一个人坐在这祖宅大院，像古人说的，‘心无机事，旷然天真，无忤于人，无羡于世，无争于人，无憾于己，无心意颠倒之病，无取舍转徙之烦’。肖畅啊，你说九爹我还有何求？”

“九爹，”肖畅站起来，来到老人身边，搀扶道，“我尊重您老的意愿，我相信远方他们也会理解的，走，我同您老这就去见他们，向他们传达您老的第二个意愿。”

“我的第二个意愿？”老人边走边疑惑。

“对！”肖畅笑道，“前天我跟范主席谈心，说您老人家想抱重孙，让她批个生育指标。范主席一听，立马道：‘指标老早就给周丽准备了，她随时可以生孩子’，您老说，这算不算是您老的意愿?”

“这何止是意愿!”老人一听精神大振，加快脚步，“这是我们李氏家族千秋万代生生不息的希望!”

希望就像东山头白龙寺前的野菊花，秋风一吹竞相开放。李远方和周丽的心同肖畅和李传道老人的心是相通的，四人都怀着同一个希望，心中都种下同一颗种子——都企盼这颗种子尽快开花结果!

四人谈话结束，李传道老人无比兴奋，早餐前让黄二狗搀扶他到寨子走一走，老人想听一听乡亲们的感受。周丽和宋红雨一听，赶紧拿出照相机跟上去，她们要拍下白龙寨这千年古寨的风土人情。

肖畅正好留下李远方，同他谈一谈结婚后的打算。

李远方明显消瘦，多日的熬夜劳顿令他身心疲惫，表面上风光无限，内心深处却恍然若失。他苦笑道：“肖姐，真对不起!这段时间太辛苦你了，好在总算是了结了心愿。看幺爹的情形，他老人家很是满意，这都是你的功劳，将来我一定会报答你的恩情!”

“屁话!”肖畅瞪了他一眼，“如果我指望你报答，那就不是情了!说，你们准备到哪些地方去旅游?”

“先坐火车到成都，周丽想看一看乐山大佛、都江堰，然后上青城山和峨眉山。调头从成都到重庆，在重庆呆几天再坐船沿江而下看长江三峡，最后从宜昌回武汉。”

“怎么想到走这条线路?”

“周丽近来在研究各地方剧种的起源，正好这段时间写到川剧部分，她想顺便收集点资料。”

“她倒是会利用时间!”肖畅笑道，“回汉后，我给重庆的朋友打个电话，让他们尽地主之谊接待你们。”

“算了吧，麻烦别人不太好!”

“这有什么，他们的亲戚朋友来武汉，我还不是照样接待他们，再说周丽要收集资料，找他们不是更方便?”

“那好吧!”李远方道，“如果需要我就去找他们。”

“在外面注意身体!”肖畅给李远方倒了杯水，自己也倒了一杯，说道，“现在结婚了，不能像以前，要把心多放在家里。周丽很不错，干任何事都要征求她的意见，在为人处事上她比你有主见，不像你一味讲义气，这是你的优点也是缺点。女人大多有点任性，周丽在这方面，比一般的女人更矫情，这跟她的职业有关，你要顺着她，明白吗？贾宝玉不是说女人像水吗？我告诉你，女人确实像水，不过女人是杯开水，要慢慢喝，喝快了不仅烫嘴，而且烧心。姐姐我也是女人，希望你善待周丽。九爹快九十岁的人，随时有可能离去，能在他老人家有生之年生个一男半女，才是对他老人家天大的孝心！”

“我明白，请姐放心！”

“我放不了心！”肖畅加重了语气，“上次那个香港大小姐周敏，不会平白无故地来武汉考察。看她的情形加上你后来给我的介绍，我敢肯定：要不了多久她还要来找你。你要做好应对准备，千万不能让周　丽产生什么不好的想法，懂吗？”

“是！”李远方道，“这个周敏的确有点难以捉摸，我感觉她背后有很大的靠山，不像只是一个秘书。她说要来投资，如果将来有机会，我确实想利用她的资源干一番事业。”

“这我不反对，以后看情形而定。”

“肖姐！”李远方严肃道，“我一直想跟你谈一谈。自你上次在惠济饭店提醒我后，我总感觉到兴华公司不是久留之地，领导意识、经营理念、经营方式、运作模式，都有悖经济的发展规律。而且胡总这人过于放纵，这犯了一个单位主要负责人的大忌。我不想就这么轻易地把自己的一生，维系在兴华这棵大树上，我已经跟幺爹谈过，他老人家让我伺机转舵，借船就岸。”

“这事我们回武汉再从长计议，”肖畅蹙眉道，“是应该有所准备，你去海南时，文叔曾经问过你在兴华干得怎样，我如实汇报了你的情况。听他的口气，好像现在社会上对你们兴华公司颇有微词，市里面也啧有烦声。”

话没说完，金银花跑进来请二人到大厅吃早餐，肖畅问：“九爹和周丽他们回了没有？”

“我问过了……让你们先吃不用等他们。”

“几位伯父、伯母都起来了没有？”肖畅又问。

“都在大厅，就等你们二人。”

“走吧！”二人快步来到大厅，一看王细翠和李德正夫妇、李远发夫妇也都来了，都是准备早餐后一起去给李远方父母上坟。

早餐是银丝挂面，配以几盘新鲜蔬菜和几碟咸菜，众人吃了几天大鱼大肉、荤肥油腻，难得如此清汤素面，都大感养胃。

王细翠第一个吃完，来到肖畅身边坐下，自豪道：“肖老师，看看你的学生俊不俊？”说完，拿出黑牛的照片递给肖畅。

“哇……”肖畅接过一看，惊叹道，“这黑牛几天不见，变得如此潇洒，这是在颐和园大门口照的，真是天之骄子！”

众人争相传看，李远发叹道：“这黑牛将来大有出息，是第二个李远方，真如九爹所说。六十年风水轮流转，看来我们白龙寨真是后继有人，又要兴旺发达了！”

王细翠感叹道：“这孩子还算懂事，没有辜负我和他爸的苦心，在身边十八年，知道娘想他，所以寄张相片。这段时间，只要想他，我就拿出来看看，心里也就踏实了。”说着眼泪在眼眶打转。

“别勾引我了！”肖畅想起了自己的儿子，也不免心动，安慰道，“四年时间很快就过去，等他毕业后把你接到北京，不就天天可以看到他？再说，不是还有远治哥，每天陪你吗？”

“别提他！”王细翠一听气愤道，“他陪我？他只陪酒！以前还三天两头回家吃顿饭，现在，哼……一个月难得在家喝碗水，我也懒得管他，总有一天要喝死在外面。最好早点死，我好一心去陪黑牛，免得一心挂两头。”说完，真就滴下泪来。

“这是怎么说？”肖畅理解她的孤独，嘴上却道，“他是一镇之长，上十万人的生命维系在他心上，你要体贴，怎可怪罪他？”

“我才不稀罕他这个镇长，我要的是一日三餐同桌吃饭，一年三百六十五天同床睡觉的老公。”

“说得非常对！”话没说完，李传道老人一行走了进来。老人坐下后接着道，“最好是什么事也不干，一年三百六十五天，吃了就睡，睡了就吃，我说细翠，世上有这种事、这种人吗？一个人不仅要有家庭责任，更要有社会责任，如此，社会才得以进步，人类才得以发展。就说远治吧，他何尝不想每天同你厮守在一起？可他办不到，因为他不光只是你王细翠的老公，他更是上十万人的镇长，是社会的一分子，他必须为社会的发展进步，贡献自己的力量。”

“幺爹！”李远方打断老人，“您老喝点面汤吧？等下上祖坟山您老就别去，让二狗在家陪您。”

“去！”老人道，“你别担心我的身体，我精神好得很，刚才我已经跟小宋说好了，请她在龙珠山给我们照几张全家福，让列祖列宗看一看……我们李氏家族，依然是枝繁叶茂、后继有人，我们的血脉，有如长江之水，浩浩荡荡，滔滔不绝……”

3

黄二狗搀扶九爹回后，赶紧向厨房跑去，一进门看见金银花正在帮两位大嫂洗碗，一把将她拉到门外拐角处。

“别拉拉扯扯！”金银花甩开他的手，“别人看见，像什么话？有话就说，有屁就放！”

“是这样，我想问你几句话，等一下你走了，就问不成。”

“那你问呗，看你，像个小学生。”

“我想问你，有没有给家里写信？”

“这还要来问？我早写了，把上次多的二百元钱，也寄回去了，你妈一百，我妈一百。”

“那你信上怎么说？”二狗急切问。

“这还要你问……我说我们在武汉遇上贵人，让他们不要担心，过几年，我们混好了就回去。”

“应该说一起回去。”

“这还要你问……我是这么说的。”

“这我就放心了！”二狗不好意思道，“另外，我告诉你，以后再不要叫我二狗子，刚才九爹已经给我重新起了个名字，叫黄家骏，要我将来做黄家的骏马。”

“你行吗？”金银花不屑道，“还骏马，连话都说不清！”

“我怎么说不清？”

“昨天刘伯母问你十几岁，你一下十六，一下又十五，真叫我为你脸红，气得我整晚上都没睡好觉！”

“这有什么，我又没说错，我是阳历十六岁，阴历十五岁！”

“还不谦虚。这叫实龄十五，虚龄十六，懂吗？”

“明白了，我听你的。”

“记住！”金银花四下看了看没人，羞涩道，“刘伯母也给我重新起了个名字，叫金凤，意思就是金家的凤凰，他们都叫我凤丫头，你可记住了？”

“记住了，这名字真好听！”

“那当然，周伯父、刘伯母都是有学问的人，都在教我学文化。我将来，还要考大学呢！”

“太好了！”二狗子兴奋道，“九爹也每天教我学习，将来我们两人要像远方大哥和周丽大姐一样，比什么一起飞！”

“比翼双飞……还是这么笨！”

“黄二狗、金银花，快来，要上坟去了！”话还没说完，宋红雨找过来叫他们。

二人赶紧跑过去，金银花对宋红雨兴奋道：“宋大姐，以后别叫我金银花，刘伯母给我改名叫金凤，你以后就叫我凤丫头！”

“还有我，宋大姐。”黄二狗也兴奋道，“不再叫黄二狗，叫黄家骏，是九爹他老人家给我起的！”

“是吗？”宋红雨惊诧道，“你们两个，可真是一匹宝马，一只金凤凰，将来都要飞上天去的。快走吧，现在先去给你远方大哥的父母磕头谢恩再说。”

三人急速向大门外跑去。

龙珠山自上次修葺后，李德正又组织几个人对各房份上的坟茔进行一代一代的清查，重新树碑立传。碑文中简述各代之中有何显赫人物，其生存时代发生过何种重大历史事件等。然后在碑林之中纵横铺上几条石板小路，上下贯穿整个龙珠山体。

一行人来到龙珠山时，冬日暖阳已经爬上东山头顶。龙珠山上阳光明媚，树木扶疏。石板小路两旁，依稀几点野花摇动，墓碑上红黑相间的各种字体，在骄阳的照耀下，格外醒目。

回首间，只见山川里，湖光映日，溪水潺潺，行人悠悠。

一行人簇拥着李传道老人，在列祖列宗的墓碑前摆上祭品，焚香烧纸，磕头谢恩。祭扫完毕，遵照老人的要求合影留念，然后又依次来到九棵松柏树下分别留影。

“远方啊！”老人带着李远方和周丽来到第五、六棵树之间，说道，“你们给我听好，自上一次省台办的人来这龙珠山找我后，又来过两次，你们的五叔祖和六叔祖，分别死于1975年和1976年，台湾目今你们有四个堂叔、三个婶娘、三个姑妈、三个姑父，都依然健在。他们膝下一共养育了你们九个堂兄弟、五个堂姐妹，六个表兄弟、四个表姐妹。也就是说，你们在台湾，还有三十七个骨肉同胞！”老人来回抚摸着两棵挺拔的松柏，叹气道：“岁月沧桑，一别近半个世纪，何日归故里，只能是祈求上苍庇佑了。如果不幸我早这些后人们回来祭祖之前撒手而去，你们一定要盛情款待他们，将我两位兄长的骨灰，埋入这两棵松柏之下。让两位在外漂泊几十年的游魂，回到生他养他的故地，依父母而卧，长眠安息！”

“幺爹！”李远方安慰道，“您老放心，这一天不会很远，两岸骨肉团聚，是大势所趋，是民心所向，是历史发展的必然结果，历史潮流是任何力量都阻挡不住的！”

“但愿如此，我希望在我有生之年，能见上这些骨肉一面，如果我死后他们回来，我的魂灵也要起于地下，逐一去亲吻他们的面容！”说到此，老人止不住老泪纵流，哽咽难言。

李远方强忍住自己的眼泪，抬头看去。

只见九棵挺拔的松柏雄姿飞展，苍然豪放。

远处，东山头上，一对雄鹰正展翅飞翔……

第二十章

1

从白龙寨回汉的第三天，李远方就携新婚妻子前往成都、重庆等西南一线旅游胜地旅行，蜜月之中游历祖国的大好山河。

肖畅忙于春节前的各种会议，悉心做好接待工作。

杨柳同苏主任感情发展迅速，二人增加了相互之间的信任，都把约会放在第一位，工作放在第二位，结伴去南方过冬。

只有宋红雨比较清闲，除了上班之外无所事事。她给杨帆写了封长信，向他述说了李远方在汉口饭店和白龙寨的婚礼盛况，期盼他早日回到自己的身边。

这天周末，宋红雨提前下班没回家，一个人坐车来到解放公园。漫步河边垂柳之下，看着冬日斜晖照映下的湖面上倒影飘摇、粼光闪现，思绪不由又飞到了新疆……想到杨帆在新疆所遭受的重重磨难，想到自己没日没夜的孤苦情愁，特别是看到李远方同周丽的恩爱情深，她无法控制自己对恋人的思念。

她在一棵垂柳边坐下，两眼迷茫地凝视着湖中的树影，一对对恋人从身边走过，亲昵缠绵之声不时传入耳中。猛然间，一股怒火又冲上她的心头，对钱思鸣和辛雅娟的刻骨仇恨烈火般在胸中燃烧。她无法咽下这口怨气，复仇的种子深深扎根于她那不惧冒险的心性之中。

上次教训了钱思鸣后，李远方制止了她进一步的复仇计划，现在，她决心趁李远方不在，把“杀猪”行动进行到底。

斜阳西下，湖面上冬雾开始弥漫，情侣们双双隐入树丛。宋红雨倏地站起来，眼里闪射出自信的光芒，大步朝出口走去，边走边从挂包里拿出电话本翻阅——她要约见钱思鸣。

此时，钱思鸣正躺在饭店内，欣赏着阿洪从广州给他带回的《花花公子》，口中不住惊叹，下身阵阵躁动，两眼放射绿光。

海南岛一行，损失三十多万事小，精神肉体受尽摧残。回后老婆辛雅娟又大吵大闹，要求离婚。他一气之下将她暴打一顿，谁知这女人不仅不低头，反而卷铺盖而去，住进歌舞剧院单身宿舍。

老头将他怒斥，命令他向辛雅娟低头，接其回家维持家声。

辛雅娟没有接受他的道歉，且常常是寻无影踪。看来这女人的心已彻底离他而去。无奈之中，他乐得每天同一帮酒肉朋友，海喝海饮，恣意寻欢。为了躲避老头子的训斥，干脆就在饭店长期包房住下来，过起无拘无束的放荡生活。

阿洪推门走进来，笑道："钱经理，怎么样？够味吧！这他妈的外国人就是开放啦！"

"阿洪，"钱思鸣放下画报，"今晚我们去'三温暖'，怎么样？"

"听你的啦！上次你去海南，'三温暖'的霞霞还问你啦！我说你出差啦。她让你回后去找她，正好今晚你带过来陪夜啦！"

"不找她，"钱思鸣道，"今晚找阿紫，阿紫比霞霞单纯。"

"哎呀！"阿洪笑道，"钱经理，你是老江湖啦，怎么被这个小妖精给迷住了？告诉你，么单纯，那是装嫩啦！"

"管她装不装，我就喜欢她扭扭捏捏的样子。"

"那霞霞今晚就归我啦！"阿洪狡猾地笑道。

"随你便，你可小心，就你那三下功夫，别让她把你弄死啦！"

"你放心，"阿洪神秘道，"我这次又带回了日本产特效春药，看我怎么弄死她啦！"掏出三颗红色药丸递给钱思鸣。

钱思鸣接过药丸，问道："这次在广州尝到什么新鲜味啦？"

"哎呀！"阿洪兴奋道，"真是大开眼界啦！广州现在可是真开放啦。有俄罗斯美女，有日本美女，有韩国美女，还有西欧美女，真不愧是花城啦！我说钱经理，什么时候我带你再跑一趟啦？"

"好哇！"钱思鸣又拿起画报，边欣赏边道，"等这次钢厂最后一批冷轧板出完货，我们就动身，正好到广州过春节。"

"太好啦！过两天我就跟广州的朋友通电话，让他们做好接待工作，这一次，一定让钱经理尽兴啦！"

阿洪的声音刚落，钱思鸣的司机推门闯进来，兴奋道："钱经理，好消息，我刚下楼，值班室电话找你，一接，你猜是谁打的？"

“不会是辛雅娟吧？”钱思鸣继续欣赏画报，头也不抬。

“不是，”司机道，“还记得长江大酒店那位郑丽小姐吗？”

“是吗？”钱思鸣一屁股从床上跳起来，“她怎么说？”

“她问你明天有没有时间，想再聚一聚，说上次太遗憾！”

“你怎么说？”

“我说钱经理多的是时间，她约定明晚六点半，还到酒店吃饭，然后到公园内‘梦逍遥’歌舞厅，唱歌跳舞。”

“太好了！”钱思鸣兴奋道，“这丫头真令人心动，上次我们掉得大，明天老子一定要把她搞到手。”

“你怎么搞？”司机提醒道，“她又不是当‘鸡’的。”

“这倒是个问题。我说阿洪，你他妈的鬼点子最多，有什么办法能让她主动献身就好？”

“要是能把她带到广州去就好办。”阿洪思索道。

“放屁，还等到那时？我明天就要搞到手。”

“要是能发明一种饮料，”司机琢磨道，“女人一喝，就立即脱衣服，那该多好。”

“对啦！”阿洪一拍脑袋，“付麻子那老家伙，有种迷药，掺在饮料内给女人一喝，她就什么不知。这跟主动献身不差不多吗？”

“这倒是个办法！”钱思鸣道，“可以后就不好再找她了。”

“不见得啦！”阿洪又兴奋起来，“就凭你钱经理的床上功夫，一定会搞得她欲生欲死，正好她在睡梦里飘飘欲仙，一辈子也忘不了。说不定以后一见你，就主动找你啦！”

“这……”钱思鸣被阿洪说得心动，想了想道，“这样，我们现在就去找付麻子，把药配好。晚上先在‘三温暖’，如果效果好，明天我们见机行事。”

“走！”三人一阵兴奋，迅速起身出门……

2

宋红雨从公园出来，在公用电话亭打完电话没有回家，又直接坐车回到肉联厂，径直来到宰牛车间，将正在加班的夏虎拉到厂门前的“蓬莱”酒店，找了一个小包房，烟酒鱼肉款待。

“宋姐，不会平白无故请我吃喝吧？有什么事，你尽管说，兄弟我要是眨一下眼皮，就不是杨帆的生死兄弟！”夏虎瞪着一双牛眼，一眨不眨地盯着宋红雨。

“没什么事找你，虎子，姐姐就是想你杨帆大哥，想以前我们在一起的快乐时光。看你一眼，就好像是看他一眼，心里也就好受多了。来……虎子，我们干一杯！”

夏虎长得五大三粗，虎背熊腰，一身的牛力。读高中时好打抱不平，三天两头总要打架闹事，老师见了他让路，学生见了他开跑。他父母是肉联厂的双职工，就这么个独苗，视若皇帝。每次儿子闹事后，夫妻俩都要大包小包往校长家跑，又是求情又是作保。可每次保证的声音还在耳边，儿子打人的消息又传入耳中。最后闹得校长一见夫妻二人，赶紧找地方躲。无奈夫妻二人只得一狠心，找厂领导做工作，妻子提前退休，让儿子赶最后一批顶职指标进厂上班。

上班后，这夏虎依然秉性不改，安分了三天就开始跟同事扯皮。好在工厂不是学校，车间主任一不打、二不骂，处理的结果就是加班加点杀猪宰牛。久而久之，这夏虎自己也觉得没多大意思，于是又同父母扯皮提条件，想进厂足球队踢球。夫妻俩没法，又找厂长好说歹说，总算是同意先到足球队试用三个月，看他自己的造化再定。于是，这夏虎又跟在厂足球队后面厮混，偶尔充当替补队员上场跑几圈、踢几脚，终因技术欠佳被淘汰下来，重新回到杀猪宰牛的岗位。这夏虎没能留在足球队，却跟几名队员结为生死之交，自诩为肉联厂的“八大金刚”。“八大金刚”信奉“有难同当，有福同享”的宗旨，因为都是肉联厂的职工，又都喜欢踢球，同时又都爱打抱不平，所以又为自己取了个有历史意义的名字——“同盟会”。杨帆因球踢得最好，文化最高，人最帅气，被推举为“同盟会”的老大。这夏虎却因为力气最大，出手最狠，被选为“同盟会”的二当家。

现在，这夏虎一听宋红雨把自己当杨帆看待，立马勾起了心中的苦楚，摇头道：“宋姐，自从老大出事，我们‘同盟会’算是一天比一天松散，没有以前团结，谈恋爱的谈恋爱，跳舞的跳舞，溜冰的溜冰，有事也不通气，真没意思。我这个二当家算是白当，真想同老大在一起的快活日子。”说完拿起酒杯一口送进肚里。

宋红雨心想：本来就是一帮乌合之众，没有自相残杀就是万幸，嘴上却道：“是啊，我这次去新疆见他，他第一句话就是问：‘虎子怎么样？他还好吗？‘同盟会’的弟兄们还团结吧？是不是听虎子的话？’我当时就说：‘虎子非常想你，‘同盟会’都想你，虎子领导得非常好，大家都等你早日回去大展宏图呢！’他一听，激动得泪流满面，让我转告你好好干，等他回来一定宏图大展。”

“我对不起大哥！”夏虎一听，又拿起酒杯一饮而尽。

宋红雨一见他如此不劝自干，赶紧给他斟酒，自己也拿起酒杯主动相碰。就这样，二人开始在碰杯中，你一言我一语，回忆以前同杨帆在一起的快乐时光。

几杯酒下肚，夏虎豪情大发，牛声道：“宋姐，大哥在和不在都一样，只要你有什么需要，开个口，我夏虎赴汤蹈火，在所不辞！”

“唉……”宋红雨见时机已到，长长地叹了口气，放下酒杯，眼泪不由自主地滚了出来。

夏虎一见，牛眼又瞪得老大：“宋姐，你肯定有事瞒我！”

“我对不起你杨大哥！”宋红雨一头趴在桌上放声哭起来。

“到底出了什么事啦？”夏虎急得站起来直跺脚，原地打转。

“我不能告诉你！”

“为什么不能告诉我？难道你不把我当杨大哥的好兄弟？”

“我怕你酒后食言……明天又后悔！”

夏虎一听，捶胸顿足：“你把我当成什么人了？快说啦！”

“是这样，”宋红雨慢慢抬起头，抽泣道，“你知道你杨大哥是怎么被判刑的吗？四年了，他一直不让我告诉你，我现在一点一滴告诉你……”于是，把杨帆同辛雅娟、钱思鸣的恩怨，这般如此、如此这般，添油加醋、绘声绘色地告诉了他。又说这段时间，这个钱思鸣不知怎么找到她家，强迫她跟他交朋友，想强奸她，她一个弱女子，不知如何对付。不过她把钱思鸣和辛雅娟的名字，改成了“牛太槐”和“朱西兰”，以免以后这夏虎自己说出来留下后患。最后她哭道：“他约我明天晚上到解放公园‘梦逍遥’歌舞厅唱歌，我不去，怕他找到家来，去了又怕他强暴。”说完，又放声痛哭起来。

“这个王八蛋，”夏虎气得牛眼圆瞪，满脸紫胀，“我明天就去把这个王八蛋一刀捅了。”又安慰道：“宋姐，这不是你对不起大哥，是牛太槐这个王八蛋太坏了，朱西兰这个婊子太稀烂了！”

“不行！”宋红雨哭道，“杀人是要赔命的，我不能害你！”

“怕什么！”夏虎豪气冲天，“二十年后又是一条好汉！”

“你看这样行不行？”

“怎样？”

宋红雨擦了擦眼泪，小声道：“我明天照常同他去唱歌，唱完歌后我想办法把他约到烈士墓，公园里不是有个烈士墓吗？就是抗日战争时牺牲了的苏联红军飞行员墓，你知道吗？”

“知道，我上学时，经常到那里去玩。”

“对，你晚上九点半进去，到墓碑前左边第三个石条凳后找一个树丛隐蔽起来，我们十点左右准到，等我们在石凳上坐好后，记住，我们是背对着你……你神不知鬼不觉……”

“我一刀就捅了他！”没等宋红雨说完，夏虎激动道。

“不行！”宋红雨叮嘱道，“你不能带刀子，带刀子就成了故意杀人。听好，你带一根两尺长的粗铁棍，对准他的头猛地打一下，把他打昏后再往死里打，打成植物人就可以，让他痛苦一辈子。”

“好！”夏虎兴奋道，“宋姐，你放心，去年我就在公园内一砖头将名壮小伙打成偏瘫，至今都不知道是我干的！”

“是吗？”宋红雨心一惊，心想，刚才幸亏没告诉他钱思鸣的真实姓名，严肃道，“夏虎，这种事，以后千万不能告诉别人，明白吗？”又问道：“你怎么知道他偏瘫？”

“是我以前的情敌，听女朋友说的。”

“你女朋友怎么不告发你？”

“她不敢，再说对方偏瘫后，她立马又换人，哪还管他死活。”

宋红雨没有继续问下去，从包里拿出五百元钱递给夏虎。

“宋姐，这是干什么？”夏虎又瞪大了牛眼睛。

“拿着，”宋红雨吩咐道，“明天买一套新衣服、新鞋子带上。事情完后将旧的换下来，连同铁棍一起沉入湖底。然后，我们两人手挽手装成一对恋人出来。至于他……死活跟我们无关系，懂吗？”

“哦……”夏虎明白过来了，提示道，“宋姐，干脆把他送上西天算了，免得以后再找你麻烦。”

“不行！”宋红雨道，“人死了，公安局会一查到底，如果是植物人，就没有人管了。”又道：“你放心，他人都成了植物，哪能还找我？你他更找不上，他就是死了，也永远不知自己是怎么死的！”

“太好了！”

“虎子!”宋红雨拿起酒杯，站起来，“你是杨大哥的好兄弟，姐姐也把你当成自己的亲兄弟。今天我们在这里，关上门对天起誓：此事天知、地知!”

“你知、我知！”没等宋红雨说完，夏虎神秘道。

“好，我们干了此杯！”

“干！”夏虎牛眼圆瞪，一口倒进喉管……

3

宋红雨走进大酒店大堂，心一惊：只见钱思鸣除带有上次一起来的司机外，还有一位三十多岁，又矮、又黑、又胖、又壮、又丑的男人，她心想：三个男人在一起，可不好对付。

进入餐厅包房，钱思鸣指着黑胖者对宋红雨介绍：“郑小姐，这位是广东广发物资公司的洪总经理，是广东的钢材大王。”又对阿洪介绍：“这位就是我经常给你提起的郑丽小姐。”

宋红雨冲阿洪腼腆一笑，算是打招呼。然后来到钱思鸣身边，挨他坐下，也冲他嫣然一笑。

阿洪被宋红雨一笑，魂散了一半，走过来双手递上名片：“以后叫我阿洪，愿意为郑小姐效劳。”

钱思鸣瞪了阿洪一眼，扭头对宋红雨殷勤道：“今天我们吃西餐，弥补上次的遗憾。你还有什么需要吗？比方说白酒、洋酒、红酒，或者是其他什么饮料？”

宋红雨又冲阿洪一笑：“就洪总经理的意思，我无所谓。”

阿洪一直在偷看宋红雨，一听她说就自己的意思，心花怒放。对钱思鸣道：“钱经理，我看就喝洋酒啦，喝完洋酒，再喝点果汁，果汁是美容的上品，正好我从广州带了几件苹果汁放在车上，今天就先奉献给郑小姐品尝啦！”说完，示意司机去拿。

“好！”钱思鸣道，“不过，今天是宴请郑小姐，一切以郑小姐为主。”扭头细声道：“你看呢，郑小姐？”

宋红雨又冲阿洪笑了笑，算是默许了。

司机回后，钱思鸣一声“开始”，司机首先给宋红雨斟酒，阿洪旋即给她摆放各种西餐用点，钱思鸣则帮她展巾布叉。三个人不停地杯盘交错，请来请去，像伺候慈禧老佛爷般围着她打转。

宋红雨一看这架式，明白今天这顿酒不好对付，特别是那个广仔，满脸的皮笑肉不笑最是诡计多端。她决定最多喝三杯，然后分开三人，只带钱思鸣一人去“梦逍遥”。想到此，第二杯喝下，杯子往桌上一放，脸一沉，蛾眉倒竖：“钱经理，你们把我当成什么人了？”

三人大吃一惊，以为诡计被识破，你看我，我看你，都心慌。

“钱经理，”宋红雨见收到了效果，慢悠悠道，“从第一次在洪山体育馆见你，就知道你是个好人，想跟你长久交往下去，不然也不会主动找你要电话号码。上次尽管不是很愉快，可我心里更加深了对你的了解，你不仅勇敢，更有情有义，自己受那么重的伤还护着我！当时如果不是路人出面，你真有可能被对方打死。”说到此，深情地看着钱思鸣：“这段时间本不想找你，可心里总丢不下，今天来了，本想好好地同你谈谈心，可你们，完全把我当外人，又是不停地碰杯，又是不停地请吃，你们是不是以为……我是来混吃混喝的？”

“哦……”三个家伙都长长地出了口气，钱思鸣见她对自己如此深情，人软了一截。本来就对二人的殷勤有点吃醋，马上道：“郑小姐，你理解错了，我们绝对都是真心对你的。”对二人道：“你们自己喝，郑小姐我负责伺候，请来请去真把她当成客了。”

“好！好！好！”二人只得点头称好，边叹气边碰杯。

宋红雨一见，站起来，拿起钱思鸣刚给她斟满的酒杯，笑道：“对不起，下次一定陪你们多喝几杯，今天因为还要唱歌跳舞，所以请二位原谅。为了表示我的诚意，我敬你们一杯，我先喝一半，你们干了。”说完，同二人分头碰杯后，轻启朱唇，含笑呷了一半。

二人赶紧不声不响一饮而尽。

宋红雨面含微笑，满脸绯红，整齐的刘海直入鬓角眉梢，乌黑油亮的披肩发舒展飘飞。宽大的风衣敞开时，玫瑰色的毛绒内衣格外惹眼，一对坚挺的乳房，在风衣的遮蔽下，时隐时现，夺人魂魄。

宋红雨含情脉脉，将剩下的半杯酒，举到钱思鸣的面前，钱思鸣赶紧拿起杯子，准备一碰而干。

“不是这个意思!”宋红雨柔声道，“我不胜酒力，想你代我干了这半杯酒，不知钱经理赏不赏脸？”

钱思鸣一听魂都醉了，接过酒杯仰脖就倒了进去。另外两人一见这光景，斗鸡眼相对，舌头差点掉了出来。

宋红雨脱下风衣，坐回到钱思鸣身边，小鸟依人般柔声柔语，嗲声嗲气。钱思鸣兴奋得两眼放光，在宋红雨的双乳上，色迷迷地扫来扫去，双手在自己的大腿上，搓上搓下。

“钱经理，”宋红雨小声道，“时间不早了，酒已经喝了两瓶，我们该去‘梦逍遥’了吧？”

一语提醒了钱思鸣，猛地想起了下一步的行动，对阿洪道：“阿洪，喝好了吧？带上你的苹果汁，我们去唱歌跳舞。”

“钱经理!”宋红雨看了看阿洪和司机，欲言又止。

“你们先出去!”钱思鸣会意。

二人只得怏怏而出。

“郑小姐，”等二人出去，钱思鸣探道，“你的意思是？”

宋红雨将嘴唇贴上他的耳朵，细声道：“我订的是情侣台位，你带上他们坐不下，再说……我们说话也不方便。”

“明白！”钱思鸣一阵心飘，头顺势歪在她秀发上嗅了嗅，只觉一股清香扑鼻，下身猛然勃起，赶紧起身轻揽玉腰走出房来。

阿洪二人在正门外等候，钱思鸣诡秘一笑：“你们直接开车回家，下面的活动就不参加了，我同郑小姐坐的士去。”说完，用手做出喝水的姿势，示意阿洪拿出苹果汁来。

阿洪一见，赶紧拿出两瓶苹果汁，点头哈腰道：“郑小姐，这是专门给女士喝的，一点心意，请笑纳。”又拿出另外两瓶给钱思鸣，然后，同司机二人极不情愿地离去。

上了的士后，宋红雨一看时间八点不到，一切按计划在进行，她一阵兴奋，感觉脸上热乎乎、心里火辣辣的。再看钱思鸣，正色迷迷急不可耐地看着自己，右手放在自己的大腿上手指揉动。她不由一阵战栗，随即定了定神，轻轻推掉他的手，说道：“钱经理，我酒喝多了，麻烦你……帮我开瓶苹果汁。”

钱思鸣一听正中下怀，可转念一想现在喝太早了。正犹豫间，宋红雨等不及，自己拿起苹果汁，拧开盖子大口喝了起来。大概洋酒烧心，一口气将一瓶苹果汁喝得精光。

钱思鸣正考虑下一步的行动该如何实施，车子停在了解放公园的后门边，他赶紧付钱下车。

宋红雨下车后，感觉两腿像灌了铅难以迈开步子，进入公园后更觉大脑一片迷糊。她以为是洋酒在作怪，后悔自己喝过量，一想自己酒量远比这大，又拧开一瓶苹果汁喝下，想清醒清醒。好不容易双脚拖到“梦逍遥”门口，只感到眼前灯光刺眼，耳中声乐轰鸣，她再也无法支持，猛地向前一栽，旋即失去知觉，整个身体倒向地面。

钱思鸣赶紧一把将她抱住。

门口值班的一见，跑过来问道：“怎么啦？”

“酒喝多了！”

“喝醉了请不要进去！”值班的一听，赶紧拦住他们。

钱思鸣将宋红雨的风衣，披在她头上，一手抱起，迅速离开“梦逍遥”，径直朝后面的湖边走去。不一会来到一片树丛深处，放她坐下来，静静思想该如何处理。

“哎哟!”一声哼叫，打断了他的沉思，他一惊，以为是身边的郑丽醒了过来，低头一看，依然双目紧闭，气喘平稳。他心一怵，随即汗毛竖了起来，心里想道：“不会遇上鬼吧？”

还没回过神来，又一声“哎哟”声起，这次他听得非常清楚，借着树丛间的月光一看，只见旁边不到几米远的一棵树下，一对男女正在大行苟合之事。

钱思鸣下身又猛然勃起，心跳急剧加快，低头看着身边一动不动的美人月光下更显得温婉动人。他想起昨晚阿紫喝苹果汁后，任自己肆意消受的情景，不再犹豫，俯身上位，双手伸进她的内衣，在双乳上使劲抓捏，大嘴在她脸上和唇上拼命吸吮。

旁边的呻吟转变为急促的叫喊，钱思鸣近乎疯狂，三把两下就扯下了宋红雨的裤子，又哆嗦着拉下自己的裤子……

她想睁开眼，可怎么也睁不开，泪水不自主地从眼角向外流淌。她恨自己，可此时后悔晚矣，只得任由钱思鸣恣意蹂躏。

钱思鸣疯狂地动作，朦胧中，见身下美人紧闭的双眼泪水外淌，知道她已有知觉，也明白了她此时不是像阿洪所说的欲醉欲仙，而是万分痛苦。想起自己目的已经达到，以后她找不找自己也无所谓，于是，紧咬牙关，加大力度，他要一泄了之，抽身走人。

迷蒙中，宋红雨感觉到钱思鸣在给她穿裤子，穿好后将她抱起走出树丛，回到“梦逍遥”门前，放在一个石条凳上，盖上风衣扬长而去。她想喊人，可怎么也喊不出声来，渐渐地人又昏迷过去……

“宋姐！快醒醒，怎么睡在这？”许久，她感到有人在喊她，艰难地睁开眼。朦胧中，她看到了夏虎正瞪着一双牛眼看着自己。

原来，夏虎在烈士墓前从九点半一直等到十二点，左等右等也不见她到来。情急之下，只得找到“梦逍遥”，一看已经关门。正准备找条石板凳坐一下，考虑是回家还是继续回烈士墓，可巧发现了宋红雨一个人躺在石条凳之上，昏迷不醒。

“虎子!”宋红雨未言泪先流，准备向他诉说遭遇，突然意识到，此事绝不能告诉任何人。嘴上有气无力道："对不起……让你久等了。牛太槐……这个王八蛋没来。姐姐我喝多了，醉得我……心痛肝苦，麻烦你……送我到杨大哥家，我想看看……他的照片……"

第二十一章

1

宋红雨躺在杨帆的床上暗自流了一晚的泪，看着床头照片上杨帆狡黠的笑容，想到以前二人在这床上恩爱缠绵的情景，泪水情不自禁地向外流淌。她无法原谅自己所犯下的低级错误，没有事先考虑到钱思鸣这种无耻小人会下迷药来迷昏自己。

现在她除了自责外，更多的是对钱思鸣刻骨的仇恨，她不能就这么轻易地便宜这个畜生，她要让这个畜生加倍付出代价。

她又想起了李远方和周丽，想起了李远方对自己的告诫。如果李远方在家，也许就不会发生这种事情，自己不就是趁李远方不在家，才自作聪明地去招惹钱思鸣这个王八蛋吗？

想着想着又想起了杨帆，如果杨帆在家，也不会发生这事。如果杨帆在家，她现在也许就躺在自己的新房里。或许自己已是孩子的母亲了，那该是多么开心的日子。一时又想起了杨帆被抓的前两天，二人在一起讨论举办婚礼的情景……也许自己的婚礼，没有周丽隆重，可心里一定同她一样幸福。

杨帆的母亲悄悄推门进来，将一碗鸡蛋肉丝面，轻轻放在床头，老人以为她加了夜班，不愿打搅她的休息。

泪水又涌出宋红雨的眼眶，她想起一天早上，自己撒娇不起来吃早点，杨帆为了讨好自己，一口一口喂给她吃。二人你一口来，我一口去……那是多么甜蜜的时刻。

想来想去，又想到了今天要不要报警？如果报警又该怎么叙说？是用真实姓名，还是继续用郑丽的假名？派出所会不会立案？相不相信自己所说？如果派出所非要见自己父母怎么办？非要见单位领导怎么办？那岂不是天下人都知道自己被强奸了？以后如何面对杨帆？如何面对街坊邻居？如何面对单位领导和一帮姐妹？

她又想：如果不去报警，岂不是让钱思鸣这个畜生逍遥法外？日后说不定有更多的姐妹被他糟蹋蹂躏？不惩罚这个王八蛋，她对不住杨帆的真情，对不住李远方、周丽和肖畅对自己的关爱，更对不住自己所遭受的精神和肉体上的折磨。

中午饭时，宋红雨坚持起了床，对两位老人说自己不舒服，不想吃，径直来到对面，敲开了胖嫂的房门。

“是红雨呀，快进来。”胖嫂满脸堆笑。

“胖嫂，”坐下后，宋红雨道，“有个事想麻烦你一下。”

“对门对户，谈什么麻烦不麻烦的，有事尽管说。”胖嫂快人快语，热心快肠，递上一杯茶。

“是这样，”宋红雨不好意思道，“我湖南老家有个表妹，来武汉做临时工，没想到用工单位要她开身份证明。你想胖嫂，为开个证明，上千里路跑去跑来，多不划算？你老公的哥哥不是在派出所吗？所以，想请胖嫂跟老公说一声，找他哥为我表妹开个身份证明。”

“这是什么麻烦!”胖嫂笑道，“叫什么名字？”

“叫郑丽。就证明住在车辆厂家属区，杨帆家的门牌号就可以。如果有人来查，我跟两个老人先打好招呼。”

“什么时候要？”

“当然是越快越好！”

“那好，我们现在就去，你吃了午饭没有？”

“吃了，你不先跟老公打招呼？”

“跟他打什么招呼，我去找他大哥，比他出面有效。你不知道，他家几个兄弟都服我。知道为什么吗？告诉你：就是因为我喝白酒，一人把他几兄弟都灌醉了。”说完，朗声大笑。

二人边走边聊，胖嫂感叹道：“杨帆兄弟呀，也不知哪世修的福，遇上你这好的姑娘。两位老人经常背地里夸你，听两老说你去新疆，花了不少的钱。杨帆快回了吧？”

"快了！"宋红雨心一热，眼泪又在眼眶打转，"胖嫂啊，他现在可不是以前的杨帆了，人长得又黑又壮，像个黑塔！"

"一定吃了不少苦吧？"

"对，每天劳动十几小时，变得不爱说话，装深沉！"

"那不是装深沉！"胖嫂很有经验，"这是变成熟了，你莫看他以前潇洒帅气，其实像个小孩。现在变得深沉，说明他有思想，善于考虑问题，看来，有时坏事也可以变成好事！"

"但愿如此!"宋红雨不愿胖嫂看到自己的眼睛，低头道，"希望他不要辜负我的一片苦心！"

"他会珍惜的！"胖嫂安慰道，"你还别说，我们这宿舍区一帮青年就数他最懂事，他回后再像以前三心二意，我也不会原谅他！"

"胖嫂!"宋红雨哽咽道，"你知道吗？杨帆……是我的最爱，我把我的第一次……交给了他，就连心……也都交给他了!"话未说完，停下脚步，失声痛哭起来。

胖嫂被她哭得心酸，泪水也滴下来，安慰道："好妹子，别伤心，再忍两年，他回来就好了。快别哭，看……已经到派出所了。"

宋红雨止住了哭声，擦了擦泪，挽着胖嫂的手进派出所去。

正如胖嫂所言，她老公的大哥一见她，比办理所长的事还积极，几分钟就将开好的证明，交到宋红雨手上。

回到杨帆家，宋红雨跟两老打声招呼，出门径直朝附近的派出所赶去，她决定一个人去报案。

接待宋红雨的，是派出所刑侦队陈队长，四十多岁，身材瘦长，面无表情，说话慢条斯理，边听对方讲话边蹙眉挤眼思考问题。他听了宋红雨的叙说后，耐心指导她做完笔录，安慰她不要灰心，请她相信，会给她伸张正义。等一切完毕，已是下午五点。

"你先回，随时等我们的传唤。"陈队长把宋红雨送到门口。

"是这样，"宋红雨道，"我白天做临时工，你最好晚上通知我。我刚才留下的电话是居委会的，他们会随时传我。"

"好的，你安心去吧！"

"还有一点，陈队长!"宋红雨含泪道，"我还没结婚，这事求你们给我保密。”

“尽管放心，这是我们办案的原则，就是电话里，我们也是通知你来办理证件之类的事情，不会涉及半句案件的话。”

“太谢谢陈队长了！”宋红雨边感激边提醒，“这个钱思鸣有钱有势，你们不会……中途退缩吧？”

“放心吧！”陈队长语气坚决，“法律面前人人平等，今天来不及办手续。明天一早我就过武昌，将这家伙缉拿归案。”

离开派出所，宋红雨没有回家，又一个人走进解放公园，来到昨晚受辱的湖边树林，一头扑在一棵大树干上，放声痛哭起来。

许久，她才停止哭泣，抬起头来，依然是泪眼婆娑，哭诉道：“杨帆……我的爱人，请你原谅我……我再也不是……以前的宋红雨了！我被钱思鸣这个王八蛋……糟蹋了！可我直到死也……不能告诉你！你知道……我心里有多么苦吗？这种苦痛你能理解吗？可是，我的爱人……你为什么丢下我不管……一去就是五年？你当初……不是信誓旦旦地哄我说……要时刻关心我吗？你现在为什么……不来关心我呢？杨帆……我的爱……我好恨你……”

2

钱思鸣第二天一早把阿洪和司机叫到办公室，向二人细说了昨晚的情景，征求二人的意见：万一这个郑丽告他强奸怎么办？

“这好办，”司机道，“打死也不承认，两个人的事谁也说不清楚，公安局拿你没办法。”

“这你不懂，”钱思鸣皱眉，“我干过公安，高科技一查就明。”

“怎么查？”司机还是不明白。

“从阴道里提取精液一核对，就可以认定犯罪，不过……超过了24小时，精液排掉了就查不出来。”

“这么说，”司机明白了，“明天就安全了，死不承认就没事。”

“但愿如此！”钱思鸣道，“希望她……今天还在作思想斗争，是告我还是自认倒霉。这样到了明天我就死不认账，看公安能把我怎样？”又惋惜道："真可惜，要是她清醒时打炮该多爽！"

"我看这样，"阿洪慢慢道，"现在高科技太厉害，照样查出是你，一口咬定是她勾引你，你是被迫的，是她主动脱你裤子啦！"

"对呀！"司机兴奋道，"难道就没有女的强奸男的？"

"这倒是个办法！"钱思鸣也兴奋起来，"如果派出所不找我倒罢，找我，就说是她勾引我，我是被她强奸的。"

"对！"阿洪狡猾地晃着头，"到时我们两人出来作证，她就更无话可说。我再到派出所花点钱打通关系，她能把你怎么样啦？"

"好！就这样统一口径！"钱思鸣给二人发烟，又轻松道，"到时，还可以让长江大酒店的服务员出来作证。我们进出，都是郑丽主动挽我的手，服务员看得清清楚楚。"

"还有一点，"司机不放心，"如果她说我们下迷药怎么办？"

"这没事，"钱思鸣阴笑道，"我们死不承认，她昨天喝的两个瓶子，我丢到湖里去了，水一冲是查不出药性的。另外，阿洪把其他没有下药的全部留好，随时等派出所取样抽查。"

"好！"三个人都会意地一阵淫笑。

钱思鸣对阿洪道："我们今天就在办公室呆着，哪里也不去，看有没有派出所找上门来。等到下午五点后再到你们钢厂宾馆，我对你们那个餐厅的胡经理……'狐狸精'非常有兴趣。我们该怎么快活，还是怎么快活，我老爸经常说什么'天下本无事，庸人自扰之'，大概就是说我们这种情况的。"说完又吩咐司机："你到门前餐厅，通知今天中午的酒菜，送到办公室来吃，顺便买一副扑克牌，我们跟阿洪'斗地主'，赢他几吊钱，晚上送给'狐狸精'。"

"好哇！"阿洪兴奋道，"我也想赢几吊钱，晚上找'狐狸精'的妹妹'蝴蝶'啦！"

这一天，正如钱思鸣所希望的，相安无事。下午五点一过，三人急匆匆出门，直奔钢厂宾馆。

晚上，三人泡在歌厅尽情欢娱，钱思鸣如愿叫上"狐狸精"，一心呵护，百般奉承，最终上楼开房行鱼水之欢。阿洪和司机也各自寻得意中人，等不及开房，就在包房内脱衣卸带、蚀精销魂。

第三天，钱思鸣来到办公室，坐下不到三分钟，就见窗外，办公室主任带着两个陌生人指点着向自己房间走来。

钱思鸣心里一惊，知道麻烦还是找上门来了，赶紧拨通司机的电话，说了不到两句话，来人进门一看，强行挂断他的电话将他带走。刚到走廊，司机上楼来了，他又眨了眨眼，算是传递了信息。

司机赶紧跟阿洪打电话说明情况，阿洪喝完酒正准备午休，立马到银行取出一万现金，又通过两湖公司的关系，找了人跟派出所的所长提前通了个电话，这才赶紧叫了台的士赶往汉口。来到派出所门口，司机已先一步到达，正在等他。

“情况怎么样？”他问。

“正在录口供。”

“走，找所长去。”二人急向所长办公室奔去。

所长是位四十岁的中年人，看上去精明强干，正在分派一名警员的工作。他一手夹烟，一手在记录本上指指点点，指点完，示意警员快去办理，接着又猛吸一口烟，再掏出一支，嘴对嘴接上火，将烟屁股头一按，抬头间发现阿洪二人，高声道：“进来，你们有何事？”

“我们找冯所长。”

“我就是，你们哪里的？”

“是两湖公司的，来给钱思鸣经理说明情况的。”

“请坐！”冯所长头也不抬，口中叼着香烟，专心看着手中的案卷。待二人坐定后，这才慢慢抬起头，两眼阴森地逼视二人，上下嘴唇左右一搓动，口中烟卷立马从右嘴角搓到了左嘴角。只见烟头上火星一闪，随即鼻孔中二股烟雾冲了出来。

足足有两分钟，二人被他看得心慌。

“看来，你们二人在作伪证啦？”见二人毕恭毕敬地坐着，冯所长装腔作势。

阿洪心一悚！心想：这家伙真他妈是神探，怎么一看就知是伪证？后一想：他不可能知道这么多，想到此，马上笑道：“冯所长，就是借个胆子我们也不敢啦！何况在冯所长面前就更不敢啦！”

“你们双方的口供我都看了，”冯所长听阿洪如此说很受用，依然装腔作势，“事情非常清楚，你们三人串通一气，狼狈为奸，以请郑丽吃西餐为名，事先在苹果汁中配置迷魂药，伺机实施强奸。后因郑丽不愿你们二人同往‘梦逍遥’，才使得你们二人未能进一步实施犯罪，但你们共同作案是完全成立的，有动机、有过程、有时间、有地点、有人证、有物证，你们还有什么话啊？”

司机脸刷的一下惨白！

阿洪没等冯所长讲完，就更进一步肯定了他是在恐吓自己，反倒镇定下来，笑道：“冯所长，你不要听郑丽这个当小姐的谎言啦，你想想：如果说我们串通要强奸她，为什么不主动打电话约她，她反倒主动打电话约我们啦？还有，我听都没有听说有什么迷魂药。再说，我们又不知她什么时候找我们，怎会事先把药带在身上啦？”

冯所长没有马上回答阿洪的话，又抽出一支烟接上，将烟屁股头使劲在烟灰缸摁熄，这才道：“这只是你们的一面之词，不足采信，我会派人认真侦查。如果证据确凿，不管是谁，都逃脱不了法律的制裁。”说完，长长地吁了一口气，整个人笼罩在烟雾之中。

阿洪一见他面色平和下来，马上站起来道：“冯所长，我完全拥护你的意见，不管是谁触犯法律都要严惩。相信你们一定会公正处理这事！”

冯所长道：“案情还没查清以前，你们先回去，随时听候我们的传讯。还有，钱思鸣我们已经收押，今天是回不去了的。你们顺便通知他家，恐怕要送看守所，让家里准备点过冬的衣服。”

阿洪一听，心放了下来，连连点头：“听从冯所长的安排！”他示意司机出门，二人快步离去。

3

宋红雨接陈队长电话，赶到他办公室，已是晚上九点。

陈队长同样很客气地端茶倒水，简单询问了宋红雨这两天的心情后，单刀直入，慢慢道：“郑小姐，不好意思这么晚把你叫来，有几个问题，还得向你询问一下，希望你如实回答。”

“可以，”宋红雨感觉陈队长的态度，比昨天严肃多了。

“钱思鸣说，是你主动打电话约他到大酒店吃晚餐的，你当时是什么动机，也就是说为什么要约他？”

“这……”宋红雨昨天极度悲伤，想都没想到这个分上来，一时语塞，半天才支吾道：“因为……平时他总是……约我，我一直都爽约，感觉不好意思，所以，才主动约他吃餐饭。”

“是吗？”陈队长头也不抬，记着笔录，又问道，“不过，据钱思鸣交代他并没有你的通讯电话，你也没有给过他电话号码，那他平时怎么约你吃饭？”

“这……”宋红雨一阵心跳，又语塞，不知如何回答。

这一次，陈队长抬起了头，两眼一动不动地盯着宋红雨，还是慢慢道：“你们二人，必定有一人在说假话，看来……好像是你在说假话，我没冤枉你吧，郑小姐？”

“你冤枉了我！”宋红雨突然激动起来，大声道，“我被这个畜生强奸了，这就是事实。我只想你们为我伸张正义，因为你们代表法律，怎么反倒变成了我说假话？”

“别激动！”陈队长依然是慢条斯理，“我相信你说的是真话，可法律讲究的是法律证据。你说他强奸了你，只要你拿出法律证据，证明他的确强奸了你，那么毫无疑问我们就会把他绳之以法。如果你拿不出来证据，我们只得重新给他自由就这么简单。”

宋红雨脑袋轰地一炸，她不知如何回答，对法律更是一窍不通，只得木讷地看着陈队长发呆。

陈队长拿过笔录本，让她签字摁手印。她不知所措，两天来的打击，使她变得呆滞茫然。

“这是法律程序！”陈队长见她茫然的样子提醒道。

宋红雨只得按他的要求，签字摁手印，完毕后她想哭，可欲哭无泪。此时，她才真正懂得了李远方警告她不要玩火的苦心。

“我可以走了吗？”她问。

“等一下，等我向所长汇报后再说。”说完走了出去。

宋红雨感觉胸闷心慌，想到院里转一转，透透气，刚要出门，进来一个值班的警察把她拦住："对不起，你不能出去。"

"为什么？"宋红雨陡地心火冒上来，大声叫道。

"郑小姐！"陈队长道，"你涉嫌诬告被拘留了，这是我们冯所长，他有话问你，你好生回答，也许还有挽回的余地。"

"问什么问？"宋红雨满腔愤恨，大声嚷道，"你们得了钱思鸣这个王八蛋的好处，颠倒是非，混淆黑白，不仅不惩罚犯罪分子，反把受害人拘留，我要告你们。"

两人没料到她突然变得如此张狂，你看看我，我看看你，都不由自主地摇摇头——大概都觉得好笑。

"郑小姐！"冯所长道，"你先是诬告钱思鸣，现在居然诬告起派出所来了。"

"你……"宋红雨继续吼道，"我告诉你，有本事你就不让我回家，我会让你后悔一辈子的！"她突然想起了肖畅，决定拉出她这个后台来，所以胆大气壮。

冯所长和陈队长又你看我，我看你。二人都是老江湖，觉得应该深入问一下。陈队长见宋红雨跟刚才判若两人，心里开始打鼓。

下午，冯所长把他叫到办公室，二人把案卷研究后，认为确实无法证明钱思鸣强奸，除非他自己承认。二人达成共识决定放人。为了保险起见，又把原告郑丽叫来讯问一番，看可否还有更利于钱思鸣的情节。哪知一问，这郑丽前言不搭后语，反而提供了诬告的口实。

刚才，二人先放了钱思鸣，原本也想放这郑丽回家，算是草草了结了一桩案子。哪知她竟跟值班的闹起来，说拘留也只是恐吓她一下，让她求求情就算了，谁知她又嚷着要告他们。看这郑丽的气势，他们心里又有些疑惑。

想到这里，陈队长慢慢道："你要告……是你的权利，我们绝不阻拦，只是你凭什么告我们啊？你来报案，我们立马就立案，第二天一早，就把钱思鸣缉拿归案，然后又开始侦查。你说他强奸你，可没有一点证据证明他强奸了你。你自己也拿不出证据来，而且说话前后矛盾重重。相反他说你诬告他，倒是有两人站出来为他作证，你说这种案子，你让我们怎么办下去？"

见宋红雨不作声，陈队长提示道："诬告别人是要负法律责任的，我们冯所长体谅你，我让你向他求求情，也就放你回家。可你倒好，大吵大闹，我也没办法，只有公事公办了。"说到这里，看着冯所长道："所长，我看这郑丽并不是太坏的姑娘，我就代她求求情，让她写个保证书，以后再不诬告他人，放了她吧？"

"她不是要告我们吗？"冯所长冷笑道，"那就让她告吧，我看她有多大能耐？"边说边走了出去。

陈队长一见，只得叹声出来，先到值班室找了位女同志，吩咐她做郑丽的工作。然后来到门口，所长正等他一起喝夜酒。

"所长！"陈队长皱眉道，"我觉得这郑丽背后似乎确有什么人，所以叫陈娟去做她工作，我们喝完酒再回来问一下为好！"

"好吧！"二人推上自行车，奔夜市点而去……

4

在汉口开夜市，其实很简单，在马路边安放几张小桌，每桌配置几把小凳，外加一台自制的土火炉。炉子旁，整齐摆放一排盛满各种生熟菜肴的塑料盆，再在旁边堆放几箱啤酒和老白干。客人来后，自找空位，现看现炒，吃喝自便，多少不管。常常是一帮人落座后，天南海北、东扯西拉地边吃边聊，神吹到天光，惬意非凡。

冯所长和陈队长在一家夜摊上喝得正酣，都有点迷迷糊糊，陈娟突然骑着自行车找来了。

"怎么啦？"陈队长歪头问。

"按照你的意思……"陈娟上气不接下气，"我给她……好说歹说，比七……比八，算是说动了她……同意回家。"

"放她回去就是了……跑这来干什么？"

"是这样!"陈娟继续喘气道，"她……不愿一人回去，让我帮忙……打电话，叫个人……来接她。"

"打就是，"冯所长吐了一口烟，"跑这远请示，也不怕累？"

"我打了，"陈娟这才缓个气来，"对方一听，非要让她接电话，问是怎么回事。没法……我只得让她接电话，哪知她在电话里哭哭啼啼，把我们派出所痛骂了一番。”

“哎呀！”冯所长埋怨道，“真不会办事。这种事，怎么能让她接电话呢？这不是找麻烦吗？”

“我也知道麻烦，可不让接不行，你们知道接电话是谁家吗？”

“谁家？”二人开始紧张起来。

“老领导家，我先还不太相信，一查电话竟是真的。”

“啊！”二人一听，三魂去了两魂，酒也吓醒了，彼此呆望。

“快回去吧！”陈娟急道，“说不定现在人已经来了！”

二人赶紧站起来，推上自行车就跑。陈娟跟摊主打声招呼，也推上自行车，朝二人追去。

等三人回到派出所，只见院里停了两台小车，郑丽扑在一个女人身上放声痛哭。旁边分局杜局长阴沉着脸来回走动，分明是怒气冲天，其他值班警察，都笔挺地站在一边，大气也不敢喘一下。

“这下完了!”冯所长跳下自行车，两脚一软，手一松，自行车倒了下去，人也歪了下来。

陈队长赶紧把他扶起，叮嘱他镇定。然后，二人踉踉跄跄、歪歪斜斜来到杜局长面前。

杜局长一见，气不打一处来，恼羞变成了怒，大声吼道：“你们干什么去了啊？看你们这个样子，还不去办公室，给我彻底把事情讲清楚!”自己先一步走向办公室，一屁股坐在冯所长的靠椅上，依然是怒气冲冲。

陈队长比冯所长酒喝得少，此时完全清醒过来。他抖抖索索把案卷全部清理好，送到局长面前。

“报告局长，这是案卷，我们……完全是按法律程序办案。”

杜局长说：“谁又叫拘留原告的？这不是失职是什么？”拿起案卷翻了起来，一面道：“告诉你们，等我看完了再说，无事倒罢，否则你们要小心！”

二人呆坐在局长对面，大气也不敢喘一下。冯所长此时也完全清醒过来，心中盘算着如何向局长汇报，争取逃过这一劫。

看完案卷，局长脸色平和下来，眼光在二人脸上扫来扫去。

二人心里又开始发怵。

“局长！”冯所长道，“容我把办案经过，详细向你汇报。”

“等一下，”局长站起来向外走去，不一会，引领着那位女同志一起进来，恭敬地请她坐在自己刚才的靠椅上，小声道，“肖主任，麻烦您先把案卷看了后，再听下面汇报。”

肖畅冲杜局长点点头，慢慢坐下来，一页一页很仔细地翻看着案卷，三人都紧张地盯着她的表情。看完后，肖畅又冲杜局长点点头，杜局长马上命令冯所长：“一点一滴把办案经过向肖主任汇报。”

“是!”冯所长清了清嗓子，开始汇报。他深感端坐在自己面前这个美艳少妇的威慑，一句话不当有可能就毁了自己的一生。他如实地把整个办案过程详细作了汇报，特别强调两点：一是接到郑丽报案后，派出所是如何雷厉风行，先将钱思鸣缉拿归案，然后展开全面调查；二是强调在办案过程中，是如何以法律为准绳、事实为依据，公正执法的。最后对值班警察打人一事，向肖主任做出深刻检讨，表示将对其严肃处理。

肖畅冷静地看着二人，许久没有作声。

刚才进来前，宋红雨已经将整个事情详细经过向她哭诉。从案卷上看，派出所的确是秉公办案，冯所长的汇报更是滴水不漏。看来宋红雨这一次算是彻底被钱思鸣暗算了。她不想多呆，想早一点带宋红雨回去好安慰她。她有点自责，从白龙寨回后忙于工作，没有及时同宋红雨谈心。这丫头一定是见李远方和周丽幸福恩爱的情景后想到了杨帆，以至于孤独之中单枪匹马找钱思鸣报仇雪恨，才酿造出如此令人痛心的恶果来。

肖畅心里猛地一阵难受，她深深懂得宋红雨此时的苦痛，而且这苦痛，恐怕要在她内心深处埋藏一辈子。除了自己外，任何人她都不能倾诉，就连李远方和周丽也不例外。

肖畅又想到了几年前杨帆的案子。几年前，她无能力帮助杨帆，只能戴罪入狱。现在，她有能力帮助宋红雨，竟也只能眼睁睁地看着钱思鸣逍遥法外。

想到这里，肖畅道：“杜局长，派出所办案过程中的确是秉公执法，只是在内部管理上有点乱。你看这笔录上，只有一个警察的讯问签名，执法过程中的粗暴行为就更不该发生。当然，这是你们内部的事，我们外人无权过问。”说完盯着冯所长：“冯所长，我可以带郑丽回家吗？”说完，她一脸的冰霜，也不等冯所长回答，起身疾步朝外面走去。

第二十二章

1

1987年春节期间，武汉地区的气候很怪异。

冬至刚到，冬雨阵阵，气温骤降。入小寒后，又陡然一阵高温，市民在家不得不宽衣吃饭，外出则单衣行走，大有春夏之气。

一转入大寒，又严寒骤至，朔风如刀，侵肌彻骨。

除夕之夜，万民欢庆，合家团圆。电视机前，欢声笑语不断，大街小巷，各种彩灯五彩纷呈。

零点时分，大江南北，鞭炮齐鸣，三镇上下，声震寰宇。

鞭炮声息，朔风渐停，天地间一片寒寂。

三更未过，鹅毛大雪自天而下，飘飘洒洒，飞飞扬扬。顷刻间，房前屋后，堆珠聚玉，城内城外，一片雪茫。

一场百年难遇的瑞雪，于正月初一、初二、初三，连续三天飘舞，追随着喜庆中的几百万市民，拜亲访友，共贺新年。

几天的拜亲访友后，李远方谢绝一切宴请，每天定时上班按时下班，回家后洗米择菜，生火做饭，专心守望娇妻回家。

周丽回来后，小夫妻同桌而食，举杯共饮，恩爱缠绵。周丽一改婚前的端庄矜持，在李远方面前嗲声嗲气，尽显妩媚，撒娇示爱。

晚七时一到，小夫妻在电视机前相拥而坐，观看每天的《新闻联播》，关心国家大事。看完新闻，周丽端坐台灯之下，编辑来日稿件。李远方则锁定体育频道，关注中国足球。

十一点一过，二人熄灯上床，一个做尽媚态，一个竭力秉承为夫之道。一晚上几次的雨腻云香，每一次都妙合神凝，心动情长。

其后的日子，李远方坚守自己的承诺，除了出差在外，每天坚持做菜做饭，从不间断。周丽则如鸟投林，如鱼得水，工作上驾轻就熟，一帆风顺。回家后，贪婪地享受着婚后的温馨生活。

遇休息日，小夫妻定期探望六位父母，尽一尽下辈的孝心，表一表内心的真情。节假日，则双双驱车前往白龙寨拜望幺爹，敬上滋补药品，带足生活物资，敬聆老人明教。

幸福的生活像花一样开放，时光却有如白驹过隙，还没从 1987 年的欢悦中回过神来，转眼又是 1988 年的元旦佳节。

正如李远方所希望的，从 1988 年元旦直至“十一”国庆节前，所有的亲人们，都在平安快乐、幸福安康中度过。

他感到无比欣慰，祈祷未来的日子，这些亲人们同样是平安快乐、幸福安康。他想起了鲁迅先生的名言：“希望是本无所谓有无所谓无的，这正如地上的路，其实地上本没有路，走的人多了，也便成了路。”在他看来，鲁迅先生表达了所有中国人的希望——中国人太缺少希望了。没有希望，生活也就失去了意义，这的确如地上的路，只有一步一步走过去，才能达到希望中的福地。

十月一日上午，在陪同周丽参加完国庆节大会后，李远方提前回家做饭。今晚，周丽邀请了六位老人以及肖畅、宋红雨、杨柳等来他们新房做客，她要向他们宣布：自己怀上了李远方的骨肉。

李远方昨天晚上才知道这一振奋人心的消息，他激动了整整一晚上，一双手在周丽的肚子上抚摸来抚摸去，耳朵还不时地贴上去，倾听婴儿心脏的跳动。

第一个敲门进来的是凤丫头，她是受周丽父母的指派，提前来帮李远方择菜做饭的，肩上背一大包物品，手上提两袋烟酒副食。

“凤丫头，”李远方见只她一人，问道，“你周伯母他们呢？”

“到花市去了，让我先来帮你做饭。李大哥，你不用管，只告诉我怎么做就可以。”凤丫头到武汉两年了，现在说一口的武汉腔。

“先帮我择菜，”李远方吩咐道，“然后按照我列的菜单，把菜洗好配好。我炒菜时，你打下手。”

"好吧，"凤丫头放下食物就干起来，边干边同李远方聊天，"李大哥，周伯母说，你是一个非常优秀的人才，可惜被周丽姐拴住了，每天困在家里烧火做饭，无法施展你的才华。"

"是吗？"李远方笑道，"看来我的丈母娘，比我的妻子更了解我。"又问道："凤丫头，这两年学习怎么样？"

"周伯母说我进步很快，让我明年参加自学考试，拿了文凭后，再让周丽姐给我找工作。"

"太好了，"李远方鼓励道，"周伯母他们都是特级教师，你不仅要好好学习，主要是把他们的生活照顾好，明白吗？至于工作，你放心，我们都会给你安排好的。"

"我知道，"凤丫头道，"昨天我娘还从四川老家来信，嘱咐我要照顾好两位老人的生活，让我吃水不忘挖井人，还特别叮嘱我，要经常来帮李大哥和周丽姐做事。"

"黄家骏给你写信没有？"李远方又问。

"一个礼拜写一封，汇报学习情况，前天的来信，还写了一篇散文，叫'白龙寨印象'，周伯母说比我的文笔好。"

"那当然，"李远方感慨道，"九爹他老人家是大学问家，他老人家教出的学生会差？这黄家骏算是前世修的福，如果将来能出人头地，也算我没白帮你们一场。"

"李大哥，"凤丫头突然哽咽起来，"你是……我们的大恩人，无论将来我们如何，永远都忘不了你的大恩大德。我娘和家骏他娘，都在我们当地的菩萨庙，给你立了长生牌了。"

"看你，怎么哭起来了？"李远方大受感动，"去客厅看一看几点了，我们准备炒菜。"

"快五点啦！"凤丫头进客厅喊道。话音刚落，敲门声响，李远方赶紧出来迎接，凤丫头开门一看，宋红雨带杨帆父母来了。

"我们来早了吧！"杨老爹笑道。

"好吃的人总是脚步快！"杨帆娘也笑道。

"不早，"凤丫头一边给二老倒茶，一边道，"是其他人迟到了！"

"哟!"杨帆娘惊叹道，"凤丫头，是你？一年多不见，都长这高了。

水灵灵又白又俊，真是山沟里飞出金凤凰来了！”

凤丫头被夸得不好意思，拉住宋红雨进了厨房。

“周丽不是让你约上杨柳一起来吗？”李远方问宋红雨。

“约了，跟你们苏大主任游鼓浪屿去了，结婚前浪漫一下。”

“哦……”李远方感叹道，“有情人终成眷属！”

宋红雨一听没作声，转身去帮凤丫头牵桌摆椅，李远方知道她又想杨帆了，心里也不免难过。

不一会，肖畅父母也到了，大家又相互问候一番。

“伯母，怎么肖畅姐没来？”李远方问。

“我都忘了告诉你，”肖畅娘小声道，“一家人上庐山了。”

“哦……”李远方似乎若有所失，他很想把周丽怀孕的消息，亲自告诉这个最关心自己的姐姐。

凤丫头又赶紧给二老倒茶，还没倒完，周丽父母也敲门进来了。李远方吩咐凤丫头直接铺桌上菜，只等周丽回来后开席。

五点半一过，周丽一阵风似的闯了进来，手里抱着一大束鲜花。

“哇……真美！”宋红雨和凤丫头赞不绝口。

“开席啰！”凤丫头一声吆喝，所有的人都动起手来，五分钟不到，大圆桌上满是佳肴，中间一束鲜花鲜艳夺目，芬芳四溢。

待李远方给每人面前的酒杯斟满后，周丽站了起来，她面带羞涩，满含喜悦道：“今天请几位老人来坐一坐，主要是我们远方，有个喜事，想跟几位老人通报通报。”示意李远方发话。

“这……”李远方没料到周丽让他来通报，真有点不好意思，一看周丽骄傲地看着自己，只得支支吾吾，“爸爸、妈妈，义父、义母，干爹、干妈，今天是……中华人民共和国……国庆节!”

“哎呀，这谁不知道？十一亿人民都知道……这有什么值得通报的，还支支吾吾的？”不等李远方说完，肖畅父亲笑道。

“住嘴吧！”肖畅母亲马上批评老伴，“你知道什么？让远方把话说完……准有好事！”

“是这样，”李远方鼓了鼓勇气，朗声道，“借国庆节之名，请大家来吃酒，是因为……是因为我和周丽……有一个喜信，告诉几位老人!”

说着不好意思低下头："我们怀孕了，不……是周丽怀孕了！"说完，一屁股坐下，也不知是激动还是憋的，眼泪竟流出来了。

"哇"、"是吗"、"太好了"！

所有的人都惊喜鼓掌，周丽娘跑到周丽面前，一把抓住她："好哇，周丽！这大的事，你连老娘也不告诉？我白为你操心了！"

"妈！"周丽一头扑在母亲怀里，"这不是告诉您老人家嘛！"

母女俩都激动得泪流满面。

"太好了！"周丽父亲兴奋道，"我们举杯庆贺，同喜同喜！"

"干杯！"十个人高高举起酒杯，除周丽外，都一饮而尽。

"有多长时间了？"肖畅妈问周丽。

"快俩月了！"

"哦……"肖畅妈算了算，"那是明年五六月的预产期。"

"对！对！对！"周丽娘兴奋道，"我说周丽，这个造人计划，可得由我来制定我比你有经验！"

"好，就由您老来制定，您老说了算。"周丽笑道。

"这个嘛！"周丽父亲接过话来，"小丽啊，关于小孩的培养方面，恐怕只有我最胜任，我是教育家，又当过一校之长。你妈嘛，只是一般的教师搞点服务工作还行。"

"我是特级教师！"周丽妈马上反驳，"你那个一校之长，有什么了不起？别忘了，老同志……没学问的人才当干部！"

她这一嚷，其他的人都哄堂大笑，周丽父亲摇摇头，拿起酒杯对肖畅父母和杨帆父母道："来，我们喝酒、喝酒！"

"凤丫头！"周丽娘吩咐道，"从明天起，搬到你周丽姐这里来住，帮她洗衣做饭，我每个礼拜来三次教你学文化。"

"是！"凤丫头兴奋道。

"妈！"周丽拦道，"现在还早，等春节过后再让她来。"

"那……也行！"周丽娘其实是想借故教凤丫头学习，好经常来打探胎儿消息，见周丽不同意只得让步。

"我看这样行吗？"李远方站起来，解释道，"古人说：'十年树木，百年树人'，小孩是祖国的花朵，是我们未来的希望。昨晚，我和周丽商量好了，现在说给几位老人，请你们指教。我们想等孩子出生后，实施一套培养方案：上小学前，重点实施学前教育，引导孩子认知这个世界；上小学、初中时，重点实施家庭教育，教育孩子怎样做一个品行高标的人；上高中、大学时，重点实施辅助教育，就是以学校教育为主，家庭教育为辅；参加工作后，重点实施社会教育，就是引导孩子为社会多做贡献。我们会将这一方案详细地编写出来，送给爸爸、妈妈们审核批准，你们有更好的建议也可以提出。当然，此事主要以岳父、岳母为主，义父、义母，干爹、干妈，各自有自己的孙子要操心，就不必过多操心。不过你们都有带孙子的经验，可以经常在一起交流交流……你们看，如此行吗？”

“可以！”周丽父亲马上赞成，其他人也都说好。周丽娘也觉如此甚好，催道，“别忘了胎教也很重要，什么时候把方案给我？”

“是我们！”周丽父亲马上纠正。

“元旦以后，”周丽道，“我同医院已说好，元旦再去做个B超，进一步甄别是男孩还是女孩，男孩、女孩的教育是不同的。”

“周丽，”宋红雨突然站起来，“我真为你感到高兴，这杯酒我敬你们两口子，真诚地祝你们幸福美满！”

“红雨，谢谢你！”周丽见她眼圈湿红，知道她想杨帆心里难受，安慰道，“过不了多久……你也有这一天的，我不能喝酒，让远方代我跟你干，也祝贺你们早日团圆！”

“谢谢你！”周丽这一说，宋红雨倒忍不住，泪水流了出来。李远方赶紧举杯一口干了，宋红雨对李远方深情地点点头，表达谢意，然后，一仰脖子酒倒了进去。

“今天真是个大喜的日子！”杨老爹突然发话，“我提议为了国庆节，也为了李远方和周丽夫妻的美好未来，我们共同干一杯！”

“干杯！”大家举杯相庆。

“我提议，”凤丫头突然发话，所有的人都惊看着她。

“在我们老家四川西康，”凤丫头认真道，“新媳妇怀孕了，要举行歌舞会。全村的青年男女聚集在村头对歌，男的对赢了就生男孩，女的对赢了就生女孩。所以，我提议，远方哥和周丽姐，一人给我们唱一首歌，将来生一对龙凤双胞胎！”

“哎呀！”周丽娘惊喜道，“凤丫头，你这个建议可太好了！没辜负我和你周伯对你的教导！”

“凤丫头！”周丽笑道，“这都是迷信，不过，你给我们唱一段你们家乡的民歌吧，就当是你给我们的真诚祝愿！”

“好！”大家热情鼓掌。

“那我献丑了！”凤丫头站起来，清了清嗓子，唱道：

“咿哟……千年铁树开了花哟……妹妹我心里结了果哟……哥哥你再不要三心二意哟……带着妹妹我好见人哟！

咿哟……大哥哥你听我说哟……小妹妹我要你来驮哟……快快带妹妹见公婆哟……明年好迎接一个小果果哟！

咿哟……咿哟……我的小果果哟……”

凤丫头唱得甜美动人，清脆悦耳，字字珠圆玉润，句句情深意长，真如清泉出山，荡人心扉。

在场的人被深深打动，李远方感到自己又回到了娘的身边，仿佛娘牵着他的手，在动情地歌唱。

他又想起了李家的祖训，想起了自己的诺言……

2

惊喜接踵而至，1989年元旦期间，周丽到医院一做B超，原来真如凤丫头所愿——怀了一对龙凤双胞胎。

周丽父母一听，喜得连路也不会走，连夜要凤丫头带路跑了过来，主动上门修改一龙一凤的培养方案。

自此后，凤丫头正式搬过来，全面接管李远方手上的家庭事务。李远方除工作外，专职接送周丽上下班，同时负责对外的一切联络事宜。譬如跑商店购买婴儿物品、书刊、玩具，联系医院检查等。老两口则每天定时前来坐镇指挥，严格按既定方案办事。

一家五口各司其职，各负其责，中心思想就是围绕周丽肚中那对还未出世的龙驹凤雏，展开全方位的服务工作。

春节过后，周丽就请产假没上班，每天在父母的唠叨叮咛中，参考各类育儿书籍，进行胎教活动。

清明节这天，李远方一人开车回白龙寨，给父母扫墓。顺便给幺爹带去生活物品和几大袋鸡饲料。老人在得知周丽怀孕的喜讯后，在大院养了八十只鸡子，计划等孙媳分娩后，源源不断地提供土鸡和土鸡蛋，滋补母子身体。

清明节后第三天，肖畅突然打电话给李远方，让他下班后，先到她办公室去一下，有事向他通报。

离下班还有近一小时，李远方跟苏主任打声招呼，迅速下楼来到停车场，驱车朝肖畅办公室驰去。

“肖姐!”一进肖畅办公室的门，屁股还没落座，李远方就问，“你这么急把我叫来，我猜是我们公司有什么事吧？”

“你怎么想到这上面来？”肖畅惊诧道。

“胡总这两天不停给北京打电话，看神色好像有大麻烦！”

“的确有麻烦！”肖畅示意李远方关上门，“中午我到市里开会，达生他爸留我吃饭，问你的工作，让我提醒你注意保护自己。”

“哦！”李远方小声道，“是不是……兴华总部出了事？”

“对！”肖畅道，“这几天，兴华公司可能要出大问题……你要做好准备。”

“我明白！”李远方道，“前几年的所有账簿，公司进行了统一处理，结婚两年来，我基本上是做一天和尚撞一天钟。再说，有韩董事长和胡总经理在上，我们这些虾兵蟹将，别人也懒得搭理。”

“小心无大错，”肖畅端详着李远方，怜惜道，“看你这段时间瘦的，注意休息，莫一味只关心娇妻，不关心自己。将来孩子出世，够你操心着急的!”又问道：“周丽还好吧？听说你岳父母为争取外甥的培养权，从胎教开始就较上劲了？”

“没办法！”李远方摇头道，“我现在算是明白了，什么是无私的奉献，还不知将来小孩出生后，两位老人如何溺爱呢！”

“这是你的福气，老人照看孩子是最细心的，唯一让人不放心的就是太溺爱孩子。你看我们文华，一天 24 小时被奶奶护着，现在就连我这个妈妈都不愿接触，的确没办法。”

“肖姐，”李远方想起了一事，“周丽想等孩子出生后，在汉口饭店办几桌满月酒，到时你打个招呼，办丰盛一点。”

“好哇。正好汉口饭店，开设有‘龙凤呈祥’宴会厅，就在那里办几桌。你告诉周丽，把邀请的客人名单，提前告诉我，我找两名滑稽演员，好好策划策划，大闹一下。”

“另外，”李远方又说道，“杨帆来信，向你问好。说是有可能今年下半年，或者明年上半年，提前回来。”

“是吗？”肖畅惊喜道，“那太好了，你写回信告诉他，让这家伙做好心理准备，回来后第一件事，就是跟宋红雨完婚。不然，我这个当姐姐的是要逼婚的。”

3

六月一日上午，周丽出现临产反应，一家人急送医院。妇产科主任是位四十多岁的中年胖妇，见多不怪。她吩咐护士长给周丽作例行检查，对家属交代几点注意事项后，手拿磁疗茶杯，脚踱喜鹊方步，昂首挺胸，满怀激情，到会议室看电视去了。

李远方跑上跑下花了近一小时，才将住院手续办完，刚坐到周丽床头，办公室苏秘书找到医院来了。

“不好意思，”苏秘书对周丽笑了笑，“我看了你家门上的留言，所以直接找到这里……有急事找李经理。”

“没事，”周丽躺在病床上，心里踏实多了，笑道，“这里有医生护士照看，有急事……你们尽管去吧！”

“什么事这急？”李远方不太想此时离开，问苏秘书。

“是这样，”苏秘书看了看病房内除周丽一家五口外，就只有旁边一名产妇和她丈夫在专心耳语，小声道，“公司出大问题了，有很多人围住公司，胡总现在无法离开饭店。韩董事长让我来通知你，请你想办法把他救出来。”

“那我去了！”李远方依依不舍地看了看周丽，又同岳父母交代几声，转身带着苏秘书，大踏步走出病房。

二人把车停在新华下路口，徒步朝公司走去。公司门口，聚集了近二千人。

二人悄悄从后门来到九楼大厅，门已锁，李远方使劲敲门，一边喊服务员。服务员探头一见，大吃一惊，边开门边惊道：“李经理，你们好大的胆子，居然现在跑来。”

“别声张，”李远方小声道，“我们是混进来的。”又问道：“你肯定我们胡总经理在八楼？”

“肯定在，有人看他进去后，一直把他堵在里面。如果不是派出所拦住，恐怕早被人拉出来打了。”

李远方看着苏秘书，“你必须出去办点事。”

“办点事？”苏秘书瞪大眼。

“对！”李远方拿出几十元钱和车钥匙，叮嘱道，“记住，你出去后，到附近的土产商店买几封鞭炮，转头来趁混乱时在门口炸响。然后，跑到车上等我，我趁乱下到八楼救出胡总。”

半小时左右，前面突然鞭炮声起，人群开始起哄涌动。李远方在服务员的帮助下，迅速下到八楼，敲破玻璃，扭开窗门，钻了进去。他打开办公室的房门，朝走廊尽头的楼梯间看去，围观人群都聚到窗口看下面出了什么事。

李远方快速冲到胡总办公室，一脚踹开门，冲了进去。

“远方，你怎么来了？”胡总大惊。

“等下就知道，现在快跟我走！”李远方催道。

正说着，服务员拿来了工作服，二人不由胡总不愿，三把两下就帮他穿好衣帽。然后，李远方自己穿好，一把拉起胡总对服务员道声谢，开门左右一看，旋即迈开大步，往后门急速而去……

李远方赶回医院已是晚上八点多。周丽一见他平安归来，长长吁了一口气。

“爸、妈！”周丽对父母道，“你们回去休息吧，明天早点过来。有远方在这里就可以了。”

两位老人千叮咛万嘱咐，同凤丫头三人依依不舍而去。病房里医生护士都去看电视新闻了。周丽一把将李远方抱在怀里，泪水流了出来，哽咽道：“我的爱……担心死我了！”

李远方轻轻拭去她的泪花，又轻拂她隆起的肚子，安慰道：“放心，不会有事，你安心分娩，将来我们俩齐心协力，将这一龙一凤抚养成人，让他们秉承我们李、周两家的高品大德，弘扬我们李、周两家的齐家精神，为李、周两家争光。”

周丽没有回答，她又拉过李远方的头，让他的脸庞紧紧贴在自己的脸上，把自己的泪水来回揉擦在他颤抖的嘴唇上。

晚九点，周丽感到下身一阵剧痛，大声呻吟起来。李远方赶紧将她抱回病房，周丽父母连巅带蹦找来医生。医生一看，吩咐护士：立即急送产房。

一家人手忙脚乱跟着护士来到产房，周丽父母和凤丫头被拦在门外。李远方百般请求，最后才得以特许临床陪伴产妇生产。

几次阵痛之后，当晚子夜零点整，周丽下身羊水破裂，医生在征得夫妇俩同意后，对其实施剖腹产。

零点十分左右，周丽顺利剖腹产下一对龙凤双胞胎。

零点十一分，一阵婴儿的啼哭，有如天籁之音，划破宁静的夜空，在黑暗中回荡。紧接着又一婴儿的啼哭声传来。

两个婴儿的哭声交相呼应，清脆悦耳，荡人心魄。

周丽极度虚弱，李远方一夜未曾合眼，守在她的身旁。早上一轮鲜红的朝阳冉冉升起，灿烂的霞光洒满大地。

周丽慢慢睁开眼睛，看着李远方和父母喜悦的眼神，脸上露出了会心的微笑。她柔声道：“看，太阳升起来了，有两个小生命，来到了我们身边，他们给我们的生活带来了希望！”

李远方没有作声，将周丽的双手，紧紧攥在自己的怀里。

“小丽呀，”周丽娘激动地抹着眼泪，“你当初来到这个世界，也是一个阳光明媚的早晨……三十年了，就像是昨天。”

“是啊，”周丽父亲也感慨道，“再过三十年，我们的后人又该繁衍他们的下一代了。我们的民族就是在一代接一代的繁衍中，承先启后生生不息的！”

护士抱着一龙一凤两个婴儿来到产房，让父母相认。隔壁病房的孕妇、护士，都跑过来争相观看。正好凤丫头提着一大袋喜糖赶到，随手分发，见者有份。一时间，产房内洋溢着一片恭贺之声。

4

李远方回到家，刚想躺下小寐一会，有人急速敲门。他赶紧起身，开门一看，胡总银发散乱，泪眼婆娑地站在他面前。

“快进来！”李远方把他让进屋，给他倒上一杯茶。

“一切都完了！”胡总悲切道。

“你是说……”李远方心一怔，“公司关门了？”

胡总悲戚道：“我刚同北京通完电话，公司进入关门清算阶段！”

“这么说……”李远方脑袋轰地一炸，人又发起呆来。

两个人呆呆地坐着，谁也没有作声。

许久，胡总从身上掏出一封信，怅然道：“我这两天就回北京，拜托你把这封信，亲自帮我交给辛雅娟。”

“你亲自给她不好吗？”李远方有点迷惑。

“我没心情见她，再说，我这种状态也不好意思见她。”

“你回来后再给她不行？”

“我一时半刻回不来！”

“那公司怎么办？”

“北京总部指示：停止一切活动，就等着撤销解散吧！”

“公司的职员怎么办？”

“韩董事长说，由市里安排！”

李远方陷入迷茫，明白了自己的人生之路又一次走到岔路口，好半天才关切道：“那你……再不来武汉？”

“我已想好，辞职不干，从今后做个属于自己的人，自由自在地生活。黄宗羲言：‘笼鸡有食汤刀近，野鹤无粮天地宽。’想我胡学伟十岁前是懵懂人生，十岁至二十岁是理想人生，二十岁至三十岁是奋斗人生，三十岁至四十岁是牢狱人生，四十岁至五十岁是游戏人生，现在五十岁后，我就开始自由人生。能自由自在活到六十岁，就是我最大的夙愿了，人活六十万事休。”话未说完，竟抽泣起来。

李远方心陡地一酸，他深深懂得胡总内心的苦楚，看着他落拓的样子，想着这么多年来荣辱与共的情景，大有兔死狐悲之感。

两个人又开始呆呆地坐着，都在茫然中想着心事。

“胡总，”许久，李远方打破沉寂，“这多年你把我当兄弟看待，我无以致谢。只求你以后经常到武汉来走走，小弟好尽地主之谊。我们围坐一堂，举杯相庆，重温过去的快乐时光。”

一提快乐时光，胡总马上感慨道：“是啊，‘生年不满百，空怀千岁忧’，我会常来看你的。再说还有个辛雅娟,我和她的情还未了哇！”说到这，盯着李远方：“也许你不相信，上十天来我心灵上的创伤，比十年的牢狱生活还凄苦，我这一生再不作他想。你还年轻，是我见过的难得的栋梁之才，将来大有前途。在北京，我会尽我的力量，给你创造条件，一有发展机会，我会知会你的。”

“胡总，”李远方苦笑道，“你的好意我领了，说出来也许你不相信，这几天我也是在大喜大悲中煎熬。将来何去何从，恐怕也只有天知道。说实话，谁也说不准下一刻会突然发生什么事。”

“喜从何来？”胡总惊道，“是不是周丽已分娩？”

“昨晚零点十分，周丽剖腹产下了一对龙凤双胞胎！”

“哎呀！”胡总跳了起来，“这真是大喜事啊，他们才是我们的希望所在啊！古人说‘有子万事足，无官一身轻’，走，我们赶快到医院，去看一看这对龙驹凤雏。我可告诉你，李远方，我必须认他们做我的干儿女，这真是老天有眼啦！”

“胡总，”李远方拉住他，“周丽刚休息，我也一晚没合眼，你恐怕也是一晚没休息。我们先在家休息片刻，我热几个菜，我们苦乐同杯。等凤丫头回来后，我们再去不迟。”见胡总坐下，又叹息道：“我同你心有灵犀，昨晚见到一对儿女降临人世，喜不能寐。现在听了你的叙说，更是满怀沉重，真不知将来有多舛的命运，在等着他们！”

“是啊！”胡总一下从兴奋中回到现实，“你拿酒来，我们共同为希望干杯！”

“好！”李远方兴奋地斟满两杯，二人举杯相碰，一饮而尽。

“走！”李远方站起来，“我们去医院，顺路告知肖畅姐……周丽生了一对龙凤胎。”

二人见到肖畅，告知周丽的情况后，肖畅安排了一下工作，同二人上车一起前往医院，她要亲手抱一抱李远方的一对龙凤双胞胎。

此时九龙冲白龙寨的山山水水，不时在李远方脑海中激荡。他止不住又想起了娘，想起了自己的诺言，随即想到了李氏家族苦难的历史、沉重的现实和茫远的未来……

第二十三章

1

想起九爹，李远方回到白龙寨。李家大院西边院墙旁，有一棵高大挺拔的皂角树，“文革”时便于生产队堆放货物一直没有砍掉。盛夏时节，枝叶茂盛，葱翠浓郁，腰刀般的皂角挂满枝头，微风一过，呼呼声响。

李德正同黄家骏走进大院时，李远发已先到。皂角树下，安放着一张方桌，桌上已摆好酒菜。李传道老人上首端坐，李远发右首相陪，李远方下首站立，就等他入席，他也无须客气，直接坐到左首。

“家骏，你也来喝杯酒吧！”李传道老人道。

“不了，九爹，我去喂鸡子。”

四个人开始边喝边聊，心情都很沉重。

“九哥，”李德正呷了口酒，又吃了口菜，这才问道，“这皂角树怕有一百多年的历史吧？夏天日头偏西之后，在树荫下摆上一张躺椅，沏上一杯新茶，或者邀上几人共饮，可真是神仙过的日子，您老可真会享清福啊！”

“是啊！”李传道一听，就叹息道，“这棵树在我孩提时代就有百年多的历史，到今天二百多年了。小时候家父也常常，在树下品茶饮酒，坐享清福。可我每次见他，都是在摔杯打椅。古人常　　说，扫地焚香，清福以俱，煮茶布道，其乐无穷。近人周作人说，同几人得半日之闲共饮，可抵十年的尘梦。这都是文人们的自我陶醉，自欺欺人！”

说到此，老人拿起酒杯呷了一口，道：“我活了九十年了，真正肩负历史和社会责任的，是无数的社会精英和草根百姓。社会精英从思想精神上推动社会进步，草根百姓则用勤劳的双手，创造财富推动社会发展。”

李远方思绪万千，想起了自己刚刚来到人间的一对儿女，暗自发誓一定要让他们幸福地生活，鼓励他们多养育后代，要让李氏家族的血脉生生不息。又想到二十年后、三十年后、五十年后、一百年后……我们这个民族，还有没有天伦之乐？李远方不敢想，也不愿想。在他看来，天伦就是老太爷、老太太、老祖父、老祖母的朗朗笑声；天伦就是父亲、母亲追逐一群儿女房前屋后，堂上堂下的呵斥；天伦就是兄弟姐妹你抢我夺、你抓我拉的厮打拉扯；天伦就是一家数口上慈下孝，黄童白首共享太平；天伦就是安步当车、晚食当肉、无罪当贵、清净贞正当自虞；天伦就是相爱之人同榻而卧、同桌而食、同病而怜；天伦更是因血脉相承之三大姑、八大姨、四大舅、五大伯所共同构建的和谐的大家族生态。

正好黄家骏喂完鸡子，过来给四人倒茶，李传道示意他也坐下来听一听，黄家骏顺从地挨李远方坐下。

“应该说，”李传道继续道，“直到今天进入二十世纪末，我们中华民族依然是农业大国，我们有长达四千年以上的农业文明，在世界所有的农业文明中，中国的农业文明是发展最细密、最完美的一个。而中国农业文明的发展，又是靠一代又一代农民来传承的，也就是说，中国的老百姓是以农民为主体的。中国农民最大的特点，就是一个‘忍’字，一忍解千愁。一切痛苦、悲哀、愤激、酸苦、灾难，都在‘忍’中消磨殆尽，可谓将‘忍’字发挥到了极致。有人把中国老百姓喻为勤劳朴实、敦厚善良是绝对片面的，那只是中国老百姓的一个层面，中国老百姓的骨髓里，就是浸淫着这个‘忍’的血液。”

说到这里，李传道指了指院墙边上邻居放在那里的一把犁，感叹道：“你们看，这把犁，三千多年前，我们的祖先就发明用于农耕，可现在，它依然在中国广袤的土地上默默地耕耘……中国的农民、中国的百姓，如果没有忍性，能将三千多年前的生产工具一直延续使用到现在吗？”

停了停，老人拿起酒杯，示意大家一饮而尽。几人都将杯中的残酒一饮而尽，黄家骏赶紧站起给四人斟满。此时，夕阳已经落山，星星开始闪耀，夜幕已经蔓延，蚊子四周鸣叫，整个白龙寨笼罩在黑夜之中……

“好了！”李传道叹息道，“天已经黑下来了，今天我们到此结束，你们早点回去休息吧，我跟远方还有点事，他还要赶回汉口。”

两人离去后，黄家骏收拾桌子，李远方将幺爹扶回屋里，给他重新沏上茶，自己拿上小板凳，端坐在他的面前。他要向幺爹诉说近来心中的苦闷，再一次聆听老人的教诲……

2

一阵疾风乍起，迅速扫过庭院，皂角树沙沙作响。天地间，完全黑暗下来，整个白龙寨漆黑一片。

堂屋里，祖孙二人倾心交谈。李传道老人表情凝重，对面的李远方则愁容满面，二人不时发出深深的喟叹。头顶上，白炽灯在过堂风的劲吹下左右摇摆，将一老一少的身影投映在地上前后晃动。

“看来变天了！”又一阵风吹过，李传道叹息道，“也许今晚上会有一场暴雨袭来。远方啊，你刚才的担心，是完全没有必要的，记住，每当社会发生大的变革时，正是有志者改变命运的好时机。‘失之东隅，收之桑榆’，未必不是好事。所以，我建议你利用这段时间多看看书，充实自己的思想学识，机会终究是要来的。”

“这么说，幺爹，您老支持我辞职下海？”

“对！”老人语气坚决，“我每天看三个小时的电视，除了‘新闻联播’外，重点看经济栏目和社会热点。有一点可以肯定，那就是改革开放的路，会坚定不移地走下去。尽管出现了诸多的不和谐音，但大方向是对的。所以，你走自己创业的道路，远比束缚在一个事业单位更能施展自己的才华。何况你是一个品行端正、诚实笃信的人，焉能长期同一些谄媚权贵、阿谀奉承、花言巧语、两面三刀的蝇营狗苟之徒，城狐社鼠之辈为伍。你们胡总的抉择是完全对的，可惜醒悟太迟了点。”

“还有一点，幺爹，”李远方蹙眉道，“我一直困惑难解，不知将来走哪一条发展的道路？像胡总，他有人撑腰，干什么事都得心应手。我只是一介草民，该如何选择自己的发展方向？”

“孩子，”李传道点头道，“李家的祖训你还记得吧？”

“记得！”

“那好，关心人的命运是第一要素，人类的生存高于一切。你记住了李家的祖训，将来走什么样的发展道路，无须我指点。至于说你只是一介草民，认识到这点就好。不过我告诉你，一定要利用好自己的人脉关系，利用好了，胡总的关系即是你的关系。你同他的这段缘分是别人无法代替的。他把你当成了他的亲兄弟，那么你就要像亲兄弟一样，经常去关心他，帮助他，明白吗？”

李远方没有回答，心里豁然开朗。

“还有，”老人两眼放光，逼视着李远方，“你有三点比胡总强，一是你比他年轻，这就是财富。二是你有一个比亲姐姐还亲的肖畅，她对你的关怀胜过她身边的任何人，而她由于有达生他爸的庇护，将来前途不可限量。别忘了，是你把她从水渠救起来，没有你就没有她的今天。而她又是一个知恩图报的人，不需要你提醒，她会在任何时候无条件地帮助你……你一定要珍惜你们之间的这种真情至爱。”

李远方心猛地一震，他想起了那个刻骨铭心的夜晚。

“第三，”李传道继续道，“别忘了，你还有一个优秀的妻子，别只把她当生活的伴侣，更应该把她当作你事业的坚强后盾。有这三点，你何愁事业不发达，生活不多彩？”

“孩儿一定铭记，请您老人家放心！”

“我不太放心！”老人摇头道，“你过于诚实，不知人性的险恶。生活中像肖畅、胡总、周丽这些真心关心你、帮助你的人毕竟太少。因为他们是你的亲人，更多的则是路人。”他盯着李远方：“路人关心的都是自己，都想从他人身上有所得，这是颠扑不破的真理。”

李远方心一抖，抬头注视着幺爹，嗫嚅道：“您老人家……”

“千万记住！”不等李远方说完，老人道，“没有人能真正窥探他人的心思，人类的一切活动都是以我为中心的。人类进化了几百万年，人性的本质是自私的，自私是人的天性。孟子和荀子的善恶论都太偏颇，就是程朱理学和陆王心学，也都脱不了自相矛盾的窠臼。倒是自称是王守仁学生的李贽的‘私心说’最为贴切，他说‘趋利避害，人人同心’，何等明了。而我终其一生的思想也有一说，我命其为‘心境说’，即‘心随境变’——一个人身处何种环境，心就会产生与之相适应的变化。这点上，汉儒扬雄说得较合理，‘修其善则为善人，修其恶则为恶人’。可是，扬雄并没有意识到，‘修’其实是受环境制约的，一个人日夜在思考着如何充饥，何以去修性？去做善人？当一个人走投无路时，为了苟延残喘，他可以卖掉自己的妻儿，人类甚至会在饥饿中，吃掉自己的同类。当一个人被饥饿折磨得死去活来时，他希望得到一碗粥的奢望，远远胜过进入天堂的信仰。”

李远方一阵激动，默默点头。

“而且，”老人继续道，“人性的本质中，还在于不断追求精神和物质上的自我享受。当一个人身处高官厚禄、置身于温柔富贵乡时，他本性中自我享受的欲望，就会不断膨胀。我希望你光宗耀祖，显亲扬名，但不希望你被人性中恶的天性所迷惑。”

李远方又默默点头。

“当然，”老人抬头凝视着大门外，继续道，“人性也有善的一面，因为人性中，同时蕴藏着善和恶的基因元素。好的制度，好的法律，好的道德规范，好的公序良俗，可以让人性中善的本质不断发扬光大。反之，坏的制度，不公平的法律，以及沦丧的社会道德风气，则会导致人性中一切恶的本性不断滋生蔓延。人类五千年的文明史，就是要弘扬人性中善的元素，抑制恶的基因。然而，文明的道德规范，无法在短短的几千年之内，改变人性几百万年自然形成的天性。”

李远方再一次默默点头，他不得不承认幺爹的论述。

“人类近五千年的历史中，”老人继续道，“有近千年的时间在打打杀杀，也就是说，人类相互之间每五天都要争斗一次。这些争斗都是统治阶级为自我而战，尽管都打着吊民伐罪的旗号，其实跟老百姓毫无关系。”说到这里，老人叹息道：“所以说孩子，你一定要把握好自己，在与路人打交道中保护好自己。幺爹已是灯枯油尽之人，风烛残年，时日不多了。你能有今天，我也算是在列祖列宗面前有所交代，延续我们李氏家族血脉的重担，就落在你一人的头上，千万别忘了你在列祖列宗面前许下的诺言啊！”

李远方心又是猛地一震，他一时无言以对，许久才朗声道：“请幺爹放心，天涯路远，山高水长，矢志不移！”

“好！”李传道点头含笑，“如此……我死也瞑目了！”

“幺爹！”李远方这才问，“孩子的名字，您老看选哪个好？”

“这个嘛……周丽父母都是有学问的人，我觉得这上十个名字，都起得蛮好，我的意见仅供你们参考。首先，我们李家的辈分不能丢，字号嘛，儿子就选忠仁，女儿就选忠信。尽管俗气，但旗帜鲜明，传承了我们李家的祖训。名嘛……儿子就选李平，女儿就选李乐，希望我们李家世世代代平安快乐。尽管简单，但简则意真，简则理当，简则品贵，这是做人的至高境界。”

李远方点头默记着，心里涌起一股热流。

好半天，李传道老人这才吩咐黄家骏：“家骏。把送给汉口的鸡、蛋都拿上，我们送你大哥出门上车。然后，再扶我到远治家去，我去看看他们夫妇。”

“都准备好了！”黄家骏早已拿着手电筒等在院子里，三人出门一路默默无语来到寨头。

黄家骏把东西放上车，李远方同老少二人挥泪告别。他心里一阵激动，想到幺爹刚才的教诲，句句掷地有声。他想早点赶回汉口，早上出门时接到胡总的电话，要他明天去王家墩机场接他。他必须认真准备一下，以便同胡总交心谈心……

第二十四章

1

王家墩机场坐落在市里汉口的西北角，隶属空军管辖。从解放大道入航空侧路，行驶不到一刻钟即到机场大门。

天上传来飞机的轰鸣声，几分钟后，飞机安全降落，徐徐滑向停机坪。停稳后，有十几人鱼贯而下，胡总最后走出机舱。

李远方和胡总从6月5号分开后，有三个多月未见面，欣然重逢格外亲切，两人紧紧拥抱后上车离开，赶到酒店时已快七点。辛雅娟早在大堂等候，见到二人进来，满脸堆笑，一副期待已久的神态。

“对不起！”胡总抢上一步，激动道，“让你久等了。”又一个劲地问辛雅娟这段时间心情如何、身体可好，关怀备至。

“胡总，”李远方见此情景，说道，“我先回家，你们二人好细谈慢饮，我就不掺和了。”说完，转身就走。

“谁说的？”胡总一把将他抓住，“我和她还有两天的时间细谈，今天是我们兄弟，叙谈以后的事业发展，她只是作陪。”

“远方，”辛雅娟有点羞涩，“你别有什么想法，我和钱思鸣已经没有什么瓜葛，我已正式向他提出离婚，如果你觉得我在场不方便，我可以不参加你们的叙谈。”

李远方一听，这不是挖胡总的心，笑道：“你理会错了，我是家里有事，再说，我还很少晚上八点后回家。”

“今天不一样，”胡总笑道，“陪干儿女的干爹嘛！正好我给干儿女还带来了礼品。再说，有你岳父母在家，有什么不放心的？”

“好吧！”李远方笑道，“既然如此，恭敬不如从命，我确实想好好同你叙谈一下，向你请教以后的发展方向。”

“这就对啦！”胡总兴奋道，“走，上二楼包房。”

三人来到二楼餐厅包房，辛雅娟挨胡总坐下，情意绵绵，一副小鸟依人的情态。胡总则深情款款地为她斟酒展巾，尽显体贴。李远方挪了挪凳子，有意同二人拉开距离。

“是这样！”胡总殷勤完辛雅娟后对李远方道，“我在北京注册了一个进出口贸易公司，挂靠外贸部。准备在武汉成立中南分公司，既然你也辞职不干，就出任我分公司的总经理吧。前期一切费用由我投资，办公地址你自行选择，工作人员你自行招聘，怎么样？”

“好哇！”李远方兴奋道，“能跟着你干，我求之不得。”

“另外，”胡总继续道，“辛雅娟挂名公司的副总经理，当然，她只是挂名，出人不出力，不会干扰你的工作。”

“这个……”李远方一听有点犹豫，心想：这辛雅娟同胡总长期纠葛不清，说是挂名，暗地里二人有何鸳鸯协定谁也不知道，三天两头闹出点事来，自己岂不是两头受夹磨？更主要是将来杨帆回来，自己怎么处理这一尴尬关系？想到此，口上说道：“既然让辛雅娟加入，何不让她来出任总经理，我协助她就可以。”

“不行、不行！”胡总马上摇头，“她唱歌可以，做生意不行！”又看了看辛雅娟：“我只是想让她跟着一个我信任的人，一方面你好照顾她，另一方面我也放心。”

“远方，”辛雅娟知道李远方的顾虑，“你放心，我绝对不会干涉你任何工作。至于我和胡总的个人问题，也绝对不会掺和到你的工作中去。说实话，我只会在你们二人之间起桥梁作用。”

“是吗？”胡总一听，兴奋得一口干了杯中酒，对李远方笑道，“我们二人的话，都说到这个分上，你还有什么不放心的？”

李远方有点动容，站起来：“谢谢两位对我的信任，来……我敬你们一杯，不管将来二位结果如何，我从内心深处祝你们幸福！”说完仰脖一口就将杯中酒倒了进去。

“太好了！”胡总兴奋道，“真是金玉良言，来……雅娟，我们一起跟远方干杯！”亲自起身将三人的酒杯都斟满。

“远方，”辛雅娟也感动道，“谢谢你的祝福！”

“干杯！”三人举手碰杯后都一饮而尽。

“这样，”胡总放下杯，“为了便于你工作，十月三号公司散伙后，我跟韩董事长商量一下，你现在开的这台桑塔纳，我把它廉价买下来，留给你先使用，以后等公司发达了再买好的，如何？”

“那我先谢了，说实话，这车开惯了，还真有点舍不得它。”

“我回京后，”胡总继续道，“尽快将公司的一切资料用特快专递给你寄来，你抓紧时间到有关部门注册登记，手续办齐后再把账号立好，我将前期五十万元的活动费用汇过来。明晚八点你抽时间过来一趟，我们把二人之间的君子协议定下来，你看如何？”

“遵命！”李远方一看时间已经八点了，起身道，“我明天晚上八点之前一定赶到，今天多谢了。你们继续细谈慢饮，我先一步告辞，账你们也不必管，我下楼顺手结了它。”说完，转身带门而去。

等李远方一出门，胡总和辛雅娟深情地凝望着对方，随即，忘情地拥抱在一起，疯狂地亲吻起来……

2

兴华公司的散伙会开了整整一天的时间，北京总公司的代表、韩董事长、胡总经理等，就当前的形势、公司解散的原因以及人员再安置等问题，分别作了详细说明。会议最后宣读了胡总经理及李远方等六名职员的辞职报告，引起不小骚动。

晚上，又在饭店宴会厅和歌舞厅，分别举行盛大的自助酒会和歌舞晚会，庆祝兴华公司十年来，为武汉地区及周边城市经济建设所做出的巨大贡献。因为是最后一次聚会，所有的人都怀着一颗激动的心情，彼此依依不舍，情真意切，互致关怀。

平时关系密切的，因为分离更加深了相互之间的友谊，于是，举杯痛饮，互相勉励，借酒托志，决心日后无论天涯海角都心心相印，做一辈子的好朋友。

向来关系紧张的，也因为分离忽然间觉得以前彼此都过于幼稚，有点对不住对方，于是，也举杯相碰，一笑泯恩仇。

酒会结束，近一半的人饧眼迷糊，舌头打卷，两腿打颤。

进入舞场，音乐声起，一帮半醉半醒的舞迷，就开始拉起舞伴，连搂带抱地晃进舞池。这些人以前碍于同事的情面，跳舞时都彬彬有礼，闪闪烁烁。现在不是同事了，也就顾不得礼节，脚动手也动，嘴巴更是不停，一曲下来，情趣大发。第二曲开始，靡靡声中，借着酒性，也就肆无忌惮地“武”动起来。

李远方酒喝得有点多，但神智还很清醒，他对跳舞不感兴趣，平时也没舞伴。现在，看到舞池里这些以前的同事搂搂抱抱、卿卿我我，很有点不自在。因为要送胡总回酒店不能先走，只得找了处僻静的台位坐下，要了一杯热茶，无可奈何中企盼舞会早点结束。

坐了不到五分钟，苏秘书走了过来，微笑着坐在他身边。

“李经理，怎么不跳舞？”

“不想跳，心里有点伤感！”

“是啊，一起这多年，说分就分了，真有点难以接受！”

“准备什么时候结婚？”李远方有点无话找话的意思。

“李经理，”苏秘书笑道，“你今天喝多了吧？你又不是不知道，我连男朋友都没有，结什么婚？”

“哦……”李远方发现自己有点失态，笑道，“条件不能太高了，白马王子毕竟不多，对吧？”

“我才不要什么白马王子，我要找实实在在过日子的好男人。”看着李远方，“就像李经理这样的！”

“那你算倒霉！”李远方摇头，“我老婆说我笨得像头猪！”

“不会吧！”苏秘书惊叹道，“想想那天救胡总的情景，你都在我的心目中，都成为大英雄了！”

“是吗？”李远方也感到诧异，看了看她，正深情地凝视着自己，真有点像是欣赏心目中的英雄，马上笑道，“赶快去找人跳舞，我一个人静静地呆一会。”

“我想找英雄跳舞！”苏秘书站起来，摆上邀请的姿态。

“这……”李远方没想到她来这一手。

犹豫中，苏秘书激将道：“是男人就请站起来！”

李远方一听，赶紧站起来，牵上她的手，慢慢走向舞池。

二人在舒缓的音乐声中来回舞动，李远方舞步不太娴熟，苏秘书被他拖来拖去有点受不了。干脆反客为主，左手当右手带起他来，二人这才有点默契的配合。

下一曲又开始，李远方刚想推辞，苏秘书拉起他的手就走，无奈只得跟她又来到舞池。这一次苏秘书主动将头靠在他肩上，李远方有点不自在，左右一瞟，男女都闭上了眼紧紧地贴在一起，根本就没人顾及他。他舒了口气，随着苏秘书的步子来回擦动。

突然，舞厅灯火熄灭，进入15分钟FS时段，立即，所有人都停止了旋转，四周一片亲吻喘息声响。李远方有点不知所措，想缩手离开，苏秘书猛地双手紧紧抱住他，头靠在他肩上抽泣起来。

“你怎么了?”

“没什么，”苏秘书抽泣道，“只是觉得跟了你这多年，不想一下离开你。想抱你也想了这多年，今天终于在分离时如愿了!”

李远方心一阵颤动，他想到多年来，苏秘书干事兢兢业业，任劳任怨，自己从来没有好好关心过她，现在马上要分别了，还真有点对不起这个端庄稳重的大姑娘。

“对不起！小苏……这多年来，我没有好好地照顾你。”李远方也情不自禁地把她紧紧抱在怀里。二人一动不动地就这样忘情地拥抱在一起，两颗心都怦怦直跳。

音乐又起，彩灯再亮，苏秘书猛地从李远方怀里挣脱出来，含泪说道：“保重!”转身疾步而去。

李远方木头般呆立了一下，又慢慢回到僻静处坐下，心里像打碎了五味酱瓶，一时不知其味。

呆坐了有半小时，韩董事长派人找他，来到一楼咖啡厅，董事长正一个人边喝茶边等他。

“韩伯!”他在对面坐了下来。

“你来了，”韩董事长心情有点沉重，靠在沙发上，习惯性的一手放在大腿上一手在肚子上来回摩挲，说道，“远方啊，今天你提出辞职，我感到有点突然。这几年你跟着我走南闯北，立下了汗马功劳。我的本意是想等元旦过后提拔你当副总，一方面不枉你跟了我一场，另一方面我也好给老文和你肖畅姐一个交代。没想到一切都变了，古人言‘人算不如天算’，真名言啊!”

“韩伯！”李远方大为动容，“这多年来，您老对我的关怀无微不至，您老的恩情我将铭记终身。说实话，从您老的身上我学到了很多宝贵的东西，我一定牢记您老的教诲，端正做人，努力工作。无论未来路怎么走，我将做一个对社会、对家庭、对朋友负责任的人。”

“好！”韩董事长充满感慨，“我没看错你，相信你将来一定大有作为。年轻人，勇敢地去走自己的路。如果有一天，用得着我这个老家伙，打声招呼，我一定倾力相助。”

“那太谢谢韩伯了！”李远方激动道，“不管将来我的生意如何，每年的三大节，我是绝对要登门求教于您老的。”

“好！”听到谈生意，韩董事长叮嘱道，“刚才听胡总说，他已聘任你为他新公司在中南分公司的负责人，这是好事，跟胡总干我也放心，他是非常优秀的男人。而且，你们二人又合作了多年……都合作得这么好，自己干一定会合作得更好。只是你要记住一点，胡总为人过于散漫，而且有点意气用事。你要见机行事，你不像他有背景，所以时时处处要小心谨慎，明白吗？”

“谢谢韩伯的金玉良言，我一定牢记于心！”

正说着，韩董事长的司机来接他，他起身对李远方道：“今天到此为止，我等你的好消息。”说完，蹒跚着慢慢迈步而去。

李远方心里一阵酸楚，眼前一片模糊……

3

送走韩董事长，李远方又回到咖啡厅坐了下来，一种惆怅之感油然而生，思绪随着玻璃窗外流动的车流来回滚动。想到了自己第一次意气风发走进新华饭店的情景；想到了在兴华所度过的无数个日日夜夜；想到自己参与策划、经营的种种经济行为——发行福利彩票，倒腾汽车、家电产品等，每一笔无不倾注了他的心血。现在一切都成过眼烟云，他李远方已不再是以前那个单纯、青春、率真的小青年。在兴华他学会了很多势利的东西，懂得了怎样去做一个顺应时代潮流的顺变者。值得庆幸的是这多年间，他从一个单身的青年成长为一家之主，有一个美丽的妻子和一对可爱的儿女。这一切都是在这座大楼里辛勤工作所得。

一时又觉得自己好像在这座大楼里，失去了很多宝贵的东西。是信仰？是道德？是责任？是良心？他无法厘清，努力想追寻这些宝贵的东西，可怎么也追寻不到，无声无息，漫无边际。

冥想中，他忽然想到娘在他儿时的告诫——在走人生道路上不可摔跤，心陡然颤抖起来。他终于明白：这多年来，在这座大楼里，他随时都有摔跤的危险，他人生的信仰、道德、责任、良心，随时都有被出卖的可能。之所以没摔下去，之所以没被出卖，是由于他还有一点最尊贵的东西没有失去，一直深藏在他灵魂的最深处。

他长叹一声，庆幸自己在兴华公司这多年的博弈中，唯一没有改变的是他那颗茹苦的心，还有深藏在灵魂深处的农民本色。

“远方！”一声呼喊，打断了李远方的思想，抬头一看，是胡总找来了，“你怎么一人呆头呆脑地坐在这，害得我好找？”

二人出门上车，李远方问：“胡总，到饭店还是其他地方？”

“看来你真是我的知音。”胡总笑道，“辛雅娟这两天弄得我神魂颠倒，骨髓几乎被她吸干了，这女人可真让我动心。她明天有演出任务，今晚不来了，再来，那我明天可真就回不了北京。”

“看来这辛雅娟确有非凡之处！”李远方笑道，“不然，像胡总这样的情场老手，怎会被她套得如此之牢？”

“你算说对了，想不想听听我们二人颠鸾倒凤的幸事？”

“对不起！”李远方赶紧拒绝，“我绝对不想听这些幸事，而且我劝你不要轻易外传，没见《诗经》上说‘中冓之言，不可道也’！”

“看来你还是个道学家！”胡总感叹道，“你带我逛一逛武汉的夜景吧。来武汉上十年，还没有专心地欣赏一下武汉的景色，现在要离开，倒有这个闲心，人啊……可真他妈混账！”

李远方启动车子，左拐上青年路朝航空路开去。十月的夜晚，秋风阵阵，大街上行人稀少，偶尔从对面奔来一辆夜行车，刷的一声飞驰而过。二人中速前行，一边倾心交谈。

到航空路解放大道十字路口，李远方问：“到哪？”

“笔直开……上长江大桥看一看。”

李远方加大油门，小车箭一般向前冲去，三分钟不到就来到武胜路十字路口。李远方丢开油门，带上刹车，左右看看有没有车过。正准备加油门冲过去，只见从中山大道利济路方向，一辆白色桑塔纳一路鸣笛飞奔而来，他赶紧带上刹车，让它先走。

白色桑塔纳砰的一声，从他们前面急转弯向江汉一桥冲去，车后卷起的尘埃，直飞打在他们车前的挡风玻璃上啪啪作响。

“这他妈是谁？如此猖狂？”胡总骂了一声。

话音未落，就听前面“砰”的一声，白色桑塔纳同一辆下江汉一桥的黄色小面包，碰撞在一起。

“这才是现报啊！”胡总笑道，“走，去看看这家伙是死是活！”

李远方把车开过十字路口，靠右边停下，正要开门下车，就听那边已吵闹起来。原来还好，两台车上的人都没受大的伤，只是车玻璃破碎了，车子也有所撞坏。白色桑塔纳上下来三人，其中一人脸上流血，大概是被玻璃碎片划破的。黄色面包车上就只有司机一人，脸上也在流血。双方讲理不通，开始连骂带打起来。

“岂有此理？”胡总气愤道，“走，过去帮一把面包司机。”

“等一下，”李远方一把将胡总抓住，“我们走，别管此事，等一下有警察来管。”说完，启动车子继续前行。

“怎么啦？”胡总惊道，“这不像是你李远方的作风？”

“知道白色桑塔纳上是谁吗？”李远方边开动车子便问。

“谁？”胡总有点诧异。

“辛雅娟的老公……钱思鸣！”

“是吗？”胡总大感意外，“这可真是奇遇！”

“不是奇遇，是这家伙阴魂不散！”李远方笑道，“这家伙也是倒霉，在海南几十万元钱被漂到大海喂鱼，回来老婆又被别人拐走，今晚又撞车，你还要去打抱不平，他不把你胡总生吃了才怪呢！”

“我可没拐骗他老婆！”胡总也笑道，“是他老婆自己投怀送抱，再说，这家伙也太不珍惜自己的老婆了，花玉般的俏美人，居然下得了手往死里打，这岂不是暴殄天物！”

李远方不想谈辛雅娟，他加大油门，小车快速驰过江汉一桥，转眼来到龟山脚下，又左拐上龟山路，直向长江大桥奔去。

正前方，龟山顶上，新建成有“亚洲桅杆”之称的湖北电视塔高耸天外，塔顶的红色警示灯，在夜空中不停闪烁，分外耀眼。

右前方，雄伟壮丽的武汉长江大桥映入眼帘，桥上两排橘黄色的路灯有如两道彩练飞架南北，在夜幕中放射出迷人的光芒。

蛇山头，江南三大名楼之首的黄鹤楼，霓虹披挂，五彩斑斓，远远看去，流光飞泻，绚丽缤纷。

整个长江大桥地区的夜景，如锦似绣，美轮至极。

“真人间仙境……不虚此行、不虚此行！”胡总感慨道。

李远方将车靠右停在大桥的一侧，二人下车，走到对面倚栏眺望。秋风阵阵吹来，二人都心怀激荡。只见万里长江，在脚下冥冥漠漠、浩浩漫漫，眇眇忽忽、苍苍茫茫，翻滚奔腾着向东而去。

“远方，”胡总叹道，“有人自诩自己有大海的胸怀，真是恬不知耻，狂妄至极。能有长江的胸怀，就是千古圣人了。你看我们脚下这浩荡大江，日夜奔腾不息，亿万斯年之久，人能比吗？”

“是啊！”李远方也感叹，“苏轼说‘哀吾生之须臾，羡长江之无穷’，长江西接岷峨，南控三吴，北带九州。汇百川而入海，历万古以扬波。这种胸怀气势，岂是区区人类所能比拟的！”

“远方，”胡总神情庄重，“如果有一天，我像释迦牟尼佛样悟出人生真谛，就来到今晚站立的地方跳下去，汇入滔滔江水之中！”

李远方心猛地一触，也情不自禁：“胡总，你我情同此心，心同此道。我常常想，当年释迦牟尼在荜钵罗树下，以吉祥草敷金刚座，东向螓趺而坐，端身正念，发大誓愿：‘若不证天上大菩提，宁可碎此身，终不起此坐。’后经七七四十九天禅定思维，大彻大悟，领悟了无上的谛理，而成佛陀。如果有一天，我也悟道涅槃，也一定从这个地方跳下去，让自己这颗平凡之心，随长江归入大海！”

“好！我们一言为定！”两双手紧紧地握在一起……

第二十五章

1

李远方本不想敲肖畅这口金钟，不曾想这金钟不敲自鸣。

第二天，李远方送走胡总和辛雅娟，回到家屁股还没出坐热，肖畅就提着一大袋营养补品，满面春风地走进门来。

一家人见到肖畅，都笑脸相迎，两个小家伙见她后，更是手脚乱蹬，口中唾沫溢出。肖畅禁不住亲了这个又亲那个，又忍不住抱抱这个，再抱抱那个。逗了半个多钟头，才坐下来跟李远方谈事。

“这些营养品，给周丽母子补养身体。”肖畅喝着茶，一面指着自己带来的物品，吩咐李远方，“严格按说明调配饮用。”

李远方道：“姐，这些小事你不用操心，家里都堆满了。”

“这怎么是小事？”肖畅厉声道，“你没听九爹说，养儿育女，事关千秋万代的基业。告诉你，别小看这袋东西，好几千块呢！”

“是吗？”李远方惊道，“我家这一房也不到三千元！”

“我特地吩咐达生从香港带的，全是美国的高级补品。”

李远方没作声，他想起了幺爹评价肖畅的话，心里一阵热乎。

“走，”肖畅放下茶杯，对李远方道，“我们去沿江大道黎黄陂路口的五洲大厦，我给你找了个办公地点。”起身又来到隔壁房，同周丽父母招呼一声，又俯身在周丽怀里亲了亲两个小家伙。这才叫上李远方，依依不舍地离开。

五洲大厦是一幢三层楼的欧式洋楼，紧挨它旁边面江而立的，是宋庆龄先生故居。两幢楼房连成一体，古色古香，别具风格。

五洲大厦的韩经理，热情接待二人。

寒暄过后，肖畅站起来道：“韩经理，我们先看看房子。”

韩经理亲自带二人来到三楼，只见楼梯左边，已有公司在里面办公，几个人正忙进忙出。右边一道铁栅门，韩经理打开锁拉开门，三人走了进去。进入走廊，左右两排各八间办公室，右边临街，站在窗口，可眺望长江及著名的武汉关钟楼。左边窗下，是一排高大的法国梧桐，树枝伸展到窗前摇曳飘动，伸手即可触摸。

李远方一看，这真是办公的理想之所，估计租金一定非常高。用询问的眼神看了一眼肖畅，她心领神会，冲李远方默默点头。

回到办公室，肖畅转入正题："韩经理，这是我弟弟，叫李远方，以前在市里工作，现在辞职下海，还没起步，以后在这里你多加关照，生意做得好，他会感谢你的。"

"哎呀，肖主任！"韩经理笑道，"李经理来我们这里办公司，是我们的荣幸，给我们带来财气，我一定以最优惠的价格，租给肖……李经理。"

"好吧！"肖畅站起身来，"我下午还有个会，明天我弟弟来同韩经理正式签合同。"示意李远方走。

"那怎么行？"韩经理急道，"黄主任再三叮嘱：一定留肖主任吃饭，我已在对面定好了包房，这一走，叫我怎么跟他交代？"

"你放心，"肖畅边走边笑道，"我跟他交代，不为难你！"

韩经理不敢动手拉扯，脸涨得通红，急得挡在二人前面，一边后退让路，一边不停挽留，直到二人上车离去，才转身回办公室。

"姐，"车子拐上沿江大道，李远方问，"你怎么不问一下租金，太高了，恐怕胡总有想法？"

"你不必担心！"肖畅道，"租金我已跟黄主任定好了，十六间房每月两千，半年一付，胡总高兴都来不及，还有想法？你转告他：生意做大了，别忘了谢黄主任，去年这十六间房，租金五万，懂吗？"

"知道了！"李远方看了肖畅一眼，不再多说，心里涌起一股热流。他极力克制自己，不让泪水外流，专心注目前方。

深秋的沿江大道上，落叶飘飞，车辆稀少，行人零丁。李远方加大油门，小车急速向前冲去。

接下来，肖畅又悄无声息地提前将其他部门的关系疏通好。等李远方急匆匆去各部门办理各类手续时，一路绿灯大开，畅行无阻。不到一月一切合法手续俱都办理完毕。

手续完毕，肖畅又出面请装修公司廉价将办公室装修一新，再到家私广场和电脑城，折价将一切办公设施一并配齐，又出面将中南财经大学一名退休的马教授请来帮李远方管理财务。马教授教书育人几十年，为人端正，行事缜密，桃李满天下。中南地区各银行的主管，及各财政部门的头面人物，几乎都是他学生。

待一切帮李远方安排就绪后，肖畅这才放下以来，安心搞自己的工作。不过，再怎么忙，她每天必来电话关心一下。

因一心一意扑在李平、李乐两外甥儿女的身上，周丽父母近来放松了对凤丫头的学习辅导。周丽考虑再三，让凤丫头也到李远方的公司正式上班。一方面帮李远方在办公室接收信函，接听电话，接待客人，另一方面自己可以轻松自学，不懂之处晚上回家再请教二老。于此，既助了李远方一臂之力，又不影响凤丫头的学习。

侨办黄主任的小姨子沈小虹，身材高挑，面容俏丽，气质风流，湖北省商业学校服装专业毕业，受过专业模特训练，参加过电视台举办的“湖北省首届时装模特电视大奖赛”。毕业后，分配在武汉商场当营业员，兼职从事商场时装表演。一年之中，柜台上难得见到她几次芳容，却经常在其他商场的T型台上欣赏到她青春的猫步。分管经理多次找黄主任汇报，请求黄主任管束一下小姨子，以免其他营业员过多的闲言碎语。谁知黄主任出面一谈，自己没说动小姨子，反倒被她缠住要调换工作。赶巧，肖畅找他要承租五洲大厦的房子，心想：就小姨子这个风流的德性，哪个正规的企事业单位敢要？不如送到肖畅弟弟的私营公司去闯荡几年，或许对她是件好事，最好是尽快谈个男朋友，把这副担子转给对方。等找机会跟肖畅一说，哪知肖畅求之不得，电话中就任命为公关部经理，钱比商场多，人更自由。

这沈小虹一觉醒来，从一名营业员变成了公关部经理，兴奋得连早点也不吃，赶到五洲大厦自己的办公室一坐，人几乎飘了起来。等她见到总经理李远方，又是一阵心动——比想象的年轻、俊秀、潇洒，人又陶醉了一半。再同李总一谈心，心花开始悄悄地绽放，暗自决定：从今以后，跟定这位李远方，重写锦绣人生。

辛雅娟在筹办阶段来过几次，她信守同李远方许下的诺言，不干涉他任何事务，前二月定时来领取她丰厚的工资。每次来李远方对她礼貌有加，提前把工资给她准备好——前半年她的工资由胡总额外支付，不占公司的费用。每次来，她都要主动找李远方谈谈心，偶尔探听一下杨帆的近况。李远方从她哀怨的眼神中，感觉到她依然对杨帆充满歉愧和留恋，发现她并不是想象中的那么水性杨花。

为了使李远方能专心工作，肖畅强行给他安排接待办一位提前退休的桂司机给他开车，并给李远方约法三章：谈业务时、喝酒后、跑长途时，由桂司机开车，除此之外，自己可以自由驾驶。

李远方将临街的八间办公室全部打开，自己在最后面一间办公，紧挨自己的办公室特地为胡总安排一间，钥匙交由辛雅娟保管，算是他们二人共用。辛雅娟前面是马教授的办公室，紧挨马教授前面的是财务室。财务室前面是沈小虹的公关部，再前面是公司的办公室，是凤丫头和桂司机二人的办公点。最前面两间房装修时被打通，正好作为公司的接待室。所有房间的钥匙，全部在凤丫头手上备有一套，有人无人，每天坚持打扫卫生。对面一排的八间办公室，暂时空缺，等日后公司发展壮大，再一间一间地招聘它的主人。

李远方、辛雅娟、马教授、沈小虹、凤丫头、桂司机，三男三女拼成六六大顺，组成公司的元老成员。

1990 年 1 月 18 日，公司正式挂牌营业，胡总专程从北京飞往武汉，参加揭牌仪式，各界友人前来庆贺。锦绣花篮从大门口，一直摆上了三楼，庆祝标语从房顶悬挂到了地面。

锣鼓鞭炮声中，“北京伟达公司中南分公司”的牌子，披红戴花，赫然展现在五洲大厦的门柱之上。

三天的庆典结束，胡总回京之前，临时召开第一次办公会议。

“大家好！”胡总自信地看了看大家，见凤丫头拿起笔准备记录，制止道，“不要做记录，我们不是政府机关，以后不搞这一套虚假的东西。”又左右看了看坐在自己左边的辛雅娟和右边的李远方，继续道：“有幸在三天的短暂时间内，见识了大家的工作热情和能力，倍感欣慰。坦率地说，之所以选择李远方出任中南分公司的总经理，并不是因为他是我的好兄弟，有杰出的工作才能，也不是因为他有很广泛的人脉关系，而是因为他是一个品德端正，做事认真，能吃苦耐劳的好人……他办事，我放心。所以，在这里我要向大家特别强调的是，我们伟达公司的宗旨，不是以赚钱为第一目的，而是以做人为主旨，这是伟达公司的第一要素——先做人，后做事。做一个对社会有用的人，做一个让家庭和亲友放心的人。”

说到此，他又特地看了一眼辛雅娟，深情道：“我毫不避讳地说，辛雅娟副总经理，是我的红颜知己，之所以让她来公司挂职，是因为我经常不在她身边，不能时刻关心她，爱护她。只好拜托大家，来帮我尽这份责。我相信，她一定会感激大家的关爱之情。在此，我先代表我和她，向大家表示由衷的谢意！”

他站起来，向大家深深鞠了一躬。沈小虹情不自禁地鼓起掌来，接着，其他人都热情鼓掌。辛雅娟眼含热泪，止不住也站起来，向大家鞠躬致意，李远方一阵心热情动。

“所以说，”胡总继续道，“我们伟达公司，第一要素是做人，做一个像李远方那样品行端正的人。第二要素就是重情，也就是说，我希望大家，都像我胡学伟一样……做一个重感情的人。”

掌声又响起，胡总抬手示意大家停下来，继续道：“当然钱还是要赚的，只不过我们不能赚黑心钱昧心钱，要光明正大地赚钱。这是我们伟达公司的第三要素……那就是光明正大地赚大钱。至于如何去赚钱，这就不需要大家过多的操心，这是我和李远方二人操心的事。在此我希望大家，紧密团结在李远方总经理的周围，各司其职，各尽所能，在做好人、重感情的前提下，努力做好自己的每一项工作。我保证三年后的今天，在座的每位都会得到一套舒适的房子、一辆漂亮的车子……谢谢大家！”他再一次站起来，给大家鞠躬致意。

掌声再次响起，凤丫头手中的笔拍掉了，沈小虹从座位上站了起来，马教授摘下眼镜抹起了眼泪，桂司机按灭了烟头拿起了茶杯。辛雅娟低下了头，李远方自己握紧了自己的手。

接下来，李远方、辛雅娟、马教授、沈小虹、桂司机、凤丫头都表露了自己的心迹：决不辜负胡总的期望，团结一心，努力工作。

中餐后，李远方开车送胡总和辛雅娟前往南湖机场，二人同机飞往北京。目送二人进入安检大厅，李远方没有马上离开，一个人伫立在机场大门外仰望蓝天，任凭隆冬寒风吹打，直到胡总他们乘坐的航班腾空高飞，消失在迷远的云层之中，他才回到车内，缓慢离开。一路上思绪跌宕，感慨万千。车过长江大桥，看着滚滚东去的江水，想起和胡总二人站在桥边所抒发的感慨，止不住又心潮滚动。

他明白：自己新的生活已开始，前面的路正长……

2

沈小虹不愧为公关部经理，在姐夫的引荐下，武汉三镇转了一圈，几位享誉省内外的书画名家，欣然接受她的请求，连夜泚笔作书，濡墨挥毫。仅三天时间，十几幅书画精品已然到手。装裱之后，公司各办公室逐一悬挂，一睹之间，墙壁生辉，墨香飘荡，文气飞扬。

李远方办公室，是一幅八尺横条，上书“端正做人，认真做事”八个隶书大字，清俊通脱，韵味深长。

辛雅娟办公室，是一幅六尺斗方牡丹春晖图。花枝烂漫，蝴蝶翻飞，暗香逼人。上题五言绝句一首，是李远方特地为胡总和辛雅娟而作：“情浓春意短，香远蝶不归。殷勤劝长夜，春月伴君回。”

马教授笃信佛教，办公室特地挑选一幅八尺长条的章草书法：“金刚怒目，所以降伏四魔；菩萨低眉，所以慈悲六道。”起笔刚健，落笔爽朗，风云吐于行间，珠玉生于字里。

财务室是一副对联，马教授嘱书：“反眼观眼非斯眼，将心比心无所心。”取自元代独峰和尚句，一手魏碑雄劲峭拔，轩昂奔放。

沈小虹自己办公室，是一幅六尺斗方红梅怒放图：陡峭奇崛的寒岩之上，一杆枯枝龙盘虎卧，虬曲凌空，傲然挺立于冰雪之中。枯枝上，万点红梅怒放。留白处，作者自题一副对联：“十年寒居无蝶闹，一朝怒放香漫天。”寄托深微，苍凉悲壮。

凤丫头和桂司机的办公室，是两幅字画，进门左壁上是一幅四尺斗方虚竹图：几杆墨竹毕立天地之间，翠叶飘动，清丽典雅。作者题跋：“未出土时已有节，直到凌云高处依然虚心。”右壁上也是一幅四尺斗方的蝇头小楷，上书老子《道德经》五十六章句：“知者不言，言者不知。

塞其兑，闭其门，挫其锐，解其纷，和其光，同其尘，是谓玄同。故不可得而亲，不可得而疏；不可得而利，不可得而害；不可得而贵，不可得而贱。故为天下贵。”清切婉丽，纤巧优美。

接待室是三幅字画，迎面悬挂的是一幅八尺斗方迎客松，阔达雄浑，大气包举。左壁上是一幅四尺斗方，上书“弘扬传统文化，广交天下朋友”十二个行草大字，瑰丽流畅，有王右军遗风。右壁上是一幅六尺横条，上书孔圣人“大道之行，天下为公”八个篆体大字，奇诡幽密，精邃深远。

走廊里，左右各有四幅两尺斗方——春、夏、秋、冬时光，花、鸟、鱼、虫妙趣，尽收其中。　　李远方来回欣赏，赞不绝口。沈小虹紧随其身，逐一介绍作者简历，自豪之情随语言流露，成就之感伴笑容而出。

来到接待室“大道之行，天下为公”面前，李远方陷于沉思之中，他想起了幺爹在他十岁之时，就向他讲解这句名言的深刻涵义：天下是天下人的天下，这是至高无上的真理。二十二年过去了，幺爹慷慨激昂的声音，依然如黄钟雷鸣，裂人耳膜。

“李总，”沈小虹见李远方半天伫立不动，问道，“这句话是什么意思？是不是说……天下的路任何人都可以走？”

“不是！”李远方被她打断怀想，解释道，“这个‘道’不是道路的意思，是‘天道、真理’。孔子的意思是：天下是所有人共有的天下，不是哪一个人的天下。作为统治者，应该胸怀天下万民的疾苦，不能只维护少数人的利益，要使天下百姓，都能过上幸福的生活。”

“哦！”沈小虹明白了，“怪不得古人要‘先天下之忧而忧，后天下之乐而乐’，原来都是学孔子的。”

“李经理，北京长途。”话音未落，凤丫头在办公室叫喊。

李远方来到办公室，拿起电话，示意凤丫头拿笔给他。凤丫头赶紧递上自己的钢笔，又送上一张便笺。李远方左手拿话筒右手握笔，一面同胡总交谈，一面记下详细情况。

接完电话，李远方把笔还给凤丫头道：“通知马教授和沈经理，到我办公室来。”说完，疾步回到自己的办公室。

马教授和沈小虹来到，李远方请二人坐下道：“刚才接北京胡总电话，问我们可不可以在春节前，组织 80 万枚咸鸭蛋？”

“这有点困难，”马教授叹息道，“今天都元月 11 号，春节只有三十几天的时间，恐怕很难办到，80 万枚不是个小数！”

“是这样，”李远方继续道，“胡总通过自己的关系，找到钢厂的老总，想在春节前帮我们联系一笔业务赚点钱过节。钢厂的老总提出，给职工每人发 50 枚咸鸭蛋。胡总的意思总公司不收我们的管理费，我们自行决定做还是不做，所以我征求你们二人的意见。”

“我们听你的！”沈小虹道，“你是老总，你说怎么干，我们就怎么干。像钢厂这样的大企业，能打进去是很不容易的。”

“的确是好事，”马教授接着道，“即使不赚钱，能跟钢厂挂上钩，以后不愁没好生意。只是数额太大，时间又紧，恐一时难以完成，弄不好反倒把以后的路堵死了，好事反倒变成了坏事。”

“是啊！”李远方也有同感，“我省产鸭蛋主要在荆沙、洪湖一带，如果在这些地方去努力，不知来不来得及？”

“我想起来了！”沈小虹惊喜道，“和记蛋厂不是有咸鸭蛋吗？我小姑在厂里当工会主席，我去问一问就知道了。”

“快过年了，恐怕早就清仓。”李远方担心道。

“对了，”马教授道，“我一位学生，是省外贸局的，元旦送了一箱洪湖的咸鸭蛋给我，又大又好，蛋黄都流油，是专门出口的。他跟荆沙、洪湖等外贸单位有交往，我打电话咨询一下就有数。”

“这样吧，”李远方道，“我和沈经理现在就去和记蛋厂，也许蛋厂方面有货源渠道，沿途再摸一下市场上鸭蛋的行情。马老师就在办公室同你的学生电话沟通，关键是春节之前，能把 80 万枚组织到位。至于价格上，只要不亏就是胜利。胡总给我们的时间是三天，行不行，后天晚上给他回信，他好给钢厂方面回话。”

“好吧！”马老师起身，去办公室打电话。李远方对沈小虹道，“叫凤丫头把我们的盒饭买上来，我们在路上吃。”

“你这不是让小姑骂我？”沈小虹笑道，“去她那在外吃饭？”

“那好，”李远方道，“我请你小姑，告诉我，她喜欢吃什么？”

“这可便宜你了！”沈小虹窃喜道，“我小姑吃素……”

3

沈小虹的小姑五十岁左右，身材适中，面目和善，大气端庄，一看就是搞政治思想工作的。一见侄女带了位英俊潇洒的青年来找自己，正在主持开会的她，立即宣布散会。

“新交的男朋友？”她急不可耐把沈小虹拉到一边。

“我们公司的老总！”沈小虹无可奈何，“人家早已金屋藏娇了，而且是报社名记，我哪能比？何况这娇妻还为他生了一对龙凤双胞胎，我这辈子算是没戏了！”一面向小姑说明来意。

“总经理？”沈小虹小姑关心人比关心事上心，禁不住回头再看一眼李远方，摇头叹息，“小虹啊，小姑真为你惋惜，这么优秀的青年，被别人捷足先抢了！”止不住又打量起李远方来。

“别这样！”沈小虹一手挽住小姑，“我们还没吃饭，快请我们吃饭，在饭桌上你想怎么看就怎么看。”

“好！好！”沈小虹小姑笑容满面，来到李远方身边，“李经理，欢迎光临我们和记蛋厂。走，们先吃饭，再谈事。”

三人来到解放公园对面的邀月酒家。一坐下，李远方就将要咨询的问题逐一提出，沈小虹的小姑不厌其烦地耐心解答。筷子还没动，事就谈完，结果如李远方所料——此路不通。

吃饭时，李远方边吃边低头思考下一步的运作思路，偶尔冲对面点头微笑以示歉意。对面两个女人，则边吃边喋喋不休，小姑和侄女比亲姐妹还热乎。

吃完饭，把沈小虹小姑送回厂，稍坐片刻起身告辞。临上车，沈小虹被小姑拉在一边耳语：“小虹，我真想鼓动你充当第三者。”

沈小虹脸刷的一红，冲小姑一噘嘴，转身上车而去。

二人又到天声、黄埔、花桥、二七几大市场看了看，李远方大失所望，心里开始动摇，决定放弃此次赚钱机会，安心过年。

回到公司，马教授的信息又点燃了李远方心中的希望。

“是这样！”马教授取下眼镜，擦了擦再戴上，“我将我们的意思向学生表达后，他随即同荆州、沙市、洪湖、天门、仙桃等地通了电话。赶巧洪湖正有200万枚外销到香港的咸鸭蛋还没起运，如果我们确实想要，他们可以截下80万枚给我们。”

“太好了！”李远方兴奋道。

“不过……”马教授看着李远方，“价格太高，送到武汉的价，比我们出手给钢厂的价……还高两分。”

“哦……这样！”李远方心中的火又熄了下来，思索了半天道，“马老师，能不能请您学生出面，做做工作，便宜几分钱？”

“我也这样说，他说不太好做，因为少给香港的数是要追缴滞纳金的，重新组织80万枚得一个月，这费用得从我们这里出。”

“看来这个意外之财，不该我们得，只得放弃。”

“不过，”马教授又道，“刚才你们进门前，他又来电话，让我们下午到他办公室去一趟，也许还有点希望。”

“是吗？”李远方看了看钟表，急切道，“我们现在就走。”

“等一下！”马教授笑道，“我这个学生是有名的酒鬼，你今天的酒，是躲不掉的，让桂司机一起去。”

“好吧！”李远方吩咐沈小虹，“你和凤丫头在家等我电话。”

省外经委坐落在解放大道循礼门路口处，是一幢二十多层楼的新大楼。马教授的学生叫江建民，是农贸处一科的科长，专门负责农副产品进出口业务，为人精明练达，热情奔放，对马教授尊敬有加。他亲自给二人让座、端茶、倒水、递烟。

一番客套后，江科长对李远方道：“李经理，适才我又同洪湖的牛局长通了电话，他已有所活动。”

“谢谢江科长相助，”李远方谢道，“事成之后，一定重谢！”

“谈什么谢，马教授是我的恩师，这正是我谢师的好机会。”

“江科长，”李远方道，“该怎么同牛局长沟通，请指教。”

“我看这样，”江科长道，“牛局长为人很义气，认你是朋友什么都好说，谈不对点有得商量。他跟我一样喜欢喝几杯，你从武汉带几瓶15年陈酿的‘白云边’，我再给你写封信，如此他不会拒绝。接上关系后，你再同他商量，一高兴降个角把几分，是可能的。”

“江科长,”李远方又问,“是不是他只喝‘白云边’?”

“他什么酒都喝,最喜欢酱香型的白酒!”

“茅台好像是酱香型,我给他弄几瓶去!”李远方道。

“茅台当然最好!”江科长继续道,“如果你能给他带两瓶茅台去,那这事就成了一半,只是现在茅台不太好买。”

“我想想办法,另外,我想给他个人一点好处,不知可否?”

“这……”江科长顿了一下,“看来,李经理是生意场上的高手,说到点子上了。”

“既然是江科长的朋友,”李远方笑道,“我不会亏待他,整个货款,我全部用现金一次性支付。”

“如果是这样,”江科长也笑道,“我敢打包票……此事绝对没问题,你李经理也一定有钱赚!”

“好!”李远方对马教授道,“马老师,您老看如何?”见马教授点头,又对江科长道:“江科长,给个面子,我请你小酌几杯。”

“错了!”江科长道,“今天恩师驾到,学生岂能袖手旁‘饮’?何况我还是地主。今天的酒我请定了,你不要和我争抢。等你咸鸭蛋的生意做成,我保证不请自到,喝上门去,如何?”

“好了!”马教授道,“今天就由学生请客。”

“那我恭敬不如从命!”李远方只得让步。

李远方趁机给肖畅挂了个电话,要她准备四瓶茅台。

“走!”江科长站起来,“新华路有一家‘同兴酒店’,家常菜非常地道,我们去一醉方休!”

“慢!”马教授提醒道,“你先把给牛局长的信写好。”

“好!”江科长三笔两画就写好,提上大名,交给李远方。

“马老师!”出门后,江科长同马教授走在李远方身后,小声问道,“这李经理……以前在什么地方高就?”

“兴华武汉分公司任公关部经理。”

“怪不得!”江科长感叹道,“原来是从大江大河趟过来的,如此年轻真商海奇才,‘钱途无量’啊!您老在他的麾下发挥余热,也算是各得其所,相得益彰,北斗、参星两相辉了……”

第二十六章

1

> 洪湖水呀，浪呀么浪打浪，洪湖岸边，是呀么是家乡。清早船儿去呀去撒网，晚上回来鱼满舱。四季野鸭和菱藕，秋收满畈稻谷香，人人都说天堂美，怎比我洪湖鱼米香……

电影《洪湖赤卫队》使得湖北洪湖地区，一夜之间名扬天下。

洪湖出产的咸鸭蛋，也因个大味美、咸淡相宜而远销海内外。

洪湖的牛局长，姓牛人更“牛”。这不仅因他姐夫是县上的一把手，主要原因是他工作能力强，有魄力，敢作敢为。谁有什么为难之事，能请到牛局长出面，没有摆不平的道理。而他更是乐于助人，善于结交朋友，所以整个洪湖县城，无论是当官的还是平头百姓，没有几个不认识他的。

认识和不认识的，都知道牛局长有一大爱好：嗜酒如命。

李远方把车停在局里大院里，把车钥匙交给司机，一个人慢慢抬步向三楼局长办公室走去。来到三楼一看，右边最里面一间办公室门前，有两人一动不动地站着。他轻轻走了过去，在二人旁边站定，想问一下牛局长在不在里面。见二人都目不斜视，对他视若不见，再往里面探头一看，立马打消了问二人的念头。

只见一双锃光瓦亮的皮鞋，高跷着叉在办公桌上面，从两腿之间看过去，一个黑胖的脑袋，靠在皮椅上正闭目养神。桌子对面，一名身穿黑色呢子大衣的男人背向门外，正对着高跷的皮鞋毕恭毕敬在汇报工作。大概已经汇报完毕，只听他最后道：“局长，以上是我们科上个礼拜的工作汇报，请您指示。”

皮鞋依然一动不动地高跷着，眼睛也仍然闭着，嘴唇却动了起来，发出嘶哑的声音：“你的任务是完成了，可任务完成了并不等于工作就干得好。我问你，黄三货那 207 只野鸭是怎么死的？”

“这……”汇报人显然没料到局长会问这事，嗫嚅道，“收这些鸭子时，还是活蹦乱跳的，不知怎么……第二天就死了。”

“别跟老子扯淡，收的时候就一只接一只地歪脖子，你以为老子不在场就不知？我看你是想当黄三货的女婿吧？老子告诉你：想当人家女婿就光明正大地上门提，别在老子背后要小聪明损害公家利益？再让老子发现，把你狗日的当野鸭一起卖出去！”

“是……卖出去！”汇报人低下了头。

“下一个！”嘴唇又发出嘶哑的喊声，里面的一个如蒙大赦，赶紧转身低头慢慢出门，出门后，昂头大步急速下楼而去。门口等着的二人中，前面的一个同时慢慢走了进去。李远方仔细观察三人，都是不到三十岁的青年，明白这牛局长喜欢青年人。从眼前的情景看，大概是便于自己开口闭口好叫骂。

刚进去的一个，也开始毕恭毕敬地对着高跷的皮鞋，汇报自己分管的工作，李远方想这牛局长，如果生在电影“洪湖赤卫队”那个时代，一定又是一个“彭霸天”。

“停！”突然，牛局长大声喊停，站在门口的一个，脸色刷的一白。里面正在汇报的，看不到脸面，其惊恐状可想而知。

只见牛局长揉了揉鼻子，又闻了闻，再揉了揉，再闻了闻，这才放下脚，坐起来自言自语：“他妈的怪事，这哪来的茅台酒香？”

李远方一惊，心里笑道：“这家伙真是他妈的酒鬼，自己刚才上楼时，担心车后备厢里的四瓶茅台溢出，开厢看了看。也许是自己身上带有酒味，就这一下，这家伙居然嗅了出来。”

嗅到了茅台酒香，牛局长再没有心思听汇报，对站在面前的青年道：“去……到楼下看看，是不是有县里或省里的领导来了。”

“不用看，牛局长……是我来了！”李远方大步走了进去。

汇报的二人，趁机快步下楼而去。

“你是？”牛局长从座位上站起身，迎了过来。

“我是省外贸厅江科长的朋友，专程来拜访你的，这是他写给你的信。”一面递上江科长的信。

“哦!”牛局长接过信边看边招呼李远方，“欢迎，请坐!”

李远方坐下仔细一瞅，这牛局长身高一米八几，黝黑壮实，三十出头，眼放金光，满脸煞气。怪不得手下人个个见了噤若寒蝉。

“李经理!”看过信，牛局长蹙眉道，“江科长为咸鸭蛋的事，先前也来过几次电话，这事……恐怕一时……”

“牛局长!”李远方打断他的话，笑道，“我跑了近二百公里路，还没吃中饭，我们先不谈事，先去喝几杯再说……怎么样?”

“唉呀!”一听喝几杯，牛局长马上双眉舒展，“都过了吃中饭的时间，对不起，听汇报听糊涂了。走……就按李经理说的，我们先喝几杯暖暖身子，然后再谈事，这鬼天气，比去年可冷多了。”

来到楼下，院子里已经站了六七名男青年和三名女青年，估计是各科室的头目，大概都在等牛局长带队共进午餐。

“走!”牛局长大手一挥，“都到‘贺胡子’酒楼，我们给武汉的客人接风洗尘。”说完，带领大家向“贺胡子”酒楼奔去。

“贺胡了”酒楼的老板并不姓贺，本名孙四海，原是洪湖县花鼓剧团的演员，因长相酷似贺龙元帅，只要是出演有关贺龙元帅的剧目，其贺龙元帅一角，非这孙四海莫属。久而久之，孙四海的本名无人问津，“贺胡子”的美名，则流传四乡。

这孙四海戏演得不怎么样，酒却喝出了名堂。无论多年陈酿，也不管是酱香型、浓香型、还是什么尖香型。一沾唇他就能说出是何种名酒、产自何地、多少年酿造，识者无不心服口服，叹为观止。为了使自己这一绝招不至于丢失，且发扬光大，改革开放后，这孙四海干脆弃戏从商，辞职开起了酒楼。经高人指点，直接取名“贺胡子”酒楼。酒楼自开张以来，生意从没清淡过，几乎每天都座无虚席，客流不断，钱如水流，真正是烈火烹油，财气冲天。六七年间，逐渐扩张为洪湖县城数一数二的大酒楼。

牛局长和这贺胡子，因酒而结为兄弟，贺胡子年长几岁尊为酒兄。酒兄自开张后极力搜罗各地名酒，有惊喜必邀酒弟同饮。二人常常是心往一处想，酒尽瓶中干。牛局长对这个酒兄极为敬重，当局长后，三天两头，有客无客，必带手下一帮兄弟姐妹来豪饮一番。一年到头从不间断。每次都欣欣而来，晕晕而去。李远方千里迢迢，从武汉跑到这酒天、酒地、酒兄之中，其结果当然是可想而知……

2

众人来到“贺胡子”酒楼，桂司机暗地请示李远方：“李总，带来的茅台是拿上去还是放在车上，等吃完饭单独交给牛局长。”

“当然拿上去！”李远方笑道，“如果不拿上去，这牛局长恐怕是喝不进酒吃不下饭，我们的鸭蛋生意也就‘泡汤’。”

牛局长引导李远方上二楼靠东边一间大包房，进去后分宾主入座，正好十二人，圆圆一桌。三位女青年都二十八九，估计都已结婚。一位身穿乳白色羽绒服，身材丰腴，满脸笑容，不时露出两个小酒窝来。她主动坐在李远方和牛局长之间，将二人隔开。一个身穿红色毛衣，披肩长发，皮肤白皙，身段苗条，一口洁白的牙齿时隐时现，两道柳眉细长入鬓，她坐在李远方左手边。另一位身穿橘黄色皮衣，短发，圆脸，稍黑，她坐在牛局长右手边。其他几位依次而坐。

坐在最外边一人开始点菜，李远方示意司机将茅台拿上桌来。桂司机起身将四瓶酒放在了牛局长的面前。

牛局长一见，笑道：“李经理，欺负我们小地方没好酒？”

“哪里！哪里！”李远方也笑道，“听江科长说，牛局长乃酒中豪杰，兄弟我也算是性情中人，常常借酒消除心中的块垒。今天初次见面，深感牛局长对酒文化的感悟，难得与牛局长同桌共饮的良机，这四瓶酒，算是兄弟我……忝为酒友的见面礼吧！”

“哎呀！”牛局长赞道，“李经理，你完全不像生意人，倒像个文化人，几句话说得人精神爽朗。”抬手指着几个男青年：“你们几个狗日的，多学学别人李经理，平时多看看书学点知识。莫一味地吃喝嫖赌，以后做大生意没文化是不行的！”又对李远方道：“既然李经理如此客气，那我就不客气，今天我们以酒会友。”吩咐门口的一位：“去把贺兄叫来，让武汉的朋友见识一下我们洪湖的酒文化。”

“不用叫，我来了！”话音刚落，贺胡子推门走了进来。李远方一看，

諾言

下

尚本 著

長江出版傳媒 | 长江文艺出版社

第五十六章

1

残疾人一般不大爱出门，除了自己行动不方便外，更多的是受不了正常人的歧视目光。同样，不太健全的家庭，不太喜欢过节假日，因为缺少正常的家庭成员，担心别人家欢乐的气氛，反衬出自家的凄凉。像胡蝶这样既不具备健全的家庭结构，又背负“二奶”身份的人，节假日的心情，就可想而知。

所以，一九九七年春节对胡蝶来说，就是烦躁、凄凉。

先是本来要在武汉同她们一起过年的许姨，腊月二十突然接到周敏电话，第二天就回了香港，一下让胡蝶感到孤单寂寞，日子难捱。接着，腊月二十四过小年，女儿杨小蝶突发感冒，她一个人抱着她跑儿童医院，来去五六趟，不见杨帆的踪影，气得她在电话里将杨帆臭骂一通。杨帆实在是走不开，一个劲在电话里安慰解释，又叫李琼前来帮忙照顾，顺便把公司为母女二人准备好的年货带来。直到腊月二十八，杨帆才脱身来到江汉路，一家三口幸福快乐了不到 24 小时，又匆匆分离。面对大街小巷欢腾的节日气氛，胡蝶心酸落泪，暗自神伤。好在李琼近来找了一位男朋友，今年不回老家过年，常常过来开导她，才算是略感慰藉。大年三十，李琼到男朋友家团聚，胡蝶一下又掉入了寂寞冰窟。母女二人凄凉地守在电视机前消磨时光，企盼杨帆的身影突然到来。可惜。从大年三十除夕夜直到正月初四的早晨，每天只听杨帆的电话声，不见人影到。

初四吃过中午饭，胡蝶再也不想在家傻等，决定带着女儿上街去买点东西，逛一逛。刚把出门的行头准备好，杨帆来电话，说今晚一定来陪伴娇妻爱女。兴奋了不到三分钟，李琼突然来电话，说自己和男朋友在东城大酒店喝茶，看见未来的表姐夫，在酒店同辛雅娟开房。胡蝶一听，花容失色，魂惊魄散，顿时泪如雨下。

原来前几年杨帆告诉胡蝶，自己被辛雅娟陷害的事后，胡蝶又将这一悲剧告诉了李琼。姐妹二人深为杨帆痛恨这辛雅娟，曾几次悄悄去看过辛雅娟的演出，想寻机报复，所以二人都认识辛雅娟。现在陡然听见这二人在一起开房，对胡蝶来说，无异于晴天霹雳。

一阵撕心裂肺之后，胡蝶怒从心升，抱起小蝶就往外跑。下楼后拦住一辆的士，直奔东城大酒店。到达后，李琼和男朋友将胡蝶堵在酒店大门外，又把她拉到对面停车场隐蔽处，极力劝阻，要她千万不要冲动，事情闹大了，对谁都不好。

“你绝对不能贸然行事！”这李琼的男朋友，恰巧是学法律的，现在正在一家律师事务所实习，做思想工作有条有理，判断事情绝对是以事实为依据，法律为准绳。为了在女朋友和她漂亮的表姐面前表现自己的学识，他语重心长：“在没有绝对法律证据的前提下，不能轻易采取行动，现在尽管看见二人一同进了房间，可怎么就肯定他们在床上苟合呢？更何况你胡蝶，又不是别人的合法妻子，尽管生有他的骨肉，可拿不出法律依据，他不承认你也无话可说。”

“难道……眼睁睁……”胡蝶泪流满面，泣不成声。

“我看这样，”还是见习律师有见识，“小不忍则乱大谋，你回去准备一台微型照相机，装作不知道这回事，悄悄跟踪他。等他们再开房时，估计已经脱衣服，突然冲进去，把他们媾和的情景照下来。然后，由我们律师事务所，出面打官司——要么跟你结婚，要么赔偿青春损失费，视他的情形而定……如何？”

“这办法好！”李琼很是赞成，又担心，“他们不开门，咋办？”

"这好办!"见习律师道，"我有个同学，是治安处的，他任何时候都可以到任何酒店宾馆去查房。"

"我不想跟他分手!"胡蝶哭道，"我不想小蝶失去爸爸!"

律师感动道："他都跟别人上床了，还这痴情，真贤德啊!"

"我说胡蝶姐!"李琼旁观者清，"我觉得你照比不照好，将来就是他跟你结婚，有照片在你手上，会对你好的。"

"对!"律师马上附和。

这话似乎打动了胡蝶，陷入感情折磨中的女人，十有九个听不得他人出馊主意。想了想，对律师道："我的目的是要跟他结婚，成为合法夫妻，只要能达到这个目的，我什么都愿做。"

"好！我看就这样，"这见习律师一听，大为兴奋，"他是大公司的老总，是名人。如果你握有他见不得人的照片，他一定会好好待你。什么时候不听你的话，你就可以把照片公诸于众，这是一辈子的把柄。退一万步说，即使你们结不了婚，也可以随时找他要钱，何况他还是你女儿的亲爹？如果你不想整他，随时可以将照片毁掉。当然，我建议你不要毁掉，留着总比不留好。"看来这见习律师设计案情的能力，远远超过他的辩护能力。于是，这般如此、如此这般将下面每一步的步骤，安排得滴水不漏。

胡蝶此时已是身不由己，加之对杨帆的爱恨交织，大脑早已迷糊，完全失去了以前的精明泼辣，只得接受李琼的建议。

哲学家说：恋爱中的男女都聪明，失恋中的女人最愚笨。此言在这对表姐妹身上，此时此刻，表现得尤为突出。

"妈!"一旁站在一辆小车后视镜前自己照自己的小蝶，突然对胡蝶叫道，"看……爸爸来了。"

三人一惊，只见杨帆大步走出酒店，向停车场另一边走去。

"那不是爸爸!"胡蝶将小蝶拉过，"小蝶看错了，爸爸在家。"等杨帆车开走后，才松开手，小蝶回头再看，早没杨帆影子。

"怎么辛雅娟没跟他一起走？"李琼奇怪。

话音刚落，就见辛雅娟也出了门，上了的士朝另外方向而去。

"是各自回家，"见习律师语气肯定，又不知是羡慕还是指责，"这杨帆真不愧是情场高手，生活比演戏还精彩。周游在三个女人之间，游刃有余。昨天晚上跟这辛雅娟风流，今天晚上又找胡蝶姐，明天晚上，肯定又回家陪老婆儿子。如果不是今天被我们无意碰见，真不知他这种逍遥快活的生活要维持多少年？”

“走！”胡蝶突然大声道，“我们回家！”说着抱起小蝶就走，刚迈出几步，回过头来：“你们回去准备，等我的电话，我要让这王八蛋从今以后对我俯首帖耳。要让辛雅娟这个骚货，死无葬身之地！”她快步走到路边，拦上一台的士，急速向江汉路驶去。

她要提前到家，做好一切准备，专等杨帆前来……

2

杨帆敲开房门后，胡蝶满脸堆笑，把他迎进家门。

“老公！”关上门，胡蝶一下猴到杨帆身上，撒娇道，“都八点多了才来，人家都等不及了！”

“别、别！”杨帆亲她一口，抱起杨小蝶转了几圈，这才叹气道，“昨晚陪北京的客户喝多了，今天一觉睡到晚上六点才醒。”

“这北京的客户也是，”胡蝶盯着杨帆，“大年初三跑到武汉来喝酒，他不在家陪老婆伢，别人还要陪呢！是男的女的？”

“看你！”杨帆道，“又想歪了，当然是男的，还不是为了天兴洲的大项目。我和李远方春节之前不是去北京了吗？该找的人都找了，该打发的都打发了。这北京的首长，很重视我们的项目，特地派自己的秘书，春节期间来汉，借拜年之机，找省、市领导为我们办事。”又道：“你不是等不及吗？我们上床，边看电视边逗小蝶玩。”

胡蝶心一动，想到一家三口在床上疯闹的情景，恨不得立马上床。然而，为了日后的幸福，为了征服这个男人，她必须按计划行事，对杨帆强装笑脸：“是这样……李琼刚来电话，说是她男朋友的父母，今天一定要见我，商量他们的婚事，电话催了几次。”

“哦……”杨帆想了想，“为什么要跟你商量，她父母呢？”

“都在通山，我是她在汉的唯一亲人，再说，李琼听我的。”

“今晚回不回？”

“不回……说好让我带小蝶，在他家玩两天。”

“既然这样，”杨帆很失望，“我就送你去吧，正好北京的客户还没走，刚才李远方还问我，今天有没有时间，我还是去陪客。”

“走吧！”胡蝶眼泪几乎掉下，不等杨帆说完，赶紧低头拿包，杨帆抱起小蝶，一家三口迅速出了门。

出门后，胡蝶在前，杨帆抱着小蝶在后，三人向电梯走去。

此时，躲在门口转弯处观察动静的宋红雨，惊得目瞪口呆。她本来想等杨帆出来后，敲门进去，趁辛雅娟毫无防备捅她几刀。谁知开门出来的，竟然是另外一个女人！还没从惊愕中回过来，又见杨帆抱着一个女孩跟出来，女孩一口一声地叫“爸”，这一刻宋红雨算是明白了什么是锥心之痛！刹那间，整个人柔肠寸断，只觉天昏地暗，一下瘫倒在地。好在胡蝶正低头想心思，杨帆抱着小蝶嬉笑，三个人做梦也不会想到，身后有人突然瘫倒在楼梯处。

突然，宋红雨飞身而起，拼命向电梯跑去。等她来到电梯口，指示灯显示已经下到一楼。她顾不得多想，转回身向楼梯口跑去，拼命向楼下奔去。等她奔到一楼，冲出门栋，宝马刚刚驶上公寓前面的江汉二路。宋红雨跑到的士处，司机已经发动车子，正准备继续跟踪，见宋红雨奔来，赶紧停车，让宋红雨上去。

“快，跟上！”宋红雨喘粗气道，“绝不能……让他跑掉。”

宝马从江汉二路右拐上中山大道，司机加大油门跟了上去。

“大姐！”见宋红雨脸色大变，跟刚才判若两人，司机安慰道，“你现在一定不好受，可这种事不能操之过急，一定要冷静。”

“我……”宋红雨这时已是泣不成声。

“大姐！”司机边跟踪边提议，“如果你信任我，不妨把事跟我说一下，也许我能帮你出出主意，你现在气头上，容易干傻事。”

“这男人……”他这一提，宋红雨慢慢清醒过来，拭泪道，“是我老公，这王八蛋背着我……在外面找了女人。”

“我看出来了，”司机道，“顺便问一下，你们有没有办正规的结婚手续？”司机知道现在很多夫妻都没办结婚证，合得来，过下去。不想过，好说好算，不必再去麻烦民政部门。

“办了……我们二人都是原配。”

“这么说，你是合法妻子！”这司机长期在外跑车，见的世面很多，所以说话很在理，“刚才那个女人，是非法同居。”扭头见宋红雨在听自己的分析，继续道：“既然是这样，你完全是合理合法的妻子。在这种情况下，一定要运用法律做武器，来捍卫自己的合法权益，所以我建议你……不要采取过激行动！”

“那你说怎么办？”此时的宋红雨，就像是下午在东城大酒店门口的胡蝶，大脑一片迷糊，赶紧问。

“这样，”司机见宝马右拐进入友谊路向新华路奔去，赶紧超过前面一辆巴士，追了上去，这才道，“看他们到什么地方，也许这女人，并不知道你老公已结婚。等到了后，你直接找她，把事情说清楚，让她主动同你老公分手。她如果不分手，你再上法院，告他们非法同居。如此一来，你既不承担任何法律责任，同时还把老公给抢回来了。你老公见你如此有理有节，说不定以后。会一心一意跟你过日子的。当然……如果你想继续跟他过日子的话。”

宋红雨没有作声，司机的话的确有理。不过自己内心的想法，不能告诉他。一是他们萍水相逢，主要原因是，还有辛雅娟搅和在里面，这是无法跟一名的士司机说清楚的，只有到时见机行事。

宝马到了解放大道十字路口，笔直向新华路奔去。的士司机不愧是跑路的高手，见路口信号灯从黄变红，猛地一加油门冲了过去。又见交通警招手叫停，猛地再加大油门，超过前面一辆公汽，躲进公汽的右前方，紧紧跟在前面宝马车后十多米处。

宝马车最后停在新华下路，一座二十多层高的大楼前，司机将车停在马路对面的树荫下。此时，已经是晚上九点时光，马路上人烟稀少，路灯光在冬夜里，显得昏暗惨淡。

“要不要再去看看门牌？也许这才是她家！”司机提醒。

“快去！”宋红雨不假思索。

司机快速下车，跑了过去。十分钟左右，回到车上，对宋红雨道：“大姐，是A门六楼四号。”见宋红雨一脸茫然，又道：“我建议你等老公走后再上去。”话说到一半，突然停了下来。

原来二人看见杨帆一个人走出来，坐进宝马，打开车厢灯，用手机在打电话。电话打完后，这才发动车子离开。

二人正疑惑，突然又发现胡蝶一个人快步出来，坐进了一台早就停在大楼前的的士，飞速向杨帆的宝马追去。

“跟不跟？”司机问。

“快跟上！”

司机快速掉过头来，紧紧跟了上去。

“王八蛋！”宋红雨骂道，“老娘看你到底唱的是出什么戏？”

宝马一路走建设大道，到黄浦路，直至到江边的沿江大道，最后直接开进三阳路“临江花园”高档小区。

“慢点！”宋红雨见的士被保安拦住，吩咐道，“掉头停好。”

刚停好，就见前面的胡蝶已下车跟了进去，的士也掉头停下。

宋红雨赶紧开门下车，没走两步，又一台的士开过去，停在前面的士旁，车上坐着五六人，清一色的小混混。

宋红雨正迷糊这到底是怎么回事，猛地见宝马又从小区里面慢慢开了出来。她赶紧转身，快速回到车上，低头藏好。

等宝马开过，就见胡蝶从隐蔽处跑出来，上了的士紧跟宝马而去。宋红雨刚要吩咐司机跟上，坐着小混混的第二台的士一下就抢到他们前面，紧紧跟在胡蝶的后面，宋红雨这才示意跟上去。

一台宝马，后面紧跟着三台的士，排成一线，飞速向前……

3

原来杨帆把胡蝶母女送到李琼男友家后，同一家人寒暄了几句，一杯水没喝完，就告辞下楼。来到车上，他拨通了辛雅娟的手机。

“喂……”辛雅娟在电话里笑道，“不会现在才起床吧？”

“对，因为想你，所以，起床后第一件事就是给你打电话。”

“宋美人不在家？说话如此露骨？”

“对，不是露骨……是露心！”

“还是这么‘不要脸’!”

“在你身上命都不要……要什么脸?”

“你不要命，我还想多活几年，昨晚被你‘折磨’死了!”

“是吗?”杨帆亢奋道，“所以，我想请你出来，我们到香格里拉再喝几杯。然后，我继续‘折磨’你!”

“好吧，你真不是个‘好东西’……又引诱‘良家妇女’!”

“我二十分钟赶到你家来接你!”

接上辛雅娟后，二人一路说笑调情来到香格里拉酒店，开好房间后，双双来到酒吧，就如一对热恋中的情侣，坐定后温言软语、眉挑眼逗、丝来线往，沉浸在缠绵缱绻的郎情妾意之中。全然没想到，有两双仇恨的眼睛，在隐蔽处怒放出杀人的目光。

俗话说：“妒极生恨，恨极则狂，狂极杀人。”此时胡蝶和宋红雨都恨不得冲上去，一口吞下这辛雅娟，只是忌惮杨帆的淫威，暂时忍耐。加之二人还没真正上床，冲上去反倒落下话柄给他们耻笑。所以，都强忍着心中的愤恨，期盼着杨帆和辛雅娟快些进房。

见习律师治安处的同学已到，随时等待胡蝶的召唤。

宋红雨心中的想法更复杂，胡蝶的突然出现，使她对杨帆彻底失望，甚至想回去后立马就离婚。当她一路跟踪胡蝶又见到辛雅娟后，豁然明白这妖冶的女人有可能就是新东方以前的妈咪，没想到这妖精心计如此之深，居然私下给杨帆生了个女儿。她悔恨自己以前对老公放得太松，以至于酿下如此祸根。又想到自己苦苦等待杨帆上十年，好不容易过上富裕安稳的生活，没想到这王八蛋好了伤疤忘了疼，勾搭上一个胡蝶不打紧，竟然又同辛雅娟这个把自己送入牢房的婊子鸳梦重温，想来就令她撕心裂肺，愤恨至极。本来想上去找这胡蝶把话说明，利用她先除掉这辛雅娟，再来收拾这妖精。后来见她叫来了一帮小混混，明白了她本来就是要教训这辛雅娟，而且从今天的行动上看，好像杨帆和辛雅娟的一举一动，尽在她的掌握中。于是，也暂时强忍心中的愤怒，静观胡蝶的动静，以便随机采取行动。

古人言：“患生于所忽，祸发于细微。”杨帆和辛雅娟二人今天恰恰应了这句古谚。先是一味缠绵，根本就没观察到大厅里，一帮小混混们注视他们时异样的眼神，真就是“眼前坐一知心友，两旁俱无障目人”。十二点一过，二人在酒精的催化下，飘飘然犹如一对蜜月中的新人，手牵手入洞房。

进房后，顾不得多想，急速脱去衣裤，就如同两团火迅速滚进被窝，干柴遇烈火般瞬间燃烧起来。辛雅娟在大学时代，尽管有过性行为，然而，囿于环境和条件的限制，加之每次行事都像做贼样偷偷摸摸，所以并未品尝出个中滋味。结婚后，又倍受钱思鸣的蹂躏和摧残，长期处于性冷淡状态，同样感受不到个中奥妙。后来经胡总多次耐心诱导，才真正享受到做爱的美妙，渐渐激活了隐藏在肉体内的激素和蕴藏在灵魂深处的情欲。可惜，在二人过度的纵欲中，胡总却日见枯竭，力不从心，常常在最关键时刻败下阵来。上次在这香格里拉，同杨帆旧梦重温，一下就被杨帆钢铁般的体魄带入巅峰状态，恨不得死在他怀里。其后的几次幽会，杨帆张弛有序、坚韧挺拔的气势，更是让她求生不得求死不能。昨晚在东城大酒店，二人借着酒兴，从二点开始，一夜的风雨雷电，直至红日东升，才心满意足进入梦乡，以至于中餐后在咖啡厅休闲，被李琼发现。

现在，二人一滚进被子，轻车熟路，妙合神凝，刹那间风雷滚动，早已将生死置之度外。做梦也不会想到，胡蝶借助治安民警，以查房的名义闯了进来。所以，当胡蝶带着几个小混混，进来后举起相机拍照时，二人还在恣意动作，大声呼哧淫叫。

闪光灯一闪，不啻于晴天霹雳。二人突然从美梦中醒来，就如同从万里云空，一下摔落万丈深渊。

辛雅娟惊叫着，一下滚到床里面，迅速拉过被子，捂住自己的身子。被子被拉下后，杨帆赤身裸体，还跪在床上，没看清是怎么回事，房间的大灯被门口的一名小混混打开，紧接着闪光灯又一闪，正好将杨帆赤身裸体的尴尬形象，拍摄下来。

杨帆一见胡蝶，立马明白是怎么回事，赶紧找短裤头穿上。没等他穿好裤头，胡蝶猛地一下跳过床去，抓住辛雅娟就拼命厮打，口中“烂婊子、臭女人”的一阵烂骂，恨不得立刻将她置于死地。

辛雅娟裹着被子，又不能还手，只得缩在被子里喊叫，等杨帆穿好裤头，脸上和头上早已被胡蝶抓得血流。

“给老子住手！”杨帆一声怒吼，猛地冲过来挥手一掌，胡蝶脑袋一炸，人朝后一仰，滚倒在床上连翻两个筋斗，滚落到床的另一边。刹那间，鼻子口里鲜血直流。几个小混混如梦方醒，同时冲向杨帆。顷刻间，哭声、叫声、骂声、吼声、拳头打击声，乱成一片。

正当杨帆同几名小混混挥拳搏斗时，宋红雨突然手持西瓜刀，高叫着冲了进来，她一下就扑到辛雅娟身上，挥舞刀子一阵乱砍。

杨帆这一惊非同小可，顾不得多想，大吼一声，一脚踢倒前面的一个混混，又迈上一步，左手一把抓住挥舞过来的一只拳头，猛地一扭，只听一声惨叫，手背扭断，人倒了下去。还没等右边的一个转身，右手就是一拳，正中背心，人往前一飞，扑倒在电视桌上，连人带电视滚落到地毯上。另外两个见状，退到门边。

杨帆猛地跳过床头，右手一把夺过宋红雨手中的刀子，左手顺势一巴掌，就听啪的一声脆响，宋红雨也倒在地上。

胡蝶这时艰难地爬了起来，半边脸已经肿大，鼻口依然血流不止，也不管宋红雨是怎么来的，对几名混混道：“给我打，往死里打！打死这对狗男女，打完了……我给你们每人三千块。”

俗话说：“香饵之下，必有悬鱼；重赏之下，必有勇夫。”这五名小混混，原本只是来给胡蝶拍照助威，都没带凶器，刚才被杨帆一人打败，一肚子不服气。现在一听胡蝶的叫喊，也不怕杨帆手上握有刀子，操起房间的板凳台灯，又冲了上来。

“找死！”杨帆大吼一声，左手一把抓住挥过来的凳子，右手一刀砍去，握凳子的手臂，顿时血流如注。好在西瓜刀太轻，要是一把砍刀，身手早已分家。其他四人一见，赶紧停下，不敢上前半步。

宋红雨此时已从地上爬起来，鼻子嘴巴鲜血直流，见杨帆将几名混混镇住，顾不得生死，又扑到辛雅娟身上，拼命辱骂厮打。胡蝶一见，也顾不得疼痛，爬过床头，也大声辱骂厮打辛雅娟。辛雅娟此时早已瘫倒在被窝里，没半点的还手之力，一任二人蹂躏。

杨帆见状，大吼一声，将刀含在口里，上前两步，左右手同时出击，一手一个将宋红雨和胡蝶提了起来，猛地摔向地上。二人趴在地上，一动不动，痛苦呻吟。

“都不许动，举起手来!”随着一声大吼，几名民警举枪冲了进来。原来是见习律师治安处的同学担心事情闹大，帮胡蝶打开门后，一下楼就打电话，通知了派出所。

来得正是时候，再迟几分钟，杨帆非杀人不可。

“穿上衣服，全部带到派出所，受伤的带到医院包扎一下。”带队的一声令下，几名民警赶紧吆喝执行。

宋红雨和胡蝶被扶了起来，辛雅娟因为没穿衣服，只得裹着被子，捡起衣服，满脸血泪，哭着进了卫生间。

杨帆慢慢捡起自己的衣服，一屁股坐到沙发上，边穿衣服边暗自叹息，心里肝烧肺炙。

辛雅娟从卫生间出来后，宋红雨和胡蝶也被民警安排前后进卫生间清洗血迹。宋红雨趁机给肖畅和周丽去电话，哭诉一番。

待二人清理完毕，一帮男女在民警的吆喝下，坐上几台警车，离开香格里拉，带往派出所。一路上，三个女人都伤心至极，不住抽泣。杨帆双目紧闭，想到刚才打斗的一幕，追悔莫及。他挖空心思，绞尽脑汁，怎么也想不通，这到底是怎么一回事?

宋红雨此时，真是百感交集，无法使自己平息下来，刚才的一幕，让她对杨帆彻底失望，下定决心，明天就同他离婚。她摸了摸自己的脸，半边肿大，一阵生疼，心里骂道：“如果不同这个王八蛋离婚，我宋红雨还有什么脸面见亲戚朋友?”

胡蝶此时的心情，比宋红雨更难受，泪水一阵接一阵地涌出眼帘。想起自己这多年来，为了赢得这个王八蛋的心所遭受的种种苦难，想起自己未婚先孕生下女儿……还不是为了同这个王八蛋，共结百年之好。没想到这个王八蛋居然当着辛雅娟这个将他害得坐了上十年牢的臭婊子面痛打自己！“王八蛋，”她在心里骂道，“从今以后……我们永别了，你再也找不到像我这么爱你的女人，你再也见不到你钟爱的杨小蝶，老娘要让你后悔一辈子。”

辛雅娟此时的心情，无以言说。她脸色惨白，浑身颤抖，还没从刚才的噩梦中醒来。泪水流过脸上被胡蝶抓破的伤痕，热辣辣刺心地痛。

因为有被子护住，宋红雨的刀子没有伤到筋骨，但背上被刀尖刺破阵阵生疼。她想起自己二十年来感情婚姻上的种种磨难，止不住心头滴血。“我为何如此命苦?”她在心里哭喊，“为何上天对我如此不公?老天啊，我到底做错了什么?为何要如此惩罚我、折磨我?”

杨帆这时开始慢慢清醒过来，想着刚才三位女人痛苦的状况，他心如刀绞：“她们都是好女人!”他在心里自责，“原本都会过上幸福美满的生活，都是由于爱我才落得如此的地步。我杨帆这到底是爱她们，还是害她们?我到底还是一位七尺男人吗?现在看来，我杨帆完全是畜牲。我该如何向她们，忏悔自己的罪过?”

来到派出所，民警开始逐个审讯，值班所长一听三位女人展开夺夫大战，又见里面居然有大明星辛雅娟，大感兴趣。

可惜，审讯刚刚开始，一辆奔驰开进大院，李远方从驾驶室走了下来，他步伐稳健，径直朝所长办公室走来。

原来，肖畅接到宋红雨的电话，赶紧跟熟人打电话，说明情况，请求放人。

周丽接电话时，李远方刚刚躺下，马上催他起床，动身赶往派出所。在路上，李远方又接到肖畅的电话，借此事被她痛斥了一番。最后才告知他：不要担心，立马放人。

“对不起，”李远方对值班所长道，“我来接人。”

“你是他们什么人?”值班所长极不情愿，“需要办理一个担保手续。”其实完全是，自己给自己找台阶下。

“没问题，”李远方笑道，“我是他们四位的朋友!”边说边在所长递上来的担保书上签上自己的名字，又掏出自己的名片交给所长：“他们有什么事，随时可以找我。”说完，转身而出。

接出四人，李远方将杨帆拉到一边，小声道：“你带宋红雨回家，我送辛雅娟，胡蝶让她坐的士回去。”

“你不用操这个心了!”杨帆叹息，“宋红雨再也不会理我，估计明天就要跟我离婚。至于辛雅娟和胡蝶……她们从今以后，也不会再见我了!”又苦笑道：“乐极生悲，我杨帆认了。”又抹了抹脸，仰头道：“今晚上值得留念，走……我们兄弟俩，找个地方喝它几杯，从今以后我浪子杨帆，再重新做人。”

果如杨帆所言，二人转身回来，三个女人早已无影无踪。

“走！”李远方也感叹，“我们真该喝几杯。”说完，二人回头对站在门口的值班所长道声谢，坐上奔驰，鸣笛而去。

“李远方！”所长端详着手中的名片，若有所思……

第五十七章

1

哀莫大于心死，心死则人生如寄！

香格里拉酒店的一场肉搏，将维系在杨帆和三个女人之间的情网彻底撕破。如果说杨帆左手一掌将宋红雨的心打碎的话，右手一拳就彻底将胡蝶的心打死。至于辛雅娟——就如同雨后的彩虹，刚刚灿烂了几分钟，一场风吹过，虹也不见了，彩也消失了，再举头一看，四处乌云翻滚，灰蒙蒙一片。于是，天暗了，心也死了。

当天深夜，当李远方和杨帆来到吉庆街把酒浇心中的块垒之时，三个女人急匆匆赶回各自的家，都在做同一件事情：一边痛哭流涕，一边收拾衣物，都要离家出走。

胡蝶决定接受干妈以前的建议，只身带着女儿移民香港，在干妈的庇护下，同女儿相依为命，求得心灵上的安宁。她计划明天先找一个地方租住下来，等干妈回汉再办理移民手续，顺便卖掉自己的房子，等手续完毕，再毅然离开这个令她伤心绝望的大汉口。

辛雅娟也决定先卖掉房子，然后北漂京城，回到胡总身边，暂时依靠他的人脉关系，开创自己的事业。至于个人问题——从今以后关掉自己情感的大门，游戏于高官显贵之中，开发自身的价值。

宋红雨不能像胡蝶和辛雅娟那样一走了事。她有对儿子的牵挂，对老父母的眷恋，对亲戚朋友的依托。所以，她决定先回到父母身边，一心培养儿子。至于老公——这辈子再也不想见这个王八蛋。

第二天早上，杨帆拖着疲惫的身子回到家，宋红雨早已人去屋空，想给丈母娘家打电话，实在是不好意思开口向二老言说，干脆一头倒在床上，来不及脱衣解带，就昏睡过去。

迷糊中，电话铃响个不停，他摸索着拿起话筒，心里期盼着是宋红雨打来的——昨晚就是她“老公”长、“老公”短，一声赶一声温柔地把自己叫醒。没想到……就一天的时间，生活发生了翻天覆地的变化。现在的杨帆，真个是孤家寡人。

“喂……”杨帆心里怦怦直跳。

“喂什么喂？”电话里传来肖畅气愤的声音，“都快到中午一点了，还赖在床上干什么？难道赖在床上，就能把自己的罪行赖掉不成？啊？亏你还是个大男人，忍心下这么重的手，打自己的老婆吗？啊？你对得住她苦苦等你上十年的艰辛吗？啊？想一想你在外面干的……这叫什么事？你白坐了上十年的牢，限你在三十分钟内，赶到我家来。”不容杨帆搭话，挂断了电话。

杨帆不敢怠慢，一骨碌爬起来，迅速洗漱出门。

来到肖畅家，开门的是李远方，对杨帆悄声耳语：“千万记住，必须低头认罪……肖姐和周丽，给宋红雨做了一上午的工作，已经有所动心了，为了儿子，绝对不能离婚……明白吗？”

“明白！”

二人来到客厅，见肖畅满脸挂霜，一动不动地坐在沙发上，杨帆耸了耸肩，羞愧地冲她点点头：“不好意思……让姐姐费心。”

“坐下！”肖畅直瞪瞪地看着杨帆，“真有你的，太了不起了，居然在外招妓纳妾，上演了一曲群美夺夫的大戏。真不愧是情场老手？可惜，你杨帆生错了时代，只能以悲剧收场。告诉你：如果不是宋红雨及时给我电话，恐怕你现在已经到了看守所……”

“肖姐，”杨帆低头道，“我错了，今后绝不辜负你的期望。”

“哼，”肖畅哼道，“这话留给你老婆听，做姐的受不起。”语气开始缓和：“说得比唱的还好听，可惜迟了，叫你来是谈离婚的。”

“肖姐，”见肖畅语气有所缓和，杨帆悔恨道，“你批评得对，现在想起来真没意思，太对不起宋红雨了。只是事情已经发生了，还请肖姐……帮我给宋红雨做做工作。”

“笑话，”不等他说完，肖畅打断道，“我凭什么帮你做工作？你什么时候跟我说过你的这些‘丰功伟绩’？再说……她又凭什么听我的？自己种下的果子自己去吃。”

“肖姐说得对！”杨帆知道宋红雨和周丽在房内，故意大声，“此时此刻，我真是痛苦万分，恨不得以死来证明自己的决心。昨晚，我跟李远方也表了心迹：真追悔莫及，对不起老婆，对不起父母，对不起儿子，对不起所有关心我的亲人朋友。说实话我最爱的还是老婆，当然还有儿子，他们是我生命中的精神支柱，如果不是想到将来还要为他们……开创幸福生活，我真想到归元寺去当和尚。”

“停、停、停！”肖畅笑道，“我才说了，叫你来是宋红雨委托我，跟你谈离婚条件的，谁叫你和尚尼姑的像来传道？”

“肖姐！”杨帆大声道，“我坚决不离婚，我不仅要儿子，还要老婆。从今以后……始终如一地只爱老婆，对她绝对忠诚。”

“不会又在演戏吧？”肖畅眯眼盯着杨帆。

“绝对不敢，我愿当着宋红雨的面低头认罪，写下保证书。”

“好！”肖畅道，“我且信你一回，帮你把保证书交给宋红雨，不过……她接不接受我可管不了。”对李远方道：“你到我书房去，把纸和笔拿来，我们‘黄陂到孝感——县过县（现过现）’！”

李远方拿来笔纸，杨帆认真写好后交给肖畅。

“就你这个水平！”肖畅看了后，叹息道，“还是‘文革’后的首届大学生，居然还能勾引到一位大明星和一名大堂经理？”

“噗！”肖畅话未说完，李远方一口茶喷了出来，几乎喷到肖畅的鞋上，见肖畅拿眼瞪自己，赶紧起身拿来拖把，强忍住笑。

肖畅也忍不住，抽出茶几上的纸巾捂住嘴笑，半晌才开口：“我负责把保证书给宋红雨，她接不接受你的忏悔，就看你……”

“我不接受！”没等肖畅说完，宋红雨从房间冲了出来，一把就从肖畅手中抢过保证书，看也不看，撕成几片，丢进纸篓，又从口袋掏出一张纸，“啪”的一声拍在杨帆面前的茶几上：“这是离婚书，我已签字，请你……”一时语塞，泪水直往外淌，哽咽难言。

原来，宋红雨昨天深夜在家衣服还未清完，周丽接李远方的电话就跑了过去，极力劝阻宋红雨，不要意气用事，要为儿子和双方的父母着想。见她去意已决，又把她拉到自家耐心做工作。今天一大早，肖畅又打电话问情况，周丽又把她拉到肖畅家来，二人你一言我一语进行劝说。她先是坚决要离婚，后来肖畅一针见血："如果你离了婚，岂不好了那两个臭女人？"她一听，这才答应暂时不离婚，看杨帆以后的表现。于是，肖畅趁热打铁，电话把杨帆叫过来。刚才肖畅批评杨帆的情景，她在房间听得一清二楚，心里也实在不忍心让儿子生活在一个破碎的家庭，又见杨帆态度诚恳，言词愧疚，早已将一腔痛恨抛到窗外，泪水随即涌了出来。又想不能这么轻易就原谅这个王八蛋，正好杨帆主动要求写保证书，她也就借机跑出来，将保证书撕毁，又拿出离婚书，以示对杨帆的愤恨。

周丽一把将宋红雨拉到肖畅边坐下，又拿起茶几上的离婚书，揣进自己的衣袋，对杨帆道："你看你，好端端的一个家庭，非要搞得妻离子散才罢休？有么意思……还不向她认罪！"

"我……"杨帆一见宋红雨脸上大块紫肿，坐在肖畅和周丽中间抽泣流泪，一副可怜巴巴的样子。想起这多年来，她为自己所遭受的痛苦，对自己的关怀和爱恋，止不住心酸起来。想自己昨天下手太重，后悔莫及。他慢慢站起来，走到宋红雨面前，百感交集，嗫嚅道："对不起……老婆，是我不好……原谅我鬼迷心窍。我向你真诚忏悔！从今后，一心一意只爱你，为了你和儿子，做牛做马我心甘情愿，死而无憾！"猛然想到自己所做的见不得人的事，假如有一天自己突然离开这个世界，真不知她和儿子会多伤心？想到此，强忍住心中的酸楚，含泪道："假如有一天，我食言了，我会以死来……报答你对我的……"说着悲从心起，哽咽道："只求你……带好儿子，另外，到我坟上去撒抔　土……"说到此，竟控制不住自己，抽搐起来。

"这是怎么说？"肖畅气道，"大年初五的，一个大男人哭哭啼啼的……像什么样……"自己也忍不住声音哽咽起来。

"啊……"宋红雨一头扑在肖畅怀里，嘶声痛哭起来。

"哎呀啦！"肖畅道，"看……鼻涕眼泪擦我一身，快起来，快起来！”又对杨帆道：“还不把她扶回家！”

“我不跟他回家！”不等杨帆上来，宋红雨猛地起身向门外跑去。周丽赶紧站起来：“算了，我带她先到我家休息，等气消了再送她回去。”又对杨帆道：“你啊，再不汲取教训，就没人管你了！”指着李远方：“还有你，也要反省反省！”说完，快速提包出门而去。

“肖姐！”李远方站起来，“我们也告辞，请你放心，我们以后一定汲取教训……一心一意搞好事业，照顾好家庭。”

“谁叫你们走的？”不等李远方说完，肖畅大声道，“都给我坐下，你们以为就这么完了？没那么简单！”见二人又坐下来，叹口气道：“你们背着我干的事，别以为我不知？有好多人给我吹风了。”先看看李远方，又看看杨帆，接着道：“你们现在是有身份、有地位的企业家，一定要严守自己的行为操守，为人处世更应遵循社会的道德规范。我不反对你们竞争，但一定要讲究策略，要有游戏规则。千万记住不要太锋芒毕露，不要树敌太多。你们的事业干得很好，可越是这时，越要谨小慎微，我可告诉你们，你们的过激行为，包括你们的个人品行，已经反映到市里去了。”

“肖姐！”李远方警觉道，“是不是有人背后捅我们的娄子？”

“这样，”肖畅看了看表，“已过了吃中饭时间，你们就在我这里吃个便餐，把远方集团这段时间征地拆迁的事情，详细给我说明白。”说完，先站起来向餐厅走去，吩咐保姆上菜。

李远方和杨帆同时站起，相互对视……

2

李远方和杨帆从肖畅家出来，已是下午四点多。二人心里似乎有很多话语要交流，来到停车场，不用李远方招呼，杨帆主动坐进了他的车子，点上一支烟，叼在嘴上，凝视着车窗外的景象。

街上人头攒动，车流滚滚。天空冬云密布，寒流压城。

二人坐在车里，脸上满是疲惫，心中备感沉重。

“看这样子，”杨帆道，“要变天了！”

“是啊！”李远方感叹道，“难得今年春节，有几天晴好的天气，可惜……”苦笑了一下：“我们兄弟二人，都过得不太顺心。”

“天命难违，也许这是天意……脓包在身迟早是要穿头的，迟穿头不如早穿头。今天不穿头，有朝一日再穿头时岂不更难受。”

“说得好，”李远方道，“男子汉大丈夫，提起千斤，放下三两。没有什么值得惋惜的，只是……”看了看杨帆，欲言又止。

“只是什么？”

“只是……”李远方皱眉苦心，“我们的创伤，还有人抚慰，辛雅娟、胡蝶、沈小虹……她们心灵的创伤？”

杨帆心一惊，叹气道：“知我者李远方也！抛开感情不说，从道义上讲，我们也应该最后去关心一下她们！”

“这样，”李远方道，“我先陪你去见辛雅娟和胡蝶，然后你再陪我去见沈小虹，我们兄弟俩今天作告别演出。从明天起，我们一心扑在事业上，其次是培养儿女，照顾妻子，爱护家庭。”又感叹：“正如肖姐所说我们的确应该反省反省，重新构建新的生活。”

“但愿如此！”杨帆突然想起了周敏，突然意识到：自己和李远方，是永远也无法摆脱这位美人的羁绊。特别是李远方，他不仅有利益上的纠葛，更有感情上的纠缠。

“怎么说？”

“因为……”杨帆蹙眉道，“我突然想起了周敏。”

李远方没有作声，他心里比杨帆更明白这话的深意。

“人啊，”好半天李远方才喟叹，“永远也别想摆脱命运的纠缠，但愿有一天，你我兄弟二人能马放南山，远离尘嚣。”

“走吧，”杨帆按灭手中烟头，“时候不早了，我们先见辛雅娟，最好请她出来坐一坐。”又吩咐道：“你跟在我车后。”

奔驰、宝马缓缓驶出，拐入解放大道，向三阳路奔去。

进入“临江花园”，停好车，二人迈着沉重的步子，来到辛雅娟的家门口。杨帆按门铃，无人应声；敲门，也没有动静；拨打家里的电话，没人接；再打手机，关机。

“不会出什么事吧？”杨帆心里思忖着，又使劲敲门。

“走啦!”敲门声将隔壁的门敲开了，一位少妇伸出头来。

“对不起,”李远方问，“知道她到哪去了吗?”

“说是去机场。”

“没说什么时候回吗?”杨帆心里陡然难受。

“恐怕再不会回……都要卖房子!”

“卖房子?”

“对,”见二位一脸惊愕的样子，少妇解释道，“她已经给中介公司打电话登记了，出门前委托我……如果有人来看房子，请他们看我家的房子，我们两对门，内部结构是一样的。”

“谢谢!”不等说完，二人快步下楼。

“你不会要赶到机场吧?”李远方跟在杨帆身后追问。

“对!”杨帆急促道，“我突然发现……自己的良心，实在是大大的坏!”回头道：“你不会是不想去吧?”

“当然去,”李远方笑道，“你发现自己的良心大大的坏，我也突然发现良心……有时其实很值钱!”

来到停车场，二人各自上车，急速向天河机场飞驰而去。

赶到机场，华灯初放，候机大厅亮如白昼，正是进出港的高峰时节，南来北往的旅客涌如潮水。喊叫声、广播声、飞机声、嘈杂声交相呼应，惹人心烦。二人四下穿梭寻找，芳影不见，斯人难觅。

六点半飞往北京的航班准时离港，二人无奈来到咖啡厅，浑身大汗淋漓。李远方点了两听饮料，边喝边叹气。

“飞往北京的下一航班是什么时间?”李远方问。

“八点四十分。”

“要不要到广播室去呼叫一下?”

“没这个必要，她不可能……提前三个多小时来到机场。”

“也许她没赶上?”

“更不可能!”杨帆沮丧道，“她成天在天上飞来飞去，这点经验还是有的。”又笑道：“其实你比我更清楚，是不是想安慰我?告诉你：我现在心里好受多了。就如你所说，提起千斤，放下三两。见不见最后一面也无所谓，来了，良心得到了些许的慰藉……足矣!”

“如此甚好，”李远方站起来，“走，我们找胡蝶去，说实话，她才是应该好好地安抚安抚，辛雅娟有胡总关照，我们尽可放心。胡蝶可不一样，而且……还有一个杨小蝶。”

“走！”不等李远方说完，杨帆跳起来就跑。

从天河机场赶到江汉二路，已是晚八点多，此时的江汉路到处霓虹闪耀，五彩飘飞。各楼堂馆所门楼上，“新年好”、“欢度春节”的大红横幅标语，在灯光的照射下异常醒目。中山大道上，依然是车来车往，喇叭声脆。道两旁，游人熙熙攘攘，男欢女笑，好一派欢乐的节日气象。

二人停好车，小心翼翼地走进公寓迈入电梯，出电梯后又轻手轻脚地走向胡蝶的家，都在心中祈祷——希望佳人在守。

迎接二人的是门上一张纸条，歪歪斜斜写着几句留言，字里行间，隐约洒有些许泪痕：

王八蛋：你再也见不到世上最爱你的人，再也见不到自己的骨肉，我要给她换爸爸。我们两人恨死你，去死吧！

杨帆面无表情，整个人雕塑般呆呆伫立在门前。李远方的心一颤，随即慢慢沉了下去。他觉得人类的情爱，是无法用言语来表达的，这胡蝶只是一个初中还未毕业的山里妹子，可短短的两句话，比当代所有的电影大师对爱情的描写都让人心痛。

杨帆的脸开始扭曲跳动，随即双眼寒光暴射，剑眉倒竖，筋脉鼓胀，瞬间变得阴森恐怖。

“走吧！”李远方发现他异样的神情，想劝他离开。

“啪！”杨帆猛地一拳砸向铁门，随着一声巨响，铁门凹进去圆圆的一大块。门上的纸条震落，飘落到他的脚前。

李远方捡起纸条，正准备撕掉，杨帆一把抢了过来。他一声不吭小心翼翼将纸条对叠，慢慢叠成一个拇指大的小方块，然后，送进嘴里，咀嚼了几下，一伸脖子，吞了下去。

左右两家的门同时打开，伸出老少五六个脑袋，一见杨帆的神态，都迅速缩了进去。两扇门又同时关上，“咔嚓”两声又同时锁好。

“走吧！”李远方拉起杨帆就走，出公寓后，杨帆骂道：“真是混账透顶……老子总有一天，要让她后悔终生。”

“别嘴硬了，”李远方感叹道，“由此看来……这胡蝶的确是很爱你，只不过她爱的方式有点特别，你这一辈子也算是有福之人。到处拈花惹草，居然还有三个美人为你要死要活。可惜，正如肖姐所说，你生错了时代，如果生在皇权时代，说不定你会成为一个草莽英雄，像洪秀全一样，将全城的美人都收入椒房。”

“大哥别说二哥，”杨帆苦笑，“你这是在伤口撒盐，我本来想悲伤一把，被你一说到轻松了。好了，这也不失为一个好的结局。”

来到车旁，李远方道：“你说得对，沈小虹我也不想去找她了，何必又去自寻烦恼。”摸了摸肚子：“我们去……喝两杯？”

“这建议不错，我们去老福盛吃家常菜，过年过节，没吃过一顿顺心饭，今晚，我们兄弟二人，开怀畅饮一番。”

二人来到老福盛，因为是大年初五，酒店刚开业，食客不多，三三两两都是些喜欢夜生活的年轻人。李远方找了一个靠窗的台位，点了几样家常菜、一瓶枝江大曲，兄弟俩自斟自酌，大快朵颐。

“真美啊！”杨帆几杯下肚，忍不住道，“怪不得你经常说‘晚食以当肉’，看来，以后我要经常推迟吃饭的时间。”

李远方一口酒差点喷出来，笑道：“难得你这么高的悟性，我算是明白了，为什么女人都喜欢你！”

“说来听听！”

“因为你经常把白的说成黑的，坏人说成好人，本来是一堆牛屎，你非要说成是干酱可以吃。”

没等李远方说完，杨帆一口酒喷了出来，边擦嘴边笑道：“你这总结太经典，我一直不明白女人为什么喜欢我。以前总以为是自己长得帅，后来发现往往又不是。现在经你这么一总结，我终于明白：原来女人喜欢的，并不是因为我长得帅，是因为我经常一把乱说。而且越是胡说八道，她们越是兴奋。还记得咸宁疗养院那位刘菲菲吗？我一晚上不停地胡说八道，她硬是兴奋得抱着我猛啃了一晚上。”

“真无耻，估计你第一次跟胡蝶睡觉，也是胡说八道了一晚上，不然，她怎么会如此的爱恨情绝。”

一提胡蝶，杨帆半天才问：“你估计她会到什么地方去？”

“当然是找她干妈。”

“这还用问你……我当然知道是找她干妈，而且许姨已跟我许过愿，将来把她们母女移民到香港，我是说现在她在哪里？”

“这倒是个问题。”李远方思索道，“许姨还没来汉，她又不可能到香港，是不是到李琼的男朋友家？”

“没有，我中午起床后，给李琼打了电话，她说大清早胡蝶就把小蝶接走了。”叹气道，“女人哪……真叫人难以捉摸！”

李远方放下筷子，边拿餐巾擦手边道：“连你都捉摸不定，这世上恐怕就难得有人能捉摸透女人的心，而且……”说到这里突然不作声，呆呆地看着窗外。

“怎么不说？”杨帆不解，“是不是想起了沈小虹？既然你还是放不下她，走……我们按原计划进行，现在就去找她。你的确应该好好的安慰安慰她，然后按肖姐的意思，动员她到李远立那里去上班，增加他们的相互了解。”

“不必了！”李远方还是一动不动地凝视着窗外，叹息道，“你说得太对了，女人的确是叫人捉摸不定！”

杨帆大感意外，扭头朝窗外看去，心里一惊，他看见沈小虹正手挽手依偎在李远立身上，从对面商场走出来。刚拐过商场拐角，就见二人停在墙边，沈小虹一把猴上李远立的脖子，热吻起来。

“我说……”杨帆见李远方还是呆呆地坐着，故意提醒道，“这也不失为一个好的结局！”

“走吧！”李远方突然站起来，大声道，“我们各自回家，今天一定要为老婆做点什么。”说完，也不管杨帆，大步离去。

“服务员！”杨帆丢下三百元钱，高声喊道，“埋单！”然后疾步出门，头也不回，又丢下一句话，“多的钱给你们买糖吃。”

“神经！”服务员迅速拿起一张百元大钞，塞进自己裤袋，再收取另二张，快步向收银台走去……

3

李远方和杨帆从老福盛离开时，周丽刚刚把宋红雨送回家，一看杨帆还未回，给他打了个手机，告知宋红雨已到家，让他赶快落屋好好呵护老婆。得知杨帆和老公很快到家，又安慰宋红雨几句，就急急往家返。

下午从肖畅家出来，她陪宋红雨先到中山公园转了转，顺便在路边的面食馆吃了半碗面。从公园出来后，又陪宋红雨到对面的武汉广场去看了看，然后将她叫到自己家里继续劝导，最后宋红雨算是完全想开了。本来八点多要做晚餐，谁知二人转入谈孩子的话题，一下就兴奋起来，错过了饿头，也就无所谓。直到肖畅来电话询问情况，二人这才发现时间很晚，宋红雨赶紧起身回家。周丽怕她出门后有什么想法，又亲自送她回去，想顺便再说说杨帆。不想杨帆和李远方也在一起借酒消愁。于是，她给杨帆打完电话就急急回家。

回家不到十分钟，周丽见李远方满脸涨红，一身酒气撞进来，气就不打一处来，心里陡生一阵委屈，气愤道："你现在是越来越不顾自己的形象。是不是心中牵挂着谁，要借酒消愁？或者是也像杨帆一样，在外养有小的，担心突然跑出来找你扯皮？有的话，趁早说出来，我可不像宋红雨，那样打打骂骂，我保证高高兴兴给她让位！"

"又怎么啦？"李远方一屁股坐在沙发上，心里一阵难受。

"怎么啦？"周丽脱下外套，快步进入厨房，边从冰箱取出食物边唠叨，"你们男人可真是洒脱，一年三百六十五天不顾家，每天在外悠荡，何曾想过自己老婆呆在家是何感受？更让人气愤的是，眨个眼的功夫，就冒出个二奶、三奶来……比演戏还来得快。真是有能耐呀。就像网上说得：现今的有钱人生活多姿多彩，'家里红旗不倒，外面红旗飘飘'！反正老婆是打不走的，兴趣来了哄几句，脾气来了打一顿。喝酒喝得亢奋后，一个电话就不回家，狐朋狗友沆瀣一气，找个温柔快活的地方，醉生梦死去！"

"别说这些无聊的话好吗？"李远方心烦，"我何曾不知道你辛苦寂寞？我又何曾不想早点回家？可我也是无可奈何。"

“我要说！”不等李远方说完，周丽大声道，“说几句你就不耐烦，不耐烦好哇，继续到酒楼去喝吵？反正你有的是钱，不像我，一天就只能吃……半碗面的命……”说到后面，声音竟嘶哑哽咽起来，就听厨房里，刀子拍打盘子，一阵噼啪乱响。

李远方心一惊，酒醒了一大半，猛然想起离开福盛酒楼时，自己对杨帆说的话，要回来为老婆做点事。“啪”的扇了自己一巴掌，他迅速脱掉外套，几步来到厨房。

周丽正含泪在炒青菜，李远方慢慢走到她身后，伸出手轻轻将她抱住，柔声道：“对不起！”

“松手……滚！”

“对不起！”李远方关掉煤气炉，将周丽一把扳转过来，紧紧地抱在怀里，“原谅我……对你关心太少，从明天起，不……从现在起，我一定要好好关心你……再不让你受委屈。”

一提委屈，周丽忍不住也紧紧抱住李远方，抽搐起来。

“好了，别哭！”李远方安慰道，“现在呢，你什么也不做，我来为你服务。先给你做一顿丰盛的晚餐，再给你端水洗脸洗脚，帮你按摩，为你足疗，然后，再伺候你睡觉。明早起来，给你做好早点，服侍你吃完早点后，我们再上你父母家去接李平、李乐。”

“等一下，”周丽抬头，“谁的父母？”

“哦……”李远方温柔一笑，“我的父母！”猛地抱起她，背到自己肩上，送到客厅，将她放到沙发上坐好，吩咐道：“听好，不要乱动，给我一刻钟的时间，给你做好两荤、两素四菜一汤。”说完，迅速转身进入厨房，就听里面噼里啪啦一阵忙碌。

果然只用了一刻钟，四菜一汤清清爽爽地摆在周丽面前。

“请夫人用餐！”李远方左手放在身后，右手放在胸前，弯腰鞠躬道，“完全是按照你最喜欢的口味，精心烹饪。”

“你呀！”周丽一阵激动，想起刚结婚时，李远方每天给自己做饭的情景，不禁又泪往外流，那时的小日子是多么令人陶醉。

想到此，手指一戳李远方的额头，随即脸上绽放出迷人的笑容，娇嗔道：“哪里学的……这一套哄人伎俩？”

吃完饭，李远方又履行自己的诺言，亲自帮周丽端水洗脸洗脚，给她按摩足疗，又铺好床被，将她抱入被中。这才自己洗漱一番，待洗漱完毕，已快零点时分。进入卧室，见周丽已睡，李远方轻手轻脚，慢慢钻进被子。躺下后，正要关灯，周丽突然翻身，一下扑到他身上，嘴唇贴上他的耳朵，柔声道："好你个王八蛋……想睡？先让老娘检验一下，这段时间……是否在外……打过野食？"一面迅速褪去自己的内衣，又喘息着扯下李远方的内裤。

"放心！"李远方紧紧抱住她，"天涯路远，山高水长……'执子之手，与子偕老'，我李远方这辈子……为你是爱！"

"当……"客厅里，零点的钟声敲响。

卧室里，急促的喘息声、呻吟声，一阵紧赶一阵……

第五十八章

1

一年一度的春节，人们企盼的时间往往很长，度过的日子却总是觉得太短。所以对大多数百姓来说，既盼过春节又怕过春节。盼春节期间能给自己带来好运，怕好运求不得又将一年的积蓄花光。

初四、初五一过，有单位的人都挂着酒不醉意的神情，懒洋洋地泡在办公室，张家长李家短的神吹海聊，没有谁会不知趣地把正经事放在嘴上。到吃中午饭时，各自鱼贯而出，邀三拉四赶往同事家聚餐，酒足饭饱之后，再开局玩牌。直至元宵节过后，这才安下心来，打理各自承担的事务。这是中国人的传统——月半大是年。

所以明白人都知道：正月十五之前，再大的事也莫求人。

李远方抢在元宵节前，将必去的领导和来往关系户都拜访到位，又抽空同周丽上亲戚朋友家回拜，直至心无牵挂，这才筹谋天兴洲时代乐园的大事。正月十五一过，他就开始马不停蹄连轴转，到国家和省、市有关部门拜求，想抢在五一前将所有手续办齐。

肖畅升职后，从正月初三起，每天家里来客如流。整个单位的干部们，争先恐后地送礼上门。她收也不好，不收也不是，只得吩咐阿姨逐一登记，暂时妥善保管，以便日后这些人家中有何红白喜事予以回赠。如此半个多月下来，因来客太多，居然记不清有多少人来送过礼，反而牢牢记住了没有来的是哪几个。

老公文达生苦于应酬，帮忙接待了两天，实在无心此道，干脆借故上宾馆开房，邀上几位密友饮酒作乐，开局豪赌。儿子文华对接受压岁钱很有兴趣，白天上爷爷奶奶家收红包，晚上又回家数钱。如此两处奔波，一个春节下来，个人存款高达二十万元之多。

杨帆初五晚回到家，接受李远方和周丽的建议，在宋红雨面前极尽小心，倍加呵护。说不完的肉麻讨好之话，做不尽的低三下四之态，将个欲哭还悲的宋红雨伺候得心软骨酥，满腹的委屈随着老公的媚态烟消云散。当晚，她又糊里糊涂、身不由己委身于他。这一夜，居然体会出自儿子出世以来最爽朗的滋味。

周丽自初五晚同李远方冰释前嫌，又一心扑在儿女的教育上。两个小家伙甚是争气，成绩一天比一天优秀，且在老师和家庭的启发教育下，渐渐改掉了自视优越、歧视同学的坏习性。两位老人也习惯了暂时同外孙分开的苦恼，看到两个小家伙品行日见端庄，成绩日见优异，内心深处着实理解女儿女婿的良苦用心。

宋红雨被杨帆感化后，也一心扑在儿子的培育上，每天关在屋里研究少儿的营养学，还不时向周丽推荐。碰见凤丫头也是不停地鼓动，激励她早日身怀珠璋，以备蓝田生玉，享受做母亲的快乐。

周敏春节期间，突然将许姨召回香港，商量处理“新时代”同几家海外黑帮的纠纷，几乎酿成大乱。好在她运筹帷幄，果断处置，加之许姨、王虎以及手下几位得力干将的精诚团结，拼死相搏，最后取得了暂时的阶段性胜利。

许姨正月二十回汉，给李远方划拨了天兴洲时代乐园第一笔投资款。周敏特地在电话里叮嘱李远方：必须抢在“五一”前，把天兴洲时代乐园的相关手续办好，为以后的进款打开渠道。

许姨在听取胡蝶的哭诉后，劝导了她几次，不曾想这胡蝶心意已决——要么离开武汉，要么死在武汉！许姨实在是拿她没办法，又不忍心看着外孙女将来生活在单亲家庭，只得通过特殊渠道将母女二人送到香港，暂时寄住在朋友家里，伺机办理移民手续。

沈小虹在招待所煎熬了三天后，终于想通，就在李远方领受肖畅训斥的同时，投入了李远立怀抱。李远立多年夙愿得以实现，激动地抱着沈小虹“心肝宝贝”乱叫，恨不得一口将她吞下肚去。

胡蝶到达香港后，求得许姨的同意，嫁给一位老富商作姨太太，两个月的时间，就办理完移民手续，又将杨小蝶改姓为胡小蝶，发誓牺牲自己一生的幸福，将女儿培养成为世纪新人。

辛雅娟初五晚乘六点半的航班飞离武汉，登机前，她见到了杨帆和李远方在寻找自己。当时差点控制不住要呼喊二人，后来理智战胜了感情。因一方面她有意躲避，另一方面为掩盖脸伤围了条大围巾，所以最终没被二人发现。到达北京，她没当即去见胡总，电话告知他：长阳老家的叔祖父病危，要回去探视。自己一人住在宾馆疗伤，直到伤口基本愈合，才同胡总见面，又解释伤痕是在老家爬山时摔跤所至。这一夜也是百感交集，依偎在胡总的怀里悲喜交加，不可言说。

恰巧第二天是元宵节，胡总受邀到电视台演播大厅观摩元宵晚会。本来想二人同往，可像电视台元宵晚会这种大型活动，一年一度举世瞩目，一票难求。考虑辛雅娟的爱好，加之昨晚上二人久别胜新婚，胡总恣意放纵自己，播洒云雨二度。翌日中午起床后，他自觉浑身酸软无力，只得让辛雅娟单人前往。

辛雅娟对各种音乐会情有独钟，提前伺候胡总吃过晚饭，又将家里清理干净，摆好躺椅，搀扶胡总安坐，叮嘱他安心养神，这才出门。开上胡总配给自己的红色宝马，向国电视台奔去。

电视台演播大厅装扮得五彩缤纷，富丽堂皇。辛雅娟按照请柬上指定区位走入大厅时，里面已进入现场直播倒计时阶段。

辛雅娟在指定位坐下，翘首四顾，大厅满是名流显贵，金兰玉人，一眼看去，年长者人人红光照面，青年人个个喜上眉梢。

晚会八点准时开始，最现代化的顶级多功能音响同时响起，欢快激昂的音乐，在大厅回荡，瞬间使人热血鼓荡，激情飞扬。

电视台两男两女四位著名主持人，踏着欢快的节拍款款出台，一番慷慨吉祥的开场白后，台下掌声雷动，台上笑逐颜开。台上台下，流光溢彩，交相辉映，尽显欢悦喜庆之情。

辛雅娟一阵激动，看着主持人的光辉形象，想起自己无数次站在台上的情景，同样是风光无限，光彩照人。世事难料，没想到今天终于当了一场观众，感觉心怀慢慢舒畅，神情渐渐爽朗。

晚会现场很有特色，因为是庆祝元宵节，大厅最前方是一排领导专座。专座后是特邀贵宾位，坐满了近百张小圆桌，桌上摆满果品。再后是十几排梯形座位，分配给其他社会各界朋友。

辛雅娟坐在圆桌的倒数第二排左后方位置，圆桌上，坐着一对中年男女和一名五十岁左右的肥胖妇人。中年男女显然是一对情人，这种严肃场合，居然肆无忌惮地眉来眼去，旁若无人。妇人则满身珠光宝气，俗不可耐，欢笑声异常脆亮。

几场歌舞之后，开演相声小品，几位著名的相声、小品演员，语言平庸，表演做张做势，居然逗得胖妇人笑声一阵高过一阵。辛雅娟实在难以忍受，回头一看，最后一排正好空了一张桌子，估计不会再有人来，抬脚起身坐了过去，顿时感觉轻松。

“辛老师……你好！”待辛雅娟轻松看完几曲节目，一位五十多岁、身材魁梧、头发花白、容光焕发的男人坐了过来。

“你是？”辛雅娟大感诧异。

“对不起！”来人小声道，“敝人姓张……张华斌，几年前曾经在政协礼堂聆听过辛老师的美妙歌喉。”又笑道：“斗胆问一声：辛老师今天可否上台献歌？我想拍几张你的玉照留做纪念！”

原来，此人正是钱思鸣的靠山加合伙人张总，钱思鸣摔伤后，他全面打理公司事务，大权独揽，借春节之机，大发慷慨，大开礼单，将自己在北京的所有关系，不论有用无有，也不管是男是女，一并厚礼相送。自己又从中克扣三四，所以这个春节对他来说，自己不用掏一文钱，不仅将所有的关系户全部打点到位，且赚得一笔意外之财。今天刚巧来参加晚会，无意中被辛雅娟的美貌吸引，有意坐在不远处以便窥探。坐下后，发现这美人非常面熟，搜肠刮肚终于想起来是钱思鸣的前妻。兴奋之余正要过来搭讪，又想起这辛雅娟正跟胡学伟这家伙同居，不得轻举妄动。他观察了近一个小时，确证这美人今天只是一只孤雁后，心里打定主意：装作既不认识钱思鸣，也不认识胡学伟，以从前曾在政协礼堂听过辛雅娟唱歌为由，上前勾搭。

“对不起！”辛雅娟嫣然一笑，“我只是来观看的，”又道：“不好意思，我实在是记不起张先生来。”

“这很正常，”辛雅娟这一笑，这张总人酥软了大半，赶紧介绍道，“贵人多忘事嘛，我现在刚刚退居二线，不过，我对辛老师可是难以忘怀，可谓不思量，自难忘。”又献媚道：“辛老师今天不上台献歌，真是太遗憾。我看刚才几名歌手的演唱，比辛老师你可是逊色多了！”

“哦……”辛雅娟故作惊叹，“原来是张总，看张总不到离休的年龄，怎么提前退居下来？”

“说来话长！”张总叹息道，“我这人特立独行，官当长了甚没意思，加之多年在全国各地奔波劳顿，身心备感疲惫，而且又喜欢帮助朋友，难免有些放不开手脚。前几年老伴不幸病逝，给我打击甚大，儿女又远在美国不愿回来，我又不便出去。所以，打报告提前退居二线。”他有意强调“提前”二字，提醒辛雅娟自己不是很老，至少比胡学伟年轻。见辛雅娟含情脉脉看着自己，笑道：“现在，我是一只闲云野鹤，自己管自己，想怎么样就怎么样，无所顾忌！”

“想必张总……”辛雅娟娥眉轻扬，媚眼微挑，丹唇小启，柔声道，“对影视文化很有见地，可否赐教一二？”

“谈不上见地，”张总此时骨魄酥散，边从口袋掏照片边道，“影视文化是阳光事业，是形而上的领域，具有广阔的发展空间和不可限量的前途，是未来投资的最佳选择。我这方面的关系非同一般。只要辛老师你愿意，譬如说……想在保利剧院开个人演唱会，想组织大型的演唱活动，想办影视基地什么的……一个电话就可解决。”

“我完全相信张总的能力！”辛雅娟低头故作羞涩，“只是我们平民老百姓，一个人在北京打拼，没权、没钱，就是有这个愿望，也没有这个实力，只能算是妄想！”

张总几乎痴了，好半天才镇静过来：“辛老师，不如今晚我带你到昆仑饭店，影视圈的大佬们都爱在那里聚会。我可以邀几位专家，同你就这方面的发展好好谈一谈。当然，我们二人先商量好方案再见他们。”见辛雅娟没有作声，又问道：“辛老师，今天是自己开车……还是打的来的？”

“打的！”辛雅娟决定将宝马放在停车场，明天再来取，笑道，“我们老百姓，哪像张总既有权又有钱……买不起车！”

“假如辛老师你……”张总声音开始走调，“瞧得起……我愿意为你搭桥铺路，帮助你完成心愿……”

四周一阵哄堂大笑，打断了张总的话语。原来，台上又在演小品，观众被演员的滑稽表演逗乐。

“辛老师，”张总又嗫嚅道，“我的意思……可否听清？”

辛雅娟没有回答他，抬头冲他嫣然一笑，趁四周掌声又起，站起来道：“对不起……我上个卫生间。”

来到卫生间，打开手机拨通胡总电话，嗲声道：“吃药没有？”

“没有！”

“我就知道你不好好吃药，所以特地跑到卫生间来催你。”

“好的，”胡总笑道，“我马上去吃药，还有什么吩咐？”

“是这样的，”辛雅娟道，“刚才碰见了音乐学院的老同学，她找了位导演结婚，现在是著名的经纪人，她约我今晚到她家去谈谈影视方面的发展情况……我想……”

“我建议你不要跟这种人来往！”没等她说完，胡总道，“这种人受利益驱使太重……只会糟蹋艺术！”

“放心吧！我又不想进入他们那个圈，只是老同学叙旧而已。”

“好吧，那你就去吧！正好我在家好安心休息，有你在，我又没心思睡觉。”说完，挂断电话。

辛雅娟关掉手机，慢慢走出卫生间，心里念道：“再见了，杨帆！再见了，李远方！我只有独自一人来筹建影视基地……看我在三五年内，如何让辛雅娟的名字，唱响神州大地……”

2

杨帆回到家，刚过四点。他轻手轻脚走进卧室，顷刻间，一股温馨的热流，涌上心头。

卧室里，床头灯没关，这是宋红雨的习惯，她担心老公回来时，摸黑不方便，也不愿自己和儿子在黑暗中等待。杨帆每次深夜归家时，这温馨的灯光，始终照耀在床前，结婚七年来，从未间断。

杨帆小心翼翼地脱下外套和鞋子，踮脚来到床前，心情陡然沉重起来。他一动不动地伫立着，呆呆地凝视着老婆和儿子。

柔和的橘黄色光亮，在床前舒缓地飘逸流动，弥漫在宋红雨和儿子杨威的脸上。一大一小两张俏丽的脸庞，犹如两朵绽放的玫瑰，散发出绮丽的光彩和迷人的芬芳。

看着母子俩脸挨脸安详的面容，杨帆胸中波澜起伏，止不住阵阵的锥心之痛。眼前这个美丽的女人，将她如花的生命交给了自己，十六年来，为了爱自己，她付出了自己的青春。为了等待自己，她倾注了自己的热血。为了援救自己，她不远万里只身远涉新疆荒漠。可以想象，她当时内心承受了多大的痛苦。

十六年啊！人生何其短暂？生命又何其脆弱？

十六年啊！逝去的何止是青春？人性的光辉也在年轮中褪去！

十六年啊十六年，时间可以逝去，青春可以逝去，生命可以逝去，然而，罪恶永远不可以逝去！

“我还算是人吗？”杨帆心里诅咒着自己，“仇恨侵蚀着我的心胸，欲望主宰了我的生活，邪恶统治着我的思想，罪孽吞噬着我的魂灵。我完全偏离了人生的方向，在孽海情天中颠簸翻滚。”

杨帆的心开始颤抖，他感到悲切而惶恐。

杨威翻了个身，无意识地背对母亲。宋红雨下意识地也跟着翻了个身，将儿子又搂在怀里。杨帆心猛地一抖，慢慢跪了下来，双手交叉着趴在床沿，一头埋在被褥里，嘶声哭泣起来。

“你怎么啦？”宋红雨被嗡嗡的哭泣声惊醒。

"我……"杨帆说不出话来，猛地一下抱住了宋红雨的头，将自己的头埋在她的怀里，哽咽道，"我突然好害怕，怕失去你和儿子，怕你不理我……怕……"

宋红雨感觉不对劲，慢慢挣扎着坐起来，一面也伸出手，将杨帆紧紧地搂在怀里，二人就这样一动不动地搂在一起。

好半天，宋红雨从怀里搬起杨帆的头，止不住饱含热泪，盯着他："你今天怎么啦？说这么傻的傻话！"见他两眼红肿，用手试了试："你是我的男人，是我心中的太阳，是我和儿子生活的支柱。从十六年前，我把身子交给你，就在心里默默地许下诺言：我这一辈子，永远不离开你，爱你一生一世直到地老天荒！"

"谢谢你！"杨帆也伸出手，摸了摸宋红雨的脸，叹息道，"谢谢你真挚的心，我现在突然觉得有了你，我的生活才有意义。有了你，我不惧艰难险阻。有了你，我一定会实现自己的诺言。"脸上突然露出狡黠的笑容："你是我这辈子最对不起的人，从今以后，我要一心一意地关心你爱护你。直到我们双双老态龙钟，每天出现在大街上，手牵着手，一步一颤往家走，像两个老怪物。"

宋红雨忍不住"扑哧"一笑："两个老不死的，可别把路人吓跑。"长叹一声："一晃我们认识十六年了，真怀念肉联厂的生活，无忧无虑，疯疯癫癫。记得我们认识不到两月，你就把我骗到单身宿舍，想强奸我。我当时又爱又怕，现在想起来……那种感觉真好。"

"是啊！"杨帆柔声道，"那时……我每天都想见到你……一天不见就心慌。没见你之前，我在心里嘀咕：'今天见面后，一定要把这个小妖精强奸，'可每次见面后又不敢。"

"谅你也不敢！"宋红雨自豪道，"其实那时……有几个帅小伙子，都在追求我，你知道为什么我……选择你吗？"

"为什么？"

"就因为……"宋红雨伸手拧了一下杨帆的脸，"你这王八蛋每次见我，就急不可耐地想……强奸我。"

"这么说……"杨帆握住她的手，笑道，"如果另外一个小伙子，先强奸了你……你不就跟他结婚了？"

“当然！”

“哇！”杨帆闭目摇头，“我好伤心，这对我的打击太大了。”

“等一下，”杨帆站起走到衣架前，从外套掏出一张银行卡，回过来递给宋红雨，“收好，这里面整三百万，你和儿子的生活费。”

“多少？”宋红雨瞪大了眼睛。

“三百万！”

“你哪来这多钱？”宋红雨颤声道，“不会又干出什么违法的事吧？或者是搞李远方的鬼？”

“你这说的什么话？我和李远方是生死兄弟，我只会舍身帮助他，怎么可能搞他的鬼。告诉你这是我在股市里，凭着自己的聪明才智，利用各种内部利好信息赚的。现在除了你，没有第二个人知道。你就安心收好，将来用于培养儿子，我还会给你更多的钱。”蹲下身，趴在宋红雨的面前，两眼流露出温柔的目光，凝视着她，“我这一生，除了父母外，只为三个人活着：李远方、儿子、还有你。将来无论我是死是活，你们永远在我的心中。”

宋红雨一把将杨帆抱在怀里，泪如泉涌，心里悲喜交加。

杨帆关上灯，钻进被子，将宋红雨紧紧抱在怀里，黑暗中，两眼圆瞪，热血沸腾，他心里诅咒：“钱思鸣，你的死期到了……”

3

这段时间，案子的进展却不尽人意，杨帆他们就好像知道重案组的意图，每天遵纪守法，按部就班，毫无动静，就连他们的电话记录，也尽是一些吃喝玩乐的无聊嘻语。

派去监视和保护钱思鸣的人，也是一脸的无奈。钱思鸣这家伙不仅没如陈石泉所料，生命受到威胁，相反每天同护士打得火热。护士每次单独给他吃药打针时，丑态毕露。

陈石泉开始有点沉不住气，一天比一天焦虑起来。

这天见过局长，陈石泉回到办公室，又泡上一壶酽酽的浓茶，边啜边想。想来想去，最后想到了杨帆的好朋友——李远方。

认真分析了李远方和杨帆的秉性和人生轨迹后，陈石泉觉得，这二人简直是两个毫无交往价值的特殊人种。

古人言："方以类聚，物以群分。"陈石泉对李远方和杨帆的友情大惑不解，所以他决定找李远方好好谈一谈。

李远方爽快地接受了陈石泉的邀请，二人约定礼拜六下午两点，在亚洲大酒店一楼咖啡厅见面。

因都是极讲信誉之人，礼拜六下午两点差十分，二人几乎是同时迈入亚洲大酒店的大门。

大概是职业习惯，陈石泉找了一个最里面能观察到整个咖啡厅的位置坐下，一番寒暄之后，二人开始饮茶谈心。

"李总，"陈石泉不想耽误过多的时间，单刀直入，"冒昧请你来，想谈一谈你好友杨帆的事。"见李远方专注的神情，继续道："正因为我知道你们不仅是好友，而且还是上下级关系，所以希望今天谈话的内容，李总不要透露给杨帆。"其实心里就是希望他吐露。

"哦……"李远方大感意外，"请陈队长明示，我一定遵守承诺，不向杨帆透露半点内容。"

"李总当然知道，"陈石泉拿起杯子，用嘴吹了吹漂在上面的茶叶片，呷了一口，这才道，"我现在负责重案组的工作，对发生的大案要案，有不可推卸的侦破责任……特别是命案。"

李远方心一沉，他想起了自己跟踪杨帆的情景，想起了那座神秘的五层楼房，担心杨帆参与了什么大案件。

"有迹象表明，"陈石泉继续道，"杨帆参与策划了某个命案，因为我和你们都是朋友，所以想……"盯着李远方不再下说。

"陈队长，"李远方迅速判断陈石泉谈话的真正目的，认为这家伙似乎并没掌握什么证据，只是推测而已。有证据是绝不会找嫌疑人的朋友吐露案情的，这岂不是让犯罪嫌疑人逃跑？他想什么呢？想得到好处还是想我提供情报？嘴上却严肃道："的确如你所说，我们是好朋友，不过再好的朋友也不可能时刻在一起。所以，我坦白告诉你，只要他跟我在一起时是绝没干什么违法乱纪的事。至于离开我干什么我一概不知，而且，我也无心去窥探他的个人隐私。"

“李总是爽快人，我也希望杨帆没参与这案子，毕竟是坐过一次牢的人。而且，现在生活多姿多彩，事业有成，家庭幸福。”

“陈队长，”李远方试探道，“是不是已确证他参与了？”

“李总，”不等李远方说完，陈石泉拦住道，“恕我无可奉告。我只是想告诉你：作为朋友，我希望他平安无事，这就是我今天邀你见面的目的，我相信你也有同感。”

“我代杨帆谢谢你！”李远方明白了他的意思，感叹道，“每个人都有朋友，生活中都离不开朋友，是朋友就应该帮他走正路。”又微笑道：“请陈队长放心，如果我发现杨帆有什么不轨行为，或者如你所说参与策划了某个命案，一定会第一时间向你报告。”

“李总不愧是真朋友！”陈石泉赞扬道，“大是大非上不糊涂，如此既帮助了朋友，且弘扬了社会正义。”

“陈队长，”李远方不想听他的恭维，“恕我直言，你们部门不是提出‘命案必破’的口号吗？”

“是有这个提法，”陈石泉摇头道，“确切说是一个奋斗目标，部门为了政绩，常常提一些振奋人心但不太实际的口号。”瞅了瞅李远方：“我不妨告诉你：命案的破案率，肯定没那么高。”

“是吗？”李远方惊叹道，“我一直以为，社会发展如此之快，人民生活水平不断提高，太平盛世，河清海晏，人们都安居乐业，怎么社会治安反倒越来越坏？”

“社会治安是大问题，老百姓最企盼的就是社会安定。然而‘有人群的地方就有犯罪’，这些年来，犯罪分子无处不在，无所不为，作案技巧之高明，作案手段之残忍，超乎常人想象。”

“是啊，社会分配不公，贫富悬殊太大，难免有慢藏诲盗之祸。加之当今社会信息汹涌澎湃，精神弥散空虚，六合构架多元，万物激荡共酿。这一切必将导致社会动荡不安，不法之徒被名缰利锁所缚，铤而走险，直至犯罪。”

“太对了，别看今天到处歌舞升平，这只是表面现象，有太多的不安定因素在滋生蔓延。就如龙潭深渊，看上去风平浪静，其实暗流涌动，一旦风兴雷起，势必掀起万丈波澜。”

“看来，陈队长也是忧国忧民之士。”李远方赞许道，“南朝梁武帝时的周兴嗣说：‘天地玄黄，宇宙洪荒，日月盈昃，辰宿列张，寒来暑往，秋收冬藏。’这周侍郎所向往的是天地自然的发展规律，其实我们人类不仅要遵循天地自然之道，更要尊重人类自身的发展规律。社会需要发展，人类需要进步，文明需要弘扬。”他突然提高声音盯着陈石泉：“历史的进程是任何人也阻挡不住的，无论犯罪分子多么狡猾，有陈队长这些钢铁卫士，为社会发展保驾护航，再狡猾的家伙，也必将被绳之以法。”

“谢谢李总！”陈石泉被李远方赞扬得不好意思，又回到杨帆身上，“但愿杨帆兄弟是清白的！”

“我代杨帆再一次谢谢陈队长！”李远方道，“人就是这么怪，跟自己不相干的人，就是一天枪毙一百个、一千个也不足惜。我的愿望和陈队长是一样……但愿这家伙是清白的。”说到此，心里一阵难受，他比任何人都明白——好的愿望不见得能带来好的结果。

“李总，”陈石泉不失时机，“杨帆有你这样的朋友，真不枉此生此世。让我们共同努力，帮助他洗清污垢！”

“好，”李远方站起来，伸出手，“请陈队长相信，不只是我，整个远方集团，都要全力支持配合你们的工作。”

“谢谢。”陈石泉也站起来，二人双手紧握。

“对不起！”李远方笑道，“我先走一步！”掏钱给服务员埋单。

“李总，”陈石泉也笑道，“下个礼拜天，我想同你再坐坐，麻烦你安排好时间，有关的新情况我想同你再沟通沟通。”

“对不起！”李远方不假思索，“下礼拜是清明节，我要回老家祭祖。清明节后，任何一个礼拜天都行。”说完，告辞而去。

陈石泉没有坐下，一动不动地站着，陷入深深的思考。

坐在旁边一张桌子上的一对男女，见陈石泉呆立，走过来小声道：“陈队，看样子这李远方也是不好对付的角色。”

“通知技侦处，”陈石泉眯眼道，“24小时监听李远方的所有电话，一定要挖出其中的蛛丝马迹来。”说完，夹起公文包就走。

“陈队，”男的赶上来，“不太好吧？这李远方是人大代表、政协委员，万一上面查出来，恐怕不好交代！”

“没有万一，”陈石泉头也不回，“一切后果由我承担……”

第五十九章

1

人间四月芳菲艳，四时八节清明悲。

清明节一到，大江南北，千山万丘，又开始了一年一度的祭祖活动。到处香烟缭绕，鞭炮阵阵，人人凄凄楚楚，处处悲悲切切。

一九九七年的清明节，跟往年不太一样，因为早在二月十九日，有位老人不幸与世长辞。这位老人同千千万万平凡的老人一样，颐养天年，寿终正寝。所不同的是，老人的名字过于响亮，他个人的命运，同整个中华民族的命运，紧紧相连，休戚相关。

这个老人就是邓小平。

清明节这天是近几年来难得的晴好天气，清晨，天幕徐开，霞光初放，在汉口通往九龙冲的大道上，一前一后两台豪华奔驰急速飞奔。这是李远方和李远立兄弟俩，回白龙寨祭奠列祖列宗。

前面一台奔驰上，李远立开车，沈小虹坐在副驾位，二人一路谈笑风生，情笃意浓。沈小虹自春节玩失踪后突然顿悟，从内心深处接受了李远立的爱情，听从李远方的安排，到电子元件厂出任办公室主任。不到两月时间，李远立就送给她两件礼物：一座豪华别墅，一台保时捷小跑车，两份礼物价值高达五百万之巨。

后排坐的，是李远立的彭副总经理和周丽电视台的同学高欣。这高记者见沈小虹一夜暴富，加大了对彭副总的攻势。尽管这台湾人春节送了台小车给她，但这同她的愿望相差甚远。于是，她干脆搬到彭副总卧室同居，枕头边一心鼓动这台湾人以李远立为榜样，先跟老婆离婚，再将财产转移到大陆。然后二人比翼双飞，共享美好生活。

第二台奔驰上，是李远方一家，两台车紧紧相随，不时鸣笛呼叫前方车子让路。沿途没有了往年的拥挤现象，奔驰一路畅通无阻。

“爸，”坐在副驾上的李乐，发现了这个现象，“怎么今年不像去年，路上没堵车，这么快就上了高速路？”

“这还不知？”同妈妈坐在后座的李平道，“邓小平死啦！”

“邓小平死跟马路堵车有么关系？”李乐还是不明白。

“是这样，”李远方道，“因为他不喜欢张扬，倡导好的社会风气，特别提倡勤俭。为了继承他的遗志，以他为榜样，国家规定：清明节期间，不允许干部们用公车回家祭祖，谁违反就严惩不贷。你去年看到的，大多是干部们开公车回家祭祖，今年就很少了。”

“哦……我明白，看来当干部也很麻烦，要受很多限制。”

“别说话了，”周丽道，“让你爸专心开车。”

“好的，”李乐温顺地服从，“等回到白龙寨，我再跟老爷爷谈心，我想了解爸爸从小的好多事情。”

李远方扭头瞟了一眼女儿，一种自豪之感袭上心头，他加大油门，向白龙寨奔去，他想见到幺爹的心情，比任何人都迫切。

两台奔驰赶到白龙寨不到九点，凤丫头和黄家骏站在村口迎接。李平和李乐左右拉着凤丫头的手蹦蹦跳跳，一路问七问八往家跑，黄家骏帮着从车上卸下物品。回到李家大院，李传道老人和师大夫正站在院子大门口等候。见到李传道老人，两个小家伙丢下凤丫头奔跑过去，围着老人叫个不停。李传道老人近两年在师大夫的调理下，精神矍铄，神采奕奕，见到两个重孙，高兴得合不拢嘴。

一大家人相互寒暄亲热，除凤丫头留下帮师大夫老伴做饭外，都随李传道老人上山祭祖。从龙珠山回后，李远方又带着李远立，到李德正、李远治、李远发等家去看望，邀请他们到李家大院喝酒。

酒席依然是男女各坐一桌，男的这边李传道老人端坐上首，师大夫和彭副总经理左右相陪。李德正、李远发、李远治、李远方、李远立、李传前、李传进等几位两边围坐，黄家骏负责斟酒上菜。女方那边以周丽为首，自由围座次，随意吃喝，凤丫头也是负责斟酒上菜。李平、李乐两个小家伙则两边奔波，一时找李远方要点这，一时又找周丽要点那，间或钻到李传道老人身边黏乎一阵，讨老人欢喜。

李传道老人又吩咐：给诊所打点滴的五名病人送去饭菜。

“李老，”见李平、李乐两个小家伙活泼可爱，师大夫赞赏道，“您老的这对重孙，眉目如画，秀外慧中，美如冠玉，真芝兰玉树，龙驹凤雏，将来前途不可限量啊！”

“是啊！”一提两个小家伙，李传道老人谈兴大发，对李远方道，“远方啊，儿女的教育可是大事，马虎不得啊！”

“是，请幺爹放心！”

“老爷爷，”李平道，“我们的成绩都是九十八分以上。”

“好、好、好！”老人兴奋道，“我们李氏家族将来要兴旺发达，可就靠你们啦！”又对大家道：“一个家族不可能世世代代都兴旺发达，能五世其昌，就是祖宗天大的恩典。我们总是希望家族日升月恒，这不过是一种美好的愿望。”

“九爹，”李远立道，“从小父亲经常教导我，要端正做人，遗世独立，我一直不解。回大陆后，我才明白他老人家的良苦用心。”

“这就对了，”老人感叹道，“人生在世能端正做人，遗世独立，就是做人的最高境界。你们的曾祖在我们启蒙时代，也是经常教导我们弟兄九人，要澡身浴德，择善而从。可惜，后来的结果，大出他老人家的希望，战乱连年，生民涂炭，民不聊生。国家都处于生死存亡的边缘，谈何个人去端正做人，遗世独立？”

“老爷爷，”李乐跑过来问，“爸爸说，我们李氏家族历史上有好多、好多名人，您给我讲一讲吧！”

“对，老爷爷！”李平也求道，“给我们讲一讲，我们老师布置我们一篇作文，写出自己姓氏家族历史上的名人来。”

“这就太多了，”老人思索道，“我们李姓家族，历史上的名人数不胜数有政治家、军事家、外交家、思想家、教育家、科学家、医学家、文学家、大诗人、历史学家、书画家……等等。太多了，太多了。老爷爷我就是讲几天几夜，也讲不完啦！”

“老爷爷，就讲几个，就讲几个！”李平坚持道。

“老祖宗！”李乐比李平有心计，近来电视上刚播放《红楼梦》，学着贾宝玉的口气，“您老人家就可怜可怜我们吧，希望我们将来做什么样的人，就讲这样的人给我们听听吧……老祖宗！”

她这一叫，两桌子的人都哄堂大笑。

李传道老人更是合不拢嘴，半天才道：“你们两个小鬼听好，老爷爷我不希望你们……将来学谁，只要健康成长就好。我希望你们每天平平安安、快快乐乐。不过，有几个历史上的李姓名人，你们是要记住的，他们都是了不起的人！”示意黄家骏拿两份纸笔，交给他们。李平、李乐接过来，一左一右趴在李传道身边准备记录。

李传道老人道：“第一位要记住的，是春秋战国时代的老子，他是我们李氏家族真正的老祖宗。”

“等一下，老爷爷！”李平道，“他怎么姓老？”

“他不姓老，”李传道老人笑道，“他姓李，叫李聃，是历史上最伟大的哲学家、思想家。”又告诉二人“聃”字的写法。接着道：“第二位要记住的是唐太宗李世民，他是历史上最伟大的政治家；第三位要记住的也是唐代的李白。”

“李白我们知道！”一提李白，两个小家伙高声道，“他是历史上最伟大的诗人，和杜甫齐名，一位是诗仙，一位是诗圣。”

“对、对、对！”李传道老人继续介绍，“第四位是李时珍，他是明代最伟大的医学家。”

“老爷爷，”李乐道，“唐朝都有两位，真了不起！”

“对，”老人感慨道，“唐朝是中国文化最鼎盛时期，另外唐朝还有一位诗鬼李贺、一位歌圣李龟年、一位政治家李纲。”

“巧啦！”李平道，“老爷爷，我们政治老师也叫李纲。”

“是吗？”老人点头，“叫李纲的人太多了，历史上叫李纲的政治家就有三位，三位都是高风亮节，不怕死的名臣良将。一位是唐朝的李纲，他是唐朝开国的第一任礼部尚书，以直言敢谏闻名。第二位是宋朝的李纲，是北宋末年的兵部侍郎，和岳飞同为抗金的主战派，是民族英雄。第三位是明朝的李纲，他是明朝的御史，大公无私，时人称为‘铁御史’，一生刚正不阿，两袖清风，死时身后只留下几件破大衣。”说到此，见两个小鬼专心致志的神情，心里涌起无限的欣慰，又语重心长：“我们李氏家族在历朝历代都是人才济济，他们都是些道德高标、赤心奉国的英雄，都怀有大度汪洋之志，安邦定国之才。你们以后要好好地学习他们，不仅要学习他们的光辉事迹，更要学习他们的人品精神，为我们李氏家族争光添彩，明白吗？”

“明白！”两个小家伙异口同声。

“真是好孩子！”老人拍了拍两个小家伙，示意他们到妈妈那去。等他们过去，这才对在座的喟叹：“我已是钟鸣漏尽、冢中枯骨，我们李氏家族要兴旺发达，还得靠一代又一代的后来人。你们一定要抓住现阶段的大好时机，为后来者打下坚实基础，切莫留下终身之恨。”示意黄家骏给大家斟满酒，接着道：“邓小平走了，改革开放的大政方针，他的继承者在十年内是不会改变的，以后向何处去，就不好说了。”举杯道：“来，我们共饮此杯，为子孙后代祈福！”

“为子孙后代祈福！”大院里响起高亢的齐呼声……

2

第二天，一帮人上白龙寺烧香拜佛，临下山时，李远方突然想起了母亲，吩咐大家先回，自己带领一对儿女，从东山头一路嘻笑玩耍来到西山头，在一块长石墩上坐了下来。

此时，正是艳阳高照，风和气畅。放眼望去，九龙冲的山川田畦，葱茏苍翠，浓郁清明。山川之上，坟茔之间，依然还是烟雾升腾，鞭炮回响。抬头天空，蓝天白云之下，几只雄鹰在振翮翱翔。

“真美呀！”李乐伸开双臂，“回去后，我一定写一篇赞美故乡的作文，题目就叫《故乡的山水》！”

“爸！”一提作文，李平拉住李远方，“昨晚老爷爷说，你从小很有天赋，可惜，总是没时间学习，你为什么不学习呢？一定是每天跑到这山上来看风景，贪玩，对吧？”

“对，”李乐也附和道，“老爸是个大懒虫。”

李远方心一抖，泪水瞬间模糊了双眼，为了不让儿女看见自己的眼泪，他站起来，一手一个将李平和李乐搂在怀里，含泪道：“好孩子，有些事你们是理解不了的，老爸那个时代跟现在完全是两重天。”他定了定神，回忆道："我像你们这大时，每天天不亮就起床，跟着奶奶下地干活。一直干到太阳爬上这东山顶，然后回家吃几片红苕，喝几口白开水，再去上学。中午放学后，背上锄头篼箕翻山越岭去挖柴草，挖到日头当顶，再回家喝碗稀饭又去上学。下午放学后，再跑到田里帮奶奶干活，一直干到天完全黑下来才回家。回家后，又帮奶奶烧水做饭，等这一切干完，才开始趴在床板上写作业。做完作业，奶奶总是把我搂在怀里，教导我：'儿啊，要不怕苦，你未来的人生路还很漫长，要做一个顶天立地的男子汉，为李氏家族争光。'"

"老爸，"李乐道，"你哭了，是想奶奶吧？"

"对，奶奶是世界上最伟大的母亲，她不仅教育我做一个诚实的人，而且把她一生的心血，都倾注在儿子身上。"李远方仰望苍天，心里又呼喊道："娘……儿子又来看您老人家了，还带着……您老人家的一对龙凤孙儿，您看见了吗……娘？"

李平道："肖姑妈说奶奶死得很惨，要你适当时给我们讲。"

"等你们长大了……"李远方长长地吁了口气，"我会专门给你们讲奶奶的故事，你们现在不要知道这些，安心学习……好吗？"

"爸！"李乐又道，"老爷爷昨晚，给我们讲李白的故事，刚开头就记不清楚，他老人家要你讲给我们听。"

"好!"李远方擦了擦泪水，感叹道，"老爷爷岁数大了，记不得，现在，我就给你们讲一讲李白坎坷悲壮的一生。我希望你们将来，在人生的道路上，做不惧艰难险阻的坚强之人。"

见二人温顺地靠在自己身上，等待自己的叙述，一股热流涌上李远方的心头。他理了理思绪，清了清嗓子，开始将李白起伏跌宕的一生向一对儿女一一叙说。两位小家伙神情专注，不时提出不太懂的问题，沉浸在对李白的敬仰之中。

叙述完，李远方深深地一声长叹，凝视着浩渺的蓝天，心情久久难以平静，期盼自己的儿女将来成为真正的英才。

"爸，"好半天，李平、李乐道，"您今天讲的，我们听明白了，李白和奶奶都是好人，将来我们要做他们这样的人，对吗？"

"对，"李远方一阵激动，深情地望着二人，"你们都是好孩子，李白是伟大的诗人，光耀千秋，不是说学就能学的，几千年才出了他这一个。老爸希望你们以后努力学习就行，不要刻意去追求。”又感叹道：“李白和奶奶，是两种不同的人，一个是名垂千古的诗人，一个是平凡的小百姓。可他们都有伟大之处。李白的伟大在于他抒发的诗情画意，万古流传，成为我们中华民族的宝贵文化遗产。奶奶的伟大在于她每天默默无闻地为家庭奉献自己的生命，她是我们中华民族大家庭 中千千万万个劳动妇女的杰出代表。”

“爸，”李乐问道，“老爷爷说人生的价值，在于无愧于社会，无愧于家庭，无愧于自己的良心，我们该怎样去做呢？”

“好孩子，”见两张稚嫩的脸上，两对大而黑的眸子里，都闪烁着自信和期待的目光，李远方止不住热血涌动。他不想让他们过早地思考人生的问题，叮嘱道，“人生是个大课题，老爸日后会慢慢跟你们一起探讨的……譬如人性、人品、人格、人道、人心、人权等等，不是一时一刻能说清的。几千年来，还没有人能真正讲清楚，老爷爷满腹经纶，活了九十七岁，都没参透其中的奥妙。以后，也只能靠你们自己在生活中慢慢去领悟。”

“老爸，”李乐眨了眨眼，“我明白了，老师说人是万物之灵，人可以创造一切，也可以毁灭一切。世界上这么多人生活在一起，每个人都有一颗不同的心，都只关心自己不关心别人。而人心又是千变万化的。所以说人生就说不清楚……对吗？”

李远方心一颤，不敢多想，赶紧道：“好孩子，以后千万不要想这些问题，这不是你们这个年龄思考的问题，明白吗？”忍不住又抬头感叹道：“好孩子，也请记住……对于一个人来说，人性是与生俱来的、人品是后天培养的、人格是别人评判的、人道是虚无缥缈的、人心是千变万化的、人权是可望不可及的！”说到此，看了看一对儿女，充满深情道：“走，回家去，你们明天还要上学。”

“走！”父子三人手拉手下山而去……

第六十章

1

李远方在办公室刚喝完凤丫头送过来的咖啡伴侣，陈石泉微笑着推门走了进来。

二人都惜时如金，不再客气，关上门，直接进入正题。

“李总，”陈石泉从公文包拿出一沓材料纸，“知你很忙，我长话短说。”将材料放到茶几上，抽出几张放在上面道：“我们已掌握了充分的线索，杨帆直接参与策划了至少不下十起暗杀事件。”

“是吗？”李远方惊诧道，“这太耸人听闻了。”

“的确如此，具体如何策划我们正在进一步侦破，很快会真相大白。”他递上刚才抽出来的几张纸，“这是几年来，多起命案发生的具体时间表，请李总认真看一看，回忆一下这些日子，杨帆是否同你在一起？在与不在，麻烦李总配合我们，写一个书面材料。”

“这就是你急于找我的目的？”李远方心里陡生厌烦，接过纸张边看边问，“为什么不直接将他绳之以法？何必要舍近求远？你们不会怀疑我也参与其间吧？”

“绝对没有！”陈石泉笑道，“那样的话，我就不会向李总说明这一切，请李总体谅、理解。”

“可我也不能信口雌黄。”

“当然，我只希望李总尽其所想，能回忆多少就写多少。”

李远方没接话，他的目光突然停在“一九九五年十月二十二号”这个日子上。别的日子他不敢担保杨帆会去干坏事，或如陈石泉这家伙所说杀人，但这天他敢保证，杨帆绝没参与干任何不法的勾当。因为这天是星期日，是杨帆和他到咸宁温泉疗养院的日子。白天他们二人寸步不离，晚上杨帆抱着刘菲菲缠绵快活到天亮。

李远方慢慢皱起了眉头，他突然想起二十多年前，幺爹送他上高中时所嘱咐的一段话：“孩子，尽管你已长大成人，但你天性善良，为人纯朴，幺爹担心你遭人愚弄，甚至陷害。所以，送你一句话，你一定要铭记在心。千万记住：在你未来的人生路上，不要‘听’别人怎么说，一定要‘想’别人为什么要这样说。”

“现在这陈石泉为什么要跟自己说这些呢？为什么列出这些日子，要自己回忆呢？为什么还要自己写书面材料呢？难道杨帆这些日子，真就如他所说策划了谋杀案？这一切到底是为什么？”

陈石泉干瘦的脸上，小眼一动不动地观察着李远方的表情。

“陈队长，”李远方似乎意识到什么，“我冒昧地问一声，这些日子是不是发生了要案？譬如说一九九五年十月二十二号这天。”

陈石泉心一惊，脸上马上转变成一种无奈的表情：“的确是发生了不该发生的事，据调查，这些日子杨帆都一夜未归。”

“哦……”李远方现在完全明白了这陈石泉的意图，“好吧，我一定完成好陈队长布置的任务。”

“嘟，嘟……”话说到一半，手机响了起来。

“对不起……接个电话。”李远方一看是肖畅，赶紧接听。

“喂，”肖畅问，“你在哪？”

“办公室！”

“赶紧安排一下工作，迅速赶到我办公室来。”

“好的，”李远方一阵疑惑，问道，“出了什么事？”

“好事，‘天兴洲时代乐园’的大事已定，明天拿批文，具体情况到我办公室谈。你坐今天中午十二点半的航班到京，晚上请客人吃饭。我们要感谢的人，正好这几天都在北京学习，机票我已帮你定好了。”

“太好了！”李远方挂断电话，对陈石泉道，“不好意思，陈队长，恐怕今天我们只能到此，我有急事得马上动身去一趟北京。”又表示：“我一定尽快将书面材料交给你。”

“没关系，我随时等候李总的电话，还请李总尽力为之。”

“一定不辱使命，请陈队长放心。”李远方将陈石泉送出办公室，顺便向财务部走去。

陈石泉快速下楼，来到警车前，一拉右边门，弓身坐进去。

“这么快就出来了？”胡队副等在驾驶室。

“不巧，”陈石泉叹息道，“他马上动身飞北京，请人吃饭。别人是名流巨贾，不像我们只是过河小卒。说不定哪天，他一个电话告到某位领导那里，我们吃不完还要兜着走！”

“我说陈队，”胡队副不解，“我一直不明白，这李远方跟杨帆是生死兄弟，你却故意把情况透露给他，岂不增加了破案难度？”

“你错了，”陈石泉愁眉道，“杨帆这帮人，是我参警以来遇上的最狡猾、最阴险、最毒辣的家伙。他们几乎将所有的犯罪思想和作案手段，发挥到了极致，靠正常手段，你永远也破不了案。”

“哦……所以，你就采取非常手段，寻找突破口。”

“对，”陈石泉来了兴趣，“有些侦查员在破案过程中，往往围着犯罪分子寻找突破口，其实这是错的。真正有头脑的犯罪分子，在作案以前……几乎是把所有的口子都堵死了。”

“是吗？”胡队副笑道，“不完全是吧？你以前破的那些大案要案，我看大多是从犯罪分子身上突破的，难道都采取非常手段？”

“这倒不是，”陈石泉道，“据我的经验，凡是很容易破的命案，其犯罪分子无外乎是两种人：一种是智力迟钝有智障的人，因为很少考虑后果而杀人；另一种是感情过于丰富激奋的人，因为一时冲动也不考虑后果而杀人。这两种人犯罪时，是来不及考虑采取手段预防侦破的。真正想杀人又很聪明的人，作案后是很难破的。你看这多年来，我们侦破的命案，罪犯十有九离不开这两种人。”

“高见！”胡队副夸奖一声，分析道，“杨帆他们作案前，把外面所有的口子都堵死了，所以，只有从他们内部寻找突破口。”

“对，”陈石泉继续道，“杨帆他们四人，是一个犯罪整体，在他们身上，是找不到任何机会的。唯一能给我们提供机会的，只有李远方。因为他跟杨帆是生死兄弟，杨帆的一切几乎都是他给的。而且，上次我们到大学了解后才知道，这李远方还是杨帆的救命恩人。”

“所以，你死死抓住李远方不放？”

“对，从主观上说，李远方是不可能提供给我们证据的，即使他知道也不会告诉我们，何况他还不知。”

“那你抓住他不放有何意义？”胡队副又有点迷糊。

“当然有意义，”陈石泉笑道，“正因为李远方不知道杨帆他们的证据，他才有可能无意将证据提供给我们。假如他知道，就会在书面材料中有意帮他掩盖。到时等我们将李远方写的材料、杨帆的行踪同我们电话监控的内容，以及调查的大量事实，逐一加以对照分析，我敢肯定破绽百出。那时，杨帆他们作案的证据，一定会出现在我的眼前和脑海里。只要抓住了一起，他们就在劫难逃。”

“我完全明白！”胡队副兴奋道，“怪不得说‘狐狸再狡猾也斗不过好猎手’，看来你比他们更狡猾！”突然又担心道：“领导要我们千万小心行事，最好不要让上面人知道，万一这李远方跟上面透露风声，那麻烦就大了。”

“这是我最担心的，他透露给别人倒不怕，怕的是这些不了解情况的，一个电话，我们就前功尽弃了。”突然大声吩咐，“走，回办公室召集所有人开会，争分夺秒，一定要抢在李远方还没醒悟前，把该做的一切都做好。到时不管谁出面，我也不怕，照样可以说出个一、二、三来，让这些人知难而退。”

“是！”胡队副迅速启动车子，打开警报器，加大油门，警车立即冲出远方集团大院，一路呼啸着向前飞驰……

2

到北京的第二天，李远方如约来到台湾饭店同仁堂御膳房，走进“乾隆爷”的包房，一见胡总不由大吃一惊。两年不见，胡总判若两人，满头的银发，已经稀疏无光泽。原来红光满面的脸庞，变得枯燥而疲惫，一双黄眼目光呆滞，整个人看上去惙怛伤悴，魂不守舍。

二人久别重逢，热烈拥抱，都异常兴奋。

“胡总，”坐下后，李远方本打算问他的身体状况，突然担心伤其自尊，转而问，“怎么想到在这同仁堂御膳房请我？”

“这里多好！”胡总眼里突然闪烁出光泽，“一进来就像到了皇帝寝宫。”指了指四周的摆设：“你瞧，都是按乾隆爷的喜好布置，墙壁和四周饰有宫廷古玩字画，供你欣赏佐酒。案台上有文房四宝，供你印证墨宝，更妙的是……”拍了拍给自己斟酒的服务员：“这一身贵妃娘娘打扮的美人，完全是按伺候乾隆爷的要求伺候我们！”

“这一餐所费不赀吧？”李远方举杯相敬。

“当然，”胡总碰杯呷了一口，抿嘴道，“我们两人也就一万八千八百八十八元。”又赞叹道：“不过……很值得。”

“此话怎讲？”

“你看这菜谱，其实是吃药膳，都是宫廷给皇上大补的名贵中药。你瞧：像这些菜，可不是你想吃就能吃得到的！”对旁边的服务员道，“贵妃娘娘，伺候皇上品尝一下。”

“贵妃，”拿金勺舀了半勺，她对李远方柔声道，“请皇上品尝。”

“别！别！”李远方接过勺子，“还是我自己来吃得香。”品尝后感叹道：“真是人间珍品，怪不得人人都想当皇上！”

“生意好得不得了！”胡总感叹，“因为我是常客，几乎每个礼拜来享受一次。所以才预订得到皇上的御膳，一般人很难。”

“这么说，”李远方叹道，“大清朝十一位皇帝都设有包房？”

“当然……我们前面是雍正皇帝的包房，再前面是康熙爷的，再往前面，就是皇太极顺治帝和太祖努尔哈赤。我们后面是嘉庆、道光、咸丰、同治、光绪、宣统几位。完全是按照大清朝每位皇帝的位序排列，最奢华、最热闹当是慈禧老佛爷，这老太婆喜欢听戏，所以包房里设有戏台。预订包房的，大都是一些新贵暴发户为母祝寿。”

“有意思，”李远方道，“我猜像宣统皇帝溥仪的包房，肯定是专门为小朋友们过生日开设的。”

“太对了！”胡总咂嘴道，“只是当今的这些‘小皇帝’，过生日的奢靡程度，是当初溥仪想都不敢想的。”

“这太有创意了！”李远方笑道，“要是乾隆爷知道二百年后，京城酒肆打着他老人家的龙御招牌骗钱，一定会杀尽天下食客。”

“这话太有趣了！”胡总又兴奋道，“本来我要订慈禧老佛爷的包房，幸亏没订上。如果你我兄弟坐在她老人家的宝座上大快朵颐，她地下有知，非气得再活过来不可。”又惋惜：“可惜被一位京城的富豪抢先了，怪你运气不好，没口福，下次再来。”

“千万别折我的寿，昨天才花去上万，看来京城真是‘居不易’！”

“怪不得！”胡总又举杯相碰，一口而干，笑道，“原来老弟你一前一后……掉进两个‘钱凼子’去了！”

“我这也是不得已而为之！”见胡总精神渐渐好起来，李远方转而问，“身体看来不像是……你在电话里说得那么坏？”

“是吗？”胡总摇头叹息，“不瞒老弟说，我现在是过一天算一天，古人言：‘生年不满百，常怀千岁忧。昼短苦夜长，何不秉烛游？’所以，我是今朝有酒今朝醉。”举起杯子又是一口清。

“胡总，”李远方一阵酸楚，“不如到武汉去，住上一年半载，我们集团在木兰湖盖有几栋别墅，置身于湖光山色中，对你的身体绝对有好处。再给你配台小车，你想到哪里都行。说实话……北京自然气候，不利于你的身心健康。”

“谢谢你的美意！”胡总感激道，“你的良苦用心我心领了，说实话，我现在真有点大彻大悟。在我看来，人活着有没有意义，都是虚无缥缈的东西。存在的现实生活，才是真实的东西。”

“是啊，”李远方也感叹，“我有时也是被形而上的东西所束缚，往往困惑得让人窒息难受，常常羡慕庄周‘鼓盆而歌’的博大胸怀。说实话，真怀念那几年我们一起天南海北拼搏的日子。”

“是啊！”胡总回忆道，“那时可真是‘海阔凭鱼跃，天高任鸟飞’。想来我胡学伟这一生，也算是过得起伏跌宕荡气回肠。”

“胡总，社会的发展，人类的进步，的确是难以估量，记得我长到十岁，都没见过十元的钞票。昨晚光吃喝玩，一下就花去近万，这还不算礼金，按照佛教的教义，我这完全是在造孽。”

“你不要过于自责，”胡总安慰道，“这太正常不过，记得你刚‘下海’时，第一笔做的是鸭蛋生意，赚了上十万。打电话告诉我说，激动得几天睡不着。现在你做成了上市公司的老总，资产高达几十亿，也就短短上十年时间吧？这个速度是不可思议的，说实话，也不太正常。所以，我要提醒你……谨记‘日月盈昃’的自然之道。”

“谢谢你的提醒……我已有所准备。”

胡总举杯：“来，干一杯！”又问：“你准备什么时候回武汉？”

“上午已把批文拿到手，准备坐今晚最后一班航班。”

“今晚不行……你明天或者后天再走。”

“为什么？”李远方看着胡总，“是不是还有什么事？”

“今晚上……”胡总盯着李远方，“辛雅娟想见你。”

李远方心一跳，自上次追到机场未见到辛雅娟，内心深处一直觉得她很是可怜。昨天给胡总打电话，本来也想问一声她的近况。可又不知她到京后如何同胡总解释，所以忍住。刚才赴宴的路上，心里一直祈盼辛雅娟也在场。后来见到胡总孤身一人，也曾想问，可话到嘴边还是咽了下去。现在既然胡总提到她，就不能不问。

“她……还好吗？”李远方轻声细问。

“好得很！”胡总似乎很无奈，看了看两边站立的美人，示意她们站到外厅，等她们退到外厅，小声道，“自从春节回了一趟长阳老家，完全变了一个人。每天忙进忙出，打扮得花枝招展，一天一套高级时装，花钱如流水。”叹息道：“女人啦，真让人琢磨不透！”

李远方心里又是一惊，他明白辛雅娟如此做的原因。可惜，他不能告诉眼前这个更可怜的老朋友。

“你没跟她好好谈谈？”李远方明知故问。

“何止是谈！”胡总脸上肌肉猛地抽搐了几下，痛哭道，“还吵过几次嘴，说是要创办什么影视基地，要宏图大展。其实，每天同一帮高官和娱乐圈内的一群败类厮混……可耻啊！”

“她不是这种人吧？”李远方故作诧异。

“但愿她不是！”胡总拿起杯子，猛地一口倒进肚里，气愤道，“昨晚上听说你来了，说好今天中午一起请你。临出门时，接到一个电话就改变主意，你说你能容忍这种行为吗？”

“我倒觉得……”李远方盯着胡总，“退一步，海阔天空。”

“看来你真是我的知音！”胡总叹息道，“我也想退一步，可说起容易做起难。我有时真恨不得痛骂自己一顿。”倾身道：“不怕老弟笑话，她占住了我的整个心。离开她，就是宣告我生命的死亡！”

李远方心猛地一抖，颤声道：“我不知……如何向你表达我此时的感觉，我只想告诉你一句话，如果你把我当好兄弟，不妨把我的话记在心中。”说到此，紧紧盯着他。

“请讲！”

“生命是无价的，感情是无聊的！”

胡总没接话，盯着李远方，好半天才默默点点头，然后自言自语：“生命是什么东西？感情又是什么东西？上帝为什么要创造生命？生命为什么要有感情？”猛地一拍桌子：“好兄弟，我们干了这一杯，明天与你共赴武汉，我要重塑自己的生命，再抒自己的情怀！”

李远方心一热，眼泪止不住在眼眶打滚。他忽然期盼着能早一点见到辛雅娟，他想跟她谈点什么……

第六十一章

1

辛雅娟约见李远方的地方，是国宾馆，专车专人直接将李远方接到宾馆10号楼。走进一间豪华会客厅，李远方眼前一亮，心中止不住也是大吃一惊。

只见客厅里，辛雅娟亭亭玉立，丰姿绰约，俏丽无瑕的脸上，唇红腮酝，神清气爽。一身洁白的套裙，胸前点缀一朵盛开的玫瑰，在身后一幅巨大山水花鸟画的衬托下，显得雍容华贵，光彩逼人。

“对不起，让你滞留了一晚。”辛雅娟迎上来，请李远方坐到贵宾位上，自己则坐在旁边主人位，二人中间的茶几上堆满时令水果。她解释道：“本来中午要同胡总一起请你，突然有一个重要活动。”指着窗外一班人：“你看，活动还没结束，只得请你到这来。”

“不敢当，”李远方笑道，“如此盛情我有点诚惶诚恐。”

辛雅娟示意服务员带门退出去，等她们关好门，这才道：“远方，我们是老朋友了，也许将来我们不太容易碰面。有些话我本想藏在心底，难得你来京，所以……思虑再三，还是想对你说清楚。”

李远方感叹道：“我想……恐怕你也只能对我说。”

“的确是这样！”辛雅娟叹惜道，“我这一生真正爱过的就两人，杨帆我再也不想见到他，所以无法对他表白，也不想对他表白。胡总我倒是随时可以见到他，可是我又不能对他表白。”

“所以我是最佳人选！”李远方突然问，“假如没我你咋办？”

“你可别这样说，没有你……也许不会发生这一切！”

“此话怎讲？我不太明白！”

“这有什么不明白？”辛雅娟盯着李远方，“当初在大学，你和杨帆形影不离，没有你悉心撮合我们能相爱吗？至于胡总，恐怕是你一手安排的。你当时是出于什么目的，你我心知肚明！”

李远方心一怦，他没料到辛雅娟如此直率。

“所以，”辛雅娟接着道，“我们今天坦诚相见。”

李远方心又一沉，陡然想起胡总的痛苦表情，感叹道：“谢谢你这么信任我，今天这个世界，人与人之间就是太缺少坦诚。”

“就是，”辛雅娟没领会到李远方话中的讥意，回忆道，“我从小生活在长阳土家族自治县一个不到十户人家的破山村。从记事起就在山沟里摸爬滚打，从没穿一件新衣服，吃一顿饱饭，每天还要帮父母干活。”她凝视着窗外，眼中噙着泪水：“我永远忘不了那一天，一个艳阳高照的日子，我初中毕业，学校举行毕业典礼。因为我长得漂亮，又能歌善舞，校长让我代表毕业生发言。没想到典礼完毕，校长把我叫到办公室，一位领导热情接见我，问我愿不愿上高中。说是像我这样的人才，不继续上学太可惜了，要资助我继续读书。你想一想……谁不想继续上学？”

“于是……你碰上了人生第一个好人！”

“你太天真了！”辛雅娟摇头道，“世上绝对没有无缘无故的爱，我当时跟你的想法一样，可惜……”

李远方心一抖，他猜出了后来将会发生什么事。

“你也许猜出来了，”见李远方一脸的惊诧，辛雅娟继续道，“后来发生的事，是这位领导不仅强奸了我，而且长期占有我的身体，直到我上大学，他还经常来骚扰我。”说到此，眼泪终于滚了出来：“那一年……我不到15岁！”

“为什么不去控告他？”

“我能吗?”辛雅娟盯着李远方，“一个女孩子在县城举目无亲，孤苦伶仃。再说，谁又相信一个好领导会干出如此丑恶的事情?”她擦了擦眼泪：“任何人也体会不到我当时的苦痛。我也曾想摆脱他的纠缠，可时间长了也就忍了下来。加之他资助我读完高中，又通过关系，帮我考上艺术学院，我就更没有控告他的勇气。”

“怪不得。”李远方心里一阵酸楚，他想起辛雅娟曾多次说过：毕业时，就是死也不回长阳老家，原来有这一公案。

“认识杨帆后，”辛雅娟突然兴奋起来，“我看到了人生的希望，找到了感情的寄托。心中默默许下诺言：一辈子跟杨帆过安心的日子，不出人头地，绝不回长阳老家。”

说到此，她无奈地叹息：“可人算不如天算，临毕业时，我面临回老家的残酷现实，想到每天要面对那个领导我就恐惧。在得到杨帆父母明确表示没能力留我在汉后，为了能终身跟杨帆在一起，也是为了逃避那领导的骚扰，我背着他跟钱思鸣约会，想利用他父亲的关系留下来。等留下，再离丌他跟杨帆结婚。可惜我的如意算盘，被杨帆这家伙给搅黄了，后来发生的事，你都知道。”

李远方长长地叹了口气，他终于明白杨帆和辛雅娟为什么经过如此大的变故，依然藕断丝连，心里感叹：“人啊人……往往在感情的道路上一错再错，也许我们太相信自己的感观。”

“人啊人!”辛雅娟继续道，“往往被自己的心智所迷惑而不知，真一失足成千古恨。在不得已的情况下，我嫁给钱思鸣，以为这是我新生活的开始，谁知竟是我人生的又一大悲剧。”

说到此，辛雅娟擦了擦眼泪：“就在我茫然不知所措时，胡总走进了我心里。尽管我们刚开始时，都只是抱着玩一玩的心态，可随着时间的推移，加之他慈父般的呵护，使我对他的爱不断升华。”

李远方心里又是一阵凄楚，他想起来了胡总憔悴的神情，忍不住道：“好像你现在对他不太上心?”

“对，”辛雅娟毫不掩饰，“后来，我发现他越来越离不开我，每天不见我的面，或者是听不到我的声音，就要发狂。”

“也许是他长期孤独的缘故，加之又太爱你，你该体谅。”

“有这原因，但不是主要原因。”

“主要原因？”

辛雅娟脸一红：“主要原因是他太自卑，随着年龄不断变老，他每次做爱都力不从心，半途而废。又怕我不好想，又不服输。最可气的是把性命当儿戏，每天强打精神，一上床就要。”见李远方低头沉思，含泪哽咽道：“你说说……我能忍心……让他这样下去吗？这岂不是……把他往死路上带？”

“所以你有意疏远他，有意找其他的男人消磨时光，有意每天打扮得花枝招展，想斩断他的情思，刺激他回头，挽救他的老命！”

“不错，”辛雅娟伤心道，“可我发现……又错了！”

“对，你又错了……如此行事，只能是加快他的死亡！”

“所以，”辛雅娟抬起头，请求道，“我想求你跟他好好谈谈，转告他：他是我唯一的爱人，我这一生再不会去爱别人。尽管现在有很多高官名流围在我身边，但我的心只在他胡学伟身上。”

“我答应你，”李远方点头，“不过，你自己谈不是更好吗？”

“谈不下去，一开口就吵！”辛雅娟突然起身，来回踱步，最后停在李远方面前，声音激愤，“再说我还年轻，有自己的事业和生活，总不能成天守着一个变态的老人，听他无休止唠叨吧？”

李远方心猛地一颤，胸中就如同吞下一口苍蝇，好半天才回过气来，慢慢抬起头来，冷笑道：“你是对的，此一时，彼一时也！”

正说着，秘书敲门进来，告知辛雅娟晚餐已好，请客人就餐。

“好了！”辛雅娟如卸重负，“我们就谈到此，感谢你理解我，我请你吃深海鲍鱼，八千八百八十八元一盅，弥补我中午的缺席。”

“谢了！”李远方站起来，“我对鲍鱼深恶痛绝，麻烦你让司机送我回去！”说完，大步而出。

辛雅娟一脸迷茫，好半天才回过神来，吩咐秘书派车。

回山庄路上，看着车窗外沿途五彩闪耀的迷人夜景，李远方心潮难平。他想起一个人的命运是如此变幻莫测，人世间光怪陆离的万象，其实都是缘于“唯我”，人要超越“唯我”难乎其难。

“人啊人……生命是无价的，感情是无聊的！”

“上帝为什么要创造生命？生命为什么要有感情？”

他想起了自己和胡总在酒席上的喟叹……

2

远方集团和香港新时代投资公司共同兴建的“天兴洲时代乐园”重大旅游项目“五一”节举行了盛大的开工典礼。当晚又举办了隆重的焰火晚会，璀璨炫丽的焰花，竞相在夜空绽放，灿烂光辉将长江两岸照如白昼，几百万市民目睹了这一惊天动地的伟大壮举。

深夜十二点，李远方才离开现场，坐专轮回到汉口粤汉码头，上岸还没走到自己的奔驰车前，手机响了，赶紧接听。

电话里传来周敏温柔的声音：“忙完了没有？现在在哪？”

“刚到汉口，一整天我都昏昏然不知所为，现在有点飘飘然。”

“可别飘到长江去，”周敏笑道，“你现在是名流巨贾，声名远播。假如一夜之间销声匿迹，随江水而逝。这世上不知会有多少人，生活无着落。多少人，要悲痛欲绝。”

李远方心里怦然一惊，拿手机的手一抖，嗫嚅道：“谢谢你的关心，你这一说我突然明白了：为什么我一整天都心神不定，现在被你一语道破。说实话……看到事业如此壮大，我真有点后怕而不知所措。”想了想：“你想不想品尝武汉的夜摊小吃？”

“太想了！”周敏兴奋道，“难得你主动邀我一次。”

“我马上来接你！”不等周敏说完，李远方就挂断电话，快速朝自己的奔驰车走去，他决定今天一定要同周敏认真谈一谈。

车到香格里拉，周敏已在大门口等候。王虎一动不动地站在几米外守护，等周敏上了李远方的奔驰，他才进门。

李远方直接将周敏带到六渡桥，将车缓缓停在孙中山铜像背后隐蔽处。下车后，引她进入民族路，向集家咀方向信步走去。

“这一带……”李远方介绍道，“以前是市里最繁华的地方，改革开放以来，逐渐变成了老城区，居住的大多是下岗职工。”指了指前方说：“这条民族路，是根据孙中山先生的三民主义而起名，我们的左后方还有一条民权路和民生路。”

“孙先生的三民主义真是深入人心。”

“可惜，”李远方惋惜道，“半个多世纪以来，无论谁都没有将孙先生的理想贯彻到底。”

“是啊，”周敏也感叹，“追求民族、民生、民权的最高理想，是人类的共同愿望，不是说实现就能实现的。”

“对，”李远方继续介绍，“这条路的右前方，就是闻名全国的汉正街，是著名的小商品市场。可说是全国小商品的中心枢纽和产品集散地，当年赵紫阳总理，还特地来这汉正街视察过。”

“汉正街上做生意的都是些什么人？”

“说来你不会相信，正宗的汉正街居民，大都不做生意，把自己的房子出租给外来的生意人。这是当地人的劣根性使然，贪图安逸，不思进取，小富即安。”

“这恐怕是大多数中国人的劣根性。”

“有道理，”李远方点头道，“几千年的中国史，老百姓都容易满足，当权者却贪得无厌。”指着道路两旁横七竖八的摊点：“这些卖小吃的，以前大都是各饮食行业的职工，下岗后发挥一技之长，摆个小摊，每天忙进忙出，不觉得累，反倒过得有滋有味。”

“靠这个小摊子，他们能养家糊口吗？”

“能，就这个小摊子，晚上八九点出摊，凌晨三四点收摊，每天也有大几百元的收入，比在单位上班强得多。”

“他们不睡觉？”

“上午睡几小时，下午准备晚上的原料，赚的都是辛苦钱。”

“怎么不一次准备一个月的原料？白天岂不可以多休息？”

“真是个大小姐！”李远方笑道，“原料必须新鲜，味道才美。”

“哦……”周敏一把拉住李远方的手臂，小声道，“我想吃！”突然皱了皱眉，鼻子耸了耸，惊叹道：“天哪，这是什么香味？”

“这是纯正土鸡汤！”李远方咂了咂嘴，“有上千年的历史，是汉口小吃中最受欢迎的高汤。”指了指斜对面一个摊子：“香味是从那飘来的，走，去喝一碗，再要上半斤锅贴，那味道美不可言。”

二人来到鸡汤摊子前，只见一个直径达一米的铁炉上，炉火正红，炉口四周摆满了清一色的小瓦罐，每个罐子口，一根鸡腿骨斜伸在外。罐内，鸡汤水汩汩作响，诱人鼻息。

紧挨着鸡汤炉的，是稍小点的炉子。炉上摆放一口圆形大平锅，锅内一圈紧贴一圈的锅贴饺子整齐排列，晶莹剔透，勾人口水。

摊主是一对中年夫妻，男的身材肥胖，四十多岁，满脸油光。站在锅贴前，一手拿着抹布扶住锅沿，一手挥铲，将一锅饺子来回转动，神情甚是专注。女的略显消瘦，相貌平平，双手在鸡汤炉子旁边的案板上不停忙碌，给每只碗中洒好佐料，然后倒上鸡汤，送到客人面前。她来回在五六张桌子间，不停穿梭，甚是麻利。

"两位贵客，"老板娘满脸堆笑，"喝鸡汤还是吃锅贴？"

"都要！"周敏兴奋道。

"两罐鸡汤，半斤锅贴。"李远方补充道，示意周敏到最里边一张靠墙小圆桌坐下。老板娘随即将鸡汤和锅贴送了过来。

"哇……真香！"周敏尝了一口，大呼好香，也顾不得多想，人口喝起来，又夹起一个锅贴，送进嘴里，咀嚼了几下，瞪大眼盯着李远方，"哇……又软又脆，又香又酸，馅子油而不腻。"

李远方心一热，赶紧低头吃喝。他无法理清自己此时的心情，想多年来周敏在事业上对自己无私的帮助，情感上对自己的一往情深。而自己却无法给她更多的关怀，忍不住两行热泪滚落在碗中。

"你怎么啦？"周敏发现了李远方的异样，这是女人的天性，疑惑道，"怎么不言语了？抬起头来。"

"没什么，"李远方抬起头，两眼婆娑，"看你如此，我……"

"是不是又想起自己的母亲？"

"没有，"李远方放下筷子，他不敢看她，又低下头，感叹道，"我突然想到……我这辈子欠你太多，特别是今天盛大的开工仪式和焰火晚会，这一切没有你的帮助，就我一个农民的儿子，一个山沟里的苦孩子，想都不敢想！"

周敏没有作声，幽怨地看着李远方，许久才叹息道："你不用说了，我明白你的意思，是不是想跟我一刀两断，又觉得对不住我，又不知道如何对我表白，又怕伤我的心……对吗？”

“不完全是，”李远方再一次抬起头，“对你的爱是我人生最大的精神寄托之一，我不能在你面前打妄语。说实话……假如在我还没有结婚之前见到你，我会毫不犹豫地追求你！”

“结婚不是可以离婚吗？”

“是可以，”李远方摇头道，“可我心中的羁绊太多、太多。有时我想……我这一辈子，好像不是为自己而活。特别是近来一段时间，我经常是食不甘味，夜不成寐！”

“如果……”周敏盯着李远方，“我坚决要求你跟我结婚，你将怎么办？而且我毫不讳言地告诉你……我完全有这个权利！”

李远方心一跳，呆呆地看着她，好半天才答道：“恐怕我办不到，我刚才说了，我不能打妄语。如果你真要那样，我只有……以死来向你表白……我对你的真心！”

周敏也是呆呆地看着李远方，好半天才叹息道：“你啊，就是太诚实……诚实得让人受不了。就不能说句假话让我高兴一下？”两眼一热，泪水滚了下来，哽咽道：“我也不妨诚实地告诉你，我既不坚持我的要求，也决不放弃我的要求。一切等香港回归后，我再做出决定，到那时……”突然死死盯着李远方，咬牙切齿道：“你李远方的生与死……由我来决定……明白吗？”

李远方心猛地一抖，也死死盯着她，颤声道：“无论我是生是死，我李远方的心，永远伴着你，绝不变心！”

“我心……”周敏话刚出口，两个男人突然坐到二人旁边的桌子上，她只得闭口不言。

“老板娘！”一人高声道，“两罐鸡汤，一斤锅贴，一瓶黄鹤楼。”

李远方和周敏没再作声，二人对望了一下，都心怀惆怅。

“老三，”就听旁边二人中，一个大声道，“我老妹跟远方集团公关部的沈部长是朋友，她刚才来电话你也听见，沈部长答应至少可以帮你接下两千万的工程。要趁热打铁，赶紧让你老板，先给沈部长送十万元费用，另外的提成费，我们三人……三一三余一！”

李远方和周敏同时抬头，对视着，心里都不由一惊！

“听说……”就听老三答道，“天兴洲时代乐园的所有工程，都由远方集团的总经理李远方拍板，别人都插不上手。这沈部长不会忽悠你老妹吧？而且……还听说这沈部长，已经调位子了。”

“这你就不了解情况，”那一位又道，“据我老妹讲，这沈部长是李远方的小情人，两个人经常到宾馆开房！”

李远方脑袋轰地一炸，抬头见周敏正呆呆地看着自己，赶紧掏出钱埋完单，扶起周敏就离开。

“送我回宾馆！”上车后，周敏冷冰冰。

“听我解释，都是些市井小人，为了相互骗钱，信口雌黄。”

“别紧张，”周敏依然冷冰冰，“我相信你，不过我离开武汉之前，请你安排沈小虹来宾馆见我一面。”

李远方脑袋一炸，一口鸡汤直冲喉管……

3

现在要见沈小虹还真有点不容易。

第二天，李远方一大清早就赶到公司，将几件要紧的事务交代清楚，快步下楼，开上奔驰就往远方电子元件厂奔去。

一路上他给沈小虹打手机，始终处于关机状态。打到办公室，秘书说没来。打到家里，她老妈兴奋地告诉说一个月都没回家，正准备结婚，又在电话里千佛万佛地感谢李总，给自己找了这么好的女婿。

没办法，李远方只得硬着头皮拨打李远立的手机，照样处于关机状态。不用问，这对新人一定在新房提前过上了新日子。

李远方心里一阵难受，摇摇头，只得先赶到工厂，找彭副总经理，要李远立新房的电话号码。

远方电子元件厂坐落在江岸区堤角边，一座占地二百多亩的大院落。院内绿树成荫，花草葱茏，新厂房、新办公楼、新宿舍外加各种配套设施，错落有致，井然有序，一眼看去令人赏心悦目。

最耀眼的是办公楼前的广场上，两杆高高的旗杆顶端，飘扬着两面鲜艳的旗帜，一面是共和国的五星红旗，一面是绘有远方集团标识的蓝色团旗。两面旗帜在蓝天白云下，迎风招展，猎猎声威。

“你来接谁？”门房值班的是一位六十多岁老头，原来早上有几位老板来洽谈生意，见李远方自己开车，以为是司机来接老板。

“找彭副总经理！”

“请等一下，我先打电话通知一声！”老头回到值班室打电话，几分钟后转回来，“对不起，彭总现在很忙，请你预约好再来！”

李远方哭笑不得，正要发脾气，突然想起肖畅前几天提醒自己：说沈小虹将她很多关系，都安排到元件厂上班。就连门房值班的老头，也是她同学的老爸，要自己多长个心眼。

想到此，李远方强装笑脸：“麻烦你再给彭总说一声，就说是集团总部的李远方派来的。”

“先说清楚吵！”老头极不耐烦，“一点规矩都不懂！”

老头进去启开电动栅栏，李远方一踩油门，奔驰冲了进去。

“哎呀，”彭副总经理正在办公室同几位客户讨价还价，一见走进来的是李远方，惊诧道，“怎么李总你亲自来？这混账老头怎么不说清楚？”赶紧同几位客户打声招呼，又吩咐销售部负责人继续洽谈，自己将李远方请到隔壁李远立办公室，亲自让座倒茶。

“彭总别忙了，我是顺路来看看，怎么李远立还没上班？”

“这嘛，”彭总解释道，“如果没什么大事，他和沈主任上午一般不来。”递上茶水：“在筹办大事，李总有何吩咐？尽管告诉我。”

“知道他们新房的电话吗？”

“还没安，本来是要安的，沈主任说等办喜事后，到台湾旅游回来再安，反正手机随时都带在身上。”

“知道地方吗？”

“知道！”

“派一个人去把他们叫来。”

“是！”他刚转身又回来，“还是我去吧，别人不知道地方。”

“你别去，”李远方拦道，“带我到生产车间转一转，叫一个灵光点的人去，这‘四季花园’就那几十栋别墅，问保安就知。”

“好的！”彭总又转身而去。

“等一下！”李远方想了想，“让他们打开手机也行，不必来。”

“好的！”彭总大步而去，几分钟后，转了回来，手里拿着两件白大褂，一件递给李远方，一件自己穿上，笑道：“车间是恒温的，空气是经过净化的，因为电子元件生产的环境要求很高。”

李远方穿上白大褂，跟着彭总走出办公室。

二人来到一座封闭式的电子车间，彭总将李远方带入监控室，只见车间里宽敞明亮，流水线上，工人们正聚精会神低头工作。

“李总，”彭总介绍道，“我们是全国最先进的电子元件生产商，上马有三条产品流水线。”指着一排视屏：“这一条生产电阻，那一条生产电容，前面一条生产电感，平均每秒生产十个微型元件。”

“了不起！”李远方兴奋道，“我听伯父说，这些设备是目前世界上一流的，而且还准备购置生产集成电路板的设备。”

“对，电子元件主要由二极管、三极管、电阻、电容、电感五大元件构成，集成电路板研制出来后，逐渐取代了二极管和三极管。”彭总指着外面一排厂房，“那里就是准备将来生产集成电路板的。”

“设备很贵吧？”

“对，”彭总接过一名工作人员递上的两瓶饮料，递给李远方一瓶，继续道，“要求太精密，目前世界上就两三个最先进国家，才有能力生产出来。”一面用手比划道：“将桌面这大一块集成板，缩小到比指甲壳还小，用超高分辨率照相设备将集成板拍照，再进行缩微处理，太精密了。一般的国家想都不敢想。”

“社会的发展真日新月异！”李远方感叹，“改革开放二十年，我们追上发达国家近百年！”要求道：“带我到其他车间去看看。”

彭总又带着李远方进入其他车间，二人边看边聊，一圈转下来，快一个小时。出车间，李远方感叹道：“彭总，我现在明白了，伯父为什么要派你来大陆。你的管理理念和管理模式，丝毫也不逊色于西方最发达国家，他老人家真是慧眼识英才。”

“哪里、哪里！我跟着你伯父在商界拼搏了二十年，现在有这个机会到大陆发展。所以，他老人家想考验考验我的管理水平。”

“别谦虚了，”李远方笑道，“没有你，李远立寸步难行，我伯父深深懂得这一点。所以，你的担子很重，不仅要管理好偌大一个工厂，还要照顾好一个为情所迷的李大公子。”

“哎呀，”彭总惊呼道，“李总不愧是高人，真人中龙凤啊！”他故作神秘：“你伯父这一辈子不放心的……就是你这个堂弟。”

“放心……一结婚就好！”

“对！”彭总奉承道，“李总料事如神，还没结婚就判若两人。你伯父每次跟我通电话，牙齿都笑得吱吱响，咬着我不断线紧说。”

“不是我料事如神！”李远方道，“天地间万事万物，只要是存在的，都是可以计算预料的，前提是你必须掌握正确的计算方法。一个人的命运是存在的，当然也是可以计算的。只不过我们还没有掌握计算一个人命运的方法，所以只能靠预料。但预料也有前提，就是你必须完全了解这个人，你才能对他做出正确的预料和判断。因为我太了解我堂弟，所以我知道他结婚后，一定会脱胎换骨。”心里却好笑道：“与其说我了解李远立，不如说我更了解沈小虹。结婚后，她不把李远立制服得服服帖帖，就不叫沈小虹。”

正说着，派去的人回来，告知李远方：二人还没起床，决定赶过来一起吃中餐，请李总一定等他们，手机已开，请随时打过去。

“我不等他们！”李远方对彭总道，“就在路上给他们打手机说明一下，不是什么大事。”说完，也不听彭总的盛情挽留，大步走向奔驰车，启动后，缓缓驶出大院……

第六十二章

1

李远方出厂后，一时不知所往，迷茫地往前行驶。不到十分钟，来到了府河边，只见河滩上青草依依，野花乱点，几头水牛在草丛中嬉逐。河中间一群水鸟在戏波追浪，天空几只飞鹰翱翔。

李远方被河岸风景吸引，止不住停下车来。这府河是一条贯穿市里西北郊的护城河，河道自西至东北，蜿蜒曲折，汇入长江。河堤上还残留有抗日战争时期国民党为保卫大武汉修筑的碉堡。

“二十年了！”李远方想起1978年，自己从白龙寨徒步到汉口时，由于饥渴曾经在黑夜的笼罩下，匍匐在这府河边贪婪地吮吸她的清泉。那情景就如同久渴的婴儿，一下吮住了母亲的乳头。

“我还是那个李远方吗？我还在践行自己的诺言吗？”

李远方心里一阵内疚，想起昨晚送周敏回宾馆时，一路上她暗自垂泪的神情。当时自己无言以对，心如刀绞。怨不得周敏酸楚难过，一个心仪的好男人形象瞬间轰然倒塌，任谁也难以接受。也怨不得沈小虹，多年来她心灵和肉体上遭受双重打击，任谁也难以承受。恨只能恨自己，恨自己是一位极不负责任的伪君子。

一阵刺耳的鸣笛声，打断了李远方的思绪。右前方，一列高速电气火车在京汉铁路上飞驰而过。李远方将车拐上一条通向河滩的废弃运沙路，慢慢驶到河边，停好车，走出驾驶室，面对波光粼粼的河面，长长地吁了口气，这才掏出手机，先拨通了李远立的电话。

“喂，”李远立在电话里不好意思，“远方哥，真对不起，昨晚睡得太晚，刚起来……有什么吩咐？”

“是这样，”李远方道，“前天我接到德正爹和幺爹的电话，说是现在正重新整理李氏家族的族谱，让你把台湾几房族人的详细情况写下来，我派人送回去。昨天由于忙开工仪式，忘了告诉你，今天正好顺路，所以，特地来告诉你一声。”

“太好了！”李远立兴奋道，“我过两天就交给你。”又小声问：“我说远方哥，沈小虹能不能也写在族谱上？”

“当然……应该……”李远方喃喃道，“她是……李氏家族的媳妇。”又问：“她在吗？我有事……正要找她。”

“刚出门，说是到电视台看内部大片，要不我叫住她？”

“你转告她……”李远方有点脸红，好在电话里对方看不见，“市里要我们做一个天兴洲时代乐园的专题片，请沈小虹顺便到电视台，厘定一个方案。这事她是内行，找别人我不放心。”

“好的，她刚出车库，我马上拦住她，让她给你去电话。”不等李远方搭话，就挂断电话，大概已经跑出门去。

李远方一阵失落，伫立在河岸边，思绪纷乱。他无法原谅自己的罪过，痛悔自己对感情的亵渎。

他想起了和肖畅姐那个刻骨铭心的夜晚，想起了同幺爹站在九棵松下诉说家史的激情，想起了自己孤身一人扑倒在父母坟茔前的凄凉，想起了和杨帆在校园操场上举杯邀月的豪放，想起了跟随胡总转战海南的快意，想起了同周丽漫步在江滩上的浪漫，想起了在海边同周敏在雷雨中的忘情相拥，想起了同沈小虹醉酒后的放纵。

想着想着，二十年的风雨历程，一时潮水般涌上心来。

李远方直觉胸中热流鼓动，眼前一片模糊。

“二十年了！”李远方又在心里质问自己，“我从白龙寨徒步走出来，到底走向了何方？我离李氏家族的家训，离自己的诺言，到底是愈走愈近还是愈走愈远？我是不是如纪伯伦所说——因为走得太远而忘记了为什么而出发？我还是一个为自己的心做主的人吗？”

“嘟，嘟……”沈小虹的电话终于打了进来。

李远方手有点颤抖，定了定神，按下了接听键。

“你找我？”沈小虹挖苦道，“这长时间，难得你主动找我。”

李远方心一惊，突然想起昨天周敏在电话里，也是这句话，有点不寒而栗，几乎是沮丧道：“我想……找你好好谈一谈。”

“我们是该好好谈谈！”沈小虹依然冷冰冰，“别以为这么简单就把我卖出去了？你说，到什么地方，我已经在路上了。”

“不好意思，”李远方心又是一抖，他有点怕见她，赶紧撒谎，“今天怕不行，我已在去黄陂的路上，我先把事情简单地说一下，再定见面的时间好不好？”语气几乎是祈求。

“也行，说吧！”

李远方如蒙大赦，精神略微轻松，鼓了鼓气：“昨晚周主席参加完焰火晚会，要看看武汉的夜摊，我带她到民族路夜市……”

“这香港大小姐，情致很浓啊！”不等李远方说完，沈小虹酸溜溜道，“恐怕不光是看夜市，醉翁之意不在酒吧？”

“你别瞎想，”李远方接着道，“在宵夜时，无意听到两人谈我们天兴洲时代乐园的工程……”于是，将昨晚二人前半段对话的内容，一字不改地告诉了沈小虹。

“就这事？”沈小虹大不以然，“不理他们就是，再说，我又没拿那王八蛋一分钱，值得你一个大老板如此慎重地来问责吗？”

“别误会……我没有半点责怪你的意思。”

“好像你以前经常责怪我？”

“另外，”李远方不想为此争论，嗫嚅道，“这两个人，还说……”

“说什么？这么忸忸怩怩的？”

“他们说……”李远方只得又将二人下半段的话语说出来。

沈小虹半天没作声，李远方把手机紧贴在耳，等候她的声音。

“你觉得……”沈小虹终于开口，语气尖酸，“他们说得是不是事实？你有没有这回事？做都做了，还怕别人说？”

“这……”一连几个质问，把李远方问蒙了，“我想……”

“想什么想？”沈小虹突然气愤道，“让别人说去，要想人不知，除非己莫为。嘴巴长在别人嘴上你管得了吗？”

“还有，”李远方再次鼓起勇气，“周主席想见你，好好谈谈。”

“哦……”沈小虹突然冷笑，“原来你转弯抹角，说了一箩筐废话，就是为了这个目的？”她猛地加大语气：“谈就谈，谁怕谁？她管得了你别想管我。我倒要见识一下，这香港大美人有何高招？”

“你冷静一点，”李远方心又是一跳，痛苦不堪，“你是知道的，我们集团……如果没有她的资金支持……”

“我不管这些！”沈小虹高声打断李远方，“那是你李远方的事，跟我沈小虹毫不相干。难道别人骑在我头上拉屎，我还感谢她不成？你说，她住在哪个宾馆？我马上去找她！”

“沈小虹！”李远方突然吼道，“别忘了，远方集团有一万多职工，他们和你一样，有家庭、有爱人、有事业。他们都是你一手招进来的，你不为我想，该为他们想一想。你要恨我，就是杀了我，我也毫无怨言。”他突然悲从心来，几乎是哭诉道：“我不明白，你原本是一个非常好的……”“人”字哽咽住没说出来，继续哽咽：“怎么一下变得如此不……”“理解人”三字实在是说不下去了。

大概沈小虹做梦都没想到李远方会发脾气，抑或是李远方这几句话的分量太重，她惊愕得半天说不出话来。

“你……”许久，沈小虹也嗫嚅起来，“别激动，我答应你。不过，请你记住：我这是最后一次帮助你，从今后……我们两清。”又追问：“她住在哪？”

“谢谢你！”李远方饱含热泪，“我会……谢你一辈子。”

“她在哪？”

“香格里拉……808房。”

沈小虹没再搭话，不一会手机里传来“嘟嘟”的断线声。

李远方长长出了口气，茫然地伫立在河岸，一时心潮难平。风阵阵掠过，将他乌黑的发梢吹起。前方，一群水鸟腾空飞起。身后，几头水牛引吭喘叫。天上，数朵白云轻悠飘荡。

“春天已经过去，夏天正在袭来！”李远方喃喃自语，“江山长在，世事无常。过去的已经无法改变，未来到底会怎样变化？庄子说‘夏虫不可言冰’，我李远方是不是充其量就是一只夏虫，始终就看不到自己的冬天？”一时又想到“吴牛喘月”和“蜀犬吠日”的典故，心里自责：“我李远方何以到了……吴牛蜀犬的地步？”

“嘟，嘟……”手机又响了起来。是杨帆打过来的，劈头问道：“喂……你在哪？我有点事……想找你。”

李远方心猛地一惊，陡然想起陈石泉“五一”前同自己见面的情景，那神态全然就是栽赃陷害。他不能再袖手旁观，他要制止陈石泉的无耻行径，鼎力帮助自己的好朋友。

想到此，李远方答道：“我在外面办急事，马上到市里，晚上我们再见面。”

“好的，等你电话。”杨帆挂断电话。

李远方不再踯躅，快步上车，疾速向市里奔去……

2

李远方平安地送走了周敏，大大地松了一口气。

沈小虹没有食言，最后帮了他一把，主动找周敏谈心，坦诚地告诉周敏：自己的确很爱李远方，也多次勾引他，可是李远方坐怀不乱，从未越雷池半步。至于两位市井小人的诼言诽语，更不足信，无外乎一个想替老板接工程，一个想介绍工程，两个人都怀有一个目的：骗吃、骗喝、骗钱。如此一解释，暂时冰释了周敏心中的疑惑。

尽管如此，此事还是在周敏心中投下阴影，李远方从她在机场进入安检时，回头一笑的神色中，深深体会到了这一点。

从机场回到办公室不到五分钟，李远方突然接到胡总的电话，说他已离开木兰湖，现在正开车去湖南张家界的路上。

原来，胡总同李远方一同来汉后，李远方送他到木兰湖养身修性，胡总一人一车，优哉游哉，很快就从阵痛中解脱出来。一个月不到，居然又在木兰湖勾搭上一位导游，几天下来，二人有点难舍难分。于是，两人结伴驾车到张家界游玩。

李远方深为胡总的转变而高兴，放下电话，正要给肖畅去电话汇报天兴洲时代乐园的施工情况，手机又响起。一看显示，是不熟悉的号码，本不想接听，忍不住好奇按下接听键。

一听，一阵激动，原来是黄家骏的电话告知他：师大夫和九爹已到了协和医院，准备给老人家全面检查身体。

"我马上赶来！"李远方挂断电话，找来文主任，安排好这几天的工作，又通知凤丫头，吩咐她将手头的急事交给边丽，然后带上她急匆匆出门，向协和医院奔去。一路上又分头给肖畅、杨帆、周丽和李远立去电话，通知晚上在新东方为九爹和师大夫接风洗尘。

等二人赶到，杨帆已先行到达，找关系将老人安排到了特护病房，不一会，周丽和宋红雨带四位老人、三位小孩也都赶到。李远方和杨帆又找到院长，请求安排几名高明的专家，动用最先进的医疗设备，给老人进行全方位的细致检查。

整个检查过程持续了四个多小时，从下午一点开始，直到五点多才结束。一行人又浩浩荡荡驱车来到酒店，举行欢迎晚宴，又将院长和三名专家接到，以示答谢。晚宴开始前，肖畅风尘仆仆赶到。紧接着，李远立和沈小虹也一并到来。

于是，一间大包房里，两桌酒席同时举杯相庆。

李传道老人和师大夫，被恭请并排上坐，肖畅、院长、三名专家，以及李远方、李远立、杨帆围坐相陪。周丽、宋红雨、沈小虹、凤丫头、四位老人、三位小孩外加几名司机，另外一桌就座。

所有到来之人，心思都不在吃喝上。酒过三巡，谈话的主题，自然而然就归纳在人类的生老病死上来。

“李总，”院长是位东北人，有俄罗斯血统，五十多岁，精瘦练达，两道浓眉闪闪发光，浓眉下，一对碧眼炯炯有神。说话间眉毛挑动，眼风灼人。他下午同李传道老人交谈时，见老人鹤发童颜，神采奕奕，惊叹不已。现在止不住对李远方赞叹道：“老人家精神矍铄，神采飘逸，从体检的结果看，完全不像九十七岁的古稀高年，身体状态竟远非七十岁人可比。难以想象，真生命的奇迹，少见！”

“马院长，”李远方放下手中杯，“我幺爹如此硬朗，”看了看师大夫，正坐在幺爹旁边自斟自酌，看上去比以前更加消瘦，脸上疲惫少有精神，心中陡生一种感激之情，介绍道：“完全得益于这位师大夫，师大夫是我们九龙冲的一代名医，长期致力于生命科学的研究，且自行开发一种专供老年人饮用的保健药品。两年多来，我幺爹他老人家就是在师大夫的精心调理下，方有今日之幸。”

“是吗？”不光是马院长，三名专家也惊诧不已，齐刷刷目光投向师大夫，都啧啧称赞不已。马院长感叹道：“中医之道，博大至深，能独立完成此等实践，看来师大夫是方外高人。”

“马院长，”师大夫慢慢抬起头，习惯性地点了点，这才摇头道，“李总谬赞，本人实是山人自大，自不量力。”扶了扶眼镜：“倒是马院长发表在《医学》杂志上纵论中西医学比较的系列论文，给了我不少启迪。特别是马院长的《人体解剖学新考》，令我受益匪浅。”

“师大夫，”一位专家夸奖道，“我们马院长是享受国务院津贴的专家，生命科学方面的权威。特别是在人体解剖学方面，更是引领学界潮流。你能经常关注他的学术动态，说明你的确不同凡响。”

“不敢当，”师大夫又习惯地点点头，再摇头道，“我从医几十年，足迹遍布九龙冲的山水，应该说有一定的临床经验。但在理论上，的确非常欠缺。将来能讨教马院长一二，定将感激不尽。”

“师大夫，”肖畅插话道，“马院长和几位专家都是我市医界名流，平时难得见面。有什么疑问尽管提，他们一定乐意回答。”

“肖局长，”马院长赶紧道，“中医的奥秘源远流长，向来深藏于民间。师大夫敢为天下先的精神，应该是我们学习的榜样。”

“马院长，”李传道老人突然插话，“老朽虚长几岁，一生风雨飘摇，历经坎坷。但对传统国粹虽不能至，而心向往之，且矻矻以求。对医学也颇有兴趣，和师大夫也算是忘年之交。两年多来耳濡目染中，感觉他的确是进入一种忘我的探索境界。如果将来你们能彼此切磋，必定相得益彰，大有裨益。”

“对，对！”马院长道，“李老算是一语中的，生有涯而学无涯，只要师大夫有兴趣，我们不妨经常切磋切磋。”

“谢马院长抬爱！”师大夫激动地站起来，给马院长敬酒。李远方和杨帆一见，也都站起来给几位专家敬酒。

“马院长，”等大家都坐定，李传道老人又道，“从医学角度看，人类的历史其实就是一部与疾病的斗争史。在人类缺乏医学知识的远古时代，人们只能受疾病的肆虐，成千上万的人死于各种瘟疫。今天医学飞速发展，但就我个人论：只要人们对病原体及人体本身缺乏本质的认识，人类仍难以招架病魔的攻击。你看，近几个世纪来，人类不是饱尝了诸如肺结核、鼠疫、天花等疾病的折磨？尽管当今医学的发展，已达出神入化地步，但像癌症、艾滋病等诸多疾病，仍未被人类所征服。那么，人类战胜疾病的道路究竟何在呢？”

“李老，”马院长深思道，“您老提出的是个医学上的大问题，甚至可以说是人类的大问题，不敢妄加评说。就我个人拙见……人类要战胜各种疾病，确保自己身心健康，必须更深层地了解我们人类自己。同时对环境包括人类自己的生活方式，以及各种已知与可能的病原体作透彻的分析。”停下来，见大家都很专注，就连旁边桌上也都停筷静听，接着道：“我是研究人体解剖学的，就这方面跟大家交流交流。人体解剖学是研究人体形态、结构的一门基础学科。人体解剖学的发展对医学贡献极大，因为只有了解人体正常的形态结构，尤其是各器官的形态结构，才能知道疾病之所在。但是随着医学的发展，医生们已认识到，只是了解人体的大体结构，对于疾病的认识还远远不够。因为对许多疾病的分析表明，归根结底的病因，不只是在一个大器官，或一种组织。也不仅是细胞，而是细胞内的遗传物质——脱氧核糖核酸，简称 DNA。人类不下数千种疾病，都是由于 DNA 出了毛病。为此，要了解这些疾病的本质，必须对人体内这种遗传物质作透彻的解析，这就是‘人类分子水平的自我解剖’。”

“马院长，”师大夫插话道，“我一直对‘人类分子水平的自我解剖’难以吃透，麻烦你讲详细一点。”

“好的！”马院长继续道，“大家都知道，我们人体是由亿万个细胞所组成的。细胞又由细胞膜、细胞质及细胞核组成。其中细胞核对人体的疾病又起着重要的作用。科学家们发现，在细胞核内，有一些容易被碱性染料染成紫色的物质，这叫染色体。在染色体上有决定生物性质的基因。不同生物染色体数目不一样，例如羊有 60 条，马有 64 条，我们人类则是 46 条。基因实际上就是一段段的 DNA。科学家们现已证明 DNA 的结构，好像一架双螺旋式的梯子，它由更基本的核苷酸的单体构成。核苷酸有四种，科学家分别简称它们为 A、G、T、C。这四种核苷酸排列时，受到一定的限制，就是一条链上的 A 必须与另一条链上的 T 配对。同样地，G 必须与 C 配对。如果仅有这四种核苷酸排列时，能有多少种排法呢？不难算出，一共有 24 种排列方式。那么，有成千上万个核苷酸，情况又将如何呢？因其排列方式千变万化，其数量将是一个天文数字。正是这样繁多的排列顺序，代表着各种各样的遗传信息，使得人与人之间有着千差万别。更奇妙的是，在一定条件下，这个双螺旋结构是可以分开的。若在此时，作为双螺旋构成单位的单核苷酸供应充足的话，每一条分开的单链，可以再配上一条互补的链，从而形成一条新的双链。这样，本来的一个双螺旋结构，就形成了两个双螺旋结构，这在遗传学上叫作‘半保留复制’。”说到此，示意大家边吃喝边听。李远方趁机给马院长斟酒，又特地给师大夫和三位专家斟满，一一举杯相敬。

马院长谢了谢，呷一口，接着道：“这意味着一套遗传信息，通过复制变成了两套遗传信息。也就是说，亲本细胞可以将其中的一套传递给子代，使子代保持亲代的基本特性。那么，人类细胞中究竟有多少个基因呢？据目前科学家们估测，单个细胞中大约有 200 万个基因，正是这些基因赋予细胞的各种功能，使得人种之间个体与个体之间的特征千差万别。然而，遗传固然有它的稳定性，但也可由于某种原因发生变异。此时生物便会出现新的遗传性状，甚至是异常的遗传性状，从而导致疾病的产生，这就是遗传病。现已有很多的证据表明，有许多环境因素，可引起基因的变异。如异常的温度过高或过低、电离辐射、某些杀虫剂、发霉的食物以及毒素、病毒、某些抗癌药物等等。正因为基因数目如此之多，它所肩负的‘责任’，涉及人类生长、发育、疾病、衰老、特性等一系列重要事件。因此科学家提出，要将人类细胞全部 DNA 的排列顺序、功能及作用方式搞清楚。科学家们将此工作称为‘人类基因组作图与测序’，或者称为‘人类基因组计划’。一旦人们彻底解开人类细胞基因组之谜，许多疾病的原因，便一目了然。人们还可用分子生物学的方法，研究出诊断遗传病的新技术，进而创造出‘修复突变的基因’，或‘切除坏基因’，或‘补入正常的基因’等最具针对性的‘基因治疗’办法。到那时，人们或许可免除几千种疾病对人体的侵蚀和伤害。”

“我的天！”见马院长停了下来，杨帆以为他讲完，忍不住摇头惊叹，“我像是在听天书，我这一辈子算了，过一天算一天，绝对不与疾病作斗争……这人麻烦了！”

一席话逗得大家哄堂大笑，宋红雨隔着桌子大声道，“闭嘴，听马院长继续上课，哪有你插嘴的份？”话未完，又一阵大笑。

等笑声平息后，马院长最后道：“人类社会在不断地进步，疾病也在不停地演化发展。人类战胜疾病是一个长期而坚苦卓绝的斗争，需要一代又一代科学家不懈的努力。如此，方能如李老刚才所希望的，走上人类战胜疾病的正确道路。”

大家止不住鼓掌致意。

“看来，”李远方感叹，“人类要战胜各种疾病还很艰难。”

“对，”马院长答道，“可以说……任重而道远。”

“是啊，”李传道老人道，“今天人类社会飞速发展，高节奏的生命状态，必然产生高难度、高发性、难攻克的各种疾病，这是人类社会发展的必然规律。所以老子在两千多年前就看到了今天的生存现状，他号召人类要回归自然，统治者要无为而治。”

“幺爹，”周丽、宋红雨和沈小虹三位美女，带着三位小孩趁机走过来，给大家敬酒。周丽先走到老人面前，笑道：“您老又开始讲‘道法自然’、‘道生一，一生二、二生三、三生万物’。”

“怎么不讲？”老人兴奋道，“‘道’它看不见，摸不着，无边无际、无始无终、无所不在、无所不能，真正是其大无外，其小无内。”慢慢站起来：“我提议，我们共同举杯，感谢马院长的精辟论述。感谢师大夫两年多对我的精心照顾。”

“干杯！”包房内一片碰杯声响……

3

当天晚上，酒筵结束后，几拨人相互握手告辞，各自归家。李远方没让幺爹和师大夫去医院，将二老接回家。考虑两位老人劳累一天，李远方亲自伺候二老洗漱就寝，又告知二老晚上起夜时，要注意的事项，这才掩上房门，回到卧室。

第二天，李远方又亲自开车，将二老带到远方集团所属几大分公司和生产基地参观。他自己充当解说员，详细讲解各分公司近期的生产情况和未来的发展目标。

下午，杨帆带师大夫到协和医院，拿马院长昨晚主动送给他的医学书，再陪他到药品市场，购买门诊部急需的常用药。黄家骏陪凤丫头上街，购买带回白龙寨的生活物品。周丽上学校开家长会，询问老师李平、李乐的近期表现。宋红雨陪儿子杨威去儿童医院作定期健康检查。李远立和沈小虹赶回元件厂接待外宾。肖畅到市委开会，总结前一段的工作成绩，汇报下一步的工作打算。

李远方难得一次单独同幺爹相处的机会，于是，午餐之后，祖孙二人驱车来到著名的武昌红楼，缅怀武昌起义的丰功伟绩。

红楼全称为“辛亥革命武昌起义纪念馆”，也叫“武昌起义军旧址”，建于清宣统元年（1909），原为“湖北省咨议局”大楼。楼高两层，装饰华丽，为西欧古典建筑风格。位于长江一桥武昌下桥处左方，它背靠蛇山，面对阅马场，掩映在著名的黄鹤楼后一片丛林之中，被一座大院紧紧护围。走近大院一看，一座红色尖顶楼房傲然矗立。

红楼大院门楣上，镶嵌着“武昌起义军旧址”七个大字，为宋庆龄先生题写，字如其人，清雅俊朗，风骨高傲。院门外，立有孙中山先生的全身铜像，孙先生手执拐杖，身着长袍，表情庄严。

“远方啊！”李传道老人伫立在红楼大门外，对李远方道，“你知道我为什么要你到这里来吗？”

“幺爹，”李远方心一动，似乎明白了什么，又无以判定，只得说道，“您老天纵睿智，孙儿一时难以判定。不过幺爹坚持要来看看红楼，我想……应该是跟二叔祖有关？”

“对，”老人灿然道，“你二叔祖追随孙中山、黄兴闹革命，为推翻清廷建立共和抛头颅、洒热血，立下汗马功劳。可惜，英年早逝。”凝视着红楼：“我们进去看看，这红楼内有黄兴的会客室，有黎元洪的卧室，还有黄兴召开军事会议的议事厅，应该挂有当年的珍贵照片？”边走边叹息：“或许我们能找到你二叔祖当年的英姿，如果有，你找人复制几张，放大后，派人送回白龙寨。”

“是，”李远方大为震惊，问道，“幺爹，我只记得您老在九棵松下，介绍二叔祖死于辛亥革命的炮火，并没有介绍他老人家有照片在红楼，怎么从来没有听您老说过？”

“等一下再告诉你，”老人颤声道，“我们先去找照片。”

二人买票进入大院，李远方小心搀扶着幺爹，祖孙俩沿着参观指示路线，慢慢观看寻找。只见走廊、会议室、会客厅、卧室里，都挂有照片，但都只是孙中山、黄兴和黎元洪三人的照片。

“幺爹，”李远方见老人一脸失望，安慰道，“辛亥革命是突然爆发的。加之，当时照相机为稀罕物，不可能像现在为了某场运动，提前将过程拍照下来。所以二叔祖的照片估计没有。”

“是啊，”老人摇头叹息，“我们到黄兴开军事会议的议事厅去看一看……没有就回吧。”

“好。”李远方搀扶着老人，向黄兴召开军事会议的议事厅蹒跚走去。

进入议事厅，李远方眼睛一亮，只见迎面墙壁上挂有一帧会议照片。照片上黄兴面对镜头，双手支撑桌面正在讲话。左右坐着两排军官，都神情专注看着他，大概当时黄兴正在部署军事。因年代久远，除黄兴面相清晰可见外，下面军官都是侧影，脸面无法看清。

“幺爹！”李远方感觉老人手在颤抖，赶紧扶紧老人慢慢走到照片跟前，二人默默伫立，凝神观看。

“唉！”许久，老人长叹一声，转身扶住李远方，一言不发默默向外走去，来到门口，示意李远方搀扶自己到一条长凳上坐下。

“幺爹，”李远方关心道，“您老没事吧？”

“八十七年了！”老人感慨道，“1910 年……我十岁时，见过你二叔祖最后一面。那时他刚三十出头，孔武戎装，英气逼人。刚才，我完全感觉到了……他就座在黄兴的面前。可怎么就……认他不出来呢？二哥啊……”说到此，竟老泪纵横，泣不成声。

李远方也是一阵心酸，见路人投来诧异的目光，安慰道，“您老节哀，过几天，我找人把这帧照片复制几张。”

“别忘了，”老人停止了哭泣，“给两张你远立弟，让他春节带回台湾，把二叔祖的故事，讲给台湾的子孙们听。”

“您老放心！”李远方心一热，双眼模糊。

“现在……”老人昂首凝视着红楼顶端飘扬的民国共和大旗，激动道，“告诉你，为什么我知道这里有这张照片。”他吁了口气：“清明节你回汉的第二天，省侨办的同志陪着一位七十多岁的老华侨，来到我家。一谈才知道，原来他父亲在辛亥革命武昌起义时，是你二叔祖的勤务兵，当时只有十七岁。你二叔祖临终时交给他一笔钱财，委托他照顾好自己的一位相好。因为这位相好，已经怀上了他的骨肉。你二叔祖牺牲后，为了执行你二叔祖的遗嘱，他父亲毅然离开军队，将钱交给你二叔祖的相好，一心一意保护她。”

“难为他！”李远方一阵激动。

“1912 年下半年，”老人继续道，“你二叔祖的相好生下一名女婴，应该是你的姑妈。生下后，为了她将来能健康成长，也为了遮人耳目，二人以夫妻相称，尽管他小她上十岁。自此后，三人相依为命，到处辗转逃难，最后离乡背井定居海外。”

“定居海外后，”见李远方低头沉思，老人继续道，“由于举目无亲，加之战乱时期患难见真情，二人真正结为夫妻。1920年，又生下一个儿子，就是这次回到白龙寨的华侨。”

“在哪个国家？”

“在印尼，因为勤劳，加之你二叔祖曾经留下一笔钱财给他们，所以，后来成为庄园主，开发橡胶园，成为华侨中的巨贾富人。”

“我姑妈……现在还在吗？她老人家应该有后人吧？”

老人叹气道：“你姑妈二十岁时，被送到美国读书，接受西方教育。几年后她弟弟也被送到美国读书，姐弟二人求学在自由的天地里，生活充满阳光。”突然停了下来。

“后来呢？”李远方感觉要出事。

“命运多舛啦，抗日战争爆发，日本人占领了东南亚各国。为了保卫家园，姐弟俩决定回到父母身边。可惜，等他们赶到家时，悲剧已发生。父亲被日军杀害，母亲遭强暴后奄奄一息。”说到此，他哽咽道，“临死前将你二叔祖的情况，告诉了儿女，叮嘱他们：将来一起回到故乡九龙冲白龙寨来。”

“姐弟俩……”李远方一阵心重，他知道姐弟俩前途艰难。

老人抹了抹眼泪，继续道：“抗日战争胜利后，姐弟俩定居香港，弟弟后来又去了美国，在美国结婚生子。姐姐则留在香港，据说跟一位黑帮老大结婚……从此二人，天各一方。”

“跟黑帮老大结婚？”李远方心一颤。

“对，”老人摇头惋惜，“我也不太明白，这其中必有什么渊源。据她弟弟说，结婚后，你姑妈一直没生子。直到四十六岁的高龄才剖腹产下一女，二人视为掌上明珠。几年后，你姑妈由于生活在黑道家庭，整天担心丈夫和女儿的生命安全，积劳成疾，不幸病逝。”

“四十六岁！”李远方有点哆嗦，“姑妈生于1912年，也就是说，我这个表姐，应该是出生于1958年，大我一岁。”他不敢想下去，浑身脉搏剧烈跳动，暗自喟叹：“上帝啊，不会如此安排吧？”

“你怎么啦？”老人感觉他不太对劲，“脸如此苍白？”

“没什么，”李远方几乎是哽咽道，“我想起了娘！”

“哦……”老人陷入深深的痛楚之中。

“远方啊，”许久，老人突然发话，“扶我起来……我们回家，晚上把李远立、杨帆和黄家骏叫过来。”

“幺爹，”李远方扶起老人家，“您老有何吩咐？我转告他们。”

“我要跟你们四人……”老人颤抖道，“最后一次……谈一谈人生的意义、家族的兴衰、历史的演变、文明的发展。”

“好！”李远方心一热，泪水骤然一下模糊了双眼……

第六十三章

1

黄昏时分，天空骤然乌云密布。转眼间，长江汉水之上，暮霭沉积，浓雾垂天。晚饭后，随着一阵滚雷炸响，滂沱大雨倾盆而下，大街小巷一排排凄惶惨淡的街灯，刹那间笼罩在水帘之中。

李远方家的豪华客厅里，此时庄严肃静。明亮的灯光下，李传道老人端坐在中间沙发上。老人家气定神安，表情凝重。他前面茶几上摆放着几大盘时令水果，茶几两边的绒毛地毯上，一边一株君子兰，碧翠清华，富贵盈盆。对面的长沙发上，李远方、杨帆、李远立、黄家骏，依次并排而坐。四人都神情专注，肃然面对。

“孩子们！”李传道老人开口道，“难得我来一次汉口，感谢师大夫两年多来的精心照料，使得我如此高年尚能行走自如，得以饱览世间的绮丽风光。这两天，看了你们远方集团所取得的辉煌业绩，领略了市里几十年的巨大变迁……我为你们的创业精神和所取得的业绩而自豪。”他突然话锋一转：“我今天把你们四人召集在一起，是想给你们敲敲警钟，告诫你们在人生的紧要关头，一定要谨小慎微，切记不可癫狂。”说完抬头看了看窗外：“在人生流程中，随时都会遭受风雨雷电的侵袭。尽管我与世纪同行，坐享九七高龄，但我常常为此而诚惶诚恐，在岁月的时序中，不敢有半点的轻怠。”

一道电光彻亮，透过窗户刺进客厅，照在老人苍老的脸上，白光一闪。黄家骏赶紧起身拉紧窗帘，客厅内气氛更显凝重。

“所以……”老人继续道，“我预感我的时日不多，即使如师大夫所愿能苟延残喘至二十一世纪，恐怕我也没有精力和机会，同你们面对面地述说我的心愿。”

“幺爹，”李远方上前一步，捧起茶几上的一碗参汤，恭敬道，“汤已凉了……您老喝几口再说。”

老人接过人参汤，啜了几口，放下来，扫了扫杨帆和黄家骏二人几眼，这才接着道：“杨帆和家骏，尽管不是我们李氏家族的一脉相传，但是从我第一次见到你们那一刻起，就将你们视为至亲家人，亲密程度，绝不在李远方和李远立之下。”

“九爹，”杨帆和黄家骏禁不住同时喊道，“一定铭记您老的谆谆教诲。”黄家骏同老人朝夕相处多年，经常受老人耳提面命的教诲，听老人这一说，禁不住泪水滚了出来。

“魏晋时期……”老人感叹道，“著名的思想家颜之推，所著《颜氏家训》流传千年。开篇的第一句写道：‘上智不教而成，下愚虽教无益，中庸之人，不教不知也’。你们都是好孩子，谈不上是上智之才，但也绝不是下愚之人。我希望你们将来都幸福地生活，平安地度日，合理地做人。所以，不要对我今天的微言，听之忘之。”

“幺爹，”李远方道，“谨听您老教诲，我们绝不敢揆违。”

“你们听好，我们李氏家族虽谈不上皇亲国戚，但也是高门望族。几百年来诗书传家，礼义待人，坚守教化育人、齐家修身的大本。我不希望在你们身上将老祖宗的古训遗忘。”

“九爹，”杨帆问道，“何为大本？”

“何为大本，”老人慷慨道，“大本就是做人做事的最高境界，就是与天地同道，与大德同心，达则兼济天下，穷则独善其身。”

“哦……”李远立点头深思，四人中，李远方和黄家骏受老人多年的言传身教，对老人的话，句句都能理解透彻。杨帆和李远立平时对学问不上心，理解迟钝，似懂非懂。

"九爹，"李远立问，"上次我读了我们家族的家训，明白了不少做人的道理。您老所说的《颜氏家训》，也是谈做人的道理吧？"

"对，"老人点头道，"所有的家训都是希望自己的子孙，堂堂正正地做人，光明正大地传家。刚才我谈到颜之推的《颜氏家训》，传诵千年，成为中华民族传统美德的典范。另外，在传家教子的家训中，还有宋朝袁采的《袁氏世范》、司马光的《温公家范》，清朝朱柏庐的《朱子治家格言》、郑板桥的《郑板桥家书》、曾国藩的《曾国藩家书》。这些都是深入人心的治家典范，你们一定要抽时间认真品读。你们已成家立业，我不想你们治国平天下，但我希望你们一定要做到格物、致知、诚意、正心、修身、齐家。"说到此，盯着四人，语重心长："你们都是中庸之人，做到这一切并不难，只要做好了，你们就是上智之人。做不到或做不好，就堕于下愚之列了……明白吗？"

"明白，"四人异口同声，"请您老放心！"

"我放心不下，"老人叹息道，"特别是远方儿，你身上的担子太重，背负的责任太大。所以，我要求你还要再好好看看《易经》这本旷世奇书。你的学问功底，比他们三人都深，对人生，对社会，对历史的进程，看得都比他们远……要经常引导他们。"

"是！"

"九爹，"李远立道，"台湾人都看《易经》，干任何事都要用《易经》预测一下，有机会您老教教我，如何用《易经》算命。"

"你错了，《易经》不是算命的书，那是你们台湾人走弯路。我告诉你，《易经》是一本讲述天地自然、人生哲学的书，是群经之首，是古代圣人集体智慧的结晶。向来有'人更三圣，世立三古'之说，以后找你远方哥请教，他会详细给你讲解。"

说到此，老人盯着李远方："之所以让你看《易经》，因为这本书是取之不尽、用之不竭的宝库，每看一次都会产生不同的感觉。这对你未来的事业大有好处，还记得乾卦中上乾语下乾语吗？"

"记得！"

"说出来听听！"

"是！"李远方答道，"初九是'潜龙勿用'，九二是'见龙在田，利见大人'，九三是'惕龙，君子终日乾乾，夕惕若厉，无咎'，九四是'跃龙，或跃在渊，无咎'，九五是'飞龙在天，利见大人'，上九是'亢龙有悔'。"

"明白我让你说出来的意思吗？"

"不太明白！"李远方有些心慌，他的确不明白幺爹的用意。

"告诉你吧！"老人失望地叹息，"你现在正处在'飞龙在天'的九五之位，虽然不是至尊之身，也是人生事业的辉煌时期。"他死死盯着李远方："千万别忘了……再往下走就是'亢龙有悔'啊，这是我最担心的'人能弘道，无如命何'哪！"

李远方心一抖，忽然明白了幺爹要自己再学《易经》的良苦用心，颤声道："幺爹，我明白了您老的意思。"

"明白就好，从乾卦到坤卦，要走八八六十四卦，就是一个人的乾坤人生。就是人的生死往复，你要记住：坤卦中初六之位'履霜坚冰至'，我不希望在我的风烛残年，看到你们有什么不测。"

"轰"的一声惊雷，在头顶炸响，窗户上的玻璃噼啪作响，五个人不由一阵心惊肉跳。周丽和李平、李乐，从书房惊叫着跑了出来，师大夫从另外一间房，也走了出来。

"幺爹，"周丽惊慌道，"您老还是早点休息，这雷太可怕。"

"没事，"李远方站起来，将水果分发给大家，对周丽道，"你带他们先睡，明天再学吧，也不在这一时一刻。关好门窗就是，我们才刚刚开始。"又对师大夫道："您老也先休息吧。"

"不要紧，"师大夫点头道，"我等老人家。"转身进房。

"这就是《易经》八卦中的阴阳之道。"等师大夫他们进房，老人又道，"阴极阳生，阳尽阴来，阴阳合一。天、地、水、火、雷、风、山、泽，都在阴阳中生长变化，且孤阴不生，孤阳不长，其大无外，其小无内。"说到此，老人严肃道："人生就是一曲戏，如何演好这曲戏，靠你们自己的智慧。人生之路，在于你们自己走好，可社会的发展和文明的进步，就不是个人所能左右的。下面，我跟你们谈谈，一个人的大智慧与小智慧的关系，因为小智慧改变的只是个人的命运，而大智慧改变的则是社会的命运。"

话音刚落，骤然又是一声惊雷，在房顶炸响，紧接着，豆大的雨点，吹打在窗户玻璃上噼啪声爆。随后，一阵赶一阵的闷雷，自远而近滚滚而来，天地间轰隆一片……

2

第二天，李远方起床后，推开门窗一看，雷息雨尽，艳阳高照，天地间清新爽朗，真是阴极阳生，否极泰来。

吃过早点，李传道老人兴趣大发，吩咐李远方：安排自己和师大夫，去归元寺、长春观等地游览，他要烧香拜佛，参禅论道。

李远方一听，不愿错过良机，加之“五一”期间，忙于开工典礼，没有陪周丽和一对儿女出外游玩，决定带上老婆孩子一同前往。李平、李乐一听，兴奋异常，围着两位老人欢呼雀跃。

正要出门，杨帆和宋红雨、李远立和沈小虹、黄家骏和凤丫头前后进屋，他们估计今天大好天气，李远方一定会带领两位老人外出游玩。所以电话约好，一同前来，正好赶上。

“太好了！”李远方兴奋道，“难得今天天公作美，我们上午陪二位老人专心拜佛参道，中午赶到东湖碧波宾馆聚餐，下午先游览东湖，再登黄鹤楼。”吩咐周丽道：“你带上摄像机，将这一天的活动，摄入镜头，然后制成光碟，留着纪念。”

“出发啰！”随着李平、李乐一声号令，一行人相互携手鱼贯出门，坐上五台豪华轿车朝汉阳归元寺方向浩浩荡荡而去。

半小时不到，一行人到达汉阳区翠微路，李远方通知大家，将车停放在寺院外的街道两旁，不要开进院子，以免打扰和尚香客的清修。于是，五台豪华轿车，一溜烟停在翠微路。十几人下车后，相互搀扶、一路说笑，向归元寺的大门走去。

归元禅寺建于明末清初年间，位于汉阳翠微路西端，北临千古传诵的知音古琴台，南濒曾经芳草萋萋现今楼房林立的鹦鹉洲。改革开放以来，党和政府提倡宗教信仰自由，归元寺信众如云，香火鼎盛。不到一公里长的翠微路上，由此而繁衍出近百家佛教用品商店。店铺一家接一家，里面香烟缭绕，梵音悦耳，感人至善。

进入大院，一行人站在龟碑前悉心观摩。李传道老人眯眼细看，沉默不语，苍老的脸上，慢慢露出痛苦的表情。

“老爷爷，”李乐问，“这石碑为什么要驮在龟背上？”

“别打搅老爷爷，”周丽拉过李乐，“问你爸爸去。”

“不为什么，”李远方不想过早让儿女接触宗教，小声道，“以后再讲给你们听。”想了想：“你们记住一副对联，‘归元无二路，方便有多门’，以后爸爸再给你们详细讲解。”

“好的，”二人念道，“归元无二路，方便有多门。”

“六十年了，”李传道老人这时对李远方叹惜道，“1938年底，你祖父母在长沙罹难后，第二年，我带你父母回白龙寨前，来到这归元禅寺，祈祷大慈大悲救苦救难观世音菩萨，为两位孤儿祈福。没想到他 们后来都死于非命，先我而去。”看着李平、李乐，老泪横流：“当时两位小家伙就如同这李平、李乐一般依偎在我的身旁”说到此，已是泣不成声。

在场的人被深深刺痛，都心酸眼红，默默地站立。

“幺爹，”等老人平息，李远方道，“我们到藏经阁吧，遵照您老的意思，杨帆已经将五万元善款捐给了寺庙。另外，寺里的大和尚已经在藏经阁等我们。”

“是吗？”老人来了精神，“我们快去……别叫和尚久等，这归元寺藏经阁内有南宋的《碛砂藏》和清代《龙藏》等珍贵经卷。1938年我来时，想一近芳泽，因为抗日战争的缘故没能如愿。今天，一定要好好请教请教大和尚。”

进入右边小月门，一眼看去，一座雄姿巍峨的殿宇矗立眼前。飞檐拱壁之上，“藏经阁”三个鎏金大字光彩夺目。一名身穿黄袍袈裟的大和尚，站立在门柱边，慈祥的脸上溢满笑容。门柱上，一副醒目的黑底金字抱柱联，字迹清晰可见，联曰：

见了便做做了便放下了了有何不了

慧生于觉觉生于自在生生还是无生

“好一副对联!”师大夫忍不住赞叹起来。

李远立眼睛不太好使,小声对沈小虹道:“小虹,我怎么看见 的……都是‘了’和‘生’,‘生’和‘了’两个字?”

沈小虹脸上嫣然一笑,未作答复,心里却骂道:“蠢货!”

“善哉、善哉!”来到门前,大和尚微笑着同大家施礼,又对李传道老人微笑道,“老施主,自身如来,自成佛道,真如本性,贫僧一目了然……善哉、善哉!”

“惭愧!”李传道老人赶紧施礼,“佛法无边,大道无言,朱子曰‘赏惟静者憩,法对高僧论’,大和尚破颜一笑,老朽心领神会!”

礼毕,李传道老人对李远方道:“远方啊,你带领大家到罗汉堂去数罗汉,我和师大夫在这里慢慢向大和尚请教佛理。”想了想:“一小时后,叫黄家骏来接我们。”

“是!”李远方答应着带领大家往罗汉堂走去。

罗汉堂是归元禅寺吸引四方信众的最大亮点,堂内雕刻有五百罗汉。每个罗汉都雕刻精美,神情迥异,将人世间的众生形象,于嬉笑怒骂之间各成情态,绝无雷同。沿五百罗汉观赏一周,竟无重步。门内另雕有四大天王塑像,按四字形安排。这五百罗汉,据说是清道光年间黄陂县两位父子雕塑家用9年时间制作而成的。

游客依照男左女右的习俗,迈步进入罗汉堂后,就开始数罗汉,按照自己的实际年龄数计算,数到最后一尊罗汉,他的形象即象征自己未来的命运。如果是一尊微笑的罗汉,则自己将来生活,必定美满幸福。如果是一尊肥头大耳的罗汉,则自己将来必定是大富大贵无疑。反之,如果是骨瘦如柴者,抑或是哭丧着一张苦瓜脸者,其后的日子则可想而知——必定是苦不堪言。

归元寺的罗汉异常灵验,据说文革期间的1968年,有一人十岁时来此数罗汉。数到的是一尊手拿书本的罗汉——“拂尘三昧尊者”。其意自然是暗示此人将来以书本为生。十年后,他再来这里从另外一个方向数,居然又数到这尊罗汉。更巧的是这一年恢复高考,这人顺利考上名牌大学。再后来,他三十岁刚过,就成为全国著名的学者教授,四十几岁就成为全国最年轻的博士生导师。于是,佳话一传,那些梦想自己将来大富大贵之人，都争先恐后、趋之若鹜地跑到归元寺来数罗汉，都想预知自己未来的美好命运。

一行人进入罗汉堂后，各自虔心按自己的岁数四处数罗汉。李远方和周丽领着一双儿女，也数了起来。结果李平数到的是一尊肩背布袋，手拿竹杖，面带忧愁的罗汉，小家伙满脸的委屈不高兴。李乐数到的则是一尊端坐圆椅、面带微笑、手执鲜花的罗汉，小丫头兴奋地围着爸爸手舞足蹈起来。

“妈……真的就很灵吗？”李平拉着周丽的手问。

“别往心里去，”周丽安慰道，“都是骗人的，人的命运靠自己把握，怎么可能数几个数字，就能定终身……对不对？”

“妈妈说得对，”李平手捏拳头，“我的命运将来一定要掌握在自己手中，我要干得比爸爸好。”

“这就对了，”周丽夸奖道，“不愧是爸爸妈妈的好孩子。”

“臭美你！”李乐不高兴，“你怎么能超过爸爸？爸爸是世上最伟大的爸爸，是我们李氏家族的骄傲。”

李远方心一颤，随即胸中热流涌动，对周丽和一对儿女道：“走，我们到大雄宝殿去烧香拜佛，为未来祈福……”

3

从归元寺出来，一行人簇拥着两位老人，来到长春观拜访了几位道长，遵照李传道老人的吩咐，又给长春观捐赠了五万元善款。从长春观出来，顺路到武汉大学转了一圈，李传道老人边看边给大家讲述七十多年前，自己曾经在这里执教一年的经历,又专程到当年自己蜗居的地方去看了看，可惜，当年的情景不再，如今的高楼耸立。

离开武汉大学，一行人来到东湖，先泛舟湖上，饱览水光山色。再欢聚碧波宾馆，品尝美味佳肴。

“五一”旅游高峰已过，杨帆很快就定下二楼靠窗户的两张大圆桌。李远方搀扶着幺爹上楼后，触景生情，陡升一缕心绪，想起十五年前和肖畅、文达生、杨帆、周丽、宋红雨几人，在此聚会时的幸福情景，止不住心潮鼓荡。他下意识地看了一眼杨帆，杨帆也正在凝视自己，眼神中同样流露出对往事的无限怀念。

分男女坐定后，两桌人开始各自举杯动筷，畅抒情怀。

“李老，”师大夫对李传道老人道，“托您老的福，今天真是不虚此行啊，没想到我师文明此生，居然能感悟到儒、佛、道三大家的至高境界,真是三生有幸啦！”

“是啊！”李传道老人也感叹，“中国传统文化在数千年文明演进过程中，一直是在‘儒、释、道’的框架里打转转，很少跳出这一框框。每逢社会变乱之时，道家的思想起到拨乱反正的作用。天下太平后，儒家思想就凸显出来，为统治阶级鸣锣开道。而佛家思想则是一如既往，无论世态如何演变，始终劝导人们诚心向善，祈求世界大同。二千多年来，孔孟传统、老庄精神、佛学思想，彼此促进，相互借鉴，常演常新，且从未间断。这种情况在人类文明史上，是非常罕见的，在几大文明古国中，亦是独一无二！”

“九爹，”李远立在台湾接受的是传统教育，对中国文化的演变，一直是心存敬畏，问道，“为什么是独一无二的？”

“这是个大问题，”老人对李远立道，“不是一下能说明白的，简短说，就是古埃及、古巴比伦、古印度，都曾出现过文化断层，其古老文化传统，在外来文化冲击下，几乎是散灭殆尽。另外，古希腊、古罗马文化，属于比较年轻的一代，但其文化传统，同样受到过致命冲击，以致中世纪的几百年，欧洲人都看不到柏拉图、亚里士多德的著作。而中国古代文化，虽晚于古埃及等国家，但其历史水平，并不逊于任何一个民族，而且一脉相承，其文化传统得到比较完善的保存，这不能不说是中国历史文化的一个奇迹。”

“哦，”李远立笑道，“您老这简单一说，我就明白了。”

“九爹，”杨帆也插嘴道，“我看今天归元寺人挤人，都一脸的虔诚，宗教对历史文化的进程，是不是起到了非常重要的作用。”

“的确如此，不过长期以来，宗教往往被政治利用，纵观人类历史，宗教和政治密不可分。令人痛心的是政治利用宗教达到其统治目的，而宗教只要是攀上政治必将严重阻碍自身发展，甚至失败。三国时期的黄巾军起义、元朝时期的白莲教、近代的红灯照、义和团、太平天国等，都是因宗教跟政治搅和在一起而失败。”

“老爷爷，”话音未落，李平、李乐代表另外一桌来敬酒，两人高声道，“妈妈让我们来敬酒，要您老人家不要只说不吃。”

“好，好！”老人兴奋地给两位小家伙碰杯，又举杯示意大家道，“来，大家给两位小主人一点面子，共同干一杯。”

“干杯，谢小主人！”两桌人同时站起举杯，微笑坐下。

“九爹，”李远立又问，“我在台湾上哲学课时，总认为宗教就是哲学，到底哲学和宗教的关系如何，您老给我讲一讲。”

“这个嘛……”李传道老人想了想，“哲学即是人学，宗教也是人学，且都是形而上的东西，都是精神世界的产物，只不过各自的目的不同。世界上所有的宗教，都在演说生命的来源，都认为生命是上帝、神、真主、大道等创造的……这就进入了哲学的领域。可惜宗教也好，哲学也好，都没有搞明白，到底人类生命的来源是怎样？我曾为此苦恼了七十多年，其结果是越来越糊涂！”

“李老，”师大夫问，“世界上这么多大学的哲学家、教授，难道都没有搞清楚人类生命的来源？”

“没有，”李传道老人肯定道，“人类进化了几百万年……来自何方，去往何处，世界上还没有哪个人搞清楚。宗教没有搞清楚，演变成哲学，哲学解决不了，就寄希望于科学，科学家绞尽脑汁，挖空心思，从百科中分门别类，甚至从太空中去寻找答案，结果直至今天，依然是不知道人类的生命到底来自何方，去往何去？”

李远立感慨：“幸亏我当初没学哲学，不然非苦恼死不可。”

“你学也没用，”李远方笑道，“幺爹曾说过，学校里念哲学、教哲学的人，并非真通哲学。只能说是替上一辈的哲学家传播哲学知识罢了。真正的哲学家，都不是学哲学出生的。”想了想：“像耶稣和孔子，根本就没念过大学，他的每一句话都是他的门徒写的。释迦牟尼也没有写下一篇文章，所有的佛经都是弟子记载的。老子也就是写了一本五千字的《道德经》。可是今天，研究他们三人的学说，遍及世界任何一个角落，光博士学位就不知有多少。”

“九爹,”沈小虹突然隔着桌子问,“人的感情是不是哲学?”

“还有,”宋红雨也问,“说假话是不是哲学?”

“问得好,”老人笑道,“你们一下就问到了宗教和哲学的最高境界上去了。佛学倡导‘无常’,‘无常’是佛学的专用名词。天地间的任何事情,都是永远无常的,不会永恒地存在。因此,人的感情也是无常的,不会永恒地不变。这种‘无常’的概念,就是哲学的观念。所以说,人的感情变化就是哲学观念的变化。至于说假话,那更是哲学的范畴,人是有思想的,而思想是无常的,是空的。既然思想是空的,人也就变成了无我的生命状态。于是‘我’即是‘假’,‘假’即是‘我’,当然说出的话也就是‘假’了。”

“九爹,”杨帆笑道,“我真的是越听越糊涂,您老干脆给我们一锤定音……信仰宗教到底好不好?”

“好!”李传道老人今天异常兴奋,朗声道,“一言以蔽之,任何宗教,都是一种精神信仰,一种社会现象。你如果信仰它,你就觉得它好,你不信仰它,好与不好跟你就无所谓了。马克思说‘宗教本身是没有内容的,它的根源不是在天上,而是在人间’!”

“哦……”大多数人恍然大悟。

“不过,”李传道老人又感叹道,“一个人是要有信仰的,没有信仰的人,枉活此生!”

“哦……”刚才恍然大悟的人,又都恍然了过去。

“当然,”老人继续道,“宗教必须随着人类社会的进步而发展,宗教也必须要不断地革命。西方宗教家马丁·路德有一句名言:‘不择手段,完成最高道德。’一般人往往只用了上半句‘不择手段’,这是非常不对的。其实马丁·路德是为了完成最高道德,所以才搞宗教革命,推翻旧的宗教,建立新的宗教——现代基督教。”

见大家都专心致志在听,老人继续朗声道:“因此我们弘扬中华民族的传统文化和美德,我们宣传宗教思想的光辉,目的是为了把国民的心灯点亮。以一颗明亮的心,认清世界的本来面目,分清真假,扭转内心的乾坤,让心行大道,使人的心灵,真正获得最大的解放,将人类推向新的大同世界,让苍天与人同在,用人类万古长存的智慧,共建人间天堂，共创幸福美好的生活。”

“好！”大厅里响起如雷的掌声。

“老爷爷，”李乐突然问，“是文明至上，还是生命至上？”

“当然是生命至上！”老人一手抚摸一位重孙，眼中饱含温情，很认真道，“这世上如果没有生命，文明还有什么意义？”

“对，”周丽情不自禁道，“人类的生存高于一切！”

李远方心里一阵激动，两眼一热，眼前模糊起来。

第六十四章

1

人老好心静，心静品自高。

李传道老人在汉口热闹了三天，第四天坚决要李远方送他回家。当初在师大夫鼓动下，来协和医院验证“百岁老人健康冲剂”的效果，现在，事实证明师大夫的确是在自己身上创造了奇迹，顿感心宽体慰，无有罣碍。加之几天来目睹远方集团所取得的辉煌业绩，感受了市里几十年的沧桑巨变，更是感叹世事更迭，生命无常。于是，急于回到白龙寨那一方山水之中，想远离尘嚣，追求心静。

李远方不敢违拗幺爹的决定，中午在新东方举行盛大酒宴，邀请集团各部门的负责人，以及肖畅等一干亲朋好友赴宴。近百号人欢聚一堂，觥筹交错，笑逐颜开，为两位老人饯行。

宴会结束后，李远方和杨帆二人亲自驾车，将二老及黄家骏三人送回白龙寨。一路上，奔驰、宝马不时停下来，五人一同翘首驻足，浏览沿途的壮丽河山。回到白龙寨，李远方又邀请李德正、李远治、李远发等一帮老少族人，开怀畅饮中，畅谈师大夫“百岁老人”的宏伟计划，直到晚上十点多钟，二人才赶回汉口。

第二天，李远方天不亮就起床，早早赶到办公室，将几天来耽搁的大小事务重新梳理，以便进入下一段的紧张工作。自此后，他每天穿行在各分公司之间，紧张忙碌，兴奋激昂。

天兴洲时代乐园“五一”开工后，各路人马争分夺秒日夜加班加点。工地上，每天车来车往，机器轰鸣，场面如火如荼。集团的三位副总经理每天确保一人进驻工地，以便协调相关事宜。项目领导小组的一班人马，也是日夜在工地上轮流值班，监督指挥各项工程，保质保量稳步推进。

幸福房地产开发的二期工程“后湖阆苑”顺利上马，顾明凯总经理身先士卒，一天二十四小时带领工程技术人员吃喝在工地，全方位监督指挥施工的同时，酝酿规划三期、四期的宏伟蓝图。

远方集团电子元件厂进入生产旺季，订单雪片般飞入彭副总经理的生产计划表中。为了方便款待各方宾客，李远立和沈小虹干脆在厂区门口开办了一家豪华餐厅，由沈小虹刚从和记蛋厂工会主席退下来的小姑出任餐厅经理。

春天药业长年的生产销售计划已成定制，且稳步上升，效益累创新高。师大夫研制的“百岁老人健康冲剂”，在李远方的直接关心下，正式纳入其开发计划，着力向全国推广。温嘉庆总经理连广告词也拟好：“百岁老人健康冲剂——让每一位老人都‘喝’到百岁。”

移动通信网受国家政策的调控，进行改组分流重新整合。电信、移动、联通等几大巨头各自扯旗立万，纷争割据，都想逐鹿中原。远方集团董事会经过多次会议最后形成决议：转让股权，退出竞争，抽出资金，投入水上乐园建设。负责移动网的总经理罗森，向董事会提出辞职，辞职后又招募几位朋友，在合作路共同开办手机市场，利用自己同电信、移动、联通的特殊关系，垄断几款手机业务。

影视文化发展公司在辛雅娟悲情离开后，因为忙于其他项目，集团无暇关注，暂时保留机制，待日后伺机发展。

远方集团正如日中天，炙手可热，势不可挡。

李远方没有被胜利冲昏头脑，时刻不忘幺爹的警示教诲，谨记李氏家族的家训，践行自己的诺言，努力把集团的事业做大做好。

周敏回港后，很少给李远方来电话。李远方自红楼听幺爹讲述二叔祖的故事后，主动给她去过几次电话，想了解她的真实身份。每次都是彭秘书接听，告知周敏正在召集人马开会，让他呆会再打。可每次放下电话，不知什么原因，李远方又不愿再打过去。直到有一天许姨从香港返汉，他坦诚地向她叙说了二叔祖的故事，同时毫不忌讳地表达了自己心中的疑惑。

许姨被李远方的诚心所动，从头至尾，自上而下，一五一十地讲述了周敏父母及祖辈，惊心动魄的江湖故事。李远方听后，对天长叹，心里已确证：周敏即是二叔祖的亲外甥女、自己的亲表姐无疑。

每想及此，李远方既兴奋又惶恐，他无法克制自己再次同周敏相逢的迫切情怀，无法想象见面后尴尬迷离的情景。

肖畅在参加完天兴洲时代乐园典礼后，旋即随省里代表团出国考察。她在考察其间，给李远方来过几次电话，叮嘱他将远方集团近几年所取得的辉煌业绩和未来的发展目标，请专家整理成册，最好拍成专题片，做好进军海外市场的准备。

事业的发展带来了家族的兴旺，“五一”过后，从台湾又传来好消息。李氏家族在台湾的后人，又添五名人丁，另外，有四名子弟同时在欧美获得博士学位，有三名才俊喜结良缘。

李远方意气风发，再一次进入刚刚创业时每天焚膏继晷、宵衣旰食的忘我境界。他决心要在本世纪末的最后三年，带领远方集团全体员工，百尺竿头，更进一步，再攀高峰。

当然，偶尔也有不如意事，譬如陈石泉突然造访。

不过，人是很奇怪的动物，有时经常不请自来的人，一段时间不上门来打扰，心里感觉好像不太正常，总让主人意识到——客有阴谋之诡，主有累卵之危。让李远方疑惑的是，陈石泉这段时间很少同自己联系，不知是市委领导出面干涉，阻止了这家伙的狂想，还是这家伙自己知难而退？他目前不得而知，也不好去追问市委领导。只得在心里默默祈祷杨帆，能顺利躲过这一劫难。

这天中午，刚从天兴洲工地回到汉口，李远方拨通了杨帆的手机，想利用午休时间，问一下这段时间，陈石泉有没有找他麻烦。

“喂，”杨帆在电话里笑道，“我刚到宠物市场。”

“宠物市场？”

"对，给老婆儿子，各买一条北京犬和蝴蝶犬。我建议你也给周丽买一条，譬如北京犬，或者是贵宾犬、西施犬，这些都是贵妇人所喜欢的。她每天一个人在家，有个宠物在身边，那日子就好很多，强似你在她身边，正好填补你不在她身边的精神空虚。"

"这建议不错，"李远方笑道，"你这家伙就会哄女人。"看了看手表："我马上来，你在市场门口等我。"

汉口宠物市场在合作路江堤外，沿堤达两里长，和花鸟市场毗邻。是中南地区最大宠物集散地，各种宠物应有尽有。

李远方到达后，二人来到宠物犬交易区，只见一溜排几百只铁笼里，关满了大小各种形状的犬类，估计有上千条之多。这些人类的宠物，瞪着奇形怪状的狗眼，伸着长短不一的舌头，审视着一批又一批从自己眼前经过的各种身影，对蹲下来凝视自己的人眼，报以哀怜的目光，偶尔摇头摆尾，发出几声讨好的轻吠。

"我的天！"李远方道，"这么多，怎么选啊？"

"认定目标，只选你要的！"杨帆建议道，"我建议你给周丽买一条西施犬或蝴蝶犬。我决定给宋红雨买这两种，正好她们日后可以一起遛狗，定期到宠物商店和宠物医院，还可以相互交流经验。"

"还有什么犬？"

"那就多了！"杨帆介绍道，"还有藏獒、拉布拉多猎犬、金毛猎犬、德国牧羊犬、大丹犬、罗威纳犬、比特斗犬、苏格兰牧羊犬、阿拉加斯雪橇犬、科利犬、杜宾犬、大白熊犬、尤白纳犬、迷你杜宾犬、查理士王小猎犬、松狮犬、博美犬、北京犬、腊肠犬、八哥犬、可卡西班尼犬、贵宾犬等等。"

"难得你记得，我脑袋都被你念迷糊了，看来养狗学问大。"

"当然，假如我能活到六十岁，一定以养狗为乐。"

"这是什么狗？"李远方站在一个大铁笼前问，"像只熊！"

"这就是著名的藏獒！"杨帆也站下来介绍道，"上百万一匹，最通人性，最忠于主人，最勇敢。而且一生只忠于一个主人，就是临死前，还担心主人伤心，偷偷跑到野外悄悄逝去。"

李远方心一惊，对眼前这匹通体漆黑闪光、双眼炯炯有神的犬类，充满敬畏之情，心里感叹，“我们人类缺少的正是这种精神。”

“两位老板！”一位五十多岁的肥胖男人，从铁笼边走出，一见杨帆，笑道，“这位老板经常来，么样？有意买，价格好商量。”

“对不起，”李远方道，“我们随便看看！”拉起杨帆就走。

“没关系，欢迎再来！”

“你这家伙！” 李远方对杨帆道，“经常有闲心逛市场？”

“还不是为了给宋红雨选条好狗。”杨帆边走边道，“自己不能给她多少温暖，寄希望于畜生。你说，这到底是爱她还是抛弃她？”

“不谈这些，”李远方道，“我们快去买三只蝴蝶犬走路，上班之前，我想跟你谈点事。”

“没问题，前面……”话刚出口，突然一位靓丽小姐，抱着一只漂亮的小狗，迎面疾步而来，高跟鞋一步不稳，一个踉跄撞到杨帆身上，身子倒向地面。说时迟那时快，杨帆一伸手将她拉了起来。

“对不起！”女孩一脸羞涩。

“没关系！”杨帆笑道，一边用手轻轻抚摸着她怀里那条金黄色纯毛小狗，赞叹道，“好漂亮的西施犬！”

“走吧！”李远方催道。

杨帆狡黠地同小姐点头告别，带着李远方来到蝴蝶犬的摊主前，二人不愿多讲价钱，一口气买下了三条蝴蝶犬。

“我们到哪？”出市场后，杨帆问。

“先把狗送回家，然后去我办公室。”

“好的！”二人各自走向奔驰、宝马。

坐进宝马，杨帆慢慢打开一张小纸条，这是刚才那位靓女传递给他的信息，只见上面一手秀丽的字体写到：“明晚十点，钱思鸣约我到卧龙宾馆八楼五号房，今晚十点我在老地方等你。”

原来，刚才撞上杨帆的，正是钱思鸣在疗养院一心追求的那位漂亮护士。杨帆不惜重金，加之色相引诱，终于将其征服，甘心充当杨帆的耳目。百密一疏，陈石泉在钱思鸣身边洒下天罗地网，做梦也没想到，杨帆会从护士身上寻找突破口。

杨帆通过内线得知陈石泉对自己实施全面监控，也采取了反侦察手段，同护士约会绝对不用电话。因为护士住在合作路，每次见面选择在宠物市场。二人碰头后，边欣赏宠物边谈心事，然后再分头到秘密地点幽会。刚才接李远方的电话，杨帆以为他不会来，顺口建议他给周丽买狗，谁知李远方一听真来，没法只得硬着头皮带领李远方在市场转悠。好在这漂亮护士异常灵光，看见杨帆身边有人，跟踪了半天，估计他一时难以脱身。于是，她匆匆写好纸条，故意撞上杨帆，在他抚摸小狗的时候趁机塞给他。当然，这诡计，都是杨帆提前传授给她的，今天真就派上用场。

“钱思鸣！”杨帆眼中寒光暴射，心里骂道，“王八蛋，我们二人终于到了面对面清算的时候……”

2

钱思鸣今天异常兴奋，三喜临门。

一是前两天身体做全面检查，医生告知他骨折已经愈合，不会留下大的后遗症，从今天起除了定点理疗外，鼓励他在医院内多自由活动，增加身体的恢复力度；二是今天是他老娘的七十大寿，老头举行家宴，昨天跟医生请假，允许他今晚在家休息，可以不来医院；三是昨天漂亮的荣珊护士，在自己半年来的勾引下，终于答应同他到卧龙宾馆开房，而且下早班后，主动到宾馆把房间定了下来。

三件喜事交织在一起，让钱思鸣昨晚彻夜难眠。

自出车祸以来，每天躺在病床上唉声叹气，拍床打椅。浑身上下到处是针眼膏药，吐出的气、拉出的尿都带有药味。更担心的是怕落下残疾，真是度日如年，痛苦不堪。只有在医生护士查房时，他才略微安神。一方面是不敢得罪医生，另一方面见护士个个温柔可爱，难免动了勾引之心，故作可怜状。在对几名护士逐个试探后，只有最漂亮、最有气质的荣珊不动心。这更激起了钱思鸣的斗志，决心不惜一切代价也要将其征服。毕竟是在欲海情天浪荡多年的老水手，知道如何见风使舵、顺水行船。几番重礼相赠后，荣珊终被打动，答应瞅机会满足他的鱼水之欢。可惜，受身体和医院条件的限制，二人只能在房间里亲亲嘴，摸摸身。

这无异于是让钱思鸣在欲火上煎熬。

现在，自己不仅可以活动自如，而且天赐良机，几件喜事同时降临，钱思鸣再也无法忍受欲火的焚烧。早上接受完例行理疗，迅速将提前找荣珊搞到的迷药，藏进内衣口袋，又赶紧拿起床头电话，通知老婆：火速开车来接他回家。

中午，钱主任主持家宴，一家人围坐在客厅，举杯相庆，其乐融融。

“思鸣啦！”钱主任人老话多，一杯五粮液下肚，不忘教训儿子，“你现在已经是当爸爸的人了，这次车祸以后，再也不能像以前那样野马无缰，自由散漫，要多关心老婆儿子。”看了看老伴：“我和你妈都是七十多岁的人了，说不好哪天一睡下去就起不来。别让我们在有生之年，再看到你有什么不测！”

“爸！”钱华不爱听这话，没等弟弟开口，抢先道，“今天为老娘做七十大寿，说这些不吉利的话干吗？”

“对！”钱华的老公赶紧站起来，附和道，“钱华说得对，今天是大喜的日子，我代表我们一家三口，敬二老一杯，祝二老福如东海寿比南山。”说到此，用手扯了扯钱华，暗示她一起举杯。

“好，一起敬二老！”钱华马上站起来，又拉起女儿，“来，我们一家三口，祝二老身心健康，长命百岁！”

“祝外公外婆长命百岁！”女儿很懂事，站起大声祝福。

“好、好、好！”钱主任和老伴笑呵呵抖动着手各自喝一口。

“来，老公……”钱思鸣的老婆见钱华蔑视自己的眼神，心里不大受用，站起来一手举杯，一手搂着站在凳上的儿子，故作亲热状，“我们一家三口，也敬二老一杯，祝老爸福如东海大，寿比南山高。祝老妈瑶池春不老，寿域日初长！”家里就她的学历最高，所以，有意卖弄一下自己的文采，气一气大姑子。

“祝爸妈身体健康！”钱思鸣站起来举杯一饮而尽。

“好、好、好！”钱主任和老伴赶紧举杯，钱思鸣的母亲笑道，“只要你们过得好我们就好，看着你们事业有成，夫妻和睦，家庭幸福，孩子健康成长，就是我们最大的幸福。”见儿子还站着，心疼道：“怎么还站着？坐下说！”

“老爸、老妈！”钱思鸣没有坐下，眼里充满感激的泪花，“感谢二老四十年来，对儿子的爱护。儿子能有今天，完全是仰仗二老的关爱，特别是老妈，为儿子担心受骇了一辈子，我再不好好做人，还叫人吗？”哽咽道：“俗话说‘鸦有反哺之义，羊有跪乳之恩’，儿子以前糊涂，走了很多弯路。从今后绝不辜负你们的教诲，努力办好自己的事业，维护好自己的家庭，以报答你们的养育之恩！”

“好、好、好！”二老都被感动，老娘的泪止不住滚下来，颤声道，“看到你这样……我死也瞑目！”

“今天这是怎么啦？”钱华大声道，“高高兴兴地为老娘祝寿，怎么都搞得哭哭啼啼的？真扫兴！”

“好事，好事啊！”钱主任含泪道，“看到你弟弟这种变化，我和你妈打内心高兴，他这话是最好的寿礼。”又感叹道：“看来，人不经历磨难，是难成大事的！”

“谢谢老爸！”钱思鸣再一次斟满酒，举杯道，“儿子借这杯酒，报答二老几十年的心血！”说完，仰脖又一饮而尽。

“舅舅真了不起！”钱华的女儿崇拜道。

“来……继续喝酒，我们共同祝寿星老身体健康！”钱主任一声令下，客厅里又充满欢声笑语。

这餐家庭寿筵，直吃到下午三点多。钱思鸣和老婆又陪父母和姐姐一家，说笑了二个多小时。快六点，二人这才留下儿子陪二老，顺便让保姆装了几样熟菜，下楼坐进奔驰，向自己家里奔去。

回到家，钱思鸣又摆好餐桌，老婆将带回的几样菜热了热，拿出一瓶洋酒，夫妻二人面对面对酌起来。

“来……老公！”两杯洋酒下肚，这银行经理春心蠕动，醉眼迷离，脸上潮红涌现，嗲声嗲气，“欢迎你今天康复归家，小女子这厢有礼，请老公屈尊饮了此杯！”

钱思鸣本是色鬼一个，恨不得每天找女人消受，在医院憋了半年多，早已是饥鼠难耐。刚才在父母家就蠢蠢欲动，现在见老婆媚眼流光，淫声丝丝，那还承受得住，下面血脉喷张，猛地一口喝干杯中酒，两眼发红，一把抱起老婆就往卧室跑。

“你……干吗？”女人伏在钱思鸣肩上，嘴唇咬住他耳根。

进入卧室，钱思鸣三把两下就扒去老婆的衣服，又快速剥光自己的身体，也不掀开被子，将老婆按在被子上面，连喘带吼地大干起来。女人一声大叫，双手两脚紧紧缠住钱思鸣，随着他一进一退的腰身，一声赶一声地呻吟起来。

这场“肉搏”持续了一小时。二人同声大吼，瘫倒在被面上。

许久，钱思鸣一看钟，快九点，喘息道：“累死我了……我去拿饮料。”看了看女人，见她闭着眼点头，连说话的力气都没有。

钱思鸣爬下床，从衣袋掏出迷药，来到客厅取出饮料，自己先喝一听，小心将药倒进另一听，摇了摇，走进卧室，递给老婆。

女人眯着眼，一口气将饮料喝尽，钻进被子，沉沉睡去。

钱思鸣关掉电灯，也钻进被子，靠在床背上，一手抚摸着老婆柔软滑腻的身子，一手摩挲着自己硕大的老二，两眼在黑暗中闪光，脑海中浮现出荣珊甜美的笑容。

此时，在楼下钱思鸣奔驰车的旁边，一辆小面包车内，陈石泉暗中派来保护钱思鸣的两名侦查员，正好接到陈石泉打来的电话。

“陈队，”一人汇报，“没异常情况，钱思鸣刚跟老婆打完炮，已关灯睡觉。”埋怨道：“这家伙在上面快活，我们在下面受罪！”

“不能大意！”陈石泉叮嘱道，“现在正是见分晓的时候，随时都有可能出现意想不到情况，明白吗？”

“放心吧！”挂断电话，这人对另一个道，“九点多了，我去买点宵夜，你看好上面，盯紧奔驰。”

此时，钱思鸣卧室的挂钟，正好报九点半时刻，他推了推身边的老婆，死猪般推不醒，只听鼻孔里发出丝丝微微的气息声。

钱思鸣不再犹豫，黑暗中迅速穿上一套运动服，又拿上钱包钥匙，小心摸出房间，反手关好房门，探头看了看楼梯口，见一片寂静，这才走出家门，反手用钥匙插进钥匙孔，带上门，朝楼上摸去。上到楼顶平台，快速向楼下溜去。下楼后，见四处无人，溜出门栋，拐过墙根，穿过花坛，来到大街，拦上一辆的士，吩咐司机加速向卧龙宾馆奔去……

3

钱思鸣赶到卧龙宾馆大厅时，正好十点差五分，他三步并作两步跨入电梯，向八楼五号房升去。

就在钱思鸣进入电梯后，大厅一角的沙发上，一名垂头打盹、干瘦如猴的家伙突然站起来，快步走到大厅内线电话台前，拨通了八楼6号房的电话，告知房间主人："客人"已到。此人放下电话，迅速离开大厅，匆匆向停在宾馆斜对面黑暗处的两台的士走去。来到的士车前，给一台的士司机耳语了几句，迅速坐进了另一台的驾驶室，然后，二人都一言不发，在黑暗中默默地等待。

此二人正是杨帆的生死兄弟疤子和侯七，住在八楼六号房间接电话的正是杨帆，兄弟三人布下陷阱，准备钱思鸣自投罗网。

原来，杨帆昨天中午同李远方一起离开宠物市场后，先将蝴蝶犬送回家，然后来到李远方的办公室。二人就陈石泉近来的情形变化，进行了深入的交谈，李远方再一次告诫杨帆：千万不要玩火自焚。杨帆则极力表示：决不辜负好友的期望。

今天吃过中午饭，杨帆带着老婆儿子，买好端午节的礼物，先送到父母家。说笑了一个多小时，留下儿子，又同老婆一起送礼到丈母娘家。晚餐在丈母娘家，同老丈人对酌三杯，稍息片刻又带着老婆回到自己家里。夫妻二人难得儿子不在家，一时性起，双双赤身裸体，泡进浴缸，极尽纠葛缠绵，大行鸳鸯之欢。

一番云雨后，杨帆将宋红雨抱进卧室，送进被窝，温柔道："夫人，我给你榨杯果汁，再美美睡一觉。"赤身来到客厅，榨好两杯果汁，自己先喝上一杯，悄悄从衣架上西服口袋内拿出荣珊给他的迷药，倒进宋红雨杯里，摇了摇，转身送进卧室，递给宋红雨。

宋红雨接过果汁一饮而尽，又一头倒下。

杨帆走到窗边，轻撩窗帘向下看了看，见自己宝马边停了一辆面包车，他轻蔑一笑，回到床头，钻进被窝，关上房灯，靠在床头，一手抚摸着宋红雨飘逸的秀发，一手捂着自己的胸口，两眼在黑暗中死死地盯着对面墙上的夜光钟，期盼时针指向八点五十分。

此时，楼下杨帆宝马车旁，一台微型面包车内，陈石泉派出盯梢杨帆的两名侦查员，正及时给陈石泉回报。带队的拨通了陈石泉的手机，小声道："陈队，目标已经熄灯睡觉，没有异常情况。"

"不能掉以轻心！"陈石泉叮嘱道，"今天钱思鸣回家过夜，说不定他们有暗线通气，很有可能利用今天这个难得的机会，实施行动，有情况随时向我报告！"

"是！"这名侦查员挂断电话，对旁边的一位道，"我盯着宝马，你关注楼上的窗子，今晚上我们要熬一晚。"

楼上房内，杨帆一动不动地躺在床上，思绪纷乱。黑夜笼罩下，房间异常寂静，墙上钟表里秒针的"嘀嗒"声，有节奏地滚动，让人更觉得时间一分一秒的难挨。一阵孤独感袭上杨帆的心头，他无法使自己平静下来，往事潮水般涌上心来。

他想起了自己梦幻般的童年，想起长江边牵妈妈手踏破日落黄昏的幸福时光，想起骑在爸爸背上数落夏夜星辰的快乐情景。

岁月如梭，童年转瞬变成了少年。那年夏天，几名男女同学到江边玩耍，金色沙滩上，大家玩"夫妻种地"的游戏，他选择了一名喜欢的女孩充当自己的"妻子"。那一刻，斜阳余晖的浪漫沙滩上，"妻子"为报答"丈夫"辛勤劳作，深深地吻了他。那一吻，使他胆战心惊。从此，懵懂不谙风情的他，真就爱上了这个"妻子"，心中镌刻下那胆战心惊的一吻。然而，这爱是青涩的，就像不太成熟的橄榄，咀嚼得他这个青涩少年头脑发胀，两眼泪流。其后，当他一次又一次抓住自己"妻子"跟几名男生幽会时，情窦初开的少年愤怒了。然而愤怒的结果，是他不仅遭到了"妻子"的唾弃，更受到同学的嘲笑，被入侵者暴打。那种滋味比咀嚼不太成熟的橄榄更令他难受。

这就是他的初恋，苦涩而难忘。从此后，他不太相信女人，在他的意识里，一个纯洁如花的少女都虚伪放荡，其他的女人当然可想而知。于是，在他灵魂深处，真情慢慢消逝，随着年龄的增长，他日渐变成了一名玩弄女性的花花公子。

"嘟……现在时间，晚上八点半！"报时器将杨帆从回忆中惊醒，他推了推宋红雨，见她毫无反应，又一声长叹，思绪回到过去时光。

他想起了大学二年级时，一次周末回家，在从徐家棚过汉口粤汉码头的轮渡上，一位丰姿绰约的少妇主动找他搭讪。从天而降的艳遇让他忘乎所以，他拒绝了李远方的劝阻，下船后在少妇的引诱下，迈进了她的家门，睡上了别人的温床。不曾想天有不测风云，少妇的老公出差途中路遇两位战友来汉相聚，不得已提前归家。三人进门正好将一对苟合男女堵在房里，当他被痛打后拖到大街上时，连喊救命的力气都没有。那一刻，他生不如死，决心痛改前非，重新做人。在后来的日子里，他遇上了辛雅娟，用真情去爱她，要跟她白头偕老。可惜，人愿不如天意。他又遭到了钱思鸣的横刀夺爱，被钱思鸣一顿痛打羞辱，后来在酒精的麻醉中，几乎被大火烧死。

从此以后，在他灵魂的深处，又种下了复仇的种子。好在后来碰上了宋红雨，他又找回了阳光般的爱情生活。再一次决心过安逸的家庭生活，同身边这位美人比翼双飞，直到人生的终点。

然而，美好的愿望再一次破灭，钱思鸣再一次将他送进痛苦的深渊。在新疆近三千个日日夜夜，他走过了人生最黑暗的年轮，将人生最美好的时光，消磨在荒漠戈壁的凄凉之中。

时钟指向了八点四十，杨帆抹了抹眼泪，心想：“人生如钟，从零点开始，转一圈又回到起点，我杨帆哪是起点？哪是终点？”

想到此，他心里恶狠狠咒诅：“钱思鸣啊钱思鸣，今天就是你生命的终点，我要让你死无葬身之地！”

秒针在滚动，“嘀嗒”之声清脆均匀，荧光在黑暗中跳动。杨帆纷繁的思绪，开始沉静下来，他再一次抚摸着宋红雨的秀发，低下头深深地吻着她的眼睑，柔声道：“我的爱人，我为你报仇去，哪怕献出我的生命。”

终于到了八点五十整，杨帆一骨碌爬起来，迅速穿上一套旧运动服，拿起钥匙，慢慢关上房门，探头看了看楼梯口，见无人上下，轻手轻脚出来，反手扭动门锁关好，迅速上楼，来到楼顶后，进入另一门栋，快速向楼下奔去。下到门栋口，四下看了看，见无人走来，溜出门栋，拐过墙角，穿过花坛，来到街上。正好一台的士停在他的身边，他拉开车门，坐了上去。

“都安排好了吗？”上车后，杨帆冷冷问。

“一切就绪，”开车的是疤子，边开车边答道，“昨天下午我亲自到卧龙宾馆查看，将八楼六号和七号房包了下来。下午又派人对监控探头进行了处理，工具箱刚才侯七已送进房了。”

“桃园春那边如何安排？”

“照常营业，”疤子继续道，“老贾、侯七和我准时晚上六点，上二楼三号包房斗地主。打开窗子，下面陈石泉派去盯梢的正好看到我和侯七的背面、老贾的正面。七点后，我和侯七前后上卫生间，两个按我们身材选好的弟兄，换上我们的衣服，分头上去顶替我们，然后，侯七开的士去宾馆，我到这里等你。”

“跑快点！”杨帆吩咐道，“九点半之前赶到宾馆，我必须到宾馆周边，再仔细考察一遍，确保万无一失……”

第六十五章

1

生命之所以可贵，因为这世上唯生命是无价的，所以古人有“两臂重于天下，身亦重于两臂”之说。

有人说“生命诚可贵，爱情价更高”这话让人难以接受，如果一位活得再新鲜不过的人，事先知道自己同心爱的人幽会必死无疑，这世上恐怕没有一个人会心甘情愿去赴这个约会。

所以古人还说：“慷慨杀身易，从容就义难！”

假如钱思鸣知道自己踏入卧龙宾馆后，会一去不复返，死无葬身之地，他逃跑的步伐，一定会比赴约的步伐快上百倍千倍！

可惜，人世间任何人，都无法预知自己的生死，一切圣人、达人、贤人、伟人莫不如是，何况一位微不足道的凡人。

晚十点整，钱思鸣怀揣一颗激动的心，按响了八楼五号的门铃。

“钱总真准时！”荣珊笑盈盈地打开房门，她身穿一套淡蓝色迷你休闲装，面不着妆，秀发披肩，自然清丽。一对高耸的乳房，一左一右，挺立在钱思鸣的面前。

“当然……”钱思鸣在医院看见荣珊时，她穿的都是护士装，秀发包裹在护士帽里，双乳隐藏在白大褂中。现在陡然见她如此青春艳丽姿容，人酥软了一半，说话不太利索灵光，进房后才接着道：“男子汉大丈夫，千金一诺……说话就要算话。”

“你这么晚出来，”荣珊主动坐到床上，秀眼勾着钱思鸣，“尊夫人不会发现吧？要被她发现，那我以后在医院可就呆不下去了！”

“她睡得像个死猪！”钱思鸣挨着荣珊坐下，左手拉住她的右手，兴奋道，“我天亮之前赶回家，她绝对发现不了。”又神秘道：“你提供的药还真管用。”不再多说，猛地将荣珊抱住就亲起嘴来。

“哎呀，”荣珊猛地挣脱他，站起来，“满嘴的酒气！”见钱思鸣两眼发红，又上前一步，拉住他的手嫣然一笑：“我们先洗个鸳鸯澡，然后再……反正我今晚就交给你，你想怎么样……就怎么样！”

“好！”钱思鸣站起来就脱衣服。

钱思鸣此时心旌摇荡，血脉喷张，等不得荣珊脱衣服，双手就开始在她身上摸捏起来。

“你先进去，”荣珊柔声道，“把浴缸放满水，我马上来。”

“遵命！”钱思鸣赤身进入卫生间，躺在浴缸里。

突然一位高大的男人闯进来，右手紧握着一把尖刀，挥刀尖紧抵钱思明的喉头，右腿踏向他的胸口，两眼寒光暴射，死死地盯着自己。

钱思鸣大脑轰地一炸，心里不住战栗，随即透凉。

他认出来了：此人正是自己的仇敌杨帆。

他更明白：自己今天的死期已到。

钱思鸣慢慢从惊恐中清醒，他不能等死，猛地右手挥向杨帆的右腿，左手撑住浴缸壁，双脚一弓，屁股一拱，想翻身起来。终是白费力，右手挥在杨帆腿上，就如同击在铁柱上，左手和双脚不仅没有翻起来，反而因翻动将抵在喉头的刀尖，插进了自己的皮肉。他痛苦地又伸直双腿，双手抱住杨帆的右脚，想拼命移开。可惜他直挺挺地躺在浴缸里，身上又涂满了淋浴液，左翻身子向右滑，右翻又向左滑，加之杨帆的脚如同铁柱般钉在胸口，怎么样也使不上气力。由于他左右摆动，被鲜血染红的血水在浴缸里滚荡，不时满进他的口里，又带出一口浓血出来，向杨帆右腿四周漫延。

“别动，”杨帆冷冰冰，“怎么动都是徒劳，你再也不是十六年前的那个钱思鸣，我也不是以前的杨帆。你用自己和老爹的关系，勾结一帮败类刑讯逼供，严刑拷打，诬陷良民，草菅人命，将我和一帮无辜兄弟送入监牢，发配新疆。你们打着为民除害，伸张正义的名义，实则干着祸国殃民、贪赃枉法的勾当，完全是一群国贼禄鬼，真正是恶不忍闻，罪不容诛。”突然眼放寒光：“现在，我不妨告诉你……你们这一帮真正的坏人，都得到应有的惩罚。二十七人中，除了十人提前死之外，另外的十六人，都死于我杨帆精心布下的陷阱，今天你是最后一个。”说到此，惋惜道：“可惜……我没有亲自动手杀他们，所以，今天必须从你身上补回来。”

他一刀捅进了钱思鸣的肚子，钱思鸣猛地张大嘴巴，两眼泪涌，口中血水暴流。接下来，杨帆在他上身一刀接一刀慢慢插进去，又轻轻抽出来，每抽出一刀，血水就汩汩而出。

此时的钱思鸣，真是生不如死，人完全瘫倒在浴缸里，眼睛逐渐闭上，鼻孔的气息渐渐微弱下来。

杨帆翻了翻他的眼睛，瞳孔正在放大，嘴唇贴近他的耳朵，轻声道：“现在……我准备把你大卸八块，装进两只旅行箱，然后沉于长江。从今后……人世间再也找不到钱思鸣这个人了。记住……你来生不管是做人做鬼，千万莫再干坏事。”

尖刀慢慢划向钱思鸣的心脏，猛地刺了进去……

2

宋红雨一觉醒来，旭日横窗，金色的阳光，透过淡黄色的纱帘洒满房间。地板上清光漆在光射下亮光点点，席梦思上柔红色毛毯，像一泓温泉流瀑在自己身上。她看了看身边的杨帆，正赤身依偎在自己的身侧酣睡，鼻孔中哈出的气息，横吹在自己胸脯上阵阵温热。她忍不住摩挲着他乌黑的头发，心中充满幸福而自豪的温情。再凝视着他的睡态，只见帅气而略显消瘦的脸上，微露出狡黠的笑容。

大概这是结婚女人的共性，每天清早睁开眼后，首先关注的就是身边的丈夫，是否还安睡在自己的身边。

“钱思鸣……”杨帆突然翻身朝外，梦呓道，“你个王八蛋，死有余辜，死有……余辜！”

宋红雨心一惊，小声骂道：“这王八蛋在梦中还在打架骂人。”又想到：钱思鸣这王八蛋，的确是死有余辜，天下的坏事都干尽，早就该死。可惜好人往往是命不长，坏人却祸害千年。听沈小虹说，他重新结婚后还生了个儿子，这岂不是接班人都有了？老婆还是银行的经理，据说很风骚。又想起凤丫头曾透露，出车祸前这王八蛋专门跟远方集团抢地盘，一定是现在出院了，又开始跟我们远方集团作对，所以杨帆做梦都在骂他。想到自己被这王八蛋强奸的痛苦，恨不得亲手将他杀死，一时又叹息：“每个人都有自己生活的乐趣，这钱思鸣专门是以害人为乐趣。她老婆是不是也是一个女魔头？是不是此时也像我一样，躺在席梦思上抚摸着自己的男人？”

杨帆一句梦呓居然勾起了宋红雨的七思八想，她决定邀上凤丫头，到钱思鸣老婆上班的银行去看看，说不定会找到她违法乱纪的勾当，也许还会探出她包养小白脸的丑事来……

当宋红雨躺在床上胡乱猜疑，想寻找钱思鸣老婆晦气时，钱思鸣的老婆正六神无主，像热锅上的蚂蚁，到处寻找老公的踪影。

早上，当她从沉睡中醒来，一摸身边空荡荡的，老公不知去向。再看了看钱思鸣的衣服，还挂在衣架上，估计他在蹲卫生间，叫了几声，不见回音，赶紧爬起来，拉开窗帘一看，奔驰车还在楼下，这下真有点心慌。

“这王八蛋！”她每个房间看了看，空荡荡的，回到床头拿起电话就拨打钱思鸣的手机，关机。正要骂，瞥见手机放在电话机旁，又赶紧给钱思鸣的父母去电话，是保姆接的，告知没去。心开始怦怦直跳，又给医院去电话，同样没去。这时开始恐慌，分头给想得起来的亲戚朋友去电话询问，都是一个结果——没去！

她顾不得多想，迅速穿好衣服，正准备出门，突然想起前几天陈石泉提醒她：如发现钱思鸣有什么不对，赶紧给他去电话。她哆嗦着从手提包内翻出陈石泉的号码，边出门边掏手机拨打起来……

陈石泉昨晚上一夜未睡，钱思鸣回家他既兴奋又担心。兴奋的是，杨帆可能借此机会动手，他正好一网打尽，将这几年来的系列谋杀案，一案带十案告白于天下，不辜负领导对自己的期望；担心的是，生怕出现不测，不仅全功尽弃，有可能自己和分管局长的位子都保不住。好在一夜相安无事，凌晨五点他才拖着疲惫的身子回家睡觉。

早八点，老婆叫他过早，他睡眼朦胧，赖在床上不想动。

“唉！”陈石泉挣扎着坐起来，靠在床头，拿起电话拨通了在办公室值班的胡队副，“喂，老弟，情况怎样？”

“一切正常！”胡队副回答道，“我刚跟几个点通完电话，钱思鸣还在家睡觉，杨帆在家睡觉。桃园春的三个王八蛋，斗了一晚上的地主。现在才收摊，都倒在酒店解困。”

“好的，有情况随时通知我，我有点不舒服，晚点来。”

“没问题！”

“老婆，我不过早！”挂断电话，陈石泉冲着厨房喊，“九点再叫我起床。”一头倒在床上，拉上被子又沉沉睡去。

刚倒下，迷糊中枕头边的手机响了起来，摸出手机，贴在耳朵上，有气无力地问道：“是谁？”

“陈队长，”耳机里传来一位女人急促的声音，“我是钱思鸣的老婆，钱思鸣他……他失踪了！”

“什么？”陈石泉猛地坐起来，脑袋轰的一炸，大声道，“你慢点说，到底是怎么一回事？”

“是……这样……”钱思鸣的老婆哭诉着，将钱思鸣昨天回家，到今早不见人影的情况，慢慢讲述了一遍。

“你不要外出，”陈石泉交代，“三分钟后我们人就到。”

放下手机，陈石泉赶紧给胡队副去电话，说明情况后，跳下床，快速穿好衣服，佩戴好手枪，提起公文包就向门外跑去。

路上，陈石泉先向局长作了情况汇报，然后又分头给各个小分队下达指令，命令大家全力寻找钱思鸣的下落，活要见人，死要见尸，分派完毕，拧开警报器，一路呼啸着向钱思鸣家奔去。

赶到钱思鸣家，先期到达的侦查员还在家里进行认真地侦查，分队长就侦查的具体情况，向陈石泉作了详细介绍。

“如此说来……”陈石泉思索道，“钱思鸣不是被挟持走的？”

“对！”侦查员肯定道，“家里只有他们夫妻二人的脚印，而且钱思鸣出门的脚印很有规律。”

“门外的脚印如何？”

“早上门栋里出门的人太多，分辨不清钱思鸣出门后的去向。”

“你们昨晚几点睡的？”陈石泉回头问钱思鸣的老婆。

“九点多！”

“晚上家里有什么动静？”

“不知道……我一觉睡到早上七点多才醒！”

“哦……”陈石泉蹙眉道，“以前有过这种现象吗？”

“没有！”她不好意思说出昨晚二人疯狂做爱的情景。

“睡觉之前吃过什么……或者喝过什么？”

“睡觉之前……”钱思鸣的老婆回忆道，“我们一人喝过一听饮料。”指了指床头柜上的易拉罐：“就这两听雪碧！”

陈石泉拿起看了看，递给侦查员：“带回去化验一下，”又对钱思鸣的老婆道：“你不要着急，也不要声张，也许他中午会回来。如果中午没回来，你再同我们联系。”对分队长道：“留两人在这里继续观察，其他的人跟我去医院。”说完，带头出门。

“陈队，”来到楼下，分队长问，“这家伙不会有事吧？”

“但愿不会！”陈石泉叹道，“江山易改，本性难移。这家伙在医院憋了半年多，大概出去找小姐或情人去了。我估计饮料里面有迷药，等化验结果出来就知道。”

“哦……”分队长如梦方醒，“有道理，有道理。”又疑惑道：“不过，他应该早上溜回来才合情理？”

“这也是我所疑惑不解的，现在不管这些，你去一趟技侦处，查一查监控电话，将钱思鸣这段时间同女性通话的单子，全部打印出来，送到我办公室，将对方的详情附在后面。另外附带将杨帆一伙，同女人通电话的记录也打印一份。”

“明白！”

陈石泉突然感到一阵难受，大脑疲惫而迷茫，然而，心里却异常雪亮。

他深深明白：钱思鸣也许永远回不来，他陈石泉如果这次查不清钱思鸣失踪案，很快也要离开组长的位子。

他突然对未来充满了失望，对杨帆一伙充满了钦佩……

第六十六章

1

一九九七年七月一日香港回归，是中华民族的大事件。自清降以来，百年中国的民族屈辱史，将在这一天被香江之水洗刷干净。

中英两国政府为香港回归进行了多轮谈判，最后英国政府不得不做出让步，同意于一九九七年七月一日这天归还香港。双方决定：从六月三十日午夜至七月一日凌晨，两国政府香港政权交接仪式在著名的维多利亚港举行，宣告中国政府对香港恢复行使主权，中华人民共和国香港特别行政区成立。

“五一”节过后，全国各大小媒体开始围绕这一重大主题大做文章。除国家领导人相继在各种场合表达中国政府对香港回归的立场外，一切社会贤达、学术名流、商界精英以及其他各个领域的公众人物，都竞相闪亮登场，对香港特别行政区未来的前途和发展，在各种媒体上发表各自的高见和宏论。国际舆论对香港回归，也给予高度关注，各国政要纷纷发表讲话，对这一世界性的大事记发表评论。

进入六月，国际金融市场出现了多股强大的逆流，一场即将席卷东南亚各国的金融风暴，开始滋生蔓延。国际金融大鳄们纷纷出洞，他们寻找契机、认准目标、倾其所有、连环下套，发动了一场惊心动魄、旨在摧毁东南亚各国经济基础的货币战争。

就像是受这场金融风暴的影响，六月中旬，长江中下游地区突遭暴雨袭击，强降雨连续下了整整十天。湖南、湖北、江西、广东等省近五十多个地市州县受灾。长江水位暴涨，武汉关水位超过警戒线，国家防总启动紧急预案。

强降雨过后，又开始了烈日暴晒，气温骤升，长江两岸热浪滚滚，大街小巷行人稀疏，武汉三镇处于水深火热之中。

“这武汉真不是人呆的地方。”六月二十八号上午，杨帆一走进李远方的办公室，就开始抱怨，“从车上下来，到你办公室，不到五分钟，你瞧，我的衬衣就汗透了。”

“到空调下面吹一下。”李远方递给他一听冰镇可乐，问道，“怎么许姨没跟你一起来？”

“让我先来，”杨帆道，“说是处理一点急事。”又问道：“她这么急要跟我们见面，你知道何为？”

“不清楚，”李远方道，“她匆匆说了几句，好像是问我们愿不愿意去一趟香港？话没说完，就挂断了。”

“不会是……邀请我们参加香港回归交接仪式吧？”

“别做梦！”李远方笑道，“就我们这身份……能在这期间，允许我们进入香港就是万幸，还参加仪式呢？”

正说着，许姨满头大汗撞了进来，脸上显出焦躁不安的神色。

“许姨，”李远方赶紧递上可乐，“先喝口饮料，消消暑。”

“没时间。”许姨接过可乐，咕咚一气几乎倒尽，喘息道，“有些话我不能在电话说，告诉你们：周敏她……昨晚出事了。”

“啊！”二人大吃一惊。

“许姨，”李远方心怦怦直跳，“为……什么？”

“现在还不太清楚。”许姨掏出手帕擦了擦汗，“我马上回香港，周敏的意思是……想你们也去一趟，你们可否愿意？”

“当然！”二人异口同声。

“好！”许姨点点头，“正常途径来不及，急事急办。你们准备一下，明晚十一点前，赶到深圳罗湖海关，我派人十一点准时接你们。”又叮嘱：“此事不要告诉任何人，就是周丽和宋红雨也不要告诉，最好秘密行动。”从手提包掏出一个手机，递给李远方：“把你们的手机留在家里。”说完，招呼也不打，疾速出门而去。

许姨走后，二人一声不吭地坐在沙发上，都心情沉重。

李远方心里一片迷茫，想起了十年前第一次在海南岛同周敏邂逅的情景，温馨、留恋、心动、凄楚交织在一起涌上心头，又想起幺爹在红楼前的叙述，期盼她平安无事，渡过难关。

“我们怎么行动？”李远方突然开口，他知道杨帆善于搞秘密行动，“是坐飞机还是坐火车？我好安排人去购票。”

“明天，”杨帆冷静道，“带上老婆孩子，到咸宁九宫山避暑。”

“避暑？”李远方不解。

“对，正好明天是周末，我们今天下午就动身。我一直没告诉你，我现在一切行动都在陈石泉监控之下，电话早被监听。”他见李远方惊诧的神情，提醒道，“而且，你的电话恐怕也被监听了！”

“不会吧？”李远方又瞪大眼睛。

“但愿不会！”杨帆继续道，“这只是我的推断。”他一口将可乐喝干，解释道：“我们带上老婆孩子，今天赶到九宫山，然后二人连夜下山，赶到咸宁火车站，坐过路车到广州。到达广州后，再坐的士赶到深圳。回来时我们同样坐火车到咸宁，接上老婆孩子回汉。”又叮嘱道：“带上你的人大、政协代表证。”

“这……”李远方蹙眉，“怎么向周丽她们解释？”

“这好办，上山后，我来安排……花点小钱，找一个当地的人，冒充咸宁某公司老总，邀请我们下山考察他的生产基地。我们把手机留在山上，防止卫星定位跟踪，迷惑陈石泉。”

“这办法可以！”李远方道，“我们赶紧分头行动，我马上通知周丽，你通知宋红雨，让她们准备。”

“错了，”杨帆指了指自己手机，“你先通知周丽，就说咸宁有人邀请你们一家去避暑，我估计周丽会建议带上我们一家。如没有，你再建议带上我们。”他看了看表：“一小时后，你再打手机通知我，就说到九宫山避暑。记住打手机，让陈石泉知道我们上了九宫山。”

“明白。”李远方点头。

“那好，我去准备!”杨帆起身大步而出。

李远方不再多想，拿起桌上的电话，拨通了周丽的手机，脑海中却浮现出周敏美丽凄婉的面容……

2

深圳罗湖海关，被誉为中国第一关。每天，从日出到月升，五颜六色的人群，拎着大包小包进出口岸，摩肩接踵，络绎不绝。

口岸前是广场、车站、停车场，四周布满宾馆酒店。因为要举行交接仪式，解放军驻港部队将从这里进驻香港，所以一眼看去，口岸前广场上，到处都是全副武装的装甲兵车和步伐整齐的军人。

广场四周的宾馆酒店内，灯火通明，人声鼎沸。再远处，高楼大厦林立，五彩霓虹闪耀。

李远方和杨帆赶到罗湖海关，不到晚上十点，二人走进口岸对面一家酒店，找了一个靠窗位坐下。杨帆点了几样下酒菜，要了一瓶小茅台，兄弟二人开始边喝边聊。

“少喝一点，怕晚上有事。”李远方叮嘱。

“放心,”杨帆道，“今晚绝对要保持头脑清晰，我主要是想以酒壮胆，怕见到胡蝶时……胆怯而不能自已。”

“是啊,”李远方感叹，“情人之间，往往出现很多戏剧性的场景。恨别时，发誓再也不见面，可再次重逢时，比上次爱得更疯狂。这大概就是作家们所称道的生死情仇。”突然想起那一年，自己也是秘密来到深圳，准备过这罗湖海关去香港找周敏。谁知出宝安机场被王虎拉到海边渔村，在海边同周敏二人，装扮成一对小夫妻走亲戚。那是多么令人神往的美好时光。一对小夫妻坐在海边看海上日出，叹明月卧波，历雨打芭蕉，风雨中相拥相抱，情真意切。

想到此，他举杯同杨帆碰了碰，一口而尽，回忆道：“几年前我曾经要过这罗湖海关，去香港同周敏见面。可下飞机后，糊里糊涂被她的保镖王虎拉到海边，过了几天渔民的生活，那情景令人陶醉。今天真就要过去……不知等着我的会是何等的结果？”

“别想多了！”杨帆安慰道，“是福不是祸，是祸躲不过。等一下，就知道是怎么一回事。”

“说得对，尼采说‘爱和怜悯都是恶’，我第一次见到周敏时，只是想利用她，后来渐渐地爱上了她。现在不仅是爱她，更多的则是怜悯她。看来我今生今世是无法摆脱人生‘恶’的魔咒了。”

“我理解你……我也深受其苦。”

“你不理解。”李远方摇头道，“风月无古今，情怀自浅深。人只有置身其中，才能体会真情实感。所谓感同身受，在我看来，只有‘感’而没有‘受’。现在我和周敏的关系，不仅仅是情人的关系。”

“此话怎讲？”

李远方看了看时间，盯着杨帆：“周敏是我的亲表姐！”

“有……这种事？”杨帆瞪眼看着李远方，刚要送进口里的一只椒盐虾，从筷子上掉了下来。

“的确使人难以相信！”李远方眼内充满深情，“这种奇遇的概率是亿万分之一，她是我二叔祖的亲外孙女……”于是，将幺爹的叙述和向许姨求证的事实，前前后后、一点一滴向杨帆重复一次。

“我的天！”杨帆放下杯子，“这真像是一场人生悲喜剧。看来你们李氏家族近几代人的历史，可写成一部百年中国的历史演义。”

“可以这样说，历史是一部大悲剧，人生是一部小历史。我们李氏家族近几代人的生命史，正是中华民族二十世纪苦难历史的真实写照。只不过我们这几代李氏家族的人在人生的小历史中，被无情地淘汰，没有写下令人神往的光辉一页。”

“什么人才算是光辉的一页？”

“太多了！”李远方感叹，“中华民族五千年的历史，能写下光辉一页、彪炳史册的人，灿若繁星。从尧、舜、禹、汤、周、孔开始，到近代的像康有为、梁启超、孙中山、鲁迅、陈独秀、蔡元培、胡适、华罗庚等这些大政治家、大思想家、大教育家、大文学家、大科学家，真正是数不胜数，不知凡几。”

"如此看来，"杨帆思索道，"能在历史上留下光辉一页的，都是些圣人和知识分子，像我这种人只能等来世。"

"对，在历史的舞台上，'圣人无死地，智者无困厄'，而我们这些平民老百姓，在人生的悲喜剧中，只能充当悲剧的角色。"

话音刚落，手机响了起来，李远方忐忑不安地按下接听键。

"喂……"是许姨的声音，"你们到了罗湖海关吗？"

"到了！"

"太好了！十一点整，你们到二路车终点站，有一台奥迪A6接你们，车号是……明白吗？"

"明白！"

"好，我们见面再说。"

"看来情况不太好！"杨帆摇头。

李远方没有接杨帆的话，眼里显现出凄苦的神情，呆呆地注视着窗外广场上的人群，渐渐地两颗泪珠滚落下来。

许久，他拿起桌上的纸巾，擦了擦眼泪，迷茫道："也许我们的人生，又要进入拐点，我们不得不勇敢地正视这一切……"

3

奥迪A6缓缓进入罗湖海关特别通道，站在两边执勤的武警战士，都立正行军礼。

车过深圳河，进入香港，停在出口边一辆奔驰旁。来人扭过头来，指了指奔驰，示意李远方和杨帆换车。

李远方和杨帆赶紧下车，奔驰门自动打开，二人钻了进去。

副驾位上，也坐着一名穿英方制服的海关官员，冲李远方他们淡淡一笑，然后示意司机发车。

奔驰慢慢驶出海关，拐入大道，风驰电掣般向前飞奔。

香港的夜色异常美丽，到处五彩缤纷，光怪陆离。沿途喜迎香港回归的各种彩旗标语随处可见，在霓虹灯的闪耀下，异常醒目。

李远方无心欣赏美景，他默默地注视着窗外一掠而过的夜景，心潮激荡，难以自已。十年来同周敏相识相爱的情景，一曲曲，一幕幕，犹如车窗外大道旁鲜艳的旗帜，不断线地在眼前飘动。

车到一座高耸入云的大楼前停下，一辆豪华林肯车，快速驶了过来，副驾位上的海关官员，扭头对李远方他们道："二位请下车，上前面那辆林肯，我到此为止。"

李远方和杨帆又快速下车，不等打招呼，奔驰已掉头疾驰而去。林肯车上，一位彪形大汉从副驾位上下来，顺手拉开身后的车门，对李远方和杨帆道："二位辛苦，我奉命前来迎接你们，请上车。"

二人前后跨进车内，彪形大汉关好车门，又坐回到副驾位上。林肯一声鸣笛，向前疾驰而去。

一刻钟左右，林肯拐入一片山林小道。此时正是零点时分，小道两旁幽深宁静，罕有人迹。顿失了刚才在城区的繁华景象，就如同进入另外一个世界。又过一刻钟左右，林肯缓缓停在一幢隐蔽于山坳深处、被密林环抱的别墅门前。

彪形大汉跳下车，拉开车门："到了，二位请！"

李远方和杨帆慢慢走下车，只见别墅门前，五六名彪形大汉来回走动，每人手上都握有枪支。李远方和杨帆正要进去，许姨从里面迎了出来。她两眼浮肿，面容憔悴，和昨天判若两人。李远方和杨帆心都一惊：两天时间不见，许姨就像一下老了二十岁。

"辛苦你们了！"许姨迎上来，先抱了抱李远方，再抱了抱杨帆，眼中泪水止不住滚了出来，小声道，"跟我来！"

进入别墅，里面装潢得富丽堂皇，七八个男女佣人脚不沾地，在各个房间跑进跑出，个个神色慌张，人人表情紧张。

李远方心怦怦直跳，他估计周敏凶多吉少。怜悯之情、凄苦之爱抖然而生，随着脉搏的急速跳动，不断撞击心房。

三人走进一间宽大的房间，李远方浑身血脉凝固，大脑嘭的一声炸响，泪水一下涌了出来。

他看见周敏双眼紧闭，脸色苍白，浑身裹满纱布，纱布上渗满鲜红的血渍。双手双脚上挂满点滴，整个人一动不动地躺在一张白色大床上。一左一右两名医生守卫在床边。

“怎么样？”许姨问，“还没醒来？”

“失血太多！”一名大夫摇头道，“加之伤势太重，受伤后又奔跑颠簸了近半小时……能坚持到现在已是奇迹！”

“阿敏！”许姨哭道，“李远方和杨帆赶来了，你不是要我把他们请来吗？他们就站在你面前，请你睁眼瞧一瞧！”

李远方小心坐到床边，看了看医生，见对方表情平淡，小心伸出双手，轻轻握住周敏的手掌。一股冰凉的感觉，通过周敏的手掌，传到他手心，再经过手臂传遍全身，他感觉心一阵接一阵的战栗。

许姨和杨帆默默地站在身后，三人都在等待周敏苏醒过来。

李远方心中好不酸楚，两眼凝视着周敏苍白的面容。只见她尽管鼻孔中插着氧气软管，但美丽俊俏的脸上，一对柳眉依然如画，眉下，两弯睫毛闪闪发光。这是一张充满青春诱惑的脸庞，在过去相聚的岁月里，她常常笑靥如花，温柔似水。可现在她就这样静静地沉睡着，看上去尽管冷冰冰，却不失高贵的神情和典雅的气质。

许久，李远方感觉到手心在微微颤抖，丝丝暖流蠕动。他心一跳，只见周敏闪闪发光的睫毛抖动了一下，随即眼睛慢慢睁开。

李远方心一跳，上前俯身相望，许姨和杨帆也疾步走上来。

“你来了？我刚……梦见你！”周敏凝视着李远方，眼中泪闪。

“对不起，我来迟了，没在你最需要的时候，同你在一起！”

“我梦见……”周敏神情向往，“你牵着……我的手，在黑暗中奔跑……跑到海边渔村，跑到……木兰山顶，怎么……哭了？”

李远方哽咽道：“我来……接你去武汉，离开这是非之地。”

“谢谢你！可惜我……不能同你一起走！”

“会的，”李远方小声安慰，“你很快……就会好起来，我们到武汉后，再重新创业……建设新家园。”

“家……园！”周敏仿佛被打动，脸上出现了些许的红晕，“我曾多次幻想……自己的家园，可这只是一厢情愿，你从没答应我。”

“我答应你，一定同你……共建家园！”

“难为你，那我在……奈何桥上……等你！”

“我……”李远方无言以对。

“许姨！”周敏对许姨道，“对不起……我没把事办好，留下烂摊子，给你收拾。待我……见到父亲，一定向他叙说……你……”

“阿敏……傻……孩子！”不等说下去，许姨泣不成声。

“杨帆，”周敏又盯着杨帆，笑了笑，“李远方……交给你了，别忘了……我们的生死诺言。叫你这远……跑来，就是想说这句话。拜托你帮助他……他这人太诚实……”一阵喘息后，遗憾道：“本来打算……等香港回归，去武汉同他……现在变成……梦想了！”

“你放心！”杨帆含泪安慰，“我杨帆誓死保卫好兄弟，刀山火海，在所不辞。另外，我会一如既往……同许姨合作好！”

“我这一生……”周敏又看了看三人，“尽管……只有三十九个……春秋岁月，可我享尽了……人间的富贵，也尝尽了……人间的凄苦。原打算……像父亲一样……轰轰烈烈过一生。”她盯着李远方充满深情道：“自从海南遇见你，听你陈述……九龙冲、白龙寨的神奇，听你诉说……童年的苦难，特别是听你讲母亲的故事，被你质朴的品德……所感化。我改变了人生的态度，决心下半辈子，做一个平凡的女人，过一段平安的日子！”又叹息道：“可惜……我杀人太多……方有此报！”说到此，泪水涌了出来。

“别这样说！”李远方的手在抖动，“你是好人，我想告诉你：你身上流淌着我们李氏家族的血液，你是我们李氏家族的骄傲。你是我的……”实在是说不下去。

“傻瓜！”周敏脸上又泛起红晕，“我就是……同你结婚，也不会流有……你李氏家族的……血液！”

“告诉你！”李远方颤抖道，“你是我二叔祖的……亲外孙，是同我血脉相连的亲表姐……”于是，向她简述了其中故事，最后哽咽道：“等你好了，我和你一起去见……你亲叔，这事许姨已安排。”

“千真万确！”许姨对周敏点头道。

“怪不得！”周敏盯着李远方，眼内放射出异样的光芒，小声道，“你……抱着我……听我说……”

李远方轻轻抱起她的头，耳朵贴在她的嘴上。

“我的爱……”她柔声道，“我每次同你做爱……都感觉无比的愉悦，原来我俩是……血脉相连。我一直想为你……生个干干净净的儿子……”她突然喘息起来：“记住……来世……”

话说到一半，慢慢合上眼，含笑洒泪而去……

第六十七章

1

肖畅突然病倒了，住进了医院。

李远方是在从九宫山回武汉的路上，给肖畅打手机时，才得知这一消息的。回到家后，已是晚上九点多，他顾不得休息，赶紧跑到医院，手捧鲜花站到了肖畅的病床前。

“这么晚了还跑来干什么？”肖畅嗔怪道。

“不会有什么问题吧？”

“放屁！”肖畅小声骂道，“住个院就有问题？”又吩咐：“来，扶我坐好……我想靠一靠。”

李远方放好鲜花，小心托起肖畅后背，又帮她塞好靠枕，这才抱住她的肩膀，向上慢慢拉动，生怕拉疼了她。

“使劲!”肖畅双手搂住他的肩膀，埋怨道，“这么大个男人，一点劲都没有？幸亏不在农村种田！”

一股浓郁的香水味，直扑李远方的心田，他一阵心慌。二十多年来，无数次同这位自己最敬重的姐姐相见，这么近距离接触真还只是第二次——第一次是1976年那个令他刻骨铭心的麦草堆。一时又想起前几天同周敏拥抱死别的情景，心里极度难受。

“怎么啦？”肖畅催道，“使劲，别把我当小姑娘。”

李远方从冥思中醒过来，双手一使劲，肖畅借势坐了起来，喘息道：“昨晚……在卫生间摔了一跤，腰闪了一下，当时还好，今早一起床就走不动。不中用了！”又吩咐李远方：“给我倒杯白开水，再把房间这些花篮清一下，摆放好。明天叫公司来台货车，送到后湖阆苑售楼部去，免得你们自己花钱去买。”

“好的，”李远方转身，开始小心翼翼整理花篮。

“别只顾摆放！”肖畅提醒道，“花篮里面……可能塞有红包。清出来，放在我手提包里。”

李远方仔细一查，几乎每个花篮里都藏有红包。

“这样不好吧？”李远方担心道，“万一传出去……”

“没办法，”不等李远方说完，肖畅道，“礼尚往来，今天你送来，明天我送去，这种风气越演越盛。所以，我怕住院，都是有头有脸的人，别人欢天喜地来看你，你拒人于千里之外，岂不是太不近人情。”又感叹：“看来我们中华民族，有些传统美德是要不得的，应该废弃。最好重新厘定新的适应社会进步的公序良俗。”

“要不要我送到你家？”

“不必了，明天文华来，交给他存起来。他将来出国留学，没有大几十万，是解决不了问题的。”

“还指望这点钱？”李远方放好钱，一面道，“他将来出国的钱，我早给他存好了二百万，如果不够，随时可以给他再存。”

“不是这么说，小孩子要培养他自食其力的能力和热爱劳动的精神，再多的钱也不能让他知道。当然，收点红包无所谓，每年小孩都要收的，影响不了他的人生观和价值观。就是将来李平、李乐，也应该如此。上次我跟周丽都说了，对小孩子的教育投资要适可而止，有的放矢，视情形而定。不到万不得已不要……”突然发现李远方一动不动地坐着，神情恍惚，两眼呆滞，疑惑道，“你怎么啦？”

“我……”李远方心一惊，喃喃道，“我想起了 1975 年夏天农忙‘双抢’时节，我带着你爬东山摘野果的情景。”

“是偷摘青枣！”肖畅心一动，回忆道，“一晃整二十二年了，那真不是人过的日子。每天凌晨三点不到就爬起来割谷，深夜十二点还蹲在秧田扯秧。白天头顶着 40 度的高温，脚泡在 50 度的水田，没完没了地抢插秧。真正是披星戴月夜以继日地拼命。记得当时是你不忍心看我每天躲在房间偷偷流泪，又无法改善一天三顿清水米汤拌咸菜的生活，告诉我东山头上有几棵野枣树。”说到此，盯着李远方充满感情道：“那天晚上，一轮明月高挂，我们割谷回来已快十二点了，你说你睡不着觉，引我上山。”叹息道：“枣子是偷了不少，可怜你浑身上下都被树刺划破，而我吃了半生不熟的青枣后，拉了三天的肚子，现在想来心都怦怦乱跳！”眼中不由自主地噙满泪水。

“对不起……我不该勾起你痛苦的回忆！”

“不是痛苦的回忆，是一个人永远都不能忘的苦难岁月。人一生几十年，如白驹过隙，留下刻骨铭心的记忆不是很多。有痛苦也有幸福，一定要把这些苦难和快乐的记忆藏在心底，否则就是忘本。”抬头凝视李远方，突然厉声道，“你今天到底怎么啦？哭丧着脸！”

“我……”原来肖畅谈到刻骨铭心的痛苦和幸福，一下勾起了李远方对周敏的怀念之情，止不住泪水簌簌外淌。

“是不是在九宫山跟周丽吵嘴了？”

“姐……”李远方再也控制不住，失声哭道，“周敏她……死了！还有许姨，也……死了！”

“你说什么？”肖畅大惊。

“都……死了！”李远方抽抽搭搭，“我和杨帆……这几天，并不在九宫山，而是秘密去了香港。”

“秘密……去香港？”肖畅眯起眼睛，死死地盯着李远方。

“对！”李远方长长地叹了口气，然后将这几天发生的事情，一点一滴、一五一十向她作了汇报，最后道，“因为当时……不知那边是什么情形，所以没有向你说明。”

肖畅没有作声，抬头凝视着窗外，许久才自言自语：“看来，远方集团要出大事，你要做好准备。”

“还有，”李远方本来想把陈石泉找麻烦的事向她说明，一想不能让她掺和进来，马上改口，“周敏……是我的亲表姐！”

“你说什么？”肖畅睁大眼睛，“怎么又冒出表姐之说？”

“是这样……”李远方又将事情的来龙去脉，详细向她解说，同样解释道，“因为太突兀了，所以来不及向你说明。”

“真是无巧不成书！”肖畅感叹，“这么说，这阿敏还真是可怜。你们李氏家族，尽是些说不尽道不明的悲惨事，我看……”

“肖局长！”话说到一半，门口有人敲门。

肖畅示意李远方开门，李远方打开门，一对男女手捧鲜花，笑容可掬地走了进来。女的惊叹道：“哎呀，昨天还是好好的，怎么今天就躺在医院了？下午我一听，急得不得了，本来要早点来看你。”回头看了一眼男人，嗔怪道：“老赵这死鬼，忙到九点才回家，一落屋连水我都没让他喝一口……就把他拉来了。”

李远方一听，是对夫妻。叫老赵的男人先把花篮放好，又跟李远方打声招呼，这才对肖畅笑道：“您不要太投入工作，身体是革命本钱。

“可不是，”肖畅叹息道，“不管看上去多壮实的身体，这一倒下，恐怕就起不来了！”

“这么严重？”夫妻二人瞪眼惊叹。

“肝癌晚期！”肖畅摇头道，“前天我去看他，完全变了样。”又叹息：“没想到……我今天也躺在病床上。”

“劳累过度！”女人肯定道，“您可不能再劳累，有么事，尽管吩咐我们老赵去跑，他有的就是劲。”

“对、对、对！”老赵赶紧附和。

门口又有人敲门，李远方赶紧开门，又是一对男女，进来后相互寒暄了几句，刚胡扯了几句废话，又来了一对。坐了不到五分钟，又来了一对。李远方一面忙着给大家倒水，一面感叹自己幸亏没有进入仕途，不然的话，上下级来去应酬，真烦死人。

也怪，连续几对人来后，都不愿先走。四对男女围在肖畅的病床边，一个劲地承欢讨好：有埋怨她只爱工作不爱惜身体的；有惊叹她越来越漂亮的；有夸奖她是跨世纪人才的。莫衷一是，满嘴假话，直到快十一点，才依依不舍地一起告辞而去。

“姐！”李远方感叹道，“每天面对这些阿谀奉承，累不累？”

“累……可也习惯了，先前我还有点担心害怕，谨小慎微地做好每一件事情。怕别人瞧不起我，怕别人说是靠关系升职。可后来时间一长，发现官场莫不如是，我肖畅还算是最好的。”突然话锋一转，“不说这了……说说你的打算？”

“我是这样打算的，”李远方道，“近十年来，新时代在远方集团的累计投资数大约有十五亿多元人民币，天兴洲一次性就是八亿元。加之逐年的利润分红，以及他们所持有的股票值，总资金储备高达二十亿元人民币，占整个远方集团的百分之五十还多。”

“坐过来……小声说！”肖畅指了指自己身边，李远方起身挪动椅子，挨床边坐下，又帮肖畅剥了一只香蕉，自己拿只苹果吃。

“他们有详细的账目登记吗？”肖畅边吃香蕉边小声问。

“有，”李远方轻声道，“每年他们都要来武汉，进行一次全面的账目核对。”见肖畅神情凝重，继续道：“所以，我打算将集团的全部资产，请审计事务所进行重新审计备案，将新时代的股份分割出来，并形成文件，一朝他们找上门来，好跟他们进行谈判。”

“对，以不变应万变，如果他们想继续合作，我们再说。”

“姐，”李远方道，“鉴于他们的背景和现状，最好不再合作。”

“好，以前是为了利用他们的资金、享受外资政策。现在没这必要。再说周敏、许姨都走了，你也没牵挂，正好趁机一刀两断！”

“只是有一点，”李远方提示道，“因为没想到阿敏会出事，我们以前的投资太过大，面又铺得太广，特别是天兴洲时代乐园，现有资金全部都投进去了……恐怕资金链要断。”

“是啊！”肖畅叹息道，“谁也没有长后眼，只有做最坏的打算，向最好的方面努力！”吩咐道：“在包里把我手机拿来。”

“等病好了再说吧！你好好养神，何必又劳神费力？”

“别啰嗦……怎么变得婆婆妈妈的？”

李远方只得起身，拿出手机递给她。肖畅接过手机，开始小声给几位银行的行长打电话。

李远方走到窗前，默默注视着窗外寂静的院落。心里涌起阵阵波澜——想到二十年来，肖畅对自己全身心的关怀，想到每每在紧要关头，她对自己无私的奉献，泪水止不住又涌了出来。

肖畅连续打了四五个电话，均被对方告之：东南亚发生金融危机，总行银根紧缩，暂时无能为力，等这阵风过去后再说。她停了停，拿起床头柜上的水喝了几口，又开始拨打起来。

李远方正准备劝她不要打，就听肖畅的声音开始兴奋起来，这个电话打了近半个小时。最后，肖畅笑道：“好的……谢谢李行长的支持，欢迎李行长到武汉来考察。”

“你过来，”挂断电话，肖畅小声道，“三月份我在北京开会时，参加湖北同乡会举办的联谊活动，认识了开发银行一位李副行长。这人非常热情，对家乡的建设也很热心，当时答应日后要资金尽管找他。刚才我给他去电话，他满口答应，就提出了一个条件：他想推荐一名央视主持人和一名影视明星当远方集团代言人，我想这是好事，就同意了。”又兴奋道：“你亲自去一趟北京，跟他当面洽谈。”

“是！”李远方一时激动难言。

“坐下，”肖畅长长叹口气，幽怨道，“你啊，还没有从香港的阴影中走出，人死不能复生。再说，我们也对得起她们二人，不要总是过多责备自己，她们的悲剧又不是我们造成的。”见李远方又呆呆地坐着，突然厉声道：“李远方，我可警告你，天兴洲时代乐园绝不能停下，消息传出去，远方集团的股票就会暴跌……懂吗？”

“懂，”李远方嘶声道，“我是觉得，事没办好，对不住你！”

“别这样说！”肖畅心一跳，含泪道，“姐姐只能做到这些了，记住，只要我在位一天，就不会看着你受委屈而不管。”她盯着李远方：“抬头看着我，李远方我可告诉你：你有今天，我算是对得住你死去的娘。我只希望你：从今后再不要闹出像沈小虹那样的桃色新闻来，不要忘了你娘临终前的遗言，不要忘了自己心中的千钧诺言！”

“娘……”李远方一头扑倒在床上，嘶声痛哭起来。

肖畅心里一阵乱跳，颤抖着伸出手，抚摸着他满头的黑发，声音哆嗦：“回去吧，不早了……回去好好休息……”

2

李远方从医院出来，已是深夜十二点多，此时大街上依然有三三两两的市民在游荡，大的街道十字路口，更是摆满了夜市小摊。小摊四周，尽是些打着赤膊、无所事事的小混混，偶尔坐下几对酷暑难耐、夜不成寐的酒徒，间或来往几个心怀鬼胎伺机行窃的毛贼。

看到小摊周围聚集的游民和食客，李远方陡然想起两个月前，自己同周敏在民族路喝鸡汤的情景，泪水止不住簌簌直往外流。

“阿敏……”李远方将车停在路边，一头倒在靠背上，闭上眼努力想使自己平静下来。然而，愈是想平静愈是难以平静，周敏临终前抱着他喃喃低语的情景，挥之不去，声音耳熟，音容如觌。

“十一年啊！”李远方慢慢从手提包拿出周敏的遗物，颤抖着打开，只见扉页上几行隽秀的小字写道，“远方，假如有一天这本影集，不幸成为我的遗物，请你将它好好保存。这本影集记录了我祖父母家族、外祖父母家族苦难的历史，以及我父母惊心动魄的江湖经历。点点滴滴都是近百年来中华民族海外游子们凄风苦雨、颠沛流离的生活缩影，是我们这些遭祖国母亲遗弃的儿女们，身处异国他乡的真实写照。每一帧照片的后面，我都附有详细的解说，每一段解说都是一曲催人泪下的悲惨故事。如果有一天你心有所依，能将这些故事编辑出版，公之于众，这将是对我最好的怀念……爱你的阿敏！”

翻开第一页，是周敏同自己在木兰山的一张合影，她笑靥如花，依偎在自己身上，右下方写着八个钢笔小楷：“真情相系，心如木兰！”再颤抖着打开第二页，一对五十岁左右的夫妇，拥抱着一个三四岁的小女孩，三人的脸上，都绽放出迷人的笑容。右下方也写着八个钢笔小楷：“血脉相通，骨肉相连！”

泪水瞬间模糊了李远方的眼帘，他不再多想，收取影集，发动车子，掉头向办公室奔去。路上给周丽打电话，告知不能回家。到达办公室，他打开空调，拉上窗帘，铺上桌布，摆好影集。然后去卫生间冲了个凉水澡，换上一套白色西裤衬衣，这才回到办公桌前，深深地吸了口气，慢慢坐了下来，小心翻开影集，怀着一颗虔诚的心，满怀一腔沸腾的血，渐渐进入周敏为他描绘的另外一个世界之中……

一轮旭日临窗，李远方看了看表，快到上班时间。他轻轻掩上影集，又小心包裹紧，放入抽屉锁好，再铺纸提笔，给幺爹写了一封信。然后，站起来走到窗前，猛地拉开窗帘。只见大街上早已是车水马龙，过往的人群熙熙攘攘，嘈杂不休。马达声、车鸣声、人叫声，交织在一起吵吵哄哄，喋喋不休，一阵赶一阵向窗口袭来。

“李总。”文主任突然推门进来，打断了李远方的沉思。

“你来得正好，”李远方吩咐道，“马上下通知，召开集团股东大会，在汉的股东全部参加。”

“是，”文主任问，“李总，以什么名义发通知？”

“商议……”李远方想了想，“天兴洲时代乐园的工程进展。”

文主任点头而去，李远方正要坐下，凤丫头手拿牛奶面包走进来，放在茶几上，笑道：“我见你车子在下面。”

李远方心一热，八年来，只要是自己身在办公室，凤丫头就没有断过给自己买早点，安排中晚餐。

“等一下，”见凤丫头转身要出门，李远方叫道，“你今天下午回一趟白龙寨。”从抽屉里拿出信：“我刚写好的这封信，你亲自交给九爹，顺便把黄家骏带出来。”

“带出来？”凤丫头瞪大眼睛。

“对！”李远方斩钉截铁，“让他跟着文主任在办公室办事，历练两年……有重任交给他。”

“九爹怎么办？”

“放心，有师大夫夫妇关照，出不了事。而且远治哥和细翠嫂也搬到我们家一起住，我信上都写好了，九爹会安排的，你听他老人家的就是。”停了停，他继续道，“让黄家骏把该带的都带上，来汉口后准备大干，你们白龙寨的新房，就让给李远治夫妇住。”

“好，我去准备！”凤丫头几乎跳起来，一阵风跑了出去。

李远方喝了一口牛奶，感觉满口的浓郁醇香，又啃了一口面包，好不脆甜松软，顾不得多想，坐下来，一口气将牛奶面包送下肚去，一股轻松爽朗之气，直冲丹田。

“阿敏，”李远方心里祈愿道，“愿你在天之灵，保佑我渡过难关，无论发生多大变故，对你的爱始终如一，对我们共同开创的事业矢志不移。为了实现自己的千钧诺言，我李远方死而无憾。”

“李总，”文主任进门道，“参加股东会议的股东，除三人因病住院外，全部通知到了。”

“太好了，在主席台拉上我们集团的广告：‘远方集团——奔向远方'，给参加会议的股东，每人配一台笔记本电脑，没来的明天派人送去，现在就让凤丫头派人去买。"

"是!"

"还有，"李远方继续吩咐，"你亲自去帮我和杨帆订两张明晚去北京的机票，再顺便买两个新手机卡号。散会后，一并交给杨帆。"又叮嘱道："不要告诉任何人。"

"明白!"文主任快速而去。

李远方清了清公文包里的文件，又到洗手间洗漱一番，这才穿好外套，抖擞精神向顶楼大会议室走去。会议开了整整一上午，吃过午宴，股东们又聚在一起，就远方集团未来的发展，提出了诸多合理化的建议。

第二天上午，全体股东专程参观了天兴洲时代乐园的建设场面，下午又相继考察了幸福小区、后湖花园、后湖阆苑、春天药业、电子元件厂、娱乐城等集团下属各实体。大家群情振奋，喜形于色，直到晚上五点多，才依依不舍相互握手告别。

李远方回到办公室正好六点，五分钟后，杨帆推门走了进来。

"都安排好了吗?"李远方问。

"安排好了!"杨帆回答道，"就连去机场的士，我也叫来了。"想了想忍不住问："到底什么事这么急?"

"见一位财神爷，缓解我们的当务之急，主要任务就是请他吃吃、喝喝、玩玩。大概还有两位大明星参与进来。"看了看表，"走，我们到机场再详细商量，看如何能顺利地达到我们的目的。"

二人快速下楼，钻进的士，向天河机场奔去。

"这种事我乐于打头阵!"上车后，杨帆笑道，"最好是能出卖色相。"又问："能告诉我是哪二位明星吗?我好提前看看他们的八卦资料，以便随机应对。"

"不知道!"李远方指了指司机，示意杨帆闭口。

"好吧，"杨帆一声叹息，"看来我只有见机行事。"

到了天河机场，二人办理完登机手续，又到高档礼品店买好进京的礼物，这才通过安检进入候机厅，找了一个僻静的位置坐下，然后就去北京的任务，进行了具体商议，力争马到成功。

晚八点四十分，波音 757 掠过天河机场地灯聚射的跑道，腾空而起，闪着夜航灯，划破无边的黑夜，向首都北京飞去……

3

俗话说：“老乡见老乡，两眼泪汪汪。”此语大概只适用于穷人在流浪途中道路以目的境遇，对于今天有钱有势的老乡们，恐怕不太适宜。第二天早上，当李远方和杨帆怀着一颗崇敬的心情，匆匆忙忙赶到开发银行，在漂亮秘书的带领下，敲开李副行长的办公室时，这位仁兄迎接他们的完全是一副趾高气扬的尊容：靠在宽大的老板皮椅上，双眼微闭，高跷着二郎腿，一手握着电话筒窃窃私语，一手有节奏地敲打桌面，对李远方和杨帆恭敬的问候视而不见。

放下电话，说出的话更是没有半点老乡见老乡的味道：“不是叫你们在下面等吗？怎么跑到我办公室来了？”

“对不起！”二人这是第一次碰见如此老乡，李远方歉意道，“听说李行长喜欢洪湖的咸鸭蛋、红岗山的龙井茶。所以，特地给你送上来，都是地方特产。”

“乱弹琴！”李副行长略显臃肿的身子，一下从靠椅上跳起来，白皙丰腴但已经松弛的脸庞刹那间涨得通红，“简直是开玩笑，拿下去，拿下去，就在下面等我。”

李远方和杨帆对视了一下，只得怏怏而出。

“看来事情不妙！”下楼后，杨帆对李远方叹息道，“这家伙不好打交道，像吃了炸药。”

“别说了……他下来了。”

杨帆扭头一看，这家伙已快到面前，赶紧闭嘴，笑脸迎上去。

“你们叫台的士跟在我车后。”

“好的！”二人尾随而出。

李远方心里的确有点忐忑不安，这李副行长的作为，真有点不近情理，他自己开车空着几个位子，却让客人打的。即使不是老乡，就是一般的办事人员，也不可如此怠慢。

好在车到电视台后，李远方心情略微好想一点。原来这家伙在大门口，接上了一男二女——空位子是给他们留着的。

一行人来到一座古色古香的茶楼，李远方一看，牌楼上“云芝茶楼”四个鎏金行书大字。大门两边是一副隶书对联，“铁色皱皮带老霜，含英咀美入诗肠”——是古人刘秉忠《赏云芝茶》诗句。

李副行长显然是这里的贵宾，一踏进门，风姿绰约的大堂经理就脸放桃花，腰摆杨柳，香气扑面地迎上来，边同李副行长莺声燕语、眉目流波边将一行六人送到二楼最东头的豪华包房。

进入包房，李远方眼睛一亮，心想这李副行长还真是品茶的高手。只见包房中间，是一棵足有磨盘大的金丝楠木古树根桩，根桩四周盘满虬髯老根，犹如龙爪抓地，将根桩稳稳托起。根桩上坦平如镜，摆满各种茶具，俱都是古色古香，道上佳品。

“几位请坐！”李副行长这时笑脸大开，逐一请大家围着根桩落座。两名明星微笑着摘下了墨镜，款款落座。李远方和杨帆大吃一惊，原来一位是著名主持人，一位是当红的电影明星，另一位男人是一位胡姓大导演。主持人紧挨李副行长，明星紧挨那位导演。两位明星看上去的确没有荧屏上靓丽，但不失巨星风采。

胡大导演跟李副行长身材年龄均相当，就连相貌也极为相似，抢眼一看，就如同一对亲兄弟。唯一的区别就是这胡导满脸的络腮胡子，让人瞅上一眼即难忘记。

李远方和杨帆并排而坐，相互对视了一下，都心领神会。李远方心想：看来这李副行长极有品位，怪不得如此傲慢。此种场合我该何以说事？杨帆则心想：这家伙见男人像冰，见女人似火。看来只有从这两位明星身上，寻找突破口。

两名身着唐装的侍女款步而入，微笑施礼。在征得李副行长的同意后，开始在客人面前摆弄茶具，准备煮茶上汤。李远方一见大为心动，暗叹此地不愧京城名楼。只见摆上的茶具有茶罂、茶铫、茶注、茶瓯、茶洗、茶盆、茶巾等，附有香奁、小炉、匙、箸等。另外配有现代的茶盘、茶笺、茶盏、茶罐、茶碗、茶荚等。所有茶具俱依煮茶啜饮之序摆放整齐，绝无乱置。

再看包房四周，窗明几净，养眼处挂满各类古书画制品，俱是历代文人雅士品茗的经典作品。有唐代周舫的《陆羽啜饮图》、宋代钱选的《卢仝烹茶图》、元代赵孟頫的《斗茶图》、明代文征明的《林树煎茶图》和唐寅的《事茗图》等，让人不忍小觑。

古画之间，亦穿插悬挂有几幅行草篆隶书法珍品，皆是古人品茶的名句，俱为刘禹锡、谢宗、皇甫曾、苏东坡、王禹偁、董其昌等人的佳句。其中王禹偁的一首《茶七品》诗颇受李远方赏识，此诗朴实无华，将七品茶的状态逐一道尽："忽有西山使，始遗七品茶；末品无水晕，六品无沉渣；五品散云脚，四品浮粟花；三品若琼乳，二品罕所加；绝品不可议，甘香焉等差。"另有文彦博一句诗也寓意深长，李远方心中倍加赞许："旧谱最称蒙顶味，露芽云液胜醍醐。"

"诸位！"李副行长一声起叫，打断了李远方的欣赏雅兴。他马上提起精神，正襟危坐，准备聆听这位仁兄的高论，就听李副行长兴奋道："今天请胡大导演和二位大明星以及武汉来的二位企业家，品尝云芝茶汤，我们效仿古人'养浩然之气，发沸腾之声，以执中之能，辅成汤之德，斟酌宾主间，功迈仲叔圉'。"

李远方心一惊，心想：这家伙的确不俗，这几句慷慨陈词，正是引用清人陆廷灿《续茶经》中的妙语箴言。

杨帆心中骂道："无耻！明明是我们埋单，变成他请客？"

"李行长，"主持人嫣然一笑，"请介绍二位企业家的名号。"

"对。"演员也点头附和，很显然，两位明星的心思并不在啜茶品茗上，关心的是各自的广告代言事宜。

原来二人是广播学院的同学，一人当了主持人，一人当了演员，两个美人在圈内都如鱼得水，大有建树，几年风花雪月下来，都成为大明星。明星都很现实，无外乎围着"名、利"二字打转，真正为艺术献身的凤毛麟角，微乎其微。出名靠导演，得利却得仰仗行长。主持人自认识李副行长后，得利丰厚。这家伙对美人从不吝惜，豪掷千金，在俘获美人芳心后，又看上了她的同学，经常请她们品茶谈心，想一箭双雕。无奈，这演员每次出场必带护花使者，不得放肆。加之主持人看出端倪，不怒反喜，有意提供行长与演员见面的机会。只要是行长请吃喝，她必定将演员带上，而演员又绝不单身前往，害得这家伙不知就里，欲求不得，欲罢不能，如饥似渴，如火炙心。

一次，演员带上这胡大导演，二位男人对茶文化都极具爱好，又都是京城名流，几番斗茶后，结成茶友。尽管内心深处都想觊觎对方的美人，暗中较劲，并蔑视对方的才学，表面上却异常和睦，亲如兄弟。最后两位男人对两位明星明确表示：以后只要是有人请吃喝，四人一定共同出席。行长更是跟两位美人承诺：每次吃喝，绝不空手而归。至于送钱者，都是有求于行长的埋单人。

昨天，行长对主持人说：武汉有一公司想求他融资，他已跟对方挑明，请二位明星充当代言人，代言费面议。今天，两位明星一到场，陡见二位远道而来的企业家，一位相貌堂堂，帅气洒脱。一位彬彬有礼，英俊沉稳，顿生好感。于是，等不得李副行长介绍就率先发问，想一探虚实，好立竿见影。

“哦……这嘛！”这李副行长刚才根本就没有想到问二人，只得支支吾吾道，“两位老乡你们自我介绍吧！”

“不好意思，”李远方道，“我们是武汉远方集团的二位股东，我叫李远方，他叫杨帆。”

“李远方！”主持人扭头瞪眼盯着李副行长，“怎么……这名字听起来……像是你弟弟？”

“五百年前是一家嘛！”李副行长笑道，“因为我们李家是大姓，所以同字很多，听上去都像是兄弟。上次你没听人口普查办公室的李红说，光北京叫李远平的就大几千，全国那就更多了。”

“哦！”李远方醒悟，“原来他叫李远平，跟我倒真像兄弟。”

“两位股东！”胡导突然皱眉插嘴，“能有话语权吗？”

“这要看是什么事，”李远方道，“一般的投资……我们都能说上话，大的投资，必须由董事会决定。”

“李行长啊！”胡导拖腔道，“像代言这大的事，董事会主席不点头，是不行的，你老兄不会跟两位大明星开玩笑吧？”

“胡导，”李副行长也拿腔拿调，“别忘了……代言不代言，恐怕是由我说了算。”看了看李远方和杨帆：“两位老乡意下如何？”言下之意是：我给你们投资，你们请明星代言，羊毛出在羊身上，即使你们当不了家，当家之人也不会反对。

可惜，两位都低估了眼前这一对兄弟，更不该当着两位明星的面蔑视对方。杨帆从第一眼见到这李副行长就不自在，李远方就是再有涵养，也难以接受这种语气。

“二位都说错了！”杨帆突然开口，“代言不代言，我说了算！”话说到一半，打住盯着二人。

几个人都瞪大了眼睛，就连李远方也觉意外。

“因为……”杨帆也学着二位的口气，“在我们集团，我是负责广告宣传的。现在国内明星的代言费，最高大概也不会超过五百万吧？而我在集团内，五百万以下不需要跟任何人商量，随时划账给钱。”对李副行长道：“李行长尽管钱多得无法计算，可惜，不能像我这样随意给人。至于胡导……”调侃道：“十之八九是靠别人资助才能开机，甚至不能按照自己的意愿安排剧情。”

此言一出，空气立马凝固，李远方正要开口缓解气氛，两位侍女正好将茶煮好，分派在客人的面前，恭请大家品尝。

“来！”演员这时开口，“请大家品茶。”又对李远方和杨帆道：“两位老总，在武汉恐怕喝不上这上等的云芝茶，请二位品尝。”啜了一口，赞叹道：“嗯……好茶！”

“好茶！”主持人也啜了一口，随即附和。

“好茶！”李副行长见两位美人今天兴趣大发，心中醋性躁动，又不得拂了两位美人的兴趣，估计李远方和杨帆对茶文化不甚了解，想在这方面为自己和胡导挽回面子，对胡导笑道：“胡导、两位明星，以前见面都大谈艺术，今天好像对茶文化很感兴趣。你不妨给她们上上课，免得日后在某些场合闹出笑话。”

“好哇！”胡导摸了摸自己的大胡子，眯眼道，“中国的茶文化博大精深，源远流长。茶艺更是千姿百态……自唐朝茶圣陆羽撰写《茶经》以来，茶之源、茶之具、茶之造、茶之器、茶之煮、茶之饮、茶之事、茶之出、茶之略、茶之图等等，皆成妙趣，各秉千秋。茶文化这种艺术，可不是金钱所能买得到的。相比之下，金钱如粪土，而艺术是无价的！”

突然睁大眼盯着两位明星："你们懂吗？"

李远方心一跳，大感沮丧，突然觉得此次北京之行定将是一无所获。他瞟了一眼杨帆，正低头愁眉品茶。李远方忍不住也拿起古色古香的茶盅，慢慢送到嘴里，轻轻啜了一口。

一股苦香直入心田，李远方突然感觉神爽气朗。"真上品，"他在心里赞许道，"怪不得文彦博这家伙感叹'旧谱最称蒙顶味，露芽云液胜醍醐'，原来这云芝茶，不是醍醐，胜似醍醐！"

他忍不住又啜了一口，心里暗暗决定：即使舍弃此次北京之行的目的，也要好好回击眼前这两个狂妄自大的家伙……

第六十八章

1

狂妄的人，内心其实很脆弱。

李副行长和胡大导演你一言我一语像说相声一般，将茶文化的精髓尽情鼓吹。见两位美人投来敬佩的眼神，二人更是谈兴大发，边啜边侃。从唐朝侃到明朝，再从明朝侃到民国。从陆羽侃到宋徽宗，再从宋徽宗侃到慈禧老佛爷。大有在如此清谈之中，将中华民族的茶文化传统，即刻就发扬光大，再铸辉煌。

既然谈茶文化就专心致志，可这二位仁兄，不时对李远方二人夹枪带棒，大加鄙视。这正是内心极度脆弱的愚蠢表现。

两位美女早已看出，只是碍于同李远方他们初识，加之自己又是行长和导演的人，无奈只得偶尔冲二位莞尔一笑，略表慰意。

李远方做好了回击二人的准备，可是，二人并不直接找他们讲话，只是一味抨击中国当代企业家是如何缺少文化，钱越多文化越少。按李远方的性格是不可能主动去搭理他们，也就无可奈何任二人带刺的"玫瑰花（魅鬼话）"自行凋谢，随口水流去。

杨帆气愤难平，可惜，他对茶文化一窍不通。听二人话去话来，他就像是听天书。本指望李远方能回击几声，谁知这家伙只顾低头喝茶，并不搭理，心想：也许他对茶文化也似懂非懂，怕落下笑柄更引起对方的耻笑。于是，除偶尔同两位美女礼貌地点头微笑外，也只得无奈地自饮自啜，心里既气愤又难受。

“李经理，杨经理！”见李远方二人忍气吞声，低头沉默不语，胡导判断二人的确对茶文化不是很懂，所以终于忍不住，“二位怎么不发表一下对茶文化的高见？光我和李行长说来说去，没有冷落了你们吧？”又对二位美女道：“你们怎么也不同二位大经理沟通沟通，将来还要当代言人的嘛？”

“胡导……”李远方长长地吁了口气，终于等到对方主动出击，也就不再客气，笑道，“我见二位说来说去，尽是说一些陈芝麻烂谷子，且都是拾古人牙慧，所以，不屑打扰你们的清谈！”

杨帆也长长地吁了口气，从李远方的口气中，他判断出这家伙已经是胜券在握。

两位美人一听，都眼放星光，一起投向李远方的脸上。

“是吗？”李副行长和胡大导演大感意外，“何以见得？”

“中华民族，”李远方朗声道，“五千年的文明史，灿若天河，耀如繁星。二位所津津乐道的茶文化，充其量只是沧海一珠，并不具备你们所推崇的精神状态。我们不妨看一看，自茶圣陆羽于公元760年前后著《茶经》之后，一千二百多年来，茶文化一直是停滞不前，原地踏步，没有实质性的发展。尽管到了清朝时，又走出一位陆廷灿秉承陆氏家风，编著了一本《续茶经》。可惜并没有什么新的东西，只是在先人的框架中打转转。说得不好听，就是现代人所说笑的‘新瓶装老酒’。应该说，我们今天所能接触到的有关茶艺方面的知识，无一不是陆羽和陆廷灿二人所倡导的，看不到有什么新的文化符号。你们看，摆在我们面前的这些茶具，还是仿照古人而制，且远远逊色古人的制作工艺。就是在对茶源的描述上，我看直到今天也没人能比陆羽写得更精彩。陆羽在茶之源中道：‘茶者，南方之佳木也。一尺、二尺，乃至数十尺。其巴山峡川，有两人和抱者，伐而掇之。其树如瓜芦，叶如栀子，花如白蔷薇，实如栟榈，蒂如丁香，根如胡桃……’接下来陆羽又对茶的字：或从草，或从木，或草木并；其名：曰茶、槚、茗、荈；其地：上者生烂石，中者生砾壤，下者生黄土等进行逐一描述，可谓精辟之至。再后又概括道：'茶之为用，味至寒，为饮。最宜精行俭德之人。'可以说，陆羽把茶的精髓已经说透，而且强调茶的性味至寒，适合作饮料，是那些品行端正俭朴之人的最爱。我们不妨再看一看历代文人雅士吟咏茶文化的诗句，包括此时我们这间古色古香包房里，所悬挂的历代字画赝品，无一不是作者本人借饮茶作乐，消磨时光的无聊之作，对茶文化自身的发展并无多大裨益。茶不像是酒，酒可消愁。你们看见有谁悲痛之时是捧着茶水流泪的？一千多年来，吟咏茶文化的名句少之又少，不足挂齿。而借酒当歌的佳作多之又多，不知凡几。所以说，茶文化就是一种饮食文化，不值得如此去有意识拔高。”说到此，他停下来，对四位淡淡一笑：“一孔之见，遑论识小，贻笑大方，诚望二位方家不吝赐教。”

他这一通怪论下来，在座的无不惊愕，就连两位侍女也大感新奇，因为以前这李行长带来的客人，无一不是赞扬茶文化的。两位美人更是由衷地钦佩李远方的口才，眼中再一次放射出撩人的星光。

李副行长和胡大导演大概第一次被人如此奚落。李远方刚开口时，二人脸上挂满冰霜。后来，随着李远方有理有据、不卑不亢、无从挑剔的讲述才渐渐平和下来，心中暗自惊叹这家伙的才气，表面上却依然是一脸的严肃。

杨帆想笑没笑出来，他有点后悔自己刚才过于莽撞，将李远方拖入泥坑。从李远方的神情来看，凭自己同他近二十年的交往经验判断，这家伙已经放弃了此次来北京的目的。

“李经理，”主持人见大家缄口不语，出于职业习惯，率先开口，“你这番高论，的确给人耳目一新的感觉。不过似乎过于偏执，茶文化固然没你所论的那么高妙，也不至于如此不值一谈。”

“我并没有贬低茶文化的意思。”李远方笑道，“我只是想说明，我们对待传统的东西，要有自己的思想标点、时代符号、精神信息。不能老在古人的思维中翻筋斗。”

“照李经理的意思，”胡导这时没有了刚才的气势，语气比较平和，“我们的传统文化，停滞不前了？我们的现代艺术，落后于古人了？我们的社会，开倒车了？”

“胡导这是以点概面，郢书燕说。”李远方解释道，“我刚才只是就事论事，专指的茶文化。”他慢慢拿起茶盏啜了一口，轻轻放下，继续道：“恰恰相反，我们的社会发生了翻天覆地的变化，可谓日新月异。人类的文明更是在科学文化技术的推动下飞速发展，古人梦寐以求的梦想，随着时代的发展文明的进步，一个一个的都得以实现。譬如卫星上天，宇航员遨游太空，可视电话几秒钟内可同地球上任何一个地方的朋友倾诉衷肠，生命科学改变人的生命基因等等。这一切都是社会发展、文明进步的具体表现。”

“看来李经理，真是藏而不露啊！”胡导继续问，“想必对我们的影视文化，也有自己独到的见解？”

“恕我直言！”李远方道，“胡导是这方面的专家，肯定有高屋建瓴的见地。不过，在我看来，影视科学技术在不断提高，导演和演员的水平却在不断下降！”

“哦……”胡导脸上发红，“愿闻其详!”

“先说明一下，”李远方看了看两位美女，“我不是针对哪一位导演，哪一位演员……我照样只是就事论事。”

“放心，尽管说！”两位美女笑道，“我们虚心接受。”

“在我看来……”李远方皱眉道，“由于商业信息化对艺术的猛烈冲击，由于功利化对影视人才的侵蚀，加之新媒体对传统欣赏方式的排挤，今天的影视文化，完全走上了一条衰竭的道路。看不见真正有价值的作品，听不到激动人心的声音。崇高的思想被消解了，人性的光辉被剥离抹杀了，从事影视文化的工作者，整天陶醉于一孔之见与一得之功。影视作品好像与人性世界无关，与人类的苦难经验无关，因而失去承载历史使命的精神向度，这是中国文化的悲哀，更是中国文化人的悲哀。”

“李经理，”演员笑道，“我不同意你的观点，难道像张艺谋、冯小刚、陈凯歌这些大导演拍了这么多的获奖电影，不正是中国影视文化的辉煌体现吗？在电视剧制作方面，我们拍了如此多的优秀作品，特别是翻拍了像《红楼梦》《西游记》《三国演义》《水浒传》等四大名著，取得了令世人瞩目的成绩，这些难道不是有目共睹的吗？”

“你可以不同意我的观点，”李远方道，“但我说的都是事实，首先你所列举的三大导演。张艺谋的确是得了很多大奖，而且是国际性的奖项。但这都不能说明他就是大导演，因为他所获奖的作品，全部都是由小说改编的，其深邃的思想只能算是小说作者的思想，张艺谋只不过利用了现代高科技电影技术进行加工而已。一个没有自己独立思想的导演，怎么能算是大导演呢？确切地说张艺谋只适合拍广告片，不适合拍电影，拍艺术片更是为难他了。至于冯小刚和陈凯歌，他们的作品十之八九都缺少庄严的思想，说得更明确一点，他们的作品完全是为了迎合某些观众之好，所以，就更谈不上是大导演。就整个中国影视界而言，今天的中国，还不具备产生大导演的必要条件。”他见大家都在注视自己的讲话，继续道：“另外，你所说得电视剧，我不想多加评断，我只说一说对名著的改编……名著之所以成为经典，不仅因为作品具有庄严伟大的思想，而且具有慷慨激昂的感情、优美华丽的词藻、高雅的措辞和庄严的结构。像曹雪芹等四大名著的作者都是满腹经纶，学贯古今，经、史、子、集无所不通，三坟五典、八索九丘也无所不晓，无所不精。没有几十年的苦读是办不到的。他们的作品本身就无可挑剔，尽善尽美。而现在我们导演和演员文化水平之差，的确让人汗颜。传统文化知识的修养，更是贫乏得你无以想象。有时连最基本的词语都解释不清楚，怎么可能去理解像曹雪芹这些大家的思想？说得明确一点，就像是由一个小学生去批改大学生的作文，这岂不是滑天下之大稽？”

他停了停，啜了口茶水，继续道：“要将四大名著拍成影视不是不可以，人物形象、人物语言、故事结构、活动场景，绝对都不能改动。作者本来都安排好了，而且是最好的安排，是他那个时代最真实的历史写照，你何必要去改呢？一改就变成狗尾续貂，糟蹋名著。”说到此，非常坦然道：“总的来说，今天的导演也好，演员也好，我个人的评价是：肤浅，浮躁，狂妄。肤浅表现在不善于思想，浮躁表现在不能沉下心来专心制作好的作品，狂妄则表现在唯我独尊不知天高地厚。”最后道：“对不起，我今天也狂妄一回，请大家见谅！”

没有人接话，都一脸深沉，各怀心思……

2

李远方二人出门后，胡大导演皱眉道：“‘九头鸟’名不虚传。李行长，此人不太靠谱，你可要三思而后行啦！”

“放心，”李副行长哼道，“他如此炫耀自己的才华，无外乎是想说动我给他投资。我已决定不予投资，不会有什么风险！”

“如此说来，”主持人道，“我们的代言费……岂不泡汤？”

“是啊！”演员也叹惜。

“放心，”李副行长依然哼道，“别忘了，我也是‘九头鸟’，对付老乡我自有办法。保证让他们付给你们每人一定的出场费，至于以后代不代言只有视情形而定。”

“这不太好吧？”演员提示。

“有什么不好！”胡导摸着胡须，“你是不是喜欢上这家伙？如果是，干脆挑明……找他多要点钱！”

“怎么可能，我是……”话说到一半，见李远方和杨帆在门外高声说笑着走了进来，赶紧缄口，四人又进入沉默状态。

“李行长，”坐下来后，杨帆笑道，“到了中餐时候，我们是在这里就餐，还是到其他地方？”

“就这里吃个便饭吧！”李副行长答道，“下午我有个重要会议，我们就抓紧时间谈事。”吩咐两位侍女：“让伍老板在三楼的玫瑰餐厅，预备我们的中餐，告诉他按最高标准安排酒菜。”

“好的，”一位侍女快速出门而去。

“李经理，”李副行长又开始拿腔，“听了你的一番高论，我对你们集团的前景充满信心。趁这个机会，介绍一下这个……什么乐园的情况吧。让胡导和两位明星听一听，日后好给你们制作宣传片。”

“这个……”李远方一愣，没想到他有如此一说，想了想，“这项目本来是跟香港一家投资公司合作，因为对方受金融风暴的冲击，已无力继续合作下去。所以我们才寻找新的资金渠道和合作伙伴。具体操作程序，我们有详细的文件资料，完全可以交给李行长认真研究论证。”对杨帆道：“杨经理，你把带来的宣传册，发给大家看一看，再把资料复印件，交给李行长。”

杨帆从提包拿出几份画册，分发给四人，又将一叠复印件，交给李副行长，一面笑道：“欢迎大家实地考察。”

“好！好……”李副行长连声道好，“明天我就将资料交给有关部门，研究论证后，立马派人到武汉考察。”

“了不起！”主持人赞叹道，“没想到李总如此大手笔。李行长这次也可为家乡做大贡献了。”又惊讶：“原来李经理是老板，开工典礼搞得如此隆重。将来竣工，我们二人一定免费为你们主持仪式，同时邀请几名一线明星捧场。你们看上哪位，我就帮你们请哪位。”

“这当然，”李副行长笑道，“你们即将成为远方集团的代言人，责无旁贷……责无旁贷！”

“谈到代言，”胡导不阴不阳道，“二位，我可是她们两位的经纪人，有些话我想说在前面比较好，免得日后出现不愉快。”

“好哇，”杨帆接口道，“跟我谈就行……这事我说了算。”

“那好，”胡导递上一份合同，“你先看看具体条款。”

杨帆接过来，举到眼前做模做样地看起来。两位美女的眼神，开始从手上的画册，慢慢移到他的脸上。

“我完全同意！”杨帆点头道，“有两位明星给我们代言，我们集团可就风光无限啦！”又狐疑道：“怎么钱款都是空白，没具体数？”

“是这样，”胡导心想，这家伙狗屁不懂，看来找他要钱，比较容易，又思忖道：这李远方人中龙凤，怎么找这样一位二愣子当搭档？我不妨把话说得模糊一点，以便日后好套钱，笑道，“因为每次代言的款数不一样，所以不定死为好。”

“哦……明白了！”杨帆笑道，“李行长……既然这样，何必签合同？每次代言前，我先把钱交给两位明星多好，而且我们私营企业不比国营企业，这个领导批过来，那个领导批过去。就我一支笔，一句话，要现金给现金，要汇票给汇票，何必多此一举？”

“这……”四人你看我，我看你，大概第一次碰见这种主子。

李远方心中暗笑：“这家伙不知又要耍什么花招？”

“胡导，”李副行长思绪急剧翻滚，他刚翻了一下远方集团的资料和画册，这项目的确值得投资。尽管钱是国家的，他不能轻易冒险，但只要项目可靠，没有什么风险，他可以大胆投资。当然主要因素是他可以很坦然地向对方索要巨额回扣。如此个人得了好处，单位也有了业绩，想到此，他慢条斯理道：“我看这样也行，于公于私都有益处，将来你给集团拍片子时花钱更方便。”

“这个嘛……”胡导心里也急剧翻滚，本来想作长远计，谁知这家伙突然来这一手。如此一来以后就不好控制这些明星了。她们私下和这家伙勾搭上，自己也就从经纪人一下变成打工仔。她们高兴请你去拍几天广告，不高兴，现在的导演比农民工还多。但事已至此，他只得答道：“一切悉听尊便。”

“好！”李副行长道，“我看就按杨经理的办法执行。”又对两位美女道：“不知二位明星意下如何？”

“我们没意见！”两位美女相视一笑。

“太好了！”杨帆兴奋道，“正好下个月，我们有个庆典活动，我想请两位明星屈尊去主持、主持。”对胡导道：“胡大导演，不，胡大经纪人……不知出场费是多少？”

胡导脸刷地阴下来，心想：这家伙说干就干起来，干脆把口开大，让他知难而退，阴笑道：“她们是一线明星……像今天吃这餐饭，起价五万。到武汉去主持庆典活动……没有三十万谈都不谈，第一次更高。不过看在李行长的分上，就只收你们五十万。”怕杨帆理解错了被吓住，补充道：“两人一共五十万。”

杨帆没作声，看看李远方，又看看两位美女，低头沉思。

胡导心里一喜，拿起茶杯慢慢啜饮起来。

两位美女一阵心急，都盯着李副行长眨眼睛，希望他出来解围。平时主持一场庆典也就是十万，这是每位明星最爱干的事，演一集电视剧，摸爬滚打多少天也达不到这个数，还要受导演的欺凌。

“胡导，”李副行长心领神会，“以后还要长远合作嘛……就每人收十五万吧？如果你嫌少，以后让杨经理从其他活动中补给你们。”又对杨帆道：“杨经理……没意见吧？”

“我听李行长的！”

“看来，”胡导接口道，“我也只得听李行长的啰！”

“谢谢胡导！”杨帆感谢道，“我们生意人讲的是信誉，既然胡导这么支持我们……”从口袋掏出两个小纸袋，脸上充满虔诚道：“这里面是两张银行卡，为了表示诚意，我现在就把钱交给两位明星。”分别递给两位美女，笑道：“不过，每张卡上只有十万，等二位到武汉我再补上五万。”

两位美女一边接过银行卡，一边给杨帆送来火辣的眼神。

“太好了！”李副行长兴奋道，“今天值得庆贺一下！”掏出一张纸，写了一个地址，对李远方道：“李经理，你带来的咸鸭蛋和茶叶，麻烦你今天下午或晚上，送到我老爸家去，他老人家特喜欢洪湖的咸鸭蛋。明天早上，你们再到我办公室，我们谈一谈合作事宜。”他见李远方一脸的狐疑，叹息道：“老人家跟共产党干了一辈子革命，脾气火爆，不太喜欢我，我去恐怕进不了家门！”

“是吗？”李远方笑道，“知父莫如其子也！”

“好！”李副行长兴奋道，“我们就餐去，大家开怀畅饮。”

“两位明星等一下！”杨帆突然拦住两位美女，“密码我还没有告诉你们……”等李副行长和胡导出门后，小声道：“密码和我的电话号码，已写在装卡片的小纸袋后面。你们随时可以到中国银行取款，需要我出面时，给我打电话。”

“谢谢杨经理！”两位美女脸泛红光，“很高兴同你合作！”

“还有……”杨帆狡黠地看着二位美人，眼中放射出迷人的柔情，神秘道，“实话相告：我给你们的是……十万美金！”

说完，他也不顾二位的反应，大步出门。

“美……金？”两位美女身子猛地摇晃了一下，都瞪眼看着对方，好半天才回过神来……

第六十九章

1

吃过午餐，李远方和杨帆按照李副行长提供的地址，找到西城区德胜门内大街，敲开了一座四合院的大门。

“你们是？”开门的是位四十出头的中年妇女，看上去端庄朴素，清秀淡雅，让人想起“徐娘半老，风韵犹存”。

“对不起！”李远方道，“我们是受李远平行长的嘱托，给他父亲送洪湖咸鸭蛋和红岗山茶叶的。”见对方疑惑的神情，补充道：“我们是他老人家湖北的老乡。”

中年妇女先定眼看看李远方，再端详半天杨帆，这才道：“你们在门外等一下。”又重新关好门，“啪”的一声，将门又闩上。

“看来这老头子，也不好打交道。”杨帆道，“说不定比他儿子还难缠，我分析这李行长不讨老头喜欢，肯定有什么原因。”

“是啊，外地人不会无缘无故称湖北人为‘九头鸟’。”

“怎么还不出来？”杨帆边抹汗边埋怨道，“这北京的天气也怪。冬天冷死人，夏天热死人。”又问：“这李行长让我们明天找他，到底是真搞还是假搞？”

“不好说，”李远方道，“据主持人吃饭时暗地给我透露，这李副行长爱钱，且手爪很深。只不过非常谨慎小心，而且看得很准，不轻易投资。只要我们项目是真的，钱又能及时塞给他，应该是有希望的。何况还有两位美人暗中相助。”

“我们都开工了……怎么不是真的？”

“明天再说吧，但愿……”

话未说完，大门又开。中年妇女冷冰冰地说：“请跟我来！”

二人走了进去，中年妇女随手将门闩好，然后引二人往里走。这是一座上下两进的四合院，前院比较荒凉，大多数房门都上了锁。院中间，是一棵高大的枣树。后院比前院干净整洁，走廊和每间房门前，摆放着花草，给人一种清凉的感觉。院中间，也有一棵高大的枣树，树龄估计在百年之上。

“在北京有一座这院子可不容易！”李远方心里嘀咕，“这老先生为什么不出租？难道真如杨帆所言，有什么隐情？”

三人来到后院东头一间大的客房，进房后感觉一阵阴凉。只见房内布置得古朴高雅，自然有序，书香气极浓，一看就知主人是一位老古董。进门左边，是一排古色古香的书橱，里面摆满各种古玩和老卷帙，不难看出有很多珍品。右边挂满了字画，都是古今名人得意之作。再看正面是一条雕龙镂凤、锦面方履的神龛，上面摆放有几方周彝商鼎，真假难辨。神龛上方正壁上，是一幅山水人物中堂，其下墙根处则摆放三盆兰草。神龛的左右是两扇窗户，窗帘被满满拉上。

客房中间，安放着一张竹躺椅，一位近七十岁的老人，神情悠然地躺在上面。老人左手一把小紫砂壶，右手轻摇鹅毛羽扇，背靠书橱，仰观字画，一副与世隔绝、唯我独尊的架势。

“李老，”中年妇女依然冷冰冰，“客人进来了！”

“嗯，”老人哼道，“拿两张小板凳给他们坐，再将咸鸭蛋和茶叶收下，晚上蒸几个蛋下酒。”

中年妇女没有答声，从犄角拿出两张小板凳放在躺椅旁边，示意李远方二人坐，又从杨帆手中接过礼物，出门而去。

“李老，”坐下后，李远方道，“听口音您老像是鄂东一带？”

“不知道，”老人冷声道，“我一出世就跟着父亲打江山，我的口音是他传给我的，快七十年了就没变过。”突然抬起头，看着李远方，诧异道：“你的口音和我很像咧！”

“我也是鄂东一带！”

“哦，”老人依然冷声，“是李远平这小子叫你们来的？”

杨帆冲李远方一笑，心想：这父子俩积怨太深。

“我们……”李远方一想，再不能扯上李远平，不然难以谈下去，马上走，又不太礼貌，突然灵机一动，笑道，“我们是受湖北同乡会的委托，来看望您老人家的！”

“看上去……”老人语气缓和了一点，但依然不客气，“你一脸的诚实，怎么也像李远平这小子一样……说假话？”

李远方一愣，这老人思维敏捷，目光犀利，赶紧道：“老人家，的确是李行长叫我们来的，因为他知道您老喜欢洪湖的咸鸭蛋，本来想亲自来，怕您老不让他进门，所以才委托我们送来。”

“这就对了！”老人将手上的鹅毛扇放在腿上，双手抹了一把脸，又拿起扇子继续摇起来，冷冷道，“是找他融资吧？”

二人一惊，李远方答道：“是的。”

“这畜生！”老人骂了一句，不作声。

屋里一下变得寂静下来，李远方看了看杨帆，不知是走，还是继续谈下去。杨帆冲李远方眨了眨眼，示意走人。

“李老，”李远方开口道，“您老静养，我们……”

“想走？”老人慢慢坐起来，盯着二人瞅个不停，突然笑道，“我告诉你们，你们和他的生意做不成。”

“为何？”二人惊诧。

“因为我不同意！”

“您不同意？”

“对，”老人继续道，“就因为你们是我的老乡，我才实话相告。他们开发银行的老板覃行长，是我的老下级，是我一手提拔的。李远平这畜生……每次放大笔贷款，最后必须由他们老板拍板。而他们老板每次拍板之前，又必须征求我的同意……明白吗？”

“哦……”二人恍然大悟：原来这李行长深藏如此苦衷，所以要我们前来探路，想利用老乡的乡情打动老头子。也许这着棋曾经应验过？这也说明这家伙的确想投资。

“李老，”想到此，李远方反倒坦然起来，笑道，“我也实话相告：本来我们是抱着很大的希望来找李行长的，可今天见他后，已经不抱希望了。之所以来见您老，是因为我们答应了李行长送礼物来。现在我们践行了自己的诺言，也就告辞了。”说着起身准备走人。

“等一下，”老人支撑着站起来，李远方这时才看到，老人脸上爬满皱纹，表情极度沮丧，只见他嚅动了一下嘴唇，颤声道，“家门不幸啦，你们不要怪我不近人情，虎毒还不食子呢，何况人乎？”说到此，对二人道："你们坐下听我慢慢道来。"

李远方这时突然一阵心动，他猜测这老人心里，一定深藏着莫大的痛苦，示意杨帆坐下，倾听老人诉说。

"我们李氏家族，"老人深邃的眼睛眯成一条缝，一下回到遥远的岁月，"曾是多么的轰烈，我父亲满腹经纶，曾参加1927年'八一'南昌起义。"说到此，叹息道："我出生在大革命最艰苦的1930年，在我之前，上面有两个哥哥和一个姐姐。"两眼突然泪闪："姐姐死于长征途中，两个哥哥，一个死于反围剿战争，一个死于抗日战争，就剩下我苟活人世。"说着禁不住抽泣起来，双手不住抖动。

"李老，"李远方大受感动，上前搀扶住老人。

"解放后，"老人继续道，"我父亲他老人家跟着共产党抛头颅，洒热血，戎马一生，最后在'文革'中含冤去世。"摇头叹息："真是不堪回首啊，直到粉碎'四人帮'后，才在国家的关怀下，给他老人家平反昭雪。这套房子是他老人家……留给我们的唯一遗产。"

说到此，老人推开李远方的搀扶，慢慢走到门边，冲前面喊道："秀秀……上茶和水果。"

不一会，中年妇女端上一盘水果，放在躺椅边的茶几上，示意李远方二人吃。又转身送上一壶茶，泡好两杯放在二人面前，再给老人的紫砂壶冲上水，这才默默离开。

"你们一定想知道，我为什么恨自己儿子吧？"老人又回到躺椅坐下，沮丧道，"我老父亲，尽管跟着共产党革命一辈子，可思想一直很封建。他念念不忘家族的祖训，一解放就逼我结婚生子，要传宗接代。1950年，我刚20岁就结婚，第二年底生下李远平这个孽种。后来又生下一儿一女，可惜小儿子1957年病死，女儿1959年饿死。再后来，因为家庭受监视没再生育，就剩下李远平这个独苗。"

"李老，"李远方啜了口茶，一股浓香沁入心田，忍不住问，"我不明白您老和儿子，难道就真的水火不容？"

"我知道你要问这个问题，"老人接着道，"我老父亲临终前，一再叮嘱我要延续李氏家族的根脉，要我不惜一切代价，将他唯一的孙子抚养成人，可惜我愧对列祖列宗啊！"

“李老，”杨帆插嘴，“李行长现在不是很光宗耀祖吗？”

“我看你们不像狡诈之徒！”老人啜口茶，脸上显露出痛苦的表情，“人哪，永远不要抱着过高的希望生活，就是对他寄予太大希望，才造成不堪设想的后果。”又盯着二人：“我实话相告，他是一个贪官。”见二人惊愕的神情，继续道：“从小我们夫妇宠爱他，他是一个非常听话的孩子。‘文革’后凭自己的能力考上大学，我们曾经为他骄傲自豪。可是参加工作后，渐渐变了，特别是当官后，追求腐朽糜烂的生活，不把老婆女儿放在心上，在外面包养几个女人，真叫人痛彻心扉啊。我老伴去世后他更加肆无忌惮，被我痛骂过几次。前几年，他知道我喜爱古玩，经常往家里送。”他指着前后的书橱和字画：“这些都是他送的，我先以为是他自己花钱孝敬我的，一次请故宫博物院的专家来家鉴赏，把我吓一跳。原来都是真的，随便拿一件都够他一辈子的工资。这之后我警觉了，发现他收受大量贿赂。于是，我跟他撕破脸面断绝父子关系，又叮嘱我老部下……严格监视他每一笔投资。”

“哦……”二人如梦初醒。

“这些古玩字画，”老人叹息道，“价值不下亿元……我一动也不动，等他将来……东窗事发，再交出去，也算是为他赎罪。”

李远方此时深深懂得了老人的良苦用心，明白了老人为什么一个人独居于此，且只留一个保姆在身边——背负父辈和列祖列宗因袭的担子太重，对唯一的儿子希望又太大。当看到儿子一步一步滑向深渊时无能为力，又不能将他的一切恶行公之于众。这种在希望和失望中挣扎的痛苦，是一般人所无法想象的。

“李老，”想到此，他安慰道，“圣人言：‘可与言而不与言者，失人，不可言而与言者，失语。’又曰：‘亡羊补牢，犹未晚矣。’您老可以心平气和地跟李行长好好谈谈，毕竟他是您老的亲生儿子，晓之以理，动之以情，我想他会回头的。”

“江山易改，本性难移！”老人愤恨道，“这畜生在外干一些偷鸡摸狗的勾当，我还可以容忍，毕竟眼不见为净。可这畜生居然……”说到此，颤抖道：“在家里……强奸了我的保姆，是可忍，孰不可忍。”他猛地爬起来，颤巍巍走到神龛前，扑通一声跪倒在地，老泪横流：“列祖列宗啊，我李家炳愧对先人，养了这个不孝的畜生啦！”

李远方和杨帆赶紧跳起来，搀扶起老人，老人继续道：“你们不知道，这秀秀跟了我快二十年，本来想给她个名分，收为养女。我死后好安顿她的下半辈子，可这畜生……”一时哽咽难言。

二人将老人扶到躺椅坐好，老人渐渐平息下来。李远方不再劝说，他知道覆水难收，这父子之间，不可调和。

“李老，”李远方突然一阵心慌，问道，“您老叫李家炳，我想问一下您老……令尊大人的宝号……是不是叫李传想？”

“你……怎么知道？”老人大为惊诧。

李远方声音开始颤抖：“有句诗……您老可否记得它的寓意？”

“什么诗？”

“恩泽来天际，思想育道明！”

“你……你……”老人突然起身，一把抓住李远方的手，“你怎么？难道你是……我们李氏家族……后人？”

“伯父！”李远方不再多想，双腿跪倒在地，放声哭泣道，“您老受苦了，我是您老的亲侄儿。您老的父亲就是我的七叔祖。我的亲祖父，就是他老人家的亲弟弟……叫李传育。现在，还有一位九爹活在人世叫李传道，今年整九十七岁。”

“是吗？”老人左右摇晃，大口喘气，瞪眼问，“老人家在哪？”

“您老……”李远方搀扶住老人，激动道，“听我慢慢说……不光是九爹健在，台湾还有几十个……我们李氏家族的后人。”

“苍天啦……列祖啊！”老人浑身颤抖，“听见了吗？我们李氏家族瓜瓞绵绵、兴旺发达了。我再不指望那个畜生传宗接代了！”

“伯父，”李远方把老人扶好坐下，安慰道，“您老坐好……听我将李氏家族……百年来的家族史，给您老叙说。”

“好，好！”老人坐下，又冲外面喊，“秀秀，你也来听听。”

“我在这里，”秀秀突然从门口进来，含悲道，“我都听见了。”他擦了擦眼泪，走到老人身边，拿起紫砂壶，摇了摇，冲满水，递给老人：“先喝口水！”其温顺体贴，犹如亲生女儿，令人动容。

李远方感觉浑身血脉贲张，他无法克制自己此时的心情。好半天才定下神来，含泪将自己所知道的李氏家族近百年来风雨飘摇的苦难历史，一点一滴，慢慢向老人倾诉……

2

夏日午后的阳光，炙热灼人，四合院内，热气蒸腾。枣树上，一只蝉虫，不间断地在高声鸣叫。树下，树荫匝地，乱影婆娑。几只麻雀在树荫处雀跃跳动，尖细的鸟喙，不时在树根处剥啄。

客厅里，李远方声情并茂地讲述着家族的历史，由于对家族史烂熟于心，所以讲述起来，有条有理，井然有序，犹如滔滔江河，奔流不息。三位特殊的听众，各怀着异样的希冀情怀，专心致志地倾听，听到动情处也潸然泪流。

西阳渐渐西沉，落日的光辉，通过门框照进厅堂，将整个客房照射得一片亮堂。四个人的身上，都洒满阳光，四张不同的脸上，都凝固着同一种表情——神奇庄重。

“伯父，”李远方最后感叹，“我们李氏家族的百年历史，就是一部中华民族的近代史。今天看来，我们需要重新审视这段历史，要站在大民族文明的高度来评判每个李氏家族的后人，评判每个人在当时历史环境下的生命状态。同时，要告诫我们的子孙后代：什么是家族的遗训？什么是人性的光辉？什么是民族的精神？什么样的生命价值才是最饱满的生命状态？什么样的文明才是真正的人类最进步的文明？如此，我们李氏家族才能血脉相继，生生不息！”

“好孩子，”老人擦了擦眼泪，“听你一番叙述，伯父我不枉活此一生。以前，你七叔祖因是高官，受政治的限制，只给我讲党史、军史，除了讲你尊祖外，从不讲家族史。明天，我就带上秀秀，同你们一起回九龙冲白龙寨。去看看九叔、看看故乡、看看李氏家族生生不息的一方水土，给列祖列宗烧香磕头。”老泪止不住又簌簌流淌。

“伯父，”李远方安慰道，“您老不要急着动身，先把家里安排好。回故乡后多住些时日，同九爹好好畅谈李氏家族的历史。”本来想把幺爹的电话号码告诉老人，一想不妥，万一两位老人通话时，一激动恐有不测。接着道：“我回去后，先跟幺爹通个气，有个思想准备。九十七岁高龄的老人，我担心他老人家，一激动受不了。”

“好，好……一切听你安排，我是恨不得马上就回到故乡。”

“李老，”杨帆插嘴道，“您老住这深宅大院一定很寂寞吧？”

“何止是寂寞，完全是孤独。”老人深情地看了看秀秀，“幸亏有秀秀长期相伴，我才得以苟延残喘。”

“您老为什么没想到回故乡？”

“说来愧对故乡！”老人叹惜道，“解放前，一家人南征北战，没时间回。解放后，忙着建设新中国，还是没时间。‘文革’时，被监视想回不让回。而且，也不敢回，怕回去给家族人带来祸害。”

“现在好了，”秀秀笑道，“随时可以回去了。”

“对。”老人又站起来，向神龛走去。秀秀赶紧上前搀扶着，老人示意李远方和杨帆跟过去，二人起身站到了神龛前。

老人兴奋道：“你们看，这幅画是我们家的传家宝。”

“东山头白龙寨！”杨帆惊叹。

“对，上面的人物，就是我祖父母和九个儿子，我所知道的就这些。这幅画是我父亲在延安窑洞，凭记忆在半年内一笔一画勾皴出来的。看见画里的题跋吗？在右上方有一句诗，字很小，我看不见。正是刚才远方儿所吟诵的‘恩泽来天际，思想育道明！’”

“看见了，”杨帆激动道，“真是李氏家族的名言。”

李远方一阵心热，两眼被泪水模糊。

老人颤声道：“这上面的人，就剩下……九叔他老人家了。这幅画也带回去，明年清明，我再申请将父亲的骨灰盒取出，送回白龙寨。送到祖父的身边，让他落叶归根，守望白龙寨的一方水土。”

“伯父，”李远方道，“您老回故乡后，就不要离开，正好同九爹他老人家相伴，我保准您老活上一百岁。因为九龙冲的山水养人啊，家里还有一位高明的大夫，开发研制了一种专门给老龄人延年益寿的中药，您老回去后，这大夫随时可以关注您老的身体。”

“好，我回去同九叔相伴！”老人慢慢回到躺椅坐下，又示意李远方和杨帆坐过来，神情凄苦地凝视着院内，感叹道，“我告诉你们：老人是很可怜的，需要人相依相伴。人老了什么都得靠别人……思想上，变得迟钝。生活上，不能自理。在家里，孤独寂寞。到外面，寸步难行。想见以前的老友，一打听，昨天刚死。坐着时想睡，躺下又睡不着。哭起来，没有眼泪。笑起来，倒把泪笑出。讲现在事，当面讲当面忘。回忆儿时，倒记得一清二楚。讲好话，别人听见别扭。说真话，别人骂你神经。真就是人老烦恼至，孤独又凄凉。这是老年人的悲哀，而且要摆脱这些，只有一个办法，那就是……死！”

“伯父，”李远方安慰道，“我看您老……是在这寂寞的环境中呆长了，等到了故乡，感觉会大不一样。”

“但愿如此！”

“嘟，嘟……”杨帆的手机突然响了起来，老人停止了话语，杨帆赶紧跑到院子接听，接完回头对李远方道：“主持人和演员邀请我们二人晚上参加一个聚会……你意下如何？”

“这……”李远方一时哽住。

“去吧！”老人兴奋道，“按照你们的原计划，快快乐乐去应酬，投资的事，尽管放心，这个工作我亲自来做。就算是我离开这个世界前，为李氏家族做点贡献吧，写下你的联系方式。”对秀秀道：“把家里的电话号码，写给远方儿。”

“谢伯父！”李远方充满感激，“我代表远方集团所有的员工，先谢您老人家。”说完，朝老人深深一鞠躬后，接过号码大步而去。

一走出四合院，二人精神一爽。只见大街小巷上，车流不断，人流如潮。西天边，一片红云似火，一轮残阳如血……

3

翌日上午，李远方和杨帆如约来到李远平办公室，见到李远平后，二人心一下又紧张起来。不是因为他像昨天傲慢待客，恰恰是因为这家伙今天同昨天判若二人。他满脸堆笑，亲自调制冰镇奶糕，又送上西瓜，强迫二人吃完后，再递上香巾纸。款待完毕，这才坐到二人对面的沙发上，不住点头微笑。

“李行长，”杨帆被他笑得心里有点发怵，说道，“昨天，我们见到了令尊大人，发生了一件意想不到的大事。”

“发生什么事都很正常，”不等杨帆说下去，李远平道，“老人嘛，经常会产生一些奇怪想法，总担心明天自己就要死，或者天突然就要塌下来。今天太阳是从东边升起来的吗？明天它还会升吗？”又问：“他老人家有没有问你们，咸鸭蛋和茶叶是怎么回事？”

“问了，”李远方见杨帆想说身世一事，抢道，“我们如实向老人家作了说明，老人家一个劲夸奖洪湖的咸鸭蛋是全国最好的。”

“是吗？”李远平笑道，“延安时期，贺龙元帅曾送了一筐洪湖的咸鸭蛋给我祖父，我父亲一气吃了十个。从此后，就离不开咸鸭蛋了。这一辈子，他老人家吃的咸鸭蛋，大概可以绕地球转几圈了。”突然收住笑容：“他有没有问你们来北京的目的？”

“问了！”

“他怎么说？”

“他老人家……”李远方道，“似乎不太同意我们找你投资。”

“你怎么讲？”

“我什么也没有讲。”

“这就对了！”李远平慢慢站起来，走到办公桌后，双手支撑着桌面，十指轻轻敲打几下，然后落座到皮椅上，一头倒在靠背上，两眼死死盯着天花板，许久，微微闭上眼，语气坚决，“你们听好，我决定给你们投资，投资额度只会大于香港新时代，条件比他们更优惠，只是……”突然睁开眼盯着李远方：“优惠部分你们必须拿出一半，返回我指定账户，而且除我外，不能让任何人知道，懂吗？”

“明白！”杨帆抢答。

“你呢？”问李远方。

“我觉得……”李远方愁眉道，“这不太符合财务手续，而且无法向审计部门交代。”想了想：“最好李行长能找个代理人，同我们共同创办一个实体，以此为合法渠道，我们定期将资金划过去。”

“这个……”李远平长长地松了口气，他刚才是有意试探李远方的，见他如此谨慎，放心道，“可以考虑！”

“还有一点，”李远方提示道，“李行长如此行事，你们一把手和上级机关是否会过问此事？还望李行长提前交代一声，一旦有关方和相关人插手，我好按李行长的旨意应对。”

“你过虑了！”李远平对李远方完全放下心来，其实就他掌握的情况，行长和另外几位副行长，都不比他好多少。每年上千亿放贷资金，从几位手中流出，就是木头人也把心激活了，何况是有血有肉有感情的大男人？即使是自己不想染指，要贷人背着银子，不停地追在你屁股后面谢恩，再廉洁的人也要被扯昏。想到此，他笑道：“我的事你不用担心，回去后做好前期准备工作，等待我的消息。”

“是，请问李行长，什么时候派人去考察？我好安排接待。”

“不会太长，我明天召集有关方开会，估计半月之后，就派人下去。”说到此，话题一转，笑道，“昨晚你们玩得可好？”

“昨晚……”李远方一时语塞，不知如何回答。

“昨晚太刺激了！”杨帆赶紧接过话。昨晚主持人和演员，邀请他们到一个私人会所聚会，主持人黏上李远方，演员黏上杨帆，直到凌晨二点才依依惜别。两位美女向二人保证：一定说动李行长给远方集团投资，请二位尽管放心。此时见李远方不好意思回答，所以接过话来，激动道：“我们二人跑到天上人间去唱歌，谁知唱到一半，两位小姐拉我们到饭店开房，我们大大地消受了一晚。”

“是吗？”李远平笑道，“怪不得李经理不好意思？”又道：“这很正常，男人嘛！有机会，我带你们找几位明星，消受消受。”正要往下说，突然不作声了，原来秘书走了进来。

“李行长，”秘书道，“覃行长请你到他办公室去一下。”

“好的。”李远平慢慢起身，示意李远方和杨帆等他回来。

“怎么不让我说出真相？”等他出门后，杨帆问李远方。

“以后有机会再说，现在说好像我们是以此为砝码。再说，我们今天是办事来的，不是来认亲的。”

“我算是服了你，总是替别人想，唯独不替自己想。”

“不谈这了，”李远方道，“两位明星到武汉去的行程，一定要安排好。肖畅姐说，要充分利用她们的人脉资源，扩大远方集团在全国的影响，必要时搞专场演出活动，请电视台转播。”

“放心吧，我们在银幕上见到的明星，个个光彩照人，其实现实生活中也就是个平常人，她已黏糊上我了，约好今晚了其心愿。”

“这么快？我准备今晚坐火车回家。”

“行行好……明早坐飞机吧，难得我同大明星纠缠一次。”

“辛雅娟不是明星吗？”

“感觉不一样。”

“好吧，”李远方笑道，“只要你把事情办好，就是死在她身上，我也不管。”又突然皱眉：“我今晚去看看胡总，他又住院了。”

杨帆诧异道：“他不是跟导游到全国各地潇洒去了吗？”

“就是跟导游纵欲过度！”李远方叹息道，“这次病得不轻，电话里说话，都咳嗽不停，回北京找专家会诊。”

“辛雅娟呢？”杨帆忍不住问，“难道真的不管他？”

“不知道，”李远方长长叹了口气，“有人说男人的心像铁，在我看来，女人一朝决定抛弃你，她的心就变成钢了。”

话说到一半，李远平推门进来了，脸色阴沉恐怖。

“李远方！”坐下后，李远平阴冷道，“看在朋友的面子上，我把你当朋友，而你却背后捅刀子……这不太好吧？”

“李行长，”李远方诧异，“此话怎讲？”

“此话怎讲？”李远平突然大声道，“你利用和我名字上的巧合，为了达到贷款目的，居然编造一曲荒唐的认亲闹剧，忽悠我老眊昏聩的父亲。”愤慨道：“不择手段，荒唐之极！是可忍，孰不可忍！”

“李行长，”杨帆道，“此事绝对是真的！”

“别说了，我现在正式通知你们：投资到此为止，你们走吧！”

“李行长，”二人同时站起来，李远方无奈道，“无论你怎么想都无所谓，临行前我只想说一句话。”

“讲！”

“我为李氏家族出了你这种后人深感耻辱！”

“滚……”

下楼后，李远方悲痛万分，杨帆安慰道：“别伤心，为这种人伤心划不来。再说你们李氏家族不是靠李远平这种人来传承的，有你李远方一个足矣！”

“我不是为他，我是为伯父他老人家痛心。”

“我们现在怎么办？”

“按原计划行事，今晚你去安慰明星，我去安慰胡总，明早赶回武汉。肖畅姐昨晚在电话说，钱思鸣的姐姐现在是光大公司的法人，发誓要为弟弟报仇。要我们提防点，怕这疯女人乱咬人。”

“他姐姐？”杨帆心一惊，心想，“这钱华可比钱思鸣厉害，再加上一个张总出谋划策，可真不能掉以轻心。”表面却不露声色道，“一个女人能有多大道行？我是说我们现在去哪？”

“再去看伯父！”李远方充满深情，“商量接他老人家回白龙寨的事，我不能因为李远平，而放弃李氏家族的美好传统……”

第七十章

1

俗话说：“祸不单行，福不双至。”钱主任深有感受。

自儿子钱思鸣失踪后，他一病不起，每天躺在病床上长吁短叹，哀叹家门不幸。白天，无精打采困倦睡不着，晚上，神情恍惚耳鸣心抖。闭上眼，满脑子是儿子遭人暗杀的幻境。睁开来，满眼又都是老伴悲悲切切一脸的泪痕。

儿媳妇眼见钱思鸣生还无望，加之专案组经常找她，询问核实钱思鸣同其他女人苟合的艳史。她耳不听为净，干脆带上儿子，住进娘家，毫不留情地将公婆的生死置之度外。

女儿钱华，年初同野男人鬼混，被女婿撞见，二人协议离婚不成，大打出手。钱华一菜刀几乎将男人的命根砍断，自此夫妻散伙，视为仇人。此事，恰巧被一名刚入道的小记者探知，忙不迭见诸报端，一时成为市民茶余饭后的笑料。

一桩桩，一件件，接踵而至，将钱主任的精神击溃。七十多岁的老人，茶饭不沾，滴水难饮。于是，精神日见恍惚，身体不断枯槁，两个月的光景不到，整个人完全变成一架骨头摆在床上。这天早上，喊着儿子的名字，两眼一瞪，双腿一伸，竟去了。

老伴还算坚强，没有被苦难击倒，化悲痛为力量，硬是强撑着病体，张罗安顿完钱主任的后事。后事完毕，这才一口长气吐出，人一下瘫倒在沙发上，也送进了医院。老人同丈夫的情景如出一辙，坚持了二个月的光景，赶在一个早上，喊着儿子的儿子的名字，一声“心肝”未叫出来，也是两眼一瞪，双腿一伸，也去了。

短短几个月时间，一个幸福美满的家庭支离破碎，剩下钱华和弟媳妇两对孤儿寡母。一个男人不知去向，一个老公有家不回。

钱华陡然一夜之间醒悟过来。她聘请一名资深律师，先办理完同老公的离婚案子，再将父母遗留的财产，同弟媳妇分割清楚，又请高人仿照钱思鸣的笔迹，伪造了一份弟弟留给姐姐的遗书。再花重金到公证处办理了公证手续。然后，同律师一起，她悄悄进驻钱思鸣的公司，在张总的协助下，全面接管弟弟的资产。

不查不知道，一查吓一跳。原来钱思鸣的财产，高达二亿多元。于是，钱华干脆辞掉自己的工作，一屁股坐上了光大房地产开发公司法人的宝座，一夜之间，成为一名名副其实的亿万富婆。

张总在钱思鸣失踪后，本来想全面接管光大公司。可惜工商税务部门的档案文件一目了然。加之钱华手上持有钱思鸣的遗嘱，又有一名厉害的律师撑腰，只得痛心疾首、忍气吞声地将钱华暂时扶上法人的宝座，一任这位曾经委身于自己的女人，趾高气扬地骑在自己头上作威作福，翘着屁股拉屎拉尿。

这天上午，张总刚赶到天河机场，准备回北京参加一位战友的葬礼，来不及过安检，钱华的电话打了进来。

“张总，请火速赶回公司。”

“什么事？”

“公安局找你。”

“告诉他们我回北京了。”

“他们就在我身边，你最好回头来，是有关钱思鸣的案子，说是有重大突破，要当面同我们交代具体事宜。”

“王八蛋。”张总无奈地挂断电话，退掉机票，又给北京去电话，解释了一下原因，这才拦上一辆的士，向公司奔去。

赶到公司一看，陈石泉和胡队副二人，正同钱华在窃窃私语，见他进来，二人赶紧站起握手寒暄。

“陈队长，”张总余怒未消，“这长时间未见，我还以为案子已破，怎么又来问情况？”

“对不起，”陈石泉永远是一副不温不火的神态，“现在我已经不负责了……今天是协助胡队副来的。”

“哦……”张总诧异道，“不会是撤职了吧？”

“正是！”

“是吗？”张总笑道，“不过，这是我意料之中的事。”

“张总。”胡队副不想听下去，插嘴道，“我们今天来，主要是向你们通报钱思鸣失踪案的进展。”

“人找到啦？”

“没有，”胡队副叹息道，“恐怕永远都找不到。”

“此话怎讲？”

“是这样，”胡队副陈述道，“据我们对全市所有宾馆、酒店、招待所进行拉网式普查，最后有人根据提供的照片指认：在钱思鸣失踪的当天晚上十点左右，发现他进入了卧龙宾馆大厅。”

“那就盯住卧龙宾馆，一查到底。”张总兴奋起来，他内心十分希望钱思鸣这家伙还能生还。他现在情愿同这个莽夫打交道，绝不想跟钱华这位女人合作下去。

“可惜……当天的监控设施，被人提前毁了，不知钱思鸣进了哪层楼哪间房，就连当天的登记簿，也不翼而飞。”

“这么说……”张总愁眉，“是有人下套子？”

“是谋杀，”陈石泉接过话，“看准钱思鸣喜欢玩女人的心态，利用美人计，将他诱进卧龙宾馆实施谋杀。”

“找到这女人，不就找到线索了？”

“正在找，”陈石泉从公文包拿出一打复印纸，“这上面的名单，几乎都有可能是当天在卧龙宾馆，等待钱思鸣上钩的女人，后面还附有照片。我们想麻烦张总，仔细辨认一下，看谁平时跟钱思鸣来往比较密切，或者说钱思鸣在住院期间，对谁最有兴趣。”

“问这些女人，不就可以吗？”

“我们几乎问遍了，没有一个承认跟钱思鸣有特殊关系。”

“哦……”张总翻了翻名单和照片，心一惊：有几位跟他也有一腿，心里暗骂道：“这王八蛋，该死！背后搞我的女人。”口上却自言自语：“的确有几位跟钱思鸣有不正当的关系。”

“怎么这么说？”钱华瞪眼道。

“恕我直言，”陈石泉继续道，“考虑张总是钱思鸣最信赖的朋友，而且你们经常在一起吃喝玩乐，所以我们才找到你，希望你积极配合我们的工作，最好提供一份书面说明材料。”

“好吧，”张总将名单放在桌上，“我尽力为之！”

“谢谢张总……三天后我们派人来取。”

“没问题！”

“还有，”陈石泉不紧不慢，“我想明天请二位去见几个人。”

“见人？”张总不解，“见什么人？”

“几位杀害钱思鸣的嫌疑人。”

“你们……”张总突然瞪眼，“知道凶手，为什么不抓？”

“是啊，”陈石泉苦笑道，“我也想抓起来，可惜……现在是法治社会，还没有找到抓人的证据，无从下手。而这几个家伙，即使以其他理由将他们拘捕，没有铁的证据他们是死也不会承认的。所以才请二位帮忙，从这些女人的身上打开缺口，看谁在同钱思鸣来往的同时，也在同凶手秘密交往。”

“我明白了，”张总点头道，“看来，陈队长真不愧是破案的神探手……佩服、佩服！”看了看钱华：“我们一定配合好。”

“那好，明天电话通知你们……告辞！”二人快步出门。

“真要去认人？”待二人下楼，钱华不满道，“我真不明白，哪有如此破案的？”

“你不想为弟弟报仇？”

“当然想，可报仇和破案是两回事，怎么可以混为一谈？”

“这就是陈队长的高明之处！”张总凝视着窗外，许久才感叹道，“可惜了一位好公安！”

“说明白点，”钱华一屁股从沙发跳起来，“神经兮兮。”

“这还不明白？”张总盯着她，“陈石泉撤职了，无法按自己意志行事，上级又听不进他的话，所以有意把凶手指给我们。”

“什么意思？”

“什么意思！”张总阴森道，“让我们来除掉对方，等对方一死，他们再把所有罪名往对方身上一套，宣布案子已破。”

“哦，”钱华终于明白过来，兴奋道，“美国大片中有这种情节，看来这陈石泉胆子够大的。”突然望着张总哑口不语。

“怎么啦？”

“如此一来，”钱华声音急促，“我们不成了杀人犯？”

“当然，”张总依然阴森，“不过，谁叫你明目张胆去杀人？只要我们秘密雇佣杀手将对方除掉，而陈石泉他们又不追究。”

“他要追究怎么办？”

“他要追究就不会找我们，何况对方又是些恶贯满盈的杀人犯。而我们二人又不需亲自动手，最坏的打算就是多花点钱。”

“思鸣，”钱华突然泪眼婆娑，“姐姐一定为你报仇雪恨。”又对张总哭泣道：“我一个弱女子，从来没接触过黑道，拜托你来策划这事。”说到此，一头扑在他怀里，失声痛哭起来。

“好了，”张总一阵激动，血脉开始膨胀，对这个女人他既恨又爱。恨她八面无情，变脸比翻书还快，爱她勾人的本领和淫荡的肉体。见她趴在自己怀里抽泣，颤声道：“你放心一切由我来安排，只是……这事不比其他事，要周密计划……不能心急。”

“我不心急，”钱华抬起头，柔声道，“三年五年，十年八年，都无所谓，只要给我弟弟报仇就行。我就这么一个弟弟，再说，不是弟弟出事……我父母也不会……”又埋头痛哭起来。

“好了，”张总继续道，“我被你叫转来，耽误了吃午餐的时间，我想请你一起共进午餐。”

“哎呀，对不起……我忘了你没吃饭。”钱华马上转身来到办公桌前，拿起电话拨叫办公室秘书。二分钟后，秘书走了进来。

“马上给宾馆联系，”钱华吩咐，“将八楼的豪华套房包下来，再通知餐厅，安排一桌鲍鱼宴送到房间。”

“是！”秘书转身出门而去。

“今晚上，”钱华满脸泛红，泪眼迷醉，胸前敞开的柔姿衫内春光外泄，柔声道，“我要好好地……款待你！”

“我……”张总眼放红光，声音颤抖，“一定全力配合，以报答你的‘盛情款待’……”

2

从北京回汉后，李远方急速赶到办公室，让文主任通知各部门经理开紧急会议。会上，李远方向大家通报了当前集团所面临的严峻形势，明确指出：集团的长期合作伙伴——香港新时代投资公司，在此次亚洲金融风暴的冲击下，出现了资本危机的态势，极有可能影响到他们在大陆的投资。远方集团受其影响，也将度过一段困难时期。他希望大家团结一心，拧成一股绳，共渡难关。

会议结束后，李远方又给周丽去了电话，向她讲述了北京之行的经过，吩咐她做好接待伯父李家炳的工作。跟周丽通完电话后，又拨通了白龙寨的电话，正好是师大夫接的。李远方向师大夫详细说了在北京同七叔祖一家的奇遇，又简单介绍了这几十年来，他们一家的坎坷经历。最后他叮嘱师大夫：一定选择好的时机，巧妙地告诉九爹他老人家，免得因激动而出现意外。

放下电话，李远方又叫来凤丫头和黄家骏，吩咐二人赶紧同审计事务所联系，对远方集团的资产重新进行全面评估。等二人出门后，又打电话向杨帆交代了几件事情。交代完毕，这才清好公文包，疾步下楼，开上奔驰车，匆匆向同济医院驰去。

一走近肖畅的病房，透过玻璃门窗一看，满屋子都是来看望她的下属。李远方一见，赶紧轻轻退到走廊，想等大家走后再进。足足等了二十分钟，这帮人才鱼贯而去，李远方这才推门走了进去。

“你来得正好，”肖畅道，“赶紧帮我办理出院手续，我实在受不了。每天人来人往，进出不断，我无法休息。”

“病没好怎么能出院？”

“已经好了，本来文达生今天来帮我办手续，谁知他昨晚接到新加坡的电话，今早赶头班航班去上海了。”

“好吧。”李远方放下手中的公文包，接过肖畅递过来的住院卡片，快步到住院部办理出院手续。

办完出院手续，李远方又帮肖畅清理好房间物品，逐一打包送上车子后备箱，然后将她搀扶出院。

“先到家还是先到办公室？”上车后，李远方问。

“到我家旁边的上岛咖啡厅。”肖畅吩咐道，“我们先谈谈你的北京之行，昨晚李行长跟我通了近一个小时的电话。”

李远方心一惊，启动车子，向解放大道奔去。

一刻钟不到，二人来到新华路上岛咖啡厅，找了间包房坐下。

“姐！”李远方点好咖啡后问，“这李远平说我坏话吧？”

“哪个李远平？”肖畅一时迷糊。

“就是李行长！”

“哦！”肖畅拍了拍头，“我一直把他当李行长，没想到原来他叫李远平。”看了看李远方，感叹：“还真是一对兄弟的名字。”

“本来就是！”

肖畅品了一口咖啡，赞叹：“这咖啡不错！”放下杯子：“先说说你认亲的经过，我再告诉你李远平的意思。”

“说来真叫人感慨！”于是，李远方将二人到北京后，如何见到李远平，又如何到电视台接人，又如何品茶喝酒，又如何送咸鸭蛋给老人，如何从老人的口中，判断出是七叔祖的儿子，第二天又如何被李远平赶出办公室等情况，从头至尾、一五一十给肖畅作了回报，只是隐瞒了四人在私人会所聚会的情景。

“这么说来，”肖畅点头道，“李远平这家伙，还真有点不地道，看来你们李氏家族也有败类。龙生九种，各个不同！”

“我一直不明白，”李远方苦恼道，“七叔祖和伯父都是革命先辈，跟着共产党革命一辈子，都是令人敬仰的革命家，为新中国的解放事业做出了巨大贡献，为什么就没把自己唯一的后人教育好？”

“这就是命！”肖畅道，“人是不可能跟命运相抗争的！”又问：“这事通知九爹了吗？”

“我已给师大夫去了电话，让他在适当时候告诉老人家。”

“你准备怎么办？”肖畅盯着李远方。

“我已经做好了应对的准备。”李远方道，“天兴洲时代乐园这一项目，不能停下来。刚才我在会上，也给大家通了气，决定倾整个远方集团的财力，全力支持这一重大项目的承建，直到最后完工，要求大家齐心协力，奋战三到五年，度过困难时期。”

“三到五年？”肖畅不解。

“是的……我急着来找你，就是想跟你商量这事。”

“说具体点。”

“准确说……”李远方低头搅拌着杯中的咖啡，娓娓道，“像我们这么大的旅游项目，一般在五至八年间才能见成效。前期只有不间断的投入没有回报。我们的可行性报告也是据此论证的，而且一期、二期、三期工程也是据此为标点进行逐步扩建的。现在情况发生了剧变，打破了我们的长远规划，李行长这边我看也靠不住。”他抬起头来，认真道：“我找你就是想同你商量，放慢整个工程建设的速度，延长建设周期。着力加大第一期的建设进度，力争提前完成一期工程，然后对外开放营业。在此基础上，再视效益的好坏，同时结合国家大的经济环境，调控二期、三期的工程进展。”

“你的考虑是对的，”肖畅点头道，“你去北京后，我就在病床上翻来覆去思考……我们当初的步子是不是太快了？迈大了？现在看来，的确欠深思熟虑。当然，这也不能全怪我们，谁知道新时代会出事？谁又知道亚洲会出现金融风暴？”

“另外，”李远方道，“我已吩咐凤丫头通知审计事务所，对远方集团的资产进行全面重新评估。今年上半年我们的经营状态和财务报表见报后，股市平稳上涨。我想年终报告要做得更好，如此我们才能取信于股民，获得大量社会资金，缓解当务之急。就是新时代的情况，我也暂时不对外公开，以免影响我们集团的整体部署。”

“他们现在情况如何？”

“不知道，”李远方摇头道，“我在北京试图联系小芳，没有成功。不过有一点可以肯定，香港警方已全面控制了火拼的双方，正在缉拿相关人员，新时代即将宣布破产，资产大概要全部没收。我估计不出一月，国际刑警组织一定会找上我们。”

“这消息是哪来的？”肖畅诧异。

“我昨晚到医院见了胡总，他通过关系知道的。”

“这是我最担心的。”

“不用担心，”李远方安慰道，“昨晚，我把我们同新时代合作的情况，详细向有关部门作了回报。他们认定我们不会受刑事上的牵连。只要将新时代还存留在我们这里的资金，交给港方即可。当然，有可能要承担一定数量的罚金。”

“事情恐怕没这么简单。”肖畅皱眉道，“你让胡总随时同有关部门保持好关系，然后，将远方集团同新时代合作的所有项目，进行重新评估，请最有名的律师来逐一考证，尽快完善。我再同市里沟通沟通，不怕一万，就怕万一，把困难想在前头。”

“明白了……我今晚就开始安排办理相关事宜。”

“好了，”肖畅叹息道，“九爹他老人家不总是说‘谋事在人，成事在天’吗？我却相信‘吉人自有天相’。你李远方在关键时总有贵人相助。”说到此，忍不住笑道：“我们再来谈一谈你这个堂兄李远平……你知道他如何评价你吗？”

“如何？”

“说你既自以为是，又妄自尊大；既花言巧语，又阴险毒辣。再配上满腹经纶，如此可怕之人，整个中国不作二人想！”

“我有这么坏吗？”李远方忍不住也笑起来。

“还有，”肖畅突然收住笑容，瞪着李远方，“他问我到底跟你是什么关系？我是不是被你勾引利用？我是不是有权有势了，耐不住寂寞……搞什么姐弟恋？”

“无耻！”李远方叹息着低下头，“真是李氏家族的败类！”

“看着我，”肖畅突然厉声，“告诉你……李远方，他不仅是你的堂兄，同时是开发银行的副行长，手上有大量资金，你要大发展，就要跟他搞好关系。不管他有多少毛病，甚至恶习，你都要同他站在一条线上，求同存异。要站在李氏家族的角度上，原谅他！”

说到此，靠在沙发上，理了理头发，声音平和起来：“至于你刚才的决策我完全同意，你大胆实施。”感叹道：“看来我们日后，在项目开发上一定要三思而行。”用一种幽怨的眼神凝视着李远方：“我不能看着远方集团走下坡路，更不忍心看见你，有什么不测！”

“我……”李远方被深深打动，小声道，“听你的！”

“这就对了！”肖畅突然轻松道，“我再告诉你……李远平这家伙，已经同意投资天兴洲时代乐园了。”

“是吗？”李远方惊叹，“这人怎么如此变幻莫测？”

“这得感谢你伯父！”肖畅抿了一口咖啡，“他老人家从覃行长那里得知李远平不同意给你投资后，又打电话将他连骂带吼地教训了一通。要他这个哥哥向你这个弟弟好好学习做人做事。”笑道：“一个是父亲，一个是顶头上司，他能怎么样？”

李远方感叹道：“老人家不愧是李氏家族的骄傲，一言九鼎！”

“你听好！”肖畅突然严肃道，“李远平提出的条件我全部同意了，此事只能我们三人知晓，不得告诉任何人，特别是你伯父。”

李远方心一跳，愣了愣，随即点头：“明白！”

“走！”肖畅站起来，“到我家，我亲自烧几盘菜为你接风。”

李远方心一热，脑海中又浮现出母亲慈祥的面容……

3

李远平的确如李远方所言，有点变幻莫测。

就在同肖畅谈话后的第十天，李远方正在春天药业同温嘉庆经理商量资金回笼事宜，突然接到李远平的电话，通知他下午两点半到天河机场接考察人员，随即告知三名人员的姓名和乘坐的航班。

“李行长，”李远方追问，“你何时来汉？我好安排接待。”

“该来的时候会来的！”不等李远方答话，就挂断了电话。

李远方一看表，已是下午一点半，赶紧吩咐温经理叫人写上三位贵宾的名字，贴好牌子，钻进奔驰车就朝天河机场飞奔。

路上，他先拨通了杨帆的电话：“喂……进展怎么样？”

“非常顺利！”杨帆兴奋道，“两位美女不愧是明星风范，这个夏导比那个胡导好多了！”又问：“你大概晚上几点到？”

原来，主持人和演员自拿了杨帆的重金之后，深为李远方和杨帆的慷慨豪气所感动。除说动李远平给远方集团投资外，又主动联系好电视台经济频道，来武汉为远方集团抢拍“远方集团——奔向远方”专题片，准备国庆节期间，在电视台经济频道播放。

李远方和肖畅认为，此事对远方集团大有好处，特别是在目前特殊情况下意义非凡。于是，指定杨帆全程陪同。昨天一行人到达后，李远方和肖畅出面接风洗尘，今天李远方准备晚上再行陪同，盛情款待。现在开发银行的客人突然莅临，他只有以这方为主。

“是这样，”李远方道，“我今晚恐怕来不了。”

“怎么回事？”

“李远平突然派人前来考察，我现在正去机场的路上。”

“哦……”杨帆着急道，“那岂不要撞车？”

“所以……我现在就告诉你：你晚上派人把这几天的拍摄计划、时间安排一并送给我。我好安排这边的考察日程和具体时间。”

“他们下榻在什么地方？”

“准备安排在东城大酒店，具体房间等安排后再告诉你。”

“我怎么解释？”

“就说……去香港办急事。”

“要不我把电话交给主持人，你亲自跟她解释一下？”

“好吧。”李远方觉得如此甚好，不一会，对面传来主持人甜美的声音。李远方向她解释一番，深表歉意，表示三天后一定赔礼。

挂断电话，李远方又跟肖畅通报了这一情况。

“我已知道了，”肖畅兴奋道，“李远平刚给我来过电话，你先安排他们住下，我晚上过来同他们谈一谈。”

“好的。”李远方挂断电话，加大油门，神情专注地向前冲去。赶到天河机场，正好二点二十五分。

飞机正点降落，李远方举着牌子，顺利接到三位贵宾。

三位客人，看上去跟李远平完全是两个类型。一位五十岁不到的是这次考察的负责人，他中等身材，不胖不瘦，没有什么特别之处，说话彬彬有礼。另外一位男的二十几岁，脸上稚气未消，眼睛大而有神。一位女的三十岁左右，身材修长，庄重文静，清秀淡雅。

“李经理，”上车后，小伙子自我介绍，“我叫张士前，”指着年龄大的：“这位是我们易主任，”又指着女的：“这是我们杨处长。”

“三位领导一路辛苦了！”李远方微笑着向三位点头，徐徐启动车子，在停车场刷卡缴费后，右拐进入机场高速，又在入口处缴上道路建设费，这才加速前行，一路呼啸着向东城大酒店奔去。

三位客人大概经常出差，一路上，对道路两旁的风景，不太感兴趣，都沉默不语，闭目养神。

“看来这三位都很关键！”李远方一路思忖，“从李远平的介绍上看，易建发是项目论证部主任，杨虹杰是投资处处长，张士前如此年轻就是科长，一定有相当大的家庭背景。”

到达酒店，李远方包下四个房间。除三人下榻外，一间留给自己，以便随时照顾他们的生活、安排他们的活动。

“易主任，”将三人送入房间，李远方建议，“现在是最炎热的时候，三位先在房间休息，六点钟到餐厅就餐。晚上我带你们看看汉口的风俗人情，再欣赏一下长江两岸的夜色美景。明天到公司，先考察我们的文案，然后再到各单位去实地考察。具体时间安排，我晚上交给你们，你们有什么具体要求，明天到办公室再吩咐我。”

“李经理，”易主任笑道，“谢谢你的美意，麻烦你现在就通知公司有关部门，把相关材料准备好，晚饭后，送到我们房间。今晚上我们认真研究，明后天我们到实地考察，后天晚上回北京。请李经理帮我们定好后天晚上八点半的航班。”

李远方道：“太简慢三位吧？多呆两天，我好尽地主之谊。”

“以后有机会，”易主任道，“再说我们只是做前期的考察论证工作，李行长还要亲自实地考察。”

“那就恭敬不如从命！”李远方告辞回到自己的房间，通知文主任和凤丫头，迅速准备相关资料，晚饭之前务必送到。

晚餐时，肖畅赶来陪同，五人一桌，都是好静之人，气氛异常平和，谈话有条不紊，没有了觥筹交错的热烈场面。

晚餐后，三人一头泡进资料中，直到深夜十二点半，才在李远方的多次请求下，放下资料，外出夜宵，然后就寝。

第二天，三人实地考察，考察其间，认真负责，一丝不苟。

第三天上午，继续实地考察，下午回到酒店后，这才要求李远方开车带上他们，到武汉三镇周游一番。

吃过晚餐，李远方通知凤丫头将三份礼品包装好送到酒店。他亲自分别送入三人房间并加以说明：因为时间仓促，加之三位恪尽职守，不得尽心如意照顾好三位的武汉之行，送上区区薄礼，略表心意。然后又亲自开车将三人送到机场，直到三人通过安检进入候机大厅，这才返途向新东方娱乐城奔去。

来到新东方后，酒宴正进入高潮。杨帆、导演、明星、主持人、策划人、工作人员，交合在一起男喊女叫、你起我坐，盏来杯往、胡扯乱拉，混作一团。

一见李远方到来，大厅立即安静下来。两位大明星已喝得头重脚轻，醉眼迷离。一个正拉着夏导演往鼻子里灌，一个猴着杨帆往自已口里倒。演员见李远方进来，对主持人道：“看……李总回来了，你赶紧代表我们摄制组去敬他一杯。”

主持人一扭头，见李远方真的站在门口，酒惊醒了一半，摇摆着走过来，一把换住李远方：“哎呀……李经理，你终于回来了，先罚酒三杯。”不管三七二十一，拉着李远方就往座位上按。

“对不起，”李远方接过酒杯，对几位客人道，“不得已离开了几天，怠慢了几位尊贵的客人，深表歉意。在此，我先自饮三杯。”

说完，一口气连干三杯。

因为跟李远方没有杨帆熟悉，夏导演及几位客人顾及身份，此时都规矩起来，说话彬彬有礼，举杯三请三碰。

“李经理，”夏导演一脸严肃，“该拍摄的我们已经拍摄完毕，就剩下对你们几位老总的个人专访了。我想明早到你们办公大楼去拍摄，下午我们就赶回北京，进入后期制作，你看如何？”

看来这位夏导还没喝醉。

“我个人就算了吧，”李远方谦虚道，“主要是宣传公司。”

“那怎么行？”主持人抢过话来，“按照拍摄计划，对你的专访是重点，没有你的英明领导，哪有远方集团今天的辉煌？”

“好吧，”李远方道，“有什么具体要求，请提前把内容告诉我，我好准备一下，免得说错了话。”

“我已经……拟好了！”主持人醉眼柔声道，“今晚……等到了宾馆后，我们二人一起……好好商量……商量！”

李远方脸一下绯红，不知如何回答，站起来，举杯掩饰：“来，我提议……大家共饮此杯，祝贺我们此次合作愉快。”

“干杯！”大家兴奋地举杯一饮而尽。

“下面……”杨帆提议道，“请大明星给我们献上一首‘好人一生平安’，请大家鼓掌欢迎。”

演员冲大家点头微笑，款步走到大厅国家，深情唱道：“有过多少往事，仿佛就在昨天……”声音清脆悦耳，婉转动人。

李远方心里一阵迷惘，又问自己：“为什么要愿好人一生平安？因为好人实在不平安。为什么不愿坏人平安？因为坏人实在是平安。我们这帮人有几个好人？又有几个坏人？恐怕谁也说不清楚。”

想到此，李远方小声问杨帆：“他们的费用都算清了吗？”

“算清了！”杨帆低声道，“而且两位明星这次是免费主持。”

“这样，你把各项费用，列个清单，造个表。我签个字，明天交给凤丫头，从集团今年的广告费中支出。”

“你不用为我着想，我已从新东方自己的股份中冲了账。”

“看来你又在玩弄感情……谨防宋红雨撞见。”

“放心吧，”杨帆神秘道，“今晚是告别‘演出’。”

歌声结束，李远方示意杨帆动身去宾馆。杨帆一声号令，一帮人连说带笑，互找伴侣，出门各自上车，前往香格里拉酒店。

到达香格里拉，大厅里引起一阵骚动，两位明星习惯地给人群点头微笑，在工作人员的保护下，快速挤进电梯。

“看见吗？”大厅一角的长沙发上，胡队副小声对张总和钱华道，“从宝马车上下来，一路护卫着演员的正是杨帆。前几天你们见过的几个，是他的生死兄弟，他是真正的老大。”

“好一个男子汉！”张总感叹，“怪不得大明星被迷惑。”

“请再看！”胡队副又小声道，“奔驰上下来的，护卫着主持人的是李远方，远方集团的老总，他和杨帆也是生死兄弟。”

一位探员突然跑来对胡队副耳语：“房间窃听装置已开通。”

“走，”胡队副起身对钱华二人道，“我们先走一步，你们好自为之，有什么情况随时通知我们。”说完，同探员一起上楼。

“走吧，”张总也起身，“我们也该商量我们的计划。”

八楼几间包房里，　帮人高声串门。李远方将主持人送入房间，正想如何脱身，手机突然响了。他一接听，心里一阵激动。

“远方啊！”话筒里，传来伯父李家炳颤抖的声音，“我和秀秀，坐明晚八点的火车到武昌，请你到车站接我们。”

“好的！”李远方挂断电话，对主持人道，“对不起，我伯父突然要从北京来武汉，我必须去安排接车，明天在办公室等你们。”不等主持人应答，转身大步而去。

“把采访提纲带上！”主持人大声道。

“不用了，”李远方在门外道，“我明天即兴回答你的提问。”

“李远方！”主持人自言自语，“跟李远平真云泥之别……”

第七十一章

1

夏去秋来，正是收获的季节。

在九龙冲通往白龙寨的大道两旁，农民们正在抢收稻谷，田间地头，流动着忙碌的身影，不时传来男女农民诙谐的叫骂。一阵金风吹过，满目都是沉甸的气息，空气中，飘荡着稻穗的清香。

几声清脆的喇叭声，惊醒了劳作者，男女老少都止不住翘首循声而望。只见四台豪华轿车，一溜烟从镇上冲出，沿冲畈之间的大道，向白龙寨方向急速奔驰，车后扬起滚滚尘埃。生活在路边的村民都知道：这是九龙冲白龙寨的名人李远方又回故乡。

第一台奔驰车上，李远方今天没有开车，老婆周丽一手驾驶。昨晚他陪同李远平饮酒过量，直到今早依然头重脚轻，耳鸣目眩，靠在副驾位上闭目养神。李平、李乐一对儿女，坐在后排上叽叽喳喳，喋喋不休，不时招来周丽的责骂

第二台奔驰车上，李远立轻松驾车，偶尔深情地抚摸一下副驾位上的新婚妻子沈小虹。沈小虹戴着墨镜，披着长发，靠在靠背上看不出脸上是什么表情。二人自“五一”结婚以来，到任何地方去，都是成双成对，无论干什么事，都是妇唱夫随。

第三台宝马车上，杨帆边开车边同副驾位上的李远平大谈男女艳事，李远平不时发出爽朗的笑声。他是前天来武汉的，是被老父亲骂来的，老父亲在电话里训斥他愧对列祖列宗，愧为李氏家族的后人，让他赶紧回到九龙冲白龙寨来认祖归宗。不然，从今后将他赶出李氏家门。他一听，赶紧给李远方打电话，让李远方第二天到机场接他。一方面回故乡参加列祖列宗的揭碑仪式，顺便考察远方集团的天兴洲时代乐园项目。昨天，李远方和杨帆陪他看了看远方集团的几大实体，大大增加了他的投资信心。晚上，又举行盛大的欢迎酒宴，肖畅特地从省里召开的会议上赶来陪同。晚宴结束，杨帆又为他安排系列娱乐节目，使他大感快意，

以至于直到今天还津津乐道，一路还赞不绝口。

第四台新款小红旗车上，黄家骏刚刚拿到驾驶执照不久，神情专注，悉心驾驶。凤丫头在副驾位上也是手脚不停，细心指点。这对小夫妻，现在完全把自己视为李氏家族的后人，对李远方要求的事情言听计从，从不悖逆。黄家骏自到集团上班后，在文主任和凤丫头的调理下，做事认真负责，一丝不苟，做人谨小慎微，克勤克俭。

秋天的乡下，天高气爽。车窗外，不时吹进凉爽的季风，拂在脸上清新温润。李远方坐在副驾位上，虽然看上去在闭上养神，然而，内心深处正急剧滚动，心潮难平。

伯父李家炳回白龙寨已快一月，李远方每礼拜回来一次。一方面是跟两位老人家谈谈心，主要原因是两位老人见面后，大谈家族的兴衰历史，感叹人世的沧桑巨变。最后一拍即合，决定将李氏家族近现代的兴亡史编辑成文，刊印成帙，馈赠亲友，激励后人。所以，李远方不得不经常回来，协助两位老人整理文案，恪尽孝道。

不仅如此，二位老人家还将历代祖宗的坟茔重新修葺，九爹他老人家更是将八位兄长的生平事迹，整理成文，勒刻在石碑之上。

今天李远方一行，就是回来举行庄严的揭碑仪式。

车队到达白龙寨，二位老人带着父老乡亲们早已在村头等候。李远方赶紧下车，向众人打拱作揖，又将李远平引到幺爹面前，向老人家介绍这位兄长的金色事业，老人家异常兴奋。

随着一声礼炮声响，两股人合为一体，抬起祭品，燃起鞭炮，敲起锣鼓，向龙珠山逶迤而去。

揭碑仪式从上午九点始，直到十一点半结束。这其间龙珠山上香客不断，热闹异常。人人烧香磕头，个个虔诚祈祷。只见坟茔间香烟缭绕钱纸翻飞，墓碑前花果飘香鞭炮轰鸣。一阵赶一阵的烟雾，夹杂着鞭炮爆炸后硫磺的熏香，随风而起，弥漫山梁，吹遍山野。

李远平今天的心情，异常兴奋，自记事起，他就听祖父和父亲谈故乡，谈九龙冲、白龙寨。少儿时代，他对故乡充满向往，随着年龄增大，特别是文化大革命中，祖父被打倒含冤去世，父亲也被关进牛棚，他和母亲蛰居在北京西郊一座破平房里，每天为生活犯愁，对故乡也就渐渐淡忘，不再向往。母亲不幸病逝后，对故乡更是没有牵挂。文革结束后，随着祖父平反，父亲复出，他的命运也开始发生翻天覆地的变换。每年清明节，到八宝山祭奠祖父母和母亲时，父亲都要含泪讲述祖父母在世时对故乡的向往之情。现在，当他伫立在列祖列宗的坟茔前，踏踏实实地站在故乡的土地上，一种儿时对故乡的眷恋之情，又在心底萌发，油然而生一种神奇的感觉。

“真没想到我的故乡，如此钟灵毓秀。”李远平对站在自己身边的李远方感叹，“怪不得祖父他老人家，做梦都想回故乡，临死前拉着我的手，叮嘱我日后将他老人家的骨灰送回故乡。”

“是啊，”李远方道，“一个人最值得留念的，恐怕就是自己的故乡。这多年来，不管我走到哪里，也不管是千里万里，只要是一个人静下来，就情不自禁地想起了故乡。想东山头白龙寺的明月，想村前潺潺的流水，想龙珠山上的鸟鸣花开。”

“可惜，”李远平摇头道，“我没有你这种情怀，我的童年和青少年，是在军营度过的，是在杀喊声中长大的。”说到此，摇头苦笑：“你永远也体会不到我那时的感觉。”

“李行长，”杨帆跑了过来，大声道，“大家开始回寨，九爹他老人家让我来请你，说是今天的酒席，是特地为你开的。”

“谢谢老人家，我经当不起，只要我老爹不骂我就是万幸。”又笑道，“麻烦你转告老人家，我心领了。我想利用这个机会，向远方了解一下家族，我们晚一点回，请大家不要等。”

“请大家自便，”李远方也道，“我和远平兄很快就回来。”

“好吧。”杨帆转身而去。

“走……远平哥！”李远方一阵激动，“我先简单向你介绍尊祖辈的情况，再详细讲述李氏家族的历史……”

2

李远方陪着李远平，来到九棵松柏上面的几排墓碑前，李远平凝神观看，许久，指着一块墓碑念道：“这就是高祖吧？大清道光年间进士，从一品提督学政——李仁高大人之墓。”

“对，”李远方道，“高祖生于清道光一年，卒于清光绪十五年。他老人家秉承李氏家族诗书传家的美德，一生崇尚儒学，为人端方，深得家族爱戴。曾经出任山东从一品提督学政，任职期间掌握学校政令，负责岁、科考试。凡山东全省的大事，他有权和巡抚一起参加讨论。”感叹道：“其道德思想，感召后人。”他指了指旁边的几排墓碑继续道：“他老人家一生养育了三子二女，我们的曾祖父是他长子，这旁边的是二子和三子，可惜都没有留下后人。”

“曾祖叫李德厚！”李远平向下走一步，抚摸着曾祖父的墓碑，沉思道，“我祖父念叨得最多的，就是他老人家。”

“曾祖李德厚！”李远方接着道，“生于1848年，卒于1921年，他老人家最得意时，当过直隶总督李鸿章的副军务总兵官。后因性格耿直，不善钻营，得罪上级和同僚，被革职待用。老人家一气之下，要求致仕归田。回到故乡后，大兴土木，建豪宅，纳美妾，一生娶了两位夫人，三位姨太太，一心要当十全十美的完人。”

“有意思，”李远平道，“看来我们这位曾祖父，是个性情中人，值得我们后人敬仰。”又问：“你能说具体一点吗？”

“好的，”李远方道，“他老人家为官时，先娶夫人王氏，生子李传恩、李传泽、李传天。娶大姨太张氏，生子李传来、李传际。致仕归田后，王氏死，又娶夫人黄氏，生子李传思、李传想。娶二姨太孙氏，生子李传育。娶三姨太秦氏，生子李传道。想生育第十个儿子李传明，可惜后来年岁大了，一直未能如愿。”

“这么说，”李远平笑道，“我祖父是正出，你祖父是庶出？”

“很对，所以说要振兴李氏家族，你的责任比我大！”

“说到这……”李远平盯着李远方，“我倒要提醒你，即将进入二十一世纪，社会在飞速发展，人类在不断进步，对于这种封建家族的陈腐思想，你绝对不可自以为重。我听说你还许下什么‘诺言’，这就更不应该，何必背负沉重的精神负担过日子。”

李远方心一沉，他本不想回答他的话，想了想，还是答道：“你错了，我并没背负沉重的精神负担。相反，我怀揣着巨大的精神力量。这种力量，使得我的良心不断升华。对家庭，对社会，义不容辞地承担起自己不可推卸的责任。”

“好了，好了！”李远平打断他，“今天我们不讨论良心和责任。”突然皱眉：“我一直不明白：为什么曾祖父一生没养位女儿？”

“我也曾经为此困惑。”李远方叹息道，“说出来恐怕你难以相信，曾祖父一次追剿义和团的途中，救过一名道士的命。这名道士为了感激他老人家，就传授了一套床上秘诀：只生男，不生女。”

“有这种奇事？”李远平惊叹，“秘诀有没有传下来？”

“没有！”

“太可惜了！”

一阵秋风吹过，九棵松柏沙沙作响，李远方止不住抬头仰望，只见松干挺拔苍劲，松枝张扬舒展，松针随风摇曳。天空上，几朵白云滑过树丛间的空隙，向南翩翩飞去。

“走，”李远方又是一阵心动，领着李远平来到第一棵松柏下，激动道，“我向你介绍九位祖父的生平事迹。”

“你不用介绍，”李远平道，“我慢慢看碑文。”他来到第一块石碑前，慢慢朝后看去，只见碑文写道：

李传恩——生于1875年，卒于1900年。大清帝国勇敢的战士，北京礼王府年轻的护卫官，24岁任王府银库护卫长。1900年，八国联军入侵北京，大肆烧杀抢掠，德国兵冲入银库，抢银两百多万两。身为护卫长的李传恩身先士卒，同德国兵进行了不屈不挠的战斗，最后惨遭枪杀，死时年仅25岁。

李传泽——生于1878年，卒于1911年。中国资产阶级民主革命的先锋，用他年轻的生命在民主共和的历史上，写下了光辉的一页。辛亥革命时期，是驻汉阳的新军首领，追随孙中山、黄兴，加入同盟会在湖北的文学社、共进会，起义时是黄兴的得力干将，后来死于炮火之下，年仅33岁。遗有一女，后随义父流浪至南洋。

李传来——生于1890年，卒于1919年。中国爱国民主运动的先驱者之一。1919年五四爱国运动时期，他是北京大学、北京高师、汇文大学等高校的学生运动联合会领袖之一，在街头演讲时，死于北洋政府军警的乱枪之下，死时年仅29岁。

李传天——生于1892年，卒于1927年。中国民主革命的优秀指挥员。1927年北伐战争中，参加指挥著名的汀泗桥战役，是北伐军中优秀的教官之一，死于北伐的炮火之下，死时年仅35岁。

李传际——生于1894年，卒于1975年。中国国民党的优秀将领，中国国民革命军某部军长，为人耿直，战功卓著。23岁入黄埔军校，参加过多次国内战争和抗日战争。抗日战争时期，参加指挥过著名的台儿庄保卫战。后追随蒋介石去台，1975年卒于台湾，享年81岁。育有二子三女及孙子辈计男女三十人。

李传思——生于1895年，卒于1976年。中国国民党的优秀将领，中国国民革命军某部副军长。一生爱憎分明，侠肝义胆，战功显赫，威名远播。22岁随兄李传思入黄埔军校，参加过多次国内战争和抗日战争。后追随蒋介石去台，1976年卒于台湾，享年81岁，育有三子三女及孙子辈计男女三十九人。

李传想——生于1897年，卒于1967年。中国共产党的优秀将领，中国人民解放军某部军长，一直追随共产党打天下。参加过八一南昌起义、反围剿战争、抗日战争、解放战争。戎马倥偬，战功卓著。解放后就职共和国政务院某部，后因反对大跃进被打倒，“文革”中被迫害致死。享年70岁。育有一子一孙一重孙。

李传育——生于1898年，卒于1938年。李氏家族传字辈中唯一从商者，抗战时期罹难于长沙大火。享年40岁。育有一子一孙二重孙。

李传道——生于1900年……

“曾祖父他老人家，可真是高人！”看完碑文，李远平惊叹，“居然想到要做十全十美的完人？而且还要‘恩泽来天际，思想育道明’？可惜人算不如天算。他老人家做梦也想不到，九个儿子都命运多舛，除了九爹外，八位儿子全部客死他乡。”他突然愁眉：“很奇怪，为什么大陆这边的子孙繁衍都不旺？而台湾那边却如此兴旺？”

“很简单，因为风水不好，台湾的风水养人。”

“这不像是李远方的言论。”

李远方心一惊，没有反驳他。他知道李远平心里，比自己更清楚原因何在，只不过是不愿明说。

“远平哥，”李远方问，“李氏家族的辈分排列，你清楚吗？”

“惭愧！”李远平道，“老父曾经说过，可惜我没放在心上。”

“麻烦你再记一下。”李远方朗声念道，“仁德传家远，忠孝流世长。千秋存道义，万代耀荣光。”

“好诗，看来，我的确是需要记住，也许将来对我……”

话未说完，手机响了，一看号码，对李远方道：“是杨帆打的，不用问，一定是我老爹催我回去，开我的批斗会。”一接听，不出所料，正是杨帆传达李家炳老人的命令，通知二人立即回去。

“走吧，”李远平无奈道，“看来我逃是逃不掉的。”

李远方迈步而走，心里既难受又迷惘……

3

李家大院内异常肃穆安静，只有那棵高大的皂角树，在秋风中瑟瑟声响。树下并排摆放五张大圆桌，中午的太阳光透过树杈直射到桌面上，将大盘小碟内的鸡鸭鱼肉，照得油亮。

第一桌上，李传道、李家炳两位老人上首并排而坐。师大夫坐在李家炳老人左下首，李远立又坐在师大夫左下首。李平、李乐坐在李传道老人右下首。杨帆紧挨李远立而坐，黄家骏紧挨李平而坐。在杨帆和黄家骏之间空着两座位，显然是留给李远方和李远平的。

第二桌上，李德正坐上，依次是李远发、李远治、李传前、李传进、李远中，以及另外两位家字辈分的老人。

第三桌上，张桂珍和师大夫的老婆并排而坐，两边依次是李家炳老人的保姆秀秀、李远发的老婆杨春花、李远治的老婆王细翠、李远方的老婆周丽、李远立的老婆沈小虹、凤丫头及李德正俩儿媳。

第四、五桌上，请的是一帮孤老，外加在诊所就医的几位病人。

“杨兄弟，”李家炳老人对杨帆道，“再催一下。”

“不用催了，”李传道老人制止道，“远平第一次回故乡，有很多家族的历史要了解，让他们兄弟二人多聊一聊。”

“这不回了？”正说着，周丽一指大院门口，只见李远方和李远平一前一后走了进来。

“对不起，”二人道歉道，“让大家久等。”一面坐了下来。

“我先说几句，”等二人坐下，李传道老人道，“今天我们开个家族会，有三个意思：这一，今天我们为李氏家族近五代的祖宗，重新树碑立传，将以前不太清楚的记忆加以厘清，寄托了生者对死者的哀思，也表达了后人对先人的敬仰。”指着李远平：“其二，我非常自豪地向大家介绍，我们李氏家族远字辈中出了一位优秀的后人，我七哥李传想的嫡孙李远平。我为我们李氏家族有如此出类拔萃的才俊而骄傲。今天的酒宴，是专门为他而开，欢迎他回到故乡。”

“九爹过奖了！”李远平赶紧站起来，给大家打躬作揖，除了李家炳老人外，所有的人都报以热烈的掌声。

“其三，”李传道老人继续道，“中国的家族制度，从西周创立宗法制度并分封诸侯开始算起，已存在了三千年。自周朝到宋朝以前，家族的范围很窄，仅限于在帝王和贵族里通行，平民是没有家族的。统治阶级严格规定了什么人可以祭奠到第几代祖先，老百姓只能祭奠到祖父这一代。而且老百姓是不能设家庙，顶多只能在家里供个牌位。宋代后，家族出现平民化的趋势，至明清两代，家族已变成为一种基本的社会结构，成为地方自治的基础和前提。当时的地方官只管到县一级，县以下基本上是通过家族来自治。清末以后，农村中的家族开始衰落。特别是1949年后，家族被认为是封建制度与文化的具体表现，说是带有封建色彩的组织而加以取缔。家族制度的合法性被彻底剥夺。”他扫了扫大家：“我说这些的目的，就是想强调第三点：我的侄儿李家炳，决定在他有生之年，效仿太史公司马迁的笔法，将我李氏家族近五代的历史人物，逐一加以探赜考证，然后编辑成册，感召后人。同时，上溯至老子起几千年来的历史，一并加以稽考。这是一件大好事，是关系到我们李氏家族千秋万代兴旺发达的大事件。在此，我提议大家共同举杯为他这种探索精神干杯。”

所有的人都站起来举杯相庆，大家很自觉地走过来，给两位老人敬酒。李家炳老人异常激动，眼含热泪哆嗦着跟大家一一碰杯。

“谢谢大家！”等最后一位碰杯后，李家炳老人颤声道，“刚才九叔的讲话令我感动，的确，近百年来，我们李氏家族历经风雨沧桑，我的父亲和七位叔叔都客死异乡。作为李氏家族的后人，我愧对列祖列宗，行将就木才回到故乡来。”他抹了抹眼泪：“从我记事起，父亲大人就给我讲李氏家族的历史。讲九龙冲白龙寨的山山水水，讲东山头白龙寺的佛道灵光，讲祖父大人‘恩泽来天际，思想育道明’的理想，讲曾祖父、高祖父的人品道德，讲太上祖给乾隆皇帝当翰林的荣耀。多少次我梦里回故乡，可醒来后，只有黑夜相伴，惟有泪水相连。”他又抹了抹泪水：“现在，我终于回到了自己的故乡，回到了魂牵梦绕的九龙冲白龙寨，回到了父亲大人想回却不得回的土地上。”他停了停，感叹道：“一月来，在九叔他老人家的教诲下，我得到了莫大的收获。懂得了李氏家族为什么几千年来，尽管遭受了无数次的天灾人祸，依然生生不息的根源。那就是我们李氏家族的先人们，一代又一代秉承祖先的遗志，诗书传家，厚以待人，扶危济贫，造福桑梓。这些家族的传统美德，犹如灿烂繁星，照耀千秋。作为李氏家族的后人，我们有责任将这些传统美德传承下去。这就是我为什么要在有生之年编辑这套书的宗旨，也许我会遇到很多意想不到的困难，也许中途我会不幸突然离开人世。”他举起杯，大声道：“在此，我向诸位承诺：只要我李家炳一息尚存，决不放弃！这杯酒就是见证！”

他猛地一口将酒倒进肚里，随即人一歪，差点倒下去。师大夫赶紧扶住老人坐好，秀秀跑过来，拿出一颗药送给他服下。

掌声随即响起，等掌声平息，师大夫站了起来，习惯地点点头道：“有幸参加这个家族会，深为李氏家族的高品大德和正义之举所感动。聆听了两位老人的感言，我突然想到一个历史问题，就是社会历史与家族历史的关系问题。在我看来，几千年的人类文明进步，离不开家族文明的推动和发展。正如李老刚才所说，今天，家族作为一种社会组织，从表象上看似乎已不复存在，但每个老百姓内心深处的家族观念与血脉相传的血缘关系，仍然隐蔽存在，且根深蒂固。家族最深层的基础在于血缘，血缘关系是无法割断的。家族中的行辈分得很清楚，家族中的每位成员对于彼此的称谓是一清二楚的，这本身就说明了他们对家族的认同。这也如同我们医生和病人的关系是一个道理，没有病人医生不复存在，同样，离开医生，病人将慢慢走向死亡。像李家炳老人和李远平行长，这对父子都是北京的高官，回故乡后，平易近人，彬彬有礼，为什么呢？因为在他们内心深处，都认为自己是李氏家族的一分子，在他们心里，只有一个思想：那就是在家族中没有官位的高低，只有辈分的高低。他们遵循李氏家族的辈分和家训，远远超过了他们对其信仰、主义的膜拜。所以在今天这个特殊场合，我深深为李氏家族的凝聚力而高兴，也衷心祝愿李氏家族，在未来的日子里，更加兴旺发达。”

又是一阵热烈的掌声。李传道老人兴奋地吩咐李远方、李远平、李远立兄弟三人，给大家敬酒，招呼大家开怀畅饮，尽情吃喝。

兄弟三人逐一给大家敬酒，一巡下来，气氛马上活跃起来。李远立在敬酒时，更是一再强调：自己是代表台湾的亲人敬大家。

“九哥，”李德正站了起来，举杯道，“容我说两句！”见大家都静下来，这才道：“我是喝着九龙冲白龙寨的水长大的，一个地地道道农民的儿子，后来党和人民送我去当兵，中印边境战斗中立过功，回乡后当村长当劳模，也曾经风光过，受到过国家和省市各级领导人的接见，应该说，我的一生是光荣的。我已是六十多的人，扪心自问，我还是对白龙寨每一位乡亲感情更深。那几年，在外面一见到姓李的，我就像是见到家人。以前我一直不明白这是为什么，现在听了三位老人的解释，我豁然开朗，原来这就是血缘关系，这种血缘关系深深扎在我心里，永远也抹不掉。在此，作为白龙寨辈分最高的一位家族成员，我代表所有白龙寨的李姓后人，对列祖列宗发誓：永远遵循李氏家族的家训，绝不辜负先人们的遗志，为列祖列宗争光，为子孙后代造福……”说到此，他一阵激动，抽搐哽咽起来。

又是一阵热烈的掌声。

“尊敬的九爹！”李远平突然站起来，对李传道一鞠躬，又对大家一鞠躬，欣然道，“各位前辈，各位父老乡亲：作为李氏家族的后人，我很惭愧。直到今天才真正回到自己的故乡。刚才我父亲的一番话，已经表达了我的心声，我就无需赘言。在此，我只有一个愿望，那就是尽我最大努力，帮助我的兄弟李远方，从开发银行拨出三十亿的投资资金，把天兴洲时代乐园这个跨世纪的重大项目建起来，为李氏家族争光，为列祖列宗争光。”

大院里，响起热烈的掌声，除了几位老人外，所有的人都站起来举杯相敬。李远方、李远立和杨帆更是逐一给李远平碰杯。

“我如此做，”等大家安静后，李远平继续道，“不光是为李氏家族争光，主要是为我们中国人争光。自改革开放以来，外国资本家怀揣大把的钞票到中国来投资，因为中国这个市场太大，太有诱惑。中国的低人工成本让所有的外国投资者趋之若鹜。他们带几个小钱进来，转个身，画个圈，立个牌子办个厂，就魔术般地变成了一百个、一千个、一万个钱。他们能不兴奋吗？更让他们兴奋不已的是，中国的一些官员和工会组织，不仅不为工人撑腰，相反一心为洋老板出谋划策。今天一个问候，明天一个主意，美其名曰‘开放搞活，吸引外资’实际是在卖国、卖民。经济增长了，可钱到了少数人的腰包，贫富差距更大了。所以，我如此做就是秉承我们李氏家族的美德，诗书传家，厚以待人，扶危济贫，造福桑梓！”

又是一阵热烈的掌声。

“好哇！”李远治突然颤抖着走到李远平身边，“来，远平兄弟，我代表九龙冲白龙寨的老百姓敬你一杯！”

“谢谢！”李远平一饮而尽。

“九爹，”杨帆高声道，“我和远方亲如兄弟，情同手足，我发誓：为了李氏家族的事业赴汤蹈火，在所不辞。”也一饮而尽。

“幺爹、伯父，各位先辈、各位乡亲！”周丽从位上站出来，深情道，“我是李家的媳妇，对李氏家族有义不容辞的责任。在此，我代表所有李氏家族的媳妇们一如既往，全力支持男人们的事业，为李氏家族争光，为子孙后代造福！”说完，举杯一饮而尽。

在场的女人都站起来齐声附和，举杯相碰。

“九爹！”黄家骏坐不住了，拉过凤丫头一起举杯，“我和凤丫头就说一句话：生是李家的人，死是李家的鬼！”也一饮而尽。

李远方心一跳，突然感觉今天这场合有点不吉利，这些亲人们大有赴汤蹈火、慷慨就义的情怀。他看了看幺爹，由于过度兴奋口水正外流，依然还在摇头晃脑。再看看伯父李家炳，兴奋得满脸涨红，完全不像是七十岁的人。再看看师大夫，正大口喝酒，早没有了平时的矜持。再看看所有的人，除了李平、李乐两位小家伙一动不动地低头沉思外，所有的人都兴奋的脸泛红光，话语不断，手脚不停。

“大家静一静！”李远方突然高声一喊，所有的人一下都安静下来，目光齐聚到李远方的脸上。

“我想最后说几句！”李远方强忍住内心的不安，慢慢站起来，“今天是我难忘的日子，刚才聆听了幺爹、伯父、师大夫、德正爹几位前辈关于振兴家族的教诲，说实话，我有点诚惶诚恐。家族作为一种传统的社会组织，其文化传承是中国传统文化的一个组成部分。在今天高度现代化的社会进程中，家族文化将会遭遇一种什么样的命运，有太多的不确定性，是我们无法预知的。”他看了看大家：“在我看来，家族的命运依然是受社会大环境所制约的。好的、清明的政治环境，产生好的、兴旺的家族命运，而坏的、恶劣的政治环境，只能扼杀家族命运。所以，我想提醒大家：在热爱家族的同时，要以史为鉴，抛却更多的家族幻想，端赖有为的家族传统，秉承向上的家族精神，站在社会历史的高度深思家族历史，实现家族梦想！”

几位老人都皱起了眉，其他的人也开始低头沉思，李传道老人眯眼审视着李远方，默默地点了点头。

“我们每个人的生命，”李远方又抬眼扫了扫大家，继续道，“完全是受历史条件限制的，而历史是无法更改的。在历史长河中，有太多的不平等被掩盖着，有太多突兀虚假的东西在潮流中回旋。但历史终究是要还它本来面目的，在历史面前，最骄傲的人也会突然变得谦虚起来。

只有历史才是最完美的，当历史用它完美的姿态告诉我们平凡的真理时，我们绝不能忘记以史为鉴，温故知新，继往开来。这才是我们振兴李氏家族最根本的目的。”

李远平坐在李远方身边，情不自禁地鼓起掌来，其他人如梦方醒，都跟着热烈鼓掌，几位老人也激动地点头称道。

“所以，”李远方最后朗声道，“我们应该谦虚地悄然送走李氏家族过去的旧时代，迎接一个以美好传统为基础、以现代精神信息为动力这样一个新的家族时代的到来，这不光是我们在座的几代人的家族责任，更是李氏家族所有成员的历史使命。”他拿起酒杯，高声道：“让我们为李氏家族的未来干杯！”

“干杯！”大院里一片碰杯声响。

“爸，”李乐拉了拉李远方的衣边，小声道，“手机响了！”

李远方掏出手机一看，是肖畅打来的，赶紧接听。

“你回来了吗？”肖畅小声问。

“还在白龙寨。”

“赶紧回来！”肖畅神秘道，“晚上到上岛咖啡厅等我。”

“出了什么事？”李远方心一紧。

“香港国际刑警已来汉，情况比我们预料的要严重。”

“明白！”李远方一阵心慌，怦怦直跳。他感到胸闷难耐，酒一个劲往上涌，直冲喉头。他竭力想压下去，刚一伸脖子，一股巨大的酒柱，裹挟着满腔的食物冲了上来。他猛地转身，来不及走开，口一张，“哇”的一声酒柱剑一般喷射到杨帆身上，满地飞溅。

“怎么啦？”大家一起跑了过来，七手八脚将李远方扶到大厅椅子上坐好，又打热水帮他将身上洗擦干净。

“喝口水，”周丽将水杯送到李远方嘴边，埋怨道，“你今天太激动了，以后可不能这样喝酒。”

“去，”李远方喝了口水，慢慢闭上眼，对周丽吃力道，“告诉幺爹和伯父，我们即刻启程回汉……”

第七十二章

1

1631年，在荷兰阿姆斯特丹，开设了世界上第一家证券交易所，其后的三百多年间，证券市场风靡全球。纽约、伦敦、法兰克福、巴黎、东京、香港等世界著名证券交易所，几乎将世界经济的命脉牢牢掌握在一群穿红、黄色马甲人的手中。

中国要做东方的巨人，引领第三世界国家的经济腾飞，自然离不开证券交易所。1990年11月26日，上海证券交易所成立，次年7月3日，深圳证券交易所也正式开业。

其后多年，武汉、重庆、天津等大都市，曾多次向国家申请，开设第三家证券交易所，均被国家否决。960万平方公里广袤无垠的华夏大地上，仅此二家。花廾两朵，却香满神州。

自此后，上海、深圳二家证券交易所，成为中国经济的风向标，彰显时代经济的力度，引领中国经济的腾飞。

两家证券交易所成立后，一夜之间，应运而生的证券公司，也犹如雨后春笋般在各地挂牌营业，开花结果。

进出证券公司的人都怀揣一个理想：投机发财，一夜暴富。尽管这种概率只有万分之一，尽管不断有人妻离子散，破产跳楼，人们依然趋之若鹜，将证券公司视为一方宝地，发誓要将梦想进行到底。

于是。每天都会从证券公司传出惊人消息：某人一夜之间成为百万富翁，某女一觉醒来变为千万富婆。真的、假的掺杂在一起，说不清道不白，使人如坠五里云雾，将国人的发财欲望烧得天高。

能在证券公司占有一席之地的人，是天之骄子，是牛人。

能坐在证券公司经理职位上的人，更是被誉为“财神爷”。

南方证券武汉分公司总经理名叫毕胜，一位三十而立的才俊。

毕胜毕业于中央财经大学，分配到南方证券后，勤奋好学，业绩突出，加之聪明伶俐，又善结簧缘，三十岁就坐上了南方证券武汉分公司总经理的宝座，当仁不让地成为国之骄子。

这毕总经理身材颀长，眉目清秀，无论男人女人，都喜欢与他交往。可惜这家伙崇尚单身生活，心事不在女人身上，也厌恶交朋结友，一心扑在股票市场。看上去文质彬彬，说话却老辣精粹，办事更是天衣无缝，滴水不漏，比六十岁的外交家还贼溜精猾。

所以，凡是同他打过交道的人，都送给他一个绰号："屄财神"，那意思是说——这家伙让人又爱又恨。

毕总经理倒是有一大爱好，喜欢老庄哲学，办公室和居室摆放的尽是搜罗来的《老子》和《庄子》，各种版本达百种之多。办公室大班桌的对面墙壁上，更是把《道德经》五千文用小楷书写悬挂，每天靠在靠椅上，虔诚默诵，面壁沉思，探赜其中的奥秘。

"老子这家伙为什么会想到'道'？为什么把'道'吹到九霄云外，比宇宙还神秘？'道'又为什么会生一、生二、生三、生万物？庄子这家伙为什么要说'君子爱财，取之有道'？为什么要说'盗亦有道'？还要把这些贼分为圣、勇、义、知、仁五等？"

探赜来探赜去，他终于明白：原来普天下就两种人——君子和小人。两种人也都为了一个目的——获取钱财。只不过前者走的是正路，是在众目睽睽之下光明正大地获取。后者走的是邪路，趁无人之际顺手牵羊地偷窃。两种人都是老庄的继承者，都深谙"道"谛。

由此看来，1631年在荷兰阿姆斯特丹，开设世界上第一家证券交易所的几个家伙，一定是老庄在海外的追随者。不然，这几个家伙怎么会想到用发行证券的方式，来套取别人的钱财为自己所用？而且还堂而皇之地设立一个公开的会所来进行交易，这太不可思议。没有深谙老子的"道"，绝对不可能想出如此高招来。

细细一想，又发现一个秘密——历朝历代的统治者，也最懂得老庄的"道"。这些掌权者在国家的治理上，都有一个共同的秘诀：内行法治，外示儒术，口出圣言，心在国器。

现在，这位让人又爱又恨的"屄财神"，坐在自己宽大办公室里，默诵一遍《道德经》后，一边品尝着秘书送来的咖啡奶茶，一边浏览着当天的《中国证券报》，寻找自己感兴趣的信息。

“哦！”毕胜眼睛一亮，他找到了一条感兴趣的信息，自言自语，“李远方这家伙真大手笔，不愧是儒商，懂得有的放矢，又刊发分配及转增股本公告。”一面认真细读下去。

只见在“信息披露”栏目左上方醒目的位置上，远方集团刊发了一条套红的公告。公告左上方，标明远方集团的证券代码、证券简称，以及公告编号。大概内容如下：

远方（集团）股份有限公司

1996 年度分配及转增股本实施公告

本公司董事会及全体董事，保证本公告内容不存在任何虚假记载、误导性陈述或者重大遗漏，并对其内容的真实性、准确性和完整性，承担个别及连带责任。

重要内容提示：

·每 10 股转增 5 股

·股权登记日：1997 年 10 月 15 日

·除权日：1997 年 10 月 16 日

·新增无限售条件流通股份上市流通日：1997 年 10 月 19 日

一、通过分配及转增股本方案的股东大会届次和日期

1997 年 9 月 25 日召开的公司 1996 年度股东大会，审议通过了公司1996 年度利润分配及公积金转增股本预案，股东大会决议公告刊登于1997 年 9 月 26 日的《中国证券报》及上海交易所网站。

二、分配、转增股本方案

1996 年度利润分配及公积金转增股本方案为：公司 1996 年度利润分配方案为不进行红利分配；资本公积金转增股本方案为以 1996 年末总股本 40，220 万股为基准，以资本公积金向全体股东每 10 股转增 5 股，共计转增 20，110 万股。

三、股权登记日、除权日、新增无限售条件流通股份上市日

1、股权登记日：1997 年 10 月 15 日

2、除权日：1997 年 10 月 16 日

3、新增无限售条件流通股份上市流通日：1997 年 10 月 19 日

四、明确分派对象

截至股权登记日 1997 年 10 月 15 日下午上海证券所收市后，在中国证券登记结算有限责任公司上海分公司登记注册的全体股东。

五、转增股本实施办法

本次转增股份由中国证券登记结算有限公司上海分公司按照有关规定，将所分派股份直接计入股东账户。

“太好了！”毕胜看到此，轻轻拿起杯子，将咖啡奶茶送进口里慢慢品咂，心里美滋滋道，“这下我的账上又日进斗金。”

他止不住又往下看，下面第六款是股本变动结构表，表中详细排列介绍了股份类别、变动前、变动后，以及本次转增股本的有限售条件股份和无限售条件股份的具体数量。第七款介绍的是 1996 年度公司基本每股收益数，本次分配方案实施后，公司股本增加的总数以及调整后的基本每股收益数。最后第八款是有关咨询办法。第九款是备查文件目录。最后落款日期是 1997 年 10 月 7 日。

看完公告，毕胜在办公室来回踱步，又走到自己专用的股票电视显示屏前，输入远方集团的代码，点击后见全线飘红。他狡黠地笑了笑，看了看时间，拿起电话，拨通了下面营业部的电话。

“马娟，看看大户室古维德来了吗？请他到我办公室来一趟。”

二分钟后马娟回话：“毕经理，没来，来后我告知他。”

“好吧。”毕胜挂断电话，眯眼看了看墙壁上的《道德经》，又坐到股票电视显示屏前，一面观看自己持股的几只股票行情，一面在心里盘算着下一步的计划，一脸的平和。

按照规定，证券公司的管理人员严禁炒股。可再大的规定都是人定的，东方不亮西方亮。自己不能炒股，哥哥姐姐总可以吧？所以，这

“屄财神”利用自己近水楼台的优势，开了几个秘密大账户，全部是用自己最靠得住的亲戚朋友的身份开立，一有机会，大肆敛财。现在，他已是坐拥近亿万资产的大富翁。

“毕经理，你找我？”一位近五十岁的男子推门进来，打断了毕胜的思绪，他马上站起来，示意对方坐下。

“古经理，”毕胜在他对面坐下，从茶几上拿起一包“大中华”，递上一支，“看了今天的证券报吗？”

“还没，”古维德点上烟，透出满口烟雾，“听说你找，就跑上来。”

毕胜递上报纸：“先看一下，远方集团分配及转增股本的报告。”

“我已经知道！”古维德接过报纸看了看，放下道，“昨晚上，我老婆被她妹妹叫过去，就是商量这远方集团股票的事。”

“准备大量购进？”

“还没定，”古维德埋怨道，“我正急呢，早上老婆又被她妹妹叫到办公室去了，说好给我打手机。你看……这臭女人，到现在还没打来，女人哪……办事就是让人不放心！”

“话不能这么说，”毕胜不愠不火，“你古维德……如果不是有一个好老婆，能有今天几百万的身价？”

“我靠的是她妹妹，指望她……我喝西北风！”

“就是啊！”毕胜依然不紧不慢，“是她妹妹，不是你古维德的妹妹？她姓肖，你姓古，隔了十万八千里。你不过是姐夫而已。”又问道：“像今天这好的事，肖畅为什么只找她姐，不叫你这姐夫？”

“这你就不知，”古维德自豪道，“当年肖畅在农村，是我找老爸一手把她内招回城到工艺大楼当服务员，她帮我完全是感恩。”

“打住、打住！”毕胜摇头道，“你真是越老越不知羞，当初你不是想她姐姐的心思能帮这个忙吗？再说，肖局长爬到今天的位 置完全是靠她自己，不仅如此，就是李远方，也是她一手扶持起来的，一个服务员能有多大作为？”又道：“不谈这些了，正经事，你赶快跟老婆再联系一下……我还等着你的消息呢！”

“又是哪个亲戚朋友，想大量购买远方集团的股票？”

“没办法，”毕胜一声叹息，“受人之托，忠人之事。”

正要往下说，古维德的手机响了。

“这不来了！”古维德一看号码显示，正是他老婆，赶紧接听。毕胜靠在沙发上，眯上眼，静心等待。

“你说什么？”古维德大声道，“全部抛光？”

毕胜心一惊，表面上不动声色，继续装睡。

“我说‘屄’……经理！”古维德本来要叫“屄财神”，一想不妥，马上改口，“快给我拿个主意，老婆要我把远方集团的股票全抛。”

“啊……”毕胜睁开眼问，“你老婆怎么说？”

“哎呀，”古维德讥讽道，“你这家伙，真该去演戏。你又不是没听见……老婆让我全抛。”

“哦……”毕胜依然是不温不火，“你老婆是听谁的？”

“你这不是明知故问吗？”古维德跺脚道，“当然是肖畅让她全抛，你说……我到底该怎么办？”

“这是你的家事，”毕胜双手慢慢从沙发上撑起来，“别再问我，你手上持有几百万远方集团的股票，打死我也不会给你出主意。”又递上一支烟，阴笑道：“对不起，我要出去一趟……不送。”

古维德无奈地摇头：“真不愧是个‘屄财神’！”大步而去。

“李远方！”毕胜自言自语，“这家伙……肯定遇到麻烦了？”

想到此，毕胜走到桌子前，拿起桌上的座机电话，拨通号码，笑道：“邓处长，近来可好？”

“哎呀！”对方笑道，“是毕大经理，难得你主动找我。说，有什么事？正好我这几天不太忙。”

“想请你坐坐，我们兄弟俩干两杯！”

“这就更难得了，直接说，想找我办什么事？”

“见面再说吧！”

“先说，我看有没有必要见面。”

“你们……”毕胜只得明说，“不是随时都关注着省内各大企业主的情况吗？想请你查查一位大老板的近况。”

“谁？”

“远方集团李远方！”

“你狗日的信息真灵，这李远方遇上大麻烦了。你下午五点钟给我打手机，我们约地方见面。”

“好的！”毕胜挂断电话，又拿起内线电话，拨通后，吩咐道，“马娟给我准备三万现金，今晚我要招待上面的客人。”

“是……十分钟后，我送到你办公室。”

“远方集团的股票涨了多少？”毕胜又问。

“今天已经涨停板。”

“好的！”毕胜又吩咐道，“明天一开盘你亲自操盘，把我表哥、表妹持有的远方集团股票全部抛出。”

“抛出？”马娟在电话里惊惑，“这好的行情！”

“这样……”毕胜想了想，“还是晚上等我的电话再定。”

“明白！”

放下电话，毕胜眯眼叹惜：“李远方，但愿你逃过这一劫……”

2

晚上七点整，毕胜和邓处长如约在酒店见面。二人心思都不在吃喝上，所以，只在餐厅简单吃了个便餐，就来到咖啡厅，找了一个雅静的单间，开始边喝边聊。

“邓处长，”毕胜慢条斯理，“依你之见，这李远方麻烦何在？”

“毕老弟，”这邓处长比毕胜大上十岁，相貌堂堂，身材魁梧，因为职业的缘故，答话从来不直截了当，故意问道，“你如此关心这李远方的情况，一定收了他大量的原始股吧？”

“怎么可能！”毕胜叹气道，“你邓处长不是不知道，我们是绝对不能私自沾股票的……这是公司的铁律。发现一个处理一个，发现两个处理一双。”给对方递上一支“大中华”。

“不用，”邓处长掏出一包“三五”，“我习惯这个，有劲！”

“实话相告，”毕胜帮邓处长点上火，说道，“这李远方和我有很深的渊源，他在北京的堂兄李远平是我的师兄。”

“这有点牵强吧。”邓处长皱眉，“李远平大你有二十岁吧？”

“这你就不知道，”毕胜自豪道，“我们都是中央财经大学的研究生，又都师从一个导师……他是导师的开门弟子，我是关门弟子。再者，李远方跟我也算是神交之友。”

“哦……”邓处长故意拿腔拿调，“我明白了……所以开门弟子就拜托关门弟子，好好照顾他的堂弟。”

“不愧是高级间谍！”毕胜赞叹，“一语中的，这李行长对他这个弟弟，可是呵护有加，投资三十亿支持天兴洲时代乐园项目。”

“真是兄弟情深啊！”邓处长也感叹，“这李行长不愧是高人一个，高瞻远瞩，可惜……太聪明了！”

“此话怎讲？”毕胜感觉这话有点别扭。

“你见过他投资的钱吗？”

“见过!”毕胜肯定道，“首期五亿元已经到账，李行长几次来武汉，我都陪同。整个过程我都参与了。”

“这几天参与了没有？”

“没有，李行长已经回北京了!”

“是啊!”邓处长笑道，“五亿元也回北京了!”

“撤资了？”毕胜心里一紧，问道，“这是为何？”

“我们也有纪律……不能说。”

“邓处长,”毕胜从手提包拿出装有一万元的信封，直接塞进邓处长的手提包，“我们是多年的老朋友，我什么时候漏个嘴？”

“你漏嘴我也无所谓，告诉你：香港国际刑警来武汉调查远方集团已快一月了，查出了他们很多同香港新时代洗钱的黑幕，李远方有可能要被拘留起诉，牢狱之灾恐怕在所难免。这李行长不是东西，不仅不想办法帮助自己堂弟，反而得到消息后迅速撤资。”

“怪不得!”毕胜点头沉思，心里突然明白肖畅为什么要古维德在今天将远方集团的股票全部抛出，原来有这段公案。

“邓处长,”想到此，毕胜不解道，“据我所知……远方集团一直做阳光事业，旗下几大公司除了娱乐城外，都是政府扶持的企业，李远方又是人大代表、政协委员，这不太可能吧？”

“我也希望不是这样，可法律是无情的。没有确凿的证据，国际刑警是不会轻易抓人的。”

“邓处长,”毕胜要求道，“能不能说得具体一点?”

“你这家伙很不知足，简单说,香港新时代投资公司实际上是香港的黑社会集团。多年来，他们通过同远方集团的全面合作，以投资的名义大量非法洗钱。”

“这跟李远方关系不太大!”毕胜摇头，“他们的合作是透明的，是政府批准的。而且，远方集团为地方财政做出过巨大贡献。”

“是不太大，你说得这些只是明的，可还有暗的，事情就出在你刚才所说的娱乐城。”

“这是远方集团的下属，跟李远方关系应该也不太大。”

“是的，”邓处长提醒道，“可它的直接上级是远方集团，李远方是集团的法人，杨帆只是行使总经理的职责。”

“这就不好说，”毕胜慢慢点头，又问，“暗地……什么勾当?”

“记住，”邓处长把头伸过来，“出了这个门，把话烂在肚里!”

毕胜没有答话，点头默认。

“这杨帆胆大包天，”邓处长神秘道，“暗地同新时代勾结，大量非法走私……”

“我的天!”毕胜骂道，“这王八蛋，岂不是毁了自己的好兄弟?”又叹息道：“看来李远方这次恐怕在劫难逃。他这一出事，加之亚洲金融风暴正向大陆袭来，远方集团恐怕也大厦将倾。”

“是啊!”邓处长摇头道，“让人不可理解的是，这李远方居然竭力为杨帆开脱，这不是自己往火坑跳吗?”

“不可理喻!”毕胜慢慢站起来，“对不起，我上个卫生间。”

来到卫生间，四下看了看，他掏出手机拨通了马娟的手机：“马娟，明早开盘，迅速将我表哥、表妹持有的远方集团股票全部抛出。”

“全部抛出?”

“对，一股也不留。”

“明白!”

毕胜轻松地回到座位，感叹道：“拉泡尿，轻松一节!”

3

就在毕胜同邓处长一同走进酒店的同一时刻，肖畅和李远方正好也一同走进了文主任的家。

“坐吧！”文主任将二人让进书房，示意二人坐在他对面沙发上。保姆送上茶水，分别放在各自面前的茶几上。

“不好意思，文叔！”李远方歉意道，“这么急把您请回。”

“没关系！”文主任笑道，“本来是想在北京多呆几天，看看老朋友，上午接到肖畅的电话，下午会议一结束，我就赶回了。”

“爸！”肖畅问，“国家对此次金融风暴有何打算？”

“你们明天从报纸上就有所知了。”文主任道，“此次亚洲金融风暴来势汹汹、波及面广，东南亚各国均大受其害，各国金融市场纷纷崩盘。‘十五大’一结束，国家就召开专门会议，就是要力挺大陆和香港金融市场的稳定，绝不能让国际金融大鳄的阴谋得逞。……要不惜一切代价，战胜此次金融风暴。”

“看来国家已经出重拳反击了！”

“对！”文主任激动道，“在此紧要关头，你们不能乱方寸，要处大变而不惊。”对李远方道：“你先说说国际刑警的具体情况。”

“好的，”李远方道，“自新时代出事后，香港警方抽调强劲警力，成立专门班子，一直深入调查新时代的黑道组织、各种非法交易以及洗钱黑幕。第一步是彻底清查新时代在世界各地的分公司，也就是调查他们所有黑金的来源；第二步是调查同新时代合作的所有机构和个人，也就是调查他们在内地洗钱的渠道。我们远方集团是警方第二批调查对象。自上个月进驻武汉，已全面调查了我们同新时代的所有合作项目。我个人也被他们传唤了不下十次。而且明确通知我：这期间不得出国，随时听候他们传唤，就是到外地出差，也必须征得他们同意，好在他们一直是秘密调查，外界还不知情。”

“结果出来了没有？”

“没有，据胡总的朋友透露，此案已正式上报，这两天他们分头去北京和香港汇报情况，估计很快就有结果。”

“省里有什么动作？”

“只配合行动，香港警方没让他们插手，”看了看文主任，肯定道，“有两点已经非常明白：一是我们同新时代的合作完全是合法的，没有查出违法现象，只不过是受蒙蔽接受了他们的投资。只要我们将他们的投资款全部退给香港警方，估计不会追究我们的刑事责任。”

“牢牢把握这一点，”文主任道，“不知者不为罪，加之在当时开放引资的环境下，谁也无法去查实对方资金的来源。这说明在当时的历史条件下，要摸着石头过河……何况一个私营企业家？”又问：“第二点比较明确的是什么？”

“第二点，”李远方沮丧道，“有确凿证据，杨帆利用公司为掩护，暗地同新时代勾结，大量走私，牟取暴利。”

“有这事？”文主任惊诧道，“你以前知道吗？”

“不知道，是香港警方告诉我的。”

“这个杨帆……真有可能将你和远方集团都毁掉。”

“死咬定不知道！”肖畅插嘴道，“法院讲究的是法律证据，没有证据，他们奈何不了你。”

“恐怕没这么简单！”文主任抿了一口茶水，“刚才你们来之前，我听到确切消息，此案甚是复杂，且港方和国家都非常重视。”他盯着李远方：“你要做好准备，识时务者为俊杰，丢卒保车恐怕在所难免！”

李远方心一惊，他明白文主任话里的意思。

这段时间，他寝食不安，想得最多的就是杨帆的问题，为此焦心苦恼，痛责自己没有尽到好朋友的职责，背弃了自己在杨帆出狱时对他默默许下的诺言。杨帆刚出狱时，几次同他倾心交谈，他预感到复仇的火焰，依然在他胸中燃烧，李远方当时想：这有可能是因为他遭受了近十年的苦难冤屈，一时激愤难平。随着时间的推移，加之自己在精神和物质上的慰藉，这种仇恨的火种会慢慢熄灭。可是，在后来的日子里，由于自己忙于工作，一味在物质上满足杨帆的需求，无暇了解他内心的秘密，也不想触动他心灵上的伤疤。特别是当陈石泉找自己谈话后，不仅没有引起高度重视，反而找有关部门阻挠他的调查。现在回过头来再认真想一想：陈石泉所提供的多起谋杀案，表面上看跟杨帆毫无干系，可细细琢磨又似乎同他纠葛不清。特别是钱思鸣失踪一案，前后一联想，李远方不寒而栗。

这次香港警方找李远方谈话，出具了新时代提供的杨帆同他们暗中勾结，非法走私的证据，李远方这才如梦方醒，悔恨自己没有在关键的时候阻止好朋友的犯罪行为。尽管这些证据只是新时代单方的供词，还需要调查组进行核实。但李远方内心完全肯定：这一切都是真的，他一方面在内心深处，祈祷杨帆做得天衣无缝，不要轻易承认这些事实，另一方面希望自己能分担他的罪行。所以，当调查组问他杨帆的行为他知不知道时，他毫不犹豫地答道：杨帆的所作所为他都知道，尽管没有指使但首肯了。

现在，当文主任提醒自己，要牺牲杨帆保护在座三人的利益时，他无言以对。特别是看到肖畅痛苦的神情时，更是心如刀绞。

李远方没有回答文主任的话语，他慢慢低下了头，内心波涛翻滚。他已经暗中做出决定——在关键的时候，牺牲自己保全大家。

“公司的经营情况如何？”文主任错误地以为李远方同意丢卒保车的建议，所以放下心来，不再就这个问题谈下去。

“很糟，”李远方抬起头道，“受金融风暴的影响，生产急剧下滑，产值比去年同期减少了近40%。如果再抽出新时代所有的资金，整个远方集团的资金链，将会彻底断掉。所以，刚才我和肖畅姐在路上还在商量，决定停止天兴洲时代乐园的建设。”

“这么严重？”文主任疑惑道，“不是你堂兄开始投资了吗？”

“别提他，”肖畅接过话，“落井下石的家伙，比兔子还精，一打听到国际刑警调查远方集团，马上就撕毁合同，撤资走人。”

“哦！”文主任感叹道，“看来……真要经历一场风暴。”

“要不……”肖畅突然对李远方道，“跟你伯父说一说，让他老人家直接跟覃行长做做工作，也许还有戏。”

“不可能！”李远方道，“这事我一直不敢对他老人家说明，主要是怕他老人家受不了，他要知道儿子的行为，一定会气死！”

“股市怎么样？”文主任又问。

“暂时还好，”李远方答道，“这两天都涨停板了，主要原因是我们公告了转增股本的消息。如果一旦股民知道了我们天兴洲项目下马，特别是香港警方介入调查，后果可想而知。”

“是啊！”文主任道，“这次在北京开会，得到一个消息，国家要严查领导干部炒股的现象。”看了看肖畅，提醒道：“不知你和达生有没有炒股？如果有，赶紧抛掉，以防后患！”

“您老放心……”

“这就好，”文主任点头称赞，又对李远方道，“远方啊，我提几点建议，供你们参考。”

“一定铭记在心！”李远方感激道。

“首先，”文主任道，“以进为退，主动找有关部门，把事情说清楚，求得政府和组织上的支持。我再找几位关键人物，帮你做做工作。如果这一步走好，你这道坎就迈过去了一大半。”

“谢谢文叔！”

“其二，”文主任继续道，“分清责任……也就是分清当时历史条件下和现在历史条件下的历史责任，分清新时代和远方集团的责任，分清周敏和你李远方的责任，分清杨帆和你个人的责任。这第二步要是走好，你基本上就从这一案子中解脱了出来。”

“这方面的工作我可以做！”肖畅点头道。

“你暂时不要出面，他自己做比你做的效果更好，而且你最好不要掺和进去……会引起别人的猜疑，这样反而对他不好。”

“明白！”

“其三，”文主任慢慢站起来，边踱步边道，“在调查组还没有拿出结果之前，你自己提出一套全面的整改方案，交给他们备案参考。一定要上升到维护国家经济安全的高度来认识此事。送一份给胡总的朋友，再备份几份给有关领导。这第三步走好，你就彻底走出了黑胡同，逃过这一劫难了。”

“谢谢文叔！”李远方又感激道，“我理解您老的良苦用心，一定按您老的指示去办，决不让您老失望。”

“对，”文主任笑道，“一定要有备无患，我就欣赏你的气魄，这点上，你比达生强多了。”又吩咐道：“你们早点回去准备，我正好利用这个时间，跟几位关键人通通气，明天恐怕就泡在会上了。”

“爸，”肖畅关心道，“您还是早点休息吧，也不急在这一时半刻。一路上赶车、赶飞机，很辛苦。”送文主任进卧室后，同李远方一起来到客厅跟婆婆告辞。

走出门，一阵疾风掠过，李远方不禁打了个寒噤。深秋的夜晚朔风阵阵，寒气侵骨。

“走东湖，过二桥。”坐进奔驰，肖畅吩咐李远方，“我想跟你再商量一下几个关键的问题。”

“好的。”李远方启动奔驰，右拐向东湖方向奔去。

奔驰驶过放鹰台，李远方放慢车速，姐弟二人开始就目前棘手的有关问题认真交谈，寻求最佳方案，力争最好结果。不一会，车到风光村，李远方左打方向盘向“八一”游泳场开去。过游泳场，再左拐进入磨山植物园区，十分钟左右到达碧波宾馆一带。经过磨山脚下后，再左拐上环湖路，过湖心亭，向梨园广场方向开去。

一路上，朔风阵阵，路灯下，满目凄凉。落叶吹打在车窗玻璃上噼啪作响。举首苍穹，乌云遮盖了星光，眺望湖面上，黑浪翻滚，波涛飞溅。水花不时扑撒在车前的挡风玻璃上，迷乱一片。

望着窗外凄凉的夜景，看着肖畅一路上焦急的神情，听着她委婉关切的话语，李远方心里波涛汹涌。他无法表达自己此时的复杂心情，一边同肖畅探讨着事情的出路，一面在心里默默祈祷。

“列祖列宗啊！”李远方祈求道，“请赐给我勇气和力量，助我战胜一切艰难险阻，渡过眼前这道坎吧。假如此次我真能逃过劫难，在其后的岁月里，我将砥节砺行，卧薪悬胆，不忘祖宗的遗训，努力践行自己的诺言，以此报答所有关心我的亲人和朋友们。”

一阵疾风呼啸而过，打断了李远方的祈祷，窗外随即响起一阵炸雷，紧接着又是一阵疾风呼啸而来，顷刻间瓢泼大雨自天而下。

“赶紧回家！”肖畅惊诧道，“冬天打雷，这天极不正常！”

李远方没有作声，加大油门，握紧方向盘向前冲去。

奔驰车像一道闪电，刺破黑夜，在风雨中呼啸飞奔……

雷声、雨声、风声交织在一起，铺天盖地袭来，骤雨连珠倾泻。偌大个武汉三镇，如同一锅半开不熟的糊米粥，混沌一片。

冬天的江城，撞上这种恶劣天气，大概百年难得一遇。

李远方顶着风雨雷电，先将肖畅送回家，再转头向家跑去，等回到家门口时，已是深夜十一点多。此时，大雨刚停，雷声依稀，路灯光下，雨丝随风飘动，寒风依然嗖嗖侵骨。

李远方停好车，抬头一看，自家客厅仍然亮着灯光。他心里一热，记起下午曾打电话周丽，告知晚上回来同她商量公司大事。现在这位生命中忠实的伴侣，正独守空房，等待着同自己一吐衷肠。

李远方锁好车门，正要迈步，突然从旁边一辆面包车上，迅速窜下四位彪形大汉，一下挡在了李远方的面前。

“李总，”一人上前一步，对李远方道，“对不起，等你很久了，请跟我们走一趟。”

“你们是？”李远方疑惑道。

“反贪局的！”对方拿出证件，递给李远方瞧了瞧，然后快速收起来，示意手下人动手带人。

第七十二章

1

广州花园酒店十楼8号房间内，杨帆被电话铃声吵醒，接完电话伸头一看，窗外暖融融的冬日，已经爬上中天。他揉了揉眼睛，挪身靠在床头，点上一支烟，思考着今天该如何进行自己的活动。

昨晚勾引上来的南国舞女，还赤身裸体依偎在他身上，碧玉般的纤手，搂住他的腰身，飘逸流畅的美发，疏撒在他的胸前。

“嘘……”杨帆深深地吐了一口浓烟，双眉紧蹙，心里一阵惆怅，随即又开始焦躁。来广州快三天，每天陪着这个“广州环球投资公司”的一帮狗男狗女吃喝玩乐，就是不见老总的身影。

动身之前，李远方千叮咛万嘱咐，要自己要谨小慎微，一定要跟老总面对面敲定，免得上当受骗。自己当时向他保证，一定不虚此行，现在看来，还真不是那么容易。

刚才对方来电话，说老总在香港操作一笔巨款，今天回不来。他一听气不打一处来，又不便发作，只得忍气吞声，继续等待。

以前干这种大事，总是同李远方一起操作，很少不顺利，因为有李远方把关。这次李远方要处理公司大事，实在是抽不出身来，加之，融资这种事，又不是一天两天就能敲定，所以，才急忙让他一人前来操作。本来以为会很顺利，不曾想一开始就受阻梗。

这段时间，受亚洲金融风暴的冲击，远方集团资金掉链，麻烦不断，特别是李远平这王八蛋落井下石，撤走资金后，整个集团的资金运转几乎是到了捉襟见肘的地步。作为李远方的生死兄弟，杨帆不得不四处寻找资源，为他排忧解难。

上礼拜天，杨帆同以前承包白龙寺建筑工程的司马高经理在天兴洲建筑工地聊天。谈到天兴洲时代乐园后需资金问题，司马高兴奋地介绍，他有一位同学是广州环球投资公司的部门经理，说是他们环球投资公司钱多得不得了，到处找好项目投资，不是几十亿的项目谈都不谈。杨帆一听，正中自己下怀，征得李远方的同意后，急急南下广州，想在关键的时候有所建树。

现在，眼见三天时间过去，连老总的照面都没打一个，这叫办的什么事？幸亏是李远方，换一个老板，早就骂自己蠢猪一头。

杨帆越想越气，拿起床头电话，拨通了司马高同学的手机。

“是谁呀？”对方显然还在睡觉。广州人习惯上午睡觉，中午喝茶聊天，下午洽谈生意，深夜寻找刺激。

“马经理，”杨帆没好气道，“刚才你们办公室的么屌朱主任，来电话说，今天匡总又见不了面，到底要我等到何时？一天花我几万元是小事，完全是把我的事情不当回事。”

“杨经理呀，”对方解释道，“你不知道呀，我们匡总日理万机，这几天正跟霍英东和汇丰银行、花旗银行，还有渣打银行的老板，运作几百亿的大资金……”

“我不管他跟谁在一起，”不等对方说完，杨帆道，“如果明天匡总还不见面，我决定回武汉，等一下我就下楼订飞机票。”

“别急呀！”对方显然被杨帆的话刺激，“我马上跟匡总再联系联系，争取请他明天一定赶回广州来见你。”

“好吧，我等你准信，中午时告诉我。”

“我马上做工作，你等我电话啦！”

“王八蛋！”挂断电话，杨帆大声骂。

“干……嘛？”身边赤裸的美人动了动，双腿扭股糖似的缠上杨帆的大胯，玉手滑向他的下身。

杨帆又蹙起双眉，边抚摸她的秀发，边思虑着自己的心思。

“嘟，嘟……”电话铃响了起来，杨帆没有马上接，他估计是李远方来电话询问消息。想了想该如何回答，这才拿起话筒。

“杨经理呀！”不是李远方，是马经理打进来的，“好消息，我们匡总决定下午赶回广州，晚上同你见面啦！”

“好！”杨帆兴奋道，“几点钟？什么地方？”

“白天鹅宾馆，我们匡总只喜欢在白天鹅消费。晚上八点共进晚餐。”又吩咐，“杨经理，多带点现金啦，我们匡总跟你一样……喜欢唱歌跳舞，好打发小姐，她们是不能刷卡的啦！”

“放心！”

“另外，”对方又交代，“我们匡总时间很紧。晚上怎么跟他洽谈，哪些是重点，哪些是关键，你要先考虑好啦。”

“知道，中午喝酒时，我们面谈，你早点过来。”

“就这样啦！”

“OK！”杨帆挂断电话。

“总算又近了一步！”放好话筒，杨帆伸了伸懒腰，拿过手机，准备给李远方回报消息。刚要拨号，一想不能用手机拨打：这段时间因提防陈石泉他们监听，每次秘密出差，他都要买一只新手机。

杨帆放下手机，又拿起床头电话，开始拨打李远方的手机，话筒里传来对方关机的提示音。

“这家伙？”杨帆心里嘀咕，“一定又是跟哪位领导在谈大事，干脆等晚上同这个么扆匡总见面后，再向他报告。”

放下电话，一眼瞥见身边睡美人高耸的双乳，情不自禁伸手拧起了她殷红圆润的乳头，心里大为畅快。

“想干吗？”美人噘了噘嘴，手脚又开始蠕动起来。

“干人！”杨帆猛地翻身而起，掀开被子，提起她的双腿，拖到床边，像一头雄壮的猿猴扑了上去……

2

广州白天鹅宾馆坐落在风景宜人的珠江边上，是香港巨贾霍英东在大陆投资兴建的第一个五星级宾馆。

宾馆气势恢宏，形象秀美，最引人瞩目的是广场上，矗立着一尊巨大的雕塑：一只丰润洁白的白天鹅振翮高飞。进出宾馆的宾客，看上去人人精神抖擞，个个面带微笑。

杨帆一身笔挺的藏蓝色西服，红色领带，满头乌发闪亮，两眼英气逼人。一步跨下出租车，健步走向接待大厅。

一走进大厅，迎宾小姐满脸堆笑：“请问，住宿还是进餐？”

“进餐！”杨帆剑眉一扬，容光焕发，“带我到中餐部芙蓉厅。”

“先生请跟我来！”小姐柳眉上挑，莞尔一笑，款步前行。

走进芙蓉厅一看，眼睛一亮。这是间一百多平米的大豪包，分两部分布局。一部分是就餐区，中间摆放一张可供二十人就餐的电动大圆桌，红色金丝绒桌布从桌面垂到地面，清一色的高背靠椅上金箔耀眼，点缀出奇花异草图案。圆桌上面花团锦簇，满目锦绣。

另一部分是休闲区，三套沙发茶几沿三面墙根摆放，茶几上堆满水果拼盘。墙壁上挂有几幅经典名画，画面在灯光的照映下熠熠生辉。墙角处错落摆放几株花草，枝叶依依，芳菲馥郁。中间是个小舞池，光洁的大理石地面上，镶嵌着几只翩翩起舞的白天鹅图画。

“大家好！”杨帆见一帮男女，正在沙发上说笑，歉意道，“不好意思，我来迟了，让同志们久等了。”

“哎呀，杨经理！”一位风骚的女人迎上来，卖弄道，“不迟、不迟，现在才七点半，我们匡总八点才来，快请上座。”一面将杨帆请到餐桌上来。其他人都微笑着围坐过来，又开始喝茶聊天。

杨帆坐下一看，自己面前还摆放一张小纸牌，上面写着自己的大名。斜眼一瞟，身边空着的四个位也都摆好了名字，估计是留给匡总一行的。再看坐下的几位，每人面前都摆上了他们的名字，正好四男四女，都是环球公司各部门的头。三天来，这“八大重臣”是每顿必到。杨帆心想：这匡总很讲究，吃顿饭就像搞重大外交活动。

“朱大长！”杨帆看着朱主任面前的名字，心里念道，“原来朱主任叫朱大长，这名字真叫人难以接受——‘猪大肠’！”

三天来，杨帆每顿跟这四男四女喝得昏天黑地，除了办公室的朱主任和马经理外，其他的六位姓甚名谁，他一概记不清楚。现在见每人面前摆着名字，也就从朱主任开始逐一对号。

“马步东！”杨帆眯起眼，忖度道，“见鬼，马都跑不动！”顺着逐个往下看去。看完后，大吃一惊，心里想笑又笑不出来。

原来把这四男四女“八大重臣”的姓氏，连起来一念，正好是“猪、马、牛、羊（朱马刘杨），魑、魅、魍、魉（池梅汪梁）”。

杨帆止不住再看看自己身边四个空位子上摆放的名字，紧挨自己的叫“匡世仁”——这是匡总无疑。第二位叫“霍英剑”，第三位叫“阎锡水”，第四位叫“金贝贝”。

“我的天！”杨帆心里打鼓，“这广州环球投资公司真他妈的牛鬼当道……”

“杨经理，”刚才那位迎接杨帆的风骚女人，正好坐在他正对面，冲杨帆扬眉笑道，“来，先喝点茶润润嗓子。”

“谢谢梅经理！”杨帆现在知道她姓梅，叫梅小平。

“杨经理，”马经理笑道，“昨晚睡得可好？”

“好极了！”杨帆一想起昨晚同舞女风流缠绵的情景，就亢奋不已，忍不住笑道，“广州真好地方，冬天不冷，适合在床上睡觉。”

“杨经理，”朱大长打断二人，建议道，“我们匡总刚来电话，他一刻钟左右就到，我们是否开始上酒菜？”

“酒菜都点好了吗？”杨帆问。

“我都安排好了，随时上！”

“那就赶快上吧，免得匡总来了又急着上菜。”

“好的！”朱大长转身吩咐服务员上酒菜。

时间恰到好处，等酒菜上齐后，匡总一行四人正好进门。

“八大重臣”几乎同时站起来迎接，杨帆一见，也赶紧站起。

“匡总！”朱大长上前一步，引荐杨帆，“这位就是武汉远方集团的杨总经理，一直等你召见……已经三天了！”

“对不起！对不起！”匡总伸出双手紧握住杨帆的手，“要务缠身，让客人久等真是太不应该，太不应该，失礼！失礼！”

“没关系！”杨帆边握手边打量这位大老板。

这匡总六十岁不到，肥头大耳，红光满面，慈眉善目，硕大的狮鼻头上油光闪耀。杨帆心里思忖：“一个人日子过得能使自己的鼻子上闪光，这身大福大贵之气，非常人可比！”

“来，杨经理，”匡总转身引见同来的两位老人和一位小姐，“介绍两位贵客，给你认识。”指着一位七十多岁的干瘦老者：“这位是霍老哥……霍老板，是我们环球投资公司的高级顾问。”

“幸会！”杨帆猜这老家伙叫霍英剑，忙上前一步，伸出手同他热情相握。这霍老板看着杨帆，两眼绽放出惊叹的目光，扭头对匡总道：“匡总，这杨经理真年轻有为，后生可畏呀！”

“对！对！”匡总又对杨帆介绍，“霍老哥可是香港的名人，位列香港十大富人行列。”笑问：“你知道霍英东吗？”

“如雷贯耳！”杨帆故作惊叹，“这世上谁不知霍英东大名？”

“告诉你，”匡总神秘道，“霍老哥就是霍英东的堂弟。”

“哦……三生有幸！”杨帆赶紧松开紧握的双手。

“这位阎老伯！”匡总又指着另一位看上去有八十多岁的枯黄老者，“名气不比霍老板小，钱也不比霍老板少，也是我的顾问。”

“阎老好！”杨帆又上前一步，同这阎老握手，心想，“这老家伙莫非是×××的干爹不成？”

“告诉你，”匡总又神秘道，“阎老是你们大陆民国时期‘山西王’阎锡山的亲弟弟，今年101岁。”

“我的娘！”杨帆握着的手有点抖动，心里不相信道，“这老家伙看上去，只有八十多点！”

“这位金小姐，”匡总指着最后一位靓丽小姐，“是我的机要秘书金贝贝。她是我的‘福星’，比金子还珍贵。”

“金秘书好！”杨帆伸出手象征性地跟她握了握。

“杨经理好！”金贝贝一身运动装，就连头发也是齐耳短发，看上去清爽秀丽，站在几位老人之间，如花立寒秋。她也象征性地伸出手捏了捏，一双杏眼却死盯着杨帆，随即电光一闪，笑靥如花。

“好了，”匡总兴奋道，“大家就座，我们抓紧时间，同杨经理边喝边谈要事。”说着一屁股率先坐到自己的位置上。

其他的人一见赶紧各就各位，然后举杯动筷，酒宴开锣……

3

爱酒之人一朝坐上桌，大都要经过三个阶段：首先彬彬有礼，笑容可掬，你请我碰；三杯黄汤下肚，就开始胡言乱语，你扯我拉，赌量斗狠；再往下来，污言秽语，摔杯丢盏，丑态毕露。

“匡总，”杨帆深谙此道，生怕这匡总几杯黄汤下肚，耽误自己的大事。所以一开杯，不失时机，想抢在对方乱性前，把融资大事敲定，对匡总道，“我们公司的项目书，已经交给朱主任按正常程序办理融资手续。因为匡总你太忙，为了加深对我们项目的理解，我特地又复印了两份，现在交给你。请你万忙之中，抽空看看，我相信匡总一定会大感兴趣。”起身从公文包取出文件，递给匡总。

“好！好！”匡总接过项目书翻了翻，递给金贝贝，“回港后提醒我认真看一看。”又对杨帆道：“这项目非常好，正符合我们的投资方向，只是三十亿人民币，”摇摇头：“实在太少！”轻松道：“我们环球公司有个不成文的规定：低于五十亿人民币的项目，不予投资。”

“匡总，”杨帆道，“我深为贵公司的远大目标所鼓舞，不过，大有大的麻烦，小有小的好处，现在不是提倡与时俱进嘛，何必像‘尾生抱柱’般死抱着目标不变？再说商人以赚钱为根本，再大的生意还不是从小一点一滴做起，对吧？何况，这还是一条不成文的规矩，就是已成文的规矩，也还不是你匡总一句话的事。”

“匡总，”霍英剑老人咳了两声，插言道，“既是好项目，不应嫌小，要不从我哥哥的滚动款中，拨出三十亿投资杨经理的项目，也算是帮这小兄弟一把，我想……杨经理会知恩图报的。”

“霍老说得对！”杨帆同老人举杯相敬。

“这倒可以考虑、考虑！”匡总摸了摸闪光的鼻子。

“滚动款？”杨帆不太理解。

“是这样，”匡总解释道，“古人言‘赚钱不费力，费力不赚钱’，我同花旗银行、霍英东三方正在合作赚钱，我将大量的资金存入花旗银行，指定花旗银行借给霍英东去做生意，做成了霍英东给我巨额回报。做不成，由花旗银行还钱给我……万无一失。”

“匡总，”杨帆本来要问霍英东做的是什么生意，一想霍英剑在场，可能太唐突，就问道，“一定很赚钱吧？”

“还行，”匡总轻描淡写，“投资一百亿，一年后分二百亿！”

“我的天！”杨帆心里惊诧道，“有钱人真他妈的牛！”咬了咬下巴，以为自己是在做梦。

“匡总！”这时阎锡水老人也插嘴，“我看这杨老弟很有诚意，要不跟我合作一把，我这里……”突然止不住大声咳嗽起来，脸上老筋暴现，好半天才平息下来，冒出三个字来：“高……回报！”

“谢阎老！”杨帆道，“您老先喝口水。”

阎锡水怕杨帆不懂，强调道：“投资一百万，回报……十亿！”

“是吗？”杨帆一下就听呆了，半天说不出话来。

“杨经理，”匡总拍了拍杨帆的肩膀，“你不要以为阎老说得是天方夜谭，告诉你这绝对真的。阎老为此已经努力了几十年。”

“匡总，”杨帆依然是一头雾水。

“来，”匡总举杯道，“我们干一杯，听我慢慢给你叙说。”

“干！”杨帆现在想听他叙说的心情比听宋祖英唱歌还迫切。

“我们中华民族……”匡总放下酒杯，感叹道，“五千年来，多灾多难，有道不尽的民族血泪史。自清代以降，外族入侵，国门洞开，百年来丧权辱国，割地赔款，说来令人痛心疾首。”他示意服务员给自己斟满酒，扫了扫在座的各位，话锋一转，继续道：“然而，我们中华民族却是世界上最有钱的民族。”怕大家听不懂，伸出手指掰道：“第一，我们国家的地下埋着无尽的宝藏，五千年了，要把这些宝藏挖出来，世界上没有任何国家有我们钱多！”

“匡总，”梅小平喜欢表现自己，“这些宝藏，埋在哪里？”

“山洞里，坟墓里。像秦始皇、武则天的陵墓，随便挖一座，全中国人吃几辈子！”

“我的娘！”杨帆心里惊呼，“这不是挖祖坟吗？”

“第二，”匡总继续掰手指，“清朝投降后，到处割让土地，像各大城市建立英租界、法租界，还有香港、澳门，那都是要付租金给我们的，这些租金是八年翻一倍。一百年来翻了多少倍，你们一算就清楚，我的天，这该有多少钱？可是，清朝突然被推翻，而这些钱全部存在美国花旗银行，英国汇丰银行、渣打银行，没人领回来。”

“现在为什么不去领？”一位叫池瑶的女经理瞪眼问。

“迟了！”匡总瞪眼道，“就像你的姓，因为当时办理存款手续的人都死了，现在要取出来必须要有当事人的亲笔同意，他委托下一代人办理，下一代又委托他的下一代。如此一代一代接力继承才行，不仅名字、身份、年龄要对上号，而且遗嘱也要一字不差。为此，联合国特地成立了一个‘古币解冻委员会’，专门负责各国的这种死账、呆账的解冻。台湾和大陆也都相应成立了这种机构，听说……大陆是某要人在暗中负责。”

“我的天！”一位姓汪的女经理，也止不住惊叹，“这真比登天还难！”又问：“有没有办成的？”

“有哇！”匡总兴奋道，“阎老的哥哥阎锡山，当年统治山西时，为什么那有钱？你以为是靠挖煤赚的？告诉你：就是他办成了两笔巨款，因为怕引起国家骚乱，所以才秘密进行……”

“哦……”所有人都瞪大眼睛，情不自禁地痛饮一大口。

“阎锡山临死前，”匡总突然道，“将手上秘藏的还没有来得及办理的三份存单，交给他的小弟弟阎锡水。”

"阎老!"所有的人目光，瞬间射向这个看上去八十多岁、实际有101岁的枯槁蜡黄老人，都眼放绿光。

老人看了一眼杨帆，不屑再瞧他人，慢慢闭上眼，摇头晃脑，一付悠然自得的样子。

"第三，"匡总继续道，"八国联军侵华时，抢了无数的国宝，还没来得及运出中国，就被绿林好汉劫持，分别藏在各大名山古刹里，交给和尚道士看护保管。这几年改革开放搞活，国家政策宽松，这些和尚道士也都下山，想把宝物出手。"

"杨经理，"阎老突然睁开眼，"怎么样？你投资三百万，我回报你三十亿，我们签字画押……绝不食言!"

"太好了!"杨帆一拍脑袋，又咬了咬嘴唇，这才清醒下来，笑道，"谢谢阎老的支持，不过三百万对你们小菜一碟，对我可不是小数字，我晚上就打电话回武汉征求董事会的意见。"

"好的，"阎老摇头道，"我哥哥统治山西时有句名言'事临危难须放胆，人不知己莫谈心'，我看你杨老弟是个知己，才跟你谈这个心。你现在是事到危难，就看有没有这个胆量？"

"阎老!"杨帆心里骂道，"老不死的将老子的军。"嘴上却笑道："本来我没有胆量，见了您老就有了!"

"金秘书，"匡总突然吩咐，"把办的存单给杨经理看看。"

"是!"金贝贝从公文包掏出一张存单，递给杨帆，"杨经理，这是存在美国花旗银行五亿美金的存单，你认真看一看。"

杨帆眼睛眨了眨，接过来一看："我的娘!"心怦然跳动，上面真就是五亿美金的额数。

"杨经理，"匡总似乎看穿了杨帆的心思，严肃道，"这是我们的小额存单，等一会，你同金秘书一起到商务中心复印一份，然后电话通知武汉中国银行，把存单传真过去，通过国际营业部查实这张存单的真伪。如果是真的，我们再进行下一步的磋商。如果有假，你这几天在广州的所有费用，我翻十倍赔偿给你……怎么样？"

杨帆无言以对，只得点头同意。

"阎老，"霍英剑道，"您老又抢了我的生意？"

“回……香港……”阎老咳嗽道，“我补偿老弟！”

“好！”匡总举起杯道，“今天是个好日子，来，我们大家共同举杯，祝愿我们同杨经理合作成功。”

“干杯！”十三个人同时起身，不论男女老少都一饮而尽。

“现在，”匡总道，“大家到歌舞厅唱歌跳舞，摇骰斗牌，尽情娱乐！”扭头对杨帆道：“杨经理，你看这样行吗？”

“没问题，”杨帆慷慨道，“大家尽情娱乐，一碗都算我的！”

“好！”大家起身鱼贯而出。

“服务员，”杨帆掏出银行金卡，高声道，“埋单！”

“杨经理，”金贝贝款步走过来，妩媚道，“我们先去商务中心，把存单复印完，再去歌舞厅……好吗？”

“太好了！”杨帆接过服务员递还的金卡，醉眼瞅着金贝贝，“我正想单独同金秘书相处，顺便探讨一下金钱和人生的价值！”

“好哇！”金贝贝挽起杨帆的手臂就走，小声附在他耳边道，“不瞒你说，我也有相同的想法……”

4

大凡一见钟情的男女，都想占有对方，且又单独相处，说的话十之八九都是些废话，因为尽是无话找话。可一旦二人都心怀鬼胎，那每句话，恐怕就要贵于金子。

杨帆和金贝贝现在正处在这一环节上。

二人从商务中心来到歌舞厅，走进包房一看，匡总他们已各自找着自己的“意中人”边唱边跳。就连两位说话都喘粗气的老家伙，也一人拉着一位小姐的手，依偎在一起，抖动龙爪般的老手，在玉笋般的小手上来回摩挲。这二老下面功夫不行，手上功夫堪称一流。

这是一间豪华包房，超大屏电视，立体多功能音响，迷你色装潢，柔色旋转彩灯，配有小舞池、幽会密室和麻将室。再有定力的人，呆上十分钟，就会色迷心窍，忘乎所以。

杨帆和金贝贝此时都不想唱歌跳舞，一前一后进入密室。

密室是专门为男女幽会而设，小巧、温馨、雅致。里面一张双人沙发，沙发两头插有鲜花香草。一张上下两层椭圆形有机玻璃茶几上，摆满水果饮料。柔和的灯光下一坐，人就像是在梦里。

“金秘书，”杨帆努力克制自己，他必须从这短发美人口中，套出想要的东西，柔声道，“这么说，你在匡总身边当了五年大秘？”

“准确说……”金贝贝故意拉开同杨帆的距离，嫣然一笑，“是五年五个月。”又自豪道：“是干得最长的！”

“此话怎讲？”杨帆剥好一只荔枝递给她手上。

“我们匡总很挑剔，秘书大都三年不到就换人。”

“匡总有眼力！”杨帆恭维道，“任何人遇见你这样才貌双全的美人，都不会轻易放弃的。”

“错了，”金贝贝笑道，“我们匡总是一位非常迷信的人，他是因为我的名字叫得好吉利，所以才一直留用。”

“你猜错了，”杨帆继续恭维，“这是他表面上的伪装，内心的想法，是不会告诉你的。这是男人的共性。”

“你也这样？”

“有时是，有时不是。”

“此话怎讲？”

“碰见别人是，碰见你就不是。”

“假话。”金贝贝脸一红，瞪了一眼杨帆，心里比蜜甜。

“真话，”杨帆身子挪过去，俯身耳语，“我不想在你面前伪装，刚才第一眼见到你，我就被你的美貌征服。下决心以后不仅要真心对待你，而且绝对不能对你说假话。”

“我不吃你这一套！”金贝贝嘴上如是说，心里醉了一大半。

“我对天发誓……如果骗你金贝贝，今后死无葬身之地。”

“别，别……”金贝贝浑身一抖，声音支吾，“何必起誓，我信你就是！”突然盯着杨帆：“我问你话，你一定要说真话。”

“一定！”

“假如……”金贝贝试探，“我不跟匡总干，跟你干，你接受吗？”

杨帆心一愣，做梦也没想到她这一手，心想先答应再说，套出她的目的来，故意惊喜：“我求之不得！”说完又假装疑惑：“只是我不明白，你干得好好的，为什么要离开？而且是从大树往小树上跳。”

“唉！”金贝贝幽怨道，“五年半了，我每天跟着匡总满世界吃喝玩乐，像打仗一样，我不想过这种生活。再说五年多，我还没有见过他给别人投资一分钱，我不想将来别人骂我同他们是一伙。”

“我不明白？”杨帆心开始急剧跳动。

“五年来，”金贝贝叹惜道，“我接待了不下五百个，像你这样的求资人。每次都是先由对方请吃、请喝……花天酒地，醉生梦死。然后，像今天一样，复印大额存单给对方查实。再然后，就开始实地考察对方的项目。再然后，说是请世界最著名的投资人对项目进行论证，要对方付一定数量的项目论证金。可到最后，都是一个结果：对方项目有问题，达不到我们的投资要求，不了了之。”

“我想问？”杨帆声音很不自然，“这五亿美金，是真是假？”

“绝对真的！”金贝贝没注意杨帆声音变化，肯定道，“我们匡总每次拿出的存单都是真的，无能怎么查，都假不了。只是这钱一时也动不了，没有银主出来帮忙办手续，它就是废纸一张。”

“你知道是哪些银主吗？”

“记不得，”金贝贝无奈道，“反正都是大财团，还有一些独裁国家的领导人，随便开一张就是几亿、上十亿美金。”又盯着杨帆：“不过这几个银行的开票人，我都认识。”

“好，好！”不等金贝贝说完，杨帆兴奋道，“只要是真的，我们就有可能把钱弄出来。”

“你说什么？”金贝贝瞪大眼睛。

“贝贝！”杨帆盯着她，眼里寒光一闪，又转瞬即逝，随即平和道，“我刚说了，绝对对你说真话，现在，我不妨实话实说，你不要惊诧。你们匡总他们是一伙国际诈骗团伙，你刚才说想跟我一起干，我从内心深处也想你跟着我，总比跟着一帮老诈骗犯好。不过，我们不能心急，得慢慢来，以其人之道还治其人之身。通过此次我的项目投资，将他们的资金套出来。当然这需要你配合，将大额存单开出来，我拿到几大银行去抵押贷款。等大事完成，我保证：我们会有一大笔钱，一起过我们下半辈子的幸福生活。”

“这……”金贝贝瞪大了眼睛，声音颤抖道，“我不敢，而且，他们有强大的黑社会背景。”

“这都不怕！”杨帆继续鼓动，“到了武汉就是我的天下，不管事情成功与否我都给你钱，保证你下半辈子生活富裕，衣食无忧！”

“我……”金贝贝似乎有所动。

“再说，”杨帆加大力度，“我们是正规的好项目，即使跟他们闹翻也无所谓，钱跑不了，项目摆在那，并且还给他们创造利润。”他伸出手，将她轻轻搂在怀里：“一切有我负责，你不用操半点心。”

“你这么一说，”金贝贝完全被迷糊，“我倒是愿意同你一起干，存单我也可以打着匡总的名义偷偷开出来，只要你找的银行同意抵押，不过……”盯着杨帆：“你答应我这一辈子不抛弃我！”

“我爱都来不及！”杨帆搬起她的头轻吻起来。

“别！”金贝贝猛地推开他，提醒道，“怕有人突然进来。”

“哦……”杨帆激动道，“这样，我马上去开房，将三位老家伙送进去销魂。等他们休息，我们再进房商量大事，你看如何？”

“听你的！”金贝贝站起来道，“不过……我今晚可不想商量什么大事。”她搂住杨帆的脖子道：“我也想销魂！”

“我也是！”

二人小心走出密室，外面一帮人已进入沉醉状态。好在朱大长还算清醒，见杨帆出来，晃过来道：“杨经理……匡总他们要……”

“我明白，”杨帆也装醉，“走……我们去开房，三位老总安排在同一楼，你们几位如果想在这里过夜，安排另一层。”

朱大长一听，兴奋道：“你是跟我们……还是跟匡总一楼？”

“你不用管，”杨帆歪嘴笑道，“我自有安排！”

“好！”朱大长拉起杨帆就走。

二人到总台一一安排妥当，朱大长拿着房卡上去叫人，杨帆趁机又订了一间套房。来到歌舞厅，房卡塞给金贝贝，又将现金分发给几位陪夜小姐，再跟几位老总殷勤调笑几句，恭祝大家尽情享受。

一切安排完毕，这才悄悄来到自己的套房。

门没关，推门进去，金贝贝正在洗手间淋浴。杨帆止不住一阵亢奋，迅速脱去外套，心里洋洋自得：“李远方啊李远方，你当时靠真诚打动了周敏这位大秘书。今天我杨帆靠诡计，俘获大秘书金贝贝，我们兄弟二人手段不一样，目的可是一样的！”

突然，他停了下来，将脱掉的上衣丢在沙发上，走到电话机前，拿起电话开始拨打李远方的手机。他想在自己销魂快活之前，告知李远方融资一事不成问题，请他放心，让他也兴奋兴奋。

李远方手机依然关机。

“不对呀？”他心一缩，“这家伙一天不开机，不会出事吧？”

他开始有点心慌，又将电话打到李远方家里，同样没人接。想了想，只得打周丽的手机，照样是关机。

这下真慌起来，他哆嗦着打到自己家里，同样没人接，又哆嗦着拨打宋红雨的手机，心一松，终于传来通话的长音。

“怎么不接电话？”依然好半天没人接。

刚要骂，电话里传来宋红雨疯狂的叫骂：“杨帆王八蛋，一天不开手机，死到哪去了？你个王八蛋，不得好死？”

“你疯了？”杨帆吼道，“你难道不知道老子在广州？”

“李远方……”宋红雨突然在电话里嘶声痛哭起来。

“他怎么啦？”杨帆心剧烈抖动起来。

“他！”宋红雨抽泣道，“被人抓走了！现在还不知在哪！”

“啊！”杨帆一阵晕眩，好半天才镇定道，“什么人抓的？”

“我不知道……”宋红雨继续哭，“都不知道！”

杨帆急切道：“告诉周丽，我马上赶回，有消息随时打我手机。”他猛地挂断电话，提起公文包，边穿衣服边往房外奔去。

“怎么啦？”金贝贝正好一丝不挂从洗手间出来，惊问道，“好像是跟谁在吵嘴？”

“没时间跟你说！”杨帆头也不回，如飞而去。

“王八蛋！”泪水从金贝贝眼里涌了出来……

5

夜愈来愈寂静，几认的鼾声已经响得极有规律，大约又过了将近一小时，李远方确定大家都已睡熟，慢慢支撑坐起来，披上衣服，从枕头下面取出信封，小心翼翼地打开来。

信封里一共有七八张纸，叠得整整齐齐，每张纸上面密密麻麻写满字。

他努力克制自己的激情，从第一封信开始看起。

第一封信是周丽的，隽秀的字体充满温情：

远方：我的爱人，你还好吗？

提笔给你写这封信时，已是凌晨两点半时刻，我无法克制自己对你的思念之情，一次次将泪水洒向窗外的寒夜，融于这阴森无边的黑暗之中。我祈求上苍保佑，保佑我们一家平安。

自你突然被抓走之后，人世间好像充满着悲伤，我食不甘味，夜不能寐，走到任何地方，都是神情恍惚，失魂落魄。没人能分担我的不幸，没人能分解我的忧伤……我常常一个人深夜走出家门，任冰冷的朔风吹打自己的双眼，任淅沥的雨点淋湿自己的头发。我一遍又一遍地仰望苍天，呼喊你的名字，呼喊自己心中的爱人。

感谢一对天真无邪的儿女，他们是我们夫妻生命的结晶，是我身上掉下的肉，最懂得母亲的心。是他们在我痛不欲生的时刻给我安慰，从他们身上我寻找到了战胜磨难的勇气，看到了未来的希望。我为拥有这对儿女而自豪。李平说："爸爸是世上最好的爸爸，爸爸尊老爱幼，热爱家乡，热爱亲人。爸爸关心穷人，帮助白龙寨的所有乡亲，我从记事到现在，从没见过自己的爸爸骂过任何一个人，爸爸是好爸爸。"李乐说得更让我感动，她说："我宁愿失去整个世界，也不愿失去爸爸。"这不像是一对稚嫩孩子发出的声音，像清泉出谷，像清风出林。现在一对儿女已从阵痛中解脱出来，他们每天按时上学，回家后认真做作业。我父母已搬过来同我们一起居住，两位老人将全部的心血倾注在一对外孙儿女身上，这使我得到了些许的安慰。

亲人们都在关心你，有时一位朋友的安慰电话，都让我热泪盈眶，不能自已。肖畅姐和杨帆不分白天黑夜地四处奔波，该找的人都找了，该花的钱都花了，你安心在里面保重身体，外面的事有肖畅姐和杨帆打理你尽管放心。另外，除了吴律师外，请了几位省内最有名的律师，其中一位孟律师已保证你有一个好的结果。希望你配合好律师的工作，争取早日同我们团聚。

我知道你最担心的是九爹，所以没把你的事告诉老人家，怕他一时接受不了出现意外。我们欺骗老人家说你到香港办大事，得一年半载才能回。老人家近来身体不太好，师大夫说是天气寒冷的缘故，正在给老人家配制新药。现在老人家每礼拜都要同北京的李家炳老人通次电话，两位老人就李氏家族历史的编辑事宜，经常在电话里长时间交谈，相互商榷，有时甚至废寝忘食，申旦达夕。这也使得两位老人的精神一直处于亢奋状态，所以你也尽管放心。愿你能早点出来，我们一家人热热闹闹再相聚白龙寨，现在，我是如此强烈地想呼吸到那里的清新空气。

顺便说一下，王细翠死了，死在水渠里，据说其状很惨，从水里捞起来，满口的泥巴，手上还抓着一条小鱼。没有人知道她为什么掉进水渠，李远治好像疯了，不吃不喝坐在水渠边，呆呆地哭了三天，现在是德正爹和桂珍奶每天喂饭给他吃。

不得不说得还有公司的事，据说股票已变成死股，各部门负责人都已离开，几个副总也三天打鱼两天晒网，各分公司的负责人也是走的走、跑的跑。现在只有文主任、凤丫头和黄家骏一直坚守，连家也没回，偶尔回来安慰我们。想当初，你把这对苦命的孩子带回我还怪你多事，没想到今天他们成为我们最可靠的亲人。看来，人的命运真是变幻莫测，这世上，还没有人能真正把握住自己的命运。

好了，今天就写到这里，切记保重身体！

爱你的妻子小丽
12 月 31 日凌晨

李远方一口气将周丽的信看完，泪水已经滴湿了手上的信纸。他抹了抹眼泪，又看起第二封信。第二封信是杨帆写的，主要是向李远方介绍肖畅和自己目前在外面所跑的情况，信上写道：

远方：你好，甚念。

刚和肖畅姐分开，吴律师他们又要急于去见你，所以匆匆提笔，捡重要的事简单说一下。近二月来，肖畅姐和我分别找了各方面的相关领导，很快就会有结果，你不用担心，把自己的身体养好。

本来完全可以无罪释放，可惜我们失去了宝贵时间。刚开始几天，只知道你被反贪局抓走，不知是哪个部门，加之对方找上门时，周丽情急之下不冷静，抗拒对方搜查，没有问清对方的具体单位，也不知“招呼”对方，致使我们无法同对方沟通，也失去了同对方讲条件的机会（当时的情境下，任谁也不可能冷静）。肖畅姐几乎把省、市所有的相关部门问遍了，都没接审你的案子。是后来对方主动跟我和周丽联系，才知道是其他地方反贪局办的案子，而且是下面一个县的反贪局负责（这在当时的情境下做梦也想不到）。等肖畅姐和我再同对方沟通时，可惜你已经签字画押，木已成舟，无法更改（好在我们接受了对方提出的要求，他们不再追究下去，且快速结案封卷）。就这样，在决定你是否有罪的最关键时刻，生生被耽搁了，肖畅姐为此痛哭了整整一晚上，这也是你命中该有这一劫难，所以你要想开一些，不可为此背上精神负担，要集中精力，打好下面的官司。

做完以上工作，肖畅姐又通过关系重金聘请了几位律师，成立了一个律师团（主要是为以后同香港新时代的官司做准备）。其中孟律师在全国都有影响，是全省十大律师之一，业内有口皆碑。他对我们公司的案子很有信心，还望你积极配合他，争取最好的结果。

估计春节后，一审就要开庭（原打算做工作抢在春节前审判，想接你出来过春节，现在看来不可能，主要是受秦处长和王总他们牵制），肖畅姐已找了有关人员，加之孟律师的关系，所以春节后，你就可以回家同亲人团聚。

顺便说一声，公司的现状不太好，具体情况凤丫头有信说明。鉴于特殊时期，我已安排人二十四小时在办公楼四周暗中保护，下属几个分公司也派有人暗中监视，谨防有人浑水摸鱼，你尽管放心。如果有时间的话，在里面不妨先谋划一下，看出来后如何打理。

好了，今天到此为止，有事我会及时通知你。

杨帆

31日上午

看完杨帆的信，李远方长长地出了口气，又看了看七位同监，鼾声正亮，酣梦正熟。他赶紧拿起凤丫头的信，凝神细看。凤丫头将两个月来公司发生的大事，向他一一作了汇报：

大哥：你受苦了，所有的亲人，都非常想念你。望你保重自己的贵体，盼望你早日回到我们身边。

自你出事后，这段时间内，公司发生了很多意想不到的事，特向你汇报。请你抽时间思考一下，看下一步怎么办，然后让吴律师转告给我们，我们好按照你的指示执行。

在你被抓的第三天，公司股票突然狂跌，尽管我们发布了转增股本报告，依然难以阻挡下滑的颓势，连续多天跌停板，据说已转入死股。文主任、黄家骏和我分析，极有可能是内部人透露了消息。所以，盼你早日出来，重振雄风，维护公司声誉。如果按此情境下去，明年远方集团就面临退市的危险。这几天陆续有股东找上门来，要求召开股东大会，在你缺席的前提下对公司进行重组，有几个股东甚至要求清算。后在我们耐心的解释下，才同意等你出来后再行决议。

公司内部更是人心涣散，几位副总不见身影，基本上不到公司来，即使来也是来处理自己的私事，大有站在黄鹤楼上看帆船的架势。我和黄家骏硬是想不通，你以前给他们那好的待遇，对他们如同兄弟，怎么到了你落难时都成了袖手旁观者？这世道人心太叵测！另外，春天药业的温厂长每三天就来公司一次，一是探听消息，二是来找我要拨款，说不能因为李远方出事就影响他春天的生意。他到底是什么目的，我无法判断，所以坚持要等你回来签字才能给他拨款，加之现在香港警方全面冻结我们的账户，即使是想拨也拨不出去。幸福房地产的顾总经理，自你出事后的第二个礼拜就生病住院，房地产开发的几个项目，因资金断链也都停产，天兴洲更是乱成一锅粥。我去看过他两次，不像真的生病，两次去都碰见很多人聚在一起商量事情，神神秘秘，见到我后都缄口不谈。黄家骏和文主任也一起去看过，黄家骏说这几人在商量另起炉灶，而且极有可能搞远方集团的鬼。我将此事告诉了杨大哥，他让我小心观察，发现有什么情况随时通知他。沈小虹和李远立大哥到公司来过几次，问我有什么需要帮忙，同时要求兑一兑公司同他们厂的账。我和文主任商量后，给了一套应付公安局调查的账本，看后，二人没有提什么要求就走了。彭副总经理也来过一次，他有意识向我透露，说沈小虹和李远立想脱离集团，小夫妻另立山头。彭副总决定春节前回台湾，他让我转达对你的问候。另外有一件小事，财务部的边丽背着我到银行取现金，被我发现后，将她开除。没有得到你的同意，我私自给了她半年的工资，还望大哥理解，毕竟她跟我几年，我心里很是难受。

香港国际刑警已正式通知银行，全面冻结远方集团的账户，等最后处理完同新时代的经济案再启封。现在已没有钱运转，我已正式通知各部门和各分公司，将现实情况告诉了他们，有人非常理解，有人却趁机要挟我们，好在杨大哥出面才得以制止。现在公司的所有活动费，特别是办理案件的费用，都是杨大哥和肖畅大姐拿出来的。我初步估计了一下，已花去了近五百万……真难为他们。我将这几年的存款，全部存进一个卡交给杨大哥，他坚决不要。给周丽大姐也不要，我只有把卡存好，等你回后交给你应付急用。我和黄家骏的命都是你给你，五十万又值什么？现在公司就文主任和我们几个亲人在坚守，大家表示：只有还有一口气，就要坚持到底，等大哥你回来。

另外，全国各地的来往客户，这段时间都纷纷找上门来，要求结清他们的货款，刚开始我应付了几家，后来我一概拒付。正好警方冻结了我们的账目，我就全部一推了之。这些客户又找警方的关系要钱，好在香港警方坚决不同意才得以暂时平息。我估计一旦我们资金解冻，这些客户们一定会蜂拥而至。所以大哥你要想好应对办法。

还有，公、检、法的人也多次上门，除调查同新时代的账日外，向我们提一些让人听不懂的问题。文主任暗地告诉我们：什么也不知道。后来经肖畅大姐出面做工作，这帮人才很少上门。

大哥，天气冷了，你要保重身体，周丽大姐最担心的是你的身体。出事后她经受了巨大痛苦，憔悴得像换了个人，每见到她我都心酸。你最好写信安慰一下她、李平、李乐和伯父、伯母。

大哥，今天就写到这里，愿老天保佑你平安无事，早日回到我们的身边来，我们时刻盼望着这一天。

爱你的小妹——凤丫头

12 月 31 日凌晨

泪水再次模糊了李远方的双眼，他无法克制自己的愧疚之情，痛苦地蜷缩着将头埋进被子内，嘶声抽泣起来。

“我该怎么办？”他在心里哭诉，“我愧对列祖列宗，愧对长眠地下的父母，愧对寄予自己厚望的幺爹，愧对依靠自己的妻儿，愧对一切关心自己的亲朋好友、父老乡亲。李远方啊李远方！四十年了，你更是愧对自己的人生，愧对自己的诺言！”

刹那间，四十年的风雨人生，四十年的坎坷峥嵘，四十年的恩爱情仇，四十年的酸甜苦辣，四十年的家族重担，四十年的千钧诺言，点点滴滴，桩桩件件，撕人魂灵，一阵赶一阵，犹如滔滔江水，汹涌澎湃，奔流不息，撞击着李远方灵魂的殿堂。

砰！一声巨响，震彻寂静寒夜，在天地间滚动回荡，将李远方从痛苦中惊醒。紧接着就听看守所外，千家万户，鞭炮轰鸣。

公元1998年的新年元旦，在万民的欢腾中到来……

第七十四章

1

杨帆慢慢启动车子，开到自家门栋前停好，下车后四下看了看，发现有暗哨盯梢。他冷笑一声，关好车门，悠然上楼回家。

“怎么样？”宋红雨问，“办好没有？春节前能否回家？”

“赶紧洗澡睡觉！”杨帆脱下外套，对宋红雨耳语，“外面有‘钉子’，说不定家里还装有窃听器，我有话要在被子内跟你商量。”

“明白！”宋红雨帮他脱下衣服，又跑进卫生间放好水，伺候他洗澡。洗完澡，二人迅速钻进被子。杨帆如此这般、这般如此地交代了一番，又温柔体贴地尽了一番为夫之道。然后悄悄起床，摸黑出门上楼到达房顶，再由另一个门洞悄悄下楼而去。

等杨帆出门，宋红雨拧开床头灯，对着空被子又是捶打又是嗔骂，又故意呜咽一阵。如此打闹了足有一刻钟的时间，这才关灯又开始娇喘猥昵起来，一场夫妻打闹的把戏，被她一个人演得惟妙惟肖。

杨帆悄悄摸下楼，拦上一辆的士，打开新手机，用暗语通知疤子、假不了和侯七，火速赶到“大本营”。

到达大本营，三人已在黑暗中等他。

“下地下室!”杨帆吩咐道。

四人摸黑下到地下室，盖好地道口，杨帆这才拧开下面的灯，示意大家围坐在中间的圆桌前。三人感觉今天杨帆的神情不太对，都默默坐到圆桌前，表情严肃，等待杨帆发话。

“听好，”杨帆阴森道，“撤退行动提前进行，从今天午夜起，夜行昼伏，抢在春节之前，全部从武汉消失。”

“老大!”侯七问，“我们四人怎么行动?”

“你们三人……”杨帆盯着三人，“同时离开!”

“那你呢?”三人惊诧。

“我一个人留下，”杨帆慢慢站起来，走了几步，掷地有声，“保护李远方和大家平安无事。”

“不行!”三人同时站起，激动道，“我们同老大同生共死!”

“还没到死的地步!”杨帆又转过身来冷声道，“这没有商量的余地，现在老贾和侯七分头去准备。疤子辛苦一趟，到下面收五十万现金回来，明早七点整，派人准时送到天河机场交给我。另外，二天内，再给我的秘密银行卡上存进二百万，我有急用。”

“老大!”三人不解，“你突然离开，我们如何向你报告?”

“我去北京!”杨帆深情道，“办理更重要的事情，十天内一定赶回来。”说完慢慢向出口走去，顺手关掉电灯。

三人紧跟其后，又摸黑爬出地下室，走出“大本营”。

刚踏出大门，一阵寒风刺骨，紧接着，鹅毛大雪扑打在脸上。

“终于下雪了!”杨帆心一冷，大步向雪夜走去……

2

北京的冬天异常寒冷。

杨帆和周丽一出首都机场大厅，顿感朔风如刀。

二人搭上一辆的士，吩咐司机快速赶往空军总医院，他们想抢在午休之前，见到正在医院住院的胡总。二人此行目的，就是找胡总和李家炳老人，想通过他们上层的关系，为远方集团和李远方洗清前愆。昨晚他已电话告知胡总，坐今天上午的飞机到京。

的士拐上机场高速，一路飞奔，很快就进入市区。进入市区就开始堵车，等走走停停赶到空军总医院时，已是上午十二点半。

医院门前，前来看病的人们，包裹着各色御寒的大衣，顶着刺骨的寒风，都匆匆而进，快快而出。二人顾不得吃午餐，急忙买上一篮水果香花，快速朝住院部走去。

来到高干病区，轻轻推开 3 号特护病房的门，二人不由大吃一惊，只见胡总满头白发稀疏，眼窝晕黑深陷，面色憔悴苍白，正靠在病床上闭目沉睡。床头柜上，是半碗没吃完的面条。

二人一动不动呆立着，不知是叫醒他，还是在门口等他醒来。

几年不见胡总，看到他如此尊容，周丽一阵心酸，摆手示意杨帆到门口等待。二人放下果篮，轻手轻脚退出房间。刚带上门，一名护士正好走来，一见二人从病房出来，正色道：“你们怎么还不走？已经过了会见的时间半小时了，病人要正常午休。”

“对不起！”杨帆解释，“我们刚到，特地从武汉来看他的。”

“那也不行。下午二点钟再来。”

“这……”杨帆看着周丽，想征求她的意见。

“让他休息！”周丽动身道。

“好吧，”杨帆只得冲护士点头微笑，迈步动身。

“别走！”房门突然打开，胡总披衣迎了出来。

“胡总！”二人回身惊道，“你没睡着？”

“我一直在等你们！”胡总笑道，“躺在床上假寐，迷糊中好像有人进来，一睁眼又出去了。”他握了握周丽的手：“你受苦了！”又上前抱住杨帆：“好兄弟，久违了！”一面请二人进房，突然转身对护士道：“你再阻挠我的客人进门，我让院长开除你！”

“你敢？”护士一噘嘴，“明天还想不想我给你打针？看我不在你屁股上乱扎一气！”说完，含笑而去。

“这么快就到了？”进房坐下，胡总道，“我估摸你们下午才到。”看了看时间：“这样……我们抓紧时间，你们先把整个事情的详细经过，给我讲解一次，我好设计如何跟上面陈述。”

“胡总，”周丽道，“要不……下午再叙说，你先休息。”

“死不了！”胡总笑道，“又不是第一次住院，再说，时间不等人，领导过几天就要出国访问。”

“好……”杨帆清了清嗓子，从新时代同远方集团合作开始，按时间的顺序慢慢道来，一直讲到周敏离世，再从他和李远方二人秘密去港，到国际刑警组织的秘密调查，到公安部门如何重视，检察院、法院如何参与，将事情的来龙去脉，现在所面临的困难，需要解决的问题和疏通的渠道等等，讲得清楚明白。只是将自己秘密同新时代非法走私的勾当，轻描淡说几句带过。

胡总一直专心倾听，随着事件的不断复杂，他的眉头越锁越紧，脸上露出痛苦的表情。周丽心里也是怦然直跳。这是她第一次听到远方集团的另类内情，深为李远方的命运担忧。

“如此说来，”胡总疑惑道，“远方这次被抓另有因缘？”

“这次是被牵连进去的！”杨帆又将王总和秦处长被双规牵出远方集团一事，简单地叙述了一次。

“这才叫雪上加霜、伤口撒盐啊！”胡总感叹，“真没想到，像我胡学伟这样游戏人生、大谬不然的家伙，居然平安无事，逍遥自在！李远方如此卓荦端正的君子反倒被关进牢房，这他妈是什么玩意？”他站起身来回踱步，慢慢停下对杨帆道：“带了多少活动费？”

“五十万现金，近两天我的卡上，会再转进二百万。”

“足矣！”胡总自责道，“周丽啊，本来我应该为远方老弟花这个钱，可惜这几年我疾病缠身，只出不进。一点积蓄，都被身体消受光了……回去后，代我向远方表达歉意。”

“谢谢……找你麻烦，都不好意思。”周丽一阵心热。

“我都安排好了，有人带你去。你只负责递交报告就行。”胡总看了看表，自言自语道，“这家伙早该到了？”

话音刚落，一男一女手挽手推门进来，周丽一看大惊。

“杨柳！苏主任！”周丽惊呼，“怎么是你们？”

杨柳一把就把周丽抱住，两个女人都止不住泪涌。

杨帆因当时在新疆，不了解杨柳和苏主任的事，但后来听李远方说过。一听周丽惊叫，他赶紧站起来跟苏主任打招呼。

“好了！”胡总对大家道，“现在不是叙旧的时候，抓紧时间办大事。”对周丽道：“苏主任和杨柳结婚后，离开武汉到海南开公司，生意做得很大。近来因为亚洲金融风暴冲击，只得离开海南到北京发展，上月才找上我，就这么简单。”他又强调：“关键是苏主任的表弟，现在路子广。前段时间，我跟他一说远方的事，他一听，二话不说，主动要求把很多工作交给他做。难得啊……李远方没有白交他这个朋友。”又对苏主任和杨柳道：“周丽这两天，就跟着你们跑，吃、喝、住全部由你们负责，你们好叙旧。杨兄弟跟我跑另一条线。”又吩咐杨帆：“五十万现金交给周丽。”

“胡总，”杨柳打断道，“费用全部由我承担，给我一次报答李远方的机会！”说着，泪水又止不住涌了出来。

“那是两回事！”胡总再打断杨柳的话，“先带上，我们赶紧分头行动，走……”走字还没说出来，人突然左右一晃，向后倒去。

杨帆正站在他身边，见他晃动，心中一惊。疾步上前，一把将他托住，又慢慢抱起来，轻轻放在床上。几个人不知所措，手忙脚乱起来，苏主任清醒过来，大声呼叫医生。

很快医生带着护士跑了过来，输氧气，搏心脏，打急救针剂。一阵施救，一刻钟左右，胡总慢慢苏醒过来。

“胡总，”周丽泪眼婆娑道，“你就不要动了……有苏主任和杨柳他们……”话未说完，泪水就如断线的珍珠簌簌下淌，想起胡总的恩情，看见杨柳夫妇现在的幸福生活，一时又想起李远方还关在牢房，她心中的酸楚止不住外涌，竟说不下去，抽搭哭泣起来。

“死不了！”胡总强作笑脸，“李远方……还等着我……去武汉举杯邀月，开怀畅饮呢！”冲着苏主任眨眼：“你们快去！”

“好了，”医生道，“病人需要休息，你们都离开！”

“医生！”胡总坚持道，“这位杨兄弟，我有话说，让他呆一下。”

“好吧！”医生对杨帆道，“不要多说话……有情况按这个铃，再不要高声喊，别人都在午休。”又转身对周丽三位道，“为病人着想，你们找地方先休息一下，等病情稳定后再来。”

“好！”三人依依不舍而去。

等医生出去后，杨帆坐在床边，两眼盯着闭目养神的胡总，心潮急剧翻滚，想起自己同李远方二十年来的兄弟情深，在他最需要自己的时候，却帮不上忙，真是悲痛万分。一时又想起自己背着李远方所干的罪恶勾当，更是后悔不迭。

“我不仅毁了自己，”他在心里忏悔道，“还毁了自己最好的兄弟。我万死不能洗清自己的罪孽。我一定要把李远方救出来，将一切责任承揽。等他出来后，我再把儿子托付给他，然后投案自首。如此，我才能心安理得地离开这个世界！”

“你怎么也流泪？”胡总突然睁眼，“哪像个八尺男儿？”他慢慢支撑着坐起来：“来……扶我下床。”

“胡总，”杨帆扶好他，颤声道，“你不能轻易动弹。”

“死不了……鞋子踢给我。”

杨帆弯下身，从床底拿起鞋子，慢慢替他穿上。

“走！”胡总拿起手机，扶着杨帆道，“我们悄悄出门。”

“胡总，绝对不行！”

“别婆婆妈妈的！”胡总迈步道，“李远方代表的不是他一个人，他后面有上万人在看着他。早一天出来大家早一天安心。再者，远方集团更需要他早日出来重振雄风！”

“可是！”杨帆边扶好他，劝阻道，“不急在这一时半刻，而且也不知老恩师同不同意出面？我觉得还是先电话联系一下为好。”

“你错了，”胡总边走边笑，“老恩师九十多了，话都说不清，只把秘书说通就行……”

“哦……”杨帆无法说服他，只得扶好他向外走去。

此时，正是午休时候，走道里静悄悄，二人屏住呼吸，压轻自己的脚步，一走一探向楼下走去，尽量不发出声来。

下到一楼，大厅里挤满了看病的人群，过道两旁的长椅上，也是人满为患，都是一脸的惆怅，有几位女人的腮帮上还挂着泪痕。

走出大厅，一阵寒风扑面刮来，鹅毛大雪随风漫卷，杨帆不由打了一个寒噤。他紧紧抱住胡总，用高大的身躯为他挡住风寒。

一出大院，正好一辆的士下人，杨帆大声招呼，慢慢搀扶胡总坐了上去。胡总哆嗦着掏出手机，拨通后，吃力道：“秦秘书……我是胡学伟，麻烦你……半小时后，派车到三号门来接我一下。”

挂断后，胡总从衣袋掏出一只药瓶，抖动着手倒出一颗送进口，伸直脖子咽下，这才对司机喘息道：“三号门。”

司机启动车子，迎着风雪向天安门方向奔去……

第七十五章

1

连续三天大雪纷飞，北京城银装素裹，冰雪世界。

第三天傍晚，大雪骤停，北风劲吹，一夜呼啸而过。

第四天清早起来，天压寒霜，地似冰铁，人如冻鸦。

李家炳老人起床后，安坐在书桌前，吃完秀秀送上的早点，就开始伏案疾书。昨晚老人同远在千里之外的九叔，通了近一小时电话，就李氏家族近几代祖上的生平，再一次进行了探讨核实。所以，一早起来就详细写下来，以免遗忘。

一阵喜鹊唧唧喳喳的聒噪声从屋外传来，打断了老人的思路。老人停下笔，慢慢站起来，伸了伸懒腰，信步向房外走去，推开房门，迈步出屋，不由大吃一惊。只见院中间，那棵高大的枣树上，一支碗口粗的树枝被风折断，掉在地上。树枝上结满冰棍，一窝近箩筐大的喜鹊巢，摔落在地上，巢内的细枝杂毛，撒满雪地。

“秀秀，”老人叫道，“快出来！”

“怎么啦？”秀秀跑出门惊问。

“你看！”老人叹息道，“树枝被风雪摧折了，喜鹊巢也被生生地毁了，真是苍天无情摧鹊巢啊。”

“我的天，这大的树枝都吹折，真苦了喜鹊一家！”

“是啊！”老人关心道，“你去看一看，巢里面有没有小鸟？要有，赶紧把它收养起来……等它父母来接！”

“您老糊涂了！”秀秀笑道，“鸟都是春天抚养儿女。”

“我是老糊涂了！”老人正要进房，又站住道，“好像有人敲门，门铃也在响，一定是隔壁老张头邀我去下棋。你去告诉他，我没时间。”转身进房，自言自语：“时不待我啊，我得抢在闭眼之前，了其心愿。”说着又坐到书桌前，开始书写起来。

“李老！”写了不到三字，秀秀惊呼道，“您老看谁来了？”

老人慢慢站起身，眯眼看去，惊喜道：“哎呀，杨兄弟、周贤媳，是你们！我说怎么喜鹊一大早就在屋顶叫，原来是给我报喜。”突然停住：“怎么远方儿没来？”

“他……”周丽一阵心酸，泪水在眼眶打转，想回答又不知如何向老人家说，竟语哽难言。

“李老，”杨帆扶住老人坐下，接过秀秀递上的茶水，这才心平气和道，“正是为远方的事，来找你老人家。”

“哦……”老人脸色大变，“是不是……远方儿出事了？”

“您老别急，的确是出事了，不过不要紧，很快就有结果。”

“快说！”老人声音颤抖，“到底……何事？”

“是这样，”杨帆定了定神，又喝了一大口茶水，这才开始给李家炳老人讲述李远方因行贿罪被抓的经过。他从李远方被抓，追索到远方集团同香港新时代的合作，从两家的合作，讲到新时代的黑道背景，又从新时代的黑道背景，讲到香港回归之前的覆灭，再从新时代覆灭后，给远方集团带来的灾难后果，以及远方集团目前所面临的诸多困境，最后讲到来找老人家的目的……讲讲停停、停停讲讲，其间老人还不时提出问题，如此断断续续讲了近两个小时。

“真是家门不幸啦！”老人感叹道，“如此关键时候，居然又冒出行贿这种事来。按理说，行贿就不该定罪，受贿的人不伸手要，行贿的人怎么会给？有谁愿意平白无故的把钱给别人？不给钱，受贿人不给你办事嘛……”说到此，老人由于激动急剧咳嗽起来。

“李老，”杨帆安慰道，“休息一会，您老别激动。”

秀秀拿出药，又递上一杯水给老人喝下。

“唉！”放下杯子，老人长叹一声，“也就舍财免灾吧，让公司把不该要的钱，退给香港警方，不就可以免于刑事处罚吗？”

“话是这么说，”杨帆叹息道，“可事情的变化，却让人难以预料。”看了看周丽，见周丽摇头，明白她不让说出李远平的事，继续道：“自李远方被抓之后，公司股票急剧下跌，面临退市的危险。集团内部更是人心涣散，各生产基地全面停产。”

“墙倒众人推啊！”老人皱眉道，“这是中国五千年的传统，任谁也无法改变。”又问：“此事……没告诉九叔他老人家吧？”

“没有，就是远方出来也不告诉。”

“对，快一百岁的人了，不要在老人家心灵上留下阴影。”

“所以说，伯父，”周丽插话，“只有彻底撇清远方集团同新时代的瓜葛，才能挽救李远方和远方集团的命运。”

“还有李氏家族的命运。”老人补充道。

说到此，老人又咳嗽起来，好半天才喘息道：“看来……得我亲自上门求人！”

“伯父！”周丽一听，心生希望，又担心道，“这冷天，您老千万不要轻易出门。不如您老先电话联系好，我们去就可以。活动费我们也带来了，您老说给多少，我们按数给就是。”

“这不光是远方儿的事，”老人激动道，“关系到远方集团和李氏家族的命运，我必须亲自跑。”说到此，大声对秀秀道：“准备我出门大衣，打电话给办公厅，派车来接，我要面见国家领导。”拿笔写下领导姓名，递给秀秀。

“知道了！”秀秀接过纸条起身打电话去。

“伯父，”周丽关心道，“您老不要着急，事情也不至于这么糟糕，也许书记的秘书会把工作做好。”

“贤媳啊！”老人喟叹，“我知道办事的难度，不能有半点的差池啊！”

“李老，”正说着，秀秀走过来道，“办公厅的王主任说，车子安排不过来，而且还说……现在你不能以个人名义见老领导，说是他们要先跟老领导申请同意后才行让您老等消息。”

“这事能等吗?”老人一屁股从躺椅上跳起来，“吗”字未落音，又一屁股倒了下去。

三人赶紧施救，秀秀迅速从抽屉拿出急救药给老人服下。

“远方儿!”不一会老人醒过来，含泪喘息道，“伯父老矣!让你失望了!”又骂道：“王三定你个王八蛋，我一手把你提拔起来，关键时候……你捅老夫一刀!”

“想开点，”秀秀一面给老人抚摩胸口，一面宽慰，“您老没听说吗?人走茶凉!没听隔壁老张头上次来下棋说：上月去单位，以前跟在他屁股后面屁颠屁颠的老下级，见到他赶紧往厕所钻，生怕他找麻烦。再说，连自己儿子都背叛自己，何况别人的儿子?”

一提儿子，老人突然盯着杨帆：“我说杨兄弟，我那个混账儿子，不是拨了……五亿元的费用吗?”

“这……”杨帆显然没想到老人会问此事，不知如何回答。

“这畜生!”老人两眼在二人身上扫来扫去，意识到发生了什么事，问道，“他不会落井下石……又抽回资金吧?”

“伯父!”周丽和杨帆都低下了头，只得默认。

“好个……孽种!”老人大吼一声，又一头倒在躺椅上。

三人赶紧跳起来，给老人揉胸捶背。好一会，老人才回过气来，老泪纵横：“我愧对列祖列宗啊!”

秀秀又递上茶水，老人颤抖着接过喝了一口，又用手拭了拭眼泪，摇头道：“子不教父之过也!”

正在此时，周丽的手机突然响了起来，她一看是杨柳打过来的，心一惊，赶紧按下接听键。

“周丽!”杨柳哭道，“快过来，胡总不行了，正在抢救!”

周丽一听，大惊失色，颤声道：“我们马上来!”含泪对杨帆道：“胡总不行了，让我们快去!”

杨帆心一抖，低头对李家炳老人道：“老伯，您老已尽心尽力了，我想远方会理解您老的苦衷。此事也只有尽人事听天命了。现在有位朋友命在旦夕，我和周丽先走一步，看能否见上最后一面。”

“那快去吧!”老人颤抖道，“真是祸不单行啦，你们放心，我会找到人……一定为远方儿求得平安。”

二人迅速告辞出门，拦上一辆的士，向医院奔去……

2

周丽和杨帆赶到胡总病房，几名医生正好前后出门，二人心怦怦直跳。推门一看，杨柳和苏主任正在床前抽泣。床上，胡总双眼紧闭，眼窝凹陷，面呈死色，不见半丝余气，人已撒手人寰。

“胡总！”杨帆一见，失声大步迈上，伸手握住胡总露在被子外的手，顿感冰凉刺骨，他“啊”的一声，泪水涌了出来。周丽一见杨帆的表情，痛不欲生，竟然嚎啕大哭起来。

“胡总啊！”杨帆哭诉道，“你太过聪明，岂奈世不相容啊！几十年来，你游离中孤身一人，独守寂寞，以至于病入膏肓，英年早逝！”一头扑在遗体上：“这都是我的过错啊！千不该万不该，不该在你生命如此垂危之际，同意你离开病床的啊！小弟我现在想来，真是追悔莫及啊！这如何不叫人撕心裂肺啊！”

“胡总！”周丽也哭道，“让我如何向李远方交代啊？”

二人这一哭诉，苏主任和杨柳不免又是一阵酸楚，想起胡总孤傲悲郁的一生，止不住恸从心来。夫妻二人竟难以抑制满腔的怜悯，抽泣呜咽即刻变为放声大哭，男女脸上都涕泗横流。

“胡总！”四人中，苏主任同胡总一起工作生活了多年，最了解死者的坎坷经历，想起人生如梦，天命难违，刚才还在侃侃而谈的人，转瞬间却永远闭上了嘴巴，不免也是悲从心起，惋惜道，“你不该这么早就走哇？我们老哥俩……还有大事要谈啊？你走了，叫我一人如何去应对这弱肉强食的商场啊？在我心中……这光怪陆离的世上，谁也代替不了你的位置……你才是真英雄啊！”

这胡学伟自幼聪明好学，志存高远，十七岁即以优异成绩考入北大。毕业后进入国家机关，仕途一路坦荡。正志得意满，不想受“文革”冲击，一度关进牛棚受尽磨难，以至于心怀异志看破红尘。拨乱反正后，尽管重蹈官场，然异志再难更改，多年来游戏人生，酒色无度，竟成顽疾，以至渐入膏肓。艳遇辛雅娟后，为情所迷，误入老夫少妻的欲壑不能自拔，曾一度想痛改前非，重新做人。不曾想辛雅娟在其最专情之际绝情而去，投入他人怀抱。这无异于在他伤口撒盐，心头插刀，将其推向绝望的深渊。自辛雅娟离开后，他一病不起，从此与医生为伍、汤药为伴。一年三百六十五天，倒有三百天在病床上唉声叹气，真正到了药石难医病灶难除的地步。平时自恃清高，少有入他法眼之人，一生除尊重孔老前辈外，也就同李远方和苏主任二人成为莫逆。其他尽皆酒肉朋友、利益之交。此次李远方出事，当杨帆同他联系时，他就下定决心，要将李远方救出牢笼。所以周丽和杨帆还未到京时，他就暗中带病多次外出，将自己家藏的古玩字画，尽数送达相关人员，疏通各种关系，专等杨帆他们来再作最后努力，以达为李远方和远方集团洗清罪行的目的。他本来就在死亡边缘挣扎，为了尽到自己义不容辞的责任，将生死置之度外。几天来，带病在风刀霜剑雪罗中冒死奔波，最后心力交瘁，含恨而去。

四人一番悲切之后，赶紧张罗后事。先将遗体送去太平间，再根据胡总随身携带的电话本和手机内贮存的号码，逐一联系，广发讣告。然后在苏主任的主导下，前往胡总寓所，布置灵堂，以备亲友前来吊唁。三天后又将遗体转送火葬场火化，将骨灰盒请回寓所，安放灵前。四人又在灵前守孝三天，最后锁上房门，洒泪分离。

分手时，四人都饱含热泪，不忍离开。苏主任和杨柳一再表示：一定尽快把李远方和远方集团解脱出来，祈盼早日再相聚。

守灵其间，断断续续有几位故人上门致哀，因胡总从未向他人讲过自己父母及家庭情况，所以无法同他的亲人联系。手机上倒是收到大几十条信息，对逝者的突然离世，深表哀悼。其中一半的信息其语言用词如出一辙，大概都是从网上下载转发过来的。有十几条信息不仅内容一字不差，就连标点符号也完全相同。可见胡总交游满天下，知心却无几人。胡总手机里面第一个储存的号码就是辛雅娟，杨帆本不想给她发信息，在周丽的劝说下才发出去。好在辛雅娟第二天算是发来一道哀婉凄转的信息——称自己正在澳洲友好访问，收到胡大哥不幸去世的消息，痛不欲生，并为此推掉当晚的演出节目，一个人独处房间，含泪祷告，真心祈祷死者灵魂早日得到安息。

离开胡总寓所，杨帆和周丽急速赶往机场。出租车上，杨帆拿出胡总的手机，一路翻看里面的信息，心中万箭攒心。

“胡总啊！”他在心里喟叹，“你太不值啊，一个‘文革’前北大的高才生，在官场、商场、情场，游离奔波、起伏跌宕、纵横捭阖一生，到今天竟落得一人独守空房，怎不令人扼腕！”

到达机场，正是春节旅客往返的高峰期，售票大厅人群摩肩擦踵，杂乱无序。售票窗前，人头攒动，千手挥舞。好在二人的机票是提前购得，算是不为此发愁。杨帆请周丽稍坐，自己去换登机牌。

周丽坐在椅子上，心里百感交集，好不难受。她掏出杨帆给她配备的新手机，给肖畅、孟律师、宋红雨和凤丫头分头发信息，用暗语告知：自己和杨帆即将登机，回汉后再面谈北京之行的所得。

关掉手机，她长长地叹了口气，抬头间，突然发现一位五十多岁、花白头发的魁梧男人，坐在对面死死盯着自己，还不时同身边一位四十岁左右、打扮入时的女人交头接耳，像是在议论自己。女人也不时抬头，盯着看自己两眼，目光中流露出怨恨的神情。

周丽感觉不太对劲，凭她多年当新闻记者的敏锐，她判断这对男女一定认识自己，而且对自己绝对是没有好感，心存仇恨。

正好杨帆走来，周丽示意他坐下，耳语道：“看见对面那一对男女吗？一直不怀好意盯着我。”

杨帆心一紧，眯眼顺着周丽的眼神看过去，不由一阵愕然。他也觉得这对男女异常面熟，可一时想不起在什么地方见过，姓甚名谁？他皱眉对周丽小声道：“这对男女的确不怀好意，我判断不出来对方的来路。也许对方也怀着同样的心理看我们，说不定今天和我们是同一航班。”突然心一惊——意识到对方是谁！站起来道：“走，我们赶紧去安检，到候机大厅喝杯咖啡。”

二人起身向安检处走去，刚走两步，杨帆突然来到对面那对男女面前，对男人道：“对不起，你是张总吧？我们以前曾经喝过几杯酒，没想到在这里碰见，真是幸会！”

“哦……”男人做梦也没想到杨帆会来这一手，只得站起来打马虎眼，“怪不得……我见阁下有些面熟，原来有过酒缘。”

原来这对男女，正是张总和钱华，二人自钱思鸣失踪后，一直在谋划为其报仇雪恨。他们重金聘请境外杀手，秘密谋划，想伺机下手。此次杨帆和周丽秘密来京，二人觉得机会难得，想在北京将杨帆干掉，以解心头之恨。于是，也通知杀手秘密来京，可惜杨帆他们每天处于公众视野之中，不得下手。二人只得放弃北京复仇的计划，到武汉再作打算。

“再见！”杨帆笑道，“祝你们春节愉快！”冲钱华一点头，快步离开，赶上周丽悄声道：“看来我们回汉后，要抓紧时间办事。”

“你知道对方是谁？”

“还不太肯定！”杨帆不想让周丽了解内情，默默向前走去，心里盘算着对方的来意，思考自己回汉后的行动。

他突然想起自己朋友曾告诉自己：钱思鸣的姐姐和张总，正千方百计为钱思鸣报仇。刚才周丽让他看人，他看后很快就想到这二人。现在看来，这张总和钱思鸣的姐姐，绝不是等闲之辈，不可小觑。他们既然能知道自己秘密来京，那么自己平时的一举一动，恐怕早在对方的监视之中。看来他们已知道钱思鸣是被我所杀，至少有人是这样告知他们。如此说来，我不仅是被他们跟踪了，其他人对我的行踪恐怕也是了如指掌。居然还能通知，抑或是安排二人，同自己一趟班机回汉，真有点不可思议。

果然不出杨帆所料，登机后，周丽发现那对男女，正坐在自己后几排的位置上，飞机起飞后，二人一直交头接耳。

杨帆当然也发现了对方，他闭上眼，一副万事不问的样子，心绪却如同舷窗外漫天飘浮的云海，疾速飘荡，翻转飞舞。

他极力想判断出对方复仇的时间和手段……

3

就在周丽坐在北京机场给武汉几位亲友发信息时，凤丫头同黄家骏正手挽手，站到了汉口建设大道金家墩一幢楼房的门前。四周是呼啸的北风，身后大街上疾驰的车辆发出烦人的轰鸣。二人立在寒风中，踯躅着是否进去，正好收到了周丽的信息，凤丫头一看，不再犹豫，拉着黄家骏，昂首挺胸向楼房大门走去。

这是一幢临街的小三层楼，四四方方，精巧别致。门楼上横挂一块长方形匾额，上书“朝阳妇产科门诊”七个美术体大字。匾额上方晾台外，悬挂一个圆形灯箱，灯箱上左右两个醒目的红十字标识。楼房两边毗邻的也是样式大同小异的二排楼房，楼与楼之间是人行过道，直通后面生活区。过道太宽，仅供二人并排而过。老武汉人一看，就知道这都是私人建筑，房主都是菜农，典型的城中村。

改革开放以来，这些城中村的特殊群体，没有太多的追求，骨髓里唯一的奢望就是卖地盖楼，然后出租赚钱。赚钱之后，再想办法继续盖楼，盖好后再出租赚钱，十幢八幢不嫌多，一幢两幢不嫌少。从书记村长到一般村民，莫不如是。如此循环往返，二十年下来，有些菜农反倒成了坐拥十几幢楼房的房产商。子孙后代都接受馈赠，坐享其成，亲戚朋友也跟着沾光享福。

这朝阳妇产科门诊的老板兼主治医生叫刘亚琴，一位近四十岁的俏丽女人。自开设这门诊以来，服务热情周到，医术精湛高明。特别是在养胎、保胎、堕胎和顺产、难产、剖腹产等临床经验上，有她独到的见解，深受病人赞许。每天进出门诊的人络绎不绝，生意异常红火。当然这与她的姐夫极有关系，她姐夫是这幢楼房的主人，房租多少由她给，而且想给就给，不想给姐夫决不找她要一分钱。所以她在收费上相对比较合理，不像其他私人门诊，价格高出寻常多少倍。同时，又因她姐夫是这城中村的书记，整个村里独此一家门诊，除主攻妇产科外，谁家有个头痛脑热、感冒发烧也都找上门来。这刘亚琴都热情接待，手到病除。为此，村民及一切外来户，都到此看病，情愿排队等待，也不到其他大医院就诊。刘亚琴对来诊者一律八折优惠。另外，她自己老公是这辖区派出所管治安的副所长，一天 24 小时开门接诊，没有任何人敢上门骚扰找麻烦。

杨帆和刘亚琴的老公是酒肉朋友，宋红雨曾经带着凤丫头前来看过病，跟刘亚琴很是熟悉。所以，一大清早起床后，凤丫头就拉着黄家骏，前来找刘亚琴，给自己壮胆。

二人推门进去，一股热浪袭来，凤丫头顿感一阵温暖。

屋里面已经坐满了等待看病的人，一眼看去，都是二十岁出头、三十岁不到的年轻姑娘。每位姑娘的身旁，都有一位男士相伴，神情上流露出对女伴的无限爱怜。

黄家骏松了口气，不再拘谨，心想："原来有这多护花使者。"

"请问二位？"一位四十多岁的老护士迎上来，笑道，"是来堕胎吧？最好明天来，或者春节后再来。"她毫不忌讳地指着身后满屋的小姐："她们都是的，你们今天恐怕排不上。"

"我找刘主任，"凤丫头脸一红，"是她朋友，跟她谈事。"

"对不起！"护士歉意一笑，"我以为你们也是，请跟我上二楼。"一面嘀咕："现在女孩子太随便，几天就换一男朋友，一见面就睡在一起。也不采取措施，怀上孩子后，到这里来刮下胎儿就走，再找男人要一笔营养费完事。你别以为看上去，他们都是恩爱夫妻，其实大多都是情人、二奶！"笑了笑："上月出了个笑话，一位男人陪自己的小情人来打胎，正好碰见自己老婆在情人陪伴下也来打胎。结果四人大闹一场，如果不是我们刘老板的姐夫出面，真要出人命。"

黄家骏神经一跳：怪不得都是老男少女，原来是些野鸳鸯。

说着，来到二楼办公室，护士请二人坐下，转身去叫人。

黄家骏趁机出门看了看，楼梯口挂有牌子。原来一楼是门诊室，二楼是手术间，三楼是住院部。

"哎呀，是凤丫头！"随着一声惊喜，刘亚琴一身白外套走进来，满脸堆笑，"真是稀客！"一面看着黄家骏问："他是谁？"

"我老公……黄家骏。"

"好体面的老公！"刘亚琴夸奖道，"真是天造一双，将来生养出的儿女，一定是漂亮得不得了！"问道："找我有什么事？"

"刘大姐，"凤丫头不好意思，"我……又怀上了。"

"好哇，这次一定生下来，从保胎开始到最后呱呱坠地，我一手给你负责，保你生个白白胖胖的小子，或者是个金枝玉叶的千金！"这刘亚琴看上去温婉俏丽，说话办事却清脆养耳，干净利落。

"刘大姐，"凤丫头抬头道，"这次我也想……打掉！"

“凤丫头！”刘亚琴大眼一瞪，“你不是开玩笑吧？我上次警告过你：再刮一次，以后就难怀了。别忘了，你这是第三次刮宫。”

“我知道！”凤丫头坚持道，“现在不是考虑后果的时候。”

“我看你是疯了！别人想怀都怀不上，你倒好……怀上一个打掉一个，这不是摧残自己的身体吗？神经病吧？”

“刘大姐……你就再帮我一次吧！”

“我真不明白……以你们现在的经济实力，就是养两个、三个都不困难，为什么非要打掉？”盯着黄家骏，“难道你也同意？”

黄家骏点了点头，算是答应。

“刘大姐，”凤丫头含泪道，“恕我不能告诉你原因，有些事只能永远藏在心底。我们夫妻二人，有一个共同的心愿：此生此世，一定要报答一位大恩人。为了他……别说是推迟要孩子，就是要我们此时赴汤蹈火……我们夫妻也在所不辞。”

“这我更不明白，养孩子同报答恩人，并不矛盾啊？”

“本来是不矛盾，半年前我们是经过深思熟虑，才决定要孩子。可现在变成矛盾了，不得不打掉。作为一个女人，谁不想养孩子？我做梦都在同孩子一起玩耍。”说着，泪水流了出来。

“真的不能告诉我原因？”

“对不起！”凤丫头和黄家骏几乎是同时摇头。

“好吧，”刘亚琴叹息道，“什么时候来？我亲自给你做！”

“就现在！”凤丫头坚决道，“做完了后，我就在你这里休息一下，下午必须要去参加一个急会。”

“你这真是！”刘亚琴站起来道，“拿自己的生命开玩笑！”

“放心吧，我挺得住。”

“容我考虑考虑。”

“刘大姐，”凤丫头祈求道，“我的时间太紧张，麻烦你就帮个忙，手术费我翻倍给你。”

“刘大姐，”黄家骏也求道，“我们是经过认真考虑的，就是出了问题，也不会找你麻烦的。”

“好吧！”刘亚琴摇头道，“我亲自给你做！”盯着凤丫头：“你必须答应我……做完后，在我这里观察三到四小时。”

凤丫头看了看表，马上答应：“可以……这我听你的。”

“杨晓铃！”刘亚琴冲外面喊道，“布置好2号手术台，我要亲自做手术。”又用手指着黄家骏：“你全程陪在她身边。”

“明白……谢刘大姐！”黄家骏激动道。

十分钟后，手术开始，这刘亚琴的确是名不虚传，不到一刻钟就手术完毕。凤丫头一直咬牙挺住，没有发出一声呻吟，她死死抓住黄家骏的手掌，手心的汗水，浸湿了下面的床单。

做完手术，刘亚琴亲自同黄家骏一起，将凤丫头扶到三楼房间躺好，又吩咐护士定时给她打针吃药，观察身体状态，又给黄家骏嘱咐注意事项，这才俯下身，对着凤丫头的耳朵小声道：“你这傻丫头，为了报答别人，牺牲了一个胖小子！”说完，快速转身离去。

凤丫头没有做声，两眼呆呆地注视着房顶，紧接着，泪水沿着眼角流了下来，一滴一滴地落到枕头上。

黄家骏俯下身，用手轻轻帮她抹去泪水，体贴道：“你别伤心，等把李大哥救出来，我们再抚养孩子。我保证你还能生很多儿女，我们共同努力，像周丽大姐一样生一对龙凤胎。”

凤丫头没有答话，依然呆呆地望着房顶。许久，她猛地一把抱住黄家骏，哇的一声嘶声痛哭起来。

窗外，北风依然呼啸，街上，车辆照样轰鸣，凤丫头渐渐停止了抽泣，闭上眼，依偎在黄家骏怀里，沉沉睡去。

中午，刘亚琴叫人送上一碗热腾腾的鸡汤，凤丫头喝了几口，顿感精神倍增。她下床来走了走，浑身上下一阵轻松。

“怎么杨大哥还不来电话？”凤丫头焦急道，“早该下飞机了。”

“你别急，”黄家骏把她又扶回床上，安慰道，“继续躺下休息，现在还早。周丽大姐信息不是说得很清楚，他们回来后，首先要同孟律师商量事，再通知我们过去，好分派我们的任务。”

“我怎么不急？”凤丫头躺好后道，“还有几天就是大年三十，九爹他老人家的年货还没去买，还有杨大哥、周丽大姐两家的。”

“这你放心，我明天起早床，一上午就办齐它，开车送到他们两家去，交给几位老人，连夜再把九爹的送回去。”

“好吧！”凤丫头看了看表，从手提包里拿出一张银行卡，吩咐道，“你现在跑一趟银行，取十万现金，怕杨大哥要急用，再说，明天办年货也要钱，三点之前赶过来……我们结账走人。”

“好！”黄家骏接过卡，拿起车钥匙，又帮凤丫头掖了掖被子，这才转身疾步出门而去。

两点半不到，黄家骏就赶了回来。刚坐下，杨帆的电话也打过来了，通知二人迅速赶到孟律师的律师事务所。

凤丫头一骨碌爬起来，理了理头发，清理好随身物品，依靠着黄家骏下楼。结完账，同刘亚琴含泪告辞，然后，毅然推门而出。

出门后，一股寒风迎面袭来，凤丫头不由浑身一阵哆嗦，她顾不得多想，拢了拢身上的大衣，挽起黄家骏的手臂，迎着凛冽的寒风，大步走向停在对面的红旗轿车……

第七十六章

1

一轮骄阳高悬浩天，好一个阳光灿烂的大年初一。

举目四望，碧空万里，白云悠悠，中原大地沐浴在冬日温暖的阳光之下，城镇乡村到处流动着春天的气息。

热爱生活的人们，忘却了过去一年的勤劳艰辛，怀着喜悦的心情，迈着自信的步伐，迎着 1998 年新春佳节的灿烂阳光，推开家门，一步就跨进了新的光辉岁月。

按照中华民族的传统习俗，从大年初一到正月十五是访亲拜友、礼尚往来的喜庆日子。千百年来，端赖人类生生不息的传承，仰承人性对未来生活的向往，这种相互恭贺新年的习俗世代相传。从皇亲国戚到草根庶民，从高堂殿壁到蓬牖草舍，莫不如是。

毛泽东时代，由于生活贫穷，交通不太便利，加之城乡差别巨大，工人农民不在一条平等线上，且居民外出还须当地政府开具介绍信函，再加之又经常开展各种政治运动，人们心有余悸，所以城市居民和乡村村民之间，极少彼此恭贺新年。除非是爹亲娘亲，一般的故友亲朋大都庆吊不行，老死而不相往来。改革开放以来，随着人们生活水平的不断提高，城乡差别的逐步缩小，交通环境的不断改善，加之大量农民工参与城市建设，农民进城的机会越来越多，城乡之间的交往日趋频繁。过惯了城市生活的居民开始寻求新的生活情趣，削尖脑袋找一两处农村的亲戚朋友，逢年过节，携夫将妻，拖儿带女，一家人欢欢喜喜到农村去过几天爽心惬意的田园生活。

一辆银灰色北京牌切诺基，冲下岱黄高速公路，右拐进入黄陂城关大街，停在一家副食商店门前。一位妇人从车上跳下，快步走进店内，几分钟后，手上提着烟酒副食等礼品又踅回车上。切诺基一声鸣笛，徐徐启动，然后快速右拐上区政府大道，越过滠水大桥，再左拐向标有“王家河、夏家寺水库”的方向疾驰而去。

一刻钟不到，切诺基到达彭家岗路段，几声长鸣，离开柏油人道，右拐上一条丘陵小路，减速着一路颠簸向前行驶。二十分钟左右，驶进了一个近二百户的大村落，缓缓停在一栋三层楼的侧墙边。

陈石泉从驾驶室跳下，伸了伸懒腰，心里一阵轻松愉快。

女儿陈珊从副驾位跳下，帮后座上的妈妈拿起礼品，然后一家三口，锁好车门，向村中一条小巷内走去。

“妈，”陈珊问，“小舅妈这村子叫什么名字？”

“你看，”不等老婆开口，陈石泉指了指巷子口一堵墙壁，“那墙上不是已经写明了这个村子的名字吗？”

“哇！”陈珊抬头一看，大声念道，“原来叫汪家西湾……应该还有汪家东湾、南湾、北湾吧？”

“当然有！”她妈介绍道，“没听你小舅妈说，这汪家西湾旧社会叫‘小汉口’，可有名啦！黄陂八大家地主这汪家西湾就有四大家，就连汉口江边几大码头，都是这湾子地主家的。据说还开过黄陂银行，黎元洪当总统时还出过钱的。”她指了指地上的石板路：“你看这青石板路上的车辙，都是明清时期，南来北往的商人，长年累月推车轧出来的。”又指了指左边坡下一幢古典欧式小洋楼："上次我和你爸来，你小舅妈带我看了那栋小洋楼，里面可漂亮啦。你是学建筑学的，所以，你小舅妈才邀请你来考察，也算是你参加一次寒假活动吧。"又指了指远处的山水："你再看这里的风景，冬天都这么美，山清水秀，一眼看不到头。真正是人杰地灵，要不，凭你小舅的条件，汉口大把的女孩他都不要，最后选择你小舅妈，就是因为她漂亮有灵气。"母女俩一路说着，就到了陈珊她小舅妈家。

两家人见面，互致新年问候，又是打躬又是作揖，亲热得不得了。寒暄之后，陈石泉的小舅子摆好桌椅板凳，小舅子的老亲娘端上热腾腾的鸡汤，请一家三口先压压饿，以备中午好开酒怀。

坐上座不到五分钟，隔壁一位上十岁的男孩，气喘吁吁跑进来，对着陈珊的小舅妈道："英子姑……又有一台车子找你家。"

"车子……找我家？"

一家人正在疑惑，一位高大帅气的男人，一手提一包礼物走了进来，笑道："不是'车子'找，是我开车来给大家拜年！"

陈石泉一见，大吃一惊，站起道："杨帆，怎么找到这来了？"

"我一大早……"杨帆笑道，"去到你家拜年，没想到你跑到这里来拜年，于是我干脆撵过来，给你们两家一起拜年！"

"哎呀！"陈珊小舅子的老亲娘惊呼，"这真是贵客，快请上座！"又吩咐女儿："英子，快去盛碗鸡汤，给贵客去寒。"

陈石泉逐一给大家介绍，然后请杨帆入座，英子端上鸡汤，四人又开始动筷子喝汤。喝完汤，陈珊拉着小舅和小舅妈到村里去看明清建筑，陈石泉跟老婆打声招呼，对杨帆道："我们兄弟二人，到对面斗山上去转一转，山后还有一个小水库，风景美极了。"

"太好了！"杨帆同老人家道声谢，跟着陈石泉出门，向对面斗山走去，二人边走边聊，不一会就爬上山梁。

站在山顶，举目四望，只见天地辽阔，风光明媚无限。二人大为动情，惊叹这里的确是一方风水宝地。

斗山不大，也不高，典型的丘陵小山脉。三座平缓的小山梁，自北根处向东、南、西三方延伸，就如同三片花瓣自花茎处舒展开来。山梁之上，皆是茂密的松柏，松柏树下，灌木杂草丛生，杂草之中，几株腊梅绽放。可想而知，到了春天，满山遍野一定是野花飘香。山梁的北面，陡然是一堵峭壁，峭壁下面，就是陈石泉所说的水库，水面狭长蜿蜒，阳光下碧波粼粼，像一条金龙沐浴。

“杨总，”自杨帆一出现，陈石泉就在琢磨，他大年初一急着找自己的目的，思来想去，还是想不出个所以然来，忍不住问，“你大老远跟踪我……不只是为了给我拜年吧？”

“三个目的！”杨帆直言不讳，“一是想请你转告国际刑警，不要追究远方集团和新时代的洗钱黑幕。因为远方集团的确是受蒙蔽，直到新时代覆灭也不知情，我相信你有办法阻止他们。”

“这太难了！”陈石泉笑道，“国际刑警组织掌握了大量证据，不追究是不可能的。而且，即将进入起诉阶段，想阻拦都不行。再说，省里都成立了专门班子，配合他们调查，谁都不敢轻易阻拦，即使我有这个能力也不敢。”

“任何事情都有变数，如果有关部门出面，应该有可能吧？”

“这倒有可能，”陈石泉突然盯着杨帆，“你春节之前，工作做通了？”

“比预料好，上面都认为远方集团是受蒙蔽的。”他讪笑道，“这个国家往往是官越大越好说话，愈是小鬼愈难缠。”

“是啊！”陈石泉皱眉道，“所以……贪腐现象越来越多，犯罪率愈来愈高。金钱不是只使鬼推磨，硬是把鬼变成人！”

“第二个目的，”杨帆接着道，“如果国际刑警组织硬是要追究远方集团的刑事责任，也想请你做做工作，最好只追究责任人，不要总是抓住集团不放。”

“那岂不是置李远方于死地？他是第一责任人！”

“这你尽管放心，李远方不会有事，他也是受蒙蔽的。而且上面也认定他是受害的，是另有人背着他打着集团的旗号，同新时代暗中勾结，进行大量的非法活动。”

“谁？”

“我！”

陈石泉半天没作声，死死盯着杨帆，最后叹气道："你们真不愧是生死兄弟，他为你开脱罪行，你为他开脱责任。"

"陈队长，"杨帆也盯着陈石泉，"你比谁都清楚，所有的非法活动都是我干的，跟李远方毫不相干。"

"是啊！"陈石泉感叹道，"你是我这一生遇到的顶级犯人，直到今天，我都无法将你绳之以法。就是你现在承认一切都是你干的，我都无法逮捕你，因为你干得滴水不漏，天衣无缝，无懈可击。说实话，我从内心深处佩服你。"

"第三个目的，"杨帆凝视远方，自言自语，"等李远方完全解脱，我保证将非法活动的证据交给你，你随时可以逮捕我，而且……"说到此，面对陈石泉阴沉道："你们重案组……不是梦寐以求想得到系列杀人案的证据吗？作为回报条件，我保证到时将系列杀人案，包括钱思鸣被杀的详情，亲自交给你，让你一案成名！"

"假如我……不答应你呢？"陈石泉声音有些颤抖。

"你应该答应，这对你、对重案组、对所有人都好。"

"杨帆！"陈石泉瞪眼道，"你信不信？就凭你刚才的一番话，我明天就可以逮捕你！"

"就像你们……"杨帆一动不动，"24小时监控我和我家人一样，你的家人也在我的掌控中，为了李远方，我什么事都干得出来。"

陈石泉心一抖，他想起女儿陈珊遭车祸的情景，浑身上下不寒而栗。自到重案组后，他处处被眼前这个家伙牵着鼻子走，好不容易柳暗花明，自己又被撤职，功亏一篑。为此，他曾经打过退堂鼓，想退出同杨帆这黑老大的较量，特别是在经受了女儿车祸后，这种愿望一天比一天强烈。以前每年的春节他都在办公室度过，今年他特地请假想好好陪老婆孩子，过一个平安祥和的节日。前天当小舅子提议到乡村来散心，他满口答应。昨天一家三口到老亲娘家过完年，今天一大清早就赶到这乡下来。没想到杨帆这家伙居然跟踪到这里，提出如此条件。作为一位有血有肉的大男人，他为杨帆的自我牺牲精神所感动。作为一位受党培养多年、又有"神探手"之称的公安干警，他不愿屈服于这个狂妄的家伙，更不想向这种邪恶势力低头。然而，当想到自己贤惠的妻子和聪明灵秀的女儿时，他胆怯了。

“我不明白，”陈石泉叹息道，“你何以如此杀戮成性？又何以如此重感情讲义气？你既有策略，又心怀杀机。难道你就真要与社会、与人民……为敌到底？”

“你错了！”杨帆喟然道，“你真白白当了几十年的侦查员。你不妨回去好好查查死者的档案，看看死在我刀下的哪一个是不该死的？哪一个不是死有余辜？就像是一个人身上长有毒瘤，你们自己不想剜掉，我帮你们割去难道不是好事？何以就是与社会、与人民为敌呢？何以你就不明白‘窃钩者诛，窃国者侯，诸侯之门仁义存焉’的道理？”他长长地吁了口气，激动道：“至于重感情讲义气，我可以毫不隐晦地告诉你：没有李远方就没有我的一切，我们的感情，是你们这些人无法理解的，就像我们无法理解你们这些人……为了达到个人的政治目的，不惜牺牲亲情是一样的。”

陈石泉心又一颤，又想起了老婆女儿，他无言以对，转过身去，慢慢向北边走去，来到峭壁之边，久久伫立沉思。

“杨帆，”许久，他心平气和道，“我答应你的要求，并且会随时与你沟通……你也必须答应我一个要求。”

“请讲！”

“从今以后，”陈石泉回身盯着杨帆，“确切讲……是在我抓你之前，再不要杀人，更不许畏罪潜逃。”

“你多虑了，”杨帆坦然道，“又错误地低估了我的品德。该死的都死了，钱思鸣是最后一个，而且，我没有必要逃跑。”

“一言为定……我希望你是我最尊敬的犯人！”

“绝对不会使你失望！”

“好！”陈石泉道，“我们下山去，兄弟俩痛饮几杯。”

“不了，我还有很多事要做，先走一步。”转身大步而去。

刚走几步，突然停下，从身上掏出一张纸条，转身走回来，递给陈石泉：“有一件事必须跟你说清楚，令爱惨遭车祸系偶然事件，实与我们无干。这是车主及司机的详细情况和家庭地址，相信你有办法将他们缉拿归案。车主是运输老板，钱多得很……这种无人性的家伙，好好地宰他一笔。”说完，再转身大步而去。

“谢谢！”看着杨帆渐渐远去的身影，陈石泉满怀感激之情。然而，刚激动了不到两分钟，一股苦涩、忧烦、悒郁之情突然袭上心头，他无法理清自己的思绪，感觉前途一片迷茫。

他无奈叹息一声，迈着沉重步子，孤独地向山下走去……

第七十七章

1

春节一过，眨眼就是正月十五，十五过后，转过身就到了清明节。市民们还没有完全从新年的愉悦中醉醒过来，瞬间又将情感投身到对列祖列宗的深切缅怀以及对逝去亲人的无限哀痛之中。

看守所照例每年要欢度新春佳节，只不过形式很简单。节前，所领导代表党和政府依次到各筒道监号慰问大家，说几句鼓励的话，然后给大家发点糖果瓜子，连续几天中午餐改善一下伙食。大年三十到初三的日子，举办各种演唱活动，停止一切劳动。

清明节对看守所而言，没有什么值得怀念的意义。所以节前节后照样劳动改造。该提审的提审，该送法院开庭的送去开庭。

在上庭之前，孟律师匆匆来见李远方，叮嘱他如何回答，并告知一切工作都已做通，请他放心。

原来王总和秦处长，上午就已开庭，因此案涉及面广，牵扯人多，案情复杂，直到下午，才轮到李远方出庭受审。

上庭时，李远方心怦怦直跳，从侧门进入审判大厅，只见右边高悬着金光闪闪的国徽。国徽正下面，五名法官身穿法衣相貌威严。中间审判长位置上，是一位五十岁左右的男法官，正手持案卷，低头沉思，书记员是一名年轻姑娘，端坐在电脑前。另两名法官和一名陪审员分坐两边。国徽右下方是三名检察官，都一言不发，坐在起诉台后翻看起诉书。国徽左下方是孟律师等一行五人。李远方再扭头往左边看，坐满了旁听的家属，大概还有几家新闻媒体的记者。

李远方一眼就看到了坐在第二排中间的周丽、杨帆、李远立和沈小虹。再一定神，发现肖畅、周丽和杨帆三人的父母以及凤丫头和黄家骏，也都坐在第三排。所有的亲人，都深情地凝望着自己。一股热流从李远方心底涌出，泪水瞬间模糊了他的眼帘。

法警将李远方带到被告席，走过前排时，李远方忍不住又看了一眼周丽他们，心里极度酸楚。他看到周丽脸色苍白，异常憔悴，双眼更是噙满泪水。杨帆也是满脸疲惫，精神疲颓，默默对李远方点头示意。李远立和沈小虹也是一脸的悲伤。

接下来，审判长宣布庭审纪律，庭审正式开始。法官和检察官相继向李远方提问，李远方根据孟律师的交代逐一回答，孟律师也间或提问和回答法官问题。法官和公诉人提问完毕，李远方为自己作了简单辩护，阐述了自己在当时特定环境下，不得已而为之的理由。阐述完，孟律师根据此案的起因、发生发展及李远方所处的特殊地位，作了长达半小时的无罪辩护，并提供了诸多证据材料和证人证言。他要求法院以事实为依据，以法律为准绳，判决他的当事人无罪。

最后，审判长宣布休庭，庭审进入调查阶段，通知双方等候二审宣判，提醒各方在二审宣判之前，尽快将新的证据送达法庭。

被带离时，李远方异常平静，转身的一瞬间，他深情地向周丽他们鞠了一躬，然后低头默默离开，不让自己的泪水流淌下来。

回看守所的路上，李远方心潮翻滚，泪水再也忍不住泉水般涌了出来。他无法使自己平静下来。想到十几年来，自己和肖畅姐含辛茹苦，惨淡经营建立起来的远方集团，由于自己一时的疏忽几乎是毁于一旦。自己身陷囹圄事小，杨帆和肖畅姐花去几百万也不可惜，最痛心的是给家庭和亲人们带来无以愈合的心灵创伤。特别是肖畅姐，正是仕途蒸蒸日上的关键时期，毫无疑问，自己的突然定罪，给她的仕途，必将带来无法弥补、甚至是不可想象的恶果。还有幺爹他老人家和白龙寨的父老乡亲们以及台湾的亲人们。多年来，这些善良的人们，因家乡出了自己这个名人而骄傲自豪。现在一切都在瞬间轰然坍塌，他李远方一夜之间，从一名社会名流蜕变为社会渣滓。社会如何看待自己？亲人们如何看待自己？昔日风光无限的大名人李远方，如何身背“犯罪分子”的名分，走进自己的故乡？

警车一路呼啸，引来路人无数睥睨的目光，李远方坐在车内心如刀绞。一时又想到了周敏，想到了自己在她临终时，对她的承诺。将来如何在九泉与她相见？又想起了自己的母亲，想起了龙珠山上李氏家族的列祖列宗，想起了幺爹亲手栽种的九棵挺拔苍劲的松柏，最后，想到了自己的千钧诺言，心里好不悲切。

第二天，孟律师和吴律师来见，告知无罪释放已不可能，最终的结果，就是判三缓五，这也是最好的结果。

“二审什么时候宣判？”李远方问，他必须面对现实，不再幻想期望无罪，他只想早点回家，有太多的事情，等他出去料理。

“这要看王总和秦处长的情形而定！”孟律师蹙眉道，“由于秦处长和王总牵扯的面广人多，除你之外，还有近三十人受审。加之案情复杂多变，关系网错综密织，二审不会按正常法律规定的时间宣判。他们两人什么时候宣判、判多少年，还不知道。你得安心等待，反正你的结果就这，不会有新的变化。”

“好了！”孟律师道，“今天到此，有事我们会随时来见你。另外，香港新时代的案子马上进入起诉阶段，你要做好充分准备，再不要想这案子，把精力集中到新时代方面去。”

“明白！”李远方点头应答。

“李总，”吴律师站起来，叹息道，“有件事，今天不得不向你说，因为一审前，怕影响你在庭上的情绪，一直没有告诉你。现在结果已定，所以得告诉你，这也是周丽的意思。”

“什么事如此慎重？”李远方心一紧，他担心幺爹出现不测。

“是……”吴律师痛心道，“北京的胡总……去世了！”

“什么？”李远方大脑轰地一炸，哆嗦道，“他……去世了？”

“对，春节前，腊月二十，过小年的前几天……病逝！”

“是吗？”李远方感到心慌难受，“是……什么病？”

“不太清楚，”吴律师继续道，“据杨帆说，是为了把你从新时代的案中解脱出来，带病奔波，病情突然恶化，猝然死去。”见李远方异常悲痛，打住道："具体情况等你出去后，问周丽。"

李远方没有再作声，他感到心口堵得慌，也不跟二人打招呼，转身拉门而出。门外守候的民警，见他脸色苍白，走路摇摇晃晃的样子，赶紧走上一步，问道："你怎么啦？是不是病了？"

"谢谢……我没事！"他冲民警点头苦笑一声，一步一晃地朝铁栅门走去，摇晃了不到几步，一头栽倒在地上……

2

转眼就是"五一"节，市民们又开始谋划如何度过七天的黄金周。有钱人依然是拉帮结伙，将儿携女，出外游玩。无钱之人不甘寂寞，挖空心思，营造节日气氛，以讨好家人。

只有一种人对节假日漠不关心，置之度外，依然故我地四处奔波忙碌。他们宵衣旰食，只争朝夕，拼命去践行自己心中的夙愿。

这种人就是亲人身陷囹圄自己在外奔波的家属们，他们身心备受摧残，精神高度紧张，食不甘味，寐不安寝，心力交瘁。

凤丫头现在就是这种人。

自李远方出事，凤丫头几乎没有休息过节假日，在她的记忆中，节日的概念，渐行渐远渐无味。

上次吴律师从看守所回，告知李远方身体极度虚弱，需要加强营养。她一听赶紧逼着杨帆去找到郭所长，说好话、做工作，让郭所长暗地安排一位民警，每天上班顺便给李远方买一罐子营养汤带进去，实际是她每天赶在他上班前，将煲好的汤送到他家。

做好民警工作后，凤丫头又同周丽一起，找到一位著名的营养大师，依据人体所必需的维生素、蛋白质、淀粉和脂肪四大营养元素，再结合李远方的实际身体状况，进行调羹配制。每天半夜起来煲好，清晨定时送去，风雨无阻，从不间断。她心里暗忖："我没有能力像肖畅、周丽二位大姐和杨帆大哥那样，去营救李大哥，但我可以在这些他们无法顾及的生活小事上，报答恩人。"

这天，凤丫头送完汤，急急赶到菜市场，买了几斤胡萝卜和绿豆当煨汤配料，又赶到同仁堂大药房去，称了二斤野生枸杞子和一斤西洋参，送回家后，再拿上给黄家骏做好的早点，匆匆赶到公司。

公司大楼现在冷冷清清，只有文主任和黄家骏几位亲人，在坚守岗位。文主任每天早到晚回，黄家骏则一天24小时住在办公室，二人随时准备应付突发事件。好在杨帆一直派人在四周巡逻，所以尽管公司惨遭破产，但办公大楼依然平安无事，泰然耸立。

凤丫头本来也是24小时守在大楼，这段时间，方便给李远方送汤，暂时回家居住。

"杨大哥今天有么安排吗？"吃完早点，黄家骏问凤丫头，"如果没有什么要紧事，我想回一趟白龙寨，看看九爹。上次师大夫委托我买的药，我都买好了，今天都'五一'节，还没派人来取。估计是门诊太忙，我怕耽搁九爹他老人家吃药。"

"今天是'五一'？"凤丫头惊道，"我怎么把这事给忘了？真是的！师大夫上礼拜打电话给我，要我无论如何'五一'前托人把药送回去。"又嗔怪黄家骏："你也是的，怎么不提醒我？"

"我以为师大夫要派人来取。"

"好了，"凤丫头吩咐道，"今天'五一'放假，不会有什么急事，杨大哥和周丽大姐一清早就陪肖畅大姐去武昌。你赶紧准备一下，快去快回，争取……"看了看表："下午两点前赶回来，怕杨大哥从武昌回来有事要办。"

"我都准备好了，"黄家骏站起来道，"就连买给九爹他老人家的活动躺椅，我都放在车上了，随时准备出发。"

"不用出发！"随着一声欢笑，师大夫抬腿跨进门来，点头道，"我自己找上门来了！"

"师大夫！"凤丫头和黄家骏惊喜着赶紧让座倒茶，凤丫头惊诧道，"您老怎这么早就到了武汉？"

"昨天晚上就来了，送一位急救病人，到协和医院抢救。"

"怎么样？"凤丫头担心道。

"总算救活了！"师大夫又点点头，"要是以前就没救，现在农村交通方便，村村都通了公路。张桂珍的猪是越养越壮大，被专家评为良种猪，全国各地到处订她的猪种。又买了两台车，一台货车，给大儿子跑饲料；一台富康小轿车，给老二跑业务。方便了自己，也方便了群众，谁家有急事，打个电话，油门一揿，就跑来了。”

“是吗？”凤丫头夸奖道，“桂珍奶可真了不起！”

“还没过早吧？”黄家骏道，“我去买碗牛肉面。”

“不用了，”师大夫拉住黄家骏，“昨晚……我一宿没睡，早上五点多，病人才脱离危险，现在李传进还在医院照顾人。我有点扛不住，你赶紧在这给我找个位子，躺几小时。吃完中饭后，把药和我一起送到医院，交给李传进就可以。”又打趣道：“要不然，到时病危的人没死，我这送诊的医生倒死了，岂不是天大的笑话！”

“这还了得？”凤丫头埋怨道，“您老太不注意身体！”吩咐黄家骏：“赶紧带师大夫到隔壁宾馆，我去煲汤，中午送过去。”

“凤丫头，”师大夫解释道，“千万不要到宾馆，要睡宾馆，我就不来了，难道我这点钱都舍不得？就躺几小时，开个房花两百多。”盯着凤丫头点头：“可买几十盒常用药，该要方便多少村民？”

“好吧，”凤丫头心一热，想起李远方请师大夫到李家大院安家的善举，泪水止不住流了出来，低头道，“您老就睡家骏的床，就是有点脏，怪我这段时间太懒，没帮他打扫清理。”

“脏的是我这老家伙！”师大夫催黄家骏带路出门，突然回头道，“凤丫头，把药都给我准备好，我一起床就要走。”

“您老放心！”

中午十二点不到，师大夫就自己起来，喝了凤丫头特地为他煲的一罐鸡汤，精神倍增。

“凤丫头，”放下碗筷，师大夫突然死盯着凤丫头，“你告诉我：你远方哥是不是出事了？”

凤丫头心一惊，嗫嚅道：“您老听谁说的？”

“先回答我：是还是不是？”

“是……”

“我就猜到了！”师大夫点了点头，喃喃道，“以前，他每个礼拜，都要打个电话给我，问一问老人家的病情。这长时间了，没有音信，即使如周丽所说在香港，打个电话，应该是很简单的事。”又问道：“到底是为什么?”

凤丫头含泪道：“您老千万别告诉九爹!”简单叙说一遍。

“哦……这回事!”师大夫点头道，“你远方哥……就是太诚实。不知道防人，更不知道保护自己。我活了六十年，感受最深的就是，诚实人往往吃亏。”站起来，转身去把房门关上，从身上掏出一个信封，递给凤丫头：“这一万块，算是我的一点心意，你给远方买点补品，补补身子。本来要交给周丽，她太忙……又怕她不接受。”

“这怎么行?”凤丫头赶紧推辞，“我不能收，李大哥知道了，会骂我的……我绝对不能收。”

“傻丫头，”师大夫坚持道，“谁让你告诉他?快收起来吧，不然……我老人家可要发脾气。”

“发脾气我也不能收。”

“师大夫，”二人正拉扯，黄家骏从外面进来道，“药品都准备好了，我们走吧?”见凤丫头推辞信封，马上明白了是怎么回事，知道凤丫头已把李远方的事告诉了老人。因刚才师大夫问他李远方的事，他不好回答，请他问凤丫头。现在见老人给钱，赶紧道：“师大夫，不能要您老的钱，远方哥要骂人的。”

“这样，”师大夫见凤丫头坚持不收，只得自己转弯，“求你帮我存好，总可以吧?”强行塞到凤丫头手提包内，对黄家骏道：“走吧，李传进这小子，还急着回去卖猪呢!”说完，大步出门。

“我也去，”凤丫头拿起手提包，“我正想求传进帮我办点事。”大步跟出来，先到文主任办公室交代几句，快速下楼而去。

下楼后，黄家骏开车，凤丫头和师大夫坐在后排讲话，疾向协和医院奔去。跑了不到两站路，见解放大道路边有一个大药房，师大夫拍着黄家骏的靠背道：“停一下，我再去买点板蓝根，刚才我清点药品时，发现板蓝根买少了。今年乡里感冒流行，马上就到了盛夏，多预备一些，免得到时又急着要。”说着，怕凤丫头抢着付钱，黄家骏的车还没停稳，就打开左边门，急着下车。

“别下车!”凤丫头一声大叫，随即人一下晕了过去。

黄家骏正看着右边停车，听到凤丫头尖叫，不及扭头，就听一阵刺耳的刹车声。再回头一看，浑身一炸，心一下跳到嗓子眼来。

他看见一辆大卡车，急停在自己的车左旁，车头十几米远处，师大夫横躺在地上，满脸是血，一动不动……

3

师大夫死了，一位热爱生命、忠于职守、医术精湛的乡村医生，在深夜护送病人去协和医院急救后的第二天，病人有幸抢救过来了，医生却不幸离开了人世。

他临死前几小时跟凤丫头开的一句玩笑谶语，不幸成为现实。

九龙冲镇人民政府，为师大夫举行了隆重的追悼大会，以缅怀他的崇高品德。村民自发地参加了他的追悼会，用泪水表达心中无限的悲哀。白龙寨的几百名老幼寨民，都佩戴了白花。

遵照师大夫生前曾经跟李传道老人提出的要求，他的骨灰被安葬在东山头白龙寺前一棵苦楝树下——他想看日出日落。

碑文也是他生前曾经跟李传道老人叙说过的——一位乡村病人的契友，一位四海为家的游民，一位眷顾死活的乡医。

安葬这一天，东山头上瞬间乌云密布，山风袭人。下葬时，天空中一群老鸦啼叫，高远处，数只鹰隼盘旋。众人正临风撒土入墓，陡然间一道闪电从乌云中劈下，撼山震岳，慑人魂灵。紧接着，瓢泼大雨倾盆而下，放眼看去，雨珠连天，山上山下，一片迷茫。

送葬的人群都浑身淋透，拥挤着躲进白龙寺。主持方丈悟远法师大开方便之门，大小和尚齐声唱诵般若波罗蜜多心经。雷雨中，照见五蕴皆空，度一切苦厄。于是乎，心无罣碍，远离颠倒梦想。

师大夫的突然死去，给李传道老人以致命打击。颤抖着参加完追悼会后，老人家一头倒在床上，再也不想爬起来，躺在床上老泪洗面，苦心抱恨终天，不时长吁短叹，每顿清汤寡水。

周丽、杨帆、宋红雨、李远立、沈小虹、凤丫头等，几天轮流守在老人床边，好言相劝，悉心照料。李德正夫妇、李远发夫妇、李远治以及其他村民，也是不间断前来探视，黄家骏更是在房间架好床铺，24小时陪伴左右，精心伺候，以防不测。

肖畅由于身份所制，加之为李远方的事呕心沥血，没有参加师大夫的葬礼，后几天专程赶回来探望李传道老人，当天洒泪而别。

周丽、杨帆等一行人，在白龙寨忙碌了整整六天，把该想到的事情都安排好，又决定黄家骏长期留下来照看老人，处理师大夫老伴及门诊部的后事。第七天不得不含悲离开，启程回汉，迎接李远方二审的到来，同时全力应对新时代一案的棘手讼事。

下午，天空突然阴沉下来，一行人逐个跟李传道老人告别，都俯身安慰，握着老人家的手不忍松开，哽咽难言。

周丽是最后一个来到老人床边，她想趁机问一下老人家，有什么心愿，需要给李远方交代。

"幺爹，"周丽含泪道，"我们马上就走，您老一定要保重身体，想开点，人死不能复生，这也是师大夫命中注定的。他为别人想得太多，为自己想得太少。"停了停，抹了抹眼睛，问道："您老有什么话要带给远方吗？"

"远方，"李传道老人颤声道，"我还能见到他吗？"

"能！"周丽声音嘶哑，"要不了多长时间，他就回来的。电话里说……要给您老做……百岁生日大典！"

"他有这个心，恐怕幺爹我……没这个福哇！"

"不会的，您老福寿满百……有南山之命！"

"难说啊！"老人长长一声叹息，"我做梦也想不到……师大夫会早我而去，人生如梦啊！我们都是天地间一颗粉尘，都是凡人，谁也难以预知自己明天会飘往何去，落于何地？古人言：'生年不满百，常怀千岁忧！'你知道这忧从何来吗？告诉你：忧从梦中来，人死了，梦也就断了，忧也就消失了。我算是把人生看透了，现在师大夫不仅是看透了，他的梦也断了。为什么远方儿不回来送师大夫一程？再大的事，哪有死人事大？你转告他：当初是他把师大夫接到我们家来的，现在师大夫突然离去，他就应该送一程。最好端午节回到师大夫的坟上去烧香磕头。"

"您老放心！"周丽哽咽，"我一定要他端午节回。"

“让他……”老人继续喘息，“给北京的伯父……去个电话，看书完了没有？完了……把钱汇去……好交付印刷。”

“好的！”

“另外，”老人抖动手指，指了指屋顶，“让远方……把这房子也装修一下，门诊部不能搬走。我跟德正也说了，再请一位高明医生，继续为乡亲们看病。师大夫的老伴，留下……熬药做饭。”

“知道了！”

“九爹，”黄家骏插嘴道，“您老人家不要多说话，我明天把您老的意思记下来，等大哥回来，交给他办理就行。天要下暴雨，让大姐早点走，汉口还有好多事等着她去办呢！”

“好吧！”老人看着周丽，慢慢点头，“去吧，让远方儿……早点回来，我想见他一面。”

“明白！”周丽低头含泪，疾步而去。

“家骏……”等周丽出门，老人猛地遽然抬头，“拿……笔纸过来，记下……我说的话！”

“九爹！”黄家骏诧异道，“您老何必急在一时，明天再记吧？”

“不行！”老人奋然坐起，坚持道，“我要提前给你远方哥写好遗嘱，要让他牢记：常怀忧患心，不忘自己的千钧诺言。”

黄家骏心一热，无以言对，只得找出笔纸，搬一张小板凳，坐在床头柜前，展纸提笔，悉心聆听，认真笔记。

“远方……吾儿……”

刚记下四个字，好半天听不见下文，黄家骏抬头一看，心怦然狂跳，就见老人双眼圆睁，面部痉挛，口流涎水，木然不能言。

“九爹！”黄家骏一下跳起来，迅速从床头柜拿出两颗药，扶住老人的头，塞进他口里，端起床头上随时准备好的凉开水，给他喂下。老人脖子僵硬，伸了几下，药水从口中喷了出来。黄家骏又塞进一颗药，强行灌下一口水，老人又伸了伸脖子，“啊”的一声，终于将药水吞了下去，然后眼睛一闭，一头向后倒去。

“来人啦！快……来人啦！”黄家骏对着门外面大声叫人，一面将老人轻轻平躺在枕头上，用手慢慢抚摩胸口，口中祈求道，“九爹！九爹！

您老现在可不能走哇！大哥他还没回啊！”

师大夫的老伴带着一名护士，听到喊声跑了进来，一见，赶紧给老人打针施救。黄家骏站在旁边，浑身哆嗦战栗。

猛然间，头顶“轰隆”一声焦雷炸响，紧接着，第二声、第三声连滚落下，大地一阵颤抖，屋顶扬尘飞落。

就见李传道老人又伸了伸脖子，然后长长地出了一口气，老泪从眼角滚下，干瘪的嘴唇张了张，嘶喊道：“远方儿……”

又是一声惊雷炸下，将老人的话语淹没。随即，瓢泼大雨从天而下，就听屋顶窗外，一片“噼啪”声响……

第七十八章

1

“五一”节过后，端午节到来，暑气骤然燥人。

“春雨惊春清谷天，夏满忙夏暑相连；秋处露秋寒霜降，冬雪雪冬小大寒。”这首二十四节气歌，农民不仅会唱，主要是还要依据节气的变化耕作农田。所以每年立春、雨水一过，从惊蛰开始，农民就忙碌起来，打理春秋两季的农田作物。经春分、清明、谷雨、立夏、小满、芒种、夏至、小暑、大暑一直忙到立秋。又从立秋开始，再历经处暑、白露、秋分、寒露、霜降又忙到立冬。进入立冬，才算进入农闲时节。这期间，大小家庭，又开始筹划一年一度的新春佳节，照样是忙碌不停。经小雪、大雪、冬至、小寒、大寒直至来年的立春雨水结束。惊蛰后，又开始进入忙碌时节，如此循环往返，春生夏种，秋收冬藏，年年复年年，一代接一代，薪火不断，耕劳不穷。

所以，尽管端午节是传统的节日，对于世代劳作的农民而言，没有呆在家里过节的习惯。天刚放亮，九龙冲镇人民政府的山山水水之间，七沟八梁九冲之上，就是一片繁忙的景象。

李传道老人期盼过一个快乐的端午佳节。他早早起了床，在黄家骏的搀扶下来到寨西口眺望，等待李远方一家四口的归来。

这段时间，在黄家骏及门诊部等一干人的精心护理下，李传道老人身体有所好转，不时下床四处转一转，偶尔还躺在躺椅上看看电视，关心一下天气预报和社会新闻。

这期间，李远方只给老人通过两次电话，对师大夫的不幸去世深表心痛，安慰幺爹要节哀顺变，保重身体。肖畅、周丽、杨帆和凤丫头，倒是经常打电话回来，关心老人的健康。北京李家炳老人也不时打电话过来，问候老人家的身体，汇报书的进展。就连台湾的亲人们，在端午节前几天，也接二连三的打来电话，祝福老人家身心健康。这使得李传道老人倍感亲切，精神日见好转起来。

前几天，老人看电视时，突然问黄家骏一个问题：台湾都可以打电话回来，香港为什么不能打回来？黄家骏一时语塞，答非所问地解释：因为李远方接触的这家公司，属于保密单位，事情没办完不能跟外界联系，打一次电话冒天大的风险。老人没继续追问，一脸的愁容，躺在床上辗转难眠，没有了前段的喜悦话语。

当时，黄家骏心里一阵惶恐。他担心老人家已开始猜想远方哥肯定遇到了什么麻烦事情。今天端午节，天不亮，老人就催他起床烧茶担水，打扫庭院，这更加重了他心中的担忧。

现在，黄家骏搀扶着老人，伫立在村头的稻场上，凝神眺望，心里却一个劲地祈祷，祈求上天保佑远方哥，奇迹般地回来。

寨子里异常寂静，场边草丛中，一群麻雀正同几只小鸡觅食，两匹小狗，不时从场中谷垛边窜出，将小鸡小鸟追逐得四处乱飞。

远处冲头右边的公路上，终于出现了一辆黑色小轿车，向白龙寨奔来，祖孙二人都一阵兴奋。等小车来到身边停下，凤丫头一个人走下车来后，二人都大失所望，心里好不凄凉。

“怎么就一人？”老人颤声道，“你远方哥还在香港？”

“是！”凤丫头示意黄家骏把车上东西拿下，扶着老人道，“带信回了，中秋节回，让您老保重身体，回来给您老办百岁庆典。”

“哦……”老人自言自语，“又要等到中秋节，这小子……估摸我一时死不了……那就等呗！”一面转身回家，口中依然嘀咕：“做什么百岁庆典，自家人坐坐……”

回到李家大院，凤丫头先将带回的礼品和粽子，分给师大夫的老伴。然后，坐到老人身边，向他讲述李平、李乐两位小朋友在学校和家里的奇闻趣事，直到中午饭时，二人还意犹未尽。

“九爹，”吃过午饭，凤丫头道，“扶您老到床上去午休，好吗？我和家骏送粽子到德正爹他们几家去。”

“现在不睡中觉啦！”老人道，“怕晚上睡不着，你们去吧，我看看电视……给他们多送去点，我和家骏吃不了几个。”

“好的。”二人把老人扶到大厅躺椅上坐好，又帮他打开电视，将遥控器交到他手上，把药和凉开水放在他身边。再跟师大夫的老伴交代几句，这才提好粽子，双双出门而去。

等二人出门后，李传道老人眯起眼关注着电视上的节目。电视上，著名播音员正用她那清脆悦耳的声音播报一条要闻：“入夏以来，我国南方特别是长江中下游流域及北方的嫩江、松花江流域连降暴雨，给当地的工业生产和居民生活造成巨大影响。据国家气象台预测，未来的一段时间内，以上各地区有可能出现历史上罕见的洪涝灾害。为此，国务院成立以温家宝副总理为总指挥长的防汛救灾总指挥部，领导全国的防汛抗洪工作。总指挥部要求各地方政府群策群力，做好防汛救灾工作，防患于未然。”

“长江中下游流域。”老人喃喃道，“这不又是……我们这里吗？又要发大水了，真是十年一大旱，二十年一大水啦！看看……地方台怎么说。”一面把持遥控器调到武汉台，正在播放广告片。等了大约五分钟，广告终于结束。接下来，正好是时政要闻，一听内容提要，是几位市领导下基层，给下岗职工和贫苦户送温暖。

“怎么没报洪水？”老人又调到湖北台，正播报“法律在线”。

“唉……”老人长叹一声，失望道，“怎么不……跟国家台，保持一致报道洪水消息？”正要再调回到湖北省台，突然被主持人一句开场白所吸引，停住不动，老眼死死地盯着电视荧屏。

荧屏上，主持人声音铿锵：“各位观众，今天，我们继续向大家报道远方集团总经理李远方涉嫌行贿一案的最新进展……”

老人啊的一声，陡然浑身颤抖起来，紧接着啪的一声，遥控器一下掉在地上。“行贿……”他张开口想说些什么，可怎么也说不出来，一头倒在靠背上，大口喘气。

许久，老人终于平息下来，干枯的双眼中不见泪水。他哆嗦着弯腰，将遥控器从地上抓起来，又抖动着手，对着电视机把声音调大。然后，一头靠在躺椅上，闭上眼，继续往下听。

“大家都知道，”主持人继续道，“远方集团是我省著名的民营企业，上市公司。‘远方集团，奔向远方’的广告词响遍大江南北。多年来，该集团为地方经济建设做出了很大贡献。而集团总经理李远方更是被业内誉为‘儒商’、‘慈善家’、‘民营经济的践行者’。他不仅是著名的企业家，还是市人大代表、政协委员。自他被政法机关逮捕后，引起了社会各界对此案的特别关注，在对李远方该不该定罪一说上，众说纷纭，莫衷一是。今天，我们请来了武汉大学法学院的两位教授，对此案的相关法律问题，从法理上进行深入分析。”

“周丽啊！”好半天，老人含泪道，“这大事，为什么要瞒我？难道我就这么脆弱？”抹了抹眼睛，睁开眼，慢慢坐起来，颤抖着拿起身边的药和杯子，吃下一颗药后，盯着电视机继续往下看。

“自一审开庭后，”一位五十多岁的教授道，“我同李远方的辩护律师，对此案所涉及的法律条款，进行了细致分析。我们都有一个共同的认识，就是此案到底属于单位行贿，还是个人行贿？概念难以界定，在定性上有一定的法律障碍。据律师介绍，政法机关首先判定的是个人行贿，后又改定为单位行贿，最后，又改成个人行贿。可见政法机关在这点上也是模棱两可，左右摇摆不定。这说明此案不仅带有普遍性，更有其特殊性……”

接下来，两位法学教授就此案的详细发生经过、当事人的行为准则、行贿受贿的原因、以及将要面临的判决等问题，从刑法学的角度以案说法，进行全面分析阐述。

“糊涂啊！”老人又一头倒在躺椅上，叹息道，“傻孩子，有谁像你这么单纯啊？随便找个下属出面，不就万事大吉吗？这岂不是因小失大，害了自己？”

“自李远方被抓以来，”又传来主持人清脆的声音，老人又摇头叹息，慢慢支撑着坐起来，继续往下看去，就听主持人介绍道，“远方集团全面停工停产，股票一跌再跌，面临退市的危险。各大小股东均要求企业重新整合，或者是申请破产。应该说，远方集团这个昔日的企业明星，已经走到了它的临界点，即使是如刚才两位教授所言，李远方最后被无罪释放或者是缓刑出狱。如果企业决策层不采取断然措施，该集团只有走重新整合的道路，抑或是对外宣布破产。”

随着“啊”的一声，李传道老人又一头倒在躺椅上，口流涎水，面部一阵痉挛，随即昏厥过去。

2

周丽一走出孟律师的办公室，就接到凤丫头的电话，她赶紧走到墙角处，按下接听键。

“大姐，”凤丫头焦急道，“九爹他老人家，已经知道李大哥的事了，要同你、肖畅大姐、杨帆大哥通电话。”

“是吗？”周丽惊问，“怎么知道的？”

“下午我和黄家骏，去给德正爹他们几家送粽子，回来后，老人家突然把我们二人叫到身边，狠狠训斥一顿。他老人家刚才从电视上，得知李大哥被抓的消息。”

“身体怎么样？”周丽关切道。

“好像突然好起来了！”凤丫头不解道，“上午见面后，他还失望地唉声叹气，中午也没吃几口饭……就喝了几口汤。”

“老人家……”周丽哽咽，“一生见辱不惊，真大忍人……令人景仰！”吩咐道：“你把手机给他，等我通完电话后，你再拨打肖大姐的手机。你杨大哥的手机打不通，我也不知他什么时候跟我联系，你就不用打了……跟九爹解释一声。”

“明白！”凤丫头回答一声，不一会，手机里传来李传道老人清晰的声音，“周丽啊！”

“幺爹……”

“傻孩子啊！”老人感叹道，“你们低估我这行将就木的老人了，我这一辈子经历几朝几代，什么风浪险滩没见过？这点打击就受不了，还是李氏家族的人吗？”

“幺爹……事发太突然，怕您老一时接受不了！”

“好了！”老人道，“你如实回答我的问题……法学家说，他有可能无罪释放，你们工作到底做到位没有？”

“幺爹，该找的人都找了，该花的钱也花了，最好的结果就是判三缓五，你老放心，一宣判就可以回家。”

“好的！”老人叹息道，“只要人平安就好。”又问：“我不太明白，他一个人出事，而且只有一年的时间，怎么公司就发生这大变故，是不是有什么更棘手的原因？”

“这……”周丽一惊，没想到老人家还有如此清晰的思路，只得回答道，“的确是有其他的棘手原因，非常复杂，一下说不清。主要是……周敏她们香港新时代投资公司出了大事，牵扯到远方集团。具体情况，您老等一下问肖畅姐……她比我更清楚。”

“哦……”老人沉默了半晌，自信道，“你们不用担心我的身体，有什么消息，随时通知我。”说完，挂断电话。

周丽呆呆地站在墙角处，心中迷惑，不知如何面对以后的案情发展，又深为老人家的意志和睿智而感动。

“嘟，嘟……”手机又响起，她一看号码显示，是青山地区的公用电话，判断是杨帆打来的，赶紧接听。

“听好！”正是杨帆的声音，小声吩咐，“你四点钟准时赶到解放公园内，到‘苗圃茶座’找经理黄巧巧，她会交给你一封信，你亲自送到重案组，亲手交给陈石泉。”

“明白！”周丽不解道，“这几天你为什么躲起来？为什么不自己送？是不是遇到什么麻烦？能不能告诉我，看我能不能帮你？或者是李远方的事已经牵扯上了你？不对的话……你暂时不要管，反正已有结果。你这样躲躲藏藏，宋红雨很担心，我也很担心！”

“谢谢你！”杨帆道，“的确是遇到了麻烦，不过这事跟李远方毫无干系。我现在绝不能露面，要看事态的发展变化。主要是为远方集团的未来着想，等李远方出来后，我再露面。你和红雨尽管放心，不会有事。”又吩咐道：“以后还有几封信，要你送给陈石泉的。”

“好的……你保重！”

挂断电话，周丽一看表，已过三点，赶紧拦上的士向公园奔去。到公园后，顺利取到信件，又坐的士朝九处重案组赶去。可巧，正在大门口碰上了陈石泉，将信交给了他，然后告辞回家。

陈石泉接过信拆开来，边往办公室走，边认真看起来。看完后，他来到办公室一声不吭，坐在椅子上想心事。

3

“人算不如天算啊！”两个月后，陈石泉站在办公室的窗口，面对窗外依然阴霾密布的天空，凝神张望。

自他全面接管重案组的工作后，本来想金钩钓鱼，一步一步将杨帆他们一伙缉拿归案。可做梦也没有算到：一场百年未遇的特大洪水彻底打乱了他的如意算盘。两个月来，整个案子不得不一拖再拖，一压再压，一切工作为抗洪救灾让路。

这期间，陈石泉他们公安警察，日夜坚守在抗洪救灾第一线，不断执行重大抢险任务，随时准备以身赴险，不惜牺牲自己生命。

“陈队，”胡队副跑进来，打断了陈石泉的思绪，“刚联系上国际刑警，他们已下飞机，一小时后就到，是你在家等还是我等？”

“这帮家伙！”陈石泉不耐烦道，“叫他们9月份再来，偏要现在就跑过来，现在我们日夜在长江大堤上抗洪救灾，而且，明天还有参加国家首长的特级保卫工作，哪有时间接待他们？”

“今天8月29号了！”胡队副提醒道，“他们这次是有备而来，带队的说，要等到结案才回香港。”

“既然这样，还是你在家等，刚才局长催我上堤。”

“好的，有什么需要交代？”

“老套路，往后拖，现在抗洪压倒一切。”他盯着胡队副，“必须拖到杨帆把所有案情都交给我们。”

“明白！”胡队副点头道，“你放心，我知道如何应付他们，一直拖到李远方出来后，才能真正开始行动。”

“理解错了！”陈石泉强调，“是把所有的案情搞清楚。李远方出来后，杨帆非得同他密谈不可，然后他才有可能投案自首。而且我估计有些关键的案情，他会留在自首之后，才会告诉我们。”

“明白……反正法院也在全力抗洪，所有的案子都压住未判，李远方也不是近期能出来，让他们苕等好了！”

“提到李远方，”陈石泉问，“周丽的情况怎么样？她可是我们连接杨帆的唯一线索，这次可不能再出什么纰漏。”

“女人啦！”胡队副感叹，“受不得打击，一年多来，我看这周丽，完全像变了一个人，一下老了十岁。”又汇报道：“杨帆每三天至少要跟她通一次电话，询问有关情况，或者吩咐什么事情。”

“盯紧点！”陈石泉一面叮嘱，一面大步向外走去，又丢下一句话道，“记住，千万别小看了这女人……”

第七十九章

阴历八月初一，是东山头白龙寺开山门的大吉之日。四方信众云集山庙，烧香磕头，祈求平安。前两年，李远方一家均是前晚就沐浴更衣，半夜上山，烧头炷香。今年因李远方出事，周丽决定邀上宋红雨和凤丫头，到武昌莲溪寺找慈忍法师为李远方求个长生牌。

周丽大清早起来，吃了一碗老娘下的清汤面，又叮嘱二老记住下午接一对外甥儿女回家。这才开车先将李平、李乐送到学校，然后又回头来，接上宋红雨和凤丫头，向武昌莲溪寺奔去。

莲溪寺坐落在武昌丁字桥路段，是一座占地面积不大的尼姑庵，始建于盛唐时期。主持慈忍法师，是一位道高德重的师太，慈祥博爱，她出生之前就接受母亲的胎教，皈依佛门。出生后，七十年如一日，心无罣碍，一生弘扬佛法，超凡出尘，广受信众爱戴。

周丽当记者时，曾采访过慈忍师太，有过一段佛缘。三人到达莲溪寺，因是初一，寺内香客如云，尼姑居士、善男信女川流不息。

慈忍师太热情接待三人，微笑着将她们请进客堂，奉茶献果。三人虔诚奉上礼金，又依次到各殿宇佛堂烧香磕头，秉礼膜拜，供奉三宝。然后回到客堂，分别写上李远方、杨帆和黄家骏的生辰八字，交给师太。师太亲自送进长生殿内，依次立好牌位，诵念三遍长生不老大神咒真经，祈福三个男人此生此世无有灾难。

从长生殿再回到客堂，慈忍师太叮嘱周丽她们，暂时坐下等她一会，她到后堂，给佛学院的学生讲一段经，很快就回，又吩咐一位四十多岁的女居士，先招待三人喝茶。

居士一身素装，满脸带笑，重新摆放水果，殷勤道："三位道友快坐，先喝杯热茶，再吃点水果。"见三人都心事重重，又开导："我告诉你们，慈忍师太慈悲心怀，道行极高，没有她解不开的心结，你们有什么为难之事，尽管告诉师太，或是自己，或是家人。她老人家每晚都要诵经打坐，超度迷津，感化有缘人。"

"我们不在这里，她也能感化我们？"凤丫头问。

"当然，"居士神秘道，"只要她想跟你心灵相通，你就是到天涯海角，她也能见到你，感化你。上次我老公在广州出车祸，躺在医院一直昏迷不醒，眼看就要走了。我一个电话，求师太在寺庙里给他诵经施法，很快就醒过来了。"

"是吗？"三人都惊叹起来。

宋红雨试探道："可不可以消除牢狱之灾？"

"当然，"居士肯定道，"佛法无边！"看了看三人，反问道："是不是哪位大姐的老公在里面？"

"是的，"周丽冲她点点头，一脸的愁容，简单向她诉说。

"不要紧！"居士听后，安慰道，"你尽管告诉师太，她老人家会大发慈悲，为你老公祈福，让他脱离苦海。"

正说着师太回来，居士赶紧招呼一声，退出门外。

"师太！"周丽道，"不好意思，打搅了您老的清修，近来我有些心结，想请您老帮忙解一解，指点指点迷津。"

"我佛慈悲！"师太慈祥道，"你一进来我就看出来，告诉你，佛教的最高境界，就是心性纯净归一，一定要保持心中无‘我’的境界。人间的任何现象，本质上都是‘空无’的，所谓的‘我’都是虚幻的妄执，做到‘无我’你就‘无事’了，所以说‘诸法无我’。”说到此，她站起来，从身后的书柜里，拿出三本佛书和三盘磁带，分别递给三人，坐下后对周丽道：“这盘磁带是《般若波罗蜜心经》，你们早晚听几遍。这本书是《佛说十善业道经》，你们闲暇时悉心看一看，会有感悟的。学好了能令诸恶永断，善法圆满常得，心结也就解开了。”

“谢师太！”三人齐声道谢。

周丽将李远方的事，简单地给师太讲了一遍，又将李远方、杨帆和黄家骏三人的关系说明，虔诚地请师太为三人消灾祈福。

师太微笑着点头应诺，三人告辞回家。

师太一直将三人送到寺庙大门口，出门后，三人心情一阵轻松，心中都寄予无限的期望，大步向停车处走去。

“三位大姐请留步！”刚走了几米远，一位仙风道骨的中年男子，身穿道袍，手拿折扇，笑眯眯地拦住三人。

“干什么？”三人都惊诧。

来人直接拦住周丽：“我看这位大姐面带晦色，眼神弥散，眉宇之间、印堂之上，一道黑气暗涌，家中必有大难！”

“你……怎么知道？”三人又大惊。

“我乃一介山人，自小受高人指点，行走江湖，漂泊四海，专事推算吉凶，消灾除害之事。”他看了看四周，小声靠近周丽，神秘道，“如果我没看错，你家有人已经发生了牢狱之灾。”没等周丽反应过来，又对宋红雨和黄家骏道：“二位的家人离牢狱之灾也不远。如果你们信得过我，不妨借一步说话，我自有避凶趋吉之法。”说完，摇动扇子，大步走到旁边一棵大树下。

三人你看看我，我看看你，一时不知所措，最后还是宋红雨道：“反正今天不能一时半刻回家。去听一听，也许这家伙真有一套邪门。”三人慢慢跟了过去。

“三位大姐，”等三人来到跟前，此人道，“实不相瞒，山人乃武当山张真人二十五代传人。因为在千禧年到来之前，世界有一次大的劫难要发生，师傅派我下山筹募资金。届时召集四方高人齐聚武当，举行法会，为世界祈福，为人类消灾。我看三位大姐都是心慈德善之人，所以冒昧地冲撞三位大姐，还望见谅！”

“你如何帮我们消灾？”凤丫头问。

“天机不可泄露，我既能看出灾难，就能帮你们消除灾难。”

“需要多少钱？”周丽有点动心。

“钱不在多少，只要心诚，自会有好结果。”他又提示道，“当然钱越多，做的功德就越大。”

“我问你一句话，”宋红雨道，“如果你答对了，我捐赠一千元给你，答错了，我叫人送你进派出所。”

“请讲！”

“我问你，”宋红雨冷笑道，“你能推算出我们三人谁的家里有灾吗？是父母、还是兄弟，是老公、还是儿女？”

“这嘛……”他眯上眼，沉思了一会，慢慢微笑着开启眼帘，看着周丽，“很不幸，这位大姐的老公，已经运交华盖！”又对宋红雨和凤丫头道：“二位大姐的灾气，都是向一个方向流动，跟这位大姐一样，所以我断定：你们的老公离华盖运不远，难脱牢狱之苦。”

三人都惊得目瞪口呆，好半天宋红雨才清醒过来，赶紧掏出一千元钱，送给对方，又连声道：“烦请大师……给我们消灾除难。”

“三位大姐，”对方收好钱，感叹道，“真是功德无量，容我记下芳名，日后好为三位竖立功德碑。”

“不用了！”三人齐声道，“只烦大师尽力帮我们消灾除难。”

“那么……”对方点头道，“就此一别，我们后会有期，不出半年，定会有好结果。”说完，摇动折扇，向人群中走去。

“真是高人！”凤丫头感叹。

“周丽。”三人刚要动身，一位四十岁左右、中等身材、秃顶的男人叫着跑过来，惊问道，“你怎么来这里了？”

“戴子明！”周丽也大感意外，“是你？怎么你也来烧香拜佛？不是说你辞职当自由撰稿人吗？”转身介绍：“这位是我以前报社的同事戴子明。”又给他介绍宋红雨和凤丫头。

“你怎么来这里？”周丽反问。

“是这样！”戴子明道，“我近来给南方某刊物，写一篇关于宗教现状的大特写。初一、十五是佛教徒们，上庙烧香拜佛的日子，我特地到各个寺庙现场调查。”又关心道：“我刚才见你们跟一位道士在谈话，怕你们上当受骗，所以赶过来阻拦，你们没给钱他吧？”

“上当受骗？”三人大为惊愕，周丽道，“这道士推算得很准，不然，我们也不会给钱他。”

“哎呀！”戴子明道，“都是假的，我跟踪这家伙几个月，狗屁道士，是江湖骗子。他老婆混在寺庙里面当居士，看到哪个香客出手大方，就套近乎。然后把探听到的情况告诉这家伙，这家伙就在这门口守株待兔，专找你们这些有钱的阔太太。”

“怪不得！”三人骂道，“刚才在庙里有位女居士，热情地问这问那，这对狗男女也太损，将来不得好死！”

“不对吧？”周丽道，“师太一代高僧，怎能容忍这种人？”

“你不知，”不等周丽说完，戴子明道，“慈忍师太慈悲为怀，知道了，也不会说出来，只会慢慢感化她。这是佛教的宽容也是弊端，譬如蚊子叮人，佛教徒绝不打死它，只会赶跑它。岂不知有些恶的东西是感化不好的。”他叹息道：“现在佛门已不是以前的净地了，难免有些鱼目混杂。别说是居士，有些地方有人挖空心思，钻进大小寺庙去当和尚尼姑，几年后赚到盆满钵满，再还俗享受生活。这正是我目前调查的方向。”又关心道：“是不是为李远方来求平安？”

“是！”周丽声音开始哽咽起来，眼内噙满泪水。

“走，我在大东门附近开了一座小茶楼，中午请你们喝茶吃素餐。”

第八十章

1

人类最伟大之处，在于拥有自身的情感和思想。人类最伟大的发明，在于创造了语言，可以随心所欲地表达自己的思想和情感。

人类更具备一种至高无上的秉性，照样不需要语言，就可以将自己的一切情感和思想，淋漓尽致地表现出来。

这种秉性就是人类与生俱来的眼泪。

有时候，千言万语抵不上一滴泪水。

1999年新年元旦的前三天，李远方以个人行贿罪被法院依法判处有期徒刑三年，缓刑五年。终于结束了长达近两年的羁押生活，重新获得了人生的自由，再一次品尝到了新生的气息。

当李远方走出看守所的大门时，迎接他的是妻子和一对儿女泪汪汪的眼睛，眼中淌出的泪水，瞬间浸透了他的心田。

再往前看，想寻找几位亲人熟悉的脸庞，可惜，眼前已经模糊不清，依稀看见一排晶莹的光点，在跳动闪耀。不用想……这是亲人们的点点泪光，这光点，刹那间又照亮了他的心房。

他将一对儿女紧紧地抱在怀中，任他们在自己的胸口抽泣。许久，才松开手，上前一步，又将妻子一把拥进胸怀。周丽一头扑上去，死死地搂住李远方的身体，头倚在他的肩上，也抽泣起来。一股热泪，顺着李远方的耳根，向下滚动，滚进了他的肩胛。

分开周丽，李远方又迎着那排晶莹的泪光，迈着飘忽的步伐，走了过去……一切磨难、伤悲、苦痛；一切寂寞、期待、彷徨；一切的一切，在同亲人们相互的泪水浸润下，顷刻间冰释消融。

离开看守所，一行人没有直接回家，前呼后拥将李远方接到蓝天宾馆。李远立和沈小虹定下两套高档商务套房，又在餐厅包下两个豪华包间，一大家人这才破涕为笑，相互握手，庆贺李远方的回归。

李远方仿佛飘浮在梦中，一时难以调整好自己的心态，一路上沉默不语，两眼痴痴地呆望着车外的街景，思绪就如同风中左右飘荡的落叶，随风摇摆，不知所往。近两年来受讯、受审的情景，高墙电网内无数个痛苦煎熬的日日夜夜，一幕赶一幕地在脑海里翻飞，有如狂风逐浪，荡击着心海的口岸。直到来到宾馆，进入房间，逐同大家寒暄问候之后，情绪才略感稳定。

杨帆召集大家进房休息，又将李远方拉进卧室，想征求他的意见：什么时候回白龙寨见幺爹他老人家？他好准备物品，安排行程。李远方正在考虑，还没来得及回答，肖畅走了进来。

“姐！”李远方赶紧从沙发上站起来，接过她手中的提袋，放在床上，小声道，“我想明天回一趟白龙寨，你看可否？”

“先洗个热水澡，”肖畅指着提袋，“换上我给你买的这身新衣，再给幺爹和北京的伯父打个电话，报个平安。然后到客厅，我有事要交代。”说完，盯着二人长长地吁了口怨气，转身而去。

“你先洗澡吧！”杨帆把一款新手机交给李远方，也起身出去。李远方关好房门，迅速脱掉衣服，走进卫生间，拧开淋浴开关，调好水温，将水量调到最大限度。然后站在莲蓬下面，闭上眼，任强大的水柱，冲击自己的肉体，思绪在高温的蒸腾中迅速飞旋。

这是近七百天来，他第一次如此痛快地冲澡，水雾朦胧中，似乎一下又回到了看守所，犯人站在水池中抖瑟的情景跃入眼前。风圈里、寒风中，冷水浇头的惊叫声，回荡耳畔。

冲洗完澡，李远方迅速穿好衣服，给幺爹和伯父分头打去问候电话，报告自己已平安出来，请二位老人家放心。两位老人没有多说什么，都叮嘱他养好身体，振作精神，一切从头再来。

他放下电话，在镜前整了整衣服，迈着轻松的步子走向客厅。

商务套房的客厅很大，大概是为了方便客人商议事情，有意设计得就如同一个小型会议室。十几人坐在沙发上热情交谈，茶几上摆满水果糕点。周丽的父母和杨帆的父母坐在一起，四位老人轻言细语，不时给李平、李乐递上水果。两位小家伙依偎在他们身边，不住地问七问八。李远立和沈小虹靠在转角的沙发上耳语缠绵，沈小虹偶尔睃一眼斜对面的肖畅，捕捉她的神情，提醒李远立噤声。宋红雨和凤丫头坐在一起，二人低头商量什么事情，也不住抬头看一眼前面的肖畅。肖畅端坐在客厅的上首正中间，她左边坐着杨帆和文主任，右边是周丽，周丽和她之间的沙发空着，是留给李远方的。

见李远方走进来，所有的人都抬起头，目光集中在他的身上。

“哇……爸爸好帅！”李乐情不自禁赞叹起来。

周丽示意李远方坐在她和肖畅之间，李远方走过去坐了下来。

“我先说几句，”肖畅看了看大家，“有什么说得不对的，请四位叔叔阿姨见谅！”看一眼李远方，继续道：“在座的都和李远方有着千丝万缕的关系，都是他的亲人。自他出事后，都希望他早日回到亲人的身边，今天，这个愿望终于实现了。”说到此，触动情思，有些激动，声音嘶哑：“尽管他不是我亲弟弟，但是二十多年来，在我心中，从没把他看外过，始终比亲弟弟还亲。我为什么如此对待他，今天不妨坦诚相告：因为二十多年前，他母亲临终前留给我一份血迹斑斑的遗书，拜托我把他当成自己的弟弟，去关心他、爱护他、帮助他。二十多年来，我从未忘记他母亲的遗嘱，为此付出了我无法言说的心血。看到他事业有成，我打内心为他高兴，看到他遭受挫折，我心急如焚。他在人生的关键时刻突然跌跤……”说到此，突然想起1976年那个刻骨铭心的夜晚，止不住泪往外涌，无法控制自己，哽咽道：“是我……没帮好他，对不住他……死去的母亲……”

大家第一次见肖畅悲伤落泪，除了杨帆和李远立外，其余的人都大为心动，心热眼红，泪水不由自主地往外流淌。

“今天，”肖畅擦了擦泪水，又想起领导找自己谈话的情景，想到自己为营救李远方所付出的巨大代价，不免又悲从心来，爱恨交加，突然怨愤道，“他从一个社会名流，一下变为一名身负罪孽的犯人，怨不得别人，是他自作自受。他不仅愧对列祖列宗，更愧对子孙后代。”见所有人都屏住呼吸，继续道：“所以，我要说的意思，就是从现在起，你李远方要彻底反思自己的一言一行，牢记这血的教训，不要忘了有一帮亲人，日夜在为你担心受怕。出了事，真正受煎熬、吃苦受罪的，不是你李远方，而是你身后这些日夜将你挂在心上的亲人们。我如此说，你可能难以接受，但你接受也好，不接受也好，我都要毫不留情地对你大声说：李远方，你还记不记得自己在列祖列宗面前许下的千钧诺言？还要不要去兑现这些诺言？”

周丽的母亲想开口劝几句，被老伴制止。杨帆的父母也想劝几句，看周丽的父亲制止也都不语。李平、李乐第一次见肖畅如此发脾气，头不敢抬起来。其他的人都正襟危坐，大气也不敢出。

“现在，”肖畅盯着李远方，叹息道，“你虽然重获自由，但你已经辉煌不再，一定要从过去的辉煌回到残酷的现实中来。公司还需要你一步一步重新打理。在座的这些亲人们，老的、小的，还需要你肩负起责任，给他们创造一个好的生活环境，让他们平安地生活，幸福地过好每一天。”最后，冲着大家道：“对不起，他今天出来，本来要高兴才对，我发了几句感慨。”

“你这是关心、爱护他！”四位老人都激动道，“都是金玉良言啊！远方啊，姐姐的话……可要牢记在心啦！”

“我……”李远方拭了拭泪水，突然站起来，含泪道，“谢谢肖畅姐的肺腑之言，我想说，在我四十年的生涯中，有几位恩人是我终身所不能忘记的，这几位恩人支撑着我生命的构架，把握着我精神的向度，扼住了我生活的脉搏，是我生命的源泉。”他充满深情道：“首先是我母亲，母亲给了我生命，从我记事起，她就一笔一划地教我认字学文化，传授我启蒙知识。在我逐渐懂事后，她教导我要做一个诚实的人，一个关心他人的人，一个认真做事的人，一个不怕艰难困苦、跌到了自己再爬起来的人。可以说母亲不仅给了我生命，更为我指明了人生的目标。第二个就是幺爹，他老人家是我精神上的明灯，照亮了我前进的征途。我的一切思想，对人生的理解，人生观、价值观的形成，无不是受幺爹的教导，没有幺爹精心的培育，我李远方永远只是一个面朝黄土背朝天的垦荒农民。每天只能与天地为伍，与猪牛相伴。”他看了看肖畅，愧疚道：“第三个就是肖畅姐，多年来，肖畅姐在我心中，既是我大姐又像是我的母亲，因为我每次见到她，就情不自禁地想到了母亲，在我的潜意识里，实际上往往是把她当成自己母亲再世。肖畅姐是我事业的引路人，没有她就没有我李远方的今天，没有她就没有远方集团的辉煌历史，即使是辉煌不再。我相信这过去的辉煌，已经载入了史册，人们会把远方集团的名字，记上十年、五十年，甚至是一百年。第四个就是杨帆，我和杨帆不是兄弟，却胜似兄弟，我们之间的这种兄弟之情，是言语无法表达的。我这一生除了亲人外，他是我唯一的知心朋友，我为有这样的朋友而自豪。”

“坐下吧！”肖畅似乎被李远方的情感所动，打断他的陈述，关心道，“坐下来慢慢说，尽管说……这种机会不太多。”

“第五个就是我的妻子周丽！”坐下后，李远方继续道，“漫长的十几年来，为了我的事业，周丽牺牲了她自己的事业，承担了全部的家庭重担，肩负起教育儿女的责任。可以说……周丽不仅是我的伴侣，更是我生活的支柱。每每想起她，我就会止不住热泪盈眶。”他又站起来：“在此，我给这些亲人们，说一声……对不起你们了！”深深地鞠了一躬，泪水泉水般往外涌。

“爸……别这样！”李平、李乐跑过来，把李远方又拉下坐好，双双扑倒在他怀里，嘶声痛哭起来。

所有人都一阵心酸，杨帆第一次在亲人面前流下了泪水。

“在我四十年的人生中，”李远方控制好自己的情绪，接着道，“还有三位朋友，是我李远方所终身不能忘怀的，一位是北京的胡总，一位是香港的表姐周敏，还有一位就是我的忘年之交师大夫。前二人在我的事业和人生旅途上，给了我无私地关怀和帮助。特别是周敏，她对远方集团和我个人的支持是无法评说的。”他想起了和周敏在一起的恩爱情怀，巨大的悲伤又袭上心头，伤心道：“我不能因为新时代的黑道背景，而抹杀个人真挚的情感！”停了停道：“至于师大夫，他是一位受人尊敬的乡医，他热爱生命，为人端方，医术精湛。把自己的一生，献给了九龙冲东山头白龙寨的贫穷农民，他是我的良师益友，为我树立了热爱家乡、热爱乡亲、热爱生命的榜样！”止不住流泪道：“可惜这三人……都不幸离我而去，每想及此……我心痛难忍，常常是空向冷月哭君面，总把热泪慰寒心……”一时哽咽难言。

周丽被李远方这一番肺腑之言，深深打动，想起自己从初恋到结婚的幸福时光，心里既伤心又自豪，也止不住潸然泪流，抽出茶几上的纸巾不住擦泪，又拿出几张递给李远方。

李远方接过来，擦了擦眼泪，继续道："我还要感谢在座的各位亲人们。特别要提到的是沈小虹、宋红雨和凤丫头。自远方集团成立以来，她们三人不仅在事业上支持我，更多的是在生活上，无微不至地关心我，使我没齿难忘。最让我感动的是凤丫头和黄家骏，多少年如一日，全心全意替我在幺爹他老人家身边恪尽孝道!"

说到此，把李平、李乐扶起来，示意二人到老人身边去，继续道："近两年来，在看守所，我时刻惦记着亲人们的安危，企盼早日同亲人团聚。在溽暑酷寒中矻矻以求，凄风苦雨中思思以念。说不得的酸甜苦辣，道不尽的孤苦寂寞。日出之时，坐立于高墙电网内去纵剑历史，月朗之夜，喟叹于斗室监舍中去马踏时空。冥冥之中，感觉自己回到了列祖列宗的怀抱。每当夜幕降临，我孤独地遥望铁窗外，心驰神往。得到亲人的关爱太多，回报亲人的又何其之少。祈盼早日能同亲人们围坐黄垆，秉烛夜谈，举杯邀月。现在，当我真正面对你们，特别是聆听肖畅姐言辞凿凿的教诲，孕育在胸中的绵绵罡气，撞击着我灵魂的殿堂，荡涤着我孤苦的灵魂，一股汹涌澎湃之气炳然而出，不吐不快。"说到此，看看肖畅："刚才肖畅姐要我面对现实，肩负起对事业和家庭的责任，使我振聋发聩，让我看到了人生的新希望。想人生留迹于天地之间，理应有所担当。为什么卓尔不群的泰山睥睨群丘？为什么汪洋恣肆的长江啸傲百川？为什么仗剑倚天的秦皇汉武雄视千秋？为什么司马迁敢忍大辱而坚持活着？为什么屈原不随俗而毅然沉江？我无法窥探这些伟人的胸怀，但我知道……这一切都是由于在他们的生命时光中，始终高扬着人性中不屈不挠的光辉。"

李远方满脸涨红，神情亢奋，声音炳然，慷慨之中、倏忽之间找回了自己过去的自信。最后他激动道："感谢亲人的关爱，使我得以在长达两年的羁押中，始终怀着生存的希望。我要说：只要我李远方一息尚存，绝不辜负你们的期望，绝不放弃自己的千钧诺言。"

李平、李乐带头鼓起掌来，紧接着，大家都真诚鼓掌。

"好!"杨帆看了看表，站起来道，"现在我宣布：座谈会到此结束，请大家屈尊到餐厅，庆贺李远方重新回到我们身边。"

大家欢呼而动，纷纷起身出门。李远方一阵心热，站起来，在一对儿女一左一右的牵手下，大步向门外走去。

他心中升起了新的希望……

2

李远方被亲人们簇拥着来到一楼餐厅，进入包房坐定后，随着肖畅一声“开席”，大家旋即兴高采烈，共同举杯欢庆。

李远方逐一给亲人们敬酒，因为关在看守所一年多没喝酒，一时难以适应。刚敬完四位老人和文主任后，他就感到头重脚轻，眼前人影迷蒙，心慌乱跳。他吩咐服务员给自己倒了杯热茶，喝了几口，这才略感清醒，又主动跟肖畅和李远立、沈小虹、宋红雨几位碰杯，再找周丽和凤丫头象征性地碰了碰。最后才走到杨帆的面前，满满斟上一杯，想举起来，可手左右晃动，酒洒了一桌。

“别，别！”杨帆接过杯子一饮而尽。

“好兄弟！”李远方舌头打卷，“我们再……饮一杯！”

“好的，”杨帆给自己倒满，“来，我们一起干杯！”

“干杯！”李远方空手仰脖一饮而尽，引来一阵欢笑。

“李总，”李远方正奇怪大家为什么哄笑，一人来到他面前，举杯道，“祝贺你重获自由，我敬你一杯！”说完，一饮而尽。

“你是？”李远方酒醉心明，见来人似曾相识，脑袋在眼前晃来晃去，一时辨别不清。

“李总！”来人笑道，“我是老朋友陈石泉，正好在隔壁陪客，见你获得自由，所以特地过来敬酒，祝贺你！”

“谢……谢！”李远方话未说出，一头趴在桌上。

“陈队！”杨帆笑道，“他已醉了，我代他表示感谢，来，我们碰一杯！”斟满自己的杯子，二人碰撞后，一饮而尽。

“谢谢！杨总可真豪爽，不愧是李远方的生死兄弟！”

“当然，”杨帆笑道，“难得陈队长这个‘老朋友’夸奖。”又小声道：“我有个建议：不如我们一起，把李远方送进房休息，然后我们兄弟二人边喝边聊，一醉方休，如何？”

“太好了！”陈石泉也笑道，“看来你真是我的知音。”

“走。”杨帆跟众人打声招呼，同陈石泉一起，将李远方扶起来，又叫上周丽，三人一起将李远方送进房间。到达房间后，杨帆将李远方交给周丽伺候。自己同陈石泉一起，来到隔壁房，关好门，挂上内锁，然后坐下来，两位“老朋友”开始“亲密交谈”。

杨帆给陈石泉倒上一杯水，送到他面前，再给自己也倒上一杯，坐下后，一板一眼道：“老朋友，你看我们从何谈起？”

“三个话题！”陈石泉永远是漫不经心，说话有气无力，“确切地说，是你必须回答我三个问题：一是你准备什么时候，跟李远方交代……”本来要说“交代后事”，一想不妥，改口道：“你的家事？我好根据你的时间，制定我的抓捕方案。”

“可惜啊你，”杨帆没直接回答，感叹道，“到今天才混了个处级，如此奇才、神探！”反问道：“离退休不远了吧？”

“别耽搁我时间，”陈石泉反击道，“我不吃这一套，别忘了，我随时可逮捕你，看来……你杨帆似乎……很害怕这一天到来。”

杨帆心一惊，暗自叹服：“这家伙的确适合干这一行，我自然不希望早日落入他的法网。不然……我何以要如此套住他们？这世界上没有谁不怕死，对于自己来说，自首就等于自杀。”突然想起李远方曾引用一位叫叔本华的哲学家名言：“当一个人对生存的恐惧大于对死亡的恐惧时，他就会选择自杀。”他心里自相矛盾、自我壮胆道：“哲学家的话真他妈是放屁，我杨帆从来不惧怕‘生存恐惧’，如果我不向他们坦白作案证据，如果我逃之夭夭，他们又奈我何？我杨帆只是出于对李远方，对一帮生死兄弟的保护，才选择‘自杀’！”

“怎么不作声？”陈石泉打断了他的沉思。

杨帆突然盯着陈石泉：“春节期间，李远方要为李传道老人做百岁大寿，我答应你一回汉就自首，你需要的一切我亲手交给你。”

陈石泉没有马上作声，心里突然升起一股感动：同杨帆打了这多年的交道，二人既是敌人，有时又真像是朋友。如果当初钱思鸣不公报私仇，如果杨帆没有经过近十年的牢狱之灾，如果当初这个社会再公平、公正一点……或者是再宽容一点，何以有今天这天大的系列谋杀案？想到此，他忽然对眼前这位令人头疼的特大杀人团伙的主谋充满怜悯之情。

“第二个问题，”好半天他才问道，“疤子他们三人和手下几十个，一夜之间，消失得无影无踪。我们搜寻了大半年，至今生不见人，死不见尸，你到底把他们送到哪里去了？”

“老朋友，”杨帆笑道，“这好像跟我无关，你们不是一直都在跟踪他们吗？而且抗洪救灾一完，不等新时代的案子结束，你们就开始秘密抓捕他们。现在新时代的案子已了结，你反倒找我要人，这岂不是天大的笑话？”又道：“听说已抓了十几个家伙，我倒是建议，把这些家伙交上去，交差了事。”

“杨帆！”陈石泉突然厉声道，“你心也太毒了吧？近十年来，你们同新时代暗中勾结，从中牟取暴利、毒害社会、为害一方。你们赚了多少黑心钱？有多少人死在你们手上？现在，居然想我们用十几个小混混，帮你搪塞了事？”激动道：“告诉你，不要以为已经万事大吉，不要以为李远方无事，远方集团又可以再造辉煌？你们打错了算盘，天网恢恢，疏而不漏，他们是跑不了的！只要还是共产党的天下，就一定会将一切危害社会的犯罪分子缉拿归案，绳之以法！”

“别激动！”杨帆道，“我完全相信你说的话，希望你在退休之前，能如愿以偿。”又问道：“第三点是什么？”

“枪！”陈石泉一改说话漫不经心的习惯，厉声道，“我希望你们将所有的枪支和作案工具，提前交出来，特别是你们四人的枪支，免得伤及无辜。而且，我必须提醒你：到时我们开枪打死你们，是惩治犯罪，你们只要一扣动扳机，就是罪加一等！”

“陈队长！”杨帆突然两眼寒光暴射，“我也不妨提醒你：我杨帆早把生死置之度外，我只能保证我，我保证不了他人。我和你以及你的兄弟们一样，都是有家有口的大男人，都有妻儿老小，都想家人平安快乐。不然，我也不会投案自首。疤子他们就不一样，他们都是社会的弃儿，对他们来说，多杀几个人，眼睛都不会眨一下！”

“你威胁我？”陈石泉猛地一拍茶几站了起来。

话音未落，就听房门砰一声巨响被人踹开，胡队副带领四位便衣冲了进来，五只手枪对准了杨帆。

杨帆慢慢站起来，脸上露出轻蔑的阴笑，对陈石泉摇头道：“我做梦也没想到……你陈石泉会来这一手？我认罪伏法！”

陈石泉心一沉，突然意识到：杨帆他们一伙失踪这长时间，并不是如自己原来所想——为了逃避追捕。他们极有可能是在密谋伺机报复自己和重案组几位同事的家人。

想到此，他浑身不寒而栗，慢慢坐下来，头也不抬，漫不经心、有气无力道：“谁叫你们……进来的？喝酒去！”

胡队副恶狠狠地瞪了杨帆一眼，带领四人愤然而去。

“我们也下去吧！”陈石泉一声苦笑，“下面还等你张罗！”

杨帆也苦笑：“人生苦短，我们‘老朋友’再去喝两杯！”

“走吧！”陈石泉也无不感叹，“人哪……真不知自己下一刻会发生什么惊天地、泣鬼神的悲壮之事。麻烦你转告李远方：李传道老人百岁华诞，我一定前去祝贺。古人言：‘人活七十古来稀’，老人家整整一个世纪……真是奇迹！”

二人并排而出，边走边聊，亲密无间地向楼下走去……

3

第二天，李远方、周丽和凤丫头天不亮就起床，清理好相关物品，匆匆赶往白龙寨。三人要在李传道老人身边呆上几天，陪老人家过一个平静祥和的新年元旦，同时，商讨为老人举办百岁庆典。

进入九龙冲地段，天地豁然寥廓。天上云彩飘荡，像无数朵洁白的莲花，在高远的天空绽放。地上山水悠明，恰似一幅巨大的油画，衬托在朵朵莲花之下。李远方一阵心动，思绪随着小车的奔驰在田野中翱翔。公路两旁，隆冬的树木早已稀疏枯槁，没有了春夏时节的葱茏，树上难见栖鸟啁啾。偶尔绕过一座村寨，陡见村头开阔处一群农家小孩在雀跃玩耍，嬉闹中不时燃起焰火鞭炮，爆炸声回荡在空旷的田野与贫瘠的山梁之间，让人联想到这是节日前的农村景象。

小车拐入白龙寨路段，远远看见村头一群人在伫立眺望。李远方一阵酸楚，心怦然紧张起来。他记不得这是村民们第几次在村头迎接自己，每次都令他激动，难以释怀。他想象不到今天村民们见到自己是何感想，更不知自己见到幺爹后，如何表达心中的忏悔。

随着车轮碾在地上发出的吱吱声响，李远方的心不断下沉。终于到达村头，抬头间只见人群中间，幺爹银发飘动，一动不动地端坐在靠椅上，看上去满脸枯槁，老态龙钟。黄家骏、李德正、张桂珍、师大夫的老伴、李远发和老伴、李远治、李传前、李传进，以及其他男女老幼等几十位父老乡亲们，围在老人身边。

该来的都来了，唯独不见面慈心善的师大夫，还有那位热情奔放、笑声动人的王细翠。大家都默不作声，等待着李远方走下车来。

一股巨大的热流，冲遍李远方的周身，他感到眼前被泪水模糊，颤抖着打开车门，探出右脚，晃动着落下地面。站稳后，这才拖着沉重的步子，含泪向人群走去。

“幺爹！”来到李传道老人面前，他双腿扑通一声跪倒在地，嘶声颤抖道，“孩儿不孝，给列祖列宗……丢脸了！”

“起……来！”李传道老人神情专注，心平气定，安慰道，“古人言：‘一眚难掩大德’，你李远方十年前就给列祖列宗……争足了荣光，何以丢脸之说？好孩子，起来！”见李远方还匍匐在地，示意黄家骏搀扶自己，颤抖着站起来，弯腰伸手将李远方拉住：“好孩子，幺爹我……”说不下去，老泪横流，又一屁股坐了下去。

旁边的人赶紧将祖孙二人扶起来，慢慢向李家大院走去。

回到李家大院，一番寒暄谦让后，大家都走过来问候李远方，会说话的鼓励安慰几句，不会说话的拉拉手冲他点头微笑。

勤劳善良、敦厚淳朴的农民，表达自己的情感时，习惯无声的憨笑。笑容也是如此单纯，就像东山头上盛开的野菊花。

李远方感到从未有过的温暖，如果不是在看守所关押了近两年的时间，他永远都体味不到这种感觉。

中午，李德正、李远发、李远治等几位举事的主动留下来，一来为李远方压惊，再者利用中餐时机，商议如何给李传道老人做百岁寿辰。凤丫头怕李远方担心钱不够，趁上菜之机，暗地将昨天来不及给的五十万银行卡塞给他，拜托他一定要热热闹闹，大张旗鼓。

吃过中午饭，大家意犹未尽，又围坐在李传道老人身边，亲承謦欬，聆听老人家耳提面命的肯綮之言。

“人生七十古来稀啊！”李传道老人道，“尽管老天爷眷顾于我，恩赐期颐，枉活百年，然终究是要鹤归灵山，魂落九天。你们的心情……我深为理解，有此等孝心，我已死不足惜了。就是见到列祖列宗，我也有话可说，何必要如此张扬？我还是那句话：你们为我庆寿，我不反对，但不要太铺张，就几位族人坐坐，说说话、嗑嗑心，岂不美哉？”又叹道，“可惜……台湾的回不来！”

“老哥，”李德正道，“话不能这么说，我白龙寨李氏家族，几百年来，唯有您老享有百年。这不是你个人的小事，是整个家族的大事，您老就安心吧……一切由我们来张罗！”

“好吧，既然你德正都要坚持，我就不再反对了。不过……丑话说在前头……我可就坐享其成了！”

“那不行！”凤丫头兴奋道，“您老要发表百岁感言。”

“好、好、好！”老人也兴奋起来，“我是要说……是要说！”见李远方低头不语，叫道：“远方啊……怎么还心事重重？”

“幺爹，”李远方道，“我很轻松，刚才德正爹的话触动我，昨晚北京的伯父来电话说，我们李氏家族从清朝顺治年间至近五代，繁衍生息，瓜瓞绵绵，子孙后代遍及世界各地，有据可考的计有男女族人三千多。如上溯到春秋战国时期，我李氏家族岂不是要独霸一方？所以我想我这点挫折，在整个家族的历史中，太微不足道。”

“是啊！”老人也感叹道，“昨天你家炳伯父也跟我来过电话，说是书已刊印好了，春节前他亲自送回来。真难为他，国有国史，邦友邦规，家有家谱。我李氏家族，从三皇五帝开始，五千年悠悠岁月，该经历了多少的风雨，岂是一本书所能道得尽？”吩咐黄家骏去拿纸笔，又对李远方道：“知你出事后，我怕你一时难以承受，写了几句歪诗，送给你，算是我的一点期望吧！”

见黄家骏准备好了纸笔，老人吟诵道：“莫道人生苦日多，囹圄之中无奈何。面壁十年成天意，壮歌一曲明理学。朝闻大道心为水，夕养小德魂作歌。他年若得自由日，笑看天雨洒江河。”

“幺爹！”凤丫头道，“您老讲一讲，我不太懂。”

“急就诗而已，”老人笑道，“就是鼓励你远方哥不要被灾难击倒。这里借用了几位古人的感悟：曹操说‘去日苦多’，要慨当以慷；孔子说‘朝闻道，夕死可矣’，要不惧生死；老子说‘常德不离’，要滋养自己的德行。达摩则面壁十年，终成正果。”

“您老这一讲，我就明白了！”

“幺爹，”周丽插话道，“当初不告诉您老……是我的主意，您老一生明白，高瞻远瞩……莫嗔怪别人！”

“你幺爹还不糊涂。”老人喝口茶，放下杯子，对李远方道，“远方啊，你是在白龙寨长大的，这里一山一水，一草一木，都是你生命的源泉。日后，无论是遇到多大困难，遭遇多深苦痛，记住常回来看一看。”指了指在座的众人：“即使我不在，同亲人们诉说诉说，不要一人去承受，多回来呼吸故乡的新鲜空气，有好处。”

“明白……您老放心！”

“九爹说得对，”李远发道，“外面千好万好，不如故乡好。你李远方是我们白龙寨的骄傲，只要你回来，白龙寨的全体村民，都敞开胸怀欢迎你。在我们的心中，你就是我们李氏家族的英雄。”

“谢谢远发哥，”李远方哽咽道，“小弟我……承受不起。”

“远发说得对！”李德正赞成道，“好人坏人，不是由哪个领导和当权派说了算，是由我们老百姓说了算的。你李远方的功过是非，我们白龙寨的乡亲们最清楚。”

“对，我们最清楚。”几个人都附和。

“一定要汲取教训！”李传道又感叹，“人物品藻，古已有之，或一言九鼎，或皮里阳秋，表现形式虽然各异，但目的似乎相同：借人丈镜，以窥自己。你要牢记这段经历，在屈辱中反思自己。”他抬头眯眼凝视前方，自言自语：“历史是有记忆的，无论这个记忆，是用何种方式传递下去，它终究是要表现出来的。一个国家，一个民族，一个家庭，一个人，一定要学会从历史记忆中反省自己！”

“九爹！”凤丫头边给老人上茶，边道，“远发哥说得对，我远方哥就是一个伟大的人物，是李氏家族的英雄。”

“既不伟大，也不英雄！”老人淡然道，“就是一个平凡的农民儿子，我们这个民族，缺少的就是伟大人物和民族英雄。几千年来，也就出了屈原、岳飞、文天祥、戚继光、鲁迅等那么几位民族的脊梁，而且都没有好结果。记得郁达夫在《怀鲁迅》一文中道：‘没有伟大人物出现的民族，是世界上最可怜的生物之群。有了伟大的人物，而不知拥护、爱戴、崇仰的国家，是没有希望的奴隶之邦！’”

“老哥！”李德正道，“多年来，我有个不太成熟的想法，我想在寨东头，立一块石碑，刻记上我李氏家族近几百年来的大事记，以感召子孙后代……想请老哥您起草碑文。”

“太好了！”大家齐声赞成。

“好哇，”李传道兴奋道，“这可是千秋万代的功德，不仅要记下我李氏家族的大事，更要记下我们这个时代、民族的大事，将李氏家族的命运，同时代、民族的命运紧紧联系在一起。记下时代的标点，民族的信息，国人的精神，让李氏家族的子孙后代，以史为鉴，继往开来，争做时代的弄潮儿。”对李远方道：“远方，英国小说家狄更斯在《双城记》中如何总结他那个时代，记得吗？”

“记得！”李远方回忆道，“狄更斯说：这是最好的时代，也是最坏的时代；这是智慧的时代，也是愚蠢的时代；这是笃信的时代，也是疑虑的时代；这是光明的季节，也是黑暗的季节；这是希望的春天，也是绝望的冬天；我们什么都有，也什么也没有；我们全都会上天堂，也全都会下地狱。”突然展眉兴奋道：“幺爹，经您老这一提醒，我完全明白了您老的良苦用心！”

“明白了就好！”老人吩咐道，“碑文由你来写，记住一点，把时代的精神、人性的本质、家族和个人的责任，都表现出来。”

“明白！”

“老哥，”李德正插嘴道，“从你们祖孙二人的神情上，我知道您老对此事，有了更高远见。能不能说明白一点，让我们也兴奋、兴奋！”

“很简单，”老人笑道，“就是要警示我们李氏家族的子孙后代，把握时代的脉络，做个明白人，切莫像李远方一样，在人生和事业的最高峰跌跤，悔之晚矣！”

“哦……”大家似懂非懂，齐声唏嘘。

“我们李氏家族，”老人继续叹息道，“自老子在《道德经》中提出天道人德的哲学思想后，几千年来，遵循‘大道’的法则，管窥天道人德的信仰时空，演绎了无数可歌可泣的人间悲喜剧。将来我们的子孙后代，还要在‘大道’的时空里，继续打开天地自然之间的众妙之门。”说到此，眯眼吟诵道：“道可道，非常道……”

“幺爹，”李远方道，“庄子言：‘天地有大美而不言，四时有明法而不议，万物有成理而不说。’又言：‘独与天地精神往来，而不傲倪于万物，不谴是非，以与世俗处。’经过此次劫难，孩儿我深悟其理，请您老放心……我对自己的言行，矢志不移。”

话音刚落，客厅电话响了起来，黄家骏赶紧跑进去接听，几分钟后，跑出来对李远方道：“大哥，白龙寺的悟远法师，邀请你去坐一坐，说是要同你参禅悟道。”

“我也去，”周丽道，“正好我要请教法师。”

“我也去。”凤丫头看了一眼黄家骏。

“阿弥陀佛！”李传道老人道，“你们一起去吧，有他们在，不用担心我。”又吩咐：“先到师大夫坟上去烧香磕头。”

一提到师大夫，李远方心情一阵悲痛，起身吩咐黄家骏：“准备祭奠物品，我们先给师大夫他老人家烧香磕头，祈祷他老人家在天之灵早日安息，然后再去白龙寺拈香拜佛，参禅悟道……”

第八十一章

1

1999年的春节异常寒冷，从旧年的腊月二十四过完小年，直至新年的大年初三，几乎没一天晴好的天气。白天阴霾滚动，晚上朔风呼啸，昼夜气温都维持在零度以下。这期间，又接连下了几场暴雪，狂风裹挟着雪糁，在寒流的驱使下，将九龙冲的山山水水、七沟八梁恣意横扫。

一夜之间，山上山下、冲前村后，如同冰雕。

大年初四，久违的朝阳，终于从东山头白龙寺顶露出了笑脸，金灿灿的朝晖，瞬间又将九龙冲的山山水水、七沟八梁装点得景色斑斓。一眼看去，天上地下，一片光明世界，缤纷如画。

大年初五，依然是一个晴朗的日子，仿佛是一个稚嫩的婴儿，朝阳又从东山头白龙寺顶，嬉笑着爬了上来。

一声礼炮轰鸣，蓝色火焰从白龙寨李家大院里，呼啸着直窜上云天，在飞腾中闪亮绽放。紧接着鞭炮骤响，声震山岳。

李传道老人百岁寿辰庆典活动拉开了序幕。

李远方上次在家陪幺爹过完元旦，又急匆匆赶回汉口，同杨帆、凤丫头、文主任和吴律师一起，处理公司的应急事务，直到旧年的腊月二十七，才带着老婆儿女回到白龙寨。回来后，马不停蹄忙乎春节。忙完春节，又不分白天黑夜地奔波，协助李德正等人筹办幺爹的百岁庆典。从初一到初五，他几乎每天睡不足两个时辰。初五是庆典活动的大喜之日，他零点就爬起来，给列祖列宗烧香叩头，祈祷列祖列宗的神灵，保佑幺爹他老人家身心健康。天刚亮，又同黄家骏一起，伺候幺爹起床，再一次同老人一起给列祖列宗烧香叩头。叩完头后，又和幺爹一起，同台湾的亲人们通电话，向他们叙说庆典活动的相关事宜。然后，一边陪幺爹谈心，一边等待乡亲们的到来。

等待过程中，李远方一直忐忑不安，担心幺爹的身体，是否支撑得住；担心老天不作美，再飘起雪来；担心肖畅姐他们在回来的路上，有什么闪失。直到杨帆来电话告知已进入九龙冲地段，再抬头东山头上早已红日高升，他才略微安心，吩咐燃放礼炮，庆典开始。

李传道一身素装，端坐在大厅中间圆椅上，准备接受乡亲们的叩拜。老人身后是列祖列宗的神位，神龛上燃烧着三炷高香。前方进门处，摆放着一团拜垫，李远方和黄家骏一左一右站在老人身旁。大厅门楣上，是一幅红色吉庆对联，上书“乐享晚年漫道世间难逢百岁，宜登上寿且看堂上再过十年”。客厅外，大院里满满摆放了四十桌酒席，桌上红白喜酒俱都摆好，只等上菜开席。院里已聚集了二百多号村民，都喜笑颜开，相互祝贺新年。皂角树上，悬挂有两个巨大的高音喇叭，连接线从树枝直接拉向安放在屋檐下、台阶上的发言台。发言台用红绸铺盖，麦克风上也是红色丝带缠绕。李家炳老人带着秀秀坐在发言台边，一面同陪他的李德正饮茶叙话，一面向进出的乡亲们微笑打招呼。二人春节之前就特地赶回，将九百本李氏家族的“族谱”、“家族史”也送了回来。李远平没有同老人一同回，借故工作忙，同情人一起去海南岛享受南国风光。皂角树上也悬挂着一副对联：“百岁人歌长寿酒，万载花开太平春”。大院门口高挂两个大红灯笼，灯笼上贴有斗大“寿”字。门上也是一副对联：“行可楷模年称德，老于松柏岁长春”。周丽和凤丫头带着李平、李乐，站在两旁给来人分发纪念品。李远发、李远治、李传前、李传进等几位举事人忙进忙出，满寨子的呼三喝四，喊哥叫嫂，为大家安排坐序，张罗喜事。

燃放完礼炮，叩拜活动正式开始，先是自家后人一一上前跪拜，其后是村民自行上前跪拜。几百号人除李德正夫妇因辈分高于李传道没跪拜之外，其他的男女老幼，都依次上前下跪磕头。

叩拜活动还没完毕，几台小车一溜烟停在村口。肖畅带领老公和儿子、杨帆带着老婆和儿子、李远立牵着沈小虹的手，前后下车款款向李家大院走来。陈石泉则领着胡队副等四人紧跟其后。

肖畅、周丽、杨帆三人的六位父母，因要在家招待自家拜年的亲戚朋友，没有一同前来，只将贺礼叫儿女带来。

几百号人涌进涌出，笑语喧阗，直到家属和来宾代表开始讲话，大家才各自坐下，一边聆听代表的发言，一边等待酒宴开始。

李远方代表家属发言：欢迎大家的到来，感谢大家的祝贺。

肖畅代表来宾发言：祝愿李传道老人福如东海，寿比南山。

李德正代表村民发言：为李氏家族的兴旺发达而自豪。

接下来，按程序该是李传道老人发表百岁感言，大家翘首以待。

“幺爹，”客厅里，李远方俯身道，“您老……可否说几句？”

“我……要说！”老人想站起来，李远方和黄家骏赶紧扶起他，一左一右将他架住，想先让他站好。

“我……”老人浑身抖动，颤声道，“两腿……像没有知觉！”

李远方心一惊，示意黄家骏赶紧把老人放下，又抬到躺椅上，然后将躺椅调好斜度，让老人舒服一点。

“你去！”老人对李远方道，“代我谢谢大家……请大家吃好喝好！”又吩咐黄家骏：“送我回房……我想清静一下。”

“好！”二人慢慢将老人推进卧室，给他加盖一条毛毯，将取暖器放在脚边。黄家骏又悄悄拿出药品，放在小桌上，以防万一。

“你不要离开！”李远方叮嘱黄家骏，“我马上回来！”迅速走出卧室，穿过大厅，来到发言台前。

“各位父老乡亲！”李远方高声道。

大院里陡然安静下来，大家似乎意识到什么，等待下文。

“请原谅，”李远方接着道，“九爹他老人家，刚才坐长了，腿有点麻木，暂时不能给大家发表感言，我代表他老人家，谢谢大家的光临，并祝大家节日愉快，敬请大家吃好、喝好。”见大家都一动不动地盯着自己，顺手拿起台上特地为李传道老人准备好的小半杯红酒，高声道：“我提议，为李传道老人的百岁华诞，干杯！”

“干杯！”大院里顿时又恢复了热闹的场面。

李远方迅速回到卧室，一见老人的情景，猛地心怦怦直跳。只见老人家已经昏迷不醒，满脸通红，两眼角泪光闪耀。

“快去！”李远方吩咐黄家骏，“把肖畅姐、周丽，还有凤丫头和李平、李乐，悄悄叫进来，伯父他老人家暂时不叫！”

黄家骏一听，明白了事态的严重，快步出门而去。不一会，几个人急疾走了进来，围在老人身边，小声呼喊。

“都来了？”老人被喊醒过来，慢慢睁开眼，喘息道，“我刚才去见……列祖列宗了……肖……”盯着肖畅，说不出话来。

“九爹，”肖畅含泪道，“您老有话慢说……我记住！”

“我们……李家，”老人支吾道，“对不住你了！”

“九爹，”肖畅哽咽道，“别……这么说！”

“周丽，”老人移动眼珠，想看到周丽。

“我在这！”周丽上前一步，“您老尽管吩咐！”

“李平、李乐……就交给你！”老人喘息道，“要他们……肩负李氏家族的……责任……”

“您老……放心！”

“两个小……”老人嚅动嘴唇，眼珠又开始慢慢移动。李远方示意李平、李乐上前。

“老爷爷！”两个小家伙一左一右，握住老人的手。

“听妈妈……和凤丫头的话，为李氏家族……争光！”

“好！”二人不住点头，泪水流了下来。

“凤……丫头！”老人又叫道。

“九爹……我在这！”凤丫头俯身泪流。

“和家骏一起……帮你远方哥……带好……儿女……”

“明白！”凤丫头哭道，“您老放心……别太……记挂我们！”

“远方儿！”老人突然眼放神光，“你……”又停下来。

“幺爹！”李远方上前一步，俯下身含泪道，“您老放心，我铭记您老的教导，为李氏家族……”他悲从心来，也说不下去。

“你……”老人慢慢闭上眼睛，摇头叹息，“不该啊……”长长出了一口气，不再说话，两颗浑浊的老泪，从眼角滚了下来。

在场的人都是一惊，不明白老人想说什么。

“老爷爷！”李乐叫道，“怎么不说啦？”

老人一动不动，没有作声。

“老爷爷、老爷爷！”李平、李乐使劲摇动老人的双手。

老人依然一动不动，没有作声。

“幺爹……”李远方一头扑在老人身上，失声痛哭起来。

“九爹！九爹……”其他几位都止不住哭喊起来。

“都别哭了！”肖畅擦泪道，“老人家安详地走了，也算是寿终正寝，老有所终。”吩咐大家道：“趁老人家身体还是热的，赶紧打地铺，把遗体放上去，让老人家接地气。”对黄家骏道：“你去把德正爹和李家炳老人快叫来。”几人慌里慌张把老人抬上地铺安放好后，肖畅又对李远方道：“你到外面去……跟乡亲们说明一声。”

“是！”李远方拖着沉重的步子，含泪向外面走去。

此时，大院里人声鼎沸，酒席正酣，好不热闹……

2

李远方拖着沉重的步子向外走去，幺爹的突然离去，让他感到六神无主，心慌意乱，大脑嗡嗡作响。

“远方儿，你不该啊！”幺爹临终的遗言，使他如坠五里雾中，没说完的半句话，让他振聋发聩，“幺爹到底要说什么？我又不该干什么？是不该举办这百岁庆典，还是不该如此张扬？是不该创办远方集团？还是不该在列祖列宗面前许下千钧诺言？抑或是我本不该？”他心一抖：“抑或是我本来就不该……来到这个世界？”

大院里嘈杂的吆喝声，打断了李远方的思绪，他慢慢走到发言台前，一动不动地站立着。

没有人注意到他的到来，大家依然兴高采烈地杯来杯往，高声叫嚷。李远方只觉眼前人影像鬼魅般晃动，耳边似魔鬼嚎叫。

“父老乡亲们！”高音喇叭里，传来李远方嘶哑的声音，大院一下又安静下来，大家都停住手中的杯子，咽下口中的食物，瞪眼盯着台上的李远方，不知他突然冒出来，又要说些什么。

也许是太过于安静，也许是几百双惊诧的眼神和满院子涨红的脸庞，突然引起了李远方神经的剧烈跳动，他陡然一下清醒过来，嘶哑道：“刚才……幺爹他老人家！”停顿了一下，激动道：“再一次叮嘱我：请父老乡亲们，一定要吃好、喝好！”

“谢九爹，他老人家太客气了！”

“祝愿他老人家长命百岁，子孙满堂！”

“愿他老人家福如东海，寿比南山，活一千年！”

大家高声致贺，院子里一下又沸腾起来。

“另外，”李远方高声道，“酒席完后，请大家不要离开，我有要事，向大家通报。”说完，急忙回到卧室。

回到卧室，几人正在商量如何应对这突如其来的尴尬局面。

“伯父、德正爹！”李远方异常清醒，提议道，“幺爹他老人家临终前，说了半句‘远方儿，你不该啊’，不管他老人家是什么意思，我想有一点是肯定的：他老人家一生明白，不拘俗礼，不论我们如何办理他的后事，老人家是不会责怪的。而且，刚才肖畅姐也说了，他老人家是寿终正寝，功德圆满。”

“你的意思是？”李家炳老人领悟道，“马上办理后事，这似乎有悖常理，不太说得过去吧？”

“幺爹常说，”李远方道，“事有缓急，理无常规，今天酒席一结束，这些亲戚朋友、父老乡亲们，就各奔东西，各忙各的去了。再召集起来就很麻烦。而且，今天已是上班的日子，很多回家过春节的乡亲，都是因为要给幺爹庆寿才留下来的。我想……趁大家都在家，举行简单的追悼仪式，明天就把老人家送上龙珠山，安葬在九棵松下。因为您老是我们房年岁最长的，德正爹是族中辈分最高的，所以跟你们商量。”强调道：“只是商量！”

“我看可以，”李德正道，“酒席一结束，开始布置灵堂，准备善后工作。下午、晚上瞻仰遗容，明天开追悼大会，入殓上山。以前办理丧事在家停柩三天，是因为要等亲人回来见上最后一面，既然现在亲戚朋友都在，没必要等三天再上山。老人家是几百年来我们李氏家族唯一一位百岁老人，我们就打破常规，红白喜事一起办！”

“有道理！”周丽道，“这说明九爹他老人家选择了一个最好的时机，跟所有的亲人告别。”

“棺木怎么办……来得及吗？”凤丫头问。

“棺木早就准备好了！”李德正道，“老人家九十岁时，就让我定制了一具棺材，今晚再刷一道新漆即可。”

“伯父，”肖畅对李家炳老人道，“我看这样很好，如此俭朴操办，九爹他老人家，不仅不会怪我们，反而会高兴。”

“好吧！”李家炳点头道，“厚养薄葬，方是正理！”又对李德正道：“赶紧派人……联系火葬场！”

“不必了，老人家百岁老人，直接入殓上山，上面追究下来，有我顶着。再说……这春节期间，谁还有心思管这事。何况，我们九龙冲镇，已经有几起先例……罚款了事！”

“好！”李家炳老人来到床前，含泪道，“九叔……您老听见了吧？

我们马上给您老料理后事，您老就安心去见列祖列宗吧！告诉祖宗：李氏家族的后人……都是好样的……”说完，跪下磕头。

“九爹……您老好走！”在场的人都齐刷刷跪下磕头。

“我去通知大家！”李远方爬起来，疾步向外走去，来到发言台，酒席已经接近尾声，有几拨人开始下席，到旁边的桌子说笑嬉闹。李远方清了清嗓子，高声道：“父老乡亲们！”

大院里再一次安静下来，因为刚才李远方已经打过招呼，所以大家知道他有要事要宣布，都把头侧过来，等待他发话。

“再一次谢谢大家！”李远方镇定道，“我现在正式给大家通报：李传道老人，对大家的光临深为感谢，就在大家刚才……庆祝他老人家百岁寿辰的欢声笑语中，老人家与世长辞了！”说到此，突然哽咽道：“我们……再也听不到……老人家的教诲……”

所有人都木头般呆立，被这突如其来的消息惊得目瞪口呆。

“我代表……亲人们！”李远方继续道，“敬请大家……能继续留下来，参加李传道老人的追悼大会。追悼大会将由德正爹具体主持操办，大家有什么建议……可以找他提……”说到此，悲从心起，感觉心慌头胀，眼前发黑，猛地栽倒在讲台前。

大院里顿时慌乱起来，杨帆和李远立一起冲上来，扶起李远方。随即人群七手八脚把他抬进屋里，身强力壮的人也都涌进房间，找李德正询问情况。其他的男女老幼都自觉站在院子里，等待着见上李传道老人一面，抑或是为老人的追悼会，尽一份微薄之力。

“我们怎么办？”胡队副小声问陈石泉，“是回去，还是继续留下来，伺机逮捕杨帆？”

“当然留下！”陈石泉不容置疑，“记住，在这里和路上不能动手，回汉再行动。我瞅机会跟他沟通，看能不能探出材料放在哪里。”

“明白！”胡队副道，“局长还等我们的结果，我去打个手机。”说完，挤出人群，跑出大院。

李远方很快就醒过来，喝了几口姜汤，又开始忙碌起来。李德正开始给办事人员分派事情。领到活儿的青壮年，扯着嗓门如飞出门，各自忙去。其他人开始清理大院，悬挂挽幛，布置灵堂。

李家炳老人，带领李远方等直系亲属开始守灵。遵照李传道老人的遗言，黄家骏、凤丫头加入直系亲属的行列。

肖畅、文达生、杨帆、宋红雨等，负责招呼接待瞻拜事宜。

上百号人同时动手，大院和灵堂很快就布置完毕，又请李家炳撰写了几副挽联，换上先前的寿联。

大厅灵堂上方，悬挂一帧李传道的遗像。两边的挽联是“多少人痛悼斯人难再得，千百世最伤此世不重来”，横联是“肝胆照人”。大厅门口的挽联是“良操美德千秋在，高风亮节万古存”，横联是“遗爱千秋”。皂角树上的挽幛是“福寿全归名驰乡里，齿德兼隆荫及后人”。大院门口则是以东山头和九龙冲为背景，歌颂老人的品德“巍巍东山久志芳德，涓涓西川长吟雅风”。

黄昏时分，一切就绪，李德正一声令下，李家大院里，刹那间灯火通明，哀乐骤起。几百号人怀着悲痛的心情，开始有秩序地走进灵堂，瞻仰李传道老人的遗容，缅怀老人家的高风大德。

这一晚，白龙寨东西两巷近三百户人家，门前都电灯高挂，为李传道老人招魂纳魄。整个山寨灿若星河，亮如白昼。

东山头白龙寺里，魂幡升举，钟鼓长鸣……

3

第二天，李家大院里举行追悼大会。

天不亮，李德正就主持殡殓仪式，将李传道老人的遗体殡殓入棺。然后，在棺材前点上长明灯，插上安魂香。年老的直系亲属端坐两旁，年幼的匍匐在地，稽颡泣血，以示悲哀。

一大清早，东西两巷各家各户都倾门而出，村民们怀着同样的心情，从四面八方涌向李家大院，默默地随着人流蠕动。只见堂前檐下黑纱飘动，院里院外白花飘移。一干举事的人不顾连夜疲劳，在李德正的指挥下，日以继夜地忙进忙出，李德正更是整夜未眠。

早上八时整，追悼大会开始，李德正强忍住身体的疲劳主持大会。在宣读完前面几项祭礼后，他宣布由李远方致悼词。

李远方臂缠黑纱，头戴白色四角孝帽，迈着沉重的步子，走向发言台。孝帽由一条长一米八、宽一尺八的白纱布折叠而成。帽尾飘巾，直垂到他身后大腿处，随着他步伐的起落，上下飘动。

“各位来宾、各位父老乡亲们！”站到发言台前，李远方脸色苍白，神情庄重，嘶哑的嗓子发出浑厚的声音来：

今天，我们怀着悲痛的心情，在这里举行追悼大会，缅怀李传道老人坎坷而光荣的一生。

说到此，声音开始哽咽起来。他放下手中稿子，双眼扫了扫下面黑压压的人群，稳了稳自己的情绪，提高声音道：

李传道老人走了，他活了整整一个世纪，作为他的孙子，在他活着的时候，我没能好好地照顾他老人家，为此，我常彻夜难眠，痛苦自责。现在，他老人家带着满腔的希望和遗憾离我而去，我再也不需要日思夜想地苦苦思念他老人家。因为从今以后，他老人家的灵魂每时每刻都和我在一起，我们祖孙二人，再也不分离……

周丽心一惊，想李远方怎么如此说话？侧头盯了李远方一眼，见他神情沉痛，说话时眼含热泪，知道他一定是悲伤过度，才有此言。只得继续听下去就听李远方继续道：

李传道老人生于1900年3月1日，他秉承李氏家族诗书传家、宽厚爱人的家风，一生勤奋好学。五岁开始吟诵唐人诗句，八岁诵读书经，十岁就遍览经史子集。二十岁不到，三坟五典，八索九丘，诸子百家尽收胸怀……他有学识、有修养、有专长、有气格、有风范，一言一语之中，闪耀着人类智慧的光芒。他老人家于飘忽不定的世变和孤贫寂寞之中，孜孜不倦，矻矻以求，学问宏博精深，一生坚守其列祖列宗开创的家风……不仅一生自强自励，而且一贯洁身自好，古道热肠，深受子孙爱戴，在乡民中有着极高的威望……

听着李远方叙述，肖畅心潮澎湃。她想起下放来白龙寨时，坐在村边田头，第一次聆听李传道老人讲述世道人心的情景。当时感到这老人是如此慈祥有知识。一晃二十五年，真是弹指一挥间。想到此，她深情地看着李远方，边听他往下讲述，边止不住泪往外涌。

李传道老人的一生充满了辛酸，他的一生是整个中华民族百年历史的缩影。可以说，百年中国的历史，都被他老人家的人生足迹印证了出来，每一步都清晰可见，步步灼人。二十世纪第一个十年，外族入侵，国门洞开，李传道老人幼小的心灵，播下了强国的梦想，发奋读书，立志报国；二十世纪二十年代，辛亥革命爆发，清帝逊位，建立民国，李传道老人走出家门，北上求学，凭一腔热血，决心为民族复兴贡献青春；二十世纪三十年代，军阀混战，社稷丘墟，生灵涂炭，李传道老人投身教育，唤醒民众的觉醒，要建立民主自由的家国；二十世纪四十年代，国共两党内战不断，日军侵华，江河破碎，李传道老人惨遭家庭剧变，失去诸多亲人，为了维系李氏家族的血脉，他毅然决然放弃优厚的教员生活，回到故乡，负担起抚养一对孤儿的重任，立志将一对儿女培养成家族的栋梁。

说到此，李远方停了下来，他想起了自己苦难的父母亲，泪水涌了出来。下面的人群大为心动，都泪眼汪汪。李远方继续道：

可惜，他老人家的美好愿望没能实现。二十世纪四十年代，抗日战争、解放战争战火连年，直到1949年新中国成立，他老人家才得以看到新生活的曙光。然而，现实生活并不是老人家想象的那么美好，苦难三十年来就没消停过，这一次又一次无端的灾难，将老人家的愿望击碎。在老人家的心灵上，投上无法弥补的创伤……

李家炳和李德正是这些运动的亲历者，现在李远方一一念出来，情景在二人的脑海中不断浮现，心中大为感慨。

直到“文革”结束，进入八十年代，改革开放以后，在思想启蒙、思想解放的感召下，人们才从乌托邦的梦幻中醒来，共和国才走上经济建设的正确大道。随着人民生活水平的不断提高，李传道老人才真正过上了幸福的生活……

李远发和李远治二人正站在一起，想起改革开放二十年来的沧桑巨变，二人各怀难言的心事，也都止不住泪流。

李远治更是感慨万千……想起儿子黑牛至今尸骨未见，老婆王细翠激愤至疯而死。一个幸福美满的家庭，就只剩下自己现在孑然一身，禁不住又痴病发作，失声痛哭起来。李远发一见，赶紧搀扶好他，细声安慰，渐渐稳定下来，二人继续往下听。

李传道老人一生忧国、忧家、忧天下，忧德之不修，忧学之不究，忧理之不通。然而……他老人家始终把这无尽的忧愁，深藏在自己心底，情愿独自折磨自己，也不愿影响他人。他老人家始终在后人面前，保持乐观向上的胸怀。乐人生的平淡，乐生活的艰苦，乐世态的炎凉，乐庭前花开花谢，乐天上云卷云舒。自主无忧愁的不是为自己，而是为子孙后代，为天下苍生……

黄家骏和风丫头，长期同李传道老人在一起生活，这一切历历在目，令这对小夫妻怦然心动，二人擦了擦眼泪，接着听下去。

李传道老人，一生孤怀卓荦，高风亮节，终身守道、乐道、卫道、明道，终至于以身殉道。他正气磅礴，大义凛然，持道一生而不悔。他承传继往，独立苍茫，境界空前，高山仰止，望之弥高。他无说不出，无所不入，无所不可。他知识广博，思想深刻，可以说人，可以说家，可以说国，可以说天下。本来应该成就巨大，完全可以在历史学、宗教学、语言学、考据学、哲学等诸多领域里，留下鸿篇巨作，但他老人家为了照顾一对孤儿在动乱的年代不受伤害，蛰居白龙寨，终身助人为乐、诲人不倦……直至昨天带着他那如空谷传音般旷远绵邈的思想驾鹤西去，云登九天……

杨帆和陈石泉几人站在一起，听着李远方感人的话语，他为自己深表悲哀，悲自己枉活了四十年，哀自己充满耻辱的一生。他决心迈出最后一步，投案自首，一了百了，不再有所牵挂。他决定走之前，将儿子杨威托付给李远方，只有李远方，才是他最信赖的朋友，也只有他才能将儿子培养成人。想到此，他止不住看了一眼陈石泉，陈石泉正好也在看他，二人心有灵犀一点通。

陈石泉也是感慨万千，听着李远方的叙述，想到自己枪林弹雨拼搏一生，将来还不知是何结果，不免悲愁袭上心来。

李远立和沈小虹站在一起，二人脸上都满带悲苦，内心的想法却各不相同。李远立尽管跟李远方是堂兄弟，但是长期海峡相隔，生活在两个天地，没有多少的感情交流，跟李传道老人，更是三代的鸿沟，难以沟通。想到自己在台湾的一帮亲人，此时此刻正在欢度春节，而自己却在这里参加追悼大会，聆听堂兄凄凉的声音。他决定动员沈小虹一同回台湾，过一个快快乐乐的元宵佳节。

沈小虹突然想到自己第一次见李远方的情景，想到同他在一起幽会时恩爱缠绵的心境，心里无比的惆怅……斯人不再，真情难求。她掏出身上的纸巾，擦了擦眼泪，抬头凝视着李远方，竭力想捕捉他说话时的神情，耳边又传来他浑厚的声音。

一个“大”字，道尽了李传道老人的百年风雨人生，他老人家是大智慧、大胸怀、大爱心、大风范，大到超凡入圣，大到太上忘情。他把这一切都留给了李氏家族的子孙后代，留给了这九龙冲、东山头、白龙寨的山山水水、一草一木，留给了我们李氏家族的未来。今天，我们缅怀李传道老人平凡而光荣的一生，就是要传承他老人家高尚的道德情操，为弘扬李氏家族的美好传统贡献自己的力量，为李氏家族列祖列宗争光，为李氏家族子孙后代造福！

愿李传道老人的灵魂安息！愿李传道老人的精神不朽！

李远方致完悼词，李德正宣布：除老弱病残孕等无法行走者之外，所有人必须披麻戴孝，一起送李传道老人上山。赶在中午十二点之前，将葬礼完毕，让老人家入土为安。

于是，大几百号人组成一条白色长龙阵，簇拥着李传道老人的棺椁，在开路锣招魂幡和礼炮的引导下，浩浩荡荡向龙珠山而去。

来到龙珠山，李远方触景生情，伤感不已。他茫然地跟在伯父李家炳身后，麻木地摆放祭品，点香磕头，烧纸撒钱。在列祖列宗的坟茔前，机械地重复同样的动作。他感到心里极度慌乱，满脑子都是光宗耀祖、传宗接代的字眼在晃动。

最后，他来到母亲的坟茔前，胸中陡然一阵生疼，紧接着一股酸楚在胸中涌动。他无法控制自己，双腿一抖，猛地跪了下来，然后大口一张，一声“娘……”失声痛哭起来。

许久，李远方抽泣着抬起头，就见眼前金光闪耀，他一阵心跳，只见闪耀的光圈中，娘向他招手微笑。“娘……”他奋力想爬起，可双腿怎么也拔不动。忽然金光一炸，娘的身影消失，他抬头四处寻找，竭力叫喊：“娘……”然后，痛苦地匍匐在地，放声大哭。

“方儿！”隐约中，他感觉眼前人影慌动，猛地抬头，只见幺爹微笑着，站在右前方第九课松树下。再一定神，发现每棵树下都站立一个人，都对他点头微笑。他眨了眨眼，一个也不认识。

“幺爹！”他嘶声道，“您老看见我娘了吗？”幺爹没有作声，长叹一声：“方儿……你不该啊！”随即也瞬间消失。

“幺爹！娘……”他又嘶喊道，“你们怎么……丢下孩儿……不管了……”随即眼前一黑，什么也看不见。

“爸……你怎么啦？”李平、李乐突然高声大喊，使劲摇动他的身子，又冲周丽喊道，“妈，快来……爸又晕死过去了！”

几个人手忙脚乱，把李远方抬到一边，小心施救。

一阵寒风扫过，龙珠山上树枝沙沙作响，枯叶乱飞。李远方被冷风一惊，苏醒过来。他四下望望，寻找娘和幺爹的影子。

“爸！”李乐哭道，“早点回家吧……我好担心你！”

“好孩子！爸没事，就是想多呆一会，跟老爷爷和你们的奶奶谈谈心，看见这九棵挺拔的松柏吗？你们将来一定要像这松柏一样，不惧千难万险，傲然挺立于天地之间……明白吗？”

“明白！”二人情不自禁地昂头凝望九棵松柏。

只见寒风中，九棵松柏苍劲雄壮，傲视天穹……

第八十一章

1

李传道老人的葬礼，赶在中午十二点前全部结束。中午又举行了答谢酒宴，不需要举事人请接，每个人直接坐到昨天的位置上。尽管没有了昨天的欢声笑语，看上去都很沉重，但大家还是尽情吃喝，依然还是用嘴巴表达对李传道老人的无限哀思。

酒宴结束后，父老乡亲们自觉地帮忙收拾桌椅板凳，是自家的各自搬回家去。其他的人也各自归家，外出打工的，赶紧收拾行囊上路，李家大院陡然清静下来。

肖畅等一干人，因为有要事在身，都纷纷回汉。肖畅临出门时，特地把李远方叫到一边，告诉他：她有可能要调往其他单位任职，叮嘱他这几天尽快把家里的事情处理完，早点出去，她要同他就公司未来的命运进行认真磋商。周丽因为要送一对儿女上学，加之家里有很多事要处理，所以也匆匆回汉。

杨帆坚决要求留下来，陪李远方几天，他同陈石泉约好：大年正月初十上午十点钟，准时去他办公室自首，带去他想得到的一切东西——他要慷慨赴约，了却一切生死情仇。

陈石泉没有选择，只得答应杨帆的要求，暗地吩咐下面人，24小时监听一切同杨帆有联系的电话，派人坚守在他有可能出现的任何场所。同时留下胡队副二人，在镇上派出所守点，随时关注杨帆的动静。分别时，他同杨帆紧紧拥抱，心中说不出是什么滋味。

宋红雨也要送儿子进学前班，另外，她自己的父亲春节前就患病住院，她得经常去替换母亲照看，所以也同周丽一同上路。临行前，杨帆当着众人的面，眼含热泪紧紧地拥抱她和儿子，深情款款地嘱咐她一路平安，这使得她感觉从未有过的温暖和幸福。

凤丫头和黄家骏本来要留下来守孝，李远方听了肖畅的叮嘱后，让他们赶紧出去，同文主任一起，配合吴律师完善好公司的财产清算事宜，为公司下一步的整合做好前期准备。

李远立和沈小虹的电子元件厂，在李远方受审期间，已正式同远方集团分离开来，开年后准备大干。二人不太好意思面对刚刚出狱又遭遇幺爹突然离世的堂兄。加之李远立要赶在元宵节之前带沈小虹回台湾。所以，也就无心多留，同肖畅一起匆匆离开白龙寨。

李传道老人百岁寿辰和葬礼的感人场面，使李家炳老人大为心动。想起几十年自己漂泊异乡的孤苦情怀，想起官场人情的冷漠，想起世态的炎凉，他决心落叶归根，回故乡来安度晚年。于是，征得李远方的同意，他将自己给台湾亲人们写好的家书和三百本“族谱”、“家族史”交给李远立，同秀秀一起搭凤丫头的便车一同出汉，然后回京处理自己的房产和相关事宜，尽快回到白龙寨来。

现在，李家大院就剩下李远方和杨帆兄弟俩，面对面坐在皂角树下，一边喝茶谈心，一边伤心难过。两人都心事重重。夕阳的余晖洒在高大的皂角树顶端斑斓点点，几片没落尽的枯叶，挂在枝桠尖头在风中摇曳，将点点斑斓又撒向灰暗的天空。

隔壁门诊部里，一名留守的护士正在研磨草药，嘎吱的声音一轻一重，有节奏地来回转动，让人感到岁月的苦涩无奈。师大夫的老伴正在厨房做晚饭，灰白色的烟雾，从黑色砖瓦砌成的烟囱中汩汩升腾，随风在天空中左右摇摆，更使人联想到命运的沧桑凄凉。

“这皂角树恐怕有百年的历史吧？”杨帆感叹道，“也怪，春夏季它茂盛得连鸟都钻不进，怎么一到冬天，就像火烧的一样！”

“二百多年了！”李远方抬头道，“它见证了李氏家族二百多年来的兴衰历史，我每次见到它都非常亲切，就像见到了列祖列宗。‘文革’时期，我们家住在西巷破瓦房，这里是生产队的仓库。有一次，大概我只有六岁，因为家里断粮，娘带我来找德正爹借几十斤谷子。我在这树底下发现很多皂角果实，觉得像关刀一样好玩，就偷偷地藏了几个带回家。娘发现后狠狠地批评我一通，说这是生产队的公共财物，不能偷，这果实是要分给各家各户洗衣服的，要我送回去。我极不情愿，伤心流泪。正好幺爹回来，他拉着我的手，同我一起将果实送回，一路上讲这皂角树的历史。从那时起，我才知道，原来皂角树的果实可以制皂，而且知道这皂角树，跟我们家有着千丝万缕的关系。”又叹气道：“三十五年了，就像是昨天，人不如树啊！树可以长年累月经受风雨雷电的侵袭而不低头，人一遭受打击就要崩溃，就连伟人也不例外，照样低头写悔过书。”想到自己关在审讯点时的所见所闻，想到其他几人讲述自己的遭遇，一阵心悸，摇头叹息不已。

“是啊！”杨帆也想起自己在新疆的苦难，“我在新疆时，每天面对的是荒漠风沙，曾经想如果有一天我获得自由，一定要珍惜自己来之不易的幸福生活，找个山野乡村，栽几棵树，养几只鸡，种几株蔬菜，过几年悠游林下的隐居生活。不曾想出狱后，你把一切都给我安排好了，一下把我从地狱升到天堂。可惜两年不到，我就把苦难忘得一干二净。看来，人的意志的确不如树木，现在想来，愧对老兄啊！”说着心一阵颤抖，想起自己即将面对的死亡，声音嘶哑：“我想最后求你一件事。”他盯着李远方：“你能答应我吗？”

“什么意思？”李远方放下茶杯，“兄弟之间怎么如此问话？”

“是这样，”杨帆低头侧开自己的脸，不让眼泪流下，“我这一生荒唐透顶，愧为人父。古人言‘子不教，父之过也’，我不想让儿子杨威重蹈他老子的覆辙，我想把儿子过继给你！”

“这是什么话？”不等杨帆说下去，李远方拒绝道，“好好的你怎么想到这事上来？即使你顾不上教育儿子，还有宋红雨。杨威是她身上掉下来的肉，她比谁都疼他、爱他！”

“我是认真的！”杨帆坚持道，“爱是一回事，教育又是一回事。我就是发现宋红雨太溺爱杨威，才想过继给你。就宋红雨的水平，绝对难以教育好儿子，你和周丽在培养儿女上绝对一流，把儿子交给你我放心！”见李远方皱眉沉思，提醒道：“你和我是生死弟兄，我的儿子难道不就是……你的儿子吗？”

“你？”李远方盯着杨帆，“是不是有事瞒着我，或是遇到什么劫难？”突然颤抖道：“是不是陈石泉已掌握了你的证据？”

“没有！”杨帆心里怦怦直跳，“我只是想……儿子将来多学点知识，有个好的前途。”想到即将和儿子永别，止不住泪往外流。

“既然是这样，”李远方思索道，“我回去跟周丽说一声，以后让杨威到我们家来学习，正好周丽和李平、李乐，可以当他的老师。孩子的教育，的确是大问题……特别是基础教育。”

“谢谢……”杨帆哽咽起来，颤抖着掏出张纸递给李远方。

“是什么？”

“过继证明，杨威将来长大不听话，你可以拿出来给他看！”

“你！”李远方猛地站起来，气愤道，“哪有如此混账的父亲？”见杨帆眼含泪光，又慢慢坐下来，探头看着杨帆：“告诉我，到底遇到了什么过不去的坎？是好兄弟就告诉我！”

“没有！”杨帆心又怦怦直跳，也站起来，“的确没有什么，只是想到儿子未来的前途，有些伤感。”心里决定回武汉路上再塞他包里，强忍心中的恐慌道：“既然你不收，那以后再说，就按你说的，让宋红雨每天带杨威上你家去学。”把纸条又捅进衣袋。

“杨帆！”李远方上前一步，逼问道，“你一定有事瞒着我，对不对？是不是我关在里面时，为了救我，你埋下了什么祸根？”

“绝对没有！”杨帆心陡然一振，心想：绝不能告诉他，告诉他后果不堪设想。他会找陈石泉把一切责任往自己身上揽，以减轻我的罪过。那一切岂不前功尽弃？岂不知我犯下的罪孽，千刀万剐也不为过。想到此，他突然镇定起来，笑道：“你多心了，我们不谈这事，我去看饭菜好了没有，我们兄弟俩好久没有单独碰杯了，今天喝个通宵，一醉方休，给九爹他老人家守孝。”

“李总、杨总！”正说着，师大夫的老伴和护士，一起送酒菜过来，师大夫的老伴道，“吃晚饭了……先给九爹上供！”

于是，四人一起在李传道老人的灵台前，摆上酒菜，然后逐一烧香磕头。供奉完毕，李远方和杨帆就在灵堂前放上一张小桌子，摆好酒菜，二人开始边喝酒谈心，边给老人守夜。

此时，正是夜幕低垂，寒气袭人，透过敞开的大门，只见远处东山头，已经被黑暗淹没，天上，几颗寒星闪耀。李远方站起来，将所有的电灯打开，顿时，整个李家大院，光明一片。

“来！”等李远方坐下，杨帆举杯道，“我们先满干此杯，祈祷九爹他老人家灵魂安息。”

“好！”李远方正要举杯，客厅电话响了起来，他赶紧站起来道，“等我接完电话，再一心陪你干杯！”说完，大步走过去，拿起话筒，刚听了一句，人呆立不动。

“怎么了？”杨帆心一紧，他担心周丽她们车子在路上出事。

“快走！”李远方放下话筒后，拿起自己的公文包，对杨帆道，“我们赶紧回汉口！”又跑到隔壁，跟师大夫的老伴交代几声。

“到底出什么事？”杨帆一边穿衣，一边跟在李远方的身后，疾向停在村头自己的宝马奔去。

“上车再说！”李远方头也不回。

杨帆一听，心又开始怦怦直跳，他跑步到李远方的前面，迅速打开车门，启动车子。等李远方坐好，拧开远光灯，松开刹车，加大油门，宝马呼的一声，向夜幕中冲去。

“到底出了什么事？”杨帆问。

“祸不单行啊！”李远方哆嗦道，“做梦也没想到……刚才是达生哥打来的，肖畅姐回到家后，出事了！”

“什么？”杨帆一听，心一下提到嗓眼上来，“出事了？！”

李远方没再作声，脸色苍白，杨帆也没有再问，两眼死死盯着前方，刹那间，二人都感觉到身上寒冷透心。

二人心里都非常明白——“出事”意味着什么……

2

“人哪！”李远方沮丧道，“永远都不知道下一刻会发生什么事？我白白遭受如此打击的。元旦回来，幺爹让我重温英国作家狄更斯《双城记》中关于时代变幻莫测的名言，我当时如醍醐灌顶，大有所悟，可怎么就没有悟到肖畅姐这一层上来呢？如果那时提醒肖畅姐防患于未然，也许就……”又自责：“我真愚蠢至极啊！”

“你不是常说时有否泰、势有合分、福祸无门、吉凶难料、世事无常吗？这个时代就是他妈的变幻莫测。”想到自己即将面对的死亡，杨帆心陡然一阵剧烈疼痛，一踩刹车，宝马吱的一声停下。

“怎么啦？”李远方惊道。

“没什么，”杨帆又启动车子，一面呜咽道，“想到肖畅姐平时呼风唤雨、八面威风，一夜之间突然成为笼中之鸟，前途莫测……心里难过！”

“所以说……”李远方也伤心感叹，“人不能跟天地自然相争斗，因为人类的确是太渺小。可笑的是……人类无法同天地自然相斗，却要自不量力地做主宰天地万物的至尊。为此，一代接一代的自相残杀，中国几千年的历史莫不如是。从春秋战国时期到今天，哪朝哪代不是你死我活的斗争？都想窥探神器，觊觎天尊。这举报肖畅姐的人，又何尝不是想坐到肖畅姐的位置上，一展淫威，奴役他人？圣人说：‘人心惟危，道心惟微，惟精唯一，允执厥中。’可惜，人类就是听不进圣人的告诫。有些统治者，时刻都想宇宙在手，万化由心。”

他说到此，突然不说了，看了看表，一头倒在靠背上，想起二十多年来肖畅对自己无微不至的关怀，泪水止不住滚滚外涌。

“怎么不说？”杨帆感叹道，“听你讲世道人心的道理，我真比喝汤还舒服，心里豁然开朗。的确，人活在世上，几十年匆匆而过，只当是睡着了，醒来睁眼看了一下身边的情景，又闭眼继续睡过去，何必要留恋过去的时光？怪不得有人说：人生一世，草木一秋，假如我杨帆……

今天突然死去，我绝不后悔。你们也不要悲伤，只当我又睡着了，二十年后再睁眼看一下，再睡去，就如佛家的轮回。”

话未说完，猛地一个急刹车，惯性将李远方从靠背上弹起来，头碰到前面的挡风玻璃上。杨帆自己也一下扑在方向盘上。

“怎么啦？”

“迎面……”杨帆抬头惊诧道，“一辆摩托车……下高速，不知是怎么开的，跑到我这边来了，正准备错头时……突然倒在车前。”定睛看着地面道：“两个人……都躺在地上……不动了！”

“天哪！”李远方一屁股弹起来，又慢慢坐下，声音颤抖道，“这真是‘屋漏偏遭连天雨’……不会撞死人吧？”

“我去看看！”杨帆开门下车，慢慢走过去，来到二人身边，低头蹲身道，“喂……醒醒……”

突然，二人同时跳起来，没等杨帆明白过来是怎么回事，两把明晃晃的尖刀，从他的前胸和后腰，同时插了进去。

杨帆啊的一声大叫，双手举起来，想抓住对方，举到半空又慢慢垂了下来，随即摇晃了两下，向后倒去。

不等杨帆倒下，二人猛地抽出刀子，又各自补上一刀，然后，扶起摩托车，跳上去，向身后的一条小路飞驰而去。

杨帆张开大口，胸前血流如注，他慢慢转身，回头看了一眼李远方，扑通一声栽倒下去。

李远方被这突如其来的一幕，惊得目瞪口呆，见杨帆倒下才如梦方醒。他大吼一声，冲出车子，奔到杨帆的身边，一把将他抱在怀里，边往车上挪动边大声哭道：“天哪……这到底是怎么回事？”

“别……费力了……”杨帆脸色苍白，喘息道，“我……坚持不了两分钟，快坐下来……让我靠在……你胸前，对……就这样！能死在你怀里……我就……知足了！”

“别说了！”李远方紧紧抱住他，哭道，“是我害了你！”

“瞎……说！”杨帆停了停，继续喘息道，“十八年前……我就该死了，是你把我……从火海中背出来，受了近九年的……牢狱之苦，也享了……九年多的福，现在正好抵消……我该上路了！”

“不！不！不！”李远方吼道。

“给……”杨帆从胸前，掏出被鲜血染红的那张过继证明，递给李远方，“杨威……交给你了！”

李远方接过证明，泣不成声，点头答应。

“还有……”杨帆又掏出一张被鲜血染红的纸，“一定……亲手交给陈石泉，千万不要……给其他人！”见李远方疑惑不解，摇头叹息道：“你啊……太诚实了，告诉你……钱思鸣……是我杀的！还有那些……败类……也是我和……疤子他们……干掉的！另外，我背着你……同新时代勾结……非法……”

“别说了！”李远方抽泣道，“我早知道……一点都不怪你！”

“是吗？”杨帆哭笑道，“这下……我更安心了，我一直怕你责怪我……不敢告诉你！”又交代道：“这上面……是陈石泉……需要的证据的……存放地点，他人不太坏……会把一切后事……处理好……”突然脖子一伸，扑在李远方怀里大口喘气。

“别说了！好兄弟！”李远方轻轻抚摸他的头，“我李远方这辈子，没有兄弟姐妹，可我比世上……所有有兄弟姐妹的人……都幸福！因为……我有肖畅姐和你……你们是……我生命的源泉！”

杨帆没有再出声，英俊帅气的脸庞，在车灯的照射下，洁白如玉，他依偎在李远方的怀里，永远闭上了眼睛。

三菱越野吉普车嘎吱一声，停在宝马车旁。胡队副跳下车来，一见眼前的情景，赶紧给陈石泉通报，建议封锁所有的街道路口，车站码头，围捕凶手。

半小时左右，陈石泉带着一帮人赶来，吩咐对现场进行摄像勘测，见李远方死死抱着杨帆不忍分开，心头一热。

“远方老弟！”陈石泉嘶声道，“请节哀……我们先上车，让他们好给杨帆兄弟处理后事！”示意身边的助手，将李远方同杨帆的遗体分开，然后，亲自将李远方搀扶到宝马车上。

一个人过度悲伤，会突然失去心智，现在李远方正是如此，就像他突然失去母亲一样。他两眼呆滞，口流涎水，一动不动地坐在车上，手中还死死拽着两张血纸。陈石泉给众人交代完，跨上宝马，挨李远方坐好，轻轻从他手中拿过纸张，吩咐司机疾速去协和医院。

陈石泉拧开车厢灯，慢慢打开纸条，心一阵颤抖，只见满是血迹的纸面上，隐约印出几排字迹：

证　明

我自愿将自己的亲生儿子杨威，过继给李远方做儿子。从今以后，杨威要对继父言听计从，不得违背他的意愿，事之如亲生父亲！

杨威，好儿子！请记住：你的父亲是世界上最坏也是最好的父亲，希望你永远把他记在心里，更企盼你为他争得荣耀！

特此证明。

一位最爱自己儿子的父亲　杨　帆

1999年元月1日

陈石泉止不住心潮翻滚，热泪外涌。他无法想象一位父亲，在写这张纸条时是何种心情。这张纸条是在李远方出狱的第三天写的，在杨帆身上藏了整整六十多天，他精神上的折磨可想而知。

他又打开另一张纸条，只见上面写道：

石泉老朋友：

近好！你所要的一切东西，放在交通银行地下保险库四十二号保险柜中，麻烦你自己去取，我不想你押着我去。钥匙和密码在宝马车的座椅下。千万记住，你一个人去，不要带别人去，对你大有好处！

你我之间交往、较量、争斗了近十年，以这种方式结束，恐怕不是你我二人的初衷。孰对孰错还是留给后人去评说！

另外，可否在我被处决之后，帮帮李远方？

最后，我的老朋友，祝你步步高升，心想事成！

特此说明。

杨 帆

1999 年元月 2 日

陈石泉一阵心痛，默默将纸条收好，眉头紧锁，思忖道：“杨帆为什么要我一个人去？为什么凶手计算如此准确，正好赶在上高速前下手？为什么杨帆的行踪，凶手掌握得如此清楚？难道我们内部有人给凶手通风报信？这人会是谁？为什么要提前置杨帆于死地？”

陈石泉不敢想下去，感到疲惫不堪，他掏出手帕，帮李远方擦了擦泪水和身上的污血，一头倒在靠背上，脸上弥漫着深深的哀愁，内心极度的忧伤，两眼呆呆地凝视着窗外。

窗外模糊一片，什么也看不清楚……

3

李传道老人的突然离世，肖畅的突然被抓，杨帆的惨遭杀戮，李远方的迷失心智，瞬间将所有的亲人，带入痛苦的无底深渊。一切与其有过瓜葛交往的人得知消息后，无不心怀怜悯哀矜。

接踵而来的是：肖畅父亲瘫痪，日夜要人伺候，母亲双目失明，泪流不止。杨帆母亲含恨去世，父亲病重住院。宋红雨父亲脑溢血抢救成植物人，母亲摔断腿卧床不动。周丽父亲帕金森突发，双手在睡觉时还要抖动，母亲神情呆滞，每天望着一对外甥儿女傻笑。

文达生受妻子影响，调离政府机关，到一个吃不饱饿不死的清水衙门牵头。父亲文主任提前离休，不再参与一切社会活动。

李家炳老人回京后，同儿子李远平大吵一场，一气之下住进医院，得知肖畅和杨帆的消息，病情加重，转入重危病房。

周丽、宋红雨、凤丫头三位女性和黄家骏一个男人，在此紧要关头，没有被接踵而至的灾难击垮，而承担了全部的责任。周丽和凤丫头负责配合吴律师处理公司的事务，宋红雨和黄家骏则肩负起几个家庭的所有事情。除了请保姆伺候肖畅和宋红雨父母外，杨帆的父亲、周丽的父母以及李远方和几位小孩，全部由四个人轮流伺候。

四个人每天不分白天黑夜地奔波劳顿，办事之前有商有量，办事之中有条不紊，大事小事都循序渐进，步步谨小慎微。

几个月下来，无论是公司的事务，还是各个家庭的事情，都大有起色，逐渐好转。肖畅的案子正式从纪委转到检察院反贪局，即将提起公诉。李远方在医生的精心治疗下，也渐渐清醒过来，只是整天呆坐不动，不愿与人讲话，脸上难见笑容。

按照杨帆提供的自首材料和证据，陈石泉快刀斩乱麻，系列杀人案最终全部告破，自上而下，皆大欢喜。

尽管杨帆在自首材料中声明：所有的案子均系他一人所为，但陈石泉还是在报告中，将疤子、假不了、侯七和其他犯罪成员列为团伙作案，使这一案子升级为建国以来有组织、有预谋、有装备的重大暗杀集团犯罪，旨在破坏改革开放的伟大成果。

公安部向全国发出A级通缉令，并通过国际刑警组织，向境外发出红色通缉令，通缉疤子他们三人以及手下的多名黑干将。

杨帆的遗体在殡仪馆存放了近半年，陈石泉一天24小时，派人暗地在四周守点。他估计疤子、假不了和侯七他们三人，会来跟杨帆的遗体告别，想一网打尽。

所有案情清楚明白后，重案组通知家属，将杨帆的遗体火化。

火化的前一天，李远方申请出院，同宋红雨和杨帆的两位哥哥一起，在殡仪馆陪伴杨帆最后一晚。

遵照杨帆父亲的意愿，他被安葬在市里西郊睡虎山墓地他母亲的墓旁，便于亲人们好经常去看望母子二人。

下葬这天，正是盛夏时节，早上烈日炎炎，热浪灼人。一行人从火葬场赶到睡虎山时，烈日当顶，个个大汗淋漓，浑身湿透。

下葬时，男女老幼都嚎啕痛哭。汗水裹着鼻涕眼泪洒满墓道，将母子二人墓碑前的空地，浸湿一片。

安葬毕，突然乌云骤至，瞬间遮蔽天空，紧接着狂风大作，倾盆大雨自天而落。一行人迅速上车，准备离开。

“这暴雨来得好快！”上车后，凤丫头惊诧道，“就这几步路，全身都淋透了，像杨大哥这样豪气的人，老天爷都为他洒泪！”

“老天不公啊！”杨帆的二哥含泪道，“他活了四十一年，从小到大，街坊邻居没有不夸的。临走的前一礼拜，还给街坊们送年货。”说到此，抽泣道：“当时老娘说：‘我这小儿子啊，成了整个车辆厂的儿子，回来只知孝敬大家，也不陪老娘说说话！’他笑着说：‘老娘，我这是为您老人家争光，街坊不会夸我孝顺，只会夸您老养了个好儿子。’现在好了，母子俩每天有说不完的话！”

“那是谁？”杨帆的嫂子指着车窗外，“怎么这大的暴雨，跑下车去干吗？看……好像又进陵园了！”

“哎呀！”凤丫头惊慌道，“是大哥！”赶紧叫司机开门，跑了出去，大叫“大哥”想拦住李远方。

周丽、宋红雨和黄家骏也跑下来，想拦住李远方。因为没预料下雨，都没带伞，黄家骏脱下自己的衣服，要给李远方遮雨。

“家骏，站住！”周丽突然大声道，“让他去！”

黄家骏只得站住，四个人走到一起，顶着暴雨，凝视着李远方在水帘中，一步一步朝杨帆的墓碑走去。

“说不定……”周丽脸上雨水直流，头发遮蔽了半边腮帮，声音哆嗦，“迷失心智的人会突然在狂风暴雨中，受重大刺激好起来。我们慢慢跟过去……别打搅他！”

四个人踩着雨水，蹑手蹑脚跟了过去，悄悄站在了李远方的身后，就见李远方来到杨帆的墓碑前，呆呆地伫立着，看不见脸上是什么表情。周丽浑身哆嗦着，心里怦然跳动，不住祈祷。

暴雨越下越大，狂风阵阵呼啸。许久，李远方慢慢蹲下身，双手来回抚摸着墓碑上杨帆的名字。身后四人紧张得浑身颤抖。

一声焦雷猛然自天而下，在头顶滚滚炸响，大地在暴雨中不住抖动。随即雷声滚过墓地，一声赶一声向西方轰去。

“天啦……是我害了你啊！”突然，李远方大吼一声，一头扑倒在杨帆的墓碑上，放声大哭起来。

“老天啦，红雨……看他……真好了！”周丽一头扑倒在宋红雨的怀里，失声嚎啕大哭。她这一哭，宋红雨、凤丫头和黄家骏都止不住内心的悲伤和喜悦，拥抱在一起，放声痛哭起来。

“李远方……你好狠心！”周丽猛地从宋红雨怀里挣脱开来，一下冲到李远方的身后，趴在他身上痛哭起来。几年来的辛酸苦辣，随着泪水的流淌，瞬间都倾诉而出。

“杨帆啦……你告诉我……这是为什么啊？”宋红雨一见，几步就扑倒在杨帆的墓碑上，大哭大叫起来。

凤丫头一见，也一头倒在黄家骏怀里，二人抱头痛哭。

五个人各怀不同的悲哀，在狂风暴雨的肆虐声中尽情宣泄。

夏天的暴风雨，来去匆匆，陡然间，雨停风歇。不一会，云开日出，天地间，再现一片光明。

五个人停止了抽泣，李远方果真是陡然好了过来，他深深地给杨帆的母亲磕了三个头，又跪在杨帆的墓碑前，深情道：“好兄弟，一路走好，待我将心事办完……我们再相见！”

周丽一听，心又一抖！思忖道：“他怎么如此说话？办什么心事？”见李远方站起来仰天长叹，想问，又不知如何开口。

其他的亲戚朋友见李远方突然清醒过来，都下车惊叹不已。李远方逐一跟大家点头致意，又特地跟杨帆的哥嫂打招呼，安慰他们节哀，来到杨威面前，情不自禁把他抱起来，告知周丽和宋红雨：杨帆已把儿子过继给他了，请宋红雨放心，他一定将杨威培养成人。

大家又纷纷上车，正准备离开，陈石泉突然开车来到，见李远方突然清醒过来，大感震惊。

“走，”陈石泉对李远方道，“我们再去给杨兄弟烧炷香！”

李远方吩咐大家再等一下，陪同陈石泉走向杨帆的墓碑。

“你怎么来了？”李远方问。

“专程来见你的！”来到碑前，陈石泉一边给杨帆烧香，一边道，“你还记得当时的情景吗？”

“永志不忘，就在刚才……我还在风雨中重现了一次，然后，就清醒过来，我记得他要我交给你一张纸条。”

陈石泉惊奇道：“看来你彻底好了！”从口袋里掏出那张血迹斑斑的

纸条，递给李远方道：“两张纸条，在你迷失心智时，我都收起来了。这一张是杨帆的过继证明，现在当着他的面，我交给你，给我的一张，我已经收好。”

李远方接过纸条，看了看，泪水一下又涌了出来。

“很多人……”陈石泉道，“不让我追查谋杀杨帆的凶手，在他们看来，既然已是皆大欢喜，何必要节外生枝，把案情搞复杂化。良心提醒我，必须查下去。尽管我和杨帆走的是两条道，但我们二人，可以说是惺惺相惜，相互倾慕。不将凶手缉拿归案，我对不住他这个朋友加‘知音’，所以我想请你帮助我。”

“谢谢你！”李远方激动道，“杨帆地下有知，定会感激你的！”

“另外，”陈石泉摸了摸墓碑上杨帆的名字，叹息道，“我想来告诉杨帆的兄弟，疤子、假不了和侯七，刚才下雨时，在这睡虎山后面的山沟里，持枪拒捕……被特警击毙了！”

“都打死了？”李远方惊诧道。

“对！”陈石泉道，“他们开枪打死了一名特警，又打伤了两名。”看着杨帆的墓碑，感叹道：“他们和杨帆是生死兄弟，不能同年同月同日生，但愿同年同月同日死，正好今天团圆。”又深情道：“杨兄弟，我把他们三人送给你……你心中也该安宁了！”

“是啊！”李远方感叹，“白居易说，‘心宁是净土，心安是归宿’，好兄弟，你就安心吧，我会经常来看你的！”

“我也会的！”陈石泉道，“人生聚散无常，有缘即合，缘尽即散，我们兄弟之间缘分还未了哇！”

“疤子他们怎么来了？”李远方又问。

“今天杨帆下葬，”陈石泉激动道，“他们能不来吗？他们是一定要来的，来之前都做好了回不去的准备。”又感叹道：“可惜这种惊天地、泣鬼神的情义被亵渎了！”

“怪不得！”李远方道，“刚才我像是听到枪声，还以为是打雷。”

“该走了！”陈石泉道，“我过两天跟你联系，我们找个清静的地方，好好坐一坐。”说完，不等李远方径自而去。

“等一下！”李远方突然喊。

陈石泉站住，回头用询问的眼神望着李远方。

“我想……”李远方上前两步，小声道，“见一见肖畅姐！”

“这太难了！”

“你一定有办法！”

“好吧……我试试看！”陈石泉边回答，边大步走向警车。

李远方再一次回头深情地看了一眼杨帆的墓碑，然后大步走向自己的车子，上车后，吩咐大家发车回家。

“李叔！”杨威好奇地问李远方道，“你们说什么？”

“好孩子！”李远方看着他稚嫩的小脸，深情道，“我们商量着让你爸爸上天堂，不让他入地狱！”说完，扭头凝视着窗外。

“妈！”杨威扑在宋红雨怀里，问道，“爸爸真上天堂吗？”

宋红雨含泪道：“好儿子，爸爸上天堂了，你将来一定要好好读书，做一个像爸爸那样的好男人！”

“那我将来也上天堂！”

宋红雨没有再回答儿子的话，车上几个人也都缄口不语。杨威瞪大好奇的眼睛，在每个人脸上扫来扫去。

他看见从妈妈开始，每个大人的眼睛都在流泪……

第八十二章

1

肖畅走了！文达生电话通知李远方。得知消息后，李远方来到了杨帆和他母亲的墓碑前。

此时，夜幕笼罩山岚，睡虎山四周的田野，苍茫迷蒙，阴森寂静。偶尔传来附近村庄里几声零碎的爆竹声。墓碑前摆放着几束花草，还散发着淡淡的清香，大概是伯父他老人家，这几天来祭奠过。

“伯母！杨帆！”李远方未开言泪先流，一头趴在杨帆墓碑上，哭泣道，“我来告诉你们……肖畅姐她已离我而去，去到你们那个世界了。

她走得如此凄惨，如此匆忙，连再见我一面都不愿意。麻烦你们接一接她……给她安排好住所，别让她的魂灵到处游荡！”

一阵阴风扫过，山顶上传来几声恐怖的悲鸣，李远方擦了擦眼泪，又抽搐道：“杨帆我的好兄弟，我也要找你来了，我不能眼见自己的亲人们，一个接一个地离我而去，自己反倒苟活在这个红尘之中。还记得我们兄弟第一次见面的情景吗？两个即将踏入大学的愣头青，坐拥在一张床上彻夜长谈，满怀青春的幻想，憧憬美好的未来。可谁知道走到今天这个结局？我们都太幼稚不知人何以为人？不知情何以为情？不知人世间何为苦乐的根源？”

说到此，他慢慢站起来，激动道：“现在好了，你我都明白了人生的意义。看穿了这个世界，都要回归本源。好兄弟也麻烦你给我找好归宿。我先去给幺爹、给父母、给列祖列宗告辞。随后就去找你，我们兄弟二人，坐在奈何桥上，借助地狱的灵光，举杯饮恨，了却尘缘！”说完，转身快步离去。二十分钟左右，红旗车滑过岱黄高速公路收费站，呼啸着向九龙冲东山头白龙寨飞奔而去。

夜渐渐深沉，一弯冷月从东方徐徐升起，几点寒星紧随相伴。李远方一路上凄苦悲切，泪撒荒野，一颗迷离的心在黑夜中游荡。

回到白龙寨，村民们已经熟睡，寨子里静谧安详。他停好车，悄悄来到李家大院，开门摸进大厅。屋内阴森寒冷，隐约见幺爹的灵台前，香炉内几点残弱的微光闪动。大概是师大夫的老伴，每天早晚还在给老人家上香，再抬头灵台上方，老人家的遗像依稀可见。

“幺爹！”李远方跪了下来，抽泣道，“孩儿不孝，未能实现自己许下的千钧诺言，愧对列祖列宗。请您老人家在列祖列宗面前代孩儿请罪。原谅孩儿力不从心，无以继承我李氏家族的遗风！”慢慢站起来，行三叩九拜大礼。

礼毕，李远方又摸到幺爹房间，轻轻坐到书桌前，一动不动地坐着，泪水止不住泉水般往外流淌。

许久，他拧开台灯，小心翼翼从抽屉里拿出笔纸，开始给周丽等人书写遗书，嘱咐周丽：带好一对儿女和杨威，不要因为自己的离去而悲伤，人生本来就是聚散无常，让周丽不要过多要求三个孩子，让他们自由自在地生活，不要像他们的父亲，一生背负因袭的重担，为了光宗耀祖，传宗接代，最后走上一条不归的绝路。

他又叮嘱李平、李乐：一定要听妈妈的话，好好读书，快快乐乐地过好每一天，千万不要学自己——轻易许下千钧诺言，给自己套上无穷无尽的精神枷锁。特别给杨威寄语：牢记宋红雨和周丽两位妈妈的话，希望他像爸爸一样，做一个顶天立地的大丈夫。

他再嘱托凤丫头和黄家骏，将六百多万资金，留下三百万给李平、李乐和杨威，剩余的分发给所有的亲人们。同时，他拜托二人同周丽、宋红雨一起，肩负起培养李平、李乐和杨威的重任。

写完遗书，装进信封封好，他又给李德正写好一张便条，从抽屉里，取出二瓶安眠药，放进口袋。关灯来到客厅，他将几封信和便条，压在电话机下，又来到幺爹的遗像前三鞠躬，这才走出大厅。

他来到院子，四下看了看，月光惨淡，寒霜点点。他走到那棵高大的皂角树下摸了摸，眼含热泪，一头匍匐在地："列祖列宗啊，不肖子李远方愧对你们，只有以死谢罪，请你们理解孩儿的抉择！"

祈祷完毕，慢慢起身，仰天一声长叹，苦泪遍洒衣襟，然后，眼放幽光，拖着沉重的步子，一步三回头地走出李家大院。

来到车旁，他轻轻打开门，坐上去启动车子，也不开灯，摸黑缓缓向东山开去。一路上他心怀凄苦，肝肠寸断。来到东山脚下，他将车停在树丛中，摸索着向东山头西山顶爬去。

李远方幽灵般爬上西山之巅，只见寒星冷月低垂，夜沉露重，四周死寂无声，只有寒风阵阵扫过，枯草窸窣声响。

"娘！"李远方慢慢跪下，声音凄然，"孩儿找你来了，您不是说每天日落之后，到这东山头来，看孩儿一眼吗？怎么还不见您老人家的身影？求您老人家现现身……让孩儿看您一眼！"

一阵阴风扫过，四周又是一阵窸窣声起。

"娘……是您来了吗？"李远方慢慢转过头去，只见枯草摇曳，寒光闪闪，他失望地回过头来，抬头仰望苍天，"娘……幺爹他老人家走了，杨帆也走了，今天肖畅姐也走了。他们都丢下孩儿不管，撒手而去。还有周敏和许姨两年以前就弃孩儿而去。还有胡总、师大夫、细翠嫂和黑牛，他们都先后离开孩儿去了。走得是如此匆匆，悲苦不堪，戳透了孩儿的心，令孩儿撕心裂肺，苦不堪言。娘……孩儿不想一个人，孤苦伶仃地苟活在这个冰冷的世上，求您老人家告诉他们：让他们慢点走，等等我，不要把孩儿落下！”

山下传来几声犬吠，随即一块墨云垂天，将低垂的冷月遮掩，四周顿时漆黑一片。李远方继续嘶声：“娘……既然是孩儿最亲近的人都去了，孩儿的心也就死了。孩儿不愿让自己最心爱的一对儿女，每天看到一个没有心肠的父亲，面对他们傻笑。不愿自己最亲爱的妻子，长年触摸一个躯壳，躺在她身边。娘……孩儿要奔您而去，回到列祖列宗的身边，回到娘的怀抱！”放声痛哭起来。

悲怆的哭声，在黑暗中蔓延传递，阴森恐怖。前方岩石边，几只栖鸟惊飞，远处阵阵悲鸣声起，整个东山头，似乎在哭喊中摇荡。

“茫茫宇宙啊！”许久，李远方停止哭泣，大声嘶喊，“你不是缔造了万事万物吗？你不是在空间上无边无际，时间上无始无终吗？你如此的伟大无边，为何不在瞬息万变之中将天下苍生，都送于天堂？何以要让人类，在这小小的地球上世世代代、无穷无尽地你争我夺，尔虞我诈，相互杀戮？”喊声在天空回荡，旋即向山下飘去。

“苍茫大地啊！”李远方又双手支撑在地上，继续嘶喊，“你不是……纳日月于胸怀，凝山河于皮囊，生万物于股掌吗？何不将天下苍生，万事万物永恒地凝固在一个灿烂辉煌、风光明媚的时光隧道？何以要让人类这些微不足道、自不量力、自以为是、依附在你皮肤上的微小生灵繁衍不息生生死死？”

仿佛被李远方的呼喊感动，低垂的冷月，又从云层中钻了出来，东山头上，渐渐月光如水，寒霜如冰。

“人类啊！”李远方慢慢站起来，抬头望月，双手高举，“你们不是自诩为天地万物的精灵吗？你们不是可以上窥青天、下潜黄泉，挥斥八极、神气不变吗？你们不是可以扭乾转坤、包举宇内，颠倒四季、并吞八荒吗？你们不是可以思接千载、马踏时空，宇宙在手、万化由心、让时光倒流吗？何不倒海翻江、担风袖月、云起龙骧、昂首长啸九万里？何以要日出而作、日落而息、星落天涯、各自零散？何以要千里赤地、万井悲风、饮泣吞声、饮鸩止渴？何以要隐介藏形、苟延残喘，有天无日、忧患余生？”

又是一阵寒风乍起，四周树木瑟瑟摇响。

李远方一惊，停止了呼喊，轻轻转过身来，兴奋道：“是谁？是娘来接孩儿吗？好像来了好多人？是我李氏家族的列祖列宗吧？好，我这就去给列祖列宗磕头，求列祖列宗收留我。我李远方没能实现自己的千钧诺言，就让我回到列祖列宗的怀抱去。”

他一步一步向山下走去，朝龙珠山列祖列宗的坟茔走去。

夜更深，月更冷，霜更重。龙珠山上墓碑森立，一片死寂。

李远方步履阴沉，来到父母的坟前，默默跪下磕头，又上一步来到九棵松柏前，依次跪下磕头。再踏上一步给列祖列宗下跪磕头，然后，他回到祭台前，面对列祖列宗，幽灵般站立不动。

“列祖列宗啊！”许久，李远方阴嗖嗖道，“你们何其错啊，何必要一代接一代地显亲扬名，光宗耀祖？何必要一代接一代地克勤克俭、诗书传家、仁爱待人？一切都是枉然，再辉煌的家族，最后不都是埋入黄土、进入坟墓吗？看看这九棵巍然屹立的松柏，真就是我李氏家族的精神吗？从1900年开始，为了显亲扬名，光宗耀祖，为了争这个虚妄的荣耀，我的八位祖辈们，有谁像幺爹一样是寿终正寝？我的列祖列宗啊……其实好好活着，再好好死去，从天堂经过人间再回到地狱，才是真正的家族精神啊！为什么你们就不以为然呢？何以要子孙后代，一代接一代地背负精神的枷锁？”

一声恐怖的叫喊，从坟茔深处传来，令人毛骨悚然。紧接着又是一声长长的叹息声起，李远方只觉眼前魅影晃动。他一声冷笑，向魅影走去。魅影在墓碑林中跳动，引领李远方向山后爬去。翻过山梁，随着耳边又传来一声叹息，眼前魅影瞬间消失。

李远方一看，原来走到了后山柳四娘等几座冤死鬼的坟地。李氏家族的规矩：不是正常死亡的族人，一律埋在后山荒凉处。

李远方摸到柳四娘坟前，突然一阵心绞疼，浑身急剧颤抖，大脑一下清醒过来，想起肖畅的遗言，止不住失声痛哭。他一边跪下磕头，一边哭诉着：“我心爱的肖畅姐啊！我遵照你的遗嘱，来给四嫂磕头了！

你在天之灵听到了吗？姐姐啊，如果你的魂灵还在游荡，请不要悲伤，我很快就追你来了！从今后，我们姐弟俩永不分离！”双手拍着坟头：“我的四嫂啊，你和肖畅姐都是女中豪杰，你们在世时，精神和肉体被玷污，离开这个浑浊的世界，又是如此悲烈。放干了自己最后一滴血，带着冰清玉洁的身体进入天堂。你们的精神与天壤同久，与日月同辉。千古中国，万种民性，你们才是大写的人啊！”

“远方儿……”突然，耳边似乎想起娘的呼喊。

李远方一惊，抬起头四下观望，只见月光更加惨淡，到处荒凉黑暗，山上山下，依然是一片死寂。

“该走了，娘在叫我！”李远方慢慢转身，又孤独地向前山走去。一座接一座的坟堆上，寒霜漓漓，墓碑森森。来到九棵松下，他停住脚步，抬头望去，只见冷月映照下，松针抖瑟，枝杈诡异。

“幺爹啊！”李远方喟叹，“您老何以要用松柏，来比喻人类的精神？难道真如庄周所说‘受命于地，唯松柏独也正’吗？其实人心何其叵测，一个人的精气神是无法捕捉不可比拟的啊！您老临终前呼喊孩儿‘你不该啊！’现在孩儿总算明白了，人世间不该做的事情太多，生生世世无穷矣！孩儿决定放弃这一切，这就回到列祖列宗的身边……回到娘的怀抱！”说完动身走向母亲的坟墓。

“娘……孩儿来了！”李远方慢慢摸到母亲的坟前，哆嗦着掏出安眠药，伸直脖子一颗接一颗倒进口里，硬生生吞了下去。然后，他颤抖着坐下来，侧身依偎在墓碑下，脸贴在冰凉的白玉碑上，双手抚摸着母亲的名字，泪如泉涌：“娘……孩儿我……来了！”

他长长地叹息一声，平静地闭上了眼睛……

2

周丽一晚上没合眼，天不亮就打电话把宋红雨、凤丫头和黄家骏叫过来，等三人都进门后，将他们请进书房，关好房门。

“什么事这急？”宋红雨担心道。

“远方一晚上没回来！”周丽焦急道，“手机一直关机，我心里怦怦直跳，想请你们分头去找一找……我担心他出事。”

“应该不会吧，”宋红雨道，“所有的案子都结了，公司也清算完了，现在，只有别人欠我们的，还会出什么事？”

“大姐！”凤丫头提醒道，“有没有问一问达生哥？这几天大哥和他一直在跑肖畅姐入监的事，说不定办事太晚，就在他家过夜。”

“这倒有可能！”周丽道，“本来我是想打个电话问一问，因为时间太早，没打，所以，先把你们叫来。”

“哎呀，”宋红雨道，“现在什么时候，还顾这些小事？我来打！”一面拿起电话，拨通了肖畅家的电话。

“没人接！”电话通了半天没人接，宋红雨道，“我再试试达生哥的手机。”耳机里传来用户关机的语音提示。

“肯定是跟达生哥在一起！”宋红雨放下话筒，“要不怎么两人都关机？而且都没回家！”

“大姐，”黄家骏道，“也许二人劳累过度，睡着了。要不我跑一趟他家，顺便再到公司和几个生产基地去看一看。前几天，大哥带我去看过一次，跟我透露，想从头再来。看得出他内心的惆怅和希望，或许同几个留厂的工人，在商量事情。”

“好吧，”周丽道，“如果碰见他，先给我来个电话，我好安排事情。”又对宋红雨道：“红雨，麻烦你跑一趟武昌，去找一下文叔，说不定都在他家商量事。就是不在，问清楚肖畅姐的事，到底办得怎样？我看她一天不安定下来，我们那位，一天也不安心。”

“好吧！”宋红雨和黄家骏先开门而去。

“凤丫头！”周丽一屁股坐在沙发上，神情沮丧，“我有一种不祥之兆……你大哥他……”话未说完，泪水止不住外流。

“大姐，”凤丫头安慰道，“你别瞎想，这大的灾难都挺过来了，还有什么不放心的？”自己也跟着泪涌。

“是啊……按理我是不该担心，可心里总是惴惴不安。我和你大哥结婚快十五年了，他这人把情看得太重，又太诚实，不会转弯抹角。有时我都觉得他像一个小孩，我担心他一时转不过弯来。”

“有什么转不过来？大哥是一位真男人，他把诚信看得比生命还重。

他答应跟你白头到老，厮守一辈子，他说话是算数的！”

“你不知道，”周丽摇头道，“他许下诺言，一生背负重担，精神高度紧张，每天回来见了我，都倾诉苦衷。你想想：他以前何等辉煌，一夜之间连翻几个跟头，跌得头破血流，任谁也难以接受。几位最亲的人又都惨遭不幸！”拉着凤丫头的手：“凤丫头，大哥最信任你，见了他一定劝劝他，不要实现什么诺言，一家人平安最好！”

“知道，你放心，大哥不是一般人，再说不都过去了吗？”

“你怎么还不明白？”周丽道，“自肖畅姐出事，特别是杨帆去世后，他完全变了一个人。难道你看不出……他整天恍恍惚惚的，问东答西，前言不搭后语，有时一个人坐在房间，几个小时不说一句话，我实在是……”悲从心来，泪水又涌了出来。

“还有，”她接着道，“他和肖畅姐的感情，比亲姐姐还深，有时真就把肖畅姐当成他死去的娘。肖畅姐这一出事，他的精神就垮了。你想一想：没有肖畅姐，就没有他的今天，就没有他过去的辉煌。肖畅姐出问题，等于就是判了他李远方的死刑！”说完又哭起来。

“大姐，”凤丫头安慰道，“你别伤心！”

“我能不伤心吗？”周丽继续道，“这屋里老的老、小的小，个个都让人不放心。好不容易盼他出来了，又接二连三地出大事，先是幺爹去世，紧接着肖畅姐被抓，随即杨帆又惨遭谋杀……别说都是我们最亲的亲人，就是外人，恐怕一时也承受不起！”

“妈！”正说着，李平、李乐推开书房门进来，李乐道，“今天是二十世纪最后一天，我们学校举行文艺汇演，庆祝千禧年到来。我和哥哥要表演节目，老师要求家长一定要去参加。而且，家长还要同学生一起联欢。”说完，两个小家伙可怜巴巴地看着周丽。

“是吗？”周丽也是眼泪巴巴，嘶哑道，“你们先去，我在家等爸爸，等他回来后，我同你们的爸爸一起去。”

“妈！”不等周丽说完，李平道，“爸爸在忙肖姑妈的事，万一回不了，那我们会……”嘴一瘪，泪水要掉下来。

“我去吧！”凤丫头道，“正好顺便买一些过年的礼品。”

“好吧，”周丽道，“该买的都买，该送的也都送，别让人小看我们，觉得我们家背时了，就显得小气。”又对李平、李乐道：“听凤姑的话，节目演完了，早点回来，别缠着姑姑在外面贪玩，明白吗？今天全市举行欢庆千禧年焰火晚会，街上到处都是人，下午爸爸回了，我们全家到长江边去看焰火。”

“好的！”二人拉着凤丫头欢欢喜喜出了门。

“等一下！”周丽对凤丫头道，“把手机带在身上，就拿在手上，免得放在口袋，被小偷盗走，我好随时跟你联系。”

“明白了！”三人出门而去。

周丽长长地叹息一声，一屁股坐进沙发，又把手机和座机拿过来，放在自己手边，这才一头倒在沙发上，心中一面祈祷李远方平安无事，早点归家，一面等待几个人的消息。

黄家骏第一个打电话回来，告诉周丽：肖畅姐家没人，隔壁说几天都没见有人回来，他到其他的地方去找。

“好吧，早点回，再到李远立和沈小虹那去找一找！”

挂断电话，周丽焦急地在房里来回走动，心里七上八下，忐忑不安，忍不住推开窗子一看，大街上到处彩旗飘扬，人山人海，锣鼓鞭炮声此起彼伏，广大市民开始欢庆千禧年的到来。

“嘟，嘟……”手机又响了起来。

周丽关上窗户，几步就跑到沙发边，拿起手机。

周丽一听，怦然心跳，希望是李远方的电话打进来。她屏住呼吸，慢慢打开手机，一看号码，是白龙寨的电话，心里一喜，思忖道：原来他去白龙寨了，我怎么没想到？

“喂！”周丽按下接听键，“你怎么……”突然不说了。

“是……周丽吗？”电话里传来李德正嘶哑的声音。

“是……”周丽声音哆嗦，“德正爹……有事吗？”

“好孩子！”李德正突然抽泣道，“远方他……他……”

“他……怎么啦？”周丽猛地坐起，浑身颤抖不停。

“他……在龙珠山……自杀身亡……”已泣不成声。

“啊……”周丽大叫一声，一口鲜血从口中喷出，随即，两眼一翻，一头倒在宋红雨的身上，晕死过去。

嘭！啪……几乎就在周丽喷血的同一刹那，就听一声巨响，龟山电视塔上，五彩缤纷的焰火冲天而起。紧接着，长江两岸，万家焰火同时响亮。无以数计的光束，呼啸着不断升腾，竞相在高远浩渺的夜空绽放。

顷刻间，天上地下，轰鸣声震耳欲聋，五彩流光，辉洒天地。

万里长江，在光华的照耀下，有如一条五彩斑斓的巨龙，浩浩荡荡，奔腾不息，滚滚东去。千禧年在万民的欢呼声中粲然走来……

尾 声

八年之后，金秋时节，一个晴朗的上午。

九龙冲东山头白龙寨地区，艳阳高照，秋高气爽，山水明秀。

一辆东风日产“天籁牌”高级轿车，徐徐进入白龙寨大道，来到寨东头的巨大石碑前停了下来。

车上的人，坐在车内，从窗口翘首凝望着碑上的锦绣碑文。看了十分钟后，小车才徐徐驶出，径直朝龙珠山开去。大约一刻钟左右，驶入龙珠山前的牌楼，沿林荫小道低速进入坟地，缓缓停在祭台前的广场国家。

前后车门同时打开，凤丫头和黄家骏，李平和李乐,先后走下车来。黄家骏和李平从后备箱取出祭品，四人向李远方的坟茔走去。

李平、李乐现在已成长为一对俊男靓女。李平身高一米八，面目俊朗，神志超脱，器宇轩昂。李乐身高也在一米七以上，仙姿昳貌，体态婀娜，亭亭玉立。二人并排缓行，恰似一对人中龙凤。

凤丫头快四十岁的中年女人，看上去依然是一张娃娃脸型，只是抹不去的眼角鱼尾状纹，使人联想到岁月的沧桑。由于多次做人流手术，凤丫头已彻底失去了养育孩子的机会。她全身心地将自己的爱心，倾注到李平、李乐的身上。

黄家骏没有了年轻时的矫健身影，有点中年发福，变得腰肥体胖，走路不太敏捷，但看上去神情自若，睿智端方，大度沉稳。

夫妻二人相亲相爱，一心一意帮助周丽承担起培养李平、李乐的重任，遵照李远方的遗嘱，凤丫头将他留下的巨额财产分给亲人们，又将给自己的大部分存放在李平、李乐的名下，留下一小部分，在汉正街买了三个门面，出租给商户，每年坐收二十万元租金，以维持一家人平时的各项费用。

四人来到李远方的墓碑前，开始摆放祭品，烧香磕头。

“大哥！”凤丫头含泪道，“李平、李乐又来看你，他们兄妹二人，后天就要各自踏上人生的新旅程。李平去加拿大多伦多大学留学，李乐如愿进入北京大学法学院。他们兄妹二人来给你辞行，你在天之灵，保佑一对儿女学有所成，平安归来！”说着止不住泪流满面。

“爸！”李平跪下道，“请您放心，我一定不忘李氏家族的家训。不辜负您和妈，外公、外婆对我的期望。努力完成学业，学成归国。为李氏家族争光，为列祖列宗争光！”

“爸！”李乐也跪下道，“妈妈身体更差了，她是世上最好的妈妈。我一定学好法律，照顾好妈妈！”

“大哥！”凤丫头哭诉道，“你听到了吗？八年了，人世间又发生了沧桑巨变，可李平、李乐始终牢记你的教诲，时刻铭记李氏家族的家训，他们是你的骄傲，是李氏家族的希望啊！”

说到此，八年的酸甜苦辣、八年的劳苦奔波、八年的希望期盼，一起涌上凤丫头的胸怀。她禁不住心中的辛酸悲苦，嘶声道：“大哥，你这一走，就是八年，您不该啊！”

“大哥！”黄家骏也流泪感叹，“八年了，亲人们每时每刻，都在思念你，常常为你以泪洗面。我们每次见周丽大姐都要我们代她来这龙珠山给你问好。今天李平、李乐就要远离故乡，开启他们新的人生旅途，让我们在三个世界，共同为他们祈福！”

四个人开始依次燃烧纸钱，默默地将一叠一叠的黄表纸，一张接一张地捋开送进火堆。火光不住在眼前跳跃，香烟随微风在身边缭绕。火光点燃了每个人情感的记忆，烟雾撩开了缠绕记忆的纱幔。

往事如烟，丝丝缕缕，点点滴滴，扰人情思！

李远方自杀后发生的往事，历历在目，注上心头！

远方集团在李远方悲愤离世后彻底破产，将它奔向远方的步伐，完全止步在二十一世纪的大门之外。其辉煌的历史，偶尔成为市民们茶余饭后、扼腕叹息的话题。随着无数个企业精英雨后春笋般的崛起，李远方的大名也从人们的记忆中渐行渐远，悄然逝去。

周丽在李远方自杀后，悲伤过度，迷失心智。周丽父母也因伤心过度，双双在古稀之年看破红尘，不求多寿，但求速死。除偶尔看一看一对外孙儿女外，足不出户，生病后也不愿医治，分别于2004年下半年和2005年上半年病逝。

杨帆父亲在老伴去世后第三年，也追随她而去，临死之前征得大儿子和二儿子的同意，将车辆厂的房产留给杨帆的儿子杨威。宋红雨先是不接受，禁不住哥哥嫂嫂的劝说，只得接受下来。

宋红雨没有再结婚，一个人负担起培养儿子的重任。她在儿子学校附近，开办了一个儿童服装专卖店，一面做生意，一面关注儿子的学习。她经常请杨威的老师吃饭，定期上老师家去拜访，有好的童装，首先送给老师的孩子试穿。

宋红雨的父亲变成植物人后，维持了不到两年就死去。母亲摔断的腿，倒是慢慢好起来。可落下残疾，走路靠拐杖支撑，宋红雨将其接到家里，帮助看家做饭。

肖畅的父亲在肖畅出事后，第二年含恨而死，失明的母亲不愿同大女儿一起生活，独自一人在黑暗中度日。大女儿一家则隔三差五来看望老人，带去必需的生活用品。文华也是经常利用礼拜天来探视外祖母，每次来都要同老人吃上一顿饭，安慰老人孤独的心灵。

文达生在肖畅出事后第二年，又找了一位经商的富婆结婚。小日子过得有滋有味，夫妇二人每年都要去国外旅游一至二次，一对新婚旧人同进同出，比翼双飞，情深意浓。

文叔老两口依然养尊处优。二老每天早晚，定点到东湖边散步，几乎将肖畅的名字遗忘殆尽。三位儿子和孙子们，定时来看望二老。

文华最受祖父母钟爱，长期住在祖父母家里，深得文家的家风。他偶尔回自己家看一看父亲。父子二人每次见面，都不欢而散。每年清明节，文华都要陪外祖母去扁担山陵园，给外祖父和母亲烧香磕头。2005年，他如愿被公派到美国宾夕法尼亚大学学习。出国之前，他特地到母亲的坟上，痛哭了一场。

陈石泉在肖畅和李远方自杀后，大受震惊，寝食不安，有一种负罪感。他拒绝了提升的机会，坚决要求离休。上级考虑他为社会治安做的贡献，给他晋升副局级行政级别后，才给他办理离休手续。离休后，他每天同鱼竿为伴，足迹遍布市里郊的大小湖泊。一个人垂钓时，总是自言自语："假如我陈石泉……没有坚定不移地追查下去……他们会死吗？"

胡队副理所当然地顶替陈石泉出任重案组组长，上任后，以雷霆之势开展全市打黑行动，深受上级领导赞扬，前途一片光明。

钱华的光大房地产公司，受亚洲金融风暴的冲击，加之张总突然离开，一度濒临破产。后在她强势手腕的周旋下起死回生，又找了位比自己小十岁的体育教练结婚，事业家庭双双称心如意。

张总在千禧年后，断然离开钱华回到北京，曾一度想同辛雅娟建立长期的生意和生活伴侣，不曾想以前介绍辛雅娟认识的人，见到他又同辛雅娟一起出现，都是一脸不高兴。坐下后，这些老领导都是一个话题：大谈吃喝养生，不问来者何意。对待二人的态度，更是冰火两重天，他这个当初的引荐人，成为一个讨人嫌的累赘，饭都不留下吃一口，谈何关照生意？无奈之中，只得暗自感叹江河日下，世态炎凉，怏怏然离开北京，去深圳发展。后同一位台湾富婆合作，共同开发环保项目，在灯红酒绿中欢度余生。

辛雅娟自胡总突然去世后，如鸟出樊笼，鱼归大海。每天周游在一群高官显贵之中，事业蒸蒸日上，生活多姿多彩。

李家炳老人 2001 年病逝于北京医院，骨灰没有送回白龙寨龙珠山，暂时存放在八宝山革命公墓。按照老人生前的遗嘱，秀秀继承了他个人的全部家产。第二年，秀秀同一位儿时的伙伴结婚，成为二位孩子的继母。夫妇二人在北京开了一个餐厅，生意异常红火。

李远平 2004 年，终因受贿罪、挪用资金罪和巨额财产来历不明罪，被判处无期徒刑，投入北京天堂河监狱服刑。老婆两年后亦改嫁他人，女儿随母亲融入他人家庭之中。

李远立和沈小虹的电子元件厂，在彭副总经理回台后，生意日见下滑，产值一年不如一年。后在沈小虹的决策下，停办电子元件厂，投巨资开办大型豪华连锁酒店，生意如日中天。2002年沈小虹生有一女，取名李小虹。两年后，又生育一子，取名李小立。夫妇二人家庭事业两旺，每年都要带子女去一趟台湾探亲。

李氏家族的台湾同胞们，每隔两年都要组团回白龙寨祭祖，李远方的一名堂妹心有所发，为此撰写了一本纪实性文学作品——《天涯路远，故乡情深》，出版发行后轰动台湾岛。后被改编成电视剧，风靡东南亚华人世界，掀起新一轮海外游子回故乡祭祖寻根的热潮。

李德正夫妇在家颐养天年，养猪场发展成为良种公司。一切事务，全权由李传前、李传进兄弟二人负责。兄弟二人各司其职、各负其责，生意遍布大江南北。二位儿媳共生育有三子三女，老夫老妻每天在家含饴弄孙，乐不可支，一大家人欢欢喜喜，其乐融融。

李远发不幸于2005年春季，一个人在家算账时，因过于激动突发哮喘病无人知晓，喊人又难以发出声来。等老伴和儿女回家时，终因气管阻塞不通，窒息而亡。

李远治于2004年春节后完全痴呆，每天吃喝都要靠李德正喂食，终于一天栽倒在渠道里呛水而亡，步妻子王细翠后尘而去。

遵照九爹和李远方的遗嘱，凤丫头将李家大院捐赠给白龙寨村委会开办村民卫生院，方便四方八邻的村民就医，又按李远方遗嘱中的嘱托，给卫生院送上十万元经费，用于购买各种医疗器皿。师大夫的老伴，秉承他的遗志，以服务农民为宗旨，不以盈利为目的。她高薪聘请了三位医生坐诊，将全部所得用于卫生院的基础建设，又从卫校招聘来六名护士，一天24小时为病人服务，深受九龙冲广大农民的赞誉，被省卫生厅评为“爱民卫生院”……

四人默默地祭奠，袅袅升起的烟火，招来了一群喜鹊，在龙珠山顶盘旋，纷纷落到九棵松树上叽喳鸣叫，将四人从记忆中唤醒。

祭奠完李远方，四人又开始依次向上，祭奠李远方的父母、李传道老人及其他的列祖列宗们。

待全部祭奠完毕，四人回到祭台前，面对列祖列宗的坟茔，并排而立，默默祈祷，久久不愿离开，心中又泛起无限波澜。喜鹊还在不停地叽叽喳喳乱叫，高大的松树在秋风吹拂下，威严桀骜。树下九位老人的碑林并排而立，汉白玉的石碑上，李传恩等九位先人朱红色的名讳，连着第十块碑上硕大的“明”字，在艳阳的照耀下，光华流动，鲜艳夺目。

“凤姑！”李平感叹道，“我九位曾祖父的名字，连起来的这句诗：‘恩泽来天际，思想育道明’，在我看来的确昭示了我们李氏家族的精神。我们李氏家族，要求子孙后代们，首先是修德，其次才是做事，做一个知恩图报的人，做一个有思想、善于思考的人，做一个自强不息的人，我爸爸就是这种人！”

“是啊！”黄家骏点头道，“你们兄妹俩，将来无论身处何方，无论做什么事业，也不管是锦衣玉食，还是芒鞋钵杖，千万不能丢弃家族的传统美德。这不光是列祖列宗的期望，也是你们爸爸和妈妈的心愿。”又问道：“李氏家族的辈分诗，还记得吗？”

“记得！”李平、李乐同时念道，“仁德传家远，忠孝流世长。千秋存道义，万代耀荣光。”

“不仅要记得，”黄家骏强调，“要深入自己的道德规范和行为准则中去，让李氏家族的精神，永恒流传！”

“家骏叔！”李乐道，“刚才在寨东头石碑上的碑文中看到，我李氏家族几千多年来，人才辈出，泽被八方。想这龙珠山上，该掩埋了多少英才？人生可真是变幻莫测，人类的确是太渺小了！”

“是啊！”黄家骏感叹道，“九爹曾说过：人类进化了几百万年，来自何方，去往何去，无人知晓！未知自己来去何如的人类，却在高远浩渺的宇宙这无边无际的空间和无始无终的时间里，一代又一代，无穷无尽、生生不息地彼此争斗，这岂不是悲哉至极啊！”

“这话有理！”李平接过话，“《圣经》上说，上帝创造了人类，人类来自尘土，必将回归尘土。人终究是要埋入黄土进入坟墓。无论他是一个国家元首，还是破衣烂衫的乞丐，都逃不脱死亡的结局！”

“对！”黄家骏继续道，“九爹他老人家还说过：人生就是从生走向死的过程，每个人一出生，就开始走向死亡，只不过有的人走得慢，有的人走得快。有的人走得远，有的人走得近。有的人走的是平路，有的人走的是山路。有的人走的是大道，有的人走的是小道。有的人走的是

諾言

中

尚本 著

長江出版傳媒 | 长江文艺出版社

第二十七 章

1

出来后，肖畅让李远方先把她送到市里办事，分开时，她叮嘱李远方赶回自己办公室，以最快的速度将下一步做 BP 机生意的具体方案拟定出来，她好交给相关方面批准实施。

在市里办完事，肖畅又迅速赶回饭店，刚进饭店大厅，一位俏丽高雅的美人迎了上来，满脸春风道："肖主任你好！我等了你半天了！"说着，伸出右手。

肖畅一愣！半天才认出来，惊呼道："周敏？你怎么来了？"

"我专程从香港来拜访你！"周敏笑道。

"是吗？"肖畅深感意外，"快到我办公室，我们坐下叙谈！"

二人手牵手向里面走去，俨然一对亲密的好姐妹。

周敏随肖畅来到二楼，走进肖畅的办公室，仔细打量着房间的摆设。只见进门对面窗户下，摆放一张台板桌，桌上右手边是一红一白两部内外线电话机。左手边几本精装书籍，书籍旁是一帧彩色相片，照片上一个五六岁左右的男孩，天真烂漫，笑靥如花。桌后是一张黑皮靠椅，椅背上搭着一条粉红色绒毛巾，毛巾上玫瑰花开。桌前左边墙上悬挂一幅横幅，上书"宁静致远"四个魏碑体大字，横幅下面是一套沙发、茶几，外加两把椅子。右边靠墙是一排书柜，书柜里摆满书刊。整个办公室，看上去舒展明亮，清丽典雅。

二人分宾主坐定，先是相互凝望，转而又会心而笑，二人心里都在审视对方，都想一语破的。

原来，周敏四年前在海南邂逅李远方后，被李远方的诚实所打动，曾暗下决心要和李远方终身相守。后追到武汉，因李远方坦诚相告即将同未婚妻周丽完婚，使之一时难以如愿。加之肖畅出面阻拦，只得失望而返。回港后，依然心不安宁，着力筹谋一番，准备再次抢在李远方大婚前来武汉抢婚。可惜人算不如天算，动身前几天林叔因饮酒过度突发脑溢血去世，悲痛中只得暂时放下个人情感一心处理林叔后事。后事完毕，又旋即接管、处理公司事务，全面改组公司人员结构，又飞赴欧美等地处理分公司事宜。待她把一切理顺已是四度春秋时光。想到世事如幻，岁月如梭，更加深了对李远方的思念之情。于是，决定再次插足武汉，一方面打探一下李远方的近况，另一方面确实想在武汉寻找商机，以求发展，抢在香港回归之前在大陆中心地带站稳脚跟。公司前期在上海和广州都有投资，但合作伙伴都不太如意，所以，心中更期盼同李远方的重逢。她现在是坐拥四十几亿港资的大富姐，来大陆发展是她多年的夙愿，如果能同李远方携手合作，更是求之不得。又想到上次到武汉时，感悟到肖畅在李远方心中不可替代的位置，加之肖畅自身的特殊身份，决定来武汉后先拜访肖畅，以诚相见，求得她的支持。如此，事业和爱情都有所攸归。如愿如否，尽管听命于天，但自己不得不努力为之。她昨天到汉后，下榻到天安大酒店，今天吃过早茶，将保镖和秘书强留在房间，自己一人找到肖畅的办公地，见肖畅热情相待，心中感到十分欣慰。

肖畅陡见周敏，立马想到她一定是为李远方而来，心中随即升起一股酸溜，表面上热情相待，内心盘算着如何粉碎她的痴想。

“周敏，”肖畅站起来倒了杯水，边递给周敏边笑道，“四年不见，你还是这么俏丽如花，有什么养颜秘诀？”

“当然，”周敏顺手从提包，拿出两套包装精美的礼品，外加一个精致小手袋，放在桌上，笑道，“秘诀在这里。这是我特地从香港带给你的。一套SK-Ⅱ系列护肤品，一套香奈尔系列香水，外加一个路易·威登小手袋，希望肖姐不要见笑。”

“是吗！”肖畅惊叹道，“这礼品太贵重了，恐怕我受之有愧，你还是自己留着用吧！”

“这就是肖姐不对啦！”周敏笑道，“四年前，你一口一声敏妹妹，喊得我心花绽放，难道妹妹给姐姐带点化妆品不应该？再说这种顶级产品大陆目前还没有，你不接受岂不是瞧不起妹妹，对不对？”

肖畅拿起礼盒看了看，注视周敏：“上十万港币的礼品，我的确担当不起，看来你真是专程来看我的，能告诉我你的来意吗？”

“好！”周敏道，“我专程拜访你，有两层意思，我不妨直言相告：这一，现今大陆改革开放，湖北谋求中部崛起，我想在武汉开办投资公司。因肖姐在政府供职，一切都轻车熟路，加之又身份特殊。更主要的是，当下我在武汉，还没有太熟的朋友，所以，想求得你的大力支持。当然，我不会亏待肖姐。”

说到此，看了看肖畅，见她很专注在听，喝口水继续道：“为什么我要如此作为，我想把我的真实身份告知你。我现在是香港新时代投资公司的董事局主席，手上有巨额的游资调拨，我想借助你的特殊关系在武汉开辟市场，将来逐渐把中心移向内地。你我姐妹相称，我在海外也可以给你诸多方便。”

她拢了拢自己的头发，有点不好意思：“第二，我今年已三十三岁，由于长期博弈在商海，无暇顾及自己的终身大事，又不愿刻意去寻找意中人，当然也没有更多的时间去寻觅。现在愈来愈想有一个温馨的家，有一个体贴自己的男人，关怀自己。可惜这种平凡人习以为常的人伦心愿，于我则变成了奢望，往往刚刚心有所动，即被繁杂的事务所吞噬，难以释怀。我想拜托肖姐于有意无意之中，帮我留心观察，有合适之人引荐一二。权当是对妹妹的关怀。”说完，一动不动地注视着肖畅的表情。

肖畅不由一阵心动，本想爽快地答应她，转念一想：“这周大小姐乃女中豪杰，心窍胜于林黛玉。上次来武汉，恨不得一把将李远方掳去香港。此次因何而来，不能听她莺声燕语说得比唱得还动听。何况她长期悠游于灯红酒绿之中，且一掷千金，坐拥金兰，俊哥秀郎趋之若鹜。只怕是长期被情所扰，别出心裁，想品尝山野青果。”

想到这里，肖畅故作感动：“感谢敏妹对我如此信任，我也不妨真情相告：首先，你过高地估计了我的能力，怀着如此美好的心愿期望于我，恐怕将来会过于失望。其次，情缘这东西，是不能依靠别人的，只能是自己去寻觅，去碰撞。古人说‘不是冤家不聚头’，冤从何来？在我看来，冤也是一种幸福，是从爱中演变而来，是爱的升华。没有爱是成不了冤家的……爱得越深，冤孽越大。”见周敏很用心听，突然发问道：“你应该还没有忘记……李远方吧？”

“当然记得！”周敏很平静，“一个很优秀的男士，曾经令我心动，可惜，我跟他有缘无分，现在应该和周丽结婚了吧？”

肖畅大感意外，判断不出她的意图，笑道：“何止结婚，周丽给他生了一对龙凤双胞胎，你不想见见他？”一面说一面观察周敏神情。

周敏心里一阵茫然，表面上却笑了笑：“有时间的话，一定去恭贺。毕竟认识一场，再说我来汉投资，说不定还有同他合作的机会。成不了伴侣，成为生意场上的伙伴，应该是可以吧，你说呢？”

周敏“你说呢”三字一问，肖畅马上意识到，她心里依然想着李远方，进一步道：“能这样那敢情好，你们两位合伙做生意，可是珠联璧合。假如变成了一对冤家，恐怕夫妻做不好，生意也做不成。岂不是白白浪费了两人的感情。你看他们小两口，自结婚后就开始向冤家转变，结婚前爱得死去活来，婚后三天两头吵嘴，如果不是一对儿女早要离婚。你说，这岂不是由爱人演变为冤家？”

周敏一听，也马上揣摩出肖畅的用心，笑道：“也不全是，我们生意人，把钱看得比感情重，如果要我选择的话，我宁愿同李远方成为生意伙伴，不愿同他结为夫妻。”

“是吗？”肖畅故作惊叹，“如果他现在依然孤身一人呢？”

“依然是这样！”周敏平淡如水，“就像时光永远不会倒流一样，那时的感觉，再也不会重现，李远方现在在我心里，难起波澜。这也是我至今独居的原因之一，因为很难长时间去关注某一人。”

“哦……”肖畅还是难以信服，“怎么想到在大陆寻找？”

“对不起，肖姐，恕我暂时无可奉告。”

“既有难言之隐，就不谈这了！”肖畅道，“你刚才所表达的两层意思，我一定会慎重考虑。特别是你来武汉投资，市里求之不得，即使不找我，任何一个机构，都会热情欢迎你，竭诚为你服务。”又问道：“这次打算在武汉呆多长时间？”

“看情形而定，我来一次也不容易，能有所结果当然是最好。这还要仰仗肖姐的鼎力相助。”

“我看这样，”肖畅笑道，“既然你很希望同李远方成为生意上的伙伴，我建议你们联手开办一个外资企业。具体事宜我明天安排时间，邀上李远方一起，深入探讨一下，你看如何？”

“容我再考虑两天，”周敏道，“我刚才只是说，在同李远方做夫妻和做生意上，情愿选择做生意，并没有说一定要同他合作。”

“看来，是我会错意思了！”肖畅笑道，“另外……我想问一下，你对投资传呼台，不知有兴趣没有？”

“非常有兴趣，我这次来也带有考察这方面的内容。而且，我还准备引进移动电话程序。如果肖姐能促成此事，我有丰厚回报。”

“如此看来，”肖畅笑道，“在开发武汉的无线通信这一领域，你必须同李远方合作，他已走在你前面，进入具体实施阶段。”

“既然如此，就麻烦肖姐安排时间，让我再见见你这个弟弟。我相信在生意场上，我们三人一定会长期友好地合作下去。”

“好！”肖畅站起来，“到了中饭时间，我带你去‘小桃园’品尝地道的湖北鸡汤，味道美极了，不亚于香港的深海鲍鱼汁。”

“那我就不客气了！”周敏也站了起来。

“客气什么？”肖畅热情地牵住周敏的手，边出门边脆声道，“我们不是姐妹吗？姐姐请妹妹天经地义。”说着，两人相视而笑，都各有打算，盘算着如何进一步撩开对方遮掩的心扉……

2

三天后，肖畅、周敏二人，乘坐李远方的小车，冲出晨曦，迎着朝阳，悄然驰出市里区北大门岱山检查站，向坐落在市里东北郊百公里之外的著名旅游地木兰山疾驰而去。三人要在烧香拜佛之余，深入商讨合作创建“远方集团”的宏伟计划。

小车沿318国道一路向北飞奔，到黄陂城关后，左拐朝大悟方向驰去，过长轩岭到塔耳岗，再右拐进入木兰山风景管理区。

进入风景区后，即刻转入山区险路，李远方将车速慢下来，沿崎岖的盘山小路时上时下，忽左忽右，来回蛇形蠕动。等安全到达山顶停车场，已是中午11点多光景。

李远方停好车，购好门票，带路上山。周敏虔诚道：“总算是抢在12点前到达。看来只要虔心向佛，菩萨终是慈航普度。”

“你们港人，”肖畅感叹道，“讲究善业福德，你如此虔诚，定会感动菩萨，保佑你周敏这辈子享尽荣华富贵。”

“肖姐，你错了！”周敏道，“佛教的最高境界是涅槃寂静，一切法最终必归于‘空无’，一切欲求都是徒劳。所以，我这辈子并不追求荣华富贵，我只想十善业道，诸恶永断，平平安安过一生。”

肖畅一听，没有作声，专注地看了她一眼，只见她深情地仰望着山门后天阶顶端的南天门，两眼竟饱含热泪。

肖畅心一怔！似乎感悟到周敏为什么要来内地发展、寻找终身伴侣的所以然。看来这个香港大老板的内心深处一定隐藏着不可告人的什么秘密。说不定这周大小姐，外具花容月貌，内秉险恶用心。

刚进入早春时节，木兰山上游人稀少。三人虔诚进入山门，沿天阶拾级而上，不时停下进入两旁的众佛殿，拈香礼佛，磕头跪拜。殿宇内，诸佛都法相庄严，光明显耀。

大家拜完诸佛，望步向南天门爬去。过南天门，又一路在各道观拈香磕头，向道教的太上真人秉礼谢恩。最后，一鼓作气登上金顶。

伫立金顶，举目四望，只见悠远的东方，丘陵逶迤，湖泊棋布。山脚下，市区周边最大的人工水库——夏家寺水库，犹如一方硕大无朋的明镜，将蓝天白云、山光秀色尽收镜中。游客身临其境，大有置身于画中遨游之感。

西南方则一马平川，放眼望去，长堰、滠水、沙河、王家河几条河流，自东向西绵绵汇入长江，有如玉带飘动，银蛇起舞。

北方则远接大别山脉，山岚起伏跌宕，千壑万仞，流云竞秀。

李远方心潮澎湃，禁不住朝东方眺望，隐约中他看到了九龙冲白龙寨东山头的雄姿，似乎闻到了东山头上、白龙寺前的野菊花香。

“真是人间仙境，令人心旷神怡，没想到武汉周边，还有如此胜景。”周敏感叹不已，突然兴奋道，“远方！肖姐！你们看那是一株什么花？在悬崖边上，还有……看远处，山坡上粉红一片，中间还点缀着紫色的、蓝色的。该不是映山红吧？”

李远方和肖畅顺着周敏手指方向望去，只见脚下悬崖边上，一棵腊梅迎风傲立，金黄色的花蕾璀璨夺目。再看远处山坡上，红、紫、蓝几色小花，撒满山坡，交相辉映，灿若星河。

“哇……真美！”肖畅也兴奋道。

“真没想到！”李远方也大感心动，介绍道，“悬崖边上是一株腊梅花，估计有百年的树龄，她应该在隆冬绽放。大概这株在悬崖边上常年北风吹打，冰霜侵凌，养成傲寒的精神。所以，直到早春时节依然绽放如故，令人敬佩。远处那一片就是著名的木兰花，木兰花大都是春暖花开，那一片，正是生长在向阳的山坡上，所以早春盛开。这木兰山和木兰花，都因‘木兰将军’而得名。”

“一日之内，冬春两季鲜花同时盛开，真是令人惊叹。今天可是不虚此行。”肖畅感叹道。

“我们三人合影留念吧，摄下这醉人的景色。”周敏提议。

肖畅看了看李远方，又看了看周敏：“我们分头合影，再找后上来的游客，帮我们三人合影，我的确想留下今天这难忘的记忆。”

李远方有点羞涩，同肖畅认识十六年，今天第一次同她合影。肖畅主动站在他身边，他一阵心跳，又想起那个刻骨铭心的夜晚。

“靠近点！”周敏边对镜头边道，“自然点！亲热点！”

肖畅笑了笑，伸手挽住了李远方的手臂，头自然地靠在他的肩头。李远方则木头般呆立，又想起了小时候和母亲牵手的情景，心里怦怦直跳，有点茫然失措。

周敏比肖畅大方，不等肖畅对镜头，她就双手挽住了李远方的手臂，依偎在他的身上。李远方一阵心慌，一脸肃然。

三人相互合影完毕，正好一对恋人爬上金顶，李远方求男士为他们东、南、西、北各照了几张合影。三人都心情愉悦，李远方神情渐渐平静下来，没有了刚才的紧张。

离开金顶，三人又向西北方的棋盘石走去。棋盘石相传是木兰将军对弈的地方，整块巨石如一方巨大的棋盘，突兀凌空，直指苍穹。石上平滑如镜，石下万丈绝壁。

李远方在棋盘石上，铺上塑料布，拿出带来的食品，三人坐下来，开始一边欣赏四周景色，一边商榷合作事宜。

"肖姐，"周敏叹服道，"怎么想到在这里来商谈事宜？真高妙之举，人置身天地自然之间，早把烦忧置之身外，又有佛法无量，大道无边。再天大的事，也能使人心定无我，不为欲使。"

"不是你说得这样，"肖畅道，"一方面你笃信佛教，正好借此机会来烧香磕头。另一方面考虑这地方幽静，没有闲杂人员干扰，我们既然要长期友好地合作下去，最好是远离喧嚣，避人耳目，不为人知。如此，方能做到心定神畅，计议长远。"

"太多虑了吧！"周敏笑道，"其实我们是很好的朋友，共同创造财富是我们的宗旨，但友情更是我们的心愿。昨晚我秘书已把合同写好，肖姐你先看看，应该很具体了。我秘书是哈佛的高材生，方方面面都考虑得非常细致。"从手提包拿出合同递给肖畅，又对李远方道："能不能趁肖姐看合同时，向我介绍这木兰山的概况。"

"我也不甚了解！"李远方谦虚道，"这木兰山乃华中名山，传说是木兰将军出生之地。自木兰从军的故事在民间流传，这山上就开始修建庙宇纪念这位巾帼英雄。明朝时期香火最为鼎盛，远播现今的湖南、河南、安徽、江西等地。当地有一句名谚：'木兰山的菩萨，应远不应近'，可见当时信众之广。木兰山的奇特之处在于道佛两家融于一山，南天门以下是佛教领地，南天门之上则是道教领地。另外，'木兰干砌'也是一大特色，你看，我们一路烧香磕头的这些佛道两家的庙宇建筑，都是由各样石块堆砌而成。石块与石块之间巧妙结合，没有使用一点黏合物，这在全国也少见。当然，木兰将军的神奇传说是木兰山美名远播的主要原因。人们在烧香拜佛之余，瞻仰一下花木兰的传说遗址，也算是心有所归。像我们坐下的棋盘石，传说是木兰将军下棋的地方，半山腰的木兰天池是她沐浴的天然浴场，我们刚才去过的金顶，是她拉弓舞剑的场所。另外，像现代的很多革命家，都在这里打过游击。”

“真是神奇的木兰山！”周敏感叹，“这花木兰给我们女人树立了榜样，可惜，我未能出生在她那个时代。要不，我也会毫不犹豫地像她一样代父从军。”说着两眼凝视前方，陷入深深的沉思之中。

李远方猛然觉得她有无限的心思，只是深藏不露，让人无法窥探。他想起了在海南第一次同她交心谈心的情景，恍若昨天。真不知日后如何同她打交道，好在有肖姐把关，不然，他真有可能落入她的温柔陷阱。想到此，他深情地望了一眼肖畅，正好肖畅看完合同抬手递给看，两人瞬间眼光相碰，都心有所触。

李远方接过合同认真看起来，肖畅和周敏等他发表意见。

“合同写得非常好！”李远方道，“双方的责、权、利，都清楚明了。我提两点建议，周姐……你看可否？一是我觉得起点太高，投资五千万港币，这数额过大，万一我把握不住，操作失误，如何向你交待？再者，这‘远方集团’的名称也似乎大了，尽管我们是股份制，可毕竟是私营公司。大陆不像香港，树大招风，找麻烦的‘东家’太多，门槛难跨，随时都有可能发生意想不到的事情。”

“你的担心是对的！”周敏道，“这说明你在认真做事，不过我可以肯定地告诉你：你的担心是多余的！首先，五千万港币对你来说有点大，可对我来说，只是一笔很小投资。我已做好了分文不收的准备，没有风险的投资，是没有的。所以，你们尽管放开手脚去干。”

“其次，”她观察两人都在倾听，继续道，“之所以起名‘远方集团’，是充分考虑到公司将来的远大发展。拿破仑不是说‘不想当将军的士兵，不是一个好士兵’吗？我希望将来‘远方集团’是湖北省的明星企业，甚至是中国民营企业的一颗明星。”

李远方站了起来，在棋盘石上来回沉思，周敏的话正中他的心怀。他何尝不想做大公司？又何尝不想成为时代的骄子？可毕竟周敏不是周丽，他不能依靠一位萍水相逢的女人来实现自己的愿望。

“我看这样，”肖畅深解李远方的心思，说道，“你们两人的意见我都同意，我更趋向于周敏的想法，要做就做大。为了让周敏放心，也不使李远方有什么精神压力，我建议把总投资追加到八千万人民币。周敏没必要投资五千万港币，只需要投入三千五百万，我们投入人民币四千五百万。”对周敏道：“集团由我们控股，李远方担任董事长兼总经理，副董事长和副总经理由你方出任。你同意的话，今天回去让秘书把合同更改过来，我们明天就签字画押，如何？”

周敏和李远方都一惊，没想到肖畅突然如此决定。周敏猛地感觉到，肖畅身上有一种巨大的力量，这力量使得她无以言对。如果不同意她的建议，那她周敏刚才一番动听的言语即是假话，谈何诚心。如果同意，将来公司的主动权，就完全掌握在她肖畅的手中。

“你必须慎重考虑好！”肖畅似乎猜透了周敏的心思，直言道，“如果合作不成，我们依然是好姐妹、好朋友！”

周敏以手撑石慢慢起身，扫了一眼李远方，走下棋盘石，踏上幽径，踱步来到北边悬崖边。她昂首仰望天空，任依然刺骨的北风，抽打在自己俏丽的脸上，心里波涛起伏。

肖畅也站了起来，注视着李远方，美丽动人的脸上，红光焕发，有如木兰花蕾，迎风绽放。

“肖姐，”李远方心潮难平，鼻子一酸，泪水在眼里打转，“哪去筹措这么多钱？你不要为我太过操心，我于心不忍。”

“放心！”肖畅小声道，“你达生哥有办法划拨出来。即使没有周敏的投资，我们照样可以做大。同周敏合作的目的，主要是为了享受外资政策，扩展海外市场，引进大哥大程序。当然，她这三千五百万港币，是我们做大生意的基础，足够我们做任何生意的周转资金。我们自己的四千五百万人民币，只是放在账上，不动分文，随时可以自由进出。”

“肖姐，这……”李远方心一紧，“如果周敏知道我们的所作所为，她岂不要中途翻脸？甚至兴师问罪，付诸法律！”

“不会的！”肖畅肯定道，“周大小姐的心，不在生意上，她来大陆投资，必定有更多目的。”盯着李远方：“不过她的确爱上了你，你小心别掉进她的温柔陷阱。”

李远方脸一红，避开肖畅的眼神，对天长叹：“肖姐，你放心。我李远方这辈子，心里再也容不下其他女人。”

肖畅一阵耳热心跳，也举头仰望蓝天，思潮涌动。她想起了十四年前那个刻骨铭心的夜晚。

周敏信步走了回来，脸上挂满笑容：“肖姐！远方弟！我们回武汉，明天遵照肖姐的提议签字画押，共同创建‘远方集团’。让我们在‘远方集团’的旗帜下，携手并进，共创美好明天！”

三人一起动身下山，都满怀激情，面带春风。

头顶上，春天的骄阳灿烂辉煌，身前身后，木兰花香……

3

第二天下午，李远方召集公司人员开会，向大家引见周敏，除了辛雅娟外，其他人都按时到会。

凤丫头异常兴奋，热情为每人端茶倒水。沈小虹一声不吭，端着杯子仔细打量着周敏，心里有点酸溜。马教授则一边审视着周敏，一边惊叹她耳垂偌大，面如秋月，贵气盈体。想她前世一定积了很多阴德，致使今世洪福广阔，功德圆满。桂司机边抽烟边奇怪，这周敏和周丽怎么就像亲姐妹，两姐妹又怎么同李远方都有夫妻之相！

周敏端坐在李远方身旁，一套粉红色西服高贵典雅，乌黑亮发翻转脑后，红色蝴蝶发卡双蝶振翅。她面露微笑，眼含温情，顾盼之间气定神畅，贵气逼人。

李远方看了看自己的几位手下，内心激情涌动，短短的几个月朝夕与共，他同他们之间有一种割舍不断的情愫。马教授办事精细缜密，认真负责。沈小虹豪爽开朗，活动力强。桂司机为人忠厚，小心谨慎，忠于职守。凤丫头天真烂漫，勤劳刻苦，热情奔放。这四个人，就如同他李远方的家人，他无法同他们分开，特别是凤丫头，他早已把她当成自己的亲妹妹。

“召集大家开会，”李远方开口道，“有几件事，必须同你们交代一下，因为事情很突然，希望得到大家的理解。”

说到此，他看了一眼周敏，继续道："大家已看到，我身边的周敏小姐，是香港新时代投资公司的董事局主席，她非常关心大陆的改革开放，真心支持内地的经济建设，决定到武汉拓展投资事业。很荣幸，她选择了我们公司，为新时代在汉的合作伙伴。"

四人都露出兴奋的表情，马教授摘下了眼镜，沈小虹放下了茶杯，桂司机灭掉了烟头，凤丫头瞪大了眼睛。

李远方接着道："新时代投资公司财力雄厚，业务遍布东南亚及欧美各国，在香港同业中屈指可数，独树一帜。周主席不仅年轻漂亮，高贵典雅，且笃信佛教，充满爱心，宽以待人。"

周敏一阵心动，心里升起一股热流，大有知音之遇。

"所以，"李远方继续道，"同香港新时代的合作，不仅是我们公司的荣幸，更是我们在座的每个人的荣光。"

四人热烈鼓掌，周敏眼一热，赶紧站起来给大家鞠躬致意。

等掌声停下，周敏归座，李远方又朗声道："我们将在端午节前，注册完新的合资公司，公司的名称为'武汉远方投资集团股份有限公司'，其性质为三资企业，新时代公司注入三千五百万港币，我们注入四千五百万人民币，股金总额八千万元人民币。"

"哇！"马教授又戴上了眼镜，沈小虹又端起了茶杯，桂司机又点起了香烟，凤丫头则闭起了眼睛咬起了嘴唇。

李远方也异常兴奋："公司将按照集团的建制，扩充各个机构部门，配备最先进的办公设施，着力招聘德才兼备的人才，广泛开展各类投资业务。不仅如此，我们公司的每一位职员，很快将配备一部大哥大移动电话，一个无线传呼机。一年后，我们还将选择新的办公用地，建起我们自己的办公大楼。而且，我今天非常负责任地承诺：三年之内，公司将配备给在座的每位一辆属于你们自己的小车、一套属于你们自己的商品住房。"见大家都专心致志的神态，李远方深情道："你们都是非常好的职员，马教授和桂司机是我的两位老大哥，做人的品德令我学习和尊敬。沈小虹和凤丫头是我一大一小两个妹妹，都是很优秀的青年，将来一定大有前途。能同你们四人一起共同开创一番事业，是我李远方的骄傲，我为此而深感荣幸。"

说完，站起来深深鞠躬。

周敏被深深打动，带头鼓掌。四人不约而同地站了起来，都满怀感激之情，沈小虹和凤丫头流下了热泪。

待大家坐下，马教授忽然问："李总，伟达公司怎么协调？"

"我昨晚已电话同胡总交涉好了！"李远方道，"武汉伟达公司交由辛雅娟全盘负责，过几天，她会来同我们办理交接事宜。我们依然同胡总保持友好合作关系。需要联手时共同努力，利益共沾，风险共担！"停了停，突然道："马教授提醒了我，你们四位，如果有人想留在伟达公司，请提出，我好同辛雅娟交代清楚。"

"死也不离开你！"凤丫头大声喊道，其他三位齐声附和。

"好！"李远方大声道，"下面欢迎周主席讲话。"

周敏欠身笑了笑，又冲李远方点点头，缓声道："很高兴认识大家，李远方是我的朋友，来之前，他详细向我介绍了大家的情况，知道你们都是非常优秀的人才。"

她提高了嗓音："我这是第二次来武汉，两次的感觉大不一样，武汉比我想象的变化大，发展快。当我决定在武汉投资时，其实，我的心已经扎根在这个美丽的江城了，就像回到了亲人的身边。所以说，能与你们一起共事，从内心来说，应该是我的荣幸。"

说到此，又看了看李远方，回头正视四人："我没太多的要求，我只希望你们支持李远方的工作，通力合作团结一心。佛教言'同船过渡，五百年修为'，能在一起做事是我们大家前世的缘分。所以要珍惜这种缘分。净空法师在给居士说法时，说过几句做人做事的教谕，我现在送给大家，希望大家牢记于心，以此为鉴去做事做人。法师说，一个人行走于世，一定要'存好心、说好话、行好事、做好人'。'存好心'就是真诚、清净、平等、正觉、慈悲；'说好话'就是不妄语、不两舌、不恶口、不绮语；'行好事'就是布施、持戒、忍辱、精进、禅定、般若；'做好人'就是学为人师，行为世范。多年来，我一直是以此为做事做人的准则。所以，也希望你们以此来规范自己的言行，我相信，你们一定会做到，谢谢！"说完，欠身鞠躬致意。

办公室响起热烈掌声，经久不息。

掌声刚落，办公室门猛地被推开，宋红雨突然出现在门口，惊诧道：“你们公司发生了什么喜事？不会是欢迎我的到来吧？”

“宋大姐！”凤丫头跑过去，一把将她抱住，“真天大喜事！”

大家禁不住一阵哄堂欢笑。

宋红雨四年前，同周敏吃过二次饭，一下认出她来，赶紧过来牵手问好，两个人在此见面异常亲热。

“你怎么来了？”李远方问。

宋红雨马上叹气：“肉联厂要垮台，没有猪杀，没有牛杀，都被个体户牵跑了，我被裁员下岗了。没法，只得来求你混口饭吃。”

“太好了，我们求之不得！”沈小虹兴奋道，“看来李总真是洪福齐天，有神明庇护。正准备求才，谁知人才自己送上门来！”

“是吗？别把我喜晕了！”宋红雨笑道。

李远方趁机向她说明事情的因果，宋红雨听后，兴奋道：“这真是天大的喜事，我这辈子跟定你李远方了。不仅如此，我还给你带来了一个人才，你一定喜之不尽！”

“人呢？怎么不带进来？”凤丫头探头问。

宋红雨从手提包拿出一封信，递给李远方，泪眼婆娑：“这是杨帆写给你的，五一节前回家。”泪水止不住向外流淌。

李远方一把接过信，捧在手上快速阅读，读完后仰天长叹，然后高声道：“沈小虹，去到‘胜利饭店’定一桌丰盛的酒席，今天，我们提前庆祝‘远方集团’的成立，欢呼一个新时代的到来……”

第二十八章

1

李远方送走周敏后，立即投入紧张的筹备工作。他不分白天黑夜，事必躬亲，废寝忘食，一心要抢在周敏再次来武汉前，把中方该做的一切工作做好。

这天下午，李远方坐在办公室，起草好一份文件，准备请电信局长吃饭，商量移动电话网的事宜，凤丫头走进来送杯茶给他。

“怎么还不回家？”李远方道，“周伯母还等你吃饭哩！”

“李大哥！”凤丫头脸一红，“我想同你说点事。”

“哦！”李远方笑道，“是自学考试的事吧？你周丽姐已经告诉我了，恭喜你终于拿到文凭。继续努力，以后我送你读研究生。快回家吃饭吧，别让你周伯母他们等急了。”

“是这样，大哥！”凤丫头慢慢道，“你今天能不能早点回家？”

“怎么啦？”李远方心一惊。

“我昨天见周丽大姐暗地流泪了，一定是你这几个月太忙，每天深夜一两点才回家……你不要只顾工作，应该多关心她才是。”

“是吗？”李远方拍了拍头，“这倒有可能，谢谢你提醒，是我疏忽了，忙昏了头。”从抽屉拿出一包钱，递给凤丫头：“你回去把这五千元钱交给她，然后替我做做工作，帮我解释解释。”

“好吧！”凤丫头接过钱走了出去。

李远方一脸的惆怅和无奈，自言自语道：“怪不得有人说‘人在江湖，身不由己’，真希望她能理解我的苦衷。”

拿起电话，想给肖畅打个电话，求她跟周丽谈一谈，一看时间已经下班，只得放下。刚放下，电话铃响了起来。一接听，是沈小虹打进来的，催他快去酒楼，电信局的人已到。

“马上出门，你先把客人招呼好！”说完放下电话，大步而出。

晚上，李远方回到家，已是深夜12点多，他轻手轻脚摸进客厅，凤丫头已经在沙发上进入梦乡。再小心推开岳父母的房间，柔和的灯光下两位老人也睡熟。睡梦中，还一人手扶一个摇窝，一有动静，好随时摇动。李平、李乐俩孩子，也分别睡熟在摇窝里。李远方不愿打搅这甜美的一梦，又小心带上门，踮脚走进卧室。

卧室里，台灯调得很暗，周丽侧身向里，不知是真睡还是假睡。床头柜上，五千元钱分两摞摆好。李远方先慢慢脱下外套，再轻轻解去内衣，刚要撩被上床，周丽突然冷声道：“洗澡去！”

李远方只得先去洗澡，等他洗完澡回到房间，周丽已经披衣坐在床头，两眼落泪，一言不发地看着床头柜上的纸币。

“今天怎么啦？我的周氏李夫人，好像有点阴云密布。”李远方一面钻进被子挨她坐下，一面小声调侃。

“哼！”周丽哼道，“亏你好意思叫夫人？我连一个奴婢都不如。帮你养儿育女，一把屎一把尿，不分白天黑夜地拉扯，一句真心话都没有，能叫人不伤心吗？”说到此，眼泪直淌。

“我这不是很忙吗！”李远方分辩道，“我又何苦如此不分白天黑夜地奔波，还不是为了这个家！”

“哼，真是笑话！”周丽提高了声音，“说的比唱的还动人，我问你，什么是家？家的意义是什么？你问过我的想法吗？这几个月来，你扪心自问……同我说过几句话？问过几次儿女的近况？你以为给几个钱就算尽责？拿钱来买人心是吧？谁稀罕你的钱？我自己有工资，完全可以养活儿女。”说到此，抽出纸巾拭泪，又继续道：“是偷的抢的我还不知呢？趁早拿走，不干不净的钱，我不敢用。”

李远方脑壳轰地一炸，他意识到自己犯下了不可原谅的错误。自儿女出世后，自己一心扑在生意上，想多挣点钱给所有的亲人创造好的生活环境。然而，无意中却淡忘了对家庭的责任，淡化了对妻子的呵护。更不可饶恕的是，婚前对周丽所许下“执子之手，与子偕老”的诺言被自己所践踏。周丽不仅是自己的妻子，更是自己的知心伴侣。自己的一言一行，一举一动，都跟她荣辱相连。

“对不起！”李远方低下了头，“是我不好，我没能履行婚前对你的承诺。在事业和家庭上有失平衡，只注重事业淡忘了家庭。”

“笑话，谁不希望你事业发达？谁不想真心支持你的事业？谁又阻碍了你的事业？可你每天东奔西跑的到底在干什么？你知不知道，每天晚上12点一过，我就心慌意乱。这是为什么？你难道不知？别忘了，这个家庭结构……是由三代人组成的？”

“对不起！”李远方再一次表示歉意，“周丽，请你原谅，我是怕你担心，所以，才没把公司的事向你诉说。”

“不说岂不更让人担心？”

李远方无言以对，一动不动地呆坐着，好半天才回过神来，木然道：

"你放心，我明白你的意思，从今以后决不让你担心！"

"要我原谅也行！"周丽不忍看他难过，"以后，每礼拜向我汇报一次公司的事情，做什么生意，跟什么人接触，坦诚地告诉我！你这人心太软，分辨不出好人坏人。俗话说，商场与战场，一不小心就会出大事。我受罪不打紧，我可不愿意一对儿女跟你遭殃。"说完，顺手熄灭床头灯，倒头睡去。

李远方两眼在黑暗中瞪着，周丽的话深深刺激着他，他无法入睡。肖畅、周敏两位关心自己的姐姐，已经让他难以理清工作上的条理，现在又加入一位爱人。看来，这三位美人，在自己未来的事业上，都想起到扭转乾坤、担风袖月的作用。如何面对三位美人的关爱，如何协调好三位美人的关系，将是自己不得不思考的重大课题。

他想起了木兰山上的棋盘石，他李远方就是棋子，两位美人对弈，已经令他心慌，三位一起相搏，那可就不堪设想。

李远方几乎一夜没合眼，天未放亮就悄悄起床，一个人开车来到滨江公园，停好车，面对滚滚东逝的江水，心潮无法平静。

他又想起了李氏家族的祖训；想起了自己跪在列祖列宗面前许下的诺言；想起了母亲临死前的惨景；想起了幺爹谆谆教诲自己的殷切期望与沉重语气；想起了一对活泼可爱儿女的未来；想起了 1976 年发生在九龙冲白龙寨的一系列灾难；想起了李德止、张桂珍夫妇几十年的勤劳淳朴；想起了黑牛一夜之间突然不知所踪；想起了中年失子的李远治、王细翠夫妇的一夜白头；又想到了杨帆的被冤枉；想到了宋红雨的坚贞；想到了自己在兴华公司时，文叔、韩董事长、胡总、苏秘书等对自己的帮助；想到了凤丫头和黄家骏这对亡命小鸳鸯辛酸的爱情；想到了马教授、沈小虹、桂司机紧跟自己的决心；继而想到了辛雅娟、钱思鸣、梁明、阿洪、牛局长、江科长等同自己有过交往的人……真有如滔滔江水，奔腾不息！

最后思绪又萦绕在肖畅、周丽和周敏身上。他想到了周敏妩媚的笑靥后面所隐藏的神秘色彩，有点茫然不知所措。想到了周丽在这江滩上热吻自己的情景，不免怦然心动。想到了十四年前，同肖畅相拥在麦草堆里那个刻骨铭心的夜晚，更是浑身战栗。

想来想去，他终于明白了一个道理：他李远方已经不是以前的那个单纯少年，他身上背负着太多的因袭重担，他必须肩起这沉重的担子，一步一步迈向人生的终点……

2

一轮火红的朝阳从东方喷薄而出，万丈霞光穿过飘动的云隙，挥洒在长江两岸，随即晨雾四散，大地流光，天地间豁然明朗。

李远方从江边来到办公室，推开窗户，迎着朝阳长长地舒了一口气，心中的阴霾一扫而光，他感觉精神爽朗，周身充满力量。

"大哥！"凤丫头端进一碗热气腾腾的牛肉面放在桌上。

"你吃吧，我今天不想吃。"

"我们都吃了，"凤丫头催道，"快吃吧，等你开会哩。"

"留着我中午吃，"李远方动身拿起笔记本，向会议室走去。凤丫头只得又端起面，带上门跟了出去。

沈小虹、宋红雨、马教授、桂司机正在谈笑，见李远方进来，赶紧各自坐好等他发话。

"这段时间大家辛苦了！"李远方坐下道，"申办'远方集团'的必备手续，已全部整理完毕，五一前可以交给工商局领取执照。沈小虹负责的电信局移动网的开发合同也基本通过，这一网络每年会给我们带来近千万的纯利，大功即将告成。宋红雨跑BB机的供货业务，也基本敲定。按周主席进货的价格算，两万个的数量我们有近五百万的利润。这两项合同，必须抢在开业前正式签订，等工商执照下来，我们就举行隆重的签字仪式。届时，将在各大媒体大张旗鼓地宣传，一夜之间要让'远方集团'的美名传遍武汉三镇。"

说到此，他接过凤丫头递上的茶水抿了一口，又继续道："马老师招聘的各部门负责人的文档我已看过，都非常优秀，都是同侪中的佼佼者。这是一笔不可计量的巨大财富，等周主席来后，即可通知这些人上任。另外，桂司机这段时间恐怕要辛苦点，从今天起，车子为沈小虹和宋红雨服务，随叫随到，不能有半点的耽搁。"

他停下来又抿了一口茶水，看了看表："今天会议就商量一件事情，就是有关集团的工资待遇问题。请大家各抒己见，畅所欲言，这关系到大家的切身利益。五一节即将来临，五月份的工资，我想提前发给大家，并且执行新的集团工资标准。"

马教授清了清嗓子，摘下眼镜，轻轻放在茶几上，这才开口："李总，我提点建议，供你参考，也算是代表大家的意见吧。半年来，我所领到的工资，比我当大学教授一年工资的总和还多。这段时间我常常想，我是不是受之有愧？今天，当着大家的面我毫不忌讳地说，我的确是受之有愧。因为付出太少，所得太多。刚才我们还在议论，跟着你李远方干，一是看中了你这个人，是你的人格魅力，吸引了我们；二是图个心情愉快，跟你在一起，我们每天都像在节日中生活，没有忧愁，充满愉悦，富有激情。所以，我建议我们的工资待遇不变。再说，公司才刚刚起步，还没有真正取得大的经济效益，等以后发展了，不要你李总说，我会主动提出给大家增加工资待遇，请李总一定慎思。"说完，小心地拿起眼镜，慢慢戴上。

"说得好，我们的确受之有愧！"大家同声附和。

凤丫头不知如何表达自己的心情，她跟其他人的感觉大不一样，自从李远方把她和黄家骏带回武汉，她的生活就发生了翻天覆地的变化。她从一个无家可归的小流浪女，成长为今天充满青春气息、具有大专学历、对美好未来无限向往的大姑娘。没有李远方一家人的精心呵护，这一切只能是梦中花，水中月。可以说，没有眼前这个既充满人性光辉又英俊潇洒的大哥，她和黄家骏这对亡命小鸳鸯，早已客死他乡。她感觉双眼模糊，用手一抹，原来泪水早已盈眶。

"谢谢大家体谅我！"李远方大为动容，"我今年三十二岁，孔子说'三十而立'，惭愧的是我直到今天，依然不知从何而立。尽管我在苦难中长大，尽管我有时感觉志得意满。然而，我的确不知自己未来的路在何方，心归何去，也就更谈不上日后不惑、知天命、耳顺、从心所欲了。"看着大家，感叹道："能有今天的大好开局，是大家共同努力的结果，我们的路还很长。希望大家一如既往支持我的工作。"

"李总，"没等李远方说完，马教授递上几页稿子，"这是有关集团工资待遇标准的草案，我早已拟好，也跟他们几位商议过，请你审定，无论你怎么决定，我们都听你的。”

李远方接过来，认真看了一遍，又重点翻看了几点，对马教授道：“非常全面，谢谢你想得如此周全。既然你们都表示听我的，那我就武断决定一次……工资额度在原有基础上再上调50%，我们是合资企业，没有梧桐树何来金凤凰？就这样定下来！”他提高音调：“之所以增加大家的工资待遇，完全是为了公司将来的大发展。从五月份开始，一律执行新的集团工资标准。”站起来朗声道：“聚财先聚人，聚人先聚心。只要我们诚心做人做事，一定会取得成功。”最后吩咐道：“现在，桂司机跟沈小虹和宋红雨一起，到电信局和公安局办事。马教授和我去武汉大学、华中工学院。凤丫头在家值班……别忘了，周主席下午2点来电话，做好电话记录，一个字也不能少。”

“是！”凤丫头猛地站起，大声答道。

几个人禁不住一阵欢笑，然后鱼贯而去……

3

离“五一”国际劳动节还有五天时间，在李远方的努力和肖畅鼎力帮助下，几个人团结一心，通力合作，不分白天黑夜地奔波，终于将一切事情安排就绪。营业执照已正式颁发，各类印章都已入柜，税务登记证已挂上墙，银行账号也已密定。十六间办公室全面开门，新进人员个个到位。同电信局、公安局举行隆重签字仪式的方案已通过，“远方集团”盛大开业庆典活动的计划业已敲定。

万事俱备，只等周敏专程从香港飞来武汉，即可开远方集团财源茂盛之气象，显兴旺发达之尊容。

4月29号，李远方又召集大家再一次对要开展的活动，进行一次全方位的审查，集思广益，不放过任何一个细小的纰漏。直到中午12点，确证万无一失，这才放下心来。

“李总，接电话！”李远方刚回到自己办公室，沈小虹就追过来，叫他去办公室接长途电话。

因晚上要参加迎接胡总的酒会，沈小虹今天着意打扮了一番，她上穿大红宽松蝙蝠衫，下配紧身牛仔裤，脸上略施淡妆，头上美发高绾，周身散发出诱人的芳香，跟在李远方身后一脸的骄傲。

李远方接完电话，看了看跟进来的沈小虹，又看了看在一旁清理文件的宋红雨，一时不知如何是好。

二人都有点奇怪，宋红雨笑道："你好像不认识我们，是不是有为难的事要我们去办？别这样看来看去，看得人怪不好意思的！"

"你说对了！"李远方道，"周敏本来定好明天到汉，突然改变计划，今天下午5点的航班从广州起飞，7点左右到王家墩机场。需要人去接她，而我又定好7点到南湖机场接胡总。"

"这有什么为难？"宋红雨道，"你去接她呗……她想的就是你去接她，不然，为什么一次又一次地来电话，告诉你行程？二人正好久别重逢，要没这个意思，悄悄地来不就得了。至于胡总，他有辛雅娟一起陪着，接不接无所谓。"

沈小虹一听这话对了心坎，跟着讥讽道："可不是，这么有钱，叫台的士过来，不也一样？犯得着接来送去吗？"

"看来你们二人对她有同感！"李远方笑道，"那就由你们二人去接她，你们先到肖畅姐那里借台面包车，接到后送到蓝天宾馆，帮他们定三套商务套房。定好后再到宾馆美食城定一个豪华包房，将酒菜点好。酒以红酒为主，菜以海鲜为上，等我和胡总他们一起来共进晚餐。记住：她是我们的财神姑奶奶，一定要伺候好！"

"好吧！"宋红雨无奈道，"听你的，今晚有好戏看，这周大小姐见了胡总恐怕海鲜是吃不进的。而我见了辛大美人恨不得吃她！"

"这是怎么说？"沈小虹因不知个中玄机，满脸诧异。

"日后自知！"宋红雨看着窗外，眼含热泪，若有所思。

"红雨！"李远方感叹道，"辛雅娟已经不是以前的她了，人总是在不断地变化。再说罪魁祸首是钱思鸣，她也是一个受害者。得饶人处且饶人，需放手时得放手。"

"你放心！"宋红雨叹气道，"我是玩笑话，谁真的吃她？我会以诚相待的。不过，你上次怎么说？怀什么来就相待、相见的？"

“那不是我说的，那是古人说的，‘怀友情而来，兄弟相待，持敌意而至，兵刃相见。’”

“就是这话！”宋红雨脆声道，“好，我宋红雨姐妹相待；不是那回事，我跟她血肉相见！”

“对！”沈小虹附和道，“要让世人知道，我们李总旗下，不仅男人是豪杰，就是女人，也个个是当代的花木兰。”说完，不等李远方接话，二人手挽手出门而去。

李远方苦笑了一下，来到马老师办公室门口，本想进去谈一谈新招聘的几位部门负责人的详细情况，见马老师正趴在桌上写东西，就没进。继续往前踱步，见辛雅娟的办公室锁着，心里一阵内疚，觉得对不住胡总。跟胡总分离后，李远方将房租全部转到自己名下，这间办公室是免费给伟达公司的，辛雅娟很少来，所以长期锁着。

再看看对面一排房间，凤丫头正和桂司机在里面打扫卫生，准备各部门负责人五一后进驻。他也不便进去，只得又回到自己办公室，坐在桌前沉思。五分钟不到直感觉两个眼皮打架，昏昏欲睡，赶紧站起伸了几个懒腰，这才清醒过来。他摇了摇头，见窗外人流如潮，熙熙攘攘。忽然想起司马迁《史记》货殖列传所说“天下熙熙，皆为利来；天下攘攘，皆为利往”。没想到自己也加入了这个行业，又看了看表，离动身时间还早，不知何为，自嘲道：“忙了几个月，偶然轻松一下，居然有点不适应，真是不可思议！”

忽然间又想起了杨帆，说是五一前回，怎么不见回音？会不会有什么变故？怪不得宋红雨一肚子的怨气！

想到此，又自责自己粗心大意，决定晚上再找宋红雨好好谈谈，顺便让她去电话，问一问新疆的朋友。

“李总，”桂司机走进来问，“什么时候到机场接人？”

“走！”李远方看了看表，“我们提前到机场去等他。”说完，二人快步出门。

南北两批贵宾，在一男二女的带领下，按时到达蓝天宾馆。

胡总身边除了辛雅娟外，还带有一名五十岁左右的贵妇，是他恩师孔老先生的小侄女，来武汉是帮辛雅娟打理公司事务的。

周敏除带了上次一同来汉的保镖王虎和彭秘书外，将许姨一同带了过来。两拨人再加上李远方一行四人，正好满满一大桌。

酒席准时开始，十一张面孔和和睦睦、客客气气，觥筹交错中各怀心事、你敲我撩，都在挖空心思试探对方。

李远方感觉有点不对劲，没有刻意劝酒，不到二小时晚宴收场。三拨人又来到蓝天歌舞厅。沈小虹定了一个豪华包房，要了满满一台面的水果、糕点、饮料。大家照样欢欢喜喜，尽情娱乐。

坐了不到五分钟，胡总牵着辛雅娟的手，到外面舞池跳舞而去。周敏一脸温情，同北京的孔阿姨促膝谈心，保镖王虎坐在门边沉默不语。彭秘书同沈小虹、宋红雨三人，竞相一展歌喉。

李远方坐在周敏旁边，想寻机跟她具体汇报自己工作的进展情况，顺便询问她那边的款子办得如何。周敏似乎并没在意他的存在，同孔阿姨愈谈愈热乎。许姨趁机走过来，邀请李远方去外面跳舞，他只得跟着她，出门进入舞池。

“李经理，你今天好像有点心不在焉？”进入舞池后，许姨左手轻握李远方的右手，右手搭上他的肩头，满口吐香。

“没什么，”李远方边带着她慢慢舞动边道，“我想跟周主席汇报一下工作，可惜一直插不上嘴。”

“是吗？”许姨笑道，“怪不得周敏说你是个工作狂，今天你应该请她跳几曲舞才对，哪有一见面就谈工作的道理，对吧？”

“对，看来我很不适应跟你们香港人共事。”

“慢慢就会适应，听你许姨的保证错不了。”

“谢谢许姨指点。”

“那好，下一曲，主动请她跳舞，你想要得到的东西，她会给你的。而且，你未来的路，她也会为你铺好。”

李远方心一惊，他想起了周丽，又想到了肖畅，旋即又想到了木兰山上的棋盘石。

第二曲，李远方按许姨的叮嘱，主动邀请周敏下舞池，整个回旋舞动中，周敏一直用审视的眼神盯着他，既不开言，也不动容。李远方如坠五里云雾，也故作沉思状，以示默契。

其后，沈小虹、宋红雨，先后找李远方舞了一曲。每个人都伏在他耳边柔声细语，喋喋不休。可惜说了些什么，他一概记不起来。

下半场进入点歌时段，胡总走进包房，微笑着邀请大家欣赏辛雅娟演唱歌曲《最远的你是我最近的爱》，是他特地点播送给大家的。众人一听，赶紧出门，现场感受辛雅娟的美妙歌喉。

歌舞大厅一片吵嚷声，一拨一拨的男女舞伴，都在挑选自己喜爱的歌曲，准备走上台去一展歌喉。

“各位朋友、各位来宾，女士们、先生们！”

主持人走上台一开言，大厅立即安静下来。接着就听主持人道：“欢迎大家来到蓝天歌舞厅，现在进入现场点歌时段，大家可以走上台来，用自己的歌声表达对亲朋好友的诚挚问候。在此，我谨代表蓝天歌舞厅全体演职员，对大家的捧场深表谢意！”说到此，对台下深深一鞠躬。

大厅报以热烈的掌声。

“谢谢大家！”主持人激动道，“下面，我非常荣幸地告诉大家：著名歌唱家辛雅娟老师，今天也来到我们这里，让我们用热烈的掌声，欢迎辛老师上台，给我们献歌一首。”

大厅里立即掌声雷动，一片沸腾。

辛雅娟款款上台，聚光灯、追光灯同时向她射去。她一袭洁白褶皱长裙，在灯光的照耀下如同天使般光彩动人。只听她脆声道：“很高兴为大家歌唱，借此机会，我把一首《最远的你是我最近的爱》，献给来自北京的胡学伟先生、香港的周敏小姐以及武汉的李远方先生等朋友，祝愿他们心想事成、万事如意！”

音乐声起，舒展流畅，凄美婉转。

“夜已沉默……心事向谁说，不肯回头……所有的爱都错过。别笑我懦弱……我始终都不能猜透，为何人生淡薄？风雨之后，无所谓拥有，萍水相逢……你却给我那么多。你挡住寒冬，温暖却保留给我。风霜寂寞，凋落在你的怀中。”

辛雅娟气韵饱满，伤感缠绵，声情并茂。唱着唱着，止不住热泪流淌，最后她如泣如诉：“人生风景在游走，每当孤独我回首。你的爱总在……不远的地方等着我。岁月如流在穿梭……喜怒哀乐我深锁……只因有你在天涯尽头等着我。”

所有的人被深深感动，掌声经久不息，都强烈要求再来一首。

李远方也止不住流下了热泪，一个人悄悄来到墙角边，偷偷拭去泪水，心情久久不能平静。

他想起了杨帆，祈盼他早日回到自己的身边来……

第二十九章

1

“呜……呼哧！呼哧！”从兰州开往武汉的火车，在郑州停站十分钟后，一声汽笛拉过，又徐徐启动向南行进。在黑夜里摇摆蠕动,喘息着向前爬行，像一条有气无力要死不活的长虫。

车厢里，五月花开的季节，弥漫着盛夏人体汗液的馊味。每排定置四人的座位上,七八个互不相干的面孔，歪三倒四地挤在一起，屁股挨屁股、大腿靠小腿，都表情呆滞一脸的麻木。过道上，胖的、瘦的，高的、矮的，面贴面、背靠背，推来搡去，你喊我叫，都面带怨气，彼此吹胡子瞪眼睛，极不耐烦。

9号车厢里，一位三十多岁的精瘦男子，刚从10号餐车买了几包油炸花生米、兰花豆、干锅巴等食物，一路骂骂咧咧、钻钻挤挤，好不容易才挤到第一排的座位边来。

第一排座位比较松，只有四位。靠窗是一位身材魁梧，脸上刚毅冷峻的青壮年，他头靠座位闭目养神。紧挨他的也是一位青壮年，左脸上一条刀疤从眉骨直入耳根，正凝视窗外的黑夜。他眉头紧锁，刀疤恰好正对着坐在第二排上的旅客，七八人似乎迫于“刀疤”的威慑，大气都不敢喘一下。“刀疤”外边是位四十开外、两眼细小的中年男子，他略显消瘦，双眼微闭，稍长的脑袋随着车厢的摇摆，不时地前后左右晃动。三人清一色的小平头，皮肤都晒得黝黑。最外面靠走道坐的是位五十多岁、腰驼背弓、胡子拉碴的半老汉子。

驼背汉子一见精瘦青年来了，赶紧起身让位。精瘦青年一屁股坐下，将食物放在窗台上，抹了抹头上的汗，骂道："老子入他的娘，这是他妈的么屄火车，比拖拉机还跑得慢。也是他妈的怪，每天都在死人，这火车上冇看到死一人？挤得老子骨头都发麻。"又冲着靠窗闭眼养神的青壮年道："老大，东西买来了，你先吃吧！"

"你们吃吧！"老大依然闭目，动口不动手。

"刀疤"拿起一袋花生米，递给身边的细眼男子，自己选了一包兰花豆，精瘦青年自挑了一袋干锅巴。

"侯七，还有酒吗？"刀疤撕开兰花豆包，问道。

"还有最后两瓶，"精瘦青年边嚼锅巴边答道，"老大留着到汉口，同他的好兄弟一起喝的。"

刀疤没作声，黑煞着脸咀嚼兰花豆。

"问几点了吗？"细眼男子一颗接一颗将花生米往口里丢。

"问了，列车员说，上午十点到达新汉口站。"

"是吗，汉口又开了新火车站？"细眼感叹道，"离开武汉整十二年了，想当年，我可是汉口大智门车站的常客。"

"我说贾哥！"侯七疑惑道，"你以前是人民教师，怎么也犯罪？"

"说来话长，这叫'欲加其罪，何患无辞'。不说了，你狗日的不懂。我们谈点高兴事，你狗日的回去后，准备干点什么？"

"干什么？我能干什么？就我这个胚子，放在任何地方，都是一个'死'。不如就死心跟着老大，或许还能过几天好日子。"

"这就对了，你狗日的也不知哪世修的福，跟老大一个劳改队。就你这德行，不论分在哪个队，不是被打死就是累死，还能活着回武汉？记住，以后多跟老大学着点，莫再耍小聪明，明白吗？"

"贾哥，你放心，我侯七来世做鬼也跟着老大，就像雄哥一样，随时准备两肋插刀，拼命保护老大。"说着，看了看"刀疤"。

"你狗日的理解错了，让你跟老大，不是要你打打杀杀，是要你跟着他闯出一片天，干一番事业。以前我们冤枉坐了这么多年的牢，说不定老天有眼，从此以后时来运转，让你坐享荣华。"

“对，这叫天有起风云的时候，人的祸有变成福的时候。”

“放你娘的狗屁！”贾哥笑道，“你狗日的平时不学习，这叫‘天有不测之风云，人有旦夕之祸福’，你狗日……”

话未说完，就听后几排闹哄哄地吵了起来，紧接着一群人大打出手。侯七正要起身观看，只见一个小金属体旋转着直向眼前飞来，没等他反应过来，刀疤猛地站起，闪电般将物体抓在手里。坐下摊开一看，是个金光闪闪的打火机。大概双方动手时当飞弹射出来，如果不是刀疤出手快，侯七脑袋上恐怕不是开花就得起包。

“奶奶的！”侯七站起身骂道，“真是‘天有不测之风云，人有旦夕之祸福’，老子福还没享到，祸倒先飞了来。”

正想再骂几声出气，老大发话了：“坐下！”

侯七顺从地坐下，不到三分钟，就听有人跪地大声求饶，接着几个人连踢带骂，将求饶者赶跑。

“这么不经打！”侯七笑道，话音刚落，几个人挤了过来，其中一个高大个子大声吼道，“谁把老子的打火机捡去了？给老子交出来，不然，老子可不客气了，快点！”

刀疤示意侯七他们二人坐进去，自己挪了出来。

有人示意打火机飞到第一排了，六七位小伙子一起都挤了过来。一看刀疤的眼神，都一愣。高个子大声道：“朋友，哪个道上的？是不是捡了我的打火机？给我交出来，不然……可不客气！”

高个子是这帮人的头，见刀疤一脸煞气，心里没底，所以还算客气，问话时把“老子”改成了“我”。

没有人回答，靠窗的依然闭目眼神，另外三人照常吃东西。

“吔！”高个子见自方人多，胆子壮了起来，“看来，你们是敬酒不吃吃罚酒？兄弟们，上！”

“滚！”他“上”字刚出口，刀疤大吼一声，紧接着，就听“嘣！嘣！啪！”响声不断。几人瞬间都满脸见血，鼻开眼肿。

整个车厢一锅粥闹腾起来，刀疤怒目圆瞪，脸上疤痕紫胀，像条蜈蚣趴在脸上。他一动不动地站着，随时准备出手。高个子从地上爬起，摸鼻抹脸带领手下向8号车厢挤去，边走边骂个不休。

刀疤回到原位，三人又不紧不慢吃东西，车厢平静下来。

平静不到三分钟，刚才闹事的后几排，突然有人大声呼叫，原来钱包被盗。紧接着，又有两人惊呼口袋被划破，钱也被偷走。

“哦……原来是一伙盗贼！”大家突然如梦方醒，明白过来：高个子一帮人是自打自闹，趁机顺手牵羊，趁火打劫。

有人嚷着去找乘警报案，有人劝导算了，舍财免灾。有人则说乘警同这帮人是亲戚，狼狈为奸。

声音刚落，两位乘警自己从8号车厢找上门来，推开拦住诉说被盗的乘客，径直来到第一排座位前。

“你们四人到哪？谁叫你们在车上打架的？把车票拿出来检查。”年龄大一点的口气异常严肃。

“我们到终点站，没有车票！”细眼两手一摊，慢条斯理。

“你说什么？”年轻的上前一步，“没票，谁叫你们上车的？”

“兰州站的乘警送上车的！”侯七锅巴嚼得脆响，神色自豪。

“侯七!”老大第二次发话，“跟警官说话注意文明礼貌，把我们的证件，给二位警官检查。”掏出半包烟，抽出一支叼在嘴上，慢慢抠出打火机，点着烟，猛吸一口，吐出长长一圈烟雾。

侯七从座位下拉出编织袋，找出四份证件，递给年龄大的。

“哦！”乘警边看边讥讽，“原来四位是刑满释放人员，怪不得如此得意！谁叫侯金华？”

“是我！”侯七点头微笑。

“谁是贾士文？”

“鄙人就是！”细眼眨眼道。

“涂世雄呢？”

刀疤慢慢举起手，又慢慢放下，算是回答。

“那么……”乘警看了一眼靠窗的老大，“你就是杨帆？”

“非常正确！”杨帆点点头，脸上露出迷人的微笑。

“都站起来！”乘警突然吼道。

“为什么？”侯七瞪眼道。

“不为什么，把位子让给别人坐！”

“警官，”贾士文提醒道，“我们现在是自由公民！”

“是自由公民！”乘警冷笑道，“但是没有坐位子的资格！”

“没资格？”贾士文不解。

“对，花钱买票的都站着，你们居然霸占一排位子。”

“起来！”年轻的也吼起来，“再不起来，把你们铐起来！”掏出对讲机：“黄三，带上四副手铐，全队准备行动。”

“都起来，听警官安排。”杨帆示意三人起身。

“这就对啦！”年龄大的缓和了口气，吩咐年轻的，“把他们安排到最后一节车厢。”

四人只得跟着年轻的乘警，一路挤到最后一节车厢，等乘警打开门，走进去一看，叫苦不迭。原来最后一节车厢是临时挂上的货厢，里面严严实实的码满了铁笼子，笼子里塞满了清一色的老山羊，羊屎羊尿流满一地，臭气冲鼻，臊气熏心。

“警官，这是人呆的地方吗？我们要……”侯七高声叫起来，等他转身一看，立马不作声。乘警已反锁好车厢门，走了。

“他妈的，这太不公平！”侯七余怒未消。

“有什么公平！”贾士文叹气道，“人类社会自群居开始，就没有公平可言，别忘了……我们是刑满释放人员！”

“男子汉大丈夫！”杨帆掏出烟，分发给三人，平静道，“要学会忍耐，我们未来的路还很长！”

四人再没作声，靠在铁笼上抽烟，浓浓的烟雾中，只见杨帆孔武俊朗的脸上，一双冷眼露出刺人的寒光，转瞬即逝……

2

“呜！呜！呜……”

汽笛长鸣，列车徐徐滑进汉口新站。

出站口，李远方和宋红雨并肩而立，两人都是同辈中的骄子。一个英俊潇洒，一个清秀俏丽，过往之人都注目凝望。

人流开始向外涌动，宋红雨似乎有点把持不住自己，从李远方的左边走到右边，又从右边转到左边，偶尔踮脚向里面张望，又不时回头看看走过之人，担心错过。

李远方一动不动地站着，心里充满期待，脑海中杨帆的影子飞转：第一次见面时彻夜拥衾交谈的温馨；大学校园里同出同进的友情；武昌大桥头被暴打的惨状；大火中醉眼沉迷的酣睡；东山头白龙寺前手捧菊花的歌唱；新华路体育场飞身救球的健影；东湖碧波楼上暴雨中的牵手……一曲曲，一幕幕，如黄钟大吕般，敲击着他灵魂的殿堂，利剑般刺破他记忆中的五彩帷幕。

人流渐渐松散，二人都有点心慌。

“不会中途换车吧？”宋红雨急道。

“应该不会！”

“会不会提前走出去了？”

“更不会！”

“是不是这家伙贼心不死……捉弄我们二人？”宋红雨声音开始嘶哑，泪水在眼里滚动。

李远方没有回答，心里有点恍惚，开始七上八下。

“咣当”一声，出站口的栅栏门被重重锁上。

“杨帆！你这个不得好死的王八蛋，我会让你们杨家断子绝孙的！”宋红雨终于忍不住，对着栅栏门绝望而泣，悲声大骂。

“骂得太恶毒了吧？”

二人大惊，转身一看，只见杨帆铁塔般站立在他们身后，脸上露出狡黠的笑容。他身后，涂世雄、贾士文、侯金华三人，从左到右、由高到低一字排开，表情木然地对着二人行注目礼。

宋红雨喜极而泣，泪水夺眶而出，直往下淌，呆呆看着杨帆，不知所措。杨帆收起笑容，走过去轻轻把她抱在怀里，脸埋在她的秀发中左右摩挲，两眼一红，泪水止不住滚了出来。

李远方直觉耳热心动，两眼模糊。

杨帆松开宋红雨，两步跨到李远方的面前，二人同时伸开双手，都饱含热泪，紧紧地拥抱在一起。

“八年了，”李远方哽咽道，“终于……回到我们身边！”

“谢谢你！”杨帆也哽咽道，“我盼这一天……也盼了八年！”

“但愿我们不再分开！”李远方激动道，“希望你重振雄风，我们兄弟共创未来！”松开杨帆道：“来，介绍一下你的朋友。”

“哦！”杨帆转身引见道，“这位脸上带疤的叫涂世雄，绰号‘疤子’，一个‘亡命之徒’，也是我的生死兄弟。”

“你好！”李远方伸出右手。

“谢谢！”涂世雄握手感谢。

“这位贾士文！”杨帆笑道，“外号‘假不了’，跟你一样，很有学问，是我的高参。”

“很高兴见到你！”李远方又伸出手。

“非常荣幸！”贾士文伸出双手相握。

“这位侯金华！”杨帆调侃道，“小名‘侯七’，人长得精瘦，心却很野，比猴子还精！”

“欢迎！”李远方又伸出手。

“你……好！”侯金华也学贾士文，伸出双手相握，想讲几句客气话，情急中，难以成句。

“走！”李远方兴奋道，“到隔壁江城大酒店，为你们接风。”

“等一下！”宋红雨揪住杨帆的耳朵，娇嗔道，“老实交代，是怎么出站的？害得我们在这里傻等！”

“是这样！”杨帆边走边解释，“我们是特殊乘客，下车时，乘警直接把我们送到站前派出所，签完字后再从进站口送出来。”

“怪不得！”李远方恍然大悟，“怎么还签字？”

“因为我们是刑满释放人员，凭释放证就可以免费乘车。从新疆到兰州、再到汉口都要在站前派出所登记签字。”

“原来如此！”

六人来到江城大酒店，进入大堂杨帆小声对宋红雨道：“快，你去登记一个房间，我叫远方带他们先到餐厅点菜喝茶。”

“喝酒就喝酒！”宋红雨不解，“登记房间干什么？”

杨帆在她耳边耳语了几句，宋红雨脸一下绯红。

“快去！快去！”杨帆又催，宋红雨拗不过只得去登记。

杨帆转身对李远方道："对不起……兄弟，现在吃中饭还早，你先带他们三位到餐厅点菜喝茶，我和宋红雨暂时离开一会。"

"干什么?"李远方也不解。

"没什么，"杨帆笑道，"我憋了七八年，见了她受不了!"

李远方一阵心酸，小声道："快去吧，11点准时下来。"

"不用要酒!"杨帆提醒道，"我带有两瓶新疆的烈性酒，让你感受一下维吾尔族的风情。"转身大步奔宋红雨而去。

正好宋红雨登记完毕，两人手牵手来到五楼，服务员微笑着打开房间，转身还没走到服务台前，就听房内桌椅地板一阵乱响。她有点疑惑，回身蹑手蹑脚来到门前，只听里面女的大声哭啼，她心一惊！立马联想刚才开门时男的慌慌张张、急不可耐的神情和女的扭扭捏捏的样子，怀疑是一起胁迫强奸案。她正犹豫是否叫保安来盘查，里面哭声戛然而止，紧接着传出女的急促的叫床声，还没等她回过神来，又传出男的激奋的吼声和席梦思"嘭！嘭！"的撞击声。

服务员脸刷地飞红，踮脚奔向服务台……

3

快十二点，宋红雨才挽着杨帆的手姗姗走进餐厅。

她面带桃花，情意缠绵，仿佛被杨帆蹂躏一阵后，又找到了初恋的感觉。杨帆则精神抖擞，像一匹黑豹，昂首挺胸，趾高气扬。

李远方一阵激动，看到他们如此恩爱，心里总算有所慰藉。

六个人开始起筷动嘴，举杯相庆，李远方和宋红雨无心吃喝，另外四人则放开肠胃，大快朵颐。

看着杨帆狼吞虎咽的样子，宋红雨止不住又热泪暗流。

四人酒足饭饱，都连声感谢李远方的盛情款待。李远方客气一番，吩咐服务员，给每人拿两条好烟。

"好了！"杨帆对三人道，"今天是5月25号，你们安心回家，过个舒心的端午佳节，一个月后再同我联系，我需要重新考虑以后的人生道路。"对宋红雨道："每人给三百元！"又继续对三人道："别忘了我们现在是刑满释放人员，在任何时候都要夹着尾巴做人，千万别再惹是生非，特别是疤子和侯七，一个性烈如火，一个贪财成性，都见不得别人挑唆。至于贾兄，养好你的身体是第一要事。”又看了一眼李远方：“我和同学还要商量事，你们坐的士回家。”

三人起身接过宋红雨的钱，道谢告辞。

李远方又送到门口，叫了一辆的士，先将钱交给司机，吩咐沿路送三人回家。

“你什么意思？”等李远方回到餐厅坐下，宋红雨对杨帆道，“难道还同这些人搅和在一起？我希望你再不要像以前那样稀里糊涂地过日子。都三十多的人了，要有个长远的打算。人家远方都把位置给你留好了，当开发部的负责人，办公室、大哥大、BP机，一并都给你配好了，别辜负了他的期望！”

“红雨说得对，”李远方接着道，“你离开我们这么多年，失去了很多宝贵的东西。作为最好的朋友，我真诚地希望你能跟我一起，两兄弟共同干一番轰轰烈烈的事业。一方面让老父母安心，另一方面也不枉宋红雨等了你这多年，再者我也需要你的帮助。”

宋红雨眼泪又在眼眶打转，抽出纸巾擦了擦：“我无所谓，八年了，二老哪天不是牵肠挂肚睡不着，再不回头还叫人吗？”

杨帆慢慢站了起来，来回踱了几步，然后双手背后伫立窗前，面对广场上来来往往的人群，声音坚决：“你们说对了……我杨帆再也不是八年前的那个杨帆。现在的杨帆，骨髓里凝聚的是戈壁滩上魔鬼城中的千年尘埃，血液里流淌的是天山南北黑风川中的黑色砂砾。八年了，那种撕心裂肺的阵痛，是你们无法想象的。”

停了一会，他走到李远方面前坐下，声音沉重：“好兄弟，你给我的太多，今生今世恐怕是无以报答，我不想来生来世还生活在报答你的恩情中。我想走我自己的人生路，我不能就这样默默地被社会所唾弃。我要向世人证明，我杨帆是一位顶天立地的英雄。所以，请你给我一段时间，让我成全自己的诺言。”

李远方心一沉，没有回答，站起来走到杨帆刚才站立的窗前，面对广场上川流不息的人群，陷入沉思之中。

"至于刚才的三人，"杨帆侧身拉起宋红雨的手，两眼逼视她，"他们并不是太坏的坏人，涂世雄不忍心继父禽兽般无休止地虐待自己的母亲，16 岁那年，搏斗中过失将继父刺死，在监狱呆了整整 13 年。他那浑身鼓胀的肌肉，同我一样，是无数次考验的结果，脸上的疤痕是前年为了保护我，同几十人搏斗时留下的。贾士文本来是一名优秀的中学历史教师，就因为学生爱上了他，家长不同意，逼得学生走上绝路。而他糊里糊涂坐了 12 年的牢，直到出狱的前一天，还想不通这到底是为什么！"

说到此，他又来到李远方身边："至于那个侯金华，我一点也不想管他，可为何又带他回来，说来你不太相信，一天无意中得知他 1975 年上山下乡到九龙冲知青点，一种潜意识使我收留了他。"

"你的话我都信!"宋红雨含泪道，"就是想证明自己的价值，不跟李远方干我也同意，可为什么……非要同他们混在一起？"

杨帆同李远方并排而立，两眼凝视窗外："我刚才说的话，你还没听明白。像我这样的人，除了李远方肯收留外，应该是没有人愿意搭理的，况且，一般的人我杨帆还瞧不起。在我们那个劳改队五千多人中，有五百多的湖北老乡，我观察了几年，选了这三人。一个是千里挑一的猛士，有万夫不当之勇，且忠心不贰。一个老谋深算，有点石成金之术。另外一个是急智高手，比狐狸还要狡猾。养兵千日，用兵一时，我相信将来，有用得着他们的时候。本来我五一前就可以回来，就是为了等他们三人，才挨到今天。"

"杨帆!"李远方心里异常难过，他明白好朋友内心的凄苦，懂得八年来深埋在他心灵深处的伤痛，安慰道，"我理解你，不过我把话说在前，你什么时候需要我帮助就过来。而且，无论你干什么事我都会义不容辞地支持你。我坚信通过八年磨难，你一定有自己做人做事的原则，也一定懂得自己对亲人、对家庭应该负起的责任。现在，是送你回家，还是先带你转一转，看看武汉的变化？"

"我想见见……肖畅姐和周丽！"杨帆心酸道，"感谢她们……这多年来对红雨的关心。"

"明天吧！"李远方道，"明天肖畅姐休息，我中午在胜利饭店定了两桌，专门为你接风洗尘，几家的老小都参加。"

“那好，”杨帆道，“明天晚上，你不要睡觉，我们兄弟彻夜长谈，我向你坦露……八年来的心路历程。”

“好，现在送你回家！”

“对不起！”杨帆拒绝道，“我和红雨晚一点回家，你自便。”

“什么意思？”李远方诧异。

“没什么意思，”杨帆狡黠道，“房还没退，想充分利用一下。”

“好吧，”李远方感叹，“你们是该好好交流，上去吧！”

二人挽手而去，李远方结完账后，心情一时难以平静下来，没想到盼了这家伙这么多年，居然是这个结果。

他来到车上，发动汽车，急速驶入发展大道，加大油门前冲。银色丰田皇冠在乌黑的沥青路面疾驰。到达竹叶山，方向盘往左一扒，轿车随即冲上岱黄高速。进入高速路面后又猛踩油门，皇冠车立即风驰电掣般向前飞去。几分钟就到达横店出口，他减速出高速拐入老路，又跑了上十分钟，来到一块山坡开阔地带，这才停下车来。

正是春夏之交，公路两旁的田野里，小麦抽穗，油菜飘香。田埂上，更是野花吐蕊，虫鸣鸟唱。远处，几名牧童在追逐撒欢。

李远方无心欣赏田园风光，他打开音响，顷刻间，一曲荡气回肠的交响乐，在车厢内回荡。这是周敏陪他买这台新车时，特地到音像社推荐给他的碟片——《圣山的祈祷》。

狂风在怒吼，风铃在回响，圣山在风声、铃声中祈祷。

李远方闭上了眼睛，仿佛回到了史前的古老文明，又仿佛迈步圣洁的天堂。时空在音符中转换，大地在旋律中颤抖。

他看到了列祖列宗们恂恂然的身影，听到了母亲面对苍天的呼喊。

风铃声渐渐远去，圣山隐入天穹。

泪水慢慢在他脸上滚动，一颗心在祈祷中回归平静。

他又想起了杨帆，八年的艰苦岁月，使他心存阴影。过度的激愤，对人、对社会充满仇恨。他必须帮助这个自己最好的兄弟，帮他从阴影中、苦难中解脱出来，让他懂得一个有气度的男人，应该有感激被伤害、被鞭打、被唾弃的胸怀。因为被伤害才磨练了自己的意志，被鞭打才消除了自己的孽障，被唾弃才树立了自立的信心。

李远方慢慢睁开眼，只见蓝天上白云悠悠，大地上芳草依依。江南的五月时节，春光明媚，清香飘溢，醉人心扉……

4

第二天中午，欢迎杨帆回归的酒筵在胜利饭店举行，李远方亲自开车把杨帆父母及宋红雨父母接到饭店。

因为离李平、李乐6月4日的周岁，也只有几天时间，所以，周丽临时决定，趁便一并将必须请到的客人，都请来坐一坐。

于是，原定两桌的酒席改为五桌，除周丽父母、肖畅父母、杨帆父母、宋红雨父母外，李远方公司的各部门经理，也都前来庆贺。另外，杨帆的两个哥嫂及侄儿、侄女，肖畅的姐姐、姐夫带儿子也都参加，宋红雨还特地请了胖嫂夫妇前来助兴。

周敏在5月8号和18号分别参加完同电信局、公安局的大哥大、BP机签字仪式后，五天前带领许姨、王虎、彭秘书等一行，上木兰山游玩去了，所以，没能参加今天的酒筵。

李远方本来要邀请胡总、辛雅娟外加孔姨参加，征求宋红雨的意见时被她婉言劝阻。恰巧孔姨想到三峡去看看，胡总也就带领二人成行，顺便到辛雅娟的故乡长阳去领略绮丽的清江风光。

酒筵开始，杨帆发表了自己的真诚感言，感谢多年来李远方、肖畅、周丽等对他父母的关怀、对宋红雨的爱护。决心从今后，效仿古人“饮炭洗胃，吞刀刮肠”的精神，洗心革面，重新做人。

李远方、肖畅、周丽、宋红雨及杨帆的大哥大嫂等也都致辞，各自表达了自己的心声。

由于有李平、李乐参与，他们很自然成为宴会上的焦点人物，被男女老幼你亲一口、我挨一下，抱来抱去、叫去叫来，不亦乐乎。周丽父母更是争先恐后、一步也不离地跟在两个小外孙后面，生怕有半点闪失招老伴指责。两小寿星不耐烦二老的呵护，却对凤丫头情有独钟，一刻不见她就大喊大叫。整个欢迎宴会喜庆祥和，欢声、笑声、喊声、叱声，此起彼伏，不绝于耳。

直到下午三点多钟，宴会才在欢声笑语中结束。

宴会结束后，李远方带杨帆到自己办公室相叙，两人都有说不完的真心话语，都敞开胸怀畅谈各自未来的人生道路。李远方依然诚心邀请杨帆来公司就职，杨帆则陈述自己不来的理由。二人都无法说服对方，但心贴得更近。最后，李远方将大哥大和 BP 机送给杨帆便于联系，杨帆没有推辞，欣然接受。

半夜两点时分，二人又来到车站路，找了一个夜食摊点，叫上酒菜，边酌边聊。谈起九年前同肖畅姐三人在车站路夜宵的情景，真恍若昨夜。又谈起在东湖碧波酒楼时，六人各自许下的千禧年要实现的人生目标，禁不住心潮涌动。二人暗下决心，都坚信在 2000 年到来之前，一定能实现自己人生的既定目标。

天明时分，二人又来到滨江公园江滩，漫步在江雾晨曦之中，看红霞万朵，叹江水东去，感人生蹉跎。直到一轮红日冉冉升起，长江两岸霞光普照，两人这才相拥而别，各自归家。

自此以后，杨帆每日在家看书学习，静坐思过，想真诚、清净、正觉，立志要在十年之内闯出属于自己的一片天来。

宋红雨一心陪伴着杨帆，每天下班后直接到车辆厂宿舍吃住，自己的父母周末偶尔去看一下，以表孝心。

欢迎杨帆的酒会以后，李远方一心扑在远方集团的各项工作上，他坚持无论处理大小事情，首先征求肖畅的意见，再征求周敏的意见，然后综合二人的意见做出决断。必要时给周丽也通通气，三位美人则一如既往地支持他的工作。

端午节前一天，周敏从木兰山下来，下榻刚刚落成的亚洲大酒店。第二天端午节，她邀请公司各部门负责人，在亚洲大酒店顶楼旋转餐厅召开鸡尾酒会，鞭策大家努力工作，力争最快的速度，在她离汉之前，把 BP 机和大哥大业务开通。李远方也发表即席演说，号召大家以公司为己任，确保 1990 年下半年各项任务圆满完成。

6 月 16 号这一天，公安局 BP 机业务开通，6 月 22 号电信局大哥大无线移动网开业。远方集团的威名一夜之间远播大江南北，李远方的俊照靓影，也不时在各媒体显现。

一切都按计划在进行，所有的工作异常顺利，事业的发展比想象的还要好。李远方恪尽职守，效法古人握发吐哺、一馈十起的精神，努力做好每一件大小事情，尽管疲惫不堪，但也深感激奋。

周敏看在眼里，喜在心里，对李远方的敬业精神和工作能力甚为满意，庆幸自己选择了这个如意的合作伙伴。她坚信不久的将来，李远方不仅是她的如意伙伴，心也会归属于自己。

这天，李远方召集全体员工开会，总结前一段的工作，部署下一步的任务。散会后，周敏示意李远方，她要单独同他谈事，二人来到李远方的总经理办公室，李远方给她倒上一杯茶，自己也倒上一杯，笑道："周主席，有何指教？"

"我决定明天回港，"周敏道，"有几件私事要拜托你办理！"

李远方一听，赶紧拿出笔来，一面惊诧道："不是原定七月底、八月初回港吗？怎么提前了？"

"是啊！"周敏叹气道，"事情往往是不以人的意志为转移的，我在香江撒下了一张大网，想捕获几条'大鱼'。本来想在七月底、八月初收网的，不曾想这几条'大鱼'耐不住寂寞提前触网，我再不回去，恐怕就要'鱼死网破'了！"

"撒网捕鱼？"李远方不解，"你这不是无事找事吗？"

周敏莞尔一笑："不谈这……你记下我拜托的几件事。"

"说吧！"

"第一，"周敏盯着李远方，"我在木兰山风景区看好了一处景地，计划盖两幢联排别墅。昨晚，我已经跟肖畅姐电话沟通好了，一切手续由她帮忙办理，从设计到建成由你一手负责，费用从我的利润中扣除。有什么困难和不方便，随时电话通知许姨。"

"明白！"

"第二，"周敏来到窗前，"这次公司开业我估计赶不上，我让许姨在此代我行使一切权力。以后她就是港方的执行人，一切活动由她出面，我的名字从此后要从远方集团的一切活动中彻底消失。"

"这是为什么？"李远方惊诧不已。

"以后你自然知晓！"周敏头也不回，继续道，"这也是为你好，我把你当成最知心的朋友，相信你不会令我失望！”

“第三，”没等李远方回过神来，周敏拿出一封密封好的信函，转身递给李远方，“这里面有我私人律师的详细情况和联系方法，如果到时候你联系不上我，请跟他联系，他一定知道我的去向。我们之间的合作项目，他也会同你具体洽谈。”

“谢谢你如此信任我！”李远方蹙眉道，“只是我不太明白，你好像有点……要出嫁当尼姑的意思？”

“到那一步就好了！”周敏感叹，“那我就彻底解脱了，可惜，我暂时还没那个福分。”说着幽怨地看着李远方：“你是我唯一坦露心迹的人，真希望你能理解我的心！”说完，两眼通红，泪光闪闪。

李远方的心猛地紧跳起来。

他无法理解她的心，这颗心太深不可测了……

第三十章

1

李远方赶到文叔家已深夜 12 点，他是被肖畅的电话叫来的。他小心翼翼地敲门进去，肖畅正同文叔在客厅等他。

“远方啊！来了，快坐下！”文叔满脸堆笑。

李远方坐下后，肖畅递给他一杯茶。他接过放在茶几上，虔诚地等待文叔的指示。文叔比李远方上次见他时明显发福，台灯照映下，满面红光，神采奕奕。

“生意做得不错！”文叔夸奖道，“你肖姐经常在我面前夸你，好好干，将来一定大有发展。”说完赞许地看了一眼肖畅。

“谢谢文叔的鼓励，以后还得仰仗文叔大力支持！”

“是这样！”文叔啜了口茶，认真道，“随着改革的不断深入，我市的国企改革也提到议事日程，有一批老国有企业的确不适应当前经济形势的发展，恐怕要退出历史舞台。”说到此，感叹道：“这些企业曾经为我国的经济建设做过巨大贡献，一朝宣布破产，恐怕工人在感情上一时难以接受，安置工作也存在巨大困难。所以，市里决定，加大国有企业的改制力度，为此，出台了一套优惠政策，鼓励私营企业兼并这些国有老企业。”

他起身从书桌中拿出一份文件，递给李远方：“这是第一批需要兼并的企业名单，每一个都附有企业的基本情况、人员编制、所处地段、财产评估、兼并条件等。你现在就认真看一下，有没有适合你们远方集团兼并的企业。我去量量血压，吃点药，给你半小时，同你肖畅姐好好商量。我希望你们远方集团给全市的私营企业做个榜样，率先行动起来。”说完，款步走出客厅，带门而出。

“肖姐！”李远方一阵激动，“这真是天大的好事，可这么多企业，我一时怎么选？也不知哪个更适合？”边说边翻看名单。

“别看了，”肖畅笑道，“半小时怎么看得完？你来之前我和你文叔已商定好了，挑选了三个企业：一是‘飞达电机厂’，作为远方集团总部所在地；二是‘春天制药厂’，将来用作集团的生产基地，最好利用现有条件继续制药，再引进好的医药品种；还有一个是‘幸福米厂’，这米厂占地面积大，而且环境优美，又在市区边缘，文叔说，将来搞房地产开发，是兴建生活小区的理想用地。”边说边拿出纸笔：“你赶紧把这三家的具体情况，摘抄下来。”

“我的天！”李远方边抄边惊叹，“肖姐，我们哪来这多钱？”

“钱的事，你不用操心！”肖畅轻声道，“你只一心一意把事情操作好，不能出半点纰漏，明白吗？这是最最重要的，在这点上，你文叔非常看重你，信任你远远超过了自己儿子。你事干得好，也是为你文叔争光，他现在分管这方面的工作。”

“周敏那方怎么说？”

“当然是继续合作，”肖畅肯定道，“我们不仅要享受外资企业的优惠政策，更主要是用她的钱借鸡生蛋。”

“我担心……”李远方停下笔，看着肖畅，“她离开武汉的前一天，找我谈了一下。言语中，流露出一种无可奈何的情形，我总担心她有所察觉，会生出什么变故。”

“你不必多虑！”肖畅继续道，“她拜托你的事情，你一定要帮她办好，建别墅的手续我已打好招呼，你尽力去做。”看了看房门，神秘道：“我通过新华社香港分社的朋友打听到，‘新时代’在香港很有背景，这个周敏在香港是个响当当的人物。近几年来，她们集团内部发生巨大变故，所以，她想在大陆立足，为自己留条后路。她这次提前回港，又不知有多少变故。”

“是吗？”李远方瞪大了眼睛，“怪不得平时看上去很神秘！”又不太相信：“肖姐，你这不是在说天书吧？她笃信佛教！”

“什么天书不天书，我的话你还不信？”

“这……”李远方突然意识到什么，神秘道，“肖姐，那她给我们投资的钱，岂不是黑钱？”

“是也好，不是也好，”肖畅语气坚决，“都跟我们无关，我们和她是正常合作，一切手续都是合法的。”

“她会不会对我们采取什么过激的行为？”

“放心吧，这里是大陆，不是香港。再说她对你情有独钟，只会帮助你。记住：千万不要得罪她，有时爱也会转变成恨的！”

“如此看来，”李远方放下笔，“她内心深处一定隐藏着太多秘密，从另外角度看，她是一个令人同情的女人。三十多岁孤身一人，每天把自己的真实面目隐藏起来，随时有危险！”

“看来……”肖畅讥讽道，“你对她也是情有所系，也许这就是她爱上你的原因：你太诚实，是她从未见过的老实男人。”

“我只是……觉得她很可怜！”李远方想起周敏交给他那封密信时的信任眼神，心里生起淡淡的惆怅。

二人正谈到此，文叔推门进来了。

“怎么样？”他笑道，“商量好了吗？”

“商量好了！”李远方站起将文件还给他，毕恭毕敬道，“挑选了三家企业，一切听文叔的，决不辜负文叔的期望，我一定把工作做好、做扎实，请文叔放心！”

“好！”文叔兴奋道，“就是要有干大事的气魄，市里会给你大力支持。具体操作事项，体改委会同你联系的。”说完看了看表：“不早了，你们都回家休息吧，我还要圈阅几份文件。”

“爸！”肖畅嗔怪道，“您也休息吧，别把身体累坏了。”

“放心吧，”文叔自信道，“垮不了，才被你妈唠叨过来的，你又来唠叨不休，快回去吧，别担心我。”

二人出门后，李远方送肖畅回新华路的新家，忍不住问：“肖姐，公司的开业典礼，是否提前或者推后？”

“你想得对，”肖畅对着车内座位前的后视镜，理了理头发，朗声道，“首先把飞达电机厂兼并下来，到时，举行盛大的奠基仪式和开业典礼，两套锣鼓一起敲。”

“对！”李远方忍不住打开音响，选放一首肖畅最喜欢的流行音乐，由陈百强演唱的粤语歌曲《偏偏喜欢你》。

姐弟二人在陈百强动人的歌声中，默然不语。

二人都沉浸在过去和现在的情怀之中……

2

远方集团的兼并工作，比李远方设想的还要顺利，中秋节前五天即告完成。正好中秋节后几天又是国庆节，于是，在征得有关方的同意后，集团决定国庆节这天举行隆重的新大楼奠基仪式。

市里对此次兼并活动给予了大力支持，体改委全方位提供帮助，各大新闻媒体竞相跟踪报道。

中秋节这天，武汉三镇洋溢着节日的气氛，大街小巷张灯结彩，喜气洋洋。欢度传统佳节和庆祝建国 41 周年的标语，挂满街头巷尾。人们有机地把传统节日的祥和元素，同共和国的华诞融为一体。各大宾馆、商场为迎合广大市民的需求，一个月前就推出了具有传统特色的各式月饼、喜点。

远方集团为了庆贺一年来所取得的光辉业绩，同市电视台共同举办了一场《今宵月更圆》的中秋佳节大型文艺晚会。

周丽的同学是这场晚会的总策划，他向周丽承诺：一夜之间一定要让她老公的美名，远播月球之上，传遍天上人间。

晚会在江南三大名楼之首的黄鹤楼前举行，省市领导、社会名流、各界精英，欢聚一堂。

美轮美奂的黄鹤楼流光溢彩，成为晚会的主体背景。楼前广场上，摆放有三十张特制的小圆桌，桌上摆满水果糕点。省、市领导第一排就座，社会名流第二排就座，各界嘉宾第三排就座，其他来宾在圆桌后十几排小靠椅就座。整个晚会现场井然有序，喜庆祥和。

远方集团的各部门经理，肖畅、周丽、宋红雨等几家亲近的家人，都受邀到现场，欣赏良辰美景，感受演唱激情。

晚会在悠扬的歌舞声中开始，第一时段的节目结束后，李远方和许姨分别接受了主持人的现场采访。二人代表双方表达了各自对中秋佳节的良好心愿。

文华和李平、李乐，以及另外几个现场的小朋友，也分别被摄影师多次摄入镜头，他们象征着祖国的美好希望和光辉未来。

李远方、许姨外加两名领导在一张小圆桌就座，许姨同两位领导热情交谈，李远方则陷入深深的沉思之中。他想起了幺爹此时一定同黄家骏一老一小，坐在李家大院内对月摅怀，感悟岁月的沧桑。

他又想起了自己的娘，有一年的八月十五夜，坐在西巷破屋门前，娘把他搂在怀里，拿出三个红茗炕饼，同他一起赏月，给他讲解中秋节的传说，为他哼唱《明月伴我走天涯》。

泪水模糊了李远方的眼睛，人世间最感人的是亲情，最能勾起亲情的是明月，最值得怀念的明月是中秋月。

他记起了古人张潮《幽梦影》中的名句："月下听禅，旨趣益远；月下说剑，肝胆益真；月下论诗，风致益幽；月下对美人，情意益笃。"他心里一片迷惘，不知此时此刻，在这月悬曲高的中秋之夜，禅在何方？剑指何处？诗从何来？美人何在？

他一动不动地呆坐着，眼前辉煌一片，可他却感到如此的孤独，大有清宵独坐邀月言愁之意，倍感良夜孤寂情苦心长。

一时又想起了周敏，心情更加惆怅，想起肖畅告诉他周敏的复杂背景，深深为这个合作伙伴而怜悯。要是此时她也在这现场，他一定要同她倾心交谈，规劝她放弃风口浪尖的冒险生活，来武汉安家落户，过一个正常人的安心日子。

李远方朝后看了看，肖畅、周丽和凤丫头带三个孩子在一桌。桌上的水果糕点，被几个小孩丢得满桌都是。他略感欣慰，孩子不仅是祖国的花朵，更是他李氏家族的希望，是他李远方的未来。

再往后面看去，杨帆、宋红雨、沈小虹和文达生在一桌，四人有说有笑，情投意合。他同杨帆又倾心交谈了几次，杨帆向他交心：1991 年春节后他要重出江湖，闯荡出一条属于自己的路来，实现他的诺言。李远方不知好友会走上怎样的一条他自己的路，但他敢肯定，好友的诺言，一定蕴藏着复仇的火焰，深藏在他心灵深处的复仇之火，一定会烧向钱思鸣和几位将他送入新疆的仇人。李远方没有其他的选择，他只能义无反顾地帮助杨帆，直到他幡然醒悟，回到他的身边来。

李远方再往杨帆他们旁边看去，几家的老人围了两桌。马老师则带领其他部门经理们，在后面同各界来宾坐在一起。

他忍不住又朝周丽那一桌看去，周丽和凤丫头正在给李平、李乐剥香蕉。文华专心致志在看节目，肖畅的目光恰巧也正向自己投来，关爱之情跃上眉梢。他心一颤，这世上只有她是自己最知心的人，没有她，就没有今天的李远方。他又想起了娘的红苕炕饼，脑海中回荡着娘的歌声。他决定明天一定找肖畅谈一谈，向她诉说自己的忧虑和担忧。他想起了《史记》中的一句名言："暴得大名不祥！"

中秋晚会取得了巨大的成功，当场受到省、市领导的高度评价，全体演职员工同各级领导，在欢快的歌声中合影留念。李远方和许姨也被主持人请到了舞台的中央。

晚会结束后，李远方又同许姨一起到亚洲大酒店，接受电视台的专访。其他来宾们互致友好，各自怀着一颗团圆的心启程回家。

采访完毕，李远方给周丽打了一个电话，告知他到办公室审核国庆节奠基仪式的方案，今晚上就在办公室过夜。

来到办公室，李远方感到身心疲惫，他倒了杯水，喝下后略感舒畅，走到办公桌前慢慢坐下，低头沉思良久，这才从抽屉里拿出奠基仪式的方案，从头至尾细心地审核起来。确认无遗漏后，满意地伸了伸懒腰，突然眼睛定在桌上的台历上。他看见台历上的一句唐诗："朝钟暮鼓不到耳，明月孤云长挂情。”这是他昨天第八次给周敏打电话不通后，有感而发，随手写在上面的。

他伸手将台历翻了一页，9 月 26 号变成了 27 号，一看凌晨一点多，又翻一页，27 号再变成了 28 号。他慢慢坐下，轻轻拿起电话，他要再次给周敏打电话，向她汇报兼并工作的成果。

电话通了，同前八次一样，依然是没人接听。他无奈地摇了摇头，放下话筒，一头靠在椅背上闭目沉思。

他无法使自己平静下来，想到近一年多来，公司的发展完全超乎自己的想象，这的确让他一时难以想通。他无法明白，一个公司的老总对自己公司的飞速发展感到莫名其妙，说出去岂不贻笑大方？这固然与文叔和肖畅的无私帮助，与周敏的巨额投资密不可分，可即使是这样，也不应发展如此之快，这似乎有悖经济发展的规律！

一时他又想到昨天周丽对自己的规劝：做生意要遵循经济规律，不能跑得太快，否则容易摔跤。就像李家的老祖宗老子所言“企者不立，跨者不行”、“治大国若烹小鲜”。自己的妻子为什么要如此规劝自己，难道她看出了什么蹊跷？

想来想去，他始终是想不明白，如同幺爹对人性的探讨，探来探去，越探越糊涂……恍惚之中，他感觉到自己好像只是一个演员，一切都是在导演的安排之下。

那么，谁又是导演呢？是人还是神？抑或是天？

他无法梳理清晰，蒙眬睡去……

3

一阵急速的电话铃声，将李远方从昏睡中吵醒。他揉揉眼，一看凌晨 4 点 10 分，拿起话筒，小声道：“你好，我是李远方！”

“真是你！”对方声音有些颤抖，显然很激动。

“周主席！”李远方马上惊醒，“终于听到你声音了，还好吗？”

“我很好，你呢？怎么深夜一点半……想到给我打电话？”

“我这是第九次给你去电话……一直没人接听！”

"难为你!"周敏停顿了半天,"我今天刚回家,不到三小时的时间,刚进门时听到电话铃声,进来后又断了。先以为是美国打过来的,后来去电话到电话服务部查问,才知道是你。"

"因为是……"李远方一时不知如何说明,慢慢道,"因为是中秋夜,我们公司举办了一场大型文艺晚会《今宵月更圆》,触景生情,估计你还没睡觉,所以我就碰碰运气,给你打过去。"

"是吗?"周敏激动道,"看来你开始想我了,告诉你……我的大事都处理好了,很快我就会来到你身边。"

"你是说?"李远方没想到她如此直露,有点难以接受,不过心里一阵欣慰,喃喃道,"你是说……碰网的鱼都被你抓住了?"

周敏兴奋道:"对,日后你到香江来,不会有'鱼'吃你了!"

"我是想……"李远方想到肖畅介绍的情况,本来想借机规劝她弃恶从善,可话到嘴边又变了,"我是想向你汇报,公司近来的工作情况,特别是兼并工作,取得了意想不到的结果。"

"我对你的工作,不感兴趣!"还没等李远方说完,周敏就打断他,"说真心话……是想我才不停地给我打电话吧?"

李远方一阵心跳,幸亏就一人在办公室,半天说不出话来。

"怎么不作声?"大概周敏刚从一场生死存亡的战斗中,得胜而归,异常兴奋,真情流露,"我知道,你很爱你的妻子,也知道你对肖畅有一种依恋,她使你常常想起母亲,对吧?可这一切都不妨碍你大胆地来爱我,我会用另外的一种方式来爱你,这是她们永远也做不到的……你怎么不说话,你到底在听吗?"

"我在听!"李远方脸红心热,把话筒从右手换到左手,用右手在额头使劲拧了几下,这才道,"谢谢你对我的信任,说实话,我真有点受宠若惊。我是一个农民的儿子,是在苦海里泡大的,能有今天,完全是幺爹的教诲、妻子的帮助、肖姐的支持,加之你的垂青。我想真诚地对待你们每个人,哪怕为你们牺牲我的生命也无悔。你说得很对,我的确很欣赏你,准确地说是佩服你。从你身上我看到了一个当代花木兰的巾帼英姿,可我无法跨越这一步,请你原谅我!"

周敏半天没有出声,李远方想是不是有点不近情理,正要继续掏心,周敏发话了：“李远方，你听好，我理解你，但我绝对不原谅你！一个顶天立地的男子汉，要有‘挟泰山以超北海’的气度。不要过于儿女情长，背负世袭的重担。妻子又怎样？姐姐又怎样？她们是人不是神，何必像神去供奉？”说完不容李远方解释，猛地挂断电话。

李远方脑袋轰地一炸，一头倒在椅背上，呆望房顶，好不酸楚。

窗外已经有嘈杂的人声，不时夹杂着汽车的轰鸣，大概是上早班的人们赶武汉关码头的头班船。李远方起身走到盥洗间，抹了一把冷水脸，探头向窗外望去，天上依然一片晦暗。再仔细仰望，只见一轮晓月如钩，几颗稀落的星辰还在闪耀着幽怨的光辉。

李远方疾步下楼，开上丰田皇冠轿车，扭开远光灯，猛踩油门，沿着沿江大道，向江岸方向飞奔。

沿江大道上，两排路灯还未熄灭，放射出橘黄色的光亮。皇冠车疾驰在大道中央，左右两束远光灯射出，同两排路灯交相辉映，异常耀眼。小车瞬间到达滨江公园、市里大院，又飞一般驰过三阳路、四维路、五福路、六合路，直达黄浦路江边。

前面是一条不太平坦的沿江小路，李远方不假思索，冲了过去。顷刻间，小车上下颠簸左右摇摆，车后扬起的灰尘飘飞到前面的光柱中回旋翻飞。行驶不到一刻钟，前面小路延伸到江堤上，李远方一阵激动，方向盘一打，脚下油门一踩，小车呼地冲了上去。

刹那间，李远方直觉眼前豁然开朗，随灯光放眼望去，前面是无尽的江滩荒草，在秋风中摇曳，一眼看不到边，隐藏在灯光的尽头。右边是滚滚奔流的江水，黑夜中杳然东去，江畔几点渔火跳动。再看看左边，一片沉寂，间或几家灯光点缀，时明时暗，忽隐忽现。

李远方停下车，长长地吁了一口气，心情略微轻松下来。他关掉引擎，四周即刻被黑暗笼罩。

“周敏！”李远方闭目念叨着这个名字，轻轻扭开了音响。

倏然间，大地在震荡，高天在呐喊。呐喊中风铃在滚动，震荡中锅庄在舞蹈，千万年的雪域高原，在风中祈祷。

好一曲交响乐——《圣山的祈祷》。

他仿佛看到了列祖列宗一个接一个对他诉说家史，看到了幺爹在九棵松前的苦难怀想，看到了母亲遗言上的斑斑血迹。

他仿佛又回到了1976年那个刻骨铭心的夏天。冥冥中，冰雹在黑暗中飞落，暴雨在狂风中倾盆，焦雷在闪电中炸响。

他又仿佛看到了东山头白龙寺前的大树，在龙卷风的扶摇中倒下；看到了白龙寨西巷里成片的瓦房，被龙卷风揭去了屋顶；看到了母亲满脸血痕，跪在瓦砾中痛苦地呼喊。

“娘！”泪珠从李远方的眼角滚了出来。

大地停止了震动，狂风停止了呐喊，风铃摇向远方，圣山隐入天穹，一切又回到平静之中。

李远方慢慢睁开眼，只见东方红霞万朵，一轮朝阳从云罅中喷薄而去，高远无垠的天空，光明乍现，黑暗消退。那轮如钩晓月和几颗稀落的晨星，在光芒的照耀下渐渐隐去。再看长江之上，金波荡漾，百舸争流，汽笛长鸣。江南江北瞬间活动起来。

李远方情不自禁走下车来，面对滔滔江水，高举双臂畅舒胸怀，贪婪地呼吸着这金秋时节长江边上爽朗的晨风浩气。

“天地造物真神奇无比！”李远方感到周身充满活力，气韵神爽，自言自语感叹，“古人说日、月、星辰为天之三宝，水、火、土为地之三宝，我们人类也有三宝，应该就是这精、气、神了！”

忽然想到刘勰《原道》中，对天、地、人文及自然之道的精辟论述，不知不觉高声诵道：“文之为德也，大矣；与天地并生者，何哉？夫玄黄色杂，方圆体分，日月叠璧，以垂丽天之象；山川焕绮，以铺理地之形。此盖道之文也。仰观吐曜，俯察含章，高卑定位，故两仪既生矣。惟人参之，性灵所钟，是谓三才，为五行之秀，实为天地之心。心生而言立，言立而文明，自然之道也。”

一群大雁从头顶掠过，他一阵兴奋，似乎看到了希望，对着大雁高声道：“南飞的大雁啊，你们如此自由自在地飞翔，你们了解我们人类吗？我多想同你们一起遨游在天地之间，为什么我李远方就不能像刘勰称赞圣人写天地之辉光，晓生民之耳目呢？”

声音在江滩回荡，没有人理会李远方的呐喊，四周又恢复平静。他大步回到车上，发动车子，掉转车头，向来路疾速奔去。

李远方要去找他的肖畅姐，向她倾诉心中的真情，同她一起畅想发展的方向，共创远方集团美好的未来……

第三十一章

1

沈小虹从飞达电机厂拆迁工地回到办公室，理了理鬓发，照了照镜子，又取出化妆品在脸上抹了抹，再拍了拍。她正想去吩咐凤丫头中餐给她烧条鱼，桌上大哥大响了，一接听，是李远方打给她的。

“李总！”沈小虹兴奋道，“我和宋红雨刚回，拆迁工作全部结束，后天奠基仪式的准备工作也都安排就绪，你有什么指示？”

“是这样！”李远方道，“你把我们公司的宣传画册，清出二十本来，立即送到我这里来。”

“好，你在什么地方？”

“在肖畅姐办公室，你来后，中午我们一起请有关部门领导吃饭。”

“是。”沈小虹放下电话，立即到办公室清理画册，等她清理好回来，手机又响起来。“今天怎么这么忙？”她一接听，又是李远方，兴奋道：“李总，我马上出发！”

“你不要来了，”李远方道，“你把画册交给宋红雨，让她送来。你到接待室，我刚接到凤丫头电话，有个多年未见的朋友找到公司，要请我吃饭。我实在是回不去，你代我去陪一陪，问清楚他找我有什么事，然后打手机告诉我。”不等沈小虹说话，就挂断电话。

“王八蛋！”沈小虹骂道，“早不来，晚不来，偏偏姑奶奶要出门他找上门来？请吃饭，看姑奶奶怎么宰你！”一想自己是代表李远方，心里掠过一丝甜意，将画册交给宋红雨，款款来到接待室。

她走到门口一看，心里又好气又好笑，心想：这二人怎么可能是李远方的朋友？只见一个四十岁左右的男人，长得像个瘦猴子，坐在凤丫头对面，手捧茶杯毕恭毕敬。另一个也是四十岁左右的男人，却长得像个肥猪，坐在瘦猴子的身边对凤丫头问七问八。从脸色上看，瘦的像肥的爸爸，从体形上论斤两，肥的是瘦的他爹。

一见沈小虹进来，凤丫头马上站起介绍："这位是我们公关部的沈小虹部长，李总刚才电话里说的，就是要她陪你们吃饭。"她对沈小虹嫣然一笑，趁机走出门去，把二人留给沈小虹。

一胖一瘦马上站起来，对沈小虹不住点头微笑。

"别客气，二位请坐！"沈小虹在凤丫头的位置上坐下，"我们李总电话吩咐我接待你们，请问，怎么称呼二位？"

瘦的立马答道："我叫梁明，五年前，曾经跟李总做过生意。"指了指胖子："他叫司马高，是我老家的同学。"

原来梁明几年前挨打后，胡总将钢厂的业务暗地交由辛雅娟接管，他只得离开李远方。一心同小红经营小酒店，谁知小红是个"鳝鱼篓子"——只进不出。酒店赚的钱被她今天一百，明天又二百，日复一日都被这女人拿走了。梁明反过来找她要钱一分也没有，要人随时奉送，吃喝管饱，把个梁明整得叫天天不应，叫地地不灵，还得每天动员广东老乡到酒店来抬庄。他没法只得在老乡群里东搓一下，西撮一下，赚点中间费用。几年下来，跟李远方做生意赚的几十万积蓄，渐渐被小红榨光，身子也被她吸干。前一段时间，偶尔听说远方集团的总经理叫李远方，估摸这李远方是不是以前帮自己的那个李远方，一时无法求证。赶巧在看中秋晚会见到了李远方，今天就大胆带着在武汉接建筑工程的老同学司马高找上门来，想通过李远方的关系，接点工程赚点回扣，聊以度日。

"找沈部长的麻烦啦！"司马高见介绍自己，赶紧递上名片。

"哦！"沈小虹接过一看，名片上是"广东省汕头市高香建筑公司总经理"，司马高的名字后面，还印上"法人代表"四字。

"怎么叫高香建筑公司？"沈小虹疑惑。

"是这样，"司马高道，"我叫司马高，我老婆叫公孙香，都是复姓，我们是家族公司，私人老板。"

"是吗？"沈小虹惊叹道，"真难得，两个复姓走到一起！"

"沈部长，"司马高邀请道，"我们找个酒店，边吃边谈嘛！"

“好哇！”沈小虹站起来道，“你们想吃什么风味？”

“我老同学是美食家，”梁明夸奖，“对粤菜特别有研究。”

“太好了！”沈小虹笑道，“我们去江汉饭店的王子沙龙。”

“那就辛苦沈部长啦！”这司马高来武汉不久，广东话特别浓，开口就是“嘛、呀、啦”的拖尾音。

沈小虹心想：“你们坏了我的好事，我今天让你们把票子都‘拉’出来。”出接待室高声道：“桂司机、凤丫头，吃海鲜去啦！”

司马高不愧是美食家，进到餐厅包房，也不看菜单，直接吩咐服务员：“凤吞翅、鸭汁烩鱼唇、红焖海参、东江瓤豆腐、冬瓜盅……都要新鲜啦！”他一口气要的全是粤菜精品。

沈小虹和凤丫头一听，直伸舌头。

“不好意思！”服务员写完菜单对司马高道，“凤吞翅恐怕要多等点时间，平时很少有人点这道菜，你能不能换一道其他的？”

“不行啦！”司马高坚持道，“这是我们广东名菜，我就是请客人来品尝的嘛，怎么能换呀！”

“好吧，”服务员又问，“喝什么酒？”

“一瓶‘五粮液’、一瓶‘人头马’、一瓶‘王朝’啦！”

桂司机小声对沈小虹道：“这广仔是大老板，这顿饭上万。”

“可不是，”沈小虹道，“我本来要宰他个两千、三千的，没想到他一下倒把我给镇住了。”

凤丫头近来负责安排公司的饭菜，对吃喝很上心，对司马高笑道：“司马经理，跟我们介绍一下这凤吞翅吧？”

“好呀！”一提菜，这司马高精神就高起来，抿了抿嘴，眉飞色舞道，“哎呀……沈部长，你们三位可不知，这凤吞翅可是我们广东的名菜啦。首先，主料辅料就得十几样。”说着伸出肥大的五根左手指，右手食指从左手的拇指开始点起：“水发鱼翅要300克、嫩母鸡1只要两斤半左右、熟火腿要150克、猪瘦肉要200克、上汤850克，这是主料啦。”又把手指伸开，继续点道：“辅料要生姜片10克、长葱条10克、绍酒10克、味精8克、精盐5克、湿淀粉5克、芝麻油2克、熟猪油15克。”

“我的天……我都听糊涂了！”凤丫头笑道。

“烹饪就更讲究啦！”司马高继续眉飞色舞，“第一道：将嫩母鸡宰杀，去毛，起全鸡。猪肉切块，每块重10克啦。150克的火腿切成5粒，每粒15克，余下的切成细丝啦。第二道：洗净炒锅放在中火上，下熟猪油，加进上汤100克。外加精盐2克，芝麻油2克，放入煨好的鱼翅、火腿丝煮半分钟，用湿淀粉调稀勾芡，盛入碗中。第三道：鱼翅从鸡背皮开口处徐徐倒入鸡腔内，用草将刀口扎紧。”

“我的天！”还没听完，沈小虹就感叹道，“这真像听天书，这么麻烦，怪不得服务员要求换！”

“第四道嘛，”司马高边介绍，一双手边不停动作，“猪肉放入开水锅氽约30秒钟，加入火腿粒后，一并捞出放入炖盅内，将鸡放回锅内氽约1分钟，取出洗净，用铁针在脊背戳几个小孔，解去扎口物，背向上放入炖盅内啦。接着按顺序加进去姜、葱、绍酒、精盐以及白开水啦。白开水不能少于750克，加盅盖好啦。入蒸笼用中火炖约1小时30分钟，取出鸡，去掉姜、猪肉、火腿，撇去汤面的浮沫，用洁净毛巾，将汤过滤留用啦。第五道：把鸡放回盅内，胸向上，头贴着胸，倒回原汤，加入上汤，加盖入蒸笼用中火，再蒸30分钟，最后，加味精调匀后，便大功告成啦！”

说完，肥大的右手抹了抹嘴巴，得意之极。

“算了，我们不吃了！”沈小虹笑道，“你这一说就得两小时！”

“那不行！”不等沈小虹说完，司马高道，“你们武汉人不是说既来之则安之嘛，再说我还要向你说明来意啦！”

“司马经理，”桂司机也忍不住，“这凤吞翅到底啥味？”

“不能说啦！”司马高笑道，“说了就没耐心等啦，另外，还要说明几点：嫩母鸡必须是未下蛋的嫩母鸡，上汤必须是熬了1个小时的高汤，鱼翅必须是从鸡颈项口填入腹腔，鸡子必须是通过解剖的手法，将其骨架及内脏一起取出，留下的皮肉成葫芦袋形啦！”

“看来，我们要反省自己的饮食习惯。”沈小虹感叹，“没想到我们平时在餐桌上，三口两口吃进去的每道大菜，制作起来却是如此复杂，怪不得我们李总，经常说我们暴殄天物。”

“对呀！”司马高趁机大赞李远方，“如此说来，你们李总对中国饮食文化，非常有研究，今后一定要向他讨教啦。”从提包里拿出两本画册，双手递给沈小虹：“不好意思，沈部长，这是我们公司的简介，麻烦你转交一份给李总经理，请他多多关照啦！”

“好说，”沈小虹接过来翻了翻，“我明白司马经理找我们李总的意思，是想承接我们远方集团的建筑工程吧？”

“沈部长真是冰雪聪明啦！”这司马高和梁明是大学同学，肚里多少有些文墨，说话文绉绉的，“我们公司尽管是家族企业，在广州可是屈指可首，忝为建筑行业前十名明星企业啦！所以，请沈部长放心，也请沈部长转告李总放心。我们承建的工程，都是双优工程，其中在深圳承建的凤凰大厦还得过‘鲁班奖’啦！”

“好吧！”沈小虹合上画册，“我一定转达给我们李总，不过你不能抱太大希望，现在来我们集团接工程的，都有二十几家啦！”

“我知道啦！”司马高道，“还不是李总说了算嘛，他让谁来干就是谁来干，还请沈部长在李总面前，多多美言啦！”

沈小虹一听他话中有话，心想这肥猪看上去憨态可掬，傻乎乎的，心里狡猾得很。正好服务员推门进来开始上菜。她见机道：“这事我们以后再说。我们赶紧吃饭吧，我下午还有事。”

一见酒菜上来，司马高两眼放光，搓着一双肥手兴奋道：“一切听从沈部长的啦！”又对梁明道：“阿明，赶快斟酒啦！”

梁明站起身，一声不吭地开始给每人斟酒，凤丫头坚持要自己来倒，他也就顺从地把瓶子交给她，又一声不吭地坐下。

沈小虹看着这梁明，脑海里挥不去李远方的影子，想他此时一定也在开怀畅饮。她不明白，为什么李远方会有这种朋友？而且从李远方的口气上判断，对这梁明还很有感情。

沈小虹心里念叨着李远方的名字，顺手拿起面前的高脚玻璃杯，送上嘴轻轻呷了一口。

瞬间，王朝葡萄酒青涩酸苦的滋味，溢满她的胸怀……

2

送走司马高和梁明，沈小虹马上给李远方打了个电话，告知他二人的来意，探讨李远方的主意。

“知道了，”李远方在电话里不假思索，“你把他们的画册和资质证，送到工程部登记挂号，能安排尽量安排。”

“好吧，”沈小虹又道，“刚才电机厂来电话，说是现场有点小麻烦，我马上去处理一下，有什么指示，你打我的手机。”

“你别去了……我已经在去的路上，你就在办公室。现在三点刚过，大概四点半左右，有一位匹老板要来公司，也是来承接我们基建工程的，是领导介绍来的，你把他的资质留下登记挂号。另外，安排他到酒店吃晚餐，要丰盛一点，费用你先垫上，明天找马老师报销。有什么事，打手机给我，再见！”

“再鬼！”沈小虹放下电话生气道，“这些人怎么就像苍蝇一样，真叫人心烦。十天来了二十多个老板，而且十个中九个有来头。”她照了照镜子，发现两额绯红，赶紧去洗了把脸，重新淡化了一下，准备将司马高的资质证书和画册送到工程部。突然记起司马高喝完酒给资质证书时，一再叮嘱她趁没人的时候好好看看。她拉开抽屉，拿出证书，是一个天蓝色的合页夹装帧本，翻开第一页，心猛地一跳。里面夹有一个黄色信封——她知道是钱无疑，心又一阵怦怦动，听听走廊无人走动，抽出一数，崭新的百元大钞整整 80 张。

“这个司马肥猪！”沈小虹关上抽屉，静静地坐着，心里捣腾道，“到底是什么意思？想的又是什么心思？”

“先收起来再说！”沈小虹拿出信封，将资质证书和画册整理好，一并送到工程部，办完手续，一看时间四点已过，到接待室找凤丫头聊天，专等那个匹老板自己找上门来。

匹老板准时四点半到，一个满脸绽放红光的半百男人，中等身材，腆肚肥腰，两条稀眉下，天生一双鹰眼。一女、二男三个年轻人，跟在其后，四人一个跟一个，大大咧咧走了进来。

凤丫头热情接待，四人依次就座，又互递名片，以表诚心。

沈小虹遵照李远方的旨意，帮他办理好登记挂号手续，然后将一行人带到对面长海大酒店，招待吃喝。

“沈部长，”进入包房坐下，匹老板对沈小虹道，“我是农民出身，最反对铺张浪费，随便点几个小菜就可以。”

“那怎么行？我们李总特地吩咐要盛情款待。”

“的确没这个必要！”匹老板坚持道，“你们李总不是说……”一时记不起来，扭头问身边的小姐：“林媚，李总今天怎么说？”

“日食三餐，当思农夫之苦；身穿一缕，每念织女之劳。”

“对、对、对！”匹老板点头道，“就这个意思，请沈部长安排几个小菜就可以了，再说，我们又不是来吃喝的。”

“好吧，”沈小虹第一次碰上帮主人节约的客人，笑道，“那么匹老板，我就恭敬不如从命。”

“这样好、这样好！”

匹老板吃饭一声不吭，低头像是思考重大问题，不像司马高那样亢奋，对菜也好像不特别挑剔，筷子就在面前两个盘子夹来夹去。三个年轻人，老板不作声自己有话也不敢说。沈小虹觉得过于沉闷，似乎也怠慢了客人，于是，无话找话：“匹老板，你刚才说是农民出身，能做到今天这大的生意，一定有丰富的人生经历吧？”

一开口就问到点子上，匹老板小心将碗里最后一粒米饭，用筷子夹进嘴，放下筷，抿口茶，这才道：“谈不上经历，吃过一些苦。”

还没说完，大哥大响了，林媚赶紧接听。一听对方的声音，用手捂住话筒，对匹老板道：“是大舅伯打来的。”

“告诉他……没钱给他，让他自己想办法。如果想到我这里打工，随时来，到工地看场子，每月的工资，一分钱不少他。”

林媚放开手，对话筒道：“大舅伯，三舅伯说……”

沈小虹听懂了，原来这林媚是匹老板外甥女。看来这匹老板心中藏有难言的苦衷，女人都好奇，沈小虹决定一探究竟。

“沈部长，”匹老板好像猜透了沈小虹的心思，“你有可能觉得很奇怪，一定认为我不近人情，那我就从这个大哥说起。”

他身子往后一靠，稀眉紧蹙，似乎有满腔的愤懑，渐渐的眉毛舒展，鹰眼迷离，叹了口气，这才娓娓道来："我家祖祖辈辈跟土地为伍，一代接一代面朝黄土背朝天。两亩薄田，三块贫地，一家人含辛茹苦惨淡经营，可一年四季吃不饱穿不暖。什么原因？家大口阔，十几张口要吃，二十几只眼干望。所以，从正月初一到腊月三十，吃不到一块豆腐，一日三餐喝米汤，吃一口肉只能是在做梦时才有机会。父母一共生了我们兄妹十一个，病死饿死五个，送给亲戚朋友两个。沈部长，你想象不到，简直是猪狗不如的生活。"

沈小虹像听鼓书，不好意思打断他，点头表示倾听。

"解放后，"匹老板继续道，"生活有所改善，日子慢慢好起来，我大哥因为 14 岁就跑出家门到外流浪，一直杳无音信。土改时突然回家，说是跟李先念打游击，后来分配到武汉低压锅炉厂当干部，住在车站路。"看了看沈小虹，提高声音："我五岁放牛，六岁上山砍柴，七岁下地劳动，在夜校学了一点文化，年轻时当过民兵排长，三十岁结婚。后来大队办铁厂，我到铁厂打铁，因为大哥在汉口的工厂当干部，大队派我当业务员，推销铁厂生产的螺丝钉、螺丝帽。"

几个人都静心听他诉说，沈小虹似乎被他带到了农村，看到了大片的穷山恶水，忍不住好奇道："匹老板是在哪个农村？这么穷？将来有机会，我倒想去看一看。"

"现在不穷了，我一人致富带动全村。"他得意道，"肯定有机会，你们李总也想到我们村去看一看。当时叫黄陂县王家河公社红胜大队，铁厂就叫红胜铁厂。"

一听李远方也想去，沈小虹一阵快意，心想二人心心相通。

"我刚开始跑业务时，人生地不熟，经常掉包包，有两次还进错了女厕所。大哥不仅不帮助我，每次找他总是不耐烦，见了面就把我往外赶，不是开会就是待客。我当时很气愤……为什么人当了官，就这么不近人情？不讲骨肉之爱，不要兄弟之情？"

沈小虹心一怔：这匹老板是个直率人。

"1979 年，"匹老板继续道，"腊月二十四过小年，我身无分文，从新疆沿途靠贩卖老鼠药维持生活。回到汉口，实在没法，我又去找他。

一进门，夫妻二人脸都拉长了，一不问我吃没吃饭，二不问我从哪来。我老脸咬牙道：‘大哥、大嫂，我今年的产品没有推销出去，过不了年。今天都腊月二十四了，能不能借一百元钱给我过个年，明年等产品卖了再还，现家里老婆伢等我回去办年货。’大哥一听，大声道：‘哪有钱？前天你嫂子都买年货了，早两天为什么不来？’假惺惺问嫂子：‘还有没钱？’嫂子头一仰，没好气道：‘你又不是不知道，前天卖年货，昨天又送厂长的礼。’说着进房翻箱倒柜捣腾了半天，出来说：‘就五块钱，你拿去自己再想办法’。”

“这也太抠了！”沈小虹气愤道。

“问题是，”他继续道，“就这五块钱，她还舍不得马上给我，捅在荷包半天不拿出来。我没法只得等下去，心想先拿着再说，等回家后想办法。等了一下，还没给的意思，我就对她道：‘大嫂，我今晚就在你家睡一晚，节约一块二毛钱旅社费。’她一听，头也不回道：‘就在楼梯口破竹床上，有床破被子，你将就一晚。’我一听，从头凉到脚底，也不等那五块钱，一气之下从她家跑出来，一个人孤苦伶仃在寒风中徘徊，不知去往何方。这时，一辆卡车从中山大道进入车站路，我想不如一死了之。等车快到身边，猛地冲向车头，不想这司机很灵活，见我冲上来，猛踩刹车，方向盘一摔，停了下来。下车给我一嘴巴，痛骂我找死，说我不想过年他还想过年。”

说到此，匹老板似乎回到了当年，摸了摸脸，拿起茶杯将一杯水灌了下去。沈小虹顿时对这个农民出身的老板，产生了一种怜悯之情。

“我没有自杀成，”他继续道，“司机一巴掌却把我打醒了，我觉得不能就这么死去，家里还有老婆和四个孩子等我，死了他们怎么办？于是，我决定到大智门火车站候车室的长凳上睡一晚。进去一看，正是冬运大忙时节，别说睡，连站的地方都没有。我只得又一个人，来到街上游荡……真是走投无路，入地无门。”

“你在街上转了一夜？”凤丫头忍不住问。

“没有，”匹老板突然感叹，“要不老人们怎么说：一个人最痛苦的时候，就是他走向幸福的开始。我当时走到车站路百货商场门口，一股臭干子的香味扑鼻，原来有两人在夜市小摊上喝酒。二人点了几十块臭干子，一盘卤牛肉，你一杯我一杯地碰来碰去。我实在是饿得不行，口水外流，就蹲在二人旁边闻香。没想到这一闻，彻底改变了我的人生。”说着停了下来，仿佛又回到了那个难忘的夜晚。几个人完全被他吸引，都一动不动地等他继续述说。

“原来两人是一对生意伙伴，只听一个说：‘兄弟，你想想办法，都过小年了，我一分钱的货都没定，回去怎么向厂长交待？’那一个道：‘兄弟，我实在没法，你也去仓库看了，半个螺钉螺帽也没有。’原来这二人‘要的’和‘没有的’正是我到处推销的产品。我不好上去打搅他们，就在旁边蹲着等，整整两个多小时，二人才拉拉扯扯地分开。我拦住要货的，他以为我抢劫，我赶紧解释我是推销螺钉螺帽的。也是这位喝高了，加之心里急着要货，一听我解释就没喊。我马上拿出介绍信给他看，再将螺钉螺帽的各种规格向他一讲，他这才相信我的话。我又把我的实际情况告诉他：‘你无非明天帮我买一张一块二毛钱的车票，同我到黄陂去看看。’他一听，酒也喜醒了，邀我到旅社睡觉，又让值班的煮两大碗牛肉面，给我垫肚。”

“这真是祸兮福所倚。”沈小虹道，“后来他同你到黄陂了？”

“对，第二天他同我一起回家，我让老婆给他下碗鸡蛋面，就一人来到厂里找书记，那时大队书记也是铁厂的厂长。”

“为什么不带他一起去？”凤丫头不解。

“通过大哥大嫂一事，我变聪明了——因为书记说过，只要能卖出去，价格可高可低，我想先跟他谈好价，再让他们见面。书记一见我回来，急道：‘哎呀，你可回了，怎么样？货推销出去了吗？都等钱过年。’我说：‘没有，因为现在竞争，别人厂的价比我们便宜，所以卖不出去。’书记一听，直跺脚：‘哎呀，你为什么不降价呢？’我说：‘我哪敢私自降价？’他急得团团转，对我说：‘现在还能不能联系销售出去，来不来得及？’我说：‘倒是有一家，而且是个大主子，可以一次把我们的存货买光，只是价格太低，恐怕你不同意。’他一听，没等我说价，跳起来道：‘老匹，五分钱一个，多的都是你的。’我一听暗喜，口上却说无凭无据不相信他的话，他拿出公章就给我写承诺书。于是，我让他回家去找老婆借一百元钱给我当路费，他不等我说完就跑步出门。

我趁机把那位业务员带到厂里看货，直到今天，这二人还蒙在鼓里。那一年，我从中赚了一万八千多元。”

“十一年前，一万八可是一笔巨款啦！”几人惊道。

“是啊，”匹老板自豪道，“从此以后，我生意越做越大，后来又买下铁厂，将村里的壮劳力都招进厂里打铁。这些人既是工人又是农民，上班的时间打铁，下班的时候种田。农忙时，还放他们几天的假，所以，我一人致富带富全村。再后来又到汉口发展，开金属结构厂，又开经贸公司，现在开建筑公司。”

“你大哥怎么又来找你？”桂司机问。

“自从上次分开后，我就没找他。谁知人算不如天算，前几年他退休后，生活一天不如一天。加之儿子姑娘结婚出嫁，厂里又发不出工资，几十年的一点存款用得干干净净。没办法反过来硬着头皮找我借钱。对不起，没有，兄弟一场管吃管喝。让他照看场子，实际是让他在我这里养老，我也算是做到仁至义尽了。”

“对不起，沈部长。”见沈小虹低头不语，匹老板起身道，“今天谢谢你的盛情，也耽搁了你宝贵的时间，我的事，还拜托沈部长在李总面前多多美言。”说完，示意三人告辞。

送走匹老板一行，沈小虹既没回办公室也没回家，一个人来到江边码头，任深秋的江风吹打。心绪一时难以平静，想到人生的坎坷蹉跎，世间万事万物的变幻莫测，特别是想到自己未来的归宿，一股惆怅情怀在胸中涌动。今天李远方让她陪两个老板吃饭，本来是对自己的信任，应该感到快意。此时此刻，当她伫立在滚滚奔腾的大江边，心中却陡生无尽的悲凉。她隐约感到自己已离不开李远方，没有李远方，她就像江心的一叶扁舟，随时有可能被浪涛吞没。

她又想起了司马高和匹老板，二人有很多共同点，都是从农村走出来的，都是事业有成的成功人士。可二人又有太大的不同，一个直而外露，一个智而内藏。今天都怀着共同的目的同她打交道，一个用钱铺路，一个靠故事感人。她不明白为什么人与人之间，就不能再亲近一点，再光明一点？为什么非要带着目的与人打交道？

她又想到李远方也是从农村走出来的，为什么他在自己心中，同司马高和匹老板二人，是如此的没有可比性？

沈小虹想不通，她也不愿想，拿出手机拨通李远方的电话。

她要向他倾诉自己的心声，她想走进他的心里……

第三十二章

1

1990 年的国庆佳节，举国上下普天同庆，中华大地歌舞飞扬。

乘伟大祖国光辉节日的东风，远方集团办公大楼的奠基典礼，异常轰动，热闹非凡。上午九时整，奠基仪式准时开始，随着主持人一声令下，工地上锣鼓喧天，鞭炮轰响，掌声如潮。

离工地不远的汉西大道拐弯处，开有一座“紫薇园”酒楼，两层楼的门面,在这一带也算得上是比较高档的酒楼。老板娘同几位服务员正站在酒楼门口翘首眺望，一边嗑着爆蚕豆，一边诼言谇语地打发时光，几个女人牙板骨都嚼得嘣响。

老板娘是位三十出头的女人，身材曲美，举止风骚，顾盼风流。她以前是飞达电机厂的广播员，五年前，同一位有家有口在汉做生意的南方老板非法同居，过起了无名有实的夫妻生活。同居后长期不上班，直接享受生活。可惜，好景不长，三年前南方老板在一次车祸中不幸丧命，她就在厂门口开了这酒楼，靠自己同几任厂领导的特殊关系招揽生意，因自己芳名叫黎紫薇，故取名叫紫薇园酒楼。

几个人径直朝紫薇园走来，来的一共四人，杨帆、贾士文、涂世雄、侯金华。

原来今天远方集团奠基，杨帆担心有人闹事，电话通知几个难兄难弟，暗地到现场察看动静。四人转了几圈，没发现有什么异常现象，加之又有警察在现场维护秩序，估计不会出现什么意外。所以，这才离开现场，决定找个酒店中午痛饮一番。杨帆也想利用今天这个机会，问问几位的近况，顺便将自己这段时间认真思考的诸多问题，特别是未来的目标，向三位明示，以便四人立誓结盟。

“小姐，有包房吗？”见秀秀风摆杨柳迎上来，侯七色迷迷问。

“有！”秀秀见侯七猴急的样子，马上显出一脸的羞涩，小声道，“我们酒楼是这一带最好的，哪能没包房？二楼有豪包。”

“几位老板，楼上请！”老板娘看见侯七、疤子和假不了的形象，本不想搭理，一见走在后面的杨帆，顿时改变初衷，搔首相迎。

杨帆在家静养了几月，皮肤由黑转红，加之身材壮实魁梧，帅气十足。进门时，他冷眼看了一下老板娘，老板娘顿觉一股英气逼人。

四人进入二楼包房，各自就位。侯七坐在门口方便点菜，疤子和假不了左右挨杨帆坐方便谈话。秀秀羞羞答答地给侯七推荐菜谱，崔玉则分派碟子、筷子、餐巾纸，又分别给每人泡茶，给疤子上茶时，大概被他脸上的疤子所惊，不小心茶水滴到他裤腿上，赶紧拿餐巾纸低头帮他擦拭，两个丰乳正好搁在疤子右腿上来回搓动，圆鼓的屁股在他的右手边左右摇摆。疤子心一动，顺势将屁股一拍：“没关系，不用擦。”等崔玉站起，又礼貌地点头：“谢谢你！”

酒菜很快上来，四人开始边喝边谈，三杯酒下肚，都心事重重。杨帆忍不住问贾士文：“老贾，老母亲好些吗？”

“好不了！”一提老母亲，贾士文悲从心来，泪眼婆娑，“估计就这几天的日子。以前我在新疆，她每天盼着我回，靠信念支撑着病体，真的见到儿子，精神就崩溃了。十几年啊……真不知老人家是如何挺过……”话未说完，趴在桌上抽泣起来。

几个人深受感动，不知如何安慰他，疤子猛地一口把杯中酒倒进口中，气愤道：“他妈的，都是这个社会造成的，老子本来都不该坐牢，冤枉在高墙电网内苦了十几年，回来了也不得安宁。”

“不能怪社会，”杨帆愤懑道，“是社会的蛀虫，一帮王八蛋坏人造成的。”又问疤子：“你娘找到了没有？”

“没有，”疤子含泪道，“几个月来，街道居委会、派出所，跑了多少次，都查不到我娘的下落，十三年了，也不知是死是活。”

杨帆心一颤，心想一个病弱女人，无依无靠，唯一的儿子远在新疆坐牢。两任丈夫，一个病死，一个被亲生儿子过失刺死，精神打击可想而知，嘴上安慰道："别灰心，终究是找得到的。"又问道："在姑姑家怎么样？"

"别提了，"疤子直摇头，"姑父每天在屋里摔椅子、丢板凳，指桑骂槐，见了我像见了日本鬼子，恨不得一口吃了。最可气的是，当着我的面侮辱我姑姑，我实在是呆不下去。"

"老大！"不等疤子说完，侯七也一口干掉杯中酒，高声道，"你就不要再考虑了，带领我们干吧？等了这长时间，我都等不及了，像我们这样的人，社会是容不下的，只有自己关心自己。"

"你又如何？"杨帆蹙眉。

"如何？"侯七伤心道，"老子本来想自食其力，凭劳动过几天安稳日子，找街道居委会都不管，还假惺惺地说优先安排去扫大街，问我愿不愿意？派出所更气人，通知我每个月去报到一次，还要汇报思想。去找以前的几位朋友想办法，谁知这些家伙们不仅不帮忙，反而把十年前的陈芝麻烂谷子翻出来，跟我算旧账。"

"服务员！"杨帆实在不想再听下去，突然对门外高声道，"拿只大碗来。"不一会，崔玉推门送上一只大蓝边瓷碗进来，杨帆接过碗，对崔玉道："你出去带上门，不叫不要进来。"

崔玉点头带门而出。

杨帆站了起来，表情冷峻："你们给我听好，我们四人自发配新疆，历尽磨难，九死一生。这不是受苦，是上天给我们的恩赐。承蒙你们看得起我，以老大相称。我提议：我们四人在此紫薇园内，效法三国时刘、关、张桃园结义，歃血为盟，结拜为生死兄弟。"

"好！"三人刷地站起来，表情庄严。杨帆打开一瓶白酒，全部倒进大碗，右手从口袋拿出一把小刀，在自己左手腕上一划，即刻，鲜血流了出来，一滴接一滴落进碗里。瞬间，晶莹剔透碧玉般洁白的碗里，血球滚动，红丝飘荡，渐渐溢满盈盘。

杨帆将手腕送进嘴里，吮吸几下，血即止住，放下刀，让出位子。下面三人依次如法炮制，再各自回到原位站立。杨帆将四只酒杯一字排开，血酒逐一斟满，分头递给三人，朗声道："苍天在上，我杨帆自出世以来，前二十年愧对父母，后十年愧对自己、亲人和朋友。今天我在此对天发誓：从今后，与涂世雄、贾士文、侯金华三人，结为生死兄弟……不能同年同月同日生，但愿同年同月同日死。在未来的日子里，我们兄弟四人决心有福同享，有难同当，汗往一处洒，血往一处流，上不愧于天，下不怍于人，闯出一条通向幸福的大道，干出一场惊天动地的事业来。如违背自己的诺言，死无葬身之地。”

接下来三人分别盟誓。

“好！”杨帆兴奋道，“我们一起干了这杯血酒，以鉴胸怀！”

四人举杯同干，杨帆又给每人斟满第二杯，满脸杀气道：“以后凡事我们大家商讨，最后决定权在我，谁要是抗拒我的命令……”他寒光扫射三人：“我让他……生不如死。”

“唯老大马首是瞻，赴汤蹈火，在所不辞；刀山火海，死而无怨。”

“干！”四人又一饮而尽。

“第三杯，”杨帆又斟满酒，“喝下这第三杯酒后，我们的盟誓即告完毕，你们此时谁要退出还来得及。”见三人肃穆庄严：“好样的，来，让我们忘掉过去的一切，开始新的人生，干杯！”

“干杯！”四人都一口倒了进去。

“都听好，”坐下后，杨帆道，“远方集团和我有千丝万缕的关系，我们以后的活动，离不开远方集团的鼎力支持。所以，我们日后的首要任务，就是誓死保卫远方集团的利益，明白吗？”

“明白！”三人点头会意。

“而且，对任何人，在任何时候，都不要表明我们同远方集团的关系，确保远方集团不受我们任何活动的牵连。”

“是！”三人又点头会意。

“第二，”杨帆看了一眼贾士文，“我们的主要任务，是不择手段获取一切财富，伺机扩大势力。贾士文是我们这个集体的军师，以后所有行动由他负责策划。”又看了一眼涂世雄：“涂世雄负责行动的组织和执行。”再看一眼侯金华：“侯金华负责行动的侦查和联络，切记，我们的任何活动，只能成功，不许失败。”

三人依然默默点头。

“第三，我们要享受一切人生的快乐，不放过任何一次享乐的机会。

也就是说，我们不仅要报仇雪恨，也要对得住自己。”

“好！”三人一听享乐，齐声答好。

“第四，”杨帆突然又眼放寒光，“尽管我刚才说要忘掉过去，但我们的复仇之火不能熄灭。我们忘掉的只是过去的苦难，我们的仇恨，一定要深埋在各自的心底，任何人都不能拔掉我们灵魂深处复仇的种子。所以，我现在特别强调：在未来的日子里，我们要想尽一切办法，除掉一切仇人，并且要不屈不挠地为此而战斗到底。”

“对！”三人异口同声。

“第五点，”杨帆感慨道，“我们要做顶天立地的男子汉，不做卑鄙小人。要报答一切有恩于我们的人。”

“好！”三人又异口同声。

“最后一点，”杨帆厉声道，“假如有一天，我们不幸出事，请切记不能出卖自己的兄弟，头可断、血可流，兄弟的情意不能丢。”

“请老大放心，兄弟们铭记你的教诲……头可断、血可流，兄弟的情意不能丢。”三人再一次异口同声。

“好！”杨帆拿出几张小纸条，分发给三人，“这是我们四人的 BP 机号码，是远方集团奠基仪式的礼物，下午分发给你们。另外，远方集团给我提供了三十万元的创业费用，从明天起，我们开始新的生活。首先，在这附近找处门面，以开酒楼的名义，一面维持我们的生计，暗地实施我们的长远规划。疤子和侯七，这段时间到贾士文家住，一是便于集体活动，主要是好照顾他老母亲。”

“好！”

“何必等到明天？”侯七急不可耐，“我看这紫薇园生意很清淡，位置离远方集团不近不远，正适合我们的要求。我去问问老板娘，说不定她正要转让酒楼呢。”

“去吧，”杨帆道，“注意方法，别说漏嘴。顺便叫服务员再送一瓶酒，加几个菜，我和疤子还未尽兴。”

“明白！”侯七飞身出门而去……

2

侯七下楼后吩咐崔玉上酒菜，见老板娘正在收银台算账，不便打搅，就四下寻找秀秀，发现她正在门口等客，小步嗅了上去。

“是等熟客吧？”侯七来到秀秀身边。

秀秀一见是侯七，头一歪，抿嘴道：“都等！”

“是吗？”侯七靠近她，黏糊道，“那我以后也算熟客吧？”

“那要看你愿不愿意！”

“太愿意了，告诉我你叫什么名字？”

“秀秀！”

“天哪，秀秀，这哪是名字，这是一种草。”

“瞎说，哪有叫秀秀的草？”

“有一次我得了一种疾病，什么药也治不好，眼看就要死了，我老爹一急，跺脚道：‘我白养这个儿了，把秀秀请来。看看有没有救？’我一听请秀秀来，马上就活过来了。”

“放屁……哪有请草的？只有人才用请字，骗人！”

“你不懂，是一种仙草，所以只能请，不然就不灵？”

“什么草？”

“救命草！”

“那你是什么病？”

“相思病！”

秀秀“噗嗤”一笑：“一看你就不是好人！”

“我好得很，而且最怜香惜玉。你真美，将来一定大福大贵。”

“鬼才信你的话，我一个服务员，能有什么大福大贵？”

“运气来了，门板都挡不住。我会摸骨相，来……把你的手我摸一摸，看你什么时候转运。”不管秀秀同不同意，拿起她的手就摸，“不得了，你很快就要转好运。”

“别这样，别人看见不好。”秀秀缩回手。

“我说，秀秀，你们酒楼生意像是不太好？”

“一直是这样，要死不活的。”

“这地方不行，不是商业区。”

“就是吵，当初我们老板娘指望做飞达电机厂的固定生意，哪知这电机厂效益不行，差点破产。酒楼都准备转让……现在好了，这远方集团开工，估计我们的生意就好了。”

“你错了！”侯七神秘道，“远方集团自己马上盖大酒店，哪看得上你们这个小酒楼？你们的生意只会越来越差。”

“你怎么知道？”

“我表妹的姐姐的同学的同学的姐姐，是他们的打字员，看到了集团大酒店的设计方案，绝对错不了。你想，别人这么大的集团，每天该要接待多少客，不自己开酒店划算吗？”

“对呀，”秀秀醒悟道，“等下告诉表姐，赶紧把酒楼卖掉。”

“谁是你表姐？”

“还能有谁？老板娘呗！”

“哦……怪不得两人都长得像花，来，让我再摸摸你的手。”

正要动手，秀秀甩手道：“别嬲了，快进去，来客人了。”说完，丢开侯七，迈着轻盈的步子迎了上去。

侯七一看，只见一个大块头，带着五六个小青年朝酒楼走过来。他赶紧回屋，向杨帆报告好消息。

毛老五带几个兄弟来酒楼喝酒，他近来跟崔玉打得火热。手下二当家跟秀秀也有一腿，所以，每天都要光顾紫薇园。

“刚才是哪来的一个瘦猴子？”老五手下二当家走在最前面，见秀秀来到面前，吃醋道，“同你拉拉扯扯的，他不要命了？”

“一个熟人，帮我看相。”

“放他娘的狗屁，哪有在酒楼看相的？告诉我，这狗日的在哪个房间？老子修理他个狗日的……打走算了。”

“这又何必呢，好不容易有桌客，你打走了表姐不怨我？”头一扭，快步进酒楼。二当家一见，赶紧不谈这事，大步跟进。

几个人大模大样走进酒楼。

崔玉一见老五，摆动屁股娇嗔道：“五哥，今天怎么来迟了？”

"找远方集团的老板商量点事，怎么你等不及了?"顺手在她胸前摸了一下，随即跟上楼进入包房。

侯七打探来的信息，令四人心动，杨帆在听取贾士文的计谋后，决定半月后，再来找老板娘谈转让事宜。

四人又借瓶中酒乘兴密谈再三，这才尽兴而出。结账时，杨帆对老板娘含情脉脉："味道真不错，希望以后有机会再来品尝。"

老板娘见杨帆下楼后，直勾勾地看着自己，早已心动。现在听杨帆如是说，马上放情道："欢迎再来，下次，一定奉送我们酒楼的传统名菜'凤凰蛋肚'，给老板品尝。"

杨帆进一步挑逗："我想老板娘的手艺一定会更妙，如果能亲尝你的美味，真三生有幸。"说完深情一笑，转身大步而去。

侯七出门时，拉着秀秀猛捏，借机示好。疤子则对崔玉情有独钟，不住向她点头。贾士文也不寂寞，趁杨帆结账的空间，主动找兰香云搭讪，勾引得兰香云心慌，一张桌子来回抹了三次。

四人出门远去，几个女人都心怀鬼胎，一言不发。

其后的十天，紫薇园的生意非常清淡，除了毛老五一伙偶尔光顾，几乎不见客人。开餐馆的人，两天不见客来就心慌。老板娘心烦意乱，先以为远方集团开工给她带来生意，哪知一天不如一天。加之秀秀告知集团自己盖大酒店的信息，心里早乱了方寸，于是，到处张贴广告，转让酒楼。广告张贴后一个礼拜无人问津，心里更像火烧。最后，算是有一人上门洽谈，几个回合谈来谈去谈不出结果，价格相差太远：对方最高价六万，老板娘亏本价八万。

这天，对方约好上午九点来最后敲定，十点了还不见人影。老板娘站在门口像热锅上的蚂蚁，来回踮脚。十一点了，依然望断来路，未见身影。秀秀在一旁劝导："紫薇姐，估计这王八蛋是乘人之危，有意掉你的胃口，干脆就六万给他算了。"

"我也这么想，"老板娘骂道，"问题是这王八蛋到现在还不来，怕就怕这狗日的反悔，六万都不要了，真急死人。"

"前天听老五他们一伙说，"秀秀继续道，"好像这段时间，经常有一帮人，在各个路口游荡，见有人往我们这里来，就上去拦阻，叽叽咕咕不知说些什么，来人一听转身就走。我想是不是拦我们的客人？也许就是这个王八蛋捣鬼想压价。”

“有这事？”老板娘瞪眼道，“这也太缺德了。”又气道：“也是怪，到今天就只一家上门来谈，有第二家，老娘五万都给。”

“是不是汉正街的门面定下来了？”秀秀又问。

“何止是定下，等钱装修，真急死人。”

“紫薇姐，看……那边来了四人，像是半月前来过的。”

老板娘扭头随秀秀的手指方向一看，见杨帆他们四人，正往酒楼走来，马上道：“快去通知师傅准备，叫崔玉和兰香云两个婆娘出来接客。”说完，自己理了理云鬓，款步迎了上去。

一行人来到二楼包房，老板娘亲自推荐、安排酒菜。杨帆始终温情款款，彬彬有礼。待一切安排完毕，他突然目不转睛地盯着老板娘，诧异道：“老板娘，你今天好像比上一次憔悴多了，有什么不顺心的事吗？可否告诉我？说不定我会帮你一把。”

“唉……”老板娘长长一声叹息，欲言又止。

杨帆示意疤子他们自便，起身邀请老板娘到隔壁包房。老板娘吩咐秀秀、崔玉和兰香云，陪好另外三人，自己来到隔壁。

“说来叫人难受！”老板娘紧挨杨帆坐下，手不自觉地放在了杨帆的手边。眼含伤悲，抽抽搭搭地如此这般、这般如此，将近来发生的一系列伤心之事，合盘倒出。

“原来是这样！”杨帆轻轻拿起她的玉手，抚摸着，见她情意缠绵的神情，感动道，“尽管我们是第二次见面，难得你如此信任我，如果你不介意的话，请接受我的帮助。我出六万把紫薇园买下来，算是应你的急，也不枉我们认识一场。”

老板娘心一阵狂跳：“你……不会也骗我吧？”

“你看我会骗你吗？”

“我想……你不会。”她有点神摇意乱，把持不住。

“这样！”杨帆站起来，“我正好今天手上有几万元现金，原打算吃了饭去孝感进批烟，既然是这样就不去了。我们现在就把合同签好，画押后，我立即交钱给你，你看可否？”

老板娘有点像做梦，一头趴在杨帆的大腿上抽泣起来。

“别这样，我最怕见女人流泪，走，到隔壁先办正事。”

来到隔壁，三对男女正在打情骂俏，见二人进来，赶紧正身。

杨帆道：“贾士文，今天不去孝感了，我决定把这紫薇园买下来，你赶紧同老板娘起草合同。具体条款，你同她商定就可以了。”

“这……不太好吧？孝感的张禄，岂不骂我们不讲信誉！”

“这件事我承担一切后果，跟你们无关，去吧。”

“好吧，谁叫你是老总。”贾士文极不情愿同老板娘出门。

合同很快就起草完，双方看后无异议，签字盖章。正好酒菜也炒好，杨帆吩咐疤子将六万元钱交给老板娘。

老板娘接过钱，立马聚精会神，坐在沙发上旁若无人地一摞一摞细数起来。杨帆一见，心里感叹道：“人啊人……现今这世上，人们做什么事都不认真，唯独数钱是最最认真！”

老板娘数完钱，头也不抬，迅速放进提包，飞步下楼。转回来时一脸的轻松，大概已经存放好了。杨帆笑道：“老板娘，难得我们四对男女共聚一堂，可谓皆大欢喜。我提议，我们八人来个临时配对，大家开怀痛饮，一醉方休，怎么样？”

“好！”老板娘兴奋道，“我去向其他人说明情况，发工资放他们回家，然后反锁大门，我们尽情快活。”说完，转身而出。

很快，老板娘又踅了回来，于是，四对男女开始肆无忌惮地饮酒作乐，相互间丑态毕露，秽语连发。

“请安静，”杨帆一声令下，立即鸦雀无声，三男四女都大眼小眼瞪着他，只见他从口袋抽出一摞钱，“我受不了你们这些狗男女在我面前摇来晃去。”数出一千元给崔玉：“你们两个到隔壁去，想怎么搞就怎么搞。”又数出二千元分别给秀秀和兰香云：“你们两对也自找乐去。”剩下两千元递给老板娘：“这是你的，权当我的见面礼。”

三对男女快速出门而去。很快，隔壁崔玉一声紧接一声的淫叫传来。紧接着，另外两处也传来急速的呻吟声。杨帆慢慢站起，两眼寒光闪射，直逼老板娘胸前。此时的老板娘浑身抖动，再也忍耐不住，猛地跳起来，扑进杨帆的怀里，双脚两手水蛇般缠绕在他身上……

3

杨帆买下紫薇园后，同房东重新签订承租合同，将酒楼更名为“桃园春酒家”，办理一切合法手续，便于以后隐秘活动。贾士文出任法人，以前的服务员一个不留，全部寻找靠得住的新人。

一个月后，桃园春酒家不声不响正式开业。开业后，在李远方的授意下，沈小虹和宋红雨鼓动在远方集团承建大小工程的客户，定点到桃园春酒家招待客人，生意一天比一天红火起来。

司马高、匹老板都如愿承接了工程，定点在桃园春吃喝。

毛老五偶然发现桃园春酒家的新老板，同“飞刀英雄”是朋友，照样每天到酒家来捧场，想拜见杨帆。杨帆对其毫无兴趣，贾士文也是时冷时热，高兴了打声招呼，不高兴臭屁赖理这帮混混。

老板娘黎紫薇多次来找杨帆，想再求云雨之欢，被杨帆冷眼恶语断然拒绝，无奈只得含恨而退，暗骂杨帆无情无义，冷血动物。她怎么也想不通：为什么几天不见，这家伙完全是另外一副面孔？

站在酒店门口，杨帆感慨万千，出狱后要实施的第一步计划，在李远方的资助下，终于迈出了坚实的一步。开弓没有回头箭，在以后的岁月里，他必须克服一切艰难险阻，一步一步去实现自己深藏在灵魂深处的诺言。他要让世人明白：他杨帆绝不是一个普普通通的劳改犯，而是一位顶天立地的男人。一切有恩和有仇于他的人，都必须明白一个道理——有恩于他的，他兄弟相待；有仇的，兵刃相见。

“站在门口看什么？”宋红雨突然出现在杨帆的面前，挽住他的手，撒娇道，“杨老板，我还没吃饭。”

杨帆从沉思中惊醒，笑道：“这还不好说，我亲自给你做。”

“不敢当，”宋红雨笑道，“你莫败坏我是食欲，再说，我是受李远方的委托来找你的，有事同你商量。”

“是吗？”一听李远方有事，杨帆赶紧道，“走，到里面谈。”进入酒楼，吩咐老贾给宋红雨安排吃的，自己带她来到办公室。

“什么事？让夫人亲自跑一趟。”坐下后，杨帆问。

“马上是新年元旦，”宋红雨兴奋道，“李远方想邀请我们三家，到新、马、泰、港旅游，问你去不去，他好安排。”

“当然去！”杨帆也兴奋道，“我的确想出去开开眼界，不过……”蹙眉道：“好像有规定，我们刑满释放人员不能出国。”

“这你不用管，肖畅姐说，一切由旅游公司负责办好。再说，你身上又没挂个牌子，谁知道你是刑满释放人员？”

“好吧，”杨帆问，“哪一天出发？我好安排事情。”

“12 月 30 日晚坐火车到广州，31 日的飞机从广州出发。”宋红雨边说边走过来，揪住杨帆的耳朵，“给我记住……在外面，一切听夫人的，懂吗？如果不听话，我是要打屁股的。”

“是！”杨帆摇头晃脑，“老夫明白，请问夫人，还有何吩咐？”

“有！”宋红雨突然严肃道，“肖畅姐让我郑重转告你：从马、泰、新、港回来后，让你以最快的速度，筹办婚礼，不然……”

“哦！”没等宋红雨说完，杨帆调侃道，“原来你来的目的，是来逼婚！不害羞，只有男人逼女人，哪有女人逼男人？”

“我把你这个王八蛋！”宋红雨又揪住杨帆的耳朵，咬牙切齿，“老娘上十年都等了……你还敢……”

不等她说完，杨帆猛地把她搂在怀里，使劲亲吻、吮吸她的嘴唇，然后，不管她同不同意，开始拉扯她的裤子。

“不行，你个王八蛋！”宋红雨反抗道，“有人来了。”

“谁敢……他不要命！”杨帆喘息着，三把两下就把宋红雨的裤子脱了下来。宋红雨两眼一闭，浑身酥软，任他摆弄……

送走宋红雨，杨帆吩咐贾士文打 BP 机通知疤子和侯七，晚上 12 点钟准时赶到桃园春，他想问一下二人打探的情报。

12 点不到，疤子和侯七风尘仆仆赶到，四人反锁大门，来到办公室。此时酒楼外，寒风入巷，四周阒静无声。

“先说说你们跑的情况。”杨帆对二人道。

“是这样，”疤子拿出笔记本，“经过两个多月打探，当初亲自参与陷害我们的有 14 人。截至昨天，有三人去世，两人退休，两人调离，余下七人都高升了。”

“把本子给我！”杨帆等疤子汇报完，要过本子一把撕掉，两眼寒光乍现，冷冷道，“以后身上不能有任何只言片语，再复杂的事只能牢牢记在心。”又对疤子道：“也就是说，除了死掉和退休外，还有11人，在继续为非作歹，耀武扬威，欺压良善，对吧？”

“对！”侯七接着道，“这些人的工作部门、家庭情况、家庭住址，有何爱好、交往哪些朋友、平时出入的规律，打皮闹绊的隐私，都摸清楚了。少数几个不太清楚的，就这几天摸准，你尽管放心。”

“好！”杨帆拿出香烟，发给三人，继续道，“从明天起，贾士文在搞好酒家的同时，重点考虑制定切实可行的复仇计划。记住两点：一是‘君子报仇十年不晚’，不要急于求成，计划要缜密严谨，不能有半点纰漏。不见得非要置对方于死地，让他终身残废最好。也不见得非要自己动手，利用一切可以利用的机会，对他进行打击，比如抓住他受贿的事实，吐露给有关方，让他也尝尝在监狱劳动改造的滋味。或者是查出他在外吃喝嫖赌的事实，告知他的上级和老婆，让他家破人亡；二是必须强调要一个一个地进行，干掉一个后，冷静一段时间，再实施下一个的计划。有的放矢，有张有弛，除非有人自己闯进网送上门来，那就神不知鬼不觉地将其干掉。要让公安机关，觉得这些都是意外，不要留下什么有规律性的东西给他们，明白吧？”

“明白！”三人异常兴奋。

“再强调两点：一是这个复仇计划，只能是由我们四人完成，绝对不能让第五人知道。我们是坐过一次深牢大狱的人，绝对不允许再来第二次。谁吐露出去，我与他断绝兄弟之情，杀无赦；二是复仇计划，先从贾士文的仇人开刀，完成任务后，再找疤子的仇人。然后是侯七的仇人，最后才是我杨帆的仇人。而且，钱思鸣只能由我来实施，你们配合好我即可，你们有何建议，可以提出来。”

“补充一点，”贾士文道，“我完全同意老大的决定，只是说明一点——我们在暗处，他们在明处。这就要求我们，在行动时把握好时机，如果不踏实，情愿放弃机会，也不能打无把握之仗。因为主动权在我们手里，这次不行，下次再来。”

“对！”杨帆接着道，“特别是疤子，出手要准、狠，一击完事，绝对不要第二击。”

“放心吧！”疤子极为自信。

“好！”杨帆道，“李远方邀请我元旦期间，去新、马、泰、港游玩，我正好利用这次机会，顺便考察考察，将来有必要时可同海外联手发展壮大我们的事业。”对贾士文道：“老贾平时注意发现各种人才，要培养我们自己的有生力量，人才的培养是个长远的机制。我们要走一条健康发展的道路，现在正是改革开放的大好时机，我们要紧跟国家的形势，充分利用国家政策，合情、合理、合法地赚钱。我们第一步是建立牢固的阵地，打下坚实的基础。现在，这一步在远方集团的资助下，已基本完成。接下来第二步，就是发展壮大我们的阵地，桃园春只是我们临时驻点，以后要逐步发展到像远方集团那样的规模。同海外建立合作机制，是我们原定的第三步计划，既然有这次出国机会，我们就三套锣鼓一起敲，提前进行。”他停下来，从柜中取出一瓶红酒，打开分倒在四个玻璃杯中，高声道：“让我们团结一心共同奋斗，为早日实现心中的诺言干杯！”

“干杯！”四人高扬酒杯，都一饮而尽……

第三十三章

1

1991年的元旦佳节，在中南国际旅行社老总的盛情邀请下，李远方、杨帆、文达生三位男士，陪伴各自的爱人周丽、宋红雨、肖畅，并带着文华、李平和李乐三位小朋友，一起去新加坡、马来西亚、泰国和香港等地旅游。一行人要尽情游乐，欢度新年。

12月30日晚，一行人在导游的引导下，从汉口坐专车到达武昌火车站，坐上开往广州的特快列车，于31日早上到达广州站。

在广州站稍事休息，又乘大巴赶到广州白云机场。中午1点40分左右，大小九人全部进入机舱就位。

下午2点20分，飞机滑入跑道，急速轰鸣着在跑道上飞驰，猛然间腾空而起，左右盘旋而上，直入云霄。穿过云层，再抖动着翅膀继续爬高，直至8千米高空，这才开始平稳飞行。

李平、李乐两位小家伙，抱在周丽、肖畅怀里异常兴奋，大喊大叫，空姐微笑着给他们送来玩具，两位小乘客才安静下来。

文华像个小大人，温顺地依偎在宋红雨怀里，二人一起观看舷窗外梦幻般的云彩，不时发出惊奇的叹声。

三位女士带小孩坐在前一排，三位男士坐在后一排。宋红雨和杨帆都靠窗，肖畅和文达生靠走道，李远方和周丽居中。

此次旅游的第一站是新加坡，飞机从机场起飞后，大约不到半小时即进入南海海域。从舷窗望去，只见云生足下，大海苍茫。再极目远眺，蓝天碧海相接，波涛白云共涌，海天混元一统。

看着舷窗外的碧海蓝天，李远方一阵激动。自同周敏的新时代合作以来，远方集团像一架开足马力的飞机，飞速前进，其发展速度远远超过了当初的设想，令人咋舌。国庆节奠基仪式结束后，肖畅和他私下交谈了几次。二人都感到公司发展过快，担心树大招风，在不久的将来，会因为新时代的海外关系而出大事。所以，决定借几家人结伴到东南亚旅游的名义，实地考察新时代的背景。

中南国际旅行社的导游，是位二十五岁左右的帅小伙。待飞机平稳后，详细给大家介绍新、马、泰、港的风土人情、历史沿革、地域文化。他如数家珍，讲得天花乱坠。

导游的讲解，不时打断李远方的思绪，他看了看身边的文达生，已开始发出轻微的鼾声。待导游停讲，李远方闭上眼，强迫自己不去想事，决定好好睡一觉，一切等考察完后，再酌情而定。

刚眯盹着，杨帆把他摇醒："别睡，利用这个时间，给我讲一讲鬼谷子和纵横家是怎么回事？讲完了再睡。"

"怎么突然想知道这事？"李远方大惑不解。

"这段时间在家学习，从书上看到，我崇拜的一位伟人特别崇拜鬼谷子和苏秦、张仪等纵横家，书上没介绍他们，所以问你。"

原来，为了实现自己的复仇大计，这段时间，杨帆专心致志在学习古今中外关于谋略方面的书籍，因《鬼谷子》一书是古文，看不太懂。登机后，他见李远方打盹，借机向他讨教。

“鬼谷子，”听杨帆说在学习，李远方大感欣慰，简单介绍道，“是春秋时人，姓王名诩，常入云梦山采药修道。因他隐居清溪之鬼谷，故自称鬼谷先生。鬼谷子是纵横家的鼻祖，苏秦、张仪是其最为杰出的两个弟子，另外，还有孙膑和庞涓也是他的弟子。”

“鼻祖我清楚，”杨帆道，“书上说，人在娘胎里首先成形的是鼻子，所以叫鼻祖，你只重点讲一讲，纵横捭阖是怎么回事。”

“好吧，”李远方边想边道，“纵横家的宗旨就是讲纵横捭阖，所以《鬼谷子》的第一篇就是‘捭阖第一’，也就是‘阴阳开合’。纵横家所崇尚的，是权谋策略及言谈辩论之机巧，其指导思想与儒家所推崇的仁义道德大相径庭。当年苏秦凭三寸不烂之舌，合纵六国，佩六国相印，统领六国共同抗秦，显赫一时，威风八面。而张仪又凭谋略和游说技巧，使六国合纵土崩瓦解，为秦国立下不朽功劳。鬼谷子的精髓即：‘智用于众人之所不能知，而能用于众人之所不能，潜谋于无形，常胜于不争’。”他指着窗外：“你看，这天地间就是阴阳开阖，瞧这碧海穹天，浩渺浮云，还有日月星辰，清虚太空，无不是由阴阳捭阖而成。所以，鬼谷子说：‘奥若稽古，圣人之在天地间也，为众生之先。观阴阳之开阖以命物，知存亡之门户，筹策万类之终始，达人心之理，见变化之朕焉，而守司其门户。故圣人之在天下也，自古及今，其道一也。’多精辟啊。就是说，我们干任何事都要听圣人的，因为圣人从天地万物之中，领悟到了自然之道、生命之道。”

“你这一说我明白了！”杨帆感叹，“看来我们同古人的思想，是无可比的，真望尘莫及，我对鬼谷子这家伙算是有所了解了。”

“这话有道理！”李远方道，“清朝大学士纪晓岚说过：古人把要说的道理都说完了，把要用的词语也都用完了。所以说，我们今天在电视上看到的所谓‘文化大师’，只不过是在拾古人牙慧罢了。有些大师更是自高位置，自我标榜。最可气的是，这些所谓的大师们，还要相互吹捧，你说说，怎么可以指望他们去教化育人？”

“这么说，今天真学问的就没有？”

“当然有，真学问的人，是不会到处抛头露面的，因为他怕浪费自己宝贵的时间，更不会在电视上胡扯一通。所以，这是个奇怪的现象，真有学问的人我们不知在哪，没学问的人到处露脸！”

“你这话太对了！”杨帆笑道，“以前我们肉联厂，请位专家来解决技术难题，花了几万元没有弄出个一、二、三来，不了了之。最后，居然被厂里一个小技术员，三天就弄好了。我当时还想，是不是这专家学问太高，把小事给疏忽了？你这一说，我算是明白了。”

“搞技术的还要强一些，”李远方接着道，“搞经济和文化的大师们，只要是在外面闹得欢的十个有九个是浪得虚名。不过，这也合阴阳之道，他能到处吃得开，就是捭阖之道运用得得心应手。所以鬼谷子还说：‘捭阖之道，以阴阳试之，故与阳言者，依崇高。与阴言者，依卑小。以下求小，以高求大。由此言之，无所不出，无所不入，无所不可。可以说人，可以说家，可以说国，可以说天下’。”

“真千古绝唱！”杨帆又感叹，“看看我们历史上，歌颂的所谓伟人，把他私下干的丑事，再翻出来看一看，连小人都不如。”

“对！”李远方继续道，“鬼谷子在‘捭阖第一’最后说：‘以阳动者，德相生也。以阴静者，形相成也。以阳求阴，苞以德也；以阴结阳，施以力也。阴阳相求，由捭阖也。此天地阴阳之道，而说人之法也。为万事之先，是谓圆方之门户。’说得不好听的话，伟人们，特别是政治家，十个有九个是搞权谋诈术的高手。”

“谢谢老兄讲解！”杨帆突然冷冷地凝视着窗外的云海，“你这番高论，使我多年来拧结在心中的一个大疙瘩突然解开了。可惜我请不到鬼谷子这家伙，真想同这老家伙，一醉而休。”

李远方心猛地一沉，后悔不该给他讲鬼谷子和纵横捭阖之道，不知这家伙葫芦里到底卖的什么药？见杨帆已经闭目养神，只得叹息一声，也闭上眼，心里祈祷这家伙，不要有什么企图……

2

一阵广播声将李远方从眯盹中叫醒，原来飞机已进入新加坡上空，空姐提醒大家系好安全带，准备降落。很快，飞机进入樟宜机场上空盘旋。

飞机平稳降落在跑道上，慢慢滑向停机坪。机舱内立即沸腾起来，空姐提醒大家坐好，不要乱动，待飞机停稳后再起身。

走出机场，导游引领大家上了一台大巴。新加坡这边接机的，是位俏丽的导游小姐，一套休闲短装打扮，浑身充满青春气息。她耳朵上挂着一款银色耳麦，胸前配挂一张玫瑰色胸牌，牌上一朵盛开的玫瑰，叠印着一排中英文字——新加坡玫瑰旅行社。

大巴开动后，导游微笑着用标准的中国语介绍："大家好，欢迎来到美丽的新加坡共和国，我是新加坡玫瑰旅行社的五星级导游，中文名字叫孙小梅。新加坡终年气候温暖潮湿，每天平均温度在24°至32°之间，这里风景优美宜人，是旅游者的天堂。在以后的时间里，我将同大家一起，共度几天开心时光。真诚希望我的服务，能给大家的旅行带来玫瑰般的温馨享受。"说完深深给大家鞠了一躬。

大家热烈鼓掌，文华正坐在孙小梅的前面，宋红雨给他耳语几句，他马上站起大声道："小梅阿姨，我想代表大家亲你一下。"

孙小梅一听，兴奋地抱起文华，文华噘起小嘴，在她俏丽的脸上"啪！啪！啪！"连亲三下，车厢里欢声一片。

李平、李乐一见，小嘴大嚷着也要亲嘴，孙小梅放下文华，上前一步，低头让抱在肖畅和周丽怀里的两个小家伙，在自己左右脸上各亲了一下，这才直起身，脸上像绽放的玫瑰，艳丽迷人。

李远方心一热，祈祷这次旅行，给三家人留下美好记忆。

新加坡的三天惬意非凡，大家白天尽情游乐，晚上各有所归。

宋红雨和杨帆无牵无挂，每晚你亲我爱，颠鸾倒凤，缠绵至极。杨帆答应回武汉后，就开始谋划结婚事宜，暂定明年元旦前后举行大婚典礼，喜得宋红雨在床上做尽媚态，竭力迎合这家伙。

文华这几天，非常黏糊妈妈，每天晚上定要抱着肖畅，才能安然入睡，害得文达生每晚强忍疲惫，专等儿子睡熟后，小心谨慎爬过来，压低声音好说歹说，动员老婆到他床上偷欢。

肖畅这几天异常兴奋，儿子文华不仅每晚要抱她入睡，而且同她有说不尽的甜言稚语。她暗自庆幸三天的母子亲昵，一下将儿子从婆婆7年的呵护中，拉回到自己的怀抱。可笑天下的婆婆，都挖空心思要同媳妇们抢孙子，这岂不是白费心机？

李远方和周丽也都感到此次旅游格外舒心畅意。李平每晚抱着妈妈睡，李乐则要抱着爸爸睡。两个小家伙在床上跳过来跳过去，不停地在父母身上撒欢，一家四口其乐融融。

周丽自分娩后，很少同李远方做爱。即使做，也找不到过去的感觉。这两天居然半夜偷偷溜下床来，拉起李远方在地毯上尽情欢娱，高潮一拨接一拨地到来。李远方则极尽丈夫的职责，在她身上倍加努力，二人仿佛又回到了初恋的时光。

结束新加坡的行程后，一行人又跟随导游来到马来西亚。迎接他们的是马来西亚“南亚旅行社”的两位俊男靓女。两位导游珠联璧合，风趣幽默，给全体旅游团员带来了欢乐的享受。

值得一提的是，杨帆在兰卡威云顶赌城大放异彩，以两千美金的赌资下注，二小时的“大小赌”和“百家乐”博弈中，赢了八万六千美金。当天，杨帆给三位美女每人买了一条金佛挂链，给三位男士每人买了一套法国约翰逊牌西服，给三位小朋友每人买了一套高级电子遥控玩具，八万多美金所剩无几。

一行人在马来西亚也尽情游乐了三天，然后在导游的带领下，进入此次海外游的第三站——泰王国。

进入泰王国，一行人又在“天堂旅行社”的精心安排下，领略曼谷城的风土人情，感悟真、善、美的佛教文化。

为了满足三位小朋友的好奇，一行人特地抽出时间观看了“曼谷自然动物园”。在以动物游艺表演为主的海洋公园内，三位小游客一路高兴地大呼小叫，手舞足蹈。

结束泰王国的旅游后，一行人在导游的带领下，开始踏上此次海外旅游的最后一站——香港。

乘上飞往香港的航班，李远方心里一阵激动，他想起了周敏，不知到了香港后，如何面对这个女人。昨晚上，“天堂旅行社”的老板突然亲自出面宴请他们一行九人，规格之高，场面之大，让三男三女大感意外。临分手时，老板告知众人：完全是遵照香港老板周敏的指示办事——原来这“天堂旅行社”，是周敏在泰国的分支机构。

看着机舱外苍茫浩渺的碧海青天，李远方心情难以平静下来。他又想起了李氏家族的祖训，想起了幺爹的期盼，想起了娘临死前面对苍天的呼喊，想起了自己面对列祖列宗许下的诺言。

离开九龙冲白龙寨整整十四年，他从一名少不更事的青年农民，一步一步艰难地走到今天的辉煌。这期间，有多少的酸、甜、苦、辣、咸，他无以厘清。倾注了自己和亲人们的多少心血，他也无法计算。他只觉得，这天地间，有太多的感情债，需要自己去偿还，有太多的目标，需要自己去实现。他前面的路还很长、很长……情也悠悠，债也悠悠，路也悠悠，心也悠悠……

3

香港被誉为“东方之珠”，是当今世人向往的天堂。

1840 年的鸦片战争前，香港只是个人烟稀少的渔村，1841 年时，只有不到 4000 人居住在 20 多个村落之中。鸦片战争后，英国侵略香港岛，1860 年又侵占九龙半岛南端尖沙咀一带。1898 年又强行租借九龙半岛深圳河以南地区及附近诸岛。

香港在此后的一百多年的历程中，社会飞速发展，经济上所取得的成就，令世界瞩目。

周敏在维多利亚港自己的游艇上，给李远方他们接风洗尘。她一身洁白的名贵时装，伫立在游艇甲板前头，手扶玉色栏杆，给大家介绍维多利亚海湾的概况，谈笑间，显得雍容华贵、光彩照人。

李远方、周丽和杨帆三人，站在周敏身后，一边欣赏周边的风情，一边感叹维多利亚港的迷人夜色。

文达生来过几次香港，充当起肖畅、宋红雨二人的导游。

周敏的保镖王虎，立在他们身后。王虎的身后，则是来回走动的男女服务人员。其实男的全都是周敏的私人保镖。

游艇内部娱乐大厅里，文华带领李平、李乐，正在电视机前观看动画片，三位小朋友看得专心致志，小眼睛都瞪得像铃铛。几位服务员一动不动地站在旁边，随时准备为他们特别服务。

“我说周主席，”杨帆向来喜欢开玩笑，“我怎么感觉到今天晚上，好像是在演电影？你看这些服务员，个个见了你，像见了维多利亚女王，该不会是你花钱请来的吧？”

李远方和肖畅心里明白是怎么一回事，其他人都还蒙在鼓里，李远方暗里佩服杨帆的观察能力。

“是吗？”周敏笑道，“何以见得？”

“周主席，”杨帆狡黠一笑，“你别忘了，我在新疆呆了八年，每天打交道的，都是一帮打杀抢分子。舞文弄墨我不会，舞刀弄枪倒是耍得几招。你这几名男服务员，看上去个个身手不凡。”

“今天你杨帆恐怕看走了眼！”周敏笑道，“这几位长期在游艇上服务，我们香港的服务员，同你们大陆不一样，他们对待任何人都必须是彬彬有礼，特别是对待有钱的人。不过男人嘛，又都是青壮小伙子。”走到一名男服务员身边，前后左右打量着他，继续道：“长得高大威猛，难免被人误以为身怀绝技。”说着趁对方不备猛地飞起一脚，踢向服务员的脚腕处，服务员扑通一声倒在甲板上。

“对不起！”还没等众人回过神来，周敏弯腰扶起服务员，“我只是想向这位先生证明一下，你是否身怀绝技，没想到一踢就倒。”

“没关系，谢周主席赏脸！”服务员慢慢爬了起来。

“周主席，”杨帆笑道，“你哄得了别人哄不了我，这服务员刚倒下的姿势，是武功里极狠的一招，叫‘猿猴翻身踢仙桃’，如果是敌人踢他，倒下的瞬间翻身飞起一脚直击你下身，你不死即废。”

“有这等事？”周敏突然对身边一名服务员道，“去问吴经理，怎么派一些身怀绝技的人充当服务员，难道想谋害客人不成？”

“是！”服务员飞奔进了游艇里面，肖畅示意李远方跟杨帆说明情况，李远方拉过杨帆，趁周敏不注意小声说了几句。杨帆恍然大悟，小声道：“怎么先不告诉我？”

“她自己不愿我们知道，我怎么好意思说明！”

“怪不得！”杨帆陷入沉思之中。

几分钟后，吴经理气喘吁吁跑了出来，喘息道：“周主席，是这样，上次黄总借游艇外出，不想遇上抢匪，几乎酿成大错。我征得彭秘书同意，找了几位略懂武功的青年，充当服务员以防不测。”

“哦……”周敏点头道，“这样很好，你去吧！”

“周主席！”吴经理小心道，“酒筵已经准备好了。”

“知道了……我们很快下来。”

吴经理转身下去，周敏转身对杨帆道：“没想到你杨帆如此有眼力，竟是个中高手，有机会让你指点我的保镖一二。”

“对不起，周主席！”杨帆走近周敏，拱手道，“恕我冒昧，这件事，请做姐姐的原谅小弟。至于指点一二……我更是不敢，不过，我的确想向你的保镖，讨教几招，权当今天给大家助兴。”

“杨帆，你……”宋红雨上前正准备揪他的耳朵，一想这种场合不雅，于是改口道，“你想干什么？别忘了我们是周姐的客人，做客要有做客的样子，懂吗？”她银牙错咬，杏眼圆瞪。

“你放心吧！”杨帆把宋红雨扒开，对周敏道，“正是因为我非常尊重主人，所以，才提这个要求。目的是为了相互切磋武艺，以便彼此有所提高，当然主要是给大家助兴。”

“难得你有如此想法！”周敏笑道，“不过我有个条件，如果你杨帆输了，罚酒五杯。”

“就这条件？”杨帆笑道，“我求之不得……怎么是五杯？罚酒要么三杯，要么六杯，最多九杯。”

“你们六人……除了你之外，就算是你代表我，敬其他五位的接风酒，感谢他们赏光接受我的邀请。”

“没问题！”杨帆笑道，“不过假如我侥幸赢了，也想跟周主席提个条件，不知可否？”

“好哇！”周敏兴奋道，“说，什么条件？”

“现在不说！”杨帆认真道，“等我赢了再说，而且我只能对你一人说。”说完冷冷地看着周敏——他心里瞬间决定要同周敏秘密合作，只是不能让第三者知道。真是天赐良机，他绝对不能错过，所以有意要找周敏的保镖比武，目的是为了让周敏相信他的实力——足以堪当重任。

周敏大感意外，不知杨帆葫芦里到底卖的什么药？一时语塞，王虎慢慢走了过来，立在周敏身边，面无表情。

所有的人没想到杨帆会如此行事，都无心欣赏夜景，把注意力集中到他们三人身上。

“王虎！”还没等众人回过神来，周敏突然大声道，“满足杨先生的要求。记住不要伤了他，直到他认输为止。”

“是！”随着一声是，王虎飞身上前，双手直取杨帆咽喉。杨帆早有准备，身子一偏，左手搭住王虎右手，右手猛向他右肋击去。

王虎一见，左脚立地旋转，避过杨帆右拳，右脚飞出，直击杨帆裤裆。杨帆提气飞起，左脚压住王虎右脚，右脚踢向前胸。王虎人往后仰，左手抓住杨帆右脚，右手撑地，右脚飞向杨帆的左肋。

这一招王虎于后仰中瞬间完成，劲大力猛，势在必得。众人暗中称赞，都为杨帆捏了一把汗。

杨帆似乎早预料他会来这一招，空中突然下沉，身子前倾，头几乎贴近右脚尖，整个人成八叉状跌向甲板，生生避过了王虎的飞腿。还没等大家喘过气来，他岔开的腿硬生生直立并拢起来，这一功夫着实令人惊叹。然后，右手臂猛地挥向王虎的腰身。王虎也似乎料着了他这一招，脚刚点地，左手臂也猛地迎了上来。

两只手臂终于碰在一起，只听“砰”的一声闷响，二人都后退了两步，然后都岿然站立，一动不动地逼视着对方。

这一回合未分胜负。

第二回合，二人又在甲板上跳来飞去，大展拳脚，所有的人都退立到船舷，屏气噤声，大气不闻。

几个回合下来，二人斗性大发，干脆都脱掉上衣，赤膊上阵。只见两股筋肉团在甲板上飞来蹿去，“嘭”“啪”“轰”之声不绝于耳，看得人眼花缭乱，心惊肉跳。

周敏心里大为震惊：王虎是她父亲临死前给她选定的保镖，十二岁即在越南、柬埔寨、老挝等国边境丛林中，受高人专心调教、训练整十年。自出道以来，在东南亚几乎未遇对手。

开始搏斗时，肖畅和周丽也都为杨帆担心，几个回合后，见他愈斗愈勇，心渐渐放了下来。

宋红雨心提到嗓子眼上，心中千佛万佛祈祷二人赶快结束。

只有李远方心中雪亮，他知道杨帆的实力。上次杨帆同他彻夜长谈时，曾告诉他：在新疆遇见一个武林高手，是少林密宗的嫡传弟子，倾毕生所学武功传授于他。所以，他不担心杨帆会输，他只是在琢磨，这家伙会向周敏提出什么苛刻条件？

果然不出李远方所料，只见两股筋肉团终于扭在一起，随着肉团中一声大吼，一个筋肉团飞了出来，直向游艇外飞去。众人大惊失色。眼看筋肉团要向大海中落去，说时迟、那时快，另外一个筋肉团，从甲板上闪电般飞出，空中旋转着一把将船舷边那个即将下落的肉团拉回甲板。这一悬空救人的功夫古今罕见，因用力过猛，无法回落，自己直坠于波涛之中，“哗啦”一声溅起几尺高的浪花。

宋红雨“啊”的一声，扑向甲板上的肉团，捧起脸一看是王虎，马上跳起，扑倒船舷上嘶声呼喊：“杨帆……你这个王八蛋……”话没喊完，人憋过气去。

李远方也扑向船舷，大声高喊杨帆的名字。周丽和肖畅赶紧给宋红雨顺气。周敏吩咐游艇停下救人，甲板上一阵慌乱。

几分钟后，探照灯照到了杨帆，只见他高举手臂，示意大家不用担心，李远方一阵心热，泪水几乎涌了出来。

很快，杨帆被拉了上来，嬉笑着走上甲板，对众人道：“不好意思，功力不到家，最后一招失手，让大家受惊了。”

宋红雨此时已经顺过气来，爬起来冲到杨帆身边揪住耳朵：“你个王八蛋……想死？”甲板上所有的人，都大笑不止。

王虎走上前，一抱拳：“杨兄，兄弟甘拜下风，请接受我一拜。”说完，单腿跪地，真诚一拜。

“承让……使不得！”杨帆把他扶起，二人携手来到周敏面前。

“主席！”王虎首先发话，“给你丢面子了……请处置。”

“什么话？”周敏兴奋道，“都是自己人，再说，你们二人旗鼓相当，就差那么一丁点。”来到杨帆面前，点头道：“好个杨帆，深藏不露，看来，你这八年的牢没有白坐，等下告诉我你的条件，只要不是摘星星月亮，我一定满足你。”

“对不起，周主席！”杨帆突然收起笑容，“我的条件对你来说，非常简单，等离开香港时，我再告诉你。”

“好吧！”周敏似乎猜到了杨帆极力在自己面前显露功夫的目的，赞许地点点头。然后，她转身对肖畅和李远方道：“今天真是令人兴奋，现在我们下去共同举杯，欢庆1991年新年的到来。”

“走吧！”肖畅也兴奋起来，“我今天可不客气，把你珍藏的什么‘路易十几’啊、‘XO’啊、‘拿破仑’啊、等等！都给我拿出来，姐姐我今天要一醉方休……”

4

一行人来到游艇餐厅，分宾主坐定，开始以酒为乐，频频举杯，借以畅舒情怀。文华和李平、李乐三位小客人，被动画片吸引，不愿前来赴宴。周敏只得派人送去水果、饮料、糕点伺候。

舷窗外，依然灯火闪耀，港风渔火，倏起倏灭。

游艇内，炯然明亮如昼，五彩闪耀，酒香飘溢。

“李经理，”周敏几杯洋酒入怀，面若春桃，眼含冬霜，对李远方不无讥讽，“这次将妻携子，游历东南亚列国，一定大有所获吧？”说完，扫了一眼肖畅和周丽，冷冷地凝视着李远方。

周敏自上次在电话里刻薄李远方后，一直引以为恨。想自己性情高傲，感情这事不可有始无终。加之未来在大陆的事业，还得仰仗李、肖二人，只得从长计议，暂时抑制情怀，伺机再动。在她看来，福祸由天主之，因果却由人主之。于是，这次借李远方他们旅游之机，热情邀请一行人相会，想见机行事。刚才杨帆在甲板上的一番表演，她大为震惊。自己将来在大陆发展，这杨帆也大有用武之地。想到李远方身边，有肖畅和杨帆这两人鼎力相助，何事而不可成？自己若真能与李远方比翼双飞，岂不是世上一方美谈，人间一段佳话。

李远方自上次同周敏通电话后，一直想找机会向她坦露心迹，以释其怀，见她言语讥讽，点头笑道：“你说得太对了，这次出来转了一圈，真是大为震惊。不看不知道，一看吓一跳。在武汉时，自以为志得意满，宏图大展。现在看来真是河伯观海，井蛙窥天，此时此地，我依然是方寸郁郁，无以自伸。”说到此，看了看大家，见肖畅、杨帆和周丽，正专注地看着自己，文达生和宋红雨在低头沉思，周敏则手扶额头，一副不胜酒力之态。一股暖流涌上心头，这些人都是他李远方的至亲至友，每个人都是他生活的一部分而难以割舍。想起和在座的每个人的相识情缘，不知如何表达自己的情感。

于是，他继续道：“回想往事，处处感怀，看到现实，真真动心。古人说‘生年不满百，常怀千岁忧’。想我李远方可真有点自寻苦恼，记得幺爹曾经告诫我‘情不可至善，理不可至通，人不可至上，学不可至尽，得不可至足’。这话真是至理名言，可我怎么就是想不通，做不好？此次出国一游，使我醍醐灌顶，大彻大悟。幺爹真是大智慧之人，他老人家对天道人德，看得高远无极。对人生修为，则彻始彻终。相比之下，我真是枉为他老人家的后人。”

“我说你有点过了吧？”周丽突然打断李远方的话，“周敏让你谈一谈此次旅游的愉快感受，你怎么尽发一些悲悲切切的感慨？言语中暗藏自责，是不是后悔带我们大家一起出来？”

“今天好像是有点不正常！”肖畅接过话揶揄道，“像是在传递什么信息似的，冥冥中，让人起鸡皮疙瘩。”

周敏一听，一阵惬意。她明白女人是不会平白无故去嫉妒人的，特别是像肖畅和周丽这样的女能人。这说明，平时自己在李远方心中，占有一席之地，一定是他无意之中，把这种信息流露给了肖畅和周丽，使得这两位女强人醋性萌发。今天自己略施小计，两位就有点把持不住。她心中暗笑：“再有能耐的女人，在感情上都会犯低级错误，至于男人嘛，从来只会为女人犯低级错误。就像眼前这个李远方，此时已经犯了两个低级错误：一是不该在这种场合，发这种感慨，二是更不该当着两个以上女人的面，发这种感慨。”

想到此，周敏嫣然一笑：“我也觉得有点不正常。本来大家高高兴兴开怀痛饮，他却不合时宜，非要讲一些人生的大道理，真不知是什么意思。来……肖姐、周妹，我代他向你们赔不是，干了这杯。”说完，自己一仰脖子，一口干了下去。

李远方一见，心中叫苦不迭，恓恓惶惶，茫然无措。

文达生向来言动有礼，对人对事谦逊有加，情感方面更是顺其自然，不足介怀。他见场面有点尴尬，笑道：“你们都冤枉了远方，再细细品味一下他的语言，真是用心良苦。表面听上去像是自责，其实是借自责，开导我们不要得意过度。”

“还是文大哥有见识。”杨帆接过话，“难怪有人鄙视你们女人，头发长见识短。来，文大哥、远方，我们三个男人一起干杯。”听上去是瞧不起在座的女人，实际是提醒她们不要乱了方寸。

肖畅突然明白自己有点失态，大概是酒过量了，她瞟了一眼周敏，心想这女人太有心计，几乎上了她的圈套。自己平时在情感上，最是谨慎，安然无累，何曾有半点的外露？被这狐狸精一拨，差点留下笑柄。想到此，她拿起酒杯，对周敏道：“对不起，周妹，我对自己这个弟弟期望过高，总希望他能飞黄腾达，早日实现自己的诺言，听不得他有半点的泄气话，让你见笑了。”说到此，对李远方道：“来，远方，我们干一杯，算是姐姐给你赔礼道歉。”

“等一下，”周丽突然拿起酒杯，“也算我一份，给老公赔礼道歉。”她本来是个聪明灵秀的女人，文达生和杨帆的话提醒了她，觉得自己的确冤枉了李远方。也许是太爱他的缘故，也许是被周敏这个妖精挑拨的缘故。正疑信杂生怨悔交织时，肖畅主动给李远方赔礼道歉，她也就借船上岸，站起来一同赔礼。

“干脆大家一起干吧！”杨帆左右拉起宋红雨和文达生，“在我的心中，李远方是个至情至理的君子，自己最亲的亲人给他赔礼道歉，不啻于是挖他的心。所以，我建议，免去赔礼道歉，我们六人一起，共同敬周主席一杯，感谢她今天的盛情款待。”

“好！”几人都大为赞同，同时起身向周敏举杯敬酒。每个人脸上都面带微笑，真诚之心自然流露。

“容我说一句！”李远方朗声道，“在座的都是我的亲人，达生哥的良苦用心我衷心感谢，肖畅姐的歉意我心领神会，周丽的批评我欣然接受，杨帆的建议我慨然执行。我只想说，我李远方此生此世欠你们的太多，只要我一息尚存，定会努力去实现自己的诺言，报答你们的恩情。”说到此，对周敏道：“周主席，在我心中，从没把你看成是我的合伙人，而是当成最知心的朋友，天涯路远，山高水长，此心不已。来，请接受我和我的亲人们，最真诚的感激之情。”

周敏只得微笑着慢慢站起，心潮急剧翻滚：没想到文达生一语中的，肖畅又巧语释人，加之周丽借船上岸，杨帆顺水推舟，一下将矛头指向自己。最可气的是李远方最后还要火上加油，向自己表明心迹。现在六人像逼武则天退位般举杯逼她，她无言以对，不知何如。

想到此，周敏柳眉一扬，随即脸上桃花盛开，脆声笑道：“你们都多心了，毫不夸张地说，我周敏尽管是个文弱女子，可经历过的风浪，何止千万丈。五岁失去母亲后，一直跟随父亲走南闯北，风里来雨里去，见过多少人间的悲喜剧？你们的一片诚心我领了，再不要有什么芥蒂，来，我们共同举杯，愿我们在未来的日子里，共创美好生活，每天都幸福快乐。”

“干杯！”七只高脚杯碰撞在一起，发出清脆声响，杯中暗红色的琼浆玉液飞溅，撒满洁白的桌面，有如朵朵梅花瞬间绽放。

七个人都一饮而尽，七颗心交织在一起，都各有所依，恰似雨后彩虹，赤、橙、黄、绿、青、蓝、紫同时放射出耀眼的光环……

第三十四章

1

其后的几天里，周敏一直全程陪着李远方他们大小九人，提供了诸多特殊的服务。四位女人尽情游乐，疯狂购物，三位男人充当了特级服务生的角色，都忠于职守，任劳任怨，一刻也不离四位美女的屁股，随时听候调遣。三位小朋友则在六位彪形大汉的特别保护下，泡在游乐园、动物园和海洋公园里，疯狂嬉戏，尽情欢跳。

大概周敏猜到了肖畅和李远方此次来港的目的，特地抽出半天时间，邀请二人外加杨帆参观她的办公大楼以及主要产业机构。中午，她更是请来几名港府政要、商界名流，陪三人共进午餐。

她的这一举动让肖畅和李远方大为释怀，各自深藏心底的疑惑烟消云散。杨帆更是坚定了自己的信心，暗地向周敏提出了要求。

离开香港时，众人同周敏依依惜别，大有生离死别之感。

李平、李乐两位小家伙，以前在武汉见过周敏，加之这次带他们游乐的叔叔阿姨见了她都毕恭毕敬。懵懂中错误地以为她是爸爸妈妈特地安排呵护自己的阿姨。所以二人扑在周敏怀里，双手死死搂住她脖子，怎么也不肯松开，鼻涕眼泪搓满她端庄的脸庞。李远方心里一阵酸楚，认识周敏6年来，第一次看到了她眼里涌出了泪花。

肖畅也一阵难过，几天来，周敏似乎换了个人，变得青春浪漫，言谈中，不时流露出少女的纯情。可以想象，这个女人内心世界，是多么复杂无奈。她也是一个女人，也想当一个平凡而伟大的母亲，将自己的母爱，无私地奉献给自己的骨肉。可人在江湖，身不由己，身边每时每刻都会出现意想不到的生死场面。她何曾又不想摆脱这种刀光剑影、血雨腥风的生活？她之所以爱上李远方，正是想告别旧生活、渴望新生活的真情流露。如果李远方没有结婚，也许……想到此，肖畅不愿继续想下去，对周敏产生了深深的同情。

看到自己的一双儿女扑在周敏身上哭泣，周丽一阵战栗。说实话，这几天，她有点喜欢上周敏了。这个变化也来得极为自然，先是羡慕她有钱有势，渐渐发现她孤独寂寞，现在从她的泪水中，周丽又窥探出她内心的痛苦，她也开始同情这个香港大小姐了。

女人与女人的心既容易反目成仇，又极容易心心相通。

宋红雨没有肖畅和周丽的复杂心情，她一心在杨帆身上，看到李平、李乐搂住周敏不放的情景，她有点怅然自失，想早点回到武汉，快快筹办自己的婚事，早日抱上自己的小宝宝。

文达生依然是胸无宿怨，一副可东可西、可生可死的悠态。

杨帆此次收获巨大，在得知周敏的背景后，更坚定了他对未来的信心，回武汉后，他要开始实施自己的宏大计划。前天参观周敏的产业机构时，他趁机提出了自己的要求。周敏听后，爽快答应，交给他一个秘密电话。他向周敏保证：此事不会告诉任何人，即使是李远方也不例外，他要把这个秘密，带进黄土、埋入坟墓。

周敏终于从李平、李乐的缠绕中，解脱出来，将一行人送入机场大厅，直到从香港飞往上海的航班飞离机场上空，消失在蓝天白云的尽头，她依然若有所失地坐在车里不愿离开。思绪沉溺在两位孩童无邪稚嫩的柔情之中，她浮想联翩，不能自已。

她想起了自己如花的童年，想起了失去母亲的悲伤，想起了自己跟在父亲身后哭泣的孤苦，渐渐地又想到了自己一天天长大的时光，想到了自己的初恋，想到了在美国念书的快乐，想到了游历世界各地的美景，最后想到了父亲的突然离世。旋即她又想到了同林叔一起掀起的风暴，想到了林叔去世后，自己孤掌难鸣、惊心动魄的危难，随即又想到了自己临危不惧、力挽狂澜的气魄。现在她周敏羽翼已丰，早已是龙泉在匣，光芒不掩。

想来想去，又想到了李远方身上，想到了第一次在电梯里，二人邂逅时李远方的尴尬笨拙，想到了李远方泪眼婆娑讲述母亲的悲戚，想到了李远方面对大海的喟叹，想到了李远方站在木兰山顶给她讲述木兰从军的故事，想到了李远方坦荡的胸怀，继而想到了李远方跪在列祖列宗坟墓前许下的诺言。

情不自禁又想到了李远方的一对可爱儿女，她多想也有自己的孩子。可自己就像天上游荡的云彩，来也匆匆，去也匆匆。尽管有时云上堆锦，流光溢彩，可每时每刻都有可能随风而散。她不能让自己的亲生骨肉，也像自己一样，在如花的孩童时代就失去母爱的呵护。她想起母亲的同时，自己也想做一个有爱心的母亲。这几天，当她看到李远方他们三对恩爱夫妻甜蜜相伴的情景时，内心极度空虚。刚才两个小家伙的缠绵，使她的这种空虚扩张到了极点。她本来想留下一行人再逗留两天，可转念一想，三天之后的日子更难受。

飞机早已无影无踪，一切的一切，此时已烟消云散。她周敏又回到了孤独寂寞之中，没有人能像李远方那样，在她面前坦露心怀。没有人能像李远方那样，边倾心交谈边亲手将橘子瓣送到她嘴里，那么温馨自然。没有人能像李远方那样，用关爱的眼神注视自己。更没有人能像李远方那样真诚地信任自己。

手机铃声打断了周敏的遐想，她不想接听，肯定不是李远方打来的，此时他正在飞机上。也许……正在欣赏蓝天白云的美景，也 许……正在同娇妻爱子笑逐颜开。也许……正在同爱他的姐姐默默传情。也许……正在同生死兄弟，交心谈心。

手机铃声再次响起，她依然不予理睬，示意王虎替她接听。

王虎接听后小声道："三号码头发现内奸，老三请求处置。"

周敏半天没有发话，她今天不想处置什么人。许久，她才疲惫地对司机道："走吧……送我到六号别墅。"

"老三还等着回话！"王虎提醒。

周敏抬头看了看窗外，机场外正车水马龙，人流如潮，花团锦簇，她猛地一下从遐想回到现实之中。

周敏突然改变主意："去三号码头，让老三等着。"

奔驰车徐徐启动，缓缓驶上高速路，旋即飞奔而去……

2

从香港回汉后，李远方全身心投入各项事务之中。他依然是每天宵衣旰食，穷日落月地忘我工作。在他的带领下，远方集团的全体员工团结一心，力争在九十年代前两年，全面开创集团的新局面。

每年春节，是肖畅最忙的时候，各机关部门、来往单位、上下级领导、亲朋好友，相互你请我接，一天到晚不可开交。所以，回汉后，她旋即陷入礼尚往来的人情世故之中。

文达生处境更甚，一个礼拜有五天是在宾馆酒楼过夜。

周丽的产假早已到期，报社领导来过几次，经过慎重考虑，在征得父母和李远方的同意后，她决定停薪留职，在家当全职太太，全身心抚育培养自己的一对儿女。

宋红雨回汉后，每天拉着沈小虹给自己当高参，筹办各种嫁妆，准备迎接婚礼的早日到来。

杨帆最为清闲，每天在家陪伴父母，偶尔到"桃园春"听听情况，同几位难兄难弟开怀畅饮。

时光飞逝，转眼间到了清明时节。

这天下午，李远方刚到办公室，凤丫头一阵风似的跑了进来，兴奋道："李大哥，二狗子，不……是黄家骏，找你来了。"

"是吗？快请进来！"李远方心一惊，担心幺爹有什么不测。

"还没到！"凤丫头不好意思，"刚下车，先来电话。"

"哦！"李远方看着凤丫头，"看你这么急，心里想他吧？"

凤丫头脸刷地飞红，心里甜滋滋的一时无以答对，自从当初和黄二狗不谙世事，懵懵懂懂私奔出来。二人心里一直是以夫妻相定，都决心这一辈子要同生同死。被李远方带回武汉后，尽管生活发生了翻天覆地的变化，但二人心里爱得更深。随着年龄的增大，二人心里都怀着一个共同的理想——同心相结，同生共死，共创未来。

"你放心！"见凤丫头不好意思，李远方认真道，"九爹他老人家，已是九十多的耄耋老人，随时都可能离开我们……等他老人家百年之后，我就筹办你们的终身大事。到时黄家骏也安排到公司上班，让他施展自己的才华，也不枉我认识你们一场。他现在不仅仅是跟着九爹学知识，更主要的……是在替你李大哥尽孝，懂吗？"

"李大哥！"凤丫头哽咽道，"你别这么说，今生今世……我和黄家骏……是无法报答你的大恩大德。"

"你去吧，"李远方打断她，"他到了带来见我。"

不到一小时，黄家骏走进了李远方的办公室，李远方一见，眼睛一亮：现在的黄家骏，活脱脱一个十年前的自己，身材俊朗壮实，眉目清秀，气韵含蓄，顾盼之间，神采轻扬。

黄家骏向李远方汇报了九爹的身体状态后，从包里拿出三封信件，边交给李远方边兴奋道："这是九爹让我今天特地送来的一个大好消息，你们李家的台湾同胞，一行大小几十人，清明节要回乡祭祖，九爹他老人家让大哥安排好接待事宜。"

"是吗！"李远方接过信件，迅速翻看起来。

"真是天大的喜事！"看完信，李远方兴奋道，"苍天有眼，我们李氏家族又该兴旺发达了。"又对黄家骏道："你今天不要回去，我马上拟定接待方案，明天派车送你。你把方案交给幺爹审查后，再交给司机带回。你去找凤丫头好好谈谈心，她都等不及了。”

等黄家骏出门后，李远方异常激动，又拿起省台办的通知、台湾同胞的信函及幺爹的便签，认真看了起来。

看完信，李远方止不住心中的激情，迅速铺纸提笔，起草接待方案。对台湾同胞的期盼之情，随着笔走龙蛇，尽情抒发。

他要热热闹闹、大张旗鼓、欢天喜地迎接台湾同胞的归来，让李氏家族的香火，弥漫在九龙冲的天地之间。

“列祖列宗啊！”李远方边写边在心中祈祷，“请敞开你们博大的胸怀，迎接海外游子们的归来吧……”

3

春天的黄昏，长江岸边氤氲静谧，没有夏夜人流的嘈杂，也不像秋冬时节荒凉寂寞。江滩上浓密的杂草葱茏如茵，在春风的吹拂下，散发出阵阵清香，撩人鼻息。多情舞动的蝴蝶和不知疲倦、前后追逐的蜻蜓，在杂草与野花中穿梭。江水在薄雾中一波赶一波荡涤着岸边的沙砾，发出有节奏的“哗啦”声响。江心偶尔传来几声汽笛，划破流动的江雾，传入岸边相拥相依享受甜蜜时光的情侣们耳畔。整个长江北岸，从王家巷码头至黄浦路江滩，一片黄昏笼罩下的寂静神秘。只有过江码头和滨江公园里，不时发出几声赶船人无聊的谩骂和小摊贩高声的吆喝，给黄昏中的长江沿岸，增添几分春天的生机。

凤丫头带着黄家骏，出五洲大厦、过沿江大道、上江边堤防、入草丛江滩，踏着青春的脚步，手牵手向滨江公园信步走去。二人边走边聊，情意绵绵，说不尽的知心话语。

夜幕开始降临，在凤丫头提议下，二人从江滩拐入黑暗中情侣们喜欢聚集的滨江公园。

“这位置好，”黄家骏站在离江边最近的一棵大树下，说道，“靠在树上，可以欣赏长江的夜景。”说着，弯下腰，用自己的袖子擦了擦树根处一块光滑的大石块，请凤丫头坐下。

凤丫头顺从地坐了下来，黄家骏也紧挨她坐下，二人背靠大树，面对长江，肩靠肩、手握手，心中升腾起无限的感慨。

“一眨眼六年了，”凤丫头感叹，“真像做梦，如果当初没碰上李大哥，哪有我们今天的幸福生活？说不定我们早客死他乡！”

“是啊！”黄家骏接着道，“想当初我毫无目的地鼓动你和我私奔，现在想来真是犯下了弥天大罪。就像九爹批评我的，是‘不忠、不孝、不义’，如果你当初有个三长两短，我真是罪该万死。”

“这话怎么说？”凤丫头不解。

“怎么说？”黄家骏抬头仰望苍天，“九爹多次告诫我，要在有限的生命里，肩负起一个男人对天地的忠敬、对社会的贡献、对家庭的责任。如果当初真如你所说，我们客死他乡……对天地我是‘不忠’，对列祖列宗和父母我是‘不孝’、对你我是‘不义’。”

“怎么对我是不义？”

“这个‘义’有多重意思，首先是夫妻之义，其次是友情之义，再其次是生命之义。”

“看来你在九爹身边还真学了不少知识。”

“九牛一毛！六年来我跟着九爹学知识，越学越怕，感觉中国文化博大精深，就像这高远的星空深不可测。庄子说‘吾生有涯，而知无涯’。我就是学到老，也只能算是略知中国文化的皮毛。”

他低下头看了一眼凤丫头，伸出手搂住她的肩：“九爹他老人家说，我们人类是如此渺小，就如同这空气中的粉尘，随风飘荡，不知飘向何方，落于何地。”

黄家骏感到心里一阵滚热，面对奔腾不息的长江，感慨万千。六年来，他从一个邋遢的流浪小子，在李传道老人的精心调教下，成长为今天满怀志向、学有所得、向往美好未来的热血青年。如果没有李远方的爱心相助，他和身边这位青春俏丽的未婚妻，岂不就是像空气中的粉尘，不知飘落何处。想到此，他感动道：“九爹是大智慧之人，我拼命跟他老人家学文化知识，就是要在有生之年，把自己锻造成一个对天地、对社会、对家庭负责任，并为一切自己所热爱之人奉献力量的可用之才。古人说‘羊有跪乳之恩，鸦有反哺之义’，我这辈子是铁了心跟着李大哥闯天下的。”

“那我呢?”凤丫头扭头盯着他。

“这是两个概念,”黄家骏深情道,“你和我是一体的,我们是两个身体一颗心。李大哥是另外一个躯体,是我们的恩人,是我们心中的灯塔,没有他就没有我们的存在。他在我们心中,远比我们自己的生命更重要。记住,我们也要像李大哥一样,立下自己的诺言,我们的诺言……就是随时把自己的生命,交给李大哥。”

“二狗子,”凤丫头忍不住叫起了他的小名,“你这样说,我就放心了。别忘了,我们要感恩的人,还有周伯父、周伯母,周丽大姐、肖畅大姐,文达生大哥、杨帆大哥,宋红雨大姐、沈小虹大姐,还有马老师、桂司机,以及一切关心、爱护我们的好人,懂吗?”

“还有……”黄家骏接着道,“我们老家双方的父母、姐妹弟兄,村里的三爹、五叔、杨大妈、胡大妈、向大妈,邻村的张四哥、梅花姐等等,不知这些好人现在怎么样?真想马上见到他们。”

“这一天不会太远!”凤丫头也仰望星空,悠悠道,“李大哥说,等九爹他老人家百年之后,就给我们办喜事。还有……把你安排到公司上班,到时我们每天可以呆在一起。”

“是吗?”黄家骏激动道,“太好了,只是等九爹他老人家一百岁,还有上十年……我真有点等不及。”

“还是这么笨!”凤丫头笑道,“这个‘百年’和‘一百岁’,是两个概念,是指他老人家不幸去世的意思。”

“金银花,”二狗子也忍不住叫起了她的小名,“还记得我们手拉手,一起跑出村庄时,你说得一句话吗?”

“记得,今生今世,我只爱二狗子,海枯石烂,永不变心。”

“生在一处,死在一起。”黄家骏深情地凝视着凤丫头,探寻着那双散发着悠远灵光的大眼,还有那饱含青春热血的俏丽嘴唇。

两个人在黑夜中默默地凝视着对方。

两颗心都在剧烈地跳动……

4

李氏家族回大陆探亲祭祖团4月1日到达武汉，因为有一位李远方的堂叔是国民党立法委员，此次来大陆一波三折极为不易。李远方只得24小时在宾馆相随，外面的其他相关事宜交由沈小虹办理，公司的事委托两位副总暂时负责。周丽、杨帆、宋红雨和凤丫头，带着李平、李乐，提前回到白龙寨，筹备祭祖事宜。

4月2日，省里举行欢迎仪式，4月3日，一行人又转移到汉口长江大酒店，市领导又举行仪式欢迎，4月4日，省、市台办再安排两场座谈交流会，直到4月4日晚，一切活动才告结束。本来一行人要连夜驱车回白龙寨，沈小虹告知，县里和镇上已安排好4月5日早上沿途接待，无奈所有的人只得又在汉口再住一宿。

李远方家族的后人，在台湾目今繁衍有老幼66人。上次龙珠山九棵松下，幺爹告诉李远方的37个骨肉同胞中，这几年平辈中又有16人结婚，其中又有13人生子。这次组成探亲祭祖团一共回来了45人。计有李远方上一辈的三个堂叔、二个婶娘、三个姑妈、三个姑父；平辈中的有六个堂兄弟外加四个媳妇，三个堂姐妹外加二个丈夫，四个表兄弟外加两个媳妇，三个表姐妹外加一个丈夫；下一辈的一共有九个侄儿、侄女。未成行的其中上一辈的，有两位因年老体弱住院，平辈中有三人留下照顾老人、六人出国参加学术交流、两人临时有重要工作不能离开、四人必须照顾襁褓中的婴儿。

4月5日凌晨四点，李氏家族探亲祭祖团一行45人，外加省、市台办有关领导，以及李远方等人，组成了近七十人的祭祖大军，分坐八台大小轿车，浩浩荡荡向武汉北郊的九龙冲白龙寨进发。

沈小虹坐在第一台大巴上，她前面有六辆小车，里面坐的都是要在县、镇参加欢迎活动的重要人员。她所带领的这台车和后面那台大巴，坐的都是附属同胞，不参加活动。因为不参加活动，沈小虹反而觉得无所适从，主动给大家讲解沿途景观。车上的李家同胞，都大赞她聪慧漂亮，这更激起了她的热情，不停地给大家分发饮料、水果，无论大小客人，一脸的微笑服务，满口的“请”字当先。

“沈小姐，”一位坐在最后一排，文质彬彬、白皙的脸上挂着一副金丝眼镜，约莫二十七八岁的男青年招手叫她。

“先生有什么需要帮忙？”沈小虹走过去满脸微笑。

“不好意思，”男青年讪讪道，“我是你们李总的堂弟，叫李远立。麻烦你跟司机说一声，我想下车方便。”又连声的“不好意思”。

“没问题！”沈小虹转身找司机打招呼。

两台大巴是肖畅安排市接待办的专车，司机一听，赶紧边减速便问沈小虹：“沈经理，是解大手还是解小手？如果解小手可以，解大手只能请他忍耐几分钟，很快就到县城。”

“看我，怎不问清楚？”沈小虹一拍脑袋，又来问这李远立。

李远立也一拍脑袋：“不好意思……解大手。”

“那你得忍耐几分钟，很快就到县城。”沈小虹解释道，又冲司机大声道，“雷司机……继续前进。”

“沈小姐，真不好意思。”李远立捂着肚子，一面不停道歉。

“没什么。”沈小虹仔细端详这李远立，见他白皙的脸上，隐藏几分女孩的秀雅气质，金丝眼镜后，一双大眼既充满哀求又透露出男孩的顽皮。虽没李远方的英俊神采，也不失他们李家的风韵。

“对不起！”见沈小虹直望着自己，李远立以为她要责怪自己。

沈小虹顿时对这李远立产生好感，挨他坐下，笑道：“李先生不必客气。”又问：“你是你们李家‘远’字辈的，这次回来了十几个‘远’字辈的吧？我都被你们搞糊涂了，什么李远之呀、李远志呀、李远华呀、李远芳呀、李远媛呀。一定都有深刻的含义吧？”

“沈小姐真聪明！”李远立抬起捂着肚子的手，扶了扶眼镜，“我们李家全是承袭家族辈分起名，每出生一位小辈，必定由上辈家长召集族中各嫡传后人一起选定名字，每一名字都含有一定的意义。”

“是吗！”沈小虹惊叹道，“看来你们台湾同胞，比我们大陆还传统，你这李远立是什么意思？”

“也不尽然，”李远立现在完全放松下来，“台湾原居民不这样，1949 年后像我们这样的移民家族才这样。我名字的意思是：我祖父辈立志要在我这一代完成落叶归根的夙愿，所以叫‘李远立’。”

“真是赤子之心！”沈小虹近来向凤丫头略了解了李远方的家族史，所以感叹，“你爷爷在他们那一代中是老五还是老六？”

“是老六，他老人家死于1976年，我五叔祖死于1975年。”

“你们这次就是送他们两位老人家的骨灰回来吧？”

“对！”李远立又扶了扶眼镜，“另外，我父亲还想在故乡办厂。”对沈小虹腼腆一笑：“不好意思，以后还请沈小姐多指点。”

“怎么要我指点？”沈小虹疑惑。

“因为我父亲要我来大陆同远方哥合作办厂，如果能办成，那以后就会经常找沈小姐的麻烦。”正说着，前面突然鞭炮轰鸣，锣鼓喧天，紧接着，车队徐徐停了下来。

沈小虹一见，马上道：“快下车，到县城了，我带你上厕所。”

李远立马上站起，又捂着肚子跟在沈小虹身后，嘴里一个劲地道歉：“沈小姐，对不起，太麻烦你了。”

沈小虹心里一爽，转而又在心里嗔道：“你那个鬼堂兄李远方，为什么不像你这样黏糊我？”

李远方坐在第三辆小车内，陪着一位堂叔伯边浏览车外的景致，边畅谈家乡的沧桑巨变。前面第一、二辆轿车里，分别坐着另外两位堂叔伯和两位堂兄弟。五叔祖和六叔祖的骨灰盒，由两位堂叔伯抱着，遗像则由两位堂兄弟捧着。

车窗外开始下起霏霏小雨，远处不时传来鞭炮轰鸣，公路上车辆拥挤不堪，前后喇叭声不绝，几乎全是出城扫墓的车辆。看着人们虔诚地奔波在城市与乡村之间，一种茹苦之情袭上李远方的心头。

每年的清明节莫不如是，人们举家出动，泪洒坟茔，把生者对死者的追思，寄托在墓前的鲜花和祭品之中，将生活中的烦恼和苦痛，通过眼泪传递给坟堆内的死魂灵，期盼其在另外一个世界庇佑自己。鞭炮的轰鸣声和着扶摇而上的冥钱纸屑，似乎要将生者和死者的魂灵，合而为一，从两个不同的世界，同时带向天堂。

清明节扫墓的传统，在民间流传了近二千年，到底死者收没收到生者的钱物，二千年来没有一人能取死者于地下一探究竟。

李氏家族的车队，上午八点多才到达县城，县里主要领导在路边鸣炮迎接。一行人被迎到县委大礼堂，主席台上方悬挂着巨幅“热烈欢迎台湾同胞回乡探亲”的标语。

分宾主坐定后，依次是主人致欢迎辞，客人致答谢词，双方互赠礼品。整个欢迎活动气氛热烈充满深情。主客双方都表示，要为海峡两岸同胞的早日团聚，为祖国的统一大业，做出不懈努力。

欢迎活动召开了整整一小时，九点十分，车队开始向九龙冲白龙寨出发，县里相关领导又专车护送。

十点整，霏霏小雨突然停下，天地间陡然清爽明亮起来。车队进入九龙冲镇，镇领导三公里外岔路口迎接。顷刻间又是一阵锣鼓鞭炮齐鸣。进入镇大街，全体镇民自发地涌向街两边，翘首张望，目睹这百年难遇的盛况。

因为要赶在十一点前到达白龙寨，车队在镇上只停留不到十分钟，由镇党委书记和镇长代表全镇十几万乡民，对李氏家族探亲祭祖团表示最诚挚的欢迎，衷心祝愿此次祭祖活动取得圆满成功。

从镇里出发后，一路上，李远方明显感到身边的老人无法抑制内心的激动，脸贴在车窗玻璃上向外张望，止不住老泪纵横，不时哽噎。李远方安慰道：“伯父，您老不要过于悲伤，现在海峡两岸，就要实行‘三通’，以后您老可以经常回故乡来看一看。”

“方儿啊！”老人颤声道，“你知道我为什么悲伤吗？我自从来到人世，六十多年了……就没有回过故乡。可我刚才，看到窗外的山山水水，是如此的熟悉，你知道这又是为什么吗？方儿啊，我告诉你，你六叔祖1976年去世前，一直在床上瘫卧了三年多。我每天坐在他身边照顾他。他老人家每天给我讲九龙冲白龙寨的故事，讲了整整三年。哪一条冲叫什么名，哪一座山是怎么形成的，为什么叫九龙冲白龙寨，为什么有东山头白龙寺，为什么有龙珠山。”

老人颤抖着掏出手帕擦了擦眼泪，继续道：“我按他老人家的讲述……把九龙冲白龙寨牢牢记在心上。回家后画在一张纸上，每天拿给他老人家……看几遍。这成了我们两人每天的精神寄托。他老人家先看画，再给我讲白龙寨的历史，讲我们李氏家族的家训，讲乾隆年间我们李家的鼎盛辉煌，讲他们九个兄弟的恩怨情仇。一直讲到是如何离开大陆逃亡台湾，直到他老人家咽气，我还拿着九龙冲白龙寨的画图……”说到此，已泣不成声。

李远方正要安慰，就听“轰”的一声巨响震耳欲聋，没等车上的人从惊叹中回过神来，第二声、第三声、第四声……一声赶一声在天地间回荡。再接着，锣鼓鞭炮齐鸣，巨大的轰鸣声震彻山谷。

车队依次停了下来，车上的人已经陆续下车，透过车前玻璃，李远方看到整个白龙寨村头，彩旗飘扬，人山人海。几百号村民正翘首以盼，喜迎从遥远的宝岛台湾回归故里的骨肉同胞。

人群中间，幺爹在周丽、宋红雨、凤丫头和黄家骏的簇拥下，昂首伫立，满头白发在风中摇曳。李德正等村民紧挨在他们身旁。

李远方怦然心跳，眼泪在眼眶里滚动，他强忍住泪水，对老人道：“伯父，来……您老下车，我们到家了……”

5

鞭炮声猝然熄灭，双方的人群都安静下来，沈小虹带领摄像人员紧跟在李远方身后，边摄影边向人群前面跑去。李远方来到前面，示意两位堂叔伯和堂兄弟，先将骨灰盒和遗像安放在村头搭起的厝台上，待他们二人回转后，这才带领着众人向幺爹走去。

“都站住！”突然，李传道老人一声断喝，他双手推开左右搀扶自己的周丽和黄家骏，迈开步子，向安放骨灰盒的厝台走去。

李远方一见，知道幺爹要先看看两位兄长的遗像，赶紧跟在老人身后，其他人见此，也都默默相随。

风似乎比刚才大，李传道老人满头银发随风飘起。天空已完全放晴，老人苍老的脸上闪烁着异样的光彩。随着距离越来越近，他的步伐开始零乱。李远方抢上几步想扶住他，被他猛地一掌推开。

终于，老人蹒跚到了遗像和骨灰盒前，他站立着顺了顺气，双手剧烈地抖动，慢慢伸向遗像，抖动着拿起一帧，颤巍巍地凑近眼前仔细端详，然后用手在上面来回摩挲，又抖动着放下，再抖动着拿起另一帧端详、摩挲、放下。然后仰头一声长叹，这才大声道："列祖列宗啊！你们看到了吗？我们李氏家族，又有两位……客死他乡的幽魂，终于回到你们身边来了。请列祖列宗……给他们招魂纳魄吧！"

所有的人都屏气噤声，突然，老人一头扑倒在两个骨灰盒上，老泪横流，声音嘶哑，放声痛哭："五哥、六哥啊！你们听见了吗？快回到生养你们的白龙寨来吧！这里才是你们的家啊！"

"九叔！"李远方身后，几位老人突然一起跪了下来。

"九爹！"紧接着几十人都匍匐在地，哭喊声一片。

"都站起来！"李传道老人艰难地站起来，慢慢转过身来，脸上又放射出异样的光彩，大声道，"都站起来……你们都给我听好，自1917年离开白龙寨外出求学，我无时无刻不盼望见到自己的两位兄长，盼了整整七十四个年头，今天终于见到他们了。孩子们，七十四年啦……江山跌宕，沧海桑田，我们的民族，我们的国家，我们李氏家族都发生了翻天覆地的变化！"

看了看前面的人群，激动道："孩子们，这就是我们人类的苦难生活，这就是我们李氏家族的多舛命运。今天，我们终于又聚集在一起来了，聚集在这……世世代代养育我们的故土上，聚集在我们李氏家族繁衍生息的根脉中。孩子们，我们要珍惜这七十四年一见的机会，在未来的日子里，心往一处想，劲往一处使，血往一处流。要让李氏家族的根脉，千秋万代永不枯竭！"

说到此，老人有些力衰气短，对李远方道："远方，站到……幺爹的身边来，给我一一介绍我们李家的骨肉亲人。"

李远方上前扶住幺爹，黄家骏赶紧搬过来一张高靠背椅，二人搀扶着老人坐了下来。台湾回来的老小四十五人，年老的脸上挂着泪珠，年少的饱含深情，依辈分大小，自觉地一字排开，逐次走上前来同老人相认，李远方一一给老人家介绍。

"九叔！"第一个走上来的快七十岁，已是泪流满面，开口时双手颤抖，单腿跪了下来。李远方赶紧扶起来，给幺爹介绍道，"这位是五叔祖的大儿子李家昌！"

"快起来！"李传道激动道，"都不要行大礼了，让我近前看一看就可以……以后我也就死而无憾了。”

接下来相认的，计有“家”字辈的李家宏、李家吉、李家慧、李家芸、李家茵外加媳妇女婿五人；“远”字辈的有李远志、李远之、李远立、李远畅、李远华、李远桦、李远芳、李远媛、李远芹外加媳妇女婿六人；“忠”字辈的有李忠胜、李忠骅、李忠柳、李忠靖、李忠盈、李忠瑾外加外甥三人等。

相认毕，省、市、县、镇各级领导，又走上前来向老人家祝贺。祝贺毕，又彼此互致问候。白龙寨沉浸在一片欢声笑语之中。

李远方趁机找上周丽，询问龙珠山祭奠事宜。

“一切按照你的方案安排就绪，就等你的示下。”

“好！”李远方从李传进手上拿过扩音喇叭，走到幺爹身边，小声道，“幺爹，可以上山了，您老是在家休息，还是一同前往？”

“当然去！”李传道慢慢站起，“让凤丫头和黄家骏，搀扶我就可以，你不必担心我，一心一意主持好祭奠大礼。”

李远方走上高处，举起喇叭，大声道：“父老乡亲们！”

人群立即安静下来，所有的目光聚焦在李远方的身上。

“今天，”李远方又朗声道，“是我们中华民族的传统节日清明节，千百年来，我们白龙寨一代又一代的先民们，在这一天稽颡泣血，泪洒坟茔，用生者特有的方式，寄托对死者的无限哀思。这哀思不仅牵挂着我们的灵魂，同时维系了我们的根脉。今天，我们李家寄居台湾近半个世纪的骨肉同胞，一行四十五人，捧着出生在这白龙寨的两位仙逝者的骨灰，带着他们对白龙寨的向往，对列祖列宗的思念，对家乡故土的热爱，不远万里，跨越海峡，终于回到了故乡的怀抱。在此……我代表全体白龙寨的父老乡亲们，对他们的归来，表示骨肉亲人最诚挚的欢迎！”说到此，对台胞深深鞠躬致意。

所有的人都鼓起了掌，李远方的几位堂叔伯和婶娘姑妈，都泪流满面。沈小虹和宋红雨，也眼红耳热，泪涌眼帘。

“另外，”李远方接着道，“我代表全体李氏家族的父老乡亲，对促成此次活动的省、市、县台办的各级领导，表示衷心的感谢！”

又是一阵热烈的掌声。

“同时，”李远方继续感谢道，“对今天光临我们白龙寨祭祖扫墓现场的县、镇政府领导，表示最热烈的欢迎！”

又是一阵热烈的掌声。

“现在，”李远方激动道，“我宣布，九龙冲白龙寨李氏家族台胞回乡祭祖扫墓活动正式开始。首先，让我们用热烈的掌声，欢送省、市台办及县、镇的各级领导到李家大院，参加由远方集团举行的恳谈会。请远方集团公关部的宋红雨副部长陪同各级领导，探讨未来远方集团在九龙冲白龙寨开发旅游资源的合作事宜。”

掌声中，各级领导在宋红雨的带领下，向白龙寨东巷李家大院走去，因为都是政府官员，不便参加祭祖活动，故而安排座谈。

“下面，”李远方高声道，“请出招魂幡、开路锣、通天炮。”

人群中竖起了九九八十一面白色旗幡，清一色十几岁的小孩撑杆，迅速跑到人群前挪出来的空地上列队站立。十几个青年人组成的锣鼓队和鞭炮燃放队，在李传前和李传进的带领下紧跟其后。

“请十岁以上的人佩戴白色小花，十岁以下佩戴红色小花。”

李传前、李传进抬出三大箩筐预先制好的纸花，两筐白色，一筐红色，分发给众人。

“请所有参加活动的人员，头戴孝帽，身披麻衣。”

李传前和李传进又抬出几大筐孝帽麻衣，分发给大家。

“请‘八大金刚’就位，抬起两位逝者的灵柩。请两位逝者的嫡传子孙，捧起他们的骨灰盒和遗像。”

十六位青壮劳力，每八人一组，抬出两具特制石棺。石棺里铺好了红色丝绸，石棺外扎好了金黄色丝带。

“请……入殓！”李远方声音有些嘶哑，台胞人群中，开始有人哭泣。在场的人，也都情不自禁地抹泪。

李远方的两位堂叔伯抱起骨灰盒，在“八大金刚”的指引下，安放到石棺里，两帧遗像安插在石棺的前面。

“现在，”李远方提高嗓音，“请所有的台湾同胞，在九爹他老人家的带领下，列队站在灵柩的后面。”

李传道老人在凤丫头和黄家骏的搀扶下，首先站到了灵柩的后面，四十五名台胞按辈分大小列队紧跟其后。

“请白龙寨的父老乡亲们，紧跟在台湾同胞的身后。”

人群有秩序向后面涌去。

“现在，”李远方两眼含泪，高声喊道，“请举起旗幡、抬起灵柩、敲起锣鼓、燃起鞭炮。我们全体白龙寨的孝子贤孙们，到龙珠山举行隆重的祭祖大典！”

李远方话音刚落，旗幡招展，鞭炮轰鸣，锣鼓喧天。

“八大金刚”齐声仰天长啸，然后，哼起古老的《行路难》出殡曲，抬起石棺，紧跟在开路锣后，向寨东方向走去。

人群有如一条白色长龙，游出白龙寨，自西向东逆冲而上，朝东山头下的龙珠山游去……

第三十五章

1

进入龙珠山的牌楼之上，白幔素挂，黑纱簇裹。牌匾上“风水宝地，源远流长”八个遒劲大字，鎏金錾银，光彩夺目。

两边牌柱之上，新挂一副对联，是李远方亲手撰书：

云路仰天长　白龙寺前日长在，
空林悲风高　龙珠山上月高明。

牌楼通向山下的大路两旁，夹道新栽上了两排青松翠柏，树叶茂密，郁郁葱葱。每棵树干上，黑纱带飘，白花星挂。

龙珠山下，辟有一块近二十亩的广场空地。空地上，筑起一座近千平方米的祭坛。祭坛坐东朝西，紧靠龙珠山体。坛高一米，左右设有上下七步台阶，便于祭祀者右上左下。

李氏家族的祭祖队伍，一路旗幡招展，鸣锣打道，鞭炮轰响。几百号人身披孝麻，白白漫漫，浩浩荡荡，来到龙珠山下广场。

此时，祭坛上，先期到达的高僧仙道，正在举行水路法会。坛上东、南、北三面的周边，插有三十六面红、黄、蓝、白四色旗幡，旗幡上，画有三十六天兵天将图像。

东边旗幡下，一排专用大理石祭台上，摆放着李氏家族列祖列宗的神位，神位前方，供奉着各种祭祀物品。物品前，一字排开立有三座香炉，每座香炉里燃有三炷高香。

南边旗幡下，前三后五两排站立有八位高僧，都身披袈裟，手执佛珠，高声吟诵“大悲咒”经，超度前亡后死的魂灵。

北面旗幡下，也立有两排八位仙道，都头绾高髻，身着道袍，手执牙笏，口中打醮声不断，为死亡者解冤洗业。

祭坛中间，是两位得道的高僧老道，一个手执念珠，一个手握麈尾。高僧低头吟诵，老道来回穿梭。两人都神情专注，法相庄严。

东南、东北角，摆放着各色钟鼓法器，灵符宝箓。东南角上悬挂有“大慈大悲救苦救难观世音菩萨”的垂帘，东北角上也悬挂有“太上混元三清真人圣象真宝”的挂帘。

祭坛上方的龙珠山上，每座坟茔墓碑前，跪有一位死者后人，都身披麻衣，头戴孝帽，在和尚道士的诵经打醮声中，虔诚地烧香祭祖。他们也都是先期到达龙珠山的，每个人身后，堆放着整箱的湖南浏阳鞭炮、焰火，准备祭祀活动结束时，一起对天鸣放。

进入广场的人群，自觉地在祭坛西面有序列队站立，人人神情庄重，个个满怀敬畏，静心聆听高僧老道超度亡灵的天籁梵音。

只见碑前墓后，迷漫漫烟雾缭绕；山上山下，白茫茫雪白一片。

“阿弥陀佛！”随着坛上一声诵偈，和尚的超度尘埃落定。

“三生清净！”接着老道长的麈尾也一挥而就，云开雾散。

不多不少，超度亡灵的水陆法会，整整用了一小时。

李德正是白龙寨辈分最高的存世者，他手拿扩音喇叭，一跛一拐走上祭坛，高声道：“父老乡亲们！今天，我们在这里同来自台湾的骨肉同胞，一起举行祭祖大典。现在我宣布，在祭祖之前，先举行李传际、李传思两位仙逝者的安葬仪式，让两位客死他乡的游魂入土为安。请鸣锣放炮，送二位老人上山。”

安葬队伍在开路锣鼓的引导下依次上山，来到九棵松下。九棵松的树干后面，已经耸立着五块墓碑，分别是李传恩之墓碑、李传泽之墓碑、李传来之墓碑、李传天之墓碑、李传育之墓碑。地上也平放着四块墓碑，按照李传道老人的意思，今天全部立起来，分别是李传际之墓碑、李传思之墓碑、李传想之墓碑、李传道之墓碑。其间，老九李传道老人依然健在，老七李传想至今不知音信，老五、老六今天骨灰安葬，其他五位皆惨死异乡，尸骨未存。

李传道老人想在今天让九兄弟的灵魂在地下团圆。既然这辈子在地上不能团圆，就寄希望在九泉相聚。

九块墓碑后，另外还平放着第十块碑石，上面刻有硕大一个“明”字。也是按李传道老人的意愿准备的，老人要满足严父的心愿，让十位龙虎兄弟名字连成一句诗：“恩泽来天际，思想育道明。”

安葬仪式也进行了近二小时：下葬、盖土、栽树、立碑、燃香、烧纸、鸣炮。然后，所有的人一个接一个作揖磕头，表达哀思。

安葬仪式结束后，已是下午三点多时光，李远方吩咐杨帆、李传前、李传进给众人分发面包、蛋糕、饮料。人们稍事休息后，又回到祭坛前面，自觉有序列队伫立，等待李德正发号施令。

李德正又一跛一拐走上祭坛，高声道：“下面请这次李氏家族海峡两岸祭祖扫墓活动的捐款人李远方上坛致祭奠辞。”

李远方健步走上祭坛，从李德正手上接过喇叭，深情地注视着坛下白漫漫的人群，心中升起无限的感慨。他不由自主地对着坛下深深一鞠躬，这才高声朗诵道：“父老乡亲们，自鸿蒙开辟，天地顺位，炎黄出世，我李氏家族的列祖列宗，卜居在这九龙冲东山脚下白龙寨中，秉承天地生生不已、长养万类万物的精神，端赖人性中对美好生活的向往，子孙繁衍，世代劳作，生生不息，计有五千年之久。五千年来，我们李氏家族，历经千朝百代，受尽人间疾苦。其艰难困苦，无以言说，其沧桑跌宕，难以图表。然而，五千年来，我们李氏家族，始终家风淳朴，崇尚勤劳，怜贫惜贱，爱老慈幼，孝悌传家。这种光荣的传统，一代接一代，代代相继。”

下面台胞中，几位岁数大的开始在抹眼泪，李远方一阵心动，继续道："时光荏苒，日居月诸，自清朝乾隆年间，我李家先祖问鼎翰林位列朝班以来，功名奕世，富贵流传，诗书传家，昌明轰烈达百年之盛。可痛清代以降，海疆大开，国运不畅，运终数尽。其后战乱连年，民不堪苦。我李氏家族，亦难逃厄运，致使骨肉分离，天各一方。"说到此，又激动道："现今际逢盛世，值此公元一千九百九十一年清明时节，我白龙寨海峡两岸李氏家族的孝子贤孙们，在此设坛祭祖，虔诚祷告，告慰列祖列宗的魂灵：定要秉承先辈仁人的遗志，继续家族光荣的传统，开启新时代的家风。祈祷我李氏家族的根脉，千秋万代，源远流长。"说完，深深鞠躬致意。

人群爆发出雷鸣般的掌声。

听着李远方精彩的致辞，坐在正中间靠椅上的李传道老人，心中无比欣慰，他想起了1976年那个难忘的夏天。那天，当李远方高中毕业，冒着冰雹连夜从县城赶回家时，他曾经是那样的惆怅凄苦，担心这个李氏家族唯一的传人，在凄风苦雨、溽暑酷寒的世道中，孤苦伶仃，难以为继。现在，看着这个自己一手抚养大的苦孩子，不到二十年的时光中，已经嬗变为人中龙凤，族中骄子，老人止不住热泪流淌。再看看身后这些来自台湾的后人，一个个青春靓丽，神采遄飞，老人又止不住在内心感叹道："列祖列宗啊……我李传道现在算是死而无憾了，随时可以高高兴兴地来见你们了！"

"现在，请来自台湾的代表李家昌老人上坛讲话。"

李德正的司仪声和欢迎李家昌讲话的掌声，打断了李传道的沉思。他抬起头，见李家昌上坛后饱含热泪，声音激奋。一时他又想起了自己的两位兄长，想到了孩提时代九兄弟之间的向往和梦想。想到了同他们分离后，七十四年来发生在中华大地上的沧桑巨变。日月经天，江河行地，叹天地之悠悠，感穷年之兀兀，泣苦心之卜卜。

李传道老人感到一阵迷茫，头靠在椅子上沉沉睡去……

杨帆不停地在山上山下来回穿梭，安排布置活动的每步程序，现在他又跑了一圈，来到李远方和周丽身边，小声道："都安排好了，只等李德正宣布结束，整个龙珠山将是万炮齐发，光照天地。"

“好！”李远方也小声道，“辛苦你了，晚上我敬你三杯。”

“现在，”二人话未说完，就听李德正大声道，“我宣布：白龙寨李氏家族海峡两岸祭祖大典到此结束，请鸣放焰火鞭炮。”

“轰！”一朵巨大的礼花在天空绽放。

紧接着，万炮轰鸣，响彻天地。

浓密的烟雾开始四处弥漫，人们在李远方和杨帆等人的指挥下，有秩序排队回家。沈小虹带领摄影师前后左右到处抓拍，不放过任何一处感人的情景，一天下来，浑身香汗淋漓。现在，她又指挥摄影师将各种礼花摄入镜头。只见巨大的浓烟，不断升腾聚集，在天空中翻转涌动，随即滚过东山头顶，弥漫天外，直入苍穹。龙珠山上，千万朵礼花呼啸飞鸣，竞相绽放，光耀山岚，辉洒天地……

2

白龙寨东西两巷彩旗飘扬，各家各户灯笼高挂，巷口两盏硕大路灯将巷里巷外照得通亮，清明节之夜，整座寨子亮如白昼。

李家大院内，灯火通明，由李传道老人主持的家族会议，已接近尾声，李远立带领一帮弟妹，正在书写李氏家族的祖训，李远方则同几位堂兄弟，在斟酌起草此次祭祖活动的倡议书。

几位老人围坐在李传道身边，桌上放着两大本影集，是李传际和李传思两位仙逝者，生前各个时期戎马生涯的写照，是李家昌和李家吉二人来大陆前，特地制作好带给李传道老人作纪念的。几人欣赏完照片，又开始感慨国共两党半个世纪来的恩怨情仇。

其他男女同胞，围坐在几张大圆桌上，边饮茶嗑瓜子边等李远方宣读祖训和倡议书。几位小朋友在周丽和另外三位母亲的带领下，在皂角树下蹿去蹿来，跑前跑后。杨帆、宋红雨、沈小虹和摄影师，正好两男两女凑上一桌，在厢房里打麻将消磨时光。

天空高远莫测，银河璀璨，群星闪烁，发人遐思。

“九叔，”李家昌问李传道，“四九年到台后家父曾告知，七叔李传想在共产党的军队当官，他们两兄弟还在战场交锋过，为何到现在也不同您老联系？即使他老人家不幸仙逝，应该还有后人。”

“这也是我多年想不通的！”李传道叹息道，“按理他回乡并不难，如你所说，自己不愿回，让子女回一趟应该可以吧？可直到今天，依然是杳无音信，这些人，有时真让人不可理解。”

“这也情有可原！”李家吉是国民党的要员，对共产党的了解比堂兄深，“共产党员都有坚强的意志，为大家舍小家。党和人民的利益、国家的利益至上，家庭个人放在第二位、第三位。要不怎么靠小米加步枪，打败了美式装备的国民党几百万正规军队？”

“是啊！”李传道又感叹，“我们中国的历史，过去帝制时代是帝王更替，现当代是政党更迭，风云迭起……”

“九叔，”李家宏也不解，“为什么会出现如此的政治局面，难道这些伟人们不明白前车之鉴吗？”

“怎么会不明白？”李传道继续道，“一言难尽……真希望未来的领导人，能认识到这一点。社会需要进步，老百姓需要安定啊！”

李家慧是台湾佛学会的理事，同时是海外华人热爱世界和平联合会的会员，她一向热爱生命。她对此表达自己的看法：“近代以来为了争天下，几十年的战争打下来，据有关方统计，死了二千多万人。而死的这些生命，在我看来都是枉死。为什么呢？因为都是一个祖宗，都是炎黄子孙，骨肉同胞。今年海峡两岸，‘海协会’、‘海基会’马上要成立，双方都以同胞相称，这不是对以前的战争历史的反思吗？”

“姑妈，”李远方走了过来，提醒道，“今天我们是开家族议会，不谈国事，也不谈政事。我们今天一心畅谈我们李氏家族未来的发展。”说到此，将抄好的祖训和起草好的倡议书，递给李传道：“幺爹您老过目。”

李传道接过祖训和倡议书，从口袋掏出老花镜，戴上认真看起来，看完激动道：“所有的人，无论老幼，都到大厅，给列祖列宗上香磕头。然后，由你来宣读祖训和倡议书，宣读完，每房每辈的长子，在倡议书上签字。”颤抖着从上衣摸出钢笔：“我这辈，我签！”

李传道郑重地将倡议书平放在桌上，一笔一划写上了自己的名字。等其他人签完字后，李传道郑重对李远方道：“将这祖训和倡议书，带回汉口，各复制六份。然后，给台湾三份，大陆三份，让祖宗的恩典在我们李氏家族中代代相传。”

45名台湾同胞，加上李远方一家，以及李传道、李德正、李远发、李远治、李忠民等，整整54人全部聚集到大厅，准备聆听李氏家族的祖训和未来发展的倡议书，给列祖列宗上香磕头。

“九爹！”凤丫头和黄家骏，突然冲进来，双双跪在李传道面前，凤丫头抽泣道，“九爹，我们是远方大哥捡回来的，没有李氏家族，就没有我们的今天。我们愿世世代代，都跟着你们李家过日子。从今后改姓李，请九爹你老人家收留我们。我们二人生是李家人，死是李家鬼！”说到此，竟大声哭起来。

“快起来！”李传道老人颤抖道，“这是怎么说？人之发肤，受之父母，不得到你们父母的同意，岂能擅自改姓？”

“九爹！”黄家骏也抽泣道，“此事，我们去年就写信告诉父母了，他们都同意。您老看，这是他们的回信。”他把信递给李传道。

李传道接过信，认真看了一遍，还给黄家骏：“好孩子，你们的诚心我们李家心领了。这事我们以后再说，因为这还得我们开个家族会，大家同意才行啊！”

“你们现在不就在开会吗？”凤丫头急道，“大家表个态，不就通过了吗？”说着，转身对大家磕头作揖：“各位伯父、伯母、叔叔、阿姨、哥哥、姐姐、弟弟、妹妹，求你们就同意了吧？我们会给李家争光……”话未说完，她又抽泣起来。

所有的人都被这一幕所感动，大家面面相觑。

“九叔！”李家茵有三个儿子，没有女儿。她今天同凤丫头谈了几次话，非常喜欢这个俊俏的异乡丫头。此时见她苦苦哀求，心早就软了，赶紧站出来道：“就让凤丫头做我的养女吧，如此，他们两人也就名正言顺，成为我们李氏家族的成员了，您老看可否？”

“如此甚好！”李传道兴奋道，“凤丫头，还不给养母行大礼？”

“好的！”凤丫头和黄家骏，双双跪在李家茵面前磕头行礼。

“好孩子……快起来！”李家茵哽咽着扶起二人。

“李远方！”李传道老人高声道，“烧香磕头，燃放鞭炮，然后宣读我们李氏家族的祖训和未来发展的倡议书。”

“是！”李远方一阵激动，尽管这些年来，他无数次地面对过不同的观众进行演讲。自觉今日激情之亢奋，思绪之飞腾，胸怀之旷达，以前所从未有过，大有登高揽辔之感。

待56名家族成员，逐一烧香磕头完毕，李远方来到神龛边，朗声道：“我李氏家族，秉承先祖志愿，世代崇尚勤劳，以耕读传家。自清朝乾隆年间，太上祖问鼎翰林大学士后，明立后世传家训言。因其太上祖终身以唐太宗为楷模，系唐太宗一脉相承，将其告诫子孙之百字箴言，明立为我白龙寨李氏家族的传家训言。”看了看大家，见都神情专注，凝视着自己，就连李平、李乐等几位孩子，似乎也懂得此时的庄严，一声不吭地依偎在母亲怀里。

李远方不再多想，大声朗读道：“‘耕夫役役，多无隔宿之粮；织女波波，少有御寒之衣；日食三餐，当思农夫之苦；身穿一缕，每念织女之劳。寸丝千命，匙饭百鞭。无功受禄，寝食不安。交有德之朋，绝无益之友；取本分之财，戒无名之酒；常怀克己之心，闭却是非之口。若能依朕斯言，富贵功名可久。’以上是唐太宗李世民告诫子孙的百字箴言，也是我们祖上的传世家训，恳请大家牢记于心！”

见大家都是一脸的虔诚，李远方继续道：“为了使我们李氏家族，在未来的岁月里，兴旺发达，世代昌明。在征得九爹和来自台湾几位伯父的同意后，我们就此次祭祖活动，提出几点倡议，期盼此倡议能世代流传，造福桑梓，泽被后人。”说到此，他饱含激情，两眼放射出动人的光彩，提高嗓音，一口气将倡议书宣读完毕：

倡议书

一、凡我九龙冲白龙寨李氏家族后人，无论男女老幼，每逢清明时节，不管身在何处，不论地位高低，都要自觉回到九龙冲白龙寨，祭祀列祖列宗，感恩祖上的恩德。

二、祭祀活动定为每三年举行一次小型活动，五年举行一次大型活动，十年举行一次重大型活动。每次活动由家族中当时存世辈分最高者号召，或由德高望重者倡导，公推德才兼备者主持。

三、每次大型活动期间，除举行祭祀活动外，同时举行系列座谈会和商务洽谈活动。座谈历史的教训、家族的发展。洽谈经济合作，强大家族经济，巩固家族地位，温故而知新，继往而开来。

四、每次活动的费用，有李氏家族全体后人自愿捐赠，经济实力雄厚者，有义不容辞承担主要费用的义务。

五、凡李氏家族后人，不论辈分高低，要以造福桑梓为己任，积极投身家乡公益事业。有钱出钱，有力出力，修桥铺路，建庙办学，努力改变家乡面貌。

六、我李氏家族崇尚勤劳质朴，以仁爱待人，诗书传家。凡其后人，应时刻铭记李氏家族的家训箴言，克勤克俭，宽以待人，矻矻以学，学有所得，让李氏家族的光荣传统代代相传。

七、凡参加此次倡议活动者，在其后的日子里，无论何时何地，有义务对任何一位李氏家族后人进行传颂，使其发扬光大。

八、此倡议书，由海峡两岸李氏家族的孝子贤孙，为振兴家族而立，并由远字辈后人李远方和李远志，分别保存于海峡两岸。

九、此倡议书自签字之日起即示生效。

倡议人：李传道　李家昌　李家吉
李远志　李远立　李远方
李远畅　李忠胜　李忠骅
李忠柳　李孝仁　李孝天

公元一九九一年清明节于九龙冲白龙寨李家大院

3

第二天，东山头白龙寺前，李远方、杨帆、宋红雨、沈小虹踏着春天的骄阳，带领大部分台湾同胞参观白龙寺遗址。

昨晚家族议会结束后，李远方提议重修白龙寺，造福丛林，服务十方信众，得到了全体家族成员的一致拥护。李家慧寅时即起床净身，天刚见亮，就催促李远方动身上白龙寺来。

“这才是中国文化的根本所在！”听了李远方的介绍，李家慧感叹，“远方，姑妈我回台后，募捐100万台币，修建这白龙寺。”

“谢姑妈，我会在适当时将修建方案寄给您，请您指导。”

“远方哥，也算我一份！”李远立是李家吉的儿子，上面是个姐姐，他是家庭的继承人。父亲是立法委员，家境殷实，受上辈人的影响，乐善好施。此时见姑姑主动捐款，加之沈小虹在他身边娇音嫩语的鼓动，早已心动。所以，马上表示：“我也捐款100万台币，等我父亲同你们远方集团合作事毕，一并将捐款划拨给你们。”

“非常感谢！”李远方道，“不过，你必须得到伯父的同意。”

“没问题，父亲向来乐于资助佛教事业。再说，以后由我出任大陆公司的经理，这点钱我还是可以当家的，你尽管放心。”

“也算我一份吧！”李家宏拍了拍李远方的肩膀，“尽管我没有你家吉伯父有钱，可钱不在多少，只要心诚即可，对吧？”

“伯父，您老就免了吧，钱应该足够了。”

“话不能这么说！”李家茵在凤丫头的搀扶下，正仔细瞻仰残垣断壁上的佛雕，听到他们的对话，插嘴道，“钱多好办事，各人是各人的一片心，我也多少要捐赠一些的。”

李远方没再坚持，继续带领大家观看遗址，边观看边给大家认真讲解历朝历代白龙寺的兴衰历史。参观完白龙寺，一行人又登上东山头，举目眺望九龙冲的山山水水。只见九冲八梁，葱茏一片；青山绿水，烟岚四合，令人心旷神怡。

“没想到我的故乡这美！”李远立兴奋道，“怪不得杜甫说‘会当凌绝顶，一览众山小’，只有亲历者，才有这种感觉。”

“是啊，”李远方也感叹，“古人说：‘天开图画即江山’，天地自然之美，是人类所无法超越绘画的。老子敬告统治者要无为而治，顺其自然,就是这个道理。”

说到此，李远方突然不再作声，默默地低下了头，他忽然想起了自己的母亲，想起了1976年那个难忘的夏天，想起了母亲面对苍天的呼喊，想起了母亲留在遗言上的斑斑血迹。他只觉心里一阵战栗，泪水止不住涌了出来，默默念道：“娘……孩儿又回到了您身边，孩儿已长大成人，没有辜负您的期望。娘啊娘！您看见了您的儿子李远方吗？他就在这东山头上，就等着您来抚摸他的脸庞！”

“李总，又想娘了吧？”沈小虹悄悄走过来，递上香纸巾。

李远方没有拒绝沈小虹的关心，接过纸巾，深情道：“何止是想起了她老人家，好像她老人家，此时就在我的身边。”又深情地看了沈小虹一眼，脑海浮现出小时候，娘给他擦鼻涕的情景。

第三天上午，李远方又带领几位“远”字辈参观白龙寨小学，受到全体师生的热烈欢迎。校长聂爱民是年过四十的女性，热情奔放。肖畅当民办老师时，她是另一所小学的老师，见到李远方后对肖畅赞不绝口。李远方承诺建白龙寺时，一并将小学修葺一新，并说明这是肖畅的意愿。聂校长感动地拉住李远方的手，半天不松开。

李远立紧跟在沈小虹的屁股后，轻言细语，问长问短，扯东拉西，始终表现出谦虚谨慎、文质彬彬的神情。

沈小虹这几天，对他时亲时疏，忽近忽远，把个台湾同胞搞得懵懵懂懂，不知所措。

杨帆和宋红雨主要承担给大家安排吃喝的重任，二人妹唱哥随，勤勤恳恳，任劳任怨，得到大家的一致赞许。

下午，李远方又带领大家，参观李德正的养猪场，张桂珍的养殖手段，让所有参观者瞠目结舌，赞叹不已。

晚上，李远方同周丽、杨帆、宋红雨、沈小虹五人，悄悄去看望了李远治和王细翠，给他们送去生活物资。

李远治感谢李远方等人的关心，表示会在适当的时候，为修建白龙寺和学校，尽自己的一份力量。

王细翠依然不能从失去黑牛的苦难中解脱出来，满头银发凌乱，脸上干瘪枯黄，说话颠三倒四，不知所云。临别时，李远方紧握住李远治的手，鼓励他树立生活的信心。

第四天，一行人在泪雨中依依惜别，回到武汉。

第五天，在省台办的安排下，李氏家族探亲祭祖团，圆满结束了大陆之行，告别亲人，返回宝岛台湾……

第三十六章

1

从白龙寨回汉后，李远方又投入紧张的工作中，每天不辞辛苦，奔波在办公室、市里和对口银行之间。

“五一”国际劳动节一过，远方集团办公大楼落成，进入装饰装潢阶段。看了几个建筑公司呈上的装饰装潢方案后，李远方不敢擅自决定，先找肖畅征求意见，又送给许姨审核。二人意见不太一致，许姨以豪华为主，肖畅以特色见长。

李远方一时无法定夺，回家后又征求周丽意见。周丽一语中的，让他直接送给文叔过目，让文叔一锤定音岂不两全其美。于是，李远方亲自把方案呈送给文叔。文叔对此表现出极大兴趣，让李远方等他的回音。三天过去，文叔还没回音，李远方不好意思催问，决定第四天带领几个关键人员，到几个工地现场去转一转。

工程部、公关部、发展部、财务部几位经理以及新任命的两位集团副总经理，分坐几台小轿车，从五洲大厦出发。

“李总，”上车后，沈小虹问，“要不要顺路去接许姨？”

“不用了，许姨直接从住地前往，她有专车专人。”

“专车专人？”沈小虹不解，见李远方一脸阴沉，没再问。

以前许姨外出，总是由集团派车接送，李远方多次要给她配专车，她一直不同意，说自己一个礼拜难得来一次，现在公司刚刚起步，一切以节约为上。实际上，这许姨是一个人来去自由贯了，不想有个人时刻跟着自己。所以，每次来公司开会办事，总是自己打的。刚才李远方给她去电话，邀请她到工地转一转，让她在家等车来接。谁知许姨说，她买了台小车，也请了司机，直接去工地。李远方大为疑惑，给周敏去电话咨询。周敏告诉他，许姨一次坐的士，看司机是位威猛帅气的小伙子，二人经过几次接触，达成共识：小伙子负责每天伺候她，随叫随到，无怨无悔。许姨则买台小车给小伙开，两年之后，车子无偿送给他，算是两年的酬金。平时的一切吃喝费用，由许姨承担。二人各有所需，对外是女老板和男司机的关系，关上门则是孀妇与猛男的媾和。照道上的说法，叫做“老罐子煨仔鸡”。

李远方听了周敏的说明，惊得半天不作声。周敏向他解释，这种事在香港很普遍。而且告知李远方，许姨是征得她的同意后如此行事的，让李远方体谅一位旷妇的所作所为。

沈小虹一路不停给工地打电话，报告行车的方位。等一行人到达工地时，许姨和几个建筑老板早已在大院门口翘首等待。

大院门口，一座打磨得挺拔峻峭的巨石堆横卧地上，巨石堆有近十米长，三米高，由几百块大理石巧妙堆砌而成。石上迎面琢有四个光滑的镜面，均匀地镶嵌在十米长的巨石堆上。

“李总，”沈小虹介绍道，“这座巨石堆，完全是根据九龙冲东山头的山形，堆砌而成。四个镜面上，镶嵌‘远方集团’四个大字，已经请武汉著名的书法家题写。”

“怎么还没写好？”李远方问。

“价格还没谈好！”沈小虹摇头，“这老先生要 2 万元一个字，还说是……看介绍人的面子。”

一旁的司马高忍不住了，对李远方道：“李总，我建议‘远方集团’四个字，应由你自己题写，这才有意义啦，何必花去上十万请个老古董来写？你想一想，要死的人写字，不吉利啦！”

一句话说得在场人哄堂大笑。

“这话有道理，”李远方笑道，“王羲之的伯父王廙是晋初最为著名的书画家，是晋明帝的绘画老师，他说过一句流传至今的名言：'画乃吾自画，书乃吾自书。'"一面对沈小虹道："我今晚回家就写，明天交给你,这八万元钱节约下来，用于修建白龙寺小学。"

一群人绕过巨石，眼前是一条通向主楼的大道，中间是隔离带。

"李总，"工程部的顾明凯经理介绍道，"这大道两边和中间的隔离带，准备移栽树木花草，已经订购好了。"

"非常好，"李远方边回答边向主楼走去。只见十八层楼的主楼，巍峨挺拔，高耸云端，楼顶上，几杆红旗在蓝天下迎风招展。

"李总，"主楼的总承包人，中建一局的项目经理蔡向阳上前一步介绍道，"整座办公区占地二十亩，主楼高66米，建筑面积2.5万平方米，一楼大厅空间为9米，其他楼层空间为3米。一楼便于布置接待大厅，商务中心，顶楼便于设立活动中心及大会议室。其他楼层的东头都有几大通间，便于设立小型会议室。另外，西边和后面的裙楼是餐厅、篮球场、羽毛球馆、健身房、洗浴中心等。整座办公区集办公、休闲、娱乐为一体，市里目前独此一家。"

"应该开设一个游泳池更好。"许姨建议。

"这还不是你们甲方一句话，"蔡经理道，"那边还空有近十亩地，李总上次说想建集体宿舍，其实建个游泳池正好。"

"我跟……"李远方本来要说跟肖畅商量，一想不妥，马上改口道，"跟几位副总经理……协商之后再定夺。"

一群人看了主楼后，又看了看裙楼。大家各抒己见，畅所欲言，指东点西，评南话北，都以李远方的话题为中心进行演说。

"李总，"黄陂的匹老板见李远方准备离开，抓紧时间道，"我们几家上交的装饰装潢方案，不知什么时候可以定下来?"

"这个嘛!"李远方解释道，"我们是市重点扶持企业，方案还得请示市领导审查批准，你们等通知，会召集你们开会的。"

"哦……是这样，"几个老板最关心的是这事，听李远方如是说，心里立马暗自决定：立即找市领导，把装潢工程挖到手。

"谢谢你们几位，这段时间辛苦了。"李远方告辞道，"我们接下来去春天制药厂、幸福米厂看一看。"

“李总，”梁明在司马高的授意下，拦住李远方，小声道，“你好不容易来一次，我们司马经理准备了便餐，是否小坐一下？”

“不必客气，我下午还有事，以后有机会再说。”看了看梁明，“你现在精神好多了，还在同小红过露水夫妻的生活？”

“人逢喜事精神爽嘛！自从又找上你，我梁明又发达了，至于小红，我已汲取教训，钱留在自己手上，十天半月去见她一次。”

“这怎么说？”

“我也说不清，”梁明摇头道，“每次见这个女人，我就想同她上床，总想摆脱她，可怎么也摆脱不了。所以，尽量少见为妙！”

“原来是这样！”李远方笑道，“真是一物降一物，我不反对你找她。可记住，一定要把家庭照顾好，儿女的事情安顿好。毕竟是四十多岁的人，要珍惜自己的家庭。”

“是的，李总说得对，”梁明感激道，“我现在每月定时给老婆孩子寄钱，中秋节还准备回去一趟。”

“这就对了，”李远方拍了拍他肩膀，“我平时也没多少时间来看你，自己好自为之。”说完，大步上车而去。

梁明木头般呆立，眼前一片模糊……

2

远方集团兼并春天制药厂时，留下一半的职工继续聘用，又从飞达电机厂抽调来几百名青年补充到生产线。药厂在原有的药品基础上又开发两种新品种。同时将部分厂房更新扩建，生产设备也更换了一批，还在厂大院西边，建了两幢单身职工宿舍。现在厂门口，赫然兀立的是“远方集团春天药业”八个金光闪闪的金字招牌。

厂长叫温嘉庆，是原厂的业务副厂长，一个四十几岁的老单身汉，南京药学院的高材生。现在不仅是一厂之主，且以厂为家，吃住都在厂里，他接到沈小虹的电话后，派办公室主任出门迎接。

“温厂长怎么不出来接？”沈小虹责怪办公室主任。

办公室主任是位三十出头的近视眼，瘦高个，两个眼镜片的光圈，比照相机的镜头还要迷离。他伸长脖子，挨近李远方看了半天，确定无疑后，这才答道："报告李总，我们温厂长正在实验室，一时出不来，安排我来接待你们，请李总到会议室喝茶。"

"不必了，"李远方笑道，"我们是顺路来看一看，你找几件白大褂来，我们去看一看温厂长的实验成果。"

"是!"办公室主任飞快而去。

"慢点走，别摔跤。"李远方关心道。

"别担心，"门房的老头笑道，"厂里的每一个弯角旮旯，他闭上眼都能走，都走了上十年了。"

果不其然，几分钟后，办公室主任又飞跑回来，给每人分发白大褂，一行人跟着他，向实验室走去。进入实验室，来到温厂长身边他浑然不知，两眼在显微镜上左右换来换去。身边的助手见进来一帮人，赶紧一旁微笑站立，办公室主任准备开叫，被李远方制止。

几分钟后，温厂长抬起头，长长地出了口气，对身边的助手道："去大门口，看看李远方这家伙来了吗？如果来了，叫姜主任直接带到会议室，我要向这家伙提条件。"一转身发现李远方，大惊道："怎么李总已经来了？对不起，刚才言语冒犯，快请到会议室。"

"不用了，"李远方笑道，"我们是顺路来的，马上还要走，你不是要提条件吗？就这里说。"

"是这样，"温厂长兴奋道，"新品种已经研制成功，现在可以向药监部门申请批号，准字下来后，可以大批量生产。我保证两年之内，占领国内大批市场，年产值会成倍翻番。"

"条件呢？"李远方问。

"跑批号和上生产线，需要大量资金。"

"多少？"

"首期五百万。"

"好!"李远方兴奋道，"你把可行性报告呈送到公司发展部。"

"太好了!"温嘉庆激动道，"我可以放开手脚大干了。"

"别高兴得太早!"李远方严肃道，"如果达不到既定目标，我不会让你有好果子吃的!"

“我愿意同李总签订责任书，达不到目标甘愿受罚！”

“好，如果超额完成任务，我有重奖！”

“一言为定！”

“一言为定！”李远方伸出右手，二人紧紧相握。

出了实验室，温厂长又带领大家，参观了厂里的几条生产线，向李远方详细介绍了厂里目前的生产状况。

“李总，”从药厂出来后，沈小虹问，“到不到米厂？那里就请了一个人在看院子，没有电话。”

“去，既然出来了就全部看一看。”

米厂在城乡结合部，小车跑了二十多分钟才到。守门人见来了几台小轿车，知道是老板来了，赶紧开门。

进院一看，二百多亩的荒地杂草丛生，几座破厂房东倒西歪散落两边，两匹野狗在尽头撒欢追逐，一群飞鸟在院墙上起落鸣叫。

“顾经理，”李远方感叹，“这幸福米厂，以前是一片繁忙景象，每天进出运粮的货车络绎不绝，的确是把幸福送给了千家万户。没想到今天如此荒凉，你回去着手进行住宅小区前期的设计工作，一旦政府批准了我们的项目，随时准备上马，做到有备无患。”

“是！”顾明凯答道，“已经聘请了二位高级设计师，很快就进行前期的工作，想建一个集生活、文化、娱乐、健身、休闲于一体的多功能现代化生活小区。”

“好！”李远方赞叹道，“我们共同努力，力争早日开工。”

走出米厂大院，李远方拉住沈小虹：“你带大家找个酒店撮一顿。今天是个好日子，下午又没什么事，让大家放开量喝！”

“那你呢？今天又是怎么好日子？”

“我和宋红雨找杨帆有事！”李远方瞟了一眼马老师，动情道，“今天是马老师生日，你代我敬他三杯！”说完，又跟其他人交代几声，叫上宋红雨，自己开车疾驰而去。

沈小虹再没说什么，看着李远方的丰田皇冠在烈日的照射下，一路闪闪反光，感觉异常刺眼。她心里突然一阵迷惘，心想：“过几天就是我的生日，不知这家伙是否也记在心里……”

3

杨帆正在家做饭，接到宋红雨的电话后，让杨老爹又去酒店叫了两道李远方喜欢吃的家常菜，一盘爆炒牛肚，一盘腌菜肉丝。待李远方和宋红雨进门时，正好一切就绪，直接上桌开吃。

杨帆只喝白酒，李远方今天只喝啤酒，杨老爹先喝白酒再喝啤酒。桌上早摆好了一瓶白酒，两瓶啤酒。杨大妈和宋红雨直接吃饭，五个人围成一桌，边吃边聊，其乐融融。

李远方每次走进这个家，倍感亲切，特别是跟杨老爹有谈不完的家常，他看了看客厅，故意诧异道："杨帆，房子进行了装修？"

"哪里是装修！"杨老爹自豪道，"这小子闲着没事，每天在家折腾，把老子的房子当试验场，搞得左邻右舍都不得安宁。"

"准备结婚了吧？"李远方又借故在二老面前提婚事，"怪不得宋红雨，每天在办公室笑进哼出，原来是佳期临近了！"

"我这也是被逼的！"杨帆看一眼宋红雨，对李远方又是摇头又是叹气，一副无可奈何的神情。

"你这个王……"宋红雨放下饭碗，揪住杨帆的耳朵，本来要骂"王八蛋"，一想二老在场，改口道，"本姑娘何曾逼你？是你每天死皮赖脸地求本姑娘嫁给你，还敢嘴硬？"

"哪里是准备结婚！"杨大妈对李远方道，"是红雨逼他把房子装修一下，想让我们二老住得舒服一点。谁知这小子不愿花钱请人，自己在家东敲西捶的，居然让他糊弄好了。"又叹气道："要我说，迟一天结，早一天结，还不是一样？反正都谈了上十年，又在一起住，干脆就这几天把亲戚朋友请来坐一坐，办了算了。我也好早点抱孙子，拖长了，我自己都要人照顾，哪有精力照顾好孙子，这不是苦了娃吗？"说完，爱怜地看着儿子和媳妇，眼内闪着泪花。

"我说老娘！"杨帆一口酒喷了宋红雨一身，"您老……"

"快吃饭吧！"没等杨帆说出口，杨老爹安慰老伴，"红雨逼他装修，还不是为了结婚做准备，哪有单单只为我们舒服装修的？她不好明说罢了，我说你越老越糊涂了，瞎操心！”

“二老都放心吧！”李远方也安慰道，“在新加坡，他们二人都商量好了，今年底举办婚礼。到时轰轰烈烈、热热闹闹庆贺几天，让你们二老在街坊邻居面前，好好风光风光。”

“我说吧！”杨老爹道，“不相信杨帆这小子，远方的话会假？”

“这就好！”杨大妈骂道，“杨帆这小子，从来不说实话，害得老娘每天吃不好睡不着。红雨这好的孩子，真是配他配糟蹋了！”

“伯母！”李远方继续道，“还有好事，我们公司正在盖宿舍，像宋红雨这样副经理一级的管理人才，每人会分一套新房，正好给他们结婚，您老就准备抱孙子吧！”

“是吗？”二老兴奋道，“这么说，这小子又沾了红雨的光，这也太便宜他了，以后，罚他每天在家给红雨做饭。”

宋红雨也是一阵窃喜，忍不住又揪起杨帆的耳朵来。

等宋红雨放下手，李远方放下饭碗，擦了擦嘴，慢慢站起来，示意杨帆到房间去，他有事相商。

二人来到房间，关上门，李远方突然严肃道：“上午我同周敏通了电话，她极力鼓动我拓展其他业务。譬如说开大酒楼、娱乐城、演艺吧、商务休闲中心等。并表示两点：一是所有的费用她出；二是想由你来全面负责这些业务，我想征求你的意见。”

“好哇，这些行业来钱快，而且大多是现金交易，有些消费者甚至连发票都不要。光税收上，每年就额外收入一笔巨款。”

“说实话，”李远方来回踱步，“我以前也曾考虑过涉足这些行业，为什么一直下不了决心，一是公司目前的业务比较繁忙，也很稳定，没精力顾及这些；二是这些行业麻烦太多，红黑两道难得打点。加之你刚才所说的偷漏税问题，既是好事，也隐藏着极大的危险。当然，主要是缺少一个得力人，如果你的确想出山，我求之不得。可以立马着手准备，只是……”说到此，半天无声，死盯着杨帆。

“你担心什么？”

“鉴于周敏的背景，”李远方诚恳道，“我怀疑她是以此进行非法洗钱，她是英国公民无所谓，我不能害了你这个生死兄弟。”

杨帆心一缩，这一切都是他和周敏暗地协商好的，只是要保护李远方才瞒着他，想到此，微笑道："恐怕你过虑了，主动权在我们手里，先开起来，到时可由不得她。"见李远方有所动心，继续道："再说，现在有很多知名企业，也都是通过各种途径进行非法洗钱。一朝大功告成，再洗手不干……这叫做'先小人后君子'。"

"别人是别人，我们是我们。"李远方继续道，"既然如此，我再同周敏商量一下，你做好准备，我们抽时间到几个大的娱乐城、休闲洗浴中心，去考察考察。"

"你放心，"杨帆鼓气道，"别的不敢说，这一行我有信心。"

"好吧！"李远方道，"我走了！"一边走出房门对二老道："伯父、伯母！我有事先走了。"又对宋红雨道："你下午不必上班，把结婚的要求，一五一十向二老讲清楚！"说完大步而去。

一家人站在门口，目送着李远方远去，二老都饱含热泪，直到小车转弯消失，依然还在举手致意。

杨帆一阵激动，他等待的一天终于到来。本来需要他五年时间努力奋斗的目标，在周敏的相助下，又要提前实现。

他抬头冷眼仰望天空，只见浩瀚无垠的蓝天上，几朵白云悠悠。他心里暗暗发誓："杨帆啊杨帆！该勇敢地、不择手段地、去实现自己的诺言，不达目的死不罢休……"

4

从杨帆家出来，李远方直接到肖畅的办公室，向她汇报了一系列的工作进程，最后特别强调集团资金链面临断裂的危险。他请求肖畅想办法，找文达生再周转挪借，以渡过难关。

"我早考虑到这一步，"肖畅蹙眉道，"你文叔和达生也都在努力，只是这一次，好像不比以前那么容易挪借。估计上面出台了新的金融政策。这样，我再分头找这父子俩，你等我的消息再做决定。"

第二天一上班，李远方一开完各部门会议，叫马老师一同来到自己办公室，了解目前公司周转资金的详细情况。

“具体是这样的，”马老师拿出笔记本，摘下眼镜擦了擦，又戴上，这才汇报，“办公楼的总投资是四千五百万，其中基建部分已用去了二千八百万，按工程部计划，装修部分还得二千万，加之还有临时增加的附带设施，这一项我们估计要超支五百万。”见李远方在记录，继续道：“飞达电机厂兼并花去了二千万，春天药厂兼并花去了一千七百万，幸福米厂花去了二千五百万。其他的费用共计一年多来，花去有三百五十万。总计，我们得开支一亿二千万元。”

“现在账上还有多少？”李远方停下笔。

“不足五百万，四百七十二万零三千。这其中，注册基本金八千万，加上BP机和手提电话一年的收入一千二百万，都算进去了。”见李远方低头沉思，继续道，“如果办公楼开始装修，加上温厂长的五百万……我们有三千万的资金缺口，这还不算其他的费用。”

“这样！”李远方打断马老师的话，“账上的钱留作备用，一分也不能挪作它用。装修费严格控制在二千万以内，尽量节约。装修工程和药厂的新品种上市事宜，一个月后再运作，昨晚上……”本想说昨晚同肖畅，一想不能说，马上想到周敏昨晚来过电话，于是道：“周主席给我打手机，让我去一趟香港，我想从她那里想想办法。”

“李总，”马老师提议道，“有一家装饰公司，愿意垫资给我们装修，你是不是抽时间，跟他们接触一下？”

“这个嘛！”李远方摇头道，“恐怕不行，一是垫资装修质量和工期无法保证；二是我们远方集团不要开这个先例；三嘛……”他不好明说自己必须求得肖畅的同意，继续道：“这些费用又不是一下支出，分期分批支付，影响不了我们的资金结构。”

“好，”马老师站起来问道，“我约好了银行的兰主任，上午去对账，李总你有事打我的手机，我先去。”

“等一下，昨天没有给你敬生日酒，请马老师谅解。”

“你别提喝酒！”马老师笑道，“我被许姨灌得认不得回家的路，司机把我送上楼，我抓住老伴，一个劲问她是谁？这个许姨，真好酒量，以后见她喝酒，我开躲！”

“干吗躲我？我是母老虎？”话音未落，许姨推门走了进来。

“我走了，你们谈。”马老师一见，赶紧打招呼出门。

“我不请自来！”许姨在李远方对面坐下，笑道，“有些话周敏昨晚在电话里不好跟你说，所以，只好由我来转达。”拿出包里的小镜子，左右看了看自己，再放回包里。

“许姨近来好像春风得意。”李远方调侃。

许姨一听，脸一红，笑道：“大概周敏向你说了我的情况，不瞒李总说，我上半辈子，跟着周敏她爸，风里来、雨里去，刀口舔血，吃够了苦头。现在老了，也该享受享受。”又小声道：“这里不是香港，你好歹给许姨保密……啊！”

“放心吧！”李远方笑道，“许姨开心快乐，是我李远方的福气，我高兴都来不及。一千多年前的武则天，七十多岁还在招幸男宠，像许姨这样光彩灼人，谁会说三道四？”

“都像你这么体贴就好！”许姨心花怒放，“好了，周敏让我转告你：中国政府现在已经开始整顿金融领域，国家铁腕治理银行，现在从国家到地方，都有点风声鹤唳。周敏让你不要过于依靠肖畅这条线，说肖畅将来前途无量，不要为这点小事影响她的前途。”

李远方心里一惊：这周敏真神通广大，大到国家的方针政策，小到自己同肖畅的秘密她都了如指掌，看来以前低估了她。想到此，试探道：“许姨，周主席的意思是……以后的资金主要依靠她？”

“对，周敏来钱的渠道非常多，你只要按她的意思行事，将来有赚不完的钱。”说到此，神秘道，“她爱上你了知道吗？多少人梦寐以求的事，掉到你头上，你还在梦里吧？”

“你的意思是？”李远方完全肯定了自己对周敏洗钱的判断，如果周敏所透露的信息是实，他宁肯自己承担一切风险，也不能影响肖畅的前途，于是说道，“如果我按周主席的意思……拓展其他业务，她的资金，会很快到位，是吗？”

“这还用问？你不仅可以找她投资，还可以提更高要求。”她把头伸过来，一股浓香直冲李远方鼻息，“你现在不是很需要钱吗？”

李远方大脑“轰”地一炸，旋即又慢慢平息下来，笑道：“许姨，看来，我真得好好同你们周主席谈一谈。”

“不是谈一谈，是要好好‘交流交流’，明白吗？傻小子！”说完，又拿出包里的小镜子，左右看了看自己，急匆匆告辞而去。

送走许姨，李远方拿起桌上的电话，拨通了杨帆的手机，问他什么时候去考察娱乐城、休闲洗浴中心。

“喂！”杨帆在电话里大声道，“我正在跑几个大的娱乐城和休闲洗浴中心，等我把情况摸清后，再带你到最有考察价值的地方去，你就安心等我的电话吧。”不等李远方说话，挂断了电话。

“这小子！”李远方摇头一笑，又拨通了周丽的手机，告知想回家吃饭，顺便跟她商量点事，请她准备一盘腌菜肉丝。

“对不起，”周丽在电话里解释，“我正和爸妈带着李平、李乐，在儿童游乐园玩，中午还要带他们到麦当劳，你就自己想办法吧！”也不等他再说话，就挂断了电话。

李远方放下电话，一头倒在靠背上，思绪一片混乱，无法理清。他闭上眼，努力使自己不去想任何事情。

刚闭上，沈小虹跑进来：“李总，刚才你电话占线，手机又关机，马老师打不进来。说是银行的兰主任要重新审查我们公司的账，他现在正准备请兰主任喝酒，问你去不去？”

“不去，你如果有时间，代我去敬他几杯。”

“我才不愿见这个‘兰猴’呢，比狼还色！”说完扭头就走。

李远方又闭上眼，想继续小寐一下。

“李总，”凤丫头又跑进来，“顾经理说，市建管站今天突然到工地，检查我们办公楼的质量，问你有没有时间去？”

“没有！”李远方猛地坐起来，“你告诉顾经理，让他打电话给市建委的向主任，请向主任出面打个招呼。”

“是！”凤丫头转身就跑。

“等一下！”李远方从桌上拿起手机一看，真的关了机。他打开手机道：“让顾经理有事，打我的手机。”

“是！”凤丫头点头又跑。

“今天怎么啦？”李远方慢慢站起来，他决定去找周丽，好好地陪李平、李乐两位小家伙玩一玩，顺便请周丽和岳父母到小桃园去喝碗鸡汤，尽一点爸爸、丈夫、女婿的义务和职责。

刚要出门，手机响了，一看是肖畅打来的，赶紧关门接听。

“你在哪？怎么不开手机？”

“办公室！”

“你快出来，到四季海鲜城，我中午请你喝汤，补补身子，有几个重要情况，我必须单独跟你交代清楚。”

“明白了！”李远方心一热，泪水在眼眶涌动。一股温馨的热流溢满胸膛，脑海中回荡着母亲关爱的声音……

第三十七章

1

波音757在天空沿海岸盘旋两圈后，平稳地降落在深圳宝安国际机场，下机后，李远方拖着疲惫的身子，向出口走去。

刚出机场大门，一辆出租车正好停在他身旁。

“去罗湖海关。”李远方拉开后座门，吩咐司机。上去后，屁股一落座，上眼皮和下眼皮就开始打架，人迷糊着沉沉睡去。

昨晚上，周丽对他一人单独到香港见周敏大为光火，口头上强调，他一人在香港独来独往不安全，内心深处是怕二人投资生意没谈好，反而把感情生意做成。李远方好说歹说，晓之以理，动之以情，并一再强调，这是目前解决资金危机的唯一途径，表示决不做半点对不起老婆的事，周丽才放行，等他跨门而出时，东方破晓。

“李总！李总！”司机叫醒了李远方，“到了！”

李远方抹了抹脸，又伸了伸胳膊，感觉精神一振，顺手提起手提包，推门挪身而下。下来后正准备付钱，忽然心里一愣！他发现自己站在一条土泥路面上，忍不住抬头往四周一看：只见青山绿水，稻谷飘香，一片田园风光。前方不远处，一座十几户人家的村落，掩映在树木丛中。再往远处眺望，碧海青天，白云悠悠。

“怎么把我拉到这……”李远方正准备冲司机发脾气，话发到一半，眼睛却瞪大了，“王虎，是你？这是……”

“对不起，李总！”王虎解释道，“你一上车就睡着了，我不忍心打搅你，所以，直到现在才叫醒你。”

“怪不得出机场还没到的士站，你车就迎上来。你们周主席呢？这演的是什么戏？怎么事先也不告知我一声？”

“周主席就在前面村子，”王虎指了指，“请李总自己走过去，周主席会给你解释的。”说完，发动车子，倒转回去。

李远方回头遥望，不见城市的影子，估计这是一个远离深圳市区的小渔村。他摇头苦笑了一下，只得迈开步子，慢慢朝前面村子走去，心里无法判断周敏葫芦里到底卖的什么药。

来到村口，不知进哪家门，正踯躅间，一位渔家女从一棵大树后走出，款步朝他走来。近前一看，李远方又一惊：原来是彭秘书。

“对不起，李总！”彭秘书笑道，“以这样的方式迎接你，我代表周主席，向你表示歉意。”

“歉意倒是没必要，”李远方笑道，“只是以后……你们周主席，莫以抓特务的方式召见我就可以。”

二人边走边谈，来到一间平房门前，彭秘书手一摊：“李总，请进！”不等李远方搭话，转身而去。

李远方此时身不由己，提了提精神，干脆推门而入，推门一看，刹那间，整个人神驰情荡，怔怔呆立。

一位头戴白色纱巾、身穿翠花碧青布衣、眼波流光、腮帮嫣红、面压桃花的渔家女，婀娜俏丽、亭亭玉立地站在他的面前。

“别用这样的眼神看着我，怪不好意思的！”周敏上前一步，伸手挽住了李远方的手臂。

李远方恢复了常态，笑道：“你完全应该去当一名导演，你不当导演是世界电影界的巨大损失！”

“是吗？”没等李远方说完，周敏笑得花枝乱颤。

“能解释一下，”李远方幽默道，“我下一步扮演的是个什么角色吗？千万别安排我到海上去打鱼，我见了海，人就晕！”

“你真聪明！”周敏忍不住又笑起来，“正是安排你出海打鱼。”指着椅子上一套渔民的服装：“赶紧穿上，我们好一起出海。”说完实在忍不住，她蹲下身捂着肚子直揉。

“是这样，”见李远方一脸的茫然，周敏收起笑容幽然道，“尽管我在海边长大，可从来没体会到渔民的平凡生活到底是何滋味。长期以来，我一直有个夙愿，就是过几天渔民的平凡生活。”说到此，又挽住李远方的手臂：“这么多年来一直没机会找到一位能临时充当我生活伴侣的伙伴。”盯着李远方：“正好你够这个资格，在苦难中长大又有同情心和关爱之情。而且任何时候对己对人都极负责任，不为情所动，不为利所为。所以，只有委屈你几天，陪我了心愿！”

李远方别无选择，叹气道：“你对我的期望过高，恐怕要令你失望。”盯着周敏：“我真的晕船，更不会打鱼，我只会插秧割谷，种田耕地，烧火做饭，负荷出力。”

“傻瓜！”周敏上前一步，昂起头，娇喘直扑李远方的面额，柔声道，“怎么这么诚实，真以为我让你下海打鱼？告诉你：这里没人知道我们的身份，这间平房是彭秘书姑妈的。前面三里外，还有一个依山傍海的小渔村，彭秘书的表哥是村长。我们临时扮演一对走亲戚的小夫妻。在海边渔村，过几天无忧无虑的渔民生活，忘掉一切烦恼，抛弃一切欲望，跟天地为伍，与大海作伴，享受自然之乐。”

李远方心里一阵颤抖，他一时无言以对，好半天才喃喃道：“你如此信任我……让我汗颜，我无法表达此时……复杂的心情，我只能说：假如……假如我使你失望……请你谅解！”

“别这么没信心！”周敏转身拿起椅子上的渔民服，递给李远方，“我不会强迫你……干任何不愿干的事。”

李远方无话可说，接过衣服，想起此次见周敏的目的，边换衣服边喃喃道：“我的包里面……有可行性报告，是不是……”

“放下所有的东西！”周敏打断他，“彭秘书会收拾好的，我们只是一对走亲戚的小夫妻，除了礼物，什么也不带，明白吗？”趁李远方换衣服的空当，走进里屋，挎出一个竹篮。竹篮里，装满水果、酥糖、玩具、儿童新衣服等礼品。

几分钟后，一对渔民打扮的小夫妻，信步走出了村庄，朝海边走去。丈夫步伐稳健，挺胸昂头，英俊的脸上神情庄重。妻子则一手挎着竹篮，一手挽着丈夫的手臂。俏丽的面上满含微笑，媚眼之中顾盼生情。只见她一步一探，有如龙女出海，仙女下凡。

彭秘书的表哥比李远方小一岁，看上去却要比李远方大十岁。一个从十几岁就在海上漂泊的男人，一个像海边岩石般实在坚韧的船老大。他将一间最大的房收拾得干干净净，铺上新床单，摆上新桌椅，挂上桃红色窗帘，甚至在房角处，还放上一个崭新的便桶。

一切都是如此的新奇，周敏兴奋得如同一个挣脱牢笼的小鸟，摸摸这，敲敲那。忽而同小男孩烧一会土灶，转眼又求村长织几针渔网，一时拉李远方喂一把小鸡，忍不住又帮女主人摇两桶井水。吃饭时主动拉桌摆椅，端菜盛饭，活脱脱一个不谙世事的渔家少女。

看着周敏一脸的烂漫，李远方心里油然而生一种怜爱。他实在是难以窥探这个女人的内心世界，极力想同她保持一定的距离，可又不忍心令她失望。

周敏一时浪漫冲动之举，让李远方一下回到了自己的童年时代。看着她搂住小男孩给小鸡喂食时快乐的笑容，他想起了自己半夜牵着母亲的衣角，母子俩一前一后，在寒风中捡猪粪的情景，耳畔回荡着母亲把自己搂在怀里哭啼的悲声。见周敏站在土灶前揭起锅盖的笨拙姿态，又想起自己站在小板凳上，给母亲做半生不熟的面粑时的情景。吃饭时，当周敏不时给他碗里夹菜时，他心里热血涌动。这个动作，母亲给他做过无数次，肖畅姐也给他做过无数次，周丽同样给他做过无数次。然而，记不得有多久没有人这么呵护自己了，母亲已经永远离他而去。肖畅姐自文华来到这个世界后，就将这个动作转给了自己的儿子。而周丽从生产后，也渐渐淡忘了这一主动。

现在，当周敏也重复这一动作时，一下勾起了李远方沉积多年的情爱，再也无法忍住自己情感的冲击。母亲之爱、姐弟之爱、夫妻之爱、情人之爱，一下汹涌激荡着他的胸怀，泪水在无声中滴落。

李远方低下头，让泪水滴落在自己的碗里，然后和着饭菜，一口一口，慢慢地吞进自己的肚里。

周敏发现了李远方的泪眼，她没有打搅他，自己默默地咀嚼着口中的饭菜。然而，直到咽下肚去，她也没品尝出是什么滋味。

吃过中午饭，周敏迫不及待地拉着李远方出门。二人绕过阡陌，穿过棕榈林带，爬上山坡，最后一口气登上一座海边高山。举目四望，只见山坡下，田畦纵横，金黄一片。海岸边，银沙如带，椰树成林。放眼海上，船影飘荡，海鸥翻飞。

“累死……我了！”周敏依偎在李远方身上，娇喘吁吁。

“真是美不胜收。”李远方感叹道，“真要感谢周大导演，为我展示的这一部风光片，令人心旷神怡，如游仙境。”

“你们家乡的山水，也很美吧？”

“那是另外一种风光，不过感觉是一样的。”李远方看了看周敏红扑扑的脸庞，问，“我们接下去是下田割谷，还是下海打鱼？”

“怎么你等不及了？”周敏笑道，“等一下……你背我下山，先到稻田，采摘一把稻穗。再到海边看晚霞，看明月出海。晚上回家后，你帮我打洗脚水，我帮你按摩身子，活动筋骨。明天，我们小夫妻一起下田收稻子，后天再下海打鱼。”

“看来我前世欠你太多……今生你讨债来了。”

“你算是说对了。”周敏拉住李远方的手，“我再也不会放过你，把你前世欠我的债一点一滴地给我吐出来。”

接下来，二人手牵手，在山上四下转了转，周敏向李远方诉说了自己孤独的童年，讲述了父亲惊心动魄的传奇一生，倾诉了母亲和自己在一起的快乐时光，描述了自己一个人在美国的艰难岁月以及异国情恋，她甚至还向李远方陈述了许姨和自己父亲的恩爱情恨，说到伤心处，止不住泪水簌簌滴落。李远方大受感动，在下山的过程中，生怕她有什么不测，主动把她背在自己身上。

二人在稻田里采摘稻穗后，又手挽手来到海边。沙滩是温暖的，海水是清凉的，坐在椰子树下，两颗心都在剧烈地跳动。

晚霞已经在天边显现，千万条金色丝带在海空飘荡。

“人能一生一世，”李远方感叹道，“生活在大海的怀抱，真人生一大幸事啊！”

“是啊！”周敏紧紧依偎在李远方的肩上，“假如还能同自己最心爱的人相依相爱，白头到老，那岂不是幸事中的幸事！”

李远方没有回答，凝视着远方，胸如大海，涌起无垠波澜。

一轮明月终于从海上冉冉升起，银色的月光洒满海天。

乌云也从海上升腾，瞬间遮掩了银盘，海风随即吹来。

风到雨到，豆大的雨点，从椰树枝上直落下来，打在树下两位临时小夫妻的身上，啪啪作响。

妻子终于忍禁不住，泪水和着雨水，一头扑倒在丈夫的身上。

丈夫也饱含激情，一把将妻子紧紧地搂在怀里。

闪电彻空，惊雷轰炸，大地颤抖……

2

李远方从深圳回汉后，一下子背上了沉重的精神负担。一向诚实待人的他，不得不对肖畅、周丽和其他认识周敏的人撒谎——编造自己进出香港几天的紧张历程。好在彭秘书办事非常周到，不仅给他办理了三千万港币的汇票，而且，将他进出罗湖海关的手续，也一并办全，给他的谎言，提供了真实的佐证。

没人怀疑李远方的假话，这使得他心理负担更加沉重。他诅咒自己卑劣的行径，常常一人来到江边伫立，自我谴责，反躬自省。

周敏每过几天，都会给李远方来一个温情缱绻的电话，她对李远方的身心极为关注，对他的工作汇报则毫无兴趣。李远方极力想摆脱她的影子，然而，越想摆脱，影子越是难以在眼前消去。

肖畅自上次单独找李远方交谈后，改变了帮助李远方的途径。她动用一切关系，极力促成了两家银行的副行长，坐上了一把手的交椅。两位受益人投桃报李，将远方集团作为重点放贷对象。

李远方对肖畅的无私帮助，深为心动，除了三天两头找她倾吐衷肠外，经济上给予了巨大的回报。爱屋及乌，就是文达生和文华父子俩，李远方也在精神和物质上无微不至地照顾，不计成本。

在李远方心里，肖畅是自己生命的源泉，没有任何人能替代她的位置。他随时等待着她的召唤，随时准备为她放弃一切。

周丽自李远方从香港带回三千万港币后，完全相信了李远方动身前的承诺。坚信李远方事业放在第一位，感情放在第二位。久别胜新婚，当她半夜躺在老公怀里，风情万种地缠绵时，常常把李远方忏悔的愧言，错误地认为是被自己的柔情所打动。

李远方对妻子深为愧疚，他发誓再也不做对不起她的事情。他坚持每天回家过夜，不使周丽失望。一有机会，主动陪她到商场购物中心，给她买可心的时装，博取她的欢心，以求心理上的平衡。

李远方现在常常暗叹："人啊，从来到这个世界，就踏上了一条不归路，从出生到死亡，其实就是从起点到终点。在路上你会碰到这样那样的路人：有同行几天的，有擦肩而过的；有向你微笑的，也有揶揄讥讽你的；有为点小事同你争吵甚至大打出手的，也有诚心待你甘心吃亏的；有给你指路的，也有蒙蔽欺骗你的；有施舍你的，也有向你乞讨的；有刻骨铭心爱你的，也有不择手段恨你的。有时路过城镇都市，有时走过荒郊野地；有时晴空万里、阳光明媚，有时却狂风暴雨、电闪雷鸣。我们每个人只有一步一步朝前走，才能到达人生的彼岸。如果不想往前走，那脚下就是你的终点。在人生旅途上，是孤独、寂寞、无奈，是彷徨、懊丧、悲壮。只有自己的亲人时刻同你在一起——关心你、爱护你、思念你，不离不弃、不怨不悔，不分彼此、不厌其烦，不怨天、不尤人，伴着你同苦同乐、同生同死。"

李远方每次感叹之余，忍不住就要想起自己的亲人，从幺爹坚毅的眼神到李平、李乐稚嫩的憨笑，从台湾同胞激动的热泪到凤丫头磕头认母的喜悦，从杨帆飞刀刺字的豪气到胡总大桥上的感悟，从沈小虹趴在窗口的祈求到王细翠干瘪的脸庞……想来想去，最后大脑中只有肖畅、周丽和周敏三个影子在不住地交换更替。

李远方心里雪亮：在自己未来的人生道路上，亲人的命运是时刻同自己的命运紧密相连的。只不过是时间的长短、维系的深浅、倾注的多少罢了。他李远方多年来所向往的，是通过自己不懈的努力，给亲人的命运添上光彩的一笔。然而，这只是他个人的一厢情愿，现在，他不得不面对铁的现实——现阶段自己的命运，原来时刻依赖着肖畅、周丽和周敏这三个女人，才得以维系。

天地之大，他无以逾越。人海茫茫，他不可离弃。

三千万港币到账后，远方集团又开始正常进行，快速发展。

1992年1月18日至2月12日，邓小平第二次南巡，视察了武昌、深圳、珠海、上海等地并发表重要谈话，精辟分析了国际国内形势，科学总结了十一届三中全会以来中国共产党的基本实践和基本经验，明确回答了长期困扰和束缚人们思想的许多重大认识问题。把改革开放和现代化建设推向新的高潮。

远方集团又际逢改革开放的第二个春天，到1992年的年底，办公大楼的装饰工程业已竣工；“春天药业”的新药品顺利上市；手机、BP机的业务翻倍增容；“幸福米厂”的房地产开发项目，被市里批准；以“新时代”和“远方集团”名字合二为一的“新东方”酒楼、娱乐城、休闲洗浴中心，相继开业。

1993年的元旦，远方集团乔迁到新的办公大楼，举行隆重的庆典仪式。省、市领导，来往单位，八方友人，都盛装出席。

新年伊始，集团又召集全体职员，举行新春茶话会。办公大楼前，欢声笑语，办公大楼上，彩旗飘扬。

茶话会上，李远方郑重宣布：全体职员加薪一级，多发一月工资作年终奖金。重要管理人员分配住宅一套，配备手机一部。同时，各部门负责人配备小车一台，分配现代化办公室一间。

所有集团的职员，无论上级下级，不管男工女工，自上而下都满怀激情，戮力同心，决心为集团的发展壮大做出自己的贡献。

李远方对待全体员工，更是痌瘝在抱，爱人以德。工作中，孜孜不倦，席不暇暖。生活上，艰苦朴素，克勤克俭。

远方集团在李远方的带领下，有如一艘巨大的航船，沐浴着初升的阳光，迎着和煦的春风，乘风破浪，一往直前。

李远方现在真正是踌躇满志，意气风发，他为自己而自豪，决心在三年之内，将远方集团带入全省百强之列。

他要实现自己在列祖列宗面前许下的千钧诺言……

3

宋红雨自怀孕后，主要精力用在同周丽交流、学习育儿经上。加之杨帆新近的的生意一天比一天红火，她知道杨帆特别繁忙，也就懒得过问，一心盼望肚子里的新生儿早日降临人世。

李远方接受了周敏的建议，没有插手杨帆的事业，一头扑在集团的发展上。但他对钱思鸣的恨深埋心中，相信终会有一天，钱思鸣会得到报应。公司的各项业务现在完全走上正规，发展之势不可阻挡。杨帆受伤后，他批准宋红雨不用上班，在家一心照顾伤员，直到新生儿出生后，休完产假再考虑是否上班。沈小虹现在的工作有声有色，没有宋红雨的帮助，她照样游刃有余。

周丽现在全身心投入到对一双儿女的教育上。李平、李乐从幼儿园转到学前班后，李远方将公司一台桑塔纳轿车送给她，便于每天接送儿女。周丽在学习三个月的驾驶技术后，完全可以独立驾车进出。好在城区限速行驶，即使出现交通事故，对人对车均无大碍。李平、李乐二位小家伙，聪明漂亮，天真烂漫，深得老师们的喜爱。加之又是一对龙凤双胞胎，所以无论到什么地方，都成为大家关注的焦点。为此，周丽脸上每天都绽放着骄傲自豪的笑容。

肖畅自为李远方铺平发展的坦途后，一任李远方在改革的自由天空去遨游。自己一心扑在工作上，深得主要领导的器重。在搞好工作的同时，主要精力投入到对儿子文华的教育上。文华不负爷爷奶奶、爸爸妈妈的厚望，学习成绩长期名列重点小学的前几名。文老夫妇更是把文家兴旺发达的美好愿望，寄托在他身上。除了物质上无微不至的关怀外，特地为他聘请英文和音乐老师定期家教。现在的文华，除学习成绩优异外，钢琴已达6级，英文超过初级。

肖畅每每回家，每每见儿子深夜还趴在书桌上专心致志学习时，既欣慰又心疼。在肖畅看来，少年时期是人生最烂漫的时期，背负学习的重担，人为地拔苗助长，是对美好憧憬的扭曲，对人性的摧残。然而作为母亲，她又无能为力去改变儿子的现状。她感到中国现阶段的中小学教育，如同一潭死水，无数的下一代牺牲了无价的童年时光，去应付一级又一级的升学考试，搞得这些本来天真烂漫的少年儿童，头脑呆板、眼睛近视、见书发怵、进校蹙眉、回家哭脸，浸泡在一潭死水中，夜以继日地读死书，岂不可悲可叹。

沈小虹近来心烦意乱，李远方对她无比信任，大事小事都让她去应酬。各级领导以及其他一些友好单位的头面人物等，全部由她去安排接待。名片堆满一抽屉，手机早晚响个不停。现在沈小虹是要风得风、要雨得雨，没有她办不了的事。在远方集团她独领风骚，傲视同侪，俨然一个女强人的形象。

然而，沈小虹内心深处，却蕴藏着无限的惆怅。开始时，她对接触这些显贵还异常兴奋，随着接待次数的增加，对他们渐渐心生厌恶。这些有权有势的人，好像都是同一个学校、同一个专业培养出来的劣等生。他们先是肉麻地赞叹沈小虹是自己见过的最漂亮的小姐，接着夸奖她是如此的精明能干，巾帼不让须眉；再接下来，就启发试探她是否愿意到自己所属的单位任职，许以高薪要职；再接下来，就开始色迷迷地邀请她——去某一处旅游胜地度假游玩。

沈小虹深深懂得这些锦绣前程后面，是丑恶的人肉交易，是灵魂的肮脏印迹。交易中真情会被践踏，印迹下将是终身的悔恨。她沈小虹不是一个青楼女，她有一片真情，她不能轻易就把自己最宝贵的情感随便送给自己不喜欢的男人。她已物色到了接受自己真情的对象，而且她心里只装有这个对象，她等待着有一天同他共享天伦。

为了这个对象的事业，她每天周旋在这些有权有势的男人之中，将自己的真情埋在心底。她强颜欢笑倾听男人的谎言；她见风使舵逃避男人的引诱；她两面三刀斩断男人的妄想；她绞尽脑汁不负心上人的期望。她将这些男人玩于股掌之中，化危险于折冲樽俎之时，立自尊于风情万种之际。目的只有一个：把李远方交给自己的事情办好，既不让他失望，更要让他时刻依赖自己。

有一次，沈小虹带凤丫头参加一个酒会。凤丫头看到她艳压群芳、光彩照人的风采，见她穿梭于达官显贵之中的自如，顿生羡慕，在回公司的路上一个劲地对她夸奖赞美。然而，沈小虹没有半点的自豪，她不愿这个美丽的小妹妹将来重蹈自己的苦路，拉住凤丫头的手，眼里噙满泪，语重心长道："凤丫头，千万别羡慕我，姐姐有无限酸楚无处诉说，我只告诉你：当你见到一个美丽、高贵、八面玲珑的女人，在一群高官显贵面前谈笑风生、风情万种时，千万记住，她背后的故事实在令人同情。她的女人本性消失了，她的柔情隐藏了，她的真情淡化了。当她在这些高官显贵面前卖弄时，也许她厌恶他们到了极致。因为她不得不伪装自己，违背自己的良心，去迎合这群所谓的优秀男人。所以凤丫头，以后在任何时候，当你看到一个在事业上非常成功的女人，看到她在大庭广众之下光彩照人的时候，千万不要羡慕她，她背后的辛酸是一般女人所没有的，她所承受的心灵创伤，也是一般女人所无法承受的。"说到此，竟抱住凤丫头抽泣起来，凤丫头惊得瞠目结舌，自此后对沈小虹从羡慕转为同情和敬佩。

凤丫头被沈小虹的率真所打动，懂得了不能从表面去看女人，又想起自己这几年，在李远方的呵护下所发生的巨大变化，内心对李远方和李氏家族有无比的感恩之情。她现在已有一个属于自己的小天地。集团盖了三栋宿舍，她分了一套两室一厅的小居室，和沈小虹门对门，所以二人经常同出同进。在这栋楼内，有李远方一大家——为了培养李平、李乐，周丽父母正式到女婿家安家，协助女儿搞好外孙的教育工作。有宋红雨他们一小家——新婚后杨帆和宋红雨，为了日夜吃喝玩乐，强烈反对父母同自己住在一起。凤丫头随时可以去看望这些亲人们，向他们倾吐自己的心声。她将自己的小家布置得温馨舒适，等待着有一天，黄家骏从白龙寨回来，同她共筑爱巢。她坚持每个礼拜给九爹和黄家骏各写一封信，向黄家骏畅谈二人的美好未来，叮嘱他照顾好九爹的身体。向九爹汇报李远方的事业进展，叙述李远方的家庭生活、身体现状，请老人放心。

在公司里，凤丫头现在是办公室副主任，正主任是一位五十岁和蔼可亲的消瘦小老人，是文达生的远房亲戚，以前是数学教师，因为家庭负担太重，三个儿子两个上大学，一个上高中，妻子又长期有病，所以提前退休赚点外快，以供三个儿子读书。按文主任的说法，这是改革开放以来，他百思不得其解的社会现象：凡贫困酸儒的子弟，都学业上进，那些高官新贵的骄子，却蠢如阿斗。人性的光辉在这些穷孩子和富孩子身上极具反差。文主任办事认真，对凤丫头关怀备至。凤丫头从他身上学到了很多做人做事的良好品德。

台湾的养母对凤丫头也异常关心，二人经常互通越洋电话，倾诉思念之情。4 月 27 日，海峡两岸关系协会会长汪道涵和台湾海峡交流基金会董事长辜振甫在新加坡举行会谈，双方签订《汪辜会谈共同协议》等四项协议，给隔海相望的骨肉同胞送来了春风。在征得有关部门的同意后，凤丫头计划 1994 年的春节前后，只身到台湾探亲，向养母及李氏家族的亲人们转达九爹和李远方的诚挚问候。

她期盼这一天早日到来，祈求海峡两岸早日统一……

4

天刚蒙蒙亮，凤丫头醒了，一看表，六点过五分，她不想再睡，怕睡下后起不来误事。李远方昨晚通知她，今早七点去他家，有事要她去办理。洗漱完毕，她不愿提前去影响李远方的休息时间，又回到床上，打开床头灯，翻看《知音》杂志，消磨时光。

七点差五分，凤丫头来到李远方家门口，正准备按门铃，恰好李远方轻手轻脚开门走出，他示意凤丫头下楼。二人又小心翼翼、轻手轻脚地来到楼下，一起钻进李远方的小车。李远方发动车子，开上大道后，这才问：“你的会计证什么时候拿到手？”

“已经考完了，就等颁发证件，元旦之前肯定发下来。”

“好！”李远方道，“马老师昨晚突然住院，你今天代他到集团下属几个企业去对账，大致估算一下今年我们集团全年的产值和利润，财务部的边丽同你一起去。”

“这……”凤丫头有点诧异，“大哥，我对财务完全不熟悉，万一出差错怎么办？再说，就是马老师住院，财务部还有几个人，你再安排一个人同边丽去不行吗？”

李远方没有马上回答，突然把车停在路边，郑重其事道：“凤丫头，你听好，从明天起，你不用上班，一心在医院照顾好马老师。这期间，马老师会将公司的财务管理情况，一点一滴给你交代清楚，你一定要专心学习，莫辜负马老师和我对你的期望！”

“马老师他？”凤丫头似乎预感到什么，惊诧道，“是不是得了什么绝症？这段时间人都瘦完了。”

李远方点了点头，又呆呆地凝视着窗外，眼里闪着泪光，感叹道：“我们谁都把握不了自己的命运，谁都不知道一觉醒来命运会给自己开什么玩笑，所以我们一定要珍惜活着的时光。电视剧《渴望》中的插曲‘好人一生平安’唱响大江南北，可惜这只是人类自己的美好愿望，是人类自己安慰自己罢了。现实生活是残酷的，就是因为好人往往不平安，才要祝愿好人平安。”他看着凤丫头：“从今天起，你要刻苦学习财经方面的知识，我还准备送你到中南财大去培训。以后，远方集团的财务部就由你负责。这不仅是我的意思，也是马老师和你肖畅姐、周丽姐的意思，你不要辜负大家的期望，明白吗？”

“大哥！”凤丫头瞪大眼睛，“我怎么能担当这个重任？如果事情没办好，我怎么对得起你和……”话未说完，竟呜咽了起来。

“凤丫头，”待凤丫头平静后，李远方语重心长，“别忘了，你现在是李氏家族的人，对自己要有信心，我相信你一定会干得很好。再说还有我，还有沈小虹和宋红雨，有为难事随时找我们。将来黄家骏出来，也是你的坚强后盾。你还年轻，在工作中学习，在学习中进步。既无愧于李氏家族也无愧于自己，更无愧于关心爱护你的亲人们。”不等凤丫头搭话，又启动车子进入鄱阳街，向二医院奔去。

凤丫头没有作声，低头陷入深思之中。她想起了自己在白龙寨加入李氏家族的感人情景，想起自己跪在九爹面前承诺不给李氏家族丢脸的诺言，心里一阵激动。她没有理由不去帮助自己身边的这位恩人，为了他，即使是赴汤蹈火，她也在所不辞。

想到此，凤丫头抬起了头，眼里放射出自信的目光。

东方正红霞满天，大街上，赶早班的人们，大都健步如飞，一眼望去，鄱阳街上人流如潮。

从医院回到公司，凤丫头打开马老师的办公室，轻轻走了进去。看着办公桌上方马老师亲自选定的那副对联：“金刚怒目，所以降伏四魔；

菩萨低眉，所以慈悲六道。”她的心久久难以平静……大慈大悲救苦救难观世音菩萨，为何不帮一帮马老师这位好人，救他脱离苦海？刚才在病房，马老师自始至终同他们谈笑风生，坦然笑对病魔，她深深敬佩老人视死如归的博大胸怀。可就在他们出门转身的一瞬间，她窥见老人陡然脸色惨白，腮帮抽搐。她心里不由一阵颤抖，明白了老人内心对死亡的极度恐惧。突然想起了在白龙寨祭祖时，九爹对她和黄家骏说得一段话：“这个世界上没有哪一位正常人是不惧怕死亡的，那些为了主义和真理慷慨就义的英雄们都是不正常的，他们的人性都被蛊惑和扭曲了。历史上那些所谓的英雄们，都是在极力想逃脱死亡陷入绝境后，才不得不面对死亡。之所以被称作英雄，完全是统治者为了继续蛊惑人心，抬出这些冤死者来绑架人性。”

“金主任，”边丽推门进来，打断了凤丫头的沉思。她一惊，看看屋里就她一人，忍不住用询问的目光看着边丽。

边丽莞尔一笑：“李总让我今天同你一起下去对账。”

“哦！”凤丫头突然记起自己原本叫金银花，周伯母改名金凤后，大家叫她凤丫头，笑道，“以后别叫我金主任，叫凤丫头。”

“那怎么行？我叫你凤姐吧！”边丽娇小的身材圆圆的脸，一笑两个小酒窝，说话银铃般脆响。她比凤丫头小一岁，去年刚从中南财大毕业。老家在云南一个小集镇，毕业后不想回老家，马老师一手把她招聘到财务部，一年不到，就成为马老师的得力助手。

“好哇！”凤丫头第一次听见有人叫她姐，感觉自己突然长大了，兴奋道，“说好了，以后你叫我凤姐，我叫你丽妹，可不许反悔。”

“我求之不得！”边丽也兴奋道，“我在武汉没亲戚，只有马老师是我的亲人，认你这个姐真太好了。”大概她也知马老师病情，悲从心来，竟放下手中的提包，跑上来一把抱住凤丫头抽泣起来。

凤丫头被她感动，拍着她的背：“今天是 12 月 18 号，元旦后你就搬到我家来，同姐姐住在一起。我们一起上下班，一起学习，把你所学的知识全部教给我，我们拧成一股绳，把财务部的工作搞好。”

“一切听姐姐的！”边丽激动道，“我给你洗衣做饭，让你吃好、喝好、玩好、工作好。”

“好了！好了！”凤丫头把她慢慢推开，“去看看桂司机来了没有，我们赶紧下去对账。先跑几个大单位，最后到新东方。”

“桂司机早来了，”边丽破涕为笑，“我就是来请你出门的。”

“走！”二人相视一笑，手拉手出门而去……

第三十八章

1

第二天，凤丫头按照李远方的安排，到医院照顾马老师。边丽一上班，顾不得吃早点，赶紧将昨晚加班统计出来的对账表以及全年的财务总表，送到李远方的办公桌上。

李远方认真看完年报表，兴奋地抓起电话，通知沈小虹来。沈小虹一阵风跑了进来，兴奋道：“李总，有何吩咐？”

“是这样，”李远方刚开口，突然盯着沈小虹不作声。

“怎么，不认识我？”

“几乎不认识！”李远方惊叹道，“以前你一头乌黑的披发，飘逸秀美，我曾想建议你长期保留下去。今天突然见你绰约短发，配上这身枣红的皮夹克、蓝色牛仔裤、白色皮靴，的确是体态婀娜，青春靓丽，别有一番丰姿。”

“这么说……你接受了我这头短发！”沈小虹听到李远方赞美自己，心里如饮蜜汁，对着窗户上的玻璃自我欣赏了一眼，笑道，“我昨天剪头时还犹豫再三，担心你不认可。”

“这样，”李远方感觉近一年来，沈小虹对自己似乎情有所动，他不想伤害自己的好伙伴，赶紧打断她的话，“今年我们集团取得了骄人的业绩，效益和利润比预计的高出近百分之五十，这是全体职工团结奋斗的结果。我想元旦期间召开年终庆功大会，奖励为公司的发展做出贡献的有功之臣。同时，评选出今年的劳动模范、技术能手，给予一定的精神和物质奖励。地点嘛，就在公司18楼活动室，参加的人员除劳动模范、技术能手外，生产小组长以上的管理人员及部分工人代表参加。另外，安排各单位编排一些健康有益的文娱节目，元旦春节期间汇演，让远方集团的每位员工都过上一个欢乐愉快的新年。你赶紧起草一个庆典方案，今天下班前交给我。”

“好哇！”沈小虹兴奋道，“借此机会，在全体员工中，掀起一个热爱远方集团，为远方集团做贡献的高潮。”

“对，非常好，再制定些标语口号，比如‘我是远方人，同心奔远方’、‘远方集团，奔向远方’都可以，以此提升我们集团的企业文化。你赶紧去起草，晚上 6 点准时送到汉口饭店，我在那里开企业家年会。我请你吃晚饭，我们在饭桌上最后敲定下来。”

“是！”沈小虹转身就走，突然回头，“我要喝酒，法国香槟。”

“好，我敬你三杯！”

待沈小虹出门，李远方又叫来办公室文主任，吩咐他就元旦春节期间的庆功大会及文娱活动，以办公室的名义向各个单位下发通知。具体时间和内容，直接找沈小虹商定。

送出文主任，李远方坐在办公桌前，一种昂扬的激情在胸中鼓动。即将到来的 1994 年是他的本命年，三十六岁，正是人生的黄金时代。他想起了孟子“天降大任于斯人也”的名言，激荡的血液在周身烈烈燃烧：自己虽然无法同傅说、胶鬲、管夷吾、孙叔敖、百里奚这些古人比肩，但自己也有自己的人生追求，也有自己的“大任”。只要自己锲而不舍，最终一定会走向成功的彼岸。舜帝不也是三十岁才从农田中兴起吗？这些历史上的伟人，谁不是在事业成功之前，先苦其心志，劳其筋骨，饿其体肤？相比之下，自己是何等的有幸。少儿时期，在母爱的呵护下成长；青少年时期，在幺爹的明教下开启人生的思想启蒙；步入社会后，在肖畅无私的关爱下学习进步；创建自己的事业后，更是在无数个热心人的帮助中发展壮大。下一个十二年的年轮里，他李远方要一步一步迈入事业的高峰，书写人生的壮丽篇章，实现自己在列祖列宗面前许下的诺言。

想到此，李远方拿起桌上的电话，拨通了周敏的手机。

“喂……你好！”不等李远方呼叫，周敏在电话里笑道，“好像这是一年来，你第一次主动给我打电话。”

“你怎么知道是我？”李远方诧异。

“这叫心有灵犀一接通。”周敏小声道，“谁叫我爱上你呢？告诉你，以后你背着我干任何对不起我的事，我都知道。我的魂灵早就依附在你的身上，看你这辈子怎么办？”

“怪不得古人说‘举头三尺皆有神明’！”李远方感叹，“看来我这辈子，真要生活在你的神明之下。”

“这就对了！”周敏幽怨道，“唉……你别害怕，现在香港的手机，开通了来电显示功能，武汉马上也开这个功能，并不是我真的有神灵。”又问，“说吧，什么事？没事你不会主动打我电话。”

“我想……”李远方觉得自己的确过于冷淡了她，内心深处也非常想念她，但他不能流露出来，必须深埋在心底，于是慎重道，“我刚看完集团全年报表，利润比去年翻了两番，忍不住想向你汇报。”

“是吗？”周敏也兴奋道，“这太好了，告诉你，这只是刚刚开始，后面还有大动作……汇报就免了。我很快会来汉，同你商量继续投资事宜。跟你那位肖姐姐先通通气，求得她的支持。”

“好的，什么时候来？”

“元旦期间。”

“太好了，我正准备告诉你，元旦春节期间，集团准备举行庆功大会，表彰有功人员。而且自编自演节目，丰富企业的文化生活。你正好给大家作新年献词，给劳动模范和技术能手现场颁奖。”

“听好！”周敏打断李远方的话，“这一切活动全部由许姨参加，你最好还邀请一些政府官员和社会名流，以提升远方集团的地位，便于以后的大发展。另外，邀请新闻媒体进行宣传报道。”说完她加重语气道：“你记住，我到武汉不能告诉任何人，你悄悄到机场接我，然后，把我送到木兰山，我要和你……就我们二人，一起欣赏雪景。”

“这……”李远方为难道，“元旦期间，我会非常忙，你来了我又不能不陪你。再说，尽管这两天武汉下雪，元旦期间是不是下雪，不太好说……你能不能改一下时间？”

“我不管，”周敏不容置喙，“你自己想办法安排好时间，我只要求你陪我两三天。你准备好二人在山上的生活品，要有地方特色，以浪漫为主。一年就这两三天，如果这点小要求你都不能满足，那我算是看错你了，也看不起你。”说完，挂断了电话。

李远方心一抖，从情感上讲，他不想伤害她那颗孤寂的心，从事业上说，他更无法拒绝这位合作伙伴的要求。

李远方不知如何办，又拿起电话想给肖畅通话，向她倾诉内心的苦恼。刚拨出一个数字又放下，他绝对不能把这事告知她。刚才周敏说得非常清楚：他不能把她来汉的消息告诉任何人。

他又想起了大海、渔村、稻田、椰树、芭蕉、晚霞、明月、雷电，还有那三个缠绵缱绻的不眠之夜。

李远方无奈地抱头叹息，陷入深深的苦恼之中……

2

1994 年的新年元旦，江城武汉充满了欢乐、喜庆、祥和的气氛。从 12 月 28 号开始，长江两岸的高楼大厦上，彩旗飘扬，大街小巷里彩灯高挂。市区各公园游乐场所，免费对市民开放，三镇各大小影院剧场，通宵上映好莱坞的进口大片。

自 12 月 25 号同周敏通话后，李远方整日寝食不安，无以摆脱心中惶恐。他无法向家人和朋友解释元旦期间自己的行踪，所以，连续两天从早到晚心悸不宁，起坐恍惚，惶惶然不知所为。

机缘巧合，12 月 29 号早，李远方刚踏进办公室，突然接到胡总从北京打来的电话，邀请他 12 月 31 号晚，赶到北京全国政协礼堂，参加“优秀企业家新年茶话会”，畅谈中国经济的发展大计。

“真乃知音良友！”接完胡总电话，李远方如释重负，连声感叹，赶紧给肖畅和周丽通报这一喜讯。得到二人的支持后，立即通知办公室文主任，准备几十套远方集团的宣传资料，又叫沈小虹火速订一张 12 月 31 号到北京的机票。等沈小虹一出门，再打电话给胡总，拜托他想尽千方百计，帮他订一张元月一号上午从北京返回武汉的机票，又千叮咛万嘱咐此事不得告诉他人。挂断胡总的电话，这才拨通周敏的手机，告知她元月一日下午，在机场等待她的到来。

通完电话，李远方长长地嘘了口气，稍息片刻，开始给各部门负责人打电话，解释自己北京之行的重要意义。要求大家在自己缺席的前提下，更好地过上一个欢乐、喜庆、祥和的新年。

12 月 31 日上午，李远方如愿飞离武汉。远方集团的庆功表彰系列活动也如期进行。办公室和公关部担纲此次活动的执行重任，文主任负责内部事务，工作有条不紊。沈小虹负责对外联络，她使出浑身解数，带领各部门工作人员连轴运转，指挥若定，独领风骚。许姨穿梭于领导贵宾之中，说笑自如，风光无限。

中午酒宴之后，天空开始迷蒙幽暗，来自西伯利亚的寒冷空气大举南下，突袭江城。远方集团的庆典活动却如火如荼，高潮迭起，全体出席人员热情高涨，欢歌笑语中共度新年。

深夜零点时分，随着新年钟声的敲响，漫天的雪花搓棉扯絮般自天而降。顷刻间，长江两岸，大街小巷，到处白茫茫雪花一片。

元月一日上午八点，远方集团的文艺汇演，又准时开锣。各路代表队倾情奉献精美节目，都想夺得大奖。

李远方中午赶回武汉，因为做贼心虚，不敢轻易离开机场，钻到候机大厅阅览室，装模作样翻弄杂志，等待周敏的到来。

由于武汉地区遭受风雪侵袭，周敏乘坐的航班晚点一小时到达。下午四点半，李远方才在渐次减弱的雪花中，等到了周敏的身影。

因二人此次是秘密行动，所以，既提心吊胆又兴奋刺激。出机场后，高价包了一台出租车，先到超市采购两天的生活品，再到菜市场搜罗新鲜果品蔬菜，直到晚六点，出租车才离开竹叶山转盘，北上岱黄高速公路，顶着风雪向木兰山进发。

周敏一改过去的矜持，出租车一离开市区，她就兴奋地一头滚到李远方的怀里，满嘴卿卿我我，不时在李远方身上摸来揉去。一路上，窗外雪花飘飞，车内柔情似水。

出租车晚上九点多才到达木兰山别墅，李远方生火做饭，周敏则整被铺床。二人此时早已将烦心事置之度外，恩爱尽显缠绵，就如同一对久离窝巢各自分飞的倦鸟，一朝归巢后，说不尽的离别情恋，道不完的重逢心语。这一夜在风雪的伴奏下，沿袭了深圳渔村的激情，周敏百媚丛生，做尽姿态。李远方千般迎合，发挥极致。

第二天早上，周敏拉开窗帘一看，“哇”的一声将李远方惊醒。他披衣来到窗前一看，只见山岚如缟，银装素裹，千山万壑，晶莹剔透。再看天上，冬日高照，碧空万里。

“真江山如画!”李远方感叹，“我怎么就不明白，你一香港大小姐，一礼拜前何以算定千里之外的武汉会雪花飘舞?”

“这叫精诚所至，天地为开!”周敏又一头倒在李远方怀里，脸上绽放出动人的笑容。突然，她一把挣脱李远方的手臂，兴奋道，“赶快，我们准备一下，一起去踏雪寻梅。”

李远方一阵心动，赶紧洗漱出门。其后的两天，二人在山上赏梅玩雪，煮茶蒸果，真如一对神仙伴侣，同心相印，形影相随。

元月四日上午，出租车司机如约上山，接二人下山。下午四点十分，二人赶到机场办理登机手续。进入安检之前，周敏从包中抽出一个资料袋交给李远方，告知是新时代下一步在大陆投资的宏大计划，让他回去后，认真研究谋划一番，准备春节过后大步发展。

下午五点十分，周敏乘坐的航班飞离武汉。

李远方站在机场外，深情地遥望蓝天，久久不愿离开。

落日的余晖在云罅中闪耀，几道触眼的光芒直冲霄汉。

飞机的影子早已无影无踪，李远方依然翘首眺望，一颗失落的心，也在迷茫的天空翱翔……

3

接下来几天，李远方又陷入极大的自责之中，无论是在家还是在办公室，都极力掩饰内心的愧疚。好在周丽一心扑在儿女身上，加之宋红雨一天不下十次问育儿经，所以并没在意老公的情感变化。肖畅忙于新年的应酬，偶尔见上一面，只是关心他的事业发展，也不曾想到他会有什么出轨行为。

如此，更加重了李远方的愧疚心理。

倒是沈小虹一眼就看出了李远方内心的玄虚，她在李远方回汉的第二天，向他汇报完元旦活动后直言道：“李总，北京之行好像收获不小，茶话会上一定绣口对出了个红颜知己吧？怎么看上去像若有所失、忐忑不安似的？”李远方当时大吃一惊，极力掩饰，以至于后来见了沈小虹，就像学生见了班主任——满脸的伪笑。

在认真看完周敏宏大的投资计划后，李远方向肖畅作了详细的解说，就未来的共同发展，提出了自己的见解，得到肖畅的首肯后，又专程找市里进行了汇报，得到了文叔的大力支持。

许姨受周敏的指示，同李远方进行了多次的磋商。最后，双方就未来在武汉共同合作开发的新一轮投资项目签字盖章。元月十五号，许姨给李远方送上了新合作项目的第一笔巨款——五千万港币。

如是，香港新时代给远方集团的合作投资，总额已经超过一亿元港币。远方集团现在集药厂、电信、房地产开发、文化发展、影视娱乐于一体，总资产已上升到四亿五千万元人民币。

李远方实现了他人生历程中的又一次跨越。

离春节只有十几天的时间，市民都在忙于打点年货，各机关单位及效益好的企业，都趁机给职工分发过年物资。远方集团特地成立临时采购班子，花大钱给职工购买各种过年物资。

李远方亲自给九爹和白龙寨的乡亲们，准备了一卡车年货，按人口和户数进行分派。本来要自己送去，谁知胡总突然来汉，他只得吩咐凤丫头押车回去，自己专心陪伴胡总。

胡总此次来汉，目的是要带辛雅娟春节期间游玩欧洲多国，同时想在武汉创办文化发展公司，以此推动辛雅娟的歌唱事业。所以，提前到汉，一方面要考察一下武汉的文化市场，另一方面想同李远方多呆几天，听取他的意见，最好能再次合作。

胡总花了五天时间，同李远方一起，详细考察了武汉及周边城市的文化市场，信心大发，决心在文化事业上大展宏图。

这天，因辛雅娟要准备自己的新年专场音乐会，胡总向李远方提出：到新东方去体验一下远方集团的消费理念，正好这天许姨也到新东方开年终总结大会。所以，三人结伴同行。

一行人参观完，杨帆对李远方道：“我说李兄，这胡总不愧是在皇城脚下混饭吃，说话头头是道，句句在理，而且目光远大。这个把小时下来，哪是我带他参观，完全是他在给我上课。实话相告，我的确受益匪浅，也难怪连你也如此敬重他。”

“那当然，”李远方感叹，“在我人生最关键的时候，胡总给了我无微不至的关怀，是我的良师益友。在我们相处的十年间，他毫不保留地将他的人脉关系引荐给我。我们一同上北京，下海南，东临福建沿海，西至青藏雪域高原，带我走南闯北，鏖战商海。最可贵的是，在我刚下海时，他无偿地提供资金援助和赚钱的机会。现在想来，不由不使人心怀感激敬畏之情。”

“是啊！”杨帆也感叹，“人生旅途中，难得遇到真心朋友，想我杨帆，如果没有你李远方这个真心朋友，没有你无私的帮助，真不知今天的我会是什么样的结果。”说到此，眼里竟闪着泪花。

“所以说，我们要珍惜今天来之不易的好时光，生活在一个感恩的世界，感激所有使我们坚定成就的人。不仅如此，我们更要拿出一颗济世之心去关爱他人。古人言：‘计利当计天下利，求名应求万世名。’我们不求万世名，我们只求无愧于天下，无愧于列祖列宗，无愧于子孙后代，更要无愧于真心帮助我们的朋友。”

他突然停下，两眼盯着杨帆，神情庄重道：“知道我为什么要向你说这些无聊的大道理吗？”

“为什么？”杨帆诧异。

“我希望你把胡总当好朋友！”

“这是当然，”杨帆笑道，“别说他是你李远方的良师益友，就凭他今天的一番高论，我也要把他当作朋友……这有什么说的？”

李远方半天没作声，站起来踱了几步，这才道：“有件事，我一直没对你说，在你受难时，辛雅娟一直很关心你。应该说，当初她是受了钱思鸣的骗，才与钱家同流合污加害你。结婚后，她有所醒悟，可为时已晚。于是，经常想从我和周丽口中探听你的消息，大概心中藏有愧疚。因周丽当时经常采访她，所以我们常有联系。”

“我早把这事忘得一干二净！”不等李远方说完，杨帆道，“你老兄过于杞人忧天了吧？”

“我没杞人忧天，我心里雪亮，你杨帆今天如此放荡不羁游戏人生，这一切都由辛雅娟而起。正如她心里一直忘不了你，你内心深处一直深藏着她的影子，这影子不单是爱，更多是恨！”

“没有、没有！”杨帆心一颤，掩饰道，“再说，我现在生活在幸福快乐之中，何必去自寻烦恼？”

“我话没完，”李远方接着道，“一次偶然机会，辛雅娟和胡总认识了，也可说是我无意中安排认识的。他们认识后各有所需，最后，居然成为非常知心的情人。现在，辛雅娟决定跟钱思鸣离婚，同胡总共结连理，这就是我为什么要你把胡总当朋友的缘故。”

杨帆半天没作声，低头似乎若有所思，良久才抬起头来，凝视着李远方：“有一点我必须郑重地告诉你：你李远方……交代我的每句话，我都会铭记在心，绝对不会违背你的意愿。你让我去做的任何一件事，我都会赴汤蹈火，在所不辞。现在我向你表明：尽管我有时痛恨辛雅娟，但事情已成为遥远的过去，我没必要还去耿耿于怀。对于她离开钱思鸣同胡总结合，我由衷地感到高兴，因为，从内心深处，我希望她有个好的归属，生活幸福美满！”

“这就对了！”李远方兴奋道，“鲁迅先生说‘相逢一笑泯恩仇’，你不愧是我李远方的好兄弟。胡总今天还特地来邀请你我，明天到武汉剧院欣赏辛雅娟的专场新年演唱会。”

“好哇，我们十二年没见面了，我要给她献上一束鲜花。”

4

“杨总，”李琼突然推门进来，打断二人的谈话，“有两位公安找你，说是要了解一点情况，我答应看一看你在不在。”

“哦！”两人都大感意外，杨帆更是皱起了眉头，半天才吩咐道，“你带他们到我办公室来。”

“是！”李琼转身而去，杨帆对李远方笑道：“记得你曾经说过：‘这个世界很无奈，你思念的人总是难以见到，不愿看到的人却总是找上门来。’且看这两个家伙所来何为？”

话音刚落，李琼领二人进来。一位四十多岁，另一位不到三十，年纪大的稍显肥胖，小的过于瘦高，神情上一看就是公安人员。

“欢迎、欢迎！”杨帆热情接待，请二人坐下，介绍李远方，又吩咐李琼上茶。等李琼出门后，笑道：“不知二位有何指教？”

“是这样，”年轻的看了一眼李远方，“既然李总也在此，那更好，我们就直言相告，希望杨总配合我们的调查。我们想了解一下，元月一日这天，杨总的活动情况。”

“能告诉我为什么吗？”杨帆疑惑。

“对不起……杨总！”年轻的严肃道，“暂时还不能。”

“哦！”杨帆点头道，“看来我只有先说，元旦我从早上七点出发，开车到我们集团总部参加演出活动，直到下午五点多才回到新东方来。晚上又陪全体员工欢度新年，直到元月二号中午才回家。”

“应该有人同你在一起吧？”年轻的一边记录一边问。

“有！”杨帆道，“自始至终都有人同我在一起，白天你们可以去调查我们总部参加演出的人员。至于我晚上的活动，你们可以找新东方这里任何一个人调查。”

“我们会调查的。”

“要不要现在就找他们来？”

年轻的没有马上回答，看了看年纪大的，年纪大的答道：“也行，就麻烦杨总叫几名晚上同你在一起的员工来，我们问一下。”

“好的，”杨帆起身，同年轻的民警一起走了出去。

“对不起！”李远方对年纪大的道，“作为杨帆的直接上级，我能不能问一下杨帆是不是犯了什么案子？”

“李总，”年纪大的笑道，“到时候我们会告诉你的。”

李远方一听，只得点头不语。不一会杨帆同年轻的一起带了五六位服务员进来，年纪大的示意年轻的带到隔壁办公室分头询问。几名男女跟着年轻的到走廊外站定，然后一个接一个接受调查。这边杨帆和李远方陪着年纪大的聊天，三人东扯西拉地谈了起来。

大约一小时，询问毕，年轻的进来道：“感谢杨总支持，今天调查结束，也许以后还要找杨总。”说完示意年纪大的走人。

年纪大的站起身，二人告辞。

“等一下，”杨帆突然道，“我也不知你们是为什么，不过我想问一下，照片不知对你们有没有帮助？这一天我们的活动都照了照片，作为我们公司以后的宣传资料。”

“这太好了！”二人显然很高兴，马上又回到座位上，年轻的道，“那就麻烦杨总把照片给我们看一下。”

杨帆立即出门吩咐隔壁办公室的人，找胡蝶把照片拿来。很快，胡蝶拿来一叠彩色照片，交给二人。

“正好！”年纪大的边看边道，“上面还有摄影的具体时间。”

“对！”杨帆道，“日本佳能数码相机，小日本的技术好。”

二人认真查看，选了几张，要求道：“杨总，这几张可不可以交给我们，带回去复制一下，对解除你的嫌疑有帮助。”

“没问题！”

“杨总！”年轻的又道，“这位同你一起干杯的，是叫涂世雄吧？外号叫‘疤子’对吧？”

“对！”杨帆接过照片一看，“他是晚上九点到这里的，是我的朋友。你看其他的照片，看这几张……我们一直在一起喝酒。”

“杨总！”年纪大的道，“我们拿了八张照片。”一面查看相片上的摄影时间：“是从元月一号凌晨二点半到五点这个时段的。”

“拿去吧，我们随时配合你们的调查。”

“李总！”年纪大的对李远方道，“原谅我们工作中的纪律，刚才没有告诉你们为什么，现在可以告诉你们：元月一日深夜三点左右，赵家条一位公司的负责人在家被人暗杀。据我们调查，此人是黑社会老大，有很多仇人，给我们的破案工作增加了很大难度。据他手下人交待，半年前，他曾经带人来冲过你们的场子，这你应该知道，后来事件闹大了成为新闻事件。现在看来，完全可以排除杨总，还有涂世雄，也就是‘疤子’二人的犯罪嫌疑了。”

“哦！”杨帆恍然大悟，“有这回事，你们不说我倒忘了。”又殷勤道：“既然如此，恐怕不是一时一刻的事，就请二位坐下喝几杯？”

“不了、不了！”二人赶紧告辞出门。

送走二人，杨帆凝视着窗外，对李远方道：“李兄，还是古人说得好——‘多行不义必自毙’。这吴老大真是死有余辜，可惜没有死在我杨帆的手上。”说完，眼中寒光闪现，转瞬即逝。

李远方心一抖，他太了解身边的好友，尽管他无法窥探他此时的内心世界，但从他冷冰冰的语气和一闪而逝的寒光中，李远方可以肯定：杨帆出狱后的复仇之火，依然还在熊熊燃烧，而且这火不光要烧向钱思鸣，恐怕还要殃及池鱼。作为好朋友他不能坐视不管。

想到此，李远方走到杨帆的身边并排而立，也凝视着窗外滚滚东去的江水，声音压抑道：“杨帆，作为你的好朋友，我想再送你一句话，希望你牢记在心——‘福祸无门，唯人自召’！”

“什么意思……我不太明白？”

“一切灾祸都是人自己招来的！”

“谢谢你……我一定铭记在心！”

“不只是记在心，要警示自己的行动。你即将当父亲，我不希望你的孩子，将来看到自己的父亲有什么不测。”

“再也不会的！”杨帆突然笑道，“不是说社会在发展，人类在进步吗？我杨帆也在发展、进步，你就放心吧！”

李远方没有马上回答杨帆的话，他感觉到身边的好友，似乎离自己愈来愈远，就连笑声也是如此别扭。他内心涌起一阵酸楚，开始自责自己近年来忙于事务，没有多抽出时间同他交心谈心。

于是，他说道：“你的进步似乎太快了，人跑快了容易跌跤，记得我娘在我几岁时，就经常教导我：‘走路不小心跌跤了，可以爬起来，一个人如果在人生的道路上跌跤了，就很难爬起来。’你已经是跌过跤的人，我希望你不再有第二次。我更不希望将来宋红雨失去丈夫，她未出生的孩子失去父亲。”想了想，他提议道：“春节期间，你抽出两天的时间，我们一起回白龙寨，好好看一看九龙冲的山山水水，感受一下天地间的自然之道，谈一谈我们彼此的心志。我觉得我们兄弟二人心中都藏有千钧诺言，只不过你杨帆是复仇的诺言！”

“这老天爷！”杨帆心一抖，没有直接回答李远方的话，凝视着窗外，慢慢蹙眉道，“好像又下雪了。”

李远方一看，只见窗外冬云密布，阴森灰暗。长江上，巨浪翻涌，雾霭弥漫。仰俯间，雪籽粒已经打在窗玻璃上噼啪作响。

老天真的是又下雪了……

第三十九章

1

雪下了大半天加一夜，空气骤降到零下几度。第二天清晨，李远方拉开窗帘一看，呈现在自己眼前的早已是一个银色世界。

李远方轻轻关上卧室门，蹑手蹑脚走到隔壁房，推门看了一眼两老两小，慢慢带上门，小心翼翼到卫生间盥洗。盥洗毕，这才快速出门，叫上凤丫头，开车先送她到二医院。安慰了马老师几句后，马不停蹄向亚洲大酒店奔去。

到达酒店，李远方先在大厅给胡总拨了个电话，看辛雅娟是否离开，得知她早已离开，这才上楼。

进入房间，胡总艰难地从床上爬起，又是捶腰又是揉腿，对李远方道：“老弟啊，为兄我……力不从心了。昨天中午被新东方那个小妖精，叫什么范倩倩的，折腾得浑身筋骨散架，晚上又‘惨遭’辛雅娟敲骨吸髓。看来为兄这条老命，迟早是要葬送在女人身上。今天上午的参观活动就取消吧，先把老命保住再说。”

“好吧，上午我就陪你在咖啡厅谈谈心，正好我要向你请教一下未来经济发展的大趋势。”说完又关心道，“你也该好好克制一下，色是双刃刀，杀人不见血。你看你这几年，精神大不如前，我建议，你这次同辛雅娟一起出国，以休闲为主。”

“是啊，我跟你是一样的想法，可每次见了可心如意的女人，这种想法就抛到九霄云外了，恨不得立马死在对方身上。古人说‘能在花下死，做鬼也风流’，这话看来是有感而发，真乃千古绝唱！”一面撑着腰靸着拖鞋，一步一拖进卫生间。

李远方一脸的愁容，胡总此次来汉，同三年前判若两人。因长期酒色过度，加之年岁不饶人，看上去精神萎靡不振，说话中气不足，走路疲沓不堪。他无法理解游戏人生的胡总。

胡总洗漱毕，二人来到一楼咖啡厅，就当前各自经营的事业，国家经济发展的趋势，进行了认真的交流。胡总向李远方吐露了很多北京坊间的秘闻轶事，警示他事业发展到巅峰时期，就是滑落的开始，日中则昃，月盈则亏，急流勇退，见好就收方为上策。

中餐时间，二人又来到楼上餐厅，开怀畅饮。

下午两点，二人满怀激情钻进李远方的银色皇冠，一路碾冰轧雪向武汉剧院进发。要在半醉半醒中欣赏辛雅娟的美妙歌喉。

进入九十年代，每年的新春佳节，武汉文学艺术联合会都要在武汉剧院举行多场新年音乐会，以丰富广大市民的文化生活，推动武汉地区的精神文明建设。各机关团体、企事业单位都积极参与，竞相购买团体票发给职工，以此鼓舞他们的工作热情，企盼在新的一年里，给单位带来更好的经济效益。

武汉剧院坐落在解放大道江汉路口北不到一百米处，左斜对面是循礼门饭店，右斜对面是青少年宫。“文革”以前，解放大道两边少有商铺网点。改革开放后，随着市场经济的飞速发展，餐厅酒楼、百货商店、面馆小吃，犹如雨后春笋，挤满解放大道的南北对街。

二人赶到剧院门口，观看演出的观众大都提前进入大厅，只有后到者还在三三两两陆续进门。剧院左右墙壁之上，二排巨幅宣传画异常醒目。鲜艳明亮的彩色画面上，介绍了从元旦到春节期间各场演出的内容。其中有一幅正是今天辛雅娟独唱音乐会的宣传照片，照片上，辛雅娟手拿麦克风，正在纵情歌唱。

李远方将车开进停车场，场内一色的小车早已停满。他只得靠最外边把车停好，然后，搀扶着胡总快速向演出大厅奔去。

进入演出大厅，人声鼎沸，正是开场前的骚动时刻。二人找到自己的座位，五排中间，正是观看演出的最佳位置。一看杨帆已坐定，他右手边是许姨，许姨正同她右边一位魁梧的男士在窃窃私语。李远方一看，并不是以前的司机，估计是砸派出所的张连长。

几人相互寒暄，各自怀着异样的心情，等待着台上大幕开启。

胡总自第一次在长江大酒店同辛雅娟发生关系以来，自此陷入一种情感的焦灼状态。在他游戏人生的历程中，尽管坎坷跌宕，历经波折，但也曾有过花红柳绿、芝兰竞放的美好记忆。然而，没有一个能像辛雅娟这样，如此令他难以割舍。在他以前的情感游戏中，再美的女人只要睡上三次，就觉得乏味，就想抛弃。遇到辛雅娟后，他不得不改变这种规则。这不是因为辛雅娟漂亮，也不因辛雅娟是明星。在他的情史中，有比辛雅娟漂亮的，有比她名气大的，有些甚至是当红的一线明星。他曾经为此而苦恼，也曾想摆脱辛雅娟，可惜都是徒劳。他始终无法忘掉这个比自己小二十岁的女人。1989 年他离开武汉去北京，五年来，他一直想从心灵深处将这个女人抹去，可只要是三天没听她的声音，他就得主动打电话给她，倾听她倾诉衷肠。只要是十天半月不见面，二人就会急不可耐地飞到一起，然后肆无忌惮地做爱，直至双方精疲力竭，瘫倒在爱巢。

直到这次来武汉的前一个多月，无聊中他从旧书架上翻到一本莱布尼茨的《人类理智新论》打发时光。他从莱布尼茨这家伙唯物主义转为唯心主义的理论框架中，悟出自己原来在同辛雅娟的情爱上，是一个集唯物主义和唯心主义于一身的品种。在肉体上，二人都是一个唯物主义者，精神上，又都是一个唯心主义者。这样的一对野鸳鸯恐怕一千年也难遇上一对。他又找出洛克的《人类理智论》看了看，感觉自己的思路愈来愈清晰。再翻出康德著名的“三大批判”看了看，尽管难以理解这家伙晦涩的思想论点，但从这家伙把世界分为“物自体”和“现象界”两个方面来看，并从这家伙以人类的“知”、“情”、“意”三个方面进行研究批判上得到启示，更坚定了自己的观点，也明白了为什么大哲学家都变成了神经病，要么上吊，要么跳楼。就是这些家伙们，只进行理论研究，不进行肉体实践的下场。

最后，他终于懂得了，为什么自己同辛雅娟如此难分难舍，原来道理太简单不过，那就是由于年龄和知识结构的巨大差异，才使得双方相互依赖，距离产生动力。在肉体上，自己把辛雅娟当作一个小情人，当作最理想的发泄对象，而在精神上，却把她当作自己的女儿，当作自己孤独景况下最亲的亲人。而辛雅娟恰恰也是如此的情感意识，在肉体上把自己当作最理想的性伙伴，精神上却也把自己当作她的老父亲，当作一个世态炎凉弱女子最可信赖的依靠。

于是乎，胡总突发奇想，决定在有生之年，带上辛雅娟游遍世界各地。这次来武汉之前，他利用自己的特殊关系，同有关方面协商，举办了这场辛雅娟独唱音乐会。待音乐会结束后，稍事休息两天，他再带上她周游欧洲各国，尽情享受二人世界。

李远方坐下后，心情一下变得很复杂，特别是看到杨帆手捧鲜花，脸上冷冰冰的神情，更加重了他内心的焦虑，他有些后悔自己没有阻止胡总邀请杨帆观看今天的演唱会。昨天杨帆瞬间眼放寒光的阴森表情，直到现在还无法从心中抹去。他担心将来在辛雅娟的身上，会给胡总带来不测。他坚信杨帆心中复仇的诺言，比自己还沉重。

现在，一左一右两位好友，正以同样的眼神企盼大幕开启，李远方无法判断：自己这两个好友，此时的目的是否也是一样？

杨帆此时心中犹如打翻了五味瓶，酸、甜、苦、辣、咸一起涌动。思绪一下子回到了十五年前，第一次见到辛雅娟的情景：那是一个令他终身难忘的夜晚，在现在的湖北大学跳完联谊舞会，他送她回现在的武汉音乐学院。二人从车辆厂踏着柔和的路灯光，沿和平大道向解放路安步以当车。交谈中辛雅娟不时发出银铃般的笑声，打破寂静的夜空，偶尔又低头沉思，间或回眸嫣然一笑。二人从车辆厂走到三层楼，辛雅娟不愿坐公共汽车；又从三层楼走到前进路，辛雅娟还是不愿上公共汽车；再从前进路走到积玉桥时，公共汽车已经收班。二人只得又从积玉桥走到司门口，再从司门口走到解放路，最后依依不舍地在辛雅娟的学院门口话别。那一夜，他没有回学校，一个人来到长江大桥的桥头堡，面对滚滚东去的万里长江，心潮激荡，爱情涌动。从此他就真的爱上了这个有着百灵鸟之称的长阳土家族山妹子。在其后的日子里，他每天提前离校，跑步到音乐学院大门口，等待她的身影，然后带着她逛商场购物、下馆子解馋、进公园调情、入影院猎奇。接下来，二人偷偷溜进寝室，在惊慌刺激中，感受肉体上的快乐，在美好憧憬中，构建未来梦幻般的生活。

然而，美好的愿望带来的却是终身的伤痛，不曾想自己全身心热爱的恋人，一夜之间竟无声无息地离他而去。他忘不了那个屈辱的夜晚；忘不了在江边，自己被钱思鸣骑在身上大施淫威的羞辱；忘不了李远方将自己从火海中背出的惨景；忘不了走过张贴着学校开除自己布告前的凄凉……在日后的岁月里，只要他回想以前的片刻时光，胸中的伤痕就开始喷血，殷红的血液，瞬间渗满他的胸膛。

他更忘不了1983年的8月12日之后的苦难记忆，他从一个骄傲的青年工人，一个极具足球天赋的运动员，沦为一名阶级敌人，一个十足的罪犯，遭受了近十年的牢狱之苦。

自此后，他也像好朋友李远方一样，在自己的心中许下一个千钧诺言：正如李远方所言——是复仇的诺言。这一切的一切，都由辛雅娟而起，可以说，这个女人，毁了自己一生。

十二年了，马上就要与辛雅娟重逢，杨帆努力克制着自己的情感。他不能违背李远方的意愿，他要表现出荦荦大度，在辛雅娟谢幕的时候，将自己手中的鲜花送到她的怀抱。他相信，那一刻，他是整个剧场里最幸福然而却是最痛苦的一个人。

许姨今天异常兴奋，惊喜接踵而至，回到住地，她还没来得及喝口水，又接到张连长的电话，说是从老家来汉，先给部队的首长和老战友拜个早年，明早再来给她拜年。接完电话，许姨喜不自禁，赶紧到商场选购高档烟酒食品，轻车熟路地赶到部队驻地。她不仅要代表张连长给老战友拜年，更是要连夜将张连长带回自己的住地，跟他交心谈心。

自上次同张连长分开后，许姨决心要收服这个军人出生的孔武小男人。她先将司机辞退，又将商品房卖掉，重新在香港路购置一套三居室房子，又精心装修一番，一心等待张连长这只猛虎上钩。

这期间，她经常给张连长去个电话，问候一下他的家人，关心一下他的个人感情。有意无意之中，她向对方吐露她丰厚的待遇等待着他的到来。本来想春节之后，无论如何自己要邀请他来汉一趟，伺机征服这只猛虎，谁知这家伙居然自投罗网，提前送上门来。

昨晚深夜回家后，她老鸡呵小鸡般的尽显温情，开始轻桨慢橹摇醉船……又是帮张连长铺上新的床被，又是帮他脱去外套，再亲自下厨烧菜，主动摆桌斟酒。二人关在屋里，你一杯来我一杯去，既温馨又充满甜蜜。一时又帮张连长夹菜，借机捂一捂他的手，感动得张连长，恨不得跪地叫她一声“妈”。

今早又特意早起，亲自将早点送到张连长的床前，然后坐在床边，开始进入实质性交谈，告诉他：自己需要一名像他这样的助手，至于待遇嘛，恐怕在全国也难找到比她开出的礼遇之厚，又暗示：自己尽管大张连长二十岁左右（看上去不到二十岁，实际超过二十岁），可怀有一颗快乐的童心，浑身充满青春的活力。

张连长尽管是一名铁血军人，可也是血肉之躯，也有七情六欲。哪经得住一个将男人玩于股掌之上的老鸨母金钱和骚性的引诱。最后他答应一切听从许姨的安排，忠心耿耿地跟着她干一番事业。

于是，吃过中午饭，许姨又带上张连长，一同前来欣赏辛雅娟的独唱音乐会。晚上两人回家后，再也不需软磨慢浸，直接拉他上船入港，敞开自己的门户，任其冲杀……

2

辛雅娟现在是名副其实的青年歌唱家，经常参加省市的大型文艺演出，两次亮相国家电视台的“欢乐荧屏”。她长期以嘉宾身份出现在省市电视台的娱乐节目中，被誉为“省里一颗璀璨明星”。

能在市剧院举办独唱音乐会，自改革开放以来，辛雅娟是第一人，除了自己的歌唱实力外，与胡总的鼎力相助分不开。自同钱思鸣分居后，胡总成了她事业的依靠，更是精神和肉体上的理想伴侣。现在辛雅娟的事业有成，可家庭生活却惨不可言。她开始寻找自己的归宿，想在四十岁前抚育个一男半女，然人海茫茫，她却无处安归。这期间尽管有无数的达官显贵追求她，可惜都无外乎出于两个目的：一是占有她肉体，二是借她的名气炫耀自身的猎艳史。没一个是真心爱她愿意同她厮守一辈子的。这更凸现了胡总的可贵。

这次胡总来汉，给她开文化传播公司，要带她周游欧洲列国，更加深了她对胡总的信赖。她决定尽快同钱思鸣办理离婚手续，再同胡总登记结婚。尽管胡总大自己二十岁，可一想到很多名人都年岁相差悬殊，自己二十岁的差距不足为憾。她不仅不后悔，反而增加了自豪感，她心里暗暗想道："尽管自己和名人没有可比性，可有一点二人是相同的——都是女人，都需要男人。"

"辛老师！"剧务打断了辛雅娟的思路，"请您给我签个名！"

"刚才不是给你签了吗？"

"这是我表哥的，他已经在外等了几小时，没办法，找上我。辛老师，看他是您多年粉丝的分上，给他签一个吧！"

辛雅娟接过剧务的笔本，刷刷刷熟练地签上自己的名字。

剧务兴奋而去。

辛雅娟清了清嗓子，感觉非常好。她今天身穿一套鲜红的拖地驼绒长裙，胸前点缀一支粉色牡丹，高绾云鬓，头插粉红莲花，看上去庄严典雅，雍容华贵。她信步来到后台入场口，等待主持人的开幕词完毕，自己好微笑着及时闪亮登场。

大概因为今天有许多领导前来观看，加之观众都是机关团体、企事业单位的优秀代表，主办方有意等待相关领导到齐后再开演，所以演出时间已到还未见主持人上台开幕。辛雅娟撩起帷幕一角，只见座无虚席，人声鼎沸。她心里一热——寒冷并没有降低观众对自己的支持热情，又想胡总和李远方应该已到，忍不住又撩起帷幕向下瞅去。胡总满头的银发，一下就跳入她的眼帘，李远方坐在胡总的右边，二人都专注地看着台上。她笑了笑，转身准备离开帷幕，突然一愣，感觉坐在李远方右边那位帅气的男人好面熟。好奇心使她再一次撩起帷幕，向下定眼注目看去。这一看不打紧，整个人一下惊呆了，她认出那位帅气的男人竟然是杨帆。

辛雅娟感到一阵晕眩，胸闷心慌，怦然直跳，歪歪跌跌地来到化妆间，示意工作人员，赶紧给自己倒杯水。

"辛老师，您怎么啦？"工作人员将她搀扶坐好，又赶紧送上一杯温水。辛雅娟接过杯子，猛地喝了几口，将杯子放在茶几上，长长地嘘了一口气，对工作人员道："麻烦你，给我准备两杯热咖啡，我中场休息时要喝。”

“辛老师，”话音未落，剧务跑了进来，催道，“快，主持人已经开始报幕，请你准备上场。”

辛雅娟点点头，慢慢站了起来，提起裙摆，快步向舞台走去。她要纵情歌唱，不能因为杨帆的出现，令胡总和全体观众失望。

主持人开幕词正好结束，辛雅娟在如潮的掌声中款步来到台中央，她深情地给全体观众一鞠躬，待掌声平息后饱含激情道：“感谢大家冒着严寒来欣赏我的独唱音乐会，在此新春佳节之际，首先我真诚地给大家拜个早年，祝大家在新的一年里，工作顺利，合家欢乐，万事如意！”说到此，又深深一鞠躬，台下立即爆发雷鸣般的掌声。

“同时，”辛雅娟转过身去，对身后的伴奏乐队道，“对今天为我伴奏的青春乐队全体老师和指挥先生，表示最衷心的感谢！”也是一鞠躬，乐队成员也都站起鼓掌还礼。

“此时此刻，”辛雅娟又面对观众，“我无以表达我对大家的感激之情，我只能用自己的歌声，来祈福在座的每一位，祈福你们都有一个幸福美好的未来，都有一份真诚的爱……爱祖国、爱社会、爱家庭、爱自己、爱现在、爱未来。我献给大家的第一首歌是《爱在我们的生活中》，希望藉此带给大家一份真诚的爱心！”

悠扬的音乐声起，大厅里照明灯慢慢暗淡熄灭，几束聚光灯同时射向舞台中央。只见辛雅娟眼中泪光闪闪，手中的麦克风轻举唇边，随即，清脆悦耳的声音，在音乐的伴奏下激荡飞扬！

当旭日东升，大地一片彤红。当万类复苏，人间万象更新。我们的爱……在阳光下舒展流放，我们的爱……在四季中生长无穷。

啊……看日月经天，看江河行地，看爱在岁月中快乐升腾。我们歌唱，歌唱日月的灿烂精华，我们赞美，赞美大地的春夏秋冬。

啊……人世间唯有爱常在，啊……爱在我们的生活中……

一曲唱毕，台下群情感动，掌声如雷，经久不息。

接下来，辛雅娟将她多年的经典曲目，逐一演唱。这辛雅娟因杨帆的突然出现，一时百感交集，心血涌动，神魂激荡。满腔的爱、恨、情、愁，随音乐的伴奏有感而发，喷薄而出。歌声时而婉转缠绵，引人下泪；时而高亢嘹亮，动人心魄。

台下观众的情绪，一次又一次被她推向高潮。

两个多小时的演唱结束，观众意犹未尽，掌声一浪接一浪，不让辛雅娟退场。待三次谢幕之后，主持人不得不笑容可掬地走上台，感谢大家的热情，宣布演唱会到此结束。

“等一下！”随着一声喊叫，杨帆手捧鲜花，跳上台来，向辛雅娟走去。他一身笔挺的黑色西服，大背头油光闪亮，面上微露狡黠的笑容，步履矫健，英俊挺拔，神情昂然。

辛雅娟和主持人都被杨帆这一举动所惊叹，观众也都站起鼓掌支持。杨帆来到二人面前，不管主持人同不同意，一把拿过话筒，转身面对观众，洪亮的声音在麦克风的扩音下朗然而出：“辛雅娟老师今天的演唱，有如天籁之音，深深地打动了我们每一个观众的心。在此，我代表北京伟达公司的总经理胡学伟先生、武汉远方集团的总经理李远方先生以及今天在座的每一位观众，将这束鲜花奉献给辛雅娟老师，祝愿她像鲜花一样永远艳丽芬芳！”

“好！”台下一片欢呼。

杨帆转身，将话筒递给主持人，见辛雅娟一动不动地呆立着，上前一步，轻轻拿起她的手，将鲜花塞进手中，小声道：“祝贺你，辛雅娟……终于成为一名歌唱家了！”

辛雅娟浑身一抖，回过神来，她接过鲜花，呆看着杨帆，一时不知如何回答是好。不等辛雅娟开口，杨帆又转过身来，绅士般的对主持人颔首道：“谢谢主持人。”这才健步走下台去，依然是面带狡黠的微笑，步履矫健，英俊挺拔，神态昂然。

主持人满脸惊诧，无言以对，直到大幕徐徐拉上，她才从诧异中回过神来，转身牵着辛雅娟的手，一同款步走下台去。

辛雅娟手捧鲜花，满脸迷茫，心里不住颤动……

3

隆冬时节，一场风雪过后的阳光令人惬意。

辛雅娟独唱音乐会的第二天，艳阳高照，晴空万里，长天碧蓝。几天来，倍受风雪酷寒折磨的市民，大大地出了一口长气。家庭条件好的，走上自家阳台，一把躺椅，一张报纸，一杯热奶，享受冬日阳光的抚慰。条件差的，找个避风向阳的街角，一杯劣质浓茶，一张小方板桌，几个老街坊邻居，天南海北地胡吹。牌瘾大的，四人凑成一场，麻将声中将面前的毛角子，你赢过来我赢过去，打发时光。更有一些游手好闲之辈，聚在旁边，帮人“挑个土”，趁机混包烟钱，由此而引发的扯皮闹绊之事，层出不穷。所以，市里的居民小巷里，偶而因小事发生口角而引发人命官司。

不等阳光照进窗口，胡总就起了床，帮辛雅娟把被子掖好，到卫生间盥洗毕，又帮辛雅娟把冲澡的浴巾、香皂、沐浴露摆好，将地上的踏巾和拖鞋放正到位。出了卫生间，他再将辛雅娟早上必喝的“胖大海”用开水冲泡，这才打电话通知服务员，将早点送到房间。

伺候辛雅娟起床后，二人边吃早点，边探讨文化公司将来的发展。吃完早点，一同下楼，胡总亲自开上辛雅娟的专车，沿解放大道笔直北上，向三阳路江边的“临江花园”高档小区驶去。

胡总每次来汉，因辛雅娟尚未离婚，且是名人，为名声计经常换宾馆幽会。现二人既已决定终身厮守，所以胡总要在汉口给辛雅娟买一套商品房。日后来武汉，他再也没有必要躲躲藏藏，一味地在宾馆消磨时光，可以堂而皇之地过上老夫少妻的快乐生活。

此次来汉前，二人就在电话里商议好，除如期举办独唱音乐会外，胡总负责申办文化传播公司、购买商品房事宜。辛雅娟负责同钱思鸣办理离婚手续，然后双双飞离武汉，前往欧洲游玩。

现在独唱音乐会已成功举办，超过预期效果。文化传播公司在伟达公司的基础上，业已申办完毕，只等从欧洲回后即可领证开业。商品房二人看了好几处均不上眼，最后，还是辛雅娟选定在三阳路江边的“临江花园”。离婚一事，辛雅娟已同钱思鸣谈过两次，钱思鸣先是不愿离，后因法院施加压力，加之辛雅娟现在名声太盛，有关键领导直接出面干预。钱思鸣只得同意，约好就今天签字办理。

胡总见天气晴朗，所以吃过早点，催促辛雅娟一同到“临江花园”将购房款一次付清。装修之事，拜托李远方全面负责。

售楼部的杜小姐早在门口等待。昨天她就接到胡总的电话，今天一大早就赶到售楼部，专心等二人来办理缴款手续。这杜小姐名叫杜望荣，是位毕业不久的大学生，上班不到半年，售楼业绩很是一般。正愁春节将至没有活钱过年。赶巧前几天，同事们都以为大年将至再也不会有买主上门，都赶去看美国大片，留她一人值班时，胡总和辛雅娟前来看房。正印证了那句古语：“人在家中坐，喜从天上来。”一交谈，居然还是一张大单：三室两厅两卫。于是，这杜小姐将半年来所学的营销妙语，从顺心说到放心，再从放心说到舒心，又从舒心再说到省心，最后再从省心又说到贴心，一气连珠般吐出。直说得两眼放光，腮帮发红，把个“临江花园”说得天花乱坠，好似人间仙境。

二人被她的诚意所动，当即缴上订金，满意而去。这几天，杜小姐又不停催胡总来缴款，说是春节期间一次性缴款可以打折。实际上，是这杜小姐想等着这笔大单交割后，她正好提成一万多元钱，利用春节佳期，同男朋友到深圳寻乐。

一见二人下车，杜小姐立马迎了上来，满脸堆笑，将二人迎进大厅，温言接待，热茶侍候。

“你陪杜小姐去办手续，”辛雅娟对胡总道，“我在这里坐一坐，昨晚上我没睡好，到现在身上一直不舒服。”

“好吧！”胡总掏出银行卡，随杜小姐进财务室去。

辛雅娟坐在玻璃窗前，看着窗外滚滚东去的长江，心绪随之而翻涌。昨晚从剧院回到酒店，她心中依然是七上八下，忐忑不安，同胡总一番温存之后，关上灯，睁着眼，在黑暗中辗转难眠，她想起自己同杨帆在一起的快乐时光，神魂俱乱，一时又想起自己被钱氏父子利用，害得杨帆远配新疆，将他一生的前程毁于一旦，更是心如刀绞，柔肠寸断。痛定思痛，她几乎是一夜未曾合眼。直到凌晨四点多，解放大道上车鸣人叫时，辛雅娟这才蒙眬睡去，迷蒙中，但觉杨帆的影子不断在眼前晃来晃去，真叫是心神不宁，煎熬难耐。

早上，胡总催她起床前来缴款，她只得强打精神起来，冲了个热水澡，精神才稍有好转。这是她多年的生活习惯，早起后冲个热水澡养身，喝一杯胖大海润喉。出门时，让胡总开车，自己靠在座椅上想养养神，可一闭上眼，脑海中依然是杨帆的影子挥之不去。于是，她决定先办完购房手续，再找钱思鸣办理离婚程序，然后，同胡总尽快离开武汉，将心中的苦闷悲愁，洒在欧洲列国的土地上。

杜小姐步步花开满嘴蜜语把胡总送出财务室。辛雅娟赶紧站起，胡总走过来关心道："一切手续办完，现在送你回宾馆。我看你的确很疲惫，一定是昨晚演唱会受了风寒。我再去找李远方，让他找个好的装潢班子，赶在'五一'前给我们装修好。"

"我没事，"辛雅娟笑道，"我们分头行动，我打的去找钱思鸣办手续，我想抢在我们动身前把这事搞定。好一心一意、毫无牵挂地享受旅游的快乐时光，好吗？"

"好吧！"胡总爱怜地看着辛雅娟，"不管事情办得怎样，中午打我的手机，我去接你。然后，一起吃午餐，我给你安排几罐中药滋补汤，你要好好补补身体。"说完搀扶着辛雅娟出门。

杜小姐热情拦住一辆出租车，辛雅娟上车而去。胡总也同杜小姐一声道别，开上辛雅娟的小车，向远方集团的总部奔去。

辛雅娟坐在出租车上，思绪又开始涌动萦绕，钱思鸣粗俗狂暴的丑态和杨帆英俊挺拔的身影，在脑海中来回闪现……

第四十章

1

辛雅娟办理离婚手续，没有买新房那么顺利。

上午，她赶到武昌民政局办证点时，钱思鸣还没到，等了近一小时，突然来电话说下午才能来。没办法，她只得一个人来到街上溜达，发现自改革开放以来，市容市貌发生了巨大变化。她想到社会的发展，人类的进步，真是日新月异，突飞猛进。而一个人的一生是何其短暂。她无心去逛商场，一个人在大街上毫无目的地溜达，偶尔发出几声叹息，又想到自己孤身一人，从闭塞的长阳大山区，来到这奢华靡靡的大都市，十几年的时间，转瞬即逝，如梦似幻。自己从一个懵懂的少女，成长为今天的著名歌唱家。其间，她已经记不得遭受了多少凄风苦雨，世态炎凉，内心的伤痛无以言说。

辛雅娟就这样一个人在街上走着、看着、想着，回顾自己的人生历程，不免激起胸中的万千情思，无限伤感。

中午，胡总来电话询问情况，她如实回答，让胡总将中午二人的聚餐改在晚上，自己就在外面吃点清淡的素食。

下午，钱思鸣直到四点才赶来，她怕办理过程中胡总来电话，关掉了手机。好在工作人员办理离婚手续异常快，不像当年办理结婚时繁琐。不到半小时，一切手续办完。离开时，钱思鸣似乎有点依依不舍，冲着她讪讪傻笑，又故意装出一副无所谓的神情。辛雅娟无心跟他搭腔，快步出门，拦上一台出租车就走。

现在，辛雅娟坐在出租车里，一阵轻松，有一种鸟出牢笼的亢奋。看着道路两旁商铺中人流攒动，仿佛一下又回到十六年前，第一次来到武汉读书时的情景——看什么都新鲜，走到哪里都惊奇，白天黑夜都抑制不住内心的激动。

“十二年了，我终于摆脱了钱思鸣的魔爪。”辛雅娟止不住热泪外涌，她打开手机，拨通了胡总的电话。

“怎么样？没事吧？”没等她开口，胡总就急切地问。

“放心吧，手续办完了……我到哪？”

“好、好、好！”胡总一阵激动，“香格里拉酒店二楼餐厅，我在大门口等你，今晚我们好好庆贺一下。”

“好吧，”辛雅娟大受感动，“我现在是自由之身，毫无牵挂，你想怎么样就怎么样，今后，绝对唯你马首是瞻。”

“说错了，我唯你马首是瞻，从今后，奉你为慈禧老佛爷。”

“我就那么老吗？”

“对不起……我太激动了，那就先奉你为懿贵妃吧！”

“可别后悔！”辛雅娟抹了抹眼泪，看着车窗外，“我现在已经上了长江大桥，半小时左右到。”挂断电话。

冬天的黑夜，来得特别早，五点刚过，天空就暗淡下来。气温猝然下降，江面上暮霭霏霏，蒙蒙一片。

辛雅娟靠在靠背上，想养养神，刚合眼，电话又响起来。她一接听，是武汉歌舞剧院的好同学李芸。

“在干吗？辛大明星！”李芸在省内也算明星级的歌唱家，可比辛雅娟名气小多了，直到现在未婚，每次见面或通电话，她都要酸溜溜地挖苦一下，“这段时间，有爱情就忘了朋友……重色轻友。”

“你个白骨精！”辛雅娟笑道，“昨天我的独唱会怎么没去？是不是又钻进哪个男人的被窝吸血去了？还好意思说我重色轻友！”

“快别提这些人！”李芸气愤道，“都是些伪君子，没上床之前，说得比唱得还好听，每天跟在你屁股后面买这送那，一箩筐的肉麻话。上床之后，就不是那回事了，躲你倒是真像唐僧见了白骨精似的，真正是翻脸比翻身还快。”

“你不是说……有一个想跟你结婚吗？”

“结‘黄昏’！”李芸更气，“这家伙更可恨，说什么离婚影响他的政治前途，像我这样的明星，找个二婚的男人也不好听。不如就保持这种情人关系……他照顾我一辈子。”

“这不是很好吗？”

“好你个头！”李芸骂道，“他老婆持枪挟棒找到我们剧院，吓得我们团长恨不得给我磕头。你猜怎么的？原来这王八蛋是靠岳父才爬上今天的高位，岳父大有来头，你说气不气死人？”

“别气、别气！”辛雅娟安慰道，“我明天请你喝汤，给你消消气。然后再陪你去逛逛‘武广’，看中了哪款时装，我请客。”

“好了，不谈这，谈正事！”李芸道，“你春节的活动是怎么安排的？我现在当‘穴头’了，想请你参加几场演出，每场一万。”

“恐怕不行！”

“怎么你嫌少？这可是一线明星的价位，我是看在老同学的分上，才给你这个价……别刚当上明星就摆谱。”

“不是这意思！”辛雅娟赶紧解释，“我春节期间要同胡总一起去欧洲旅游，手续都办好了，三天后就出发。”

“哦！”李芸羡慕道，“那我只得安排别人。”提醒道：“你明目张胆地跟野男人出国，不怕钱思鸣知道找你麻烦？”

“我正要告诉你，我跟钱思鸣正式办离婚手续了！”

“太好了！”这李芸一听又多了个伴，兴奋道，“等你从欧洲回我们再见面，我给你接风。”不等辛雅娟搭话，就挂断电话。

“真是个白骨精！”辛雅娟一看车外，已过江快到武胜路，估计到香格里拉还得一刻钟左右。她靠在靠背上，想再眯瞪一下。

刚闭上眼，电话又响起来，她摇摇头，只得又拿起手机接听，一听对方的声音，大脑轰地一炸，整个人瘫倒在靠背上。

“我是杨帆……不知可否赏光，陪我吃个便饭？”

“你……”辛雅娟好半天才稳住情绪，“对不起，我今天有事！”

“你说什么时间？”杨帆紧逼，“明天行不行？”

“明天……明天……”

“明天什么时候？在哪？我好提前准备。”

“明天……”

“你不要有顾虑，我没其他意思，只想见个面，谈谈各自这些年的经历，看到你今天的成就我很为你自豪。我知道以前的事都是钱思鸣这王八蛋搞的鬼，你也是受害者，我不会记恨你的。”

“你能……理解……我就……”泪水一下就涌出了辛雅娟的眼帘，想起自己背了十多年的骂名，现在一下就被杨帆抹去，胸中酸、甜、苦、辣、咸同时涌出，已经泣不成声。

“这样吧！”大概杨帆从电话里感受到了辛雅娟的情绪变化，安慰道，“明天中午 12 点，我在武昌司门口的‘生香酒楼’门口等你，那是我们十几年前第一次喝酒的地方。”

“好……吧！”辛雅娟终于忍不住，接受了杨帆的邀请，不等杨帆再说话，她挂断手机，又一头倒在靠背上。

窗外正是华灯初放，车前车后，到处霓虹闪耀……

2

正当杨帆在电话里安慰辛雅娟、咒骂钱思鸣时，钱思鸣正开着他的豪华大奔，向风景宜人的东湖宾馆驶去。

冬天的黄昏，东湖宾馆里又是一番景象，荒凉寂静。树林里，归巢的倦鸟，偶尔几声啾鸣，令人顿生凄凉之感。一阵寒风扫过，残枝败叶呼啦作响，枯萎的落叶撒满道路两旁。

钱思鸣开着奔驰进入东湖宾馆大院，沿指示路牌一路左右拐进，最后停在“南山客舍”前。今天是他父亲的老部下从北京来武汉开会，利用休会时宴请他们全家晚餐。他父母及姐姐钱华早已到达，他因为同辛雅娟办理离婚手续，耽误了时间，所以姗姗来迟。

停好车后，钱思鸣疾步向餐厅包房赶去，推门一看，几人都已就座。父亲和老部下面门而坐，父亲旁边是他母亲，老部下旁边是他姐姐。满桌的珍馔佳肴也已摆好，就等他一个人前来开席。

“对不起，张叔！”钱思鸣在对面坐下，“因为办点急事，所以来迟了，我先敬张叔一杯，向你赔礼道歉。”

“不必客气，”张叔笑道，“难得同老领导见面，所以，请你们全家吃个便饭，算是我提前给老领导拜个早年。”站起来举杯：“来，我们先干了这第一杯，祝老领导和大姐身体健康，万事如意。”

五人站起一饮而尽，坐下后，又开始慢斟慢酌，边喝边聊。

“什么办急事？”钱思鸣的姐姐钱华不屑道，“张叔叔又不是外人，实话实说，不就是跟辛雅娟办离婚手续吗？又不是什么见不得人的丑事。再说，这辛雅娟又不是什么好东西，就只会唱几首歌，老早就该跟她拜拜，拖到现在，我都为你难为情。”

钱华一直对辛雅娟这个漂亮的弟媳心存醋意，加之从小又养成娇惯的习性，说话从不饶人。上礼拜她老公出差到广州，女儿小敏放寒假到爷爷奶奶家去了，她也就每天下班回到娘家吃饭。这几天和父母一起陪张叔叔吃过两次饭，已经是相当熟悉，而且听张叔的意思还非常喜欢她的直爽性格，所以，说话也就无所顾忌。

“好了！好了！”钱主任发话，“思鸣啊，你张叔身居高位多年，这次来汉，带来几个大项目。他明后天就要回京，今天呢，主要是想跟你好好谈一谈，看有什么事，可以同你合作合作。你好好把你的想法跟张叔汇报、汇报。”

“太好了！”钱思鸣兴奋道，“以后就仰仗张叔支持，现武汉正大搞房地产开发，我想在这方面发展，请张叔给我指条明路。”

“指点谈不上。”老部下比钱主任小上十岁，奔六十的人了，红光满面，身材高大，只是略显肥胖，头发开始有些稀白。在部队时，他一直很敬重钱主任，见钱思鸣要他指点，他也就毫不客气，满脸堆笑：“不过只是些经验之谈，刚才你没到时，你父母和姐姐详细介绍了你的情况，我就直言相告。”看了看钱主任老夫妻，“二老没意见吧？”

“哪里话，我们感激都来不及。”钱思鸣的母亲感激道。

“姐姐呢？”他又问钱华。

“看张叔说的！”钱华左腿顺势在桌下撞了一下老部下的右腿，半撒娇道，“我这个弟弟，让父母都操碎了心。他又听不进我老爸的话，张叔的金玉良言，拿钱也买不到。来……我先代弟弟敬张叔一杯。”举杯同他相碰后，一仰脖灌进口里。

“好！”老部下也将酒一口饮尽，这才对钱思鸣道，“古人说‘成人不自在，自在不成人’，我看你钱思鸣就是生活太自在。别以为你现在快乐逍遥，娱乐城开到，奔驰车跑到，钱大把地花，天南地北到处飞。可你别忘了，这一切不是靠你自己挣来的，完全是靠你老爹的人脉关系在维持运转，是你老爹这棵大树在支撑着你纨绔子弟的奢靡生活。”看了一眼钱主任：“说句不该说的话，如果有一天，你老爹撒手人寰，请问……你自己还能继续维持这种逍遥的生活吗？”

大概从来没有人如此直言不讳地敲打钱思鸣，他停下杯，呆呆地看着对方，无言以对。

“维持个屁！”钱华忍不住了，“就是现在老爸在世，他还两天一个麻烦，三天一个惊吓，害得老爸老妈成天为他担心。”

“还有，”老部下继续敲打，“圣人说‘不孝有三，无后为大’，你钱思鸣快四十的人，还没养个一男半女，找个老婆是‘驴子拉屎外面光’。好看不中用，是镜中花、水中月，结婚都十年了吧？”

“十年十一个月了！”钱思鸣的母亲每天盼抱孙子，日子比谁都记得清，见这张兄弟说话儿子听得进，插嘴补充道。

“你看，”老部下接着道，“都十一年了，难道你就没有想到生儿育女吗？你不为你自己想，也应该为你的老父母想一想，你对得起你们钱氏家族的列祖列宗吗？”

钱思鸣慢慢低下头不言语，钱主任和老伴对视了一下，心里很是宾服，拿起酒杯，点头示意老部下先喝一口。

“更可气的是，”老部下呷了一口，继续道，“就这样个既不中用又不听话的老婆，居然主动提出要同你离婚。你说你这夫妻生活过得是何等窝囊？”又问：“你知道她为何要同你离婚吗？”

“性格……不合！”钱思鸣讪讪而答。

“错了！”老部下斩钉截铁，“她另攀高枝了，同北京伟达公司的老总非法同居已经五年了！”

“有这事？”一家四口，都惊得瞪大了眼睛。

“我先还不知！”老部下叹息一声，“是刚才老领导说，儿媳妇是省里的著名歌唱家，叫辛雅娟，我才恍然大悟.原来这辛雅娟是你钱思鸣的老婆。既然你们已经离婚，我就直言相告：北京伟达公司的老总我认识，叫胡学伟。我同他喝过几次酒，他的恩师就是名震天下的孔老先生。这胡学伟借恩师的威名，也可说是手眼通天的人物，在北京也是呼风唤雨，曾经当过兴华公司武汉分公司的总经理。有一次我们在礼堂聚会，他带在身边的就是辛雅娟。会上，这辛雅娟还上台献歌,当时轰动整个会场。”

这老部下有意要显露自己能耐，先把胡学伟吹得神乎其神。

“这个臭婊子养的！”钱思鸣咬牙切齿，“我一定宰了她！”

“这就不对了！”老部下举杯示意钱思鸣呷一口，见钱思鸣一口就倒进嘴里，自己呷了一口，继续道，“‘小不忍则乱大谋’，杀人是要赔命的，一个大男人，为个唱歌的如此冒险，你值吗？”

“就是吗.”钱华嘴一噘，附和着，赶紧给父亲的老部下夹菜。

“他们长不了！”见效果已达到，老部下语气一变，“有一点我都不好意思告诉你,这胡总经理大辛雅娟整整二十岁。老夫少妻能长久吗？辛雅娟无非是看上了他的金钱和权势，想借助他的肩膀往上爬，到北京展示自己的歌喉。像辛雅娟这种水性杨花的女人，怎么可能跟一个比自己大二十岁的老男人厮守下去？”

“幸亏跟这个脏女人离了！”钱思鸣的母亲气愤道，“不然这事传出去，我们老头子的脸面，岂不给她丢尽？”

“所以说大姐，坏事也是好事。”老部下安慰道，“我相信思鸣一定会从第一次失败的婚姻中吸取教训，马上再找一个好女人结婚。一年半载，给二老生个胖小子，岂不是坏事变好事？”

“他真要是如此争气，那我要朝南头菩萨磕头了！”

“我说思鸣啦！”钱主任放下筷子，“张叔的话可听进去了？”

“老爸老妈，二老放心！”钱思鸣充满愤激，“我春节过后就结婚，再也不要漂亮的……只要贤惠孝顺二老就行。”

“要会生儿子！”他母亲提醒。

“这事也急不得，”钱主任道，“‘心急吃不了热豆腐’，只要懂得做人做事的道理就好。”又对老部下：“你再跟他合计一下事业。”

“好，”老部下举杯同四位逐一碰杯，一口干下，这才盯着钱思鸣，“你张叔我别的不敢吹牛，要论在北京的人脉关系，并不比这胡学伟差。”瞟了一眼钱华，继续道：“只要你听我的，保准你将来大有前途。不要只顾眼前利益，要有远大的目标。钱是赚不完的，一个有远大志向的男子汉，不仅要有钱，还必须要有权。古人说‘经商要座号，当官要当道’。要当有话语权的大官,明白吗？”

“明白，不过张叔，我不是当官的料，大官那更是妄想。”

“冇得志气！”钱华瞪了弟弟一眼。

“当官有两种，”老部下看了一眼老领导，见他也动了心，笑道，“这当官有直接当官的，也有间接当官的。”

“间接当官？”几个人都不解。

“对，间接当官比直接当官更容易。”盯着钱思鸣，“像你老爸和我，都很难，尝尽了人间的悲欢离合，战争年代更是玩命，随时都有可能掉脑袋。最后奋斗了一辈子，也就混到这样。”说到此，摇头冷笑：“间接当官就容易多了!”

“怎么当?”钱思鸣瞪大了眼睛。

“非常简单。平时多留心，瞅准机会，找个可靠的人物。如此一来，对方的大权，就分了一半给你了。你照样可以呼风唤雨，比方那个胡学伟，他如果没有孔老的后台，能把你的老婆哄上床吗?”

“哦……”几人恍然大悟，钱思鸣拿起酒杯，激动道，“我敬张叔一杯，以后就靠张叔这棵大树了!”仰脖一口而尽。

“又错了!”老部下压低声音，“你张叔这棵树太小，我帮你攀上几棵参天大树，保你钱家五代昌盛。”

“别人不同意怎么办?”钱主任心比较细，不像儿子一根筋。

“老领导放心，”老部下自信道，“我在天子脚下呆了二十多年，这点把握还是有的。”

“太好了!”钱思鸣激动起来，“下半辈子我就跟定了张叔。”

“另外，”老部下神秘道，“干大事要有一帮人，要有自己的大本营。我会很快给你赚大钱的机会，你必须把人员选择好。”

“选择什么样的人?”钱思鸣急不可耐。

“记住，”老部下突然严肃道，“人最重要。干大事者要有政治家的眼光、军事家的谋略，还要具备钢铁般的意志、锲而不舍的精神。所以，你一定要精心挑选人马……明白吗?”

“好!”钱思鸣站起来，“从今以后，在张叔的教诲下，我钱思鸣决心痛改前非，重新做人，绝不辜负张叔和父母的期望。”

“对!”老部下也站起来，“大丈夫当雄飞，安能雌伏，你成天泡在娱乐城，跟一些小娘们鬼混，岂能成大事?有机会我带你到京城和几个特区长长见识。你刚才说的房地产开发，的确是以后做生意的大方向，这说明你还是很有眼光，是做大生意的料。你赶紧注册一个房地产开发公司，我下次来汉，帮你具体操作几个大项目。”

“好!”钱主任也兴奋地站起来，“来，我们一起干了这一杯。”

五人在兴奋中相互碰杯，都一饮而尽。

“好了!”钱主任对老部下道，“时候不早，我和你大姐还要回家吃药，先走一步。”对儿子、姑娘道：“你们陪好张叔。”

"是！"二人齐声答是，钱华几步跑到外面，叫老爸的司机发车。钱主任退休后，单位配了一台车，给他参加各种活动。

送走二老，三人又回到包房，继续边喝边聊。这钱思鸣几杯五粮液下肚，早已是自己不认识自己。这老部下本来是海量，可看着钱华在自己身旁又是撞腿，又是媚笑，也早已心猿意马，有点按捺不住。俗话说"酒壮色胆"，等老领导走后，他哪还有心思跟钱思鸣谈大事，三杯两盏就把钱思鸣灌得舌头打转，两眼迷糊。

"钱华！"老部下这时也顾不得钱华是老领导的女儿，色眼迷离道，"你弟弟显然喝高了，是绝对不能开车的，今天我们就到此吧。你看这样行不行，我来开车，我们一起送你弟弟回家，然后再一起坐出租送你回家，如何？"顺手在钱华大腿上摸了一把。

钱华读高中时，就勾引男生为她打架，现在正是虎狼之年，几乎每天都要老公趴在身上"劳作"一番，正好老公出差在外，已经苦熬了几夜。前天她见这人身材魁梧，成熟睿智，又是最体贴女人的年龄段，她就有心勾引。只是碍于父母的面子，不敢超越雷池。现在见他如此猴急，哪里压得住一腔欲火，心里恨不得就在这包房玉成好事。一见父亲的老部下色迷迷地摸自己，她嫣然一笑，头一歪："好吧，今晚就随你……你想怎么都行。"随即，手搭在他的臂膀站起来，也不管钱思鸣同不同意，一左一右架起他就走。

从钱思鸣家出来，二人拦住一辆出租车，快速钻进去，老部下吩咐司机直接开到南山客舍。

"我也不行了！"到了客舍前，下车后，钱华歪歪斜斜地挽住父亲的老部下，娇声道，"都是你……害得我喝多了！"

老部下一手揽住她的玉腰，也颤声道："忍耐一下，进房间后，我帮你醒酒，明天……再带你到……"

原来这人两年前由于经济和作风问题，受到内部撤职处分。因性格甚是豪爽，善结夤缘，所以大家仍以旧职相称。久而久之，他也就无所顾忌，仍以旧职自居。又因在京二十多年，人脉关系甚厚，受市场经济冲击，耐不住寂寞，长期往来于各地，招揽一些招商引资的营生。他出入各地方，依然是前呼后拥，风光依旧，比撤职前更为逍遥自在，风流快活。

此次来鄂，就是为某大型企业牵线搭桥，招商引资。因想起钱主任来，事情办完后特地前往拜见。谁知拜来意外之喜，先是钱华上两次吃饭时，就媚眼咸手地招惹自己，有些心痒难耐，故而特地多留两天，想伺机得手。今天，他又无意获知钱思鸣同辛雅娟的糗事，想借此从这混小子身上捞些油水。于是，他对钱思鸣大加抨击，又慷慨陈辞，将老领导一家四口忽悠得心服口服。

现在，见钱华主动投怀送抱，一颗淫心，早已按捺不住。进入房间后，他也等不及开灯展床，猛地抱起她，摔倒在席梦思上，硕大的身躯，猛虎扑食般压了上去……

3

一抹阳光透过窗帘的缝隙，射到宋红雨脸上，暖洋洋的让她感觉温馨惬意。她看了看表，已是早上八点多，再回头看睡在旁边的杨帆，这家伙还在沉睡，偶尔发出几声闷鼾来。

她慢慢坐起，靠在床头靠背上，手轻轻抚摸着自己隆起的大肚，脸上露出幸福的笑容。

摩挲完肚子，宋红雨将旁边的枕垫塞在腰下，又将被子拉上盖好，这才歪头看着杨帆酣睡的模样，心里升起浓浓的爱意。她想起第一次见这个坏家伙的情景：那是一个炎热的夏天，她们一群小姐妹，涌出肉联厂大门的瞬间，厂里的一群单身小伙子都自觉地站立在大门两旁，目送她们一路叽叽喳喳、打情骂俏、花枝摇曳般离去。她偶然一回头时，发现了一张英俊的面孔和一双狡黠的眼光紧盯着自己。她止不住放慢了脚步，回头又朝他睃了一眼，嫣然一笑。

就这回头的一睃一笑，这张英俊的面孔和狡黠的眼神，就占住了她的心灵。她无法拒绝这个家伙的邀请，于是，就有月光下树丛中的甜言蜜语，有饭厅中不时地四目遥望，有单身宿舍里忘情地热吻拥抱。再后来，这家伙带自己见了他的父母哥嫂。再后来，在一个寒冷的深夜，这家伙借故天寒地冻，不愿送自己回家，强行将自己拽进他的被窝。那一夜，她将自己最宝贵的东西献给了他。那一刻，窗外刺耳的朔风，变成了窗内缠绵呻吟的协奏曲。

协奏曲中，她在心里许下诺言——今生今世，只爱这个家伙。

从此后，她的命运就同这个有着英俊面孔和狡黠眼神的家伙血肉相连。为了他，她舍弃了一切，牺牲了一切，苦等了十年，被人耻笑、揶揄，遭人辱骂、唾弃，直至被钱思鸣这个恶棍强奸。

然而，这一切对她来说，都无所谓，她一心只爱这个家伙，只想拥有这个家伙，给他生儿育女，为他全心操劳，同他厮守一辈子。尽管这家伙，已不再像是十几年前肉联厂大门前的那个家伙，尽管已有人在自己耳边吹风，这家伙养有“二奶”。她依然始终如一地爱他，直到一同远离这个喧嚣的红尘，进入梦幻般的天堂。

现在，这个有着英俊面孔和狡黠眼神的家伙，就躺在自己的身边，像个熟睡的婴儿，两眼紧闭，嘴唇微翘，呼吸均匀，就连偶尔发出的鼾声，也是如此动听。

肚子里的小家伙在蠕动，宋红雨抽出纸巾，拭了拭涌出的泪水，又将手伸进被子摩挲着肚子，自语道：“别急，好孩子！爸爸、妈妈都在这，就等你早日出来。别动……我的好宝宝！你老爸这个懒猪还在睡觉，你以后可不能像你这个坏老爸，要做一个诚实的好孩子，你听见了吗？别踹……我的好孩子，妈妈等你早点出来！”

“我这不是在做梦吧？”杨帆突然一屁股坐起来，“好像……隐约听到……你跟谁在说话？”

“说你个头哇！”宋红雨揪住杨帆的耳朵，“太阳都晒破屁股了，你还在像个猪样的酣睡，儿子在我肚里提意见了。”

“哎哟……夫人饶命。”杨帆故作痛苦状，宋红雨松手后，他俯下头，揭开被子，将耳朵贴在宋红雨的肚子上，笑道，“真是儿子在说话……儿子说：‘爸，你看我妈多好，每天吃那么多营养来滋润我，等我出来后……’说什么……儿子？老爸没听清楚？哦……你出来还要吃妈妈的奶……什么？我先代你吃几口……好的！”说着，一口含住宋红雨的乳头，猛地吮吸起来。

“你这个……”宋红雨被杨帆吮吸得全身酥麻，又揪住他的耳朵，颤笑道，“好了……老娘受不了啦，快伺候老娘早膳。”

杨帆停止吮吸，摸着宋红雨的肚子：“预产期还有几天？”

“十二天！”宋红雨感叹道，“正月初五是个顶好、顶好的日子，盼望这小家伙，能顺利来到我们身边。”

“正月初五是什么好日子？”杨帆不解。

“猪！”宋红雨笑道，“正月初五是财神菩萨的生日！”

“哇……太好了！我孩子的生日，跟财神菩萨是一天！”杨帆一骨碌爬起来，帮宋红雨掖好被子，然后顾不得自己洗漱，跑进厨房，噼里啪啦不到一刻钟，就将早餐准备好了。他来到床前一脸严肃：“报告宋夫人，本座参照这个月的营养搭配，并根据夫人现在肚子增长的实际情况，结合里面胎儿的需求，今天早膳的品种为：一杯牛奶、一块蛋糕、半碗鸡汤肉丝面、一盘青菜、一碟酸菜、两块咸鱼，外加一个蒸红薯。报告完毕，请指示！”

“上早膳！”宋红雨笑靥如花。

伺候完宋红雨早餐，杨帆小心翼翼扶持她起床、洗漱、如厕，再将房间整理好，这才搀扶她下楼，一步一呵地送到李远方家，跟周丽交代寒暄几句后，又对宋红雨道：“我今天到武昌办急事，晚上有可能晚点回，实在太晚就不回，免得影响你休息。你有事打我手机，如果晚十一点我还没回，你就叫凤丫头来跟你作伴，明白吗？”

“哎呀！”周丽嗔道，“快走吧，像个婆婆妈妈的，李远方要像你这样我都烦死啦。快去快回，有我照顾，你就放心去办事吧！另外，记得买几瓶维生素，上次检查，医生要她补维生素。”

“是！”杨帆转身出门，先回到家，一番精心洗漱打扮后，这才下楼来，开上车，一路向武昌司门口的“生香酒楼”奔去。

赶到酒楼，已经是上午十点四十分，他定好包房，点好酒菜，一切安排就绪，拿起手机拨通了辛雅娟的电话。

“是于团长吗？”刚开口一声“喂”，辛雅娟在那边先说起来，只听她继续道，“于团长，我马上动身，不过我丑话在先，如果对方给的条件，没有达到我的要求，到时可别怪我不给你面子罢演。”也不等杨帆说话，就挂断了电话。

杨帆一喜，心想道："原来这婆娘，还跟胡总在一起。耍的还是十几年前我教给她的障眼法。"

十一点半，杨帆下到门口，又拨通辛雅娟的电话。这回辛雅娟不需要障眼法："即将上大桥，别再打，我开车不方便接听。"

杨帆站在门口，心里一股热流滚过，一下又回到自己同辛雅娟热恋时的情景。对面中华路口，从江面吹来的北风，一阵紧赶一阵，抽打在脸面上生疼。杨帆不愿回到包房，他必须站在门口，等待辛雅娟的到来。就像十几年前第一次站在这门口台阶上等她一样。

一阵手机铃声，打断了杨帆的遐想，他一接听，心猛地一跳！是周丽的声音，只听周丽在电话里急切叫道："杨帆……快回来，宋红雨早产了，现在正在去医院的路上，快！快！我都不知如何处置，下面羊水已破……快……"说到此，也顾不得挂电话，大概宋红雨又在发作，就听电话里不断传来宋红雨的呻吟声。

杨帆大脑轰的一声炸响，来不及多想，快步跑进包房，找服务员要过纸笔，刷、刷、刷快速给辛雅娟写好留言，又将钱交给服务员先去结账，一面急速出门，他边跑向停车场边给辛雅娟拨电话。

辛雅娟电话一接听，不等她开口，杨帆大声道："对不起，我不能在门口等你了，请你来后直接上二楼 1 号包房。"说完挂断电话，钻进小车，一路呼啸着向汉口方向狂奔。

辛雅娟一头雾水来到"生香酒楼"二楼 1 号包房，哪有杨帆的影子，拿起留言条一看，顿时两眼泪汪！失落、被愚弄、凄苦转化为悲戚和愤慨，止不住陡然涌上心头。她呆滞地望着桌上的酒菜，好半天才回过神来，对服务员道："麻烦你拿个打火机给我。"

服务员赶紧递上打火机，辛雅娟打着火，将杨帆的便条从边角处点燃。两眼一动不动地盯着火苗步步上蹿，直到要烧到手指她才松开。火苗随即左右摇摆，向地面飘落，没来得及落地，瞬间熄灭，灰烬猛地又一上蹿，扶摇直上，直飞到房顶。

"服务员，"辛雅娟冷声道，"这桌酒菜那位先生有没有付钱？"

"付过了！"

"那好！"辛雅娟冷眼盯着服务员道，"现在由你处理，施友送客，喂猪喂狗，你想怎么样就怎么样。”不等服务员反应过来，她猛地迈开大步，愤怒地拉开房门，一阵风似的疾步而去……

第四十一章

1

春风一度花千树，江南江北春雨足。

春天又来到了九龙冲，站在东山头上放眼望去，整个九龙冲的七岗八梁、九寨十村，山前湾后、冲东港西，到处树木葱茏，芳蕤馥郁。山梁上，豆蔻花垂千万朵，蜂鸣蝶舞鸟翩跹；丛林中，草肥叶翠虫相聚，山獾野雉逐声高；田畴边，牛奔狗吠人欢笑，秧青水蓝雾如烟。真正是锦绣江南美如画，千里万里宇泰开。

1994年农历正月十五刚过，东山头白龙寺前一下热闹起来。李德正带领着白龙寨一百多名男女劳力，在此平整坡地，扩宽广场，为重建白龙寺，开展前期的基础工程。

李德正每天坐在白龙寺前临时搭建的工棚内坐镇指挥。工棚内很简陋，一张方桌，四把靠椅，几条由树干架起的长条凳。桌上一台半导体收音机，不停地播放着各类新闻，定点播放天气预报，这是李德正每天必须掌握的信息。半导体旁边，摆放着几条“红双喜”香烟，预备休息时分发给大家提神解乏。李远发手拿记工本，坐在李德正旁边聊天边记工算账。二人决定十天一结账，现场发钱，按劳计酬，多劳多得。工棚左后方水井旁，临时拉起的帐篷里，李远发的老婆娘和李德正的小儿媳在烧火做饭，负责一百多号人中午在山上的吃喝。又在白龙寺后边的山坡地，挖出两个茅厕坑，竖起几块石棉瓦，将三面罩住遮羞，留出一面进出，供这些男女拉屎拉尿。

李德正指挥众人先将白龙寺内残垣断壁加以清理，石渣瓦砾用于广场铺地，残石破砖填于山路石板之下坚固基础，好石整砖靠边码好，作日后建寺备用。又将原来寺前不到一亩地的广场，拓宽至三亩。再从广场西边，开出一条石板小径直通西山顶，将东西两山头连为一体，小径两旁间或竖立青石板凳，便于游人途中小息。再从广场南北两端，各开通一条上山路，铺上青石台阶，便于四方信众朝山拜佛。北面一条曲曲弯弯蜿蜒至龙珠山牌楼前的祭拜广场，同通往白龙寨的公路相接。路两旁亦在拐弯抹角处，竖上青石板凳。南面一条则连绵延伸到山脚下的马家凉亭。马家凉亭为秦汉时期路人翻越东山头时下马歇脚之地，久而久之，假马名成邑，繁衍发展成为东山脚下的重要集镇。往日，白龙寺香火鼎盛时，东南方四乡八邻的信众，常常提前聚集这马家凉亭，然后结伴上山，进入白龙寺烧香礼佛。

一帮人热火朝天地大干了整六十天，硬是抢在“五一”前，将前期工程完工。只等“五一”节这天，李远方陪同县、镇领导，前来举行隆重的重建白龙寺奠基仪式。

原来，自李远方决意重建白龙寺和改建小学后，他多方努力终成善果。先是在肖畅的帮助下，将重建白龙寺的合法手续层层办理好。又动员周敏和许姨行善布德，从远方集团的利润中，抽出些许资金留作善款。除筹建白龙寺和白龙寨小学外，日后遇有修桥补路，治病救人，好及时行善。二人都欣然接受，周敏更是直接从香港汇出二百万港币，拜托李远方为她广种佛田，大行功德。李远方特地到银行另立一个基金账户，所有善款存入其中，专款专用。凤丫头春节期间如愿去台湾探亲，又带回了由李远方的姑姑李家茵负责募集的三百多万新台币，李远方一并都存入善款账户。

办理完双方的善款基金后，李远方同县旅游局签订合同，联合成立九龙冲东山佛教旅游点，又吩咐沈小虹和工程部，招标一个寺庙建筑的专业工程队。沈小虹在筛选所接触的工程队后，极力推荐“汕头高香建筑公司”，且附上老板司马高特地为白龙寺绘制的效果图。李远方一看甚为满意，加之这司马高以前打过交道，为人甚为豪爽，做事也很认真，又是梁明的同学。所以商定由这高香建筑公司承建，施工期间的临时小工，则在白龙寨的村民中挑选。

春节期间，李远方亲自带上前期五十万现金回到白龙寨，邀请李德正、李远治、李远发等族人，商议建寺建校大事。最后商定李德正和李远发负责白龙寺的建筑工程，李远治负责白龙寨小学的改建项目。李远方全面负责资金的筹措以及对内对外的宣传事宜。

于是，正月十五一过，李德正就召集人马上山开工。他一心要抢在“五一”之前，将一切基础工程做好。

李远治从痛失黑牛的苦难中慢慢解脱出来，他向李远方表示：白龙寨的孩子，都是自己的孩子，要在有生之年，为子孙做点力所能及的贡献。除把小学建好，不辜负大家的希望外，决心利用劳动之余，义务给白龙寨的孩子们传授知识。

因为白龙寨小学是肖畅特地嘱咐李远方改建，李远方又以肖畅的名义，向县、镇领导及教育部门说明：改建小学的资金，由肖畅和他二人共同捐赠。县、镇领导表示：一定邀请肖畅故地重游，为白龙寨小学的改建工程亲自奠基、剪彩。

于是，李远方征得李传道老人同意后，决定在“五一”节这天，举行隆重的重建白龙寺奠基仪式。

“五一”节这天，白龙寺前广场上，彩旗飘扬，人山人海。方圆百里地的乡民，都聚集到这里，目睹这二百年来东山头上的又一惊天壮举。

省、市、县佛教界和旅游局的领导莅临现场祝贺，省内外几大寺庙的方丈、大德高僧，也被邀请前来传经布道，庄严法会。

奠基仪式由九龙冲镇人民政府镇长主持，省宗教事务管理委员会宗教处处长、市宗教局副局长、县宗教局局长、市旅游局副局长、县旅游局局长等领导，分别代表各级政府致辞，对李远方等社会各界为弘扬佛法所做的善举以及对地方旅游业的贡献，深表感谢。

李远方代表李氏家族讲话，他回顾了白龙寺一千多年来的兴衰历史；陈述了李氏家族千百年来为弘扬佛法所做出的不懈努力；表达了白龙寨九龙冲等四方信众祈愿国泰民安的美好愿望。最后他大声承诺：只要白龙寨的根脉还在，只要李氏家族一息尚成，就要将弘扬佛法的善举传承下去，千秋万代，永不停息。

四方信众，八方道友，早在两月前就互相传颂，要在这天上白龙寺礼佛。这些虔诚的教友们，半夜就沐浴更衣，带足佛礼，满怀赤诚，一路念佛不尽，一拨赶一拨逶迤爬上山来，然后有秩序地来到白龙寺的废墟前，拈香磕头，顶礼膜拜。尽管现在白龙寺还未建好，但这些教徒相信，佛无处不在。所以，他们都虔诚地跪在废墟前，祈祷大慈大悲救苦救难观世音菩萨，再显大慈悲，再放大光明……

2

司马高的老婆公孙香是虔诚的佛教徒，得知老公承建白龙寺，感动得在家千佛万佛念了三天三夜，又亲自带上十万现金，号召一帮教友，提前三天从汕头来到武汉，要在白龙寺前大做功德。

司马高无心照顾老婆，委托沈小虹帮他接待，借此机会塞给沈小虹八万元人民币。表面上是请她照顾老婆一行的起居，实际上是重金感谢她鼎力相助，一举接下白龙寺工程。

沈小虹自四年前同司马高认识，这司马高三天两头请她吃喝，偶尔还送个贵重礼品。开始，沈小虹以为这肥胖子只是求她在李远方面前多揽点工程。后来渐渐发现这肥猪另有所图，每次见到自己都吹嘘他如何有钱，可惜家庭生活却很是不幸，再多的钱，也没一个红颜知己共同消受。他又极力赞扬沈小虹何等美丽，是女子中的才女，言下之意不言而喻。有两次在酒桌上居然以酒装疯，几乎到了无法克制的地步，竟赤裸裸地提出给沈小虹买房买车，只要愿意做他的红颜知己。可笑这司马高在生意上是高手，在情场上却有点不谙风情，没有从沈小虹每次看李远方的眼神中判断出她内心深处的幽怨。更忘了一个女人为了心上人连命都不要，车子房子又要它何用？沈小虹严厉驳斥了司马高的妄想，起身愤然而去。梁明追出来，一个劲地给她赔礼道歉，加之司马高一再表示是因酒乱性，请她原谅，这才平息了沈小虹的怒气。自此后，司马高见了沈小虹礼貌有加，唯唯诺诺。

这次，沈小虹通知司马高竞标白龙寺古建筑工程，司马高受宠若惊，见了沈小虹“部长”前、“部长”后叫个不停，叫得沈小虹自己都不好意思，想这肥猪尽管有时有点讨人嫌，可为人还不错，又想到这几年在自己身上也花了不少的钱，就原谅了他过去的粗鲁言行，全心在李远方面前帮他把工程接了下来。当司马高将八万元钱塞给她时，心里本来要拒绝，可双手不听使唤，居然毫无羞涩地接过来，装进了自己的提包。在招呼司马高的老婆一行时，她每次主动付账，可付完账，这女人打架般非要将钱还给她，几乎是哀求她，不要把她几十年所做的功德毁于一旦。沈小虹一听这话，脑袋都炸了，再也不敢代这个娇小的、有着一对深不见底黑眸子的女人付钱。

奠基仪式一结束，沈小虹陪同李远方送走相关领导后，利用中午休息时间，找到了司马高。她想向他强调一下白龙寺的建筑质量问题，顺便向这肥胖子出个难题。

“沈部长，有何指教？”司马高浑身肥肉乱颤，上气不接下气地跟在沈小虹的屁股后，走出人群，殷勤相问。

“司马经理，”沈小虹指着满山遍野的人群，“这个场面感人吧？”

“太感人了，没想到这白龙寺，名气如此大啦，有这多朋友来拜山，怪不得我老婆要信佛……原来她的朋友遍天下！”

“不是拜山是拜佛，”沈小虹笑道，“也不是朋友是教友。”

“对、对！”司马高头乱点，“沈部长说得对，拜佛，教友。”

“司马经理，”沈小虹突然收起笑容，“你知道李总为何单独选上你来建白龙寺吗？”

“这……”司马高显然没想到沈小虹会提这个问题，不敢随便瞎说，“这……主要是沈部长的鼎力相助，等工程建完，我一定再好好感谢沈部长。”说到此，眯眼瞟了一眼沈小虹，查看她的表情有何变化。见她依然一脸的肃容，试探道：“只要沈部长高兴，你提任何条件我都会满足你。”说完，低头伪装虔诚。

“错了！”沈小虹大声道。

司马高心一提，斜眼见沈小虹并无愠色，心又放了下来。赶紧又低头不语，等待沈小虹继续问话。

“司马经理，”沈小虹两眼凝视前方，幽然道，“别忘了，我们都是为李总工作，只是分工不同。我很是不喜欢你那商人偷偷摸摸的小动作，以后别再在我面前耍聪明，明白吗？”

“明白……明白！”

“明白就好！”沈小虹继续道，“李总之所以相中你来承建白龙寺，除了我的推荐外，与你个人的努力也是分不开的。因为李总觉得你干事还是很认真的，建筑质量也是上乘。”看了看司马高：“请你记住，你是我推荐的人，我把你叫出来，让你看这满山遍野的人群，是想郑重告诉你：此次白龙寺工程，不能出现半点质量问题，如果出了问题，到时就是李总原谅你，我也不会原谅你。即使我原谅了你，这满山遍野的佛教徒，也不会原谅你。他们会把你满身的肥肉，割下来炼油，然后充当灯香油，明白吗，司马经理？”

“原来为这！”司马高长长嘘了口气，拍着胸脯，“请沈部长放心，质量绝对顶呱呱。我干了二十年建筑，没出现一个质量问题啦！”

“这样就好，我相信你一定不会令我和李总失望。”她特地把“我和李总”加重语气，想引起这肥猪的注意。

“绝对不会令李总失望啦！”司马高根本就没有领会出沈小虹话中的意思，提都没有提她。

“猪！”沈小虹心里骂道，表面上却微笑着，只得单刀直入，“你上次跟李总说，在深圳建了两个寺庙，想邀请他去考察，对不对？”

“对啦，可李总说他很忙……不愿去。”

“那是以前，”沈小虹看着司马高，“现在李总不太忙，你为什么不再邀请他去呢？正好现在白龙寺开工，你可请他去看看各寺庙里佛像的布局，譬如大雄宝殿、诵经堂、素食馆、钟鼓楼等，是如何装饰的，以便以后白龙寺参考借鉴。”

“对、对、对！”司马高突然醒悟，“我为什么就没想到？我明天就去找李总，不过……”看了看沈小虹，蹙眉道：“我担心……李总又拒绝我，沈部长最好帮我做做工作。”

“不行！”沈小虹厉声打断司马高，“我不仅不能帮你做工作，听好，你绝对不能说是我给你出的主意，明白吗？如果李总知道了是我给你出主意，我是绝对不饶你的。”

“是！”司马高心里又开始犯迷糊，心想这又何妨，但嘴上极力表示，“我一定遵照沈部长的指示办。”

“记住！”沈小虹小声道，“你必须想尽一切办法请他去，只能成功，不能失败。而且必须是他一个人去……明白吗？”

“明白！”司马高心里更迷糊，不知这美人葫芦里到底卖的什么药，转念一想：也许是一人去好收礼，马上笑道，“我懂沈部长意思，你放心，我保证李总会接受邀请，同时保证他一定不虚此行。”

“好！”沈小虹又凝视远方，接着道，“另外，李总这人一心扑在工作上，对自己的生活一点也不在意。他一个人在外，起居饮食我不太放心，最好有个人一路照顾他。”

“对啦！”司马高兴奋道，“还是沈部长想得周到，我干脆把李总的夫人，也一起邀请去。让他们好好玩一玩、转一转，不仅到广州、深圳，还要到厦门、南普陀等地去游一游。”

“真是个猪！”沈小虹几乎脱口骂出来，大声道，“不行，李总的夫人，要在家照看两位儿女的学习生活，比出去游玩重要得多，怎么能让她去呢？李总也不会答应的。”

“这……”司马高越听越迷糊，耷拉着个脸想请沈小虹指点，一看沈小虹两颊绯红，眼含幽怨，突然明白了这美人绕来绕去，是想要自己邀请她同李远方一起共赴春台，同欢共乐，了其心愿。这才领悟到为什么这几年，自己一直在她身上用心，不仅不能如愿反而惨遭奚落痛斥，原来她心里，早装了个李远方。

想到此，司马高马上笑道：“干脆我就邀请沈部长和李总一起考察。如此，在考察过程中，你可以当面给李总提建议，同时也照顾了李总的生活，一举两得，沈部长你看行吗？”

“不行！”沈小虹语气坚决。

司马高几乎要晕过去，他实在是摸不透这美女的心思。

见这肥胖子一脸的迷茫，沈小虹提醒道：“李总是个正人君子，怎么会同意一个姑娘单独同他一起出差？”

“那……”换个人，司马高老早就开骂了，可在沈小虹前不敢有半点造次，只得苦丧着一脸的横肉，呆看着沈小虹无言以答。

“我看这样，”沈小虹一动不动地盯着司马高，“你先邀请李总去，再和你老婆想个不可抗拒的理由，通知我赶过去，明白吗？”

“明白，我……”司马高心里一阵叫苦。

“小虹姐！”正在无奈间，凤丫头突然跑来，喘息道，“让我好找，快……李总找你，说是有急事要你去办……现在就回汉口。”

“走！”沈小虹一听，拉着凤丫头就走，回头对司马高道，“司马经理，刚才说的，你自己想办法，记住，要安排得天衣无缝！”

“天衣无缝？”司马高一脸沮丧，心里骂道，“怪不得孔子说‘唯女子与小人为难养也’，像沈小虹这美丽的女人，更是祸水。”

噼里啪啦一阵鞭炮声，打断了司马高的愁绪，又有人在烧香磕头。一缕青烟随即从司马高的眼前飘过。他突然想起，老婆还在等他去烧香许愿，转身抖动着肥胖的身子，疾步找自己的老婆而去。

他边跑边想：也许菩萨会给我想想办法……

3

李远方送走各路嘉宾，又临时召集司马高、李德正、李远发和几位工程技术人员，就有关白龙寺古建筑的具体事宜，进行了详细的商议。完事又同李远治一起下山，驱车到白龙寨小学，同聂校长商定改建学校的具体方案。等二人回到家时，太阳已西沉，薄暮开始笼罩李家大院。大院里，高大的皂角树上，暮归的喜鹊正鸣叫落巢。

周丽和凤丫头已经把晚餐做好，正在大厅摆放桌椅板凳，周丽父母寸步不离地跟在李平、李乐两个外孙的后面，院内院外的嬉笑玩耍。黄家骏和王细翠坐在皂角树下，陪李传道老人说话。王细翠经过几年的治疗，现在神智有所清晰，只是两眼无光，浑身干瘪。看上去，让人想起鲁迅笔下“祥林嫂”临死前的形象。

“家骏，”走进大院，李远方对黄家骏道，“去看看你德正爹和远发哥回来没有，请他们赶快过来喝酒。”

“已经回了，”黄家骏站起来道，“我刚去过，正在洗澡换衣，马上就来。另外，德正爹说，司马经理已在山上安营扎寨，今晚他亲自带人守夜。明天开工后，再轮流派人值班，请你放心。”

“好的。”李远方和李远治，来到李传道老人身边坐下。

“爸爸、爸爸！”李平、李乐两位小家伙见李远方回来，跑过来一人抱住一个手臂，要求道，“给我们讲故事，给我们背唐诗。”

李远方将二人抱在左右腿上坐好，故作神秘："告诉你们一个秘密：老爷爷昨晚上天庭去了一趟，见了玉皇大帝一面，还见了孙悟空，孙大圣送给老爷爷好多大蟠桃，你们……"

没等说完，两个小家伙就溜下腿，一下就滚到李传道老人的怀里，缠住老人道："老爷爷，快给我们讲孙悟空。"

"好、好、好！"李传道老人笑得合不拢嘴，一手搂一个，"等老爷爷给每人发一个孙悟空送的大蟠桃，我再给你们讲孙悟空大闹天宫的故事，怎么样？"

"好！"两位小家伙在老人怀里兴奋得乱蹦。

李远方示意黄家骏去拿桃，黄家骏进屋去，不一会捧出一盆鲜红大蜜桃。他先给两位小家伙，然后给其他人分发。正好李德正和李远发走进大院，又顺手递给二人。

"这真是来得早，不如来得巧！"李德正笑道，"好大桃！"猛咬一口，又惊叹："又甜又脆，是哪里产的？"

"是仙桃，"李平抢答道，"是我老爷爷昨晚到天庭去，孙悟空送给我老爷爷的。"两个小家伙这段时间，正在看电视连续剧《西游记》，对孙悟空很是喜欢。

"还有，"李乐也不甘落后，"这仙桃吃一个活一千年，你小心吃，别掉了，掉一口就少活一百岁。"

话未说完，所有的人哄堂大笑。

"远方……开饭！"周丽在大厅叫道。

"走，开饭！"李远方招呼大家进屋，分派就座。

大厅里灯火通明，已经摆好了两张大圆桌。李传道、周伯父、李德正、李远发、李远治、李远方、黄家骏一桌，这一桌以喝酒为主，由黄家骏负责斟酒。另外一桌以吃菜为主，是周丽、周伯母、王细翠、凤丫头，以及李平、李乐两个小家伙。周丽负责两位小家伙的吃喝，凤丫头负责招呼周伯母和王细翠。

酒桌上老少几代人，开始就白龙寺的兴衰历史且喝且聊，边忆边叙边叹。每个人都畅所欲言地发表自己的见解。从公元402年白龙寺的初建，谈到现在的重建。一千五百九十多年的历史，在几个老百姓的口中，颠来倒去，时远时近，讲得绘声绘色，叙得有滋有味。平民百姓回忆历史，就如同畅饮烈酒，倒进口时，浓香噎喉，吞下去后，却炙肠烧肝，开口一嘘，随风飘散。不像专家学者，讲完历史后，几天难从历史的喟叹中清醒过来。大家又从白龙寺的历史，谈到白龙寨小学的改建，从小学的改建，谈到农民最关心的子女教育问题。

“九爹，”李远治看着旁边桌上王细翠干瘪的脸型，勾起自己对儿子的思念，泪水止不住滚了出来，对李传道老人道，“我这辈子已无有所求，远方把改建小学的事交给我，这是对我的信任。我今天斗胆在您老面前放肆说句话，您老莫见怪。”看了看李远方：“我觉得远方大张旗鼓地建白龙寺，对学校只是改建，似乎有点避重就轻。要我说，建好学校才是根本，为什么不建一个气派的学校？彰显你李远方尊师重教的品德，继承我李氏家族诗书传家的传统。我说话很直，远方你不要放在心上。”说完，拿起酒杯，一口灌进口中。

李远方心一怔，他掂量出了李远治话的分量，站起来亲自给他斟满酒，又斟满自己的酒杯，诚恳道：“来，远治哥，你说得太好了，猛敲了我一棒……我敬你一杯。”自己先一饮而尽。

李远治又一饮而尽，坐下后抹了抹眼泪：“如果我家黑牛，还在人世，我一定让他当一名老师……”说罢泣不成声。

旁边桌上的王细翠，听见黑牛二字，人马上痴呆起来，木塑泥雕般呆坐在凳子上，口中自言自语：“黑牛……黑牛！”

李传道老人始终没插嘴，认真倾听几人的议论，偶尔喟叹一声，大有不胜伤悲之感，见李远治情绪激动，安慰道：“远治啊，你是经过风浪的人，要坚强一点。细翠还得你照顾，别过于自轻啊。”

“是……九爹！”李远治抹了抹眼泪，抬起头来。

“远方啊，”李传道紧锁双眉，声音怅然，“刚才你远治哥的话，我希望你铭记在心。孔子说‘有教无类’，的确，我们这个民族太需要教化了。如果有可能的话，就重新建一个崭新的小学，也算是造福子孙啊。”说到此，长长地叹道：“说起来，你们恐怕不相信，在国难当头的民国时期，就连刘文辉这样的大军阀，都懂得尊师重教，何况你李远方，是一个有志于民族兴旺的现代青年。”

“九爹，给我们讲一讲刘文辉尊师重教的故事吧！”黄家骏和凤丫头的家乡离刘文辉的老家不远，从小就经常听说刘文辉、刘文彩的大名，所以急不可耐地想知道这位家乡大军阀是如何尊师重教的。凤丫头一听，也赶紧起身，悄悄站在李传道老人的身后。

“半个世纪前……”李传道眯起老眼，慢慢道，“四川西部和西藏东部，有一个完整的省建制，叫‘西康省’。西康省的省会叫‘康定城’，著名的‘康定情歌’就是唱的这个地方。这个西康省的省主席就是大军阀刘文辉，是大地主刘文彩的亲弟弟。西康作为省份，酝酿于1935年，消失于1955年，前后加起来，只有20年的寿命。但在这短短的20年历史中，有一个奇异的现象，格外引人注目——校舍宽敞明亮，坚固气派。而政府的房子，大都破烂不堪，简陋寒酸。为什么会出现这种现象呢？因为大军阀刘文辉有一道死命令：‘政府的房子比学校好，县长就地正法。’可见，这刘文辉是多么重视教育，尽管他这个命令过于极端。”

“看来坏人也有好的一面。”李德正感慨。

“坏人和好人是不好分的。”李远发道。

“不仅是刘文辉，”李传道老人继续道，“在川康地区，握有实权的军阀们暗斗不和，纠纷不断，但却有一个共同特点——格外重视教育，最喜欢建学校和豪华图书馆。像四川省主席刘湘、重庆市长杨森皆是如此。大地主刘文彩在抗战期间耗资巨资，兴建人间最美丽的安仁文彩中学，他立碑言志：‘学校成立之日，刘家对之不再拥有所有权和使用权。’他同时重金聘请各地名师，每年把2000亩良田的收入，捐给学校，设立‘清寒补助金’。”

“有这事，我从小就听说过。”黄家骏忍不住插嘴。

“闭嘴！”凤丫头大声训斥，“九爹的话还有假？”

满屋的人忍不住哄笑起来，凤丫头被笑得不好意思，又回到座位，给周伯母和王细翠夹菜。

“所以说，”老人接着道，“尊师重教，是国之根本；教化育民，是振兴民族的希望；建校办学，是造福子孙万代的大事！”

李远方心里猛地一震，他慢慢站起来，声音激动道：“幺爹、德正爹、远发哥、远治哥，原谅我一时糊涂，现在当着你们的面，我对列祖列宗起誓：以最快的速度建一所最高级的现代化小学，造福子孙后代，不辜负白龙寨父老乡亲们的期望。”

“好！”所有的人都热烈鼓掌。

王细翠也举起双手，脸上露出苦涩的笑容。

李平、李乐两个小家伙，站在凳子上手脚齐动，劈啪作响。

欢声飘出李家大院，回荡在白龙寨初夏的夜空……

第四十二章

1

汉口建设大道上，从青年路至黄浦路段，被誉为金融一条街。这段路上，近十座各大银行的高楼大厦，一座紧望一座。每座楼都建得匠心独具，风格迥异，令人叹为观止。

香格里拉酒店是汉口第一个五星级酒店，坐落在建设大道与香港路交汇处。整座大楼内外装饰得金碧辉煌，远远看去，有如一座高耸入云的金色丰碑。酒店停车场内，泊满各式各样的豪华轿车，进出大门的，是清一色的男女显贵尊容。

酒店的左斜对面，是著名的交通银行武汉分行双子座办公大楼，此楼仿造美国纽约著名的世贸大厦而建，气势恢宏，傲然耸立。右斜对面，是市国税大楼，也是一座气撼云霄的银色碑式建筑。酒店右侧，是市房产交易中心，与国税大楼遥相呼应。酒店左侧，竖立一根巨大的长城牌香烟广告，烟卷上的长城标记，醒目耀眼，诱人鼻息。自立此根巨型广告烟卷后，那些来去过往的烟民们，路过此地无不注目仰视。口中叼烟者，会下意识地猛吸两口，以示对广告创意者的致意。歇嘴者，则会毫不犹豫地迅速掏出烟卷，叼上嘴，点上火，猛吸一口，长长吐出一圈烟雾，抒发胸中的快感。

在巨大的长城烟卷下，开有一座豪华美容美发厅。大概老板自恃技艺高超，即使是名灰不溜秋的“灰姑娘”，只要进去经过一番修理打扮，走出来即是一名“金凤凰”，故名“金凤凰美容美发厅”。

美发厅大门口，悬挂一副楹联：

人海茫茫，叹人间痴男怨女何其众多

天地悠悠，惊天下美容装扮独此一门

人世间，是女人都爱美，普天下，不爱美的女人，恐怕无处可寻。爱美的女人，十之八九都很盲目，盲目的女人，为了爱美不惜花费血本。这“金凤凰”的老板深谙此道，所以，取了这个惹眼的店名，配了这副勾心的对联。自开张以来，尽管价格高出同类店多倍，生意却如日中天，女人挤破门帘。

沈小虹和宋红雨都是“金凤凰”的常客，手上握有它的VIP卡。两三年来，二人每个礼拜，都要结伴光顾这里一两次。近半年多时间，因宋红雨生子，沈小虹只得一个人前来，偶尔带上凤丫头和边丽。每次来，都是沈小虹这个当姐姐的做东请客。

今天是“十一”国庆节，远方集团放假三天，沈小虹一大早就鼓动凤丫头和边丽来“金凤凰”美容。两位小妹正要出门到中南财大马老师家去看望，经不住沈小虹的诱惑，只得先赶到“金凤凰”，等美容完毕，再就沈小虹的便车过武昌。反正不赶时间，乐得免费美容一番，正好以崭新的姿态喜度共和国的节日。

本来沈小虹和凤丫头，要求同李远方一同回白龙寨，参加希望小学落成典礼，都被李远方拒绝，还要求二人利用三天休息时间，各自完成一项特殊使命：沈小虹负责到武汉音乐学院，找专家为《远方之歌》作词作曲，附带谱写一曲《诺言》。凤丫头和边丽代表集团到马老师家，看望他老母和爱人，对马老师的不幸逝世深表哀悼。

自去年“五一”节白龙寺奠基典礼后，沈小虹多次催司马高实施邀请李远方南巡的计划，每次李远方都因要事未能成行。有一次连机票都拿到手了，不巧李远方动身前突然接到文叔电话找他，气得沈小虹银牙乱咬，芳心震怒。好在李远方后来叫上她一同赴会，又在餐桌上对她细心呵护，加之其后又几次带她回白龙寨，查看寺庙和小学的工程，一颗芳心才算慢慢平静下来，暗自悲叹情路维艰，夙愿难了。独自幽怨中，她继续谋划日后俘获李远方的温柔计策。

凤丫头和边丽赶到“金凤凰”时，沈小虹已在贵宾室给二人定好了台位。二人被礼仪小姐引进门，服务员帮她们脱下外套，存放好随身物品，一左一右，安排在沈小虹身边的美容躺椅上，先按按头、捶捶肩，再松松腰、揉揉腿，然后再进入美容程序。

“小虹姐，又让你破费，谢谢了！”边丽对沈小虹感谢道。

“自家姐妹，谈何感谢！”沈小虹笑道，“只要你们高兴，以后我每个礼拜，请你们来消费一次。”

“听见没有，边丽？”凤丫头笑道，“这可是小虹姐自己说的，我们可没有逼她。你记住，每到周末可要提醒她几声……机会难得。将来等找了姐夫，我们可就没有这个机会了。”

“小蹄子！”一句话戳到沈小虹的痛处，在心里骂道。

“放心！”边丽对凤丫头笑道，“我会提醒你的。”

“怎么提醒我？”凤丫头有点诧异。

“当然提醒你，小虹姐请我消费，我已经不好意思，哪有还去提醒她的道理！但我又不愿失去每一次机会，所以就只提醒你，你再帮我提醒小虹姐……这叫斧打于斫，斫打于木。”

“好个小妖精！”沈小虹也忍不住笑道，“将来找个厉害的婆婆，再加上两个尖酸刻薄的小姑子，看不整死你。”

“小虹姐，这你可错了。”边丽道，“如今这社会，只有婆婆怕媳妇的，哄都哄不过来，还敢整？至于小姑子，那就更不可怕，我只制服了自己的男人，她们的哥哥自然就会去制服她们。”

“这怎么说？”沈小虹问，“你个小妖精，哪来这套怪论？”

“怎么说，”边丽一本正经道，“现当下都是独子，谁家不想传宗接代？哪个婆婆不想早抱孙子？只要媳妇坚持不生孩子，第一年，婆婆会半说儿子半哄媳妇；第二年，就开始边骂儿子边求媳妇；第三年，就大不一样了……”说到此，故意停了下来。

“怎么样？”沈小虹和凤丫头都竖起耳朵，见她不语，禁不住问起来，就连给他们做面膜的几名服务小姐，也都放慢了手上的活计，侧耳倾听她的下文。

“第三年嘛！”边丽又故意拖腔拿调，“婆婆就会像疯了一样，跟在媳妇屁股后面，又是磕头求情，又是求神问路，一面还要给媳妇煨汤补身子，恨不得自己替媳妇来干这个活。”

“好个小婆娘！”沈小虹骂道，“太损了，不怕将来生不出儿子？”

“最好将来连婆家也找不到！”凤丫头也咒道。

“我才不在乎这些！”边丽笑道，“过一天就快乐一天，哪管将来的事。再说，好人不见得有好报，你们看马老师，多好的一个人，谁知就这么去了！”说到此，声音竟悲咽起来。

沈小虹本来要继续咒她，见她悲伤起来，也就打住，又扭过头来问凤丫头：“凤丫头，马老师住院，公司花了不少钱吧？你们今天到马老师家去，又是给他家送钱去吧？”

“对！”凤丫头感叹，“马老师住院治疗费花去了三十多万，今天又送去五万慰问金，是李总自己的钱，昨天交给我的。”

“李总是世上少有的善人！”边丽也感叹，“汉口这边马老师分的房子，李总让我们把钥匙一并送到他家，说是给他小儿子结婚。像李总这好的老板，一生难得碰到，我好运气，一上班就碰上了。”

一提李远方，沈小虹心里一下迷惘起来，她慢慢闭上眼，脑海中开始浮现李远方儒雅俊美的神情，怎么也挥之不去。她想起第一次见李远方的情景，想起这多年来李远方所表现出来的非凡气度，他那颇有丰采的自信，深深刻在沈小虹的心中。她深知自己已踏上了一条危险的心路，已深陷对李远方迷恋的情魔中。然而，她无法自拔，只有沿着这条路不顾后果地走下去。

“小虹姐！”凤丫头见沈小虹半天没作声，开玩笑道，“上次听肖畅大姐说，你姐夫给你介绍了一个千万富翁。什么时候带上我们两个见上一面，让我们也沾点财气！”

“死了！”还没等凤丫头说完，沈小虹就大声道。其实她见都没见就推掉了，而且将姐夫臭骂一通。现在她心里正想李远方，凤丫头无缘无故哪壶不开提哪壶，也就脱口咒出。

“死了？”凤丫头和边丽都惊叹。

“对……死了……暴病身亡！”

“真不幸！”边丽喟叹，“怎么有钱的人不长命？怪不得说上帝是公平的。有钱的呢，往往活不长，不是被歹徒谋财害命，就是暴病身亡。没钱的呢，想死也死不了，要么临死时被贵人相救，要么轻生时出现生的希望，真正是‘福兮祸伏，祸兮福倚’。”见沈小虹闭眼养神，又对凤丫头道：“凤姐姐，昨天去看小杨威时，听红雨姐说，李总元旦要给你和黄家骏成婚，别忘了，我可是当仁不让的伴娘啊！”

凤丫头心一跳，好在正在做面膜，脸上的表情无人看出。她想起去年春节回白龙寨时，九爹就要求自己结婚，被自己坚决拒绝。当晚她和黄家骏商量好，等九爹百年后再结婚。就在那个缠绵的晚上，她放松了自己的提防，让黄家骏这家伙甜言蜜语地进入了自己的身体。可也怪，自那晚后，她突然日夜思念起这个家伙来，后悔自己不该拒绝九爹的要求。这其后，黄家骏来汉拿东西，他们又单独见了两次面。见面前她暗自下决心，不叫这家伙再有机可乘。可见面后，还没等黄家骏开口，一见他那迷人的眼神，自己就浑身瘫软下来。

现在边丽提起这事，她心里乱跳，恨不得明天就结婚，可嘴上却道：“那是宋大姐开玩笑，我们不是说好一起举办集体婚礼吗？”

“唉……我也想，”边丽哀叹，“可我还不知那位新郎哥，藏在哪个海角天涯，何日才出现在我的面前，你就先走一步吧！”

凤丫头不想谈此事，见边丽提小杨威，兴奋道：“小杨威真可爱，半岁多的孩子比一岁大的还壮实，而且跟杨大哥一样威猛。前天抓住我的手就往口里咬，幸亏没牙，不然非被这小家伙咬破不可。”

“当然跟杨大哥一样！”边丽道，“不跟他一样，岂不有问题？”

“很对！”凤丫头趁机挑逗，“原来你对小孩，比我有经验。”

“好哇，你个凤丫头！”边丽咬牙切齿，“看我今天晚上，不整得你叫我边大姐！”

“给我消停一下吧！”沈小虹突然睁眼道，“两个小姑娘也不知害臊。一下盼结婚，一下又想别人的儿子。我明天就建议李总给边丽公开张榜招亲，元旦同凤丫头一起举行结婚大典！”

“好哇，小虹姐！”边丽故作委屈，“你自己不谈朋友结婚，把我们两个小妹妹，往火坑里推。”

沈小虹“扑哧”一笑：“还需我推你吗？你心中的欲火，已经烧到口上来了，快闭嘴闭眼养养神吧。我们等下早点动身，送你们到马老师家后，我还要到武汉音乐学院找专家作词作曲呢！”

“是《远方之歌》吧？”边丽又兴奋道，“这是我们自己的歌曲，将来要经常唱的。小虹姐，一定要找一流的词作家作词，一流的曲作家作曲，然后，再找一流的歌唱家演唱。”

凤丫头也问：“还有《诺言》吧？这是李总念念不忘的心事。”

“你怎么知道？”沈小虹惊问，因李远方叮嘱她，不要把创作《诺言》歌曲一事告诉别人。

“我猜的，有一年回白龙寨，李总对周丽大姐说，将来要创作一首《诺言》歌曲。因他心里藏有对列祖列宗许下的千钧诺言。”

“是吗？”边丽又感叹，“怪不得我总觉得李总心事重重，只要回老家他就一脸的庄重神情。原来是心中压着千钧重的诺言，真令人感动。”对沈小虹道：“小虹姐，李总今天又回白龙寨了吧？”

沈小虹心一颤，没有回答，闭眼想象着李远方的神情……

2

一场秋雨过后，天空湛蓝如碧，大地金黄一片。

从九龙冲镇通往白龙寨的公路上，五辆小轿车碾过清新如洗的路面，一辆紧跟一辆匀速前行。所过之处，两旁忙于收割秋稻的农民们无不翘首注目，咂嘴惊叹，心怀歆羡。

肖畅坐在李远方的车内，看着窗外秋收的繁忙景色，心中升起无限感慨。想起二十一年前，自己在父母的护送下，挤在破旧的长途客车内，一路颠簸来白龙寨插队的情景。那时的她，满怀对广阔天地的憧憬向往，将自己 18 岁的青春热血，洒在这片神奇的土地上。

三年多的知情岁月，她经历了人生最苦难的日子，饱受了精神和肉体的多重折磨。那时的自己，绝对没有想到二十一年后，还会坐在豪华轿车内，重返九龙冲白龙寨，更不会想到以捐款人和贵宾的身份，为一所现代化的希望小学落成剪彩。社会的发展，人类的进步，可谓日新月异，一日千里。此时，透过车窗望去，满目都是金黄的稻穗和满怀丰收喜悦的农民，大有目不暇接之感。

白龙寨希望小学，在李远方和李远治的努力下，1994年“五一”节后破土动工，1995年国庆节前建成开学。国庆节这天，县镇分管教育的领导、捐款人、建设者，齐聚新校园，举行隆重庆典。

新校址坐落在距老校址不到一公里的一个山坡上，坐北朝南，占地面积五十亩，周边用院墙护围。校园里，面对大门是一幢三层楼的教学大楼，楼前是运动广场。广场上，辟有篮球场、排球场、环形跑道等。广场前，立有一根高高旗杆，旗杆顶端，鲜艳的五星红旗在秋风中猎猎飘扬。大楼左边是一幢二层楼的办公楼，右边是一排平顶平房，建有厨房、餐厅、茶房、乒乓球室、电视房、活动室等。教学楼、办公楼和平房前，保留有十几棵苍松翠柏。松柏之间，布局错落有致，树根处用土堆围住。在大院的左后墙角，建有一座高大的水塔，水源取之于院墙后面山坡下，两口三十米深的人工水井。

上午八时整，几百名学生、全体老师、各界代表聚集到广场，在聂校长的指挥下，布置好桌椅板凳，摆放好鲜花茶水；又将学生分左右两边站定，一边手捧鲜花，一边手执彩旗；再将校园大门口“白龙寨希望小学”的金字招牌，盖上大红绸缎；又在教学楼上挂好欢迎标语，楼前与广场之间安排好锣鼓鞭炮。一切安排就绪，聂校长这才带领几名负责人，站在校园门口翘首等待。

九点十分左右，五辆小车拐入学校门前的校道。聂校长一挥手，广场上顿时沸腾起来。大家各就各位，注目凝视聂校长的第二次挥手。三名县电视台的记者，开始跑前跑后，进行现场录像采访。

五辆小车鱼贯进入大院，依次停好。第一名贵宾脚刚落地，聂校长又双手一挥，顷刻间锣鼓喧天，鞭炮轰鸣。几百名同学在几名老师的指挥下，手捧鲜花彩旗，载歌载舞，列队欢迎。

聂校长一眼就认出了肖畅，抢步上前，一把抓住肖畅的双手，泪光闪闪：“肖老师，一别二十年啦，你……你比以前，更富贵漂亮。我是聂……”说到此，已经哽咽难言，泪涌眼帘。

肖畅大为感动，泪水也在眼眶打滚，颤声道："聂爱民……真是你，怎么头发都白了？"紧紧握住聂校长的手，不忍放开。

二人手牵手向主席台走去，其他贵宾在三名年轻女教师的引领下，走到主席台依次就座，都面带微笑，互致问候。

锣鼓鞭炮声息，主持人宣布庆典活动开始。

聂校长致欢迎词，她清了清嗓子，用手在麦克风上敲了敲，清脆的敲击声传了出去。这才拿起稿子，朗声道："尊敬的各位领导、前来参加庆典活动的各界朋友们：大家好，首先，我代表白龙寨希望小学的全体教职员工和同学们，对前来参加庆典活动的各位领导、各界代表、捐款人和建设者表示最热烈的欢迎和衷心的感谢。"

掌声响成一片。

"今天是个大喜日子，我们在此欢聚一堂，隆重庆祝白龙寨希望小学新校址的落成。今天更是我们伟大祖国四十六岁华诞，我们在庆祝新校址落成的同时，更应感恩祖国的关怀。是祖国的关怀，才使得我们有如此好的学习环境，才使得我们中华民族的传统美德一代一代的传承下去。为此，我谨代表白龙寨希望小学全体老师和同学们，决心在县教育局和镇教委的领导下，不辜负祖国的关怀、不辜负广大农民的期望、不辜负捐款人的意愿，努力工作，刻苦学习，力争为祖国的繁荣昌盛，为民族的富强，培养更多更好的栋梁之才。"

又是一片热烈掌声。最后聂校长高声道："再一次真诚地感谢白龙寨希望小学的捐款人——肖畅女士和李远方先生。"

掌声再一次热烈响起，接下来，主管教育副县长、县教育局长、九龙冲镇长等各级领导分别发表讲话，希望白龙寨小学的全体教职员工努力工作，为祖国培养更多的人才。殷切祝愿所有的同学们，刻苦学习，力争早日成才，为祖国的建设做贡献。

各级领导讲话完毕，李远方代表捐款人讲话，他回顾了建设白龙寨希望小学的初衷和愿望，决心一如既往支持家乡的教育事业。

李远方讲话结束，主持人提议用最热烈的掌声请肖畅讲话。

掌声又一次热烈响起来。

"同学们！"肖畅心里一阵激动，仿佛又走上了十九年前白龙寨小学的讲台，她声音朗然道，“首先，我纠正一下聂校长的称呼，其实我不是白龙寨小学的客人，准确地说我今天是回到了阔别二十年的家。十九年前，当我第一次站在白龙寨小学的讲台时，曾发誓要献身我国的教育事业。当时我的愿望是真诚的，内心是激动的。后来，由于工作的需要，我离开了白龙寨，离开了自己热爱的教育事业，我没能实现自己的诺言。”她停下来，深情地看了看下面一张张可爱的小脸，道：“十九年来，每当我想起白龙寨的山山水水，想起我在白龙寨小学教书的日日夜夜，我就心潮难平。我后悔自己过早地离开了自己所热爱的教育事业，离开了我所喜爱的小同学们。”脑海中突然浮现出黑牛跟在自己屁股后面一个劲叫“肖老师”的情景，忍不住看了看坐在下面代表席中的李远治，有些难以克制自己的冲动。她又停下来，稳了稳情绪，这才继续道：“当李远方告诉我，要修建白龙寨小学时，我万分激动，决心为修建新的校园贡献一份绵薄之力。同样，我的愿望是真诚的，我的心是激动的，我相信在未来的日子里，我会为自己的这份绵薄之力而骄傲。今天，当我走进这漂亮的校园时，我更有一种自豪感，为白龙寨而自豪，为白龙寨小学的老师而自豪，为在座的每一位同学而自豪。为此，我以一位白龙寨小学老教师的身份，衷心希望同学们：好好学习，天天向上，力争将来成为一名伟大祖国的有用之才。谢谢大家，谢谢同学们！”

下面又响起如潮的掌声，接下来，举行剪彩揭牌仪式，一行人在聂校长的引领下，来到大门前，在锣鼓鞭炮声中剪彩揭牌。

仪式结束后，同学们兴高采烈地各自领取礼品回家。各级领导、全体老师及各界代表们，被请到餐厅聚餐。

李远方主动坐到肖畅身边，他想趁喝酒之机，动员她到白龙寺去看一看。坐下后，还没来得及开口，聂校长宣布酒筵开始。刹那间，餐厅里人声嘈杂，杯来杯往。

肖畅和李远方成了众人追捧的对象，都满斟酒杯，涌上前来，真诚相碰。二人只得笑脸相迎，逐一碰杯，不失礼节。

如此你来我往，待所有人碰完杯，肖畅已站得腰酸背疼，喝得头昏眼花。李远方扶她坐下，她摇头道：“我实在不能喝了，你陪我坐一下，我们一起给大家敬杯酒就告辞，去看九爹。”

“好吧！”李远方正准备向她说明去白龙寺的事，一抬头，见黄家骏在门口向自己招手。心一沉，立马起身来到黄家骏身边。

“快，远方哥！”黄家骏急促道，“九爹他老人家病危！”

李远方一听，脑袋轰地一炸，脸陡然变色。不等黄家骏说完，转身来到肖畅身边，小声耳语几声。

肖畅一听，也是脸色突变，马上站起来。二人跟几位领导和聂校长打声招呼后，带着黄家骏快速出门上车。

李远方心急如焚，发动车子，冲出校园，急速向白龙寨驰去。

“到底怎回事？怎么一下就病得这样？”肖畅问。

“昨天还是好好的。”黄家骏道，“昨天他老人家吃过中饭，非要我扶他到学校来看看，说今天这里太闹，我怎么劝也不行。来后很高兴，把学校前前后后都看遍了，谁知回去的路上突然下雨，被淋湿了身子。晚上就开始发烧，我煎了一碗姜汤给他老人家喝下，退烧了，又吃了几颗感冒药。谁知今早又发烧，我找来德正爹和桂珍奶，又找来大队的医生，都说不要紧。刚才我本想问他老人家中午想吃点什么，谁知他老人家话都说不出来。”说到此，竟呜咽起来。

“现在有谁在老人身边？”李远方边开车边问。

“隔壁的五娘在照看，她小儿子去叫德正爹和医生了。”

李远方没再问，他眉头紧锁，加大油门，小车向前飞驰……

3

三人回到李家大院，李德正夫妇和医生早到了，医生正在给老人打急救针。李远方他们疾步来到床前，医生点点头示意不要出声。打完急救针，医生又给老人挂上点滴，这才示意李远方他们一同出房。出门前，又小声吩咐黄家骏在房内守候，有情况随时叫他。

“大夫，不会有危险吧？”李远方和肖畅焦急地问。

“已脱离危险，”医生接过张桂珍递上的茶水，“老人家年事高，心力开始衰竭不支。加之老年人血压不稳，大概昨天到学校过于激动，又受风雨侵袭，导致大脑循环系统发生间歇性障碍。所以，出现暂时性脑瘫，以至于失语，有可能还会失明。好在老人家身板还算硬朗，没有大碍。打完点滴，看看情形再说，以后千万记住：一定要保持老人家情绪稳定，避免焦虑、烦躁、冲动和过量的运动。”

“好的，好的！”李远方和肖畅这才放下心来。

“请问大夫贵姓？以前没见过！”坐定后，李远方问。

“不敢，免贵姓师，师文明，到这东山大队不到一月，所以李总不是很熟。”这师大夫五十多岁，中等偏小身材，戴一副黑边眼镜，搭话轻言细语，边说边不住点头。

“师大夫可是我们九龙冲的名医！”李德正夸奖道，“内科、外科、儿科、妇科及其他一些疑难杂症，无所不通，无所不精！”

“过奖，过奖！”师大夫赶紧点头谦虚，“毫末技艺、毫末技艺，不足挂齿、不足挂齿！”

“师大夫！”李远方感谢道，“今天得亏你及时救治，本人感激不尽。”想了想：“不知师大夫是临时来东山巡诊，还是长期坐诊？”

“现在哪有巡诊？”师大夫又开始点头，“人心不古啊，今天的医生，有几个愿意出门巡诊？坐在医院都不愿看病，职业道德早已消失殆尽，我实在是不想呆在医院，眼不见为净。正好东山门诊部的苏医生找关系回城了，无人想来，我就主动要求来了。真是个明秀之地，我每天到各村寨转转，游历在山水之间，也算是自得其乐。”

“看来师大夫乃世外达人！”李远方问，“你是承包性质吧？”

“当然是承包，”师大夫点头道，“一切费用由我自负，每年上缴一定数量的承包款。”

“门诊部有几人？”肖畅听明白了李远方的心思，插嘴问。

“就我和老伴二人！”师大夫又点头道，“我负责看病，老伴负责在家发药、打针、收钱，附带烧火做饭。”

“师大夫，”李远方看了一眼肖畅，见她点头会意，诚恳道，“我有个不情之请。想邀请你把门诊部搬到我这李家大院来，我免费提供你几大间房，你不仅可以看病，还可以开设住院部。如此，既增加了你的业务收入，又解除了重病患者来回的颠簸之苦。而且，这里经常有人下汉口，你需要什么药物，可以提前打电话告知我，我安排人给你带回来，不知师大夫可否愿意为之?”

“李总!”师大夫摘下眼镜，对着镜片哈了口气，又用手抹了抹，戴上后再扶了扶，这才盯着李远方点头赞叹道，“难得你如此高标大德，这真是造福桑梓的大好事。我回去就动员老伴争取搬过来，不过……”看了看屋里的几人，又点头道：“君子无功不受禄，我不能白用你的房子，每年给租金。如此，我方心安理得。”

“当然不会让你无功受禄，”李远方笑道，“我有我的私心，我想请你在闲暇之余，定时给我幺爹他老人家看看病，陪他聊聊天，提醒老人家一些老年保健常识。当然，诊断费和医药费照付。”

“哦!”师大夫领悟过来，点头笑道，“原来李总是这个意思。那我真要搬过来，能经常为老人看病，聆听老人家的明教，是我师文明莫大荣幸，求之不得。至于诊断费和医药费，李总也太小看我了，我不仅分文不取，反而要拿出钱来买一些必备药，定期给老人家煎服。当然，这些药都是老年人专用的中药，有益无害。”说到此，又扶了扶眼镜，神秘道：“多年来，我在研究一种老年人健康长寿的保健药品，已收到良好效果，现正进入最关键的调剂阶段。如果在令尊祖身上服用，我保证他老人家活到一百岁!”

“这不是把老人家当实验品吗?”张桂珍抢白道。

“对!”师大夫这次没点头，很干脆，“的确是当试验品，但是，药品对身体试验的危险阶段已过。现在已进入身体受益阶段，只不过是受益大小的问题。我想在老人家身上，调剂出最大的受益效果来。”说完，眼镜片后，张大一双小眼，兴奋地看着李远方。

李远方看了看肖畅，见她赞许的眼神，这才道：“师大夫，看得出你是很有医德的高人，我毫不怀疑你的诚意。不过有一点，你要经常给我通报老人家的身体状态，一有异状，立即停止用药。”

“好、好、好!”师大夫站起来，在大厅左右转动，不住点头，口中自言自语，“太好了，一个百岁老人，一定会健步从白龙寨走出来，还会有更多的百岁老人，出现在九龙冲这方宝地上!”

正在这时，黄家骏从里房跑进大厅，小声道：“九爹醒了，他老人家叫都进去。”几人一听，赶紧快步来到李传道的病床前。

李传道老人已经完全清醒过来，见众人都是焦急的眼神看着自己，苦笑道："人老病相随，这是人生的规律，何必如此的大惊小怪？"看了一眼肖畅，叹道："肖老师！"

肖畅赶紧上前，一手握住老人手一手扶被："九爹，您老安心养病，这师大夫医术高明，以后会每天照看您老人家的。"

"是吗？"李传道笑了笑，对李远方道，"远方啊，替我好好谢谢师大夫！"又对师大夫道："师大夫，别听我这孙子的，他太过于孝敬我，以至于有点强人所难吧？你如此好的医术，该多为其他农民看病，不要把时间浪费在老朽身上。我都九十五了，死不足惜！"

"九爹，是这样的……"肖畅将刚才李远方和师大夫的协议，小声告诉了老人，就连试验药品也说了。

"哦！"老人又看了一眼师大夫，兴奋道，"如此甚好，看来我在耄耋之年又遇一知音！"说着慢慢闭上眼睛。

师大夫示意大家离开，让老人安心休息，五人轻手轻脚离开。

"等一下！"刚到出门，老人又开口，几人又来到床前。

"远方啊！"李传道老人又睁开眼，小声道，"站在这里的，都不是外人，有一事同你商量一下！"

"幺爹，您老吩咐就是！"

"好吧，"老人有点吃力，"明年的……元旦，一定给凤丫头和黄家骏……完婚，让这两个孩子……早结连理。记住……一定请他们双方的……父母来一趟，让四位老人家放心。人心都是肉长的……何况是自己的骨肉！"说完，又闭上眼睛。

"您老放心！"李远方小声道，"我早就准备好了，白龙寨和汉口都给他们布置了新房。他们想回来就回来住，想出去就出去住。凤丫头说了，她要给您老添个重外甥呢！"

老人闭眼笑了笑，没有做声，几人这才轻手轻脚走出房门。

来到大厅，李德正和张桂珍因家里有事先告辞回家。师大夫同李远方和肖畅分宾主坐下，就李传道老人的病情和将来的治疗方案，进行了详细商讨。等老人打完点滴后，量了量血压，听了听心跳，号了号脉相，再开好药方，直到下午日落时分，才起身告辞。

李远方和肖畅再一次进房看了看老人，说了几句安慰的话语，确认完全无碍后，叮嘱黄家骏尽心照看，这才出门，一路跟村民招呼着走到村口。来到车前，拿出备好的礼品，吩咐几个小孩送到李家大院，然后开上小车，一路朝汉口方向疾驰而去。

夜幕已经降临，公路两旁迷蒙一片，尽显秋天的凄凉。李远方双手紧握方向盘，两眼紧盯前方，眉头紧锁，一脸庄重的神情。

“嘟！嘟！嘟……”车过九龙镇，手机开始不停地响起来。李远方顺手递给肖畅，示意帮他接听。

肖畅一接听，是沈小虹打进来的，告知李远方：她已请好了作词作曲的专家，而且词已写好，过两天曲子也谱出来。现在正请他们吃晚餐，问李远方是否可以赶回去，当面同专家交流一下。

“告诉她，”李远方冷冰冰，“回不了，让她自己陪好他们就可以。我今天不想喝酒唱歌，有事明天再说。”

肖畅挂断电话，没有同李远方说话，她感觉肚中有点饥饿，心里一阵发慌。一天来，除了干喝了几杯酒外，二人几乎没有进食。快到县城时，她侧头看着李远方，想叫他一起去吃点东西，刚要开口，心一怔，又将话咽了回去。透过车内仪表盘上荧光的反射，她看到，李远方的眼中，噙满了泪水，在小车的颠簸下，闪闪发光。

肖畅心里一阵难过，慢慢将头靠在靠背上，闭上了眼睛……

第四十三章

1

李远方和肖畅从白龙寨赶回汉口，已是晚上十点多。他将肖畅送回家后，没有遵照她的叮嘱马上回家，而是将车停在解放大道新华路口，双手抱头靠在靠背上，呆呆地凝视着大街上的夜景，脸上呈现出无奈的神情，眼中闪耀着凄惘的泪光。

他心潮难平，幺爹突发疾病，使他意识到：自己最敬重的亲人，可能随时离他而去。尽管有个师大夫临时在老人身边，甚至高调要延续老人生命，可人类老之将死的规律任谁也改变不了。秦皇汉武、唐宗宋祖、康乾圣帝……哪个帝王不乐生恶死？可惜这些运雷霆于掌上、包天地于心中的巨人们，在历史的演化中早已化为灰烬。

他一时又想起自己对列祖列宗许下的诺言，想到幺爹这一生，在自己身上所付出的心血，不免精神迷惧，心重思沉。忽而又想到自己今天所取得的成绩，尽管离许下的诺言还很遥远，但毕竟已是云程发轫，前途无量。至少幺爹对自己现在的表现是满意的。

想到此，李远方心里稍感慰藉，心情渐渐平静下来。

秋夜中的江城，依然沿袭了夏夜的繁杂。尽管秋风刺脸，大街上照样是人来人往，川流不息。小巷口，小商小贩们扯着嘶哑的破喉咙，左一声喊，右一声叫，拼命地吆喝，想留住过往的路人，抢在收摊前再多赚几块零钱。公路两旁各餐馆酒楼内，客人依然酒酣。

一阵吵闹声，打破了李远方的沉思。他循声望去，原来是斜对面一座酒楼前，几个酒鬼正扯着一位少妇要强拉她上车，少妇拼命抵抗。李远方定神一看，心一愣！他看清了酒楼的招牌是“同兴酒楼”，猛然想起刚“下海”时，为做咸鸭蛋生意同外贸厅江科长和洪湖的牛局长一起来此斗酒的情景，心里一阵激动。听说后来江科长看上了酒楼的大堂经理何露露，为情斗气砸下80万买下这本来只值40万的酒楼。再细看，这少妇正是何露露，他心里顿生一阵怜悯，想这何露露忽悠玩弄各色男人于股掌之上，碰见几个酒鬼也就一筹莫展，拉扯中所受的皮肉之苦和精神恐惧可想而知。他又想到这江建民一时斗气买下这“同兴酒楼”，几年来生意居然越做越红火，这一荒唐的经济行为，恐怕要让有些经济学家苦恼一辈子。

“老板，天凉了，来杯热甘蔗荸荠水，暖暖身吧？”一位老太婆见李远方停车不动，从路边的摊位，颤巍巍送上一杯水来。

“谢谢！”李远方接过杯子，一饮而尽，顿时一股暖流传遍全身。他将杯子还给太婆，掏出十块钱递上。太婆接过钱，抖索着从口袋摸出一把零钱，抖动着一角一角地翻动，要找给李远方零钱。

“不用找了，天冷了，您老早点收摊。”

“谢谢……老板！”老太婆点头道谢，又颤巍巍走了回去。

李远方长长地吁了口气，突然感觉肚子里饥肠辘辘，想起一天还没吃饭，看看手表，不到十一点。他拿起手机拨打杨帆的号码，想叫他到“同兴酒楼”来，兄弟二人尽兴干几杯。

手机关机，想了想，估计宋红雨和老人没睡，又把电话打到家。

“是远方啊！”果然没睡，正是杨老爹接电话，“这小子晚饭都没回来吃，来电话说到酒楼陪客，跟红雨请假不回了。”

“好的……谢谢伯父！”李远方挂断电话，又打到新东方，接电话的是胡蝶，一听是李远方，马上气愤道：“李总，我也到处找他，从下午五点半就关机。这王八蛋，肯定跟哪位女人泡在一起。见了面，我非让他给我交代清楚不可。”

李远方挂断电话，摇头笑了笑，心想这家伙将来的麻烦可大。这胡蝶比宋红雨还厉害。突然一阵心虚，想起周敏来，随即又是一阵紧张，自叹道：“自己将来何尝又没有麻烦？”

想到此，突然记起给周敏的一份可行性报告还没起草完，赶紧发动车子，掉头向公司大楼驶去。一路上左思右想，真不知自己将来如何了结和周敏的感情纠葛。又想起沈小虹近年来在自己面前流露出的种种激情动感，何尝不是在向自己示爱？幸亏自己坚持没有迈出这一步……不然那岂不是火上浇油，给自己制造更大的麻烦？

快到公司大楼，只见工程部里灯火通明。这段时间，幸福米厂内的住宅小区即将竣工，已经开始对外售楼，所以工程部很忙，每天晚上加班加点。李远方叮嘱文主任，每天让“桃园春”给他们准备夜宵。一想到“桃园春”，李远方突然想到杨帆这家伙可能在“桃园春”同几个难兄难弟喝酒，越想越对：今天是国庆节，这家伙喝完酒，还要请他们到娱乐城快活……可不应该关手机啊？

好奇心使得李远方又掉转车头，朝“桃园春”酒楼奔去。

果不其然，来到“桃园春”，杨帆的越野车就停在大门口。大门虚掩，里面灯光通明，几名服务员正在打扫厅堂。大门上方，霓虹灯先从左至右，再自上而下，交替着闪耀出五彩流光。

李远方停好车，轻轻推门走了进去。

“对不起，已经关门了。”一位身材高挑、面目俊俏的少妇，迎上来对李远方微笑，大概是大堂经理。他走近一看，胸牌上写着“胡虹”的名字，名字下面果然是“大堂经理”四个黑体小字。

李远方有好几年没有进这“桃园春”，胡虹自然不认识他。大厅的服务员换了几拨，所以也都不熟。

“我找杨经理。”李远方也笑道。

“对不起，我们这里没有杨经理。”

“哦……那就找贾经理也行。”

“这……”胡虹一愣，判断出来人肯定认识贾经理，又一想：关系一定不是很密切，不然自己来了这长时间，怎么不认识？笑道：“对不起，贾经理现在不在，你有什么事，我明天给你转达。”

“是吗？”李远方不想跟她纠缠下去，直截了当，“可惜我等不到明天，也并不是找贾经理。我只找停在门口那台小车的主人，他现在肯定跟你们贾经理在一起，你赶紧去把他给我找出来。”突然严肃道：“不然，我让贾经理罚你扫地三天！”

几名打扫厅堂的服务员，都停住了手脚。胡虹更是瞪大了眼睛，显然没有想到来人突然发这么大的飙。

“对不起！”胡虹不愧久经风雨，马上镇定下来，依然笑道，“你说得这位杨经理的确跟我们贾经理在一起，可他们喝完酒出去了，我实在不知他们去哪。而且这杨经理每次来从不跟我们讲话，我们贾经理也从不谈他。如果不是先生你说出来，我还真不知他姓杨，所以请先生原谅！”说完，赶紧倒上一杯热茶，递给李远方。

李远方一听，这话似乎不假，本来要告辞，可一想，车子就在门口，不会走远。加之这胡虹说杨帆从不跟她们说话，按这家伙的一贯做法，这胡虹长得如此漂亮他岂能放过？看来，这几个家伙，必定有什么不可告人的勾当。想到此，更激起了他的好奇心，接过茶放在餐桌上，问道：“是不是你们贾经理在这附近有居所？”

“这……”胡虹真有点为难，“我们贾经理从不告诉我们他住在什么地方，每次有急事，都是打他的手机。”

“那麻烦你给他打个手机。”李远方递上自己的手机，“杨经理看到他手机上显示的号码，一定会接听。”

“实在对不起，他刚才出去时特地把手机放在办公室了。”说到此，一阵风跑进去，拿出手机和一张名片，诚恳道，“这是贾经理的手机、名片，先生按名片上的号拨，它如果不响，你再骂我。”

“算了吧，”不等她说完，李远方就决定离开，“如果杨经理回来，你告诉他……李远方找他，让他给我回电话。”大步出门而去。

“李总！”李远方刚走到车旁，胡虹撵了出来。原来她尽管没见过李远方，可对面远方集团的大名早已传遍大江南北。只要知道远方集团的人，都晓得总经理叫李远方。自己这桃园春酒楼就是靠远方集团撑腰。刚才李远方进来她有点面熟，一时拿不准，后来李远方发飙，她就判断此人大有来头。等李远方说出名字，她才猛然醒悟是在电视上见过。所以，赶紧跑出来，小声对李远方道：“实在不好意思，不知李总到来。”看了看左右无人，神秘道：“从这条小路过去，大约五百米，有一栋五层楼房，是贾经理他们的住地。你去看一下，很好找，千万不要说是我说的，不然，贾经理会开除我。”

“放心吧，”李远方突然心里一沉，想了想，对胡虹道，“我决定不找他了，你也不要告诉他我来过，就当什么也没发生，我明天再同他联系。”说完钻进汽车，启动离开。

胡虹目送李远方的车子远去，这才转身进门，吩咐服务员给工程部送夜宵，心里想道：“这李远方比电视上可英俊潇洒多了。”

李远方离开桃园春，没有去办公室。他拐上另外一条小路，开到离胡虹介绍的楼房不太远的路边停下来，又关掉手机，锁好车门，慢慢朝杨帆他们的住地摸去。

随着距离越走越近，李远方心不断下沉，他一定要搞清楚自己最好的朋友，到底背着自己在搞什么鬼名堂？

胡虹没说错，这一片以菜地为主，所以很少有高大楼房，穿过胡虹介绍的那条小路，就见一片菜地边竖立着一栋五层楼房。整座楼黑灯瞎火，隐约一楼窗帘内偶尔有昏暗的光亮闪动。李远方蹑手蹑脚来到房前，只见窗帘拉得严严实实，看不到里面的半点动静。

李远方站在门口，一动不动地倾听，屋里确有人小声说话，但一句也听不清。他轻手轻脚地向侧边摸去，侧边的窗户太高，他又轻手轻脚向屋后摸去。后面开有三扇窗，他屏住呼吸，小心翼翼来到第一扇窗下，看不到里面，又摸到第二扇下，同样看不到。估计第三扇也看不到，正要静下心来，想听听这帮家伙到底说些什么。突然第三扇窗里一束光射出来，旋即又熄灭。他赶紧低下头，缩身屏气一动不动地躲在窗下。很快第二扇和第一扇窗的窗帘，也被撩起放下，就听侯七在窗边道："放心吧，外面没人经过，很安静。"走了回去。

李远方抬头一看，第一扇窗下方，还露着一线小光。大概侯七急于回身，窗帘没拉严实。他小心摸到第一扇下，透过窗帘的缝隙，朝里面张望，心一阵紧张，怦怦乱跳。只见杨帆、疤子、假不了和侯七四人，正拿着手电筒向厨房走去。大厅的灯光被随手关灭，厨房里的人已看不到，只有几束手电筒的光晃来晃去。就听有放水的声音响，水声停止后，又传来重重的石板挪动声。再接着，传来下楼梯的脚步声，随即手电筒光熄灭，整个楼房里面一片漆黑。

"原来楼房建有地下室，而且还是秘密通道，里面一定藏有不可告人的秘密？"李远方心一阵急跳，突然意识到前不久一起莫名其妙地死在浴缸的案件。除了杨帆和疤子，谁还有如此高超的杀人身手？

李远方快速离开楼房，来到小车前，慌张地打开车门，钻进去后，启动车子，急速掉头而去，风驰电掣般地向江岸方向狂奔。

他心中有如万箭穿心，不愿接受这残酷的事实，他想起了杨帆所遭受的艰难困苦，想起了他在新疆的非人生活，想起了宋红雨和伯父伯母十年的期待，想起了小杨威日后的未知生活。他痛恨自己，六年来由于忙于工作，一直没有深入到杨帆的心灵深处，特别是杨帆接手新东方后，他以为他已从艰难痛苦中解脱出来。现在看来，自己过于天真——原来这家伙一直背着自己在实施他的复仇大计。

李远方一口气开到黄浦路江边，靠在座椅上满心迷茫，眼泪涌出眼帘。他打开手机，想找肖畅哭诉，一看手机上的时间快十二点。再一想，此事不能跟任何人透露半点消息。不然，又会给自己最好的朋友带来灭顶之灾。何况现在还不能确定地下室到底藏着什么？

"嘟！嘟……"手机突然响了，打断了他的思路，他一看是沈小虹打来的，赶紧按下接听键。

“李总！”沈小虹几乎是哭诉，“你在哪？赶紧来救我，这几名作词作曲家，都不是好东西……我受不了啦！”

“你在哪？”李远方意识到问题的严重。

“在卫生间。”

“我是说在什么地方？”

“武昌江边‘春光美’……2号歌厅包房。”

“我马上来……你保重！”

李远方挂断电话，掉转车头，向长江二桥冲去。几分钟就冲上了桥面，加大油门向武昌飞去。

窗外，秋风嗖嗖，桥下，江水奔流……

2

李远方赶到“春光美”娱乐城，在礼仪小姐的引领下，来到2号歌厅包房，隐约里面一片吵闹声。他推开门，一股巨大的声浪袭来，震耳欲聋，旋即烟酒气也扑鼻而来。透过昏暗的灯光，只见台子上堆满饮料果品，空酒瓶横七竖八散落在茶几和沙发上。四位男人一人抱着一位三陪小姐，正在歌声中手脚舞动，耳鬓厮磨。再定睛一看，沈小虹靠在房角，一双手死死将一位男人抵住，男人则双手撑墙，将她紧紧堵在里面，嘴唇几乎碰上她的额头。

李远方一阵心痛，自责不该让沈小虹长期参加这种应酬活动，他回手猛地将门边的照明开关打开。

“谁他妈的把灯打开？”几位男人几乎是异口同声地叫骂，紧接着又都缄口不语，呆呆地看着李远方发愣。

“对不起，”李远方强忍心中的愤慨，“扰了诸位的雅兴！”

“李总！”沈小虹猛地推开面前的男人，几步就奔到李远方的面前，眼泪止不住涌了出来，一头向他扑去。

李远方扶好沈小虹，将她搀扶到沙发坐好，眼神暗示她镇静下来，这才转身问道：“沈部长，给我介绍一下几位先生。”

沈小虹完全镇定下来，站起来，指着刚才将自己堵在房角的男人，引见道："这位是谢教授，歌词就是他写的，是武汉地区著名的诗人，不到一小时，就写好了歌词。"

"谢谢……谢教授！"李远方点头致谢。

"不用……客气，小菜一碟。"这著名诗人显然喝高了，不仅不谦虚，说话上气不接下气，站在原地前后晃动。

"这位是吴主任！"沈小虹又指着一位胖子，"是著名的作曲家，我们的歌曲，将由他作曲。"

"李总好！"吴主任上前一步，主动伸出手，"很高兴为远方集团效劳。"这吴主任倒是清醒，李远方只得同他握手道谢。

"这三位都是音乐学院的老师！"沈小虹给李远方介绍另外三人，"一位是教授声乐的，二位是教授民乐器的！"

"李总，我们干两杯？"三位异口同声，显然都喝高了。

李远方苦笑一声，点点头，算是打招呼，又笑道："大家请坐！"见四位小姐不知所措，木头般呆立。也不管几位男人同不同意，对沈小虹道："把小姐的小费给她们，让她们早点休息……顺便买单。"

沈小虹掏出钱包，给每人分发一百元大钞。

"怎么这小气？今天是国庆节，每人二百。"

"你们好运气，碰到我们李总……太大方了！"沈小虹极不情愿地给每人补发，然后出门去买单。

"谢谢老板！"四位小姐拿上钱后，满脸堆笑。各自拿上自己的外衣，飞也似的破门而去。

几位文化人都坐了下来，除了吴主任外，另外四人都歪倒在沙发上。沈小虹转回后，拿出歌词交给李远方，然后关掉电视，这才挨李远方坐下，双手紧紧勾住他的臂膀，生怕一不注意飞了。

"吴主任，"李远方看了歌词后，笑道，"你这几位朋友，看来喝多了，歌词暂且不谈。今天有幸认识你，我想请教一下乐曲方面的知识，还望不吝赐教。"

"好的！好的！"这吴主任在中南地区小有名气，心想一个私营企业家，能懂多少乐理知识，也就毫不谦虚。

“在中国传统文化中，”李远方一本正经，“礼乐是一个极为重要的文化概念，它几乎涵盖了人生的一切行为规范，为人们的婚嫁、迎送、祭祀、奖励、升迁，以至于征伐等各种社会活动提供了一种行为准则。在我有限的记忆中，周代的礼乐制度是至善至美的，所以孔子要‘克己复礼’。请问吴主任：这周代的礼乐制度，到底善美在哪些方面？是如何表现出来的？”

“这个、这个……”这吴主任做梦也没想到，这个年轻的私营企业家，会提出如此古怪的问题。不回答不好，答又答不上来，只得支支吾吾：“李总，这个问题……太大、太深，都可以写一篇博士论文，所以，一时难以给你讲清楚。”

“哦！”李远方本来不再问，准备起身走人，听他“难以给你讲清楚”，又笑道，“那么再请问吴主任：孔子谓季氏：‘八佾舞于庭，是可忍，孰不可忍也？’这八佾六十四人，在周代是如何排列的？又是如何变化的？为什么孔子对季氏的行为忍无可忍？”

“这个嘛！”吴主任毕竟是学作曲的，对八佾是懂的，可一时哪里记得清楚，断断续续道，“这八佾……只能是天子才能享受，因为季氏只是大臣，所以，孔子看到了就忍无可忍。至于六十四人怎么排列变化，这得看资料，不能乱说，做学问应该严肃，对吧？”看了看几位同伴，想找个人帮腔，见四人都耷拉着脑袋，迷糊着眼皮眨也不眨一下，只得对李远方道：“李总，没想到你对礼乐也如此在行。以后有机会，我们一定好好交流……交流。”

“恐怕我没时间，再问吴主任：《乐记》上说：‘凡音之起，由人心生也。人心之动，物使之然也。感于物而动，故形于声。声相应，故生变。变成方，谓之音。’又谓之曰‘桑间濮上之音，亡国之音也’。这话的意思，想必吴主任应该明白？”

“明白、明白……李总真是知识渊博。”

“那好！”李远方站起朗声道，“诗言志，声发心，音动情。我信奉的是崇高的道德规范，追求的是至上的严词高曲。这位诗人写的歌词离我的要求甚远，等他们清醒后请转达我的规劝：文化人是很崇高的职业，一定要珍惜做人的机会，先做好人，再从好艺，不要有负于自己的道德和良心。”说完拉起沈小虹，大步昂然而去。

“一定、一定……”身后传来吴主任结巴的声音。

走出“春光美”，一坐进小车，沈小虹一头扑在李远方怀里痛哭起来。李远方心一阵狂跳，安慰道：“对不起，以后决不让你一个人参加这种活动，好了，我送你回家。”

“我不回家！”沈小虹哭声更大，双手猛地搂住李远方的脖子，脸紧贴他的脸，鼻涕眼泪搓揉得他满脸都是，抽泣道，“我上身被那个王八蛋抓破了，裤带也拉断了，我怎么好意思回家？”

李远方心慌不已，一筹莫展，好在夜深人静，无人从车前走过。等沈小虹平静一些后，这才颤声道：“那我到宾馆，给你开个房间，明天给你买套衣服，你再回家……行吗？”

“嗯！”沈小虹死死搂住李远方的脖子不松手，脸上火一样热辣，依然一动不动地紧贴在李远方的脸上。

“好了，”李远方轻声道，“走……我送你到宾馆。”

沈小虹慢慢松开手，顺从地靠在靠背上。

“嘟！嘟……”刚要启动车，李远方手机响了，他赶紧接听，是杨帆的声音，“喂，我刚到公司，有人说你找我，有何吩咐？”

“是同疤子、侯七、假不了他们三人吧？”李远方冷冰冰。

“对啊！你怎知道？”

“我猜的！”李远方本来想追问他，到底背着自己干什么？一想，没搞清楚之前绝对不能问，转而笑道，“今天不是国庆节吗？我想应该是你请他们……快活的时候。”

“对、对、对！知我者……李远方也。”

李远方心里一阵难受，好半天才道：“我今天特别想喝酒，所以到处找你，你叫师傅炒几个菜，我一小时后赶到。我想……跟你好好谈谈。”不等杨帆说话，就挂断了电话。

“不行，你今天要陪我！”沈小虹又扑在李远方怀里痛哭。

李远方叫苦不迭，好半天才认真道：“小虹，我知道你喜欢我，我也非常喜欢你。但我……是有老婆孩子的人，我不能害你……明白吗？我们保持这种纯洁的友谊，我把你当我的好妹妹。我会真心诚意地帮助你爱护你，终身把你记在心中。”

“我不要你这些虚假的托词！”沈小虹突然抬头，盯着李远方，越发泪如雨下，“我为你可以干任何事，可以牺牲一切。告诉你：我不是一个好姑娘，读中专时就被老师诱奸。我不要你跟我结婚，我只想你爱我就心满意足……”又嚎啕大哭起来。

李远方又急又愧，无法面对这个现实，几乎是哭求道：“小虹，千万别这样，我会令你失望的，你会后悔一辈子的。好了，我不去找杨帆，我们到吉庆街边喝边谈，最好……喝他个一醉方休！”

“好！”沈小虹又顺从地回到靠背上，闭上眼，不住抽泣，含泪道，“请把……手机关掉！”

李远方痛苦地启动车子，慢慢离开“春光美”，沿江边向长江二桥方向开去。他心里像火在燃烧，燎肝炙肺，烤肠烘肚。

他看了看车窗外奔腾的江水，恨不得加大油门，一头冲进长江……

3

正当李远方被情所困，恨不得要跳长江时，杨帆被堵在新东方的办公室里，同样遭受着爱情的痛苦折磨。

原来这段时间，因儿子杨威出世，杨帆除每星期到公司坐镇两三天外，专心在家相妻护子，一直没有光顾桃园春。疤子他们三人秘密活动进展如何，他心有所虑。因不便在电话里询问，所以一直想去一趟，顺便请难兄难弟快活快活。

正好今天是国庆节，他下午提前从公司出门，直奔桃园春。到达后，先给家里挂个电话，柔情蜜意地告知宋红雨晚上不回家。

宋红雨一心扑在儿子身上，问都不问就挂断电话。

在桃园春喝完酒，四人悄悄聚到“大本营”，就这几年来实施的系列复仇活动，进行了认真总结，对日后的计划再作相应调整，又下到地下室，对秘密购置的手枪、猎枪、小手雷、各类刀具及其他作案工具，进行清理，分类隐藏，以便随时取用。

因整个复仇活动，实施得比预料的要顺利得多，加之报复的对象，已经除去十之八九，兄弟四人异常兴奋。从“大本营”出来后，他们坐在小车里欢声笑语不断，都满怀激情。

胡蝶一见杨帆的车停下，满脸堆笑迎上来：“哎呀呀，几位哥，这长时间也不光临我们这里？”回头对李琼道：“李琼，快带三位哥去贵宾室。”见杨帆关好车门后，伸手想揽自己的腰，猛地屁股一扭，抬手一打，狐狸眼一瞪：“你到办公室，李远方有事找你！”

杨帆一听，以为李远方来了，赶紧向办公室走去，到办公室一看，空无一人，正要开骂，胡蝶随后跟了进来，顺手锁上了房门。

“你他妈什么意思？”杨帆吼道。

“别发火，”胡蝶靠在门上，柔声道，“你是有身份的人，要有修养，先给李远方打个电话，再骂我，我不会生气的。”

杨帆操起电话就拨，通话后果然是李远方找，他慢慢放下话筒，盯着胡蝶：“去让师傅准备菜，一小时后李远方要来喝酒。”

“没……问……题！”胡蝶一字一拖。

“没问题怎么不动？”杨帆眼露凶光，“想老子揍？”

“老娘就是不动，你杀了老娘！”胡蝶突然大声吼起来。

杨帆两步就跨到胡蝶面前，举起手就要掴。

胡蝶上前一步，挺胸昂头，狐狸眼放光，死盯着杨帆。

杨帆慢慢放下手，温柔地笑道：“别这样……我今天不回家，好好为你服务。”

他轻轻伸出双臂，将她搂在怀里。

“滚！”胡蝶猛地一下，双手将他推开。杨帆措不及防，噔、噔、噔连退几步，几乎被她推倒。

“你疯了？”

“说！”胡蝶毫不示弱，“从五点半到现在，为什么关机？今天不跟老娘说清楚，别想出这个门！”

“你不是看到了？”杨帆大声道，“我和他们在一起！”

“放你娘的狗屁！”胡蝶吼道，“跟他们一起，有必要关……”

“啪……”胡蝶话未说完，杨帆的巴掌就掴到她脸上，刹那间，她感到脸上一阵火辣辣，嘴里一股血腥溢出，用手一抹，满巴掌殷红鲜血。

她顾不得疼痛，顺手拿起身边的凳子，就砸向杨帆。紧接着，就听屋里噼里啪啦一阵乱响，胡蝶连骂带喊，见东西就砸。杨帆左推右挡，连退带跳，被胡蝶追得乱躲。

“好了！”杨帆大吼一声，胡蝶一屁股坐在沙发上，放声大哭，满脸的鼻涕眼泪和着鲜血往下流淌。

杨帆痛苦地摇摇头，又长叹几声，这才拿起桌上的餐巾纸，走到胡蝶身边，坐下来，左手搂住她的肩膀，右手轻轻给她擦脸，小声哀求道：“对不起，原谅我……是我一时糊涂，你不该骂我娘。我这一辈子最对不起的就是老娘，所以……一时冲动！”

胡蝶一听，越发泪如雨下，哭诉道：“我又不是真心骂她，你犯得着这么狠心打我吗？跟了你这长时间，你还不知我是刀子嘴豆腐心吗？”又放声痛哭起来。

“好了！”杨帆连哄带呵，“我错了，以后坚决不打你，其实，你错怪了我。”突然想起自己口袋有一枚戒指，是帮疤子买的，这家伙喜欢上一位空姐，一定要送戒指哄这“蓝天之花”上床。

“怎么错怪了你？”胡蝶停止哭泣，瞪眼道，“六七个小时不开机，万一有急事找你怎么办？你必须说清楚，到底干什么去了？”

“是这样，”杨帆见她嘴角又流血，赶紧又从桌上拿出一把餐巾纸，边细心帮她擦拭边道，“因为去的路上，开车接听不方便，我就关了。到了他们那里后，见面一高兴，就忘了从车上拿下来。后来几杯酒一喝，哪还记得手机？再后来，我又急于给你买礼物，赶过来见你，所以一直忘了开机。我要知道你为这生气，杀死我也不会关机。”从口袋里掏出一枚戒指，轻轻戴在胡蝶手上，嘴唇贴着她的耳朵：“这是今晚给你的服务费，我要全套服务。”

胡蝶鼻子一抽，翻身一下就扑到杨帆怀里，死死地抱住他，头埋在他怀里，兴奋道：“告诉你……我怀了你的骨肉！”

“你说什么？”杨帆脑袋一炸，眼睛像铃铛。

“我怀了你的骨肉！”胡蝶头埋在杨帆怀里，柔声道，“今天下午到医院查的，快六十天了，因要急于告诉你，才不停地找你。不管你将来认不认这孩子，我都要把他（她）生下来，我一辈子守着他（她），把他

（她）培养成人，为他（她）母亲争光！”

杨帆一头倒在沙发上，几乎要哭出声来！

第四十四章

1

从武汉通往咸宁的107国道贺胜桥地段处，近两公里的路段两边，矗立着近百栋三五层楼的酒楼。各酒楼的生意都异常红火，客人进出不断，楼前停满大小车辆。一眼看去，尽管每栋楼房建筑，式样各有差异，招牌五花八门，但每家楼房的正门上方无一不悬挂着同一个广告牌——“正宗贺胜桥鸡汤馆。”

原来，这贺胜桥地区乃荆楚富饶之地，人勤地美，山明水秀，自古以来就草丰鸡壮，各家各户盛行以鸡汤待客的风俗。煨汤历史达千年之久，其鸡汤味美香醇，沁人脾胃。改革开放以来，随着公路运输事业的不断发展，107国道上的过往车辆与日俱增。长途汽车司机为了节省旅途开支，常常停车到路边农户小家求水索食。酒足饭饱之后，支付几个小钱，经济而实惠，久而久之，遂成风气。

路边农户，见过往求食司机日见其多，有心之人趁机每天在家煨几罐鸡汤，提到路边叫卖，居然日进数金，比种田耕地强百倍。于是，胆大之人，听广播电视里政府鼓励农民发家致富，干脆铤而走险，公开在路边搭棚垒灶，直接扯旗开张。谁知政府不仅不加制止，反而多方大力支持。二十年下来，竟然形成莫大气候，变生出贺胜桥鸡汤美食一条街来。武汉地区乃至邻近各省的食客，竞相慕名而至。贺胜桥鸡汤的美名，也就远飘荆楚大地、大江南北。

杨帆把车停在路边，等待先前到达的食客喝完鸡汤让出车位。李远方坐在副驾位上，一脸的疲惫。兄弟二人受肖畅指派，到咸宁温泉疗养院执行特殊使命。他们路过贺胜桥受不了汤味诱惑，加之正是中饭时刻，所以决计喝完鸡汤再出发，以不愧肠胃，不虚此行。

国庆节那天深夜，李远方在吉庆街极尽安抚之词，算是暂时将沈小虹劝阻住，当夜没能继续向纵深发展。但沈小虹态度之坚决，让他心惊胆寒，半个多月来，他陷入极度的惶恐之中。以至于想好好找杨帆谈谈也没心情。好在杨帆自己也被胡蝶纠缠得昏头转向，并不催他见面。上礼拜六肖畅来办公室，让他以最快的速度提取百万现金，第二天坐飞机送到北京，亲自交给文叔。他怕耽误文叔的大事，下午跑银行取款，连夜坐火车送到北京。从北京回后，肖畅又吩咐他这个周末，到咸宁温泉疗养院，暗地打探在此疗养的某位领导的详细内情。特别提示，要关注有哪些部门要员来此探望，并叮嘱他，不能开自己的车以免被人认出。李远方因自己不谙此道，想到杨帆是个中高手，有他同行自己更有信心，顺便也好同他谈谈。跟肖畅一建议，肖畅立马同意，还自责怎没想到杨帆这家伙。

早上发车时，李远方本来要同杨帆谈心，一方面怕影响他开车，另一方面是见面后备感亲切，满脑子的疑问不知从何谈起。想到还有一天多的时间，也就暂时放下谈话的动机，一头靠在靠背上眯眼养神，以消除这段时间的精神疲劳。谁知迷糊中被浓香的鸡汤味熏醒，睁眼一看，到了贺胜桥鸡汤美食一条街，于是，二人停车喝汤。

杨帆自国庆节那天深夜得知胡蝶怀孕后，半个多月来就如热锅上的蚂蚁，吃不好、睡不着，心里更是痛苦辗转煎熬。每天一进家门，还得立马装出殷勤笑脸，百般呵护老婆儿子。来到办公室，见到胡蝶就如同李莲英见到慈禧老佛爷，跟在她屁股后面做耐心的开导工作。先是劝她打掉胎儿，不要一时冲动毁了自己一生的幸福。可每次话未说完，胡蝶起身就走，绝对不予理睬。见此路不通，杨帆又威胁她如不听劝导，势必导致血光之灾。哪知胡蝶听此恐吓，不怒反笑，解开衣扣，露出白玉般的胸脯：“老娘早把生死置之度外。”无奈之下，杨帆暗自感叹：为什么那么多英雄都败毁在女人身上？原来天地造人，就是让女人来维持人类进化——男人开辟世界，女人调教男人。

李远方叫他来咸宁，他就如同获得大赦，赶紧开车出门，接上李远方就往 107 国道上奔。

本来一路上要向李远方诉苦，一见他闭目养神，只得打住，专心开车，一口气跑到贺胜桥鸡汤美食一条街。

“我说老兄啊！”杨帆见李远方醒来，依然无精打采，提醒道，“肖姐此次将如此重任委托我们，到底最终目的何在？有了目的，我们好有的放矢，把事情办得更漂亮一些。”

“我也问过，她没说，只是让我们记住探望某领导的每个人。最好搞清楚这些人见领导的目的。”

“找你老兄办这事真找对人了。”杨帆感慨，“这些人，你认识很多，而他们不见得都认识你。即使认识，一时也记不起来，加之都一门心思巴结领导，哪有时间去注意一个私营老板！”

“很对！”李远方笑道，“再加上你这个杀……”本来想说“杀人不见血”，一想现在不能敲他，记起他刚参加工作时在厂杀猪，改口道，“杀猪出身的家伙参与，此次咸宁之行，一定大有斩获。”

“是啊！”杨帆感叹，“一晃十几年了，想当初在肉联厂杀猪时，只想每天多杀几头猪，找个老婆结婚生子。何曾想……后来发生了这多的变故，更没想到，会有今天的奢侈生活。像这豪华轿车，做梦也不敢想拥有它，这一切，还得感谢你老兄啊！”

“这得感谢改革开放的好政策，”李远方也感叹，“想我一个山里的穷小子，如果不是赶上了好时代，如何能走进大学的校门？要想取得今天的成绩……只能是白日做梦，异想天开！”

“记得在新疆，”杨帆凝视着前方，“有几月没有尝到肉香，我当时想：如果哪天我获得自由，最大的愿望是美美地吃碗红烧肉。哪知今天一顿酒钱，抵得上吃一年的红烧肉，真人生如梦啊！”

“记得幺爹说过，”李远方接过话，“我们每个人，永远也不知道下一刻会在自己身上发生什么大事变，他老人家常警示我，要牢记乐极生悲、否极泰来的天地自然之道。”

“九爹他老人家真是圣人。”不等李远方说完，杨帆道，“可惜我不能经常聆听老人家的教诲。不然，我怎会遇到如此多的麻烦。”他想起近来胡蝶的麻烦就心痛。

“怎么，被你那个胡蝶整怕了？”李远方笑道，“告诉你，她可比宋红雨还要厉害，你可得小心。”

“迟了！”杨帆痛苦道，“从国庆节到现在，我就没睡一天的安稳觉！”于是，一口气把胡蝶怀孕的事和盘道出，最后，苦丧着脸求道：“老兄，这次你一定要帮我，不然宋红雨知道，我死定了！”

“怪不得十多天来我不找你，你也不找我，”李远方也苦笑道，“原来是被情所困。”一时想起周敏和沈小虹，心里一阵战栗，又一头倒在靠背上，长吁短叹：“现在想来，幺爹他老人家，可真是有先见之明啦，我们二人都太放纵自己的行为了！”

“你老兄不会也遇到什么感情纠葛吧？”

“一失身成千古恨啦！”李远方摇头，“可笑的是，你老兄居然要我给解套，我自己都不知将来怎么吊死。此事只能你一人知晓，有第二人知，我不饶你。”于是，也将自己的苦恼，向好朋友倾诉。

“这真是社会的进步啊！”杨帆惊笑道，“像老兄这样的正人君子也被拖下水，看来，现在我们倒真是一对难兄难弟。不过，你和我不一样，她们又不找你麻烦，不像胡蝶这个小屄，这么难对付。我要是碰见你这好的事，那真是睡着了也要笑醒。”

“女人的心，变幻莫测！”李远方认真道，“这两个女人，可比胡蝶要聪明得多。特别是周敏，真不知将来……会是何种结果？”

“今朝有酒今朝醉！”杨帆羡慕道，“还是疤子这家伙好，从来不在女人身上留情，按照这家伙的经验，是只喝牛奶不养牛。”

“什么意思？”

“说女人是头奶牛，”杨帆解释，“想喝奶时，找头奶牛花点钱挤杯奶喝了就走。不像我这傻，把胡蝶养在身边随时添麻烦。真是哲学啊，没想到这深奥的哲理，从疤子这个文盲嘴里讲出来。”

“什么哲理，完全是混账逻辑。”李远方话说到一半，发现一辆小车停在车前，下来三男一女，马上改口，“看见没有？下车的是某领导，大概也进去喝汤，极有可能到温泉疗养院去巴结领导。我们跟进去，坐在他们旁边，听他们说些什么。”

“真是武汉来的！”杨帆一看车牌照，正是市里牌号。

“不过……”李远方有点担心，“我担心这局长认出我来。”

“这事你就不用操心。”杨帆发动车子，“我们干脆在这贺胜桥跑一圈，看看还有没有其他我们要关注的人。我开慢点，你看仔细，不要遗漏掉。”说着，启动车子，慢慢向前开去。

2

咸宁温泉疗养院坐落在咸宁市郊，掩映在一片风景秀丽的群山幽壑之中，从贺胜桥出发不到半小时，就到达山麓。进入山道，车窗外清气逼人，沁人心扉。只见半山腰上雾迷山径，峰林朦胧，几座四五层楼的建筑物风姿绰约，在小车左右盘旋中时隐时现。

现在是李远方开车，杨帆在后座摆弄他的照相机和录音机。到达疗养院，正是午休时间，大院里异常静谧。李远方见最里面一栋楼前，泊满了各色豪华轿车，把车开了过去，靠右边停了下来。

“停在这里干吗？”杨帆问。

“你没见这停满了武汉来的车？我们要找的人肯定在这。”

“这是肯定的，”杨帆笑道，“不过我们最好是住到对面去，站在阳台上，可以随时拍下进出这栋楼的车子和人，不会引起任何人的怀疑。现在，我先去打听好领导住在几号房，再到对面去订房。”也不等李远方搭话，收好东西，下车向接待室跑去。

十分钟后，杨帆回到车上，兴奋道：“我已经打听清楚，领导住在东头的豪华套房，正在午休。我们住到对面楼豪华套房去，正好与他相对。下午我就开始工作，你安心休息，一切我负责搞掂。”

李远方掉头将车停在对面楼前，杨帆赶紧下车去办理住宿手续。几分钟后，二人被服务员领进了东头的豪华套房。

“真是理想的位置！”杨帆走到阳台，拉开窗帘，拿出照相机，调好镜头，朝下面四周看了看。

“能看清楚吗？”李远方担心道。

“放心吧，这长镜头，就连对方的胡子也看得一清二楚。”

“二位好！”随着一声悦耳的声音，一位二十五六岁、身穿藏蓝套装，身材修长、短发齐肩，明眸皓齿、青春靓丽的服务员走了进来，笑道，“欢迎二位来我们疗养院，我是理疗师刘菲菲。负责安排二位的保健理疗。”说着递上一张单子：“这上面有我们的作息时间、理疗项目、保健运动、温泉浸泡、营养配餐等服务指南。二位可根据这上面的时间安排，决定你们的疗养科目，我好安排周到的服务。”

“谢谢！”李远方接过单子，问道，“请问小姐，我能到对面楼房去串门吗？因为对面住有我的朋友！”

“完全可以，你随时都可以到任何一栋楼去串门。而且，我们鼓励客人相互串门，便于交流理疗经验。”

“好的，等我们商量好了再通知你。”

“行！”刘菲菲继续介绍，“我在3号房间，随时可以打电话通知我。”说完，朝二人微笑点头，转身出门。

“等一下，”杨帆一脸狡黠的笑容，来到刘菲菲面前，“不好意思，打搅你一下。很惭愧，我是一名业余摄影爱好者，这里山水太迷人，我想利用午休时到户外拍几张照片，可以吗？”

“当然可以，”刘菲菲笑道，“只要你高兴，想怎么拍都行。”

“好的！”杨帆继续温柔道，“不过，我想这么美的风景，如果没有美人相配，岂不可惜。所以，我想邀请你临时充当模特，到时我会将照片寄给你。而且，我还会送给你非常有意义的纪念品。当然，你喜欢什么，也尽管提出来，我绝对不会令你失望！”

“这个……”刘菲菲显然被打动，李远方一听，赶紧退后走到阳台去。刘菲菲想了想，笑道：“谢谢你，不过，我现在当班，明天行不行？或者我帮你找一名小姐，她比我漂亮。”

“那是你的想法，”杨帆勾引道，“每个人的审美观不一样，而且，我特迷信我的第一感觉，比方我刚才第一眼看到你，眼睛一亮，精神一振，说明你是我认为最亮丽、最迷人的模特。其他的我绝对看不上，也不想去看。”上前一步，嘴唇几乎贴上刘菲菲的耳朵：“刘小姐，你具有非凡的魅力，我想邀请你到武汉，重金包装你，免费给你拍摄一组写真集，我们就从现在开始，怎么样？”

“这……”刘菲菲满脸绯红，低头想了半天，抬头小声道，“我去找人顶半天，你等一下。”刚走两步，又停步回头，嫣然笑道：“我能不能带上一个人一起去？”

"带谁?"杨帆极不情愿。

"我的好姐妹,是对面豪华套房的理疗师。"

"太好了!"杨帆一听,兴奋道,"我给你们两人出专辑,拍出不同风格,尽显艺术效果。"赶紧走上去,轻轻揽住刘菲菲的腰,嘴唇再次贴上她耳朵:"干脆我到你房间,拟定个拍摄方案。"

刘菲菲又是嫣然一笑,顺从地带他一起去自己房间。

"又是个傻丫头!"李远方冲着两人并肩而行的背影,"女人啦,为什么都如此轻信长得帅气的男人?殊不知,这世上帅气的男人,十个有九个是情场猎手,感情骗子……"

3

杨帆的帅气使得李远方此次行动异常顺利,到第二天下午五点半晚饭时,发现有多人来拜望领导。其身影全部都被杨帆摄入镜头,声音也都录了下来。另外,邻省的人,当地的一些领导,也络绎不绝地前来拜谒。杨帆都一并摄录其中,不放过一人,便于肖畅姐以后参考甄别。

吃过晚饭,二人回到房间,李远方对杨帆道:"明天是星期一,正式上班,估计再不会有人来。我们干脆今晚就赶回武汉,明天我还要到政府办事,顺便向肖畅姐汇报这两天的收获。"

"停!停!停!"没等李远方说完,杨帆拦道,"我说老兄,要回你一人回,我明天搭便车。我好不容易做通了刘菲菲的工作,今晚共度良宵,你这不是破坏我的好事吗?"

"我说你啊……现在也不想胡蝶的麻烦?"

"此一时,彼一时!"杨帆笑道,"现在哪还记得什么胡蝶,你不是说李白说过'浮生若梦,为欢几何'吗?再说,尽管我们知道这些人都是来送礼的,想挪更好更高的位置,但我们还没搞清到底是哪些位子,吸引着这些家伙们?我今晚还想进一步打探清楚,明天回去后,将照片和录音,一并提供给肖畅姐,岂不是皆大欢喜?"

"这个理由,还勉强说得过去。"李远方只得同意,"我可有言在先,以后出了问题,别再找我救场,我可不管。"

“你放心，出不了问题，这刘菲菲被我媚昏了。她早有男朋友，搞出了问题，由她男朋友承担。”

“真是无耻！”李远方笑着提醒道，“只当我没放这个屁，总有一天，你要为此付出代价的。”

“那是以后的事，”杨帆也笑道，“别忘了……我偷一百个人和你偷一人，性质是一样的，都是对妻子的不忠。”

“好了，快去吧，免得菲菲等得心慌，我想写点东西。”

“好吧，你自己找乐，我可顾不得你了。”杨帆快速出门。

李远方心里一阵难过，默默地走到阳台上，只见对面豪华套房里，灯火通明，贵客满座，欢声笑语不绝，抬头仰望，一轮悬月银光闪闪，皎皎夺目，再举目四看，大地上月光如水，清气弥漫山岚。

李远方一阵心动，想起了九龙冲白龙寨的明月；想起了母亲搂着自己坐在门前数星星的情景；想起了幺爹带着自己，漫步在月光下讲述李氏家族的兴衰历史。思念之情袭上心头。

一时又想起肖畅来，想起那个终身铭刻在心的夜晚，也是一轮明月高悬，心中祈祷她仕途坦荡，家庭幸福，心想事成。又想到自己的妻子周丽，为了培养一双儿女放弃了自己的事业，油然而生愧疚之感。又想到周敏和沈小虹，继而想到二十年来自己所经历的风风雨雨、是是非非，所认识的男男女女、老老少少，一时心潮澎湃，激荡难平。细细想来，这世间万事万物，都不是无源之水，无本之木。最后，想到此时正同刘菲菲假意缠绵的杨帆，顿生一种自责之感。

一阵朗朗的笑声，从对面豪华套间传来，打断了李远方的思绪。他环顾四周，见每栋楼房里，都是灯火通明，人声嘈杂。

“人类啊！”李远方看着对面楼房中游动的人影，叹息道，“真正是人心不同，各如其面。为什么要一代接一代、世世代代妄执地去追求这些虚无缥缈的东西？为什么每个人都想生受崇敬、死备哀荣？难道真是能光宗耀祖、泽被万代吗？”

“宇宙啊！”李远方又仰望苍穹，喟叹道，“你才真正是世间万事万物、一切生灵的主宰。只有你才称得上是伟大光明、永恒闪耀。空间上，是这么的无边无际；时间上，是如此的无始无终。可为什么人类彼此间要尔虞我诈、你争我夺？”

李远方一夜，辗转难眠，杨帆凌晨四点多才摸回房间。二人就此次来疗养院的所得，认真进行了梳理，准备回汉后详细向肖畅汇报。李远方本来想挑开杨帆“大本营”的面纱，一想时机尚不成熟，加之多方顾虑，特别是还未能搞清楚地下室到底有何秘密，只得暂时忍住，等日后再伺机挑明，以阻止好朋友的不法行为。

早上六点一到，二人收拾好行囊，办理完退房手续，然后启动车子，慢慢驶离大院，沿下山的路径悄然而去。

深秋的山林，寒风阵阵。车前窗后，迷雾蒙蒙。下山的道路，曲曲折折，弯弯拐拐。李远方猛地一按喇叭，一阵清脆刺耳的笛声划破山林，回荡幽谷，在晨曦的舒展中震彻山谷……

第四十五章

1

“嘟……”正想给李远方拨电话，李远方的电话却来了。

“喂！”杨帆道，“我正想给你去电话，不想你就打过来了，看来还是我们兄弟心心相印，哪像女人，都是些虚情假意。”

“先检讨自己，”李远方道，“你比女人还骚，告诉你：从今后，再不要把心思花在女人身上，我们有更多的事要做，明白吗？”

“什么事……这么严肃？”杨帆心一紧。

“肖畅姐升迁了！”李远方兴奋道，“今天早上组织部突然通知她，已正式上任了，她自己都感到吃惊！”

“是吗？看来我们咸宁之行没有白跑。”

“你尽快处理完手上的麻烦事，”李远方强调，“特别是胡蝶的事，肖畅姐春节期间要单独同我们谈事。”

“好的，你放心，这事还难不倒我。”

“另外，”李远方想了想，“我一直想跟你找个地方呆上两天，什么事也不干，什么事也不想，好好谈谈心。本打算春节期间邀你到白龙寨，现在看来只有等春节后再说。”

“什么事你如此慎重？”杨帆又警觉起来。

“以后再说，忘了告诉你，许姨已回汉，周敏刚给我通电话。你去看看，说不定胡蝶跟她在一起。”不等杨帆再问，挂断电话。

杨帆放下电话，心里思忖：“这家伙卖什么关子？不会对我的复仇计划……和暗地勾结周敏……有所察觉吧？”一想绝对不可能，放下心来，发动车子，找许姨去了。

许姨果然已回汉，见杨帆找上门来，笑得满脸红粉闪动，一把就拉住杨帆：“哎呀呀，干女婿上门，快进来。我带了好多好吃的，正想明天给你们送去。你来了正好，多带点回去，分给姐妹们。”

杨帆笑着走进屋，也不搭话，直接逐个房间查看。边看边自言自语：“不对呀，应该还有一个人在屋里？”

“这哪像干女婿说的话？”许姨笑得浑身乱颤，“告诉你，张连长直接从香港回老家了，春节之后才过来。”

“谁说我找张连长？”

“那你找谁？”许姨一脸疑惑。

“许姨，不，丈母娘！”杨帆一脸的诚恳，“求你可怜可怜我，告诉我胡蝶到底在哪里？”

“什么胡蝶在哪里？”许姨一脸的迷雾，“我怎么知道？我还准备问你，怎么一个人来，不把她给带来？”

“这段时间胡蝶没跟你在一起？”

“没有啊！”许姨惊诧道，“这段时间张连长跟我……”一想不便说，又问道：“我干女儿怎么啦？”

杨帆见许姨不像是装的，这才坐下来一五一十、从头至尾，把胡蝶怀孕和不辞而别的事，告诉了许姨。

“哎呀呀！”许姨兴奋道，“这胡蝶可真像我的亲女儿，当初我跟周敏她爹要是能怀上孩子，也会像她这么做的。”对杨帆道：“这是天大的喜事，你急什么急啊？”

“我的娘！”杨帆又站起，打拱作揖，“做好事，劝她把孩子打掉，我家里已经有一个。你也知道，宋红雨像只母老虎，胡蝶像匹母狼。虎狼当道……我的娘，我还能过日子吗？非出大事不可！再说，胡蝶将来还要嫁人，怎么可以带一个别人的孩子当新娘呢？”

杨帆还没说完，许姨已经笑得趴在桌上，好半天才缓过气来，边喘边笑道：“看你当初还占不占我干女儿便宜，现在知道麻烦了吧？让你尝尝我们女人的厉害，打又打不得，哄又哄不好。”停了停，突然一本正经：“这事你放心……就让胡蝶把孩子生下来，将来我把这外孙带到香港，然后送到美国，绝不会影响你的家庭。就是胡蝶我也准备带到香港，她等你也好，不等你也好，我都会劝她不要打扰你的家庭。童安格不是有首歌‘既然已经爱过，又何必真正拥有你，虽然离去，也不会有太多难过’吗？至于你们二人，我相信你们是真心相爱，把这种爱永远记在心。你想她，可以到香港去见，她想你，可以到武汉来会。所以，你不必为这事再烦恼。”

“许姨，”杨帆突然发现，这平时疯疯癫癫的老女人，原来是一位非常有见地，通情达理的热心人，心里顿起敬意，感激道，“感谢你深明大义，体贴关怀，你的恩情，我永志不忘！”

“别，”许姨赶紧道，“我散漫惯了，见不得紧张气氛。”忽然悲戚起来：“告诉你，不是我深明大义，许姨这辈子，由于种种原因没养个一男半女，这是我终身的遗憾。哪个女人不想孩子？这是人类的天性，只有邪教才宣传独身，还有就是各种党派分子，为实现所谓的主义而独身。既然我自己已不能生孩子，现在我干女儿有孩子，这比我自己生孩子还激动。所以，我还得感谢你！”

杨帆从许姨家出来，早已是夜幕降临，满街的霓虹闪烁。

他深深吸了口冰凉的寒气，两眼放射出阴冷的寒光……

2

李远方和杨帆驾驶小车，一路风驰电掣赶到汉口香格里拉大酒店，如约走进咖啡厅一看，李远方眼睛一亮，心中的负担减去了一半。

只见一楼咖啡厅内，巨大落地玻璃墙壁旁边，两棵近三米高的室内观赏树之间，周敏、彭秘书和许姨正坐在一张长方形台位上亲密交谈，茶几上摆满了鲜花和水果糕点。树上缠绕着的五彩树灯交相闪耀，洒在三人的脸上，一个显得高雅秀美，一个显得清新妩媚，一个显得雍容富贵。在与三人相隔四个台位的一套沙发上，周敏的保镖王虎和许姨的助手张连长，也正在促膝谈心。玻璃墙壁外建设大道上，过往车辆的灯光，不时掠过玻璃墙外假山上的人工瀑布，反射出奇异的光圈。整个咖啡厅，有如一泓金池，碧波荡漾，华彩纷呈。

李远方止不住心动，他知道周敏带上王虎、彭秘书，又叫来许姨，肯定是有要事相商，至少不会像上次，要求自己单独跟她到木兰山。他实在是无法向周丽和肖畅解释，一连几天消息全无的原因。

一见李远方和杨帆走进来，三位单身女人同时绽放出喜悦的笑靥。二人坐定，李远方客气地冲彭秘书和许姨微笑示意，最后目光落在周敏脸上。周敏会意地扬了扬眉，二人相互凝视，深情暗流。

“对不起，”杨帆笑了笑，“我们风尘仆仆，从近两百公里外的山区赶到这里，实在是饥肠辘辘，请允许我们先安抚一下自己的肚子。”拿起茶几上的水果糕点，就大快朵颐，一面还往李远方手里送。李远方的确有点饿，顾不得礼貌，接过递来的苹果就往口里塞。

“我说干女婿，慢点吃。”许姨笑道，“等下还要喝酒的。”

“哎……呀！”杨帆一大块糕点，好半天才咽下去，埋怨道，“我说丈母娘，为什么不早提醒我？”看了看周敏：“周主席是今天最高领导，她不发话我哪敢要酒喝？现在，你眼睁睁看着我的肚子撑饱了，才说有酒喝，这不是有意坑害自己的干女婿吗？”

“谁叫你……”许姨笑得直抽，“一跑进来就像个饿鬼？等一下，我陪你喝三杯，算是对你的补偿。”

“三杯不够，”彭秘书笑道，“俗话说‘丈母娘看女婿，越看越欢喜’。今天你们是丈母娘对干女婿，越‘对’越‘干’，越‘干’越‘对’，‘干’个十杯、二十杯，都不成问题。”

“好！”许姨道，“今天我就抓住干女婿不放，直到把他灌醉喝干。”说完站起来对彭秘书和杨帆道：“我们三人到张连长那去喝茶，让周主席和李总单独处理大事。”二人赶紧起身一同走了过去。

“你好像……”周敏盯着李远方，“对我……有心理负担？”

李远方低下头，好半天才道：“说实话，一接你的电话，我的确有心理负担。你来了，作为合作伙伴我必须好好招待，而且，从内心深处来说，我甚至想时刻陪伴在你身旁。但是，跟你在一起，我无法控制自己，我担心周丽和肖畅姐会发现我对你的特殊感情。”

“你知道我为什么喜欢你吗？”周敏继续盯着李远方，叹息一声，幽怨道，“我就是想听你的实话，现在这个社会，想听一句实话太难。”见李远方依然低头，像个做错事的孩子，心里又涌起一股幽情，深深地叹气道：“你大可不必有精神压力，我这次来是跟你商量我们下一步的合作意向。香港回归之前，我想将新时代的业务，大部分转入内地，想听听你的建议。同时，也想见一见肖畅姐和周丽，我给她们带来了很多时尚礼品。另外，我更想看一下李平、李乐两个小家伙，现在一定长得很高，好像要进学堂吧？”

“今年下半年上小学！”李远方慢慢抬起头来，突然一怔！他发现周敏美丽的脸上，两颗晶莹的泪珠滚了下来，心里陡然一阵心酸。他理解她：一位如此漂亮富有却身在江湖的女人，父爱、母爱、儿女之爱；亲情、爱情、朋友之情，一切人性中闪光的东西都难以轻易去享受，哪怕是一点点也是奢望，即使获得了也是瞬间而逝。就像她身后缠绕在树上的五彩灯泡，闪耀间无比辉煌，可一闪即逝。

想到此，李远方安慰道：“他们也想你，经常问起你来。”又撒谎道：“李乐甚至要我春节期间，带她到香港去看你，因为要到白龙寨去举行开光大典，所以才没去成。”

“是吗？”周敏惊喜道，“看来这丫头跟我有缘！”又盯着李远方：“将来我送她到英国贵族学校去深造，你不反对吧？”

“好哇，干脆让她认你做干妈吧？我明天就告诉周丽。”

一听周丽的名字，周敏摇头叹气：“恐怕她不会同意！”又想到自己身在江湖，随时有可能发生惊天动地的惨祸，会给这个纯洁的小丫头带来不幸，苦笑道：“这事以后再说，等长大了，我送她去英国时再提。那时，她就是不愿意，我也要强迫她当我干女儿。”

正说着，就听一阵吵嚷声响，打断了二人对话。再一看，玻璃墙外，挤满了手舞足蹈的男女青年学生，都趴在玻璃上向里张望。

“怎么回事？”周敏不解。

“恐怕我们要换一个谈话的场所，进来了一批演艺界的明星。”李远方突然发现辛雅娟带着十几名演艺明星走进了大厅。大门口被粉丝们挤得水泄不通。有几个明星已经进了咖啡厅，所以，有些粉丝才跑到玻璃墙壁外张望叫喊。

“这些学生们，”周敏蹙眉道，“怎么不好好学习，这么狂热地去崇拜几个艺人干什么？”

“这是中国特色，就连李平、李乐，这么小都有自己的偶像。我平时在家，都不能批评他们的偶像，不然，他们是不会饶我的。”

“哦……”周敏笑道，“这可不好，在香港，不好好学习，不追求上进的青年学生，才去当艺人。”

话说到一半，明星们已经全部涌进了咖啡厅，咖啡厅内响起一片惊嘘声。随即电视台和报社的娱记们也扛着摄像机、拿着话筒跟了进来。大概是在这里安排采访，录制节目。整个大厅一片混乱，叫喊声、惊叹声、冷笑声，响成一片。

杨帆他们跑了过来，王虎站到周敏身旁，不让过往人挨近她。

“我们回房间去？”周敏看着李远方。

“好！”

“等一下！”杨帆对周敏道，“周主席，你们二人到房间去谈事，我们五人就在这里欣赏明星的表演。”

“是吗？”周敏惊道，“没想到，你对明星这么感兴趣，下次到香港我给你介绍几个当红明星，让你尽兴而归。”

“是这样，”杨帆突然神情严肃，“来的明星中，有位歌唱家欠我的感情债，我今天一定要让她偿还给我。”对李远方道：“你陪周主席上去，他们几个我负责招待，今晚一定让他们尽兴。”

“好吧，”李远方叮嘱道，“注意把握分寸，不要胡来！”

“放心去吧！”杨帆招呼许姨他们坐下。

李远方陪周敏来到15楼8号套房，进房后，周敏转过身来，一动不动地站在李远方面前，死死盯着他，眼内饱含无限忧愁。

“你这次来，好像有什么心事？”李远方突然觉得自己真的爱上了这个女人，而且，这种爱像雷电一样，鞭打着自己的灵魂。他上前一步，轻轻抓住她的手，感到手在颤抖，柔声道：“是不是遇到什么麻烦？能不能告诉我……也许我可以帮帮你！”

“谢谢你！”泪水涌出周敏的眼眶，“你帮不了我，没人能帮我，只有我自己帮自己。”一头扑在李远方的怀里，嘶声痛哭起来。

李远方的心，几乎被她哭碎，这是他认识这个美丽女人近十年来，第一次见她如此哭啼。他紧紧把她抱在怀里，一颗心剧烈地跳动。他忍不住想劝她，劝她离开香港的黑道，来到自己的身边，自己好时刻关怀她，关怀她一辈子……

3

辛雅娟带领一帮演艺明星，在咖啡厅接受媒体采访毕，又安排几家关系好的娱记，到几名大腕房间进行个人专访。直到深夜一点，才回到自己的房间，屁股还没落座，助手就敲门走了进来。

“辛老师，”助手报告，“已经跟咸宁市联系好了，他们接我们的人和车，明早八点准时赶到香格里拉。八点半发车，中午十一点钟以前到温泉，12点市里举行欢迎酒会。下午，接受地方媒体的采访，晚上七点，准时在体育馆演出。”

“演出票售完没有？”

“昨天就已全部售完！”助手继续报告，“我们派去的计票员刚来电话，三万五千张票中，赠给政府的二千张，文化局、体育馆及其他关系户的，共计三千张。剩下的三万张，其中甲级一万张，乙级一万六千张，丙级四千张。”看了看辛雅娟：“票款已经分配好了，等明天演出完，再交给我们。”

“不行，”辛雅娟打断助手，“明天一开演你就去收钱，我明早给组织者打电话，让他通知文化局和体育馆。另外……”想了想：“演员的演出费，等所有演出结束，再一次性付给他们，明白吗？”

“这是否妥当？”助手提醒，“昨天离开宜昌时，就有几位演员要钱，我解释等下一站演出完，就支付的，恐怕……”

“没关系，明天我给他们做工作。这些演员到了这时节，俏得不得了，到处都在请他们跑场子。如果把钱提前给他们，一下跑了，岂不影响我们演出？你去休息吧，让服务台明早六点半叫醒我。”

“好的。”助手转身走了出去。

辛雅娟关好房门，走到窗户边，低头看去，只见建设大道上依然车流不断。再遥望远方，万家灯火闪耀，高楼大厦上射灯高照，光辉彻夜，使得黑魆魆的夜空更加神秘莫测。附近不时传来几声鞭炮的轰鸣，寒夜中的江城，依然沉浸在节日的气氛之中。她拉上窗帘，这才长长地透了口气，脱掉外衣，来到镜子前，左右欣赏了一下自己迷人的身材，脸上露出自豪而骄傲的笑容。

此时的辛雅娟，正是人生如花的季节。自成立武汉文化发展公司以来，公司的业务突飞猛进，钞票像雪花般往辛雅娟身上堆积。两年来，她已聚集了两千多万的资产，成为名副其实的千万富婆。

胡总不愧为策划高手、经营大师、生意场上的超人。在商战中可谓运筹于帷幄之中，决胜于千里之外，其智慧不亚于三国时的诸葛孔明。他坐镇北京指挥若定，开展了一系列的国内外文化交流活动，在文化领域拓展出一片广阔的天地。

辛雅娟除具体负责武汉分公司的业务外，鉴于她对文艺界的透彻了解，胡总安排她的主要精力用于组织大型文艺演出活动，成为颇具影响的演出经纪人。她麾下招募了近二十名当红明星，临时演员达百名之多。她平时几乎是每一个月组织一至二场演出，节假日则连场演出不停，每场演出的纯利润达百万之巨。

不过，天下事往往就是不尽人愿，胡总在生意上游刃有余，身体却一日不如一日，赚再多的钱，也买不到一个强壮的体魄。自同辛雅娟在汉口构筑爱巢后，每礼拜都飞来相聚，每次来都不要命地疯狂做爱。快六十的人，哪经得住三十几岁女人的捣腾。半年下来，实在是力不从心，又怕辛雅娟失望，暗地辅以虎狼之药，谁知兴奋了几次后，药力也渐渐不济，人却瘫倒下来。他只得暂时斩断情丝，卸下重任，安心在北京301医院静养。这一养就是近一年的时光，钱像水一样往外流淌，身体依然难以恢复。好在辛雅娟这一年来一心扑在挣钱上，对金钱的喜爱渐渐替代了对肉欲的追求，胡总算是略感慰藉。

辛雅娟深知胡总病倒的原因，是因为同自己纵欲过度，每个月都要飞到北京探望他，极力劝说他安心养病，并告知他：由于工作繁忙，自己对性欲方面逐渐冷淡，请他不要心存负担。

每次离开胡总，辛雅娟全身心投入演出活动中。这期间，不乏英俊小生和大腕明星主动勾搭她。毕竟是性欲旺盛之年，加之还要依赖这些人捧场，她也就逢场作戏。一时兴趣来了，照样开门纳客，偷承鱼水之欢，暗度一夜之情。

冲了个热水澡，辛雅娟又赤身裸体来到镜子前，看着自己高耸的乳峰，洁白如玉的肌肤，突然想起今天还没给胡总去电话，赶紧披上睡衣，钻进被子，拨打胡总的手机。

胡总手机是24小时开的，一拨就通。

“怎么现在还没休息？”胡总关心道，“不是已告诫过你：不要只顾赚钱不要命，等像我这样躺在病床上，就悔之晚矣！”

“没事，”辛雅娟笑道，“我刚冲了个热水澡，兴奋了，想你。所以才打电话给你，谁知你一开口就批评人，真不近人情。”

“看来我是愈来愈唠叨了，我也是关心你，这不我一直等你的电话，你不来电话，我就睡不着。”

“好了，”辛雅娟撒娇道，“人家的心情跟你一样，凌晨一点才忙完，抢时间冲了个澡，就赶紧给你打电话。”又关心道：“你安心养病，湖北、湖南还有五场演出，一完我就上北京来看你。”

“好吧，你也睡吧！记住……明天演出完，给我来电话。”

“知道啦……听话！”辛雅娟笑着挂断了电话。

挂断电话，辛雅娟一看，快深夜二点，明天还要早起，赶紧关掉房灯，一头倒在枕头上。她的确很累，希冀一觉睡到六点半。

“嘟！嘟……”刚闭上眼，床头的电话又想起来。

辛雅娟一阵心烦，判断又是胡总刚才有话没说完——近来他经常出现这种健忘症。她摸黑拿起话筒，嗲声道：“又怎么啦？”

“不怎么啦，只想见见你！”电话里传来杨帆嬉笑的声音。

辛雅娟心一下提到嗓子眼，半天才颤声道：“你……怎知我……”

“这叫有缘千里来相会，”不等她说，杨帆道，“我一直躲在大厅里，看你安排采访做节目。没想到你不仅歌唱得好，生意也做得如此有声有色。怎么样，我想请你到三楼酒吧再坐一下？”

“对不起……我不想见你！”

“这样不好吧？”杨帆又嬉笑道，“何必拒人于千里之外，上一次，的确是我对不起你，后来一直想当面向你道歉，可惜你把手机号给换了。难得今天机缘巧合碰见了，我想当面向你道歉！”

“别再骗人了！”辛雅娟情绪稳定下来，“今天怎么找到了我？可见十几年了，还是改不了油嘴滑舌的恶习。”她口上如是说，心里已获得些许的安慰，又故意道：“不早了，我明天还要早起，再不要打扰我，十几年前我们就没关系了。”不等杨帆讲话，挂断电话。

放下电话后，辛雅娟打开床头灯，起身走到镜子前照了照，又理了理头发，这才走到床头，眼睛一动不动地盯着电话机。

辛雅娟心情一时难以平静，想到上一次杨帆为了救老婆，把自己晾在生香酒楼的情景。当时一气之下发誓再也不见这个王八蛋，而且把手机号也换掉。一年多来，自己一心一意组织演出活动，早把这事给忘了，不曾想今天这王八蛋又找上门来。难道这是天意？

“我这是怎么啦？”辛雅娟盯着电话机心里问自己，“发誓再不理这个王八蛋，怎么一接他的电话，就心里发慌？对他的恨瞬间就消失了？是不是自己灵魂深处，一直就藏着他的影子？”

电话一直没响，辛雅娟又走到镜前抹了抹脸，再回到电话机前，等了一会依然不见响声，她有点后悔自己刚才急于挂断电话。

“这个王八蛋！”辛雅娟在房间来回走动，心里骂道。

“嘟……”电话终于响了，辛雅娟一阵心跳，快步走到床头，定了定心，慢拿话筒，故意不作声。听到杨帆“喂”了两声后，她这才压低声音：“我已关灯睡了，你何苦又吵醒我？我明天还要早起。”

“你一直很诚实，何必自己骗自己？我都看到你房间的灯光。”

“你说什么？”辛雅娟惊诧，“你怎么知道我房间有灯光？”

“这个问题非常简单……因为我就站在你的房门口。”

辛雅娟放下电话，快步来到门口，透过门上的猫眼一看——可不这家伙就站在门口。一张原本帅气的脸，在猫眼的透视中，看上去就如同一个大头波斯猫。

“我……不想见你！”辛雅娟隔着门颤声道，“你不要……浪费时间！”她心里怦怦直跳，突然想起十几年前，杨帆第一次追到自己寝室时，当时也是把他挡在门外，说得也是这句话。那时杨帆的回答是：“今天见不到你，我就在门口站一晚！”

“这个王八蛋，千万不要说这句话！”辛雅娟心潮鼓荡，一面骂“王八蛋”，一面又期盼这“王八蛋”，快快说出这句话来。

“今天见不到你，我就在门口站一晚！”杨帆终于说出了这句话，声音就像十几年前一样悦耳动听。

辛雅娟心中的堤防瞬间崩溃，她打开了房门。

杨帆一动不动地凝视着她，眼里放射出狡黠的光芒……

第四十六章

1

幸福往往来得突然，去得也快。

偷情幽会、缱绻缠绵的人，总是觉得时光过得太快。

周敏和李远方一夜未曾合眼，几度恩爱缠绵之后，又就以后的合作事宜进行了缜密谋划。直到一轮旭日临窗，二人才不得不整衣起床，洗漱完毕，依依不舍前后分开出门，下楼早餐。

杨帆和辛雅娟也是一夜未曾停息，十几年的恩爱情仇，化作狂风暴雨，在怒吼中尽情地宣泄。杨帆钢铁般的体魄和汪洋恣肆的动作，让辛雅娟恨不得死在他的怀里。

许姨和张连长也是一夜不曾休战，张连长昨晚同杨帆煮酒论英雄，四瓶洋酒喝得罄干，深藏在肌体内的阳刚之气在酒精刺激下突然爆发。回房后等不得许姨有所准备，三番五次地狂轰滥炸，终于让这个五十多的老女人，尝到了被小男人肆无忌惮折磨的苦痛。

彭秘书和王虎二人，也几乎是一夜未曾休息。彭秘书在周敏和李远方进房后也回到自己房间，将第二天要准备的所有文件资料，逐一整理修改。待一切准备完毕，已是东方破晓，红霞满天。王虎以前跟周敏出差时，总是睡在她套房外间。昨天因李远方入住，同杨帆分开后，只得在楼厅沙发上迷糊假寐，专心关注 8 号房间的安全。

早餐后，李远方遵照周敏的会见计划，安排她同肖畅、周丽、李平、李乐，以及其他相关领导逐一见面交谈，直到下午六点多才送她回到酒店。晚上，周敏让许姨出面，在香格里拉二楼宴会大厅，举行盛大的新年答谢酒会，款待所有在汉来往单位的领导和各界友人，感谢大家一年来，对香港新时代和远方集团的大力支持。

酒会直到深夜零点才结束，大家尽兴而归。李远方送周丽和李平、李乐回家后，休息了不到两小时就起床。洗漱完毕叫上杨帆，按照周敏的吩咐，开上两台小车一同来到香格里拉。准备接上周敏一行五人，到白龙寺拜会悟远法师。然后，烧香拜佛，了却心愿。

周敏他们凌晨两点就起床沐浴更衣，凌晨四点不到，一行人就迎着隆冬寒夜的阵阵朔风，怀着虔诚的心愿，向九龙冲白龙寺进发。早六点不到，就到达龙珠山停车场。下车后，沿盘山石径一路逶迤拾级而上，等来到白龙寺前的广场时，已是艳阳高照，香客如云。

“阿弥陀佛……善哉善哉！”主持方丈悟远法师，带领着开光大典时特地从台湾赶来的李远方姑妈李家慧，以及司马高夫妇等四人，早已在寺前等候。见李远方一行到达，赶紧施礼相迎。

周敏一阵心动，这是她第一次来李远方的故乡，站在寺庙前举目四望，天地阔朗，山川明秀，好一处修身养气之地。

再注目一看身边的白龙寺，胸中顿生无限的敬仰。这白龙寺建造得庙宇巍峨恢宏，气势轩昂。周敏心又是一惊——她似曾相识。

整座寺庙坐东朝西，错落有致，站在院外看去，里面飞檐插空，纵横雄放。近前瞻仰，屋宇院落尽皆朱梁画栋，琉璃拂檐。大门楼上，“白龙寺”三个魏碑体大字金光闪耀，灿烂夺目。

进入大门内，佳木葱茏，香烟缭绕，进出香客接踵，诵经之声不绝。

左边是一座挺拔秀逸的钟楼，右边与之相对的是鼓楼。两楼同一高度，同一风格，遥相呼应，傲然出尘。每天日出日落时分，晨钟暮鼓定时鸣响，是时则山谷回荡，大地摇撼，声彻四方。

寺庙里面，建有大雄宝殿、玉佛殿、观音殿、弥勒殿、法轮殿、藏经阁、万福阁、诵经堂、十八罗汉堂、客堂、法物流通处、素菜馆等，都建造得富丽堂皇，宝光流泻。各殿堂之中，供奉有释迦牟尼佛、迦叶佛、弥勒佛、过去佛、现在佛、未来佛、观世音菩萨、文殊菩萨、普贤菩萨、地藏王菩萨等。众佛各坐宝阁，炳然肃穆，法相庄严，都光耀独朗，转妙法轮，放大光明。

靠最北边，也建有两座殿宇，沿袭白龙寺最初的传统，供奉着孔子和老子二圣的神位，方便儒、道两家教友的礼拜。

悟远法师是一位不到四十岁的青年和尚，长得慈眉善目和蔼端正。原是新加坡佛教居士林的授法教授，受南禅寺道根大和尚的邀请来汉弘法。白龙寺举行开光大典时，他受邀前来，被白龙寺的气势道场所动，当即向前来主持大典仪式的大法师申请：要以三生愿，禅定弘法心，愿自此后住持白龙寺庙，虔心印证菩提，努力弘扬佛法，广播慈云法雨。净辉法师在征得道根法师和省市宗教部门的意见后，同意暂时由悟远法师主持白龙寺法务，择时再完善相关手续，举行隆重的升座仪式。

悟远法师将众人迎进客堂，相互秉礼之后，吩咐司马高夫妇，引导大家到各殿堂宝阁拈香拜佛，栽种福田。

司马高和妻子公孙香欣然领命，分头带领大家进入各佛堂焚香磕头，捐款献果。这夫妻二人，现在是悟远法师的皈依弟子，在白龙寺内相敬如宾，礼尚往来，虔心向佛。

号佛行香完毕，一行人又鱼贯进入客堂，先拈香礼佛，再分宾主依次坐定。李家慧带几名居士，敬茶献果后，大家诚意虔心，毕恭毕敬，听悟远法师讲经说法。

“悟远法师，”周敏笑道，“我曾到新加坡佛教居士林拜佛，没想到今天又在这里同法师结缘，看来我佛缘不浅。”

“禅道深邃，佛法无疆，”悟远法师道，“有缘之人时刻与佛同在，施主不辞万里，从新加坡一路拜佛到这白龙寺，真功德无量。”

“悟远法师，”李远方道，“周主席也是白龙寺捐款人，她想每年正月来做一次功德，我想请法师给她立个功德碑，不知可否？”

“善哉。李总学问道德冠迈群伦，想必禅宗所奉‘不立文字，直指心性，见性成佛’的教义该是有所参悟？”

“谢谢法师指点，”李远方感悟道，“佛语心为宗，无门为法门，我代周主席一并谢谢法师。”

“善哉！”悟远法师又道，“李总真性情人也，在佛教看来，情由性生，情不自情。因性而情，情不自性，由情而明。”

“法师，”李远方虔诚道，“世尊说：‘法本法无法，无法法亦法，今付无法时，法法何曾法。’这是禅宗的真如法界，无量法门吧？”

“阿弥陀佛！”悟远法师答道，“此法即彼法，我法即你法，万法归一，即是法法何曾法也。”

“法师，”李远方又请教道，“据我幺爹介绍，净土宗的慧远宗师，在襄阳拜释道安学法时，曾经来这东山净修过。他是一位博学的佛教领袖，不但深通佛学，还善于儒学和玄学。所以他能使佛学、儒学、玄学，相互调和、渗透、补充。法性论是他佛教哲学思想的基础，他所说得法性，是指宇宙万物的本性，对吗？”

“很对！”悟远法师点头道，“佛法的本性即宇宙万物的本体，而本体是在有无之间无穷变化的。宗师在《大智论钞序》说：‘有而在有者，有于有者也；无而在无者，无于无者也。有有则非有，无无则非无。何以知其然？无性之性，谓之法性。法性无法，因缘以之生。生缘无自相，虽有而常无。常无非绝有，犹火传而不息。’”

“请法师明示！”所有人都不明白，李远方也是似懂非懂。

“也就是说，”法师解释道，“以有为有，便有执著的有；以无为无，便有执著的无。但是，执著的有就是非有，执著的无就是非无。为什么是这样呢？因为无生灭变化的性就是法性，法性虽然无生灭变化，但生灭变化现象的‘因缘’（即事物）却从它产生。而因缘又是和合而生没有自性，所以虽表现为有实际却是‘常无’。常无并非一无所有，而是如同火焰相传不息一样。这就是慧远宗师，对法性的解释，认为法性是宇宙万物的本性本体。”

“哦！”大家依然是似懂非懂。

“悟远法师，”许姨突然插嘴笑道，“你们二人‘法’来‘性’去，‘有’来‘无’往，我一句都不明白，而且越听越糊涂，不如请法师给我们讲一讲基本的佛教知识，我们以后也好装装门面。”

“对！对！对！”杨帆和张连长赶紧附和。

“阿弥陀佛，难得今天这个机会！”司马高自从负责盖这白龙寺后，对佛教也来了兴趣，加之老婆的灌输，开始信奉佛教，所以开口请求道，“就请法师从最基本的知识给大家讲讲吧。”

“等一下！”彭秘书虔诚道，“我拿笔记下来。”

“善哉、善哉！”悟远法师接过李家慧递上的茶水，啜了一口，缓缓道，“我佛慈悲……佛教博大精深，精义深远，不是一朝一时听讲解所能参透，需要毕生去精研感悟。佛教的基本教义是指‘四正谛’、‘八正道’、‘十二因缘’和‘三法印’。我简单给你们讲解一下，等会送你们每人一套书，自己去感悟。四正谛是苦谛、集谛、灭谛、道谛。八正道是正见、正思维、正语、正业、正命、正精进、正念、正定。十二因缘是前世二因、现世五果、现世三因、未来二果。最后是三法印，这是佛教的最高境界。一是诸法无我，人世间任何现象本质上都是空无的，所谓的‘我’都是虚幻的妄执；二是诸行无常，人世间，任何现象都是因缘际会，都是互为因果，无所谓恒常，最终必归为空无；三是涅槃寂静，一切法最终必归于‘空无’，一切欲望都是徒劳。”说完，含笑看着李家慧。

“谢法师！”李家慧突然站起，“弟子醍醐灌顶，茅塞顿开！”

“这太难了，看来我跟佛是无缘！”杨帆一脸迷糊。

“悟远法师！”彭秘书正要开问，公孙香突然进来请示，“午餐已经准备好，请客人用膳。”

“善哉！”法师站起来，对众人道，“你们慧根颇深，相信日后必有所悟，现在，先尝一尝白龙寺的素食，一勺一口都是功德。”

“太好了！”周敏兴奋道，“走，我们一起做功德去……”

2

吃完素食，李远方带上一行人，出山门沿山顶石板小路朝西山头走去。小径上，香客来往不断，山上山下烟雾缭绕，依稀见南北山脚之下，四方信众逶迤不绝，向山上涌来。

李远方边走边给大家讲九龙冲的古老传说，讲白龙寺一千四百多年的沧桑巨变，讲李氏家族的兴衰历史，讲自己苦难的童年。

一行人来到西山头，伫足远眺。此时，一轮艳阳高挂西天，放眼看去，只见九龙冲里一片金波闪耀，白光飞腾，有如九条金龙同出龙潭，畅游天地，真正是天高地远，苍茫一片。

“善哉善哉！”周敏摇头晃脑，模仿老学究的神情，“真是人间仙境，蓬莱福地……怪不得李相公人中龙凤，笑傲同侪。原来是生于此，收日月之精华，长于是，养天地之灵气。”说完，冲李远方调皮一笑，撒娇地挽住他的左手臂，头依在他的肩上。

在场的几人，对二人的关系都心知肚明，所以，不仅不觉得她轻佻，反而为她高兴。特别是许姨和彭秘书，看到周敏如此轻松愉快，内心一阵喜悦，暗自祈福她早日如愿。

李远方心一怔！他猛地想起：在这东山顶，肖畅对自己有过这种亲昵的举动；周丽对自己有过这种举动；沈小虹也对自己有过这种举动。此时，周敏的亲昵举动，使他心潮难平，他感到这几个女人，再也无法从自己心灵深处抹去。这里面有爱情、有亲情、有友情，更多的则是一种对她们的依恋之情。

他又想起了自己的母亲，想起了自己三四岁时，母亲第一次背着自己登上这东山顶的情景。三十多年了，山还是这座山，景依然是这个景。然而，母亲却离他而去，带着对儿子无限的爱念，带着对苍天无情的呐喊，带着发自肺腑的遗言，永远离他而去。这世上只有母爱，才是最伟大的爱；只有母亲，才是最牵挂的亲人。

“娘……”李远方在心里呼喊着，两眼一片模糊。

一阵清风拂过李远方的脸庞，他举头长叹，泪水随之而落。

“怎么啦？”周敏感觉到李远方的手在抖动，关切道，“是不是又想起了自己的娘，想起了你的千钧诺言？”

“嗯！”李远方深情道，“我想起她老人家第一次背我登上这山顶的情景。”见周敏一脸的关爱，伸出右手捏了捏她手臂，不无感慨：“人啊，就像这高挂西天的骄阳，从东方升起时红霞满天，韶光喷发。进入中天后光辉万丈，灿烂辉煌。然而，一转入西天就光亮渐逝，晦暗侵凌。最后落入西山，黑夜笼罩，万类消停，寿终正寝。”

“我们都有这一天！”周敏叹道，“等黑夜到来时，我一定来到你的身边，投入你的怀抱，一同迎接黑暗。”说着眼泪止不住夺眶而出：“我也想起了母亲和父亲，他们是多么恩爱的夫妻。我好羡慕他们，因为……我得不到自己的爱人……你明白吗？”

“主席！”彭秘书发现周敏过于伤悲，心中惴惴不安，提醒道，“时候不早了，我们该动身了。等下还要去拜见李总的幺爹，晚上要通美国的长途，明天还要回香港。”

“我们是该走了，不然，天黑之前，到不了汉口。”几个人都同意彭秘书的提议，不约而同地看着二人，等待着二人发话。

“走吧！”周敏深情地望着李远方，松开了自己的手臂。

“等一下！”李远方突然转身，脸上焕发出兴奋的容光，激动道，“刚才周主席谈到我心中的千钧诺言，的确，从我迈出这生我养我的九龙冲白龙寨之日起，这诺言就高悬在我心头。二十年了，就如同这高悬浩天的太阳，我无时不在它的光芒照耀下生活。它使我自省、给我力量、催我奋发。”说完扫视着几位，回忆道：“记得我离开的那一天，一人深夜出门，背上行囊，怀揣乡亲们拼凑的二十元钱，披星戴月，先跑到父母和列祖列宗的坟前磕头发誓，要实现自己的诺言。然后，翻过这绵亘东山，步行一百多公里，去武汉求学。你们想象不到，那是多么美妙的一个早晨……东方，一轮朝阳喷薄而出，大地，从沉睡中苏醒，我爬上这山顶，遥望武汉，热血沸腾！”

说到此，他又西向而立，注目远眺，颤声道：“当我伫立这东山之巅，面对茫茫宇宙，我想到的是：只要一息尚存，就要奋发图强，砥节砺行，锲而不舍，努力去实现自己的诺言，上不愧于列祖列宗，下不怍于子孙后代。现在，我又一次站在这东山之巅，突然间，感觉到天地之间的狂澜之气正迎面袭来，你们看……”他突然提高声音：“这浩渺的天空，这连绵的山川，只有它们，才是永恒的……无穷者日月，长在者山川。相比之下，我们人类何其渺小！”

他又慢慢转过身来，眼里放射出思想的光芒，激动道：“我倏然间灵感迸发，想站在这东山之巅，吟咏一首《诺言》歌词，将其谱成曲子，日后在我的子孙后代中传唱。”

天地间，突然变得寂静下来，初春的东山顶上，已是万木复苏，百花吐蕊。一阵春风吹过，清香扑鼻，沁人心扉。

“春风本无价，东山自有情！”李远方情不自禁又面西而立，光辉灿烂的阳光，洒在他英俊刚毅的脸上，神采飘逸，青春焕发。

周敏上前几步，站到了李远方的身旁。杨帆也上前几步，站到了他的另一边。许姨、彭秘书、张连长、王虎四人，也都不自觉地上前几步，将三人围在中间。

又是一阵春风拂面，几人一动不动地西向而立，内心充满着期待，期待李远方心中的诺言炳然而出。就听李远方高声吟诵：

我来自东山，我长自田野，在人世间孤独地飘零。怀揣着梦想，因袭着祖训，列祖的魂灵点燃我生命。

我去往何方，我情归何处，在孤奋中迷惘地追寻。天地虽宽广，人生路不平，凄风苦雨中我呼唤光明。

我有多少爱，我有多少恨，爱恨的种子玉海重生。星光耀长夜，日月悬古今，我渴望心中的日月星辰。

我许下诺言，我洒下寸心，生命的旅途几多浮沉。生年不满百，常怀济世心，唯诺言相伴我心到永恒。

李远方吟诵完毕，一声长叹，泪洒衣襟。听者都默默伫立，空灵般的声音，在耳边激荡，撞击着每一个人的魂灵……

3

从白龙寺辞别悟远法师，李远方带着周敏一行拜见幺爹。姑妈李家慧和司马高夫妇也一同下山看望老人，顺便就车回汉。李传道老人在师大夫的精心调治下，身体日见硬朗，李远方深感高兴。

一番寒暄问候之后，周敏送上给李传道老人的见面礼物，又关切地询问老人的身体状况，再参观了一下师大夫设在李家大院的诊所，一行人这才动身，离开白龙寨，向武汉进发。

凤丫头春节前几天就回白龙寨，一则同新婚丈夫黄家骏团聚，顺便帮他将李传道老人的衣物以及其他一切生活用品，全部进行清洗、晾晒、整理一番，又分头代表李远方，到东西两巷、各家各户叩拜新年。现已年过月尽，正好也搭乘李远方的便车回城。

一行十一人，挤在两台小车里，驶回香格里拉酒店时，已是晚上十点多钟。李远方登记好姑妈和司马高夫妇的住宿后，又邀请大家到餐厅夜宵，直到深夜十二点多，才同杨帆和凤丫头回到家里。

第二天上午，周敏一行三人连同李家慧老人，搭乘同一航班飞回香港。许姨和张连长则继续留在武汉办理合作事宜。司马高夫妇也搭乘下午的航班飞回广州。

送走他们后，李远方回到办公室，召见了几个部门经理，听取了他们的工作汇报，又叫来办公室文主任和公关部沈小虹，吩咐三天后召开集团的年初收心大会，要求各部门负责人，认真总结一季度的工作，同时部署集团下一步的各项工作要点。

“李总！”等文主任走出办公室，沈小虹回身关好门，对李远方笑道，“你答应春节请我吃年饭，今天都正月二十了，再拖下去，就不是吃新年饭，变成了吃便饭了？”

“对不起！”李远方笑道，“你看我何曾有一天空余的时间？这两天，我一定安排时间请你。”

“今晚不行吗？”不等李远方说完，沈小虹道，“你今晚没应酬，我找了家小酒馆，家常菜特好，你喜欢吃的几样菜，样样地道。”

“是吗？看来我再难以推脱了，也好，今晚就请你吃个迟年饭，我的确想吃点家常菜。只是太简慢你，大过年请吃家常菜。”

“我喜欢！”沈小虹动情道，“这叫人好水甜，六点半，我在前面解放大道口等你。”说完，转身出门。

“慢！”李远方从口袋拿出一张信纸，“现在距六点半还有两个小时，这是我昨天写的《诺言》歌词，你把它送到三阳路辛雅娟家交给胡总。他明早回北京，正好请国家音乐学院的老师谱曲。同时《远方之路》，也请胡总一并帮我们找人写，我实在是找不到感觉。还有，到财务部领两万元钱交给他，顺便叫凤丫头来一下。”

“哇！”沈小虹接过歌词看了看，赞叹道，“写得真好，比那个狗屁诗人写得好百倍……上次真是冤枉。”转身而去。

“大哥！”沈小虹离开不到几分钟，凤丫头走了进来。

“我问你，”李远方道，“我们同李远立联合成立的‘远方电子元件厂’，账号上的款子转进了吗？”

“年前就转进来了。”

“太好了！”李远方吩咐道，“你马上开一张五百万的转账支票，十分钟后送到三楼工程部，我在那等你。”

“票头和用途怎么开？”

“票头开省机电进出口公司，用途写买车。”

“买车？”凤丫头惊诧道，“五百万？”

“对！”李远方笑道，“这有什么惊叹的？两台奔驰、一台宝马、一辆大巴。这只是一部分，以后公司还要成立车队，大量购车。”

“知道啦！”凤丫头兴奋地转身而去。

十分钟后，李远方怀揣五百万支票，开车快速向省进出口公司跑去。他要抢在下班之前抓住黄总经理，把购车一事敲定，然后赶在六点半之前，接沈小虹吃家常年饭。

六点半，李远方准时接上沈小虹，二人在车上有说有笑，向沈小虹推荐的那家家常菜馆奔去。小酒馆在武汉电影院前面一条窄巷内，的确名不虚传，二人进去时，十几张桌子早已客满，只得站在旁边等候翻台。看着服务员端着一盘盘热气腾腾的家常菜从身边走过，李远方止不住舔舌咂嘴，两眼放光。

沈小虹挽住李远方的手臂，柔声道："没想到远方集团的老总，站在小菜馆等位子，还心急火燎眼巴巴看着别人大快朵颐。"

"这得感谢你，今天肯定是我吃得最香的一次年饭。"

终于等到一个台位，沈小虹点了四菜一汤，全是李远方的最爱。小菜馆上菜也特快，几分钟都齐了，李远方拿起筷子就往口送。

"慢点！"沈小虹小声道，"喝什么酒？这小馆什么酒都有！"

"喝点红酒吧……王朝干红！"

酒刚打开，李远方的手机突然响了，他一看是肖畅，赶紧出门接听。几分钟后，回到座位来，对沈小虹小声道："对不起……不能陪你吃了，明天再请你。肖畅姐在文叔家等我，有重要事情商量，你等一下自己回家。"说完，起身要走。

"等一下，到底是文叔找你，还是肖畅姐找你？"

"文叔找我！"李远方道，"肖畅姐和达生哥都在，他们是去给文叔送东西的。"突然蹙眉："你问这干什么？"

"没什么……你去吧！"

"好吧，你早点回家。"李远方起身出门而去。

"服务员！"沈小虹高声道，"再拿一瓶王朝。"一把拿起酒瓶就往口里灌。服务员拿酒走过来，一下瞪大了眼睛，呆呆看着她。

"开瓶！"沈小虹吼道，"没见过喝酒哇？"

"是！"服务员赶紧开酒，哆嗦着半天才打开。

正要拿起第二瓶酒，手机也突然响起来。

"找谁？"沈小虹没好气。

"是沈小姐吗？"电话里传来别扭的普通话，"我是李远立，是李远方台湾的表弟，还记得吗？我父亲派我来武汉当'远方电子元件厂'的总经理，我给你带来了几样礼品。现在我已经到了亚洲大酒店，想请你过来吃个便饭。"

"好哇！"沈小虹学着李远立的腔调，"你就耐心等吧，我一定来。"猛地挂断电话，又拿起第二瓶酒"咕咚咕咚"直往口里倒。

"服务员！"沈小虹又高声道，"买单！"

“小姐，”这回过来的是老板，“请好走，本老板请客。”

“喝多了吧……你？”沈小虹柳眉一扬，“本姑娘跟你素不相识，凭什么要你请客？”说着，掏出三张百元大钞，往桌上一拍，银牙紧咬，昂首挺胸，大步出门而去……

第四十七章

1

文叔现在已经调到省里，李远方赶到他家时，肖畅特地给他一番交代后，这才同老公、儿子一起回家。文叔的老伴将李远方引进书房，文叔一见，热情让座。

“怎么样？”文叔给李远方送上一杯水，满脸堆笑，“听你肖畅姐介绍，你现在生意是越做越好，越做越精，越做越大。”

“还不是仰仗文叔的栽培。”李远方笑道，“没有您这棵大树支撑，哪有我李远方的今天！”

“也是你个人努力的结果嘛！”文叔感叹道，“你跟别人不一样，是自己人，是在苦海里泡大的，又明理诚信，而且知恩图报。不帮助你帮谁？现在有些私营企业家，见识短浅、鼠目寸光。钻国家政策的空子、靠不正常的手段赚了几个钱，就自己不认识自己，不思进取、刚愎自用、生活糜乱、自我陶醉、妄自尊大。”

说到此，停了停，笑道：“不说这些了，说正事，我明天去北京开会。因走得急，所以特地让肖畅现在把你叫来，想问一下，你们集团想不想申请上市？”

“太想了！”李远方兴奋道，“这是天大的好事，我梦寐以求了多年。因为公司自身条件不成熟，所以一直没有找文叔您。”

“好！”文叔品了口茶，“条件不成熟不要紧，只要时机成熟就可以。现在国家加大了私营经济的扶持力度，‘国退民进’的趋势日见明显。去年九月在北京召开的中共十四届五中全会上，通过了《关于制定国民经济和社会发展'九五'计划和2010年远景目标的建议》，提出要实行经济体制从传统的计划经济体制转变、经济增长方式从粗放型向集约型转变这两个具有全局意义的根本性转变。这就是发展的大方向，就是好的时机来了。"

停下来又品了口茶，继续道："鉴于你们远方集团这几年所取得的巨大成绩，为了激励更多的私营企业为社会作贡献，我给你争取了一个在沪市上市的名额。你回去后，赶紧准备几份公司的宣传册，明天下午五点前派人送到我办公室，不……还是直接送到我家来，我先到北京有关方……帮你活动活动。"

"太好了！"李远方激动道，"文叔最好帮我打听清楚，需要准备哪些文件？走哪些门路？申办程序如何？"

"你把房门关上！"

李远方站起来关好房门，又帮文叔斟满茶水，这才坐下来，等着文叔面授机宜。

接下来，文叔就申请上市的途径、需要准备的手续、必须打交道的部门和要打发的关键人物，逐一向李远方作了具体说明。李远方默记于心，重点处用笔记好，二人密谈了近二个小时。

"谢文叔！"李远方大受教益，"我这就回去准备，明天下午四点前先把宣传册、前期活动费一并送来。"起身告辞。

"这么急干吗？让阿姨炒几个菜，我们叔侄二人喝两口。"

"下次吧！"李远方笑道，"等文叔从北京回来，我为您接风。"说完，转身要去客厅同文叔的老伴告辞。

"等一下！"文叔从抽屉拿出一份文件副本，等李远方转回来后，递给他，严肃道，"严格按这上面的要求，整理好相关的文件资料，等我从北京回后交给我。文件复印一份，原件明天还给我，事后将复印件烧掉。记住：不要声张，密则事成，泄则事败！"

"文叔放心！"李远方接过文件，揣进口袋，告辞出门。

从文叔家出来，李远方心潮激荡，他决心抓住这次难得的机遇，不惜血本让远方集团在沪市挂牌上市，早日实现自己的诺言。

走出来，李远方长长地吁了口气，快步向停在洪山礼堂旁边自己的小车走去。此时，已是晚十点多时光，大街上路人稀少，两旁华灯高照。回首右后边，初春的东湖岸边异常幽静，隐约有几对恋人在相依散步。再边走边抬头左前方，只见礼堂对面，三代领导人的巨幅画像异常醒目耀眼。三位伟人表情和蔼，亲切慈祥，向过往市民挥手致意。

离小车不到十米，李远方大吃一惊，心一下提到嗓子眼，怦怦乱跳——他看见沈小虹一动不动地扑在车子的后备箱上。

李远方三步并作两步，来到她身边，一股酒气直冲鼻息。他内心一阵难过，自责不该把她一人留在小酒馆。他轻轻扶起她，小声道："怎么不回家休息？为什么喝这么多酒？"

"你是……谁？"沈小虹饧眼迷糊，一把推开李远方，"本姑娘……喊警察……"迷糊中，似乎认出了李远方，歪歪倒倒地瘪嘴想哭，李远方赶紧又扶住她："走……我送你回家。"说着，一手搀扶着她，一手打开车门。自己先一屁股坐到后座上，边扶她进来边挪动屁股，慢慢把她连扶带拖拉到后座上来。

"我……难受！"沈小虹一头扑在李远方怀里，放声痛哭。

李远方此时百感交集，方寸大乱，不知如何安慰。他想起这几年来，沈小虹对自己一往情深，无论自己如何疏远她，她都不改初衷，而且为公司的发展，做出了别人无法替代的贡献。

"好了……小虹，别哭……我送你回家！"

一听李远方要送自己回家，沈小虹哭得更厉害，泪如雨下。双手猛地抱住李远方的身子，生怕他离开了自己，抽抽搭搭道："我不回家……你不是男人，我不回家……我要同你在一起！"

李远方叫苦不迭，走也不好，坐也不是，又担心有警察来巡逻查问，心想：上一次她没喝醉酒，自己把她带到吉庆街，一番耐心的工作消化了她的激情。这次只得把她安排到宾馆睡一晚，等她明大酒醒了，再慢慢做她的思想工作。

想到此，李远方安慰道："好吧，我送你到宾馆。"

"我要你……陪我……"沈小虹话未说完，又哭起来。

"好！"李远方无奈道，"你这个相，我怎么放心。"

沈小虹慢慢抬起头，不停地抽泣，凝视李远方。一股酒香直冲李远方脸面，借着射进车内的路灯光，只见沈小虹面红耳赤，腮帮如花。爱怜之情倏然涌上李远方心头，他伸手轻抚着她的秀发，颤声道："你这是何苦呢？我理解你的心，也希望你能理解我。"

"我不理解！"沈小虹滴泪道，"我只知道……我爱你！"从胸前口袋掏出一把钥匙和一张房卡："走……我们到宾馆，房我已开好。"说完，慢慢从李远方的身上爬起来，一头靠在座位上。

李远方心慌意乱，头重腿软，好半天才爬到驾驶位上。他一面想着如何应付接下来的情形，一面愚笨地启动车子，缓缓向宾馆驶去。

来到宾馆停好车，李远方正准备动员沈小虹回家，谁知沈小虹先他下车，一脚踏出车门，"咕咚"一声人倒在了地上。

李远方顾不得多想，赶紧下车将她扶起，左手挽起她的左臂，右手搂住她的腰身，一步一叹地走进宾馆的大门……

2

第二天早上，李远方睁开眼，愧疚难言，一动不动地凝视着天花板发呆。羞愧、苦恼、迷茫、良心、责任，一齐压上心头。他无法原谅自己，无法理解自己，甚至诅咒自己的无耻行为。

他不愿回想昨晚搀扶沈小虹进房后的情形，但这情形，从此以后将凝固在他的心中，永远都难以抹去。

一阵风从开着的半边窗吹了进来，窗帘随即飘起，阳光一下照亮整个房间。李远方心一惊，扭头又呆呆地看着窗户，此时他对窗户有一种恐惧感——昨晚沈小虹就是站在窗前，猛地打开窗户，威胁自己如果不答应她的要求，就从这十八楼跳下去。

最后的结果，当然是沈小虹并没从窗口跳下去，而是直接跳进了李远方的怀抱。李远方不愿冒险，他心里明白：喝醉酒的女人，把火海当情海，把刀山当新房。为情所困的女人，一朝醉酒后，别说是跳楼，就是站在月亮上都敢往下蹦。

又是一阵风吹进来，这回窗帘飘得更高，阳光更耀眼。沈小虹秀丽的黑发，拂上了李远方的脸庞。他伸手轻轻地抚摸着她的发际，心里涌起无限的惆怅。这是一个如此美丽的姑娘，而且对自己一往情深，假如自己现在还是孤身一人，他真愿意同她相守一辈子。

可是，对李远方来说，这只能是一种妄想。他身边有周丽，她不仅是自己的妻子，更是自己一对儿女的生母，她和他们血肉相连；有时刻关注自己的肖畅，她不仅仅是姐姐，更像是自己的母亲；有与自己事业和情感连在一起的周敏，她不光是自己事业上的伙伴，也是自己心仪的情人。这三个女人，几乎支配了自己生命的全部。

一种怜悯之情，随即涌上李远方的心头，他无法厘清自己对身边这个女人的复杂感情。但有一点他心里雪亮：这种妄想，对自己无足轻重，对沈小虹，则意味着要付出不可估量的代价。他绝不能让她付出这种代价，哪怕牺牲自己的真情。

此时，沈小虹正赤裸着依偎在李远方怀里，浑身散发着纵欲后的体香。这种沁人心脾的香气，李远方早已从周丽、周敏身上嗅过，甚至二十年前那个寒夜，在肖畅身上也体感过这特殊的香味。

“人啊！”李远方深深地叹了口气，“为什么要产生情感？为什么天地造物，要造就人类这种怪物？而且还要分男女阴阳，怪不得李家的老祖宗老子说‘道生一，一生二，二生三，三生万物’。原来这老先生深深懂得人是万物之灵，只有人才会产生至上至美的情感，也只有至上至美的情感交流，才会勃发出无尽的痛苦和烦恼。所以这老先生告诫人类要热爱自然，要与天地为伍。为了远离苦恼，老人家深思熟虑后，毅然骑青牛出函谷关西隐而去。”

他一时又从老子想到庄子。想起庄子在《则阳》一篇中，假借大公调之名曰“阴阳相照，相盖相治；四时相代，相生相杀。欲恶去就，于是桥起；雌雄片合，于是庸有。安危相易，福祸相生，缓急相摩，聚散以成。此名实之可纪，精微之可志也……”看看身边熟睡的美人，想想自己昨晚上的肉欲之欢，不正是庄子所阐述的欲、恶、去、就，相继起伏，雌雄片合，于是庸有吗？

他一时又想到了老庄所倡导“无为之治”的哲学思想。几千年来，作为世人安身立命的精神价值之学，道家思想不仅崇尚人与自然的和谐，强调终极关怀，而且热切关怀人类个体的生存价值，关怀人类生命生存的质量高低。想来想去又想到自己的诺言，他从诺言又想到远方集团的上市，继而想到未来的发展，陡然一下清醒。他决定赶紧起床，让沈小虹去准备资料，自己去准备百万现金，抢在下午四点前交给文叔。然后，作好跟省计委和证券公司打交道的准备。

“喂……小虹！”李远方推了推沈小虹。

“嗯……”沈小虹鼻子里哼一声，下意识地把他抱得更紧。

李远方停了一下，心里委实不愿推醒她，昨晚她太纵欲过度，又一想：不起来不行，时间太紧，只得又推她道：“小虹，起床了，我们今天有好多事要干，快起来。”开始揭被动身。

“嗯……”沈小虹又一把抱住他，抬起头，眯眼看了看床头柜上的时间，“还早嘛！”边说着手边向李远方的下身滑去。

“是这样，”李远方被她摸得心旌摇动，颤声道，“你今天……下班前，准备二十份公司的……精美画册，再加上这两年的……业绩报告。从明天起……你放下其他事，专心……操作上市。”

“放心！”沈小虹手不停，“从今以后……只要你交办的任何事，我都会……圆满办好。你放心……我绝不会像其他女人，找你半点麻烦，我只要求你……一个月陪我一晚。”一面说，一面慢慢爬上身来，嘴唇挨近李远方的耳朵，娇喘微微：“好不……好？”

“好……吧！”李远方无奈地叹息一声，他想起了周丽，发现自己的声音是如此的脆弱，脆弱得不住地颤抖。

“对……就这样，这才是关心我！”沈小虹喘息着。

李远方心里急剧跳动，他慢慢地闭上了眼睛，随即热血奔涌，双手紧紧把她抱在怀里。一阵风又从窗户刮进来，这次比上两次都要迅疾，窗帘高高吹起，噼啪猎响。

沈小虹“啊”的一声大叫，叫声在风中回荡……

3

周丽自在家当了全职太太后，她家有一条不成文的规定。

两位老人每天五点就爬起来，洗漱完毕，先精心做好一家人的早点，等女儿起床后，再负责到一对外孙的床边，一左一右千呼万呵哄他们起床。周丽每天六点准时下床，然后细心收拾整理家居，确保干净、整洁、明亮。老公李远方起床后什么也不管，想管也不让他管，所以，他每天的任务就是一吃过早饭，然后匆匆出门。

今天周丽刚刚收拾完房间，有人敲门，赶紧开门一看，惊喜道："哎呀……高欣，哪阵风把你吹来？快进屋，快进屋！"见高欣后面还跟了位男士，笑道："欢迎，欢迎！请进，请进！"

这高欣是周丽大学新闻系的同学，毕业后分配在电视台，因各自都很忙，平时走得不是很近，一年就聚会一两次，所以见面很是亲热。又因她在电视台当娱乐记者，整天跟一帮明星打交道，看得眼花缭乱，择偶标准甚是高标。自己又长得并不比一般的明星逊色，身材俊俏，容貌娇美，所以终身大事一拖一年，越拖越烦，越烦越恨。后来干脆不去想它，高兴时找个性伙伴疯狂一夜，不高兴则找个酒吧夜总会，自斟自酌迷糊它一晚，至今依然过着单身贵族的生活。

周丽将二人请进客厅，热情招待，糖果茶水伺候。

"我说老同学，"高欣一走进客厅就惊叹，"真是富太生活，这大豪宅，如此豪饰，比我们台长还风光。"突然意识到自己还带了个人来，转身介绍："这是我们台大型活动部田友国主任。"又给田主任介绍："这就是我经常说得老同学周丽，远方集团李总的贵夫人。"

"幸会，幸会！"二人握手致意。

李平、李乐两个小家伙，听见客厅的声音，悄悄开门张望。正好被高欣看见，赶紧奔向他们，兴奋道："哇，两个小家伙长这高？快过来，让阿姨摸一摸。"弯下腰一手摸一个头，又惊叹："我的娘，周丽，也只有你才能养出这么俊俏的儿女来，这真像是一对天使！"突然发现门内站着周丽的父母，赶紧笑道："伯父，伯母好！"

周丽父母都认识这高欣，也点头问好。然后拉进一对外孙："快进来，别打搅高阿姨和妈妈谈事。"

小家伙顺从地朝高欣一笑，又冲妈妈做个鬼脸，躲了进去。

"该上学了吧？"高欣回转过来，挨田主任坐了下来。

"今年九月一号上学。"周丽自豪道，"现在由我父母指导，已学完了小学三年级的课程。”

“不得了，有你父母的精心培养，加之你们贤伉俪的呵护，将来这对龙凤可要飞上天去。”

“真有那一天就好了！”周丽看了看田主任，对高欣笑道，“你这么早就找上门来，不光是来发感慨的吧？”

“当然，”高欣也看了看田主任，称赞道，“我们田主任自担任大型活动部主任后，开展了一系列有巨大影响的活动。像新年音乐会啦、时装大赛啦，最有影响力的是‘武汉之花’选美大赛。”说完故作神秘：“这些活动，有我们台独立承办的，也有同其他企事业联办的。凡是同我们联办的单位都受益匪浅，社会效益和经济效益大大提高。”又加重语气：“今年，我们田主任又策划了一个更具影响的活动：‘武汉行业形象大使’评选，评选市里各行各业的形象大使。市里非常重视，作为今年市里精神文明建设的重点项目。现在田主任正在挑选够资格的联办单位，我想‘远方集团’是全市的标杆企业，以前和省电视台联办过中秋晚会，有经验。考虑到我们是老同学，你又是搞活动的专家，加之李总又是儒商。所以特地把田主任拦住，让他暂时放下其他的合作单位，跟远方集团先沟通一下。”

“是这样，”田主任示意高欣停下，补充道，“这次活动的社会意义暂且不说，单从企业的宣传效益上讲就非常巨大。”田主任四十多岁，有点秃顶，脸型清癯，戴一副金边眼镜，说话有条不紊，他扶了扶眼镜，继续道：“届时，我们将邀请李总同省市领导一起现场颁奖，省市电视台现场直播，而且，还准备送央视转播。另外，从现在到活动结束，电视台将每天滚动播放联办企业的广告宣传片。这对远方集团来说，可是一次千载难逢的好机会。”

“我明白了你们的意思！”周丽笑道，“是想远方集团联办，这是大好事，不过……”她摇头道：“我当不了老公的家，再说……”

“别在我面前卖关子！”不等周丽说完，高欣扬眉打断她，“同学们谁不知你老公听你的？是妻管严。而且，我跟田主任都说好了，邀请你出任此次活动的策划人之一。”

“你别害我，”周丽道，“我现在拒绝一切社会活动，专心相夫教子。”想了想，她说道：“他昨晚去办急事，半夜打电话回来说回不了家，现在不知在什么地方，要不我先打个手机问问他。”走到电话机旁拿起话筒拨号，里面提示关机，又打到公司，值班的说还没上班，无奈地笑道：“不好意思，田主任，看来只有再约时间。”

“我说周丽，”高欣又抢白，“你别想一推了事，我好不容易辗转问了五位同学才找到你这豪门。”

“还是这样泼辣！”周丽笑道，“要不这样，你们直接到公司跟他谈，见面后给我通个话，我在电话里给他做工作。”拿起桌上的笔纸写下号码递给高欣：“这是我手机和家的号码，你随时找我。”

“不行，不行！”这高欣在田主任面前打过包票，事情没有眉目不好交待，所以接过电话号码依然强词夺理，“这不是配合的问题，是老同学面子的问题，反正你在家也没事。两个小家伙有伯父、伯母关照，你就牺牲半天，跟我跑一趟。中餐我请你，只要你去了，成不成我不怪你，不去我就要怪你。”说着站起来就要拉人。

“你这哪是求人？”周丽又讥笑，“完全是逼人上吊，怪不得到现在还找不到男人，你这种泼辣货哪个敢要你？”站起来，进房间跟老小打好招呼，出来道：“走吧！”

三人出门上车，田主任亲自驾驶，周丽和高欣坐在后排。这高欣一路叽叽喳喳说个不停，周丽一边应付，一边愁眉想着心思。

她在想：为什么李远方到现在还不开手机……

4

李远方带着沈小虹走出白玫瑰宾馆，上车后第一件事就是打开手机。车子还没发动，凤丫头的电话就打进来了。

“大哥！”凤丫头在电话里问，“你在哪？快回来！”

“发生什么事……这么急？”

“周丽姐找到办公室了，还带了两个人来，说是找你的。”

“你没问是什么事？”

“我不敢问，周丽姐也没说，你还是早点回，别让她久等。”

"好吧，告诉她我很快就回。"他挂断后一动不动，满脸狐疑。

"怎么啦？"沈小虹关心道。

"不好意思，"李远方道，"你最好坐的士，周丽到办公室了。"

"好吧，"沈小虹笑道，"她不会这么快就发现我们的事吧？"见李远方一动不动地坐着，催道："怎么不发车？"

"你……"李远方嗫嚅道，"不是……同意坐的士吗？"

沈小虹扑哧一笑："还没见面就吓傻了，过江我再换车也不迟。"

"哦……"李远方一拍脑壳，边发动车子边自嘲道，"看来以后我不能干坏事，不然会变成一名智障先生。"慢慢拐上洪山广场，再右拐入中南路，向长江一桥奔去。

二人一路沉默前行，各怀心事。车到武胜路，沈小虹下车转的士，李远方加大油门，飞快向公司赶去，心里七上八下忐忑不安。

等他赶到公司得知周丽带二人的来意后，安下心来。

"感谢二位对我们公司的支持，"李远方对田主任和高欣道，"我尽快跟董事会通气，三天内答复你们。"

"通什么气，"高欣笑道，"不就你李总说了算？你们一年的广告费大几千万，不见得有此次活动的广告效益好。"

"的确是好事，不然，我不会答应开董事会通气，对吧？"

"李总，"田主任道，"这样行不行？因为我明晚要开碰头会，后天到市委宣传部汇报，你能不能明晚给我一个准确答复？如果行，我们好开展下一步工作。不行，我好安排其他联办企业，好吗？"

"好！"李远方想了想，"我明晚一定答复。"又歉意道："不好意思，我今天特忙，中午让周丽请二位吃个便饭。"起身对周丽道："先跟我去拿礼品。"又对二位点头："你们稍等片刻。"

"李总，"田主任站起来，"我们也很忙，中餐就免了。"

"那怎么行？我老婆的同学来了，我如果不留下吃饭，将来我老婆在同学面前怎么做人？再说，我还想不想在家过好日子？"

田主任笑道："既然李总说得这严重，那我们恭敬不如从命。"

李远方带周丽到凤丫头办公室，让凤丫头关上门，这才对周丽道："你的意思如何，同意还是不同意？"

“怎么问起我来了?”周丽反问道,“你自己权衡利弊,高欣尽管是我同学,但钉是钉,铆是铆,同学归同学,事情归事情。二百万不是小数。我倒建议你不搞,你不是经常说暴得大名不祥吗?”

“你说得有道理,”李远方小声道,“如果是昨天,我一定当面就拒绝,但今天情况发生了变化。我想利用这次机会,大张旗鼓地宣传远方集团。”于是,详细将文叔昨晚找他谈上市的事告诉她,又撒谎说后来陪领导到深夜,今早又要见其他领导,怕来去过江错过时间,所以才匆匆打电话给她请假。再者,早上见领导不便开机,直到谈话结束才开机,请周丽谅解。

“这有什么好谅解的!”周丽一听,兴奋道,“你把我看得太小气,以后不能回家打个电话就行,免得一家人担心。这是大好事,既是这样,你赶紧去忙你的,明晚上我通知他们就行。下一步让沈小虹负责同他们沟通,你专心申办上市的大事。”

“好,就这样,我去银行办事,你中午带他们到亚酒。”

“吃饭的事你别管,我随便安排就行。”

说完,李远方吩咐凤丫头拿出两份礼品,夫妻二人又回到办公室献上礼品。李远方对二位连声的“对不起”,又叮嘱周丽,中午一定盛情款待,这才提上公文包,急急出门而去。

“周丽,”等李远方走出办公室后,高欣羡慕道,“你老公魅力四射,一定要管紧啊,不然,会被别人勾走的。”

“放心,”周丽道,“你不了解他,即使想抛弃我,可怎么也丢不下他的一对儿女。别忘了,他们可是我身上掉下的肉……”

5

李远方赶在下午四点前,将材料亲自送到文叔家,又遵照文叔的指示,晚上请省里的秦处长坐坐。

秦处长四十岁不到,长得矮矮胖胖,红光满面,见了任何人都笑脸相迎,任谁见了都倍感可亲。秦处长特别忙,李远方站在他办公室门口走廊一刻钟不到,就有五六个人找他。只听办公室内笑声不断,问候不停。秦处长又很客气，对所有找他办事的人，必定要迎进送出，让人感觉到并不是来求他办事，而是给他送温暖上门。

秦处长更懂得等人的焦急心理，就这十几分钟，跑出来三次给李远方打招呼："对不起，哈哈……让李总久等！"

直到五点四十分，整座计委大楼几乎是人去楼空，秦处长才忙完，坐上李远方的车子，一个劲地对不起。

"秦处长，"因为第一次见面，李远方不知这秦处长的爱好，试探道，"你真忙，今晚一定好好轻松轻松，我们先吃饭，再去唱唱歌，然后泡个澡，做个保健按摩，怎么样？"

"算了吧，"秦处长哈哈笑道，"何必花费，吃个便饭，把事情谈一谈就可以，啊……哈、哈。"

"那怎么行，今晚要好好招待你。如果只请你吃个便饭，他岂不要骂我？"

"没事，老领导吩咐的事，就是不请吃，我也要办。"

"既然我们都听文主任的，那秦处长就不必客气。今天一切听我安排，我们今天不谈任何事情，一心一意快乐轻松一下。"

"李总，"秦处长又哈哈笑道，"既然你非要破费，我看这样好不好？我们把证券公司的王总一起叫上，他喜欢唱歌，将来你们公司申请上市，主要靠他帮你操作，对你只会有好处。"

"太好了，麻烦秦处长给王总打个电话，我们先去接他。"

"这怕不行，这家伙架子大，只有老领导出面他才会出来。"

"好的，"李远方立马明白，这秦处长是想试探自己和文叔的关系，看了看表，估计他还没去火车站，马上打电话说明情况。

五分钟不到，文叔电话回了过来，说王总在办公室等他们。李远方这才发动车子，向省证券公司奔去。

李远方又跟凤丫头去电话，说完事后，买了四条云南"玉溪"牌高级香烟。他回到车上，放下烟，同秦处长一同上楼请王总下楼。

王总年龄看上去跟秦处长差不多，身材、面相也如同兄弟，只是性格迥然不同，同李远方互致问候后，一直沉默不语。跟老熟人秦处长也无话可说，下楼慢慢拖拖，走路低头深思，上车后两眼盯着窗外，依然是不言不笑，若有所思。

李远方边开车心里边思忖：这二人面如兄弟，性格都很怪异，一个像火，一个似冰。关系一定不同一般，不然秦处长听说请桑拿、保健、按摩，不会独点这王总共享？且二人都是人中精英，身居要职，远方集团上市，这二人都是关键。古人说“非常之人，必行非常之事”，看来今晚上大有一番周折。

想到此，李远方拿起手机，又拨通了杨帆的号码，不等他开口，有意大声道：“是吴团长吗？我是李远方，你们艺术团的两位舞蹈演员，今晚有没有演出任务？”

“是李总啊！”杨帆一听就明白是咋回事，在电话里故意沙哑着嗓子大声道，“我刚从北京回汉，两位演员今晚没有演出任务。”

“太好了……我想请她们陪客人共进晚餐。”

“这……”杨帆故作为难，“李总，再找两位演员行不行？”

“为什么？”

“是这样，”杨帆继续大声，“她俩现在是名人啦，参加了很多电视台的演出活动，摆明星谱，不轻易出门。”

“我不管，”李远方从反光镜里，见王总和秦处长眼神都一动，大有失望之态，继续道，“你是一团之长，我要的就是明星，不就是陪朋友吃顿饭吗？再高的出场费我付，你一定做工作请她们来。”

“好吧，”杨帆无奈道，“我试试……送到什么地方？”

“新东方娱乐城，一小时内送过来，你也来喝几杯。”

“对不起，我今晚陪老婆回娘家，改日再陪。”主动挂断电话。

“哈哈……”秦处长笑道，“看来李总真性情中人啦。”

“男人嘛！”李远方笑道，“谁不想自己生活多姿多彩？就连一些大领导都喜欢唱唱跳跳，何况我们老百姓，是吧王总？”

王总没有回答，脸上却露出了淡淡的笑容。李远方心里一喜，加大油门，从中南路拐上武珞路，飞速朝长江一桥的方向奔去。

他期盼今晚的娱乐活动达到预期的效果……

第四十八章

1

李远方想美美睡上一觉的愿望，被从台湾来的堂弟李远立一个电话破灭。进入桑拿部不到几分钟，就接到李远立的电话，兴奋地告诉他已来到武汉，住在亚酒。刚请了周丽和伯父母及宋红雨等共进晚餐，正准备上顶楼旋转餐厅欣赏大武汉的夜景，请李远方速去，并强调有要事相商。李远方一听异常兴奋，答应等把客人送走后就赶去，一则叙叙兄弟别后之情，再则商讨合作大计。

原来，昨晚李远立在亚洲大酒店，从七点多一直等到十点，不见沈小虹的芳影，忍不住再拨打，手机关机。只得一边不停地打，一边耐心地等，就这样一个人坐在咖啡厅打打停停，停停打打，又走出大门看看转转，走走望望。直到凌晨两点，他才失望地回房睡觉。可是躺在床上，满脑子都是沈小虹的影子晃动，哪睡得着？辗转反侧直到清晨才迷糊了一下。起来后继续同沈小虹联系，上午九点多才拨通沈小虹手机。沈小虹苦笑一声，骗他说昨晚喝醉了，请他原谅。

沈小虹如果不骗他，直话直说对他不感兴趣也还罢了，谁知这一骗，李远立倒认真起来，一个劲说喝醉酒要用燕窝汤滋补，并表示中午在亚洲大酒请她喝燕窝汤。沈小虹推说自己很忙，不愿赴会。哪知这李远立一根筋拉到底，隔半小时就打一次电话热情相邀。沈小虹无奈，只得告知要请就连他堂兄李远方一起请，意思非常明白——自己喜欢李远方不喜欢他。可惜这李远立被情所困，人是糊的，就是不明白她的意思，一听表示马上就同堂兄打电话。

沈小虹一听，气得银牙乱咬，大声道：“李大公子，我知道你很喜欢我，我也知道你是好人，而且前途无量。可我还没准备好，以后再说。你也不要打电话找你堂兄，他很忙，我也很忙，我们对燕窝汤不感兴趣。你如果真心要请客，就先把你堂兄一家请一请，明白吗？”她特地把“我们”二字说得重重的，表示她和李远方是一个整体，心心相印。说完，不等李远立再啰唆，猛地挂断电话。

她这一发脾气，李远立又会错意思，以为这沈小姐庄重，要老板和老板娘为自己牵线搭桥，方显名正言顺。于是，遵照沈小虹的意愿，考虑李远方忙不便打搅，亲自上门给周丽和伯父伯母送礼，将一家人请到亚洲大酒店。周丽又提议请宋红雨一家作陪，于是又将宋红雨和杨帆父母请到。两家人老少十口共进晚餐，其乐融融。用餐期间，李远立悄悄向周丽表白，自己对沈小虹一往情深，想请堂兄堂嫂牵线搭桥。周丽一听非常高兴，大赞沈小虹人美心更美，和李远立是天生一对，表示一定同李远方一起玉成此事。晚餐毕，李远立又请两家人到顶楼旋转餐厅，边等人边观看夜景。周丽本想推辞，考虑等李远方来一起当面撮合，以后他同沈小虹成与不成都跟自己一家人无关。加之李平、李乐一听上旋转餐厅，兴奋得乱蹦，只得同意。上楼时，李远立迫不及待地跟李远方去电话，请他赶到亚酒来。又通知沈小虹，说明完全按她的意思，请了周丽等两家人，请她光临。

于是，两家人又上顶楼旋转餐厅吃自助餐，一边欣赏武汉的夜色，一边等待李远方和沈小虹的到来。

李远方接完李远立的电话，正思索如何请王总和秦处长早点回家，沈小虹的电话也打进来，向他说明李远立从昨天到今天邀请她吃饭的用意，并表明她的态度，请李远方代为转达她的谢意。李远方一听，明白了堂弟为什么急于来武汉的原因，原来是情有所系，心想如果李远立能娶沈小虹为妻，倒不失为一桩美满姻缘。可一想到自己昨晚同沈小虹的狂热情景，顿时方寸大乱，心里埋怨这李远立为什么不早几天来，免得自己陷入如此尴尬的地步。决定日后慢慢做沈小虹的工作，于是，他向沈小虹表示：今晚上只同李远立谈合作事宜，其他事一切免谈，沈小虹才勉强同意去酒店与李远立见面。

2

李远方赶到酒店时，沈小虹已到，正跟李远立和周丽坐在观景台谈心。宋红雨带儿子和四位老人已走，李平、李乐两个小家伙，对着窗外不停地叽叽喳喳，蹦蹦跳跳。

“远方哥、杨帆哥，你们好!”见二人到来，李远立赶紧站起来打招呼，一面吩咐服务员过来。

“坐吧，”李远方同李远立握了握手，不太自然地同沈小虹点了点头，坐到了周丽的身边。

杨帆冲沈小虹狡黠一笑，主动坐到她的身边。

“要点什么?酒还是咖啡?”李远立问。

“喝点咖啡吧!”李远方答道。

李远立示意服务员上咖啡，又点了几样西点。

“你来一下，”周丽趁机把李远方拉到一边，把李远立想同沈小虹结秦晋之好的想法，简略告诉了他。

“你跟沈小虹谈了没有?”

“没有，就等你来商量，我觉得这的确是好姻缘，所以想同你一起找沈小虹问一下，你堂弟这好的条件，我想她不会拒绝。”

“这事……”李远方早知沈小虹不愿意，但不能明说，故意点头道，“确实是好，只是现在找沈小虹谈太突然了，总要给她一个回旋的余地。而且，我们出面，她答应不好，不答应也不好。不如我们今天不谈此事，让宋红雨找机会同沈小虹谈，比较合适。”

“对啊!”周丽埋怨自己，“我怎么就没想到请宋红雨出面?不过……”小声道：“我来时已答应远立，今天问沈小虹的。”

“这好办，你去叫李远立来，我跟他说明今天不谈的道理。”

“好吧，”周丽走过去把李远立叫了过来。

“远方哥，”李远立不好意思道，“麻烦你!”

“是这样，”李远方认真道，“你嫂子已把你的想法告诉了我，我想今天最好不跟沈小虹谈此事。因为我们是这种关系，她听后同意倒好说，万一不同意，岂不尴尬?以后还要经常见面的，所以，我想请宋红雨出面找她谈，她同不同意也好有个退路。到时我和你嫂子再出面找她谈，也有个余地，你看可否?”

“我听哥哥嫂嫂的，其实我也知道，感情这东西是不能强求的。我只是怕失去一段好姻缘，将来追悔莫及。”

“精诚所至，金石为开，有情人终成眷属，只要你真诚对她，我相信她会同你心心相印，我和你嫂子会积极帮你做工作。”

“那我先谢谢哥哥、嫂嫂！”

“成人之美，礼之所至。”李远方笑道，“开年之后非常忙，我们今晚在上一次合作方案的基础上，就远方电子元件厂的管理，再好好商量一下，我想抢在‘五一’前开工生产。”

“太好了，”李远立兴奋道，“来之前，父亲看了我们的合作方案，很满意。同时提了几点合理建议，正好今天我们都定下来。”

二人回到座位，李远方对周丽道：“现在已十二点了，我们今晚商量事情，恐怕要很长时间，估计要到凌晨几点。你是一同参加提提建议还是带李平、李乐回家休息？”

“都十二点了？”周丽惊叹，“两个小家伙明天还要到青少年宫去培训。”赶紧跟几位打招呼，带上李平、李乐回家。

四人又重新换了一个长方形台位，面对面而坐。沈小虹主动坐到李远立一边，她面对杨帆。李远立又叫了两瓶红酒，四人慢斟细酌，开始就远方电子元件厂的各项事宜，进行深入的谋划。

此时旋转餐厅里，食客渐渐离去，只有几对恋人一边窃窃私语，一边欣赏外面的夜景，偶尔发出几声女娇男嘻的声音来。

窗外，一眼望去，解放大道如同一条金色河流直通南北尽头。道上车流滚动，灯光迷离。西北边，通航不久的武汉天河国际机场灯光一片，将天边映照得如同白昼。再放眼东方，万里长江上武汉长江一桥、二桥霓虹闪烁，交相辉映。龟山上，有亚洲桅杆之称的湖北电视塔直插苍穹，塔尖红色射灯在夜空闪耀，有如一支永不停歇的彩色电光笔，在黑色的天幕上，书写武汉这座城市的辉煌。

“真美呀！”沈小虹无心插入三人的谈话，偶尔礼貌地应答几声，专心看着窗外的夜景，心里憧憬道，“没想到站在高处欣赏武汉夜景别有一番情趣。我要能同李远方名正言顺地以夫妻身份，经常来看看武汉的发展壮大该有多美呀！真乃人生一大幸事，也不枉我们相爱一场。”忍不住偷偷地瞅瞅李远方，又瞟一眼李远立，心里不解道：“这兄弟二人都非常优秀，都是时代骄子，为何一个令我如此的牵肠挂肚，一个怎么也激发不了我的激情？”如此想着、叹着，不知不觉眼睛有些模糊，胸中涌起阵阵酸楚，陷入极度的迷惘之中。

“真美呀！”李远立一面同堂兄商讨着大事，一面不停地窥探沈小虹的表情，发现在柔和的灯光下，她是如此得美丽动人，看上去泪光点点，神情秀雅，在窗外城市夜色的衬托下，就如同仙女临凡，超然出尘，心里幻想道：“亿万家产我不想要，总经理的名位我也不想要，我来武汉就只想同她结为夫妻。但愿皇天不负有心人，能同她相守一辈子，也不枉此生。”嘴上谈着，心里想着，对李远方一段又一段的远景规划，左耳朵进去，右耳朵流出。

“人啊！”李远方早已察觉了两人的表情变化，嘴上对李远立不停地讲解，心里也在不停地感叹，“为什么要产生感情？感情为什么又是如此的复杂？为什么人一辈子必须生活在感情的折磨中？我在未来的日子里该如何去处理好同肖畅、周丽、周敏和沈小虹之间的关系？我能处理好同这些亲人和情人之间的关系吗？”

三个人表面上彬彬有礼，谈笑自如，内心却各自掩饰着自己情感的急剧变化。只有杨帆此时此地，不需要掩饰自己的情感，他尽情地吃喝，专心享受着美酒的醇香和西点的爽口滋味。

四个人，四颗心，都悬在半空，随餐厅旋转……

第四十九章

1

一九九六年清明节后，中原大地进入向春之末、迎夏之阳的春夏时节。大地上芳蕤馥郁，百花争艳。天空中惠风骀荡，白云轻悠，纾缓和畅的空气中，弥漫着诱人的芬芳。

四月三十日这天下午，从咸宁温泉通往九宫山的山路上，一溜长长的车队，一路逶迤前行。车队前带路的，是一辆日本三菱牌巡洋舰越野车，越野车后是两辆豪华大奔。紧随大奔的是两台大巴，大巴后，尾随着十几辆各种型号的名牌小轿车。

这是远方集团和电视台联合主办的“远方杯行业形象大使”评选活动大赛组委会一行上九宫山举行复赛活动的车队。

原来此次活动，经电视台的大力宣传，在市里各行业引起巨大反响，报名选手近万名之多。经过两月的初赛，挑选出了一百名选手进入复赛。为了使此次活动达到更好的社会效果，组委会决定利用“五一”长假，移师到著名的九宫山风景处，举行复赛。

李远方在征求肖畅和周敏的同意后，决定利用此次复赛机会，安排集团各部门主要负责人到九宫山游玩，趁机在山上召开董事大会，为远方集团即将在沪市挂牌交易，夯实基础，大唱赞歌。

鉴于此次难得的机会，李远方又动员各部门负责人带家属一同前往，又将证券公司的王总和体改办的秦处长以贵宾相邀，参与复赛的评委工作。二人欣然领受，意在借机领略祖国的大好河山，享受天地自然之趣，调节长期疲惫的身体，顺带欣赏俊男靓女的才艺，当然如果能利用评委的特殊身份，一沾美人芳泽，更不虚此行。

越野车上，杨帆轻松驾车，副驾上坐着宋红雨和儿子杨威。后座上是周丽和凤丫头带李平、李乐两个小家伙。三个小家伙一路问七问八，叫声不断。三位少妇则边欣赏车外的风景，边计划到达山上后如何合理地安排游玩项目，以不辜负此次难得的出门机会。

杨帆红光满面，一副志得意满的神情，不时从后视镜里窥探后面的车队，以便控制好车速。偶尔伸手摸摸儿子杨威的头，间或回答一下李平、李乐无厘头的提问。作为此次活动主办方的负责人和评委之一，在初赛过程中，他和沈小虹风光无限。二人多次在电视荧屏上露脸，大谈此次活动的社会意义。更让杨帆动情的是，有几位德才兼备又高雅俊俏的小姐被他说动，愿意成为远方集团日后各类活动的形象大使。其中有两位私下与他色授魂与，眉勾眼抛，几次暗示愿意以身相许。此次上九宫山，杨帆一路上思想着，如何设计在山上躲避宋红雨，玉成此事，了其心愿。

第一辆奔驰上，桂司机开车，坐有四人。电视台大型活动部的田主任坐在副驾位上，李远方和王总、秦处长坐在后座。一路上，田主任向三人大谈此次活动将要获得的巨大成功，分析给市里各行各业所带来的空前商机，附带解答复赛和决赛的相关议程。

王总和秦处长表面上非常有礼貌地倾听着田主任如簧之舌所吞吐的巧言套语，内心却想着如何在九宫山上对复赛中淘汰下来的女选手实施安抚行动。有可能的话，对进入决赛的女选手也予以重金利诱，直至有所斩获。二人现在同李远方已成默契，三人经常举杯相聚，感悟人生，畅舒情怀。对远方集团在沪市的上市工作，二人也极为卖力，多次跑北京证监委和上海交易所，争取了诸多优惠政策，为上市铺平了道路。李远方则遵照文叔的指示，给二人巨大的回报。此次上九宫山，李远方因为要召开上市之前的董事大会，所以特地请二人前来出任复赛评委，以便给自己的董事大会提出合理化建议，完善上市前的所有手续。特别是在股权分配、股票期权等关键问题上，需要得到王总的指点。

李远方一面神情专注地听着田主任的讲解，一面思考着上山后必须解决的各项问题。他不时点头微笑，暗自赞许自己心中的想法，以至于田主任错误地以为是被他的连珠妙语所打动。

现在的远方集团，在李远方的掌控下，各项工作突飞猛进，管理上有条不紊，一切都在有序中进行。春天药业年产值突破亿元大关，幸福房地产开发公司年建筑面积达十多万平方米，移动通讯年纯利润三千多万元，新东方娱乐城年收入也超过二千万，影视文化发展公司筹建的影视院即将上马，远方电子元件厂“五一”后全线开工。此次计划在沪市上市的原始股金发行数高达一亿五千万元。

第二辆奔驰上，李远立亲自驾车，沈小虹坐在副驾上。李远立神情专注，沈小虹气色平淡。后座上，坐着远方电子元件厂的彭副总经理和周丽的同学高欣，二人正亲密交谈，不时发出爽朗的笑声。

自上次在亚洲大酒店见面后，沈小虹听从了李远方的劝导，表面上对李远立不再避而远之，间或向他送去关怀的笑容。在出任此次活动评委时，有几次还请他光临比赛现场观摩选手的表演，代她给选手评分。只是内心深处对李远方念念不忘，且与日俱烈。加之这期间，又和李远方幽会过两次，精神和肉体上都感觉美妙无比。所以对李远立依然是无甚兴趣，难以动情。此次上九宫山，她一路上心事重重，决定找李远方好好谈谈，免得日后闹出笑话。

李远立则一如既往，全身心投入对沈小虹的爱恋中。为了能早日如愿，他给台湾去电话，向父亲表白自己的心愿，请求父亲做堂兄的工作，尽快让他们夫妇出面促成好事。老父亲听后既喜且忧，喜儿子终于将婚姻大事提上议事日程，忧他会为情所扰而影响电子元件厂的生意。于是，老父亲在征求李远方的意见后，从台湾又派来一位可靠的亲信彭永亮出任儿子的副总经理，除协助儿子管理好工厂的一切业务外，附带监督他的一切个人行为，定期向他报告。

这彭永亮四十出头，长得一表人才，是第一次来到大陆，一切都感到新奇，体认到在台湾所受的教育和来大陆后的所见所闻大相径庭。他同李远方接触后，发现他是一位非常优秀的管理人才，在参与电子元件厂的招工过程中，又深感大陆工人的淳朴勤劳。近来，因为李远立经常往沈小虹出任评委的大赛现场跑，而他又要经常找李远立商量事情，所以，在组委会认识了经常要同沈小虹和杨帆协调关系的高欣。二人一见如故，话语投机，都情有所动。加之一个远离配偶，一个渴求郎君，且二人都是虎狼之年又都深知个中滋味。所以，都在内心遐想，利用此次上九宫山之机向对方敞开心扉，以求鸳梦成真。车一进入山区，二人就有点难以自已，坐在后座上忍不住暗地两手相扣，一边谈心一边捏手，相互在手上传递信息。

两台大巴上，坐满了进入复赛的一百名男女选手，车厢里花枝招展，顾盼风流。一路上欢声笑语不断，情歌艳词悦耳。

后面的十几辆小车上，除有三四辆是电视台的编导和工作人员外，全部是远方集团各部门的主要负责人和家属。由许姨带队，所有人都各有所想，坐在小车里边想心思边欣赏着沿途的风景。

车队一辆紧跟一辆，一路浩浩荡荡向九宫山上前进……

2

九宫山在通山县境内，是湖北的又一道教名山，被誉为鄂东南第一山。主峰老崖尖海拔 1657 米，为鄂东最高峰。山上峰峦叠嶂，植被繁茂，满山原始次生林。众多的溶洞、秀谷、幽溪、飞瀑遍布。据县志记载，南朝陈晋安王兄弟九人建宫室于山，因此得名九宫山。南宋时期，它成为著名道场，开山祖师张道清在这里兴建九座道观以应九宫之数。明清以来，山上香火鼎盛，人文景观丰富，有九王庙、真牧堂、石城门、一天门、闯王陵等多处古迹。

九宫山方圆六十多平方公里，流泉飞瀑，怪松巨石，深谷大壑，佳妙之景有四百多处，其中最著名的有“龙潭皓月”、“虎伏天门”、“狮拥云关”、“凤岭清风”、“泉崖喷雪”、“屏列三峰”、“剑分巨石”、“古洞栖烟”、“怪松漫坡”等，风景十分迷人。这里峰、岭、台、石、洞、池、泉，处处有景，景景如画。

一行人到达九宫山顶，风景区管理处一帮领导列队欢迎，晚上举行盛大酒筵款待。电视台充分利用了媒体的优势，来之前就派人同管理处定好协议：九宫山风景区吸收为此次活动复赛和决赛的协办单位之一，提供复赛期间选手和工作人员的饮食和住宿。电视台则免费给风景区制作、播放系列风景广告宣传片。

选手和组委会工作人员安排在两栋疗养院内，按男女性别分开住宿。评委们则享受更高礼遇，住在几栋山顶别墅。为了使大赛公平、公正、合理，组委会派专人执勤，严禁选手进入评委别墅。

杨帆、沈小虹、王总和秦处长因为是评委，所以享受进驻别墅的礼遇。又因四人是赞助单位推荐的评委，不像其他几位文化名人、社会名流起决定作用。加之还要参加远方集团的董事会，所以组委会宽松对待，出入比较自由，这给四人提供了更大的活动空间。

远方集团包下了两栋疗养院，风景区看在电视台的分上，房价打对折优惠。为了便于开会和家属游玩，董事会决定：一栋以住家属为主，一栋以集团部门负责人为主。开会时禁止家属入内，闲暇时自由来往。夫妻之间想有所求者，借机行事，不受约束。

上山的第二天，复赛工作正式开始，组委会安排选手们游山玩水，充当临时导游，以此展示各自的旅游知识和表达能力。几台摄像师跟踪摄像，将每个选手的讲解情况摄入镜头，提供给评委打分。

因为第二天正是“五一”节，远方集团没有安排会议，号召所有人员专心陪家属游玩，品味山水之趣，共享天伦之乐。

李远方带领众人，清晨六点准时出发，在导游的引导下，一路穿石径、过飞瀑；访古迹、拜庙宇；临古松、观竹海；登绝壁、上仙台。赞不尽的峰峦叠嶂，叹不绝的人间仙境。直至夕阳西下，晚风徐来，一群人才不得不打道回转，意犹未尽回到住地。

晚上，在许姨的提议下，举行盛大的歌舞联欢酒会，答谢家属们对远方集团的大力支持。大家难得有此机会，几杯酒下肚，顾不得平时的矜持，竞相拥妻携子上台献艺。

许姨主动上台演唱一首粤语歌曲《女人花》，博得了如雷般的掌声。宋红雨一手牵着儿子，一手握着麦克风，演唱《月亮代表我的心》，中途被儿子拉着在台上打转转，一首歌被打断四五次才唱完。台下被母子俩逗捧得酒水乱喷，水果四滚。李平、李乐两个小家伙，在周丽的指挥下，表演的是霹雳舞。两个小屁股在音乐的激烈节拍中，相互乱撞，上下瞎蹦，将酒会推向高潮。最后，李远方被许姨拉上台，在舒缓的慢四节拍中，翩翩起舞。舞曲结束后，许姨又提议李远方给大家唱歌一首。许姨话音未落，下面掌声一片。

“实在不好意思，”李远方谦虚道，“我的确是不会唱歌。”

“不行，”不等李远方说完，下面一片嘘声，“必须得唱”“说笑话也行”“最好是夫妻对唱”。

“这样吧，”李远方笑道，“有位文化名人说，‘音乐是美的享受’，如果我唱出来，大家不仅感觉不到美，反而出现痛苦的状态，岂不是对艺术的亵渎？不如我给大家朗诵一首诗吧！”

“也行！”掌声再一次响起。

“首先，”李远方清了清嗓子，下面立即安静下来，他扫了扫大家，激动道，“我谨代表远方集团和香港新时代投资公司，对今天参加酒会的家属表示热烈的欢迎和衷心的感谢。”掌声响起，待平息下来，他继续道：“感谢你们多年来对远方集团的大力支持。没有你们的支持，集团是不可能取得如此巨大的成绩。正如歌唱家董文华所唱：‘军功章啊，有我的一半，也有你的一半。’她歌唱的不仅是军人的家属，也是全社会为事业勤勤恳恳、任劳任怨、忘我工作者的‘另一半’。当然，也包括在座的每位家属，此次集团邀请大家来九宫山，目的就是期望大家……一如既往地支持我们的工作。”

他突然停了下来，从口袋里拿出一张纸条，感叹道：“今天，我同大家一起，领略山上如诗如画的绮丽风光，当我们翻山越岭时，我被天地造物的神奇所动。突然想到，我们人生又何尝不是在攀登一座又一座高山？我们集团又何尝不是在跨越一道又一道绝壁险峰？我们每个人又何尝不需要亲人和朋友的关爱和支持？所以，我记下山上几处著名景点，将这些景点融汇在一首七言律诗中，借此机会奉献给大家，以期与大家共勉。”说到此，高声朗诵道：

担风袖月上九宫，回首胜景各不同。
凤岭清风和光远，泉崖喷雪洒苍穹。
狮拥云关乾坤秀，虎卧天门日月重。
人生如梦惜时过，回转千年一笑中。

李远方朗诵完，台下一片雷鸣般的掌声，听得懂和听不懂的都趁机捧场，大声叫好。

“现在，”许姨接过李远方话筒，高声道，“请大家自由选择舞伴，我们尽情欢度佳节。”朝台下四处看了看，急问道：“台湾的李远立先生在哪？今晚我选择你当舞伴，包下你了！”

大厅里爆发哄堂大笑，李远立正坐在宋红雨旁边逗杨威玩，一听许姨的叫喊，跳起脚来就往门外跑。

音乐声起，暗淡柔和的五彩光取代了明亮的照明灯光，男女老幼都手忙脚乱地寻找自己的舞伴。

“别想跑，”李远方正准备出门，周丽拦住了他，左手顺势搭在他的肩上，右手握住了他的左手。

“我……”李远方心一动，“想回房梳理一下明天的董事会议程，不过现在决定不去了。”说着轻搂周丽腰身，慢慢舞动起来。

“这就对了！”周丽头轻轻靠在他肩上，“在这种场所，别忘了做丈夫的职责，要给大家树立榜样。”整个身子贴在他身上。

李远方一阵愧疚，想起同周敏和沈小虹的偷情，耳热心乱。

“脸怎么这热？不会是近来背着我做了什么亏心事吧？”

李远方心一抖，好半天才镇定道：“酒喝多了，”故意打岔道：“两个小家伙呢？可别让他们乱跑。”

“放心，”周丽柔声道，“有凤丫头，你安心陪好自己妻子。”

李远方又是一阵心动，突然想起在长江边第一次亲吻周丽的情景。“执子之手，与子偕老”的声音耳熟，他止不住脸贴在她脸上，右手紧紧地搂住她的腰，生怕一松手，她会从身边永远消失。

“怎么不作声？”周丽伸出舌头，舔了舔他的耳垂，甜声细语，“我突然觉得……你好像有一个多月……没有抚摸我了？”

“是吗？”李远方声音开始不自然，眼前闪现出周敏和沈小虹美丽的胴体，愧疚之情又涌上心头。一时脑海又出现二人幽怨的眼神，心里暗自恨道：“李远方啊，以后如何面对列祖列宗？如何践行自己的诺言？”耳边突然吹来周丽急促的喘息，大脑一下清醒过来，嗫嚅道：“好像……房间没人，不如……我们回房去……跳一曲？”

“这提议不错！”周丽猛地拉起他的手，往门外走去……

3

远方集团的董事大会开得非常成功，所有参加会议的人员，自始至终群情振奋。李远方首先向大家通报了集团将在沪市上市的详细情况，回顾了集团过去所走过的光辉历程，展望了未来的远大目标，宣读了董事会给每位董事、各部门负责人以及全体员工的激励机制，承诺给在座的每位负责人——十年到十五年的股票期权。

会议从早上八点一直开到下午五点半才结束。会上，董事代表、部门负责人代表、直属生产单位代表、先进员工代表以及几位副总经理相继发言，表达了各自对远方集团的热爱和为之而奋斗的雄心壮志。杨帆和沈小虹没有参加评委工作，全程参加董事会，王总和秦处长没有列席会议，只是利用中午休会一小时的时间，给李远方面授机宜，出谋划策。

李远方大受启发，受益匪浅。

晚上，李远方又召集股东大会，春天药业的温嘉庆总经理、幸福房地产公司的顾明凯总经理、电子元件厂的李远立总经理、移动通信的罗森总经理、新东方娱乐城的杨帆总经理、影视文化发展公司的肖明总经理等集团下属六大实体负责人，以及香港新时代的首席代表许丽丽、办公室文主任、财务部凤丫头、公关部沈小虹外加吴、游、任三位集团的副总经理，外加其他股东等近四十人参加了会议。

会上，大家畅所欲言，见仁见智，提出了很多合理化的建议。李远方最后综合大家的意见，作了精辟的总结性发言。他强调集团未来必须建立的长效发展机制，剖析了集团上市后，所面临的诸多问题，给在座的每一位股东，提出了更高的要求。

"最后，"李远方看了看表，强调道，"我想再补充一点，我们远方集团在人才的使用上，必须严格遵循一种合理的比例制度。我们暂且自诩为'远方模式'。即把人分为高智商、一般智商和低智商三种类别。高智商主要是指各个生产环节的管理人员，占百分之二十的比例。这些人必须有头脑、有思想、有独立解决所在岗位上突发事件的能力。一般智商主要是指大量的劳动生产工作者，占百分之七十的比例，这是我们必须依靠的中坚力量，他们不需要太多的思想和清醒的头脑，他们只要兢兢业业、勤勤恳恳、任劳任怨去工作就行。低智商主要是指那些不识时务、不安心劳动，做事马马虎虎、干活吊儿郎当的极少数人。这种人只能占百分之十以下的比例，甚至要更少，不得已可以发点生活费，让他们回家去'休息'。"

见有人在认真做笔记，他笑道："这是我个人倡议的用人模式，大家记住即可。以后，你们有更好的模式，可以提出来讨论，我们可以更加完善。附带说一声，集团主办的'行业形象大使'复赛，已进行了两天，明天是最后两场。在座的如果有兴趣，明天上午八点，可以到现场观摩，欣赏选手们的精彩表演。散会。"

第五十章

1

李远方从九宫山回汉后，远方集团进入发展的鼎盛时期。

九月份，公司股票成功在沪市上市，当天的股价冲破十元大关，市值一下窜至二十多亿元，集团的大小股东无不欢欣鼓舞。

集团旗下几大支柱产业如日中天，突飞猛进。截至三季度止，集团总产值高达五亿元，1996 年全年总产值有望突破十亿大关。李远方个人被选为市人大代表、政协委员，各种荣誉接踵而至。

李远方踌躇满志，意气风发，定要在 2000 年千禧年之前，将远方集团带入全省百强之列，让远方集团的美名传遍荆楚大地。

国庆节这天，“远方杯行业形象大使评选”活动在武汉剧院举行决赛暨颁奖晚会。从复赛中产生的四十名选手中，最后决赛出男女各十名选手。这二十名选手，将荣幸地成为市里各行业的形象大使。

进入决赛的选手，从九宫山回汉后，又进行了三个多月的封闭式培训，现在这四十名俊男靓女，都沉浸在美好的梦幻之中。

决赛评委，除聘请武汉地区六位著名的专家学者外，特地从北京邀请了四位重量级的人物，担纲主评。

决赛由央视两位著名主持人主持，省、市电视台现场直播，国家在汉各媒体及省、市级报刊、电台，也争相进入现场采访报道。

省、市相关领导，莅临现场观摩并上台颁奖。李远方和许姨作为主要赞助单位也将上台颁奖。

文叔、肖畅均以领导的身份莅临现场观摩并颁奖。

市里各行业协会的会长们，也都亲临现场，准备挑选最中意的选手，推荐给所在行业的老总们。有些认真的老总，干脆自己来到现场，直接从四十名选手中，选定自己的目标。

远方集团各部门负责人及其家属，几乎全部到场，人群中打出了“远方集团——奔向远方”的巨大横幅。

周敏特地从香港飞来，以朋友身份参加，来之前电话通知李远方，暗地安排一天的时间，陪她上木兰山烧香拜佛。

晚会从七点半准时开幕，直至十点半才结束。历时整三个小时，取得了空前成功，得到了现场省、市领导的高度赞扬。

进入前十名的男女选手，个个饱含热泪，人人心花怒放。

李远方直到深夜一点才拖着疲惫的身子回家。因为周丽这几天身上不大好，第二天清晨，又早起开车送李平、李乐上学。

到了学校，望着两个小家伙蹦蹦跳跳跑进大楼，李远方依然一动不动地站在大门口，心里升起一股欣慰之情。

“多可爱的一对儿女！”李远方在心里祈盼，“希望他们将来健康地成长，快乐地生活。他们是我李远方的希望，更是我们李氏家族的未来。只要我活着一天，就要为他们创造更好的学习和生活环境，无愧于列祖列宗，无愧于子孙后代。”

“爸爸、爸爸！”李远方刚想转身，只见李平、李乐拉着一位女教师，从大楼跑了出来。到了面前，两个小家伙抢着介绍：“这是我们黄老师，找你说话。”说完，又一前一后向大楼跑去。

“黄老师好！”李远方客气道。

“李总好！”黄老师端庄清秀，一笑露出两颗兔牙，“我是李平、李乐的班主任，两个小家伙聪明漂亮，人见人爱，全校的师生没有不喜欢的。”说完突然改口：“我一直想找机会跟你谈一谈，上次跟你夫人也谈了，只是……”说到此，有点闪闪烁烁，欲言又止。

“黄老师，”李远方笑道，“有什么要求尽管提。”

“要求倒没有，”黄老师看了看左右无人，这才道，“我只是想建议：你们能不能每天不开车接送他们？学校不提倡，而且对李平、李乐也没多少好处。校长给我打过几次招呼，让我有机会跟家长谈一谈，难得今天碰上你……所以特地跟你打声招呼。”

“哦！”李远方心一沉，“是不是他们有什么不好的苗头？”

“对，开学才一月，两个小家伙已出现过几次鄙视同学的现象，而且在言语上甚是尖刻，并且带有侮辱的言词。这在他们这个年龄是不应该出现的，我想这与他们优越的生活环境不无关系。”

“黄老师,”李远方一听大惊，感激道，“谢谢你及时提醒，在家我也有所发现，妻子也多次批评他们。只是他们的外公外婆同我们住在一起，两位老人家一天二十四小时跟在他们屁股后面转，过于溺爱，视为掌上明珠，含在口里怕化了，抱在怀里怕飞了。”

“都是这样的,”黄老师接过话道，“隔代人，亲上亲。这是老人的通病，没办法的。除不知反而不利小孩的成长，慢慢来……我们共同来完成他们的启蒙教育。”

“黄老师放心，我回去一定跟老人家，好好谈一谈，以后敬请黄老师对他们痛加鞭策，不要心软，我一定重谢!”

“不必谢!”黄老师笑道，“教书育人是我们的天职，何况这么可爱的孩子。我会随时同家长沟通的，你也不要太心急，十年树木，百年树人。对不起，我上课去，再见。”转身进校门而去。

李远方慢慢坐进小车，一头靠在靠背上，心里一阵难受，他决定晚上同周丽认真谈一谈。他想起古人语：“自古雄才多磨难，从来纨绔少伟男。”又想到三字经句：“子不教，父之过。”他要让一对可爱的儿女知道：他们是农民的子孙，是九龙冲白龙寨的后人，一定要牢记根本，做一个令李氏家族骄傲自豪的孝子贤孙。

一阵手机铃声，打断了李远方的思想，一接是周敏打来的。

“在哪啦?”周敏柔声道，“我在许姨家等你，我们早点发车，最好中午之前赶到木兰山，我想吃你亲手做的菜。”

李远方大脑一晕，突然想起前天答应周敏2号一定陪她的，赶紧道：“周丽病了，我送儿女上学，半小时左右到。”

“好的，等你!”

李远方挂断电话，又陷入迷惘之中，他不知如何摆脱同周敏的情感纠葛，每次周敏来武汉他就心慌。还有那位时刻出现在自己身边的沈小虹，更是令他胆战心惊。

“不行!”李远方心里想，“绝不能再这样发展下去，今天无论如何要跟她好好谈一谈，向她坦陈自己的思想。”

想到此，他拨通了周丽的床头电话：“喂，周丽，我今天陪同周敏和许姨到孝感去考察两家企业，如果晚了就明天回来。”不等周丽问，又提醒道："另外，跟你说一声，李平、李乐的班主任，刚跟我谈了一会，看来，对他们的教育要从大处着眼。你等我回后，我们好好谈一谈，记住暂时别告诉老人，明白吗？"

"好的，等你！"

"又是一个'等你'！"李远方无奈地闭上了眼睛，他无法预料见了周敏后，会是怎样的一种情形？更不知回来见了周丽后，用什么心态同她讨论儿女的教育大计？他真想找个人痛打自己一顿。

"李远方啊李远方！"他在心里责骂，"你还是李氏家族的后人吗？还像一个信守诺言的男人吗……"

2

国庆节期间的木兰山，没有元旦时的雪梅寒趣，从车窗望去，映入眼帘的满是萧木荒岭，沿途的山路旁，落叶堆积，衰草枯萎。秋风一吹，黄叶上下翻飞，枯草左右摇曳，好不凄凉。

进入山门，眼前陡亮，遥见南天门下游人如织。庙前宇后香烟缭绕。袅袅升腾中，不时传来鞭炮声响，秋风一扬，震彻山谷。

原来，木兰山每年的阴历八月初一，是开山门的黄道吉日。是时道佛两家的四方信众，丛林教友，不远千里万里，赶在这一天登山朝拜，都争先恐后叩头上香，祈求佛光灵符，沐被魂灵。

"哇！"周敏异常兴奋，眼放柔光，惊呼道，"明天一早，你先陪我烧香拜佛，然后再回武汉。听明白了没有……李先生？"

"遵命，"李远方也是一阵轻松，他想起了白龙寺，此时应该也是香客如云的情景。他放慢车速，伸出头看了看天，笑道："恐怕天公不作美，这灰蒙蒙的天，估计明早要下雨。"

"下刀子也要去，正好印证我们心诚，心诚则灵，懂吗？"

"明白。"李远方加大油门，紧握方向盘，向山顶冲去。

到达别墅，李远方从后备箱取出携带食物，亲自动手，一个时辰不到汤鲜菜香，酒浓杯满。于是，二人温馨对酌，情荡心漾。举杯中酒壮色胆、色随酒醉。几杯下肚，心往一处想，色从眼中流，双方进入卧室，顾不得外面的世界，说不尽的恩爱缠绵。

第二天早上，果如李远方所料，淅淅沥沥一阵秋雨洒下，山上不见游人。二人顶风冒雨，迈步登上南天门。然后，步步登高，逐一进入佛堂道观，虔诚地烧香祈愿，叩头谢恩。

天公又作美，待二人登上金顶，雨停风息，云飘雾散。天空上，几处云罅中，光芒四射。天地间，一阵秋雨后，清新爽朗。

“天地之美，真叫人心动。”周敏依偎在李远方身上，感叹道，“我真想每天同你在一起，就像现在这样，依偎在你身边，天地间就我们两人，像生活在伊甸园里的亚当和夏娃。”

李远方心一惊，猛然想起亚当、夏娃偷吃禁果受到上帝的惩罚，不寒而栗。想到自己偷吃禁果，终有一天是要受到命运的惩罚。

“你在想什么？怎么不说话？”周敏扭头看着李远方。

“上帝，”李远方道，“我想起了上帝七天中，创造天地万物的奇迹，想起了亚当、夏娃在伊甸园偷吃禁果后受上帝的责罚。”

“你也信基督？”

“我是学历史的，”李远方看了看周敏，想借此机会再试探她一下，昨晚几次试探周敏均不给机会，严肃道，“我学过宗教史，像我俩这种不正常的关系，将来难以超生，会打入十八层地狱。”

周敏表情平淡，毫无惧色，笑道：“我随时准备接受上帝的惩罚，最好能同你一起打入地狱。不能超生更好，我们就在地狱和人世间游荡。”又道：“港人大多信奉基督教，经常听他们说上帝造人，不如趁现在给我讲讲，看我能不能悟出其中的奥妙。”

“好的，”李远方启发道，“记住，所有宗教都是一种社会现象，一种文化信仰。你不能太执着，太执着就会误入歧途。譬如佛经说，释迦牟尼一生下来，就遍地莲花开放，一下地就前后左右各走七步，说‘天上地下，惟我独尊’。后来出家时，骑马飞过几丈高的城墙，马尾上还拖着一个想拉住他的仆人，你相信这些吗？所以说，宗教往往带有欺骗性，或者说具有蛊惑的目的。托尔斯泰说：‘少数人需要一个上帝，因为他们除了上帝以外，什么东西都有了；多数人也需要一个上帝，因为他们除了上帝以外，什么东西也没有’。时代在发展，我们要用独立、科学的眼光，来审视各种宗教。”

说到此，他凝视前方，若有所思道：“基督教所信奉的上帝造人，也只是一种信仰，人到底来自何方，去往何去，直到今天无人知晓。《圣经》创世纪说：在宇宙天地尚未形成前，黑暗笼罩着无边无际的空虚混沌，上帝那孕育着生命的精灵运行其中，施造化之功，展成就之初，使世界确立，使万物齐备。上帝七天创造天地万物，这创造的奇妙与神秘，非行之笔墨所能写尽，非诉诸言语所能话透。”

“真的说不清？”周敏惊愕。

“怎会说不清！”李远方笑道，“《圣经》也是人写的，又不是天上掉下来的？”又接着道：“上帝造人的本意，是让人成为万物之灵，就赐福他们，对他们说：要生养众多，遍满地面，治理地上的一切，还要管理海洋里的鱼、空中的鸟和地上的各样活物。”

“这上帝也是的，”周敏笑道，“为什么非要造出人来？而且还要分出男女。不然，我们李远方先生，也不会有这多烦恼，每次见到我，都胆战心惊，生怕被我吃了。”

“能被你吃了倒是幸事！”李远方继续道，“造人，是上帝最后也是最神圣的一项工作。上帝用泥土造人，在泥坯的鼻中吹入生命的气息，就创造出了有灵的活人，上帝给他起名叫亚当。但那时的亚当是孤独的，上帝决心为他造一个配偶，便在他沉睡之际，取下他一根肋骨，又把肉合起来，上帝就用这根肋骨，造就了一个女人，取名夏娃。亚当的含义是‘人’，夏娃的含义是‘生命之母’，他们是传说中人类的生命之初，是人类的始祖。”

“这段我听母亲讲过，”周敏道，“小时候母亲教导我，长大后不要随便偷吃禁果，不然，会受到上帝的惩罚。”

“你母亲说得对，”李远方接着道，“上帝让亚当和夏娃赤裸着绝美的形体，住在伊甸园中，园中有棵禁止享用的果树，叫分辨善恶树，是上帝为考验人的信心而设的。后来他们偷吃了禁果，纯洁天真的心性改变了。二人的精神世界顿时澄清了，眼睛也明亮了，开始分辨物我，产生了‘自我’的概念。他们无比沮丧地发现，自己赤裸着身体，是羞耻的事。于是，就用无花果的叶子为自己编织裙子，来掩饰下体。上帝造人后，这是人第一次违背上帝命令，因而犯下了必须世代救赎的罪孽，称为原罪，意为原始的、与生俱来的罪。”

“看来，我们也犯了罪。”周敏叹息道，“上帝有时也令人不喜欢，这老先生没事找事，又不会管事。”

李远方继续道：“上帝知道人的僭越，已无法换回，既然他具有了智慧，就应当承担与智慧相称的责任。于是，责罚夏娃怀胎的苦楚，生产儿女的痛苦。亚当必须终身劳苦，抚养妻儿。上帝说：你们终身受罚，直至归土。因为你们本是尘土，仍要归于尘土。”

说到此，他叹息道：“人类因为利用智慧而创造了文明，因为滥用智慧毁灭文明而受到诅咒。沃土长上荆棘，绿野成为荒凉，晴朗的天空变成乌烟瘴气，清澈的河流秽物漂流。这些都是人类在自食其果。人性如果受到邪恶败坏，就会导致可怕的后果——毁灭。人就可能失掉生生不息的权利，将出于尘土而复归于尘土，于是……”

“怎么不作声了……于是怎样？”

李远方举目苍天，凝神遥望，好半天才喟叹：“于是……上帝失落了人，人也失落了上帝！”

一声闷雷，从云层深处滚来，乌云又开始在头顶聚集，周敏猛地拉起李远方：“走，回汉口，我们不需要上帝……”

从木兰山回来，李远方将周敏先送到许姨处，自己赶回家，同周丽就李平、李乐的教育问题，进行了深入的交流。夫妻达成共识：由周丽出面劝父母回家住，平时尽量不要来串门，以免影响两个小家伙的学习，每个礼拜天为看望的特定日。待一年半载，小家伙渐渐淡忘了对二老的依赖，养成了固定的学习习惯后，可以增加看望的次数。再决定周丽不开车接送他们，每天陪他们坐公汽，增加他们同社会的接触机会，体会百姓的生活，培养他们的平等心态。又决定每年的寒暑假，送他们到白龙寨生活十天半月，同农民的孩子打成一片，让他们感受民间的疾苦，在他们幼小的心中，播下关爱他人的种子。

国庆节后上班第一天，李远方七点就赶到办公室，通知召开董事会，商讨同香港新时代共同兴建“天兴洲时代乐园”的重大项目，提请董事会通过第一期开发“后湖花园”住宅小区的建设方案。

会议从上午八点开始，下午五点才结束。会上，幸福房地产开发公司的顾明凯总经理首先向董事会通报了“后湖花园”住宅小区的建设方案，获得全票通过。顾经理同时建议，要加大住宅小区的建设步伐和资金投入。他提醒大家：有几家房地产开发公司，已经渗透到后湖这块黄金宝地。他的建议得到大多数董事的支持。

顾经理讲话结束后，会议重点讨论“天兴洲时代乐园”重大项目，最后形成决议：“天兴洲时代乐园”由远方集团和香港新时代投资公司共同投资兴建，总投资计三十亿元人民币。资金来源60%由香港新时代投资公司承担，远方集团主要负责项目的申报、审批、建设。新时代占60%的股份，远方集团占40%的股份。整个项目建设周期为十年，分三期建成：第一期为前期工程，计划2000年元旦之前竣工，投资为十亿元人民币；第二期为主体工程，计划2003年竣工，投资为十五亿元人民币；第三期为附带工程，计划2006年竣工，投资为五亿元人民币。项目建成后，天兴洲将成为一个以旅游、娱乐为主，集商务、休闲、餐饮为一体的巨大江上乐园。

周敏全程参加讨论，但没有发言，默默地坐在许姨身边，淡泊、端庄、高雅。所有涉及新时代的问题，全权由许姨代言。

第五十一章

1

青山区红钢城地区，靠江边有一片三至五层楼的红房子，是兴建钢厂时，同期盖起的最早生活住宅区。从天空中俯瞰，这片红房子正好组成一个方方正正、硕大无朋的红双“囍”字。

五十年代初兴建钢厂时，最初的设想是建在黄石，因当时钢厂所需的铁矿石，主要依赖大冶铁矿。后来苏联专家在详细考察后，提出黄石地区长江水道过于狭窄，特别是江水在海观山转弯处水流过激，不利于货物进出。从长远计，建议改在武汉青山地区。周恩来总理在多次听取中外专家意见后，一锤定音，落户青山。为了纪念这造福千秋万代的大喜事，在建红钢城生活区时，决策者特意将房子规定为清一色的红砖红瓦，布局上匠心独具，拼成一个大红“囍”字。第一批进住的，大都是钢厂各条战线上的中坚力量，每天傍晚时分，红房子里，到处徜徉着欢声笑语，飘荡着幸福的生活气息。

改革开放以来，随着经济建设的不断发展，城市建设步伐大迈，高楼大厦有如雨后春笋般破土而立。青山红钢城地区面貌大变，和平大道从建一路到建十路的两边，高楼大厦一座紧挨一座。坐在车上边行边看，如同穿梭在房林楼丛，令人眼花缭乱，目不暇接。

因为江边这片大红“囍”字的红房子所具备的特殊纪念意义，直到进入九十年代后，依然没有进行大规模的拆迁改建。住在里面有钱有地位的，大都迁到高楼大厦，享受现代化的生活去了。留下来的，都是些没大钱又没地位的一般工人。随着时代的巨大进步，现代化生活的不断演变，这些红房子里面的平民，变得一天比一天沮丧起来。先是抱怨单位和政府，继而诅咒，直至谩骂。

人有怨气总要发泄，诅咒、谩骂终不是办法。居委会急居民之所急，广开渠道，安抚民心。于是，一夜之间，在这片红房子住宅小区里，每栋楼开设了一个由居委会管理的麻将室。下班归家的工人，不高兴时，抑或是在家扯皮闹怨后，都躲进麻将室，搓上几小时麻将，以解胸中闷气。所以自麻将室开设以来，小区里扯皮闹怨的事，日见其少，麻将室的人却一天比一天多。这些前来蹭点打发时光的人，在“自摸”、“七对”、“清一色”、“杠上开花”的惊呼中，气也消了，人也笑了。再回家找老婆、老公涎说几句私房话，然后，男的交钱进房，女的交人上床，共同演绎家庭和谐变奏曲，其乐融融。没有老婆、老公的，回家后也不闲着，炒几盘小菜，喝个半斤八两，往床上一倒，一觉睡到大天光，也算是幸哉福哉。

徐正逸一家，就住在红钢城三街坊，正是这片红房子的中心地带，如果坐在飞机上往下看，恰好在“囍”字中间、靠右边那个“口”字的转弯处，一脚迈出家门，就得转弯。

这徐正逸是文革前最后一批浙江美院的高材生，毕业前去长江三峡写生，在船上邂逅现在的老婆娄玲玲，被她大大咧咧的性格所吸引。又从艺术家特有的视角审视这位来自钢厂一医院的年轻护士，越看越具有一种超凡脱俗的艺术气质。于是，邀请她临时充当模特，几天下来，二人两情相悦，爱意陡生，分手时依依不舍，互留通信地址。各自回家后，双方锦书传情，私定终身。

毕业时，徐正逸将绘有心上人俏美身材的作品，寄给《美术》杂志，一举夺得年度新人大奖。毕业后，他放弃到北京和留校的机会，只身带着获奖作品来到武汉，向娄玲玲求婚。在俘获娄玲玲芳心后，又四处寻找需要美术工作者的单位，最后算是在一所中学，谋了一个美术老师的职位，安下身来。于是，一对有情人终成眷属，小日子过得有滋有味，美不可言。

可惜，好景不长，“文革”中，老师被批为“臭老九”，地位卑下，这徐正逸为人又极是迂腐，且清高孤荦，不善于处理协调上下级关系，得罪了教委和学校领导，既不分房子，也不加薪水。渐渐地意志消沉，每天回家后借酒消愁，成为一日三喝的“酒麻木”。日积月累，不仅没有钱上交老婆，反而有时还要向老婆乞讨酒资。日复一日，年复一年，老婆开始抱怨、嘲笑、甚至叫骂，就连三个儿女，也附和母亲，对一无是处的父亲进行无端指责。

越是如此遭鄙视，这徐正逸越是酗酒如命，整日与杯为伴，以至于亲戚朋友街坊邻居见了面，都以“徐麻木”相唤。五十六岁不到的男人，被生活折磨得比六十五岁的老头还显老态，再加上不修边幅、一身邋遢的装束，越是让人见了顿生厌恶。

徐麻木一生颓废，老婆娄玲玲却异常能干，家里家外调理得有条有理。两个女儿都参加工作，且都出嫁，小儿子在上大学。她自己干了近三十年的护士长，刚刚退休。自居委会开办麻将室，她每天必到，输赢无所谓，主要是免得在家一见到徐麻木，就心里发烦。

现在，徐麻木正迷糊着眼睛，趿着一双破棉鞋，从和平大道拐进建设八路，一步一叹，踽踽向家走去。今天是周末，儿子要从学校回家，需要准备好菜好饭款待。早上出门时，老婆娄玲玲就吩咐他：四点以前必须回家，给儿子做菜、做饭。

徐麻木回到家门口一看，门紧锁着。不用问，老婆在隔壁麻将室打牌。他掏出钥匙开门进去，屋里冷冷清清，桌上没吃完的早点，还摆在碗里。他顺手端起，送到厨房，又打开冰箱，一看空的。

“这个老婆娘，”徐麻木心里嘀咕，“麻将就是命，总有一天非死在麻将桌上不可，要我做菜，又不把菜买回来？”一掏身上只有坐车多的几块零钱，摇摇头，开门向麻将室走去。刚出门转弯，又马上站住，呆呆地看着老婆正快步朝家走来。

“不是叫你给儿子做菜吗？”老婆娄玲玲一见他，气就不打一处来，大声道，“你像个木头苕样，站在这里搞么事？”

“你忘了买菜，我拿什么做？”

“你是个死人？”娄玲玲正输了钱，回家取钱，生气道，“不知道自己去买？”一想这麻木肯定身上没钱，又恨道：“只知道喝、喝、喝，前天给的五十元又喝光了，又不死？进来！”一边念叨一边摸身上的钥匙，进屋后快速打开抽屉柜，数出伍佰元来。再锁好柜，用手拉了拉，确认锁好后，这才极不情愿地从手上分出一百元，交给徐麻木：“拿去，鸡、鸭、鱼、肉样样都要，儿子要吃得不满意，今晚上你给老娘睡地板。”也不看徐麻木的表情，一阵风出门而去。

“这个老婆娘，”徐麻木在心里咒骂，“非死在麻将桌上不可！”一边带上门，出门向五街菜市场走去。

“徐麻木，”刚拐过小区侧门，副食店的魏老板叫道，“今天这早就放学了？怎么样……来两瓶？”

一听来两瓶，徐麻木放慢脚步，左右一看，走进店里，回答道：“儿子今天回家，我提前回来买菜做饭。”掏出钱来：“两瓶！”

“小黄鹤楼……还是二锅头？”

“今天款待儿子……二锅头！”

“好的！”魏老板笑道，“父子对酌，有情有义！”说着将酒递上。

徐麻木接过闻了闻，摇头叹息道：“如今这二锅头是越来越差劲。”拧开盖子，送到嘴里，咕哝就是一大口灌下去。拿开酒瓶后，认真盖好，意犹未尽地咂了咂嘴，眼睛瞬间放射出灼人的亮光，对魏老板道声再见，迈开步出门，朝菜市场而去……

2

从菜市场回来，徐麻木一个人在家烹、炸、炒、烩、蒸，两个小时不到，一桌丰盛的晚餐，就摆上了餐桌。碗筷刚刚摆好，儿子走了进来，身后还跟着一个女同学。

“真香啊！”儿子徐亮一米八的身材，皮肤白净，一脸秀气，一进门就嘴馋起来，给身后的同学介绍，“这是我爸！”又指着同学：“这是同学李燕妮！”一边拉着同学坐下，笑道：“我爸是美食家！”

“伯父好！”李燕妮站起给徐麻木问好。

“好，好……”徐麻木有点不知所措，对儿子道，“你妈在麻将室，去把她叫回来，该吃饭了。”

“不用叫，老娘回来了！”正好老婆娄玲玲回到家门口，“儿子回来，老娘哪有心思玩牌！”走进门一眼瞟见李燕妮，脸上立马绽开笑容：“哎呀，有贵客！怪不得我刚才连和六把，把输的钱赶回来了，倒赢了两百多块，原来是沾了这漂亮姑娘的贵气！”吩咐徐亮：“儿子，去找魏老板拿瓶红酒，今天我们一家人，好好庆贺。”

“伯母好！”李燕妮又站起来问好。

“快坐下，快坐下！”

徐亮买酒回来，两老两少，两男两女，相对而坐。开始在客气声中，举杯相碰，共进晚餐。

“哎呀，老徐，让我好找！”四人正说笑，一位满头银发、红光满面、看上去五十岁上下的男人，站在门口冲徐麻木笑。

“老纪！”徐麻木慢慢站起来，惊诧道，“怎么找到家来了？”赶紧给三人介绍：“这是我大学的同班同学纪明，现在是全国知名的大画家，美院的教授。”又给老同学介绍三人。

三人一听是大画家，赶紧站起来，一起请进屋，请他上座。

“真让我好找！”纪教授坐下后笑道，“我先多次打电话没人接，又找到你们学校，门房说你没上班。正要打转，一位老师又拦住我，说上午在资料室见过你。于是，我又找到资料室，有位女同志说，你晃了一下就去画室了。我到画室，门上一把锁。又到各个教研室找，还是没人。最后，在办公室碰见尚主任，说你请假提前回家了，又帮我查你家的地址。我打个的士到红钢城后，按地址找进这片红房子。没想到这些房子，都是一样的结构，里面的布局也是一样的，就连门栋前的小路也是一样的，像迷宫一样。最后还是找到居委会，老太婆一听我找你，赶紧派人把我送到门口……真让我好找！”又对娄玲玲笑道：“娄玲玲……三十年了，你还是这么有气质。”

“你以前见过我？”娄玲玲惊讶。

“毕业前……”纪教授感叹，“老徐从三峡写生回校后，你的画像，就挂在他床头，我们每天都见到你。那时，我们同寝室的，个个嫉妒得……恨不得把他给吃了！”

“是吗？”娄玲玲似笑非笑，“我当时完全是被他哄上船当模特的，没想到这一哄，跟他遭了三十年的罪。”又问：“你们同学在武汉几十年怎么不来往？”

“哪有几十年，毕业后我留校，五年前妻子病逝，前年跟这边美院一位教师结婚，为了照顾她，就调过来了。一天院里请老徐讲课，无意中碰上。以后他每次去讲课，我们老哥俩都要一醉方休！”

“当然要一醉方休！”娄玲玲一听这徐麻木长期背着自己到美院挣外快，赚的钱都送给酒店了，冷笑道，“你知街坊叫他什么？”

“叫什么？”纪教授一愣。

“徐麻木！”娄玲玲叹息道，“也就是你……这不了解他的老同学来看看他，以后了解了就不会看了。你看你们一般大的岁数，你看上去不到五十岁，你再看看他……像不像七十岁的老爹？不谈这些，来。难得你……费了这么多的周折找到我家，我代表麻木，敬你一杯！”不等纪教授拿杯，自己一仰脖子，倒进了口里。

“我看这样好不好？”纪教授一看这架势，知道老同学在家没地位，笑道，“老徐是国宝啊，一生孤高傲世，不同流合污。这都是‘文革’害了他，其实像老徐这样的人才，千载难逢啊！不如……”

“莫见鬼！”不等纪教授说完，娄玲玲放下杯子，“连自己都养不活，还人才？当‘劈柴’烧都没人要！”

“我的话没说完，不如我们找个大酒店，今天我请客！”

“那怎么像话？你是客，我们家再穷，还是请得起的！”

“是这样，”纪教授道，“我之所以这么急找老徐，是有一笔生意要做，而且这笔生意，必须老徐才能做好。”

“纪教授，”娄玲玲赶紧拦道，“做好事，你赶紧打消这个念头，跟他做生意无异于把钱往江里丢，我是没钱帮他填凼子的！”

“妈！”徐亮插嘴道，“等纪教授说完。”

“还是到酒店去，”纪教授道，“这事很复杂，喝完酒后我和老徐须得慢慢细谈，而且……”

“老纪！”徐麻木这时开口了，“就在家谈吧，我和玲玲都几十年的夫妻了。再说，儿子和他同学，也不是外人。”

“既然如此，”纪教授道，“请你先看幅画。”说着，从公文包拿出一卷红绸丝布，来到床边，轻轻展开。

几个人赶紧凑上去，只见丝绸里面舒展开一幅四尺斗方人物画。画中楼台亭阁，小桥流水，芳草野花，历历在目。一名古装美女立于桥上，神情幽怨，泪眼婆娑。画上题有多处诗款，一上一下，盖有大小十几枚印章，看上去满纸生辉。

徐麻木摸出眼镜，架上鼻梁，顿时两眼放光。双手支开趴在床边，俯下身子，从上仔细看到下面，这才慢慢直起腰来，摇摇头，长长地叹了口气，又慢慢回到饭桌前坐下。

“看出什么来了？”纪教授收好画，同三人都坐回饭桌，对徐麻木试探道，“可否知道画的来历掌故？”

“唐伯虎的《幽怨图》。”

“哇！”徐亮和同学同时惊呼，“听说唐伯虎的画，现在卖到几百万一幅，这一幅一定很值钱吧？”

“当然！”纪教授道，“世人都知道唐伯虎是位风流才子，尽干一些像点秋香之类拈花惹草的风流事，画一些像《八骏图》、《四美嬉春》之类的香艳作品。殊不知他也有伤心的时候，据说一次他游山玩水时邂逅一位美女，二人一见倾心。唐伯虎决心求得美人归，一打听，原来这美人是位地方豪强的小妾。唐伯虎不仅没能如愿，反被豪强派家奴打个半死。回家后痛心疾首，伤心欲绝。”

“那位美人呢？”李燕妮毕竟是女孩，更关心美人命运。

“豪强将她幽禁在后花园，”纪教授惋惜道，“不得离开半步，这美人痴心不改，茶饭无味，两年未到，一病归天，香魂飘散。”

“太可惜了！”娄玲玲也感叹，“这唐伯虎也是的，去勾引别人良家妇女干吗？挨打活该！”

纪教授又道：“唐伯虎在得知美人死后，画了这幅《幽怨图》！”

“很感人！”徐亮感动道，“好像这种故事，在古代经常发生。”又问：“是不是后人自己编的？”

“有可能，”纪教授点头道，“不过这幅画在最权威的《收藏》杂志上有介绍。”顺手拿出杂志，翻开给四人浏览。

“真的吔！”徐亮又惊叹，“纪教授，没想到画在你手，大发了！”

“可惜是赝品！”徐麻木摇头叹息。

“看来老徐的目光，越来越明锐了。”纪教授佩服道，“的确是赝品，据唐伯虎的后人说，他在临死前，还念念不忘为他而死的这位美人。叮嘱后人将此画作为传家宝，一代一代相传，每传一代都要在上面题跋盖章。传到现在，他的后人觉得，不该将这凄美的爱情故事，长期掩埋，于是将画公之于众。现在这幅画在国内市场上，已经炒到五百万人民币，海外高达一千万港币，甚至更高。”

“我的天！”娄玲玲惊叹道，“一幅画这值钱？”又笑道：“不过，纪教授，这跟你们做生意，有什么相干？”

纪教授看了看徐麻木，说道：“现在国内出现了几幅这画，都说是真的。几大拍卖公司也在抢拍，我现在被聘为一家房地产公司的艺术总策划，为公司策划各类广告，附带帮老板收藏艺术品。”

“哦！”娄玲玲领会道，“我明白了，这老板喜欢艺术收藏，又怕上当，所以请你们这些大画家帮他识别真假。你也想请我们麻木参加进去，帮老同学赚点酒钱，是吧？”

“不是这样，我们老板收藏艺术品，并不是喜欢，而是将这些艺术品送给各级领导，便于自己赚大钱。这次为了抢占‘后湖花园’一片地开发房地产，请了重要人物，点名要唐伯虎的这幅《幽怨图》。”

“他这么有钱，买一幅送去不就行了。”

“没那么简单，这北京的领导酷爱收藏，自己本身就是鉴赏方家高手，现身市面上的这几幅，恐怕难逃他的法眼。”

“那就不好办！”娄玲玲摇头叹息。

“所以……”纪教授又看了看徐麻木，慢慢道，“必须找一位仿制名画的更高手再画一幅！”

“你找错人了！”娄玲玲道，“这种高手，我们麻木一个也不认识。再说，你这有名的大画家都找不到，麻木几十年不跟外界打交道，怎么认识如此高手？所以你找他做生意，肯定是做不成的，只是亏多亏少的事。最好另请高明，免得害了你，同学一场，何必伤和气？”

“你又错了！”纪教授笑道，“真正的高手藏而不露，我的确认识一名国内仿制名画的顶尖高手，就怕他不愿接受这任务。”

“别开玩笑了，你都请不动，我们麻木就更请不动了。”

“你又错了！”纪教授继续笑道，“只有老徐才能请他出山，而且是唯一能请得动的人选。”

“还有这事？”徐亮笑道，“没想到老爸认识如此高人，一定是老爸的老师，或者是好朋友吧？我说老爸，你就帮帮纪教授出面请一请，再说，还有酬金，是不是老妈？”

“对！”娄玲玲道，“几十年的老同学应该帮忙。”又思忖道：“他认识的人我大都认识，纪教授，这人叫什么？说不定我也认识！”

“你当然认识，他叫徐正逸，外号‘徐麻木’，就住你家！”

空气瞬间凝固，三人都瞪大眼睛，一动不动地看着徐麻木。

“你找错人了！”好半天徐麻木才打破沉寂，“违法事我不干！”

“这不是违法！”纪教授笑道，“只是临摹一幅画，这画呢被一位有钱人当真的收藏，他不说谁知？对吧，玲玲？世上哪有收藏家说自己收藏的是赝品？就是我们，更不会说出去，岂不自找麻烦？”

“纪教授说得对！”娄玲玲意识到赚钱的机会来了，她知道市场上，仿制一幅名画大几千，甚至上万，打麻将可以打一年，又担心道，“不过，纪教授，就怕老徐达不到要求画不好？”

“这你放心！”纪教授充满信心，“老徐读书时，临摹唐伯虎的画就可乱真。这几十年的功底，别说是唐伯虎，就是隋代大画家展子虔所绘的《游春图》，他也能临摹得惟妙惟肖，让人真假难辨。”

“我说老徐，”娄玲玲泪眼婆娑，“没想到你是一位天才，几十年跟着我……埋没了。要是当年你留校或去北京，怎么会变得如此麻木？都是我害……”一阵哽咽，说不下去。好半天才停止抽搐，高声道：“你不用怕，出了事，老娘代你去坐牢，一碗算我的！”

“伯父！”李燕妮近来一直在徐亮和另一名男生之间左右摇摆不定，两人都追求她，都很优秀。徐亮更理想一点，只是家庭条件比对方差。她想尽快在毕业前定下来，上个礼拜天，已经去考察了对方家，刚才进徐亮家一看，比对方差多了。心里正在矛盾，不想突然冒出这桩公案，心想：如果徐亮的父亲，能走仿制名画这条路，哪还愁钱花？加之刚才老人没有把自己看外，更坚定了这一想法，所以也开口道：“您老放心，这种事多得多，不会犯法。我表姐是旅游公司导游，很多画家就跟他们做生意，把自己仿制的名画挂在旅游点。我表姐他们带旅游团的外宾去买，百分之四十的提成。一幅画卖好几千，还有很多外币，我表姐就这项收入，每月大几万块呢！”

“爸！”徐亮知道李燕妮一直嫌自己家条件差，对自己若即若离、时好时坏，心里早就怨恨父亲无能，一听这话，知道李燕妮动心了，赶紧附和：“燕妮说得对，绝对出不了事。你不看我们儿女，想想我老妈，几十年辛辛苦苦拉扯这个家，现在都退休了，为她画一次又何妨？何况又出不了事！”

徐麻木脸上一阵抽搐，看得出他内心很矛盾、很苦，他呆呆地看着老伴，见她脸上蜡黄，皱纹爬满双眼。又看看儿子和同学，都是哀求的眼神。他长长地叹了口气，两行老泪终于涌出眼帘。

“是哪家公司？”徐麻木嘶哑道。

“光大房地产开发公司。”纪教授马上答道，“总经理叫钱思鸣，他生意做得又大又好，你尽管放心。”

“什么时候要？”

“越快越好，不然我不会这么急找你，最好半月之内。”

“十天后你来拿！”

“太好了！”纪教授兴奋道，“以后有你老兄发大财的机会！”

“纪教授！”一听发大财的机会，提醒了娄玲玲，笑道，“不好意思……老徐的制作费是多少？能不能签个协议什么的？”

“你看我！”纪教授一拍脑门，“一激动，差点忘了，签什么协议，岂不是给将来留下把柄？我们老同学还有什么不放心，我为老徐争取了二十万的仿制费，先给十万，我已经带……”突然说不出话来，原来娄玲玲一听二十万，人一下就晕了过去。

几人手忙脚乱把她抬上床，掐人中按穴位，很快醒了过来。

“唉！”娄玲玲叹气道，“纪教授，别笑我，我这一生跟老徐过日子，没享一天的福。生第一个孩子，‘文革’就开始，老徐何曾照顾过孩子一天？他自己在学校，每天都叫人担心受怕。后来老二、老三出世，日子更难，我心都操碎了。看到他在学校长期不得志，每天借酒消愁，工资都送给酒店了，我心如刀绞啊！一家五口就靠我那点工资维持，难啦！现在，突然一听二十万，我哪能不晕！”

“放心吧！”纪教授安慰道，“以后有你的好日子过。”从公文包内拿出十万现金：“这是十万现金，交给你。等老徐画好，我再送十万元来。”抬头对徐麻木道：“老徐，快清衣服跟我走！”

“上哪去？”

“到我那！”纪教授诧异道，“我那里什么都有，仿制画的一切画具、原料，都具备，你空人去就可以。”

“我不去，”徐麻木坚决道，“不然，把钱拿走！”

四个人都是一惊，还是纪教授打破僵局，笑道：“几十年你的脾气，还是没改，好吧！”准备起身告辞。

“我还有话，”徐麻木道，“你今天回去，把仿制画的一切画具、原料，打包准备好，我明天上午和儿子一起去拿。”

“还有什么要求？”

“没有！”

“好，我十天后来取！”说完，兴奋地大步出门。

“纪教授！”娄玲玲躺在床上喊道，“吃点东西再走？”

“不了，还有事！”声音传进来，人已到门外转弯处。

“爸!”徐亮兴奋道，“没想到你如此深藏不露?”

“徐亮，”娄玲玲从身上摸出钥匙，“把钱锁到抽屉，明天早上拿到银行存起来，以后给你办喜事!”

“你们给我听好!”徐麻木突然高声道，“此事绝对不能向外吐露半句，不然，我们家将会大乱临头，明白吗?”

三个人都被他震慑住，都默默点头。

“徐亮，”徐麻木吩咐道，“等一下你想办法，去弄几瓶小孩的尿，装好别漏掉，再去买一斤过期的沉茶叶，还要一斤红糖，二瓶苏打水。明早叫一台的士，先到美院去，把纪教授准备好的东西拉上，再到超市买一箱二锅头，二箱方便面。然后，送我到黄陂六指店你外祖母家，七天后，再开车去接我回来，明白吗?”

“明白!”徐亮疑惑道，“只是你要这些东西干吗?”

“你们知道我为什么……不去纪教授那里吗?”徐麻木叹息道，“因为这仿制古画，是我家的祖传秘方。读书时，纪教授就求我传授，被我拒绝，我到他那里去，岂不被他偷学跑了?”

“怪不得!”三人如梦方醒。

“徐亮，”徐麻木对儿子道，“你是我们徐家的传人，将来这秘方我会在适当时传给你。相信小李同学也不会乱说，所以我不妨简单告诉你：仿制古画最主要是画工要到家，这是第一要素，要画得跟真品一模一样，没十年以上矻矻以学的功夫是办不到的。画好后先用小孩的尿浸泡一天，晾干后再用沉茶叶水浸泡一天。就这两泡，宣纸就变成了千百年前的宣纸了，一般人是辨别不出来的。就是专家，不依靠高科技辅助也难辨真假。晾干后再喷洒上红糖水，放在阴暗处存放二天，让蚂蚁和小虫在上面蛀蚀。这一蛀蚀，就好比这幅画在尘世中经历了千百年的风化。当然，糖水只能洒在空白处，着墨处根据画面结构可适当洒上一点。另外，还要根据作者年代的长短，决定洒水量的多少。最后再用苏打水浸泡一天，再晾干就大功告成!”

“好!”徐亮兴奋道，“我和李燕妮马上去办!”

“站住!”娄玲玲从床上爬起来，“明早再去，小孩的尿，我去弄。”又对徐麻木不放心：“你要一箱酒，万一喝醉，岂不误大事?”

“你错了！”徐麻木自豪道，“你老公只有半醉半醒时，才能进入作画的最高境界，画出无与伦比的绝世珍品来！”

“好！”娄玲玲大声道，“儿子，关门，我们一家人开怀畅饮！”

看着三人兴奋的情景，一股热流涌上徐麻木的心头，他想起了几十年的风风雨雨，终于要熬到头了。以后，他得感谢纪教授这个老同学，还有那位光大房地产公司的钱思鸣总经理……

3

此时，钱思鸣正躺在东湖边一幢别墅内，宽大的办公室套间里，配置有一张圆形的专用健身床。柔和的灯光下，他双眼微闭，四肢舒展，浑身裸露，享受两名保健小姐的上门服务。任凭两位美人，在微胖的肉身上，来回摸捏捶打，不时发出几声舒服爽朗的呻吟。

“嘟，嘟……”一声手机铃声，打断了钱思鸣的呻吟。

“钱总！”一按下接听键，话筒里就传来纪教授兴奋的声音，“事情完全搞掂了，十天后我送《幽怨图》到公司。你和张总把鉴宝专家请好，这次保证让这些专家大开眼界！”

“太好了！”钱思鸣激动道，“这次请的是北京一流的专家，只要认定是真的，我还要重谢你！”

“谢谢钱总，为公司出力是应该的。”

钱思鸣挂断电话，示意小姐噤声，拨通了张总的手机。

“喂……张总！”钱思鸣兴奋道，“《幽怨图》的事，已搞掂了，十天后纪教授送到公司，你把请专家的事安排好。”

“没问题！”张总在电话里大声道，“我刚从领导家出来，只要他见到了《幽怨图》，我们想要的地也就到手了。”又吩咐道：“我明天到武汉，你亲自到机场接，晚上我们一起，请拍卖公司的谢经理吃饭。”

“请他干什么？”钱思鸣不解。

“拍卖《幽怨图》！”

“这是为何？”

“你他妈的只知道玩女人，一公开拍卖，这假的就变成了真的了！我们再抬高价格，让领导知道我们送了一份大礼。以后再有事找他，他不拼命地帮我们才怪呢！”

“哦！”钱思鸣懂了，“明白！”又担心：“别人买走怎办？”

“傻屄，我们自己安排两个竞拍手演戏，自拍自买，谁能抢走？别人出五百万，我们举一千万，别人一个亿，我们举两个亿，谁这么傻？说实话，我倒真是希望别人来抢，如此抬高价格更好！”

“拍卖公司不配合怎么办？”

“放心，”张总继续道，“这谢经理经常帮客户演戏，这就是我为什么明天请他吃饭的缘故。这家伙见钱眼开，我们直接跟他把话说明，给他十万元的好处费。他会做得天衣无缝，演得比真的还像。再说，他有很多把柄在我手上，不敢不听我的。只要我们把地弄到手，至少是五千万的利润，还在乎这点小钱？”

“明白！明白！”一听五千万利润，钱思鸣茅塞顿开，等张总挂断电话后，他放下手机，伸了伸懒腰，眯着两眼在两位小姐的胸前扫了几下，突然兴奋道，“你们两个，给老子把衣服都脱光，老子今天高兴，每人多给你们二百元的小费。”等不得小姐缓慢的动作，左手拉过一位，右手猛地伸向她的下身……

原来，钱思鸣自与辛雅娟离婚后，在张总的调教下，受益非浅。他听从张总的指示，先转让掉几个娱乐城，将资金重新整合，又与阿洪等一帮狐朋狗党断绝生意上的往来，只保留吃喝玩乐的关系。再在父母和姐姐的张罗下，同一位银行的分部经理再结良缘，一年后，这经理就生了个胖小子，大快父母心。自此，他将张总视为吉星贵人，一心一意紧跟他干大事。二人共同创办了这家光大房地产开发公司。公司注册资金九千万，实际投入资金不到三千万。资金80%由钱思鸣提供，张总靠关系入股。钱思鸣占股东的50%，张总占30%，另外，接受张总的建议，又吸收了两个有钱有势的小股东，各占10%，只出钱不参与管理，每年按比例分红。

原来，随着城市建设的大发展，一九九六年元旦后，市里大批开发北郊菜农地建住宅区。各房地产开发公司趋之若鹜，疯狂抢购地皮，竞相到一带圈地囤地，以备日后开发。

钱思鸣和张总当然不能坐视其他的房地产公司，把肥肉都抢吃光了，自己再去啃骨头。二人借助强大的关系网，进入北郊抢地。可也怪，只要是二人觉得最好的地块，还没来得及跑关系，就被另外一家叫幸福房地产开发公司的抢先占领。最后好不容易看上了旁边的两百亩，通过关系牵上头，正要交钱办手续，有关部门告知：此处地又被这家幸福房地产开发公司抢购走。

钱思鸣这一气非同小可，发誓要夺回失去的宝地。

还是张总灵机一动，给老领导去电话，详细说明情况，又想到公司聘请的艺术总策划纪明教授，曾经拿来一幅唐伯虎的《幽怨图》，想送给他作为谢礼。于是，直截了当地告诉老领导：武汉坊间有一幅唐伯虎的《幽怨图》真迹，愿意购买赠送给老领导品玩。原来这老领导酷爱古字画，对唐伯虎的《幽怨图》垂涎已久。一听张总的承诺，满口答应做工作。几个来回下来，工作基本做通。理由也说得过去，本来这地光大就申办在前，为了体现公平、公正、公开的原则，应该优先批给光大公司。于是，二人叫来纪教授，动员他将手中的《幽怨图》转卖给公司，答应除支付一百万画费外，等小区建成后，再送一套两居室房子给他。

纪教授表面上故意装出不太愿意、无可奈何、忍痛割爱的神情，心里却心花怒放。这幅画其实是他仿照画册临摹的，本来就准备借机送给钱思鸣讨好卖乖——谁知天上突然掉下一个大馅饼，脑袋都差点砸歪了，岂有不同意的理？一番长吁短叹之后成交。

可惜好事多磨，当三人请来两位二流的古字画鉴赏家，对纪教授收藏的《幽怨图》进行鉴定时，两位专家一致表示是赝品，一文不值。这下把二人吓了一跳——老领导自己就是一流的古字画鉴赏家，连二流都看出是赝品，岂能逃过他老人家的法眼？

最后，还是纪教授出来调停，他先是大骂如今的画家唯利是图，丧失职业道德，被金钱蒙蔽了良心。自己花去了终身的积蓄，买来这幅《幽怨图》居然是赝品？哭诉道：“失去再多的钱我不心疼，热爱艺术的人，哪计较钱多钱少？我恨的是有些艺术家，良心被狗吃了，这真是中国美术界的悲哀啊！”骂完后，出于对公司的热爱和对二位老总的忠诚，介绍说他有一位大同学，祖上世代仿制古字画。三十年前，临摹唐伯虎的画就可乱真，现在简直比真唐伯虎自己还画的是他唐伯虎。如果请他临摹一幅，全中国没有一人能看得出是赝品，保管老领导会当珍品收藏，只是不知同学愿不愿意。

钱思鸣和张总一听，病急乱投医，马上吩咐纪教授立即行动，无能如何要找到这位同学，哪怕花个百八十万也要把画搞到手。

纪教授回到家，关掉手机蒙上被子美美地睡了一觉，他早已成竹在胸，凭自己跟徐正逸的交情此事铁定。醒来后给钱思鸣去电话，说老同学已经找到，好说歹说算是同意，只是价格很高，要八十万，而且要先付一半押金，待画鉴定通过后，再付另一半，建议钱思鸣放弃，另想办法。钱思鸣和张总一听，立马同意，通知纪教授第二天去公司拿五十万现金，多出的十万，算是公司先给他的奖金。

第二天，纪教授上午先到公司领钱，背着老婆悄悄存上四十万，留下十万好打发徐正逸。下午先电话联系，后来直接找到徐正逸的学校和家里，一番演戏之后，说动了徐正逸。离开红房子后，拦上一台的士，用手机告知钱思鸣，十天后送《幽怨图》到公司。又给老婆去电话，告知钱总派他去汉口陪客户洽谈广告，晚上不回家。

第五十二章

1

二百亩地被钱思鸣如愿弄到手，幸福房地产开发公司无奈退了出来。不仅如此，钱思鸣还暗地收买一些小流氓，经常到幸福工地闹事，此事在远方集团内引起极大震动。李远方大为震惊，一回汉就召开董事会，专题商讨房地产开发的长远机制。

会议一结束，李远方叫上杨帆，兄弟二人开车来到唐家墩，找了个小酒馆，坐进包房，点了几盘家常菜，要了一瓶“黄鹤楼”，又上了两罐地道的莲藕排骨汤，开始慢斟细酌，倾心交谈。

“对我们的地产开发有何感想？”两杯下肚，李远方直入话题。

“这光大欺人太甚！”杨帆答道，“地让给你就算了，居然还纠合一帮社会上的小混混到工地闹事，‘是可忍，孰不可忍’！”

“是啊！”李远方叹道，“这二百亩地，我们少赚几千万事小，关键是切断了我们以后二、三期开发的珍珠链。本来，我们是想把那块地建成一串珍珠链式的大花园。现在这串珍珠，被这光大公司给拦腰斩断了。”他沉思片刻：“古人言，‘怀友情而至者，兄弟相待；抱敌意而来者，兵刃相见’，所以，特地单独跟你商量一下，看有什么有效的办法，制止这光大公司的行动？”

“你不会让我去闹事吧？我可不想第二次坐牢！”

“怎么会！”李远方道，“你就是想去，我也不会让你去，不过……”盯着杨帆：“你的几位结义兄弟，应该是这方面的行家里手！”

杨帆心一惊，也盯着李远方：“你好像比我还了解他们？”

“你别紧张！”李远方笑道，“我对你们的事，一无所知，不过我敢肯定……你杨帆背着我，在秘密进行着不可告人的活动。本来我一直想找你好好谈谈，可是总没有合适的机会。如果不是后湖花园的事，我今天照样不会找你谈这事，除非你自己主动找我。说实话，作为最知心的朋友，我不希望你有什么不测！”

“你说得对！”杨帆坦然道，“我的确有事瞒着你，不过，你大可不必担心，我会把事情办得滴水不漏，天衣无缝，绝对不会有什么不测。之所以没告诉你，原因很简单，你是我最好的朋友，为了你，我可以做任何事，不告诉你是怕牵连你。”又叹道：“你放心，我早想好了，等事情有了结果，我会主动向你坦白一切！”

“为什么现在不能告诉我？”

“绝对不能！”杨帆坚决道，“对你只会有害处！”

“如此……我更不放心！”

“没有什么不放心！”杨帆身子前倾，“我请你记住一点，我把你看得比我自己的命还重。我这辈子，永远都不会背叛你，只会暗地保护你，天塌下来，由我自己顶。”

“好吧，既然你不告诉我，我也不深问，只希望你把事情干好，连累我无所谓，我不怕。只是别连累了宋红雨和儿子，懂吗？”

“你多虑了！”杨帆笑道，“我不会干违法乱纪的事，我只不过是想把事情干得更大，更漂亮罢了！”

“桃园春近来……”李远方想起神秘的地下室，不寒而栗。本来要质问杨帆，一想不妥，没有确凿证据不便问。问也白问，这家伙绝对不会说实话，想到此，转口道：“近来的生意怎么样？”

“怎么突然关心桃园春的生意来？”杨帆警觉起来。

“我见这小酒馆生意如此好，想桃园春应该比这更红火。”

“哦！”杨帆释然，“的确不错，抽时间你去品尝一下。”

“不谈这了，”李远方又回到正题，“地的事，对我们公司以后的房地产开发很重要，你负责摆平。具体怎么办我不管，我只要求两点：一是不能触犯法律，二是不能留下后患。”说到此，突然盯着杨帆：“你知道这光大房地产公司的老板是谁吗？”

“不知道！”杨帆摇头道，“管他是谁……谁挡了我们的道，叫他吃不完兜着走！”突然意识到什么：“你知道……是谁？”

“钱思鸣！”

杨帆好半天没作声，默默站起给李远方斟满酒，又慢慢斟满自己的杯子，这才平静地举杯：“干杯！”一仰脖子，倒进口中。

“干杯！”见杨帆神情悒快，李远方也只得一口干掉。

坐下后，一股苦涩浓烈的滋味，直冲杨帆的喉头，随即，又是一阵心火上窜。他感到今天这“黄鹤楼”似乎不大对劲，头异常沉重，脑海中轰鸣作响，不时浮动着十几年前，钱思鸣骑在自己身上挥拳猛击的影子。他深深地呼了口气，咬了咬牙，心里略感平静，这才默默诅咒：“钱思鸣……王八蛋，你的死期不远了……”

2

一九九七年元旦，是个晴好天气。清晨，红日高升，连续几天的淫雨阴霾天气，在新年第一缕霞光的照耀下，一扫而光。

从汉口通往黄陂木兰湖的岱黄高速路上，两台豪华奔驰一前一后一路狂奔。飞驰中，喇叭声叫个不停，沿途车辆纷纷让道。

第一台奔驰里，钱思鸣在流行音乐的伴奏下，摇头晃脑，好不得意。他左手挥洒自如地转动着方向盘，右手不时伸到副驾位上一位靓丽小姐的身上摸捏挑逗。后座上，也是一男一女，男的是钱思鸣的老战友，一位法官。女的是他的情人，一位不到三十岁的服装店漂亮老板。两人依偎在座位上，耳鬓厮磨，软语温言，对前面二人的打情骂俏视而不见，彼此陶醉在你亲我爱的浓情蜜意之中。

第二台奔驰里，张总也是亲自驾车，副驾位上，坐的是一位身着貂皮大衣、四十岁上下的风骚女人，一双乌黑的大眼勾人魂魄，是武汉某宾馆的副总经理。一路上，她在张总幽默的打趣下，不时发出淫荡的笑声，敞开的貂皮大衣内，包裹着的一身赘肉，随小车的颠簸上下乱颤。后座上，同样是一对男女，都不到四十岁的光景，男的是某银行的支行长，女的是他的下属。二人一坐上车，就开始眼对眼、手摸手、身贴身，专心享受工作之外的偷情生活。

两台车，四对男女，一起去木兰湖八仙岛欢度元旦佳节。

木兰湖原名夏家寺水库，是五十年代末大兴水利时兴建。几公里长的库坝巍峨耸立，将木兰山东面长堰河上游的山川拦腰截住，形成一座港汊纵横、库面宽阔、岛屿连珠、四季如画的大型水库。水库连接黄陂、大悟、红安、麻城等地。适逢干旱时节，清澈碧醇的泉水，泽被四乡八邻，为农田建设做出了巨大贡献。

改革开放以来，随着旅游业的飞速发展，木兰湖成为市里的旅游胜地。省市各机关团体、各大企事业单位，纷纷抢占湖中岛屿，建设疗养院、度假村。昔日的荒岛，一夜间别墅林立，游人如织，建有太阳岛、七星岛、八仙岛、台湾岛、野人岛，以及银行疗养院、邮电疗养院、教委疗养院等。一年四季游人不断，湖面上，每天自早至晚，画舫逐波，游艇叠浪。进入夜晚，岛屿上则霓虹闪烁，华灯绽放，在湖水的倒映中，美如蓬莱仙岛，璨若星河天台。

于是，有创意者将木兰湖冠以“武汉后花园”的美名。

钱思鸣一行赶到木兰湖八仙岛，正是艳阳高照、湖平浪静的光景。安排好下榻的别墅后，顾不得长途跋涉颠簸之苦，八人包下一艘画舫，泛舟湖上，一边谈情说爱，一边享受湖光山色之美。

节日的木兰湖，游人比平日增多。尽管已经进入寒冬时节，湖面上，依然是游艇如梭，浪遏飞舟。

“钱总，”钱思鸣带来的那位小姐，一手递给他一个苹果，一手指着后面一艘快艇，愤慨道，“那艘快艇上的两对狗男女，有点不正常，怎么老围着我们打转转？还一个劲地对着我们照相。”

“这还不明白，”钱思鸣得意道，“我们这艘画舫，是整个木兰湖最豪华漂亮的，他们照相时，将画舫作为背景以衬托美女的身影。估计是搞专业摄影的，你看……那王八蛋用的，还是长镜头。”

话音刚落，大概快艇上的男女，发现钱思鸣他们在谈论自己，示意驾驶员猛地加大速度，从钱思鸣他们面前冲了过去，溅起的浪花飞到了钱思鸣的脚前，水珠溅到他的脸上。

“找死！你……”钱思鸣正要破口大骂，见两位小姐正冲着自己微笑招手，将下面的话咽了下去。

“一群神经！”其他几位身上也溅满水，都气愤地骂起来。

“我说思鸣，”等大家气平，张总道，“这木兰湖的确是方宝地，令人赏心悦目。我建议，等小区完工，我们也到这里买几十亩地，盖几栋别墅。将来用于接待来往客户，平时还可以对外营业，接待四方宾客，你看如何？”

“这主意好！”法官附和道，“张总这真是金点子，一举四得。一是方便、笼络了各级领导；二是促进了来往客户的交流，加大了生意的成功力度；三是拓展了公司的业务，增加了公司的收入；四是方便了自己和朋友……绝对好事，绝对好事！”

“的确是好事，”行长也附和道，“钱总，不如我们银行同公司来共同投资兴建，怎么样？”

“好哇，等小区一开工，我们就着手实施这一计划。”

“我也入股，”宾馆的副总经理笑道，“我下半辈子就交给张总，他干什么我干什么，决不放弃。”说到此，勾人的大眼冲张总一眨，右手悄悄在他屁股上一拧，头顺势依偎在他肩头。

“别、别、别……”张总赶紧拦道，“求求你，让我多活几年，有你在我身边，我吃不好饭睡不好觉。”

"不要紧!"宾馆经理笑得一头扑在张总的腿上，好半天才抽搐完，抬起头道，"我会精心'侍候'你，让你每天过新郎般的生活。"话未说完，自己又笑得抽搐起来。

服装店老板娘很是看不惯这宾馆的副总经理，见她如此庸俗不堪，拉起法官站到船头，柔声细语指点眼前的景色。

行长的下属对赚钱不感兴趣，对"貂皮大衣"也是不屑一顾，一心一意贴在行长的身边，卿卿我我，说不完的妙语心言。

"船老大!"张总高声道，"拿副牌，上一些糖果瓜子。"对几位女人道："你们四个到里面打牌去，我们要商量事情。"

四位女人一听张总发话，不敢做声，只得进入船舱玩牌聊天。钱思鸣、法官和行长三人，坐到了张总的身边。

"我看这样，"张总道，"今天借木兰湖这风景如画的一方宝地，我们临时开个股东会，商讨一下我们光大公司以后的发展战略。这次我们打了个大胜仗，从幸福公司口中活生生地把一块肥肉抢了过来。下一步，我们考虑的应该是更大规模的扩张，现在这个地方也是一方宝地，将来市委、市里要大量开发扩建生活区。前几天，我开车跑了一圈，仔细考察了一下，这幸福公司有高人，他们的意图远大。从他们在那里所购置的地块来看，如果几期工程全部竣工，就像是洒在湖面上的一串闪光珍珠。现在尽管被我们拦腰给斩断，但是他们依然可以将二、三、四期的工程，串联起来，形成整体，照样能取得成功，获得巨大的经济利益。"

"这还不好办!"钱思鸣道，"有上面支持，我们继续再斩断他们的珍珠链，让他们全部散盘，逼他们把地都让给我们。"

"不可能!"张总道，"做生意最忌讳相互争斗，结果必是两败俱伤。何况这幸福公司也大有来头，你挡了他的财路，他们岂能善罢甘休？狗急也要跳墙。"对法官和行长道："二位有何高见？"

"我们一切听从张总的决定。"二人异口同声。

"好!"张总道，"我们不如来个借鸡下蛋，借船上岸。"

"借鸡下蛋借船上岸？"钱思鸣不明白。

"对!"张总兴奋道，"我们在幸福公司的外围，也串上一串更大的珍珠链，把他们包围起来，可一举几得。一是抑制了幸福公司继续向外发展，而我们则可以无限地向外扩张；二是我们不需要做任何细致的营销工作，一心只把房子盖好，价格略低他们一点，哪怕一平米只便宜一块钱就行，客户来看他们房子的同时，必定要看我们的；第三点最重要，幸福公司地都圈好了，其实是背上了沉重的包袱，他们必须得盖房子，时间拖得越长，对他们越不利。而我们则完全不必背这个包袱，一心只看他们的行动，来决定自己的行事方案。他们在哪里开工，我们就在哪里购地，形成围剿之势；第四点就是我们坐观其变，伺机占领他们的地盘。他们现在尽管很牛，我估计要不了几年必定垮台，那时我们就不是借船上岸，而是连船也收过来。”

“此话怎讲？”三个人都诧异。

“思鸣，”张总道，“你知道这幸福公司真老板是谁？”

“不会是肖畅吗？”

“是远方集团，你的老对手李远方，我也是前天才从法官口中得知。当然，这远方集团同肖畅有着千丝万缕的关系，而且很有背景。”

“他妈的！”钱思鸣咬牙切齿，“这回可撞倒老子的枪口上了，我要叫这个李远方……还有那个杨帆，都死无葬身之地。”

“沉住气，”张总继续道，“这个李远方，不是一般的人，有文化、有谋略、有智慧、善于笼络人心。而且是从苦海里泡大的，不像你钱思鸣，是在蜜罐子里蹦出来的……你不是他的对手。”

“那你说怎么办？”

“像李远方这种人，”张总笑道，“别人不容易打败他，可是这种人，往往非常容易被自己打败。这就是我为什么说，他要不了几年，就要垮台的缘故。”说到此，故意停下来。

“请明示！”三人都来了兴趣。

“这种人最大的缺点，就是太自信！”张总分析道，“法官通过特殊渠道了解内情后，我又详细研究了远方集团的机构和人员组成。现在远方集团表面看如日中天，可我看它有三大误区：一是面铺得太广，下面有六大机构，负担太重。据说还要开发‘天兴洲时代乐园’，不像我们是单一搞房地产开发，所以在房地产方面，搞不赢我们；其二是他们人员太复杂，表面看都是招聘的高级人才，其实都是些唯利是图者，都是冲着远方集团的银子来的，现在集团鼎盛他们安分守己，一朝出现危机，就会树倒猢狲散，甚至落井下石；其三是这李远方是个非常重感情的人，书生气太浓，而且心慈手软，这是干大事的一大忌讳。古人说'慈不掌兵，善不理财'，历史上成大事者，几乎人人都心狠手辣，这点你钱思鸣比他强。三大误区相辅相成，互相牵制，牵一发而动全身，只要一个地方出现裂变全盘皆输。到时，他李远方就是有入天的本领，也挽回不了失败的命运。"

"精辟，精辟！"三人大加赞扬，真心佩服。

"钱总，"法官道，"张总在得知幸福公司到处买地后，就吩咐我暗地调查，这才是深谋远虑。你可要向张总多请教，我们两个小股东，尽管不参与管理，可毕竟和光大公司命运相连。"

"对，"行长道，"我们不想发大财，每年有一定的固定收入就行，不然每天吃喝玩乐，这钱可不能从天上掉下来。"

"你们放心吧！"钱思鸣道，"有张总掌舵，我们的事业会一天比一天壮大，你们就尽情地吃喝玩乐吧！"

"还有，"法官蹙眉道，"据我手下人打探的消息……当年大搜捕时，被我们发配新疆的杨帆，现在是远方集团的核心人物。他本身就是李远方的生死兄弟，对这个人，我们不能不防。"

"你多虑了！"钱思鸣道，"他是一个有前科的刑满释放人员，随时都可以把他再次送入牢房。上次，如果不是香港那个老婊子许丽丽中途插上一杠，他现在恐怕还在监狱服刑。"

"你错了，"法官叹道，"罪犯重复犯罪的概率非常高，而且再次犯罪，其手段将更加狡猾残忍。我们国家的监管方针是'惩罚与改造相结合，以改造人为宗旨'，说监狱是一个特殊的学校，是改造犯人的好地方。其实有的罪犯是把监狱当成继续犯罪的学校。这些家伙在一起相互交流犯罪的经验和手段。"突然停下，两眼盯着钱思鸣半天不作声。

"继续说下去！"钱思鸣似乎嗅到了什么。

"还记得我们办杨帆案的一帮人吗？"法官声音阴沉。

"记得，"钱思鸣疑惑道，"怎么啦？"

"想一想还有多少人活着？"

"好像……就剩下我们俩!"

"对!"法官声音更加阴森，"而且，都是不明不白地死去，我敢肯定是谋杀，想起来令人不寒而栗!"

"思鸣，"张总道，"法官的忧虑是对的，干任何事情，都要深思熟虑，方方面面考虑周全，防患于未然。"

"明白了，"钱思鸣咬牙切齿，"回去后，我就同法官一起，商量收拾这个王八蛋的办法，这一次要神不知鬼不觉。"

"对!"张总接着叮嘱，"我们日后要大发展，必须要时刻有保护好自己的意识，人的生命最重要。你们想一想，假如我们连生命都没有了，还要钱干什么?"

"对，对，对!"三个人都表示赞成。

"好，"张总站起来，"我们不仅要热爱自己的生命，更要过好每一天。现在回转八仙岛，先开怀畅饮，再玩几圈麻将。晚宴后各自陪女人谈心，关上门想怎么快活都行。明天上木兰山烧香拜佛，既然我们来到仙人居住的地方，就该享受仙人的生活，对不对?"

"船老大，"钱思鸣大声道，"回头，上八仙岛……"

3

第二天早上，男女一行八人，遵照张总的指示，前往木兰山烧香拜佛。四对人相互搀扶，从南天门开始，虔诚地秉礼磕头，祈祷万事如意，又一路不间断地向功德箱内捐钱，祈求平安，广种福田。直到中午十二点多才回头下山，出了南天门回到广场聚合地，又找了一家宽敞的农家菜馆，将所有的农家菜点了个遍。

这一顿美食，只吃得日落西陲，将昨夜在八仙岛上的纵欲辛劳和上午登山的疲惫，一扫而光。四对人男饱女足，好不惬意。

下山时，法官酒喝得有点过量，人飘飘然，要在情人面前要弄车技，将钱思鸣和小姐赶到后座，自己亲自驾车。钱思鸣也是头重脚轻，靠在后座上，右手搂住小姐的腰身，左手伸进她的胸内，头埋在她的秀发里来回摩挲，酒气吹向她的香脖耳根。

服装店漂亮女老板坐进副驾位上，一阵兴奋。当奔驰车缓慢驶出广场时，面对两旁游人投来的羡慕目光，在音乐的伴奏下，她止不住摇头晃脚，眉开眼笑。可惜这种愉悦的心情，一出山门就消失殆尽，原来上山时，坐在后座不觉惊险，下山时坐在副驾上眨个眼就见悬崖陡壁。时时要提心吊胆，处处是触目惊心。加之高级法官有意要显露自己高超车技，手脚不停，方向盘来回要得飞转，车身左右晃得人头晕，女老板不时发出恐怖的尖叫。她这一叫，更激起了高级法官的兴趣和斗志，干脆将音响开得最大，挑选了一组快节奏的流行乐助兴。不到一刻钟，将后面张总的车子，拉下几个弯道。

车到半山腰，转过一道小弯，路边一辆皮卡小货车抛锚，两名山民在下坡处将车头抵住，司机正弯腰用石头往车轮下堵塞。奔驰车不及带刹，嗖的一声从旁边飞擦过去，右后视镜将皮卡车的左后视镜“啪”的一声刮断，滚到地上，蹦了两下，滚下悬崖去。

“王八蛋！”弯腰堵塞车轮的司机，直起腰来骂了一声，走到一边，从身上掏出手机，拨通后小声道，“恶狼已经下山，估计五分钟后到达预定地点。”挂断电话，对另外两位道：“上车，我们走！”自己坐进驾驶室，发动汽车，向山下驶去。

奔驰车上，法官将皮卡车的后视镜刮掉后，沾沾自喜，异常自得，哈哈大笑几声，继续向山下冲去。女老板却吓出一身冷汗，连声求饶：“好老公，求求你！快减速……我害怕！受不了！”

“就是要让你……受不了，昨晚为什么一个劲地要我快？”

“今晚上，”女老板哀求道，“我再不了，好老公……快减速！前面急转弯！”突然大声喊道：“快刹车、刹车！卡车，啊……”

“啊”声戛然而止，奔驰来不及避让一辆正向山上倒车的十轮大卡的屁股，一头撞在高大的后轮上，一个弹跳，飞下悬崖。

卡车停下，一位三十岁左右、满脸黧黑、虎背熊腰的司机跳下驾驶室，走到悬崖边，一声叹息：“生死有命，能死在这风景如画的木兰山，也算是有福之人。”掏出手机拨通道：“六哥，事已办妥！”

皮卡车正好到来，靠右边慢慢停下，司机下车走了过来。

卡车司机将手机递给皮卡司机：“给，连同你的都处理掉。”

“是！”

“另外，通知山上和山下的路卡，可以放行了。”

“是！要不要下去查看一下，是否全死了？”

“没必要，免得弄巧成拙……量他们也活不成！”

“好的……要不要等你？”

“不用等……等交警来后，我把情况说清楚，就赶回汉口。”

“好的！”小货车司机快步回到驾驶室，发动车子，小心从卡车边缓缓滑过去，然后向山下跑去。

卡车司机看了看表，慢慢走到路中间，面对着从山上拐下来的弯路，一动不动地站立着，等待着下一辆车的到来。

不到几分钟，张总转下弯来，卡车司机高举手：“停车！”

“怎么啦？”张总停住车。

“是……这样……”卡车司机满脸恐惧，结结巴巴，“对不起，要手机，不，把手机给我，不……是这样……”半天憋不出来。

“别急！”张总安慰道，“慢慢说……出了什么事？”

“是这样，”卡车司机这才焦急道，“对不起……请问你有手机吗？要是有……麻烦帮我报警。”

“报警？”车上四人都一惊。

“对！”卡车司机惊恐未消，“我开着……卡车下山，刚慢慢转过弯来，就听后面……一声闷响，一台大奔撞在……我的后轮上，还没等我回过神来，它就……飞下山去了！”

没等说完，张总脸色大变，顾不得多想，赶紧下车，奔向路边悬崖。另外三人见状，都慌张着下车，跑了过来。

只见悬崖下，钱思鸣的奔驰已面目全非，车身完全摔瘪变形，轮胎飞出，引擎盖子飞到十几米外。发动机还在冒烟，隐约见车前的枯草丛中，横躺着两个人，因为太远，分辨不清是谁。

“天哪！”四人都瞠目结舌，不知所措。还是张总清醒些，大声道：“快……下去救人！”疾步从旁边小路下山。

“麻烦……帮我……报警！”卡车司机又结巴道。

“我自己报！”行长掏出身上手机，一边报警一边疾步跟着张总下山。

两位女人一见，也回过神来，赶紧手牵手跟下去。

“乐极生悲啊！”卡车司机一脸的怪笑……

第五十三章

1

两天晴好天气，随着元旦佳节的结束，骤然变坏。三日，太阳刚刚偏西，天空突然变得灰蒙蒙的阴沉恐怖。随即一阵北风劲吹，阳光渐逝，寒气掠地。空气中粉尘弥漫，路人咽喉燥胀，几近窒息。

几家新闻媒体，这几天都相继报道了发生在木兰山的车祸：昨天下午发生一起惨烈车祸，一辆奔驰轿车因司机醉酒驾驶，下山途中行至半山腰急弯处，追尾一台十轮大卡，当即翻滚飞下悬崖，造成两死两重伤的惨祸。据有关部门向另一台奔驰车上的同伴查证：车上死伤的两男两女均系好友，此次是元旦节结伴上木兰山游玩。两死者中，男的系某法院法官，女的是某私营服装店老板。两重伤者中，男的是我市某著名房地产公司老板，女的是某娱乐城领班。现二人正在医院抢救，据医生介绍暂时脱离危险。交管部门提醒广大市民朋友：节假日外出游玩，一定要，注意行车安全，切忌酒后驾车，以免酿成惨祸追悔莫及。

此消息见诸报端后，在市民中引起强烈反响，大家纷纷议论。有扼腕叹息的、有幸灾乐祸的、有称心如愿的、也有仇富妒贵的，更多的则是事不关己无所谓的，不一而是。

傍晚时分，在桃园春酒店大厅，一帮男女服务员和几位大厨，边翻看报纸边嗑着瓜子，你一言我一语议论这起车祸。

“有钱的人太快活了，就是死也要找个风水宝地。”

“这法官肯定判的冤假错案太多，冤魂找上他了。”

“房地产公司的老板都不是好东西，喝我们老百姓的血。”

“死了的女人太冤枉，陪葬也不得好死。”

“哎呀……这帮男女，都不是好东西。”

“这叫天怒人怨，恶有恶报。”

“还是我们老百姓安稳，既没钱出门旅游，更没钱找女人快活，每天困在家里图个平安。”

“都闭嘴！”大堂经理胡虹从楼上下来，大声道，“师傅进厨房撬炉生火，服务员做卫生，今晚贾经理要宴请两桌贵客……快！”

此时二楼办公室内，假不了、疤子和侯七，一动不动地站在杨帆面前，表情紧张，肃然无声。杨帆坐在桌后看着报纸，表情冰冷。

四人都一言不发，空气异常紧张。

“这小子是哪条线上的？”好半天杨帆才开口。

“是老六那条线的。”疤子道。

“通知老六，”杨帆阴森道，“利用今晚行动，将这小子除掉，绝不能留下后患，谁都难以保证他将来不生出事端。”

“老大，”疤子似乎有点不忍，“据老六介绍，这小子是块难得的材料，可否留下观察一段时间？”

“绝对不行，我们要的是杀人掳货的工具，不是要小聪明的所谓人才……懂吗？”

“好的！”疤子心服口服。

“老大，”假不了问，“钱思鸣怎么办？”

“让他多活几天，”杨帆依然阴森森，“等我们大功告成，再送他同法官相见。”

2

解放大道上，几台中巴相互追逐，喇叭拼命乱叫，都想超到前面去揽客，巨大的轰鸣声，在隆冬的黎明时刻显得格外刺耳。

“老娘，”车到黄浦路，杨帆问许姨，“是直接送你回家休息，还是找个地方喝碗汤，补补身体？这几天把你也拖苦了。”

“还是女婿伢疼丈母娘。”许姨笑道，“我是该好好休息一下，汤就不喝了。干脆我带你到一个好地方去美美睡上一觉，再美美地大吃大喝一顿。然后，你去开会，我回家跟周敏汇报情况。”

“我说丈母娘，”杨帆故作惊诧，“你不会连女婿也不放过吧？”

“当……然！”许姨爽朗大笑，浑身乱抖。

车到三阳路，许姨指挥道：“走中山大道，直接到江汉路。”

杨帆只得左拐上三阳路，到胜利街十字路口又右拐，行至一元路后，再右斜行进入中山大道，笔直朝江汉路奔去。

江汉路和头道街完全是两重天，车来车往，人流不断。人人都在疾步赶路，个个都担心误点。许姨指挥杨帆拐进水塔后面的江汉二路，示意靠边停好，下车后带着杨帆朝一幢十几层楼的公寓走去。

“我说丈母娘，”杨帆疑惑道，“这是什么好地方？”

“别问，”许姨挽住杨帆的手臂，“到了你就知道，真正是一个温柔的好住处，恐怕你以后，止不住要经常往这里跑。”

杨帆一脸的好奇，跟着许姨走进大楼，坐电梯到达八楼后，进入过道拐过一个门廊，来到最里面的房门前站定。许姨按下门铃，没有人应声，又按了几下，依然没人搭话。

“我说丈母娘，还是回去吧，我的确困，再好玩也不想玩。”

“别急……人家小姐起床，是很麻烦的。”

“就是公主也该……”杨帆话到一半，门突然打开，一位绝色美人立在门内。他一见，目瞪口呆，好半天才嗫嚅：“你……”

胡蝶笑盈盈立在面前，满脸绯红，像一朵盛开的玫瑰。

“快进屋，快进屋！”许姨兴奋道，“让我先亲亲我的外孙。”

杨帆不知所措，心中涌起无限柔情，想起胡蝶不辞而别后，自己好不伤心。现在陡然一下出现在面前，万语千言不知从何说起。他默默跟着二人走进房，朝床上一看，大脑轰地一炸，人完全呆了。

只见一位一岁多的小女孩，手上抱着一个洋娃娃，瞪着大大的圆眼睛，偎在被子里，朝胡蝶绽放出甜甜的微笑，就如同一位美丽的小天使，突然降临人间，让人无限惊喜。

“小胡蝶，”许姨伸出双手，“我的心肝宝贝，婆婆看你来了。”

小女孩目光转向许姨，盯了好半天，似乎认出她来，放下手中的洋娃娃，也伸出一双小手，口中发出稚嫩的童音：“婆……”

许姨一把抱在怀里，又是亲又是爱的一阵亲昵，见小胡蝶突然盯着杨帆不眨眼，笑道：“小蝶，小宝贝，叫爸爸!”

小女孩没有作声，扭头看着胡蝶，小嘴动了动，依然没出声。胡蝶从许姨手上接过来，在她脸上亲了亲，小声道：“小蝶乖，听妈妈的话，他是你爸爸。乖宝宝……快叫爸爸!”

“爸……”小蝶这才对着杨帆，发出甜嫩的叫声。

杨帆心头一热，泪水涌出眼眶，上前一步，猛地伸出双手，将胡蝶母女俩一下拥抱在自己的怀里。

胡蝶眼里也涌出了热泪，许姨感觉眼前一片模糊。

“好了，”许姨抹了抹眼泪，笑道，“一家人终于团圆了，快点把外孙女交给我，我陪她睡觉。”不由分说，从胡蝶手中抱过小蝶，放进被子，自己一边脱衣服一边对二人道：“你们到隔壁房间去，要哭要笑，别影响我们一老一少休息。”

胡蝶看了一眼杨帆，朝隔壁走去，杨帆只得慢慢跟着她。

“把门给我们关上。”许姨大声道。

杨帆回头轻轻关上房门，再转身来到隔壁房间，进门后，胡蝶泪眼婆娑，一动不动地盯着他。

“你……还好吗？我一直……想……”杨帆语无伦次。

胡蝶没有回答，猛地一头扑进他怀里，失声痛哭起来。

杨帆再也无法控制自己，将她紧紧搂在怀里。紧接着，两人不顾一切亡命地吮吻对方，一边喘息着慌张地帮对方脱起衣服来。不等衣服脱尽，杨帆一把抱起她就送进被窝，自己一头钻了进去。

胡蝶将杨帆死死抱住，浑身不住颤抖。

窗外，正是上班高峰时段，风声、车声、人声、嘈杂声，一阵赶一阵，此起彼伏，混响一片。房间里，立即进入狂热阶段，喘息声、床板声，一声接一声……

3

古人言：“久别胜新婚。”这话用在此时的杨帆和胡蝶身上，真是再恰当不过。近两年来的思念牵挂之情，缱绻缠绵之爱，一朝迸发出来，犹如滔滔洪水，奔腾跌宕，汹涌澎湃。

杨帆自见了胡蝶和爱女杨小蝶后，哪还把老婆儿子放在心上，一心扑在江汉路。他干脆给宋红雨去电话，告知海鲜生意遇到麻烦，暂时回不来，何时回俟行情而定，又给新东方去电话说明情况。除了秘密到大本营处理急事外，自己每天跟在胡蝶母女屁股后，甘心充当全职佣人，尽享天伦之乐。

有钱能使鬼推磨，原来胡蝶在离开新东方后，怀揣百多万巨资，狠心同任何人都断绝联系。她先是在江汉路秘密买下这套两居室住房，然后回到通山老家。在征得父母同意后，又在县城买下一幢小三层楼房，将世世代代繁衍生息的祖屋和田地廉价转卖给本族堂叔，含泪带着父母和弟弟一家，告别穷山恶水的胡家坳，到县城安家落户，又帮弟弟在城关服装市场买下一个门面，做起服装生意来。两个姐姐尽管出嫁，也不忘照顾，帮大姐夫买了一辆小面包车，专门接送从县城到各乡镇的客人。又帮二姐夫买了一辆农用车，在各乡镇之间运送货物。等她一切安排就绪，肚子也挺起来了。一家人将她视为救星，对她唯唯喏喏，百般侍候，唯恐有半点闪失。

顺利产下女儿后，起名杨小蝶，意为自己和杨帆心中的小宝宝，精心呵护抚养。小蝶牙牙学语时，每天训练她叫爸爸、妈妈、爷爷、奶奶、爹爹、婆婆，准备将来见杨帆和他父母时灵活运用，心里暗自发誓：将来一定要把她培养成比自己更能干的女强人。

在县城举办完女儿周岁庆典，转眼就是元旦。于是，提前做好一切准备，元旦这天起个大早，告别父母亲人，抱上自己和杨帆爱情的结晶，坐上自己给大姐夫买的面包车，迎着新年的第一缕晨曦，心怀着对未来美好生活的无限向往，一心一意奔杨帆而来。

到达武汉，先给干妈报信，许姨一听，喜不自禁，立即赶到江汉路，母女一见面，都喜极而泣。围着杨小蝶一番亲热爱抚后，一家三代携手上街吃喝游玩。第二天，又将家里一应生活用品买齐，分手时，许姨考虑杨帆近几天的重大行动，对胡蝶如此这般、这般如此的一番密语，最后答应：三天后，亲手将干女婿送到她手中。

于是，秘密行动一结束，许姨立即就将杨帆勾引入室，送进胡蝶的怀里，上演了一曲久别重逢、恩爱缠绵的人间轻喜剧。

正常的男人都需要女人，这是男性的根本。

正常的女人都离不开男人，这是女性的弱点。

再恩爱的男女，生活久了都很腻味，这是人性的规律。

杨帆在江汉路秘密生活了上十天，开始想心思外出了。

这天吃过早餐，正搜肠刮肚以什么理由向胡蝶说明该回家时，手机突然响了。一看是李远方的电话，心里一喜，暗自感叹："真是知音啊，不愧是我杨帆的生死之交！"一面赶紧按下接听键，故意在胡蝶面前大声道："喂，李总，有何吩咐？"

"什么时候回武汉？"李远方声音有点急。

"就这两天吧，有急事吗？如果有急事，我今天就飞回来。"瞟一眼胡蝶，他见她正专心在听，又大声，"反正事情已圆满办完。"

"没什么大事，"李远方继续道，"只是想跟你聊一聊，我刚到市里申办天兴洲的项目，有事想跟你说明一下。"

"好，我争取今天赶回来。"挂断电话，他对胡蝶叹息，"这家伙，肯定又遇上了什么麻烦事，想让我出马。"

"我都听见了，"胡蝶猴上他的身子，"我知道关长了，你受不了，不过你明天才能回去。"

"我一刻也不想离开你！"杨帆顺势把她搂在怀里，"跟你们母女在一起，我感觉自己就像生活在天堂。"

"骗人，"胡蝶笑道，"每天当佣人，怕烦死我们母女了吧？"

"瞎说，"杨帆亲了亲她的脸，"你们是我的心肝宝贝，我爱都爱不完，怎么可能烦？"心里的确很烦，口上却问道："是不是明天还要我做什么事？说出来，我一定做好了再走。"

"是这样，"胡蝶道，"我从营养书上看到，说哺育中的母亲和小孩，吃野生乌龟、王八鳖最好，特别有利于小孩大脑的发育。我想你明天开车到农村去，买一些养在家里，顺便带我们母女到农村去吸收一下新鲜空气，下午回后再放你回家。"说到此，泪眼婆娑："我知道你走后，是不会经常来看我们母女的！"

"好了、好了！"杨帆安慰道，"我向你保证，一定经常来看你们，你跟干妈打个电话，让张连长今晚上把车开过来。”

“说好了，明天一清早送过来，干妈也一起到农村去散心。”

“好吧，这主意不错。不过野生王八鳖不太好买，你等会下楼去银行多取点现金，我们争取多跑几个乡镇，只当是去旅游的。”

“好的，”胡蝶马上破涕为笑，“我这就去取钱。”一面跑进房间，取出银行卡，拿起手提包就要出门。出门前走到杨帆面前先亲一口，娇声道：“小蝶宝宝在睡觉，你去陪她。”转身开门而去。

杨帆慢慢来到房间，看着熟睡中的娇丽女儿，心里陡然想起了老婆宋红雨和儿子杨威，一股忧烦随即袭上心头……

4

天下事就是怪，无意去见一样东西，它经常在你眼前出现，有心去找它时，怎么也找不到。第二天一大早，杨帆开车带着许姨、胡蝶和女儿小蝶，一家三代三个女人，向市里郊黄陂奔去，开始了搜购野生乌龟、王八鳖的行动。三个女人，一路上叽叽喳喳、疯疯闹闹，一时又吃吃喝喝、问七问八，好不热闹。

车到黄陂城关，到两个菜市场转了转，不见一个野生乌龟王八，又发车到鲁台镇农贸市场，同样不见一个野生的影子。杨帆估计木兰湖一带应该有，于是，又发车向王家河、长堰二镇奔去。

果然，车到王家河路口，刚刚转弯进入街上，就见一位骑自行车的小伙子，屁股后面的车架上，挂着一个网兜，里面横竖兜着四五只王八鳖，一看就是野生，每只大约一斤多。

杨帆赶紧停车问：“朋友，这王八鳖是什么地方买的？”

小伙子也停下自行车，一只脚点住地不让车子倒下，大声道：“刚在市场上买的，五十块一斤。”

“这么贵？”胡蝶问。

“野生的，”小伙子看了看网兜里的鳖，又用手摸了摸，这才道，“我老婆生儿子，给母子增加营养，不是这事，谁吃得起？一只王八抵得上一百斤稻谷，我们农民命苦，一生也就是生儿子时，才有这口福。哪像你们城里人，每天吃乌龟王八。”

“生姑娘就不吃？”许姨问。

“生姑娘只能吃鸡蛋。”

“重男轻女！”胡蝶往后一靠，想起自己父母，心里一阵酸楚。

“这是中华民族几千年的传统，改不了。”杨帆启动车子，跟小伙子打声招呼，向镇上跑去。

王家河镇比县城的农产品丰富，胡蝶顺便买了一些新鲜蔬菜。四人从街头看到街尾，就是没有看到乌龟王八。

“怪咧，”杨帆自问道，“难道又没有？”见一位老头面前摆了几条死鱼，上前问道：“大爷，乌龟王八在哪买？”

“买鱼吧？”老头咧嘴伸出一个巴掌，“五条鱼，才十块钱。”

“我要买乌龟王八鳖。”杨帆大声道。

“他耳朵闭！”旁边一位卖萝卜的妇人道，“你要买乌龟王八鳖，到前面转弯处，那是专门卖乌龟王八鳖的位置。”又指了指：“那位穿军大衣的男人，就是专卖乌龟王八鳖的。”

“谢谢！”杨帆道声谢，来到转弯处，见穿军大衣的是位四十多岁的农民，腰驼背躬，乌黑的脸上，天生一副龟鼻鳖眼，一看就像是乌龟王八鳖的同类。再看看大衣上，满是邋遢油污，几块破口处，黄黑的旧棉絮露在外面，在风中飘动。

“大哥，”杨帆拉住他，“有没有野生乌龟王八鳖卖？”

“有哇，”军大衣瞪着一双鳖眼。

“太好了，”杨帆兴奋道，“我先看看货再谈价。”

“明天来，”军大衣摸了摸龟鼻子，“今天刚卖完。”

“王八蛋。”杨帆心里骂道，转身就走，找到胡蝶她们后，大声道：“走，到长堰镇去，那里离木兰湖最近，应该有。”

离开王家河，又向长堰镇奔去。二十分钟不到，就跑进了镇上唯一的一条街道。可巧，这长堰镇不像王家河有专门开设的菜市场，通往镇政府的大道两旁，挤满了贩卖鸡鸭鱼肉、瓜果蔬菜的小商小贩们。杨帆将车停好，叮嘱胡蝶她们老少三人，随便转一转，看看农村的稀奇古怪，一小时后到车前集合。

杨帆从大道右边的第一个小贩开始，逐一查看询问，问到最后头，没有一只野生乌龟王八鳖。又走到马路对面，从第一个开始往回逐一查看询问，直至回到起点，结果还是没有。他摇摇头，看了看表，只得回到车上，无奈地点上一支烟，等待胡蝶她们的到来。

等了几分钟，还不见她们到来，心里开始有点烦躁，干脆又下车来，见一位老头坐在对面楼房前晒太阳，走了过去。

“老爹，”杨帆递上一支烟，“请问，怎么没野生乌龟王八鳖卖？”

老头见杨帆一表人才，器宇轩昂，接过烟：“我说小伙子，都什么年月，哪还有野生的乌龟王八给你吃，早给人吃光了。世风日下啦，天上飞的，地上跑的，该吃的都吃了，就剩人还没吃了！”

“是吗？”杨帆见这老头有意思，笑道，“您老怎这么说？”

“唉……”老头又感叹，“没骂就不错了，我在这镇上住了七十多年，从国民党到共产党，是看着这长堰镇一天一天变样的，少说也见过几十任的乡镇长，从没见过像现在的干部这么会吃。你看这街上的几家餐馆，每天客满，进去一看，不是书记请客，就是镇长请客。书记、镇长不在，各部门的头头又请。上面领导一来，大小一群干部跟着吃。就是家养的乌龟王八都不够，哪找野生的？”

“老爹，”杨帆兴趣来了，“以前是不是有很多乌龟王八鳖？”

“别提以前了！”老头看了看手中的烟蒂快吸完，示意杨帆再上一支。杨帆赶紧又送上一支，老头接过，叼在嘴上，用烟蒂上的余火对点着，猛地嗦了两下，又长长地吐出一口烟雾，这才继续道：“我做小孩时，一到春夏时节，早上一开门，乌龟王八就在门前等着。开门后，笔直往屋里跑，找隐蔽地方下蛋生儿。那时节，谁吃这些乌龟王八？还有你看，就我家这门前一片楼房，以前是一片田地，只要一下雨，水就满上路坡，鱼到处跑，拿撮箕一撮，就是一大碗。唉，世风日下啦……现在这些乌龟王八，倒成了人们热捧的明星了。”

杨帆正要笑，见胡蝶她们已回，手上抱满了农家小吃，赶紧跟老头打声招呼，回到车上。

“怎么样？又没有？”上车后，胡蝶问。

“见鬼，”杨帆泄气道，“看来你们母女，命中注定不能吃野生的，还是到新东方吃家养的吧。”发动车子，掉头向汉口方向跑去。

“家养的我们绝不吃！”胡蝶气愤道，“我老家有几家养乌龟王八的，以前我不知，这次回去才晓得。原来这些黑心的养殖户，给乌龟王八吃避孕药和催肥剂，吃得这些乌龟王八受不了集体自杀。”

“我的娘！”许姨惊呼，“怎么这黑心？”

“这算什么！”杨帆道，“现在不少伪劣产品，假钱、假酒、假烟，连药都制假，搞得老百姓买任何东西都胆战心惊。”突然笑道：“有一次，我朋友的老爹死了，一家人都不敢抬人，怕是假死。”

“放你丈母娘的屁！”许姨忍不住笑骂。

“肚子饿不饿？”胡蝶问杨帆，“我们刚才在镇上，吃了不少的小吃，给你带了一包黄陂的豆皮包咸菜，还是热的。”

“是吗？”杨帆兴奋道，“我最喜欢吃了！”一面接过来，放慢车速，一手扶住方向盘，一手往口里送。

“妈……看！”小蝶突然用小手指着前面。

胡蝶抬头一看，原来是一个骑自行车的农民，在小车前上坡处歪歪斜斜、左右拐动着吃力地往坡上蹬，眼看就撞上了。

“快刹车！”胡蝶惊叫。

杨帆口中刚塞满吃的，来不及多想，猛地一带刹，小车一抖，熄火停了下来。四人都随着惯性向前撞去，坐在后面的许姨，一头撞在胡蝶的靠背上，一阵晕眩，两眼直冒金星。胡蝶右手抱着小蝶，左手想撑住前面的仪表盘，结果没撑住，人往前冲，也是一头撞在挡风玻璃上，立时凸起一个大肉包。手中的小蝶，撞在仪表盘的拉锁上，顿时大哭起来。杨帆一大口豆皮包咸菜来不及吞下，喷在前面的玻璃和仪表盘上到处都是，手中未吃的，一巴掌拍在了自己的脸上。

“我的天！”杨帆见农民已经躺在车前，自行车好像压在车轮下，顾不得车上的人，拉好手刹，一屁股跳下车，查看对方的伤情。

“怎么样？”杨帆扶起对方，一看心里一惊。只见对方五十岁左右，头上的棉帽已经摔掉，满头零乱的头发花白稀拉，布满皱纹的脸上有几大块青紫色，半边脸还有些肿大。

杨帆将他扶到旁边树下坐好，胡蝶她们也下车围过来。

“老哥，”杨帆问，“没事吧？如果不舒服，送你去医院。”

“不要紧。”稀白头发站了起来，大概刚才被吓蒙了，现在清醒过来，起身走到车前想扶起自行车。结果后轮被压在小车的前轮下，拉不动，只好使劲将自行车架上的两个布袋拉出来。

许姨喊道：“等一下再顾你的自行车，先休息一下。”

“你别急，”杨帆安慰道，“我给钱，你去买一辆新的。”

稀白头发提着两个布袋走过来，将袋子放好路边，又捡起棉帽，这才坐下。杨帆递给他一支烟：“来……抽支烟，压压惊！”

“身上哪里不舒服？”胡蝶把小蝶交给许姨，关心道，“尽管说出来，我们一定给你医治好。”

“冇得事，”稀白头发将烟点着，吸了一口，笑道，“是我自己吓倒的，既然这位老板给钱我买新的，冇得事的，真的冇得事的！”一面又戴上棉帽，用手按了按帽顶。

“你这脸上的伤是怎么回事？”杨帆疑惑道。

“昨天在菜市场被人打的！”

“哦……原来是这样，我还以为是被我撞的！”杨帆赶紧掏出三百元钱，调侃道，“去买辆新的，我们有车缘。”

“谢谢老板。”稀白头发接过钱，在手上甩了甩，赶紧捅进内衣。

“住在哪里？”杨帆兴趣来了，继续调侃，“别人为什么打你？一定是你勾引别人的老婆，被别人发现了，对吧？”

“老板真会开玩笑！”稀白头发答道，“我住在木兰湖边上，每天在长堰镇上卖菜。昨天我背两袋红苕去卖，跟隔壁连家兄弟扯皮，说我抢了他们的生意，两兄弟打我一个。”

“旁边怎么没人扯劝？”许姨不解。

“这世道谁管你打架？”稀白头发将烟屁股头丢在地下，用脚踩灭，气愤道，“一街的人都希望打架，打起来好看热闹。”

“所以，”胡蝶笑道，“你今天不好意思继续在长堰镇卖红苕，就到前面的王家河去卖……对吧？”

“你错了！”稀白头发满是愤懑的脸平和下来，露出笑容，“我是因祸得福，到县城去卖鳖。”

“你说什么？”杨帆突然大声，“卖鳖？”

“对！”他指着两个袋子，“整整二十五个肥鳖，每个都有三四斤以上，全都是野生的！”

“老哥！”没等他说完，杨帆哈哈大笑，“看来，我们不仅有车缘，还有鳖缘……天下事，真是无奇不有！”

“老板！”稀白头发被杨帆笑蒙了，一脸的迷糊。

“你不用去县城！”杨帆兴奋道，“鳖我全买了！多少钱一斤？”

“哎呀！”稀白头发一听，赶紧站了起来，兴奋道，“我今天真是遇上贵人了，这车撞得好哇！”想了想：“现在市场上，两斤以上家养的一百元一斤，我这都是三四斤的，卖二百元一斤也不算贵。既然我们有王八缘，就按每斤一百五算……可以吗？”

“好！好！好……有多少斤？”

“通共一百一十斤，只多不少。我那有秤，我们一个个地秤。”说着，打开袋子，准备去拿秤。

“不用称。”杨帆扯起袋子一看，都是清一色的野生肥鳖，瞪着圆溜溜的鳖眼往上看，有几只还在昏睡。杨帆系好袋口，笑道：“一百一十斤，每斤一百五十元，共计……一万六千五百元。”对胡蝶道：“去，数一万六千六百元给这位老哥，多给他一百，求个六六大顺。”又问道：“老哥，你说因祸得福，又是咋回事？”

“是这样，”稀白头发见胡蝶在车内数钱，心里一阵兴奋，细述道，“我刚才不是说，昨天被连家兄弟打了吗？我越想越气，一人跑到餐馆，要了一斤老白干、一碟花生米、一碟香干子、一盘爆猪肝，一口气把一斤老白干喝得罄干。回家时人不行了，一步三歪，摔倒了几次。好不容易走到长堰河边，实在是迈不动腿，河上的夜风一吹，酒一下涌上来，一头栽倒在河堤上，大口呕吐，将一斤老白干和香干子、花生米、爆猪肝，全部吐了出来，然后就不省人事。”

“后来呢？”

“后来，”他笑道，“我一觉睡到天明，睁开眼一看，身边睡满了肥鳖。原来这些王八鳖，跟我一样都是酒鬼。被酒香引上岸来，一顿美餐之后，都醉了……被我全部装进苕袋子。”

话未听完，杨帆和许姨禁不住哈哈大笑起来。

正好胡蝶送钱过来，杨帆接过来递给他："你数一下，一万六千六百元整。记住，这是连家兄弟送给你的春节礼物。"

"是、是！"稀白头发接过钱，右手食指伸进口中舔了舔，又捋了捋拿在左手的一摞大钞，一、二、三……认真数了起来。

"人啊……钱啦！"看着稀白头发专心致志数钱的样子，杨帆感叹，"这世上，只有钱是最好的东西，又是最最害人的东西！"

"嘟，嘟……"手机突然响起来，打断了杨帆的喟叹。一看是李远方打过来的，他赶紧接听："喂，我马上回汉，已到了飞机场，你不用来接我，我车就停在机场。好……晚上到东城大酒店。"

正在数钱的稀白头发一听，心一惊——这老板有精神病。顾不得多想，赶紧把数了不到一半的钱塞进口袋，也不要自行车，道声"谢谢老板"，拔腿就朝公路旁边的田间小路飞奔……

第五十四章

1

东城大酒店是江北继香格里拉之后又一座五星级大酒店。它面对火车站广场，右临财神广场，右斜对面是江城大酒店和火车站候车大楼。左临发展大道，左斜对面是市公安局办公大楼和别具楚文化风格的历史博物馆。得天独厚的地理位置，使得南来北往的宾客，对东城大酒店情有独钟，趋之若鹜。

当然，进出东城大酒店的，都是有钱的富人，在它四周游荡的，尽是些两手空空、荷包干瘪、瞪眼找刺激看稀奇古怪的穷光蛋。

杨帆从黄陂一回汉，将胡蝶三人送到江汉路，同胡蝶母女一番做张做势依依不舍后，就如同酒醒之鳖、破网之鱼，飞步下楼出门。他先赶到武汉商场取车，又顺便进商场给儿子、老婆及父母买好各样礼物，这才跟李远方通电话，告知已下了飞机，约好晚九点到东城大酒店。赶回家后，一家人围坐在饭桌前和和睦睦，有说有笑，其乐融融。放下碗筷，不管三七二十一，猴急着将宋红雨拉到卧室，亲嘴摸身，扯衣拉带，寻求鱼水之欢。一番疾风暴雨、云香雨腻后，再快速整衣下楼，开上豪华小轿车，向东城大酒店飞奔而去。

赶到东城大酒店，他将车放进停车场，然后迈入金碧辉煌的接待大厅，谢绝了礼仪小姐的引导，直接进入电梯到达五楼露天咖啡厅。举目四望，不见李远方的身影，找了一张靠墙的台位，点好茶水，又点上一支烟，长长地嘘了口气，专心等待李远方的到来。

此时，正是有钱人夜生活刚刚开始的时候，整个咖啡厅里，大款云集，男欢女笑。西服革履在眼前晃来晃去，手机铃声在耳畔此起彼伏。真个是灯红酒绿，万艳同杯，好一个香冽富贵之所。

杨帆放眼四顾，人人都神秘兮兮，再悉心聆听，个个是语重心长，谈论的都是山南海北的大生意，主题都离不开两个字——钱财。

“人啊！钱啦！”杨帆眯眼沉思，又想起在黄陂买鳖时农民大哥专心致志数钱的样了，心里充满无端的喟叹，感慨万千。

在杨帆看来，钱的确是个好东西，钱可以满足人的一切欲望，而欲望是推动社会前进的动力。戴震说：“人生而有欲，有欲而后有为。”这话大大的有道理。有钱人出门昂首挺胸，趾高气扬。贫穷者行为猥琐，言语愚钝。这世上，如果到处是有钱人，生活肯定多姿多彩。假如穷鬼满街，生活必定无滋无味。

世人都爱钱财，古今中外莫不如是。所以，司马迁感叹：“天下熙熙，皆为利来；天下攘攘，皆为利往。”有人更是把名利钱财，比作美酒——“浮名浮利浓于酒，醉得人间死不醒”。

人不能没钱，没钱的人，见人就要低头，常常被人唾弃，不仅遭人鄙视，更要受人奴役。所以贫困之人，往往不择手段，甚至搭上身家性命，拼命也要挤进有钱人的行业。

钱又是最害人东西，为了赚钱，杀头的生意有人干。上下五千年，纵横几万里，概莫能外。所以古人言：“人为财死，鸟为食亡。”

但似乎也有不爱钱的人，视钱财如粪土。这种人古往今来，也有几个。也有一些不太会赚钱更不想损人利己者，常常自己安慰自己：“广厦千间，夜眠七尺；珍馐百味，不过一饱”。这话听上去，另是一番滋味。

杨帆摇摇头，叹息道：“人啊，不分白天黑夜围着钱打转，拼命地赚钱，赚了钱后又拼命地花钱，这到底是为什么？”

“是谁想到要发明钱币？”杨帆心里诅咒，“这家伙，一定不得好死，说他是万古罪人，一点也不为过。”

“对不起！”李远方疾步来到杨帆身边，打断了他的思想，歉意道，“陪客人吃饭搞晚了，大连之行一定收获不小吧？”

“先回答我一个问题，”杨帆笑道，“你这家伙，一定知道中国历史上，是谁发明了钱币？”

“当然知道，”李远方道，“传说中轩辕的臣子伯陵，是第一个发明铸造钱币的人。”诧异道：“你问这干什么？”

“随便问问，我突然想到，这世上如果没有钱这东西，不知会变成一个什么状况？”

“那就回到原始社会了，结绳而治。”李远方自己倒了杯茶，很认真道，“就是老子崇尚的小国寡民生态，也就绝圣弃智了。”

“小国寡民是什么状态？”杨帆也自倒自饮。

“一言以蔽之，”李远方道，“就是一种伊甸园、桃花源式的理想社会。所以老子说：‘小国寡民，使有什伯，人之器而不用，使民重死，而不远徙。虽有舟舆，无所乘之；虽有甲兵，无所陈之。使民复结绳而用之。甘其食，美其服，安其居，乐其俗。邻国相望，鸡犬之声相闻，民至老死不相往来’”。

“解释一下……我不太懂。”

“简单说就是使老百姓过一种简单生活，人人重视生命、畏惧死亡，不随便迁移，有车有船也没有需要乘坐去的地方。再就是也不发动战争，回到远古时代结绳记事的生活方式。而且人们认为自己的食物最好吃，衣服最美，住的房子最舒适，习俗最欢乐。尽管邻国之间可相互看见，鸡鸣狗吠的声音也听得到，可两国的人民，从出生到老死也不往来。要我说，这都是道家无为而治的幻想。”

“也是，”杨帆摇头道，“真到了那地步，人活着也没意思。至少我是不愿意生活在那种社会!”停了停，问道：“你这么急要见我，不是一般的小事吧?”

“不大也不小，你去大连这段时间，我一直在抓紧时间，办理天兴洲时代乐园的项目，想抢在春节前办好。周敏来电话说，第一笔款项，春节之后许姨会交给我们。”

“办好了?”

“没有，五一之前能办好就是万幸。”

“肖畅姐也没办法?”

“这不是她所能办得到的，上面的关系太复杂。”

“想要我干什么?”

“我想春节前，我们二人上一趟北京。”

“我明白了，”杨帆道，“什么时候动身，提前一天通知我就行。”

李远方递上一张纸条：“这上面写得清清楚楚，你回家仔细研究一下，然后制定见面方案，有新情况我随时会找你商量。”

“太好了，”杨帆接过纸条看了一遍，“保证不辱使命。”

“另外，”李远方有点支吾，“昨天我……跟公安局朋友吃饭，中途他接手机，隐约听见是重案组一位队长，向他报告案情，好像是说有人报案，说是有人要谋杀自己。”

“这跟我们有什么关系?”杨帆心一惊。

“是没关系，”李远方喝了口茶，慢慢道，“只是这个报案人，好像跟我们有点关系。”盯着杨帆：“你知道是谁吗?”

“谁?”

“钱思鸣，这家伙命大，在木兰山没摔死，居然活过来了。大概神经摔坏了，怀疑有人暗杀自己。”说完，摇摇头看着杨帆。

“是啊!”杨帆也摇摇头，“这家伙的确是命大!”又问：“公安局不会是专门为了这事，成立重案组吧?”

“他还没有这大面子!”李远方笑道，“重案组成立有一年多了，据这位局长吐露，好像是侦破系列谋杀案。因为钱思鸣报案自己遭谋杀，所以才把他的案子，也交给重案组侦破。”

“有意思，”杨帆笑道，“每天都在死人，大都死得其所，有的重于泰山，有的轻于鸿毛。现在竟然有的人死了，还要组织一帮人去追查死的原因……真不知是祝福这些人，还是可怜这些人。”

“这跟我们毫无关系!”李远方提醒道，“我今天跟你说这些，主要是提醒你，要提防一点。钱思鸣这王八蛋对我们恨之于骨，提防他血口喷人，免得不必要的麻烦。”

“你说得非常对，重案组具体负责人叫什么名字?”

“好像是……”李远方思索道，“一个姓陈的队长，叫……陈石泉吧，是从基层选拔上来的，据说是有名的神探手。”

“哎呀……李总、杨总。”话未说完，一位身材魁梧的大胖子大步走过来，高声道，“两位贵宾光临本店，怎么不通知一声?”

李远方和杨帆一看，原来是东城大酒店的邓总经理，远方集团在举办形象大使评选时，初赛就是在这东方大酒店举行。所以，二人同这邓总经理都很熟，见他过来，赶紧站起来，互致问候。

“今天我埋单!”邓总一笑，脸上横肉直抖，“一定给面子啰?”

“邓总真是废寝忘食啊!”李远方也笑道，“这晚还不下班?”

“哦……”一语提醒了邓总，解释道，“我从不上夜班，晚上多好的时光，怎么能用在工作上，对吧?今天是特殊情况，公安局的找我了解情况。”指着电梯口站着的二位：“人家才是真忙。”

“是吗?”杨帆突然意识到什么，问道，“邓总，是哪个部门?”

“九处重案组的，”邓总小声道。

“邓总，”杨帆要求道，“麻烦你介绍我认识一下，我们公司也正有事想咨询公安。”

“没问题。”邓总笑嘻嘻地领着杨帆向二人走去。

李远方心里一阵迷乱，他无法判断杨帆的用意何在……

2

杨帆急于要邓总引见的人，正是李远方向杨帆介绍的那位重案组的陈队长。这陈队长，也正是十年前侦破宋红雨遭钱思鸣强奸一案的那位派出所刑警队长陈石泉。

人在医院煎熬，公司的生意不能丢下，想到此次车祸造成的直接和间接损失，钱思鸣就心疼。好在有张总支撑打理，公司的生意才慢慢走上正轨，恢复了生气。

“这公安局，都是一帮混蛋！”这天早上，钱思鸣刚刚从噩梦中醒来，伸手一摸，大冬天惊得一身冷汗，睁开眼就骂，“老子报案已经快一个礼拜了，还不见这帮王八蛋上门。”

“嘟……”传呼电话响了，钱思鸣心一缩——不会又有麻烦找上门吧？自上次打发完领班的男友后，他就吩咐值班守卫——以后任何人来探视，必须问清楚后，再决定是否让其进来。

“喂，钱总，”拿起电话，传来守卫的声音，“有两位公安局的同志要见你，问你是否醒了？”

“这不是屁话！”钱思鸣心里骂道，嘴上却道，“请他们进来。”

几分钟后，陈石泉和胡副队长慢悠悠走进病房。

“二位请坐！”钱思鸣坐在床头，指了指对面的沙发，“恕我不能起身给二位倒茶，你们自便。”

“对不起，”胡副队长道，“这早打搅你休息，我们是九处重案组的。”指了指陈石泉：“这是我们陈队长！”又上前一步，递上证件给钱思鸣：“我是他的副手，这是我的证件。”

“客气了！”钱思鸣讪讪一笑，“谢谢两位的关照。”盯着陈石泉：“陈队长……我好像面熟？”

“是啊，”陈石泉不冷不热，“我们十年前就认识！”见钱思鸣一脸的迷糊，叹气道：“钱总是贵人多忘事。十年前，我在派出所时，曾经跟钱总打过交道。”

“哦！”钱思鸣心一怵，想起自己曾经在公园内强奸一名叫郑丽的姑娘，第二天这姑娘报了案，就是这陈队长把自己抓起来的，怪不得面熟。心想：不会为这事找我吧？岂不又是麻烦找上门来？嘴上却连声笑道：“想起来了，想起来了，陈队长当时就是侦破高手，现在应该是大内神手了！”这钱思鸣一场车祸把自己摔醒了，不像以前说话粗声大气，什么人都不放在眼，居然知道吹捧对方。

“钱总，”陈石泉依然是不冷不热，“你是老公安了，知道办案的程序。我们长话短说，收到你的报案材料后，我们进行了分析，有几个问题必须问清楚。希望你配合一下。”

“好的。”见对方没有提及十年前的事，钱思鸣放下心来。

陈石泉示意胡队副记录，问道：“怎么想到有人要谋杀你？”

“是这样，”钱思鸣道，“这个问题，一直困扰了我很长时间，总觉得背后，有一双罪恶的眼睛在盯着我。就在法官摔死的前一天，他还提醒我，要我留心，说是有人想谋害我们。”

“他当时怎么说？”

“他当时……”其实法官当时只是提醒他小心，并没说有人想谋杀他们，现在反正法官已死，死无对证。所以钱思鸣添油加醋，故意夸大其辞：“他当时说，是从一位朋友处获悉，有人想谋害我。我当时根本没当回事，心想做生意的人难免结仇。第二天突然出车祸，也没把这事放在心上。等这段时间回头来一想，觉得他当时并不是随口打哇哇，也许真有人想谋杀我们，所以，就给你们报案。”

“法官没说是谁对他说的吗？”

“我问了，可他不愿说，加之我也没当回事，所以，也没继续追问，可惜……现在想问都不可能。”

“你自己有明确的怀疑对象吗？”

“这就不太好说，”钱思鸣蹙眉道，“我从部队转业到地方后，在公安战线干了几年，后来一直在做生意。不怕你们笑话，得罪的人的确很多，这两项工作，都是得罪人的事。”

“近来跟哪些人或者单位有矛盾？”

“这个……”钱思鸣沉思道，“近年来，主要跟房地产公司有矛盾，矛盾比较大的有五六个，首先是……”于是，一气报了几个公司的名字，大都是市里的名牌企业，胡队副一一记录下来。

“最后一个关键问题，”陈石泉声音阴沉，“在你以前办案过程中，是否故意制造冤假错案？特别是给对方造成终身痛苦的案子？”

“一定要回答这个问题吗？”

“一定！”陈石泉严肃道，“这恐怕是破案的唯一线索，如果你不配合，我们就无法将凶手缉拿归案。而且，我毫不夸张地说，你钱思鸣也许很快会成为下一个被杀的目标。”

“有！”钱思鸣低头道，“有起案子，是我和几位公、检、法的朋友，借大搜捕之机，将几个仇人送入牢房。”又补充道：“不过，当时的大环境都是这样，你们应该比我更清楚，全国一盘棋。”

“好，”陈石泉示意胡队副记清楚，对钱思鸣道，“请你详细将这些人的情况说清楚：为什么抓他们？判刑多少？送到哪个监狱？知不知道这些人出狱后在干什么？另外，负责这几起案子的，除了你外法院和检察院是哪几位等等，请一定实话实说。”

“好吧，我尽量回忆！”钱思鸣慢慢低下了头，拿出一包烟，自己先抽了一支出来，点上火，又将其他的丢给胡队副，这才清了清嗓子，开始慢慢叙述……

胡队副认真记着笔记，不放过细小的环节，陈石泉将口袋中的微型录音机调到最佳效果。自己一头靠在沙发上，两眼死死盯着钱思鸣，不时插嘴提出一个问题。从早上六点多钟，一直叙述到九点，钱思鸣才叙述完。正好钱思鸣的老婆送人参煲汤进来。

“钱总，”陈石泉道，“今天就到此，你提供的这些非常有价值，我们会将这些案子，再重点研究，有情况随时来打搅你。”见钱思鸣的老婆放下煲汤找护士去了，突然想起了什么：“你刚才说的这个杨帆，真就这么厉害？你不是说，他以前被你痛打了一顿吗？”

“也许……”钱思鸣道，“这家伙在新疆，遇到什么高人指点，有很多人见过他的功夫，要不要我推荐几个证人？”

“不用了，”陈石泉站起来，“顺便说一声，对我们的来访，不要告诉别人，说出来对你没好处，知道吗？”

钱思鸣脑袋轰地一炸，一头倒在床头，两眼痴呆地看着窗外。

窗外，一阵北风刮过，卷起的枯树叶和沙粒，被风抽打在玻璃上噼啪作响，钱思鸣一阵惊恐，浑身打颤，心血陡凉……

第五十五章

1

一九九七年的新春佳节，在欢乐的气氛中度过。

远方集团照例在酒店举行盛大酒会，邀请来往单位贵宾、奖励公司有突出贡献的积极分子。

李远方照例要发表新年讲话，总结过去的成绩，寄语未来的希望。许姨也照例要举办舞会，上下一心，载歌载舞，欢度新年。

新春时节的远方集团，群情振奋，欢天喜地。

当然，也有人是不开心的，这就如同大年三十放鞭炮，总有那么几个是炸不响的。年年岁岁都一样，岁岁年年人不同。

轮到今年很不开心的是沈小虹，在李远方的劝说下，她同李远立建立了恋爱关系，可怎么也爱不起来。这还可以勉强维持，毕竟感情要慢慢培养。让她难以接受的，是父母姐妹、亲戚六眷，人人见面问终身，个个关心讨喜信，恨不得一天三问——花不开苞用手掰。

沈小虹实在是受不了，大年三十吃完年饭，一声不吭，趁一家人围坐在电视机前收看春节联欢晚会之机，悄悄出门而去。

她这一出门不打紧，李远方的麻烦来了。

大年初一，沈小虹的父母拜上门来，哭诉女儿一夜未归，手机不通，音信杳无，肯定有什么不测，请求公司领导协助找寻。

大年初二，沈小虹的姐姐、姐夫又找上门来，告知情况危机，也许遭人绑架，商量是否报警。

大年初三，李远立又求上门来，口未开言泪先涌，向哥哥嫂嫂哭诉：追求了这多年，好不容易到了谈婚论嫁的节骨眼上，现在佳人突然离去，岂不是空喜一场。

李远方苦不堪言，只有他明白沈小虹内心的苦楚，可又不能表达，更不能为她分忧。从九宫山回汉后，他多次主动找她谈心，直至有一次，流着眼泪向她承诺：永远将她铭记在心，爱她一辈子，每时每刻都把她当成自己最知心的朋友。她才勉强同意跟李远立建立恋爱关系，偶尔也同他双双外出，想磨合感情。可到底内心想法如何，她自己不说，这世上恐怕无人知晓。

李远方不敢大意，从大年初一开始，动员杨帆带人多方寻找，自己又驾车到以前二人幽会的几个宾馆查访，终是不见芳影。

偌大一个武汉，生活着七八百万人口，要在其中寻找八百万分之一人，无异于大海捞针，谈何容易。

初三晚上，李远方开始焦虑不安，匆匆吃过晚饭，开上车向木兰湖奔去——他记得有一次在木兰湖招待客户时，沈小虹曾告诉他：如果有朝一日，自己想离别红尘，一定跳入木兰湖中，化作一泓碧水，永葆清纯。他不担心沈小虹被绑架，凭她的聪明智慧，还没有人轻易能绑架她。他担心她一时想不开，真就踏上不归之途，化作木兰湖的一泓碧水。那时他李远方，就永远无法原谅自己。

从汉口到木兰湖，差不多一百公里路，奔驰车四十分钟就到。李远方雇了一艘快艇，打开探照灯，沿湖面搜寻，不见踪影，又到以前游玩过的几座岛屿寻找，同样是一无所获。

他匆匆留下电话号给船老大，嘱咐他有消息告知一声后，李远方又驾车飞也似的往回奔驰。五分钟不到，路过一座叫罗家岗的村子，迎面将一头横穿马路的黑猪，撞飞几十米，一声惨叫，当即死亡。

“沈小虹，这到底是为什么啊？”李远方心里呼喊着，一头趴在方向盘上，心力交瘁，痛苦不堪。

刺耳的惨叫声和刹车声，将围坐在麻将桌边的农民，迅速召集到了奔驰车的周围。正好死猪的主人一天的牌运不佳，几百块钱都掏到别人腰包去了，老婆一个劲地在屁股后面骂，见奔驰撞死了自家的猪，喜从天降，搬上一排凳子，一家五口歪倒在奔驰车的前头。

李远方叫苦不迭，毫无条件接受主人的赔偿要求。最后一百斤不到的死猪，按未来长到三百斤计算，每斤的价格，比牛肉还要贵一倍，足足赔偿了一千八百元，才挪开板凳，放车通行。这死猪的主人，突发一笔意外之财，牌也不打了，大声召唤老婆儿子抬猪回家，连夜烧锅拔毛，开肠破肚，一家人再过几天大年。

李远方顾不得多想，又踩足油门，向汉口飞奔。

车过黄陂城关，手机突然响起，李远方看也没看来电显示，挂上耳机就接听。他希望有好休息传进来，一听声音，心一颤。

“你在哪？”耳机里传来肖畅严厉的声音。

“在外面……办点急事，姐……有什么……事吗？”

“我问你？”肖畅大声道，“沈小虹到底是怎么回事？他姐夫刚跟我通了近一个小时的电话。”

“我也……不太清楚，”李远方背心冒汗，说话吞吞吐吐，“好像是离家出走，现在正……派人到处在找。”

“你说话怎么吞吞吐吐？”肖畅不容分说，“马上赶到我家来。”不等李远方解释，猛地挂断电话。

李远方心又一紧，不知如何是好，驶过岱黄高速收费站，猛地加足油门向前奔去。仪表盘上的时速针，瞬间指向二百公里以上。

赶到肖畅家，文达生在外面应酬未回家，文华和保姆关在自己的房间看电视，客厅就肖畅一人在看报，见李远方进来，看了看表，示意坐在她对面的沙发上。李远方像个做错作业的小学生，一动不动地坐在肖畅的面前，等待她的训斥。

“到底怎么回事？”肖畅低头喝茶，也不倒茶给李远方。

“好像是……”李远方不敢抬头，声音极不自然，“好像她不太喜欢李远立，家里人又逼她结婚……所以想逃避。”

“笑话！”肖畅一声冷笑，“沈小虹是什么人我不清楚？她不喜欢的人，谁敢逼她？”抬头盯着李远方：“除非……她喜欢的人逼她！你一定知道……这人是谁吧？”

李远方心一抖，双手支撑着额头，无言以对。

“说……实话！”肖畅的声音有点变调。

“是我！”李远方鼓足勇气，他宁愿死也不能在她面前撒谎。

空气一下凝固了，肖畅手上的杯子在颤抖，好半天她才克制住自己，慢慢将杯子放回茶几，人站起来，在李远方面前走来走去。

“好哇……李远方！”肖畅讥讽道，“果不出我所料……不愧是远方集团的老总……开始找情人了？真有你的？二人居然还要李远立来填凼子……充当冤大头！”

“不是这样的！”李远方想申辩。

“闭嘴！”肖畅大声怒斥，“不是这样是怎样？怪不得这丫头这多年不结婚，原来是在等你李远方？你是不是还准备一脚踢开周丽，跟她结婚？是不是连自己的一对儿女，也要抛开啊？你对得住幺爹的教诲吗？对得住你逝去的母亲吗？对得住这多年来，我操的心吗？”说到此，再也控制不住自己，泪水滚了下来。

“姐……”李远方心如刀绞，一头跪倒在她面前，泪水也止不住涌了出来，嘶声哭道，“我错了……你骂我……打我吧！”

肖畅一动不动地呆立着，好半天才伸出手，颤抖着摸了摸他的头发：“你……真令我失望，多年来，我一直把你当作自己……最亲的人，可你背着我……”实在说不下去，定了定神，这才慢慢扶起他，按在沙发上，自己又坐回原位，叹息道：“你啊，别忘了是一个上市公司的老总，要抵得住诱惑。你还有未实现的目标，还有千钧重的诺言，怎么可以儿女情长？我也知道，这不光是你的错，可毕竟你是有家室的人！”说到此，抽出纸巾擦了擦眼泪，又抽出几张递给李远方，突然厉声道：“我不想问你们之间发生了什么事，从今天起，斩断同她的一切感情纠葛，将她调入李远立的电子元件厂！”

“是！”李远方喃喃道，“只是她现在……我担心她出事！”

“她才不会像你这么痴情！”肖畅冷色讥讽，“谁像你这么傻？居然还担心她出事。”直瞪着李远方：“告诉你：在你进门前两分钟，她姐夫又来电话，已经回家了。说是找了个小宾馆，闷头睡了几天。”气愤道：“这种女孩，怎么可能为情去死？别自作多情！”

李远方一颗心放了下来，长长地叹了口气。

“放心了？”肖畅又厉声道，“告诉你……李远方，再让我听到你不三不四的闲言碎语，别怪我不客气！”

“是！”

“还有！”肖畅拿起杯子，啜了一口茶，冷笑道，“那位香港的周大小姐……不会变成第二个沈小虹吧……啊？”

李远方脑袋轰的又是一炸，好在一直低头，肖畅看不到脸上的神情，颤声撒谎道：“我和她……完全是生意关系！”

“这样最好，周敏可不比沈小虹，沾上她，你李远方死得成？时间不早了，你回去吧，让我一个人好好呆一下。”

李远方慢慢站起来，还是像一个做错作业的小学生，一声不吭地走到门口，又轻轻拉开门，低头走了出去。

看着李远方将客厅的门缓缓带上，肖畅一声长叹，泪水涌了出来。她又想起了二十一年前，那个刻骨铭心的夜晚……

2

从肖畅家出来，李远方没有回家，他一人茫然地游荡，本来想给沈小虹打个电话，一想没必要，依然毫无目的地沿解放大道向前走去。尽管是大年初三，大街上却没有多少人，市民都围坐在家里看电视、打麻将，享受天伦之乐。他想起了白龙寨的幺爹，想起了李远治和细翠嫂，心里涌起一股思念之情。凤丫头和黄家骏的父母，今年都来了，跟着凤丫头到白龙寨过大年去了。三家人现在大概都围坐在幺爹的身边，听他老人家叙说时代的变迁，社会的进步。

一时又想起十年前，自己在海南收养凤丫头和黄家骏这对亡命小鸳鸯的情景，内心升起些许欣慰，多么恩爱缠绵的一对小夫妻，爱得如此的单纯，爱得如此的简单。心中就只有一个他（她），不像我李远方，背负这么沉重的感情负担，我枉为一个大男人。真是光阴飞度啊，一晃十年过去了，真要感谢这对小鸳鸯，这多年来替自己在幺爹身边恪尽孝道。当初一念之间送钱给他们，让他们来武汉安身，想都没想到会有今天这种结果，这是上天的安排，还是冥冥之中命运的轮回，恐怕没有人能找出其中的奥秘来？

“砰”的一声，大道旁有人在燃放焰火，打断了李远方的回忆。他停下车，仰天观看，只见五彩的花絮四处纷飞，将眼前照得异常明亮。他忽然又想起了周丽和一对儿女，现在正在岳母家欢聚一堂。多好的老人、多好的妻子、多好的儿女，我李远方愧对他们。

“嘟……”手机突然响了起来，又打断了李远方的思想，他一看是杨帆打过来的，赶紧接听。

“老兄啊，”杨帆大声道，“你在哪？沈小虹已回家了。”

“我知道了，我一个人在外面游荡，感觉好孤独、好孤独，我们找个地方……喝两杯吧？”

“快过来吧，到东城大酒店……有人要见你。”

“谁？”

“来了不就知道了……在一楼咖啡厅。”说完挂断电话。

李远方摇摇头，心里道：“只有这家伙活得潇洒，我为什么就不能像他那样洒脱呢？我和他到底有什么差别？”一边想，一边启动车子，掉转头来向东方大酒店奔去。

“砰”的一声，又是一组焰火升起，将夜空照得通亮。

到达酒店，一走进咖啡厅，李远方眼一亮，原来是辛雅娟和杨帆坐在一起。

杨帆潇洒的神情和辛雅娟高贵的气质，惹来无数的歆羡日光，就连站在门口的礼仪小姐，也目不转睛地盯着二人。

“李总好！”辛雅娟主动站起来，“几年不见，还这么潇洒？”

“你恰恰说错了，”李远方笑道，“我此时焦头乱额，哪里还潇洒得起来！”坐下后，要了一杯咖啡。

“不会吧？”辛雅娟惊叹道，“你现在事业如日中天，家庭幸福美满，怎么会焦头乱额？”

“个中滋味……”李远方叹息，“一言难尽啦！”岔开话题：“胡总还好吗？我前几天给他拜年，听声音好像很疲惫？”

“一直不太好！”辛雅娟似乎不太想谈论胡总，低头搅拌着咖啡，“上年纪的人，以前又不注重保养，现在……毛病都出来了！”

“是这样，”杨帆插嘴道，“通过这多年在圈内打拼，辛雅娟掌握了很多影视界的人力资源，她想开一个影视公司。”

“好哇，”李远方道，“这是阳光事业，一定大有发展。”又问：“你现在到处演出不是很赚钱吗？怎么又想到这上面来？”

“太累了，每天南来北往、飞来飞去，像逃命，没意思！”

“哦！”李远方笑道，“在荧屏上见到的演员，个个光彩照人，风光无限，原来这碗饭也不好吃，个中的滋味无人知晓。”

“是啊，所以……我想过几天安稳日子。”

“这就对了，”李远方道，“钱是赚不完的，身体才是第一位的，一个人不能老是围着钱打转转。”

“是这回事，”辛雅娟道，“我想跟你们远方集团，共同创办个影视公司，开辟一个‘远方影视基地’。将来，不仅我们自己可以拍电影、电视，还可以出租给其他的影视公司。”

“我完全同意，”李远方道，“我们下面，正好有一个影视文化发展公司，业务一直开展得不太好，也正好借助你的人力资源，我们双赢。”想了想：“这方面我们是外行，你起草一份草案，我提交董事会讨论一下，应该是没有问题的。”

“太好了……方案我刚才已交给杨帆。”

“你要不要看看？”杨帆拿起手提包，准备拿出来。

“不必了，”李远方推辞，“我今天出门很匆忙，忘了带包。先放在你那，等上班时，我再找你要。”

“好的，”杨帆提议，“你刚才说想喝几杯，不如我们三人，到车站广场找个小摊点，体验一下喝小靠杯酒的生活。”

“好哇！”辛雅娟兴奋道，“我多少年都没机会，吃摊子上的臭干子，今天要痛痛快快地解个馋。”

“只是……”李远方不好意思，“我跟在你们两个身边，岂不要影响你们的亲密交谈。”

“听起来……”杨帆突然一愣，“你这话，就好像……十几年前，就在我们俩的耳边唠叨过。”

“对！”李远方感叹道，“整整十八年，当年辛雅娟每次来学校，你俩出去吃饭时，总要拉上我，而我每次说的就是这句话。”

“是啊！”辛雅娟也感叹，“上大学的感觉真好！”深情地看了一眼杨帆和李远方：“转来转去，我们三人，又转到一起了！”

“是啊！”李远方接着道，“这就是生活，这就是命……我们每个人，都摆脱不了命运的安排。”

“走！”辛雅娟一手挽一个，大声道，“我们吃臭干子去！”

李远方一阵心动，这情景跟十八年前一模一样……

3

记忆像泉水，每天在人们的脑海中流淌。

生活像泉眼，每天涌出新的记忆。

当记忆中的快乐生活，突然在眼前再现时，人是必定要醉的。

李远方、杨帆和辛雅娟在车站广场的小吃摊上，再现了十八年前的快乐生活，结果是三人都醉了。

三人这一顿小靠杯，直喝到凌晨一点多，李远方没有开车回家，他叫了一台的士代步。回到家后，周丽和儿女们在岳母家未归，来不及洗漱，一头趴在卫生间，就大口呕吐起来。十八年来，一切酸甜苦辣的记忆，都在呕吐中随下水道冲走。等他一步一歪摸到卧室时，大脑已是一片空白，一头栽倒在床上，人随即失去了知觉。

杨帆和辛雅娟则相互搀扶着，一步一哼进入东城大酒店，二人又共同演绎了十八年前热恋的快乐生活。

第二天上午，李远方一直瘫倒在床上，迷糊中周丽打了个电话回家，他哼了几声，不知周丽所言何事，放下电话继续蒙头大睡。直到下午四点多，才从噩梦中醒来，一看枕巾上，湿了一片，隐约记得在梦中他追着母亲嚎啕大哭，一跤跌进漆黑的深渊。

他擦了擦泪水，坚持着起床，冲了一个热水澡，略感轻松，穿好衣服后，先到东城大酒店取车，再到岳母家接人。

杨帆同辛雅娟恩爱缠绵到下午三点多，才离开东城大酒店。辛雅娟回三阳路“临江花园”。杨帆一身疲惫回到家后，放下提包，端起桌上的凉开水，一口气喝下满满一杯，又吩咐宋红雨，任何人不要打搅自己，一头钻进被子呼呼大睡，两分钟不到就鼾声如牛。

“这个王八蛋，一身的臭气，就钻进老娘的被子！”宋红雨将他的衣服抱起，向卫生间走去。衣服上一股酒气扑鼻，又嗅了嗅，感觉不对，似乎夹杂着一股淡淡的香水味。女人对香水天生敏感，再放到鼻子上一嗅，不是男人使用的香水。她心一跳，快速翻找口袋里的东西，除了钱包和车钥匙，没发现什么，三把两下把衣服丢进洗衣盆，来到客厅，小心打开杨帆的手提包，都是文件，拿出上面的一份顺手一翻，是一份筹建“远方影视基地”的可行性报告。她不由一阵好奇，翻到人员组成部分，不看则已，一看人几乎昏了过去——上面白纸黑字赫然写着：总经理：杨帆，副总经理：辛雅娟。

泪水一下就模糊了宋红雨的眼帘，她哆嗦着双手将报告放进包，慢慢来到卧室，呆呆站在床边，直勾勾地看着熟睡中的杨帆。此时的杨帆正进入梦乡，他紧闭双眼，嘴角微微上翘，一幅甜美的梦境。宋红雨就这样一动不动地站在床边，看着熟睡中的爱人，爱恨交加、心如刀割，不知如何面对这突然降临的情天恨海？

“王八蛋！”好半天，宋红雨才从凄苦阵痛中清醒过来，她抹了抹眼泪，转身疾步来到厨房，拿起菜刀就走。刚走到隔壁房间门口，又停下脚步，轻轻打开房门，儿子杨威正专心致志在堆码积木。她轻轻带上门，一头靠在门上，泪如雨下。

“妈！”杨威突然在里面叫喊，宋红雨赶紧把刀子送回到厨房，跑进房间，一把将儿子搂在怀里。

“妈！”杨威挣扎道，“我的积木倒了，我的积木倒了，你快给我重新码起来。快点，妈……帮我码起来。”

“好儿子！”宋红雨紧紧抱住儿子，失声道，“乖乖听话，明天再码，现在妈送你到外婆家，让外公带你到公园看老虎……乖！”

“妈！”杨威抬起头，伸出小手，摸着宋红雨脸上的泪水，“你怎么哭了？是不是爸爸欺负你？”

“没有！”泪水在宋红雨脸上，如同断线的珍珠直往下滚，她迅速放下杨威，嘱咐道，“好儿子……听话，妈妈跟爸爸去打声招呼，我们到外婆家去。”她迅速回到卧室，拿出纸笔，给杨帆留言：“老公：我和儿子回娘家，今晚不回。你醒后，电饭煲内有煨好的鳖汤，一定喝了它，看你近来很累我心里难受。另外，走得急，没来得及洗你衣服，你用洗衣粉把它浸泡，透净后洒上香精再晾晒。小雨留言！”写毕，轻轻放在床头柜压好，又呆呆看了杨帆好一会，心里骂道：“王八蛋，好了伤疤忘了疼，八年的牢白坐了？居然跟她又勾搭上？你就是找一百个女人，我都可原谅，找她，我让你们不得好死！”转身带上门，来到客厅，先从钱柜取出一沓钱放进提包，再放进手机和钥匙，这才来到儿子房间，抱起儿子，迅速走出家门。

来到街上，宋红雨拦上一台的士，向黑泥湖父母家奔去。到家后，将儿子交给父母，叮嘱儿子几句，又嘱托父母几声，这才离开父母家，一人向街上走去，来到路口，等待送客转头的的士。

正是黄昏时分，又是大年初四放假的最后一天，市民探亲访友纷纷归家。街上人流如潮，车少人多，一般短途的士司机都不愿载客。宋红雨站在路口，足足等了二十分钟，才拦住一台。

“司机，”坐上后，宋红雨道，“现在包车，一天多少钱？”

“是跑市内还是长途？”

“市内！”

“市内一天两百。”司机解释道，“节假日三百，24 小时五百。”

“你是‘挑土’的，还是车老板？”

“老板，春节想多赚几个钱，自己辛苦点，没要‘挑土’。”

“那好，这两天我包你的车，24 小时给你六百元。”

司机心中一喜，没有回答。扭头看了看宋红雨，见她一身的名牌，顺手将“包车”牌子，竖了起来。

“到哪？”

“到远方集团生活区，先到亚洲大酒店，我们吃个便餐。”

“好的！”司机正准备跟宋红雨开口，想停几分钟，他到路边买份盒饭充饥，一听又暗自欢喜，加大油门向亚酒驶去。

吃完自助餐，宋红雨让司机到楼下等，她拨通了家里的电话。

“喂！”听见杨帆的声音，宋红雨嗲声道，“老公，起床了没有？床头柜上，有我留给你的纸条。”

“哦……看见了，真是我的好老婆！”

“当然啦！”宋红雨继续嗲声，“谁让我爱上你这个王八蛋的咧，快起来吧，睡长了会睡出病来的。”又故意道：“想不想到我妈家来玩牌？我正准备到隔壁张婶家去打麻将。”

“是吗？我真想来！可是不行，晚上有几个领导到新东方，我要去安排一下，你别只顾打牌，带好儿子。”

“放心吧，我妈带他，你还有什么不放心的。”

“好吧，别太玩晚了……注意身体，你病了，我会心疼的。记住有事，打我手机……什么时候回？”

“看你！”宋红雨撒娇道，“把老婆的留言，不当一回事，我不是写得很清楚吗？明天或者后天回？”故意嗔道：“你好像心不在焉？是不是背着老婆在外面找坏女人？”

“的确想，可惜我有贼心没贼胆，再说有你这好的老婆，我哪还有心思打野食？”

“好的……拜拜！”

“拜拜！”

打完电话，宋红雨付完账，迅速下楼，吩咐司机直接向远方集团生活区进发。到达小区大院门口，又叮嘱司机将车停在隐蔽处，指着小区内一辆白色宝马：“你盯着那台宝马，它开出后，你远远跟着它，不要被它甩掉，记好它的牌照，更不能被它发现。如果跟丢了，你不仅得不到一分钱，我让你开不成出租车……明白吗？”

“明……白！”司机一脸惊诧，好半天才领会过来——原来这位漂亮富婆，包下自己的车，是为了跟踪自己老公。

司机不敢马虎，立马下车走到宝马车前，将牌照号码默默记在心，转回后，坐在驾驶室内，两眼死死盯着前方。

一小时过去了，司机盯得眼发花，本想放弃这笔生意，又有点不忍，毕竟钱不是那么好赚。正在叹息，眼睛一亮，看见宝马亮灯了，声音有点变调：“宝马……启动了！”

“看见了！”宋红雨道，“大男人沉住气，等它过后跟上去。”

话音刚落，宝马从面前徐徐驶过，司机发动车子跟了上去。

晚上车子不是很多，宝马跑得很快，的士车紧紧尾随其后，始终保持二三十米左右的距离。

宝马一路从解放大道跑到航空路后，右拐进入武胜路。到武胜路十字路口，再左拐驶入中山大道。从中山大道一路直行到江汉路，在水塔